周大新文集

第二十幕

DI ER SHI MU

上

人民文学出版社

图书在版编目（CIP）数据

第二十幕：全3册/周大新著．—北京：人民文学出版社，2016
（周大新文集）
ISBN 978-7-02-011489-4

Ⅰ.①第… Ⅱ.①周… Ⅲ.①长篇小说—中国—当代 Ⅳ.①I247.5

中国版本图书馆CIP数据核字(2016)第058365号

选题统筹 付如初
责任编辑 付如初
装帧设计 陶 雷
责任印制 苏文强

出版发行 人民文学出版社
社 址 北京市朝内大街166号
邮政编码 100705
网 址 http://www.rw-cn.com

印 刷 三河市鑫金马印装有限公司
经 销 全国新华书店等

字 数 993千字
开 本 640毫米×960毫米 1/16
印 张 89.25 插页4
印 数 1—3000
版 次 1998年7月北京第1版
印 次 2016年10月第1次印刷

书 号 978-7-02-011489-4
定 价 128.00元(全三册)

自 序

自1979年3月在《济南日报》发表第一篇小说《前方来信》至今，转眼已经36年了。

如今回眸看去，才知道1979年的自己是多么地不知天高地厚，以为自己的生活和创作会一帆风顺，以为自己可支配的时间多得无限，以为有无数的幸福就在前边不远处等着自己去取。嗨，到了2015年才知道，上天根本没准备给我发放幸福，他老人家送给我的礼物，除了连串的坎坷和成群的灾难之外，就是允许我写了一堆文字。

现在我把这堆文字中的大部分整理出来，放在这套文集里。

小说，在文集里占了一大部分。她是我的最爱。还在我很小的时候，就对她产生了爱意。上高小的时候，就开始读小说了；上初中时，读起小说来已经如痴如醉；上高中时，已试着把作文写出小说味;当兵之后,更对她爱得如胶似漆。到了我可以不必再为吃饭、穿衣发愁时,就开始正式学着写小说了。只可惜,几十年忙碌下来,由于雕功一直欠佳,我没能将自己的小说打扮得更美,没能使她在小说之林里显得娇艳动人。我因此对她充满歉意。

散文,是文集的重要组成部分。如果把小说比作我的情人的话,散文就是我的密友。每当我有话想说却又无法在小说里说出来时,我就将其写成散文。我写散文时,就像对着密友聊天,海阔天空,话无边际,自由自在,特别痛快。小说的内容是虚构的,里边的人和事很少是真的。而我的散文,其中所涉的人和事包括抒发的感情都是真的。因其真,就有了一份保存的价值。散文,是比小说还要古老的文体,在这种文体里创新很不容易,我该继续努力。

电影剧本,也在文集里保留了位置。如果再做一个比喻的话,电影剧本是我最喜欢的表弟。我很小就被电影所迷,在乡下有时为看一场电影,我会不辞辛苦地跑上十几里地。学写电影剧本,其实比我学写小说还早,1976年“文革”结束之后,我就开始疯狂地阅读电影剧本和学写电影剧本,只可惜,那年头电影剧本的成活率仅有五千分之一。我失败了。可我一向认为电影剧本的文学性并不低,我们可以把电影剧本当作正式的文学作品来读,我们从中可以收获东西。

我不知道上天允许我再活多长时间。对时间流逝的恐惧,是每个活到我这个年纪的人都可能在心里生出来的。好在美国麻省理工学院的布拉德福德·斯科博士最近提出了一种新理论:时间并不会像水一样流走,时间中的一切都是始终存在的;如果我们俯瞰宇宙,我们看到时间是向着所有方向延伸的,正如我们此刻看到的天空。这给了我安慰。但我真切感受到我的肉体正在日渐枯萎，我能动笔写东西的时间已经十分有限，我得抓紧，争取能再写出些像样的作品，以献给长久以来一直关爱我的众多读者朋友。

感谢人民文学出版社给了我出版这套文集的机会！

感谢为这套文集的编辑出版付出大量心血的付如初女士！

2015年春于北京

《第二十幕》主要人物

尚安业　南阳尚家丝织祖业的传人　尚吉利大机房的掌柜

尚达志　南阳尚家丝织祖业的传人　尚安业之子

顺　儿　尚达志之妻

盛云纬　尚达志之情人　南阳府通判晋金存之三夫人

尚立世　南阳尚家丝织祖业的传人　尚达志与顺儿所生之子

容　容　尚立世之妻　南阳书院督导卓远之女

尚承达　尚达志与盛云纬所生之子

文　琳　尚承达之妻

尚昌盛　南阳尚家丝织祖业的传人　尚立世之子

小　瑾　尚昌盛之妻

尚　天　尚承达之长子

尚　穹　尚承达之次子

尚　旺　南阳尚家丝织祖业的传人　尚昌盛之子

卓　远　南阳书院督导　师范传习所学监　南阳五中校长

雅　娴　卓远之妻

绫　绫　卓远的养女　尚达志与顺儿所生之女

卓　月　绫绫之女

晋金存　清朝南阳府通判　后升为同知

晋承银　晋金存与盛云纬所生之子　后改名蔡承银

栗温保　农民　民军司令　南阳副镇守使　后为南阳国民党驻军中将副司令

草　绒　栗温保之妻

紫　燕　栗温保之妾

枝　子　栗温保与草绒所生之女儿

栗秉正　栗温保与草绒所生之子

阿　倩　栗秉正之妻

栗振中　栗秉正之子

栗　丽　栗温保与紫燕所生之女儿

曹冬至　栗丽之夫

曹宁安　栗丽之子

曹宁贞　栗丽之女

载宛城尚家吉利绸缎之三辆驿车，于三日午时抵站，修换车轴一、车轮一；替换辕马一；加马草三百斤、马料六十斤；换钉马掌两块。驿车四日寅时北去。随护官言月内可抵长安。

汝阳驿汪临川记于显庆四年三月四日

——汝阳驿志卷九十一

子时入库：

壹、南阳尚吉利所产之八丝霸王绸一百六十六匹。

贰、南阳尚吉利所产之孔雀罗一百一十七匹。

叁、南阳尚吉利所产之轻容纱一百零六匹。

肆、南阳尚吉利所产之销金彩缎八十四匹。

伍、南阳尚吉利所产之杯文绮五十八匹。

陆、南阳尚吉利所产之鸟头绫三十三匹。

柒、南阳尚吉利所产之经锦二十八匹。

捌、南阳尚吉利所产之缂丝“碧塘青荷”三十六匹。

开宝七年八月十六日记　库监任正明

——东京宫后街三库进出实录卷十七

……应予襄助，南阳尚吉利大机房所出之绸缎，质优诱人，当令其再扩规模，以满足内外之需……

——明天启二年奏报汇编卷一七七

第 一 部

0

尚家的兴旺得益于一个上门女婿。

尚家的血脉在二十一代上可能出了点毛病，只收获一个瘦骨伶仃的儿子。老人们把传宗接代的希望全寄托在这个挖几窝红薯就要大口喘气的儿子身上，便给他娶了一个像模像样的媳妇。媳妇一进门，爹娘就用各种话语暗示他要在夜间努力，争取广种多收使得尚家孙子成群。儿子自然明白肩负的重任，尽全力苦耕苦做，常常把一张小脸弄得煞白煞白，不想送子娘娘偏不帮忙，到最后也只是送他一个闺女。眼见得儿子儿媳都过了四十岁而孙子还踪影不见，当爹的就含了泪叹，看来老天是要让咱尚家绝户呀！叹罢又慌慌地去找阴阳先生，那阴阳先生绕着尚宅正走三圈倒走三圈又掐算了许久，方摇摇头叹息着说：尚族血脉中阳气走失，恐要另有一股气来填才行。听得糊里糊涂的老人更加绝望。儿子见老爹伤心，自然也有些难受，就把气全撒给媳妇，动不动就用瘦脚去踹媳妇的屁股，边踹边骂：你个偷懒耍滑的女人！那媳妇没能为尚家生出儿子，自知理亏，不敢回嘴，只暗自吞泪。男人把她踹急的时候，她就放了哭声说：你就是打死我也没有用呀，我下边已经不来红啦，还是赶紧给咱女儿找个上门女婿，让她来传你们尚家的香火吧！一句话提醒了尚家父子，那当爹的这才又记起阴阳先生的话，才明白了那话的含义，于是赶紧开始了寻找上门女婿的行动。所幸这女儿长得还颇周正俊俏，尚家一说出要找上门女婿的话，立刻就有穷人家委派媒人登门。小木匠赵田景就是在这种背景里走进了尚家那低矮的门楼和厚厚的族史册页的。

改为尚姓的赵田景没有辜负尚家人的期望，用他健壮的身子一连让尚家女儿生了四个儿子两个闺女。而且这还不是他的全部贡献，他更为重要的贡献是用他一双木匠的巧手改装了尚家原有的那架织机。那架织机往日的用处，不过是供家里女人们织点土布以为家人缝制点家常衣裳，可经走南闯北见过世面的小木匠一改装，竟可以织绸织缎了。尚田景最初改装那架织机的目的，只是想让妻子在过年过节时织匹绸缎给儿女们做身鲜亮的衣裳——他家像不少人家一样每年都养点蚕且自己动手缫些丝。不想这织机改装得异常精致且有织花装置，加上其妻织技好，织出的绸缎比附近村里的任何一家都漂亮。这消息很快为村人传开，不久就有人家拿上自己缫的一点丝来求田景妻子给织匹绸子，那位贤惠勤快的夫人立刻答应。绸子织好，求织的一方心里不过意，就拿来一升芝麻或几升苞谷作为谢礼。这种替人织绸的事越来越频繁，收到的谢礼也就越来越多，尚家的家境竟也因此好转起来。机灵的田景从这情景中看出了彻底摆脱贫困的方法，就不再让妻子下田干活和操劳家务，令其专门在家为人织绸，并把每织一匹绸子的谢礼定为几升小麦。田里活由他和孩子们做，家务活另找一名亲戚代劳。如此一来，妻子出活更多更快。尚家织的绸缎越多，名声传得越开；名声一大，来求织的人中就渐渐有了富豪和官人，他们给谢礼时出手也更阔绰。如此十年下来，尚家竟成了名播四方的富户，而且在附近的南阳城世景街上买了地皮盖了房子。又过了几年，便举家迁进府城专织绸缎，成了南阳府城中有名的绸缎织户。

田景为尚家的发达出了大力，为了回报他的贡献，尚家老人们破例地允许他的第四个儿子改姓赵，以延续他们赵家的血脉，条件是让这个儿子分开另过而且永不准学织绸缎……

这是唐朝武德和贞观年间的事了。

尚家的族志上对上述故事只留了两行字：二十三代赵姓田景入赘作婿，改姓尚，族内又复人丁兴旺，且始开丝织。

此后，尚家的丝织业虽然时盛时衰，但很少中断过。

到了族志上用朱笔标示的北宋开宝年间，尚家已拥有相当规模的丝织作坊，所出之八丝绸，因质量极好而被中外绸商誉为“霸王绸”，其大部分出货成了给皇室的贡品，亦有一些售西域。据说那时常有西域的马队和汴京的驿车来南阳尚家驮绸拉缎。尚家最盛时，拥有织机四百四十七张，匠人千余名。

岁月更替，时光飞转，转眼之间到了光绪二十六年，也就是公元一九〇〇年，到了我们故事开始的这个早晨——

1

头遍鸡叫刚刚响起，笼里的几只红冠公鸡才叫了两声，尚安业就推开怀里的女人，咳了一声预备起身了。

“今早你多睡一会儿吧，夜里你用力那阵不是出了几身大汗？!”女人的胸脯又贴过来，心疼地拦他。

尚安业的脸在黑暗中红了一下。是呀，是有些见老了，如今在女人身上忙一回就会出几身汗，早先可不是这样的。人说老可就老了？他有些烦躁地去推女人的身子，手碰到一只依然壮硕的奶子，就在上边不高兴地拍了一下，尔后很快地下床穿起了衣裳。

作为尚家的主人和尚吉利大机房的掌柜，他不敢让自己去睡懒觉，主人懒起来，下边的人不就懒开了？那祖传的丝织业还能发达下去？

他在最初的晨光里巡视着院子。这是他多年来养成的习惯，早晨起来把全院看一遍，见一切都如前晚睡下去的模样，这才会放下心。尚家这座位于南阳城西门附近世景街中段的院子，传到尚安业手上，虽然几经改建且显出了破旧，但格局还没有大变：临街面南是大门，大门两侧各两间店房，东边的两间店房收丝，是丝房；西边的两间卖绸缎，有零售、批发绸货的柜台。进了大门是前院，前院两边各两间厢房，这四间厢房便是机房，织机就放在这几间房里。前院有三间住人的正屋，从正屋的两侧，可以走进后院。后院有两间染房和两间库房，再就是一个不大的桑园。他巡查一遍见一切如常，方嘘一口气，转到前院里把手在院中间立着的一块石头上放了一瞬，见上边并无小水珠，确信今天是一个晾丝和整理丝的好天气，这才高兴地到茅房里去哗哗地撒完起床后的第一泡尿。

尚家院子的这种格局，在中原城镇里颇为常见，有钱的人家大都是这样盖的。尚家的院子如果说有什么奇处的话，便是竖立在前院中间尚安业刚才用手摸的那块石头。那块石头的形状很不规则，多边多面，上尖下大，露出地面的部分有四五尺的样子。土下的部分很深，有一年尚安业嫌它碍事想把它搬掉，挖下去近一丈还未见到它的底部，只好作罢。这石头露出地面的部分，每个平面上都刻着一个五道横竖线相交的图案：

图案周围没有任何字迹。

谁刻的这图案，为什么刻这图案，这图案的含义为何？为啥要在院中竖这块刻有图案的石头？先辈人没传下来，族志上也没有记载，尚安业自然也不清楚。他曾请住在邻院的南阳书院督导卓远来看过，卓远在经过仔细的观察分析之后也只得出三条结论：石头是从别处移来的；石质为花岗岩；图案的镌刻年代在汉唐之间。

此外得不出更多的解释。

对那图案的含义，卓远也曾猜测说它可能和医家在门前画个“十”一样，是从事丝织人家的标志，但不久他就又摇头否定了自己的这个猜测，因为远近府县其他从事丝织的人家都没有在院里竖这样东西。

对这块古怪石头的来历，世景街上也有一种说法。说是许多年前的一个春天，南阳地面因为连年遭灾而使讨饭者成群，一个春寒料峭的早晨，尚家人用自家不多的一点余粮蒸了三个窝头，正预备吃时，一位衣不遮体瘦骨嶙峋的老汉走进了尚家院门，手中举着一块小小的石块对尚家的男主人说：我愿用这块石头换你两个窝头，你换了绝不会后悔！尚家的男主人苦笑笑，要一块小石头有何用处？眼下是果腹要紧！他估摸这老人是饿急了才想出这个让人哭笑不得的主意，可他又不忍心让老人失望，就在心中叹道：罢了，权当我施舍给你做了一件善事。叹罢，就把那天早晨蒸出的三个窝头中的两个给了那老人。那老人接过窝头之后边吃边把手中的小石块递到了尚家男主人手上，尚家男主人笑笑送他出门。待老人刚迈出门槛，他就顺手把那小石块朝院中一扔，说道：要它有何用？没想到第二天起床后，他猛然发现自己昨天扔掉的那个小石块一下子变成了个大石头竖立在院中，而且石头的每个平面上都刻有一个图案：卌……

尚家人对这种无碍声誉的说法只是笑笑而已。

不管这块石头的来历是什么，不管这石头上刻的图案是什么含义，它立在前院确还有点好处：一可以让人倚着歇息；二可以用它预知天气——尚安业有一年偶然发现，这块石头只要在早晨沁出些细小水珠，当天就肯定是阴雨天气。

尚安业出了茅房满身舒畅地往机房里走。每日晨起，他都要亲自给所有织机的传动部分上油，以便织工们一上机就能顺利开织。等他在机房里端着灯忙完上油的事，鸡才开始叫第二遍。他在鸡们纷乱的叫声里听出了东邻卓家院里卓远的咳声，知道年轻的南阳书院督导也已起床，就走到后院隔了半塌的院墙轻声招呼："是他卓哥吧，也起得这样早？"

"嗳，是尚伯伯，"矮院墙那边的卓远应道，"睡不着，我总担心着那边——"边说边用手指了一下北边的天空。

"那边——？"尚安业没听明白。

"这些天不断有消息传来，说京城、天津卫和保定三角地带的义和团民活动频繁，朝廷也不再称其为匪，由原来的弹压解散变为听其自便，我说不准朝廷的这种态度变化会带来什么结果，但听说洋人也有调兵行动，我担心……"

"噢?!"尚安业吃了一惊，"两下不会打起来吧？"开机房的他最怕打仗，一旦打起来，天下一乱，谁还有心来买绸买缎？"会出啥子事吗？"卓远虽只比儿子达志大几岁，但尚安业知道卓远满腹学问，遇事总想从他那里问个明白。

"难说呀，就看事态发展了。"卓远在晨曦里深长地叹了口气。

但愿天下能够平安。尚安业仰脸向天喃喃说道。其实，就在他和卓远站在这儿议论的当儿，冀中义和团民的大刀和英、俄、日、法、德、美、意诸国官兵的枪刺都已经在北京城郊的晨曦里晃动了。只是由于相离太远，尚安业看不到那长长的队伍，听不到那杂沓的脚步声响。他眼下只看见了东天上的颜色变换，看到了天正在越来越亮，他想，儿子达志该起床读书了。

尽管日出时分就要动身去城西百里奚村的两个机户家送

丝收绸，达志要秤丝包丝做不少的准备工作，但起床后一拉开门，仍见爹爹如往常那样站在门口，等他去桑园里晨读。他略一迟疑，怯怯地开口："爹，我待会儿就要——"话未说完，看见爹威严的眼神，急忙闸住喉咙，转身拿了书，低头跟着爹向后院的桑园里走。

桑园里只有十几棵桑树。眼下，靠这点桑树养的蚕对尚吉利大机房的绸缎生产已无甚意义，它只供机房掌柜尚安业满足养蚕兴趣和对儿子尚达志讲课用。十七岁的达志脑里关于植桑、养蚕、缫丝、织绸的知识，都是在这座桑园里由爹爹传授的。

空阔的天上，被几缕晨雾缠住未走的两颗星星，正慌慌地向天际远处挣着身子；不远处的梅溪河岸边的柳树上，早醒的鸟儿已开始了最初的啼鸣；露水很重，不时有露珠从高处的桑叶尖上坠下，打得下边的叶子一抖，尔后无声滚下地；风很细微，只勉强能把桑园一侧的蚕房里蚕吃桑叶的沙沙声送进耳里。

"读吧。"尚安业在桑园中间的一株老桑树下站住，扭头，边去点燃手中的白铜水烟袋边对儿子颔首。

达志于是打开手中的那本爹爹用毛笔为他写的《丝绸之印染》，开始默读。浸染、套染、媒染，凸纹印花、夹缬、绞缬、蜡缬、碱剂印花……一页一页无声地读下去，闭了眼往心里记。爹爹手中的那把白铜水烟袋发出轻轻的呼噜呼噜声，为他的晨读做着伴奏。从五岁开始至今，他已在这桑园里读完了爹为他写就装订的十四本书了，手中的这是第十五本。爹说过，待他把这本书读完背过，就要把整个尚吉利大机房的事务交由他处理，由他当家了。

……红有大红、莲红、桃红、水红、本红、暗红、银红、西洋红、朱红、鲜红、浅红；黄有金黄、鹅黄、柳黄、明黄、赭黄、牙黄、谷黄、米色、沉香色、秋色；绿有官绿、油绿、豆绿、柳绿、墨绿、砂绿、大绿；蓝有天蓝、翠蓝、宝蓝、石蓝、砂蓝、葱蓝、湖色；青有天青、元青、葡萄青、蛋青、淡青、包头青、雪青、石青、真青；紫褐色有茄花色、酱色、藕褐、古铜、棕色、豆色、鼠色、茶褐色；黑白色有黑、玄色、黑青、白、月白、象牙白、草白、葱白、银色、玉色、芦花色、西洋白……达志正背着绸缎色彩的色谱，听见从前院织房里传来了几个女工的说话声和最初的几下织机响动。达志知道，织工们已经开始上机了。往日晨读时，他都能对这些声音充耳不闻，可今天不行，他的注意力总不能完全集中。哐当哐当，织机的响声更清楚地钻进耳中，这声音和百里奚村云纬家那台织机的响声完全一样。就在那哐当哐当的响声中，云纬那白嫩娇俏的脸庞渐渐浮来眼前晃动。达志，你渴吗？这是红糖水，快喝一口！他分明地听到云纬在笑对他叫。呵，云纬，我待一会儿就要去见你，你右手中指上的伤好了么？我上回给你的那个发卡戴上了吗？你戴上那个发卡会格外漂亮！……

“嗯?!”背后突然响起爹的声音，头上的辫子也同时被扯了一下，疼痛使他骤然从对云纬的思念中回过神来。“读到哪里了?”尚安业的声音冷厉威严。“这儿。”达志慌慌地指了一下书本。“好了。”尚安业从嘴上取下烟袋。达志松了一口气，爹已吸完了三锅烟，而且并未看准他已经走神，今日的晨读算是已经结束。下边该是每天必背的那三段话了，达志仰了脸，不待爹再催促，就低声而熟练地背了起来：

“自唐武德八年始，吾南阳尚家从丝绸织造，迄今已千二百七十五年，绩煌煌。北宋开宝二年，吾尚家所出之八丝绸，质极好，被中外绸商誉为‘霸王绸’，所产之大部，贡皇室；亦有一部售西域，吾家最盛时，织机四百四十七张，桑田八百亩。南宋建炎元年，因战乱，绸业凋敝，吾家织机陡降至十一部。元至正六年，遭兵燹，家毁几尽。明景泰七年，重振祖业，开机有四。万历十一年，织机增至一百七十九，所织之炼白山丝绸，重被中外绸商誉为‘霸王绸’，除贡皇室外，大部被西域商人买走。道光五年，因水旱连连，税苛，停业卖机。同治二年复产至今。

“现传吾之家业，有织机七，机房四；有丝房二，织房四，染房二，店房二，库房二，住房三；有机户四，有桑园一个，树十五棵。

“列祖列宗在上，达志生为男儿，有生之年，发誓不忘数代先人重振祖业之愿，力争使尚家丝绸重新称霸于中外丝绸织造界，再获‘霸王’美誉！”

这几段话因为每日都背，已经滚瓜烂熟，达志知道自己不会背错。果然，爹点了点头朝他挥手：“去吧。”

达志如释重负地舒一口气，拔脚就走。

“等等！”尚安业又喊住儿子，沉声叮嘱：“记住，今日去盛云纬家，收绸交丝之事办完就回，不可耽误太久；两家议婚之事，也不须由你多嘴！更不能顺口应承啥子。大丈夫当时时明白，人活世上，要紧的是要创下一份家业，让人敬佩，而不是去和女人缠在一起！”

“晓得了。”达志小心地回答，待爹又挥了手后，才急忙向前院走去。

达志在库房按规定的匹重，把预备交与云纬家和另外一家机户的丝一匹一匹秤好包好时，东天已是鲜红一片如倾了染绸的染料一般。达志为了能按时在午饭前回来而又延长和云纬在一起的时间,决定去灶屋里拿两个馍边吃边走。

达志跑进灶屋,喊了声娘就去掀锅盖:"咋,都是些杂面馍?"他边伸手去锅里拿边叫。"眼下春荒还没有过去,咱能吃上杂面馍就是福气了。"娘向灶口里填着柴,叹息着说。看见达志拿了馍张嘴要去咬时,又忙用烧火棍敲了一下他的腿弯,嗔道:"张嘴就吃?忘了先要干啥?"

达志闻言伸了伸舌头,忙绕到门后,探出舌尖在悬挂着的一个白纱布包上舔了一下,舌尖收回时,达志已被苦得连皱了几下眉头。那是一个装满了黄连粉的纱包,天天悬挂在那儿,用处是每天早上,让达志在吃饭前用舌尖舔一下。这是尚家祖传下来的训子家规,用意父亲没给达志讲过,但达志已经体验到的一点好处是:舔了这纱包后,再吃啥样饭菜都是甜的。

达志拿了两个杂面馍背了丝包向门外走时,娘又心疼地追出来,朝他手里塞了一个煮熟的咸鸡蛋:"记住到机户家向人家要碗水喝。"达志就着咸鸡蛋啃着馍,快步走出挂有"尚吉利大机房"招牌的院门。

太阳已经探出头来,达志从西城墙的一个豁口里出城来到梅溪河岸上时,阳光已把河岸铺满。青草尖上有露珠在闪,柳树枝上有鸟儿在跳,清澈的水面上有花瓣在旋,达志张嘴吸了一口含有青草和水草气息的空气,快活地叫了一声:呀——

他远远地望一眼西岗上那隐约可见的百里奚村,高兴地舒了一口气,加快了脚步。

"妈,我饿。"一声有气无力的童音忽地由近处传来耳中,达志不由得扭过头去,这才发现河堤外坡有几个正低头剜野菜的女人。她们的身后坐着一个六七岁的男孩,那男孩深凹的双眼正一眨不眨地盯着他手上拿着的杂面馍。

达志的心一沉,顿时想起眼下正在四乡蔓延的饥荒。他扭身走下坡，来到那男孩身边，把手上刚咬了一口的一个杂面馍递到那孩子手中，孩子不客气地接过，张嘴就吃。

“谢谢好心的先生。”一位面带菜色的女人这时走过来，向达志鞠躬，达志摆了摆手，轻轻拍了一下那孩子的头，低声说一句：“吃吧，小弟。”就又走上了河堤。

但愿这饥荒早日过去。

达志又回头看了一眼那母子，才让步子恢复如初。

每隔二十天，达志就要跑一趟机户家，把机户们按规定织好的绸缎收回来，把下一批织货的用丝送去，同时给机户们开工钱。南阳这时从事丝绸织造的人家，分两种：一种是大机房，如达志家，自己家里有几台织机，有织房，有工人，有丝库，有售绸缎的店堂；另一种是仅有织技但无资金的机户，这样的人家可去大机房租一台织机来家，为大机房织造绸缎，丝是大机房的，织出的绸缎也是大机房的，自己只得工钱。百里奚的盛云纬家就是这样的机户，也叫织户。二十天，又是二十天没见云纬了！云纬，你这些天可是一切都好？

一想到云纬，一种软酥酥轻飘飘的感觉就弥漫了达志的全身，他那方形的有棱有角的面孔就无端地红了起来，而且立刻，云纬那柔韧挺拔的身影就在脑子里浮了出来。达志现在已经记不清，这个漂亮姑娘的身影是从什么时候印进自己脑子里的，他只记得他最先留意的是她那双手。那是怎样一双灵巧的绸缎织女的手呵！手背白嫩，指节纤长，手掌润红，指肚饱挺，她那双手在织机上操作时犹如一对奔跑跳跃机灵无比的白兔，让看的人忍不住直想握住瞧瞧它何以如此灵活。他那次去送丝时站在云纬的织机前看她织绸，无意中抬手去搔了一下头发，有两根短短的发丝跟着掉下直向织机上梭子飞动的部位落去，在达志还没有做出反应时，正坐机上织绸的云纬已闪电般地伸出手指从经丝间提出了那两根黑发，动作之准之快令达志大为惊讶。他就是在那一刻忍不住猛抓住她的手叫："好，太好了！倘不是你捏住这两根头发，它们被织进绸里，虽然最后可以再扯出来，可已然影响到经纬丝间的松紧度了！"他边叫边翻看那手，以致使云纬的双颊红通，娇柔地连看他几眼。大约就是在那次之后，云纬那双小巧的手就开始不断地在他脑里挥动，直到把沉在他心底的青春男儿的情缕全部搅起，使他再不愿把云纬那美丽的身影忘记。

已经听得见百里奚村中的牛叫狗吠了，被绿树围住的百里奚村已在达志眼前现出了它那不规则的轮廓。百里奚村，我又来了！我知道你是一块风水宝地，过去，你养育了秦国大夫百里奚，今天，你又养育了一个漂亮织女盛云纬，她会使我尚达志终生幸福！愿你保佑俺们顺利成婚……

差不多从达志一落地起，尚安业就想到了娶儿媳妇的事，养子传宗嘛！达志三岁时，他曾想为儿子订门娃娃亲，女娃娃已经物色好了，可后来达志娘坚决反对，说万一女娃在长成人之前得了病落下残疾，那不亏了咱儿子?！尚安业想想也是，十几年的长时间变数太多，万一女娃娃长大没有个模样或脑子里有毛病，再退婚可就麻烦了。待达志长到十三四岁，尚安业觉得可以行动了，就四处亲自物色合意的人家。他心里为未来的儿媳妇规定了四条标准：第一，不是大户人家的女子，大户人家的闺女大多娇生惯养，中看不中用，进了家门好吃懒做可就坏了。尚家的丝织祖业日后要交给达志撑持，不给他找个好理家女人可不行。第二，家里兄弟姐妹不能太多，太多了日后亲戚间的来往走动也多，会牵扯达志的精力；而且女方亲族也有可能谋算尚家的财产。第三，女方对丝织不反感，最好也会织绸或会织土布，这样，她日后过门就能很快派上用场。第四，脾性好，不是那种跳脚骂街上房揭瓦下河逮鱼的角色，这样的儿媳和婆婆好在一起相处，家里的和睦就有了基础。正因为有了这么多的标准，这个儿媳就很难选出。几年间，媒婆们领来了不少姑娘，尚安业不是嫌这就是嫌那，总觉得没达到他的标准，于是就一直没有定下。他最初听说儿子和机户盛家的姑娘好上时，曾在一惊之后大发雷霆：狗东西，胆大包天竟敢私定终身！老子们选了几年都没选成，你能选出个啥样女人？妻子劝他先不要发脾气把话说绝，待弄清了盛家姑娘的情况再说。尚安业气哼哼地默允了妻子的话。不想一查访，盛家姑娘还真符合了尚安业心中定下的标准：家里不是大户；独女一个没有别的兄弟姊妹；自幼就学丝织且织技很好；脾性温和柔顺。尚安业心中暗喜，为了慎重起见，他又借送丝收绸之际亲往盛家看了看。那云纬姑娘的织技果然不凡，织出的绸缎就是用最挑剔的眼光看也数一流，这样的人一进尚家门立马就能派上用场，会是达志的好帮手。而且这姑娘长得也的确漂亮入眼，尚安业虽然不主张找儿媳时在貌相上有太高的要求，但未来的儿媳长得好毕竟是一件好事。他于是同意这桩亲事并决定了找媒人去正式议婚。

在这个春天的早晨，尚安业看出儿子去百里奚村盛家的那份迫不及待之后，再次意识到应该加快婚事的进程，争取早日把云纬娶进屋里。云纬一过门，一可以使达志更加安心于操持家业；二可以多一个不须付工钱的织工。当然这不是最重要的，最重要的是云纬的到来意味着尚家就要有一群孙儿孙女，意味着尚家祖业承传有人了！爷爷——爷爷——他的辫梢一动，耳畔仿佛已经响起一群娃娃的稚嫩喊声。爷爷，这是蚕吗？爷爷，这是桑树么？爷爷，这就是织机？爷爷，这是绸子？爷爷，这是缎子？爷爷，我们家当初织的叫“霸王绸”吗？……一串串清脆的叫喊使得尚安业颊上漾出了少有的笑意。

达志已经十七岁，该成婚了。当初，我不是十六岁就结婚了？早结婚早得子早得济。可惜我那头几个孩子都没有活下来。要是他们都能活下来，今天我早当爷爷了！也许我前辈子作了啥子孽，老天爷只给我留了达志一个儿子，一个也好，有一个就有一群，我尚家的人丁会再度兴旺起来的，我尚家的丝织祖业也会兴旺起来……

“他爹，说媒的菊婶来了。”达志娘的一句招呼把尚安业从沉思默想中惊醒，他哦了一声：“先给菊婶上茶，我立马过去。”

“菊婶来说了一个传言。”达志娘声音很低。

“传言？啥传言？！”尚安业瞪住妻子。

“她说……”

“说了啥话你讲出来嘛，吞吞吐吐地，真你娘的让人着急！”

“她说听人传言，府里的通判晋老爷，有娶盛家姑娘做小的意思。”

“啥？”尚安业觉得身上一冷。

“说——”

尚安业无心再听妻子的话，三脚并作两步地向菊婶坐着的堂屋奔去……

2

那些天，南阳府通判大人晋金存的心里一直疙疙瘩瘩不太好受。

起因是他对四乡农民与靳岗天主教堂外籍传教士冲突的处置失当，受到了知府大人的责难。南阳靳岗天主教堂是由法国传教士建的，传教士多属法国遣使会，后来，罗马教廷又先后委任了意大利籍和其它国籍的一些教会人士来此任职。受直隶、山东义和团运动的影响，南阳四乡的农民与靳岗教堂的外国传教士也发生了冲突，晋金存奉命来处理此事。他上来先照朝廷的意思，把四乡农民当做土匪，迅加弹压；可不久朝廷又传下话来，要对义和团和受义和团影响之农民谆切劝导，暗示有可予支持之意，晋金存据此刚采取了措施，不想忽又接指令，要对受义和团影响之乱民严加惩处。指令如此不断变化，晋金存自然要处置失措，结果受到了知府大人的训斥。

在府衙受训是在一个后晌，知府大人不说朝廷朝令夕改，只斥晋金存办事不力，结果把晋金存弄得满肚子是火。但他面对知府大人的威严面孔不敢辩解，只能在受训完毕之后神色阴郁地看一眼公案两侧陈列的“肃静”、“回避”牌及锣、鼓、仪仗，转身挪步走下台阶，沿着石砌甬道满腹屈辱地向府衙大门走去。府衙大院很大，从大堂到大门有一段不短的距离。它坐北朝南，南北长约七百多尺，东西宽约四十多丈，位于中轴线上的建筑物有照壁、大门、仪门、戒石厅、大堂、寅恭门、二堂、内宅大门、三堂。两侧有榜房、召父坊、杜母坊、申明厅、明善厅等。过去，他从这路上走时总是满脸的兴奋和自豪，但这天他却只能在屈辱中感叹：当官还是当大官好，当小官你就得常受窝囊气！

也是巧，他那天受完训斥回到家里，正逢他的两房夫人又在院内大吵。他的府邸位于知府衙门的东南几百步外，是一个坐南朝北的精致宅院，一律的青砖灰瓦，内分前后两院外加一个花园。院内绿树掩映，花香扑鼻，是一个十分幽静舒适的居所。晋金存那天下得轿来，原本是想立刻进到客厅在红木躺椅上躺下平息一下心中的气恼的，不料轿还没进大门，就听到了两房夫人的吵闹声。他侧耳一听，弄清又是为那两瓶“伏牛养生酒”，一张脸顿时气得由苍白转为铁青。那“伏牛养生酒”是早些日子内乡县知县派人送来的。这种酒是源于秦、盛于唐的一种古代名酒，出产于西峡口。相传，当年唐玄宗李隆基醉色于杨贵妃，因而精神不振，四肢倦怠，面黄肌瘦。他手下的群臣忧虑，便千方百计寻觅良药妙方。后来，太医面奏，说听传伏牛山中有一老翁，年已一百四十有余，却仍鹤发童颜，体魄健壮，耳不聋，眼不花，想必他有养生妙法。玄宗奇而召之,见果如其言,遂询其奥妙。那老翁答道:乃因常饮以数花之精、百药之髓、五眼泉之水酿成的美酒所致。玄宗得饮后,果见奇效,精神顿爽,龙颜大悦,便赐此酒为“伏牛养生酒”。自此,这酒便名扬全国。晋金存曾借去西峡口巡视机会亲到养生酒坊看过,知道此酒确实是用伏牛山麓清洌的五眼泉水,选用优质高粱酿制,再以人参、红花、蝮蛇、金钗、杜仲、枸杞子、山茱萸、五加皮、山药、生地、牛夕等二十多种名贵中药和数种花瓣浸泡而成,便开始常饮这种酒。渐渐地,便真的感觉出了饮这酒的好处。晋金存有两房夫人,尽管他也时时警告自己同她们上床次数不可太多,但因抵不住她们的软磨硬缠和控制不住自己的欲望,差不多三天就要有一次床上忙乎,如此,他就时有轻微的腰疼腿酸失眠健忘感觉,可自从常饮这酒之后,不但这种症状消失,而且身子有一种过去所没有的强健之感,对床第之乐的要求比过去更加迫切。于是,他便离不开了这种酒,一箱喝完,就再让内乡县送来一箱。有天傍晚,一箱新酒刚送到,碰巧二夫人因为一点琐事进了他的卧房,他当时正开了箱拿出一瓶酒对了灯验看酒的颜色,见二夫人进来,也是一时高兴,就笑说:这酒不仅男人喝了有好处,女人喝了也可促进血脉畅通,健脑补肾,培元固本,而且到了床上也愈有精神。你带两瓶回去喝了试试,但愿能使你身体越来越壮,早为我生下一个儿子,别总是生些丫头!不料这桩小事竟会让大夫人知道了,结果大夫人醋性大发,指桑骂槐,说二夫人如何不要脸讨要药酒想独霸男人。二夫人一听便开始勇猛回击,最后双方在院里跳脚高骂,连床上的事情也骂了出来,直骂得昏天黑地,惹得下人们一齐围上来看,连街上的行人也驻足攀了院墙偷窥。上次的吵闹被他压下去没有几天,怎么又吵上了?这成什么体统?晋金存气得晚饭也没吃就上床躺下了。唉,这些女人呐,你们还叫不叫我活了?

也就是在这种情况下才有翌日的那趟出游——他想到城外散散心。他原本是想只带三两下人独自坐马车出游的,不料两位夫人一听说他要春游,立马表示要随行。两位夫人所生的三个女儿也来缠着要去,没办法,他只好点头应允。结果这次临时决定的城外散心便变成了一次正式的举家春游,直派了三辆马车。前辆马车上坐的是大夫人和她所生的两个女儿,后头一辆马车上坐的是二夫人以及她生的一个女儿;中间的宽篷马车上,坐着晋金存。每辆马车的车篷前都挂一个挺大的"晋"字。三辆马车浩浩荡荡地驶出西城门,尔后拐上梅溪河外堤,沿堤岸迤逦驶去。

如蚯蚓一样爬卧在城西的梅溪河,每到春季,水便清澈得宛若井水,而且因为腊月间两岸梅花花瓣漂落水中太多,浸泡得河水也沁着香味;河两岸长满青青翠翠的葛麻草、苜蓿草、面条菜、勾勾秧,开遍串串红、恨春迟、白喇叭等诸样野花;加上蝴蝶和蜜蜂们的翻飞穿梭,这儿便成了一个极诱人的春游之地。历朝历代,南阳城中的达官贵人家的夫人小姐们,到了春天,便总要择日暖风和的日子,来这梅溪河两岸游玩,或清水中观鱼儿漫游,或绿草上嬉乐打闹,或花丛里悠然扑蝶,把格格格的笑声撒遍河岸。

那天上午,晋家的春游车队在接近梅溪河入白河的河口处停了下来,尔后全家人下车游玩。尽管是饥荒年月,尽管饥民们一遍又一遍地在梅溪河堤上剜野菜扯草芽捋树叶,但春天的慷慨恩赐依然使河畔美丽可爱。脚下有绿水在流,头顶有鸟儿在唱,身边有蝶儿在飞,晋家的三个女儿一下车就欢笑着向远处奔去。晋金存则在两位夫人的陪伴下,在草地上缓缓踱步。

百里奚村盛家的女儿盛云纬就是在这个时刻出现在晋金存的视野里的。

云纬在梅溪河岸边出现极其偶然。她既不是来游玩也不是来剜野菜，她是按妈妈的嘱咐，来给住在附近村里的一家远房亲戚送二升谷子。这是家境稍好的盛家母女对那家穷亲戚的一点周济。事情办完返回时在这儿遇见了几个来剜野菜的本村女伴，云纬正与女伴们说话间看见了晋家车队的到来，于是几个姑娘一齐惊奇地望着威风四溢的晋家人的举动，直到晋金存和两位夫人向她们缓步走来。

她们已经准备要走开了。她们虽然不知道来人是谁，但知道这是官家的人，她们都没有和当官的人打过交道，心里有一种本能的惶恐。可就在她们要抬脚离开时，晋金存的二夫人朝她们招了招手，声音响亮地问道：“姑娘们，野菜剜得多么？”

几个姑娘你看看我我看看你，都没敢开口应声。这当儿，晋金存和两位夫人还有两个下人已经走到了她们身边。其中一个下人朝她们高了声斥道：“夫人问你们话哩，咋不开口？”

“来这里剜菜的人太多，野菜已难找到了。”一个胆大些的姑娘这时应了一声。

“是呀，是呀，今年这饥荒持续的时日长了些，”晋金存听罢望着姑娘们随口叹道，“再坚持些日子就过去了。”说完这句，他的眼睛忽地被云纬吸住——云纬的漂亮貌相和素朴而清爽的衣着在这群姑娘里是如此出众。“你也是剜野菜的？”他盯住云纬问。

“她是走亲戚经过这儿的，她们家为城里的尚吉利大机房织绸，在俺们百里奚村是吃食不缺的户哩！”还是那个胆大的姑娘开口回答。

“噢,叫啥名字?”晋金存走近了一步,惊喜的目光极快地在云纬那白嫩的脖颈和饱满的胸脯上触摸了一遍。呵,真是个尤物,没想到百里奚村还能出这么漂亮的姑娘！那村子离城不过几里地,我竟然不知道有这样一个清纯细嫩的人物。

“俺叫盛云纬。”云纬低了头红了脸答。

“盛、云、纬？好,好,这名字起得好,家里几口人?”晋金存这些天一直没有舒展的眉头此时完全被笑纹填满了。

“老爷,咱们该朝那边走了,没听见闺女们在喊你吗?”年轻的二夫人这时扯了一下他的胳膊,朝远处的女儿们指了一下。精明的二夫人那当儿已经看出了危险——丈夫在对那个姓盛的姑娘产生兴趣,必须加以制止！眼下在家里,由于她比大夫人年轻,占了年龄和貌相的优势,每次与大夫人发生争执,虽然晋金存表面上不偏不倚,但她知道他在内心里是偏袒她的。每每到了晚上,他会把她抱到怀里进行安慰和补偿。也就是因此,她对晋金存与别的年轻女人的接触抱着很高的警惕。她这会儿已经有些后悔,后悔自己不该叫住这几个剜菜的姑娘,不该让丈夫与这个叫盛云纬的姑娘见面。她从看见盛云纬的第一眼就觉得不快,因为对方的年轻和靓丽对她是一种压迫。她这会儿见晋金存的眼睛已经放出了光,就像他当初看见自己一样,所以立马想采取行动把丈夫拉开。“你们快去忙你们的吧!”她迅速地朝云纬她们挥了一下手,那群姑娘便立刻跑走了。

“呃,呃,盛云纬,这个名字起得好。”晋金存遗憾地慢慢转身,让二夫人搀扶着向几个女儿那边走去,边走,边又回头看了跑远了的云纬一眼。“看啥？小心脚下绊住东西。”二夫人没好气地说道。

“哦,哦,看看四周的蓝天,今儿个这天可是真蓝呐。”晋金存掩饰地笑道。

这一切都没有逃开大夫人的眼睛。她先是慢步走在后边,恨恨地望着丈夫的背影在心里骂道:不要脸的东西,你啥时候见了女人才能不起歹心?但后来,二夫人明显表现出的那份不快又让她心中隐秘的一扇小门洞开:既是这种事能让这个贱女人不快活,我何不干脆拿这种事来治治她?她眼下能在家里占上风,不就是仗着她年轻?要是——她为自己忽然想到的那个主意而打了一个冷颤。

当晋金存在和女儿们嬉戏一阵回头向马车那边走时,趁二夫人去照应自己女儿的当儿,大夫人漫不经心地对丈夫说道:“刚才那个姓盛的姑娘长得可真是标致,整个人就像一个花骨朵儿。我过去还没见过这么漂亮的人呢。”晋金存闻言只是谨慎地应了一声:“呃。”应罢又狐疑地回头看了一眼大夫人,他弄不懂她此时何以会忽然提起那个姑娘。他可不敢和她谈论这个话题,弄不好又会引来一场哭闹。“我敢断定,那姑娘还是黄花身子。”大夫人又慢吞吞地说了一句。晋金存一听这话,更加惊奇地回望了她一眼,在心里暗暗诧异:她这是怎么了?莫不是我刚才看那姑娘的目光里露出了什么,也惹得她不高兴?他不敢去接她的话,想赶快转移话题,便抬头向天道:“今儿个天气可是真好。”“相佑街的韩老中医给我说过采阴补阳的道理。他告诉我说,年龄大了的男人要想长寿,找个黄花姑娘夜里陪着歇息是个好法子。”大夫人没理会丈夫转移了的话题,依旧不紧不慢地说着。晋金存听到这儿脚步停了,小心地试探性地问道:“你相信这话?”“当然了,”大夫人神情郑重地点头,“老中医行医大半辈子了,他还能骗我?再说,这种道理一想就懂,黄花姑娘年轻血脉好,夜里睡下也像温乎乎的炭盆,当然能让男人的身子滋润舒畅。”“哦,哦。”晋金存依然打着哈哈，不敢贸然对这话表示赞同，担心这是一个预设的陷阱。“所以我就想了，老爷你也该再找一个黄花姑娘在身边，好好把身子补养结实。不是我多嘴，我觉着刚才那个姓盛的姑娘就挺适合你！”“你真是这样想的？”晋金存因为一下子被说准心思而冲动地抓住了大夫人的手。“当然了，你身子补养结实了，长寿了，俺娘们不是也跟着沾光享福？”“老大，没想到你为我想得这样细，你真叫我感动。老大，就为你这句话，我要报答你。去年我在方城买的那八十亩地，送给你了，你可以让你弟弟经管着收种庄稼，所有的收入全算你的体己，家里不要你一分！”“那些小事咱先不说，你先说你中意不中意这姓盛的姑娘？”大夫人没想到晋金存会因此送自己八十亩地，忍住心里的高兴郑重地问道。“中意中意。”晋金存连连点头，大群的笑意全拥到了眉心里，“真是知夫莫如妻呀，那姑娘是很适合我。”“有老爷这句话，我这就抓紧去办，保准尽快办成！”大夫人立刻表态。晋金存听罢轻抚着妻子的手说：“老大，你真有一颗菩萨心肠呀。只是这件事要做得隐秘些，先不要让老二知道，免得……”“我懂，你就一百个放心吧！”“那你今夜里把床铺好，我去同你再商议商——”

“哟，说啥事说得这样高兴？”二夫人这时已走了过来，酸溜溜的声音让晋金存紧忙住了嘴。

“老爷正在跟我夸你呐，夸你走路的姿势特别耐看！”大夫人扭头笑望着二夫人道。贱东西，要不了多久，你就不会这样高兴了，只要那姓盛的姑娘一来，晋金存他还会宠着你？还有那八十亩地，你不是一直想要到你哥哥手里吗？可现在它们归我了，轻轻松松地归我了，你日后知道了是会眼馋的，眼馋吧，你！……

3

和大多数当母亲的一样,云纬娘也总是认为自己的女儿还是个孩子,不愿正视她已长大成人。直到有一天她发现女儿腰上没有围着自己用五色棉线为她编的那条裤带,而是扎着一条男人的黑棉线腰带时,她才大吃一惊,才急忙追问,这才知道女儿已早和来收绸送丝的尚家儿子好上了。

南阳这地方一些偷偷相爱的男女,在交换信物时交换的不是寻常的丝帕和烟荷包,而是系裤子的腰带。交换这种信物的主动权通常在女方手里,它表明女方已决心把自己的身子许与男方,解除了通向自己身子最隐秘部位的关卡。男女双方只要交换了这种信物,剩下的便只有一件事好做:准备成婚。当初,当云纬满面羞红地把自己那条五彩棉线腰带放到达志手里时,达志欢喜得说话都结巴了。他哆哆嗦嗦地去解自己的腰带,许久都没有解开。

云纬娘原指望给女儿招一个上门女婿，把盛家的门户再撑持起来，如今见她和尚达志好上，心中自是着急：尚家就这一个儿子，又有丝织家产要承继，他会做上门女婿？唉，看来我该早动手为她把亲事定下，现在该咋办？拦住不让他俩再见面？可她又晓得女儿的脾性，拦出个三长两短咋办？那么就应下这门亲事？尚家是个大户，和咱门不当户不对，听说他们的家规又严，云纬嫁过去会不会受欺负？就在云纬娘犹豫为难的当儿，城中通判老爷晋金存府上派来的媒人就登了门。一听完那媒人说明来意，云纬娘更是惊得目瞪口呆：老天爷呵，俺就这一个宝贝闺女，怎么可能送给人去做小婆？而且还是个三房？亏你们能想得出？云纬娘以当时心里的那份气恼，是真想骂那媒人一顿的，可她知道晋家的势力，这样的人家可不敢得罪。她只能把惊慌和气恼压在心底，强作笑颜地对那媒人回话：很感谢晋老爷高看俺们盛家，小女若能进晋府服侍晋老爷，那是她的福分。只是她年龄尚小，还未长成，谈婚论嫁还有些嫌早，敬请向晋老爷转达俺们的歉意……云纬娘也是大户人家出身，当初嫁到盛家的时候，盛家也是拥有五台丝织机的大机房的主人，只是后来家道败落成了普通机户。云纬娘见过世面，所以说起场面上的话也还是有板有眼。那媒人自然要说些早进晋府早享荣华富贵的话，但都被云纬娘用软话挡了回去。那媒人最后走时，要把带来的两匹绸缎和十两银子放下，云纬娘哪敢收这礼物，坚持着把那些东西又放到了媒人手里。送走那媒人之后，云纬娘慌忙把女儿唤进屋内，向她说了这位媒人的目的。云纬一听也吓得脸色发白，扑到娘的怀里说：娘，我死也不会去给谁当小婆，我这辈子除了尚达志，谁也不嫁。云纬娘当时拍着女儿的肩膀叹口气说：都怨娘没早点给你把亲事说定，才惹来了这些麻烦。也罢，既是你铁了心要跟达志，娘也就成全你们，不提撑持盛家香火的事了。云纬见娘这样表态，吓白的脸上才又有了喜色。

接下来，云纬娘因怕夜长梦多再生枝节，就捎信给尚家的媒人，说她应下了这门亲事，要是尚家想早使唤媳妇，择下喜日子来娶就成。

事情这样定下之后，云纬的心也算安定下来，每天照过去那样鸡叫三遍起床，洗了手脸之后，先做早饭，把早饭做好温到锅里，再紧忙上机织绸，待娘起了床洗漱罢，云纬一般都能把一梭子上的丝织完了。

云纬十二岁之前过的是大家闺秀的日子。那时父亲在世，家中开着大机房，爹娘有足够的银钱让她读书、学琴、练字，按大家闺秀的标准来培养；十二岁那年，父亲暴病去世家道败落以后，云纬逐渐适应了穷困生活，开始和娘靠当机户给尚家织绸挣钱过日子。眼下，因为娘身子不好，常病病恹恹的，家里的生活担子其实是由云纬来挑着的。

云纬那几天白日里忙着织绸，到了晚上，就拿出平日俭省下来的一块白细布缝制内衣，悄悄做着出嫁的准备。有时一边缝一边想象着洞房夜里自己穿上这新内衣时的情景，想象着达志用手指解这新内衣扣子的模样，想象着这内衣一旦被达志脱掉自己该怎么办，直想得颊起红云心如鼓响浑身燥热，想得上了床躺下半天也毫无睡意。有天晚上，眼见月光已溜进窗隙爬到了云纬床上，时辰已过半夜，她还在床上左右翻身，娘就在另一张床上轻声问："咋了，是身子不好受？""就是睡不着。"她听见娘问，索性掀开被子，穿着胸衣短裤的身子在月光下雪样地一晃，便跳到了娘的床上，哧溜一下钻进了娘的被窝。"羞不羞，这样大了，还来跟娘睡？"娘捏了下她的脸蛋，嗔道。"娘，你看！"云纬拿起娘的一只手放在自己的左胸上,“觉出了吧？我的心跳得太急太快,咋也睡不着。”“我知道,那是因为你高兴!”娘淡了声说,“想出嫁的姑娘差不多都这样。”“你当年也这样吗?”云纬凑近娘的耳朵,悄了声问。“傻丫头!”娘用手指点了下云纬的眉心,“你想咋高兴就咋高兴吧,女人一生也就是这个时候和成婚头半年高兴,过了这段日子,上天给女人的高兴就不多了!”“瞎说,娘,我的高兴还在后头哩,我一生都会高兴。你想,我和达志成了婚,俺俩天天相守在一起,他亲我爱,我们还不要高兴一辈子?”“这世上没有会高兴一辈子的人,孩子!”“可是我和达志会!”云纬坚决地反驳娘,“我一辈子爱他,他一辈子爱我,俺们有一碗饭分着吃,有一件衣裳伙着穿,俺们凭啥不可以高高兴兴过一辈子?”“你可以一辈子爱他,把心全放在他身上,他不一定就一辈子爱你,把心全放在你身上。”“娘,你凭啥这样说?”云纬在被窝里抓紧了娘的手,不高兴地瞪大了眼睛。“傻孩子,因为这世上可以让男人爱的东西,除了女人之外,还有好多别的,比如权势、金钱、家族的荣誉、世人的尊敬等等。很少有男人一辈子都把心思用在爱一个女人上。”“可是达志会!”云纬坚决地说,“娘,别给我说那些吓人的话吧!”云纬把身子偎进了娘的怀里,脸紧贴在娘那干枯的胸上。老人搂紧了女儿,喃喃说道:“娘从心眼里巴望你和达志能高高兴兴过一辈子。娘只担心上天不许,上天很少给一对夫妻一辈子的高兴,他总是把苦和乐,把喜和忧搅拌在一起送给你。但愿上天能够开恩,格外照顾一下我的女儿,我的纬纬……”潜进室内的月光,被老人的喃喃声所惊,悄悄退了出去。睡梦到底来到了云纬身边,她发出了轻微而平稳的呼吸……

就在这个夜晚逝去之后的那个白天,当太阳将近头顶的时辰，一乘四抬官轿出现在了百里奚村云纬家的院前，轿后跟着两个侍女模样的姑娘，官轿上写着一个大大的“晋”字。

云纬和娘由于正在屋里忙着织绸，一开始并未注意到这顶官轿的到来。等她们听到村人的喧嚷出门观看的时候，官轿已经在她们的门前落地，通判老爷的大夫人正矜持而傲然地走下轿来。

一看到官轿上的那个“晋”字，云纬和娘的心里就都“咯噔”一响，立时明白麻烦来了。母女俩愣怔之间，就听那晋金存的大夫人高了声问：“这可是盛云纬的家?”

“是的，是的。”云纬娘一边示意女儿躲进卧房一边急忙应声迎出门去。

“噢，”那大夫人瞥了一眼云纬娘，拉长了声音问：“你是——”

“我是云纬她娘。”

“哟，你生了个漂亮闺女，很了不起呐!”

“谢谢夫人夸奖，小女哪里说得上漂亮?!”

“我前些日子派了个媒人来，听说你把她赶走了?”大夫人的目光冷冷轮过来。

“你派媒人来，是给俺们这小户人家的荣耀，俺们高兴还高兴不过来哩，哪会赶她走呀？俺那天是给她说明，小女年龄太小，谈婚嫁还早。”

“啥叫年龄小？不都十六岁了么？想当初我是十五岁就出阁了。你那闺女我见过，都已经长成了嘛，身个、奶子、屁股，都已经有模有样了，要不我们老爷会看中?!”

“夫人，俺们娘俩过日子，我实在是想留她在我身边多住几年——”

“你这当娘的可是想不开，俗话说，女大不中留，你强留到身边，她思春思出了事可咋办？还是让她早出阁吧。她只要到了晋老爷身边，有她享的福也有你享的福，不愁吃不愁穿不愁住的日子总比你如今过的日子好吧？”

“夫人，俺们——”

“好了，咱们不啰嗦了。俗话说，有女千家求，我这是奉晋老爷之命来求娶你的女儿；我听说城里尚吉利大机房的掌柜尚安业也想把你女儿娶过去当儿媳妇。这两家的情况想你也都知道，尚家不过是靠织卖绸缎赚有几个钱罢了，可我们晋府是要啥有啥。这两家谁轻谁重估计你心里也能掂量出来！来人呐，把晋老爷让带来的聘礼给盛家送上！”那夫人说着，手一挥，两个轿伕和两个丫鬟便捧着一包银子，几匹绸缎和鸡、鸭、鱼、肉、四色糕点向盛家院子走去。云纬娘慌得急忙去拦，可哪里拦得住？大夫人走到最前头，云纬娘也不敢硬拦，只好苦着脸眼看着他们把那些东西放进堂屋里。

“哎呀，我说云纬她娘，你这房子可是旧了。”那大夫人看着盛家母女简陋的住屋夸张地叹息着，“待云纬过门之后，我催晋老爷拨钱派人来给你盖几间新房！”

“夫人，这些礼物，俺们实在不能收。”云纬娘赔着小心恳求。

“啥叫不能收？既是给你送来了，你就把它吃了、穿了、用了，至于嫁女儿的事，你自己拿主意，你真要不愿让女儿嫁到晋府，晋老爷也不会硬逼着你，更不会来抢亲。他是朝廷命官，又清廉一生，不会胡来的！”那夫人说罢，转身出门，对轿伕们一点头：“咱们走！”官轿就在轿伕们的一声吆喝中离了地面，颤颤悠悠地远去了。

瘦弱的云纬娘只有木呆呆地站在门口。

云纬这时从卧房里冲出来，疯了似的把晋家送来的东西全扔到了院子里，边扔边叫：滚滚滚！扔完，才扑到娘怀里哭起来。

娘什么话也没说，只是用一只手轻拍着她的后背，把怔怔的目光放到墙角里。

咋着办？

把这些聘礼再送回去？那不等于打晋金存的脸吗？他会善罢甘休？他可是跺跺脚南阳城都会晃动的人物，你一个小家小户敢得罪他吗？

那只有收下？可收下了这些聘礼就等于默许了这门亲事。一想到自己的女儿要去给几十岁的晋金存做小，她的心就疼起来。

“纬儿，究竟咋着办，娘没主意了。你说吧，你说咋着办好？”

云纬在娘怀里抽抽噎噎地哭得更加伤心。云纬的哭声把娘的心揉成了碎片，老人最后一拍膝盖，叫道：“纬儿，娘豁出去了！明儿个不是该尚家来送丝收绸了嘛，是达志来更好，不是达志来，就捎信给达志，让他家尽快来把你娶去。娶你的花轿前脚走，我后脚再把晋家这些聘礼送回去。我不怕他们，他们最多是把我打死，我这条老命也不想要了，活着也是受罪……”

娘儿俩那晚上都没吃饭，和衣上床躺下，两双眼睛都直直地望着黑暗中的屋脊……

4

尚达志在那个早上兴冲冲地走进百里奚村时，一点也不知道盛家这些天发生的事情。他猜想，云纬这会儿一定在织机上一边织绸一边羞笑着等他。他背着丝包，几乎是跑进云纬家的，一进屋看见云纬和她娘都红肿着眼睛坐在椅上，才吃了一惊，才忙不迭地问："出了啥事?"云纬听问，哇一声扑到了他的怀里，哭得全身都在打颤。云纬娘见状，抬了脚走到院里。

云纬在抽噎声中，断续地把晋家逼嫁的经过讲了一遍。达志听得牙关紧咬双拳紧握。狗东西，做这等伤天害理的事！"别怕他!"达志一边替云纬擦着眼泪一边说，"我立马回去把这事给我爹讲明，我爹会拿主意的。"云纬娘在院里听达志这样表态，就走进来叮嘱道："达志，你回去见了你爹，就说我愿意你们立马来把云纬娶走。咱不讲那些择日子送喜帖摆喜宴的规矩了，你们先把云纬平平安安地娶过去再说。”

达志听云纬娘这样说，也很感动，就转身叫道：“娘，云纬过去后，你也到俺们家住，我会给你养老送终！”

云纬娘摆摆手：“先不说这些，你快回去和你爹商量来接云纬的事吧。”

尚达志这才又慌慌张张地往家赶。他估摸爹知道了这事也一定会同意云纬娘的办法，先把云纬娶过来再说。云纬一旦成了我的媳妇，晋金存大概也就会死了心。既然云纬娘有了“你们立马来把云纬娶走”的话，这件事最好今日后晌就办，越快越好！不就是雇一顶轿请几个轿伕嘛，东街刘家的那乘专门出租娶亲的花轿不是在闲着吗？去给他说一声就成。轿伕更好找了，邻居小伙子们哪个不愿帮忙？四个人够了吧？四个人不够就请六个人，六个人不够就请八个人！抬轿去时不声不响，免得引人注意惹出麻烦，轿到门前时要放几挂鞭炮，这时放鞭炮也不怕了，谅他们也不敢公然来把人抢走。云纬进屋后还拜不拜花堂？到时候看爹怎么安排吧，他说让拜，我和云纬就拜；他说不让拜，我就把云纬径直送到新房。可惜新房来不及好好收拾，云纬，你多原谅些，实在是来不及，不过后晌我会让妈大致上收拾一下，新褥子、新被子、新枕头家里都有，你会睡得很舒服的。一想到云纬今晚上就要做了他的新娘，一大群欢喜就又爬上了他那聚满慌张的额头上了。

他跑到家时已是气喘吁吁。

爹和娘正在堂屋里间从紫草中提取染料。尚家制取提纯染料的过程一向保密，不仅不让外人参与，而且场所也多选在内室，工作时门窗皆闭。达志哐一声撞开门叫道：“爹，不好了！”尚安业和达志娘扭脸惊望着儿子，“看你这个慌张样子，啥不好了，慢慢说！”尚安业双眉立睖起来。

“府衙里的晋金存要把云纬娶去当小老婆!”达志抹着脸上的汗说。

“呃,知道了。”尚安业淡淡地应了一声,又去忙手中的活。

爹的淡漠令达志十分意外。他原以为爹听了这个消息后会大吃一惊,会立马和娘商量办法。“爹,这事得赶紧想主意!”

“能想出啥主意?”尚安业回头瞪了一眼儿子,“人家通判老爷要那样办,我们能拦得住?”

“志儿,刚才你菊奶奶来说了这事后,我和你爹也都在着急,可有啥办法?人家是当官的。”娘这当儿接口道。

“那依你们说就眼睁睁看着晋金存把云纬抢走?!”达志也瞪起了眼。

“那你说有啥子办法?”尚安业再次扭过脸来,“咱在通判老爷面前敢不低头?罢了,咱认输,让晋家娶去吧,爹再给你说别的姑娘。天底下的好姑娘多的是!”

“我不!”达志猛地梗了下脖子,“除了云纬我不要别的女人,我有办法来对付晋金存!”

“啥办法?”尚安业白了一眼儿子。

“咱先抬乘轿去把云纬娶来,抢在晋家的前头,云纬和她娘都同意这样做,云纬她娘还给我说,越快越好!要是你们同意,我这会儿就去借轿,后晌就把云纬抬来,人一到了咱家,晋金存肯定也就死心了!他——”

“说的全是屁话!”尚安业跺了一下脚,“你以为你把盛家姑娘抬过来就算完事了?你把通判老爷要娶的女人夺走,他能饶了你?他不要跟着朝你、朝我、朝咱们的大机房下手?”

“他咋着下手?咱又不犯王法!”达志依旧梗着脖子叫。

“你不犯王法他就不能治你了？他下手的借口多了，说你少交了税银，说你上市的绸缎匹重不足，说你收丝时压价坑了蚕民，说你织机噪声太大扰了街邻，说你哄抬绸价，他可以用这些罪名罚你银钱、抓你进监、封你大门，到那时咋办？咱一家人还活不活命？咱尚吉利大机房还开不开下去？咱尚家的丝织祖业还要不要？”

达志被爹的话惊住，呆立在那里。

“干啥事都是退一步天宽地阔，晋金存不是想娶盛云纬吗？咱就退让一步，不跟他争，爹再给你说别的姑娘。咱这家庭，说个媳妇还不容易？”

“我不！”达志再次跺脚。

“啥叫‘不’？你已经是十七岁的人，马上就要当家执事了，连这点道理都想不开？究竟是盛云纬重要还是咱的丝织祖业重要？你给我掂量掂量！我晓得这样办你一时心里不好受，不过日子一长，慢慢就好了。”

达志双腿一软蹲了下去，满怀的希望被爹转眼间捏碎。咋着办？云纬还在焦心地等着我哩。不，不能照爹的话办，我不能退让，我爱云纬，云纬也明明爱的是我，我凭啥要让晋金存这个老东西把她夺去？爹不准迎娶，我就另想别的办法，啥办法？跑？也只有这个办法了，带上云纬先跑到外边住些日子，然后再回来，到那时云纬已经是我的老婆了，他晋金存又能咋着？对，就这样办！今夜就带了云纬跑，我这会儿得先去给云纬说好，让她做些准备。想到这儿，他又呼地站起往外走。

“去哪里？”尚安业喊住他，“今儿个你心神不定，别的事就别做了，到染房去帮帮忙吧。”

“爹，我好歹得去给云纬和她娘说一声吧，她们还在等着我哩。”

“唉，也好，去一趟吧！只是要把话说得婉转些，别太伤人家的心。”娘在一旁接嘴。

再见到云纬时，达志没有说爹对这桩婚事的态度变化，只说爹怕晋金存对尚吉利大机房下手报复，不同意立马迎娶，但支持他先带云纬跑到外地躲一段时日，而且越快越好，最好今晚就走。云纬和她娘听罢，都愣了一霎。云纬是铁了心要跟达志，在一愣之后就说：“行，你上哪儿我就跟到哪儿，跑到啥地方都行！”云纬娘迟疑了好久，才叹口气道：“也罢，既是你们有这胆量，就走吧。只是要把落脚的地方选好，看到这边平静了，就回来。唉，达志，我可是把云纬交给你了！”达志当时自然感动，扑通一声跪到老人面前说：“娘，你放心，我不会让云纬吃苦。我总有一天会把云纬再领回来，让她堂堂正正做尚家的媳妇……”

达志从云纬家回来，就开始悄悄做跑的准备。他计划头一步先跑到襄阳，那边有一个丝绸牙行，那牙行的掌柜过去来进绸缎时同达志认识，他估计找到那牙行掌柜，让他帮忙租间房住下应该没有问题。眼下要紧的是准备衣物和银两。衣物好办，弄个包袱皮把自己平时要穿的衣服偷偷包起来就成；难办的是银两。家里的银钱一向是由爹经管，而且他管得很严。达志自然不敢向爹开口要银子，那样爹势必要盘问清楚，爹知道了那还能走得了？达志从云纬家回来已是太阳西斜时辰，眼见得天就要黑，没有银钱晚上可怎么走？情急当中，达志想到了自家临街的绸缎零售店，那店里有一个雇来的老头，负责零售，每天零售所得的钱在当日晚饭后由老头交给尚安业。能把他今日零售的钱弄到手也好。达志于是来到零售店，对那老头说:“有点急事,爹让我来把你今日零售的银钱取回去。”那老头见达志这样说,就拉开抽屉,那日的零售额挺大,抽屉里总有二十来两银子。达志见状暗喜,就接过来银子揣到怀里,在零售的账簿上签了名字表示收讫。

晚饭达志吃得心不在焉,一吃完饭他就回到了自己的屋里。他知道爹平日吃完饭总要到织房里查看,妈则要到灶屋里洗碗,他决定趁这个时辰背上包袱离开家。他已经和云纬约好,两个人在武侯祠大门前聚齐,尔后沿宛襄大路向南走,他估计走快一点,天亮以前就能过邓州城了。

也是合该出事,正当尚安业放下饭碗预备往织房走时,对面开茶馆的秦掌柜敲门进来,说有点急事想借三两碎银,明日就还。尚安业知道秦掌柜有偿付能力,便很痛快地点头说行,跟着就叫绸缎零售店里的那个老头,让他先拿三两碎银过来。那老头闻唤跑过来说:你不是已经让达志把银子取走了吗?尚安业闻言一惊,但他声色未露,很快进了自己卧室,拿出银子把秦掌柜打发走,这才快步过去推开了达志睡屋的门。

可怜达志那刻已经把包袱背上了肩头,做好了一切走的准备。见爹猛推开门进来,一时傻在了那里。

尚安业一眼就看明白了原委。但他没有发火,只是淡了声问:“是想和那云纬姑娘私奔吧?”

达志没有回答,只是呆了似地盯住爹的嘴巴。

“主意不错呀。”尚安业叹了一句,一边在达志的床边坐下一边从口袋里摸出白铜水烟袋点上,呼噜呼噜地吸着。

“爹,我和云纬——”

“你跟我来一趟。”尚安业起身朝达志招了一下手,达志只得随爹来到外间。在外间那张摆有一排先辈牌位的条案前,尚安业燃了香叩了头,然后开口道:“列祖列宗在上,今日家门出了不幸，达志说定的媳妇被官人看中要强娶过去为妾，达志不忍心丢弃，打算抛下祖传的丝织业和那女人远走他方，安业对此事犹豫再三不敢决断，今日当着你们的面，就让达志自己说说他的心思吧。”

“爹——”达志一听这话有些慌了，望着那些牌位连连退了几步。

“说嘛，你就说你已经长大成人，如今遇事能自己拿主意了，在要媳妇还是要祖业振兴这两件事上，你选择了要媳妇，说女人比尚家的声誉、荣誉重要多了，说——”

“爹，人是要紧呐！”达志绝望地看着爹说。

“甭对着我说，对着祖宗们说！你个狗东西，你可真胆大，竟要为一个女人丢家舍业往外跑了。养你这么大，就是为了让你找女人去寻快乐是吧？我教你读那么多丝织的书，就是为了让你把它们扔到脑后吗？你天天早上读完书发那誓是真是假？你不怕违了誓言水淹雷劈你么？你个不忠不孝的孽种，你竟要背着爹娘偷拿银钱打个包袱去跟那女人私奔了？你想没想过你走了之后我和你娘咋办？想没想过通判老爷会对尚家下手？想没想过尚家的祖业会遇麻烦？”尚安业骂了一阵，又朝那些祖宗牌位叩了两个头，喘息着说：“列祖列宗，安业养出这样的儿子，对不起你们呐！你们要生气了就惩罚我吧，让我早死了也好！……”

达志惶恐地望着那些牌位。那些牌位仿佛霍然间都动了起来，并渐渐幻化成了一张张白发白须的面孔，那些面孔一齐冷然看定达志，一阵带着威压的声音分明响在达志耳旁：女人要紧？真的女人要紧？传了多少代的丝织祖业，你就忍心为了一个女人扔了它？要女人不要祖业，不肖子孙呵！败家子呵！尚家还从没有出过你这样的逆子，没有过！没有过！没有过！……

达志的双膝像扔进铁匠炉里的铁丝，慢慢软了下去。在他双膝着地时，一句微弱的呻吟从他的唇间飘了出来："祖业要紧……"

尚安业闻声慢慢抬起了头，一向冷峻的脸上浮了感动的神情，他起身走到儿子身边，哆嗦着用手摩挲儿子那柔软的头发，口中喃喃说道："我的好儿子，天下女人多的是，爹一定给你再娶一个，再娶一个……"

5

十九世纪的最后一年,带给南阳乡下种田人的,是一连串的灾害。先是春天的突降酷霜,庄稼十成被冻坏七成;再是夏天的大水,白河水像疯了一样四处漫涌,两岸的土地被冲毁无数;再是秋天的一场大旱,五十八天滴雨不见,秋庄稼大多被旱死在田中。这些灾害给二十世纪第一个春天的南阳乡间带来的后果,便是大批人外出讨荒。

卧龙岗西落霞村的栗温保所以还在村里坚持着没有外出讨饭,除了老婆在坐月子不能走路之外,是因为他还有一个打兔子的本领,不时会有一只野兔被他的铁砂枪打中。他就靠打野兔卖钱买吃的,总算把涌来的日子一天一天打发走了。

但野兔也越来越难打到了。时值春天,草木旺发,兔子的影踪变得越来越难追寻,两天来他一枪未发,今儿个晌午家里可就没有了下锅的东西。

太阳已经爬上了天顶，大约因为自身爬行变热的缘故，洒下的光也变得分外和暖，猫和狗都懒散地躺在墙根晒着太阳；远处的武侯祠那琉璃瓦的屋顶，在阳光下也热得发亮。可坐在自家草屋门前的栗温保，却丝毫也没感到那日头的热力，仍觉着心里一阵阵发冷，又高又大的身子蜷缩着，头发蓬乱的脑袋垂放在两腿之间，双眼直直地盯着地面。咋办？家中面盆里的最后一点面，刚才给坐月子的老婆草绒做了碗溜锅面让她吃了。坐月子女人一天应该吃五顿饭的呀，可下一顿我再拿啥东西去给她做？面盆空了，糁瓮空了，盛红薯干的草篓空了，装红薯的地窖空了，家里再也没有可以让生孩子没满月的女人吃的了！

咕噜噜。栗温保听见自己的肚子又在讨要吃食，只好无奈地伸出大手去摸摸肚皮。他还是早上起床喝了两碗用野苋菜煮的清汤。得赶紧想个办法！他用手拍了拍额头。

“保哥，吃了没？”一声亲热的问话响在耳畔。温保抬起头，见是同村的好友盐贩肖四手拎一个小面袋站在跟前，便急忙起身招呼。“昨儿去城里走了一遭，多少赚了点，刚刚听孩子她妈回去说，你这儿又断顿了，呶，拎来这点杂面，先吃吧。”肖四边说边在他对面蹲下，把面袋放在了温保手边。

“四弟，”温保的眼角有些发潮，“我晓得你也不宽裕。”

“分着吃吧。”肖四点起旱烟，“不过离收麦的日子还长，咱们得想个长久些的法子才行。”

“我也正在这想呐，可想来想去，屌法子也没有。”温保拍了一下自己的头，“有时我就异想天开，想着自己要是在一夜之间当上了大官那该多好！我要是当上了官，下的第一道令就是打开官仓分粮食，让天下的穷人都能吃饱，都能一天喝上两顿面条！”

“甭说空话，咱说实在的。”肖四把旱烟袋嘴从口中拔出，两个眼仁一蹿一跳，“我倒是有个法子，就看你敢不敢干了！”

“啥？”温保的双眼一亮。

“晓得百里奚村的盛家吗？”

“晓得呀，早先盛家也开着一个织绸缎的机房，后来不是败落了？”

“知道他家有一个闺女么？”

“闺女？那是小字辈，记不得了。”

“盛家的闺女叫云纬，是百里奚村也是咱这四乡八庄长得最漂亮的姑娘。”

“她漂亮不漂亮与咱们有啥——？”温保被肖四的话弄得有点摸不着头脑。

“听我往下说呀，”肖四狡黠地眨着眼睛，“就在前些天，那姑娘让城里的晋老爷碰上看中了，晋老爷非要娶她做小不可，派人给她家送去了好多聘礼。”

“哦？”

“听说那聘礼中有银子、绸缎、吃食、首饰——”

“你是说——？”温保有些听明白了。

“把那些聘礼弄过来，我估摸着就够咱两家撑持到割麦吃新粮了。”

“可那不是抢吗？”

“你不抢，人家能双手捧给你？”

“抢人家的聘礼是不是有点太那个？人家养女儿养到大不易，再说盛家如今也是穷苦人家，下这手是不是——？”

“盛家和晋老爷一连上亲可就不是穷人了！你想，这姑娘一到了晋府，那晋老爷肯定要看成宝贝疙瘩，她要啥还不是有啥？这点聘礼在晋老爷看来，也就是一个芝麻粒罢了，丢了也就丢了,他会立马再给盛家补上。咱这样干,不是欺负弱小,是正经地吃大户,吃晋金存的大户!妈那个毛的,凭啥子让他们吃得白白胖胖,有钱娶小老婆,而让咱们饿得要死要活!”

“这抢聘礼的事,神灵们会不会怪罪?”

“你要再这样啰嗦我可就走了!”

栗温保再一次摸摸自己的肚子。好像为了催促他下决心,屋里突然传出了他那没满月的女儿响亮的哭声。“那就干吧!”栗温保发狠似地握起了拳。老天爷,你该看明白,我栗温保这样做也是不得已,俺总不能让俺的老婆孩子饿死吧?……

对盛家的抢劫进行得十分顺利。栗温保和肖四是半夜时分翻过盛家低矮的院墙进入盛家院子的。他俩原来对这次抢劫可能遇到的麻烦做了多种分析和准备,肖四甚至让栗温保把猎枪也拿上了,但这些应付抵抗的准备最后都没有用上,盛家母女基本上没做什么抵抗。母女俩显然从没想到还会有人来抢劫她们,当脸上抹着锅底灰的栗温保和肖四用小刀拨开她们的门闩突然出现在她们屋中时,云纬娘所做的惟一动作就是抖索着手把油灯点上,而云纬只来得及叫了半声:救命——嘴随即就被肖四捂住了。接下来只穿着内衣的娘儿俩双脚、双手都被捆上,嘴里被塞了破布,眼睛被手巾勒住。只能凭耳朵去听两个男人在屋里的一举一动。

那批聘礼就堆放在屋角,似乎还没有动过。装银子的红纸封根本没撕开,捆绸缎的带子也没解开过,各样吃食就原箱原篮原盒在那里放着。温保和肖四在微弱的油灯光下看到那批东西时真是心花怒放,他们不用再费别的力气,只需把那些东西往胳膊上挎、往怀里塞、往肩上扛就行。整个抢劫过程进行得有条不紊。第一次干这种事的温保和肖四一上来还有些紧张、害怕，到后来也变得不慌不忙从容不迫了。临走的时候，温保心里忽然涌上来一股对不住这对母女的歉意，就低了声说："对不住你们，好在你们日后可以向晋老爷再要，他家有的是——"肖四没让他再说下去，拉上他就出了屋门。走前，肖四吹熄了屋里的油灯，把屋门又轻轻关上。

两个人兴高采烈地向院门走去，眼看抢劫计划就要全部完成，不想这时出了点意外：原来温保的老婆草绒从肖四老婆的嘴里知道了丈夫和肖四今晚要抢盛家的事，不顾产后还没满月，竟也摸着找来了。草绒那刻喘息着站在盛家院门口，看见丈夫和肖四出来，立刻压低着嗓门叫了一句："他爹！"

"嫂子?!"黑暗中肖四最先跑过来，"你咋会来了?"温保那高大的身躯紧跟着晃了过来，急切地责怪："你还没满月，万一招了风咋办?"

"死了也比看见你们做这伤天害理的事——"草绒一句话没说完，嘴便被丈夫的手捂住了，"我的祖奶奶，别大声说话，万一让村里人听见——"

"快把你们抢的东西给人家放回去，咱就是饿死也不——"草绒努力扯开丈夫捂她嘴的巴掌，喘息着说。但温保知道事已至此不能反悔，而且这不是久留之地，没等她说完，把手上的几样东西塞给肖四，双手把老婆一抱便快步向黑暗里走去。

"老天爷会惩罚你们的……"

温保在妻子的诅咒中向天上看了一眼，但愿上天能够宽恕俺们。俺们也是没有办法，俺们实在是饿极了，有一点填饱肚子的东西俺们也不会来干这种事。俺们知道这有点伤天害理，有点坏良心，可别的还有什么法子呢？老天爷，你能眼看着让我和我的老婆、女儿饿死吗？这世上为啥不能兴起一个规矩：有福同享、有祸同当？有吃的大伙匀着吃，有磨难大家匀着受，那该多好！但愿上天开恩，能让俺们人间人人平等，大家平等干活，平等分吃的，平等分穿的，平等分住的。再没有压在人头上逼着向俺们种地的要钱要粮的官府！即使有官府，这官府也不能欺压人，只能带着人们一起去种粮、织布、盖房子，让人们有吃、有穿、有住的。人活在世上图个啥？就是图个吃得饱、穿得暖、住得好。是男人的话，就再图一个可心的女人；是女人的话，就再图一个可心的男人。啥时候能让人们图的这四样东西都有了，这社会这世界就保准太平、安宁了，就再不会出这夜里抢劫的事了。老天爷，你要真为今夜这事怪罪真要降祸的话，就怪罪就降祸给我吧，别去碰我的老婆和女儿……

6

盛云纬后来是在一个太阳初升的早晨坐上晋府来迎娶的花轿的。和达志远走他乡的计划因为达志的变卦而未能实现,晋家送来的聘礼又被悉数劫走不能原样退回,在此情况下只有答应嫁进晋府了。当然也还有另外两条路:迁居他处与死。可迁居他处谈何容易?哪来迁居的钱?迁到何处才能避开晋金存的纠缠?死倒是容易,只是自己死了娘咋办?谁来养活她?娘这一辈子吃的苦够多了,我怎能丢下她不顾?罢,罢,罢,我认命,晋金存你个老东西,我就嫁给你,但我从今以后要天天咒你,老天爷要是有眼,他就该早点让你死!

云纬乘坐的花轿没有唢呐伴送,轿前没有迎亲的人马,轿后也没有送亲的队伍——这是云纬在答应嫁到晋家时与晋家讲定的条件。她不想让更多的人知道她屈辱的出嫁。她只想悄无声息地结束这个日子。云纬不知道她的要求也正投晋金存的心意，通判老爷也不想对这纳妾之举进行张扬，尽管当官纳妾合法合情，可它毕竟不是一件雅事。他很高兴能让这一天悄然过去，重要的是把那个妙人儿娶进屋里。

因为花轿的晃动，太阳在轿帘前便也像个偷窥的人脸一样左右摇晃。摇晃中的云纬仿佛又看见了达志那张眉清目秀的脸孔，看见他背着一包袱蚕丝向她快步走来。滚开，你个狗东西！你当初说得多么好听，你说你为了我啥事都可以做，你说你要跟我远走高飞去过幸福生活，可当我下了决心收拾好东西等在你说定的地点时，你却踪影不见了。知道我那夜是咋过来的吗？知道那天夜里我先上来是怎样的高兴后来是怎样地害怕怎样地渴盼你到来最后又是怎样的气恨吗？我恨你！恨你！你怎能这样出尔反尔？你还是一个人？为了尚家的丝织祖业，你不能走。你妈妈第二天来给我这样解释。是织绸缎重要还是我们两个人一辈子的生活重要？你既然觉着你们家的祖业重要又为啥答应和我一起远走高飞？你个花言巧语狼心狗肺的东西，你个守财奴！从今往后你就跟着你爹妈抱着织机抱着绸缎过日子吧！我一辈子不想再见到你！我过去算是瞎了眼，竟然看上了你这个守财奴！我是多么傻呀，我还会以为你会拿我当心肝宝贝，可实际上在你心里我还比不上不会说话的丝织机……

轿进城区时她听到了街边有人在指着花轿议论，议论些什么她无心去听，但她忽然从那些议论声里听到了一个男人的声音，那声音和那夜去家里抢劫的两个强盗中的一个很相似，这使她身子一震，急忙从轿窗缝里往外看去，可惜因为街边的人太多也因为轿在移动而未能寻住那声音的出处。狗强盗，是你们害得我不得不走上今天这条路的，要不是你们，我完全可以坚持把晋家的聘礼退回去，尔后宣布终身不嫁以侍奉老母。你们把我的退路断绝了，狗土匪们，你们生生把我毁了！我恨你们！只要我活在世上，我就要想法找到你们，我要报仇！是你们把我往晋家这个火坑里推的，我早晚也要让你们尝尝火坑的滋味！我前世欠了你们啥子债，你们要这样害我？我——

“落轿！”轿伕们一声响亮的吆喝把云纬的思绪截断。她透过轿窗缝隙先是看到了一所阔大的院子，随后看见两个女人簇拥着她在梅溪河边见过的那个中年男人向轿走来。晋府到了。她的心倏然一缩，怕冷似地抱紧了双臂……

尽管云纬害怕黑夜来临，但夜暗还是一点一点凑近窗户并最终踱进了屋子。当夜色把她团团围定在那把椅子里时，她猛地打了个哆嗦。她没有起身去点桌上的蜡烛，她就那样一动不动地坐着，去恐惧地想象着在这个夜晚将要发生的事情。

“三夫人，该点灯了。”一个丫鬟轻手轻脚地走进来，一边说着一边噗一声吹燃手中的纸媒，点亮了蜡烛。在黑暗被烛光驱走之后，新房里的景致又出现在了云纬的眼前：全套漆得乌黑油亮的桌椅橱柜，挂着锦缎帐帷的雕花大床，放在博物架上的玉器古玩，摆在窗台上的大盆鲜花。这会是我住的地方？

门再次被推开，两个年轻丫鬟走了进来，一个用锃亮的漆盘端着一只瓷碗，瓷碗里冒着热气；一个双手端着一个铜盆，铜盆里是半盆温水。其中一个丫鬟轻声道：“夫人，晋老爷让俺们给你送点柏子仁炖猪心来，这东西养心安神，补血润肠，吃了能补身子；再请你上床前用温水烫烫脚，去去劳乏。”

云纬没应也没动，仍呆呆地坐在椅里，双眼紧张地望着窗外。他啥时候来？他为什么偏偏要来害我？晋金存，你为啥偏偏要来害我？

噔、噔、噔，一串干硬的男人的脚步声由屋外响来，屋里的几个丫鬟闻声匆匆走出门去。是他来了。云纬感觉到自己的四肢在迅速地变冷，她用牙紧咬着舌尖，以此抑止着心里的那股越聚越多的恐惧和厌恶。

门被哐嗵一声推开。他那庞大的身躯将门框塞得很满。她低下眼，看见他那双多毛的手在插着门闩，随即看见那一对穿了官靴的脚在向她一步一步走来。

“宝贝，让你久等了，我有些公事刚刚脱身。”随着这声带了笑的低语，她感觉有一只手摸到了她的脸上。她的双唇猛地张开，她很想朝那个多毛的手背咬一口，咬住他，死死地不松口，他会像猪一样地叫吧？

“看看，多细柔的皮肤，你这皮肤比尚吉利大机房的绸缎都滑溜。”一听到“尚吉利大机房”几个字，云纬的身子便倏然一晃：尚达志，你个狗东西在哪里？在哪里呀？！

“来，宝贝，我们到床上去，让我好好看看你。”刚听见这句话，云纬就觉得自己的身子离了地。她看见他双手横抱着她，她发急地用双脚在空中猛一踢，可惜什么也没踢住。

“来，躺好，让我给你脱衣裳。我特别乐意为女人脱衣裳，这是世界上最吸引男人也最辛苦的一桩劳作。我没想到百里奚村还能出你这样美的姑娘，没想到。知道我那天头一眼看见你是啥感觉么？心跳，就是心猛地一跳，就像人跳越水沟时那样，心猛然间一提。哎哟，你乱踢什么？”晋金存突然竖了眉叫，他的下巴让云纬的脚碰了一下，“甭给脸不要脸，你乱踢腾什么？你真要不乐意了晋爷给你三条路任你选：一条，寻死，看到了吧，那边墙角有绳子，你可以在这间屋梁上上吊；第二条，要钱，你说个数，我待一会儿让人给你送来；三一条，把你卖到外地去……”屋里出现了冰冷的静寂，云纬现在后悔没有在衣裳兜里藏一把剪子，要是有一把剪子就好了，就可以迎着他的胸口猛刺过去。那他一定会大叫一声仰面倒地，从胸口里咕嘟咕嘟往外冒血。云纬记得自己曾看过一场旧戏，在那场戏里，一个女人就在身上暗藏了一把剪刀，当一个男人朝她不轨时，她猛用剪刀刺了过去。可惜我今天没带，要是带了多好！我刺倒了他之后就可以逃走，可往哪里逃呢？可——

“宝贝，好了，甭害羞。”晋金存的声音又软了下来，“脱完了衣服我们才好玩乐歇息，来，听话，你听见我气喘了吧？别让我太费力气……”云纬努力抗拒着，但身上的衣服还是在一件一件减少，最后一件内衣离开身子之后，她只能用双手捂住脸孔，听任大颗的泪珠在手掌下滚动。当晋金存那山一样的身体压下来时，云纬一下子看见了许久之前的那个上午。就在那个絮云轻飘的上午，她第一次认识尚达志，第一次看见送丝收绸的尚达志向她家的小院里走来，第一次听见他响亮的声音：姑娘，这是当机户织绸子的盛家吗？……

“呀——”云纬发出了一声痛楚的低叫。但她这声低叫很快被门外一个更高更急的叫声压下去了：“晋老爷，知府老爷差人转送来省上的一封急信！”“不用送进来了，念吧。”晋金存很不高兴地对着门外说。——“各府：顷悉英、俄、日、美、法、德、意、奥八国联军两千人已于十日向京城侵犯，遭我军民抵抗，各有死伤……”

“纬纬，我的小宝贝，见血了，你不知道我有多高兴，采阴补阳，黄花姑娘好呵……”

7

达志蹲在一架各部件都已磨损得不敷再用的旧织机前，目光发直地盯着那些经轴、箱架、梭箱和踏杆。改进织机，是爹交达志办的一桩大事，这台旧织机，便是爹给他的实验品。爹给他反复交待过：提高织造绸缎产量和质量的根本法子，是更换织机，在没有买来先进的机动织机之前，要想法改造现有的织机。爹还告诉他，眼下家里的织机，尤其是提花机，是太爷爷这一辈做的，虽说和早先祖上用的织机不太一样，有改进，但用起来还是很费力。因此，每天头晌，只要把机房里的活路分派完，达志便来到这间房里，蹲在这台旧织机前看着、琢磨着，用毛笔在纸上画着。

以往脑子里那些关于改造织机的种种设想，今天都已不知去向，脑子里浮出的，只是云纬的面孔。云纬，你现在是通判老爷的三夫人了！

他哆嗦着手去衣袋里掏出一件东西，直了眼去看。那是一个织绸缎的木梭，因为人手的长期触摸和在织机上的碰磨，它变得光滑小巧，颜色已是深褐。在那梭子一侧的平面上，用刀刻着一个模糊的姑娘头像。除了达志和云纬两人，没有谁知道那姑娘头像其实是云纬的。这是在达志和云纬相恋之后，有一次达志来云纬家里送丝收绸，拿起云纬这只常用的梭看，一时兴起，对云纬笑着说：你坐织机上别动，我把你的像刻在这只梭上。达志画和刻的本领都不强，这头像刻得很模糊，只有鼻子略像云纬的，但云纬当时高兴地攥在手里笑了半晌。云纬，从今以后，我想你时就只有看看这只梭了……

不知什么时候，尚安业走进了屋里。达志没有注意到，仍全神看着那梭，直到爹咳了一声，他才回过神来。"咋样？有没有新的主意？"尚安业轻声问儿子，"要不要请两个老木匠来和你一块琢磨？""让我自个慢慢想想吧。"达志的声音既无力又透着泄气。尚安业的嘴角咧了一下，声音中的重量增加了："达志，爹理解你的心情，可作为一个男子汉，啥事都要拿得起放得下，不就是一个女人嘛！男人活在世上，要紧的是做成一番事情，你想想咱南阳那些能让后人记住名字的男人，哪个不是因为做事成功而让人敬重的？百里奚是因为相秦七年，勤理政务，让后人敬佩的；李通是因为领兵出战，击汉中贼，破公孙述，被后人立传的；张衡是因为致思天文，制浑天仪，著地形图，被后人修墓以示敬仰的；张仲景是因为研习中医，写《伤寒杂病论》被后人尊为医圣的；畅师文是因为遍阅前代农书，著《农桑辑要》被后人赞颂的，他们中没有一个是因为娶了漂亮老婆而让后人记住名字表示尊敬的。你想想，你要是尽上全力让咱们的丝织家业兴旺发达，日后也像张之洞他们办机器大厂那样办一个丝织大厂，让咱们尚家的绸缎重新在这世上称王称霸，你不就了结了咱列祖列宗的夙愿，光了宗耀了祖，世人也会把你的名字——"

"爹，别说了。"达志打断了父亲的话，随之扬起手中的铁锤，有一下没一下地去敲打着织机的踏板。

尚安业看着了无心绪萎靡不振的儿子，无奈地摇摇头，轻叹一声，向门外走去。

出南阳城往西北方向走不到半日，便可在三里河和十二里河的中间，见到一片辉煌的西式建筑物，这便是闻名中原地区的天主教靳岗总教堂。

一个冬阳稀薄的上午，从靳岗教堂的主建筑之一——光绪六年落成的司铎楼院里，走出一个中年神甫和一个年轻的英国小伙。两人一前一后走向用砖砌墙用三合土修隍的教堂寨垣，在寨垣巍峨的南门——道德门外，坐上了一辆马车，马车立刻沿着教堂通往南阳的沙土大路，向城中疾驶而去。

一顿饭工夫，那马车便停在了位于世景街上坐北朝南的尚吉利大机房门前。听见车响马嘶，隔窗看见有外国人进了前边的店堂，捧着白铜水烟袋正坐在账桌前算账的尚安业，缓缓起身，朝正在隔壁屋里琢磨织机改造的达志喊了一声："来，跟我去应酬顾客。"便先向店堂走去。

尚吉利大机房接待外国顾客并不是一回两回，靳岗教堂的外籍传教士都不时来过，所以尚安业见到两位外国顾客并没显出意外慌张，而是不卑不亢地问："二位是要买绸缎？"

"也是也不是。"那中年神甫用流利的汉语说。

哦？尚安业和刚刚进门的达志都有些意外。

"我叫格森，刚到靳岗教堂任职，这是威廉，我姐姐的儿子。"那神甫自我介绍道，"我来任职前，我姐姐的丈夫也就是威廉的父亲，执意让威廉跟着我来中国，来南阳走一趟，知道是为什么吗？”

尚家父子这时一齐把目光对准那个叫威廉的小伙，威廉正新奇地打量着店堂和紧挨店堂的织房，见主人望他，急忙报以一个和善的微笑。

“威廉，你说吧。”神甫对他的外甥点点头，自己在柜台前的黑漆高背椅上坐了。

“我们家族祖祖辈辈都是做丝绸生意的，”威廉的汉语没有他舅舅说得流利，显得生硬，“很多很多年以前，我们家族的先辈曾是你们南阳尚吉利大机房的顾客之一！”

唷？尚安业昏花的老眼倏地睁大，他的父亲和祖父曾不止一次地告诉他，历史上尚吉利大机房曾有过不少英国顾客。

“我家的先辈那时是从贵国的新疆过来，经兰州、长安、洛阳，来到贵地的，往返一趟有时要两三年时间，但只要做成一趟生意，就能发很大一笔财。因为从你们尚吉利大机房买回的绸缎，我们是专门转卖英国王室的，他们愿出很高的价钱！”

“噢，威廉先生，这么说我们两家早就是朋友了！欢迎你的光临。”尚安业露出少有的笑脸。

“呶，认识这个吗？”威廉扯过一个小布包，从中摸出一个用红绸裹着的东西，打开，才见是一个小巧的黄杨木刻的蚕，蚕的下边是一行小巧的汉字：尚吉利机房；万历十二年。“这是我家先祖从你们这儿得到的纪念物。”

站在那儿一言不发的达志，眼前原本一直晃着云纬的面孔，此刻也被这先祖的遗物扯回思绪，开始默默琢磨这个旧英国主顾的后裔重来机房的目的：是来重叙友情再做买卖吗？那倒好，从此可以又开一条绸缎的销路了！

"我此番来,一为游历老人们不断向我讲起的神奇的贵国;二为向你们尚吉利机房表示我们家族的感谢,正是因为你们的启发,我们家族才学会了养蚕、缫丝、织绸织缎。听传说,当时贵国的皇帝规定严禁蚕桑技艺外传,而我家的先祖在你们尚吉利机房的帮助下,密藏蚕卵于竹杖中,才得以带回去。如今,我们家族已拥有了几个丝织厂,英国皇室成员和许多英国人都争购我们家族织造的绸缎;三为参观你们的工厂,继续向你们学习;最后嘛,顺便看看能不能再做点生意。不知主人可否允许我先参观参观你们的丝织工厂?"威廉含笑站起身来。

"当然可以。"尚安业首肯之后,领着威廉和他的格森舅舅向织房走去,达志跟在后边。

威廉在织房里惊奇地四顾,两厢织房都很简陋,一厢并排放着四部织机,一厢并排放着三部织机,七个女工正坐在各自的机上踏机织绸。他仔细地俯身看了机上织出的绸缎之后,说:"请再带我去别的车间看看!"尚安业有些尴尬地摇头:"就这么两排织房,其余的是些机户,一家一部织机。""不会吧?"威廉狡黠地笑笑,"历史如此悠久,在我们英国如此有名的尚吉利大机房,决不会就这么几部人工机器,就这么几个工人,你们一定有更大的车间在别处,是担心我学走了你们的技术而不让我看,对吗?"

达志注意到,一丝痛苦极快地在父亲的脸上一闪,他于是苦笑一下说:"威廉先生,因为我们这里战乱不断,机房数次遭兵燹,目前的确只有这么几部织机了。"

"噢? 哦。"威廉额上浮出明显的失望,原先的那股亢奋之气陡然间没了。他朝他舅舅摊了摊手。格森的脸上掠过一丝轻蔑,是的,是轻蔑! 尽管那轻蔑在格森的脸上只是一掠而过，达志还是发现了，顿时觉得心中一阵刺疼。

随后是参观后院的染房，在见到那些被染成各种艳丽颜色和印上各种图案的丝织物之后，威廉的脸上方重现出亮光。参观完回到前店之后，威廉只提出，想买一点染色染料和印花浆料。尚安业的眉头又意外地一耸，缓缓开口说："买染印好的丝绸可以，买染料、浆料不行，俺们从来没有出卖染料浆料的先例。"那威廉倒也没有坚持，只笑笑说："我理解你们的规矩，你们染料、浆料的配方很神奇，应该保密。实话说，丝绸我们已经会织，而且是用的机动织机，产量很高，质量和你们织的不相上下。当然，你们的手工织物还是另有特点，我即使买，少了运回去不赚钱，多了你们又提供不出，只好作罢了。"

接下来，尚家父子开始送客出门。在马车前，威廉回身，热情地抱住尚家父子吻别。尚安业不习惯这种礼节，慌慌得双颊涨红。达志因为与威廉年纪相仿，就也抱紧对方回亲了一下他的脸颊。这当儿，威廉摇着达志的肩膀说："记着，我的兄弟，要用机器！要用机动织机，要不然你们的产量和质量都将要大大落后了！"

"他们落后是一定的了！"格森傲慢地接口，尔后转向尚家父子笑笑："你们有登过峰巅的光荣，现在该我们了！"

尚家父子默望着驰远了的马车，许久没动身子。

晚饭刚吃罢，达志就被父亲喊到了屋里。

"干啥？"

"看看那幅画。"尚安业抬起手向墙上一指。

烛光略略偏斜，一两滴蜡泪从烛顶淌下，烛芯噼啪轻响了一声，火苗随即变高，将挂在墙上的那幅绫裱旧画照得发亮。"达志，看清了没？"尚安业声音低沉地问。"看清了。"达志低声答，双目依旧凝在画上。这是一幅原本藏在衣箱里的旧画，画的是明代尚吉利大机房的营业盛况。画的右边，是一节柜台，柜后的货架上，是五彩的绸缎；柜前，站着一个满面笑容的中年人，想是尚家的先辈；柜台外，簇拥着一群中外顾客，能看清的外国人有五个，都是手捧着金银脸露急迫和恳求；画的左角，一群牵驴拉马驮了绸缎的中外顾客正在向画外走。这幅画不知是当时的尚家人专门请画家画的，还是画家有感于尚家买卖之盛自愿画的，反正画上的情景和人们的传说颇是相同。

"可是今天，格森神甫和他的外甥威廉来后，却只想买点染料和浆料！"尚安业朝儿子扭过脸来，"你有啥感想？"

"咱们得努力。"

"努力干啥？"

"提高质量。我们的生丝质量、炼丝技术和染印本领估计他们还比不了。他们如今比我们厉害的，主要是织造本领，他们用的是机器，我们还是手工，手工织不仅慢而且有时难免要有皱疵、毛茸、糙斑，有错经、错纬。因此我觉着咱眼下先用现有织机提高产量，在国内卖出攒一部分钱，尔后也买点机器。我过去跟天祥皮货行去汉口做生意的伙计打听过，他们说那边的机器行卖有一种机动丝织机，说江浙一带，已经有人用那机动丝织机织东西了。"

"这还像个主意。"尚安业点点头，"你已到了当家执事的年纪，尚家的这份家业还能不能兴旺起来，咱机房还能不能让格森和威廉那些外国人看得起，全靠你了，要学会多动脑筋！"

"嗯。"达志应着，可是他就是打不起精神来干活。第二天他到织房里检修织机，把一个梭箱拆下来，却又忘记了把它拆下来的目的。他吃力地想了好久，才记起是爹嘱咐他把这个梭箱拆下来，将它一侧的木帮换换。近来，他的精神状态越来越坏，常常是事情做到一半，却又突然忘记了原来的目的，需要愣怔许久才能重新记起。他的精神常处于恍惚状态，脑子里总有一团纷乱的东西在晃。

云纬做了通判老爷的三夫人这件事，像一把三叉钉耙，过一阵就要在他心上扒拉一下，疼得他直抓胸口。他怎么也不愿相信自己如此深爱的姑娘，竟真的归别人了。后来有几天，因为精神抑郁，他干脆不吃不喝躺在床上，直希望自己快死。爹不断地提醒他要记住自己的誓言，为尚家的祖业考虑，忘掉云纬，振作起精神吃饭、干活，但他不加理会。直到那天中午爹端来一碗和了砒霜的水在他床前一放，又让人把家里织出的几十匹绸缎都搬来床头堆好，说："我现在就你一个儿子，既然你想死，那咱们就一块儿死吧。我先放火点了这些绸缎，再和你娘和你一起喝了这毒药，咱尚家和尚家的丝绸就算在这世上消了踪迹！"说着，抬手就去打火镰点火。达志当时看看白发苍苍的爹双手抖着的模样，又看看娘红肿的眼窝，再看看那些鲜艳无比的绸缎，挣起身抓了爹的手说："行了，给我端点饭来吧……"

这之后他虽然起床干了活，却仍然聚不起精神，不论干什么都默然无语丢三落四。尚安业自然注意到了儿子的这种变化，也在心里焦急。他那天站在院中隔门看见达志提了梭箱在那里傻站的样子，脑中再次浮出那个琢磨了许久的问题：用什么法子让儿子尽快振作起来？达志是因为云纬那个姑娘才陷入这境况的，要把他拖出这境况恐怕还是需要一个姑娘。重说一个媳妇？这事自然要尽快着手办，但不可能在短时间内就说成娶进门，需要找媒婆，需要物色合适的人家，这之前最好有一个——

站在院中的尚安业眼睛突然跳出一个光斑,随即就见他牙咬下唇,匆匆转身向睡房走。进了睡房,从钱柜里摸出一些碎银,往怀里一装就又转身向外走。“去买东西?”正在一边收拾衣物的达志娘随口问。“不买啥,去仙境巷。”“仙境巷?”达志娘惊得鬓发一跳,她知道那是妓女云集的花柳街。“你去那种脏地方干啥?”“去给达志找个姑娘!”尚安业闷了声答。“你疯了?”达志娘慌得踮起小脚向丈夫身前冲了几步。“我疯啥?你没见他迷云纬迷成啥样子?他又正是这种年纪,干脆让他见识见识女人,泄泄那股痴迷劲,赶快振作起来干正事!总这样萎靡不振咋行?”尚安业边说边匆匆向门口走。达志娘又慌慌喊了一声:“他爹——”但尚安业没有理会,只低了头向院外急走……

吃过晚饭,尚安业低叫了一声:“志儿,跟我出去一下。”达志机械地起身,垂了头跟在爹的身后,默默无语地走,眼不斜视,双脚不时踢了地上的石头,思想显然还沉浸在那桩痛苦里。直到爹在一处写有“香闺”的屋门前站住,对他微微说声:“进去吧。”达志才抬起眼来,但也只是嗯了一声,不问所以地走了进去。

屋里传来一声甜得腻人的女人的招呼:“哟,是尚家公子,快来呀!”随即便是达志一声吃惊的推拒:“不,不,你咋能这样?……”之后,屋里的灯熄了。

尚安业在屋门外缓缓蹲下了身子,抬脸向天痛楚地喃喃道:先祖先宗,你们该看见了的,我尚安业为重振家传的丝织业,做了我能做的一切。一个父亲,原本是不能送儿子来这里呵……

两滴老泪,渐渐就晃出他的眼眶,停在他那枯瘦的颊上,不久,又渗进了那些纵横交错的皱纹里。

他摇摇晃晃地顺了幽长的巷子往回走，巷子的尽头，传来卖唱者低郁的胡琴声和苍凉的唱腔：……八月十五月儿圆，河里无水难撑船……

年轻的南阳书院督导卓远，在主持了书院教务会走出奎星楼时，天已经晌午。他环顾了一下正午时分变得很是静寂的书院大院，把臂下装有书刊的蓝布小包夹紧些，便快步向礼门走去，预备回家吃饭。

这书院是乾隆十六年由知府庄有信建的。院前辟地列栅，左曰礼门，右曰义路，由礼门、义路而入，立石坊，匾额曰："道义渊府"，为庄有信所书。过先贤祠，为总讲堂，旁各有厢。再为尊经阁，其后皆为屋。左右分为敦仁、集义、复礼、达志四斋房，各有讲堂，堂前有大门、仪门，后有燕室、庖厨，书屋数十间。东为射圃亭，后有草庐以及假山、桥池。东南有奎星楼，西南有土地祠，东北有文昌阁，占地约七十余亩，房屋近四百间，可容学生三百多人，规模宏敞，为河南书院之最。年轻的卓远能担任这大书院的督导，除了他本人书法文章享名全城这因素之外，还因为他家世代做学官，是有名的教育世家。

他的步子迈得十分轻快。

上午的教务会令他高兴。

就在上午的会上，他提出的在教授四书五经、名佳奏章、皇诏御旨的同时，增设算学、农学、织物织造等实用学科的建议得到了通过。要培养一批有实际救国救民本领，可使民富国强的人才，是他早就有的雄心。这个建议的通过，使这个雄心有了实现的可能。倘若我为南阳，为大清国培养出几百几千个这样的人才……

"卓先生，"门房举着一张纸向他招呼，"这是知府衙门刚刚派人送来的,说是让交给你。”

“哦,”卓远应声上前接过那张白纸,见是知府衙门给各书院、学堂发的一则告示:“朝廷已与列国议和。”

卓远脸上的笑意倏然间无了踪影。议和,大清朝廷只有这个本领了!在被人家掠地屠城之后再奴颜婢膝地去议和,你们的那张脸就不知道发热发红?

他的心情一下子坏了下来。

这些天,他一直在关注着京津地区的局势,通过各种渠道了解有关消息。那些消息每一个都令他痛心不已:天津沦陷,北京失守,唐山、秦皇岛被占……现在议和,能议出一个什么结果?割地?赔款?丧权?

这个大清国的明天会是一个什么样子?……

“远侄。”一声招呼把卓远从默想中扯出,他看见是尚安业在向身边走来,忙问:“尚伯伯,有事?”

“嗨!”尚安业叹口气,低了声把儿子达志因失去云纬而精神萎靡一蹶不振的情况说了一遍。

“噢,那你找我是想——?”卓远一时没听明白尚安业的意思。

“你有学问见多识广,他又信服你,你能不能去劝劝他,尚吉利大机房全指望着他哩!”

“好吧。”卓远攥紧了手中的那张告示,“咱们的国事、家事都不轻松呵!”

卓远嘱咐罢妻子去西院喊达志之后,自己便开始在书房里默默踱步,思索着如何开始对达志的这场劝说。

对达志经历的这场婚姻变故,卓远是深深同情的。这桩意外不仅使达志痛苦,连卓远也想不通。怎么劝?忘了云纬?

那么简单？因为过去常同达志聊天，卓远知道达志对云纬的爱恋是多么深，这种感情能是几句劝说就忘得了的？

卓远的目光在书房内游移不定地晃，像是在寻找着劝说的论据。这是一间挺大的书房，东西两壁各放着三个书架，每个书架都满满地放着书。卓家世代书香，这些书是卓家几代人搜买积聚传给卓远这个长子的。前墙木格窗前，放着一张书桌，桌上摆有笔墨纸砚，这是卓远读书、备课、写字的地方。靠后墙放着一个乌木小几，小几两旁放两个黑漆小靠椅，书房是不待客的，这是卓远偶尔同来访的学界朋友聊天时坐的地方。小几上方的墙上，挂着两个绫裱的条幅，条幅上的字是卓远死去的父亲卓老先生的遗墨。一侧的条幅上写着：易弯最数腰；另一侧的条幅上写着：能软当推膝。两个条幅之间，挂的是一幅卓老先生的国画遗作，画面上是一个奇特的躬腰屈膝的学人。卓远不知道父亲作这幅画的用意，不过此刻看见这幅画，他忽然想到了达志，忽然觉得父亲当初作这幅画的用心，可能是在提醒后代：人的腰是很容易被痛苦压弯的……

院子里响起了达志的脚步声。达志瘦多了，往日圆润的下巴，现在变得十分尖削；眼眸也不像往日那样鲜活顾盼，转动时仿佛坠了重物一般。“卓远哥，你叫我有事？”他站在门口哑声问。

卓远无言地点点头，看见达志这副样子，他在心疼的同时，倏然想起了另一个人的面影，对，应该带达志去见见那个人！

“达志，我俩一块出去走走。”

达志于是垂了眼，默默跟在卓远身后向街上走。尽管他根本没有散步的心绪，可他对一向敬重的卓远的话，还是立刻听从了。

卓远领着达志拐进一条小巷，在巷底的一个小院门口，停了步，指着呆然枯坐院中的一个男子问达志："认识他吗？"

"他不是你家嫂子的疯哥哥么？"达志双眸一跳，不知卓远何故领他来这里。

"知道他是为什么疯的？"

达志摇了摇头，注意到那疯子向他转过脸来，抹了一下嘴角上的涎水，而且傻笑着招了招手。

"七年前，他和我一块在塾馆读书，他的成绩比我还好。后来，他爱上了栖凤街上的一个漂亮姑娘，他和那姑娘爱得你死我活，可那姑娘的爹却执意把女儿嫁给了一个盐商的儿子，于是他便由气由恨由忧郁，变成了这个样子。"

"哦？"

"他为爱付出的代价太大了！爱是该付代价的，但为爱付出如此高的代价我以为是有些过了。男人活在世上，除了爱女人之外，总还有许多别的东西要去爱，比如父母，比如兄妹，比如朋友，比如国家。一个男人，如果仅为了一个女人，甘愿把别的一切都抛掉，他会获得世人的惊叹甚至赞叹，但他获得不了我的尊敬！"

达志无言地看定那疯子。

"就拿他来说，"卓远指了一下内兄，"由于他的疯，致使他的妈妈忧虑成疾，早早去世了；他的父亲因为忍受不了儿子的疯和妻子的死这双重打击，觉着生活太难忍受而悬梁自尽了。一个原本幸福的诗书之家就此垮掉，他的妹妹不得不靠上街卖画养活他。我便是在这时向他的妹妹求婚的……"

"噢——"

"我觉得，不论是男人还是女人，在去爱时都应保有一定的理智，不能全凭感情。感情这东西有热度，过浓的感情容易腾起火苗，那火苗是会烧毁东西的，像我这位内兄的感情之火，不是把他的双亲把他的家庭全烧毁了？我想，你总不会也愿如他那样变成一个疯子，整日枯坐在你们尚家院里吧？”

达志在卓远的话声里，慢慢蹲下了身子。

卓远叹一口气。达志，原谅我把话说重了，我把你带到这里，就是想让你看看人因为长期忧郁可能变成的模样。人的精神其实是很脆弱的，它并不能经得起痛苦长久的折磨，学会忘却吧。

“卓远哥，男人要不会爱女人该多好呵！”达志喃声说了一句。

卓远苦笑了一下：“说傻话了！男人要不爱女人，那人类还怎么延续下去？咱们两个那年去武当山，在金顶不是见过道家的那个阴阳鱼符号吗？”他边说边用脚在沙土地上画出了那个图案：☯“这符号不也在告诉人们，阴阳相抱才构成世界么？说到这里，我忽然想起了你们家前院竖着的那块石头，那石头上不是刻有五道横竖线相交的图案？我这会儿觉得，那图案很可能和道家的阴阳鱼符号一样，表达的是对这世界的一种认识，即认为世界是由两种东西交汇而成的，人类是由男、女交汇而成，生活是由苦、乐交汇而成，事业是由成、败交汇而成。你们家先人竖那块石头刻那个图案的目的，极可能是为了提醒你们这些后人——”

“是么？”达志站了起来……

近午的秋阳还很有点热劲，把达志和驴队的赶驴汉子们都晒得汗水淋淋。连那驮了新丝和染草的十头驴的身上，也都沁出了汗珠。

驴蹄在板山坪通往南阳的土路上踢踏出挺大的声响，驴们的喷鼻声不时在队前队后响起，间或有一头驴站下撒尿，哗哗声能把路旁树丛里的小鸟惊飞。天蓝得彻底，显得格外阔大高远；地黄得好看，已熟的谷子和高粱在空气中散着沁鼻的清香。

走在驴队前头的领队汉子扭头对达志笑说："日他奶奶，走长路太闷人，咱们得哼它几句曲儿！"言罢，不待达志开口，便张嘴尖声唱开了：

妹儿房中绣白鹅，
忽听门外人喊我，
用手推开门两扇，
原来是东院刘大哥。
刘大哥在家忙呼啥？
为啥总不来俺家坐？

他的话音刚落，走在驴队后尾的一个瘦小汉子便立时接口唱道：

不是不想来跟妹坐，
实是地里活太多。
东地高粱要砍倒，
西地谷子没有割。
妹妹若是有空闲，
何不跟我去地里坐？

前头的汉子朝达志挤挤眼，又跟着尖声唱：

地里都是土坷垃，
俺去好在哪儿坐？

后尾的汉子接着又吼：

你就坐在俺腿上，
又颤又晃又软和，
你冷了我用衣裹着，
你热了我把你衣脱了，
亮出你胸前那俩坨坨，
顺便让俺解解渴……

哈哈哈……唱的和不唱的赶驴汉子都笑了，达志脸上也浮了一个开心的笑容，这气氛感染得那些驴们也都昂哧昂哧地叫了一阵。

前边已经望得见南阳城了。这次进山买新丝和制取染料的染草还算顺利，不光新丝和染草的质量不错，价钱也合意，而且来回都平安，没有遇见一拨劫路的。达志知道，这全赖自己雇了这个人人有刀有火枪的驴队，一般人不敢动手。看来，以后若去汉口买机动织机，也要雇这种武装起来的驴队！

达志现在已经把买机动织机当做今年年底或明年年初要办的一桩大事。只要把这次买的这批新丝再织成绸缎，估计就可以凑够买一台机动丝织机的款了！如今，他总算已从那场婚姻痛苦中拔出了腿，开始把心思放在了家业的发展上。他能做到这点，时间固然起了重要作用，毕竟有好多日子已经过去，当初心中的那股锐疼已经变钝，伤口开始缓慢地愈合；但重要的则是爹那晚亲领他去妓院一举对他起到的震动和卓远的劝说。他从幼时起，就听到爹娘无数次地警告他不许去“仙境巷”玩，说那是下贱的脏地方，说正派人连一眼也不应朝那里看！可那晚，父亲竟亲自领他去了那地方。当时他不知所以地进了屋，一见有一个穿得花红柳绿的姑娘扑到他怀里就去解他的衣扣，使他受到了怎样的惊骇！他转身想去拉开门走，但那姑娘和鸨母死死地抱住他。那一刻他对父亲怀了极度的气恨和恼怒:你怎能领我来这种地方?!是不是你真迷了路?!但当那姑娘裸身站在他面前说:“你爹已经替你把钱付了,他是想让我帮你去去痴情”时,他才一下子瘫坐在地,用双手捂上了眼睛。噢,爹,爹呀!那一霎他才知道爹爹的用心,才明白清白一辈子的爹爹要做此举得经受怎样的苦痛!心里才受到了极大的震动:不能因为一个女人把家业发展这桩大事抛了,让父亲伤心!那晚,他就在那妓女的床下蹲了一夜,任那妓女怎么劝说也不抬头。第二天一天,爹和他他和爹都不敢用眼睛对视,傍晚时分,爹把一沓钱扔到他手上说“去吧”时,他扑到爹的怀里说:“爹,我会慢慢忘了云纬,会的!……”

后来又有了卓远的劝说。自此以后,达志果然就恢复了婚事之前的那种精神状态,早晨按时起床晨读,之后开始在店堂、织房、机户间忙活,偶有闲空,便钻进放旧织机的那间屋里,琢磨织机的小改造和设计丝织物的图案、花纹。只是到了更深夜静的时候,他一个人躺在床上,才又禁不住地去想起云纬,想起自己那原本应该进行的婚礼。但这并没再影响他第二天的工作。这一段时间里,他已逐步从爹手中接下了对整个机房的管理,从新丝的购进到绸缎的织造、印染、销售,从计账到给织工、机户分派活路,从接待顾客到对税局、钱庄等方面的应酬,都由他一人出头来办。日子虽不长,但效果不小,脚踏织机和花机又各从乡下买进一台。原来的每台织机和每个机户的日产量都有增加,绸缎品种、花样亦有变化,顾客不断地骑马赶驴来到门前,一个繁荣的样子已经显出来了。

“少东家,南阳城快到了,晌午能不能请我们喝两口?”驴队领头的汉子叫。

“放心!”达志抬头笑道:“镇平黄酒,管够!”

“好！喝黄酒——”赶驴的汉子们一齐甩起了鞭子，湛蓝的空中顿时荡开一片啪啪的响声，驴蹄的翻飞在土路上搅起了烟尘，驮在驴背上的丝捆在阳光里一闪一闪……

8

轿在武侯祠大门外的高台阶前落下，晋金存下得轿来，细细地整理了一番衣冠，便恭恭敬敬地拾阶向那挂有“千古人龙”匾额的祠门走去。

每当闲暇时，晋金存总要来这离城七里的武侯祠里走走。在南阳历史上的众多名人中，他惟一尊崇的，就是武侯诸葛亮。他欣赏诸葛亮的，倒不是他的足智多谋和对汉室的鞠躬尽瘁，而是他的官至丞相。一个外地移民最后能做到此等高官，封了侯立了祠，真是死也可瞑目了！身为男人能有这样一番结局，才真叫活得轰轰烈烈。

他沿着甬道，穿过镌刻有“汉昭烈皇帝三顾处”的石牌坊和仙人桥，越过朱红大门，径直走进大拜殿，在诸葛亮纶巾羽扇的塑像前点了一炷香，鞠了三躬，尔后站下，像以往每次来一样，久久地端详着武侯的面孔。

他再一次觉得，诸葛亮脸上露出的，是一股得意！尽管那么多人都说他们在诸葛亮这座塑像的面孔上看到了飘逸、忠诚和慈和，可他每次来看，却都清楚地发现，罩满诸葛亮脸孔的，是一股得意。

一个在仕途上登到如此高位的人，难道不该得意？

武侯，我理解你！

男人在官场得意那才叫真正的得意！

你会写诗作词，那你就只会让那些喜欢舞文弄墨的人看重你；你有本领造机器，你只会叫使用你的机器的人看重你；你经商有道，你也只会让经商的人看重你；可只要你当上了官，社会上的一切人就都得看重你，都要听你的！谁不听都可以处置他！

男儿有志，就该到官场里去比试比试！

此刻，晋金存又记起父亲从小就向他说的这句话。晋金存老家在邓州南部，晋家有地数顷，家产在地方上也颇有名气，过去却就是与官位无缘，晋家几代人想通过科场考试谋个一官半职，却都没能如愿。直到晋金存长成，其父下决心用半数家产为儿子捐了个在知县手下做事的小官。晋金存还真为父亲争气，入了官场后，凭着自己的机灵和精明，硬是干到了六品官。当然，这六品官位来之不易，晋金存至今还记得那个升迁机会——他看出邓州知县和南阳知府大人之间的不睦，知县屡屡顶撞知府，也看出南阳知府一心想处置邓州知县却苦于无借口，于是便把知县在一次酒醉时对知府和朝廷发的牢骚密报了上去，知府大人得到他的密报后高兴非常，立刻奏请巡抚以谋反罪革了那知县的职，并同时以对朝廷忠贞不贰为名上奏，破格地把晋金存提升到自己身边做了通判。

看来，登官阶也有诀窍，这诀窍之一，就是要寻找缝隙。

眼下,每个官阶上是都站满了人,但站满了人并不是说你就不能往上走了,因为已站在官阶上的人难免要为各种事情各种利益互争互抗互斗。当他们互相抗膀子的时候,他们的一侧就会闪出缝隙,后来者便可以顺着这个缝隙往上走!

武侯,你说我这想法有无道理?

诀窍一定还有很多。做官和做工务农经商一样,既然是人可以成年论辈子干的事儿,就不可能不被人们寻到诀窍。这方面,你武侯肯定知道不少,而且你一定实践过,要不然你不会登上高位并长久地稳站住高位!当然,你不会说出来,你想让后世的人们把你当忠贞不贰鞠躬尽瘁的老臣看,你只让“前后出师表”流传下来,你需要一个美名!不过我可以断定,你在官场混时一定有不少绝招!

我正是因此而钦佩你!

晋金存又缓步踱到茅庐前。当年,刘备带着关羽、张飞来到南阳卧龙岗,就是在这座草庐里三次恭请诸葛亮的。他绕着草庐走了一圈,摸了摸檐前那些虽经多次更换仍已变黑了的苫草,淡了声说:“这草又该换了!”“是的,老爷。”一直悄然陪在他身后的祠内管事急忙应道。

武侯,我猜,你当初所以让他们三请,其实是为了提高自己的身价,以便使自己的身价换来更高的官位;我甚至想,在他们未来请你之前,你已经暗中派人外出四处传言,说你如何如何的有才有识,目的就是寻找出仕的机会。假若我的这些猜测准确,也无可厚非,因为做官和经商一样,什么手段都应该使出来。

武侯,愿您在冥冥之中点化我,使我这身官服也能尽早再换一换……

懒散的春阳终于拨开了面前的浮云,温煦的阳光顿时洒满了整个卧龙岗，也洒满了晋金存这个今天最早走进武侯祠的游客的身子。他在和暖的阳光下定定地站在诸葛茅庐门口，久久没动。

祠门外，一群衣着华丽的女游客，格格笑着开始登阶入门。听到那阵笑声，晋金存才扭过了脸。他的目光在那群女人身上一掠而过。自从娶了云纬之后，他已经对任何女人无了注视的兴趣。我已经有了南阳长得最美的女人，有了人人眼红的官位，有了可保终生衣食无忧的金钱，也许我该知足了？……

云纬知道晋金存坐在床沿正迫不及待地看着自己，却故意放慢卸妆的速度，对着镜子缓缓取下发髻上的银簪银钗，将头发散开，尔后用梳子去一遍一遍地梳。镜中的云纬，裸露的双肩浑圆雪白，如凝脂一般；只穿一件白丝内衣的胸脯，比初来时显得格外饱满；双颊也更加丰腴鲜嫩。你不能不承认优裕生活的力量，尽管嫁进晋府后云纬没有一天真正快活过，胸腔里装的全是对晋金存、对抢劫的土匪、对尚达志的恨，但精美的饮食，不用进行任何劳作的悠闲，仆人们的周到伺候，白天的充足睡眠，还是使她那健康的青春肌体在飞快向美处变。加上高雅漂亮的服饰，她身上的那股魅力，变得比当初更加逼人和惊人，以致晋金存如今的目光，再不愿离开她去看另外两个夫人一眼。

“现在是睡觉，又不是出门访亲，梳那样仔细干啥?”只穿着短裤坐在床沿的晋金存终于忍耐不住，小心催道。他如今已不敢对这位三夫人太凶，要不她板着脸子上床，干什么都不配合，岂不让人扫兴?

“我要去漱漱口。”云纬从梳妆台前站起，扭身走进了隔壁房间。她在那锃亮的铜脸盆前站立了许久才端起漱口杯，她想尽量拖延上床的时间，她现在只有用这个法子来发泄心中对晋金存的愤恨，她要折磨这个淫欲难耐的东西！她发现他现在已离不开自己，无奈中的她于是便把夜生活作为折磨他的一个武器。

“我的小祖奶奶，漱漱口也要用这么长时间？”两眼被淫欲烧红的晋金存，急火火地跑到门口催。

“好了。”云纬故意斜眼朝他一笑，“这就来。”她不得不走进卧房，但当晋金存扑来要抱她时，她却又敏捷地闪到茶几后边，乌眸一眨，含了笑说：“我听二夫人讲，老爷的武功不错，能头顶大花盆半蹲一个时辰，不知能不能做给俺看看？！”

“那倒是真的，”晋金存拍拍自己多毛的胸脯，“只是眼下这种时候我多么想抱住你——”

“你今晚必须让俺长长见识，要不，俺就不上床！”云纬故意将眉梢吊起，做嗔怪状。

“好，好，就依你！”晋金存为了不惹云纬生气，只好让步。“啾，我站这里，你去把窗台上的那个大花盆搬来，放我头上。”

云纬便快步走近窗台，去搬最大最重的那盆月季。临搬前，趁晋金存站那里运气不注意，又顺手操起浇花的壶，把壶中的水全倒进了花盆里。

大花盆放在了晋金存的头上。晋金存果然有些功夫，几十斤重的花盆顶在头上半蹲在那里一动不动。但渐渐地，刚浇进去的那些水开始顺瓦质的花盆底部渗出，沿着晋金存的脖子往他那赤裸的上身流。他显然没料到花盆中还有水，身子立时打了个冷战叫：“怎么还有冷水？”“大概是渗到土里的，不会多。老爷的功夫就是好！”云纬笑着夸，“我在这儿计算着时间,看够不够一个时辰!”一丝阴冷的恨同时在她的嘴角一闪而逝。晋金存显然是强撑着半蹲在那里,任那几股细水像几条腹部冰冷的蛇一样在胸前、后背爬着。他打了一个哆嗦,赤裸的上身凸满了鸡皮疙瘩。云纬暗暗一笑,又悄无声息地推开了一扇窗,夜晚的冷风立时扑进屋来,紧紧围住了晋金存只着一条短裤的身子,使得他那粗短的两个小腿开始轻轻抖起来。

当一个时辰过去花盆从头上拿下之后,晋金存连连打了三个响亮的喷嚏。“老爷的功夫真漂亮!”云纬一边继续给晋金存灌着米汤一边给他那冻得乱抖的身子盖上被子。“快来暖暖我!”晋金存牙齿咯咯地磕碰着,“明天是九九重阳节,原定要和知府大人一块儿去独山赏秋,可别让我病了!”云纬不得不上了床。当晋金存暖和过来的双手开始伸向云纬的胸口时,她闭上眼在心里叫:阎王爷,你要是有眼有珠,天不亮就该让晋金存生一场大病,尔后把他的魂灵收了去,收了去……

出南阳城北行二十里,可在白河边上见一孤峰飞峙,这便是以出美玉、蕨菜闻名中外的独山。登临独山,东可赏白河秀水,南可观南阳城区,西可看沃野平畴,北可览茅庐民居,很有一番情趣,所以年年秋天都有人专门登山看景。当年大诗人李白游南阳时也登临过独山,且还写过一首《感旧》的诗:“昔在南阳城,惟餐独山蕨。忆与崔宗之,白水弄素月。”如今的每年仲秋时节,南阳知府总要和他的一班吏属带上妻子儿女,来这独山上赏秋。

今天,便是官家们赏秋的日子。

日上三竿的时辰,一辆又一辆马车在独山脚下停住,官人和太太们开始换乘小轿,被往山上抬;侍卫仆人随从们,则在轿后争相往山上爬。山顶,早已搭好了观景台。这观景台是一个可用人工旋转的大木台,台上放了一圈桌椅,桌上早已摆好了菊花酒和菊花茶,酒是供官人们喝的,茶是让女眷们饮的。

晋金存今日瞒着大夫人、二夫人,只带着云纬一人上山。云纬随在晋金存之后出现在观景台上时,已坐在台上的所有人的目光全被云纬吸了来,人群中发出了几声低低的惊叹:嘀,好美的女人!云纬今天穿一袭淡色旗袍,未着艳装未施脂粉,但那股天然的清秀风韵却一下子压倒了在场的所有太太小姐,使男人们的眼睛一见便不舍放开。“金存兄真是艳福高照,三夫人可谓漂亮得惊人呵!”坐在知府左边的同知大人这时开着玩笑。晋金存早听到人们对云纬貌相的低声喝彩,及至听了同知这话,更是高兴得心花怒放,连连抱拳说道:“大人夸奖,大人夸奖!”

我晋金存的眼力不会差的,不得则已,要得就得好东西!早晚有一天,我会把知府大人的这身四品官服也得到手的!晋金存谦恭地望了一眼知府大人,在知府右边的位子上落座。

观景开始了。八个赤膊大汉在观景台下缓缓地推着台子旋转,台上的人便在饮酒谈笑中纵目去观四周的景色:玉带似的白河,河面上的舟楫,金色的沙滩,城区里鳞次栉比的房屋,田野中黄金色的谷地,绿色的茶树,田中拖犁行走的黄牛,带着篱笆的茅舍,纵横的阡陌,山坡上怒放的山菊……

伴着观景台的缓慢旋转,台外的一个歌女在胡琴、竹笛的伴奏下,脆声唱着李白的那首《南都行》:

南都信佳丽,
武阙横西关。
白水真人居,

万商罗廛寰。
高楼对紫陌，
甲第连青山。
此地多英豪，
邈然不可攀。
陶朱与五羖，
名播天壤间。
丽华秀玉色，
汉女娇朱颜。
清歌遏流云，
艳舞有余闲。
遨游盛宛洛，
冠盖随风还。
走马红阳城，
呼鹰白河湾……

“怎么样，宝贝儿？这景色美吧？”晋金存在同知府说话的间隙，回首附在云纬的耳边问。

云纬淡然点了下头。她其实既没观景，也没听歌，只是凝眸高远的蓝天，在那里苦想：我的命为啥这样苦？人在十二岁上正是依靠父母的时候，我的父亲偏偏在这当儿去世；别人家都有兄弟姐妹，惟我孤身一个，时时要操心照料有病的母亲；那么多姑娘都能嫁一个可心的男人，却单单让我遇上了晋金存和尚达志这类东西！人的命究竟是咋着回事？为啥别人可以享有的，偏偏不让我享有？……

“三夫人改日请随金存到我府上做客。”胖得肚子如同孕妇一样的知府大人，这当儿扭过头来同云纬搭话。云纬没有听见，慌得晋金存急忙伸手捏了一下云纬的膝盖，才使她从怔忡的神态中回复过来。云纬正不知该怎样开口,幸好同知大人这时插言朝知府问道:“大人,听说朝廷与美、英、俄、德等十一国已经谈判签了条约,为去年在北京发生的事赔了一笔巨款,可是当真?”

知府点了下头,面色阴沉下来:“听说是要赔四亿多两,但眼下还没有正式通报,看来,我们又要过几年紧日子了!”

“这些赔款难道还要摊派下来?”晋金存接上去问……

云纬扭过了头,她无心去听这些与己无关的谈话。她把眼睛又移向了蓝天,又接着去想刚才正想着的问题:难道冥冥之中真有一只手,在给每个人划定命运之路?那只手为啥要给我这样划呀?……

9

秋天，是乡下穷人家最忙的季节，每一家都要在这个季节里忙着为紧跟而来的冬天和来年春天预备下吃的、烧的，稍一偷懒，冬春时节就要饿肚子。像落霞村栗温保这样只有亩半薄地的人家，更不敢大意，更须抓住机会收集一切可吃的东西。也就是因此，温保和妻子草绒在城中官人们赏秋的重阳节，背着孩子扛着镢头走进了那片紧靠去独山官道的红薯地。

“乖妮，别乱爬，就坐这路上玩。”草绒把一岁多的女儿往长满葛麻草的田间小路上一放，把小拨浪鼓往她手里一塞，就提起镢头和柳条筐，快步走进路边的一块红薯地里，和丈夫温保一块刨起来。

这连在一起总有十几亩的大片红薯地，属城北姓骞的一家大富户。地里的红薯早已挖过，空地里散扔着变干了的薯秧。草绒和温保在空地里刨，是在找主人挖时偶尔遗留下来的红薯。这是穷人解决吃食的方法之一，俗话叫“刨溜红薯”。因为骞家富有，红薯是雇人挖的，遗留在地里的红薯比一般人家的地里都多，所以草绒和丈夫这两年每到秋季，收拾完自己那亩半薄地里的秋庄稼，总要跑十几里路特意到这里来刨找红薯。

夫妻两个不再说话，都弯腰挥镢很快地刨起来。收获还挺不错，一个人每刨一袋烟工夫，刨出五步见方的面积，就差不多能刨出一个红薯来。每当镢头下滚出一个红薯时，两人的眼中都要闪出一丝惊喜。

附近官道上的官轿、马车、牛车络绎不绝，人笑、马嘶、牛叫不停地传过来，但温保和草绒无心也无暇去看，只是一个劲弯腰刨着。

秋日当头的时候，两人已都刨找到了近半筐的红薯，因为热和累，温保是早已脱光了脊梁，草绒的褂子则已被汗水浸湿半截。“你去歇歇顺便喂喂娃子，我去找点柴草，咱们烧红薯吃。”温保对草绒说罢，扔下镢头，便去地中间的一条水沟埂上拣拾柴草。

秋阳融融，默默轻触着草绒那汗湿的衣衫和温保赤裸的肩头；生起的火堆在哔哔剥剥轻响着，青烟缓缓升入空中，又被微风变成好看的链环；近处有不知名的秋虫在鸣；女儿在草绒怀中大口地吮着奶头；放入火堆的几个红薯在温保手中棍子的拨弄下翻着身子。空气中渐渐飘起烧红薯的香甜味儿。这幅恬淡的生活场景令草绒和温保都有些陶醉，两人的脸上都溢着满足的笑意。

“吃吧。”温保把第一个烧熟的红薯拿到手里，剥开皮递给草绒。草绒用手掰了一小块，用嘴吹吹，尔后挣开奶头，把它填入女儿口中，女儿立时甜甜地嚼起来。

“这日子多好!”草绒边嚼着红薯边感叹了一句。“嗯,好!”温保吞了一口红薯笑着附和。

当两个人重又开始下地刨时,在独山上赏秋玩乐的人们也开始回返了。一溜马车、官轿走到红薯地头,相继停下,大约是要歇歇,车伕、轿伕们扯着手巾擦汗,车里、轿里坐着的男人、女人们便下车、下轿说笑,有的男人点着了水烟袋,有的女人则顺了田埂小路,往路两边的田野里走,间或有女人惊喜的尖叫响起:哟,这里也有野菊花!

草绒和温保只是扭头看了一眼那花花绿绿的人群,便又低头干自己的活。当草绒又刨挖一阵抬头抹汗时,发现有两个富家女人已走到自己女儿枝子坐着的地方,蹲在小枝子面前。她担心她们惊吓了孩子,扔下镢头便向女儿身边走。走近了才看明白,那两个年轻女人中一个是太太一个是丫鬟,那极年轻的太太正含笑把一块麻糖往妮儿的手中放。“谢你了。”草绒高声说道,并没认出这就是当初被丈夫绑过抢过的云纬。“这是你的女儿?长得真漂亮!”云纬自然也不会知道草绒是谁,只是望着那面目姣好的妮儿笑道。听人夸奖自己的女儿长得好,草绒异常高兴,畅笑着说:“可惜她没托生到你们那样的好人家,她跟了俺们只有受苦。”“放心吧,我们夫人今日见了她,就会带给她福气。”丫鬟巧笑着接口。云纬这当儿仍在逗着那妮儿玩,无意之间,她的目光落在了妮儿扔在身旁的拨浪鼓上。她那目光原本是要一滑而过的,却忽然停住,盯住了拨浪鼓上两个用细绳拴住用来捶击鼓面的翠色玉珠,这玉珠她太熟悉了。它们原本是两串,是盛家祖传下来避邪的用物。云纬从六七岁起,妈就让她把它们戴在两个手腕上,为的是避邪祛灾。遭到抢劫的那天,左手腕上的那串珠子被土匪捋走了。这珠子怎么会落在这小姑娘的拨浪鼓上,莫不是——？

云纬的眉头倏地一缩。

“独山上的那座道观还在吧？”草绒曼声问道。她并没看出云纬的神情变化，更没想到她当初从丈夫口袋中摸出的这些玉珠就要给她的家带来危险。

“还在。”云纬淡声应着。为了不弄错，她装作不经意地伸出右手腕，把那两粒玉珠和右手腕上还戴着的那串玉珠对照了一下。是的，色泽、大小、光度、开孔方法都一样，不会错的！谢谢老天，你终于让我找到了线索！她现在开始重新审视那妮儿，看这妮儿的样子，她不会超过两岁，那么照这时间推回去，她的妈妈当时应该是在坐月子！对，坐月子！云纬记得很清，遭抢那天，当她和娘被捆坐在屋中时，她听见一个女人来到了院门口，其中一个土匪对那女人说：你还没有满月，万一招了风咋办？

“你这妮儿多大了？看她一脸福相，长大了说不定要享大福大贵哩。”云纬还想进一步证实。

那边正挖找红薯的温保，听见这边几个女人说得热闹，而且是说自己的女儿，就也扔下镢头走过来，接口道：“穷人家的女儿，只怕是个童养媳的命哩！”正蹲在妮儿面前等着草绒回答的云纬，原本没注意到温保的走近，这时听到这声音，呼地扭过头来，眉梢受刺似地一抖。这声音太熟了！这就是那个进家抢劫的土匪的声音，是的，我决不会记错！是他，什么都不用证实了！

“你们是去独山赏秋的吧，独山上的人多吗？”温保一边掏着旱烟袋一边望了两个女客随口问，目光在触到云纬的面孔时，颊上的肌肉猛地一哆嗦。草绒也没发现自己丈夫的神情变化，仍旧絮絮地问着那丫鬟在独山上看到了什么秋景。

这时大路那边传来了喊声:夫人,上轿了!云纬和丫鬟匆匆扭身向大路上走去。这边的温保急忙走到妻子身边低声说道:"草绒,快走!知道那夫人是谁么?就是那次我和肖四去抢的那个叫云纬的姑娘,糟糕!她的眼神不对,八成是认出我了,快走!"温保奔到地里,把筐里的红薯一提,将两把镢头往肩上一扛,便顺着野地往家的方向疾步走了。

草绒抱起女儿在原地呆了一霎。她那晚并没看见云纬的面孔,但丈夫的惊慌使她意识到这不会假。天呀,没想到路如此窄,冤家就这样碰上了!她抱起女儿跟着丈夫的脚印走,走出近一里之后她回头一看,不好,果然有两个公人打扮的男子跟在身后不远处,也顺着她和丈夫的脚印在庄稼地里快步向这边走来。

追来了!快跑吧,温保!草绒一边在心里喊,一边抱紧了女儿,加快了脚步……

半弯月和半天星都被乌云裹走,夜风在屋檐下鸟一样地飞过,地面上只有一点可怜的光供人辨清近处的景物。此刻,在卧龙岗西落霞村栗温保家的房后,晃出了两个人影。那两个人影弯着腰踅进村边的一片树林,走到停在那小树林中蒙着黑布的一乘官轿前,低了声说:"禀晋老爷和三夫人,土匪栗温保一直没回家,家里只有他的妻子和女儿。"

"这个狗东西倒精!"轿里传出云纬恨恨的声音。后晌,她认出栗温保就是当初抢劫她家的匪人之后,回到大路上就向晋金存讲了。晋金存当时沉吟了一霎说:我们身边一时无骑马捕人的衙役,他又是顺着车不能行的庄稼地走,徒步追恐难追上;况且也不知道他身上带没带家伙,倒不如派人尾随先弄清他们的住处,晚上再动手!

料不到他竟警觉地躲了起来。

坏种!

“晋老爷,要不要先把他的老婆逮了?”轿边一个黑影问。

“那是钓饵,不要惊动!”轿中的晋金存冷声说罢,转向身边的云纬软语道:“咱们回吧,小半夜了。”见云纬没有反对的表示,便又对轿外的人交待:“留下人监视,其余的回家,起轿!”

官轿吱吅一声被抬离了地面。

“跑不了他的,宝贝!”晋金存在轿的颤悠中抓过云纬的一只手,轻捏着那柔嫩的手背。

“我真想立刻抓住他!”云纬咬着牙说。

“要真抓住他了,你打算咋着办他?”晋金存的声音里带了点逗乐的味道。

“我要扇他的脸,边扇边问他为啥子害人!”

“依我看,他倒没怎么害你。一没打你,二没——”

“哼!”云纬的这声哼里带着火星,把晋金存烫得倏然住了口。

官轿在吱吅声中开始走上卧龙岗。武侯祠山门前的大红灯笼把光线送进轿中,使晋金存看清了云纬那张罩满怒意的脸。

他没有害我?他害得我还轻吗?没有他,我就不会落到你这个狗官手里,我也就不会过如今这种日子!他生生把我这辈子的路改了!当然,尚达志要负责任,如果尚达志——

“宝贝,我今晚这么辛苦地来捉你的仇人,回到家你得有所报答吧?”晋金存这时凑到云纬的耳根低了声说,“会再给我个脊背睡?”

云纬闻言嘴猛地张开,似乎要吼出一句什么话来,但最后却并无话出口,她只慢慢合拢双唇,重新把牙咬了起来。

轿像船一样,在暗夜里缓慢地向前航行,渐渐浓上来的夜雾向轿后退去,像被船头劈开了的水……

10

达志把近些天织出的绸缎染印完图案之后，已是浑身大汗。他在水盆里扑噜噜洗一阵头脸，便去后院的老桑树下站了凉快。这天气有点反常，节令已是仲秋了，可今儿个从桑树叶缝里漏下的午后阳光，仍像热粥一样，粘到身上滚烫滚烫。达志扯下身上那件无袖汗褂，当扇子似的在胸前抡着。

两只长尾鹊从附近的树上惊起，在天上旋了一圈，大约也被阳光所烫，叫声里有一股疼的味儿，转眼便斜冲下去，钻进城墙外边梅溪河岸上的柳树荫里。

达志的目光通过城墙豁口越过河岸，向远处的秋田落去。谷子已经割了，谷茬在阳光下泛着白光；掰掉了棒子的包谷秆还未砍下，枯黄的身子发呆似的立在那儿；红薯已挖了一大部分，割下的薯秧坟丘似地扔成一堆一堆。今年夏秋两季的收成都还不错，看来老天爷还不想把南阳人全都饿死。老百姓有了吃的，养蚕的人家会更多，明年的春茧看来也会大增，这倒真是机房大发展的时候！

“你总得吃一点吧，哪能一天不吃一口？”院墙那边忽然传来卓远家嫂子的声音。“端走吧，我说过我不吃！”这是卓远的回答，声音里带了气。

达志闻声走到院墙跟前，隔了不高的院墙看见，卓远正半躺在自家院中桐树下的一个竹椅上，手里攥了一本书，却没看，两眼闭着；他妻子雅娴则端了碗面条站在他椅旁，正满脸忧虑地看着丈夫。

“咋了，嫂子，卓远哥病了？”达志说着，已双手撑墙，嗵一下跳到了卓家院里。

“唉，要真是病了倒也不埋怨他。”雅娴见达志过来，急忙求救似的说，“对，叫达志评评理，人家朝廷同外国签条约赔款，你气得不吃饭，犯得着吗？”

“条约？啥条约？”达志忽闪着眼，茫然问。

“你还不知道吧。昨晚传来消息，朝廷已与美、英、俄、德、日、奥、法、意、西、荷、比十一国签了条约，为国人抵抗八国联军侵犯事，赔他们四亿五千万两银子，三十九年还清，年息四厘，本息共九亿八千二百万两！”雅娴也是书香门第出身，书画都通，说起这种国事来十分清楚。

“哦？”达志一惊，“赔这么多？”

“你卓远哥昨晚就是听了这消息，气得不吃饭。昨天的晚饭和今天的早饭，一口不动，这晌午饭还不吃。他这样饿下去，就是活活饿死，能有啥用——”

“你还有完没完？”一直闭眼半躺在那里的卓远这时睁开眼，气恼地瞪了妻说，“让我安静——”

“你不是有个眩晕病么，我要不是担心——”雅娴的眼里有泪花在转。

“走开!”卓远低吼了一句,又闭上了眼。

“嫂子,你先回屋吧。”达志推了推雅娴,微声说。他觉得他理解此时卓远哥的心情。卓远仍如刚才那样地闭目半躺。达志静立在那里,默看着卓远那张清癯的脸,渐渐地,他发现有两滴水珠滚出卓远紧闭的眼角,缓缓沿脸颊向耳轮那里坠。他无言蹲下身子,用手拎着汗褂的一角,默默去卓远耳轮上揩。卓远没动,眼没睁,更没开口。“卓远哥,咱们国家是不是也可以不赔他们?!”达志轻了声说。卓远依旧没吭,没动,没睁眼睛,只是又让两滴泪水洇出了眼角。达志重又伸手去揩,可刚揩去,便又有两滴渗了出来。渐渐地,达志觉出自己的脸上,也有了水珠在动……

11

因为月光太亮也因为想省蜡烛，尚家的晚饭是在院子里吃的。雇工们的饭桌在后院，主人们的饭桌则放在前院靠近那块刻有奇怪图案的石头的地方。

饭是包谷糁红薯稀饭，馍是包谷面窝头，菜是生拌辣椒丝。要说尚家目前在南阳城算是小康人家，但饭食一直就这样简单。

达志吃得又急又快满头是汗。他半天的劳动强度不小，又是忙乎店堂出售绸缎又是保养织房的织机。原料发放、成品检验、来客应酬，这些也都要管。整整一个后晌，他几乎没有一点坐下歇息的时间。如今爹已基本把这份家业交他管理，自己只是在一边默默地看。劳累带来了饥饿，使他恨不得把碗里的饭一口吞下去。

达志把最后一口饭咽到肚里，舒服地打了个饱嗝儿，这才注意到，早已放下碗筷的爹，正在月光下望着石上刻着的那个图案。

“爹，卓远哥说这图案刻的不是绸缎上的经线、纬线，而是对世事的一种认识，我琢磨着，这刻的会不会是咱南阳城的街道？”达志顺口说道。

“街道？”尚安业并没有扭过脸来。

“嗯，你看，纵一道、横一道，而且道道相交，多像咱城里的街。这条街交住那条街，这一道横的是不是吉庆街，那一道竖的像不像辰堂街？”达志伸手指划道。

尚安业没有应声，只把头摇摇，半晌之后才又开口：“你说到辰堂街，刚好有桩事要告诉你。辰堂街尾谭家的姑娘顺儿给你定下了，媒人已互送了八字。”

“啥？”达志眼中的月亮一跳，霍地立起了身。顺儿那姑娘他认识，一只脚得了麻痹病，走路都一拐一拐的。

“上次盛家的那桩事一出，”尚安业的话音低微，“我就和你娘商议，再给你说亲。女方模样儿说得过去就行，不能太漂亮了，太漂亮了易生是非。”

“爹，我这辈子不搬亲了，打单身。”达志的话音发颤。

“甭说憨话，你不成亲，咱尚吉利机房日后谁承继？”尚安业扭脸望着儿子，“那顺儿姑娘只是一只脚有点小毛病，其他方面都挺好，人老实勤快，而且在家也会织布，到咱家里，学几天就也能上机织绸。她那只有毛病的脚不妨碍踏织机，这点我问过媒人。”

“爹，这辈子让我一个人过吧。”达志颓然地说罢，又一下坐到了椅子上。

“我这次想说办就办，不张扬不铺排。”尚安业没有理会儿子的话，顾自说出自己的计划，“喜日就定在后天，咱不请响器不发喜帖，到时候只把你舅舅你姑姑他们叫回来，摆一桌酒席作罢……”

达志不想再听下去，用双手抱住头，同时把耳朵捂了。上次婚事在达志心上挖出的那坨肉，经过这段日子已渐渐长平，爹爹的话像一只长了长指甲的手指，径朝那片鲜嫩的刚长出的肉抓去。他将身子缩起，忍着心中陡然旋起的那股疼痛。原本停在心里的那股因绸缎产量提高而起的高兴，顿时被这疼痛挤得无影无踪。

院子变得很静，爹和娘不知什么时候已收拾罢饭桌进了屋子。月亮又升高许多，光线变得更强，面前石头上的图案显得越加清楚。达志双眼望定那图案，望定刚才自己指划的那道竖纹。辰堂街！他无声地自语道。我不过顺便说说，可没想到你竟真的要与世景街相交了！他的目光凝牢在图案上，那图案中间渐渐就出现了两个人影，一个是风情万种的云纬，正沿着一道竖纹袅袅娜娜地向他走来，近了，近了。但突然间，她在一个十字口拐向了另一道横纹；一个是拐脚的顺儿，她原本沿着另一道横纹向远处走，但突然间，她会在一个十字口陡地转身，沿着一条竖纹径向近处走来，近了，近了。“达志！”他分明地听到她亲昵地喊了一声，便张臂向他扑来。“不——！”他猛叫一声，站起身，才发现面前仍是那块石头和那费猜的图案，院里除了满地月光，便是静寂……

一切都是按照尚安业的心思办的，达志和顺儿的婚礼简单到不能再简单了：一顶小轿天不亮把顺儿抬来；中午仅置一桌酒席，请来的亲戚只有达志的舅舅和姑姑；晚饭后没有一个人来闹新房，大多数邻居都还不知道达志今日娶亲；没有唢呐响，没有鞭炮叫，甚至门上连喜联也没贴，只有一种匆忙的气氛。

香油灯在床前的木桌上晃动出一团黄光，顺儿背灯静静坐在床沿，达志坐在墙角的一只椅上双手托了脸不动。娘已经替他们把门关上，两人都没有上前落下门闩，屋里只有灯草吸油发出的嗞嗞声。

达志望定油灯光照不着的墙角，眸子僵了似的不动。墙角里慢慢站起一个姑娘，姑娘珠贝似的牙齿一闪一闪，带着灿烂的笑容向他款款走来，她走得那样袅娜那样娉婷那样好看那样自在那样悠闲。云纬！他让自己闭上眼，把头垂入两掌之中。不知过了多久，一种轻微的窸窸窣窣的声音传入耳中，他睁开眼，看见顺儿正起了身，弯腰小心地把被子在床上抻开，抻被时她在床前走了两步，仅这两步也亮出了她的走姿：右脚一点一点，身子一晃一晃。拐脚女人！这是达志第一次在这么近的距离上看顺儿走路，一种不忍再看的不舒服使他重又闭上了眼睛。呵，苍天，难道从今以后就要真的永远和她住在一处？他不敢让自己想下去，用手指捏紧额头，让疼痛帮助自己转移思路。

"你，歇了吧。"一声怯怯的低柔的声音飘进达志耳朵。达志知道这是顺儿在对自己说话，只得重又抬起头来。顺儿正低眉垂眼面对着他，两手不停地捏着自己的发辫梢。达志现在有了正面打量顺儿的机会，她的脸颊显得多么小呵，而且那么憔悴，皮肤几乎没有光泽；她的胸脯根本看不出鼓凸，又窄又平；腰身纤细，看上去像一株随时可能被风吹折的小柳；颈、腕部露出的肌肤，都是黝黑的。她和云纬比起来，身子整个的小了一号，而且根本没有原本属于妙龄姑娘们的那份鲜嫩和红润。过去在云纬面前，只要看上她一眼，达志心里就有一种莫名的东西在蹿动，周身的血就开始急流，就有一种想拥她入怀的急迫;而现在面对顺儿,他却只有一种无奈、一种痛楚、一种心如止水的平静。

“你烫烫脚吧。”又是那种怯怯的低柔的声音响起。达志定睛看时,顺儿已转身,一拐一拐地向放有黄铜脸盆的墙角走去,那脸盆旁边,放有一把包了棉套的白铁水壶,是娘刚才送进来的,里边盛有热水。顺儿走到脸盆前,弯腰提起水壶,向铜盆里倒了半盆热水。达志刚想说句我不烫时,顺儿已端着脸盆拿着一条白粗布方巾向他缓缓走来。“我不——”他刚刚低声说出这两个字,顺儿却已嗵地双膝跪地,把脸盆放在了他的脚前。他被她的这个举动惊呆在那儿,一时竟说不出话来。这时节,顺儿已经抱起了他的一只脚,轻柔而麻利地帮他脱下了鞋袜,他的光脚想从她的手中挣出,但只挣了一下,便被浸在了温暖的水里,霎时,一股温暖而舒适的感觉便由脚底升上身子。当他的另一只脚也被顺儿双手抱着放进水里的时候,他垂下了眼,双眸不再看顺儿的身子,而只看盆里顺儿那两只手。那两只小手轻柔而小心地搓着他脚背、脚后跟、脚趾、脚腕上的灰。除了小时候娘这样给自己洗过脚外,这还是第一次,而且她是跪在那里给自己洗的。他不好再和她强争什么,只好坐那里任她替自己搓、冲、擦。

当两只脚被擦干重新套上鞋之后,在顺儿吃力地起身出门去倒水时,达志急忙向床走去。他不知再面对顺儿时该说点什么,他很快地脱了外衣撩开被子躺下去。他侧身向里闭了眼,听见她关上门、插了门闩、放下铜盆、洗了手,随后是她那一轻一重的脚步声向床边响来。她在床边似乎犹豫了一霎,跟着她吹灭了灯。一阵窸窸窣窣的脱衣声之后,床沿轻晃了一下,他感觉到她上了床,感觉到她怯怯地掀开被,钻进了被筒,但她的身子一直没敢挨着他。他也一直没转过身去,他先还注意倾听着背后她那轻微的鼻息声，渐渐地，疲劳攫住了他，把他拖入了雾蒙蒙黑沉沉的睡乡里……

早晨起床后，达志一拉开门，看见爹站在门口，以为又是要他去后院桑园里晨读，便说了句："待我拿上书。"但尚安业朝儿子摇摇头说："不必了，你已经娶妻成家，是成人了，今后该读该学啥，你自己来操心就行，我不会再来管你。从今日起，咱尚吉利大机房的一应事务，都由你来安排，走，我把账柜和钱柜上的钥匙交给你。"

达志默然出门，跟在爹的身后，走进了爹娘的睡房。娘正在睡房里叠几件浆洗好的衣裳，爹进屋朝娘挥了一下手说："你出去，我和达志有一些事要讲！"娘闻言，立时起身走出去。爹上前插死了门闩。

"记住，达志，凡是说到账目、银钱上的事，决不能让女人家在场，你亲娘和老婆也不行！"尚安业沉声交待，"女人口松，有时无意之中会把家底露出去，这是一；再就是她们有娘家，她们娘家有亲人，小心她们为了娘家人坏了我们尚家的事！这是二。当然，由于她们要操持家务，手上也需要点钱，你可以给她们一点零钱让她们保管，但家业的真情细底，永远不能让她们知道！"

"嗯。"达志点头。

尚安业从床头拉过一个笨重的木柜，慢悠悠打开柜上的大铜锁，轻轻拉开了柜门。柜里的一摞账本和一堆碎银立时映在达志眼里。

"看见了吗？这个账柜和钱柜！"

"看见了。"达志应着，伸手去里边拿出一个账本，轻轻地翻着，这本账里记载着今年买丝、卖绸、购物的各笔账目。

“这个账柜和钱柜是假的!”尚安业忽然这样说。

“假的?”达志的双眸一跳。

“对,假的! 这是对付盗贼对付税局用的!”尚安业的声音慢腾腾的,“窃贼们盯住的,是我们的钱;税局常查的,是我们的账。万一贼破了门,让他们偷走柜里的银钱作罢;万一收税的查账,就让他们查这里边的账,明白?”

达志惊异地听着。

“真正的钱柜和账柜在这里!”尚安业边说边走到墙角,搬过一张桌子,用一把铁铲去扒桌下的土,不一刻,扒出一口黄釉缸来,揭开缸上的木盖,从里边拎出一个精致的黑漆小木柜。“咱们家的家底就在这里!”

达志眼里满是新奇。

尚安业从贴身的衣兜里摸出一个小小的黄铜钥匙,放在手心默然看了一刹,尔后向儿子手中递去,但很快又把手缩了回来,低声问道:“你不会忘记你过去每天早晨向祖宗们发的誓吧?”

“不会!”

“你要明白,背弃了誓言,祖宗们的魂灵是不会饶你的!”

达志的眼睛眨了一下,眸子间晃过一丝不安。

“我现在对你不放心的还有两点!”

“哦?”达志有些愕然。

“一,我担心你不会使用数字! 数字是我们干丝织业的人必须会熟练使用的东西,经丝、纬丝的根数不同,出货的质量、幅宽不同;染料搭配的数字比例不同,染出的颜色不同;一匹绸从整理、上机到染印出成品用去的时数不同,成本也不同。一句话,一切都需要用数字来计量来衡量。你必须时时记住熟练使用数字!”

“我记住了。”

“记住了？那么我问你，数据单位从个、十、百、千、万到亿、兆，兆之后是啥子单位呢？”

“是‘京’。”

“之后呢？”

“是‘垓’。”

“之后呢？”

“是‘宥’。”

“之后呢？”

“是‘壤’。”

“之后呢？”

“是‘溝’。”

“之后呢？”

“是‘涧’。”

“之后呢？”

“是‘正’。”

“之后呢？”

“是‘载’。”

“之后呢？”

“是‘极’。”

“之后呢？”

“是‘恒河沙’。”

“之后呢？”

“是‘阿曾祇’。”

“之后呢？”

“是‘那由他’。”

“之后呢？”

"是'不可思议'。"

"之后呢?"

"是'无穷大'。"

"嗯,记住了还要善使用!"尚安业点点头,"我们要计算丝这种极细的东西,有时免不了要用到大单位。再说,随着我们家业的增值,也许有一天要更频繁地用到这些大单位!当然,'京'之后的单位我们一般用不上,可用不上也要知道,也要懂!"

"你不是说有两点对我不放心么,那另一点是啥?"达志禁不住开口问。

"女人!"尚安业直直地盯住儿子。

达志倏然间脸红了。父子间谈论这个,令达志发窘,而且父亲的话刚一落音,他便想到了云纬,想起了云纬那双晶亮晶亮的眼睛。

"这世界上,对男人吸引力最大,可以使男人忘掉自己的目标和志向的一个可怕东西,便是漂亮女人!"尚安业这句话说得极慢极慢,似乎要给儿子留下思考的余地,要把这话用刀刻到儿子心里。"历朝历代,多少个原本可以创出一番大业的男人,因为恋上玩上女人,而毁掉了!女人尤其是漂亮女人,对男人有一种天生的强大吸力,只有很少的有意志的男人才能抗得住。我对你就担心这个!"

"我?"达志不敢去碰父亲的目光。

"因为我们织出的绸缎相当一部分要卖给富家女人,因为我们雇的织工大多是女的,你接触女人的机会很多——"

"爹!"

达志涨红着脸低叫了一声。

"我现在说得难听一点,是为了给你个提醒!"

“我再不会去爱别的女人了。”达志声音微弱地说出自己的保证。云纬，我此生爱了你一个，也只会爱你一个了，上天会看清的……

“来吧，把钥匙拿住！”尚安业拉过儿子的手，把那个黄铜小钥匙，轻而郑重地放了进去……

12

云纬走下轿,眯起两只秀眼,在晨光里冷冷看着面前的这幅景象:栗温保家的两间草房已变成灰烬,微风正拖曳着那些黑灰向天上飞;一条尚存余悸的狗正退到远处向这边吠;栗温保的老婆正抱着女儿坐在灰烬堆前低泣;村人们都站在远远的地方向这边不安地望。

栗温保,便宜了你这个狗东西!

但你跑了今天跑不了明天!咱们的账早晚要算!

自从那晚捕捉栗温保未果之后,晋金存派人一直监视着栗家。但栗温保也很警觉,十几天来一直没有回家住。直到昨晚后半夜,在栗家房后监视的衙役才回晋府报告,说栗温保回家了。晋金存为了让云纬高兴,亲自带队来捉,没想到还是让他跑了,而且跑走时用猎枪打伤了一个衙役。

云纬原本坐在家里静候消息,听到栗温保逃跑后才带怒匆匆来的。她没想到晋金存已让人把栗家的房子烧了,烧了就烧了,这既是对栗温保的一个警告:从今往后你休想安生!也算是先出一口恶气!

云纬把目光移向那仍在哀哀低泣的栗温保的女人,她已经知道这女人名叫草绒。哭吧!现在该你哭了,当初我被你丈夫绑抢时你知道我是啥子心情?你知道我流了多少眼泪?狗男女,你们为了弄到绸缎弄到钱把我的一生都给毁了!你们知道我今天过的什么日子吗?死不算死活不算活!倘不是你们,我如今过的可能会是另一种日子!哭吧,以后还有更多的让你哭的时候!你的丈夫跑了,就先由你来替他赎罪!我要你就生活在我的身边,我要让你天天流泪!昨天我流泪今天你流泪,咱们轮流着来吧!

"去,告诉那个叫草绒的女人,从今天起,她就是晋家的一个女佣!她必须立刻随我们回府!"晋金存似乎猜到了云纬的心思,朝一个丫鬟这样发话。

云纬没再开口,转身进了刚才送自己来的那乘便轿。

冬日正缓缓地向天空爬升,地上的那层薄霜在慢慢消融。云纬坐在轿里,眼隔着轿缝看轿伕们脚步的移动,耳听着轿后草绒那断续的哽咽,一脸的冰冷。

轿过卧龙岗不久,突然在一个路口停下不动了。隔了轿窗,只看见前边路上挡着一辆牛车和一簇人,云纬便烦躁地问:"为啥不走?"一个护轿的衙役跑到轿前报告:"城里尚吉利机房一辆收丝买染料的牛车在前边陷进了路中间的泥坑,挡了路,正在催他们让开!""尚吉利机房?"云纬的双眉倒立了起来。"是的,三夫人,那车上坐着机房的少老板和他的内人!""内人?"云纬的眸子吊了上去。"是的,夫人,他们正在抓紧推车!""让他们快滚开!"云纬的话音里透着不可遏制的怒气。内人！这么说尚达志已经结婚了?！狗东西，你倒是过起舒服自在日子了！她觉出一股钻心的类乎痛楚的东西在胸腔里漫开。她现在才意识到，尽管她恨他，气他，但在她内心里，却一直暗暗地希望他不结婚。至于为什么这样希望，她不知道，反正就是不希望，但此刻，连这一个希望也破灭了。她感到满肚子都是怒气，在座位上扭晃了一下身子，迫切地想把肚里的怒气发泄出去。恰在这时，轿后草绒的哽咽有些变高。她听后猛地掀起轿帘冲出了轿子，转身快步走到轿后的草绒面前，迅即地扬起手掌，啪啪啪连连打了草绒几个耳光，鲜红的指印立时烫上了草绒的脸颊。草绒被吓呆在那里，抱紧了怀中的女儿任泪水在脸上流淌。

“哭，哭！我叫你哭！你哭！”云纬几乎是歇斯底里地吼，但同时，有两串晶莹的泪珠却也已从她自己的眼眶中急速涌出。随行的人员都被云纬的举动骇住，站在那里一声也不敢吭。只有轿前不远处的路上，传来牛和人杂乱的叫声……

当云纬重回到轿里上了路，并且终于使自己平静下来后，草绒还在轿后嘤嘤地啜泣。直到这一刻，云纬才觉得自己刚才做得有些过分，不该那样无缘无故地去打她，再说，她还抱着一个孩子。她的心一软，扭头隔着轿窗对扶轿而走的使女说：“去，把她的孩子抱进轿来，她一个人走这么远会抱不动的。”那使女迟疑了一下，眼中满是困惑，但她还是把那个妮儿抱过来交给了云纬。轿又重新起行时，那妮儿睁大惊惶的眼睛望着云纬，云纬极缓极缓地摇了摇头，尔后从衣袋里摸出一块麻糖，填到了那妮儿的口中……

13

卓远顺着梅溪河堤缓缓踱步。

斜过城头的月亮，隔着堤上柳树繁茂的枝叶，默数着他那滞重的脚步。河中的蛙鸣已不如前些天热闹，间或地在这里那里响起一声两声。夜风很轻，掠过草梢树叶时几无响动。这是一个让人沉思默想的地方。

这些天，他常常在晚饭后踱出城门，来到这阒无人迹的地方散步，边走边想那个苦苦缠住他的问题："国衰之由与强国之途。"这是在开封汴京书院任教的一位朋友，最近约他写的一篇文章的题目，说是书院新编的《东方丛刊》要用。

一个大国何缘何由变成了这样一副羸弱之态？

中华之躯该服哪种强身剂方可重返强族之林？

前边，有一个被树叶切成鸡蛋形的月亮光斑，他的脚慢慢踩上去，且停下不动，似乎存心要把那光斑踩碎。

扑咚！河面上陡响一声。不是蛙跳！他抬眼望去，月光下的水面上有涟漪在晃，是什么树上的果实坠落？他刚这样猜想，水面又扑咚一响，这下明白了，是石子。而且立刻看清楚在前面不远处的一棵树影下，坐着一个人，石子便出自那人之手。

“谁呀？”他问。并无意外的惊慌，夏秋两季的丰收，已使劫路的人大大减少，何况，这也不是劫道人来的地方。

“我，卓远哥。”树影下传来一声回答。

“达志？你怎么坐这儿？”卓远辨清声音，快步上前，关切地问。

“睡不着。”达志双手捧头，仍然蹲坐在那里。

卓远一时无言。一个人在蜜月里睡不着觉，独自跑到这儿呆坐，原因还要问吗？卓远曾隔着院墙看见过达志的新婚妻子顺儿，这姑娘和那云纬的貌相，是没法比的。他完全能猜到达志此时的心境。

“达志，知道这梅溪河水是什么吗？”半晌之后，卓远轻轻开口，他决定暂时放开自己思索的事情，再劝劝这个他喜欢的小伙。

达志扭过脸，眼中晃着茫然。

“是眼泪。”卓远边说边在达志身边坐下，“是一个名叫腊梅的姑娘和一个名叫青溪的小伙的眼泪。他们两人就住在这条河的上游，那时这条河还叫凉河，水很小。这对男女深深相爱并已经准备完婚，却恰在这时出了意外：当时被朱元璋封在南阳做唐王的朱桱，膝下有一女，貌奇丑，却一心想寻漂亮小伙为夫，百寻不如意，后朱桱对其女说：你自己坐轿出去相，相中哪个小伙，我即刻给他封官为你们完婚！也是巧，那丑女一日从凉河岸上过，恰巧碰见青溪，顿时相中，回报其父，立时就有令下来，招青溪为婿。腊梅和青溪听说，就在凉河岸边抱头大哭，泪珠滚进凉河，河水陡然大涨，二人绝望之中，相抱投河自尽，自此，这河才更名为梅溪河。这故事不管别人信不信，我信！天下婚姻不如意的人流下的眼泪，完全能装满一条河了，你不是第一个，也不是最后一个……”

“卓远哥。”达志的眼中现出了水纹。

“上天不会让一个人事事如意。”卓远又慨然开口，“我注意到，平衡，是上天在人间分配幸福和痛苦所掌握的一个基本法则，上天在一个人的一生中，既要给他一定的幸福，也要给他一定的痛苦，每个人一生中得到的幸福和痛苦差不多相当。上天不会让一个人终生幸福，也不会让一个人终生痛苦。我们不论拿哪个人作为观察的对象，都会发现这个法则的作用：这个人家庭生活幸福了，他在事业上的发展或许就要遭受挫折；这个人在事业上顺利享受到成功的幸福，他的身体就可能遭受疾病的折磨；这个人儿孙绕膝可享天伦之乐，贫穷便可能来缠住他。有的人前半生衣来伸手饭来张口，后半生家庭没落却要去讨荒要饭；有的人这几年仕途得意青云直上，那几年却突遭贬谪郁苦于心；有的人有美妻娇子，自己却百病缠身；有的人家无片瓦穷困潦倒，却来去自由身强体壮。就说皇帝吧，历朝历代的皇帝，都可以享受锦衣美食，可以随便要自己想要的女人，出则车马骑从，居则高屋大院，不可谓不幸福，可他们却要时时提防兄弟间的残杀，臣民的反抗，被失掉皇座的恐惧和稳定王位的忧虑死死缠住不得快乐。我给你说这些的目的，是想让你明白，平衡法则会起作用，你在这一方面失去，可能会在另一方面获得，你将来也许会在事业上有一番大的造就，成为一国之中有名的丝织厂主——”

“卓远哥！”达志打断了他的话，低低地叹口气，“我明白你的心意，可我就是忘不了云纬……”

是的，感情这东西能像扔东西那样即刻扔掉？卓远不再说话，只是无言地拍了拍达志的肩膀，跟着幽幽地叹了口气。

圆月已将近河道上空，清水里渐显出月亮柔美的身影，四周更静，夜风已完全停止，河面上微波不兴。卓远默望着水底的月亮，思绪又渐渐回到他原先想着的那个问题上。

平衡，但愿平衡法则真的能起作用，让我们这个受苦受难的羸弱之国，也有身健力壮享受他人尊敬的时辰……

14

因为落雪，天暗得比往日晚些，达志从昌和银号出来时，天光尚亮。他在迈过银号那道高有二尺的门槛前，先两眼机警地朝街道两头瞅瞅，见风雪乱舞的街道上阒无人影，这才放心地挟紧袄襟，出门向家里快步走去。

雪花亲热地扑进他的脖子里，他觉出有冰凉的水滴沿锁子骨那儿向胸前爬去，但他没加理会，他只是快活地呵着白气，让双脚在白色的街路上迈得更急。要不是为了保密，他此刻高兴得真想站在街上喊：我就要有机动丝织机了！机动的！！

他刚才去昌和银号，用平日卖绸缎所得的那些铜钱、宝钞、银票、金背、火漆、锭边，兑换了一个重五十两的官银元宝和四个官银中锭，这整整九十两的白银，再加上爹原来攒的那二百来两银子，足够去汉口买一台机动丝织机了！他紧紧揣着怀里的那些白银，分明地看见有一台机动丝织机在眼前响着了。

身后仿佛有脚步声在响，他吃了一惊，忙回头去看，身后远处有一个浑身是雪的人也在向这边走。总不会让刀客跟上了吧？达志心里有些发毛，脚步走得更快。这兑换来的白银本来是可以存在银号里的，存在那儿还有一点不高的利息，但达志和爹都不愿那样做，都觉得把银子放在自己屋里更牢靠些。过去，这兑换官银的事儿都是爹去办的，达志并没操心；如今因为达志已接管了机房的账目，这兑换的事儿爹就非要让他来做不可。第一次干这事儿可别就出了闪失！达志边走边又回头看了那浑身是雪的人影一眼，见那人的脚步也在加快且有逐渐跟上来的样子，越有些心慌，撒腿就跑起来。好在离家不远，没多大工夫就跑进了家门。进了家门他倒没有立刻进正屋，反正现在不怕了，他顺手拎了一根棍子躲在门后，因为他分明地听到那脚步声也向门口响了过来。他想弄清这跟踪者的面目。脚步声越响越近，而且上了门前台阶。这小子胆子倒大！达志一边在心里叫一边就扬了棍子迎到门口，到门口这才呵了一声，原来来人竟是披着蓑衣的尚安业。"爹，你咋也出去了？""我怕你出事，在后边跟着。"尚安业边解身上的蓑衣边把臂弯里挟的一根短棍靠在了门后。"以后再兑换银钱，记着要沉住气，刚才跑啥子？"尚安业白了儿子一眼。父子俩相跟着来到正屋里间，尚安业朝儿子使了个眼色，达志先插了里间门，随后拿过门后的一个短镢，把那个钱柜从地下挖出。他打开柜，把怀里刚兑来的那个元宝和四个中锭小心地放了进去。"爹，要不是下雪，我真想现在就去汉口买机动丝织机！"达志看看柜里的白银，抬眼笑望着爹说。"慌啥？银子刚刚够买一台织机，这来回的盘缠和雇车费呢？趁过年前后再抓紧织一批绸缎出来，多挣些钱再——"尚安业的话未说完，门外响起了达志娘的一声喊："他爹！"

"嗯？"尚安业起身去开门，却只拉了个缝，并不放老伴进来，"有事？"一只手在背后示意达志把柜子放进土里。

"刚才你爷俩不在家时，晋府的仆人送来个帖子。"门外的达志妈说着，把一个红帖子递到了丈夫手上。她似乎知道父子俩在干什么，说完，就又转身向灶间走。

尚安业撕开帖封，把帖子抽出来，只看了一眼，脸倏然可就阴了。

"啥事？"达志注意到父亲的神色有变。

尚安业无语，直把帖子递过去。达志接过一看，原来是晋金存后天要做五十大寿，邀父亲去赴寿宴，只见帖上写着"十二月十八日洁治寿筵，恭迓台驾"。"这还不是在变着法子要钱？！"达志把帖子递还父亲时愤愤说道。他如今一提到晋金存就气，就是这个老东西夺走了云纬。

"依你看咋着办呢？"尚安业转身问儿子，"你如今已是机房的掌柜，我要先听听你的想法！"

"不去！"达志答得很干脆。

"再想想！"尚安业耷下眼皮。

"那就送二两官银。"达志见父亲认为不妥，只得改口道。

"再想想！"尚安业仍然没抬眼皮。

"还少？"达志心疼地叫起来，"难道要送他一个中锭？"

"对，一个中锭！"尚安业抬起沉郁的双眼，"记住，为工为商，切记不可惹官！明知他在敲你，也要认了，这叫忍！不会忍者不能成大事！你以后当掌柜，遇事要三思而行才对，我帮不了你几天了！"

达志咬了牙，痛惜之极地重又打开柜子，将一个中锭缓缓捧了出来……

15

在厨房濯洗完第二日寿宴上用的鸡鸭鱼肉和诸样青菜，草绒是累得连一点点气力也没有了，她从水槽前站起身时，几乎就要晕倒。她扶着墙慢步向云纬的睡房那里走。她是云纬平日使唤的女仆，就住在云纬睡屋隔壁的一间小房子里。吃过晚饭被管家叫来厨房帮忙前，她把女儿哄睡放在了床上，这阵子不知她睡醒没有？被子蹬开没有？想到这里，她把沉重如铅的双腿挪得更快了。她刚刚走到自己睡的小屋门口，正要急急去推门时，一旁的暗影里突然传来云纬的一声低叫："草绒，快来，给我洗脚！""洗脚？"草绒扭头一看，发现云纬正站在睡屋门外，双眼盯着自己。"你没见我在厨房里累坏了，你不会自己洗一次吗？"本来就憋不住话的草绒这时着实有些火了，声音挺高。

"那我要你这个女仆干啥？"云纬的声音很冷，"难道要我去叫管家催你来吗?”

草绒身子一颤。她知道管家是个打仆人不眨眼的家伙,自己来这段日子,已经挨过他两次巴掌了。她不敢再犟,只得向云纬的屋里走。进到屋内,她刷洗过脚盆,兑好热水、凉水,把脚盆端到云纬跟前,便去捧过云纬的脚来替她脱鞋袜。鞋脱下来,她注意到云纬没穿袜子且双脚红润,显然刚刚烫洗过。“不是已经洗过了?”她仰脸问。

“洗过了我想再洗一遍!”云纬坐在软垫椅上捧了一杯茶喝,说这话时眼都没抬。

草绒默默捧着那双白嫩红润的脚,她知道云纬这是故意在折腾自己。平日,洗衣服,她总说不净,让你重洗;扫地,洒水多了,她说地下太湿,洒水少了,她又说扬灰,让你不知如何是好;铺床,她说铺得不平,让你重铺;叠被,她说叠得不齐,让你重叠。她也晓得云纬这股气是冲丈夫温保来的,有时就气得在心里把温保骂了无数遍:你个狗东西做下坏事,让我来替你受罪!

草绒刚把云纬的双脚放进水里,却见云纬猛把脚抽出来叫:“水太热了!想烫死我?”

草绒重新伸手去试水温,正好,怎么会烫了?但她不敢争辩,只好又拎来冷水壶倒些冷水。不想她刚把云纬的脚浸进去,云纬就又叫:“太凉!想冰死我呀?”以草绒的脾气,她是真想同对方吵一架作罢,但一想到吵架后管家的巴掌,只好又忍气吞声地重又去兑热水。热水一兑,盆里的水眼见要溢,只好又去倒掉一些。草绒原本就累得双腿酸疼无比,经云纬又这么几次三番的折腾,身上更是没有了一点劲。待她终于把云纬的脚洗好擦干端水出门时,脚竟无了迈门槛的力气,前脚勉力迈过,后脚尖绊上了门槛,扑通,草绒连人带水盆一下子全摔在了门外。这一下摔得太重，草绒在地上滚了许久也没站起来。云纬先还坐在原处，冷冷地看着疼得在地上滚动的草绒，心里恨恨叫道：挺累是吧？你没有问问你丈夫当初抢劫别人时累不累？！但随后，她还是坐不住了，缓缓起身上前去搀草绒。草绒的左脸、两个手掌和膝盖都磕出了血，呻吟着被云纬搀进了隔壁的住屋。看着草绒脸上的血，云纬不敢再抬眼去触草绒那被泪水裹住的眼。云纬知道自己做得有些过分，她每次折磨罢草绒，心里总要起一股自责：你不该这样对待这个女人，她并没对你做啥子坏事，何况她还有一个女儿要照顾！但她却停止不了这种对草绒的折磨，她心里被气恨填得太满。她气恨尚达志，气恨晋金存，气恨栗温保，可尚达志不在身边，她无法发泄那股恨；晋金存握着生杀大权，她不敢发泄那股恨；栗温保找不到，她无处发泄那股恨。这些气恨又不能总积在云纬心里，总要找一个发泄对象，于是草绒便被拉来充当这个角色了。

云纬把一块擦洗用的白纱布塞到草绒手里，便转身走出了屋子。在自己的房门口，她停下了步子，抬头仰望着正在天际自在巡行的月亮，许久许久，身子一动不动，后来，她才又猛地双手捂脸，发出了一阵抑得极低极低的呜咽……

因为是通判大人的喜庆日子，晋府的老老小小都起了个大早，鸡叫二遍，满府里就都是人声了。云纬慢腾腾地洗完脸、梳好头，不甚情愿地向门口走。按照昨晚管家的交待，今早起床后，全家人要在老爷平日的办公处"同济堂"向老爷祝寿。

云纬的住处门口，挂着一个写了寿字的红纸牌，这也是府上的规矩，每位夫人的门前都要挂这种纸牌。云纬走到门口，乌眸盯住纸牌上的“寿”字，目光冷然，一霎之后，只见她突然伸手扯断了系纸牌的细绳，纸牌呼的落地，一下子摔破，她的一只脚狠狠向那个“寿”字踩去。不远处的一个男仆和住在隔屋里的草绒，闻声急跑过来问：“咋着回事？”云纬悄悄抬起脚沉了声说：“系纸牌的绳儿怎能这样细？风一吹就断，还不快去换个新的？”两个人唯唯而去之后，云纬又用力在那“寿”字上踩了一脚，这才移步向“同济堂”走去。

“同济堂”是一座三开间不带隔墙有前廊的房子。今天，这房子的前廊上挂满了祝寿的寿联、灯笼、字画，摆满了寿桃、寿糕和纸糊的松鹤。云纬在前廊上没停步，径走到屋内，向坐在堂上那把黑漆太师椅里的晋金存鞠躬说道：恭祝老爷万寿无疆！待晋金存笑了一声：好，好。便走到一侧站下。鱼贯而入的夫人、小姐和仆人们不停地向晋金存鞠躬，晋金存则不停地含笑点头说着好、好。看着晋金存那张满是喜色和自得的宽脸，云纬禁不住又将乌眸立睖了起来，不过转瞬之间，她就又垂下长长的睫毛，将眼中的冷光遮没。

家人们祝完一遍后，管家招呼大家快去吃早饭，准备迎接登门祝寿的客人；晋金存这时也站起身，抖了一下身上穿的绣有寿字的缎袍，向堂外走去。在堂门口，晋金存注意地看了一阵廊下摆的那些物品和那幅写在长木板上的红漆寿联：瑶台牒注长生字，蓬岛春开富贵花。尔后慢声说：“用两匹红绸结成大花披在这写有寿联的木板上，再用几匹绸缎铺在那些物品的下边，岂不更好看？”管家闻言急忙趋前小声解释：“府里刚好没有绸缎了。”“没有绸缎就没有了办法？”晋金存的脸稍稍有些拉长，“不会去尚家机房先借几匹？我想他们会给的吧？”“那是，那是，”管家慌慌点头，“我这就差人去！”说罢，便朝两个仆人叫道：“小五，小东，速去世景街尚吉利大机房，找到他们掌柜的,就说晋府要借十匹绸缎!”那小五应了一声,刚要扭身走,站在晋金存背后的云纬突然开口说:“我跟上去吧,万一这些下人说不清用途,我还可以说个明白!”晋金存闻声扭过头笑道:“好,好,那就有劳你了!”

尚安业、尚达志,我今天倒要看看你们是怎样热爱绸缎的! 云纬坐在轿里,一边听着轿外仆人们的脚步声,一边咬了牙在心里叫。她今天大清早所以自告奋勇来办这个差事,就是想看看尚家父子在交绸缎时的那副心疼样子! 当初,为了绸缎为了尚吉利大机房,你们竟然把我扔开! 你们的心真狠! 轿子在云纬的无声诅咒中快速移动着,不久,便到了尚吉利机房前。轿子落地时,云纬隔着轿帘对那两个叫小五、小东的仆人说道:“我不下去了,你们只管按老爷的吩咐去借就是!”

咔、咔、咔……熟悉的织机声从尚家院里飘过来,钻进云纬的耳里,扯出了她塞在心房一角的旧日的生活:漆成暗红色的织机、白色的络丝筒、黑亮的梭子、双脚的踩动、织机的叫声、达志站在织机旁对她织技的夸赞……“现成的绸缎我们确实没有了,我们正准备给晋老爷送去一个中锭的寿礼!”尚达志熟悉的声音跟着那瞬间的回忆入了云纬的耳朵。云纬用手把轿帘拨开一道细缝,冷眼看定机房门外的那个场面:尚家父子正小心翼翼向小五、小东两个晋府仆人说话,哀声要求着把这桩意外的逼借免了。“我们只是跑腿的,你们要是不借,我们就去回复老爷,晋老爷的脾气你们又不是不知道,你们不借他也不会强逼的!”那叫小五的仆人话中有话地说罢,转身就要走。这时尚安业上前抓住了他的胳膊赔了笑说:“别急,别急,咱们再商量,机房里日子确实艰难,我们是不是只拿出五匹?”

“你甭给我们讲价钱! 要不借就干脆拉倒!”那小五说着

又要走，尚安业这当儿才又咬了牙叫：“好，我给！”随之转身朝儿子喊：“达志，去，把给井封成衣坊留的那十匹绸缎抱来！”尚达志听罢往门槛上一坐，狠了声说：“我抱不动！”直到尚安业自己进门抱了五匹出来，尚达志才也起身，慢腾腾地进屋抱出了五匹。父子两人在把那十匹绸缎交到小五、小东手上之后，又都痛惜不已地伸手摸了一下。

狗东西，守财奴！你们心疼了？疼吧！该你们疼疼了！难道就该你们活得舒服？云纬放下轿帘，往座背上一靠，长长地出了一口气……

16

一九〇二年的春天，是以一场大风做前锋来到南阳地界的。那风从二月初二刮到二月初五，整整刮了三天。三天之中，大风像一个恶魔，把天地搅得昏暗一片，把骇人的呼啸一刻不停地往人们的耳朵里塞，直把人弄得头昏脑涨；三天中，大风又像一个讨债的债主，从这家抓走几件晾晒在院里的衣服，从那家搬走半个草垛，卧龙岗上一邱姓人家的九只鹅，眼睁睁看着被风扯入天空；三天中，大风又像一个极顽皮的孩子，钻到这家茅厕里把尿罐砸碎，跑到那家后院把树皮剥掉。

这场风自然也没忘记尚吉利大机房，除了帮助尚家把桑园里的一株老桑树拧断之外，还把一间库房的房顶揭了半边。

“娘那蛋，老天爷也来捣乱！”半夜风停之后，达志出门去查看损失，在后院望着那被揭开的半个库房房顶，骂。他心里至今还在为晋府讹走那十匹绸缎生气。

“嘴里干净点，骂老天爷是要折罪的！”跟在达志身后的尚安业，沉声制止着儿子。

达志不再吭声，只是默默地察看着，偶尔弯腰扶正被刮倒的家具什物。风的骤然停止，使这夜静得有些出奇，父子两人的脚步声显得很大。

“去买机动织机的事还得推推，盘缠和雇车费还差得远。”达志扭头说，“这三天灰土太多，怕妨碍绸缎的成色，又停了机。”

“那就再等等吧。”尚安业叹了口气。

“娘的，要不是晋家硬讹走那个中锭和那十匹绸缎，如今就可以启程了！”达志的怒气又翻了上来。

“要学会忍！”尚安业慢声提醒。

咔、咔、咔……前院突然传来织机响。“谁这会儿又干？”达志有些意外。

“不是你娘就是顺儿。”尚安业说着，加快步子往织房走。达志跟在后边。织房门推开，烛光下可见，是顺儿坐在织机前，正全神贯注地织着。

“顺儿，这么晚了，明儿再织吧。”尚安业咳了一声，说。

顺儿闻声抬起脸，见是公爹，慌忙起身，垂了眼答：“不瞌睡，多织一尺是一尺。”见公爹点了点头，便又坐下蹬起织机来，咔、咔、咔，梭子在她的两只小手上轻快地飞着。她没注意到丈夫就站在公爹身后。

“这顺儿不错！”尚安业走出织房时，回头对跟在身后的儿子感叹。

达志没有应声。

“嗯？”尚安业注意地看了一眼儿子。

“嗯。”达志含混地应道。

“咱们家该有个孩子了，”尚安业没回头，边往上房走边说，“一家子都是大人太冷清。”

达志抬脸望天，天边开始磨蹭出一颗星星，很小。

“早有孩子早教他丝织学问，好早掌事！”尚安业又说。

达志扭脸看屋脊，黑魆魆的屋脊上有一个长长的东西在动，是猫？

已经到了上房门口，尚安业扭头看了一眼默不作声的儿子，进了门。达志也转身走入了自己的睡屋。

达志进屋点亮灯，从床头摸过爹为他编写的《整经》，刚翻了一页，娘推门进来了。“娘还没睡？”达志起身问。

“你爹催我来给你说桩事，”娘扫了一眼床上顺儿已经抻好的两个被筒和孤零零摆在床那头的顺儿的枕头，“年底生的孩子都有福气！”

“啥年底生的孩子？”达志一时没有听懂。

“还不明白呀？”娘没好气地瞪他一眼，“你要是这个月让顺儿怀上了，她不是赶到年底就生了？”

“好了好了！”达志气恼地把书扔到床上，脸阴沉了下来。他平日虽不敢在父亲面前发火，在娘面前却是敢的。

“你甭给我使厉害。”娘的声音含了酸悲，“你以为我不懂你的心？可事情已经是这样了，云纬也已经是别家的人了，还能怎么样？咱尚家总得有后呀！要不，这机房日后谁掌柜？”

“行了，行了！”达志捶了一拳床帮，娘叹了一口气，走了。达志不再看书，只把身子扔在床上，瞪了眼望着房梁。

咔、咔、咔……前院织房里顺儿织绸的声音一下一下传过来。达志就那样一动不动地仰躺在床上。不知过了多久，达志粗粗地出了一口气，那口气仿佛憋的时辰太久，呼了好长好长。随后，就见他三几下脱了自己的衣服，钻进靠床帮自己平日睡的被筒。

又过了不知多久，前院的织机终于停了，顺儿那特有的一轻一重的脚步声慢慢向睡屋响来。达志的眼一直在闭着，但当顺儿脱了鞋袜和外衣，刚要去床那头钻进自己的被筒时，他睁开眼慢腾腾说道："爹娘要我俩生个孩子！"这话来得太突然，顺儿一时被惊住，就那么呆呆地抱了膀子蹲在床头，半晌之后，才反应过来，才垂下眼低低地说："那，生吧。"

"生吧。"达志说了这两个字后，就伸手把蹲在床那头的顺儿扯了过来，顺儿缩成一团，当达志去扯她的胸衣和内裤时，她的两只手因为害羞先还慌慌地去捂了两下，但随即似乎怕惹恼了达志，又急忙缩回，把眼睛紧紧闭了。

灯没有吹熄，赤裸的顺儿现在整个地在达志怀里，但达志没有显出半点激动，他的两眼只是死死地盯住顺儿那枯萎了的左脚和干瘦的小腿，顺儿显然感觉到了他的目光，左脚小心地寻找住被角，慢慢伸了进去。达志的目光这时又盯住了顺儿的双乳，天呀，瘦小得多么可怜的一对东西！多像两个遭了虫蛀不会长大的梨！达志抬起一只手，轻轻地捏了捏那两颗小极了的奶头，似乎要检查检查它们有没有奶孩子的能力，随后他又几近无声地出了一口长气，把顺儿塞进自己的身下，扭头噗的一声，吹熄了灯……

17

听到女儿在自己住的小屋里哇哇大哭，草绒慌忙从洗衣盆里抽出被冷水浸泡得通红的双手，一边撩起衣襟去擦手上的水，一边就往小屋里跑。离着屋门老远，她就心疼地叫开了："乖乖，妈来了，乖乖，甭哭！"脚还未到门槛，上衣的纽扣就已解开，两个暄白的奶子已露了出来。她三脚两步奔到床边，把女儿抱起，直到女儿的小嘴噙住奶头，住了哭声，她才舒了一口气，抬手把额上刚才慌出的汗擦去。女儿虽然早到了断奶的时候，可她一直没舍得给孩子断。没有别的好东西给她吃，就让她多吃些日子奶吧。

"哟，饿了吗？我的小乖乖，慢点，小心噎住！"草绒脸上含着笑同女儿说话。这话音刚落，她便感觉出有目光扎到了自己身上，她急忙抬脸，果然，云纬就站在门槛外边。

"夫人，有事？"草绒抱着孩子起身问。

“瞧瞧你洗的衣裳!”随着这低沉的话音,一团衣服从云纬手中飞来,直砸到草绒肩上。

“是没洗净吗?”草绒依旧笑着问,一只手抱着女儿,一只手抖开衣裳,认出那是头晌她为云纬洗的一条内裤,上边还有一点点几乎看不出的血迹。她知道云纬这又是在故意找茬,便玩笑着说:“哟,只是一点点,根本不碍事的,我有时来了红的,又没有内裤换,还不是照样穿?反正是自己身上的,怕啥?”

“你还敢犟嘴?!”云纬的眉竖了起来。

可怜大大咧咧爽爽快快惯了的草绒,还没完全习惯自己目前的身份,以为玩笑能够改变眼下的气氛,便又带了笑说:“夫人,要我说,你也该不让红的来了,该要个孩子,这也能拴住老爷的心!”

“放肆!”云纬气歪了脸,扭身朝不远处的一个丫鬟叫:“小寒,过来,替我给她掌嘴!”那丫鬟闻声跑过来,先看了一眼云纬的怒容,尔后走到草绒面前,迟迟疑疑地抬起手掌,打了草绒两个嘴巴。

草绒被打呆在那里,她没想到云纬还真有这个狠劲。一滴泪开始在眼里晃,不是因为疼,而是因了屈辱。

“立时去给我洗净!”云纬说罢,扭身走了。草绒抹了一下眼中的泪,将女儿放回床上,拿了那条内裤,重回到井台上。你个挨刀的,栗温保,你做下坏事,叫俺替你受罪!草绒边搓洗边在心中愤愤地骂。

搓洗完盆里泡的所有衣物帐帷,天已经黑了,府中已点起了灯笼。草绒把洗净拧干的衣物在井台附近的晾衣绳上晾好,拎起盆子和搓板正要往回走,脚前突然啪地一声落下了一颗小石子,她先没在意,走了几步,脚前又啪地落下一颗,她疑惑地扭过头去，发现有一个男人趴在院墙上正向她招手。她吃了一惊，正要张嘴问，那边已飘过来一句抑得很低的声音：“草绒，是我！”这声音是太耳熟了，不需要经过任何辨析，她就立刻知道是谁来了。她扔下手中的东西，三脚并两步地向院墙奔去。“噢，是你！温保，是你！”她早忘了刚才对丈夫的恼恨，使劲地抓住隔院墙伸过来的那两只手摇。“轻点，轻点，待我翻过去。”栗温保说着，身子一耸，轻巧地翻过了院墙。院墙的这一段有几棵大树遮挡并摆满了花盆，使他们的身子得以隐蔽。温保双脚刚一落地，草绒就扑过去，一头扎进丈夫怀里，双手死死抱着他的腰，嘴里呜咽着说，“哦，我可见到你了，见到你了！你还知道来看我们？……”

“小声点，小声点。”栗温保轻轻拍着妻子的背，待草绒的激动稍稍平静下来，才又问：“我们的女儿好吗？”

“好，她已经能满地跑了，也能叫爹、叫娘了。”

“你呐？他们欺负你吗？”

“没，待我挺好。”草绒不想让丈夫替自己担心，忙抬起脸答。直到这时她才注意到，丈夫身上背着一把砍刀和一支短把火枪。“你跑到了哪里？现在在干啥？”

“在伏牛山里。我参加了雷麻子的队伍，我们杀富济贫，常同官军打仗。尿毛，早晚有一天，老子要来把这晋金存抓住杀了！告诉你，我如今也已是一队兵马的头了！”

“你可要小心！”草绒抱住丈夫的脖子，“整天舞刀弄枪的，可别有个闪失！要我说，你找个僻静山窝开两亩地，平平安安过日子多好！”

“晋金存和盛云纬不会让我平安的！尿毛，我要用刀枪让这个世道变变，我要让你们娘俩过上好日子——”

“老爷，回来了！？”远处响起云纬的声音。草绒一惊，忙推开丈夫说："你快走，别让他们看见。"温保返身刚要翻墙，草绒又不舍地抓住他，把自己的双唇朝他的脸上压去。温保也急忙把嘴唇凑上，不过即刻，温保就疼得吸了一口长气，他感到自己的嘴唇被草绒紧紧噙住，当他终于抽身向院墙外跳时，他觉出了唇上有一股血的腥味，与此同时，他又听到背后草绒那含泪的声音："记住，俺们娘俩天天在想你！……"

云纬把茶碗在晋金存面前的桌上放下，刚要去桌子的另一侧落座，不防晋金存一把抓了她的手笑道："宝贝儿，猜猜我今儿在干啥？"

云纬强抑了心中的厌恶，含笑猜："是到知府衙门会商公事？"

晋金存笑着摇了摇头："再猜！"

"是到街市上私访？"

晋金存依旧摇着头。

"那我就猜不着了。"云纬实在没有同他逗下去的心绪，"告诉我吧，老爷今日又做了什么大事？"

"杀人！"

"哦？"云纬的眉毛一跳。

"杀了两个。"晋金存把云纬揽坐在腿上，"一个是义和团的漏网头目，那小子经杀，刀手砍了三刀头才掉；另一个是谋反大清的畜生。这小子软蛋，刀还没落，人可就咽气了！"

云纬感到一阵恶心。

"干这种事总让人快活不起来，怎么样，咱们来玩一阵游戏，乐和乐和？"晋金存荡笑着看定云纬。

一丝恼怒猛地从云纬眼中闪过，她知道晋金存所说的游戏是什么——要她脱了上衣躺在床上，让他把酒杯放在她的胸口上喝酒，让他用筷子把她的乳头当花生豆挟着玩乐。这个老不死的，真不知他出于什么心理一再要她同他来玩这个游戏。“我今天累了。”云纬的声音里露出了不快。

“是么?”晋金存的双瞳聚出了两道绿光，“既是你不愿玩，我只好去找那个珏儿姑娘了。”说着，就慢腾腾地起身，要去穿外衣了。

云纬的心被这话一下子揪紧：珏儿，是晋金存前不久刚买来的一个丫鬟，貌相一般，但极有一股媚劲。云纬知道晋金存偶尔要同珏儿住一夜，但决不能让他长同她在一起，不然，倘让他迷上了她，自己就要像前两房夫人一样在这晋府变成一个可有可无的人了！想到这里，草绒后晌说的那句话倏然在耳畔响起：你应该要个孩子，好拴住老爷的心！要是养个儿子，也许是维护这种生活的办法，可要为这个老东西生孩子，你甘心？云纬觉出身子打了个寒战。但还有什么别的法子？

这段日子，云纬常常在心里问自己：难道就这样一直跟晋金存过下去？不！这是最先响在胸中的回答。她也的确为这个回答做了准备，有一天，她甚至已弄到了一包砒霜藏在了抽屉里。她预备哪天晚上趁晋金存不注意时放进他的茶碗中，预备自己报了仇就跑。可临到动手时她又无了勇气，万一他发现了咋办？就是把他毒死了，自己能跑出晋家大院吗？一个杀人犯能往哪里跑？就是自己能跑开，今后指望啥来过日子？谁来照应娘？尚达志和栗温保那儿的恨还怎么雪？……

她最后只好面对那个回答把头摇摇。

剩下的便只有一个选择了：跟他过。

就这样过下去吧，反正饭有得吃，衣有得穿，房有得住，轿子有得坐，仆人有得使，就过下去吧，别的先不想。

要过下去就得给他生孩子，不然，会真的拴不住他的心。

“我走了。”晋金存这时已穿上了外衣。

“真要走？”云纬强压下心中的恼怒，抛过去一个媚笑，她知道自己这一笑的力量。果然，晋金存被云纬这个摄人心魄的笑弄酥了骨头，他也实在不愿离开这个艳丽无比的新夫人。“你不是累吗？”他笑问。

“我累是累，不过我没说不陪老爷玩呐！”云纬缓缓地抬手去解自己的上衣纽扣，“要是心疼我累，你少喝一杯不就是了么？”

“自然，自然。”晋金存扔下外衣，迫不及待地扑过来，帮云纬解开上衣。

云纬极快地闭上眼睛，好挡住眼中涌出的恨。当她平躺在床上，感到冰凉的酒杯在双乳间放好、觉出竹质的筷子触向自己的乳头时，她在心中骂：晋金存，早晚有一天，你要为这一切付出代价的，会的！老天爷，你看见了的，为了让我少受这样的罪，让我快怀上孩子吧，怀上吧……

18

秋天因为来得太急，把夏季的闷热接了过去，所以虽是立秋了，可一进尚吉利机房的织房，不消片刻工夫，衣裤仍能浸出水来。热尽管热，织房里的织机倒一台也没停下，仍咔咔咔地织着绸缎。

达志巡回检查着每台织机的工作情况，不时在一台织机前停下听听，听出了什么异常响动，就让那位操机的织女停下修理。天热，织机又不停忙活，毛病是少不了的。

其实，要是往常，像这种闷热的正午，是可以停机让织女们歇歇的，只是因为已决定近日就去汉口买机动织机，达志想赶点活，多带点银两，出门方便。

买一台机动织机的钱本是早凑够了，按说四月份就可以去汉口买的，因为当时由南阳去汉口必经的襄樊地界，有几股土匪频繁活动，不断有过往行人被杀被劫的传闻；加上当时义和团余部起义反清，不断与官军冲突，双方开战的消息四处乱传，搞得人心惶惶，尚安业担心路上出事，就没让达志动身。六月，局势稍稳，达志想启程，可尚安业因为此时又攒了一些银两，心想，跑那么远的路，要买干脆就买两台！于是主意又变，说等攒够了买两台的钱再启程。事情就这样一下子拖到了这个时候。

如今，买两台织机和来回路上所需的银两已基本凑齐，达志已雇好马车和护车的人，定好十九日走。这出门的日期也是尚安业定的，十九是吉日之一，出门逢上三、六、九，什么别问只管走！

织房里这两天加班，是在为达志的启程进一步准备。出门办事，多带点银钱心里安稳。

达志默望着织女们双脚在织机踏板上的踏动，这批织机都经过达志的改造，踏动起来比旧织机轻快多了，但即使这样，织女们的劳动强度仍然不小。达志能看出织女们的疲惫，毕竟，她们是手脚并用，机上，手随眼到；机下，脚踏不停。你们不会辛苦多久的，待我把新式机动织机买回来，你们就可以省力了！将来，我还要彻底淘汰这些人工织机，让你们织起绸缎来都很轻松！

“大伙歇歇吧。”达志见屋内的空气实在闷人，几个织女的衣裳都已湿透贴在身上，于心不忍地说道。几个织女听了这话，都相继停了织机，嘻哈着拿着方巾去院子里擦洗凉快，独有顺儿那台织机仍在咔咔响着。怀了身孕的顺儿腆着肚子，坐在织机上全神织一匹白色锦缎，似乎没听到达志的那一声喊。顺儿嫁过来不久，就到织房里干活，独自包用一台织机，白天黑夜地织，家里这些织机中，数她的这台织机出的活儿多。“歇歇吧。”达志走到顺儿的织机旁，又说了一声。顺儿这才停下织机，扭过头来朝他淡然一笑，轻了声说：“你不是快要上路了，把这匹织出来你好带上，出门要用银子的地方多，多带一匹就能多换一点银两。”达志没再说话，只是默看了一眼她那凸得很高的腹部，这女人倒真是一个勤快女人，爹娘见她身子重，曾一再劝她不要再上织机，可她总是悄无声息地进织房忙活。顺儿又蹬响了织机，达志的目光移到她的脚上，顺儿的左脚因为有毛病，尽管她在左边的踏板上绑了一块大砖头，但仍能明显看出，她左脚踏起来要分外吃力，她额上的汗也因而出得格外多，往往扔几下梭子，她都要飞快地抬手用衣袖去抹一下脸上的汗粒。

唉，这女人倒是一个好织工。达志在心里叹道。他的目光又移到她的脸上，她那原本就窄小就无光彩的脸，如今因为怀孕有了蝴蝶斑而显得愈加不耐看。因为肚子的凸出，她那原就小的身个变得更矮了。这样直直盯看着，顺儿的身子就渐渐显得模糊，另一个窈窕俊俏的身影就在那模糊中显出来了：光洁的额头，红润的颊，珠贝一样的牙，玉一样的颈，饱满的胸，柔韧的腰，纤长的腿……云纬——！他无声地在心里叫了一句，摇摇头，把那幻影赶走。尔后转身，慢慢地向门口移步。你现在还在想她？想她有什么用？有什么用？她如今已是官太太，早把你忘了，忘了……

达志的心绪重新平静下来时，发现自己站在院中竖着的那块石头前，他望着石头上的那个秾形图案，忽然想起前些天襄阳那位来买绸缎的商人说的一番话。那商人颇有点学问，那日在这石头前盯看了一番上边镌刻的图案后说，他曾从一本古书上看到，西汉年间，宛襄一带的城乡曾兴着一种规矩，对凡立有功业的人家，地方官要在其住宅前立石以示褒奖，石上不刻文字，只刻一个符号以示其与普通石头不同。那商人认为这刻有▦形图案的石头很可能就是那种古老褒奖规矩的遗存物。如果那商人说得有道理，这▦形图案就只是一个表示褒奖的符号。用这个符号来表示褒奖，是说受褒奖者把事情做得十全十美了吧？这个符号不是由许多“十”字构成的吗？要真是这样，我应该让这块石头永远立下去，我们尚家在丝织领域还要建立更大的功业！我就要买机动丝织机了，我们尚吉利机房的绸缎出货就要更多更好了！……

19

云纬呕吐完刚才喝下去的几口八宝稀饭，直起身后的第一个动作，是把盛稀饭的那个细瓷蓝边大碗啪一声扔到草绒的脚旁，恨恨骂道："谁让你给我端这种我见了就恶心的饭？你是不是存心要让我吐死？"

稀饭溅了草绒两脚，幸好饭已不是很热，草绒只是吸了一口冷气。碗摔得粉碎，一块碗片飞起，在草绒的脚脖上划出一道血痕。草绒没有生气，她只是笑着朗声说道："太太，你呕吐不是因为饭惹你恶心，是因为你怀了孩子，怀孩子的女人都是这样，我当初——"

"你还敢犟嘴？"云纬猛伸手在草绒的腿上拧了一下。草绒不再说话，只是扭身去拿扫帚清扫地上的碗片和饭迹。

云纬咬了牙坐在椅上生气。她当然知道自己呕吐不是因为饭，她明白自己拧草绒是冤枉她。可云纬没办法控制自己不发脾气。她一看见晋金存心里就恨就烦,可又不得不受苦遭罪地为他怀孩子,这算过的什么鬼日子?怀孩子不愿;但不生孩子,自己在晋府的地位就保不住,就无法去对栗温保、对尚家父子雪恨,甚至也无法去对晋金存雪恨。这种两难境地怎不令她心烦?也就是因为这,她才更加频繁地朝草绒发火,不停地折磨草绒。

外边响起了晋金存的脚步声,云纬努力换上一副笑脸,看着他走进来。“今天感觉咋样,宝贝儿?”晋金存进屋便快步走到云纬身边,手抚着她隆起的肚子问。自从那天一个接生婆来查看时说很可能是一个男孩之后,晋金存对怀孕的云纬异乎寻常地关心起来,每次外出回来,总是先到云纬的房里看看问问。五十岁已过的晋金存迫切地想要一个儿子来继承家业。

“还好,就是吐得厉害。”云纬像往常一样,忍着心里的厌恶去坐到他的腿上。

“坚持着吃一点东西,女人怀孩子和我们办公事一样,也不容易。”晋金存捏捏云纬的脸蛋,笑道。

“我是又吐又疼,你办公事有啥不易?”云纬只得和他扯下去。

“嗨,你不懂,这不,我近日就接受了一桩难办的差事,我正愁着哩!”

“啥事?”云纬问得漫不经心。

“知道八国联军前年入北京的事吧?人家逼着朝廷签了条约,赔人家四亿五千万两银子,要求三十九年还清,年息四厘,本息共九亿八千二百万两。前不久,各省摊派赔款银,咱们河南一年摊九十万两。省里又分下来,咱南阳府一年要摊分十五万两。为缴这银,原定把房地契税,由价银一两征税三分，增为七分；食盐加价四文。不料后晌知府大人把我叫去，说眼下四县八乡的民众正为房地契税增加和食盐加价怨声载道，似有借此酿起暴动之态，要我将房地契税只加征至五分；食盐只加价二文。这样，款额就要差去许多，为这事，我正犯愁呐！”

“这些银子收起来都要交给外国人？”云纬有些惊异。

“那当然！这可是不敢耽误的事，倘是筹不齐，朝廷和外国人都要发火。”晋金存眏眏眼睛，呷了一口茶，又放长了声音说：“不过你倒是放心，我姓晋的最后不会被这点事难住。我已经琢磨了，实在不行，我也来个摊派，往各县摊派一部分，再往各个厂坊、商号摊派一部分，像兴祥皮毛行、尚吉利大机房、振通蛋品坊——”

“尚吉利大机房？”云纬听到这个名字后睫毛一动。

“对，尚吉利。”晋金存点着头，“像这些地方都不会没银钱，只要逼一下，我想他们会掏的！”

云纬没再应声，她的思绪不知何故倏然间回到了那个空等尚达志私奔未成的夜晚，那天晚上的星光是那样刺眼……

20

尚安业边向汉酿酒楼走边在琢磨官府让来酒楼议事的内容。请柬是头晌收到的,上边除了知府衙门的一个大印和晋金存的签名之外,只有两行字:恭请尚吉利大机房尚先生安业于午后到汉酿酒楼议事。让我一个开机房织绸缎的人来议啥子事?关于共同防火?关于街道清扫?关于防盗?……

一阵喧嚷的人声使得尚安业抬起脸来,酒楼已经到了。只见几个从工经商的老板掌柜正彼此寒暄着向酒楼里进,看来今日请来议事的人不少。但愿所议之事不关赋税,如今我尚家可是正处艰难时候,达志一两天内就要去汉口买机动丝织机,几乎把家中的银钱带得不剩一两了。

"尚老先生,请上二楼!"酒楼的一个伙计在门口拱手相让。尚安业点点头,挺起腰向装饰得富丽堂皇的酒楼里边走。这汉酿酒楼是南阳城名气最大的酒楼,名气大主要不是因为它的楼房盖得漂亮，而在于它经卖的四种酒都是汉代传下来的名酿：九酝、甘醴、十旬和醪。九酝是一种特制的酒，酿制工艺十分复杂，此酒用米做成，三日一酿，每酿一次增一次米，满九斛米而止。甘醴是一种用甜麹发酵的甜酒，酒液黏稠得可扯丝，上口十分醇厚。十旬是经过过滤的清酒，看上去淡如清水，喝下去味道极美，号称喝一碗可延寿十旬。醪，则是一种带糟的酒，表面有一层浮沫，如同浮萍一般。这四种酒在张衡的《南都赋》里都有记载，且被评价为："甘不伤其口，醉不病其身。"汉酿酒楼就靠经营这四种酒发达了起来。

"尚先生，你老要哪一种？自左至右，酝、醴、旬、醪，请你自便！"尚安业上得楼来，刚与同行们寒暄罢坐下，一个店伙计便用精致的托盘端来了四碗酒送到了他的面前。

一股浓浓的酒香立时沁入鼻孔，尚安业的鼻翼不由自主地翕动了一下，一股唾液顷刻从舌根那儿生起，但很快地，他就摇了摇头，不能喝！这一碗酒怕要几钱银子，汉酿酒楼的酒价一向是很高的。

"咋，先生不要？"那伙计有些诧异，平日还很少有人见了这酒摇头不要的。

"快喝吧，尚老板，这酒不喝白不喝，今日晋金存晋老爷吩咐，每人赏酒一碗，酒钱由他出！"近处有人向他笑叫。

"呃，哦。"尚安业听罢这话顿时生了后悔：刚才不该拒绝的，既是有人出钱，为何不尝尝这汉代佳酿？不过，眼下如果再伸手端酒，就显出自己全是心疼银钱了，罢，罢，就丢了这个机会，日后待我的尚吉利买了机动丝织机，兴旺发达之后，再来这酒楼痛饮一回！

他再一次朝那送酒的伙计摆了摆手，可待那伙计刚一转身，他就馋馋地咽了一口口水。

聚会的主持者晋金存大人还未到，到会的人们正在三三两两地交谈着。尚安业一边散漫地听着人们的说笑，一边又在心上猜测：晋金存这么客气地出钱请众人喝酒，究竟是为了要商议什么？……

“诸位先生好！”一个亮亮的声音如同惊堂木一样，使得众人的说笑戛然而止。晋金存已在主席桌前站定，众人一齐起立施礼。

“今日请诸位来，是因为有桩紧要事要同你们商议。”晋金存示意众人坐下，“想你们都知道，辛丑年我大清国与美、英、俄等十一国签有赔款条约，因款额过巨，朝廷只好让各省各府分摊下来，我们南阳府每年分摊款银十多万两。尔等都知道，近几年南阳地界连遭灾荒，府衙财力日拙，上缴如此多的银两实是困难，然这事关国家安危，又不能不办。因此，想请诸位为朝廷为国家计，出面分担困难，各家摊缴一部分款银！”

尚安业的双眼一下子瞪大，连嘴巴也因为吃惊张了开来。人群中也同时发出了“哦”的一声。

“此乃爱国之举，我想诸位定会同意，我这里根据尔等从工经商的年头、规模，给各家大概定了一个数额，如果谁愿多缴，还可以提出来再改。下边，我念一下：兴祥皮毛行，六百五十两；尚吉利大机房，六百二十两；振通蛋品坊，五百八十两……”

尚安业没有听下去，他的双耳实际上也已在骤然间失去了听的能力，他只觉得头已嗡一下涨得如斗大，双眼发花，六百二十两！天呵！我即使不买机动织机，倾全部所有也没有六百两呵！

他颤颤着两腿站起来，抖动着双唇想叫一句：“我缴不起呵!”但嘴张开了,却无声音响起,极度的震惊和恐慌,已使他的喉咙暂时失了音……

把预备带到汉口卖的绸缎和一些路上用的东西收拾停当,天光已经差不多全从屋里退走,到了上灯时分。但达志没有点灯,而是摸黑进到里屋,把那截装有银子的圆木用手最后摸摸查查——把一截圆木掏空来装银子。这主意是爹出的,携带这么多银子走这么远的路,不小心可不行。在确信没有破绽之后,达志才舒一口气,向外屋走去。

一切都已准备妥当。马车是租街西头姚家的。姚家是世代的“拉脚户”,人可靠,又常来往于汉口南阳之间,路也熟;又找了两个在路上帮忙的小伙,两个人都是没出五服的宗亲,而且两人都会一点拳脚,其中一个还会耍刀,路上万一遇见小股歹人,也可以应付;真要不巧碰上大股土匪,尽可以让他们把车上的绸缎拿走,只把那截圆木留下就成。那截圆木外表满身疙瘩十分难看,让人一见就认为这是预备路上劈了当柴烧的,根本不会想到就在它的肚里装有大宗银子。行路的计划也定好了,早上早起赶路,日不落就找地方住下。

不会有闪失的!达志边想边走到院子里。明天或后天上路,十几天时间就能拉了机动织机回来,那时,机动织机一安,产量会成倍提高,质量也会比现在强;到那阵,腾出家里这些手工织机,可以试织更多的新花色新品种;如此双管齐下,要不了多久,就可以挣到再扩大生产的本钱;说不定一年后,便又可以添几台机动织机;几年后,尚吉利大机房就会再度兴旺起来,织出的绸缎会再获“霸王”美誉,使国人洋人对尚家绸缎再度刮目相看争相抢购!

达志仰看星儿正逐渐密集起来的夜空,脸上渐渐现出一抹舒心的笑容。

“达志，你爹后晌去汉酿酒楼，说是官府叫从工经商的人家去商议公事，咋会到这刻还不回来？”娘这时从厨房里出来，边撩了围裙擦手边问。

“是不是官府里要请他们喝酒吃饭？”达志顺口说道。

“你去看看吧，你爹年岁大了，腿脚不方便，这天又黑。”娘的语气里含着担心。

“好的。”达志点点头，往外走，经过织房门口时，听见里边还有织机响，探头一看，还是顺儿。“歇了吧，我上路的东西已经准备好，不必再加班织了。”达志说一句，就出了门。

汉酿酒楼离知府衙门不远，平日是个热闹去处，衙门里平时有些宴请之事，也都是在这酒楼上办的。达志估计，官府若是请从工经商的各家作坊店铺主人喝酒，当是在楼上雅座里，于是进了酒楼大门，就径上了楼上雅座，可楼上并不见爹和一个熟人的影子。一个伙计告诉他，官府并未在此请客，只是后晌在这里开了个摊款会。

“啥摊款会？”达志不解，但心里却本能的一咯噔。

“你还不晓呀？”那伙计压低了声音说，“当初咱们大清国和人家外国打仗，败了，人家让咱们赔款，几亿两银子呐。这不，这笔银子分摊下来了，从工经商的人家，每家都摊了不少。嗨，我们酒楼也摊了四百两，刚才掌柜的老婆还在哭哩！”

达志打了个寒战，忙问：“你见没见尚吉利大机房的尚掌柜？”

“嗳，见了，后晌他在这儿，后来他八成是和几个作坊掌柜一起去晋府了。这摊派款额的事，就是晋金存老爷管的，后晌他在这里宣说了各家数额坐轿走时，有几个掌柜叫着分摊的太多，跟在他的轿后去求他——”

达志对这话还未听完，扭身便跑。他凭直觉知道，去晋府的掌柜里一定有爹。

果然，离着晋府大门还有几百步远，在昏黄的门灯光里，他便在大门前跪着的那一排人中认出了爹的背影。

爹跪在那排人的正中间，双膝着地。达志没有立刻走过去，因为晋金存那刻正站在那儿威严地说话："……诸位都不必再说请求减免的话，这不是我晋某能办得了的。洋人索赔的款不敢耽误，这也是我们为大清国分忧的机会。最后我要说明一句，三天之内，诸位中有哪一位胆敢抗着不如数上交，可别怪我晋某不客气。到时候我可要拍卖你的房子和你家里的东西，我可能还要抓人！我相信你们是会掂量出这事的轻重的！好了，不啰嗦了，诸位请回吧，我也要歇息了！"说罢，晋金存扭身便进了大门。大门跟着在几个衙役的推动下轰隆关上了。

跪着的那些人相继绝望站起，默默四散。

达志急步向爹走去。爹没动，他仍跪在那里，目光死盯住晋府那两扇关起来的大门。

"爹，咱们回吧！"达志弯腰去搀爹，他不敢去问摊派的款数。

尚安业没有应声也没动。

"爹，走吧。"达志搀住了爹的胳膊。

尚安业身子僵了似的仍然没动。直到达志硬要搀他起来时，他才扭脸看了一眼达志，才突然大叫了一声："六百二十两哇！苍天呀——"音还没落，忽见他咯的一声，把一口血喷到了地上。达志一惊，边急叫了声爹，边用手去轻拍老人的后背。这当儿，老人已是满嘴血沫，头软软地垂下去了。

"爹！爹——！"达志一边慌慌地喊着，一边横抱起老人的身子，冲开围过来的人群，没命地向附近的一家药铺跑去……

正躺在躺椅里让仆人干洗身子的晋金存，听下人说书院督导卓远来求见，这才想起两天前卓远送来的那封信也还没读，便急忙令一随从把信拿来，站一旁念：

尊敬的晋大人雅鉴：

闻为筹辛丑赔款，已决定摊派各厂坊、商号出资，此乃官衙公事，吾一介书生，本不该滥发议论，然事关南阳工商发展，余愿不揣冒昧进言如下：赔款要筹，摊派之法亦非不可行，惟在数量上以不伤厂坊、商号筋骨为好，否则，厂坊、商号将无力再生。富国惟赖工商，工商凋敝，富国之想便成空梦，国不富，无以强，日后便更会赔款频频——

“行了！”晋金存面露愠色地止住随从念信。信上的话令他生气。娘的，怎么办公事我姓晋的比你懂，用得着你来教训？你一个书生，好好在书院教你的书行了，国家大事何须你来多嘴多舌？

“老爷，让他进来面见你么？”下人问。

“罢了！”晋金存厌烦地摆了下手。正给他干洗的仆人不防这一摆，碰住了他的胳膊，疼得他咧了咧嘴。“给他说我去知府衙门办公事不在府里，让他回吧！这种人你要放他进来，他又会给你讲一篇大道理。娘的，天下不应该要这么多读书人，这类人多了麻烦，做什么事他都要和你讲个道理！依我看，这种书院也应该少办！”

“那我这就去打发他走。”

“等等!”晋金存又喊住下人,郑重叮嘱道:“对他说话要客气,要面带笑容,甚至可以邀他到客厅喝杯茶再打发他走,轻易不要惹他,小心他手中有笔!这种人不惹则罢,要惹就狠惹,就要把他们手中的笔完全夺下,那他就没有威胁了!”

一直在晋府门前踱步等候召见的卓远,听说晋金存不在家,顿时十分失望。这几天,他眼见城里不少厂坊、商号因摊派赔款量过大,已做倒闭准备,好多人家哭声不断,心中便也十分焦急。这其间自然也有同情那些人家的成分,譬如看到邻居尚安业的那种痛苦之状。但更重要的,他是在为南阳工商业的发展前途着急,如此多的厂坊、商号倒闭,会使工商业的发展一蹶不振。国富国强靠工商,这是卓远认定的道理,他怎能不急?前两天,他曾给晋金存写了一封长信,详细陈述了他对摊派赔款一事的看法和建议,企望能对晋金存的决定起点影响,然两天过去,未见一点回音。眼见晋金存给各厂坊、商号限定的交款的日期已经逼近,他便决定当面来向晋金存陈述自己的看法,说服他改变主意。未料他又恰好不在。

他谢绝了下人要他进客厅喝茶的邀请,默默转身往回走,没走多远,又停了步。今天一定争取见见晋金存,离交款的时间已经不多,万一他明天还有事怎么办?干脆就在这里等等,待他从知府衙门回来时,再上前求见。他这样想着,便转身走进路旁的一家茶馆,要了一杯清茶,坐那里慢慢啜饮。茶馆前的街路是晋府人出入的必经之道,只要晋金存官轿回府,自己就随后跟去求见。

街对面屋墙上的阳光在逐渐向高处倒退,附近已有人家的主妇在吆鸡入宿,茶碗中的茶水也已变得很淡,然仍不见回府的晋家官轿从门前过,卓远便有些心焦。他记起妻后晌让他去药铺为她买药的事也还没办,就越加急,可他又不愿失去这个面谏的机会，只好耐下心来等。

就在他这样望眼欲穿瞪着门前的街路时，忽听晋府门前一阵人声喧嚷。这茶馆离晋府大门不过百步之遥，他扭头隔窗望去，见一顶官轿和几个衙役已出了大门向这边走来。他先以为是晋金存的哪位夫人坐轿上街，及至那轿从门前过时，他才隔了轿窗看见，竟然是晋金存坐在里边。他一怔一惊，霍地站起身子，那一霎间他明白自己受了骗，晋金存原本就没有出门，他不过是不愿见你罢了。“老大，这么晚出门是——?”茶馆的一个伙计向走在轿后的一个衙役含笑低声问。“看戏，天祥戏楼，河南梆子，《西厢记》。”那衙役边走边答。

姓晋的！卓远的牙咬了起来。他分明觉得有一股凉水直注胸腔，把原本滚烫的心脏浸泡住，体温在迅速降低。

卓远，你高估了你自己，你以为你会说服、影响他们，实际上你在他们眼里狗屁不值!

他攥拳捶了一下自己的腿……

达志默坐在床前，手攥住父亲那只细瘦苍白青筋显露的左腕，不时去试一下脉搏，双眼直盯住父亲那干枯得没一点血色的脸。五天来，老人除了喝几口水外，再没吃别的东西，而血，却在不停地咯。请来的郎中尽管用心调治，却终也没有见效。达志心里明白，老人要走的时辰已经很近了。

院子里很静，没有了织机的响声，没有了织女们的说话声，没有了搬弄绸缎生丝的脚步声，没有了算盘珠的拨动声，只有后院桑园里的老桑树的枝叶，在午后的风里呜呜响着。尚吉利大机房的一切织造经营活动，都从前天后晌停止了。

去汉口买机动织机的事自然不说了，就这，还凑不够摊派的那笔银子。前天后晌，缴银的最后期限到时，晋府里来了几个人站在门外催着，达志不敢再惊动爹，一个人含了泪把原先装在那截木桩里的银子全掏出来，捧出去说："还差一些，容我几天后借齐送上。"几个当差的立时走进店堂叫："晋老爷预先有交待，银子不够拿实物抵！"说着，径把没卖出的绸缎和库房里的一些生丝抱走，最后还拉走了两台织机。达志估摸他们拿走的实物价值百两以外，以他当时的那个恨劲，真想拎刀上去同他们拼了，可那样有啥用？再说父亲的病还等他请医照料，他只能按过去父亲的交待：忍了。

如此一来，买原料、开工钱、购杂品都无了银钱，机房便只好停业关闭了。

一缕西斜的阳光悄悄踅进木窗，去摸了摸尚安业那全白了的左鬓，尚安业仿佛被触醒，轻轻嗯了一声，渐渐地睁开了眼睛。

"爹，想不想吃点东西？"达志急忙俯了身问。

老人摇了下头，眸子中散乱的光慢慢聚拢到了达志脸上，以几乎听不清的声音问："停了？"

达志移开眼睛，点了点头。

"这么说……我是不能去见你爷爷了……停了，尚家延续多少年的祖业不但在我手上没有发达……反而停了……"

"爹，这不怨你！"达志哽咽着。

"孩子……告诉我……你如今手上还有多少银子？"

"十四两。"达志说，"这是我藏下为你治病的。"

"从今日起……再不许为我花半两银子……我死后……不必买棺材……可用席卷……也不许买鞭炮请喇叭……只买几张火纸烧了，免得我在阴间讨饭就行……这些话……你要牢牢记住！"

"可是，爹——"

“倘有一条不按我的话办……我就在阴间把你当逆子看！……”尚安业眼瞪着儿子，微弱的目光中又露出了旧日的威严。

“好吧，爹。”达志无奈地点头。

“从今日起……你们要俭省度日……把这点钱用到买丝上……只要有丝……就有绸缎……一点一点积下去……直到机房有个发展……再织出‘霸王绸’来……光宗耀祖……让世人都知道咱尚家……”

“爹，你放心，达志此生在发展祖业上倘稍有偷懒，当不得善终！”

“还要记住……忍！……”

“忍？”

“忍……当忍则忍……凡事退一步……天阔地大……还有，苦！……”

“苦？”

“要预备……吃苦……凡事皆浸苦中……做事……就是咽苦……苦咽尽……事方成……”

“爹放心！”

“还有……衡……”

“衡？”

“平衡……世之大理……凡事皆讲……平衡……待人接物……收入开支……要常衡量……是否……平衡……”

尚安业是天黑时分咽气的。

达志妈和达志那阵摇晃着尚安业那逐渐变凉的身子放声大哭，身子很重的顺儿跪在床前，捂脸低泣。

站在床尾的卓远夫妻，望着尚安业那依然大睁着的双眼，也凄然把头垂了……

21

云纬在医圣祠内张仲景的墓前烧了一卷火纸之后，又很是费力地跪下笨重的身子，磕了三个头，这才缓缓起身，向正殿东侧，紧依寨垣的春台亭上走。

这医圣祠坐落在南阳城东关的温凉河畔，是为纪念东汉末年的医家张仲景而修的。张仲景，名机，南阳郡人。曾拜师于同郡名医张伯祖，尽得其传。汉灵帝时，举孝廉，官至长沙太守。其所著《伤寒杂病论》，集医家之大成，为立方之鼻祖，被后世医者奉为经典，推崇他为“医圣”。祠大约建于东晋咸和五年，顺治、康熙、乾隆、嘉庆年间，屡有修葺。祠坐北朝南，以仲景墓为中心，前有供奉伏羲、神农、黄帝塑像的三皇殿，后有中殿、正殿和两庑。整个建筑，既无崇楼高阁之雄，亦无雕梁画栋之丽。

云纬今日来游医圣祠，是早饭后心中烦时临时决定的。

已怀孕八月的她，被妊娠反应折腾得苦不堪言。昨晚后半夜，不知何故总不停地呕，最后的吐物简直就是胆汁，浊黄且极苦，恨得她当时真想就朝自己那隆得高高的腹上捶几拳，立即把肚里那个折腾自己的东西捶下来。早饭后，她先在房里勉力绣了一阵花，不久心里就开始无缘无故地烦躁，烦得她扔了花绷踢了花盆摔了茶碗。当时侍候在侧的草绒见状就笑着说："你这反应是比我当初怀俺们小闺女时重得多，我听人说，遇到这种事时可求求医圣就好了。""是么？"云纬第一次听草绒说话而没有拿眼瞪她。"那你就去告诉管家，让他给我备轿！"然而轿备好时，晋金存知道了，慌忙出来劝阻："这么重的身子外出，万一出了事怎办？"云纬当时只说了一声"出事更好！"便上了轿……

旷野里刚犁出的田地中，不时有被犁铧片磨挤的光滑土块，反射着秋阳的黄光，如一片片金箔在闪。春台亭是医圣祠里最高的建筑物，站在这亭上，可俯视墙外温凉河里半床低吟浅唱的河水，可远眺无边田野里的万种秋景。云纬站在亭子中间，目光由近而远，散散漫漫地走着。这地方倒是一块宝地，张仲景能做长沙太守，能写出《伤寒杂病论》，能在医界有巨大造就，恐怕与他故里的这块宝地也有关系。云纬这样默然想着，暂时地忘了自己的烦躁和烦恼。

一阵凄切的女人的哭声忽然就在这时钻入耳中，把云纬短暂的好心境破坏了。她扭头循声去寻那哭声的出处，耳朵也已辨出那哭声是由一老一少两音组成。她的眼睛很快便看清了，哭声来自离医圣祠前门几百步的一块红薯地头，那里有两个带了白孝布的女人，两个女人的前头，走着一个男子，那男子双手捧抱着一个席筒，席筒上缠着三道白布，三道白布在秋阳下显得很是刺目。

那席筒里想必是卷着一具尸体了！这情状使云纬立刻做出判断。是谁家穷到如此地步，竟然连一口薄薄的棺材也买不起？

“草绒，知道那是谁家在出丧？死的是不是一个小孩？”云纬没有转身，轻声问。

“不晓得，俺去打听打听。”草绒这样说着，不待云纬应允，已噔噔地奔下亭子，向祠门外跑去。片刻后便又奔了回来，还没上亭，就叫开了：“死的是尚吉利大机房的老掌柜尚安业！”

“哦？”云纬双眸一跳：他死了？这些天她为妊娠反应所苦，足不出门，根本不知道尚家发生的巨大变故。

“刚才听那边的人说，尚安业临死前给儿子做了决绝交待，他死后不许为他买棺材、放鞭炮，不准请响器班子，为的是省点银钱好买丝织绸缎。他们家前不久刚给朝廷交了几百两摊派银子，机房倒闭了！”草绒语不歇气地报说着。

云纬的乌眸一荡，像要飞出眼眶。

“这安老头呀，去阴间了还迷着阳间的事，还在想着织绸织缎，就是织出来还有你的份呀？要我说——”

草绒说到这儿突然停了，她发现云纬的双眉倏地蹙紧，光洁的额头上现出了深深的纹络，她这才恍然记起云纬当初和尚家曾有过的关系，她不知自己是不是说错了什么。

云纬没有注意到草绒的话声停了，她甚至原本就没在听，她的目光正紧抓在那个抱席筒的男子背上，尽力把他拉近。现在她辨出了，那腰身、那脖颈、那步态原本都是她极为熟悉的。她直盯着那个背影的移动，直到他走到已挖好的墓坑前，直到他走进墓坑，虔敬地弯腰去安放怀中的席筒。

尚安业，你就这样走了？没有棺材、没有响器、没有鞭炮，你不觉得后悔？你什么也不带走，不觉得太亏？躺在那个土坑里，只裹着一领席，你会不会很冷？能不能受得住？倘若下了雨，坑里进了水，那席能隔住？

云纬抱起双臂，打了个寒噤。

“太太，我们回吧。”草绒轻声催。

云纬没理，只把身子斜靠在亭柱上，双眼盯着远处那个正在变高的土堆……

秋阳无声无息地隐入头顶的一团云里，该是正午时分了。祠堂临近的村子中，已有人在喊孩子们吃饭。草绒注意到，尚安业已经被安葬完毕，在一股看不见火苗的火纸烟缕里，跪在坟头的尚家的两个女人和尚安业的儿子已经起身，儿子、儿媳搀着娘，正慢慢向远处走，正午的微风还能隐约送过来他们的啜泣。一小队送葬的人也已经四散开。“咱们回吧，太太。”她又催了一声云纬。

云纬没应声，却也缓缓移步向亭下走。到了祠堂门口，草绒正要上前扶她上轿，不想她推开草绒的手，折向田野，径往尚安业的那座新坟走。草绒双眸一定，急忙跟了上去。

因为身子太重，也因为走得太急，云纬在坟前站了许久才让喘息平下去，随后她弯下身去抓了一把土，松开手指让土粒向坟上落去……

第 二 部

1

值夜的还没有敲响五更的梆子，晨曦还未洇进窗纸，尚达志就拍醒了睡在身边的九岁的儿子尚立世：“穿衣吧，小世！”说着，自己先穿起衣来。尚未完全脱离睡乡的小立世在被窝里含混地哼了两声，刚要俯身再睡，达志却已呼地掀开了整个被子，把光赤着身子的小世儿晾在了床上。早晨的寒冷倏地扑来抓挠小立世那柔嫩的肌肤，赶走了他的最后一点睡意。他这才一骨碌坐起身，急忙去抓衣服。

“小心凉着。”睡在另一张床上的立世娘顺儿，这时扯下女儿捏着她奶头的小手，穿着内衣趿着鞋跑过来，急忙帮儿子去穿裤子。

“我在桑园等你！”尚达志朝儿子丢下一句，便拉开门走了出去。

早春的晨风还带有挺利的爪子，拂过脸时还让人觉出有些疼痛，小立世挟好书本走出门没有几步，便急忙抬手去抚了一下脸颊，哈出一口气，但他没有停步。他知道爹的脾气，他必须立刻赶到桑园晨读。他那细瘦的双腿在晨光里快速地摆动，跑到后院古桑树下时，他已经喘成了一团，小小的胸脯急剧地起伏着。

“立世，昨日早上我给你说过，要织出‘霸王绸’须得做到四戒，还记得四戒是啥吗？”待立世的喘息稍一平下，达志立刻就开了口问。

“记得，四戒是戒酒、戒赌、戒淫、戒鸦片！”小立世站直了瘦小的身躯，脆声答。这孩子大约是因为顺儿身体瘦小先天给他的营养不足的缘故，发育得慢，显得十分清瘦。

“为啥要戒酒？”

“酒能醉人，让人忘了正事；酒能废人，使人智力消退！”小立世看来已记到了心里，答得滚瓜溜熟。

“为啥戒赌？”

“天下之败家者，多迷于赌。赌可以使人精神恍惚，琴书都罢，田园尽弃，卖儿鬻女！”

“为啥戒淫？”

“生为男人，当做经天纬地事业，若沉淫欲之中，轻则损精费神，未老而衰；重则元阳丧失，业废嗣绝！”

“为啥戒鸦片？”

“食鸦片者，肩耸项缩，颜色枯羸，家资耗尽，死期亦至！”

“嗯。”尚达志满意地点了下头，“好了，读你的书吧！”

前院传来织机的响声，小立世知道那是娘和雇来的两个女工已经上机。咔咔咔，他就在这有节奏的响声里全神阅读。尚达志便也在这响声里默想着自己复兴尚吉利大机房的计划。

九年了，凭着顺儿和自己的一双手，倒闭了的机房总算又活了过来。如今，每天可以有三台织机干活，其中，一台是由顺儿包着，另两台是由雇来的两名女工操作。规模虽然不大，离父亲和爷爷的设想差得太远，但就这样一个局面，达志是凭了怎样的努力才实现的呵！当初尚安业死后，达志手里有的就是那十几两银子，可那怎够重新开业？达志是靠自己外出给人修织机、靠顺儿织卖土布逐渐积攒了点钱，尔后又把放在几家机户里的织机卖了，这才又开始买点丝织绸。先上来本钱太小，不敢雇人，就顺儿一人织，待积了点钱后，才又相继雇了两个女工，把规模扩大到今天的样子。

必须买机动织机！达志的拳头在面前的老桑树上砸了一下。如今因为产量太少，尚吉利机房的产品根本引不起外地丝绸商人重视，基本上没有什么竞争力，而要提高产量，仍靠木质土造人工织机，需雇的人多，成本也高。可要买机动织机，钱在哪里？积这么几年，达志手上也只有百多两现银。

唉，银子呀！

“爹，第六章我读完了。”

小立世的声音把达志从苦思苦想中拽出，他看了一眼儿子扬起的书本，点点头说：“好，现在开始背那三段话吧！”

“自唐武德八年始，吾南阳尚家从丝绸织造，迄今已千二百八十五年，绩煌煌。”小立世流利地背道，“北宋开宝二年，吾尚家所出之八丝绸，质极好，被中外绸商誉为‘霸王绸’，所产之大部，贡皇室；亦有一部售西域……”

2

云纬坐在窗前的椅上,双眼懒散地看着窗外的那棵槐树。白色的槐花罩满树冠,一群麻雀在那花团上跳跃,花朵像雪片一样纷纷飘落;浓浓的香气挤开窗棂,在屋子里弥漫;春阳和暖;九岁的儿子承银正在外间按塾师的要求背着:"……明月几时有? 把酒问青天。不知天上宫阙,今夕是何年……"

四周是一种催人欲睡的恬静和安适。

但云纬脸上却无半点惬意和安恬,依旧双眉微锁,欲定的双眸在偶然一抡中,还能露出一丝无可名状的恨。

她恨这种毫无意思的生活。如今,因为有了儿子承银,她在这晋府的地位是完全巩固了;而且因为她在儿子满月之后身子变得更加丰腴白嫩,添了少妇的成熟风韵,晋金存对她的迷恋也更深了。她在晋府成了比大夫人、二夫人说话还算数的女主人。但她对这里的生活却一点也爱不起来。云纬像大多数女人一样,心里蓄满了爱,生活中需要寻找对象来倾注这些爱,倾注这些爱的过程会使她感到满足、幸福和乐趣,可在晋府里,她却寻找不到这种倾注对象。对晋金存,她看见就感到厌恶、恶心,尤其是当他在她身上寻乐时,这种厌恶会变成一种想要掐死他的恨;对儿子承银,她原本是想爱的,但一看见他那副和晋金存几乎一样的眉眼,她心里就觉得别扭,就会不由自主地停止爱的举动;对草绒母女,她更爱不起来,一想到自己目前的生活最初是由草绒的丈夫引起的,她都恨不得再去折磨这母女一顿;对晋府的其他人等,她一直视如路人,更说不到爱。她爱自己的母亲,可她老人家已于两年前病逝了。无法倾注爱,这爱便在心里堆积、发酵、变质而也成为恨。

"……转朱阁,低绮户,照无眠。不应有恨,何事长向别时圆?……"儿子仍在外间背着,这声音霎时使云纬有些心烦,于是她转脸朝外间喝道:"好了,到别的屋里背去!"外间静了一霎,随后便响起儿子怯怯的渐渐远去的脚步声。

云纬阖上眼。她很想此刻就进入梦中,因为在梦里,她还常常能回到那段令她心荡神驰的爱的日子里。在那些梦里,年轻英俊的尚达志总站在她的织机旁,伸手在她织的绸缎上指指点点评价着,他的手会不时碰到她的腕,她的头会不时触着他的颈,那每一碰触,都能在她心里引起多少喜悦的颤动呵!

可是没有梦。

四周只有让她感到百无聊赖的静。

这种静静的微波不兴的日子,已经有许许多多在云纬的身边溜走了。望着那些远去的成群的日子,云纬有时会感到一阵心疼,会痛切地意识到,自己在浪费生命。间或地,她会在心里向自己叫:不能就这样打发一生！可真要去细想改变这生活的步骤时,她又没了勇气。离开晋金存吗？他能答应？儿子咋办？指望啥谋生？……罢,罢,已经这样过了这么多年,就这样再过下去吧。

可我心里觉着苦呵！上天当初造女人时,为啥要让她们有脑子长颗心呢？要是让她们像猪狗那样,只知吃、住、睡,根本不知道去爱男人去挑选男人多好！那样女人们就会省去多少苦,这世上也就会少了多少事哇！

老天爷,你既是让我来到了这世界上,既然让我长了一颗心,那就让我的心也高兴高兴吧！把达志给我,这世上的男人我就要他一个,他是我此生第一个爱上也是惟一爱上的男人,哪怕只让我跟他在一块生活几年,让我看看自己爱的男人当了丈夫后究竟是一个啥样子也行。我爱看他那个模样,我爱听他说话的声音,爱闻他身上的那股汗味……

世上心里不快活的女人并不就你一个,别的女人能将就着活,你也将就着活吧。你何不这样去想:你当初根本就不认识尚达志,你娘把你许配的原本就是晋金存,他是你命定要遇见的男人。再说,人是什么？人不就是一个在世上一晃而过的东西？是一个只有几十年活头的活物么？你为何要活得那样认真呢？为啥不可以稀里糊涂地活过去作罢？不是也有女人想要你今天这位置而不能吗？你有吃、有穿、有住、有儿子,你就知足了吧……

她把双眼睁开又闭上,让身子懒散地斜倚在椅上。又一阵浓浓的槐花香气涌进室内,她深深地吸了一口,让它们向胸膛的深处漫去。

什么也别想了吧……

大门那里响起了官轿落地的响动,晋金存回府了。云纬听见自己门外响起了他的脚步声，但她双眼依旧没睁。

“我的宝贝，在闭目养神呐?”晋金存照例走上来捏了捏云纬的脸蛋，“咱们的承银呢?”

“病了!”云纬沉了声说。

“病了？什么病？在哪里?”晋金存惊得一连声地叫，同时急惶惶地扣了要脱的官服往外就走。云纬冷冷一笑。自从云纬看出晋金存视承银为掌上明珠之后，她便时常拿承银来折磨晋金存。承银小时候，每当云纬看见晋金存高兴时，她就要狠狠拧一把承银屁股上的肉，使他哇哇地哭叫开来，那样，晋金存势必急忙心疼地跑过来抱哄儿子，从而坏了心绪。正因为如此，直到今天，儿子承银见了云纬还有些害怕。当然，云纬每次这样做了以后，也心疼儿子，也责怪自己，可她还是忍不住时常这样做。

“承银好好地在背书，你怎么说病了?”晋金存这时又走进来，一边脱着官服一边含笑嗔怪。

“没病就好。”云纬抬了抬眼皮。

“我有一桩好消息要告诉你!”晋金存走到云纬身边，俯下身亲了一下云纬的脸，云纬眸子厌恶地一抡：“啥事?”

“还记得那个栗温保吗?”晋金存在一旁的椅上坐了，拿过自己的镶金水烟袋，笑问。

“记得又咋着，你又没本领抓住他!”云纬撇了撇嘴。

“不久就可以抓住他了!”晋金存的声音里带了一股使人身上发冷的杀气。

“真的?”

“这小子如今是个人物了！在伏牛山里称起了王，手下有几百个土匪，竟敢公开声言要与大清朝廷作对。今年以来，全国各地都有些不轨举动，先是哈尔滨有一个叫熊成基的，企图运动军界反叛朝廷；其次是广州有一个叫倪映典的，策动新军暴动；再是长沙发生抢米风潮，匪人焚毁了抚台衙门；还有山东一个地方匪人七百众冲入县署迫要积谷。这个栗温保看到如此势态，竟也蠢蠢欲动了。有探子报说，栗温保已准备于近日带人趁夜色来偷袭南阳城，知府大人把捉捕这伙匪寇的大任交与了我，并说如果成功，他要报奏朝廷知道，到那时，我也许会再换一身官服！”三年前，晋金存被升为南阳府同知，官晋正五品，这虽然也是一件喜事，但离他要当知府的愿望还有不小的差距，所以他并不让自己沉浸在满足里，而是要迫切地去为朝廷再立功劳。

“你能捉住栗温保？”云纬故意笑出一个不屑。

“你不信？”晋金存的眼皮一动，眸子中放出一股寒气。

“你不是已经捉了他十年？”

“那是因为我实在有些不忍心捉他，我听说不是他，你还不想嫁给我。”

“你？！”云纬霍地立起。

“哈哈，跟你开个玩笑罢了。你等着吧，要不了几天，我就会把栗温保押到你的面前，听凭你出气！”晋金存噙住水烟袋，长长地吸了一口，呼噜噜的烟袋响声立时塞满了房间……

3

头西尾东蜿蜒八百里的伏牛山，把其腹部放在了内乡县境。在这伏牛的腹部，有许多山凹和山坳。出内乡城往北，沿一条羊肠小道，绕过许多或站或躺状如牛犊的山头，穿过一片片没顶的荒草，可见一个不大的山凹，这山凹一侧的一块巨石上，刻着斗大的三个字：葛条凹。

这便是栗温保的民军的栖息地。

将近十年来，栗温保仗着他当初打兔子时练就的好枪法，仗着那股不怕死的劲头，仗着那股慓悍豪爽善交朋友的脾性，硬是当上了这支自号民军的总头目。

民军，目前已有五百多人。

其中，大多是在四乡里活不下去的穷汉，也有的原本就是土匪。

山凹中间立着的那个伏牛庙，如今是民军的指挥部，庙前的葛条树上，绑着一面用黄绸子做的大旗，上面绣着六个大字：有衣、有粮、有房。

这便是栗温保为民军规定的奋斗目标，也是所有参加这支队伍的人的愿望。

伏牛庙前如今横了一块木匾，上书："三有堂。"栗温保常站在"三有堂"前给他的部下讲：我们的对头是官府、是朝廷，只有打垮了他们，才能使天下穷人有衣、有粮、有房。

自然，官府也没忘了这股声势挺大的反叛力量，南阳知府曾几次派兵想来剿灭，但每次都空手而回。葛条凹周围全是山头，不远处便是著名的宝天墁原始森林，一有官兵来剿的消息，栗温保的人马立刻四散山林，官兵哪里去找？

你不找我我还要找你！

栗温保觉出自己的力量已经可以和南阳官府一决雌雄了。他迫切渴望胜利，渴望占领南阳城，渴望向世人显示自己的力量，渴望与妻子、女儿团聚。

将近十年来，一想到被晋金存掳至府中当仆人使唤的妻子草绒和女儿，他的心就滴血般疼痛。这中间，他曾几次设法想把她们母女救出，但每次都被晋府的侍卫发觉而未能成功，有两次还被砍死了几个弟兄。

草绒，枝子，你们的苦总算熬到头了，我明儿夜里就去救你们：我要让你们母女从此在南阳城里享荣华富贵，把你们过去受的苦都补偿过来！

攻城的决定是前天做出的。前日，混进南阳城里的两个探子回来报说：城中的清兵为镇压叶县反洋教的民众，大部分已调出北上，城中兵力十分空虚。

这是一个时机！栗温保当下决定，今日白天全军歇息，傍晚分头扮做山民出发，明日天黑在南阳城外卧龙岗西的凹处会齐,夜静时行动!

此刻,落日已坠在西山顶上的栎树枝头,出发的时辰就要到了,温保正站在“三有堂”前对各队头目做最后一次交待。这当儿,三天前领人外出去紫荆关劫富的肖四,带着一帮骑马的弟兄回到了营地。一见马背上驮着的猪、羊、衣物、粮食,便知这次劫富行动顺利。栗温保结束了对头目们的交待,让他们即刻领人出发,自己转身高兴地招呼肖四:“回来了,四弟辛苦!”

“接住大哥!”肖四滚身下马,笑着把一个叮当作响的钱袋扔到了温保怀里。

“这样多?”温保喜道,“差不多够全军吃半个月!”他用手拎了拎袋中的银子,递给了身旁的一个护卫。

“还有让大哥高兴的哩!”肖四说着,朝一个牵马的部下招了招手,那人便把一匹驮着两个荆条大筐的雪青马牵到了温保面前。那两个筐子上都罩了布单,温保以为是抢到了富户的什么好东西,不料当肖四把罩在筐子上的布单一揭,顿时一惊:两个筐子里各坐一个手脚被绑的姑娘。

“这……这是干啥?要人干啥?”栗温保惊叫道。

“大哥先看看她们再说!”肖四让人解下大筐,松了两个姑娘手上腿上的绳子,让她们站到了地上。

尽管两个姑娘受了惊吓,途中没吃没喝,鬓发散乱,衣服不整,但温保仍能一眼看出,这是两个长得极有韵味姿色的姑娘。两个人都是高挑身个,鸭蛋形脸盘,凸胸、丰臀、大眼,显然是姊妹俩。

“驮她们来干啥?”温保的脸阴沉了起来。

“嘿嘿,”肖四凑到温保耳边,“给你带的。嫂子一直不在身边,你不想?也是凑巧,她们在路边剜菜,刚好叫俺们碰上!

你先挑一个，剩下的那个归我。我敢保证，她们都是黄花闺女。你看她们那个害羞样儿，叫人看了心里就——”

“放屁！”温保突然扭头朝肖四吼道。

满以为做了桩好事的肖四僵在那里，半晌，才讷讷着说：“大哥，你是怕嫂子日后怪你？那有啥了？将来见面，嫂子做大夫人，这边的做二夫人不就行了？”

“混蛋！”温保又涨红着脸叫了一句，“我们是民军，怎能欺负百姓的女儿？欺负她们你良心上过得去？谁没有姐姐、妹子？”

肖四被吼呆在那里。

“快，让她们吃点饭、喝点水，立刻把她们送回去！在哪里抢的还送到哪里！”温保朝几个手下人下令。

几个人带着两个姑娘向灶屋走去，温保扭头看一眼满脸尴尬和委屈的肖四，放缓了声音说：“你也快去吃点饭吧，吃完了跟我一块儿行动。我们明儿夜里要打南阳城，打下了南阳城，你我就可以同妻儿团聚。想想娃子他妈吧，她一人带了孩子在家苦苦等你，你怎能做对不起她的事？”

“大哥——”肖四话音中有了愧意。

“好了，快去吃饭吧！”温保在肖四肩上拍了一下，“吃饱了咱们去打南阳，穷人们在盼着咱们呐……”

4

在后院卷好染印了的绸缎，达志回到前院时，快到了掌灯时分。织房里的织机已经停了，顺儿和两个织女已去厨房洗手准备吃饭，他走进房，点亮灯逐个检查着织机，看有没有要修的毛病。最后一台织机检查完，他没有起身，而是从衣袋里掏出那个刻有云纬头像的梭子——这梭子多年来一直保存在他的衣袋里。梭子刚托在他的手上，那织机分明就轻快地响了起来：咔、咔、咔。伴着机响，织机的座位上便出现了云纬那纤秀端庄的身影，梭子在她的手上灵巧地飞动着，间或地，她回眸向他娇媚一笑；在这同时，他的耳畔又响起了云纬那甜柔的嗓音：你验看一下，我织得还行吗？……

他保存这梭子的目的，就是想保存对往日那份幸福的回忆。每当他看见这梭子，同时就会看到云纬的面影，就会听到她的声音，心里就会得到一丝快慰。

“爹，奶奶和娘叫你去吃饭！”六岁的女儿小绫在门口喊。他急忙眨了下眼，把刚才因为回忆而涌至眼角的微笑收起，这才扭脸应了一声：“知道了。”

“爹，这梭子是一个姓盛的姑姑用过的，对吗？”小绫这当儿已跑到爹的身边，指了他手中的梭子仰了小脸问。

达志一怔：“你咋会知道？”

“娘给我说的。”小绫飞快地动着两片巧嘴唇，“娘那回给你洗衣服，这梭子从你的衣袋里掉了出来，娘拿起这梭子看了许久许久，娘告诉我说，这是一个姓盛的姑姑用过的。”

达志吃惊地看了一眼女儿，他没想到顺儿也知道这个梭子的来历。他一直以为这梭子上的人像刻得十分模糊，顺儿什么也不明白。

“娘说，那个姑姑不仅长得好，绸缎也织得好，娘要我长大了也好好练织技，像她一样。”

“呃，孩子！”达志的心一缩，抓住了女儿的手。

“爹，那个姑姑现在在哪儿？”小绫仍然瞪大了眼睛问。

“出门了。”达志拉着女儿向厨房走，他不愿让女儿再问下去。

“出门是不是找了婆家？”小绫依旧追问着，“娘说，女的大了都要找婆家，要出门离开爹娘，对么？那姑姑的婆家在哪？”

达志真不知该怎样回答，要不是恰好这时大门外有人敲门，达志真要在女儿面前张口结舌了。听到敲门声，他松开女儿的手说：“小绫，你先去灶屋，爹看看是谁来了。”

达志以为是邻居敲门，没问是谁就拉开大门门闩，拉开后大吃一惊，门前黑乎乎站着不少人。两个拿刀的立时上前逼了他的胸口说：“不要出声，快回你的后院该干啥干啥，我们是官军,来此有公干!”达志噤声后退几步,这当儿,那一群人便蹑足敛声地进了院,其中有几个还扛着梯子,一进院便把梯子靠在临街店堂的后墙上,噔噔噔地爬上了后房坡。达志清楚地听到房瓦的碎裂声,心疼地叫了一句:“我的瓦——”话未说完,又有刀逼到喉前,一个低音同时命令:“快回后屋去,不准出声!”

达志不敢再犟,只得走回灶屋,对正准备吃饭的家人和那两个织女悄声交待了不要说话,便吹熄了灯,不安而恐惧地向外看。

黯淡的星光下,达志看见,自家邻街店堂的后房坡上站了不少人,卓远和另外几家邻居的临街房脊后坡上也有很多人。这些人都一律无声,只是小心地隔着房脊向街面上看。

看样子,他们不是强盗而是官军,可官军上房脊是要干啥?

达志依稀辨出自己的店堂后房坡上,还站有一个女人和一个小孩,于是越发惊奇:这究竟是要做啥呢?

达志和全家人都屏息向外看,四周一片静寂,只有轻微的屋瓦碎裂声间或传来。达志一边在心疼那些屋瓦,一边在心里祷告:神仙保佑,但愿别再发生什么祸事……

5

草绒那几天奇怪地注意到，晋金存一反往常那种对她视而不见的态度，阴鸷的目光总在她身上晃；而且白天黑夜，只要她一在大院子里走动做事，她身后就总有一个衙役也假装要办什么事似的跟着。她先是以为自己做错了啥事，引起了主人的气恼，看看不像；又担心主人怀疑自己偷了东西，在跟踪查找，后估摸估摸也不像。她正这么疑惑着，有天黄昏将尽，一个男仆突然来通知她，让她带了女儿去老爷的客厅一趟。她忐忑不安地拉着女儿枝子去了。她原以为见了晋金存会遭一顿训斥和辱骂，她已做好了辩驳的准备。没想到一进门，晋金存倒和颜悦色地迎上来给她娘俩让座，并说："你们来府中这么些年了，我关照不够，请多多包涵！"弄得草绒也一时有些愣住。她们娘俩落座不久，晋金存又温语说道："今日晚上，我们要去办件事，这件事需要你来帮帮忙，希望你能答应。”草绒闻言，便急忙说：“老爷要俺们下人办事，只管说就是。”晋金存便又含了笑讲：“也不是什么大事，不过是帮我们喊几句话罢了。至于喊什么话，他们待一阵会告诉你。你现在跟他们走就行。”说着，指了一下站在门后的几个带刀的衙役。

草绒见晋金存的态度很平和，又听说只是去帮助喊几句话，虽然心上还有些怀疑和不安：为啥偏叫我去帮喊几句话？但终还是爽快地拉着女儿跟那几个衙役走了。出得晋府大门，天已经黑定，草绒这时才发现，府门外边站着一队带刀枪的清兵。那队清兵见她们母子和那几个衙役出来，都悄无声息地尾随在他们身后。她吃了一惊：这些兵要干啥？但她不敢再问，只能随了那带路的几个衙役沿街向前走。走着走着，她发现街两边都站有兵，那些兵都正无声息地进入街两边的人家。出了啥子大事？她拉紧女儿的手，预感到今晚要有大事发生。

她和女儿被领到一处临街的大门前站定，在衙役们敲门的当儿，她凭着自己认得的不多几个字，辨出了这门框旁边挂着的木牌上写着：“尚吉利大机房。”来这儿干啥？她越发有些不明白。门开后，她看见人们把梯子靠在房子后墙上开始爬上房顶，她更加吃惊；当几个衙役推她和女儿向梯子上爬时，她真正有些害怕了。她不过刚问了两个字：“这是——”便被衙役低声而严厉地喝止：“不许说话！”衙役们先捂了枝子的嘴把她抱上房坡，后推着她爬上梯子。她爬上房坡时汗已顺脸而下，她知道那不是累的，而是因为慌和吓。她拉紧女儿的手刚在房坡上站稳，身旁的一个衙役便压低声音说：“待一会儿我们叫你喊什么话你就喊什么话，如果喊错一句，小心你和你女儿的性命！”说着，霍地抽出腰里的刀。那刀锋在黑暗中一闪，如萤火虫样一掠而过，骇得草绒差点软倒。枝子被吓得刚抽了一下鼻子，后边的一个人便急忙伸手捂紧了她的口鼻。

草绒最初的那阵惊恐过去后，开始利用自己的判断力来判断眼前究竟要发生什么事。她注意到站在房子后坡的兵丁们，都手握着刀枪隔着房脊直盯着下边的街道，于是断定：他们是在等什么人来到！黑夜里，谁会来这街上呢？大官？不会！大官不会叫咱来喊啥子话！普通百姓？值得这么多人如此来迎？她正这么猜想，黑暗中只听旁边一个人低叫了一声：糟糕！跟着就有另一个低音问：咋了？先前的那个人便弱了声说：驴道口那儿忘了派兵守住，北城根的那个豁口派的人也太少，万一他们往这两个地方跑了咋办？另一人接口：可不，那赶紧调人吧！先前的那个声音便又说：时辰快到了，这阵子再派兵走动，怕惊动他们，也罢，未必他们就真能想到那两个小口子！记住，知府大人要那个人的头，不管他降与不降，只要抓住，立刻就杀，谁提了他的头谁得头功！草绒听着这话，明白自己刚才的猜测没错，他们果真是在等人，而且是想捉杀要等的人！她的头皮禁不住一阵发麻。那么是等谁捉谁杀谁呢？草绒正待要再猜想下去，忽听邻家的房顶上传来一声猫叫。这边的人便都弯下腰睁大眼直往下边的街道那头看，草绒也瞪眼看去。凭着星光，草绒忽然看见街道那头的城墙上，有几十个黑色人影在晃动，那些黑影像壁虎一样悄无声息地从城墙上攀下来到了街道上，黑影们在街上小停后，便飞快地沿街向这边走来。

等的大概就是这些人们，草绒刚这样猜着，猛听呼的一声枪响，这响声把原先笼在四周的寂静一下子碰得粉碎。几乎在这枪响的同时，街道两边的房顶上突然亮起了许多灯笼火把，原先埋伏在各处屋顶上的兵丁们都把枪刀亮了出来。草绒这才看明白，整个这条街已经被团团围住。街上的那群黑影们这时全暴露在了灯光下，原来他们也都带着刀枪，而且人人胳膊上缠了一块白布。这群人一定也是被这突然的变故惊呆了，因为有一霎之间他们竟然谁都没动。这当儿，一个得意而阴沉的声音已从对面的一个屋脊上响起——草绒一听头两个字便辨出了是晋金存的声音："诸位从伏牛山上下来的英雄，我们在此恭候你们多时了！我知道你们的头儿叫栗温保；也知道你们今晚的目的是袭击官府，抢劫粮库和钱庄；更知道你们正筹划占领本城，企图永叛大清朝廷。现在我要告诉你们，大清朝廷江山永固。你们面前的道路只有两条：一条，立刻投降，归顺朝廷；另一条，死，就死在这条街上！我还要特别警告栗温保，我们虽然还没认出你，但我知道你来了，你如果不命令你手下的人立刻投降，我便即刻杀了你的妻子、女儿，现在我让你看看她们母女！"

晋金存的话音刚落，草绒和女儿身旁突然亮起了四盏大灯笼，两把雪亮的砍刀几乎同时放到了她俩的脖子上。枝子几乎立刻便被吓哭了，哭声尖利地打破了晋金存住口后留下的静寂。

草绒双眼直盯住站在街边阴影里的那个熟悉的人，几乎在晋金存叫响丈夫名字的同一刻，草绒的目光也在街上那被惊呆了的人群里认出了丈夫。呵，温保，是你！是你！只是到这一刻，她才完全明白了晋金存何以今晚要她们母女来这里。温保，你瘦多了！草绒的目光在抚摸丈夫的身躯，一晃十年过去了。十年间，草绒只在那个傍黑和丈夫见了一面，此后，因为晋府把守严密，因为晋金存和盛云纬很少准她出府，她再也没见到日思夜想的丈夫。有一次肖四摸进城给她捎了一封栗温保的信，还险些被晋府的人抓住。

"听着！"一个冷峭的低音在草绒耳畔响起，"立刻面朝街道大声这样喊：'温保，为了我和女儿，叫人放下刀枪吧！'快！"

草绒觉出脖子上那冰凉的刀锋动了动，她的嘴张了张，但没有出音。那一霎，她记起了她刚才无意中听到的那句话：知府大人要那个人的头，不管他降与不降，只要抓住，立刻就杀，谁提了他的头谁得头功！草绒现在知道，那个人肯定就是指温保了。倘自己一喊，软了他的心，他也许真能让手下人放了刀枪，那样，他便必死无疑了。不，不能！我为什么要害他？几年的夫妻，家里虽穷，但他打一只兔子，肉也总要叫我先吃，我怎能为了自己活命反来害他？

"快，喊！"那个森冷的低音又一次在草绒耳边响起，而且她分明感到，有一丝丝血顺着脖子往胸前左奶子那儿流了。

既然老天爷非要我们家死人不可，就让我死吧！女死死一个，男死死一宗，罢了！草绒突然张开了嘴，但声音却是："温保，快往驴道口那边跑！那儿没兵！你们就是放下刀枪他们也要杀——"

草绒的声音骤然停了，她和女儿四周的灯笼也即刻熄了。这同时，栗温保手中的枪也响了，接着便是奔跑、喊叫和刀相碰枪互打的一团搅混在一起的声音……

6

云纬翻了一个身，片刻后又翻了回去。褥垫仍如往常那样软和，缎被仍和过去一样轻柔，但云纬就是睡不着。前半夜在世景街看到的那一幕幕景象总在眼前不停地闪。当栗温保带的人在街上被围住时，云纬就站在晋金存身后看。晋金存执意要拉她去看那个场面，并在去的路上就告诉她："你待一会儿就可以看到栗温保的人头，你不是要报仇么，这下子我为你报彻底了！"云纬当时惊得眉毛都几乎弯折要断。她是恨栗温保，她是在想雪恨，但她每次想到的雪恨方法也只是把栗温保绑到树上或柱子上，她要上前猛扇他嘴巴，边扇边骂他几句畜生、坏种。她从来也没想到要杀他，毕竟他没犯死罪，他当初抢劫她家时，既没有伤害她也没有凌辱她。当她看到他们把刀架在草绒母女脖子上时，她想要雪恨的念头已全被对晋金存的气愤所取代：怎能如此对待一个女人和孩子？她当即就向晋金存低叫:“快让他们把那母女放开!”但晋金存淡声说道:“放心,我不会杀她们,她们只是钓饵!”

幸好,栗温保逃掉了。当晋金存的部下来屋顶上报告说栗温保带了十几人跑掉之后,云纬非但没有感到失望,相反还轻轻地释重似的舒了一口气。

但云纬看得出,晋金存肚里的怒气只差一点点就要爆炸。他下了房顶之后,先走到负责今晚派兵的一个头目面前,抽出对方的腰刀,一声不吭地在那人的脸上划了两个竖道,血即刻顺着那人的下巴向下滴嗒;随后,他走到双手被反绑的草绒面前,冷笑着说了一句:“看不出,你还挺喜欢男人!”

草绒母女一押回府,就被关进了离云纬卧房不远的一间房子。

那间房子好像没有床,那母女咋睡觉?云纬闭了眼躺那里想,她第一次开始关心起那母女来。

哐当!好像是什么东西响,后半夜了,府里还有人在干活?“啊呀——”什么人在叫?云纬疑惑地坐起身来。当啷!又一响,云纬这一下听清了,响声就来自关押草绒母女的房子。呀!又一声短促的抑得很低的人叫。怎么了?那母女出啥事了?云纬一骨碌下床,边披外衣边拉开门往外跑。

云纬一推开关着草绒母女的屋门,眼珠就因为吃惊和气恼几乎要蹦出眼眶:屋里,两个衙役正边捂着草绒的嘴边猛撕着她的衣服,她浑身的衣服被撕得只剩下了一条内裤。草绒正死命地挣扎着。小枝子恐骇无比地缩在一个墙角。

“畜生!放开!放开!来人呀!”云纬叫着冲进去,使劲向那两个衙役各打了一个耳光。那两个衙役见是云纬,都吓得不敢再动,站在了那里。府里巡夜的闻声来了,云纬命他立刻去叫晋金存,她要让晋金存立刻惩办这两个坏种。

晋金存晃晃悠悠地走进门，还没容云纬开口，就冷冷地说：“干啥这样大惊小怪？是我叫他们来的，草绒不是挺喜欢男人吗？不是为了男人可以舍掉自己的命?!”

“老爷，你杀了我吧，杀了吧！”勉强用破衣遮着身子的草绒哭着向晋金存叫。

“想死？”晋金存不动声色地问，“没那么容易吧？你死了，栗温保怕就不会来了！不捉住他，我的云纬怎么报仇？”他的眼斜向了云纬。

云纬没再说话，只是直直地盯着晋金存那开始秃起来的脑门。她听到了自己的目光在和那脑门相撞时发出的一声闷响……

7

达志心疼之极地收拾着店堂后房坡上的瓦片，半坡瓦几乎全被踩坏，天呐，换成新瓦，至少又得花去五六两银子！

左右邻居们也都在清理自己临街房上的碎瓦，瓦片相撞的声音一时充满街道，腾起的灰尘带着一股陈旧霉味在四周弥漫。唉，这一场意想不到的灾难！

晋金存，我为啥就摆脱不了你？达志昨晚虽然没有出门，但对争斗双方是谁已听得一清二楚。当他最初听到被官军围在街上的是栗温保和他的手下人时，他心里一阵快活，该把你抓住惩治你了！达志当年很晚才知道是栗温保抢了云纬的家，自从知道那刻起，他就一直在心里暗暗诅咒栗温保，你个不得好死的，有本领去欺负一对母女?！但昨夜后来听明白率兵来捉栗温保的是晋金存，达志心里的快活又一点一点收了回去，在晋金存和栗温保二人中，达志更恨前者，是晋金存把云纬从他手中夺走的，又是晋金存把尚吉利大机房逼到了倒闭的地步。特别是当达志隔了门缝看见晋金存的手下人用刀去逼栗温保的妻女时，达志更有些不平，不知不觉间已把同情转到了栗温保身上。

栗温保果然跑了，也许这是天遂人意！

“达志。”一声招呼上了房坡。达志扭脸，见是卓远家嫂子雅娴，以为是叫他过去帮忙收拾房上碎瓦，便应道：“嫂子，我马上就过去收拾。”他知道卓远哥不在家。卓远有个叔叔，在汉口一所学校教书，早些天捎来信说重病在身。叔叔没有结婚，无子无女，须亲人照料，卓远便搭马车去了，这一去已近一月。

“不是干活，嫂子有事给你说。”雅娴向他招手。

达志跳下房坡。

“你卓远哥托人从汉口捎来信说，叔叔的病已无希望治好，最多再拖延十天半月时间，他正为叔叔预备后事。叔叔的心愿，是想把自己埋在故土里。你卓远哥打算待叔叔咽气后，装棺拉回来，让我在这儿雇一辆马车去，说汉口那儿的马车伕有的嫌干这事不吉利，不愿出车；有的愿干，要价太高。你卓远哥在信中顺便说，他走时你交待他去机器行问问机动丝织机的价钱，他已经问了，一台织机一百三十两，一台动力机一百九十两，一台动力机可带动两台织机。他说，你这次要买，就随了马车去，把银子带上，不买就罢了。”

“哦？”达志的眼霍然一亮。

“你想不想买？”

“让我想想。”达志搓了一下手。买机动织机的事他几乎是日思夜想，但此刻他仍要想想，事情来得太突然。

“车我已经雇好，是后天早上走，你要买就快点准备。”

“好，好。”达志又搓了搓手，双眼看着卓家嫂子走，心里却已经在飞快地盘算：这次买不买？买？钱不够，家里这些年积存的，也才百多两银子。不买？失去这个绝好的机会太可惜！去时不用雇车，省了盘缠路费；回来时有棺材拉着，别人以为是送灵柩的车队，也安全；而且回来时有卓远哥跟着，他人聪明有见识，遇见事也由他出面交涉，会省去自己许多麻烦！况且，机动织机早买一日，机房就会早一日发达！

咋办？

买，无非是背点债；可不买，失去这个机会，何年再有？

机会难得！

买！借债不怕，只要有了机动织机，尚家机房有了发展希望，债要不了多久就会还上！

达志又搓了搓双手，握起右拳，在空中发狠地挥了一下……

不大的王府山一下子上来了这么多身着华丽服装的夫人、小姐，就好像山坡上骤然移来了许多盆花，从远处看去，真是花团锦簇灿烂一片。这座明代藩王府花园中的假山，如今成了知府衙门诸位官员的夫人小姐们登高眺望街市的游乐之处。

达志远远望了一眼那山顶，见那些夫人小姐都还在山上，便推了木质独轮车向山脚下快步走去，他要赶到她们下山之前把绸缎在山脚下摆好，好在她们下山时吸引住她们的眼睛，或许能卖出几匹，但愿能卖出个好价钱。

尚吉利大机房的产品原是不必这样推销的。过去都是坐等买主上门，达志今天破例推车来这王府山下推销，实在是因为急着凑钱去汉口买机动织机。昨日后晌和晚上，为了凑钱，达志先是四处告借，可这年头因为时局不稳，人们都准备应付万一，不论是个人或是银号，一听说借钱就都婉言相拒，达志跑断了腿才借到一百多两银子，加上家里原来的那百多两，也才三百来两。接着又跑当铺，达志把家里凡是可暂时不用的东西，都当了出去，但也仅当了六十多两银子。跟下来是卖，房子不能卖，买回织机后这些房子都要用上；木织机不能卖，这些木织机也还要用；能卖的也只有织出来的一点绸缎，可这些绸缎就是全卖出好价钱，也只能收四五十两银子，剩下那几十两银子去哪里弄？

咯咯咯，一阵珠落玉盘似的清脆笑声飞进耳朵，达志抬眼见已到了山脚，不敢再去苦想，急忙支了车子，在车旁的两棵榆树上拉起一根麻绳，把带来的那些彩绸锦缎一匹匹向绳子上搭去，立刻，五颜六色的绸缎在东天泼来的阳光下耀出绚丽的光斑。

“哟，快看哪！”山顶上响起一声姑娘的尖叫。

达志不用扭头，就知道自己的举动已经引起了注意。他在独轮车旁蹲下，边擦汗边默等着那些买主的到来。微风轻摇着那些绸缎，偶尔有一匹被风从绳上撩得太高，会折回来轻拂一下达志那已有皱纹的额头。

随着一股香风的流动，十几位夫人小姐已飘然来到了摊前，达志急忙起身介绍：“夫人，小姐们，这是线缎，合经合纬属炼货，面宽二尺二寸，长一丈六尺，似湖绉，很薄，用于做裘服……这是‘大茂中’，提花……”

到这里来推销的主意看来没错，女人们见到衣料和蜜蜂们见到花一样，不采一点很难罢手，而且因为互相怂恿暗中比赛，买得也格外快格外多。不大工夫，达志带来的绸缎便已卖得只剩了两匹，价钱也比在机房里的柜台上卖时稍高一点。

“夫人,你不买一匹?”达志见有一位夫人和女仆站在山脚的一丛木槿树旁没有过来,急忙捧了剩下的两匹迎上去,边走边高声解释:“这是龙纹绉,也叫龙抱柱,纬用双线搓成,一个正经,一个倒经,织成后加炼,面宽一尺二寸,长五丈二尺,一匹可做四个大料,而且——”

达志的声音突然停下。因为那夫人扭过脸来了,云纬!是你?他猛地止步,失措地望着那张他在无数个梦里见过的仍然娇艳无比的脸,他的双唇急剧地抖动,却无话出来。十年了,他有多少话积在心里一直想对她说,他暗中多少次盼望着能见她一面,但此刻一瞥见那双幽深冷然的眼,所有的话就都忘光了。他只是双脚倒踏了一下,不知所措地喃喃道:“那就罢了,罢了……”他捧了绸缎转身,逃也似的刚走了几步,背后突然响起一个冷而讥嘲的声音:“拿走干啥?怕我们出不起银子?”

达志被这话砸得身子一晃,他停下脚,把头垂了。

云纬其实早就看见了达志,几乎在他推着独轮车刚出现在她的视界里时,她的目光就抓住了他。对于这个日思夜想的身影她几乎不用辨别,她只用触一眼就明白是谁了。那身影对她的目光也有一股神秘的吸力,一出现便最先把她的目光吸了过去。十年了,十年间,因为那股挥之不去的对尚家的恨意,她把内心里想见达志的那股欲望死死扼住,她决心忘掉他,但越是想忘的东西却越忘不掉!达志的身影执拗地活在她的心里,为了把他的身影从心里驱走,她让自己千方百计去找他的弱点、短处和毛病,但可惜找到的却都是最初相识时那些愉快的让人心颤的回忆。她最后只好屈服,只好把那股恨意放到一边,只好任那个影子在她的心里肆无忌惮地活动,且常和那个影子亲密地相拥相吻,常向那个影子倾诉自己心中的一切秘密。刚才,她第一眼看见达志时,心中的那股高兴简直要蹦出喉咙,她真想一下子就奔到他的面前,把她平日对他的影子所做的那些爱的举动全做出来,但她抑制住了自己,她知道这种场合自己的任何一点不慎,都会立刻传到晋金存的耳里。她想待别的夫人小姐都走了之后,自己再上前同他见面,再向他说那些她对他的影子早已说了多少遍的话。没想到的是,达志会先捧着两匹绸缎向她走来。在看见达志向自己身边走来时,她的心跳得多么厉害呵!她猜想着,达志到她身边时,一定会轻轻叫上一声:"云纬——"会柔柔地问一声:"你身子好吗?"会歉疚地说道:"当初,我真对不起你!"但料不到的是,达志竟根本不抬眼去先看她是谁,只一个劲地介绍他的绸缎如何绸缎如何。绸缎!绸缎!滚远吧你们尚家的绸缎!你们尚家人从来都是只看绸缎不看人,只要绸缎不要人!滚!滚!在那一刻,被云纬堆在胸腔一角的对尚家的恨,又一下子滚了过来,她的玉牙又倏然咬起,声音变得冷利非常:

"卓绒,给他钱,两匹我们都要,买回去撕了给小孩做尿布!"

达志没敢抬头。他只是感觉到手上的绸缎被拿走了,感觉到有银子扔到了怀里。

"你尚达志织绸缎织得可真排场,你爹死了也只有钱买张苇席包包埋掉,你一个心眼织绸缎吧,织吧!你会织得你死了连一张苇席也买不起,让你的儿女把你光身子埋到土里!"云纬咬牙发狠地说罢,转身就走。

噔噔噔的脚步声响在空气里,达志像骤然挨了几棍似地呆立在那里。

天开始转阴,刚才还红艳艳的太阳,这会儿已钻进云团歇息；街面上有风旋过，带得纸屑乱飞。达志从云纬那阵冷嘲和怒骂所带来的痛苦中勉力挣出身子，推着独轮车沿街边慢腾腾地往家走。绸缎是都卖出去了，可买机器的银子还差三四十两。咋办？能借钱的人家都借过了，可以“当”的东西也都“当”了，值得卖的物品都卖了，还上哪里去弄钱？明儿早上就要启程，还有啥法子？

独轮车的轮子转得越来越慢，达志愁得连步子都不想迈。他强制着自己不去想云纬的那张脸和那些话，而只去想眼下最紧迫的问题：怎样筹够买机动织机的钱？

街边一个卖锅盔馍的小贩，见他的样子，以为他是饿了，便朝他高叫：“掌柜的，吃一块博望锅盔吧！俺这博望锅盔是按当年卧龙岗上诸葛孔明他夫人的做法烙成的！你瞧瞧，盾牌形，厚二寸，吃着酥香爽口，耐嚼耐饥，回味绵长，久放厨内，不烂不霉，来一块吧！”天已近晌午，他的食欲被这话叫醒，顿时觉出肚饥难忍。从昨儿头晌定下要买织机到现在，他为筹钱忙得还没顾得吃几口饭，真该往肚里填点东西了。他伸手去怀里摸钱，刚触到一张小银票又即刻缩回，罢了，家又不远，花这钱干啥？不过，腿真有些酸了，他在一家小茶馆前停下车，喘息着坐到了茶桌前的一只矮凳上。

“哟，这不是尚吉利的尚老板嘛，出去卖货了？”小茶馆的老板认出了达志，过来招呼，同时把一个放了茶叶的茶碗放到达志面前。

“不，不要茶。”达志急忙摆手，可是晚了，那老板另一只手上的铁壶已经向碗里注起了开水。达志有些后悔，不该往这茶桌前坐的，又要花钱了。他不甚情愿地伸手去衣袋里摸银票，不料那老板断然地摆手叫：“尚老板，你要是给钱可是打我脸了，工商是一家嘛，你来，我连碗水的照应能没有吗？”

“那就谢你了。”达志也就不再坚持掏钱，端起茶碗，垂了眼一口一口地喝着，没喝几口，一直缠住他脑子的那个问题又在茶碗里浮了出来：缺那三四十两银子咋办？屋里的东西也当了，也卖了，难道再半途罢手不成？……

“哇——放开我——放开我——”一阵尖利的女孩的哭声突然由隔壁传来，把达志的苦思苦想一下子打断。他抬头看时，只见一个男子抱着一个女孩从隔壁出来，径向另一条街走去，那女孩在那男子怀里哭叫着挣扎，而隔壁的屋里，有一对男女也分明在抽泣。

咋着回事？达志拿眼睛去问茶馆的老板，茶馆的老板苦笑了一下说：“卖童养媳的，如今，这也是穷人活下去的一个法子。”

噢。达志知道这种婚俗。

“唉，如今是啥样东西都涨价，就是人掉价呐！”茶馆里的一个老年茶客这时叹道，“听说隔壁这家的丫头才卖了四十七两！”

“这倒是。”另一个瘦瘦的老年茶客接口，“我们年轻那阵，谁家卖童养媳，就是四岁的，也能卖个五六十两银子哩！”

“还有比这便宜的呐。”又一个中年茶客接口，“你们没看那棵桐树上贴的启事？”那茶客边说边指了一下茶馆前靠近街边的一棵桐树，达志这才看见，那树干上贴着一张红纸。“那是一户姓董的人家贴的买童养媳的启事，开价只有四十五两！”

唉。又是一阵叹息。

四十五两。达志却不由得重复了一句。

碗里的茶喝完，达志又谢了那茶馆老板一句，便起身去推车预备回家。在推起车经过那棵桐树时，他的眼竟禁不住又去看了一下树干上的那张红纸，不过，他的目光里仿佛带了恐慌，只触了一下就闪开了。

他推着车沿街边慢腾腾地走着，脚步迈得沉重而机械，双眼散漫地在街两边晃。又走出半条街的样子，他那散漫的目光再次碰到了街边的一棵树干，那树干上也贴着一张相同的红纸。他似乎犹豫了一下，但随后他向那树干走去，把半眯着的眼睛睁大了：

> 吾姓董号续脉字贺朝，本城万良街明伦巷人，戊戌年秋膝下得一子，名万露，承上天垂爱，十二岁之万露额阔口方、茁壮非常，然金无足赤人无百好，稚子自十岁起左眼生疾，后求诸仙人得一方：娶幼媳以冲灾，早完婚可得愈。故今求告四方，谁家若有六岁左右宝女愿许做童养媳，请拨冗相告，董家愿即刻登门相聘，并呈官银四十五两为聘礼；日后合房，礼当另送。男大六，家和睦，此一娃娃婚上合天意下符世理，成则大吉大利，新郎新娘必能神安体康，白头偕老……

达志把目光收了回来，索然地将眼睛对准街边一个叫卖烧饼的小贩，一霎，便转身推车预备走，可在转身的那一霎，两眼却又一次溜回到刚才的那个启事上，盯住了“四十五两”那四个字。

小绫是六岁。他忽然没来由地想。但刚一想到这儿，他就拍了下自己的头，快步推车朝前走。

女孩儿终究是要出嫁，早嫁和晚嫁还不一个样？好像突然有一个人站出来在同他辩理，耳旁分明响着那人的声音。

孩子太小，到人家家里怕要吃苦。他的嘴唇抖动着，却无声音。

孩子们小时候吃点苦，倒未必就是坏事，再说，到那边她的公公婆婆见她幼小，总也会心疼她。那个声音依旧在响。

那倒也是。只这把女儿卖人做童养媳的事，名声终不好听，好歹我们也是有点产业的人家。

失小保大是古理！只要我们把机器买回来，机房兴旺起来，让尚吉利大机房的丝绸再称起霸王，国内国外的客商不断涌到咱尚家门前，哪个于尚家名声有好处？再说，到那时有钱了，把女儿赎回来也不是不可，她今年不是才六岁？

那就——

达志回了一下头，远远地又看一眼贴有启事的那棵树。

回到家，达志蹲在锅台前喝顺儿给他盛的包谷糁稀粥时，双眼一动不动地盯着身旁的女儿。六岁的小绫正拿着一个旧梭子玩，她把那梭子放在一块木板上，左右两只小手把它来回扔，显然是学娘平日在机上的动作。她玩得十分专注，根本没注意到爹的目光。

“小绫，”达志停了喝粥，声有些发抖地喊，“想吃糖人么？”

“想！”小绫抬起那双极像达志的眼睛，意外而惊喜地答。她还特别看了一眼娘，小脸因为高兴而变得通红。

“给，拿钱去大门西边刘爷爷的摊子前自己买。”达志从衣袋里摸出一张小票，向女儿递去。

“他爹，不年不节的，给她买糖做啥？”顺儿在一旁低声阻止。

达志没有理会顺儿的话。聪明的小绫大约怕娘的阻止能够生效，从爹的手上拿过钱便向门外跑，边跑边撒一路笑。

“银子，够了么？”顺儿从锅上拿了一个红薯面饼，边递给丈夫边轻了声问。

达志摇了摇头，低下眼喝粥，呼噜噜，喝得很响，好像在跟稀粥赌气。

“还有法子么？”顺儿仍低低地问。

达志停止喝粥，目光缩回到粥碗沿上，弱了声答：“万良街明伦巷有一家，想娶一六岁童媳，允官银四十五两。”

“这与咱家有何相干？”顺儿不解地问，“他家——”但是陡地，她双眸极高地一跳，满脸罩上了惊慌，“你是说小绫——？”

达志的目光缩回眼眶，木木蹲在那里。

“不，不！”顺儿突然扑通一声跪到了达志面前，“不能卖她，她太小，要卖就卖我吧！卖我吧！看在我进了尚家从没求你的份上，答应我吧！她长大了好给咱尚家织绸缎，我反正是个残疾人，活长活短都没大用处，再说，我身上红的已有年把总是来得断断续续，恐怕也已经不能生了，求你留下个闺女，日后你老了她也好给你端汤送药，卖了我吧……”她扑上去摇了下丈夫的胳膊，达志手中的粥碗当啷一声落到了地上，稀粥即刻在地上蛇一样分头爬开。

达志没动，也没吭，仍木然蹲在那里。

屋里只有顺儿的低声啜泣。

“买到了，买到了，大糖人！”大门那儿传来了小绫喜极了的叫声。

“起来吧，她回来了。”达志低微地说了一句，伸手把烂碗捡开。

顺儿强抑住啜泣，站起了身。

“爹，看，买来了，大糖人！”小绫这时举着糖人已奔进了门，达志勉力在脸上浮一丝笑说：“买来了就快吃吧。”

“爹，你先吃，来，你咬糖人这只胳膊，咬，咬呀！”小绫把糖人举到了达志嘴前。

“爹不吃，你吃吧。”达志去推女儿的手。

“咬，咬呀！甜得很哩！”小绫硬把那糖人朝达志嘴里塞去。

达志只好轻轻地咬了一点。

“甜吗？”小绫忽闪着眼睛问。

“甜。”达志几乎是哽咽着答出这个字。当小绫转身向娘身边跑时，两滴豆大的泪珠猛蹿出他的眼眶，急切地向地上坠去……

8

云纬的手轻轻在那两匹绸缎上抚着,这上边印着达志的指纹,摸着绸缎就有一种触住了他手指的感觉。回到家以后,云纬一直在为头晌对达志的那种态度后悔,不该那样刺他、骂他、噎呛他,他活得也不轻快呀!他那额头上,竟已满是皱纹了,他今年多大?二十八吧?二十八的男人脸上不该有那么多横纹!而且他是那样瘦,眼窝有点陷,颧骨凸了出来;他像是也没睡好,眼泡显出虚肿,左眼里有三道血丝;还有,他的衣襟上的扣子有一个没有扣上,可见他忙;他有几个娃儿了,两个?三个?……

"夫人,你的贴身衣裳。"草绒捧着几件叠好的内衣推门进来。

云纬闻声,急忙把脸上的那层因遐想而起的柔和隐起,换上了平日的那副冷峻。

草绒经过那次事件，虽然人仍有些憔悴，但精神显然已恢复过来，仍如往常那样快嘴快语。一见头晌买的那两匹绸缎摆在夫人的梳妆台上，就开口问："夫人是想剪裁么？要不我去叫魏家缝纫铺的老大来，给你剪件旗袍。你头晌在王府山没看到，肖家夫人和陈家小姐穿那旗袍，多漂亮！像你这腰身，穿旗袍定能——"

"好了，去忙别的吧。"云纬淡声说道。她如今已把草绒母女重新要回身边，她不容许晋金存再把她们关起来，为此，她还同他吵了一架。她知道，晋金存虽然答应让草绒母女回到自己身边，但她们母女并没真正离开危险。每天晚上，都有兵在院里埋伏，以准备诱捕来救这母女的栗温保和他的手下人。

草绒出去了。暮色越见变浓，屋里又恢复了静。云纬没有点灯，仍坐在那儿，微闭了眼，让手在那绸缎上轻轻移动。这儿该是他的指印了吧？当初他去验查我织的绸缎，手指常在绸缎上触摸，那时他的指头是那样嫩长浑圆，而如今，竟满是茧了……

"咋不点灯？"伴随着嗵的一记踢门声，晋金存进了屋。云纬哦了一声，假装着打了个哈欠说："嗨呀，我坐着坐着，竟打盹睡过去了。"边说边就擦亮火柴点上蜡烛。

"把这个给下人拿去煎煎。"晋金存把一摞纸包放到云纬手上，"一次一包。"

"啥东西？"云纬眉头一皱。

"桐柏知县送来的，一种涩精固肾的药食，每次煎一包，说是从朱元璋的《御药秘方》里弄来的，喝了立竿见影！"晋金存笑道。

"这不是蜻蜓么？"云纬打开一包，鼻子鄙夷地耸起。像所有贪色纵欲过度的男人一样，晋金存也已不得不朝那个专门折磨男人的深渊里栽去。他害怕在那个深渊里扑腾，他急切地想抓住深渊壁上所有可以抓住的东西。这些天，他不断地从外边弄些这药那药来。可惜没有一样有效，他害怕恐慌极了，已经到了不顾一切的地步，哪怕是渊壁上的一棵草他也要抓住试试。对此，云纬一直在冷眼看着。

“对，对，就是蜻蜓。”晋金存急忙点头，“这药食的名称就叫‘蜻蜓汤’，每包蜻蜓四只，锁阳、肉苁蓉中药各三钱，做法是将蜻蜓去翅，微炒，加入锁阳、肉苁蓉一同煎汤。《名送别录》书上载：蜻蜓味甘，性微凉无毒，可以强阴止精；《日华子本草》上说：蜻蜓壮阳，暖水脏。我估计会有效果！”

云纬将一个讥笑隐入眼底，拿起一包药出门交待草绒去煎。

“唉，如今烦心的事实在太多！”云纬又进来时，晋金存点燃了水烟袋，边吸边叹。

“还有啥事值得你叹气？”云纬又把鼻子不屑地耸起。

“嗨，你是不知哇，如今反叛朝廷的人实在太多，防不胜防呀！日他奶奶，后晌在知府那里听说，一个叫胡鄂公的同盟会会员，在保定成立共和会，入会的竟有三千多人。他们表面上说宗旨是发展实业，实际上是要推翻大清江山！他们是孙中山的人呐……”

云纬没再应声，她又把目光移向那两匹绸缎，用手轻轻抚触着它们。

草绒把“蜻蜓汤”煎好了，双手捧着送进来。晋金存迫不及待地起身接过，趁热哈着气响亮地喝着，边喝边吧唧着嘴唇。云纬在一旁厌恶地把嘴角撇撇，她听到这种喝汤的声音就有些肉麻，为了分神，她拿起一本书，凑到灯前去看。

那种响亮的喝汤声停下不久，云纬眼前的蜡烛突然被晋金存一下子吹灭了。

“做啥？”云纬不高兴地扭过脸。

“甭看了，咱们睡吧！”晋金存在黑暗中笑着。

“这么早就睡？天才黑。”云纬恨恨地把手中的书一推。

“嘿嘿，我想试试这蜻蜓汤的效力。”晋金存嬉笑着抓住了云纬的手。

云纬的牙立刻咬起，努力把一句怒骂压灭在唇内。

杂种！

一切都是老一套。云纬仰躺在那里，在黑暗中瞪了眼，冷冷看着他在自己身上忙乎，但最终还是瞎忙，当他失败之后噢地叫一声“天哪！”滚到一边趴那里捶着枕头时，云纬唇上浮出一丝冰冷的笑意。杂种，老天爷还是有眼！

“看来，我这身子和大清朝的江山一样，要完了！”晋金存终于平静下来之后，坐起身拿过镶银水烟袋，边吸边叹了一句。

云纬没有应声，只把两眼望向黑暗中的屋顶。

“连南阳城里也有人想反叛。”晋金存仍在自言自语，“今后晌把左营的一个千总杀了，妈的，砍了他的头看他还能反？”

云纬依旧没吭声，只是伸手拉过被子，盖上自己那赤裸的身子。

“保江山可以杀人，可要保我的身子咋着办？说呀，咋着办？”晋金存边叫边猛扯掉云纬身上的被子，“你为啥不说话？你是不是在暗暗高兴？”

云纬闭上眼睛，呼吸平稳而安恬，照旧没有应声。赤裸的身子在窗外挤进来的星光里显出一个淡白的轮廓。

“这么好的东西，老子竟不能享用！”他边愤愤地说边抓紧云纬的一只乳房狠劲向上提着、攥着，似乎存心要把云纬弄疼，见云纬仍然无声，便又去抓拧云纬的臀部。

“我竟然不能享用！”他还在咬了牙说。

云纬白色的身子一动不动，房里再无别的动静。

夜，正无声无息地向深处潜行……

街面上市声喧嚷，这又是一个热闹的集日。轿伕不时要吆喝让路才能往前走，但云纬无心去看轿外的街景，只是在轿子的轻微颠簸中，默默翻着刚从府立中学堂图书室借来的那本《镜花缘》，一心想让自己尽快沉入到书里去。

如今，只有读书能让云纬觉出活在这世上还有一点意思。隔一段日子，她总要来这学堂的图书室里借本书，读完，再来换。云纬小时就识字，到了晋府以后，府内设有家馆，专门请了一位五十开外的老塾师，起先是给几位前房夫人生的女儿讲授；云纬的儿子承银五岁之后，便主要是给承银讲了。老塾师讲的内容，除了《三字经》《百家姓》《千字文》《龙文鞭影》《幼学琼林》之外，还有四书五经。云纬起初是因心中苦痛想找排遣，继是感到新奇，再是要照应儿子，便常到家馆里走动听讲，渐渐地，竟成了家馆中成绩最好的学生。

小轿在街道一侧缓缓移动，书页在云纬手中慢慢翻着，一阵尖利的孩子的哭叫声就在这时扑进轿中：“放我回家——”那声音里含着无限的惊恐和哀求，云纬隔了轿帘缝往外看。只见前方不远处有一男子背着个五六岁的女孩向这边走，那女孩正在背上死命挣扎着叫：“放我回家——我不跟你走——你放开——”

“唔——”那男子身后跟着的一个女人此时突然上前，用手捂了那女孩的嘴，女孩的叫声顿时变成了含混的"唔"，小脸憋得通红，身子仍在挣扎。

这男女肯定不是这孩子的爹娘，可他们强背这孩子做啥？会不会是白日横抢拐卖？如今这世道拐卖女孩的可是不少！"停轿！"云纬向轿伕叫了一声，同时隔帘对随轿走在一边的草绒说："去，问问那背孩子的男人，那小姑娘是从哪儿背来的？"片刻后，草绒跑回来回答："那男人姓董，说女孩是尚吉利掌柜尚达志的女儿，他用四十五两银子买了做童养媳的。"

"尚达志的女儿？"云纬一惊。

"我看这像是假话，尚吉利的掌柜还能卖女儿去当童养媳？前些日子我们不是还在王府山见他卖绸缎，光他那一天卖得的钱就不少，他会缺四十五两银子？"草绒飞快地说着自己的见解。

云纬心中一动：就是，尚达志眼下还没有穷到卖闺女的地步吧？莫不是这对男女趁尚家大人忙活的当儿，把孩子偷拐了来？这事不能不管！她转对草绒："去，叫他们别走，让他们跟我们一块儿去尚吉利家问问清楚！"

草绒跑到那对已走到轿后的男女身边说了，那男女先是不愿理睬，后看见云纬轿上的那个"晋"字，才不得不过来。女孩见背她的人往回走了，立时停了哭和挣扎。

"夫人，这孩子确是我们花四十五两银子买的，这里有字据！"那男的走到轿旁，高了声对轿中的云纬说，同时去怀里摸出一张纸。

"我不看什么字据，字据谁都可以假造，你跟我们走一趟，咱们当面问清楚！"云纬厉声说。

"好的，好的。"那男人只得点头，跟在轿后走。

小轿在尚吉利大机房门前停下之后，云纬让轿伕们看住那对男女，自己和草绒向院门走去。看见那块写有尚吉利大机房的牌匾，走近那道又高又厚的枣木门槛，云纬的心陡然觉出一股疼痛，一种类乎沸油溅上皮肤而起的那种灼痛。在这一刹那，当年和达志相拥在一处说起的关于这个院子的那些话又一齐在耳边响起。“你将是尚家大院的女主人！”这是达志那些话语中让她记得最清的一句。噢，女主人！

她默默地用目光打量院中的东西：那块立着的怪形石头，一架拆开来正在修的老织机，一把放在院中的木椅，几只正在地上觅食的鸡……当年，即将成为尚家媳妇的她，曾多少次在梦里走进这个院子，那时候她对这个院子怀有怎样甜蜜的想象。她曾想象着在每个早晨，睡在达志身边的她，都要第一个起床，扫地、喂鸡、做饭、上织机；她曾想象在那些星斗满天的晚饭后，她揽着孩子，和达志一块儿坐在这院子里，轻轻地给孩子讲牛郎和织女的故事。可这些想象终究只是想象，没有一桩变成真的。今天，我是以一个与尚家完全不相干的身份走进来的。

一阵酸悲攫住了她的心。这是一种手上东西被生生夺走而起的那种酸悲，此刻，她再一次想起了冥冥中的那位主宰：老天爷呵，我原本要的就是这个院子，要的是在这院中长大的那个男人，可你却塞给了我一个晋府大院，塞给我了一个晋金存，我想要的你偏夺走，不想要的你硬给，你这是为了什么？为了什么呀？……

院子里很静，没有织机的响声。云纬慢慢走到那块怪形石头前，去看石头每个平面上那个奇怪的符号：▦。当年，达志去云纬家送丝收绸，常会提到这块奇怪的石头，但真正站在它的身边这还是第一次。她的目光在那个符号上停了一阵，是很怪，为什么没有一个字，而只有这些道道？它们画的是不是一个棋盘？就像晋金存同别人下棋时用的那种棋盘？它在表示什么？是尚家的先辈在告诉后人，开机房如下棋，一步走错就会输吗？

“唔唔……”一阵抑得极低的哭声从一侧厢房里传出，云纬循声轻步走去，看见一个女人伏在丝织机上哭着。一个十来岁的男孩站在织机旁边，扯着那女人的衣角低声哭喊：“娘，娘，你别哭，别哭，爹说了，待他把机动丝织机买回来，一赚钱就去把妹妹要回来，要回来……”

一看就明白，这便是达志的妻、儿了，而且不用问就知道，那女孩是真的卖给人做了童养媳，原因是为了机动丝织机！

哦，天呐，不要活生生的女儿，而宁要一堆机器！尚家男人的心呀！原本淡下去的那股对尚家的恨，这时又蓦然涨满了她的胸间。她没有惊动那母子俩，只是猛地转身向门外走，到了门外，恨恨地朝门旁挂着的“尚吉利大机房”的牌子踹了一脚。这当儿，那对男女急忙迎上来问：“我们说的没假吧？”见云纬瞪眼朝他们挥了一下手，他们抱起小绫就往回走。原本见回到了自家门口停了哭泣的小绫，这时又哇哇哭开了。正要上轿的云纬被这哭声缠住脚，又叹口气，扭头喊住那对男女说：“我给你们四十五两银子，你们放这女孩回家吧！”

“不，不，俺们不要银子，俺们要的是童媳好冲灾！”那男人说罢，抱了小绫逃也似的跑远了。

罢了，既然她的爹都不心疼她，你心疼她做啥？尚家对你有恩吗？

“起轿！”云纬忿声喊道……

9

混浊的江水打着漩涡向下游滚动。漂浮在水上的几节枯枝一会儿被扯进水里一会儿被抛上水面,趺趺撞撞地向远处游;江心里的几艘上行货船像上了年纪的牛,吭吭哧哧地走得缓慢艰难,把几缕黑色的油烟吐向江面。

雨细如丝,造出迷迷蒙蒙的雾,雾把对面的武昌城和那座久未修葺的黄鹤楼罩得一片模糊。

"达志,这回没时间让你游览汉阳和武昌了。"卓远眯眼望着江面,语音滞重。

"以后再来吧,卓远哥,这次哪有心情?"站在旁边的达志急忙接口。

"唉。"卓远叹口气,不再说话,两人重又默然望着江水。

达志是四天前到达汉口的。卓远的叔叔是昨夜断气的。今天早上,两人赶来棺材铺拉预先定做好的棺材,棺材铺老板要图吉利，非要等太阳升起时分才让棺材出铺，说这个时辰阴阳相平。于是便让马车佚在铺前等，两个人信步走到这长江边上。在这里看着浩荡的江水，卓远这些天来一直揪着的心才稍稍有些放松。他这次来到汉口以后才知道，叔叔的死，原来是因为坐了汉口的监狱。叔叔任教于一所师范学校，一年前因到湖北新军中的"群治学社"演讲，被当局指为企图煽动哗变而逮捕入牢，原本就常咳嗽咯血的叔叔，在狱里病情迅速加重，后来当局看他有死在狱里的危险，才把他放了出来。

"织机都包装好了吧？"卓远扭头问。前天上午，他带达志去卖机动丝织机的商号，把织机买妥了，而且当场拆开包装，试了试，一切都很理想。

"都好了，装机器的马车也订了，只待叔叔的遗体入棺，那边就也装车，我想，晌午时分咱们就可以出城。"

"你昨天去包装机器时，看到商号隔壁的那个制糖厂恢复生产了没？"卓远一时想起前天上午同达志去买织机时看到的那桩砸厂事件，又关切地问。那天上午，他们正在商号看织机，忽听隔壁响起打砸东西的响声和哭声。出来看时，方见隔壁的一家小型制糖厂被一伙警兵砸得四处冒烟。卓远悄声打听缘由，方明白半月前税局头头因娶儿媳来向糖厂老板借钱，老板说没有，于是惹下了这场祸。

"还没呐。"达志答，"昨日还能听到那老板女人的哭声。商号的人说，糖厂要恢复生产至少还得俩月！"

"到处都是这样！"卓远又默然望向江面。江面上有两只白羽鸟儿在飞，间或地，鸟们会飘然落向水面，在那儿站了不动，任凭波翻浪涌。

"达志，你说，人们活在世上，最基本最自然的需要是什么？"卓远看着江水问。

“吃和穿。”达志答完，茫然地望定卓远，不知他何以忽然问这个，“当然，还有住的房屋。”

“那么，作为把人们组织起来的社会、政府，自然就应该关心吃的、穿的、住的这些东西的生产，一个漠不关心这种生产甚至破坏这种生产的社会和政府，难道还有存在下去的价值?”卓远望定达志，似乎在等待他回答。

“这——”

“我想，它的死期大概不会太远了！不会太远了……”

“卓先生，老板让装棺了。”马车伕这当儿跑过来喊。

“达志，我们也该为这个社会准备棺材了!”卓远边走边拍了拍达志的肩膀。

达志蓦地打了个冷颤，慌忙扭身看了看四周。四周无人，只有身后的江水在叫，近乎呻吟……

一路顺利。

大约是由于前边的马车上装了卓远叔叔的棺材，人们把后边马车上的东西看成了死者遗物，所以从汉口到南阳途中，无人来找麻烦。

回到南阳时是个正午，达志先帮助卓远把他叔叔的遗体埋入墓地，随后便开始安装机器。

机器是两天后全部安好的。安好试机的那个晌午，动力机一响，附近的邻居们都被这种意外新奇的机器响声所吸引，纷纷跑过来看，一时尚家院里站满了人。这是南阳人第一次见不用人蹬就可以织绸织缎的机动织机。它那巨大的轰鸣和快速的投梭动作令人们啧啧称奇。

达志的心里在那一刻感到了一种满足。

接下来，达志便开始教妻子顺儿和另外两个女工照看织机，教儿子小立世管理动力机。

机动织机启用几天后的一个黄昏，夜色刚刚贴近房檐，达志便进堂屋点亮了香案上的蜡烛，对着爹爹的灵牌跪了下去。站在达志身后的小立世，也学着爹的模样跪下朝爷爷磕头。三个头磕罢，达志抬起脸喃喃说道：“爹，你一直挂虑着要买的机动织机终于买到了！是两台，都已经安好试过了，机子很好用，织得很快，一台差不多顶人工织机四到五台，而且织出的绸缎要比人工织的漂亮。只要有这两台，我就能赚钱买更多更好的织机。我会让尚吉利大机房很快兴旺发达起来。要不了多久，我还会让咱尚家的出货重新称霸四方，我们的绸缎早晚会再获‘霸王绸’的美誉，爹，你放心吧！……”

苦了你了，孩子……一个苍老的声音分明在达志耳旁响起，父亲尚安业的身影渐渐在香案上浮现。他依旧捧着那杆白铜水烟袋，只是身上仿佛披着席片。

“爹，今黑教我发动机器么？”跪在身后的小立世这时叫道。这叫声赶走了达志眼前父亲的影像，他俯身又磕了一个头，这才转对立世说：“起来吧，我们去机房。”

机房里，那台动力机静静卧在那儿，达志翻开说明书，正要给立世讲述动力机各部件的名称和用途，却听立世喊了一声：“娘，你在那儿做啥？”达志扭头看时，才发现顺儿正蹲在一台织机旁默默流泪。“咋了？”达志问。

“我……在想……绫绫……”顺儿抽噎着说。

达志腿上的筋骨像是突然被人抽走，摇晃了一下便也倏然蹲到了地上。小绫！这些天他一直不让自己去想女儿，每当脑子里稍一闪小绫的身影，他便急忙摇头把她晃走。他知道他一旦想开了女儿就很难做成其他事情。他把她的影像死死关在脑海一角的一个洞里，但现在妻子用这句话把那洞门轰然打开了。他看见绫绫哭喊着从那洞里奔出来。

爹——为啥不要我了？……

爹——你尝尝这糖人，甜吗？……

爹——我长大了要像盛姑姑那样织绸……

爹——你想我么？……

说明书从达志的手中飘落在地，他捂上眼睛，久久地无声蹲在那里……

天还没有晌午，泰古车糖公司庆祝开业一周年的酒会便已开始了。那位蓄着短髭的英国老板，举起高脚酒杯，不断地和邀请来的官府、军界、商界的要人们碰杯。泰古车糖公司是英商在南阳开办的第一家公司，经营的又是人们需要的白糖和美孚石油，所以很受看重，今天应邀而来的客人也就很多。

云纬坐在晋金存的身边，只是象征性地举举酒杯。她既无喝酒的嗜好，更无喝酒的心绪。她原本是不想来的，无奈晋金存说不带夫人不合规矩，坚持要她来，她只好屈从。云纬把散漫的目光由室内移向了窗外街上。

这是一幢临街的二层楼，酒会在楼下的大厅里举行，街对面便是泰古公司的店堂。云纬坐在靠窗的地方，目光在街面上懒散地无目的地游动着，忽然之间，她的双眸一定。

达志！——尚达志正站在街对面的店堂门口。他来干什么？应邀作客？不像！

站在店堂门口的尚达志不时向对面的酒会大厅望一眼，他自然没有看见云纬，他只是在等待酒会结束了好买柴油。因为带动织丝机的动力机要烧柴油，他如今成了泰古车糖公司的老主顾了。今日来得有些不巧，店堂的职员们都在参加酒会，他只得等。

他把放在推车上的油桶取下，便蹲在车前掏出旱烟袋装烟，如今，达志也已经学会吸烟了。

“走快点！”达志身后不远处响起一声男人的催促，他扭头看时，见是一个男人领着一个女孩向这边走，两人都用背笼背着时鲜青菜。父女俩背负的重量都不轻，都伛了腰挪步。女孩背的重量显然超过了她的体力所许可的限度，走得十分吃力，于是男人便回头催：“走快点！”

这当爹的也真是，让小孩子背这么多，压伤了咋办？达志边吸烟边在心里说。那父女俩渐渐走近，达志听到了一轻一重的喘息。他有些不忍心，刚预备扭脸不看时，却听到那头发披散遮住了小脸的女孩带了哭音喊：“伯，俺背不动了，俺想歇歇。”

这声音令达志的心脏骤然停跳，天哪，是小绫?！女儿那细弱的声音他太熟悉了！他像被火烫住了一样从地上跳起。

“咬咬牙走吧，这正是菜摊上要菜的时候。”那男人还在催着的时候，达志已经几步奔到了女孩身边。现在看清了女儿那纤弱的身子，他猛伸手从女儿背上取下了那沉重的背笼。

猛然被摘走重负的小绫有些吃惊，以致她抬起满是汗水的小脸的第一霎，并没有认出面前站的人是谁。她只是瞪着乌亮的双眼看。

“你这人真是，我们急等着回去让菜上市——”

“爹——”小绫凄楚的喊声将她公公的话音冲断。她认出了达志，她不管一切地向爹爹怀里扑去。

“小绫、绫儿、绫绫……”达志紧紧把女儿那淌着汗水腾着热气的小身子搂到怀里，心疼得泪水盈满眼眶。

小绫的公公——那位姓董的菜贩，这时才明白碰见了谁，才急忙放下背笼，尴尬地过来叫："哦，是尚家弟兄。"

"孩子这样小，你竟能忍心——?"达志瞪了眼叫。

"嗨，嗨，家里没人手，每天头晌都要去城外背菜，你说……嗨……"姓董的菜贩红了脸，语无伦次地解释。

以达志这刻心中的那股气劲，他是真想立刻就拉了女儿回家的；但他明白，他不能那样做，当初自己已同人家签过契约，使过人家的银子，绫儿已同董家的儿子成过娃娃婚，已是董家的儿媳了。如今拉她回家，于理于俗都站不住脚，会受人责骂的。噢，绫儿，爹让你受苦了，是爹不好，是爹不好呵！

"绫绫，饿么？爹给你买豆腐脑喝。"达志抱起女儿向旁边的一个卖豆腐脑的摊子走去。到了摊旁，达志从口袋里摸了零钱递过，端起一碗便用羹匙舀了要喂女儿，可满脸泪水仍在抽噎的小绫不喝，只呜咽着问："爹，你为啥不要我了？是嫌我在家不勤快么？是怕我学不会织绸吗？是看我花零钱多——"

"不，不是……孩子，你喝点吧！"达志摇着头，泪水也同时被摇了出来。

"爹，那让我回家吧，回家吧……"小绫摇着爹的手哭着恳求。

"绫绫，你已经是董家的儿媳——"

"爹，那你为啥要送我当董家的儿媳？为啥？他们说你是为了要银子，是不是？"

达志的心一颤，泪就大串大串地涌了出来。他知道他没法对女儿解释清楚。

"爹——"小绫用力抱着爹的脖子，把自己的泪脸向爹脸上贴去……

一直坐在酒会厅里望着达志父女的云纬，那一刻扭过了脸，猛端起酒杯，仰头一下子把杯中的红葡萄酒倒进了口里……

10

天阴,云块如马群一样在葛条凹的上空驰奔,有几群奔得太快,就撞死在凹后的山顶,粉碎了的云尸向山谷滚去。

这不是一个让人心情畅快的天气。栗温保在“三有堂”前默站了一阵,又烦躁地走入堂内。自从那次偷袭南阳城失败以后,一股火气一直憋在他的肚里,何况又是这种天气。

晋金存,你这个狐狸!你的圈套玩得还真行,你派人打入我的内部给了我假情报,想把爷们一网打尽,手可真狠!这次让你占了上风,可你甭高兴得太早,爷们早晚要跟你算这笔账!你这次欠我十三条人命、三十一条腿和二十二只胳膊!这些账爷都在给你记着!……

草绒、枝子,我的亲人,这次让你们受了惊吓吃了苦头。你们冒着砍头的危险救了我和民军,这份恩情我永不会忘!你们咬咬牙再坚持一段日子,我一定要把你们母女救出来!

前半辈子我欠你们的太多,后半辈子我一定要还上！我要让你们享尽荣华富贵！……

不远处的营棚里传来一阵挺响的喧哗,把温保的默想冲断。“你骂呀,骂呀……”“饶了我,饶了我……”断续的话语飘过来,仿佛还杂有哭音。

“啥子事?”温保不高兴地问门口的保镖。

“那边三队的几个弟兄在揍一个老头,那老头八成是一个坏货!”

“唔?”温保闻言踱出门,向三队的营棚看去,果然见一个老头正跪地求饶,几个兵在踢他,另有一群兵或站或蹲地在那里笑。

他便大步向那边走去。兵们见温保过来,都起身停住笑;那嘴角被打出血的老头看见温保,猜出他是头头,忙又朝他跪下作揖叫道:“饶了我,饶了我,我不该骂不该骂……”

“咋回事?”温保低沉地问显然刚才动手打过老头的兵。

“俺刚才从他的房后过,见他种的几沟萝卜挺好,便拔了两个。就两个,萝卜都不大,嗨,叫他看见了,他就日亲尻娘的骂开了。我一气,就叫了几个弟兄过去,把他弄过来揍了几下。我要让他知道咱民军的厉害!”一个粗矮的兵说得理直气壮。

“你起来!”温保这当儿朝那老头轻声说道,“你刚才咋样骂的他,再骂他一遍我听听!”

“不,不敢,我刚才是心疼萝卜还没长成,我真混,我不该——”

“不！你该骂!”温保突然高了声叫:“你应该再骂他一遍!”

那老头一惊,兵们也都怔住。那个拔萝卜的兵开始着慌。

“骂,大伯,你现在再骂他一遍！我给你撑腰！我看谁敢再动你一根汗毛!”温保走到老头身边鼓励道。

那老头不知所以地慌慌倒退着双脚:“不,不,我不骂……”

“既然你不骂,那我就替你骂了!”温保猛然转脸瞪着那个拔萝卜的兵,咬了牙骂道:“畜生！你才从农民中出来几天,可也学会欺负农民了?！你不知道农民种个萝卜要费多少艰难？那萝卜没长成你就拔下来吃你就不觉得良心不安？狗东西,骂你几句你竟敢把人捉来踢打,你的胆量可真大！你出来干民军是为了啥？就是为了吊打农民？就是为了欺负这个差不多跟你爹一样大年纪的农民？我日你个八辈先人,老子就是农民,你欺负他就是欺负我！日你奶奶,大清皇帝和他的那些贪官污吏欺负我们农民还不够,还要再受你欺负?！我日你——”

“大哥!”一声低低的招呼打断了栗温保的怒骂,他回头一看,见是派出去多天的肖四汗水淋淋地站在一旁,才强抑住恼怒,朝直直站在四周的那些民军士兵们叫道:“今后我要再见到有谁敢欺负农民,我就崩了他!”……

“咋样?”一进三有堂,温保便迫不及待地问。

“你交待俺们办的两桩事都有了着落。”肖四边答边用碗舀了门后水缸里的凉水猛喝,“先说和同盟会联络的事,俺们通过老七的弟弟,和南阳府公立中学堂的一个姓罗的老师接上了头。这罗老师也是同盟会的头头,他答应和咱们联合起来干,里应外合夺下南阳城。不过他说要找时机,不能贸然动手,具体时间再和咱们联系。”

“好!”温保高兴地拍了一下膝盖。和同盟会联络是那次失败后他的动议。因为那次失败后不久，报纸上出现了同盟会也在组织暴动的消息，这使他心里一动：既然同盟会也同大清不共戴天，咱何不同他们联合起来干？于是就要肖四进城暗中联络，他听说过同盟会在全国各地都有人。果然，联络上了！

“弄洋枪的事，”肖四得意地笑笑，“也成了，十二支，是通过南阳镇总兵谢宝胜的小舅子买的，那小子贪钱，我们给了他一些‘白的’，他就给送到了客栈。后来我们把枪分装在两个木箱里，转移到了小柱他远房叔叔卓远家里。那卓远如今改做了南阳师范传习所学监，一般不会有人去他那里搜查。我们对卓远也没说真情，只说箱里装了点贵重东西，先寄存到他家里。俺们打算过几天，生个法子再把枪弄回来。”

“行，四弟！”温保砸一下肖四的肩膀，拳头里攥满高兴，“只要有了洋枪，咱跟他们干心里就不慌了。娘的，真不明白，洋人咋会那样精，造出这等厉害的东西！”

“还有，我见着了草绒嫂子一回。她跟在那个叫云纬的夫人轿旁。我站在街边人群里看，嫂子胖瘦还行，就是气色不太好，脸有些苍白。我不敢过去搭话，她们轿后跟有衙役。”

“我日他晋金存的姐！”温保心里的怒气又被肖四这话燃起，跺了脚低叫，“早晚有一天，我要像拎兔子那样把晋金存拎到我手上！”

屋里静了一霎。骂过以后的温保，终于又渐渐平静下来，这才又含了关切地问：“见没见到弟妹？她和孩子咋样？”

“我趁黑夜回去过两回，他们母子还好。如今监视他们的人去得也不经常，我有心想把他们母子弄出来，可又担心晋金存对我爹妈两个老人下手,后想想也罢,就让他们先住那里,反正咱们早晚要打回去!”

“对!”栗温保挥拳在桌上砸了一下,“他们不会再苦多久了!……”

11

送走来南阳巡视的新任河南巡抚，晋金存一回到府中，便招来一个贴身随从不放心地问："哎，你帮我想想，昨晚咱们去巡抚下榻处送礼时，巡抚见咱们把礼物呈上后，是不是笑了一下？"

"嗯，是笑了一下。"那随从回忆道，"他的两个嘴角这样一提。"随从学了学巡抚笑的样子。

"要是这样就好，昨晚灯有些暗，我没看清。我总觉得他没有笑，为这事我昨夜一夜没有睡好。"晋金存沉吟着说。

"他反正把礼物收下了。"随从仿佛对这笑与不笑没有看重。

"嗨，那你不懂！"晋金存摇了摇头，"他要是没笑，那就证明知府和总兵他们送的比咱的礼物要重，而且送在了咱的前面。送礼也有讲究，几个下官给一个上司送礼，你的礼不仅要重，而且要先送，先送，给人的印象深刻！人家送的礼重而且送在前边，你的就差不多等于白送！”

“噢。”随从点着头。

“你再回忆一遍，你确实看见巡抚大人笑了？”晋金存仍有些不放心。

“是的，我确实看见了。”那随从再次肯定地点头。

“好，这我就放心了。”晋金存靠回椅背吸了几口烟，顷刻，又扭过身问那下属：“从他的随从那里听到什么口风没？”

“听到一点，负责巡抚大人贴身侍卫的那个马官人，今早我在馆外碰见他。我俩寒暄几句后，他说：你们晋大人不错，是个可以干大事的料子！”

“他这样说了？”晋金存顿时双眼一亮，扭头瞥了一眼坐在一旁翻书的云纬，目光里透着得意。但愿这次能真的感动巡抚给我做番安排。我已经五十多岁了，于朝廷没有功劳也有苦劳，好歹也侍奉过几任知府，轮也轮到我升了！晋升五品同知以后这几年，晋金存一直在盼着自己升任知府的消息，但盼来盼去，却终于没有盼到，心中不免焦急，时时都在暗暗祈祷官运来到。这次新任巡抚来南阳巡视，正是一个让上司认识赏识自己的机会，他自然不会放弃。

“嗯。”随从再次肯定。

“没有给那位马官人送点东西？”

“送了，一个独山玉香炉，一幅烙画立轴，裱好了的。”

“对，以后还要记住，凡上边来了客人，对他们的随从一定不要慢待，都要多少打点一下。可别小看他们，这些人能成事也能坏事。这些随从若觉你不错，对你有了好感，他就会常在主人面前说你好，就能帮助主人下定起用你的决心；若他们认为你孬，对你有了恶感，听说主人要起用你时，他就会填坏话，这样三填两填，就会把你的好事坏掉！没有听人说么？世上没有什么大事，所有的大事都是由小事引起的。有些人升官，很可能就是因为上司的老婆或身边侍从说了一句好话。连两国之间发生的战事，最初也可能就因为皇帝身边的一个什么妃子什么太监说了句什么话怂恿了皇帝！”晋金存低声开导着随从。

“噢，噢。”那随从连连点头。

“为买礼物总共花了多少钱？”晋金存吸两口烟后又问。

“三百多两。花的钱有点多了。”随从赔着小心。

“那倒没啥。”晋金存吐一口烟，“人生就是做买卖，有支有收，只要值得支出，就不要心疼。不过你们也可以想点办法。我听说尚吉利大机房最近买了机动织机，出货很多，赚钱不少，你可以让收税的他们去问问，好像使用机器也应该纳税的。”

“好的，好的。”随从很机灵地眨着眼睛。

“这事让我去吧。”一直默坐在一旁散漫翻书的云纬，这时突然开口。

“哦，你去？”差不多忘了云纬坐在一边的晋金存一怔。

“不就是讹他们家点银子嘛，我就说我要试穿他们家新出的绸缎，我看他们敢不给！”

“好，好，”晋金存眼睛一亮，“你们女人出面办这事更好一些，万一有人说起来，我就讲我不知道！”

云纬鼻子里哼了一声，慢慢转过身去……

看看暮色已经上来，云纬起身打开自己的那口樟木箱，从自己这些年积攒的体己银钱中，拿出了四个五十两的大锭，包在了一帕丝绢里——像大多数富人家的女人一样，云纬也已学会了攒体己钱。

这便算做是从尚吉利大机房弄来的！

后晌，她一听见晋金存要随从去尚吉利机房要税，心就倏然一缩，她知道这是变相的讹。她即刻就对晋金存生出一股更大的愤恨来。尚家的那点钱来得容易吗？那是用汗水、靠俭省，甚至是拿女儿换来的呀！如今，有关尚家的两件事已经深深刻进了云纬的脑子里，一件是尚安业的下葬，那个老人为了省下一点钱，是用席片包住身子被埋进冰冷的土里的；一件是尚达志为弄到银子买织机卖了女儿。达志和女儿那天在泰古车糖公司店堂门口抱头痛哭的场面，把云纬的心都揉碎了。对这两件事的记忆，使云纬心中原有的那股对尚家的气恨变得淡薄了。尚达志当初为了保住丝织祖业不和自己私奔的举动，在今天的云纬看来，仿佛也有可以理解的地方。而一旦她对尚家的气恨变淡，原先被她压在心底的对达志的爱就又翻了上来。现在，达志的举止行动，尚吉利机房的兴衰安危，又都在她的关注之中了，所以，她一听到晋金存要去尚吉利讹钱的话，就先气得打起哆嗦来。狗东西，你不动不摇，派人就要去把人家辛辛苦苦用汗水用眼泪积攒起来的钱拿走，这算什么道理？

可后晌云纬不敢多嘴，更不敢把自己心中的愤恨表现出来，她晓得晋金存要办的事谁也挡不住，她只有另想办法替达志把这个灾难挡开，于是便提出，自己替晋金存去尚吉利大机房弄钱。

达志，你放心，这个灾我既然知道了，就不会让它落到你的头上！

你安心做你的事吧！我真不明白你们尚家为什么会迷丝织迷得那样深，可你既然迷上了，你就迷吧……

她把那四个大锭包好往手袋里一塞,便出门吩咐轿伕:去尚吉利机房!

离着尚吉利还有百十步远,云纬便叫落轿,令轿伕站在原地等,自己一人向大门走去。尚家临街的店堂门也还没关,柜台上点着两根蜡烛,达志正一人借着烛光伏在柜台上算着什么账目,云纬轻脚走进去,没有吭声,只是默然望着正聚精会神算账的达志。

这十来年间,在这么近的距离这么不受干扰无所顾忌地看达志,还是第一次。他显得瘦了;眼角已有了那么多鸡爪纹;左手背上有一道挺长的血痕,是什么时候划破的?衣服怎会这样破旧?左襟上撕破一个口子,右肩上有一大块污迹,是染印绸缎时溅上的颜料?头发显然很久没洗了,乱蓬蓬的。呵,达志,亏你还是个老板,你的日子怎会过成这样?……

达志大约是算完了一笔账目,推开算盘抬起了头。他看见站在柜台外的云纬,惊得"哦"了一声。他根本想不到她会在这个时候一个人来到他的店里。

云纬无声地站在那儿,双眼定在他身上。

达志被云纬的目光望得有些慌张,上次见面时她的那顿怒骂还记忆犹新。他惶恐得一时不知该咋着开口。他在慌乱中想到的头一句话是:"你是来买绸缎的吗?"

这句问话一响,原本笼在云纬脸上的那层柔和又倏然隐走。她本来等待的是一句关切的、亲切的问候或招呼,未料还是一句纯生意的用语:你是来买绸缎的吗?

尚达志,你这个完全被绸缎遮住眼的东西!你以为所有来你尚家的人都是为了绸缎?就不会是因为别的?是因为想你、思念你、帮助你?!在你和你爹眼里,除了丝织除了绸缎宝贵之外,再没有别的宝贵东西了?!真是鬼迷了心窍!像你们这样一生只想着一个目标的怪物真是少有！一心想着织出"霸王绸"，狗东西，但愿你们永远织不出！织不出！……

云纬的牙又咬了起来，原有的那股对尚家的气恨又在心里翻腾开来，只听她冷然说道："是的，尚老板，我是来买绸缎的！不过我要买一种特别的绸缎，一种用你女儿和未婚妻的眼泪浸过的绸缎！那种绸缎穿着舒服！"

这句话像一颗子弹一样准确地命中了达志的胸脯，只见他的身子摇晃了一下，他似乎想辩说几句，嘴动了动，但声音却被双唇关住了。他最后只是无限痛楚地看了云纬一眼，便一下子伏在了柜台上。

云纬感到了一阵怒气得泄的快活。尚达志，你心里也不好受了？你也该尝尝难受的滋味了！她一动不动地站在原地，目光刀一样地朝伏在柜台上的达志的上身狠狠砍去。屋里很静，通向内院的门关着；因为正是吃晚饭的时辰，街上也无人走动，四周没有别的声音干扰。云纬就那样眼一眨不眨地看着达志，但渐渐地，她的双眸里现出了惊异。她看见达志伏在柜台上的双肩在一下一下搐动，起初她没理解他何以会有那动作，待她慢慢看出他那是在强抑哭声无声饮泣时，她有些慌了。她急忙转身关上了临街的店堂门，尔后走回到柜台边。不过是顷刻之间，她心里的那股因怒气得泄而起的快活又飘飞得无影无踪，只剩下了一股苦痛，脸上的冰冷也一变而为心疼。她轻轻地伸出一只手，抚向他那因饮泣而不停晃动的头，抚向那些硬挺而密集的头发。

那颗头在她的掌下更剧烈地抖动，而且开始从他的口中传出抑得极低的哭声。

"好了，甭这样，怪我。"云纬像哄小孩那样地喃喃说着，与此同时，两只手充满爱意地在他的头顶、颈后、两鬓上抚摸。

而且轻轻低下脸，亲了一下他那仍在晃动的头顶。

院中传来了一个孩子的喊声："爹，吃饭了——！"

云纬一惊，急忙收回手，低了声说："你儿子喊你吃饭了，甭让他看见你这模样。这儿不是说话的地方，后天晚饭时分，你到玄妙观的西侧门，我在侧门里的竹林那儿等你，到时再给你细说！"言毕，便扭身拉开店门，闪到了街上……

云纬带着满腹的沉重刚刚回到晋府，晋金存就含笑迎上前来问："咋样，宝贝儿，有收获么？"

"看呗！"云纬努力让脸上浮出一丝得意，将手袋里包有四个大锭的绢包放到了晋金存手上。

"嗬，这么多？"晋金存眼中的欢喜分明要溢出眼眶，一边摸着那些银锭一边夸着云纬："我原以为你能从尚家弄出几十两就了不起，没想到这么多！这下好了，送给巡抚的那些东西又差不多收了回来，咱们是收支相抵了！"

"这可是尚家的全部家当了！我去辛辛苦苦讨来，你也不能太贪心，总得给我留一点！"云纬斜瞪了晋金存一眼。

"哪能，为了犒赏你的功劳，你留下一半，行么？其实放你这儿和放管家那儿，还不是一样？！"他上前捏捏云纬的下巴。

云纬迅疾把眼帘放下，以免他看出她眼底的愤恨。正这当儿，门外响起晋金存贴身随从的喊声："老爷——"

晋金存闻唤缩回手，在椅上坐好之后应道："进来！"

"老爷，"那随从进屋之后急急说道，"刚才知府大人差人送来南阳师范传习所学监卓远写的一封致知府大人的公开信，信上抗议官府最近增设牛捐和强征辣椒税、油漆税、斗行税以及登记户口时让每个户主交的一百文'笔墨费'，说这是苛捐杂税，说实行下去必将把百姓们推入贫穷深渊，造成民怨沸腾等等。这封信目前已在城内流传，一些人还抄写出来在街上张贴，人们争相观看，据说卓远声言若官府不废这些苛捐杂税，他还准备再写第二封第三封。知府大人叫你快想办法处置这桩事，以免酿成民变！"

"哦？"晋金存两道长眉一挺，在屋内踱起步来。

"以小的之见，今夜我们派人到卓远家里这么——"那随从做了个放枪的动作。

"不！"晋金存威严地把头摇摇，"杀人只会更快地激起民变，你想没想过，卓远写文章靠什么？"

"笔！"

"怎样才能让人不拿笔？"

"把他的家砸了，笔、墨、砚一律抄走！"

"那他就不会再买？"

"明白了，大人。"那随从笑笑。

"明白了就去办，但要做得巧妙。"晋金存又慢声交待。待那随从出门后，他才又走到云纬身边含了笑说："我已经给厨上交待过了，今晚喝鸡鸭肾猫耳绒汤。这东西大补，你待会儿愿不愿也喝点尝尝？"

云纬没话，只是一脸愕然地望着对方。

"怎么这样看我？"

云纬意识到了自己的失态，急忙把头摇摇。

卓远那天后晌写字时，手奇怪地直颤，颤得他几次放下笔去看自己那只白净的右手。出了什么毛病？他自言自语地用左手敲敲右手，又接下去写，他觉出今日的字写得比往日相差太远。

这是一份讲义。题目是:师传与立异。身为学监他原不必亲自授课,但这一课是他主动提出讲的。当初,南阳书院改为南阳府立中学堂之后,本要请他继续留任,但他执意辞去聘请,来到这刚办不久的师范传习所。他认定南阳眼下急缺的是师资,只有培养好老师才会有更多于国有用的学生。

“卓先生,天要黑了,还写?”看大门的老头站在窗外喊。卓远掏出怀表,看看已是晚饭时分,才点点头,开始收拾桌上的纸张。

卓远拎着他惯常装书、笔的蓝布小包袱,走出校门时,看见还有几个人在凑近师范对面的墙壁,阅读不知被什么人抄写在大张白纸上的他写给知府的那封公开信。

他淡淡一笑。他原没准备给知府大人写什么公开信,那是前几天的一个上午,学生们到校后无心听课,而是纷纷聚在一起议论着什么。卓远见状先是生气地训了几个学生,当其中一个学生含泪诉说官府已开征牛捐和辣椒税、油漆税、斗行税他们正发愁后,他方吃了一惊。他那几日身体不适没有上街,不知有这消息。连吃辣椒、油漆家具都要交税,太岂有此理！他原打算亲去府衙要求知府接见陈述自己的看法,后想到知府可能会找理由不见,便转而想到了写公开信,这样做势必会引起更多的民众注意这件事,从而给知府造成压力,迫使他下令取消这些苛捐杂税。不料妻子雅娴知道了他要这样做后,坚决反对,妻子说:历朝历代,凡是做学问弄教育的人干预政界的事,没有几个有好下场的。你不过是有嘴有笔,可人家有权有兵有刀有枪,你得罪了政界,轻则,他们会收走你做学问弄教育的权利;重则,他们会干脆把你关起来,你有什么办法？妻子说的也不是没有道理,历史上因开罪政界当官的被整的学人的确不少,可眼睁睁看着这些不平的事不管,又确实令他心中不安。他最后还是决定写。动笔的那天晚上，妻子走过来夺下他的笔，在他面前的纸上飞快地写了一个大字："祸！"他当时苦笑笑，说："雅娴，中国知识人的腰，最容易被这个'祸'字压弯，今日你就让我试一回，看我能不能挺腰把这个字扛在肩头。你看父亲留下的这两个条幅和这幅画，画上的这个学人儒生躬腰屈膝地站着，一侧写着：易弯最数腰；另一侧写着：能软当推膝。我这会儿忽然觉得，父亲这些遗作八成是在告诫我这个识字的儿子，甭像画上那人那样活着！"他当时边说边指着父亲留下的遗作。雅娴那一刻被他的话惹恼，跺一下脚说："好，你腰硬，你写吧！"……

卓远这会儿想起来这些事，又禁不住笑了一下。

但愿这封信能给知府带去点压力，使他尽快取消这些苛捐杂税。

街两边的店铺已经上灯，强度不同宽窄各异的光束投到街上，使街面显得斑驳怪异。有很响的猜拳行令声从附近的酒馆里传出，伴着各家招呼孩子吃饭的叫喊，加上仍在忙着的白铁铺的敲砸动静，夜色初上的街道闹成一片。

前边有两个醉鬼，走路一摇一晃踉踉跄跄，后边的一个正在朝前边的一个喊："你给我站住！咱要喝喝到底，老子不把你喝倒我就不是我娘生的！你吹什么牛皮？你站住不站？不站老子就宰了你！"手中赫然举着一把锃亮的刀。前边的那位根本没有看到危险，还边走边朝后叫："你回去跟你爹再学两年喝酒，然后咱们接着比，老子喝的酒比你见过的水都多！你逞什么能——"正说着他的脚下绊了什么，噗嗵一声摔倒在地，后边的醉鬼踉跄着奔上去，举刀就向那人身上砍。走近了的卓远见状慌忙上前劝拉，但他没想到，他的手刚触到那个拿刀的醉鬼，那醉鬼便霍然转身抓住了他的手，原本仆倒在地的那个醉鬼也忽然怪笑着抱住了他的腿。他在挣扎中倒在了地。他右手撑住街面刚想站起，只听呼地一声，那醉鬼竟挥刀向他右手砍去。刀刃触手时他撕心裂肺地惨叫了一声。他看见的最后一个情景，是他的四截被砍断的指头在地面上跳动，随即便轰然仆地，疼昏了过去……

12

顺儿把晚饭做好，把炒的一盘萝卜丝和蒸熟的一筛杂面馍端放到小饭桌上，给婆婆、丈夫、儿子各盛了一碗稀粥递到他们手里，看他们开始吃了之后，自己便去准备第二天做早饭要用的各样东西。每顿饭都是这样，看到全家人开始吃了之后，她便去准备下一顿饭要用的东西，差不多待婆婆、丈夫和儿子吃完了，她才端了碗来桌边坐下。她所以养成这个习惯，一则是想把做下一顿饭的时间缩短一点儿，自己在织房可以多织一会儿；二则是想尽着婆婆、丈夫、儿子先吃饱，剩下的自己再来吃，剩少就少吃一点儿，剩多就多吃一点儿，她总担心饭不够，担心自己同他们一块儿吃，使他们吃不饱；三则是她喜欢看着婆婆、丈夫、儿子大口吃她做的饭的那种样子，每当看见那三口人在桌前香喷喷地吃着，她心里就涌起一股无比的舒服、满足和自豪之意。她自小因为一只脚残疾，受到家人和邻人的歧视,穷困的爹娘每每为了家计艰难生气时,总要骂她:养你有什么用处?所以在她的内心里,她时时希望看到自己对别人有用处!看到自己做的饭,能让婆婆、丈夫、儿子吃得那样香甜,她心里就高兴和满足。

今天晚上,她一边洗着第二天早上要炒的白菜一边注意到:丈夫吃饭又吃得心不在焉,根本不像过去那样狼吞虎咽香香甜甜!

这是这两天才有的现象!

平日,她很注意观察丈夫的举动。她尽最大的努力要使丈夫高兴,她对他照顾得无微不至。她这样做,是因为她对他心里充满感激!是达志,让我一个残疾姑娘也做了妻子;是达志,让我一个残疾女人也生了儿女,做了母亲;是达志,让我有了一个温暖的有吃、有穿、有住的家;是达志,让我成了一个对别人也有用处的人……

因此,她的情绪常随达志的情绪改变而改变,达志快乐,她就欢喜;达志发愁,她就忧虑;达志烦躁,她就不安……

从发现达志心神不定起,顺儿就在琢磨原因:是因为机房里的事?不像,这两天的丝织生产十分顺利;是因为儿子和自己做了啥事令他不安?不像,儿子和自己做了啥不合他意的事时,他一向是要当面说的;是外边街市上出了啥乱子?也不像,这两天一切都很平静……

顺儿最初发现达志的心神不定是在昨天晚饭时,昨天后晌达志的情绪还没有出现异常,她估计一定是昨天晚饭前发生了啥令他不安的事。她最后猜出事情的原因是因为儿子的一句话——就在刚才吃饭前,她问儿子昨天晚饭前做没做啥惹爹不高兴的事,儿子说没有。儿子说他去店堂喊爹吃饭时爹好像哭过,眼红红的,他替爹去关前店门时,好像看见一个女人刚走出店门。

顺儿由这话立时明白，一个可以让丈夫动感情的女人不会是别人，只能是云纬！他见了云纬！她这样断定。断定之后她却并没有生气，这一是因为作为女人她一向知道，丈夫并没有把全部的心给自己，云纬一直存在于丈夫的心里；二是因为她不论遇见什么事总是先替别人着想，达志和云纬原本就要做夫妻，后来被人生生拆开，他们的心里当然很苦很难受，他们见一见又有啥不应该的？再说，眼下稍有点钱的男人都要娶两房夫人，我为啥非要求达志终生守住我一个残疾女人不可。顺儿因为自己从小就受过折磨，所以对别人受折磨的事就特别敏感特别同情，她的心里有别的女人所没有的宽容。

她看见达志勉强扒了两碗饭后慌慌地就要出门，估计他是又要去见云纬，毕竟她也是女人，她心里也有一点点难受。她压下心中那点不多的难受，追到院里，轻喊了一声："他爹！"

"哦，我要出去办点事。"达志回头淡声说道。

"我在想——"顺儿的声音有些发颤，"你是不是把她约到咱们家见面，就在店堂里也行，这样也安全些，万一有人问起，我们就说她是来买绸缎的，也好遮掩，你们在外边见面，倘使叫外人撞见，这名声不就——"

"你说啥子？和谁见面？"达志吓了一跳，他被妻子的准确猜测骇出一身汗来。

"不用瞒我了，"顺儿垂下头，"我是实实在在为你俩好！"顺儿说的是真心话。

"真是蠢到家了，我去和谁见面？"达志因自己的隐秘被妻子发现而有些着恼，"我是出去办丝织上的事！懂吗？"

"你不用担心我不高兴，我知道你和云纬姐的心里也很苦——”

“啪!”达志猛地朝顺儿打了一个耳光,“我叫你在这儿瞎说八道!”他现在只有用这种暴怒的举动来替自己掩饰了,他不敢再同顺儿说下去。

他极快地走出了院门。

“世他娘,你和达志在说啥呐?”婆婆这时走出门口问。

顺儿急忙放下捂脸的手,轻而平静地向婆婆说:“娘,他说我织的一匹绸子不好,生气呐。”

“哦,值当吗?”老人嘟囔着回转了身去……

半后晌的时候,云纬就开始不安,就在心里反复问自己:去不去玄妙观见达志?不去?自己定了日子和地点,他见不到自己会更伤心。昨晚已把他的心伤得够狠了。男人的心原来也经不起一刺,该去宽慰宽慰他,给他说几句宽心话。尤其要让他知道,尽管晋金存时时想敲诈他,可有她在,会替他把这些挡开,他可以安心去经营他的丝织业。男人们也许一生都会选定一个目标往前奔,他既是爱着丝织,就让他去织吧……去?万一让晋金存知道了咋办?他可是个心狠手辣的东西,他敢让随从砍断卓学监的手指头,当然也敢折磨一个织绸缎的达志。不过,他今晚要去知府衙门议事,按以往的习惯,至少要到二更天才能回府,我只要提前回来就行……

云纬最后做出了决定:去!

天刚擦黑,晋金存去知府衙门刚走,云纬便借口到街上散步出了晋府。

坐落在城西北隅的玄妙观,为南阳道观之最,始建于元代至元年间,明朝唐藩时重修。道观坐北朝南,主体建筑分为五重,前为无量殿,殿后为山门、四神殿、三清殿,再后为玉皇殿、祖师殿，最后为斗姥阁。整个道观殿宇雄伟，亭园佳秀，占地近二百亩，是豫西南的道教中心，与北京白云观，山东长清观，西安八仙庵并称为道教四大丛林。

在观内祖师殿的西侧，有一个供观内道姑们偶尔出入的小侧门，平日总虚掩着，侧门里边，是一大片竹林。这个小侧门和这片竹林，是云纬来观内游览时发现的。这里极少有人来，静得出奇。此刻，云纬在夜色的遮掩下，就站在这片竹林里等待达志。

多少年已经过去，竟又可以和达志约会了。云纬感到一阵从心底升起的悸动，许多年前和达志约会时那些甜得让人心醉的情景，又新鲜如昨地从记忆里活了过来，那些相拥相抚相吻的情景的忆起，使她的心跳加快了。她又新鲜地体验到了姑娘时代等待达志的那种带了羞涩的狂喜的滋味。在这一刻，今天和过去的岁月接起来了，中间的这些年头和这些年中发生的那些事消失了，她胸中对达志、对尚家的气恨已经悄然飞走，她的双颊飞红双眼晶亮，像初恋的少女一样，急迫地看着那扇小侧门。

小侧门轻轻地响了一下，星光下可以看见是达志的身影，她轻喊了一声。看见他向这边竹林里走时她觉出身上的血流加速，额头那儿的血管开始嘭嘭作响。她迫不及待地迎上前去，她碰响了几棵竹子，竹叶发出了一阵索索声，她的一只脚绊上了一个竹根，她几乎是踉跄着站到达志面前的。

她在星光下默默地看着达志。她那深澈的含满激情带着热度的目光，长久地停在达志身上。她似乎要通过这种细细的审视和凝视来弥补她没有看见他的那些年时间。随后她抬起双手，无言地捧住了他的脸，她那纤长柔软的手指在他的嘴角、颊上、鼻翼、两鬓和额头缓缓地移动。她仿佛要通过这种触摸来验证今天的达志和过去的达志相比究竟变了多少。

达志也抖颤着把两手放到了云纬的肩上。十年了,这还是第一次。达志今晚来,目的也是想解释,解释自己当年的那个决定,请求云纬的宽恕。但当他刚刚张口说一句:“云纬,那年——”云纬就扑上来用双唇堵住了他的口。那是一阵多么长久的吻呵,云纬吻得主动而坚决,她像是要用这一吻来表达心中堆积了十年的对达志的苦苦思念和那种掺了恨意的爱恋。达志被这一吻撩动,把云纬一下子搂紧了。被爱和激情烧热的云纬,那一刻身子早软得站不住了。来吧,达志,我们就躺在这松软的落叶上说话吧,你知道我这些年是怎么想你的吗?是怎么想的吗?

“两位好!”就在这当儿,在云纬的身后不远处,突然响起了一个男人的声音。

云纬被吓了一跳,身子一激灵,扭了头惊问:“谁?”

“是我,晋老爷的手下!”一个黑影从不远处的竹丛里闪出,“三夫人大概不知道吧?晋老爷对他的每房夫人,都派有人暗中保护,你摸着黑来到这里,我当然应该跟来护卫!”

云纬倒吸了一口冷气,几乎是立刻扭身朝达志推了一把:“快跑!”

达志迟疑了一霎,拔脚向小侧门跑了。

“跑了和尚跑不了庙!”那晋金存的手下人倒没有去追,而是慢悠悠走到云纬身边,“我已经知道他是谁了——尚吉利的尚老板,我只要回去给晋老爷一说,保准他活不过三天!你大概不晓得,在你之前,晋老爷有过一个三夫人,可惜那位三夫人和她的私通者一起被活埋到白河滩里了!”

云纬打了个寒战。

“当然,我也理解你的心情,晋老爷得了不举之病,你一个如花似玉的少妇，能忍受得了？如果你答应我——"他用手触了一下云纬的双乳，"我会把这秘密永远保守下来！"

云纬后退了一步，把牙倏然咬起。

"答应吗？"那人向前一逼。

"当然。"云纬突然平静地开口，同时侧耳去听达志的脚步声，那声音已在道观外的街巷里越来越小。

"那么就请脱吧！"

"在哪里？就在这儿？"云纬拖延着时间。

"当然！"那人用脚踢了踢地上的竹叶，"这上边很软和，躺上去保准不会弄疼你！"

达志的脚步声已经完全消失。

云纬慢慢地解着上衣纽扣，扣子刚解完，却突然对着道观大院高喊了一声："来人呀——"

"你喊什么？"那人惊得身子一战，逼上来叫。

"我要把道观里的人喊来，让他们替我做个证明，这里只有你和我，是你想要在这里侮辱我！"

"你?!"那人被这话吓得退后一步。

"我要告诉晋金存，是你骗我来这道观后院企图不轨，他会相信我而不会相信你！因为没有人为你证明！我们两个人的事情，你休想说清！"

"你?!"那人被这话吓得又后退两步。

"你要是聪明人，就把你看到的这些永远藏在肚里！你胆敢报告晋金存，我就用这个法子治你！你可知道，晋金存对府中男人的疑心本来就大，他不会不信我的话，你若不相信，咱们回去就试试！"

"不，不，三夫人！"对方的双眼蓄满惊恐。

"哪里有人喊？"这当儿，祖师殿前出现了两个提着灯笼的道姑,在互相问询。

“这儿!”云纬立刻应了一声,同时低了声对那人讲:“跟在我身后,装做是跟我的保镖!”说罢,几步出了竹林,迎着灯笼走去。

“二位道姑好!”云纬走近灯笼时先开口招呼,“我是晋府的三夫人,七天前,我在祖师爷面前求他老人家保佑我儿子夜晚睡觉不再惊怔坐起大汗淋漓,我当时许了愿,若他老人家开了恩,我在七天后的二更左右来送纹银三两好给他老人家的殿堂大门油漆一遍。祖师爷果然对我儿子施了恩,我今晚带着下人是特来还愿的,刚才到大门口见大门已关,只好绕道这个侧门。来,请二位道姑替祖师爷收下俺的一点儿心意!”说毕,把随身带的三两银子掏出递到了一位道姑手上。那三两银子云纬原本是后晌准备去街上买香粉、胭脂等用物的,后来因事没去成,临来时慌慌忙忙没有放下,没想到此刻派上了用场。

告别了那两位道姑出了侧门之后,云纬压低了声音对那人说:“好了,那两位道姑现在已看清了你的面孔,如果你胆敢回去对晋金存说出我和达志见面的事,我就让那两位道姑证明,当时跟在我身边的,只有你!”

“我,我,我不会说的!”那人慌忙再次表态。

云纬在黑暗中抬手抹了一把额头上的冷汗,长长吁了一口气……

13

因为剧疼卓远昏迷了两天,此后又因为失血过多在床上躺了半月。半月后那个暑气逼人的午后,附近安泰堂的大夫来为他解下右手上的纱布时,他看到的是一只怪样的手:大拇指、食指、中指、无名指四根指头都只剩下了短短一截,小拇指变得异乎寻常的长,四根断指成阶梯状排列,创面都如斜切的萝卜。

“天呀,我还怎么写字——?”卓远的手在空中痛苦地一挥。站在一旁的达志和雅娴见状慌忙抓住他的两个手腕。“想开些,卓远哥,谁都有意料不到的灾难。”达志哑声劝。

当卓远望着自己那只怪样的右手痛不欲生的时候,妻子雅娴那天写的那个“祸”字又倏然地闪现在了他的眼前,在这一刻,也只是在这一刻,他才惊疑地问自己:那两个醉鬼为什么偏偏砍坏了我握笔的手?会不会是官府——?

难道人竟会这样卑鄙？

他为自己的这个猜测打了个哆嗦。

又过了十来天，卓远才算最终接受了这个可怕的现实，心情渐渐平静下来。这日吃过早饭，妻子雅娴为了改善他的心境，让他坐在院中树下的椅上，自己倚在一旁给他读王勃的《秋日登洪府滕王阁饯别序》，正读到“……勃，三尺微命，一介书生。无路请缨，等终军之弱冠；有怀投笔，爱宗悫之长风”时，院门被敲响，一个晋府的衙役进来施礼问道：“同知晋大人令小的来面见卓先生，晋大人说他待一会儿想来探望卓先生的伤情，不知你们可否方便？”

卓远和雅娴一愣，互相望了一眼。晋金存要登门，这还是第一次。卓远不由得猜起了他的来意：是幸灾乐祸？还是要进一步恐吓？“不见！”雅娴赌气地小声对卓远说了一句。她在心里也早把丈夫的这次受伤同官府连在了一起。卓远摇了摇头，他既是声言探望伤情，那就不能拒绝，让他来吧，自己也好从他的神态上印证一下对那两个醉鬼身份的猜测。

“请转达我对晋大人的谢意，就说我对他的登门感到非常荣幸，我随时欢迎他屈尊驾临寒舍。”卓远待那衙役出门后，对妻子雅娴说：“你去把客厅收拾一下，既然他声言来探望伤情，我们还是要以客人相迎。”

雅娴和女仆收拾客厅时，注意到门后放着的两个长木箱，那是卓远的远房堂侄小柱那天扛来的，说是装了贵重东西，先在这里存放几天。这两个木箱原放在卓远和雅娴卧室里，这些天因为卓远受伤，来探望的人多，便被拖放到了这里。

“小柱怎么还不来拿这东西？”雅娴自语着和女仆来拖木箱，想把它们再拖回到卧室里，头一个箱子拖得还算顺利，拖第二个箱子时，那箱板上的铁钉咯吱一松，一块木板掉下来了，雅娴和女仆急忙住手。因担心损坏了箱里的东西，雅娴伸手拨开箱里的包装纸察看，只看了一眼，就惊叫了起来："天呀，枪?!"

"叫什么呐?"坐在院中的卓远听到这声惊叫，起身踱进客厅，不解地看着妻和女仆的那副惊慌之态，及至低眼一看那木箱中露出的枪柄，也一下子呆住。

不过卓远还是很快从呆愣中清醒过来，他觉得他现在明白了晋金存的来意，他一定是听到了关于这些枪的风声，要带人来搜查。"快，去叫达志来!"他对妻子挥了一下手。尔后又转对女仆说："到门口望着人，见到晋府的轿子向这边走，早咳嗽一声!"

片刻后，满手沾着机器油的达志从后院的院墙豁口处翻了过来，走进客厅。卓远急切地拉他走到那木箱前，没容达志对那些洋枪表示出吃惊，便开口说："这是我侄儿小柱前些天放在这儿的，这小柱常年在外跑，又偷偷地买枪，恐怕是和官府作对！晋金存可能闻到味儿了，说过一会儿要来家里看望伤情，我担心他要搜查，想把它存放到你那儿，行吗?"

"行。"达志没有犹豫，这是卓远哥让办的事情，但他仍有些发愣。

"记着藏好，一旦让官府发现，这可是要杀头的!"卓远又叮嘱了一句，才让达志分两次从院墙缺口处把两个木箱抱进自家院里。也算巧，达志刚把这事做完，在大门口望风的卓家女仆就咳嗽了一声。

卓远的心又猛地提了上去。

其实，卓远是虚惊。晋金存今日来，并不是为枪的事，他也根本不知道有人买枪。他今天来的目的，主要是安抚，是为了让卓远感觉出，官府对他是十分尊敬和关心的，从而缓和他与官府的敌意。卓远这样的人在民众中很有影响，应该打击与拉拢并进，以争取拉拢收买为上策。

晋金存带着云纬走进院来，卓远和雅娴迎上前，一切都合乎礼仪规矩。分宾主坐下，晋金存让随从把带来的点心糖果送上后，便含了关切开口："听说卓先生被醉鬼所伤，知府大人和我都非常不安，今特来看望。知府大人在我临来时还特别交待，如果卓先生还能记得那两个醉鬼的貌相，就要我想办法抓到严惩！噢，把那些画像拿给卓先生辨认。"晋金存说罢对一个随从摆了一下手，那随从便把厚厚一叠人头画像放到了卓远手上。

卓远很是意外。

"这是你被砍伤的那晚，全城的所有醉鬼的面部画像，我们为此很费了一番力气，请你仔细辨认一下。"晋金存的声音里满是真诚。

捧着那厚厚的一摞画像，卓远心中不由得起了感动，原来官府也是在真心查缉那两个醉鬼，看来，自己当初的猜测和怀疑并无道理。

"谢谢关心，那两个醉鬼的貌相记不得了，当时天黑，再说，这是他们酒醉时的举动，算不得故意，不必去找他们了。"

一直端坐在那儿的云纬没有去听晋金存和卓远的对话，而是默默地直盯着晋金存的那张脸，那张脸上现在全是真诚和关切。她真有点惊异那张脸的功能，上天造人时把有些人造得如此精巧，让他的真实内心和脸部表情不存丝毫联系，内心想的和脸上显露的完全相异。倘不是和晋金存在一起生活这么多年，她此刻也会认为晋金存是一个多么可亲的官人！……

直到晋金存起身告辞的时候，云纬才从自己的乱想中回过神来。出门时，她望了一眼相邻的尚家院子，隐约听见了达志的说话声，心中顿时又涌起一股想见达志的渴望，但她迅疾地把那渴望压灭了。现在，她再不敢让自己露出半点对达志的关注。自那天晚上在玄妙观的相会被打断以后，她一直把心悬着，她总担心晋金存暗中委派监视她的那个人会向晋金存告密，她倒不是害怕晋金存会把自己怎么样，她害怕的是他对达志下毒手，晋金存是什么事都能干出来的。他敢让人砍了卓远的手指，当然也敢让人砍去达志的胳膊！决不能因此害了达志！她已下决心从此不再与达志见面，只把那种思念深深埋在心底。她如今后悔的只有一件事，就是那天晚上与达志相会时，没有抓紧时间给他说说自己的心里话，没有给他更多的宽慰……

“上轿吧，夫人。”轿伕的一声招呼方使云纬意识到，自己又走了神……

这些天，由于生产的顺利，达志的眉头已不像先前那样整日紧锁了，有时，他站在嗒嗒工作着的织机前，会不由得让眼里荡出一个笑来。机器真是一个神奇的东西，它一直照着一个速度织着，不慌不忙不急不躁，而且织出的绸缎质量，远远高过人工织机。这段日子，因为绸缎产量高、质量好、销得快，当初买机器时借的钱已基本还清。照这个速度，要不了多久，就又可以攒起买更多机动织机的钱了。达志已在自己的心里做了计划，要在几年之间，再增加三十到四十台机动织机，把尚吉利大机房变成一个真正像样的丝织厂！

当然，达志近日的心情转好，与同云纬的见面也有关系。两人见面的时间虽然不长，但见面时云纬的举止，已表明了她在心里仍爱着自己，这使他得到了很大宽慰，而且使他对将来的日子抱了更好的希冀。当然，他不让自己去细想那份希冀的内容，而且当一想到将来时，他都要小心地去看一眼顺儿。他觉到了一种不安，但这种不安中，又羼有一丝诱人的甜蜜。

夜深了，大约因为这秋天是百物丰收的季节，天上的星儿也长得格外稠密。达志就在这星光下，迈着轻快的步子巡视全院，每晚临睡前，他都要像爹当年那样仔细检查一遍店房、织房、机房、染房、库房的门窗。

检查成品库的门窗时，他忽然想起了昨天卓远哥让保存的那两箱洋枪。那些枪都是完好的吗？一股强烈的好奇使他打开了库房门，进屋点亮了灯，他从一只箱子里摸出了一杆，那沉甸甸地涂了防锈油的冰凉的枪身，让他打了个寒战，他凑到灯前仔细看那枪的构造，尔后试着把它举起。那些买枪的肯定是和官府作对的人，他们大约是要用这枪去打像晋金存那样的坏种！一想到晋金存，达志就禁不住将牙咬紧：昏官！奸臣！就是你，把我的云纬夺走；又是你，把我爹生生逼死，让我刚刚发展起来的祖业毁掉，耽误了我十年时间！老子真想也拿了这枪，朝你脑袋上搂一下：乒！

他分明地看到晋金存就在这枪声中仆倒了，而且鲜热的血呼呼地从他的头上涌出，把他的脖子都染得通红。乒乒乒……更多的枪声在达志耳边响起，大片的大清兵丁在那枪声中倒下。达志握枪的手开始不由自主地兴奋地抖动，而且禁不住地发出了笑声：嘀嘀嘀。

这笑声把达志自己吓了一跳。

晋金存，你们的日子不会长了！

“爹，还不睡？”门外突然响起小立世的一声喊。达志被吓得一哆嗦，手中的枪差一点儿掉了地。这时，小立世已闪进屋子，吃惊地指了那枪问：“这是啥东西？”

达志没顾上回答儿子的问话，手忙脚乱地又把枪塞到了木箱里。

“爹，啥东西？”小立世好奇，走到木箱前弯了腰去看。

“枪。孩子。”达志扯住儿子的手，不让他看，“别人买了存咱这儿的。”

“好干什么？”立世不甚情愿地被爹推着向门口走。

“打官府！”

“哦？”小立世的双眸一个惊跳。

“记住，永远不能对外人说这枪的事，万一官府知道了，会来杀咱的！”

“嗯。”父亲的害怕传染给了小立世，他惊怯地把头点点。

汪汪。附近的街上突然传来一阵狗吠，吓得达志和小立世几乎同时张嘴去把灯吹熄……

几天后的一个半夜时分，卓远领着取枪的人来到了达志的仓库里。取枪的是两个黑衣黑裤腰插短枪短刀的精壮汉子。两个汉子朝达志抱拳施礼：“谢谢你代为保管这些枪支！”

“你们早应该说明这木箱内装的是枪，小柱！”卓远挥着一只残手对其中的一个汉子抱怨，“而且应该早点取走，险些出了事！”

“嘿嘿，俺们当初也是怕走漏风声。”那叫小柱的急忙解释，“这些天所以迟迟没来拿，是因为听说南阳总兵知道了他弟弟偷卖枪支的事，暗中查访很紧，俺们担心出事。”

“你们买这些枪是要——？”当两个汉子收拾木箱时，一直闷在那里的达志想证实自己的猜测。

“还能打谁？”另一个眉眼精明的汉子开口道，“打知府、打总兵、打晋金存、打大清朝！告诉你，我们早晚有一天要夺下南阳城，在这儿建立一个人人有吃有穿有住的三有社会！”

“能行？”达志忽闪着眼睛。

“当然行！你知道我们有多少人？几百人！除了我们之外，反大清朝的人多着呐。知道同盟会，知道孙中山么？他们也反清，他们的人到处都是，比我们还多，孙中山也说要建立一个有吃有穿有住的社会！”那汉子满怀自信。

“孙中山的主张是民族、民生、民权，叫三民主义。”卓远这时接口。

“三有和三民是一样的，人不就是要吃、要穿、要住么？”那汉子辩道，“你们这次护枪有功，待我们将来夺下南阳城后，你们想干什么想要什么，只管说，只管来找我，我叫肖四，是伏牛山民军的副统领！”

“你们将来夺下南阳后，让不让人发展工商？让不让像我这样的人发展丝织厂？”达志先问自己关心的问题。

“当然！你发展丝织是为了让人们有穿，我们为啥不让？放心，到那时，你想怎么干就怎么干，想把厂办多大就办多大！”

“不再收高税搞摊派？”达志的脸上露出喜色。

“当然！”

“好，要是这样，我就盼你们早成功！”达志高兴地搓搓手，笑看了卓远一眼，“也不枉我们为这枪受场惊！”

卓远没吭，只是眉头微皱，在那里轻轻踱步。一股夜风陡然从外边的屋檐下游过，摇动了檐下挂着的什么东西，当啷一响，四人一惊。

夜，无月无星的夜，黑得越来越浓……

14

南阳府最早开始收发电报是在一九〇五年。这一年的夏秋间,鄂西北古城老河口至南阳段的电线架设完毕,全长二百零七点五华里,于是,南阳遂设局开办电报业务。到了一九一一年,南阳电报局的收发报设备已挺齐全。

一九一一年十月十二日凌晨,在南阳电报局值班的一个年轻报务员收到了一份自老河口拍来的奇怪电报,这份电报的报文是:"武昌光复军政府都督黎元洪国号中华民国。"电报没有署拍报人名字也没有收报人的地址姓名。那位报务员觉得奇怪,便敲击电键询问老河口电报局,可那边默不作答。报务员不知该如何处理这份电报好,无奈之中,便把电文贴到了电报局门口,心想,是谁的电报谁就来看吧!

这便是南阳人最早得知的辛亥革命消息。

这份电报的手抄件于当日午饭时分放到了晋金存面前,

晋金存反复审视揣摸着手下人抄来的这份电文，半晌之后，方威严地对手下人发话："这是不轨之徒利用电报所做的扰乱人心之伎俩，应即防止扩散！速将电报局那个报务员关押起来，把贴在墙上的电文撕下，并拟一告示，说明此电文系报务员伪造！"

手下人喏喏而退之后，晋金存重又审度那电文：国号中华民国？小子们真是狂妄，竟然想到了要改国号，国号是随便可以改的吗？大清国的国号已经用了二三百年，谁能改过来？凭你们这些无名小辈么？

不过他的眉头也还是皱了起来。和大清朝廷作对的人为何如此多呢？光今年以来，国家就出了多少事呵！先是广州的同盟会土匪暴动，继是川、鄂、湘、粤四省匪人掀起的保路之乱，再是匪首吴玉章率人对荣县的占领，真是多事之年呐！

"看啥子呢？"云纬这时手握着一本书从后门踱进来，斜瞥了一眼晋金存，曼声问。

"电报，一份造谣的电报！"晋金存扭过头，愤愤地把那电报抄件朝云纬递过去，"竟然想到用电报扰乱人心，这些坏种！"

云纬没接那张纸，只是散漫地朝纸上瞥了一眼，便在一旁的一把椅子上坐下了，边坐边淡声问："啥叫中华民国？"

"大概是说这国家是所有平民百姓的吧，这不过是一种妄想罢了！"晋金存也在另一把椅子上坐了，"自古以来，这国家都是属于当国君的那个人的，怎么能属于全体百姓呢？倘是属于全体百姓，百姓们对于国事都可以七嘴八舌议论，都想做主，那不就天下大乱了？国家国家，国和家一样，像咱晋家，若不是属于我，由我决定你们吃啥、穿啥、住啥，由我决定你们谁坐轿、谁地走、谁干活，而是由你们决定谁坐轿谁地走，那不就乱了？莫说这‘中华民国’根本不会出现，即使退一万步讲，真的出现了，那这个民国最后也必定是属于一个强人的！”

“那咱们为啥不让这‘中华民国’快点出现，看看它究竟是怎么一个结果？”云纬又顺口说。

“胡说什么？”晋金存的眼瞪了起来，“我今日的一切都是谁给的？这官服、这大院、这房子、这花园、这官轿，包括你们这些女人，不都是大清国给我的？没有大清国，我能得到这些东西？我们晋家和大清国休戚相关，从今往后断不许再说此类胡话！”

“哦——”云纬打了一个长长的哈欠，用书盖住了脸。

武昌光复？晋金存又去看那份电文。甭说武昌不会让几个不轨之徒夺走，就是真让你们夺走了又有什么不得了的？大清国的地方大着哩！……

栗温保和他的民军得知武昌起义的消息时，已是十二月了。他虽然不懂这场起义的目的，但他却本能地明白这是一个可以利用的机会。尤其当他的探子报说在湖北的河南人正组成旅鄂奋勇军，将和湖北民军一起北伐时，他拍着腰中的短铳高兴地叫：这下该是我们打进南阳城的时候了！于是，他派肖四连夜启程去湖北联络，自己则带部队由内乡县境向邓州南部运动。

一九一二年的二月十二日，当北京的宣统皇帝宣布退位，统治中国二百六十八年的清王朝终告灭亡时，栗温保的民军已和湖北公安、郧阳、随州招讨使季雨霖部下的兵马以及旅鄂奋勇军联合在了一起，开始了对新野、邓州城的进击，南阳城已经遥遥在望了。

晋金存,你栗爷我终于要杀回来了!

草绒,我就要见到你和女儿了!

攻进南阳城是在一周之后的那个凌晨。那个凌晨天飘了一点雪末,北风像被宰的猪一样长声嚎叫,草屑、纸片在街巷里旋上舞下,人和马嘴里呼出的都是白气。栗温保领着人马将晋府团团围住的时候,天才刚刚透亮。他那时只有一个担心,担心晋金存跑了,因为有消息说南阳知府和总兵已于昨日逃走,万一姓晋的也跑掉了,这仇可咋报?

晋府的卫兵对栗温保的人马进行了顽强的抵抗,抵抗的时间虽然只有半天,却显示出了部署的精心。栗温保从晋府门口走进晋家内院,不过几百步的距离,付出的代价竟是几十具民军士兵的尸体。

晋金存没有跑。他不是跑不成,而是不愿跑。他始终认为攻城的叛逆们不会长久,大清皇帝很快还会派兵来剿灭叛匪,以往也不是没出过叛匪作乱的事情,不是很快便被平息了?这时大清皇帝退位的消息虽然已经传来南阳,但他却坚信这是谣传。他得知知府、总兵偷偷出城的消息时甚至有些高兴,心想他们临阵脱逃,一旦大清皇帝派兵来剿灭了叛匪,他这个至死守城的五品同知定会得到嘉奖高升,南阳知府这一官职便非他莫属了!人生全靠机会,谁敢说这于己不是一个显示对大清国忠心从而功成名就的机会?

他于是对自己府宅的防护做了精心的部署,他想他只要坚持上三四天,驻开封的援兵便会赶到,开封离南阳并不是很远,骑兵甚至不用走两天。但交火之后他才明白,不走实是下策,对方的火力之猛兵员之勇远远超出他的预料。一座府宅的回旋余地太小,要守上三四天根本不可能。当外院被攻破之后,懊悔慌张中的他拉着云纬和儿子的手奔入内宅的一座柴房，原来这柴房里有一个不大的暗洞，可以容三个人藏身。晋金存用柴草把洞口盖好之后喘息着说："我们在这里藏到天黑，然后趁黑摸出院子，在城中找个人家躲起来，再相机出城去开封！总有一天，我要带着你们再回到这院中！"他在黑暗中抓住云纬的一只手晃晃说："大难之中，我只带着儿子和你，可见我对你的爱心，将来再回到这院中时，你便是大夫人了！"

黑暗中的云纬没有吭声，只是双眸在眼眶中鄙夷地一轮。爱心？狗东西，你对谁有过爱心？大夫人？你以为老子稀罕做你的大夫人？你作的恶已经够多，该你来偿还了！想跑？恐怕你跑不脱了，上天会长眼的！她侧着耳朵，在晋金存和儿子一粗一细的喘息声中紧张地倾听着洞外的动静。噔噔噔。是脚步声向这里响来。好，快来搜吧，晋金存就藏在这里！"仔细搜查，决不能让晋金存溜了！"一个陌生男人的声音。云纬的心里一阵兴奋。接下来是用刀、枪拨拉柴草的声响。哗、哗、哗。有一次，一把刀尖分明已戳到了洞口上盖着的柴草，可惜那刀尖又晃走了。"栗司令，这柴房里没有藏人！"一个年轻的声音在报告。云纬的心一下子高高悬起：笨货，你们连这个洞口都找不着！"这里没有就快去别的屋找！"先前的那个陌生声音在命令。糟糕！云纬一下子跌入深深的失望。黑暗中，她听到晋金存低微地笑了一声。她的牙倏地咬起：不，决不能让姓晋的逃掉惩罚。她听见洞外的脚步声在向远处移，她在黑暗中抬手迅速从头上取下了一根发簪，尔后咬牙狠狠地向儿子的屁股上戳去。"呀——"儿子凄厉地叫了一声。晋金存慌忙抬手去捂，但是晚了，洞外响起一阵欢呼："这里有人！"话音刚落，杂沓的脚步声便围住了洞口，几把刀几乎同时把洞口罩着的柴草挑开，几个乌黑的枪口对准了洞里。

云纬悠长轻柔地舒了一口气。

晋金存面孔发青双眼绝望地看着那些转瞬间指向自己的枪口。

“快点出来吧,里边太憋气!”一个嘲弄的声音在洞口叫。

云纬缓缓拉着儿子站起了身,在走出洞口之后,她心疼地瞥了一眼儿子屁股上的伤口:原谅妈妈吧,孩子!

晋金存也慢腾腾地爬出了洞口,他手上原来握着的那把短铳已被收走。

“咋样?晋大人,还认识我吧?我就是你这些年一直想捉拿的栗温保!”身高体大的栗温保晃晃自己的身子,嗤笑着望定晋金存。“你还想捉吗?”

晋金存从牙缝里迸出一句:“你反叛大清皇帝,早晚会被捉拿归案的!”

“哈哈哈哈。”栗温保响亮地笑了,“你的大清皇帝已经完了,这中国是爷们这些平民百姓的了,你就永远死了这条心吧!”

“咱们看谁的心先死!”晋金存在咬牙说这话的同时,忽然间从袖筒里掏出一支暗藏的短枪来,对准栗温保就扣扳机,但机警的栗温保早一秒扣响了手中的枪,晋金存拿枪的右手啪地被打断,他的枪在落地过程中子弹出膛,嗖地钻进一边的墙土里。

“打吧!开枪打吧!你这个叛匪!”晋金存捏住自己那只断了的手脖,朝栗温保疯了似地吼道。

“我是要打的!”栗温保也咬了牙冷声说道,“我们两个之间的账是该结一结了,为了你杀死我的民军弟兄,我打断你的左腿!”说着,啪地一枪,将晋金存的左脚脖一下子打断,晋金存的左腿顿时跪了下去。

“为了你对我妻子、女儿的折磨,我打断你的右腿!”说着,枪又啪地一响,晋金存右腿也跪了下去。

“为了你对满城百姓的欺压,我打断你的左手!”声落枪响,晋金存的左手腕也一下子断了。

“打呀,你这个叛匪、畜生!朝老子心口窝上打!”四肢全断的晋金存发疯似的吼。

“你想死,是吧?”栗温保笑着吹了一下冒烟的枪口,“不,你不能死!你已经享够了福,也该把人世上的苦尝尝了!来人,把他关进一间屋去!”

当晋金存被几个人像抬一块肉似的抬走之后,栗温保转向云纬冷笑道:“我想你就是盛云纬吧?我们不是第一次见面了。我现在告诉你,从今天起,你和草绒换换位儿,她做你的主人,你做她的女仆!”

云纬没有说话,只是一边紧搂着被刚才的流血场面吓得索索乱抖的儿子承银,一边冷冷望定这个当初抢劫聘礼从而改变了自己命运的人……

15

达志从织房里出来，一边匆匆地用破布擦着手上的机器油痕，一边喊着娘快把水壶里的水烧开。刚才，镇守使署来人通知，说待一会儿新任副镇守使栗温保大人要来尚古利大机房看看。达志虽然对这场推翻清朝知府衙门的革命十分欢迎，尤其是对晋金存的被打倒感到高兴，但此刻听说新任副镇守使要来家里看看，心里仍不免紧张。他要来看什么？

达志把茶桌、椅子在屋中摆好，将茶壶、茶盅擦净放在桌上，心神不定地绕桌走了一圈，又快步进了后院，隔了院墙朝卓远家喊："卓远哥，你过来一下！"

"有事？"正在书房里用左手练字的卓远闻声出门，走到院墙跟前。

"待一会儿副镇守使大人说要来机房看看，我担心应酬不好，你过来帮帮我！"

“噢，”卓远笑了，“怕他什么？他过去不也是一个种田的人，他既然称自己是民军首领，大约办事会为平民百姓们考虑的。也好，我过去帮你说几句话！”……

栗温保骑一匹白色战马，在随从们的前呼后拥下昂然向尚吉利大机房走来。北洋军的军服穿在他那魁梧的身上使他显得很是威武。他注意到了街道两边的市民们向他投来的目光中有羡慕有新奇也有感激，他不时向两边的人群抱一抱拳。他很高兴，他知道他将继续赢得人们的感激。这些天，他用得到的权力已经为平民百姓们做了三件事：一是开官仓给没吃的人家分粮；二是把知府衙门积存的几百方木头分给城中的无房户，让他们自找地方搭棚盖屋；三是收购了一批土布分给衣不蔽体的穷人。让平民百姓有吃、有穿、有住是他率领民军攻城时提出的口号，他要为实现这个口号去努力。当然，他知道仅靠自己分发东西不是让平民百姓达到“三有”的根本之计，重要的是让人们都抓紧干活，多种粮、多织布、多砍树、多烧砖瓦。他今天亲自去尚吉利大机房，主要目的也是为了向人们显示：他希望多产可供人们吃、穿、住的东西，他对所有从事生产的人家都很重视！

他在尚吉利大机房门前下马时看到了拱手相迎的尚达志。他注意地看了一下这个脸上已有皱纹的尚家主人，用手拍拍达志的肩膀说：“好好干，伙计！”

栗温保进院之后没有到客堂坐下喝水，而是径直进了织房看正隆隆作响织绸的织机。他这是第一次看见机动织机，他看得饶有兴趣，不时问这问那，走出织房时他望定达志说：“这织机好是好，可就是太少，你为啥不多买几台？”

“我何尝不想多买？可就是没钱，艰艰难难地挣一点银子，大部分又都交了税了！”达志赔着小心答。他对这个栗温保怀着极复杂的感情，一方面是气恨，气恨他当初对云纬家的抢劫；一方面又是佩服，佩服他带人打垮了晋金存，使那个多次打击刁难尚吉利大机房的大清朝的官从此不得作恶；再就是怀着希冀，希冀他对工商界的发展开扇方便之门。

"栗大人，"一直默然跟在达志身后的卓远这时接口，"人生在世，最基本的需要是吃、穿、住、用、玩，掌管社会权力的人，要做的最重要的事情，也就是满足人们的这些需要，这件事做好了，在内部，就会稳定；在外部，就会强大。而要达到这点，根本的办法是保护生产，是鼓励工、农、商诸业的发展。眼下南阳城中百事待举，然我认为，最重要的是减轻赋税，让办厂、种地、经商的人有个休养生息继续发展的机会和力气！"

"嗯，有道理，你是——？"栗温保听了这番和自己想法有些相近的话很中意，便望定这个有着儒雅气度的人问。

"大哥，他叫卓远，是师范传习所的学监。"站在栗温保身后的肖四这时认出了说话人，急忙趋前介绍，"当初我们来城中买枪时，还亏他和尚老板帮忙才没出事！"

"呃，这么说，你们也是反清的功臣嘛！"栗温保抬起双手捶了捶卓远和达志的肩膀，卓远疼得咧了咧嘴。

"这样吧，你这个丝织机房免征一年的税银，有人再来向你要税，你就讲是我说的！"栗温保看定达志当即表态，"你要抓紧积钱再买些机器，要办成一个像样的丝织厂，好多产绸缎，让人们拿到钱就可以买来绸缎做衣裳。如今土布的出产量也不是很大，况且城镇中稍有些钱的人也不愿穿土布，有你这个丝织厂，这穿的事情就好办了！"

"谢谢，谢谢栗大人！"达志有些喜出望外。

"卓先生，看来你有些学问，我手下正缺有学问的人，愿不愿到我的手下做事？愿的话，就做书记官，和我的营长们拿一样多的饷银!”栗温保这时又转向卓远笑道。

“谢谢栗大人看得起,我不是一个做官的料,还是让我在学界做些琐事吧!”卓远急忙谢绝,“再说,相面的人常讲:如果你一上来就喜欢一个人,则预示着以后你恰恰会不喜欢这个人!”

“这是相面人的瞎说!”栗温保笑了,“不过也罢,我不为难你,你只管做你爱做的事。”栗温保又拍了拍卓远的肩膀,“只是你日后倘看到我们当官的有什么地方做得不对,要尽早指出来!”说罢,便告辞往外走。

望着栗温保骑在马上的威武背影,达志感叹地说道:“到底比大清朝的那些官好!”

“他才刚刚走入官场。”卓远缓声接口,“但愿他能永远这样……”

16

草绒一时还不能适应自己地位的新变化。

早晨，她刚刚从床上坐起披好衣，看见云纬端一铜盆洗脸水进了门，骇得慌忙从床上跳下说道："哎呀，对不起，大人，我起身迟了，让你亲自端水。"直到云纬淡声说了一句："如今你是夫人！"草绒才重又意识到自己的新身份，才明白云纬端那盆水是让自己来洗脸洗手，才手足无措地去穿丈夫给她买来的那些新衣服。

过去的晋府如今变成了栗府，外院、内宅、客厅、卧室、花园、水池，一切东西都没变，惟一改变的是主人。

因为栗温保每天早上要去军营观看兵士操练，回来得晚，所以早饭都是草绒和女儿枝子先吃。草绒和女儿在餐桌前刚刚坐下，云纬便用托盘把饭菜端来了。草绒看着云纬默默无言地往桌上摆着碗、筷、盘，一时想起过去自己干这事儿的情景，心上顿时有些发酸：人生咋这样无常？一会儿是这一会儿是那？她深深明白，如今的处境对云纬那颗孤傲的心将带来多么严重的伤害。此刻，草绒那良善宽厚的心里没有半点幸灾乐祸，她只是对这世道充满惶惑，对云纬满是深切的同情。当云纬把碗盘摆好的时候，她轻声说道："云纬妹子，来，坐下，咱们一起吃。"

"不了，谢谢，我在那边吃。"云纬指了指下房。

"就在这儿吃吧，咱们一块儿说说话。"草绒见状，急忙拉住了要走的云纬的手。

"如今我是下人，和夫人坐一起吃饭，管家看见是要骂的！"云纬微声说着又要走，草绒急了，高声叫："咱谁也不是夫人，咱是女人，咱坐一起吃饭有啥不得了的?!"说罢，硬把云纬按坐到椅上。云纬没法，只得默默坐定，拿起了筷子。

也是巧，不大时辰，栗温保从操练场回来，噔噔噔地进屋之后，一见云纬坐在饭桌前，顿时眼一睖，怒冲冲地叫："咋回事？你怎么也敢坐到这饭桌前？你以为你还在当夫人呐？走开！再敢这样，小心我让管家打断你的腿！"

云纬面孔发白地站起身子。

"你咋唬啥子？你凶什么？"草绒这时霍地起身朝丈夫吼，"是我让她坐的！她坐这里吃饭小了你啥架子？你才当几天官？你过去不就是一个打兔子的?!你的身份有多高？呸！"

"你看，你看，"栗温保被骂得摊开两手委屈地叫，"我也是为你们娘俩出气，过去，她使唤你们，如今，让你们使唤使唤她出出气，报报仇，反倒骂我的不是了？"

"哼！"草绒白了一眼丈夫，转对云纬说："不理他，我们坐下吃！"可云纬已经转身快步向下房走了。

“她已经享了十多年福，如今也该她受受罪!”栗温保边往饭桌前坐边恨声说。

“说那放屁！当晋金存那老东西的小老婆，能享多少福?”草绒又瞪眼朝丈夫叫。

“好，好，咱不吵，就算你说得对。”栗温保举起拿了筷子和肉饼的双手，表示向草绒认输。这举动惹得在一旁瞪眼看热闹的女儿枝子噗哧一声笑了。

17

尽管只减免了一年的赋税,但这已使尚吉利大机房大大恢复了元气,到了第二年春上,达志手里便攒下了一笔钱。有了钱,达志首先想到的,自然还是再买机动织机。刚巧,英国商人办的泰古车糖公司,那时每月都有马车队来往于上海、南阳之间。一天,泰古车糖公司一个叫梅恩的副经理,来尚吉利大机房为妻子买绸缎做衣服,达志便问他是否可以代为在上海机器局里买几台机动丝织机运来,来往运费由尚吉利大机房出。那梅恩是精明的中国通,觉得这是一桩赚钱事,等于低价买来机器再高价卖出,便满口应允。一个月后,马车队运来了四台丝织机和四台柴油机,价钱都比达志原来打听到的要高,而且运费也比原来说定的多,达志没说什么,心想虽然吃亏一点儿,但总算安全顺利运达了,倘是自己雇车去买,路上要出个拦截乱子岂不更糟?

四台新机动织机安好的那天中午，达志抱一块长方形的木板，含笑走进隔院卓远的书房说："卓远哥，我想在门前换个招牌！"

正伏案用左手写着什么的卓远闻声起身问："都安装好了？"看见达志点了头后，卓远接过那块木板，上下审视着说："嗯，有六台机动织机了！加上那些脚踏织机，确实不是一个'房'字能容下了，好，就叫尚吉利织丝厂吧！只是我担心，我这左手写厂牌，万一写不好咋办？"

"卓伯伯，你就照这个字体写，写出来保准好看！"跟在达志身后的十二岁的立世，这时指了书桌上卓远刚才在一张纸上写出的字说。

"好！就照立世侄说的办，写行书！"卓远笑道，同时转向院外喊九岁的女儿："容容，给我拿红漆来！"

扎着羊角辫的容容在隔壁屋里应了一声，用两只小手捧着一盒红漆跑过来。卓远左手握笔，饱蘸红漆，在那块光洁的木板上刷刷地写下了"尚吉利织丝厂"六个大字。

"好，好！"达志叫道，同时扭了头对儿子说："立世，你日后在写字上要能到你卓伯伯这左手的功夫，就也行了。"

清瘦的小立世抿嘴笑笑刚要说话，不想容容已先开口道："字写得好算什么？又不能穿到身上，绸缎织得好才算本领呐！尚叔，让俺跟你学织绸缎行么？"

"行，行！"达志欢喜地揪揪容容的羊角辫，"我的织丝厂正要招织工哩，容容先算一个！不过，那你可要先给我唱几支歌哟！"达志知道这闺女最爱唱歌。

"好，我给你唱！"容容一点儿也没有扭捏，大大方方地应道，而且立刻照妈妈教的样子，摆出了一个唱歌的姿势。"可是尚叔叔，你爱听什么歌儿呢？"

“什么歌儿都爱听。”达志忍住笑，一本正经地说。站在达志身旁的小立世，显然惊奇于容容的爽快大方，圆睁了眼看着容容。

“好，先给你唱支《百花洲见赠》。”容容言毕，清了清嗓子，便开始唱：

芳洲名冠古南都，
最惜尘埃一点无。
楼阁春深来海燕，
池塘人静下山凫。
花情柳意凭谁问，
月彩波光——

“甭唱这个，”卓远笑着打断了女儿的歌声，“唱歌要看对象，给你尚叔叔唱，应该先唱那首《绸缎谣》。”

“好的，”容容抹一把额头上的汗，旋即又放开了喉咙唱：

绸儿柔，缎儿软，
绸缎裹身光艳艳，
多少玉女只知俏，
不知它是来自蚕。

蚕吃桑叶肚儿圆，
肚圆方能吐出茧，
煮茧才可抽成丝，
一丝一丝缠成团。

丝经理，丝经染，
分成经纬机上安，

全靠织工一双手，
丝丝相连成绸缎。

一梭去，一梭返，
一寸绸，一寸缎，
经纬相交似路口，
路路相连可拐弯……

“好，好！”达志欢喜地上前拍拍容容的头，“就凭你这歌声，叔叔也要收你做织工哩！立世，来，拉上你容容妹妹去织房里看看。”

小立世涨红了脸扭捏着不敢过来，最后还是容容跑过去，叫了一声：“立世哥。”拉起了他的手向外跑去。达志和卓远夫妇见状，一齐笑了。

说笑之间，那笔划上的漆已经干了。卓远起身去倒了两杯白干酒，递一杯到达志手上说：“这是一杯贺酒，但愿你的厂子能越办越大！”两人碰了杯把酒喝下后，卓远说：“走吧，去把招牌换上！”达志捧了招牌，和卓远一起走到尚家人门旁原来挂“尚吉利大机房”木牌的地方，正要换牌，却忽然想起什么似的哦了一声，说：“先等一霎。”随即便抱了招牌，匆匆进院到了正屋，对着神台上父亲的灵位扑通跪下说：“爹，你看见了吧，我又买了机器，总算办起了一个厂，虽说眼下还小，可我会慢慢让它变大的，这就是厂子的招牌，你老先看一眼！”说着，把手中的招牌对着父亲的灵位高高举起，咽了声叫：“爹，你看见了么？我知道你在盼着……”

尚吉利织丝厂门前变得空前的活跃起来，各地绸庄来进货的马车排成长长的行列，南召、镇平、内乡、鲁山等地丝厂来卖生丝的手推车也在街的两边摆满。由于使用了机动织机，产量高，成本低，价钱也随之降了下来，所以尚家的丝绸增强了竞争力，周围各处仍使用旧式脚踏织机的厂、坊，顿时变得门前冷落车马稀了。同时，由于盈利大，在生丝收购上，达志也敢稍稍提点价，故原料来得也较过去容易多了。

织房的机器整日隆隆作响，前店里来零买、批发的顾客接连不断，后院染印房里的蒸汽翻涌滚动。伴着这些，是银两、钞票的迅速增加，尚家进入自达志当家以来最兴盛的局面。

达志如今忙得不可开交。机器多了，工人增加了，管理一个厂和掌管一个家庭作坊终究不一样，尽管他在织房实行了织工"包机"；在染印房里实行了染工"包批"；在织前丝整理上实行了整理工"包匹"，但各个环节都需要不时地进行检查督促指导，从早到晚，他的两只脚基本上不能闲住。

他感到了累，但却累得高兴、累得畅快。每到夜幕降下停了织机之后，他总要蹲靠在前院那块怪形石头旁，一边喝着顺儿给他端来的泡有清明前折下的柳叶的茶水，一边舒心地吁着气。哦，老天爷，你总算睁开眼了！

十月的一个晚上，当达志又像往常那样靠着石头喝着茶水歇息时，虚掩的院门突然被哐啷一声推开，那阵儿机器已停院子里很静，陡然而至的推门声使得达志一惊，他扭眼往门口瞅时，只见一个细瘦单薄的身影已闪进了院子。那夜无月，前院又无灯，达志看不清来人是谁，便起身问了一声："谁？"他的话音刚落，那黑影凄惶地叫了一声："爹——"，跟着便一下子扑过来抱紧了他。

"小绫？"达志听出是女儿的声音，也慌忙搂紧了她，同时就颤了声问："小绫，这时不在董家，跑回来做啥？"

"爹——！"小绫又哀哀叫了一声，身子抖颤着又向达志怀里挤了挤,像要完全缩进爹的怀里,“他们……他们……他们要我——”

“小绫,咋着了?”正在厨房忙活的顺儿这时也听见了女儿的声音,端着一盏油灯跑出来惊问。小绫这时就扭身扑到妈妈的怀里哭着说:“他们要我圆房……”

“啥子圆房?”顺儿一时没弄明白这话的含义,一边擦着女儿额头上的一片血迹一边问,但蓦然间,她明白了,她停下手,惊慌地望着丈夫呻吟着叫:“她还不到十二岁呀……”

达志的脸已变得煞白。

这时,一阵急急的脚步声已由街上向门口响来,转瞬之间,一个写有“董”字的灯笼已经跳进了院子,与此同时,一个尖利的女人的叫声也从灯笼后戳了过来:“我家的儿媳妇尚小绫回来了没有?”

“咳!”达志咳了一声。

“噢,果然跑回来了!”那董家女人听见达志的咳声,先用灯笼照了照躲在妈妈怀里的小绫,这才向达志讪笑了一声道:“亲家公,快让小绫跟我回去吧,我今黑里给他们一双新人圆房哩!”

“她还太小!”顺儿先开了口。

“小?”董家女人的眼瞪了起来,“啥时算不小?我的儿子可是已经十八岁了,总不能让我儿子干等着吧?”

“我把当初要你们的那些钱加两倍退还给你们,你们再找一个儿媳,让我们小绫回来吧!”达志的话音里带了气,对方的话说得太难听太噎人。

“嗬,你想赖婚哪?我们董家不稀罕钱,我们虽然卖菜,可也有钱,俺们要的是人,是儿媳妇!告诉你,你尚达志甭以为自己有了几台织绸子的机器就不得了了!”那董家女人跳着脚叫。

“你叫喊什么？我不是在和你商量么？”达志的声调开始变软且有些着慌。他看见这女人的叫喊已招来了左右邻居和住在附近客店里来买绸缎的外地客人，他担心这场吵闹会影响他的声誉，从而给刚刚兴盛起来的织丝厂带来影响。

“我喊叫什么？只要你姓尚的敢赖婚，老子还要跟你在公堂上相见！明白告诉你，俺们孩子他舅舅可在河南省护军使手下做官！”

女人的话顿时使达志觉着好像脊背那儿爬上了一个冰凉的蚰蜒。他知道惹住当官的那份厉害。咋办？让小绫回去？她还完全是个孩子呐，怎可以圆房？这不是生生不把她当人看吗？她的心会受到怎样的刺激？那么留下小绫，坚决不让她回？那势必要惹得董家大闹，万一真像那女人说的，再弄到公堂上，岂不要卷进一场可怕的官司？先不说官司能不能打胜，单是声誉和时间的损失，就不是刚刚兴起来的织丝厂所能受得了的！咋着办？忍？就再忍下这口气，让小绫回去？噢，我的苦命的孩子，爹真是没有法子呀。

“去，去把我们董家的儿媳拉回去！”那女人这时指使身后跟来的两个男子。那两个男子刚要上前动手，不防小绫的哥哥立世这时手握一把菜刀，突然冲到了妹妹前边叫：“我看你们谁敢动手？谁动手我砍了谁！”

“立世！”达志见状一惊，“不许胡来！”边叫边慌忙上前夺下了儿子手中的菜刀。

那两个男子这时便硬从顺儿怀里扯出小绫的身子，抬上就走。

“爹——”小绫挣扎着撕心裂肺地叫。

小立世握拳刚要扑上去，不防又被爹死死抱住。

“爹——”小绫的凄厉叫声已渐走渐远。

小立世扑到院中的那块怪形石头前，狠狠地朝石头上捶着。达志双腿一软蹲了下去，他那一刻才又一次明白，老天爷每次给他的欢乐其实少得可怜！

18

容容按着父亲给她规定的课程，高声读着宋人沈括的那首《二郎山下》：

二郎山下雪纷纷，
旋卓穹庐学塞人。
化尽素衣冬未老，
石烟多似洛阳尘。

接连读了两遍后，容容把一双秀眼瞪住"石烟"两字，蹙眉默想了一阵，尔后转向正坐在一旁读报的父亲问："爹，石头还会冒烟么？"

"嗯。"卓远含混地应了一声，目光仍盯着报纸。

"石头会冒烟？"容容惊诧地扬起眉毛，跑到父亲身边又追问道。

“噢，容容，快去西院叫你达志叔来！”卓远这时从报纸上抬起头，没有理会女儿的问话，反倒向女儿发了命令。

“我不！”容容生气地一晃身子，嘟起嘴叫：“我问的事你为啥不先回答？”

“哦？什么事？”卓远这才认真地去听女儿的问题，待容容不高兴地把她的疑问又说了一遍之后，卓远忙含笑解释：“石烟在这里不是说石头会冒烟，而是指一种油燃烧时飞起的烟灰，这种油世人给起名为石油。诗作者沈括一生精研科学，他在调任延州任地方官后，在附近山中考察发现了石油，并观察了它的用途。这首诗就是描述作者本人为探索大自然的奥秘，在严寒的冬天去二郎山考察的情形以及发现石油后的喜悦心情。我们的国家要富强，需要许多像沈括这样实实在在做事的人，你读了这首诗后，明白了啥道理？”

“让俺想想嘛！”容容白了一眼父亲。

“好，现在边想边去西院叫你达志叔来！”卓远笑着重发指示。

容容跑了出去，片刻之后，身上沾了斑斑点点染印色的达志急步进屋问道：“卓远哥，有事？”

“嗯。”卓远捏着手中的报纸站起，“这报纸上说，美利坚合众国为庆祝巴拿马运河开航，要在他们国家的旧金山市举办万国商品赛会。目前世界各国都正在组织本国的一流商品参加赛会，我们中国也宣布要参赛，河南省为此还专门成立了‘筹备巴拿马赛会河南出口协会’，眼下好多厂商都正在向该协会送去自己的产品，争相准备参赛。我想，这对尚吉利织丝厂也是一个机会，如果你们的绸缎能够被允许参赛并且在赛会上夺魁得奖，对于织丝厂今后的发展，将有不可估量的影响！”

"真的?"达志欢喜地睁大眼,迫不及待地拿过报纸去看那条消息,读后,抬头急切地说:"行,咱们一定争取参加,可卓远哥,到底怎么个争取法?先找谁呢?"

"恐怕要先找一下栗温保,"卓远沉吟着说,"他如果支持,南阳其他的官吏一般就不会再拦阻。"

"那好,我后晌就去栗府!"达志立时点头。

"倘使他答应了,你就要考虑究竟送哪几个花色品种的绸缎去参赛,对所送品种的质量要有把握,要争取送到出口协会就能被看中、被允许参赛,而且在赛会上有竞争能力,会赢得喝彩!"卓远叮嘱道。

"这你放心,我想,要送就送五种:雪青捻线缎、银灰捻线缎、雪青湖绉、雪白湖绉、炼白山丝绸。这五个品种我心里有些把握。"

"去吧!"卓远拍了拍达志的肩膀,"但愿别失了这个机会!"……

栗温保回答得异乎寻常的痛快。他坐在当年晋金存常坐的那把圈椅上,一边用一块红绸擦拭他心爱的短把撸子,一边听尚达志述说送丝绸参加万国商品赛会的请求。达志刚一说完,栗温保就用撸子把磕打着圈椅表态:"去吧,这也是为咱南阳人争脸的事嘛!要是能入选参加赛会,或是能获个奖,大伙的脸上都有光嘛!"

达志慌忙鞠躬表示谢意。

出了栗温保的客厅,一抹欢喜还停在达志的脸上。

已经是黄昏时分了,栗府厨房里飘出了很浓的炖羊肉的香味,那香味在通往大门的小径上停了不动,惹得达志深深地吸了几口。

前边的房屋拐角处传来脚步响，达志闻声，估计是栗家的人，忙向树篱边一让，躬身站下。过来的却是一个女仆，手上端了一盆显然是刚洗过的衣服，达志让过她刚要移步，但一望她的侧影忙又停脚冲动地叫道:“是你？云纬！”

已是道地女仆打扮的云纬闻唤一惊，端着洗衣盆朝达志转过身来，但只看了达志一眼，便慌忙闪开目光。

“我来找了你多少次，可每回门房都回说你忙，不见。”达志这时已冲动地走到云纬面前，伸出双手帮云纬端住铜盆一边。自从晋府变成栗府之后，达志多次来打听云纬的下落，得知她做了女仆之后，数次来找门房相约一见，可都没如愿。他知道是云纬不愿见他，他理解她的心情。可他又实在想见见她，想给她一点儿帮助。没料到今儿个无意中实现了这愿望。

“我想请你去我的织丝厂帮忙，行吗？那里活儿不累，我会让你们母子生活好的！只要你点头应允，我去找栗大人请求他放你们母子出去，好么？”达志急切地一股气把早就藏在心中的打算说出。他一直想为云纬做点事。这除了久埋心底的那份深爱之外，还因为他总在内心里认为，云纬落到今日这种地步，他自己有不可推卸的责任。

有一丝犹豫和感动在云纬的眸子中现出，但只是一闪即逝。她何尝不想去到达志身边？自从晋金存被栗温保抓起的那天，这个愿望就在她的心里蠕动了，可眼下能行？栗温保让她照料被关着的瘫了的晋金存，能放她走？再说达志如今好好的一家人过日子，自己去了算啥？不是生生要给他妻子添烦？“你走吧。”云纬最后淡声说了一句，转身就要离开。

“你等等！”达志又急忙扯住她手上的铜盆，“让我为你做点事吧，你这样做女仆，实在让我——”

这句同情的话一下子刺中了云纬那敏感的自尊心，使她的脑子不由得跳跃着回想起导致自己今天这处境的最初原因,于是一股怨气和怒气便即刻又涌了上来:“我原本就是个做女仆的料!”她恨声说罢,猛地转身急步走开。

“云纬!”达志又颤声喊了一句,云纬仍没停步。眼见她已拐入另一条小径,达志只好长叹一口气,默然扭身向大门移步。

其实云纬并没走远,她拐上另一条小径,便急忙隐在了一道树篱后,隔着树篱的叶隙去看达志的身影。不过是片刻之间,她的心便又被后悔揪紧:刚才不该对他那么冷淡,他毕竟是在关心你,如今在这世上关心你的还有别人?不见他时你日思夜想,见了他又这样恶声恶气,你这是怎么了?……

直到达志的背影在大门外完全消失,不远处响起了两个巡府兵丁的脚步声,云纬才收住思绪,双脚像绑了石块似的,一下一下走向囚禁晋金存的那个小院。

19

隔着窗棂，在越来越浓的暮色中，晋金存瞪大眼望着云纬在小院中往晾衣绳上晾晒着衣服。那些衣服都是他的，是后晌云纬在一个看守兵丁的陪同下来他的囚室里拿去洗的。他看定绳上刚晾起的那件蓝底绣金的五品官袍，下巴轻微地颤了一下。过去，自己穿上那件官服是何等的威风，多少人见了都要纳头跪下，可如今——狗东西！栗温保你这个狗东西！我当初为什么就没有把你杀掉？反让你在这南阳抖开了威风?！看来，有权时就要把所有的叛逆者全部杀掉，只有把他们完全杀光你日后才能安全！奇怪，为什么一个好端端的社会，总要出些逆贼？

晋金存自从被打败打伤之后，便一直被关在这个只有两间房子和高高院墙的小院。起初，看管十分严格，看守的兵丁每昼夜三班轮换，外人谁也不许接近。后来，因为他的四肢都在腕部成粉碎性骨折，手脚都已萎缩变废，他成了一个离了人搀扶便不能移动的瘫子，看管这才变松。只在院门口设一个坐哨，且让云纬来送饭、洗衣、清扫。

“那件官袍晾干之后，记住给我叠好放起，”晋金存对晾完衣服走近牢窗的云纬说道，“我要等到大清江山恢复之后再穿！”

云纬一边撩起衣襟擦着湿手，一边冷冷地看了他一眼。她过去对晋金存一直怀着的那份厌恶，如今全变成了恶心。她一看见他那副手脚软塌塌干缩在那儿的模样，就有一种想呕的感觉。要不是栗温保的手下人命令她来做这份送饭、洗衣、清扫活儿，她是决不会来看他一眼的！

“我的那顶帽子也要刷净放好，这将来是都要用的！”晋金存又望着云纬交待。

“大清朝已经完了！”云纬没能忍住自己的厌恶，恨恨地开口叫了一句。

“完了？你也以为已经完了？”晋金存双目瞪住云纬质问，“没那么容易的！堂堂的大清皇帝就那么甘愿被打倒？鱼死还要甩几下尾巴哩！普天下保皇帝的人多的是，再说，老百姓没有皇帝咋过日子？偌大的一个中国，没有皇帝，谁来管理他们？人心岂能不散不乱？告诉你，大清皇帝早晚还要重登龙位，早晚要惩办像栗温保这样的反贼，早晚要嘉奖像我这样在反贼面前宁死不屈的忠臣！说不定我会官升两级，成为道台、巡抚大人！”

云纬不再理会他，转身就走。

“等等！”晋金存又叫住她，“看守的兵丁们给我说了，我的大夫人、二夫人都已经改嫁他人了，连我的女儿们也已改了他姓，只有你，仍对我忠贞不贰，侍奉在侧，这守节之举，令我感动。日后我若重理政务，一定上奏，争取让皇上也给你加封！”

“那我谢谢了！”云纬冷峭地说完这句，头也没回地走了。

晋金存望着云纬的背影，眉心陡然凶恶地耸起。贱女人！你以为你已经离开了我的手心，总有一天，你会明白的！……

院中的那棵槐树在夜色里成了黑黑的一簇，掠过院墙的夜风把槐枝摇得左右晃动，两颗星星在那槐枝间时隐时现，眼睛似的注视着默坐在囚室窗后的晋金存。

每日吃罢晚饭，他都要在这窗后默坐，沉入对往日奢华生活的回想，如今，也只有沉入这种回想时，他才感到了一丝快活。要在过去，像这种天朗风微的晚上，我不是在天祥戏院看豫剧，就是在云梦茶楼听坠子。逢我到了“天祥”，戏院老板总是先递热毛巾，后递剧目单；当我进了云梦茶楼，老板则是一边捧上信阳毛尖茶，一边请我点唱段。那时，多少人看我的脸色行事，我只要把眼一闭，他们便知道剧目、唱段不合我意，会立刻更换新的；我若盯住哪个女角细看，他们必要让那女角在幕间歇息时来我的桌前敬茶。那晚，演崔莺莺的那位姑娘来到面前时——

院门外蓦然传来一阵杂沓的脚步声，他一怔，顿时扯断了回忆。往日这时辰，决没人来这小院的。听声音，不是一个两个，来人要干什么？晋金存朝院门瞪大了眼睛。

院门哐啷一声开了，先晃进一盏灯笼，随后便是栗温保和他的卫兵。狗东西，是你来了！晋金存咬牙收回伸出去的一双瘸腿，使坐姿显得更端正。

“姓晋的！”栗温保粗大的身躯像塔一样竖在囚室里，声音在四壁乱撞，“我明日要去打仗，今晚来是——你甭把眼珠瞪得牛蛋一样满怀希望！告诉你，我明日不是去同清军打仗，大清的军队和大清皇帝一样，早就完了，你别做恢复清朝的梦了，我明日是去同白朗打仗！知道白朗吗？是和政府作对的土匪！好了，不扯远了，还说我今晚来的目的，我今晚来是为了放你出去！”

“放我？”晋金存的双眉一提。

“是的。”栗温保铲形的下巴点点，“我不能总这样养活着你，你该出去自谋生路了！当然，放你出去不是没有条件，你必须在报纸上签发一个说明，这说明的内容嘛——给他念念！”栗温保朝一个随从挥了一下手。

“我叫晋金存，曾先后任清朝南阳府通判、同知两职，”那随从高声念道，“我在任时，欺诈百姓，草菅人命，收受贿赂，奸淫民女，恶贯满盈，实乃罪不容赦。今蒙副镇守使栗大人训教，愿痛改前非，重新做人。今特登报声明保证日后做到以下诸点：一、与大清朝遗老余孽永远划清界限，永不参与任何复清阴谋。大清朝廷祸国殃民，被打倒推翻乃上合天意，下合民心，吾——”

“住口！”晋金存愤然叫道，“如果我不签发这张声明呢？”

“那就——”栗温保嗖地拔出撸子，朝墙角啪地开了一枪，子弹在墙角像老鼠一样呼啦拱进了土里。

“这么说，你是逼着让我自己去坏自己的名誉，让我在这南阳城里永远再无脸见人了！”

“这是你的想法，我可是为了你好！让你整日住在这黑屋里实在有些对你不住，放你出去，你每天可以自由自在地在街上行走，饿了，可以随时找人讨口饭吃，那难道不比关在这儿好？”栗温保的眼皮全张开来，眸子间闪过一丝恶意的快活。他所以决定放了晋金存这个已无任何危险的瘫子，就是为了折磨他——他要亲眼看看晋金存屁股蹭地沿街乞讨的模样！一枪打死这个折磨自己一家达十年之久的东西实在有些不解恨！

“那好吧。”晋金存的睫毛盖住了眼珠，声音淡然地说，“这事我想同我的夫人盛云纬和儿子再商议商议。”

“行！只是时辰不能太久，我给你两袋烟工夫！”栗温保挥了一下枪，“去，把他女人和儿子叫来。”说罢，便带了随从出门去了院里。

看见囚室门重被关上，晋金存的眼珠阴冷一轮。他吃力地抬起屁股，向地铺的一头蹭去，在地铺下的一块稍虚的土里，他那只因骨折而萎缩变形的手，抖索着摸出了一把不长的刀。

他把那刀塞到了屁股下边。

云纬和儿子承银原本已经睡了，这会儿突然被叫醒带到晋金存的囚室里，一时不明白发生了啥事。小承银已经很久没看见父亲了，如今看见头发、胡须很长的父亲朝自己伸过畸形的手来，骇得急忙扑进妈的怀里。

晋金存放弃了抚摸儿子的企图，缩回手去，慢腾腾地转着眼珠看定云纬说：“这么晚叫你来，是因为有一桩急事想同你商量。刚才，栗温保告诉我，他打算放我出去，但有一个条件，就是我必须在报纸上签名发表这个！”说着，他把栗温保的随从刚才临出去时扔给他的那张声明朝云纬递来，云纬犹豫了一下，伸手接过默默看了一遍。

“咋样？你帮我盘算一下，我该不该签名发表？”晋金存仍是慢吞吞地问，“姓栗的说了，若是我不签名发表，他们就处死我！”

云纬轻轻地抚着儿子的头顶，无声，也未动。

“好吧，既然你懒得替我盘算，那我就把我的盘算给你说说。我算了一下，如果我签名发表出狱，我会得到三个称呼：叛臣、怕死鬼、乞丐！我在忠于大清的人那里成了叛臣，在讲究气节操守的人那里成了怕死鬼，在世人眼里成了乞丐！这样一来，大清皇帝将来复位了我不会有好处，大清不复位我也不会有好处。而如果我拒绝签名被他们杀了，我就会得到两个招牌：忠臣、硬汉！这样，日后大清皇帝复位了，会把我作为忠臣立碑旌表；即使皇帝复不了位，百姓们也会把我当硬汉看待永远传诵我的事迹！记得文天祥吧？他忠于南宋朝廷，被元军杀死后，其忠贞事迹一直被后世传诵。我权衡了一下，一头是三个耻辱称呼，一头是两块金字招牌，我只有要后者不要前者了！现在你明白我的意思了吧？”

云纬的身子微微一动，她虽仍低首默默抚弄着儿子的头发，可她已分明感到有一块沉重的东西从后背上滚下去了。

“承银，如果你日后活不下去，那就罢了；倘使你能长大成人，你要记住你父亲是谁杀的，要替我报仇！来，拿住，这是一个金戒指，是爹过去手上戴的，留给你！没钱时可以换点钱用。好了，现在你先出去，我和你妈说几句话。”

云纬闻言抬头望了一眼晋金存，她觉出自己的心里有一种奇怪的舒畅感。她替儿子接过戒指塞到儿子手里，又无言地把儿子朝门口推去。她虽然不知道晋金存要对自己说什么，但对一个将死的人的要求，她不能不满足。

“对我的死，你心底里是怎么个想法？”晋金存这时望定云纬问，嘴角上依稀闪过一丝讪笑。

云纬仍是无言，只淡然望着墙角。

“你不说其实我也明白，你心里感到高兴，你认为到底把我这个老东西甩掉了,从此可以过自己的舒心日子了。这我理解,我这么大年纪,让你这个如花似玉的人儿跟着是有些委屈你。不过,一想到我死之后你成了别人的妻子,睡到别的男人怀里快活,我总有些难受。也罢,这是没有办法的事。来,请最后帮我一次,把我的那件官服给我穿上。”晋金存指了指放在一旁的他那件官袍,阴鸷的目光像蛇吐信子一样向外一伸,眨眼间又缩了回去。

云纬走上前,拿过那件衣服,轻轻抖开,弯腰帮他穿。他因为四肢活动不便,穿衣异常艰难,云纬累出了一身汗,总算帮他穿好了,正当云纬低头为他系腰间的带子时,他悄悄伸出一只手去屁股下的草垫里抽出了那把短刀,待云纬系好带子刚要直身时,猛地抬手向云纬的胸口刺去。

“呀——”云纬惨厉地叫了一声向后倒去。

“我总得从这阳世带点东西走,我想来想去,还是把你带走好,我不能把你留给别的男人,留给尚达志!你甭以为我不知道你和姓尚的约会的事,我只是见你没有和他真睡我才饶了你们!你们当初只要睡上一次,你的死期就不会拖到今天,他也早不会再织绸缎!还有,你以为我是傻瓜,以为我就不明白我是怎样被抓住的?以为我不明白小承银在地洞里为何叫的?再说,到了阴间,我也得有人服侍!”晋金存那干瘦的爪子握了带血的短刀,一边咬了牙冷酷地飞快说着,一边在地上移蹭着身子向云纬接近企图再刺。这时节,站立院中的栗温保和他的随从闻声已推门冲了进来,就在晋金存又扬起短刀时,枪声响了,晋金存仆倒在地,手中的短刀跌落到正在地上翻滚的云纬身旁。

“狗日的,心好狠!”栗温保把趴在地上的晋金存踢翻过身,“临死你还要拉一个垫背的!”

“反……贼！大……清……皇……帝……早……晚……会……惩……治……你……会……替……我……报……仇……”晋金存捂着汩汩涌血的胸口咬了牙断续说道。

“那你就等着吧！”栗温保“乒”的一声，又朝晋金存胸口开了一枪，尔后指着还在地上翻滚的云纬对随从命令：“快把她抬到安泰堂药铺去！”……

20

达志绕着面南雄立的龙亭匆匆走了一圈，在正对龙亭大门的雕龙石阶那儿站了一霎，没上亭去看宋太祖赵匡胤的塑像，便开始转身沿着潘湖的堤岸，向城里自己留宿的那家汴梁旅栈走去。

他是几天前带着丝绸样品来到省会开封的，把样品送到"筹备巴拿马赛会河南出口协会"后，便一直住在这家旅栈里等待丝绸是否能入选参加赛会的消息。按协会人员那日的交待，今天该是给回音的日子，所以达志根本无心细看那威名赫赫的龙亭，急急忙忙又回到了旅栈。

"看报，看报！袁大总统下令解散国会，停止参、众两院议员职务！"在旅栈门口，一个报童迎上来，硬把报纸向他怀里塞。他闪开报童，几步赶到旅栈门内的信插处，把信插里的十几封信翻看了一遍，见并无出口协会给自己的信函，这才又松了绷紧的神经，信步重向街上走去。

但愿能够选上！我用的蚕丝是最好的蚕丝，我用的山丝也是一等的山丝；我对织工的操作要求那么严格，织工们的织技也都不错；再说，我的染印技术又是家传绝技，绸缎质量应该是第一流的，应该能够入选参赛！老天，保佑我如愿……

一阵磬钹响声打断了达志的漫想，他抬头一看，方发现已经走到了相国寺门口，那磬钹响声是从寺内传出的，大约是在做法事。他在寺院前那座金碧辉煌的琉璃牌坊前犹豫了一霎，最后走了进去。大雄宝殿里的释迦牟尼佛祖像前，果然正在举行着什么仪式，那么多善男信女跪了一地。望着那慈眉善目的佛祖，一向不信佛的达志忽然想到，自己也应该求一求佛祖，请他老人家保佑尚吉利的绸缎能够入选参加万国商品赛会！这样想着，就学着别人的模样，也扑通跪了下去。达志双手合十地小声说了自己的请求之后，正要起身去向佛祖献点香火钱，却突然双眼一亮，盯住了在他前面跪着的一个女人身上穿的缎子夹袄，那夹袄上的花纹新鲜而怪异，且不是印的，而是直接织成的。“大姐，请问，你这上衣的缎料是从何处买的？”达志迫不及待地扯了一下那女人的衣襟，这样开口问。

正双目微闭虔诚跪拜佛祖的那位妇人，被达志的举动惊得身子一战，她回头害怕而厌恶地看了达志一眼，又急忙扭过了脸。

“大姐，你——”

“罪过，罪过！这是圣洁之地呵！”那女人满面红晕地急忙又向佛祖磕了一个头，低声说道。

达志见她误解了自己的举动，不敢再说下去，就起身去献了香火钱，尔后站到远处，一直盯着那个女人。直到法事结束那女人起身向寺外走时，达志才又追上去说道："大姐，我是一个织绸缎的，刚才看见你这缎子夹袄上的花纹织得好看，很想找到织家请教，烦大姐告诉我你这缎料是从啥地方买到的？"

那妇人这时方明白达志并无坏心，遂笑了笑答："是从城东十里铺游家买的，他们会织绸缎，价格也便宜。"

达志从十里铺游家回来已是晚饭后了。游家是一个只有两部老式织机的绸坊，但那老式织机上的织花装置确实奇妙，这是一个意外的发现，回去也做做那装置试试！达志伏在灯下，边回忆边绘着那装置的图样。正这当儿，旅栈老板差人送来后晌代他收到的一封信，达志一看信封上的"筹备巴拿马赛会河南出口协会"的落款，便知道是自己盼望的回音来了，他带着喜忧参半的忐忑心情，抖颤着手撕开了信封，惶惶恐恐地去看纸上的字迹：

南阳尚吉利织丝厂尚达志先生雅鉴：

所送之雪青捻线缎、银灰捻线缎、雪青湖绉、雪白湖绉、炼白山丝绸等丝绸产品，经国家权威人士评审后，除雪白湖绉外，余四种皆被定为万国商品赛会参赛之品，谨告，请于明日来协会——

"入选了！"达志还没读完信，便忍不住以拳击桌，发出了抑得很低的欢呼……

达志还没到家，报纸上已经公布了尚吉利织丝厂四种绸缎赴美参加万国赛会的消息。达志到家没有几天，这消息便给尚吉利织丝厂带来了第一批慕名而至的买主。一时，尚家门前车马拥挤、人声喧嚷，一片热闹景象。十几天时间过后，原来积存在库房里的所有产品便一售而光。

“卓远哥,你当初的预料一点儿不错,这参赛的事影响还真不小!”库房售空的那个晚饭后,达志兴冲冲地跑到隔壁卓远的书房叫。

“你下一步打算咋办?”正伏案用左手写着什么的卓远放下笔,含了笑问。

“我想再办两桩事,”达志思忖着说,“第一,继续提高质量,除了抓好丝漂白整理、织机操作和染印几个关口外,还要试装新的织花装置;第二,再买一部分织机,尽快扩大生产。”

“嗯,这想法行。”卓远沉吟着点头,“重要的是不能满足,参赛只是外部世界对你家绸缎的初步承认,并不说明你们的产品已能在世上夺魁,我心里认为,你们的产品在这次赛会上获奖的可能不大,因为世界各国的丝织工业都在很快发展,而你的厂才刚刚复苏不久,过去称王的产品如今未必还会称王!”

“是的,这次我心里也不敢抱获奖的奢望,”达志在椅子上坐下,“但总有一天,我会让世界再尊我的丝绸为王!”

“这一点我信!”卓远轻拍了一下达志的肩,“但愿你能早日赶到那个目标跟前。我甚至替你想了,你将来应该建立一个包括养蚕、缫丝、丝织、成衣厂在内的大型联合企业,而且也可以把资金再投到炼铁、织机研制等其他行业,真正把我们南阳的工业往前推进一大截!一旦我们国中遍是你这样握有雄厚资金的大工厂主,那咱们的国家不也就富裕强大了?别的国家还敢如今天这样欺负我们?”

“卓远哥,你想得真远!”

“我这也是从攻打咱们的那些国家身上看出的道理,英国、法国、德国,能让他们的兵拿着洋枪、洋炮,坐着洋船来中国行凶劫掠，还不是因为他们有钱?！没钱，哪里造得出枪、炮、船？哪里能派出兵？这些钱是从哪里来？除了从其他国家掠夺的一些外，大部分肯定是来自他们本国，想想，如果他们没有一大批富裕的工厂主，只是像我们国家这样都是些种几亩地的小农，他们能收到那么多的金钱？所以我想，我们的国家要富要强，就也要发展工厂，建立成千上万的大工厂，有了无数的工厂有了钱，咱们就可以发展军队，可以造威力大的武器，可以让人尊重而不是招人欺负！"

"是的，是的，"达志又急忙点头，"譬如我，倘使国家现在急缺钱用，让我拿，我一下子拿出个几百两不成问题，要在过去，我去哪里拿?"

"究竟怎样才能使咱们的国家尽快出现成千上万个大工厂？这些天我一直在想这个事情。"卓远说着，用手指轻敲着摊在书桌上的纸，"我琢磨，一开始应该鼓励像你这样的小坊小厂，而且主要是生产人们吃、穿、住、行方面急需物品的小坊小厂，待这些小坊小厂逐渐发展，有了雄厚资金，再鼓励他们去办炼铁、炼钢、造大机器、大轮船这样的大厂！那时——"

"嗳，你们还吃不吃饭了?"雅娴这时腰系着围裙出现在门口，"你们一见面就是说大话，说呀，说呀，没个完！这些大话有啥用?"

"嗨，这咋能叫大话？这是对未来的一种设想！好了，先不说了，吃饭！达志今晚就在这里吃，咱们喝几盅邓州黄酒，庆贺你家产品参加万国赛会！"

"这酒得到我那儿喝才对！"达志笑道。

"就在俺这儿占个便宜吧！"雅娴笑罢，刚要起身去摆酒，忽又想起什么似的转过身道："要我说，达志，你该去晋府看看云纬，她伤得好重，后响我听说她才能从床上坐起身。你们当初好歹——"

"咋,云纬受伤了?咋伤的?"达志吃了一惊,他从开封回来,整日在厂里忙,连门也没出,根本不知道这消息。

"晋金存临死时戳伤的。"卓远沉声答道,"来,边喝我边给你细说!"

"哦,天!"达志眼里一下子结了冰,双眸冻结了似的一动不动……

栗府门前的灯笼,把黑夜推到对面的街边,也把达志的身影,在街面上拉得很细很长。他焦急地在灯前踱步,等待着门房通报。卓远原是说好同他一起来的,临动身时师范里来人找他商量事情,达志不想再等他,便三脚并两步地赶来了。云纬,你究竟伤得咋样?伤着骨头了没?我真该死,这些天只顾忙厂里的事,竟不知道你被刺伤,拖到这会儿才来!晋金存,这个狠心的狗东西,临死竟还要对人下毒手,天下会也有这样的男人?!……

"尚老板,栗老爷不在家,禀告太太后,太太答应让你进府探望女仆盛云纬。"一个门房这时出来招呼。达志闻言,便急急进院,在那门房的带领下向云纬的住屋走。

云纬的住屋在一排下房的中间,一位年纪大些的侍女为达志拉开了屋门。灯光下,达志一看见枕头上云纬那张苍白无血色的脸,便踉跄着奔到床边,呜咽着喊:"云纬——"

"云纬,你看看是谁来了!"达志背后传来一声女子的轻喊。达志扭眼一看,认出是栗温保的太太草绒,他过去见过几次的,忙点头致意。草绒示意他在床沿坐下,又转对云纬喊了一声:"云纬!"草绒刚才听说达志来探望云纬,立时应允,她知道云纬被晋金存刺伤后心里很苦,估计达志的探望对云纬会是个安慰。

云纬从昏沉中睁开眼来。这些天，她大部分时间都沉在昏迷和昏沉中。晋金存那一刀差一点点就刺中她的心脏，倘不是晋金存的手腕骨折手指萎缩力气不够，云纬的性命就难保了。她双眸迟缓地动着，一时看不清面前坐的男人是谁。

“是尚吉利织丝厂的尚老板！”草绒在一旁提醒。

一听“尚吉利”三个字，云纬的眉梢陡然一颤，她的目光在达志脸上一闪即灭，她又闭上了眼睛。

“云纬，我刚刚知道你受伤，所以才来，告诉我，我能为你做点啥？这一回，你一定要接受我的帮助，我现在有钱了，你想找哪个大夫看伤，想吃啥样东西，只管说！”达志冲动地握住云纬放在床边的一只手，声音低而急切。

云纬静静躺在那儿，眼仍然紧紧闭着，只是将手慢慢从达志的掌中抽出。这两天，她每次清醒过来后，心都被一股强烈的悔恨咬得疼痛难忍，她都要在心里对自己叫：你这个傻女人！你这个笨东西！你不是很早就要报复晋金存吗？可你是怎样报复的？你不仅给他生了儿子，甚至在他瘫了的时候还给他洗刷照料，你等着去挨他这一刀，你为什么不早动手杀了他？为什么不杀了他？但现在她一看见达志，这股悔恨却又一变而成为对尚家的恨。我为什么会落到这步境地？我为什么会成为晋金存的夫人？还不是因为你尚达志当初变了心?！——人的思维都有一个习惯，在反思一件事时，总要去找导致这件事的最初原因。云纬现在也是这样，在她回想被刺受伤这件事时，她不能不想起导致自己落到晋金存手里的那些最初的缘由。

“说话呀，云纬，我把你接出去，住到我家养伤，行吗?”泪珠在达志的眼眶里打转，“如今，我只有为你做点啥，心里才安呐……”

看见达志掉了眼泪，草绒那颗率直而柔软的心也有些难受，她不忍再在这里看下去，悄步出了屋门。

“你应该高兴！”双眼闭拢的云纬忽然这样开口，“一个你扔掉的女人被扎死了，你的心不也就可以安下来了嘛！”

“云纬！”达志抹了一下自己眼上的泪。

“你走吧！”云纬眼睛没睁，又说了这三个字。

“云纬！”

“走吧，你！”云纬闭眼说出的仍是这三个冰冷的字。

达志只好吸一下鼻子，不舍地站起身。

云纬依旧双眼紧闭，没动也没吭。直到达志退出门外脚步声远了之后，她才又睁开眼睛，在眼帘打开的同时，大股的泪水倾泻了出来……

21

鹿鸣山在月色下耸峙着它那黑色的身躯，山脚下的鸭河如一匹白绸一样地铺绕在那里，一座石桥线一样地扯在河上，两条土路从东西两个方向若隐若现地伸进前边那个叫云阳的不大的镇子，镇中的草房、瓦屋错错落落蹲伏在月下。栗温保默站在一株山梨树的阴影里，静静观察着周围的地形。四周很静，镇中只偶尔传来一声狗吠和白朗军哨兵的喝问。

栗温保和他的兵马，是半夜时分完成对这座镇子的包围的。

自从接了参加围剿白朗起义军的军令之后，栗温保这些天一直率着自己的人马东奔西走，先到新野曹溪营，继到邓县白牛镇，再到淅川荆紫关，一直没有追上白朗军。昨天后晌，正在南召城歇息的他，听说白朗军的一股辎重部队，隐在大山中的云阳镇里，才算有了这次成功的包围行动。

从潜进镇中的探子口里知道，这股辎重部队的人数不多，与自己的兵马相比，自己占着明显的优势。包围圈已经形成且十分严密，所有的进攻准备已经做好，单等着栗温保发出进攻的号令，可他在此时却有了犹豫。

打还是不打？

白朗军队里的人也全是农民！

“去，把你肖四哥叫来！”他对身边的一个卫兵交待。片刻后，那卫兵领着他的副手兼军师从包围圈的另一侧走来。肖四刚刚站定，便低而急切地问：“大哥，我们一直在等你的进攻号令，你怎么不发？天快亮了，趁天黑打进去才会更顺利！”

“四弟，”他挥手让四周的护卫退到后边，单独对肖四说道，“我有点不忍心。”

“咋？”肖四一怔。

“你想，两年前我们不也和这些白朗军的士兵一样，是反抗官府的农民？大伙本是同根，动手杀他们心里总不安生！”

“可你想过没有，大哥，前不久南阳镇总兵高文贵就是因为围剿白朗迟延，被袁世凯亲自下令革职的！你如今是南阳的副镇守使，我们混到这一步经历了多少苦难，难道你也想丢了官职，再去过往日那苦日子？”

“这——”栗温保的心脏一缩。

“大哥，我们如今已是在仕途上混，在仕途上混的人可不能总想别人，不然的话，那官位可也就要落到别人头上了！我近日也读了几本史书，其中有一本上说，天下仕途皆用血肉铺就，无狠心无胆魄者别上此路，我觉得这话说得有几分道理！”肖四的双眼在月光下一闪一闪。

“能不能这样，我们网开一面，把他们打跑？”栗温保又低首沉吟着。

“那样做一是有可能走漏消息，说我们故意放走反贼，谁也说不准我们的队伍中有没有告密者；二是失去了一个立功受褒扬的机会。打仗中，像这种兵力占绝对优势又把敌人全数包围的机会很难遇到，失去了这个机会，可能也就失去了荣誉，失去了战胜仕途上别的对手的资本！大哥，下决心吧，无毒不丈夫！”肖四的声音里满是催促。

“这些人也有父母妻儿呀！”栗温保挪动了一下双脚，低声叹了一句。

“你应该首先想想你的妻子女儿。难道你想和妻女搬出现在的栗府，再回卧龙岗西的落霞村种那亩把岗坡地，再过吃了上顿没下顿的日子？再说，历史上有哪个大官手下没有几条人命？你犯不着为这些人的死心疼，我们当初和晋金存打仗时死的那些弟兄，有哪些人替咱心疼了？”

“唉，白朗的这些人也不过为的是想过几天好日子。”栗温保再一次叹道。

“就算我们不打他，让他们胜了，他们过上了好日子，那我们还怎么过好日子？他们还不要把我们当官军杀掉？”

“那依你说打？”栗温保的心显然被肖四说动了。

“打！”肖四抬手朝下一劈。

“好吧，那就打！”栗温保最后下了决心，转身对站在身后不远处的传令兵下令。

三个传令兵立时对着黎明前月色苍茫的夜空，举起了牛角号。转瞬之间，呜呜的牛角号便在四山之间回荡，在小小的云阳镇上空跳跃。几乎在牛角号声响起的同时，镇子四周骤然亮起了火把，在一圈火把的映照下，几千人马呐喊着朝镇子冲了下去。

栗温保没有再朝镇子看,而是扭过脸,默望着已步入西天的圆月,一边倾听着镇子里的枪声、刀剑相撞声和哭喊声,一边在心里说道:老天,你看见了这一切,原谅我吧！我也是没有办法,人人都有一份想过好日子的心呐……

山下镇中的战斗并没有持续很久。

由于兵力优势也由于是突然袭击,白朗军的这支辎重部队的抵抗和突围都没有奏效。第一抹晨曦由鹿鸣山顶飘到镇中时,杀声已经岑寂,栗温保的兵们已开始清理战场。

“大哥,咱们下去看看!”肖四翻身上马。

栗温保从对面黛青色的鹿鸣山顶收回目光,缓缓地蹬鞍上了马。

像一切战场一样,镇中也是一幅残酷之景。到处是尚在流血的尸体,一只胳膊斜挂在一辆马车上,一颗人头滚在一个盛水的瓦盆前,一个人因死前的爬动把肠子拖在两丈远的路上。栗温保不忍再看,在马上又把头扭向了鹿鸣山峰。那山峰酷似一头正引颈鸣叫的小鹿,那小鹿是在为什么而叫？是因为发现了吃食高兴？是见到伙伴激动？是看到了敌人惊恐？是受了伤而发出哀鸣？

“大哥,我们缴获的东西真多!”肖四这时兴冲冲地从另一条街上飞马赶来,“我刚弄清,这是白朗的老营辎重队,有几车枪刀和很多粮食布匹银钱,我们要赶快上报战绩,这次受嘉奖是肯定的了!”

“哦。”栗温保应了一声,又扭头去看鹿鸣山顶,去继续自己刚才的思索:这鹿鸣是因为高兴还是因为惊恐？……

肖四的判断没错。云阳之战的战绩上报之后,河南省的都督高兴非常,星夜又把这战果报往了北京。袁世凯看罢这份关于端了白朗老营辎重队的战报之后，欣然提笔在上边签了两个字："奖赏！"

奖赏的仪式十分庄严。

河南省都督专门派人送来了奖品和赏物，镇守使吴庆桐特意把当时唱红南阳城的宛梆"金嗓班"叫来助兴。

仪式在镇台府院内举行。当都督的特使把一柄刻有"卫国"二字的短剑捧到栗温保面前时，应邀出席仪式的来宾们掌声雷动。另外奖赏给栗温保部队的一百支洋枪和一箱银元，由肖四上台领下。

接下来开始演戏助兴，剧名是《吕布戏貂蝉》。戏开演之前，饰演貂蝉的绝色姑娘特意在幕前宣告：今特为卫国英雄栗温保献艺演出！

掌声又起，栗温保佩剑起身颔首致意。

戏在一幕一幕演下去。锣鼓弦乐声中，栗温保那颗一直有些不安的心渐渐安静下来。早先总在脑里浮现的云阳镇战后街上的那幅惨景不知不觉被推到脑的深处，他开始全心全意地看戏。

长这么大以来，他这还是第一次正正规规地坐着看戏，而且这戏还是为他这个英雄专门演的。

他发现看戏是一桩很惬意很有意思的事。这么些漂亮的男女在台子上又走又唱，加上鼓乐齐鸣，多么热闹！过去我竟然不懂得看戏取乐，真是憨货一个！

散戏的时候，他看到台下台上那么多羡慕的目光向他投来，他觉出心里有一股慢慢扩大的得意。

此后一段时间，每当他骑马佩剑从街上走过，街两边总有些羡慕和敬畏的目光粘在身上。这目光使他心中对云阳之战的最后一点不安彻底消失，剩下的全是舒服。

他的部队在城里城外休整，他除了去各营转转之外别无其他事情。看书又看不懂；与草绒和女儿坐下聊天聊不了多长时间便没了话题；吃饭、穿衣的事儿又完全不需要操心。他觉得闲着难受，便突然间想到了看戏，对，去“金嗓班”看戏散心去！于是叫来了肖四，肖四一听说去看戏，自然高兴，忙叫人备好马车。

“金嗓班”那阵的演出地点，在三皇庙戏楼。这戏楼是一种固定性建筑，殿阁式砖木结构。南阳那时的戏楼除三皇庙之外，还有两座：城隍庙戏楼和医圣祠戏楼，但其中以三皇庙戏楼演戏最经常。

看见栗大人一行来看戏，“金嗓班”主自然高兴，示意演员加劲演出。宛梆的唱腔既有秦腔的激昂豪迈又有豫东派豫剧的高亢活泼，演员唱起来十分悦耳动听。那天演出的剧目是《林冲》。演林冲和林冲娘子的两位演员唱得都很美，但栗温保却没留心去听那唱腔，而是饶有兴味地看着演员们在台上来来去去的走动姿势。女演员们轻移莲步袅袅娜娜的走姿令他觉得格外有意思。尤其那位演娘子的演员，走动起来飘然若仙，而且那腰身那脸蛋更是令人百看不厌。他定睛分辨了一下，辨出这位演“娘子”的实际就是那日庆功会上所演《吕布戏貂蝉》中的“貂蝉”。这个发现使他更有些高兴，便把一双眼珠直直地盯在她一个人身上。那女人抹了胭脂化了淡妆的脸显得多么水嫩红润，那偶尔露出的颈项莹白如雪，那酥胸、那丰臀，看得栗温保的脸越来越热，越发目不转睛。轮到那女人下场别的演员唱时，他便有些不耐，在心里烦道：唱这么长干啥？待她重新上场时，他便又眼睛发亮脸上放光。他这是第一次细看妻子之外的女人，虽然有“看戏”这层掩护，他心里还是有些发虚，间或地将眼往左右一轮，看是否有人在注意他，见人们都在注目台上，他这才放下心来。

傍晚回家时，他仍心神不定，那"貂蝉"的影子总在脑里闪动。一向生活正派的他意识到这是邪念，便努力想从脑里赶走她，急忙走到卧房去同妻子草绒闲话，企图用草绒的身形把那影子从脑中挤走，可是非但没有奏效，那影子反而更清晰，反而要站出来同草绒比比，无论是脸蛋、是腰身还是肤色，一下子把草绒比得没了颜色。他摇摇头无奈地叹口气。那晚他睡在草绒身边，却再无去动草绒的兴致，每次想朝草绒伸过手去，那貂蝉便站面前朝他讪笑，笑得他急忙缩回了手。

第二天，因为闲来没事也因为思念，他又说要去看戏，肖四于是又陪。如此一连几天下来，精明的肖四终于明白了温保要看的是什么。肖四当时暗暗一笑，便借故出场去了一趟后台，做了一番安排。

这日戏散场时，肖四一本正经地说："大哥，我看演貂蝉的那位姑娘唱腔很中听，让她单独给咱们来几段清唱如何？"

"清唱？人家愿意？"栗温保有些迟疑。

"那姑娘叫紫燕，我刚才去后台问了她，她说她非常愿意。"

"唔。"栗温保漫应了一声，不敢露出心里的高兴，"依你说去听听清唱？"

"听听吧，反正回家又没事情。"肖四装作是自己十分愿听，"他们戏班住在清和客栈，班主让我们先去，紫燕随后就到。咱们走吧。"

清唱所在的房间是清和客栈最雅致最大的套间，里边是卧房，外边是客厅。那紫燕就站在客厅里为栗温保和肖四清唱。没有伴奏的人，也没有别的听众，班主开始进来应酬一下，随后便退出了。紫燕先唱了《桃花扇》中的唱段，又开始唱《王宝钏守寒窑》。卸了妆穿了褂子长裤的紫燕，比穿着长戏袍的她更显出腰身的苗条匀称，饱满的胸更是颤得让人心动，尤其是她那双大而乌亮的眼睛，活泼泼热辣辣朝人身上一抓，真有抓走魂魄的力量。栗温保看着看着，感到心里有一股难耐的东西渗出并在那里翻动，他偷眼瞧了一下旁边的肖四，这时才发现肖四已于不觉间出去了。他先以为肖四是出去小解，却干等也不见来。他趁紫燕停下喝水润喉的当儿，出门问了一下站在门外走廊上的贴身侍卫肖四哪去了，那侍卫讲：肖四爷说他忽然想起家里有件急事要办，先走了。栗温保听罢先是有些不安，觉得自己一人听姑娘清唱不很方便，继而却又不由自主不知所以地舒了一口长气。

栗温保重又进屋时，那紫燕娇笑着起声问："栗大人，俺给你唱一个乡野间流传的段子行吗？"

"行，行，唱啥都行。"栗温保被紫燕颊上两个酒窝里斟着的娇媚弄得有些醉，连连点头。

那紫燕今年虽然才二十一岁，但因为走南闯北唱戏，与各色人等交往，加上爱慕虚荣，向往浮华生活，早已尽识风月。今日临来清唱前，班主悄悄附耳交待：栗大人可是如今南阳城中有兵有权有钱的人，你要想法攀上他！其实哪里用得上班主交待，紫燕早已从栗温保坐在戏楼下望向自己的目光中知道他对自己动了心，今日这个机会她决不会放过！只要抓住了这个副镇守使大人，还愁下半辈子不享荣华富贵？今日有人安排这场清唱，真是天赐良机！她刚才所以提出要唱一个在乡野间流传的段子，就是为了借唱词进一步撩拨栗温保的心。

只听她低抑声音用宛梆韵调脆脆唱道：

月亮出来亮堂堂，

三郎约奴去烧香，
两只人影月下叠，
但愿二人成一双。
月儿入云濛濛白，
小奴和郎身紧挨，
只要无人来打搅，
直到天亮不分开。
月落之后天变青，
两手相捏慢慢行，
郎是指甲奴是肉，
情投意合过一生。
隔河望见花一岗，
郎愿采花没桥梁，
奴家担来三担土，
垒好土坝任你上。
见花不必心发慌，
干啥都要有胆量，
只要你把手伸出，
顷刻能闻花儿香……

紫燕边唱边把媚人的眼光直朝栗温保的脸上抚，粗莽的栗温保虽没听懂那唱词的含意，但却看懂了紫燕的目光，更加耳热心跳，一时竟不敢抬眼去直视紫燕的眼睛了。紫燕此时也看出了这个农民出身的镇守使是第一回想做这事，还没有足够的经验和胆量，于是陡然停了唱，一手按了额头轻叫：“哎呀，栗大人，我猛然觉得有些头晕，你快扶我去里间稍歇一霎，再接着给您唱。”说着，纤手已朝栗温保伸了过来。栗温保不由自主地伸出手去，他刚一触到紫燕，那柔软温香的身子便已整个靠在了他的怀里。他慌得一退,想把她推出怀抱,草绒的面孔同时在他眼前一闪,但他的两手刚把她推出两寸,却不舍地重又揽了回来。这当儿,紫燕的两手早已环抱了他的脖子,温润的双唇已贴在他的脸上了,他不安而胆怯地望了一眼门口,贼一样地抱起了紫燕的身子……

栗温保第二天见到肖四,真有些不好意思。他想起当初在伏牛山葛条凹与官府作对时,有次肖四抢来两个民女遭他斥骂的事,脸禁不住烧得厉害。但肖四仍如往常那样与他说话,并不露一点揶揄神色。他的心这才又渐渐有些平静。不过在家里,一看见草绒,他的心就又怦怦跳了,就有一种无地自容的感觉。他内心里禁不住开始了自责:你这样做如何对得起与你共过患难的草绒?

自责归自责,可只要一想起那个销魂的夜晚,温保就又变得有些神不守舍了。那是怎样癫狂的一个夜晚呵。那个夜晚把栗温保这些年的婚姻生活一下子比得没了颜色。紫燕是一个多么妙不可言的女人呐!那如水中刚捞上来的鲜藕一样白嫩的胴体,看上去晃人眼睛,抚上去柔如鳗鱼,贴上去软若无骨;她那格格的低笑,喃喃的撒娇,轻轻的呻唤,让栗温保充分体验到了做男人的满足;她那双灵巧如蛇一样游动的手,那带着香甜气息无所不至的舌尖,那会说话般百依百顺又花样百般的躯体,让他体验到了一种飞入仙宫的快感。只要一想起那个夜晚,他就要禁不住想起草绒那粗糙的双手,那带了些微汗味的身子,那总是被动等待他去动手的态度,那千篇一律毫无新鲜感的姿势。嗨!他又长长地叹一口气。

这种对那个夜晚的回想渐渐又变成了对紫燕的思念,而且这思念日益增强，终至于压倒了他心中的那股自责，他又产生了要见见紫燕的愿望。这愿望初起时，他暗下决心：再见她一次，就永远也不见了！其实他自己也知道，这决心不过是自己对自己良心的安慰，像一切遇到美女且已越过了那道堤坝的男人一样，他也已经欲罢不能了！

下一天他再见到肖四时，装作很随便地说："咱们再去听听那紫燕姑娘的清唱吧。"他还不想对肖四直接道破自己的心事，未料肖四听罢神色不动地低声说："大哥，清和客栈的那个套间已经以队伍上的名义包下了，我也已跟金嗓班主说好，这些天只要你去了客栈，就不安排紫燕演出，你愿让她唱什么只管点就是！大哥放心去，一切都已妥帖，草绒嫂子不会知道，外人更不会知晓！"

栗温保被肖四这番话弄得脸上有些难堪，不过心上还是高兴，暗暗感激他安排得周到，于是也不再说别的，只是含义复杂地笑笑，上车走了。

自此之后，栗温保军务、政务之余的绝大部分时间，便都是在清和客栈紫燕身边度过的。

这种偷养外室的生活虽然美妙，但钱财上的开支却暗暗让栗温保感受到了压力。房费倒是不必付了，肖四已用队伍上的公款付过，单就紫燕的吃、穿、用就让他难以应付。这紫燕极能花钱，穿衣服、吃饭都非常讲究，有时一顿夜宵就花两个银元。这种开销远不是栗温保副镇守使的那点月俸所能支得起的，而且平日家里的一点积蓄都掌握在草绒手里，他自然不敢要。没办法，他先是在成衣店和客栈里欠账，可欠得太多了不免心焦。

就在栗温保为银钱焦心的时候，民国四年的春节到了。每到春节前，各县知事都要派人给镇守使、副镇守使送点礼来,这礼物中有当地的土特产品,也有银钱。因为栗温保深深厌恶官府中的贿赂风气,过去每到节前,都要给肖四和手下人交待:各县送来的礼物一律不收!个别的硬要放下,便分配到各营充作公用。今年最先送来礼物的是内乡县,礼数中有一麻袋大米,三十斤红枣,半爿猪肉和四封银元。随从们不敢擅自收礼,接过礼单后忙送给栗温保请示咋办,栗温保接过礼单后没有像往年那样喝令"拿走",而是默默地看了一霎,叹口气说:"唉,他们大老远地跑来,送上一番好意,不收也着实令他们难堪,也罢,就收了吧,告诉他们,下不为例!"

有了这四封银元,栗温保轻松地把各处的欠账还了,心情也就平静了下来。

春暖花开的一个晚上,栗温保和紫燕在床上正玩到兴处,那紫燕又娇声提出想买一辆马车,好在心情烦闷时坐车出外走走。栗温保当时自然满口答应,可第二天一想,买一辆马车的花费可不是一个小数,又有些发愁:去哪里弄钱?他皱起双眉的愁态被肖四看见,肖四便问及缘由,栗温保因为知道肖四眼下也在另一家客店偷养了一个外室,同他说话便也不再避讳,就直说了紫燕想买马车的事。肖四听罢沉吟一霎,说:"弟弟倒是有一个办法,只不知大哥是否同意。"

"啥办法?"栗温保精神一振,忙问。

"这个月的兵饷不是还没发吗?"肖四的眼挤了挤,"咱一人略扣一点,就说是政府困难,请大家体恤,我想不会有人明白的!"

"这——"栗温保的浓眉蹙了起来。克扣兵饷是他过去三令五申要禁绝的,属下的一个营长因为扣了点兵饷曾差一点让他枪毙。不过眼下也实在无别的办法了,他把眉头蹙了半晌，最后又缓缓松回原位，他软了声说："记住，就这一回，以后永远不能再干！"

"只这一回！"看见肖四要出门去办，他又低声叮嘱了一句……

22

草绒尽管做了副镇守使太太，可一切习惯仍是过去的。穿衣，仍不讲究啥式样，只要穿上不冷就行，有些衣服破了，舍不得扔，缝个补丁照样穿；还是没有穿袜子的习惯，只要天不凉，总是一双大脚光着穿双布鞋，有时有了急事，赤着脚或是趿着鞋就走到院里；早上起了床，也并不像别的官太太那样抹粉搽胭脂地梳妆半天，她只撩几把清水把脸一抹梳梳头发就罢了；吃饭，也很少让炒七碟蒸八碗，总是剥一根生葱和几瓣蒜，拿起就吃；偶尔出门上街，也不坐马车，一个人沿街就匆匆走了。如今，她本没有什么事要做，女儿大了，且有家庭教师管着；家务事都有仆人办了，但她闲不住，总要找点事做，不是去厨房帮忙濯菜，就是去门前那块空地上挖土平畦说要种点麦子。碰见仆人中有拆洗被子的，她便也拿了针上前帮忙缝。她不会看书，不爱看戏，也不会玩麻将，和其他的官太太们很少来往。栗温保整日在外边忙，她又是一个爱说爱笑的人，这便让她有时觉到了苦闷。每逢苦闷时她就去找活儿做，实在没活做了她就打扫院子和屋子，有时甚至帮助仆人去照看他们的孩子。对于这种过于闲适孤独的生活，她真有些过不惯。常常在一人独坐时，她会想起在卧龙岗西落霞村同温保刚结婚时所过的那些日子。那时生性爽朗直率的她，和邻居妇女们在一起高声嬉笑欢闹的情景多么值得留恋。

对于丈夫温保在外养女人的事，草绒一点儿也不知道。她一向晓得丈夫在男女之事上的正经，从不对他在这方面起疑；卫兵和下人们虽有人听说，但谁也不敢在她面前提起。不过作为妻子，她还是有些感觉，感觉之一是平日丈夫在家的时间越来越短了，常常半夜方回，有时干脆整夜未归；二是丈夫和她很少再做那种事。正值盛年的草绒，在这方面当然也有要求，可生性爽朗喜欢直来直去的她，偏在这事上羞于出口，总是等待丈夫提出要求。有几回，丈夫半夜回来，她饥渴的身子满怀希望地等待丈夫伸过手来，未料他倒头就呼呼睡了，使她沮丧非常。遗憾的是，草绒对感觉到的东西并未作什么分析，她那坦直的头脑也一向不善于分析，她只把这些都归因于丈夫公务太忙。他把精力都用到公务上了，哪还有心思去想这些事？她时常在心上这样替丈夫解释。

六月的一个凌晨，鸡刚叫头遍，镇守使吴大人府上派人送来一封急信，说是利用大理石为袁世凯大总统登基做皇帝赶制的第一批进献礼品，已于昨夜午时完工，今晨红日东升时辰就要启运。启运前要举行一个仪式，请栗温保大人届时参加。那晚栗温保偏偏没在家住而在紫燕那里。门房喊醒了睡意尚浓的草绒，把急信交给了她。她虽不识字且也不懂什么进献礼品什么启运仪式，但她一听门房说是急信并要求丈夫天亮就要到会,也非常着急,一边叫人备马车一边叫人喊来栗温保侍卫班的人,问他们丈夫那晚宿在哪座营里——她一向以为丈夫不回家是因为在兵营有事太晚便留宿在了营内。侍卫班的人自然知道栗温保住在哪里,只是在夫人面前不敢直说,都吞吞吐吐地说记不太清楚。草绒一急,吼道:“快给我想想清楚,否则误了公事小心你们脑袋!”这才将那伙卫兵吓住,其中一人才说栗大人住在清和旅栈。草绒听罢一愣:住旅栈干啥?再说清和旅栈离家又不太远,有去旅栈的时间,回家住多好?她没容自己多想,只是转身上了马车就走。她所以决定亲自去并不是起了什么怀疑,而是怕卫兵们睡眼迷登地把急事误了。马车飞奔到清和旅栈门口,天还没亮,大门未开,不过守门人听说是找栗温保有公事,不敢迟延,急忙打开了门并告诉了栗温保住的那座房子。草绒大步咚咚地走到那房子门口,看见一个卫兵正坐在门口打盹。她没理那兵径直敲门,敲门声惊醒了门口的卫兵。那卫兵起身想拦,一看是太太也不敢再开口。屋里传来了栗温保不甚高兴地喝问:“谁呀?啥事?”草绒正要回答,守在门口的卫兵先回答道:“大人,快,急事!”那卫兵的目的原是要提醒栗温保你夫人到了,可昨晚同紫燕欢闹到半夜才睡的栗温保,这时头脑还不清醒,哪能去琢磨这话中的含义?只听他一边嘟嘟囔囔地说有什么屎急事,一边点亮蜡烛拖拉着鞋来开门。他拉开门一见是草绒站在门口,霎时惊愣在那里。好在那烛光太暗且栗温保背光而站,草绒并没看清他的神情。此时草绒仍没有起疑什么,她只是顺口问了一句:你咋睡到了客栈里?说着,就把那封信朝丈夫怀里一塞:“吴大人派人送来的急信!”恰在这时,里间的紫燕娇声嗲气地问了一句:“啥子事呀?吵死人了!”草绒一听女的声音从内室传出,顿时双眼瞪圆了,她噔噔几步跑到里间门口,往里一望,只见床上的紫燕正裸着上身在揉自己的眼睛。

“噢——栗温保呀——!”草绒立时没命地叫了起来。“我日你个八辈老祖宗,你竟敢背着我做出这种事?!我口你奶奶呀!你个丧尽天良的狗东西!”边骂边就飞身抓了屋里桌上的花瓶、茶杯、茶壶往栗温保身上砸去,只穿一条裤衩的栗温保在这打砸中吓得左右乱躲。“栗温保!老娘今天非跟你拼了不可!”草绒被这意想不到的背叛气疯了,愤怒之极地扑到丈夫跟前,伸手就朝丈夫脸上、身上抓去。栗温保不敢还手,只是抬手挡着躲着,那个卫兵和栗府赶马车的进来,用身子挡住草绒的撕扯。草绒见抓不住丈夫,这才又转身向紫燕骂道:“你这个从哪里来的野货!不要脸的贱东西!我先把你这张脸撕烂!”说着就冲过去,抓住紫燕的头发扯起来,紫燕虽走南闯北,却从没有遇到过如此可怕的厮打场面,早吓得软瘫在了那儿。幸亏客栈里的人此时都已被吵醒,几个妇女过来,勉强拉住草绒,让赤裸的紫燕披上衣服跑开了。

“栗温保——,你这个断子绝孙的杂种,”草绒这时又转对栗温保哭骂开了,“你的良心叫狗吃了!老子当初一个人带着女儿过日子,等你等了十年!那一回为救你的性命,老子们差一点死在晋金存刀下,没想到你今天用这个回报我呀——老天爷,你该打雷呀,打雷呀!用雷打死这个忘恩负义的东西吧!……”

草绒越哭骂越伤心,及至最后哽咽得骂不成了句。这当儿栗温保一边对刚刚赶来的几个卫兵交待:“你们想办法把太太架到马车上拉回府里,不论她怎样哭骂踢打,你们都不准弄伤她!”一边慌慌穿好衣裤,满脸通红地急急骑马去找肖四。这场灾祸得靠肖四来帮忙平息了。

那天早上,栗温保没有能参加向袁世凯进献礼品的启运仪式,他甚至没有来得及去细看那封急信……

草绒被拉回到栗府还一直没有停止哭骂,过度的气恨攻心甚至使她吐了两口血。耿直暴烈的草绒一颗心全被恨磨碎。她虽然不识字,但一直把夫妻间的忠诚视作天经地义永不可改的事情,所以如今丈夫的背叛带来的打击就显得格外沉重。

她就是在梦里也没想到自己会遇到这样的事情。她平时很少照镜子,偶尔照时,也能发现自己脸上有了些细细的皱纹,看到那些皱纹,她不但没有不快,反而有些自豪。她常在心里说:我这些皱纹是为温保和女儿操心惹来的,他们父女看见我这些皱纹,就会知道我的劳苦,这是我辛劳的标志,这些皱纹会得来报答的……

可现在丈夫竟是用这个来回报她的!

她的嗓子已因为哭喊怒骂变哑了。刚刚能够起床做点轻活的云纬,这时端过来一杯开水喂她喝。也就在这当儿,栗温保畏畏怯怯地跟在肖四身后进来了。草绒看见,挣起身又要扑上去抓撕丈夫,但被肖四拦住。肖四一边示意云纬和其他下人们走开,一边对草绒说:"嫂子,你先息息怒,听我跟你讲道理,咱俩道理讲不通了,你再骂大哥撕大哥,行吗?"

"啥道理?"草绒的眼又一次瞪圆了,"你说他栗温保做这事还有道理?"

"你平心静气听我说嘛!"肖四扶草绒在椅上坐下,"你说大哥如今是不是一个官?"

"咋不是,副镇守使嘛!"草绒气恨讥诮地撇撇嘴。

"他既然是个官,那他做事应不应该像个官?"肖四问得一本正经。

“我没有说不让他做事像个官!”草绒有些恼了。

“好,好,既然嫂子承认这个就行,那你看看从上到下那些官,有哪个官不是三妻四妾,不是几个老婆?”

“噢,所以他栗温保就也跟着学——”草绒又气愤地站了起来。

“不跟着学不行呀!”肖四苦起脸来,“你要不养一个两个侧室,不接一个两个小老婆,官场里的那些人就看不起你,就说那小子不是当官的料,根本就没能耐!要不就骂你假正经,假道学,想立牌坊,就一齐来挤对你,想法子把你这个行为出格者弄倒!这就像大家同桌喝酒,人人都喝,惟有你一个人就是呆坐着不举杯,这势必弄得满桌人不高兴,大家恨不能你滚了才好!嫂子,你要是不想让他当官了,你就跟他闹,就不准他养女人;你要是想让他当官——”

“就是,我不是才养一个嘛!”栗温保这时接了腔。

“放屁!你俩说这些话全是放屁!滚你娘的脚这些狗道理!老子不想让他当官!你们这些王八蛋算什么官!狗官!驴官!……”

草绒骂着就又扑上前,这次是连肖四一块撕抓。两个人见草绒那个怒状,一齐吓得转身跑了。

一连两天,栗温保都没敢进门。

失去了骂的对象,草绒没法骂了,但心里的气恨仍没有消失。而且越是回忆自己带着女儿在晋府做女佣的那段苦日子,这气恨就越是聚得多,越想越气,气着气着就气起自己来:你当初救他命干啥?让他死了不是更好?你为啥要苦苦等他?你那时为什么不再找个男人过日子?就是,那时我为什么不找男人?偏要为他护着身子?你护你的身子有啥用?

去你娘的!老子从今往后再也不为谁守贞守节了!你栗

温保敢找女人,老子为啥就不敢找男人？找！老子明日就找！老子今日就找！老子这会儿就找！

草绒想到这儿,在一种强烈地要侮辱报复栗温保的心理支配下,真的立时去到门口对站在那儿的一个卫兵说:“你来!”那卫兵不知草绒叫他何事,急忙跑了过来问:“有事,太太?”草绒说:“跟我走!”径领那卫兵进了自己睡屋,一进屋草绒就转对那卫兵叫:“你们栗大人在外边跟别的女人睡,太太我今天就跟你睡！俺和他一对一了!”说着就哧啦一声撕开了自己的上衣,将雪白的胸脯露了出来。那卫兵先是一呆,继而扔了枪扑通一声跪下了双膝叫:“太太、夫人,饶我一命吧,栗大人知道了会要杀我的！天呀,饶了我吧！……”

“滚、滚、滚!”草绒被卫兵这种窝囊弄火了。待卫兵跌跌撞撞地奔出门后,她又扑倒在床上,撕心裂肺地哭了起来……

23

和卓远的判断一样，在美国旧金山万国商品赛会上，尚吉利织丝厂参赛的四种产品都没有获奖。整个南阳参赛的产品中，获奖的只有一项土产——邓州的烟叶。

但参赛本身已经给尚吉利织丝厂的生产带来了巨大影响。买主的大量增加使尚达志手中的钱迅速变多。有了钱，达志又很快购买了八台机动织机；在西侧邻居家买了六间房子；又增雇了工人，使织丝厂的规模进一步扩大，在远近州县，尚吉利织丝厂的声望越来越高。

就在尚家人喜上眉梢的日子里，一位举止儒雅头发半白的中年男子在一个上午走进了尚家院子。他说他是开封一所学校的老师，专门研究古代的神秘文字，听说尚家院里有一块石头上刻了无法辨识的图案，他怀疑和原始文字有联系，所以特地跑来看看。达志听他说明来意，立刻领他到前院竖着的那块石头前。那人站在石头前对那图案看了好久，又从包袱里拿出一些拓片反复对照比较，最后慢吞吞地开口对达志说：中国现在已知的有五种神秘文字，一叫“红岩天书”，刻在贵州关岭布依族、苗族人居住的晒甲山悬崖岩壁上，有数十个符号，大者如斗，小者如升，呈铁灰色；二叫“巴蜀符号”，发现于从四川出土的一些春秋战国时期的器物上；三叫“东巴文字”，发现于云南纳西族人居住的地方；四叫“岣嵝碑”文字，存于衡山，刻在石碑上，似篆非篆；五叫“仙居蝌蚪文”，刻凿在浙江仙居县淡竹附近一个高达百余米的高山陡壁上。你们这块石头上刻的图案，和“红岩天书”的个别符号有些近似，我个人的看法，它有可能是一种原始文字，表达的是当年人对世事的一种看法，即认为世界上的事情都是互相交织有联系的，人扯动一个地方，另外一些地方就能感觉到；一个地方发生了变化，另外一些地方也会随之发生改变……达志有些惊异地听着，觉得这人说得有些道理，世事也的确是互相交织有联系的。武汉发生了辛亥革命，南阳也跟着换了当官的人；官府、政界发生了变化，我们尚家的丝织业也跟着出现了转机。先辈们把这个原始文字刻在石头上竖在门口，是不是在提醒我们后人，搞丝织不能只看着丝织，还要注意观察、关心周围的各种世事？……

达志那天很热情地招待了那位老师，把那位老师送走后，他在内心里告诫自己：从今以后，你心里想着丝织，但眼睛一定要看着整个世界！……

这件事过去两月之后的一个中午，邮政局忽然给达志送来了一封全用外国字写的信。达志那阵正在检修一台织机，他诧异地在裤子上抹去手上的油泥撕开信去看，满纸的外国字一个也不识得，他慌慌地追上那送信的邮差，求他给说说信上写的什么,那邮差摊开手说:“我也是查了英汉字典后,才勉强明白信封上的两行字是:中国河南南阳尚吉利织丝厂经理先生收,余下的我确实也看不明白。”达志不知信上写的啥,很焦急。恰好那两天卓远应邀去邓州蚕桑实业中学堂讲学,也不在家。无奈之中,达志想起了靳岗教堂,那里有外国人,只有请教他们了。达志当即就顶着北风向靳岗教堂跑,半下午时到了教堂。向守门的讲了自己的请求后,守门的进教堂叫来了一个外国教士,达志辨出,这教士就是当年和他外甥威廉一块去自家机房的那个英籍教士格森。达志说明了来意,格森有些鄙夷地不甚高兴地伸手接过了信。起初看信时还在嘴角浮了一丝讥笑,但看着看着,那讥笑被一缕意外替代,末后又换成了恭敬,只听他软了声用流利的汉语说:“尚先生,这是美利坚合众国的费城一个叫汤姆逊的商人写给你的一封定货信,信是这样写的。”说着,就直译成汉语念了起来:

尊敬的南阳尚吉利织丝厂经理先生:

您好!

我是汤姆逊,美国费城皇冠绸缎公司的经理。我前些日子在旧金山的万国商品赛会上,看到了贵厂出产的丝绸产品,我非常喜欢其中的银灰捻线缎和炼白山丝绸,十分希望能从贵厂买到这两种产品。如蒙应允,我首批拟买进银灰捻线缎500匹,炼白山丝绸500匹。付款办法、交货时间和质量标准,不久我即派人专程赴贵厂洽谈。

我十分殷切地盼望着您的回音。回信或回电请寄:中国上海外滩路87号美国皇冠绸缎公司驻中国办事处艾韦尔特先生。

谨致,并祝

工厂发达!

您的朋友汤姆逊

"谢谢,谢谢!"达志极力掩饰住心中的高兴,向格森鞠躬致谢。他告辞出了教堂大门没多远,便忍不住将压在喉咙口的一阵笑声放了出来:嘿嘿,嘿嘿嘿……这是第一笔外国的大宗定货!它说明我的绸缎质量和世界水平相差还不是太远,倘使太远他们就不会买了!哦,我们尚家人的心血到底没有白费!爹,你看见了吗?这是一大笔外国定货,一千匹!外国人到底重新注意到了我们的产品!你可以放心了,虽然眼下我们的绸缎还不能在世上称霸,但起码离那个目标又近了一步。爹,这一笔定货卖出,我差不多又可以添置机器和工人了,这一回,我要买最新的机器,哈哈,世界,世界到底注意到我们尚家了!……

顺儿在安泰堂号了脉买了药出来,靠在廊下的柱子上闭眼歇了一会儿,这才沿着街边慢慢地往回走。

她这些天总觉得浑身乏力,她先以为是因为给美国商人赶定货,连续加班加点照看织机累的,便也没有在意,每日仍坚持着上机房,直到今后晌在织机前头晕身软得厉害,她才来了趟安泰堂。刚才大夫说她是血亏,需要吃一段中药补血。

街两边的不少人家已在门前挂起了风灯,黑暗已开始在街面上游动,该是停机下班的时候了。顺儿想赶快回家做饭,但脚踩下去却有些发飘,依旧走得很慢。待她进了自家院门时,织房里的织机已经停了,工人们正在西院的大伙房里吃饭,丈夫还在机房里忙活。她走进自家三口人的小厨房,看见儿子小立世正在锅灶前生火,弄得满屋子是烟,便急忙放下手中的药包走过去。

达志的娘是去冬得病去世的。老人的死给顺儿肩上的担子又加了分量。如今顺儿每天除了和其他织女们一样上班之外，还要挑水、做饭、扫地、缝衣服、缝鞋，家务活全靠她做。她的身子原本就瘦弱，这种劳累自然难以承受得了。她很早就觉出自己身子总是困乏，可一直没有在意，现在到底落下了个血亏。前些日子，达志见她脸黄瘦得厉害，曾劝她不要再进织房，可她说自己不上机就又须增雇一个女工，要开支工钱，仍执意坚持上机。达志没有办法，只好随她。

晚饭做好一家三口坐下来吃时，立世在灯光下看见娘的褂子前襟上又挂破了个口子，就指了娘叫："看！"顺儿笑笑说："吃罢饭再补个补丁就得了。"正大口扒饭的达志，闻言注意地看一眼妻子的那件土布做的旧褂子，一时想起，自打顺儿嫁过来后，还从没给她做件像样的衣服哩。唉，织绸缎的老板的女人穿土布，真有些说不过去。他忽然想起，零售绸缎的柜台里，有一匹缎子还有六七尺长，是一个妇女买剩下的，于是就说："立世，吃过饭你去前边铺子里，把零售柜台下的那块灰缎子拿来，让你娘剪剪做件衣裳穿。"

顺儿听了，就急忙摇头："我穿什么缎子？我整日在织机前忙活，穿那样好的东西给谁看哩？"

吃了饭，达志去织房擦拭保养织机时，顺儿就换下身上的褂子，坐在灯下缝补起来。小立世见了，不吭声拿了前边铺子里的钥匙，去柜台里把那块灰缎拿了来，啪嗒一声扔到娘的怀里，说："甭补了，前襟上弄个补丁多难看！"顺儿拿过那块灰缎在手上展开，轻轻抚触着，这闪着柔和光泽的缎子她何尝不喜欢？可她总觉得自己穿这东西有点太讲究，眼下丈夫常在外边同人交际，他穿好点倒是值得！早些日子那两个来签定货合同的美国洋人,看见丈夫穿着的一身土布,不也有些惊奇吗？她伸开手指量了量,行,这缎料够给达志做件马褂！她飞针走线把自己褂子上的口子补好,尔后拿过剪子,将那块灰缎往床上一铺,就照丈夫的身材尺寸咔咔地剪起来。

达志在织房忙完,已是三星偏西了。他打着哈欠回到睡房时,仍坐在灯下走针的顺儿停针咬断线头,把大致上连缀起来的马褂提起说:“来,他爹,试试看合不合身?”“咋,不是说给你缝件褂子吗?”达志一怔。“俺穿这么好的东西有啥用处？你整日在外边跑,穿好点不也长咱尚家人的脸?”顺儿说着起身走过来。“你呀!”达志又感动又生气地抬手在她肩上拍了一下。谁知身子虚弱又坐得太久的顺儿没能经得起这一拍,只听她哎呀轻叫了一声,身子便软软地向地上倒去。达志见状急忙伸手扶住问她:“咋了,你咋了?”顺儿努力笑了一下,微弱地说道:“头有些晕。”“你呀,再不能这样不顾自己地累了!”达志边说边心疼地把她抱放到床上,小心地伸手为她脱着衣服。当顺儿那瘦得可怜的胸脯在灯下现出时,达志心疼至极地俯身去吻了吻。这还是他第一次怀着爱和真诚去吻这毫无魅力的胸脯。当他的双唇抬起时,在顺儿那瘦小变长的两乳之间,有两颗晶莹的水珠在颤颤晃动……

因为是首批外国定货,达志亲自把着质量检验关,力争用目前水平最好的产品出口,以在国外市场获得信誉和声誉,从而让定货单源源不断飞来,使生产更快地扩大开去。

如今,达志为了管理方便,已把厂子分成了三个车间,一个是织前准备车间,包括络丝、上浆、整经、穿经、卷纬等工序;另一个是丝织车间;再一个是织物整理车间,染色、印花、增重、轧光等活儿都放在这里;此外还有一个管动力机的机房。

每个车间和机房都由一个技术最好的工人领班，小立世则负责全面，不停地在三个车间走动，以了解情况，和车间领班一起处理遇到的事情。达志自己管着质量检验和售货、进料、记账等事。

一日头晌，达志在检验一批新织出的银灰捻线缎时，发现其中几匹上有一根或几根经丝的外形白度不同，颜色与其它经丝不太一致。他正琢磨造成这种疵点的原因是不是在于使用了纤度偏差和匀度稍差的生丝时，在前边店堂里站柜台的一个工人跑过来喊他，说有一位官家的太太在前边店堂里等着见他。达志闻言不敢怠慢，就急步向前店走，进店一看，却是一位自己不认识的穿着华贵漂亮的年轻女人。“请问夫人是——”

“我叫紫燕！”来人傲然地自我介绍，“栗温保大人告诉我说你们这儿的绸缎好，我今儿个特来买几匹蓝缎和紫绸。呶，这是他给你的信！”说着，将一个印有南阳镇守使署的信封递了过来。

达志接过信封取出信笺，只见上边是两行树倒枝飞似的墨笔大字：

尚老板：请交紫燕两匹蓝缎和两匹紫绸带回。

栗温保

达志的眉头轻轻一跳，不给钱要货还这样厉害？这种蛮横的口气略略使他不快，但他想起当初栗温保对自己免税给予支持的事，忙又含了笑说：“好，我这就去仓库里看看还有没有夫人要的这两种绸缎。因为给美国人赶大批定货，已经有些日子没再出这两种货了。”

也是不巧，仓库里恰恰没有了这两种绸缎，达志有些抱歉地回到前店对紫燕说:“夫人,能否换成别的颜色,蓝缎和紫绸刚好没有了。”

“不,”紫燕坚决地把头摇摇,“我就喜欢这两种颜色!”上次草绒在清和客栈大闹之后,栗温保干脆明做明来,把紫燕娶成了二夫人,另在老箭道那儿买了一处房子。紫燕因为如今是正式的副镇守使夫人,所以说话就很带一股气势。

“那夫人说咋办呢?”达志心上也很有些生气。他自然早已由她的名字知道了她的身份,但对方的那种语气实在令他不快,不过,他的话语还是平和的。

“你能不能后晌就加班给我织出来,我急等着做衣服穿哩!你大概不知道,社旗镇山陕会馆几天后有庙会,我得穿了新衣去看庙会哩!”紫燕漂亮的双眉一扬一跳地叫。

“那恐怕不行!”达志心中的不快在迅速膨胀,语气中也抑制不住地露了出来,“我的厂子正在为外国客商赶织定货,忙得很。你大概不晓得,不按合同交货是要罚钱的!还有,就为两匹缎子和两匹绸子去调色印花也太不值当。”

“嗬,这么说,俺们是没有外国洋人重要了?”紫燕嫩白的嘴角一撇,撇出两股不满和讥诮来,“洋人是爷?”

“不能那样说。”达志还没有遇见过说话如此傲慢和不讲理的女人,一时有些气急,竟一改一向隐忍的脾性,冷了声说:“请夫人说话放尊重些!”

“哼!”紫燕两只秀眼凶凶地一斜,转对随来的女佣叫:“我们走!我们祝尚大老板厂子兴隆!”临出门时,“哐”地把门一带,声音响得吓人。

“他爹,你咋能惹她?”吃了几副汤药身子有了些力气的顺儿,这两天开始在院里帮助做些整经的轻活,这当儿闻言走进店堂,在丈夫身边不安地说,“听人讲,她如今在栗大人面前说一不二哩!”

“管她!”达志隔窗望着外面街边正上马车的紫燕的背影,仍气鼓鼓地说。

“你忘了爹临终时嘱你的话了,”顺儿低低地提醒,“你忘了‘忍’了!”

“唉——!”达志长长地叹口气,声音里露出了些后悔。为了让自己不再去想这件事,他岔开话说:“我这些天一直在想,这厂子兴起来了,可咱的小绫还在受苦。嫁出去的女,泼出去的水,如今想让她回来是不行了。不过该常去看看她,在银钱上给她和她婆家些接济。”

“我早就想去看她了。”一说到女儿,顺儿的眼圈便红了,“今黑里吃罢饭,你要是有空,咱们就——”

“好吧,记住给她捎上点她喜欢吃的东西。”

小绫正坐在院里洗衣服。堂屋当间的灯光懒散地踱过来,照亮了木盆里那一大堆花花绿绿的衣物,照亮了小绫那一双在搓板上来回晃动的手。她洗得太用力太专注,没有注意到爹和娘已从洞开的院门里走了进来,就站在她的身边。

“绫绫——”顺儿含着泪喊了一声。

小绫抬起了头,因为光线太暗也因为没想到,有一霎她没认出来人是谁。

“我和你爹来看你,给你带来——”

顺儿的话没说完,小绫“哦”了一声,猛然站起身子,双目直直地盯着爹娘,最后把目光完全停到爹的身上,只听她颤了声说:“你来干啥?你们来干啥?你们不是已经有了丝织机嘛?守住机器多好!”

“绫绫……”达志伸出手想去抚摸女儿,但小绫迅疾地闪开身子，猛地扭身向屋里跑去。

“哟，是亲家公、亲家母来了，快，快请进屋！”小绫的婆婆这时发现了达志和顺儿，忙不迭地向屋里让。这女人如今看到尚吉利织丝厂的兴盛劲，早丢了往日对尚家人的那股冷淡，极力想和这门亲戚套近乎。

“她婆婆，这是给亲家你们带的一点银钱，多少是俺们的一点心意；这是给小绫带的一点穿的和吃的，这孩子日后全靠你们关照啦……”顺儿进屋坐下，急忙把带的东西放到了桌上。

“嗨哟，用不着，用不着，俺们在吃上穿上从来没让绫绫亏着，我就她一个儿媳，俺待她比待亲闺女还亲哩！”那婆婆一边笑逐颜开地说着，一边迫不及待地把桌上的那堆礼物往胸前拢了拢。

达志一直没有开腔，只是拿两眼紧紧看着通里间的门帘，他看见小绫就跑进了那屋。他盼望着绫绫会掀帘出来，会走过来偎在他的怀里。绫绫，爹对不住你，爹让你吃苦了，爹知道你气恨，可你知道爹多么想你吗？知道爹和娘在怎样记挂你么？爹给你带来了一匹蓝绸一匹灰缎，你做衣服穿吧！爹还给你带来了你最爱吃的油炸糖陀螺，你出来吃吧，爹爱看你吃东西时的样子。你长高了，可还是那样瘦，是不是饭食不好？放心吧，孩子，以后每隔一段日子，我会送些银钱过来，让你婆婆把饭食弄好。如今我手上宽裕了，我要把过去欠你的都补上，让你把日子过好……

通里间的门帘却始终没动，更没有小绫的身影。那位婆婆终于注意到了达志的目光和神态，于是紧忙走进里屋喊：“绫绫呀，快出去，跟你爹娘说说话！”

没有回答，甚至连一句哼也没有。

“嗨,这孩子,使性子呐。”小绫的婆婆红着脸从里间走出来,摊了摊手。

达志的头垂了下去。呵,绫绫,看来你是不原谅爹了……

坐在一边的顺儿早把丈夫的伤心样儿看在眼里。她知道再这样坐下去,丈夫就会因为心里难受失态,那就会让亲家母难堪。她于是强忍了自己的眼泪,起身去搀住达志的胳膊说:“咱们先回吧,改日再来。”

达志蹒跚着随顺儿向外走,身子的重量几乎全移在了顺儿肩上。镰刀似的月牙儿早落了,巷子里好黑好暗,两个人一脚深一脚浅,那模样儿像在白河的泥滩里跋涉,走得那样艰难。

两个人都没有发现,几乎在他们刚走出亲家的院门,小绫就奔出来跟在了他们后边,一直看着他们进了尚吉利织丝厂的院子……

24

卓远臂下夹着他那个平日用来装书本、手稿的蓝布兜儿，缓步向师范传习所的大课堂走去。今天，是应届学生的毕业典礼，按照惯例，他这个学监也要出席并做一次演讲。

典礼开始后，先由学生、教员、来宾们发言。卓远坐在第一排的座位上，眼睛虽然看着发言的人，但耳朵却并没有去听，他的脑子还在想着昨天从报纸上看到的那个消息：袁世凯死了。

这段日子，他一直在关注着社会政局的演变。从袁世凯的宪法顾问、美国政客古德诺发表《共和与君主论》，鼓吹帝制开始，到杨度、孙毓筠、严复、刘师培、李燮和、胡瑛等组织筹安会，宣称主张君主立宪；从袁世凯下令召开国民会议议决国体，到参政院推戴袁世凯为中华帝国皇帝；从蔡锷、唐继尧通电各省，组织护国军讨伐袁世凯，到孙中山发表《讨袁宣言》；

从各省相继宣布独立，到袁世凯宣布取消帝制。他都在密切地注视着。

下一步政局将会怎样变下去？

会不会还有人要复辟帝制？外国人会不会又要乘机勒索敲诈？有没有人来关心城市工厂作坊和农村小农的生产？

唉！

“同学们，欢迎卓学监给我们以训导！”典礼主持者的声音让卓远回过神来。他站起身，在掌声中向讲坛走去。掌声停下之后，室内变得鸦雀无声，学生们都把目光对准了他。每当他站在讲坛上，室内向来是这种静肃，他那袭洗得略白而一尘不染的长衫，那一丝不乱的头发，那儒雅的风度，那微锁的显出一丝忧凄的眉心，都在把学生们的目光往自己身上吸。

“同学们，你们就要毕业了，在我们南阳，你们这种学历就已经算是知识者了。在你们这些知识者就要离校的时刻，我很想同你们说说知识者的作用！”卓远的声音里有一股沉重的东西，那东西开始压向学生们的肩头，使有些人轻轻动了一下身子。

“你们只要注意观察就可以发现，人类社会基本上是由三部分人组成的：一部分是实物资料的生产者，一部分是组织社会的权能者，一部分是洞察世事从事精神劳动的知识者。在这三部分人中，第一部分人生产吃、穿、用诸物以使人类社会得以生存；第二部分人通过自己的努力使社会得以安宁稳定；第三部分人，也就是知识者，则承担着开拓视野，战胜无知，不断向社会发出危机警告信号，从而促使社会向前发展的职责！你们，就属于这第三部分人，你们走上社会之后，将怎样去履行自己应负的这份职责呢？”

没有人吭声，偌大的教室里只有轻微的呼吸。

“眼下,我们的国家已是百孔千疮。对外,去年与日本人签订了《二十一条》,与俄国签订了《呼伦条约》,我们的国土和主权又一次丧失了许多;内部,当官的忙于‘称帝’、‘防剿’、谋杀,国力在迅速下降。如此下去,我们的民族和国家将会落到一个什么下场?你们身为知识者,看到了这些没有?如果看到了,又想没想过怎么来挽救?”

“咳咳。”来宾席上,有人发出了咳嗽声。卓远扫了一眼,是一个陌生面孔。

“你们离开了学校之后,不管去到哪里,脑子中都应该装着我们这个处于危机中的国家,都应该去时时思虑解救的办法。做到了这点,你们可以被称为知识者;忘记了这点,至多只是一个识字者!我还想特别提醒你们,通常,可供中国知识者选择的道路有三条:第一是入仕做官,做了官可以施展抱负,当然也可以获得荣华富贵;若仕途受阻,第二条路是隐居苟安,在田园山水、诗酒隐逸的世界里优哉游哉;第三条路是看破红尘,皈依佛门,管你世道如何,我在禅堂打坐,大彻大悟,侍奉我佛。你们既是从师范传习所走出去的,我希望这三条路你们都不走……”

卓远整整讲了一个钟点,他把自己积在心里想对学生们说的话全说了出来。演讲结束的时候,掌声的热烈程度告诉他,学生们愿听,演讲是成功的。但当他掏出手帕去擦额头上的汗时,主持典礼的那个学校的总务,却走过来面露不安地轻声告诉他:“卓学监,我开始前忘了跟你说明,今日邀请的来宾中,有官府的人,恐怕——”

“恐怕什么?”卓远有些诧异。

“恐怕他们会对你今日的演讲挑毛病。”那总务好心说出自己的担忧。

"哈哈,难道一个学监连几句话也不能说了吗?"卓远笑了,"再说,我今日也只是讲讲知识者的责任,并未指摘南阳官府,不会出什么事情!"

"但愿,但愿。"那总务急忙点头。

可卓远的情绪已被这话破坏,眉心不由得皱了起来。

每年的阴历七月,是南阳各学堂学生放假的日子。逢了这时,学界同仁总要利用空出来的学校校舍,举办一点有益的活动,或是文体方面的讲座,或是艺术方面的比赛。今年举行的是绘画和烙画比赛,发起者是卓远和高等女子学堂、桑蚕实业中学堂的校长,地点就在师范传习所的教室里。

今日是比赛的第一天。来自城内和周围各县的参赛人员分成两组,一组是绘画,一组是烙画。参赛的大多是青年人,也有中年人。比赛采用"同题"赛法,即由主办人出一个题目,参赛的所有人都按此题进行创作,尔后把自己的作品悬挂起来,由行家们来品评出名次。

卓远出的题目是谭嗣同的一首诗:

世间无物抵春愁,
合向苍冥一哭休。
四万万人齐下泪,
天涯何处是神州!

题目出罢,参赛的人大都蹙眉凝思一阵,尔后开始握笔作画。卓远缓步在几个教室里走着,默默观察着一幅幅作品的出现。在烙画组所在的教室里,在一盏盏烟灯所飘散出的袅袅青烟中,卓远注意到了一个长辫子姑娘在一块椴木板上烙出的画面:在一片波涛汹涌的水上,漂动着一幅中国地图,那地图的边、角已被波浪撕去了不少，而且更大的浪头分明就要砸向那已经湿透了的图上……

卓远站在那姑娘身后，无言地看着她那灵巧的手指握着烧红的烙笔在画板上移动，这姑娘的天分不低！他很想夸奖她一句，不想就在这时，学校门房突然来到他身后，拍拍他的胳膊低声说："刚才栗温保大人派人来传口信，要你立时到他府中见他！"

"哦？"卓远略略有些意外，"没说有什么事吗？"

"没有。只说让你快去！"

卓远沉吟了一下，出门对另外的主办人交待了几句，便匆匆向栗府走去，边走，边仍在心上琢磨：这么急急地召见，会有什么事呢？

进得栗府，都是熟路，卓远径向客厅走去，在离客厅还有十几步远时，便听到有悠扬的弦乐声传来，到得门口，一个清脆的女声正用南阳大调曲子唱着：

……原来姹紫嫣红开遍，
似这般都付与断井颓垣。
良辰美景奈何天，
赏心乐事谁家院，
朝飞暮卷，云霞翠轩，
雨丝风片，烟波画船……

卓远在门口一站，正半仰在靠椅上听戏的栗温保坐起身，挥手让唱戏的女子和伴奏的琴师从侧门里出去，欠身朝卓远叫道："快请进来，卓学监。"

卓远进屋做了寒暄之后，便问："栗大人叫我有事？"

"呃，是有点事，"栗温保把脸上的笑容收走，慢悠悠地开口，“听说你早些日子搞了一次演讲？”

“是的。”卓远蓦然想起那天主持典礼的总务的提醒，看来还真有人来告了状。

“有人说你在会上讲了不少危言耸听的话，什么眼下当官的都忙于防剿、谋杀啦，什么我们的国家正处于危机之中啦，这可是当真？”栗温保眼斜了过来。

“当真！”卓远点头。

“嗯？”栗温保有些意外，他没想到卓远当他的面也敢这样回答，“你不怕我以妖言惑众治你的罪？”

“我想不会。”卓远坦然地笑笑，“我先不说我讲的那些话全是真的，都有实例摆着，单说我这种不唱赞歌唱哀调的态度，你作为一个头脑清醒的官人，也应该欢迎。一个政府如果听不得一点逆耳之言，只喜欢听颂扬，那这个政府的寿命就不会太长了！一个理想的社会里，应当存在着两个各自独立的领域，官吏机构与思想文化系统。前者把持着社会的运转，为现实服务；后者思考上下四方、古往今来，批判现今，指出危机，提出理想，为明天的选择提供思想上的基础。两个系统各自遵循自己的逻辑，前者的逻辑是追求秩序，重视实情，解决紧迫的问题，照章办事，下边服从上边；后者的逻辑是：求实精神，服从道理而非人格化权威——”

“好了，你甭给我讲大道理！”栗温保有几分不耐地打断了卓远的话，“我今日叫你来，是想告诉你，下不为例，以后再不准胡说乱道，老老实实做你的学监，让学生全心读书！否则，一旦南阳城中出了什么乱子，我可要拿你是问！”

卓远默默地望定栗温保那张脸，此刻他才发现，这张脸与他最初见到的刚刚带民军入城的栗温保那张脸相比，变化委实太大了，这张脸上已没有了风吹日晒的糙皮和黧黑，面皮已变得有些白嫩；往日有些凸起的颧骨，如今已被丰厚的软肉掩住；胡须已不再杂乱无章，而是修剪得有模有样；原先罩满脸孔的诚厚之色已经褪走，代之而起的是一种冷然和威严；眼睛已没有先前那么大，看人眼缝眯小了。

“明白了，大人，那我就告辞了。”卓远淡声说罢，扭身便走。

25

栗温保觉得如今的日子过得真是惬意。坐天下与打天下简直不能相比，眼下再不用操心衣食住行，再不用谋划行军宿营，再不用担心被围失利，再不用害怕部属变心。想吃什么，说一声就行，厨子很快就会送上来。比如吃米，厨房里的贡米就有三种，唐河湖阳出的“香汤丸”，内乡灵山长庆川出的“长庆米”，西峡五里桥出的“九月寒”，点定哪一种，两袋烟工夫，香喷喷的米饭就端上了桌。想喝什么，叫一句，侍卫立刻就会送上来，养生酒、国公酒、赊店酒应有尽有。想玩什么，麻将、牌九、象棋，讲一句，下人们立刻就会摆上。吃饱、喝足、玩够，就睡，搂住紫燕那温软喷香的玉体睡他个昏天黑地。如今栗温保已不再早起，每每睡到日上三竿，反正又没有什么更多的公务要去办理。这两年，北京政府的头头不断变换，总统一会儿是黎元洪，一会儿是冯国璋，走马灯似的换人，对下边自然就无心来管，栗温保只要经管住自己的队伍，有人有枪，还怕啥？还操心什么？人活到这个份上，你还要什么？

栗温保活得心满意足。

像过去的每天早晨一样，他今日又打着长长的哈欠，穿着睡袍，走出卧室，在客厅里的黑漆靠椅上坐下，接过侍卫递上来的装有邓州冠军折子烟丝的烟斗，长长地吸了一气。

他又打了一个长长的哈欠。

“咋了，还没睡好？”已经梳妆完毕的紫燕走进客厅，挑挑眉问。

“还不是因为你！”栗温保咧嘴笑道。前些日子，他也曾为自己的哈欠连连和小腿肚总酸有些着急：睡的时间挺长可力气怎么总恢复不过来？以为是有了病，后来让安泰堂的中医看了看，中医说了句：“色上所得！”他才算明白了原因。

“大人，肖大人来了！”一个侍卫这当儿进屋报告。栗温保此时才想起，今日原本说好要请肖四和他新纳的二房夫人来吃面条宴的。于是急忙对下人吩咐道：“我和夫人的早饭就不吃了，告诉厨房立时准备面条宴！”

“面条宴”是栗温保独创的一种宴席。栗温保和所有的河南人一样，从小爱吃面条，可惜前些年家穷吃不起面条，总喝稀粥。当了官之后，一心想把前些年的损失补回来，便想了一个绝招：吃面条宴。这种宴席上一个菜不摆，只摆面条，面条是用小铁锅蒸、炒、炸和用社旗镇出的袖珍小火锅下的，一锅为一种，一种只有几口，宴席上每个人要吃二十四锅二十四种面条。这二十四种面条分四种一套，第一套是四种不同做法的素面条：擀面、甩面、扯面、削面；第二套是卤子不同的肉面条：羊肉面、牛肉面、猪肉面、鸡肉面；第三套是加熟法不同的荤面条：蒸面、炒面、炸面、煎面；第四套是浇汁不同的凉面：

蒜面、麻汁面、辣椒面、黄瓜面;第五套是用汤不同的汤面:鸡汤面、狗肉汤面、鱼肉汤面、鸭子汤面;第六套是用面不同的热面:麦面条、绿豆面条、黄豆面条、杂面条。栗温保说,用这个吃法,我吃上十年,就能把前半生欠吃的面条全补回来!

第一套面条端上桌子,栗温保、紫燕和肖四及肖四的新夫人分宾主坐下,正要吃,紫燕方注意到肖四的新夫人穿了一件蓝缎子夹袄,于是就想起自己那次去尚吉利织丝厂买蓝缎遭到冷待的事,就再次气恨恨地提起那天买缎子的经过。这事,她已经数次在栗温保面前哭诉过了,每诉一次,都使栗温保对尚达志的气恼加了几分。这回诉罢,栗温保还没吭声,肖四便先叫起来:“这还了得?他不就是一个办厂子的嘛,叫他办他办,不叫他办他还不得办哩!他如此狂傲,该教教他怎么拿眼睛看人!”

“罢了,罢了,吃面!念他当初帮助过我们。”栗温保挑起面条,把头摇摇。

“大哥,我这些天一直在想,我们还没有使人害怕我们!”肖四吞下一口面条,吸着气说。

“害怕我们?”栗温保停下筷子。

“是的。大哥,你说,啥叫权?”

“那不是可以给我们带来富贵的东西嘛!没有权,我们今儿个能坐在这儿吃面条宴?”

“这仅仅是一个方面,正是因为这个方面,人们才喜欢权。但权还有另外一种解释:权是一种叫人害怕的东西!人们所以敬畏有权的人,原因也就在于这个!”

“哦?”栗温保边吞着面条边应道,“我倒没想这么多。”

“我们以后办事,该狠的时候,要狠,这样才能使人害怕,才能不出像嫂夫人在尚吉利织丝厂遇到的这种事!”肖四猛把筷子插进了火锅。

“嗯,有理!”栗温保点头。

“说到织丝厂,我倒想起了一件事。”第二套面条上来的时候,肖四又晃着眼珠说。

“啥?”

“如今天下动荡,我们要想在这乱世之上长久站稳脚,必须把咱们的队伍保持住,必要时还要再扩大一些。只要有人有枪,就好办。可要扩充队伍,就要有钱,仅凭政府拨下来的和各县送上来的那点钱,明显不够,我们必须另想办法!”

“依你之见?”

“办工厂!”肖四敲了一下火锅沿,给自己的话加了着重号。

“办工厂?”栗温保一愣,“你我懂啥办工厂?”

“不懂不要紧。如今不是有不少当官的都办了商店、工厂吗,他们就懂?这里边有门道,我们可以用我们手中的权和枪做资本,与懂工厂的人合办!”

“噢?怎么个合办法?”栗温保来了兴趣。

“譬如这尚吉利织丝厂,我们可以和尚达志说明,我们作为一方和他合办这个厂。我们负责保护他厂子的安全,负责和税局交涉让他少交税,缺生丝了我们负责让各县丝厂往他这里送,往外地运丝绸时我们负责押运,外地厂商与他发生什么矛盾,我们可以用武力帮助解决。然后我们与他平分红利。”

“好!我赞成!”紫燕第一个拍手叫道,“那我以后再去尚吉利厂里拿绸缎,就是拿我们自家的东西了!”

“只是,尚达志愿干么?”栗温保担心地问。

“有这个,还怕他不干?”肖四霍地从怀里掏出枪,“啪”地往桌上一放。

“这倒是。”栗温保缓缓把一筷羊肉面送进了口里……

年年的农历腊月初八，是南阳民间传统的赛神大会。这赛会有两个内容，一是神像比赛，目的是让各路神仙们高兴，从而使出神力保佑一方；二是物资交流，方便百姓们购买农具用物。赛会一般是以社团或村庄为单位组织进行。每到这天的早饭后，城里和城外四乡的人们，把早已雕塑好的土地爷、火神爷、观音菩萨、风伯、雷母等各种神像抬出来，放在精雕细刻的神龛之中，有的还让年轻俊秀的男子装扮成各种各样的神仙人物。这些神像放在木板上，被人们抬着进城参加赛神大会。赛神队伍威武雄壮、浩浩荡荡，人们吹着喇叭，放着鞭炮，敲锣打鼓，队前的五彩旗帜耀眼夺目，队中的大刀长矛银光闪闪，队后的高跷、旱船载歌载舞，狮子、龙灯翻滚跳跃。

栗府门前的朝山大街，是每年赛会时最热闹的地方，所有的队伍都在这条街上汇合。街道两旁摆满了各种商品：镰刀、铲子、桑叉、竹筐、绳索、犁耙、水桶、瓦罐……栗府门口的小小广场，是各路赛神队伍放置各自制作的神像以进行评比和进行高跷、旱船表演的场地，栗府大门前是观看神像和表演的最佳位置。每年官府都要在这里用木板搭一个观览台，请城内的官人和各界名流在台上就座，充当各村各社制作的神像的工艺水平和演出技能的评判者。一九一八年农历腊月初八的赛神会上，尚达志也首次被邀坐在了这个观览台上。

这是栗温保特意安排的。他要借这个机会，把合办尚吉利织丝厂的事儿给尚达志说明。贸然跑到尚家家里去说同人家合伙办厂有些不妥，请尚达志到府上商议也显得是先有预谋，不如在这种热闹场合，在闲谈说笑中顺口讲出合适。尚达志是聪明人,料他听了这建议也不敢一口回绝。

达志的座位在栗温保和肖四之间。他略略显得有些不安,他当初接到那个邀他到观览台上就座的大红请柬时就有些意外,那历来不是他这样的人坐的地方,但说心里话他感到了高兴,被人看重总是件好事。他心下估计他的被邀可能与前年农商部举行的那次国货展览会有关,在那次展览会上,河南各种获奖产品共四十二项,南阳占十项,在南阳这十项获奖产品中,尚吉利织丝厂一家就占三项:炼白山绸、白湖绉、白纺镠。那次展览使尚达志名声大振,他想,也许因此他们把自己归入了社会名流。

"尚老板最近忙吗?"栗温保把盖碗茶朝达志面前推推,含了笑问。

"是有些忙,"达志从正在进场的一路抬神像的队伍上收回目光,笑答,"托栗大人的福,厂子很有些兴旺,眼下又买了一批织机和动力机,正在安装,加上房舍不够,正搭棚子,所以忙些。"他随口说着,根本没想到这话给人家提供了一个借口。

"噢,四弟,"栗温保朝那边的肖四看了一眼,"既是尚老板的厂里忙不过来,你明日就调一批兵过去帮帮,反正咱那兵们也没啥子事儿!过去帮忙搭搭棚子、抬抬机器、干点杂活吧!"

"行!明日去五十人,听凭尚老板指派!"肖四立刻应道。

"不,不,哪能麻烦你们。"达志急忙摆手。

"这怎能说上麻烦?"肖四豪爽地笑笑,"我们那里有的是人是枪,以后你要买原料、送成品了,只管说一声,我们的人马负责搬运、护送。这年头土匪盗贼遍地都是,有了我们,保证让你安安全全。我甚至想了,如果尚老板愿意,咱们干脆合伙办厂，官府上的应酬，税局那边的支应，原料的保证，统统由我们来办，你只管安心照管生产，再不用操心杂七杂八的事！”

达志听了这话一怔，没料到会引出这番建议，于是急忙改口：“不，不，我其实并不忙，谢谢肖大人的好意，厂里的事我能应酬过来。”

“其实，这年头，由我们合伙办厂，厂子可能发达得更快。知道武汉的毯呢厂吧？那就是前些年湖广总督张之洞与一商人合办的，对上的一应事务均由张之洞出面办理，那厂子发达得多快？！”肖四眨着精明的眼说。

“不了，我很感谢肖四爷的关心。只是这厂子是祖传下来的，与人合办怕有违祖宗的意愿，还是让我自己慢慢办吧。”达志明白，一旦答应合办，这厂子变成了两家的，支配权就不属于自己了，那就等于把这份祖业毁了。

“我们合办，厂子也还叫尚吉利，房子、机器也都还是你们尚家的！”栗温保这时接口。

“看，那火神爷的像塑得多好！”达志手向台下一指。他想岔开话题，他不敢沿着这个危险的话题说下去。他期望那个满面红光的火神爷能吸引住栗温保和肖四的注意力，使他们不再提合办的事。方头大脸的火神爷也似乎有意要吸引观览台上人们的注意，泥塑的头向这边转了一下，达志还感觉到他向自己看了一眼。

火神爷保佑！

“这么说，尚老板是不愿同我们合办了？”栗温保还在追问。

“栗大人，快看，那座观音菩萨绣得真漂亮！”达志仍想引开话题。

“大哥，那就罢了。”肖四朝栗温保眨眨眼，拉着长腔说。

达志假装没有听见两人的话，仍是兴致勃勃地倾身向前看着台下各路赛神队伍的表演，他这时才有些后悔今天上了观览台，他眼望着那个渐走渐近的巨大的栩栩如生的观音菩萨，在心里求道："保佑我平安度过今天，让他们再不提合办的话吧……"

26

云纬在夜色里瞥了一眼左右，见偌大的栗府后院里确实无人注意自己，这才迅即地拉开一扇角门，闪身出去。她沿着僻静的街巷，以从未有过的大步，疾疾地向尚吉利织丝厂走去。

她要去告诉达志她刚刚知道的一个可怕消息！

今日晚饭后，她在栗家厨房里洗刷完毕，像往常那样去马棚里喊在那儿帮助马伕蔡老黑铡草的儿子回来睡觉。马棚位于大院一角，她进了棚门，意外地看见几十个当兵的全换上了黑衣黑裤，正在那里悄悄地擦枪装子弹整理马鞍，不免吃了一惊：莫非又有什么战事发生？她在棚子一角马伕蔡老黑的床铺前找到儿子时，蔡老黑也正坐那儿闷头吧嗒旱烟。“老黑，他们换了衣服这是要干啥？打仗？”那老黑摇摇头，取下旱烟袋扯云纬走出棚外悄声答：“唉，作孽呀，他们这是化装成土匪要去砸尚吉利织丝厂的!”“哦?”云纬当时骇得退了两步:“为啥要砸尚吉利?”“不知道,总是惹着了他们吧。”老黑叹口气,返身向马棚里走,云纬又急忙抓住他的胳膊追问:“他们啥时去?”“大约待人们睡下街上静了就去。”云纬在原地呆了一霎,看着老黑摇着头走进棚去,随后她让儿子回屋,自己就慌慌从栗府跑了出来。

她要把这个十万火急的消息告诉达志,让他赶快去想对策。

她康复之后这几年,达志来看过她多次,但每次她都想办法回避了。这倒不是因为那股气恨还在起作用,而是因为她害怕两人会面交往所带来的结果。她知道自己心里对达志的爱有多深,晋金存的死又使这种爱的表达失去了羁绊,如果两人常常见面来往,她担心自己很难控制住自己,倘使两人真做了她在无数个梦里都憧憬的那些夫妻间的事,那达志的妻子顺儿咋办?那个局面可怎么收拾?她常常用这个理智的问号问自己,问得自己失去了见达志的勇气。

她感觉到汗水已把内衣浸湿,胸口因为喘气太急太粗开始疼痛,但她不敢放慢脚步。她从自己的亲身经历中知道,尚家对他们的家业看得是怎样的重要。她不敢想象,一旦那些兵真砸了尚家的织丝厂,达志会痛苦到怎样的程度。

她跑到尚家门口敲响大门时,已经气喘得几乎不能说话了。

是小立世来开的门。

“你爹呢?”云纬喘嘘着问。

“我爹和我卓伯一块去蚕桑实业学堂了。”立世没能认出面前的女人是谁,只是礼貌地让道,“婶子,请进屋坐,他也许要晚一些才能回来。”

云纬心里一紧:他没在！怎么办？告诉他的儿子和妻子？会不会吓坏他们？再说,他们没经过这样的事,会不会做出不恰当的举动？不,干脆去蚕桑学堂找达志,还是让他来想办法!

她说了一句:“我去找他!”随即转身就走,没走几步,又慌慌拐回来对正要关门的立世交待:“你爹没回来时,你和你妈甭睡!”

小立世诧异地望着这个急急而来匆匆而去的女人,没有应声,只是有些摸不着头脑地看着她的身影消失在街的远处。

云纬还从未去过蚕桑实业学堂,她只是知道大体的位置。街上已经没有行人,二更的锣声已经响过,做生意人家门前的灯笼亦已收回,街面上显得很黑,她踉踉跄跄地向前奔着。边跑,她的心还在向上提着:那帮化装的土匪会不会已经出了栗府大门？

她终于摸到了蚕桑实业学堂的门口,慌慌张张地去拍门,没提防脚下绊了砖块,扑通一声栽下去,脑袋嗡了一下。她忍疼爬起来往额头上一摸,感觉到有滑腻的东西沾到了指头上,她没去多想,只管捶门。看校门的老头开了门听说是找尚达志的,便引她向一个亮灯的屋子走。达志那刻正和卓远一起劝说一位头顶微秃的学堂老师去尚吉利织丝厂当记账师——随着厂子的逐渐扩大,达志迫切地需要有才能的管理人员。当满脸是血和汗的云纬出现在门口时,达志和卓远都吃了一惊,达志扑过来扶住云纬惊问:“你、你这是咋了?”

“快……快……快回去！……栗温保派人化……装成土匪……去砸你的……厂子……”因为慌张因为气急因为疼痛,云纬只说出了这一句话,便身不由己软软地向地上坐去。

“云纬！云纬!”达志摇着云纬喊。卓远这时急步过来扶住云纬转对达志叫道:“快,快跑回去点亮所有的灯笼,使劲把邻人们喊醒!”

达志心疼地抹了一把云纬额上的血珠,扭身就向外跑去。根本不需要多问,他便明白这是怎么回事。他使出最大的力气往家跑,上衣的扣子刚才没扣,衣襟飘飞着影响他奔跑的速度,他立刻边跑边脱下扔了开去。但还是晚了,他刚刚飞奔到离自家厂子还有两条街的地方,清脆的枪声响了,与此同时,几股火光冲上了天空,根本不用判断,响枪和失火的地方是自家的厂子。天呀!达志惊恐无比地停了一下步子,仅仅是一下,他跟着又发疯似的向前奔去,边跑边撕心扯肺地喊叫:“你们这些挨枪子的哟——”

达志疯了似的在劫掠焚烧后的尚吉利织丝厂址上奔跑着。店堂烧了,店里的绸缎还在燃着,钱柜空了,织房变成了废墟,几架织机被砸坏,动力机房塌了,放丝的原料仓库变成了平地,成品仓库里一匹绸缎也没有了。整个大院只剩下自家三口人住的那三间房和灶屋还算好的。顺儿满头是血地躺在前院那块怪形石头前,她是最初听到跳墙声出来查看时被击伤的,浑身是灰的立世正抱着娘在那儿哭喊着。达志没有理会他们娘俩,也没有理会围观的街邻们的劝解,更没有去看贴在自家屋门上的那张揭帖:桐柏山马大杆子到此一走!他在废墟上疯跑了一阵,尔后站下呆望了一霎,随后便钻进睡屋里摸出一瓶赊店白干,仰头咕嘟嘟喝下了大半瓶,接着去厨房里拿过一把菜刀往怀里一塞,便向街上走去。街邻们以为他这是去向官府报告被土匪抢劫的经过,就没有拦他。

“杀!杀!”达志边瞪着血红的双眼往前走边在口里含混地叫,“栗温保,你毁了我的厂子,不让老子们活,老子也不让你活！爷们跟你拼了！拼了！老子非把你的心挖出来看看不可，看看你的心为啥这样黑？我要砍你三百刀，三百刀！一刀一刀剁碎你……”

达志被气疯了。一想到十来年含辛茹苦建起来的厂子顷刻间化为乌有，他的一颗心像被钝刀割着那样，疼得几乎不能吸气。杂种！狗杂种，你毁人毁得这样彻底哟！就为了不答应与你合作办厂，你就下这样的毒手哟！……

因为气恨至极而引起的四肢哆嗦，也因为那半瓶白酒的酒力开始在体内涌动——达志平日根本就没有喝酒的习惯，他在翻越栗府院墙时连续两次都没成功，第三次总算翻上了墙头，却又因为手抓不准砖缝，身子像摔布袋一样重重地摔倒在墙内地上，发出了很大的声响。所幸的是并没被人发现，府里的兵丁们因为前半夜的化装劫烧行动太累，这会儿都睡得正香哩！

他踉跄着向前走。他过去来过栗府，知道去客厅和卧房的路径，但被酒精烧得蒙眬的双眼已使他不能准确地分辨道路，他有一次撞到一堵墙上，有两次撞到树篱上。他的双腿也开始发软，他不停地摇晃脑袋想使自己的头脑清醒起来、双眼明亮起来。他最后总算摸到了栗温保的卧房门口。他看见窗子里有灯光，狗东西，你还没睡？没睡更好，老子就在灯下把你剁碎！他强咽一口唾沫，把胃里要翻上来的酒液压下去，尔后上前猛地推门。他没有行刺的经验——他平日连拿刀杀羊的事也没干过，他不知道如此推门会使屋里的人有准备从而向他开枪，他只是按着自己的思路行事：推开门，我摸出刀就砍栗温保这个狗日的！门其实没插门闩，他一推便吱呀一声开了，他没遇到抵抗——他不知道栗温保已经很久不回这个卧房睡了，这个卧房里只有草绒孤零零一个人；他更不知道栗温保为避嫌疑，早在下午就带了卫队同紫燕、肖四一起，坐车去社旗镇山陕会馆看京戏去了，根本就不在南阳城里。

“嘛，到底有男人来了！我还以为就没有男人敢来睡栗温保的女人哩！”正倚坐床头在灯下纳着鞋底的草绒，这时抬起苍白的脸，望定站在门口的达志嬉笑着说，“多少天了，我夜里睡觉一直不插门，我估计总有胆大的男人来睡栗温保的女人，到底等来了，来呀，尚老板，来睡他的女人！他跟别的女人睡，我就跟你睡，我和他两抵了！来呀！”草绒说着，呼一下撩开被，露出雪白的裸着的身子。对丈夫变心另娶紫燕，草绒一直怀着刻骨的气恨，深浸在气恨中的她，根本没看出尚达志脸上的那股疯狂。

“栗温保哩?!”达志的舌尖已因酒力的发作开始打卷，出音含混。他再一次感觉到肚里的东西已翻到了喉咙口，眼看就要吐出来了。

“他找他的小老婆去睡了！你甭担心，他不敢管的，你只管来睡他的老婆！来呀！”草绒脸上嬉笑着，眼中带着一股终于得报仇恨的快意。

杀了她！栗温保不在，就杀了他的女人！杀了她！也让栗温保知道爷们的厉害！杀了她呀！达志一边转动着血红的眼珠，一边去怀里摸出那把菜刀。他挪动双腿想朝床上的草绒砍去，但软极了的腿已经提不起脚来。他的脚在门槛上一下子绊住，踉跄了一下“嗵”地扑倒在床前的地上，手上的刀当啷一声落了，与此同时，一直停在喉咙口的酒液哇地喷了出来。他在地上翻滚着想站起，却怎么也站不起来。这当儿，草绒嬉笑着从床上下来说：“还用你拿刀？不拿刀我也不会反抗！来吧，看我怎样帮你！”她弯下腰，刚要去抱达志的身子，不想达志这时又已摸住了菜刀，猛地扬起向草绒砍来。草绒被骇了一跳，幸亏她躲闪得快，只是手腕被刀尖划破了一个小口子，直到这时她才真正慌了，才失声地叫道："快来人呀——"

因为已是后半夜了，仆人们都已入睡，所以听到草绒那声呼叫的，便只有云纬一人。云纬那阵正躺在床上为尚吉利的被毁替达志伤心，听到草绒的喊声奔来一看，不用半句解释，便立刻明白了原委。她急忙上前夺下了达志手中的菜刀。达志那阵儿还在地上翻滚着想爬起来，但力量显然已经耗光。他翻滚的幅度越来越小，终至于躺在那儿不再挣动，双眼闭上昏昏睡去，只剩被酒力烧得发直的舌头，还能含含混混发出一些谁也听不明白的话语。

"夫人，尚达志家的织丝厂刚刚被土匪劫掠烧毁，他一定是气疯了，加上又喝醉了酒，才胡乱撞到了这里，恳求你能宽恕他方才的无礼举动，不要把这件事张扬出去！"云纬一边按住达志的身子一边向草绒哀声求道。她知道，一旦达志持刀撞来栗府行凶的事被栗温保知道，那就会给达志带来新的灾祸，她必须设法把这件事遮掩过去。

草绒这时已定下心来，一边披着衣服一边惊诧地问道："尚吉利被土匪烧毁了？哪里来的土匪？"她这些日子一直沉浸在对栗温保的气恨中，整日闭门坐在自己屋里，对外边的事一概不管不问。

"不知道，反正毁得很惨。"云纬不敢说出真相，只简单应道。

"那也真让人心疼。当初，尚达志为了办厂子，不是把亲生女儿都卖了？"草绒叹了一口气，在床沿上坐下，忽然想起自己当年和云纬一起目睹过的尚家女儿被抱走的那一幕，语气中顿时含了同情。爽直的草绒一向是见人做了恶事就火气冲天，见人遇了火难心肠立时就软的。

“夫人，那我把他扶走？”云纬试探地问。

“扶走吧，我知道他也不是那种作恶的人。”草绒点头。

云纬不敢耽误，立时去扶达志，但哪里扶得起！达志已经软瘫成了一堆泥。她只好去抱。

“先把他弄到你屋里给他擦洗擦洗，瞧他身上这脏！”草绒在云纬临出门时又在后边交待。达志那刻浑身都已滚上了自己吐出的东西，脏得已无法让人看。

云纬应了一声，其实哪用草绒交待？云纬怎能此时就把昏沉沉人事不省的达志送走？她能忍心？

好在云纬平日和儿子独住一间下房，这时抱达志进屋也没有惊动别人。这间下房用高粱秆一隔为二，承银睡外间，云纬睡里间。酣睡着的承银并没被惊醒，云纬把达志抱进里边，扯去他身上的脏衣服，把他放到了自己床上，尔后开始去擦他的脸和手和脱下的脏衣服。

一定是因为酒精的烧灼加上呕吐过多，达志的胃里难受，只见他在床上发出了轻微的呻吟。云纬心疼地看着达志那张蜡黄的脸。他的眼还在闭着，还沉在昏沉的梦中，但那梦境一定痛苦，因为他的两个眼睑在不停地抖动，两个拳头也在紧紧攥着，他也许又在梦中看到了自家织丝厂被烧毁的惨景。云纬看着看着，一阵巨大的痛惜之情从胸中泛起，使得她弯腰冲动地把他的头抱在了怀里，口中喃喃地叫道：“噢，达志……”

昏沉中的达志渐渐停了呻吟，把自己的头紧靠在云纬的胸上又沉沉睡去。屋里屋外一片静寂，云纬不忍再惊动他那不安的睡眠，便用脚蹬掉自己的一双鞋，搂抱着他也侧身躺在了床边。达志像孩子那样枕着云纬的胳膊，把脸偎在云纬的双乳间酣睡着，一股柔情慢慢在云纬的身上弥漫扩展，终于完全控制了她，使得她不由自主地俯过双唇，去亲吻达志的脸……

不知过了多久，达志终于从昏沉中醒了过来。他最初借着窗外的月光发现自己躺在云纬的怀里时，感到茫然而吃惊。当他摇了摇头从脑子里忆起自己撞进栗府的事时，才模糊猜到了原因，他刚想开口说什么，一直睁眼躺在那里的云纬轻微地说了一句："再睡一会儿吧！"就是这句轻微的充满爱意浸着心疼的话语，唤起了达志心中那股巨大的疼痛和委屈，使他像终于找到了倾述委屈的母亲那样，猛把脸藏到云纬的怀里，发出了抑得很低的伤心之极的啜泣。

云纬只能更紧地把达志搂在怀里，用手轻拍着他的后背。

达志的啜泣声在逐渐变高，这种男人的哭声听上去是那样地令人心惊和心碎。必须尽快止住，不然就会被隔壁的仆人或巡夜的卫兵们听到。但云纬低声的劝慰根本无效，达志越哭越伤心越哭声越高，满怀柔情的云纬在惶急中无计可想，只好哗地一声扯开胸衣，像哄孩子那样，把自己那温软颤抖的乳头，一下子塞进了他的口里……

第 三 部

1

又是一个春天了。

但残冬的寒气还迟迟不肯退走，已经是三月中旬，竟又落了一场雪。

雪是水化雪，落地即融，尚吉利织丝厂的废墟被这水化雪浇得一片泥泞。

雪是半夜停的，但天依然阴得很重，晨光来得比往日嫌迟。鸡们仿佛也被天上的阴云所迷，叫得有些晚了。达志和儿子立世在烧坏的店堂废墟上清理了好长时间，天才麻麻亮，鸡们才开始叫第三遍。

“歇歇吧，立世。”看见儿子头上、脖子里、背上都蒸腾着热气，达志说了一句。立世嗯了一声，手却没停。父子俩这些天一直在清理废墟，预备再把房子建起来。眼下只有这样做了，别的还能怎么办？同栗温保硬拼？他有权有兵，他一怒之下甚至可以把你全家杀了，那时还讲什么祖业？只有把这股恨咽了，无声无息地咽到肚里，咬着牙忍下去，按爹的嘱咐忍了，忍了！

忍吧，忍吧！为了不负爹爹和祖宗们的遗愿，为了让传之千年的丝织祖业不在自己手上中断，我尚达志就忍下了！但栗温保，你这个该挨千刀的东西，这笔账我在记着，我会永远记下去！

他长长地吁了一口气。这些日子，他常常这样吁气。人要把一股气恨生生咽进肚里可真不容易，那气恨进肚之后并不消散，总如一个线团一样在那里梗着，而且间或地还要翻动一下，让你时时感觉到它的存在，让你体验到一种难言的苦痛！

“爹，买的砖瓦后天能送来？”

“窑主说好后天送来的。”达志应道。这次厂子被栗温保派人劫掠焚毁，不幸中之万幸的是，他们没有抢走多少银子。达志平日把一部分流动资金存在钱庄里，把另一部分照爹教的办法深埋在自己睡屋地下，正因为有了这些流动资金，厂子的恢复重建才有可能，要不，一下子去哪里弄这么多银钱？他估算了一下，手上的钱差不多可以够重建用了。

天在逐渐变亮，四周的东西开始抖落掉身上的最后一缕夜暗，正显出自己的模样来。那些前几天清理整修好的织机，那些重又被钉好的放丝放绸缎的箱、柜，那些幸存的被收集起来的染印用物，那块耸立在前院的刻有卌形图案的石头，都开始映进达志的眼里。达志的目光在掠过那块石头时，停了下来，默默地罩定它那刻有卌形图案的平面。列祖列宗，你们刻出这个图案，是不是为了警告我们这些后人，任何一条路的两边，都满布着陷阱？那一个一个空白的方块，是不是就是陷阱的形状？我猜得对吧？我这会儿就在陷阱里扑腾！我过去不懂你们的警告，只顾高高兴兴地在路上走，根本没发现路边还有深坑……

哐啷一响。达志闻声扭头，见是街对面一家邻居男人挑了水桶向街头的水井上走，方记起自己也该做早饭了。顺儿自那次被击伤之后，头一直晕得不能起床，还动不动就恶心呕吐，大夫说这叫脑子受了震动，要静卧歇息，于是这做饭洗衣刷碗的家务活儿就也落在了达志身上。为了省钱，女工是早已不敢雇了。

“立世，我去做饭了。你记着先把这块地方清好，好堆放窑主送来的砖头！”达志交待完，就起身边拍着手上的泥土边向住屋走。

顺儿也已醒了，但她只能睁着眼睛躺那儿，不敢动，一动头就晕就疼。

“今儿觉得好些了没？”达志上前轻轻抚了抚顺儿的头，用一块湿布巾替顺儿把脸擦擦。

“唉，家里忙成这样，我却睡在这儿不能动。”顺儿的话里满是不安，“泥瓦匠人都请好了？”

“请好了，砖瓦一拉到，匠人们就来动手盖屋。你安心养伤，伤好了再说，我去做饭了。”达志说罢，走进灶屋，先往锅里添了几瓢水，然后去灶前点火烧锅，火点着后，又忽然想起锅里还未放红薯，才又急匆匆到竹筐里拿了几个红薯去洗……

第二批砖瓦送到门前，达志和儿子立世正和牛车伕一起往下卸时，忽地听到背后响起一声招呼：“尚老板，忙着哩？”达志在听到这声招呼的第一瞬便辨出是谁来了。那一刻，他倏地把手中正卸的砖头抓紧。他真想猛地转身，把两只手上握着的砖头一齐朝背后那张脸砸去，把那张脸砸扁砸烂，把那脸上的一双眼珠砸瘪砸飞！不过，这些念头都是一闪即过，最后占据脑子的还是理智早已做好的决定：忍！他慢慢地转身，待身子完全转过时，他脸上原有的那股仇恨已让位给一抹笑容："哟，是栗大人到了，达志有失远迎，请多宽恕。"

"我听说你遭了土匪劫掠，特来看看！"栗温保挥着手上的马鞭，环顾着变成废墟的尚家大院。

"谢谢栗大人关心！"达志勉强说出这句话，心中的恨已涌到了喉咙口。他自己感觉出最末两个字已浸上了仇恨的味儿，不过还好，栗温保并没听出来。

"我听说是桐柏山上的马大杆儿那股土匪干的。奶奶的，总有一天，会找他们算账！"栗温保身后的肖四这时慢悠悠开口，"他们留没留下什么把柄？"

达志急忙摇头，他知道肖四是在探听什么。

"你是不吃亏不知道我的话对呀！当初，我不是一再跟你说过，眼下土匪太多么？"栗温保摇着头叹道。

狗日的，你以为老子们全是傻瓜?！你们做了坏事还要在这里假惺惺充好人，老天爷有眼，他看得很清，你们早晚要遭报应！"是呀，怨我脑子太死，没有听栗大人的话，要不，也不会遇见这样的灾难！"达志慢吞吞地说，头却微微低着，惟恐对方从自己的脸上看出了仇恨。

"下一步打算咋着办呢？"肖四这时含了笑问，"这厂子重建一回不易，万一再碰上一股来偷袭的土匪，可不糟了？"

达志身子打了个寒噤。是的，你辛辛苦苦把厂子重建起来，他们还会轻而易举地把它毁了。咋着办？答应同他们合办？那样，厂子的支配权从此也就不属于尚家了，不，还是干脆送银子吧！认了！认这个倒霉吧！“对这个事我也想了，”达志强抑住心疼说，“我想今后每年都把厂子收入的一半送给栗大人、肖大人，请你们用这笔钱买枪养兵，只要你们兵强枪好，把南阳城镇守住，我这小小厂子也就安全了，谅他土匪们也不敢再进城来捣乱！”

栗温保闻言“嗯”了一声，压住心里的高兴去和肖四的眼睛对视，看见肖四的眸子也在快活地眨着，这才开口：“尚老板的主意令我感动，既然尚老板如此大方，要这样支持我们，那我也就表个态度，从今往后，我保证你厂子的绝对安全，决不让土匪进城的事再次发生！”尚达志既是答应把厂子收入的一半交给我，我不动不摇就可坐分一半利润，那何必再去要求什么合办？这样岂不更省力气?!

“十分感谢栗大人的关照。”达志弯腰鞠了一躬，直起身时，却又厌恶地去捶了一下自己的脊背，在心里恨恨地向自己骂道：你这个脊骨什么时候才能硬起来？

“那我们回了，你重建时遇到啥子难处，只管去给我说，奶奶的，我这人讲义气，你大方，我也大方，只要是我有的东西，你要啥我给你啥！”栗温保说罢，和肖四上马就走了。走出几百步之后，他才又转对肖四说道：“毁得太厉害了些，当初该告诉他们毁得轻些。”“不这样姓尚的感觉不到疼！”肖四悠然挥了一下马鞭……

一半！今后的一半收入都要给这些狗东西了！达志望着他们的背影，又一次心疼至极地想着自己刚才的这个答复，可是不这样又能咋办呢？咋办呢？他痛苦地仰头望天，天还是那样呆着一张漠然的圆脸……

砖瓦拉齐之后，请来的泥瓦匠人便开始砌墙盖房。达志因为想赶时间,织房、机房、店堂一起盖,请的帮工多,铺的摊子大。他既要监督匠人们的砌墙质量,又要招呼小工们递砖递泥,还要和临时来帮忙的几个邻居女人商量给匠人们、帮工们做饭做菜的事情,忙得简直气都喘不匀。好在工匠们那边,有立世替他来回跑着招呼;灶屋这边,有卓远家嫂子和他们的女儿容容替他照应。

直到太阳在西城墙那边没了头顶,街上开始有了夜暗流动,工匠们都十个一圈的蹲在院里地上吃喝起来,达志才松了一口气,才在垒有半人高的店堂墙外的一堆砖头上坐下来,用双拳捶着酸极了的腿。

"达志,累坏了吧?"一声轻轻的招呼从背后传来。达志扭脸一看,见是刚从学堂回来的卓远哥,忙应了一声要起身。卓远按住他的肩膀说:"坐下歇着,我有几句话跟你说!"

"啥?"达志望着卓远双眼里的红丝,问。自打前些日子省里直接任命卓远为设在南阳的省立第五中学的校长以后,达志注意到他的双眼也总是熬得通红,看来当校长也不轻松。

"我要给你出一口气!"卓远把手中装书的蓝布提兜狠狠扔到地上,人也蹲了下去。

达志一怔:"你是说——"

"我要给栗温保一个警告!"

"不,别,卓远哥,栗温保咱们惹不起!我已经想通了,我认了,忍了!"达志有些着慌。

"你放心,"卓远拍拍达志的肩膀,"我的警告让他抓不住任何把柄,我只是要让他心里明白,他的伎俩社会上已经知道,他也该收敛收敛了!"

"你咋警告他?"达志还是不放心。

"今晚有个机会,南阳镇守使执事官包炳玺,委托上海的一个什么人,以两千七百元现洋的价钱,购买了一台三十五毫米旅行式电影放映机、一部手摇发电机和一些外国影片,并从上海请了一位放映技师,今晚在我们学校操场搞首场放映,我要利用这个机会——”

“啥叫电影?”达志不解。

“就是把预先拍在胶片上的一些影像,通过电光,让它在白布上映现出来,具体怎么着,我也没见过,你晚上去看看!”

“不会再惹出啥子事吧?”达志仍有些害怕。

“放心!”卓远又拍了拍达志的肩膀,那动作里满是宽慰。

达志心绪不安地吃了晚饭,嘱咐好立世照看院里的东西,自己迟迟疑疑地向五中走去。他刚进校门,就吃了一惊:操场上的人黑鸦鸦一片,好像全城的人都来了。操场中间挂着几盏风灯,借着黯淡的风灯光,他看见栗温保、肖四和一批着官服的人坐在一台机器前面。这时,随着一阵嗡嗡的马达响,悬在操场中央一根竹竿上的一盏灯骤然亮了。他从来没有见过这样亮的灯,光芒如银,耀人眼睛,倏然间把罩在操场上的黑暗推出很远。他估摸这就是人们常说的电灯了。正惊奇间,忽见灯前的观众席上有几排人各各举起了一张写有墨笔大字的白纸,那些白纸组成了两句话,一句是:“土匪可恨乔扮土匪更可恨匪患何日能绝?!”再一句是:“人眼雪亮是鬼是匪是奸是贼总有一天会分清!”正在惊看电灯的观众,这时全移目去看那两个用单字组成的横幅,一时有念读声叫好声掌声响起。达志在雪亮的灯光下注意到,栗温保和肖四先是吃惊地去看那些字,继而不安地互看一眼,把头扭了开去。

电灯又骤然间灭了,悬挂在操场边的白布上开始出现人影,那些白纸也一齐倏然间消失了。

呵,卓远哥,你办得真妙!真妙!他们看见了字,却看不到举字的人！是的，你替我出了一口气！一口气！起码你让他们知道有人看破了他们的把戏！

呵，卓远哥！

厂房的新墙在达志的期盼和泥瓦匠们的敲打声中，缓缓地向上升高。这天，他正在和泥瓦匠们绑扎脚手架，忽听街上有人喊他，过去一看，见是一个街邻领着两个骑马的外国人站在街边，那街邻对他招手说："这两位洋人找你！"他闻言略略一怔，就迎过去。那两位洋人急忙下马，其中一个迎上来用汉语自我介绍道："我是美国费城皇冠绸缎公司的汤姆逊，我和我的助手这次从上海来到南阳，是为了参观尚吉利织丝厂并想同贵厂签订一个长久的供货合同。上次贵厂供给的一千匹绸缎，质量很好，我们非常满意！"

达志"唔"了一声，一时不知该说什么好，脸上满是尴尬：现在参观尚吉利织丝厂？去哪里参观？厂里乱七八糟连个站的地方也没有！

"我们本应先到此地官府报告一声再来，可我们看厂心切，就径来找你了，你不会感到不方便吧？"

达志只能含混地把头摇摇。

"我们此行来，为了表示我们对贵厂信守合同供货的谢意，我们还想为贵厂做点事情，就是要为贵厂的产品、厂房和织工工作情况以及当地所产的独特的丝拍一组照片，我们回去后在美国的报刊上发表介绍，让世界上更多的人知道你们这个生产优质绸缎的厂家，也算义务为你们在世界上做个广告！这个广告也许会给你们带来更多的顾客和定货合同。尚先生想必知道，销售刺激生产，如此一来，你的厂子就会有更大、更快的发展，也许，会使你的尚吉利成为中国乃至亚洲和世界上最大的织丝厂!”那位身材阔大的汤姆逊先生说得颇诚恳。

“谢谢!”达志苦涩一笑。如今哪还有东西让你拍照片?

“尚先生,请带我们去贵厂参观吧,我们虽然骑马刚到,但我们不累,我们参观过后再去旅馆休息!”

“汤姆逊先生,尚吉利织丝厂现在看不成。”达志只好尴尬地开口。

“怎么,你是说厂子离这儿还远?那没有什么,我们骑马去就是!尚先生是骑马还是坐汽车?你尽管坐你的汽车在前边走吧,我们在后边能够跟上,我们这两匹马都是在开封买的最好的马!”

“不是,”达志痛楚地把头摇摇,“我的厂子被土匪毁了,呶,这就是,我正在重修。”

“哦?”汤姆逊和他的助手吃了一惊,“土匪?政府没有对你们加以保护吗?”两人边说边进院巡看那些尚未盖好的厂房,及至看到露天放置在院内的织机,又都摸着惋惜道:“哟,如果它们不停地工作,将会给你带来多少金钱!”

达志能说什么?只有在嘴角露一个苦笑。

“尚先生,”汤姆逊看了一圈之后显然十分失望,“我们对你的遭遇深表同情。我非常遗憾地告诉你,你失去了一个重要的让世界了解你的机会,失去了一个很可能促使你的厂子大发展的机会!当然,待你的厂子恢复生产以后,我们还会来定货。既是这样,我们也不再停留,就告辞了,再见,尚先生!”

达志默默地望着他们上马走远,待那两人的身影在街的尽头消失之后,他缓缓抬手捂住了胸口。

2

云纬这些天开始发慌。

前些日子为了宽慰达志，为了让他从那场劫掠中挺过身来，不至于被那场灾祸击倒，她主动约会过他几次。约会时，一看见达志那副失魂落魄痛不欲生的样子，她就忍不住总要把他搂到怀里，眼见言语的解劝效力不大，她便只好用出了女人们安慰男人的最好法子。那法子还真有效用，竟渐渐使达志的精神正常了起来。但她没料到，那不多的几次肉体接触竟然会有了结果！

发现自己身子的变化是在上个月。经期的最初推迟并没引起她的注意，过去也有过推迟几天的现象，但半月之后仍无半点讯息加上呕吐乏力，使她开始觉得不妙。她毕竟是已经生过孩子的妇女，有过这方面的经验。不过为了证实，她还是包上头巾只露两只眼睛借出门给栗府买菜的机会，去南关一个陌生的坐堂中医那儿让他给号了号脉。号脉的结果是“喜脉”,和她的预感一致。这一下她不能不慌:一个寡妇忽然怀了孩子,你将怎样对周围的人分辩?四周围的舌头将会嚼出多少咒语?你如何能经受住那许多双眼睛的查究?

咋办?去找达志商议个主意?他能有啥好主意?他有妻子,又没法立时娶你!再说他家织丝厂的被毁已几乎把他压垮,你如何能再拿这些烦心的事去往他的肩上压?他已经够苦了,这件事不能再让他知道!

那么就想个法子把孩子打掉?先不说打孩子要买药、找大夫,走漏风声的可能性很大;也不说万一打得不顺利自己身子受亏;就说能够保密能够顺利,你就能忍心?这可是达志的孩子呵!你能为晋金存生个孩子为啥就不能为达志生个孩子?你不是天天都在想他吗?你不是说为了他一切都可以舍弃吗?你不是在无数个梦里已经为他生过孩子了吗?这是他的骨肉,孩子长大肯定像他,到那时你看到孩子差不多也就等于见到了他!不,不能打掉!

可你怎敢把这个孩子生下来?你是一个寡妇!人们理所当然地要问你这孩子的父亲是谁,你敢说出来?你的名声咋办?就说你不要名声,承银和这个出世的孩子还要名声哩,他们还要在这世上过日子呵!

必须想个办法!想个办法!

这些天,云纬就一直在发慌地想着办法。

晚饭后,云纬在栗府的厨房里忙活完,一边擦着湿淋淋的双手一边又倚在洗碗池上发慌地想着这事的时候,栗温保的马伕蔡老黑进厨房去泔水缸里舀泔水饮马。蔡老黑今年五十多岁,个子不高,脸黑多皱,但腿脚勤快心地颇好,平日马棚里活儿干完,就常来厨房帮助云纬做点杂事,所以和云纬相熟。

他进屋看见云纬双眉皱着的样儿，就含了笑问道："咋，碰见啥不顺心的事儿了？是啥活儿做不及了吧？要我来帮忙吗？"

"没，没啥。"云纬回过神来，勉力一笑。

"噢，对了，"蔡老黑舀完泔水，忽然想起什么似的叫，"昨日我随栗大人去南召，那里的官人们拿出不少柿饼让俺们吃，我顺手给承银带回来几个，呶，你带给孩子！"边说，边就从怀中的衣兜里掏出了一个纸包，递到了云纬手上。

"你又给他带东西。"云纬有些感动。这栗府大院里，平日愿和儿子承银说话玩玩的，只有这个老黑了。

"外气啥，他还是个孩子嘛！"老黑挑着水桶往外走，到门口时又扭头说了一句："有啥事儿忙不过来，要我帮忙，喊我一声就是！"

"哎。"云纬漫应一声。帮忙？她望着老黑在暮色中越走越远的背影，心里突然一动：帮忙？

一个她过去从未想到过的念头突然在脑里一闪。但几乎在这个念头刚一闪过的时候，她就厌恶得急忙把头摇摇。

你怎么能往这上边想？她嫌恶地用手指拧了一下自己的下巴，使那里起了一阵尖锐的疼痛。你嫌你的一颗心还没有全被撕烂吗？你嫌你受的屈辱还少么？马伕，跟一个马伕？两团浓浓的羞恼的红云升上她的脸。周围的人会咋看？会不会把你看作连一个像样男人都找不来的饥不择食的寡妇?!但是不这样又能咋办？难道真要把他的孩子打掉或者让他的孩子在众人鄙视的屈辱境况中出生么？……

呵，达志，我想不出别的法子了。

当她向自己的住屋走去时，那个念头又胆怯而执拗地从什么地方溜进了她的心里……

蔡老黑清扫完马棚，又给马槽里续了草之后，便脱了鞋往棚子一角的床上一躺，跷起腿在那儿哼起了不成调的曲儿，悬空的那只脚很自在地左右晃荡，整个身子沉浸在舒服之中。

老黑对自己的日子很满意。他早先给内乡城一家大户喂马，后来因受不了那家主人的欺负打骂，便跑到伏牛山栗温保那儿干起了民军。到民军不久，他就做了栗温保的马伕。由于他勤快加上有喂马的经验，栗温保的两匹坐骑被他喂养调教得很遂心意，所以很得栗温保赏识。有一次去淅川打大户，对方的一个家丁藏在暗处举枪向栗温保瞄准，站在后边的蔡老黑先发现了这个险情，那一阵再喊叫已经来不及，他便扬鞭猛抽了一下栗温保的坐骑，那匹马一惊蓦地跳起，使栗温保差一点落了马，但也因此使得对方家丁的那颗子弹扑了空，为此事栗温保很感激老黑，自己做官后便把他带进了府里。老黑对生活一向不抱很高的希望，只要有东西填饱肚子有衣服穿有个地方睡就行，而这些栗府都已经给他提供了，所以他心里很满足。

蔡老黑哼曲儿正哼到兴头上时，忽见云纬捂了一只眼走进了马棚，他一怔，急忙从床上坐起来问："承银他妈，你这是咋着了？"

"快，我眼里刚才不知是飞进了草屑还是沙子，磨得好疼，你快帮我看看！"云纬径走到床边坐下，把脸伸到了蔡老黑面前。

老黑闻言急忙跳下地，从窗台上端过风灯，一手端灯一手去翻云纬的眼皮，可临到手指去挨近云纬那白皙的面孔时，又有些迟疑犹豫。老黑长这么大年纪，一直过着安分守己的光棍生活，还从未用手去碰过女人的面皮哩。

“快呀，我眼睛好疼！”云纬睁着另一只眼催。

老黑只好抛开犹豫伸手去翻云纬的眼皮，他那粗糙的手指一触到云纬那光滑细腻的肌肤就开始有些发抖。云纬的眼皮好难翻，云纬呼出的甜香气息也令他的心跳有点加急。好不容易把眼皮翻开了，却根本看不见那草屑或沙粒在哪里，他急得出了一身汗。云纬好像也忍不住眼疼，哎哟了一声猛站起身，一下子把老黑手上的风灯撞落到地。棚子里顿时一片漆黑。老黑慌张地弯腰去摸风灯，不防又撞到了云纬身上。一定是撞疼了什么地方，只听云纬又哎了一声便倒在了他的怀里。他吓得不知如何是好，对怀中云纬的身子推也不是不推也不是，就那样呆立在那里。“老黑，没想到你的心眼还挺多，会变着法子把我抱你怀里。”云纬这当儿低了声说。

“不，不是，不是……”老黑不知该怎样分辩，慌得想把云纬推出怀，却又怕她倒下去。

“唉，也罢，”云纬叹了口气，“我知道你是个好人，你既是对我这样有意，我也就遂了你的愿吧。只是我不喜欢胡来，你要明媒正娶才对！”

蔡老黑听了前边一句话，吓得忙准备分辩，及至听完后一句，却又一下子惊喜地瞪大了眼：“明媒正娶？这么说你愿跟我——”

老黑的话未说完，感觉到自己的脸上被亲了一下，他的心忽悠一下提起，在胸腔里摇摆起来，浑身也轰然变得燥热难耐。对女人老黑心里何尝没有想过？但想了大半辈子却从来没有如愿，如今他对找女人结婚成家早已绝望。他常说凭自己的长相和财产，只有等下一辈子了。没想到云纬这样一个长得像天仙一样的女人竟会愿意跟自己，看来，我老黑碰上好运道了，好运道呵！……

云纬刚一走出马棚，身子就软软靠在了一棵树上。她的双眼久久地望着暗黑的远处，眼眸里是一种苦涩的平静。地上的一切都瞒不了你的眼睛，老天爷，但你会饶恕该饶恕的吧？这是达志的孩子，我一定要把他生下来，生下来……

栗温保第一次听见老黑说他要结婚时并没用心去听，以为他是在说别人结婚的见闻，及至听见他又说一遍，才惊诧地问："你要结婚？跟谁？哪个女人？"

"嘿嘿，是承银他妈。"老黑笑得很有些自豪。

"承银他妈？盛云纬？她愿跟你？"栗温保有些意外。

"是的。"蔡老黑肯定地点头，"是陈妈从中说合的。"陈妈也是栗府的佣人，让老黑去找陈妈正式做媒，也是云纬的主意。

栗温保喊来陈妈一问，得知确有此事，并不是老黑白日做梦，这才叫道："好！你老黑跟我这么多年南征北战，是该安个家享享福了！说吧，你想啥时候办喜事，办了喜事后有些啥子打算，以后还愿在府里干吗？"

"俺想近日就办，办完我愿告老种田过日子，在百里奚村买两间草房和几亩薄地。"老黑有这番打算，自然也是云纬促成的。

栗温保因对老黑心存感激，故立时就应允了，而且破例地赏给了老黑二十个银元。草绒听说云纬要同老黑结婚，先有些不舍，觉得云纬嫁老黑有些太亏，后想想云纬、承银母子二人过日子也真作难，总在府里帮佣也不是长久之计，就也收了劝止的心，拿出十个银元送给了云纬。

那老黑身边原本也积了些钱，得了栗温保的同意之后，就按云纬的交待，到百里奚村买了三亩地和三间草房外加一个小灶屋——云纬家原来的老屋早已倒塌，宅子也已被邻人占了。

十来天后，几件简单的家具买好，云纬和老黑就带着承银，在一个凌晨悄悄离开栗府，去了百里奚新买的屋里。没有举行什么婚礼仪式，只是在当天晚上，云纬炒了几个菜，热了两壶酒，让老黑痛痛快快喝了个大醉。

待承银睡下，又把醉得人事不清的老黑扶到床上之后，云纬一个人走出了屋子。时辰已近子夜，四周很静，几颗星星在云层中时隐时现，夜风偶尔摇一下近处的槐树枝头，发出飒的一响。云纬面朝城中尚吉利织丝厂的方向，默默把两手伸进上衣之内，解开了这些天一直束在腹上的一个白布带子，任自己那已显出不同的腹部恢复了原样，口中喃声说道：达志，你知道我这是为了谁？为了谁？……

3

一股微风踅进门里，悄悄爬上草绒的膝头，把她摊开正读的《圣经》又倒翻回去一页，使她的目光再次触到了她刚刚读过的那些文字：……我为你们起的愤恨，原是上帝那样的愤恨。因为我曾把你们许配一个丈夫，要把你们如同贞洁的童女，献给基督。我只怕你们的心或偏于邪，失去那向基督所有纯一清洁的心，就像蛇用诡诈诱惑了夏娃一样……

她抬手揉了揉眼，把书又翻了过去。这些日子，她就靠读《圣经》打发枯寂的时间。丈夫不忠所带来的极度痛苦、孤独，使草绒转而信奉了基督教。每天上午，她都要去建于四隅口的教堂，听那位来自挪威的牧师传教；下午，则去四隅口西侧的德育女子福音小学听教士讲解《圣经》。如今，云纬的离府还乡，又使草绒失去了惟一一个可以倾述心里话的对象，于是，她每日除了去教堂和福音学校之外，剩下的时间便全用于静读《圣经》，边查字典边读，有时一天都不说一句话。

“妈妈，你好吗？”屋外突然响起女儿枝子的一声亮亮的招呼，正要重新注目《圣经》的草绒被这喊声惊得双眸一跳。如今这个小院，除了几个仆人，很少有人进来，更少有这种响亮的满是活力生气的话音。

“妈妈！”草绒还没有站起来，穿着锦缎旗袍已是少妇打扮的枝子已急步奔过来从背后抱住了妈妈的脖子。“妈，你又读《圣经》？读这东西有啥子用？又费脑子又费眼！有这闲工夫，你还不如坐那里养养神哩！”胖胖的枝子快嘴快舌如打枪一般地说完这串话。枝子同南阳镇守使吴大人的长子成婚之后，过的是贵妇人的生活，优裕的日子早已使她变得肤白肌嫩，但她从小受母亲影响养成的那种快嘴快舌吐话如刮风的习惯仍一直没改，一旦开口就字字相连句句相跟惟恐别人不让她说完一样。

“妈要不读《圣经》，这日子更苦得没法过了，”草绒叹了口气，“一个人整日就坐在这屋里，满屋子都是静，静得人心都发冷呵！”

枝子自然知道爹爹另娶新夫人的事，妈这话的含义她是听得明白的。她一时也不知该怎样安慰妈，想了一刻，这才又急急地开口：“妈，要我说，为了你后半生的日子不枯寂，你该再给我养一个弟弟或妹妹，有一个小人儿在你身边哭哭闹闹说说笑笑，你不也不寂寞了嘛！再说，有个弟弟或妹妹，再加上我，你后半生即使有个三灾六难，也有了指靠！”

女儿的一番话说得草绒心里一动：就是，倘使我身边有个孩子，不管是男娃还是女娃，这冷清的屋里不也热闹多了？夜里睡觉不也再不用一个人在床上滚来滚去了？而且孩子长大也是我的一个依靠，这辈子自己有灾有病，甭指望栗温保来照顾了！……

枝子如今因为忙于上流社会的交际，所以每次回来看妈妈的时间都不长。母女俩坐那儿又说了一阵家常话，枝子的胖手指就从怀里摸出一个精致的金壳小怀表看看叫：“哟，妈，快晌午了，马统领的三夫人今晌午宴客，派人给我送来了请帖，我得赶紧去，要不就该耽误了！这位三夫人据说同省长的夫人是表姊妹，以后说不定会用上人家，我得走了！妈，你记着把心放宽些，对爹要多原谅，他如今毕竟也是个官了，有些事他学着做做也合常理……”枝子边说边向门口走，人已走到了院外，声音却还在妈妈的耳朵里。

就是，倘使有个孩子，我读《圣经》也有人做伴，再不会像现在这样孤零零冷清清了……女儿走后，草绒又接着刚才的思路往下想，直到一只悠然进院的母鸡拍了一下翅膀，才把她的默想打断。

可要生孩子，就要去找栗温保。一想到栗温保，草绒的牙不由得又咬了起来。也罢，就去找他一回，就一回！就低下头抹下脸子去要他一回，但愿上帝使我去一回就遂了心愿。

她将膝上的《圣经》阖起，站起来向梳妆台走去。得打扮一下，既然要讨他的欢喜。她摸出一管口红——这是管家在为紫燕买的同时也给她买的——把双唇抹红，抹罢对镜一看，又不自在起来：这样把嘴唇弄得像流血一样有啥好看？一霎间她又想起刚结婚时和栗温保在落霞村种地的日子，那些日子夫妻间多么恩爱，倘使我们永远在乡下种地，哪能会有今天这样的事？上帝呀，我这些年一心盼着往前走能找到福气，可为啥子总是只有“气”而没有“福”呢？……

这是一所不大但极精巧的小院，一座黑漆门楼进去，右首是一间厨房，左首是一间下房，正面是三间又高又宽的瓦屋。瓦屋的当间是放满黑漆家具的客厅，东西两间都是卧室。三间正屋带着走廊，前墙下半部是木板，上半部是木格窗，窗上糊了一层雪白雪白的绵纸。院中种了几丛翠竹，放了几盆月季，微风进院，轻摇着竹枝，慢散着花香，使这座小院显得很是幽雅。

这便是栗温保专为紫燕建的住所。

房子建好，栗温保便基本上常住在了这里。

此刻，在窗外淅淅沥沥的雨声中，坐在床头的栗温保，又在仔细地擦拭他那把勃朗宁手枪。不看戏不玩牌不打麻将的时候，栗温保便常靠擦枪来消磨时光。他酷爱枪，对枪有着极深的感情。他认为他今天的一切都是枪带来的，没有枪，我怎能过如此舒服的日子？

“你又在摆弄那个铁东西！”紫燕去厨房吩咐了晚饭时要炒的菜肴回来，看见栗温保又把枪零件摆满了床头，就娇嗔地嘟起嘴叫。

“那你让我干啥？”栗温保抬眼一笑。

“跟我说说话嘛！”紫燕撒着娇。

“有话夜里床上说吧。”

“去！”紫燕嬉笑着将纤指戳到栗温保的头上，“俺跟你说正经的，俺想去邓县看看塔！”

“看塔？”

“听人说，‘邓县有座塔，离天一丈八’，俺还一直没去看过哩，那塔是哪一朝建的？”

“哪一朝建的我也不明白，不过看塔可是容易，明儿个吃了早饭，咱们坐上马车，带上两个班的骑兵去就是了！”栗温保挥着手上正装着的枪说。

“真的？那我可要先谢你了！”紫燕说着，弯腰在栗温保颊上亲了一下。正这当儿，门口响起一个女佣的报告：“老爷，大夫人来了！”

栗温保和紫燕闻声都一怔，抬头看时，草绒已站在了门口。两人都有些着慌，以为草绒又是来大闹的，以致连话也忘了说。

“咋了，连个请进门的话也没有，看来是不欢迎我来了？”草绒边说边径直进了门，在床头的一个靠椅上坐了。

“哎哟，瞧大姐说的，你来俺高兴还高兴不过来哩！”紫燕最先做出反应，赔了笑走过来，把一盘瓜子放到草绒面前，同时扭头朝女佣叫：“快，上茶！”

“你来——有事？”栗温保惊疑不定地问。

“咋了，没事就不兴来看看？”草绒强装了笑说。

“大姐，你们坐这儿先说，我去端菜，今晚上咱姐俩可要喝上一杯！”紫燕打罢圆场，急忙去了厨房。她虽不明白草绒的来意，但她知道自己必须赔着小心，要不，就会招来一顿怒骂。草绒那身个那脾气都使她害怕。

“福音学校每天还去吗？”到屋里只剩下了两人，栗温保没话找话地问。

“去嘛，去听教士们讲《圣经》上的话：‘不要与恶人作对。’”

栗温保听了这话，正不知如何应对时，紫燕和女佣把酒菜端来了，于是便把话题转向了喝酒。紫燕频频向草绒敬酒。草绒见是黄酒，也喝了几杯，一时桌上的气氛还好。酒罢饭罢，时辰已是不早了，可草绒还没有要走的意思。栗温保和紫燕不安地对视了一眼，却又都不敢催，只好无话找话地说下去。眼看已到人静时分，紫燕只好试探地问道：“大姐，天晚了，又下着雨，就不走了吧？”

“也好。”草绒随口应道。

紫燕在灯影里气得翻了翻白眼，可是又没办法，只好去收拾床铺，大夫人在，她自然不敢与栗温保再睡一处，只得去了西房独睡。

“草绒，告诉我，你今晚来究竟有啥事？”当卧室门关上时，栗温保一边不甚情愿地脱着衣服一边问。

草绒噗地吹熄了灯，强抑住心里的愤恨含了笑说：“想你了！”

“噢，原来如此。”栗温保在黑暗中笑了一声。草绒没容那声笑落地，就呼地扑了过去，以她心中的那股仇恨，她真想用双手掐住他的喉咙掐死他，但在手触到栗温保的脖子那一霎，她想起了上帝的教导，又急忙把那动作变成了轻抚……

第二天早晨，当蒙蒙的曙色刚刚贴近木格窗上的白绵纸时，草绒已悄无声息地穿好了衣服。那时，她看见了放在床头的栗温保那支擦得锃亮的手枪，她禁不住抓过来，对着仍在酣睡中的栗温保瞄了一下，手指在扳机上微微一抹，终又放下，随即在胸前急急划了个十字，轻轻拉开门走了出去……

4

“祸不单行”这话看来说得确有道理，正当尚吉利织丝厂新厂房的墙砌成，梁立好，要开始架椽定箔盖瓦时，一九一九年春末的大雨来了。往年的大雨多是在夏秋之间下，今年的大雨竟然一下子提前了这么长时间，而且来势凶猛，持续不停。淅川县连下三昼夜，造成丹水横溢，一片汪洋，平地行船；内乡县仅夏馆一地，就淹死三四百人；灌河口的范庄，共有五十二户，被洪水冲走三十八户；靠白河的刘村街全被洪水卷没；白土岗街水深数丈，大街行舟；南阳城的瓢泼大雨连下一天一夜外加一个早晨，从城墙上远望卧龙岗，中间如隔着一个湖泊，城内所有的街道都水深及膝。

大雨猛扑在尚家那些刚刚砌起的没有任何遮盖的墙上，狠狠地撕扯着推晃着，新墙经不起这番可怕的折腾，又开始相继倒塌。

达志傻了似的蹲在老屋门口，绝望地看着那些墙轰然倒下，听着随了墙倒木梁被折的骇人声响，每倒下一堵墙，每折断一架梁，他都要猛地用手捂住耳朵，闭了眼呻吟着叫：天呐，天呐，你难道一定要把我尚家往绝路上逼？……

当雨停风住，达志绕厂看了一遍又被大雨洗劫一次的厂子后，他像被骤然抽走了筋骨那样地软在了那里。完了，这下是真的完了，几乎所有的墙都倒了，梁都折了，不少的砖碎了，石灰被冲走了，手里的那部分流动资金早已经花完，现在还上哪里去弄钱再重新开工？完了，看来老天爷也不想再让尚吉利重建，那就罢了！罢了！爹，家业到底在我手上断了，断了，你骂吧，我没有办法了……

他捂了脸，瘫坐在一堆浸在泥水里的砖头上，无声地抽噎起来……

不知过了多久，他感到了有一只手在轻轻地抚着他的头发，抚得那样轻那样柔，那每一抚里都含满了安慰。他在那手的抚慰下抑住了抽泣，他以为是顺儿不顾伤痛起了床，慢慢抬起了泪眼：面前站着的竟是云纬！

他只看了一眼云纬，便又把头埋进了双手，哽咽着叫："我完了，完了，织丝厂完了……"

云纬无语，只从身上掏出一方手帕，塞进达志的手里。

大雨刚开始下时，云纬的心就飞到了这正重建的尚吉利织丝厂里。她前一天进城给老黑和儿子买鞋面布时，曾远远看了一阵尚吉利正建着的厂房，她知道没有上瓦的新房，最怕这种急雨浇泼，雨刚一停，她就借故进了城，路上有几处她都是蹚水走过来的。果然，她担心的事发生了，厂子又成了一片废墟！

太阳到底晃出了身子，但仍有流云不时相缠，使它下泻的光时断时续。街上有人向这边指划，不过当云纬扭头去看时，那些人又都急忙别转了脸。云纬这些年因为心一直浸在恨、烦、愁、苦之中，脸上原有的那层柔和已经完全褪掉，双颊上两眼里总是罩着厉色，所以使看见她的人总不由心头一缩，很少敢与她搭话。

“甭哭了，大男人坐这儿抹泪不嫌丢人？”云纬知道达志被这紧跟而至的打击弄蒙了，心中需要安慰，她也想把话说得柔和些，可因为已养成了说话冷淡生硬的习惯，话一出口，仍是这样硬邦邦的！

达志被这句硬邦邦的话刺得停了抽噎。

“不就是这些墙倒了，梁折了？值得这样哭？不会再砌、再买？”

“我没钱了，都花光了。”达志抬起泪脸。

“花光了不会再想别的办法？你当年为了祖业不是很有办法嘛，不和爱你的女人远走，把女儿卖了，今日可以再卖人呀，你不是还有儿子、老婆？把他们也卖了嘛！”云纬说着说着又想起当年自己的遭遇，火气不禁又上来了，两眼里开始发出恨光。

达志的泪脸倏然间涨红，他又急忙把头低了下去，呻吟着说：“我完了……”

“亏你还是个很早就识字的人，没看书上写过的那些话：‘天欲福人，必先以微祸儆之，所以祸来不必忧，要看他会救’；‘倾险之人情，坎坷之世道，若不得一耐字撑持过去，几何不坠入榛莽坑堑哉？’这些话，还是你推我去晋府后我才读到的，你没读过？”

达志被这话刺得把头抱得更紧。恰这当儿，立世从一堵断墙那边走过来喊：“爹，盖房子的刘工头问，咱们家的厂房还盖不盖，他们还来不来上工？”

达志抬脸嗫嚅着：“待我——”云纬这时已冷然而干脆地截断了他的话：“告诉刘工头，盖，要他们五天后准时上工！”

“可钱……还没借——”达志有些着慌。

“你先回去换换身上的湿衣服，”云纬又把他的话截断，“睡下歇歇，五天后我来帮忙！”说罢，转身就走。

达志嘴张开似乎想说句什么，却终又把双唇阖了。

蔡老黑领着承银从麦地里薅草回来，到村边一看见自家草屋里那黄黄的油灯光亮，心里就涌上了一股说不出的安逸和舒服。唉，活了大半辈子，到如今总算有个家了，家里有了个疼惜你的女人，再不用过那种东奔西跑孤苦伶仃的日子了！

他捶了捶酸疼的腰，加快步子向家里走。到底是五十多岁的人了，半天弯腰的活儿做下来，是真有些累的感觉了，但他心里快活，走起路来还很有劲道，把一串亮亮的脚步声早送进了屋里。

“快洗洗手脸！”云纬这时已把一瓦盆清水放在小院中的石头上。待父子俩洗罢进屋时，热腾腾的饭菜已经摆上了小木桌。老黑满怀感激地看一眼正扯起围裙擦汗的云纬，端起碗便大口吞了起来。

“累么？”云纬看着老黑问，声音里含着一股少有的温柔。

“不累！”老黑停止咀嚼，急忙摇头，“我想，只要几季庄稼收成下来，加上我手上积存的这二三十个银元，咱们就可以再买个好宅院，再添几亩地，再买几头牛，过上富日子了！”

“哦。”云纬漫应一声，忙着从盘里给老黑夹菜。

饭后，一向寡言少语的承银就去西间屋睡了，待云纬洗罢锅碗收拾完院里的东西同老黑进了东间睡屋时，西间早传来了承银沉沉的鼾声。

老黑坐在床边,慢腾腾地解着自己的衣扣。每天晚上,解扣脱衣服在老黑成了一个难关。他总是待云纬脱衣钻进被窝之后,一口吹熄了灯,才摸黑把自己的衣服脱下来。他害怕让云纬在灯下看见自己那赤裸难看的身子。他小时候父母双亡,无衣无鞋,到处流浪,风刮雨淋日晒泥糊,皮肤黑得出奇;长大当马伕过东跑西颠的日子,挑水、割草、喂马,这些粗活又使他的黑皮肤变得粗糙非常;如今,因为年岁已大,身上的水分减少,皮肤又起了皱,这儿的皮肤皱成一叠,那儿的皮肤枯成一把,老黑自己也觉着难看。特别是他看了云纬那雪白细腻丰润的身子之后,两相一比,他更有些自惭形秽,不愿让云纬看见自己丑陋的身体,他怕她看见之后会对自己恶心。

"老黑,有桩事我想同你商量。"云纬边脱衣上床边柔了声说。

"啥事?你看咋着办好就咋着办吧,不用跟我商量!"老黑嘴上答着,眼却在看着云纬那失去衣裤遮掩的雪白晃眼的身子,心上顿时又涌来一股半是自豪半是庆幸的激动:这么漂亮的一个女人竟然归我了,老天爷一定是匆忙之中把这事配错,便宜俺了。

"承银他一个远房舅舅,要做笔生意,想向我们借三四十个银元,你愿借吗?"

"三四十个银元?"老黑吃惊了,"咱们的全部家底不就是三四十个银元,都借给他了咱日后咋添置家产?"

"你不愿借就算!"云纬的脸子一冷,猛地躺下拉过被子盖上了脸。

"嗳嗳,你别生气呀!"老黑见状急忙俯身朝云纬赔着小心,"我又没说不借,我只是有些心疼,既然你已答应了人家,咱借给他就是，我们大不了是暂时不添置家产罢了。来，来，我这就给你拿！”老黑说着，急忙又掩好衣服，去墙角的一个墙缝里掏出一个小布袋，把里边的银元哗啦一声倒在了云纬的枕头边，“都在这儿了，你甭生气好么？”

云纬这时方慢慢抬起身，脸色缓和了些，一边说着“人家日后不会不还你”，一边伸出两条光洁的玉臂，去帮老黑解着他的衣服纽扣。

“不，不，我——自己来。”老黑看看还在亮着的油灯，有些着慌。

“来吧！”云纬不由分说地伸手解着老黑的衣扣，“你那身子我摸都摸过了，还怕我看见？”云纬早看透了老黑的心思，“不就是黑一点、粗一点、皱一点？我不嫌！”

老黑心里一热，两只老眼里顿时有泪光在闪。

云纬麻利地帮老黑脱掉衣裤，在灯光下抚着他那瘦骨嶙峋皱皮丛集的身子。老黑害羞地往床上一躺捂上了眼睛。结婚以来，老黑从不敢主动伸手触摸云纬，更不敢主动开口要求亲热，长期光棍生活所造成的那种心理压抑，使他在这方面变得胆小如鼠。两人结婚后很少的几次亲热，都是云纬先动手。今晚又是这样，在云纬双手的轻柔抚爱下，老黑的身子慢慢摆脱了紧张和害羞，变得快活激动亢奋起来，捂脸的手也一点一点放开，浑浊的双眸里放出热热的光来。

“想来吗？”云纬的声音极微。

“嘿嘿。”老黑不好意思地笑笑。

“过来吧。”云纬掀开自己的被子，老黑怯怯地挪了过来。云纬吹熄了灯，在黑暗中摸了一下自己的腹部，随后向老黑俯过身去，与此同时附了老黑的耳朵轻声交待：“我喜欢在上边，我还喜欢你动作轻点。”……

第六天早晨，云纬早早把那些银元包好，往裤带上一绑，跟老黑交待说这几天要去承银他远房舅舅家看看，就急急出门往城里尚家走。到了尚家才知道，尚达志由于这些天的伤心、操劳、焦躁，加上下雨时又淋了雨受了点凉，这几天一直在发烧，眼下还根本起不了床。立世看着躺在床上的爹妈，想着泥水匠和帮工们马上要来，正在屋里急得抓耳挠腮。

“不用着急，有盛姑我哩！”云纬拍拍立世的肩膀，“你先去安泰堂给你爹买点退烧的药煎上，工匠们来了由我安排！”

话虽是这么说，可当云纬绕着倒塌得乱七八糟的厂子走了一圈，心里也着慌起来，她哪里经见过盖房子尤其是盖工厂的事情？先干什么后干什么有哪些工种哪些工序她一概不明白。可现在没有人可以依靠，只有自己来出头办了。要紧的是自己得沉住气，别露怯，不能让工匠们看出自己啥都不懂。

立世出去买药的当儿，那个刘工头领着一帮泥瓦匠和帮工的来了。云纬定了定心，迎上去说：“我想先听听你对于重建厂子的打算，看和我的主意能不能合起来，我是立世的姑姑，他爹、娘有病，重建厂子的事先由我来管！”

那工头见云纬面色冷峻，像个有主见的女人，就把自己关于先清场地、后运料、再砌墙盖瓦的安排说了一遍。云纬听罢，装作思忖了一会儿，点头说：“行，就按这个顺序干吧。只是在清理场地时，工钱不再按天按人计算，而按清理的房间数算，四间房一个银元，谁清理的多谁就得的多，谁清完四间我立时就给他一个银元，现兑现！”云纬估计这工钱可能开高了一点，高一点就高一点吧，尚吉利织丝厂最害怕的是丢失时间！

匠人们和帮工们显然都为这个工钱数目感到高兴，便不再像在一般人家干活那样先蹲下吸烟歇息，而是争相进倒塌的厂房清理起来。立世买药回来，见工人们已各各散开，很有条理很卖劲地干起来，便颇有些钦佩地看了一眼这个陌生的姑姑。

半后晌的时候，有两个棒小伙最先把四间房基清理出来。云纬上前检查一遍，见没有偷懒，便当即掏出一个银元递给了他们。一个银元在当时能买到不少好东西，两个小伙敲了一下银元，一边含笑听着那当啷啷的响声，一边又马不停蹄地去清理另外四间。

本来需要几天才能完成的清理任务，在这种多干多赏的办法刺激下，仅用一天半就全部完成了。从第二天下午起，又开始恢复砌墙。

砌墙开始前，云纬把那个姓刘的工头叫到一边说："建房子的工钱和时限照旧，但如果你在保证质量经得起检查的情况下使整个进度每提前半天，我奖给你个人一个银元！"那工头已经知道这个满眼厉色的女人说话算数，当下点了点头。回到工地上后，他把小工的搭配，各种原料的运进和木匠、泥水匠、瓦工的工作量重新做了调整，把每天的施工时间做了延长。结果，到第五天上，当达志高烧退去双腿发软地扶着墙壁走出睡屋门时，整个厂房已正在盖瓦了。

"哦？"他吃惊地瞪大双眼，在工地上寻找那个身影，直到用目光把那个来回走动的纤长而丰腴的背影捉住：云纬，我该怎么谢谢你呀……

尚吉利织丝厂的织机到底又响起来了。雪白的绸缎又像瀑布一样从织机上源源流出，染印房里重新飘出了特有的颜料味儿，卖蚕丝、山丝的马车又开始在尚家门前停下，尚家大院像灯光陡灭又复明的戏台一样，又恢复了旧日的热闹。

尚达志站在织造车间门口，望着被擦拭一新正咔咔工作着的织机，心里满怀激动：到底又活过来了，我的厂子！这次倘不是云纬帮忙，厂子即使能活，也决不会活得这样快！呵，云纬，真没想到，你原来还是这么一个有主见会筹划的女人！

尽管由于刚刚恢复生产诸事忙乱，达志还是要找机会悄悄地目不转睛地盯住正干着什么的云纬看上一阵，看她那个罩了黑网的乌亮发髻，看她那更显丰腴了的腰身，看她那比过去饱满多了的胸脯，看她那依然纤长的双腿，只有那张满是冷色但依然显得漂亮的脸孔他不敢看，他担心自己偷看的目光被她的双眼发现。每看一次，他都觉出被自己压挤在心底十几年的那团东西开始胀大一些。一个他不敢正视的愿望已在心里慢慢萌起：但愿云纬永远不走！

厂子复活几天后的一个傍晚，工人们都下了班去吃饭，达志正借着从车间西墙窗口透进来的一抹晚霞检查织机，云纬忽然来到了他的身后淡了声说："嗬，厂子已活，我明日该走了！"

"啥？"达志闻声，急忙直起腰抓住云纬的胳膊，仿佛害怕她立刻就飞走了似的，"你怎么能走？"

"我怎么不能走？这里又不是我的家！"云纬一边弱了声说，一边抹着沾到胸前的一缕霞光，"忙帮完了，不走干啥？"

"不，我不让你走！"达志捏紧了她的胳膊。

"留我干啥？"云纬的眼睛斜过来，乌眸晶莹闪光，她何尝想走？可不走咋办？一个女人常在别人家住，会引发什么样的议论？这几天，她瞧见街上已有人朝自己指指戳戳了，还有，老黑——

"帮我管理这个厂子，当管家！"达志在慌忙之中这样说道。他这段日子一直在为厂子焦心,无暇去打听别的,还根本不知道云纬同老黑结婚的事。

“当管家?你不是有顺儿吗?”云纬冷冷一笑,心头顿时淌过一股酸酸的东西。

“还有,我要报答你!我要让你今后就住在这儿享福!”达志一边冲动地说着,一边猛把云纬揽到了怀里。云纬没有挣脱,在多少个夜晚的梦里,她不是一直盼着就这样倚在达志怀里吗?四周好静,最后一缕晚霞也已退出窗口;一股饭菜的香味由敞开的门口飘进来,在车间里弥漫;夜暗开始由墙角向外扩散,逐渐地把车间弄成迷蒙一片;几只早出的蚊子在近处叫了两声,似乎怕惊了这对相拥的人,又飞离到了别处。云纬感到他的头在向下俯,一双嘴唇正怯怯地试探地接近她的头发,她仍然没动,不过也没有逢迎,只是微微闭上了眼睛。她觉出他的双唇沿着她的左鬓在向下滑动,他的短胡子使她的颊部有些刺痒,那刺痒引得她的身子颤动了一下,开始不由自主地向他更紧地靠去。她知道他的一只手伸进了她的胸衣,她没有拦挡,只用心去注意那只手的移动。摸吧,再向下摸,摸摸我的肚子,那里边有你的孩子,你的孩子……一股身不由己的哆嗦已开始由云纬的脚跟那儿升起,但理智就在这时又倏然回到了心里:你这是在干啥?顺儿就在旁边的屋里,她还有病,要是让她知道这事不是生生要把她气死?你不能去害那个女人……

她猛地把达志推开。毫无提防的达志被这个举动几乎推倒,他退了几步才算站稳……

顺儿听说云纬要走,忙从病床上挣扎着下来,拉住云纬的手忍了头晕头疼说:“纬姐,你不能走,你看我病得起不了床,达志和立世父子俩忙不过来，你留下全当是帮我的忙了！”她并不知道云纬同老黑结婚的事，不知道云纬也有自己的家事要忙。这些天，顺儿虽没起床，但立世已把云纬为尚家所做的事都告诉了她，善良的顺儿自然感动。当然，她也懂得，云纬这样来帮助尚家，原因只有一个，那就是她还爱着达志，要不，她怎会来？尽管顺儿懂得这些，可她并没有不安和妒忌。她那颗柔弱良善到极点的心，遇事总是先替别人着想，她觉得当年丈夫和云纬的一场美满婚事，被一件意外的事生生拆开，云纬受了这么些年感情上的折磨，如今这样做也完全可以理解。再说，云纬来帮的是尚家，也包括儿子和自己，自己只能表示感激。

“不了，顺妹，厂房盖好开始织绸，下一步我就帮不上啥忙了，我对机器织绸也根本不懂。”

顺儿听了这回答，也一时无话，可一想到云纬走了之后，因为自己卧床不起，厂务家务全堆在达志、立世身上，又有些着急。再说，云纬一走，达志这些天好起来的心情又会改变，昨晚，顺儿就注意到达志在床上翻来覆去地睡不着。顺儿明白达志也舍不得让云纬走。哪样对尚家好呢？顺儿的两道细眉一起一伏，片刻之后，她把牙一咬，仿佛下了什么决心似的，低低地开了口：“纬姐，我有个想法，不知当讲不当讲？”话到这里，苍白的双颊已洇出了红晕。

“说嘛！”

“我想，你要是永久留在这儿，对尚家织丝厂的发达只有好处。你有主见有办法，比我强得太多，可要长久让你留这儿，办法只有一个，那就是你做姐姐！”

“做姐姐？”云纬不解地竖起眉毛。

“我说直白了你可别生气。”顺儿那扁平的胸部急剧起伏着,“眼下,城里有许多男的,都娶了两个女人,就让达志也这样做吧,你当姐姐……”

云纬倒退两步,吸了一口冷气,两眼骇然地瞪着顺儿,她根本没想到顺儿会说出这话。在听到这话的第一瞬,她只是震惊:一个做妻子的竟会如此建议,真是世上少见!不过随即她便意识到,顺儿能提出这个建议,原因只有一个,那就是她对达志和尚家怀有一种深得可怕的爱,否则,她决不会这样做。而一旦意识到这点,一股妒忌便又蓦然升上心头:看来过去这些年达志和她生活得不错,要不,她不会爱他到这种程度!

“尚达志恐怕还没有这个福分!”云纬此时开了口,语气冷得吓人,“让他再去娶别的女人吧!”

“纬姐,你甭生气。”眼泪这时已涌上了顺儿的脸。“我只是说说,我只是想让尚家的织丝厂快点发达,我只是……”

“顺妹,”云纬轻轻拍了拍顺儿的肩膀,“我明白你的心,尚达志能遇上你这样的女人,也真是他的福气,他该好好待你!我是一定要走的!”

“纬姐——”顺儿扑到云纬怀里,放声哭了起来。

有一霎,只有一霎,云纬的心里升起一股后悔:看来当初不该再去同老黑结婚,要不然,我如今是自由身,真按顺儿说的去做倒也不错!就让尚达志有两个老婆,就让顺儿跟着他,但只要我一来,尚达志就会完全变成我的!……

她很快地摇摇头,止住自己的思绪,放开顺儿,逃也似的跑出了门……

5

像不少粗心的父亲一样,卓远也是突然间发现女儿容容已经长大成人。那日晚饭吃罢,他忽然记起,原来答应为沘源县创办的全南阳地区第一个图书馆开馆仪式送的贺联还未写,便走进书房点亮蜡烛,一边往桌上铺纸一边像往常那样喊道:“容容,来给我研墨!”容容听见,仍像往日那样燕子飞似的奔来,却没如往常那样立时往砚中注水拿墨研磨,而是调皮地朝卓远一鞠躬说:“对不起,恕不奉陪,本人今晚有事,请俺妈来吧!”

“鬼丫头,快来,我还要让你帮我推敲一下这贺联的字句:苦心搜索集甘露风云架架是锦,极力荐出给男女老幼部部皆宝。可以么?”卓远笑问。

“爹另请高明吧,我真有事!”

“什么事比我写字还急?”

“不告诉你！”容容朝父亲伸了一下舌头，扭身便向院门外跑了。

“这丫头！”卓远无可奈何地只好自己动手研墨。对容容他从小就溺爱，除了读书习字上严格要求外，在行止上从未按传统闺规约束她，一任她自由自在地生长，所以这姑娘养成了调皮任性的脾气，他的话常在她面前失去效力。

“你早晚要把她惯得上房子揭瓦！”雅娴这时进屋，一边抱怨，一边伸手拿过丈夫手中的墨在砚上研磨起来。

“你不也是惯，她说饭甜，你不是赶紧放盐，哪管我能不能吃得下？”

“哼。”夫妻俩相视一笑。就这一个独女，能不娇？

卓远写完贺联，又写了一封贺信，封好，摸着黑亲自去了东街口的宛南书店，那书店经理第二天要去沘源参加开馆仪式，贺联贺信就托他带去。卓远走出书店往回返经过一道巷口时，忽听巷内一个凹处的暗影里，传出了一阵男女的细碎低语声，卓远当时眉心一耸，因为那女的话音虽很低微，却极耳熟。他停步仔细一辨，不由一惊：是容容的！因为卓远自小常抱女儿，别说对她的声音，就是对她的呼吸、鼻息，也非常熟悉。她在这儿干什么？和一个男的在一起，而且是在这样黑的夜晚！他的心不由一紧，轻喊了一声：“是容容吗？”

从暗影里飘过来的那种细碎低语戛然而止，两个挤靠在一起的身影迅速分开，卓远明白了自己的判断正确，那是容容！“容容，你是和谁在一起？”他边问边紧步走过去。这当儿，那男的忽然噔噔噔地向巷里跑了。对女儿的关心使卓远非常想知道那人是谁，他不假思索地低叫了一声：“站住！”跟着便朝前追去，他听见容容在身后轻喊了一声“爹”，但他没停步，他恐惧地认为被吓跑的一定是个引诱少女的坏人，要不他为啥要逃？幸好这巷子是个死巷，那黑影在巷底无可奈何地站住喘息。卓远刚要上前去抓，却忽然听到那人惊怯地叫了一声：“卓伯，是我。”

“立世？”卓远浑身的怒气顿时泄了，原来是这个老实巴交的孩子，“你和容容有什么话要躲在这里说？害得我吓了一跳。”

“我们……”立世吞吐着。

“两个家都有那么大的院子，还容不下你们，还非要跑到这里不可？”

“卓伯，我们……”

“说嘛！你们在商量什么？”

“商量结婚的事。容容说——”

“结婚？”卓远那松弛的神经一下子绷紧，“谁结婚？”

“容容和我，容容说我俩先商定个日子，然后再给你和俺爹说。”

卓远被这话砸得呆了：老天，容容要结婚？在平日和女儿逗乐的时候，他是偶尔想过女儿将来的婚事，但那不过是一闪而已，他总以为那是很久很久以后才能办的事，容容还是个孩子！他从未想到这事竟已来到了眼前，而且是以这种方式来的！他过去倒是常看见容容和立世在一块儿玩，可他总以为是两个孩子的自然接触，从没想到事情会往这方面发展！

“卓伯，我……回了？”

“回吧。”卓远低微地应允道，似乎刚才的那阵奔跑已耗完了他的气力……

书房的灯还在亮着，卓远推门进去的时候才看见，容容正气鼓鼓地站在书桌旁，雅娴正含着小心轻轻拍着她的肩膀。

"哼!"看见爹爹进来,容容气呼呼地哼了一声,赌气地转过脸去。

卓远在一张椅子上重重地坐下,默默打量着女儿。呵,这一刻他才注意到,女儿是真长大了,个子和她妈妈已经一般高了,粗长乌亮的发辫拖在浑圆的后背上,挺拔的腰身上的凸凹处都已十分明显,双腿带着一股强捷柔韧之气。她已经不是孩子而是个成熟的姑娘了!

"哼,跑着追人家,亏你还是个省立五中的校长!追上人家又怎么着?"容容脸没扭过,眼望着墙角气呼呼地说。

"不许这样和爹爹说话!"当妈妈的轻轻捏了一下女儿那粉嫩的脖子,算是警告。

"追上去看看他是谁嘛!"卓远被女儿的气话逗笑了。就是,这会儿再想想刚才如追逃犯的那个飞奔样儿,卓远自己也感到好笑,嗨,真是沉不住气。

"看清他是谁了又能咋着?"容容仍背对着爹气呼呼说。

"这种事你应该早跟我说一声。"

"你不是主张婚姻自由吗?早跟你说干啥?"容容顶道。

卓远被这话噎得只能笑不能出声。是的,他一直主张婚姻自由,他不止一次在学校里给学生们讲过他的主张,但他的"自由"里总还包含有父母参与的意思,总还有个订婚仪式。他根本没想到女儿的婚事会自由得这样彻底。

"你既然看清他是谁了,那你就说说你的看法吧!"容容稍稍扭过脸,嘴依然嘟着。

"立世这孩子是个好孩子,老实、好学、肯干,脾气也不像你这样任性,家里又开着工厂,应该说是比较富的。一般人都会认为,一个姑娘嫁给他,是会幸福的,但是我——"

"但是什么?"容容截断爹的话,翻了一个白眼,"你是不是嫌人家不是书香门第，他爹妈不像你和我妈一样会吟诗作画，和咱家不般配？告诉你们，我偏偏喜欢工厂，喜欢听机器的隆隆响声，我认为机器不仅是文明的产物，同时它还会制造出新的文明，发展机器、发展工厂，是富民强国之道，是人类——"

"好了，傻丫头，甭给我上课！"卓远笑了，"你忘了我对尚吉利织丝厂的关心了吗？你的这些话好多还不是从我这儿偷去的么？我的意思是说，你对立世的家庭认识得还太浅！"

"那么说是你认识得深了！"容容不服气地扭过身来，一副预备争论的样子。

"听你爹说下去！"雅娴这时又轻轻捏了一下女儿的耳朵，制止住她。

"世上的家庭按我的分法有三种：一种是得过且过知足常乐无目标型的，挣着吃着，吃着挣着，并不想别的，只想一家人平安活下去就行。另一种是企望改变处境，努力向好处走，有一定目标型的家庭。这种家庭时时提醒自己的成员奋斗，努力向自己的目标靠近，当然，如果由于什么社会的或自然界的原因使他们觉得目标达不到，他们也就会叹一口气罢手，转而守住已得的东西。再一种是由于历史的、家族的、政治的或其他的原因，有固定的目标型的家庭。这种家庭通过辈辈相传的教育，让为实现那个固定目标而奋斗的精神深深浸入他们家庭成员的血液和头脑，使实现那个固定目标成了这个家庭成员活在世上的目的。在这三种家庭中，我们通常所说的所理解的'幸福'，即人的感情上的满足，心理上的平衡，情绪上的安宁，在第一种家庭中存在最多，因为无目标就无烦恼无痛苦；在第二种家庭存在较多；在第三种家庭存在最少。谁想进入第三种家庭或进入了第三种家庭，通常都必须放弃获得幸福的希望，都必须做好尝受痛苦的准备。而立世的家庭，恰恰就属于第三种！”

“你这是瞎划分！”容容气得跺了一下脚。

“当然，我这样划分，并不是说我就厌恶第三种家庭，害怕与第三种家庭交往，恰恰相反，我最佩服最喜欢的人，常是这种家庭的成员，因为他们通常都有超常的毅力！”

“那你为啥还要说这么多，你不是明明想反对我和立世——”

“是的，我不愿意你和立世结婚！”卓远脸上的笑意消失了，“我虽然喜欢尚家和立世，但我是你的父亲，我就你一个女儿，我希望看到你婚后得到的欢乐能够多一些！希望你终生幸福！”

“我不管你怎么说，我反正要和立世结婚！你们不答应也得答应！”容容涨红着脸叫，漆亮的双眸上，已有泪光在闪了。

卓远低下头，无言地望着地。

“我也觉得，你爹说得有道理。”雅娴轻声说道，“你应该——”

“我不听，不听，不听！”容容跺着脚捂上了耳朵，这同时，两串泪水已在双颊上流淌了。

“好了，”卓远站起身，“我说‘不愿意’，并不是就反对，如果你自己一心要这么做，我和你妈都不会拦你，你不是知道我说过婚姻自由吗？”说着，就抬手心疼地去揩女儿脸上的泪，容容这时就哇一声扑到了他的怀里。

“看不把眼睛哭肿？”卓远轻轻拍着女儿的背，同时与妻子对视了一眼，嘴角慢慢浮起一缕杂了不安的笑意……

容容和立世的婚礼，是来年的四月初四举行的。这日子是卓远和达志商定的，之后，达志又专门去找阴阳先生给看看这日子是否合适，阴阳先生说：好，春末夏初，花开人采，上合天理；双月双日，男女成侣，下合世俗！于是就把喜日子定下了。

达志便忙着筹备。对于能把容容娶来做儿媳妇，达志和顺儿真是一百个愿意加满意：那姑娘长得多顺眼；又识文断字明事理；而且又是亲眼看她长大的，知道她心地好；重要的是，容容喜欢织丝这个行当，平日没事就往自家厂子里跑，早就对绸缎织造的各个环节一清二楚，这样的人一进尚家门，必是一个好帮手！这样的媳妇去哪里找？况且容容的父母同自己一家是多年的朋友，有这样一个亲家，多么让人高兴！

尽管卓远夫妇一再交待达志，两家相距这么近，又这么熟，通常办婚礼时的一些礼数可以省了，但达志为了图吉利，还是决定一切依礼依规矩进行。比如花轿，原是可以不必请的，容容的闺房和如今的新房，只隔着一道不高的院墙，相距不过几十步远。织丝厂的一些工人们同立世开玩笑说：你在院墙的两边各放一个凳子，让容容站在那边凳子上，你站在这边凳子上，然后你一伸手把她抱过来就行！但达志还是请了花轿，而且是南阳城里上流人家嫁娶时常租的八抬大花轿。他想，在这事上俭省有点对不起卓远哥，再说，他如今手上也又有了些钱，虽然厂子还远没恢复到过去的样子，可经过近一年的努力，生产也已有了一个像样的规模。

因为两家相距得近，加上怕出意外，所以达志不依城里黎明起轿的惯例，把迎娶时间改在了日上两竿时分。这时辰正是街上人多的时候，所以当花轿迎到卓家门口容容开始上轿时，看热闹的人围得里三层外三层。两家的大门挨大门，花轿自然不能从一个门口接着抬到另一个门口，轿从卓家门前起后，先沿世景街往东，走到十字口后往南，到下一个十字口再拐向往西的街，待走到又一个十字口时，方拐弯往北返到世景街西头，由世景街西头再向东到尚家门口，花轿走的路线是井形。花轿落地新娘进了洞房后，一个进院看热闹的邻居，忽然指了尚家前院那块怪石上的卌图案叫："喂，你们看！今日这花轿走的路径，多像这图案的一角！"一旁看热闹的人闻言伸头细看一番，也都啧啧称是。站在那儿的尚达志听了这话，细一琢磨，也觉有些道理，不觉心上称奇：先人们刻下这图形，莫不是就为预告今日这花轿行进的路径？

接下来开始拜天地、吃喜酒，这一切都和其他人家的婚礼一样，令众人感到新奇的是容容娘家陪嫁的两件东西，除常见的箱柜被褥之外，有两个绫裱的立轴，一幅上边是卓远手写的一首诗：

娇女今做尚家媳，
想必已见大机器，
既知无工国不富，
便该勤谨效力气。

另一幅上边是雅娴亲手画的一幅画，画面上，两只在窝中偎依的小黄鹂美丽喜人，题款为：永相依。两幅立轴在新房里展开挂上时，看懂看不懂的，都鼓掌叫好称奇。

晚饭后闹房前，尚家专门请来给新人铺床的一个邻居嫂子，先拿了一个笤帚把床腿、床撑、床帮扫了一遍，而且边扫边唱：

新笤帚，扫新床，
今日娶个俏新娘，

两口睡到这床上，
你亲我爱床不响。

扫罢床，开始铺被褥，那邻居嫂子又边铺边唱道：

撩起门帘五尺长，
门帘挂在金钩上，
打开绣金红罗帐，
嫂子替你们来铺床。
先铺褥，后抻被，
鸳鸯枕放在床头上，
四个鸡蛋床角摆，
花生栗子撒一床，
核桃红枣配成双。
床头铺把干麦秸，
引个白胖小乖乖；
床尾铺棵干白菜，
引个闺女做国太；
床中铺个小竹筷，
引来男女双胞胎。
夫妻同入红罗帐，
鸳鸯交颈到天亮……

铺床的邻居嫂子这仪式歌儿还没唱完，闹房的人们便涌进了房。在织丝厂做工的男工、女工们，下班后也争相挤进来，围住了立世和容容，尽情地和这对未来的男女厂主笑闹。人们都知道容容爱唱歌，尤其那首绸缎谣唱得最好，便逼了她唱，而且要求她和立世轮句唱。容容倒是大方，红了脸捋捋鬓发说："行，俺们唱。"这绸缎谣在南阳流传很广，儿童们几乎都会唱。立世小时候自然也唱过,可今日就是羞得开不了口。几个小伙上前捏了他的鼻子,硬逼着他嗯嗯呀呀开了腔——

容容:绸儿柔,缎儿软,
立世:绸缎裹身光艳艳,
容容:多少玉女只知俏,
立世:不知它是来自蚕。

容容:蚕吃桑叶肚儿圆,
立世:肚圆方能吐出茧,
容容:煮茧才可抽成丝,
立世:一丝一丝缠成团。

容容:丝经理,丝经染,
立世:分成经纬机上安,
容容:全靠织工一双手,
立世:丝丝相连成绸缎。

容容:一梭去,一梭返,
立世:一寸绸,一寸缎,
容容:经纬相交似路口,
立世:路路相连可拐弯……

这歌儿刚唱完,两个年轻媳妇又不由分说地上前用一条布带扎住容容的上衣下摆,尔后从她的脖颈那儿把四粒圆溜溜的豌豆放进了她的衣领里,那豌豆立时便贴着容容的后背滚了下去。这时人们就扯过立世来,让他从容容的衣领那儿伸进手去"摸金豆"——把四粒豌豆一粒一粒摸出来。立世羞得无论如何也不干，小伙子们就哄笑着又推又抬地去逼他。容容哪经过这种事，也早羞得垂下了头，可后来见众人把立世逼得满头大汗几乎掉泪，就咬了牙抬起脸爽声笑对立世叫："来，摸吧！"同时就把脊背朝立世挨去。立世涨红着脸刚把手伸进容容的衣服里，众人就轰地一声笑开了……

闹房正闹得热烈时，一个邻居嫂子嬉笑着端了一盏油灯扭进屋来，而且边走边唱"送灯歌"：

小油灯，亮荧荧，
我给新人送房中，
有灯新娘好脱衣，
新郎一旁看光景，
先看脸，后看胸，
再看大腿白生生。
…………

闹房直闹到午夜方休。在这笑闹中只出了一件意外的事：一只小狗不知什么时候也随着人群挤了进来，在人缝里支起前腿看热闹，不料一个闹客粗心，踩住了它的爪，疼得它汪地大叫一声，嗖然一蹿，从正相挨而坐的立世、容容肩上跳过。这对新人被这突然出现的情况骇得一惊，急忙分开了身子，两人手上端着的酒杯也几乎同时落地摔碎。众人见状一齐捧腹大笑，独有一直在外间给客人们端送茶水、黄酒的顺儿，闻声一惊，皱了眉在心里叫：但愿这不是什么不好的兆头！……

尚达志得到容容这个儿媳，也等于得了一个极好的帮手。容容会写会算，织丝厂的一应文书、账目，慢慢便全由容容来写、来算，减去了达志不少负担。如今一家四口人这样分工：

达志负责总的管理；立世在见习管理的同时主管动力机、织机的维修保养；容容负责文书、账目和前边店堂的零售；久病初愈的顺儿管理家务，偶尔也去织房里看两架织机。

厂子在逐渐地恢复，到了秋天，便基本上完全复原。冬初的时候，达志就又开始考虑下一年继续扩大生产的事了。那天吃罢晚饭，达志叫住儿子立世，问他对扩大生产有什么想法，立世含混地应了几声，便急急地进了新房。

达志不高兴地摇了摇头。

立世还沉醉在甜蜜的新婚生活里。只有极少数的小伙在这种含蜜的生活里能保持不醉，立世不属于这个少数。如今，动力机、织机、生丝、绸缎这些东西，都在他脑中变淡退远，惟一清晰的是妻子的身影。白天，他恨不得就和容容一块儿干活，一刻也不离开她；一到晚上，他进了新房便再不出来。他爱看容容走动时的袅娜步态，爱听她欢喜时的清脆笑声，爱闻她身上特有的那股幽淡香味，当然更爱把她紧拥怀中，把头放在她那雪白柔软的胸上，去体验那种令人颤栗如入仙境般的快乐。

立世从爷爷和爹爹身上承继下来了不爱说话的脾性，但越是不善语言表达的人，内心的感情越丰富，他会用眼神、用双唇、用双手，把自己心中的深爱一缕一缕全注进容容的心里。容容自然也愿意夜夜和立世沉入那夺人魂魄的美境里去，但她注意到了立世的眼圈开始发青，双颊少了血色，她心疼他的身体，有时就含了羞带了笑去推拒他那双伸过来的手。但她哪里经得起他那双眼和那双手的恳求，于是只好一切随他。立世像那些饿久了的小羊，乍见了一片肥美鲜嫩的青草地，扑上去就吃，不知节制地一直吃下去，把一切全都忘记。

自然地，他早晨开始迟起。

容容知道他需要恢复，需要歇息，于是自己起床时就很轻很轻，再把被头给他掖好。

立世第一次晚起时，尚达志皱眉在院中站了一袋烟工夫；第二次晚起时，尚达志围着屋子走了两圈；第三次晚起时，尚达志在后院朝桑树踹了一脚。第四天早晨，当容容轻轻起了床去前院忙活后，达志去水缸里舀了满满一瓢凉水，端着推开了新房门。床上的一切都还没有收拾，达志不敢转眼多看，只是径走到床头，猛把那一瓢凉水浇到了儿子头上。正在酣睡中的立世被这骤然而至的袭击弄得一跳而起，光着身子在床上边跳边去抹头上的水，待一看爹爹虎着脸站在床前，又羞得骇得急忙拉过被子遮住身子。

“立刻给我穿上衣服！我在后院等你！”达志冷厉地说罢，转身走出了新房。

眨眼工夫，立世已穿好衣服怯怯地站到了达志背后，嗫嚅着说：“爹，有事？”

达志没有回头，只冷冷地说：“给我背背那三段话！”

立世挪动了一下双脚，拍了拍额头，极力把脑中的昏沉赶走，跟着背道：“自唐武德八年始，吾南阳尚家从丝绸织造，迄今已千二百……”

“列祖列宗在上，立世生为男儿，当为振兴祖业尽力，有生之年，誓为尚家丝绸再获‘霸王’美誉——”

“咱们家的丝绸被称为‘霸王’了？”尚达志截断儿子的话，声音中结了冰。

立世垂下了头：“没。”

“没有你咋可就睡懒觉了？就懂得享福了？”尚达志的目光镢头一样抡过来，“你以为这世界是个享受的地方，是个歇息的场所？告诉你，就你这种样子，甭说发展厂子了，连现有的这点家业你也守不住！各地、各国的丝绸织造业都在往前奔跑，谁要停下来歇息，谁就会被远远拉到后边！”

“啊嚏！”立世打了个响亮的喷嚏……

6

秋阳快活地抚摸着饱硕的包谷穗，把裸露在外的包谷粒耀得金黄晃眼；轻风把一股股新谷的香气向四野撒去；几只雀儿在天上箭一样地划过，将一串尖脆的叫声送进人的耳朵。又是一个叫人高兴的丰收的秋天。

云纬正在自家的包谷地里掰包谷。

包谷秆没人头顶，包谷棒尖上的那些枯了的缨子，因云纬掰谷穗时对秆躯的晃动，不时地飞起来，粘在云纬的头上、肩上；变黄变硬了的包谷叶，不断地用它带了小齿的边棱，去云纬的手腕上、手背上、胳膊上轻划一下，引起一点轻微的疼痛。对这，云纬一点儿也未加理会，她只是快活而麻利地掰着。一个多好的年景呵！今年的新粮收下，除了留够全家人吃的，剩下的要拿去卖些钱，给老黑、承银和承达都各做一身新衣服！

想到承达，她不由得停了手上的动作，扭脸顺着包谷垄的缝隙向地头看去。四岁的儿子承达正在地头一个人饶有兴味地逗玩着她刚才给他捉到的两只蝈蝈。“叫,叫呀!”她听见那孩子稚嫩的对蝈蝈的命令,沁满汗珠的脸上不由得浮上了一个笑容。

这孩子长得太像达志！眉、眼、脸型、嘴巴,都活脱脱是达志年轻时的模样。所幸的是,老黑并没有对这孩子提前出世生出什么怀疑,一直把孩子当做自己的亲生儿子,爱孩子爱得比云纬有过之而无不及,常常让孩子骑到自己的脖子上满村子转。云纬把儿子起名为承达,其中自然有一层隐义,对此,老黑也浑然不觉,直说这名字起得好！有一段时间,云纬一直担心老黑从孩子的出世日期上看出毛病,曾心虚地反复向老黑讲一个生育道理:有些孩子早产是正常的。每次她讲完,老黑总要笑笑说:“孩子早一点来到世上有啥子不好?”

唉,总算蒙混过去了!

“妈妈,妈妈,有人来了!”地头的承达忽然叫了起来。云纬以为是村上的邻人谁也来地里收庄稼,没有在意,只漫应了一声,照样忙自己的,直到听见一个人的脚步声向身边响来,才扭过头去。

原来是达志。

“你？来这儿做啥?”

“你做这活儿太苦了!”达志没有回答她的问话,而是有些心疼地上前一步,摘下了沾在云纬头发上的一绺干包谷缨。

云纬的眼角闭了一霎,达志的这个关切举动令她心里一热,不过她还是后退了一步,淡了声问:“你不在厂里忙来这儿做啥?”

“厂里最近又销出一大批绸缎,钱有了,我想得给你带点来,你当初为帮我盖厂房,花去了那么多钱,我不能——”

“那就给我吧，我又有了一个儿子，也需要钱！”云纬很干脆地说罢，就把达志递过来的钱接下了。

“我还想为你们全家做点事，我想让你们全家都去我厂里帮忙，做厂里活多少要比干地里活轻松些。”达志当初刚知道云纬嫁给一个五十多岁的马伕时，心里曾苦酸了很长时间，后来想想自己有妻，又不能娶她，难道就让云纬守一辈子寡？便也慢慢气平下来。如今，他是诚心愿帮帮云纬的忙。

云纬闻言心里一动：全家一齐去到尚家做工，外人大约不会说什么，自己从此就可以和达志朝夕相处了！但转念一想，有顺儿、老黑两双眼睛在看着，有承银、立世两个已经长大了的孩子在身边，你还敢和达志做什么？罢，罢，罢！

“俺们一家人干田里活已经干惯了，你只管把你的织丝厂办好就行。你走吧！”云纬担心待会儿老黑和儿子承银来地里挑包谷，让他们看见达志在这儿不好，就很断然地催。

达志过去已领略过云纬的脾气，见她这样说，不敢再站下去，只得轻叹了口气，转身向地头走。刚走到地头，却又听云纬在身后喊：“站住！”他停下步子，以为云纬又有话说，却不料云纬快步跑来地头，喘息着问：“你看我的小儿子承达长得咋样？”

“挺聪明的。”达志漫应了一声，瞥了一眼那孩子就急忙扭过脸去。他一想到云纬会为那个又黑又瘦的老马伕生个孩子，他的心里就别扭、疼痛得难受。

云纬望着达志恹恹走远的背影，在心里笑道：尚达志，你那双狗眼真不管用！总有一天，我要让你好好高兴高兴！……

云很厚，月亮没能挤破云层，只在云后转悠，天显出一片极朦胧的白；夜风踏动近处的树梢，发出一阵轻轻的响声；地上放着的三个空碗和一个菜盘，泛出幽幽的光。吃过晚饭的云纬，没有立刻进屋去刷锅洗碗，而是默坐在那里，一边散漫地望着这夜，一边回想着后晌在包谷地里同达志的见面。他又有些见老了，由鼻翼下来的那两道弧纹开始变深！他大约是因为太累，办那样一个织丝厂是不会轻松的，加上顺儿那女人没有精心也没有精力照料他，要是我给他做饭，早饭我一定给他炖一碗鸡蛋羹逼他吃了；晚饭时给他做上四个菜，让他喝一盅张仲景补酒；临睡前再给他下碗挂面，里边放几根拳菜；半晌里再用山萸肉熬点水让他喝了，保准让他强强壮壮精精神神地去忙厂里的事！嗨，想这些做啥？你又不是他的老婆！他要你来照顾？不过顺儿也真是不懂，达志是厂子和家庭的支柱，把他照顾好了，对厂子对家庭不是都好？不说这些，只说夫妻关系，你把他照料得强强壮壮，他上了床精气十足，对你难道就是坏事？想到这儿，云纬的脸蓦然热了，但她却不能禁止自己顺这个思路去想。她的眼睛分明看到裸身的达志爬上床，看了一眼睡在旁边的顺儿，懒洋洋没精打采地躺了下去。另一个场面紧跟在这幅情景之后闪出来：她仰躺在床上，强壮结实的达志很快地撕掉衣服，虎一样跳上床照自己猛扑过来……

这场面已经不止一次地出现在她的脑里和梦里，她现在常靠这幅幻景来打发窝在心里的那股说不清道不明的烦躁。每当这幅幻景最初来到眼前时，都要使她产生一种羞耻之感：你爱他的最终目的难道就是为了要这个？但很快她便又陶醉在这幅幻景里，为这种想象所激动。她不知道这其实是一个正爱着的中年女人正常的心理反应。她把这视为一种堕落：你正在变成一个不知害羞的女人！

达志这会儿在干啥？结账？保养织机？吃饭？同顺儿说话？唉，你犯得着操这份心？见到他了，你很快把他赶走，不见他了又这样想他，你这是干啥？……

“他妈，睡吧。”抱着承达的老黑这时从屋里踱出，轻声催。

“你带承达先睡吧，我坐这儿歇歇。”云纬应了一声，又继续着自己的遐想。老黑闻言先去把承达放到床上睡下，又出来收拾碗盘去厨房里刷洗。老黑平日心疼云纬，家务活也差不多替云纬做去了一大半。

“唉！”云纬叹口气。你既是已经跟了老黑，就甭再去想达志了吧。

“妈，你还没睡？”去村里找人借牛预备几天后犁地种麦的承银这时回来，见妈没睡，招呼一句。

云纬抬头看一眼身子早高出自己的大儿子，忽然想起达志后晌说起的要让全家人进尚吉利织丝厂的话。自己和老黑、承达不去，倒是可以让承银去。承银小时候识些字，再去厂里学学，不说别的，学会个开动力机的手艺，日后不也有了养家糊口的本领？再说，有承银在尚吉利，自己日后也好常去那里走走，见见达志。

“承银，城里有家工厂愿让你去当工人，你愿去吗？”

承银在黑暗中站着，没有应声。这孩子本来就寡言少语，后来因为家庭变故的刺激，话语更少。他平日为了减少说话的机会，连走路也是低着头，绝少看人。

“愿去吗？”云纬又问一句。

“谁家的厂子？”一刻之后，承银突然反问。

“尚吉利织丝厂。”

“尚家的老板怎么会愿让我去当工人？”承银在黑暗中抬

起头来,双眼一眨不眨地盯住母亲。

云纬一怔,黑暗里她感到自己的脸顿时有些发热变红。她没料到儿子会这样问,她觉出儿子似乎猜到了一点什么。她此刻才意识到儿子已经长大了。

“我听人说尚家贴了个雇工招贴。”

“我不去!”承银这句话说得很干脆。

“你不去拉倒!”儿子这种干脆的回绝和那种直视自己的冷淡阴沉目光令云纬有些恼火,当然也有些心虚。

承银没再说话,弯腰从她脚前进了屋。在灶屋里洗刷完了的老黑这时又来催云纬去睡,她烦躁地挥手让他走开。她坐在原地,抬了眼久久地望着被厚云遮住的夜空,也许是因为风的作用,天上的云团如砸烂的冰块一样,在慢慢地离散飘开,几颗星从云缝中蹦出,俯视着正向子夜沉去的大地。

不知过了多久,她又长长地吁了口气,才起身进屋。西间的灯在亮着,承银却已经躺在床上睡熟了,她走过去替儿子盖被,儿子手里还攥着一本书,她小心地抽出来翻看了一下封面,见上面写着“新青年”三个字,她没心去细看,只小心地把它塞放到儿子的枕边……

承银长大了。

很少有十八九岁的人像承银这样经受如此多的家庭变故。但这些变故他都用他那小小的肩膀,撑持过来了。

经历这些变故的后果,便是让他养成了冷峻内向的性格和常常独自低头思索的习惯。

差不多从搬到百里奚的第二年起,他常常低头思索的不再是自己家里的那些令他困惑的问题:母亲为什么不愿提起死去的父亲?清明节母亲为什么不去给父亲上坟?母亲胸口的伤是被谁刺的？……他这时开始思索起了另外一些问题：自家一家和村里的那些农人，为什么一年到头辛辛苦苦在庄稼地里忙活，过的却仍是半饥不饱破衣烂衫的日子？城中的那些官人凭什么吃那样好穿那样漂亮？难道庄稼人就永远这样苦做苦活一辈子？世上有没有一个地方，那儿的人家家过的都是有吃有穿有住不忧不愁的日子？……

他所以转而思索这些问题，是因为他的家境促使的。他和他的家庭所过的这种一天到晚在田间劳作的日子的确太苦了，这种苦日子使习惯于思索的他不能不去动脑筋。

他自然思索不出什么答案。于是他就越加感到苦闷、孤独。为了排遣这种苦闷和孤独，他常在晚上去位于村边的“五羊塾馆”，到那里找一个姓张的塾师借些书看。那位张先生的藏书不多，除了教学用的《三字经》《百家姓》《千字文》等常见书外，就是一部掉了不少书页的《聊斋志异》。这部残本的《聊斋志异》，帮助承银度过了许多苦闷的夜晚，但《庙鬼》《婴宁》《聂小倩》这些鬼怪故事，终也使他厌倦了。有一天，当他去还这部《聊斋志异》时，无意中碰到了那位塾师的儿子，那位年轻人见他还想借书而自己的父亲又拿不出什么新书时，就笑着说：“来，我借给你一本！”说着，拉他到一个僻静地方，从怀里摸出了一本书递到他的手上，他打开一看，只见那封面上印着三个活蹦乱跳的字：“新青年”。

就是从这天起，他结识了一批年轻的朋友。

也就是从这天起，他知道了在这个国家中，有很多人也在和他一样地思索着怎样去建立一个人人可以过好日子的世道，而且他们已经有了许多新的设想和打算……

他觉得自己的眼界一下子变宽了，他感到前边的日子有了盼头。

刚才，就在刚才，就是妈妈来给他掖被子的那刻，承银正沉浸在一个美好的梦里：一幅镶着金黄色边框的画向他飘来，在那幅画上，到处堆的都是白馍、卤肉、烧酒和绸缎衣裤，到处都是一排排红砖青瓦新屋，画上的人们有的在吃，有的在喝，有的正试穿绸缎衣裤，还有的则在挑选房屋，他看见继父和娘正拉了弟弟承达在那人群里转悠……

7

草绒从教堂做罢晚祷回来，进门做的第一件事便是去看儿子。儿子如今也已经四岁，此刻正坐在一个女仆的膝上让她给喂饭，草绒过来，不由分说就抱住儿子的脸，噗地亲了一口，以致她颊上也沾了儿子嘴角上的一截面条。

“妈喂，妈喂！”儿子向她扎煞开双手。草绒闻声急忙放了臂下挟着的《圣经》，上前接了女仆手上的饭碗，把儿子放到自己的膝上，用羹匙舀起一匙，先轻轻吹了吹热气，尔后小心地向儿子口中送去。

如今，草绒把一个中年女人胸中所有的爱，都倾注到了上帝和儿子身上，儿子成了她在人间关注和关心的惟一对象。她把儿子起名为“秉正”，期望他将来能正正派派做人。

儿子现在成了她全部精神的寄托。

“吃呀，正正，吃得饱饱的，长得高高的，将来成为一个正正派派的男子汉！”草绒又亲了一下儿子的额头。

“正正派派？”小秉正抬起懵懂的眼。

“对，正正派派！当一个正派男人，就千万不能去做官。官场是乱葬岗，人一进去就得把自己的魂灵和心肝埋了，就变成身斜影歪无心无肝无魂灵的鬼了。咱小乖乖日后要么做工，要么经商，要么种田，就是不去做官，你说好吗？”

“好！”小秉正不明所以地叫。

“我的乖乖真聪——”草绒还要说下去，门外响起了脚步声，管家的声音随即在门外响起：“大夫人，为庆贺栗老爷荣兼混成旅旅长，今晚在前院摆了酒宴，老爷说让请你也去参加。”

“不去！”草绒头也没扭，像扔石块一样地扔出了这两个字。

“不去恐怕不合适，紫燕夫人已经到了！”

“啥叫不合适？！”草绒呼地扭过脸瞪了眼叫，“你去告诉栗温保，老娘就是不去，不去！看他能把老娘咋着！”

“也罢，也罢。”管家被草绒的怒状吓慌，惶恐地向后退着身子。

荣兼旅长，官又当大了！你当吧，栗温保，不该你得到的，上帝早晚还会收回去！你得到的越多，他收回去的就越干净！你前半生得到的，后半生他会收走！你生前得到的，死后他会收走！栗温保，你甭高兴，我在看着你的下场！只要我不死在你的前面，你最后的下场我会看到的！……

草绒一边在胸前划着十字，一边在心中叫。

一九二三年的春末夏初，南阳军界发生了一次大的变动：驻守南阳的奉系驻豫先锋队被改编为河南陆军第一混成旅，调往豫北驻防;把收编的第二混成团和栗温保的部队,扩编为混成旅,驻防南阳,栗温保任副镇守使兼旅长。

今晚栗府前院张灯结彩摆设酒宴,就是为了庆贺这个。

栗温保满脸喜色地半仰在一把圈椅里,静听着部属们和二夫人紫燕的恭贺之语,身心都处在一种舒服之中。旅长,这官职栗温保过去连听说也没听说过。人生有时候真是奇妙,只要你交上了官运,你原来根本不敢想望的职位,竟也会不知不觉间就属于了你。从今以后,你就可以号令几个团的官兵,你的手指只要动一动,这南阳的地面就会被震得晃一晃,这地界的大小各级官吏,都不能不看你的眼色,人到这个地步,是真该喝几杯酒庆贺庆贺了! 自然,你还是个副镇守使,不过正如肖四他们说的,副职也有副职的好处! 这年头京城里的总统、总理不断易人,你今日支持的,明日可能会变成狗屎;你今日得罪的,说不定明日就是你的上司。当副职可以不必事事表态,这就有了回旋余地,就可以随时易帜,这个顶头上司下台了咱就听另一个上司的;当正职就不同了,正职必须明确表态支持顶头上司,顶头上司倒台,他也就得跟着倒台! ……

"栗老爷,刚才镇守使署马大人派人通报,"书记官这时打断了栗温保的沉思默想,走过来报告,"说今后晌由省立五中师生牵头,益智预备中学、南阳学生联合会、教育会、商会等团体联合拍电报给北京总统府,要政府为旅大问题速向日本政府严重交涉,电文上说,旅大租期已满,日本抗不交还,实属有背章约,万望严重交涉,保我疆土。据悉,明日这些团体还准备集会游行,散发传单。马大人要你派人密切注意事态发展,一旦发现有反政府言行,就立即制止,以防事态蔓延!"

"哦,又是省立五中! 那年看电影让学生们举纸牌牌的不也是省立五中?"栗温保扭过头去问肖四。

“是的,那件事后来查清了,那主意是省立五中校长卓远出的!”肖四低声答道。

“好嘛,这些识字人,不好好的教书念书,净出他娘的歪点子!像交还旅大这样的国家大事,要你们这些教书、念书的去操心?依我之见,要想天下平安,就干脆别办学校,甭让人们识字,人一识字他就不安分!要不要往上报报,把这个省立五中和卓远撵走?”栗温保瞪了眼叫。

“那倒不必,再说撵走一个学校也不是简单的事。”肖四接口,“眼下我们一方面派人对明天的游行进行监视防范,另一方面可以对卓远来点警告!”

“咋警告?”

“这样——”

“报告栗老爷,尚吉利织丝厂老板尚达志在门外求见!”门房恰这当儿走过来高声禀报,将肖四的低语截断。

“他这会儿来干啥子?”栗温保有些意外。

“是我安排他今晚来的。”肖四笑道,“他不是每年都把利润分给我们一半吗?我让他今晚提前把今年的那一半带来,也算是对大哥荣任旅长的一点祝贺!”

“太好了!”紫燕和肖四的两位夫人听说送银钱的来了,都高兴地拍手叫着。

“传他进来!”栗温保矜持而懒散地挥了一下手……

8

也许是因为参加后晌的集会游行跑路太多，也许是因为高喊了“还我旅大”的口号泄走了胸中郁愤心情畅快，卓远晚饭时饭量大增，接连吃了三大碗面条，而且破例地喝了四杯白酒，把一张脸喝成了通红一片。

“好，要是每顿饭都吃这么多，包你身子能壮起来！”雅娴满意地收拾着饭桌上的碗筷。

卓远含笑刚要开口，一个尖脆的声音已抢先跳到了室内：“什么好东西让爹吃光了？为啥不给我留一点？”伴着这声音，浑身都裹着喜气的容容跳了进来。

“哟，是我的宝贝闺女回来了！”卓远快活地叫道。

“天哎，回娘家的路太远，让我整整走了一天，摸黑摸到这个时辰才到了家！”容容故意皱起眉，夸张地拍着自己的腿叫着苦，但话没落音，自己先就格格格地笑开了。

“疯丫头，世界上的媳妇，怕就你回娘家的路近，总共只有几步路！”雅娴伸出指头点了点女儿的前额，“做了媳妇，举止就应该沉稳些，哪还能这样走路一步三跳的?”

容容没有理会妈妈的指教，而是扑到爹的背后，伸手抱住他的脖子，把脸伸到他肩前叫：“爹，看看我是不是又吃胖了?”

卓远一边抬手轻抚着女儿的头发，一边扭眼含笑打量着女儿：“嗯，是又有点胖了，告诉我，在婆家都吃什么好东西了?”

“好东西可多了！早上，俺娘总要给我炖一碗鸡蛋羹；晌午，总特意为俺烙一个小油馍，而且只许俺一个人吃，俺要掰一半分给立世，娘也不许；晚饭，他们一家吃生拌萝卜丝、白菜心，也总要给我炒一个热菜。前天，俺公爹去街上办事，还专门买了一只野兔回来，让娘炖了给我吃！”

“他们要再这样娇你，只怕你胖得连衣服也要撑破了！”卓远满意而亲昵地拍着女儿的头，跟着又问：“其他方面呢，譬如让没让你受气？训过骂过你没?”

“根本没有的事！”容容急忙摇头，“那日，立世让我帮他擦机器，嫌我手慢没擦净，要自己擦，从我手中扯抹布时无意中把我扯了个趔趄，刚好被俺公爹看见，公爹当时就狠狠瞪住立世叫：你凶啥子？有啥事不会慢慢说？你自己多干一点不就行了?！那晚吃饭时，俺娘也冷了脸对立世讲：你有多大本领，动不动就对容容使厉害？……你说，谁还敢训我骂我?!”

“好，好，”卓远笑着拍拍女儿的头，接了又仔细问：“穿的呐？你的衣服——”

“这你放心！”容容从父亲身后绕到前边，扯起紫红缎褂让父亲看：“这是俺娘给我做的第五件衣服。俺娘只要看见合意的绸缎料子，总是给俺公爹交待，零卖时记住留几尺，给容容做件衣服！每回公爹都高兴地点头！”

“嗯，行，看来我的宝贝女儿到了尚家仍是宝贝！”

“可你当初还反对我去尚家哩，说我到那里不会幸福！”容容故意撇了嘴去斜眼看爹。

“我很高兴我的预言错了，而且希望生活不断证明它的错误！”卓远笑捏住女儿的辫梢，轻轻地抚弄着。

“爹，我把我高兴的事给你说了，你也把你高兴的事给我说说呀！”

“我高兴的事？好，就给你说一桩！今日后晌，我们几所学校的师生为要求日本交还旅大举行游行，可我们的队伍后头，总有几个人举着一条横幅在不远处晃，那横幅上写着一行大字：‘饭有吃，衣有穿，本该静心读书，何必到街上添乱，惹得众人烦？’队伍不论拐到哪条街，那条横幅总跟着我们。后来看见栗温保手下的人穿着便衣走在那伙人中，才明白是栗府派来的，于是我就叫两个学生到街边买了一丈白布，我边走边用笔在上边写了一句：‘昨造反，今做官，原当为民争福，为啥只拥妾坐怀，招来百姓怨？’尔后叫学生们也扯起来当一横幅，两条横幅相对，街两边的人都争相观看议论窃笑，最后使得那几个人只好卷起自己的横幅跑了。据刚才学生们传来的消息说，那几个扯横幅的家伙回到栗府后，遭了栗温保一通大骂，说他们若不举那横幅，也招不出坏他名誉的横幅来！”

“好，痛快！痛——”容容正笑叫着，院门外突然响起了敲门声，容容闻声脚步轻快地跑出去开门，片刻之后拿着一个信封跑了进来说：“有个人给爹送来了一封信。”边说边把信递到了卓远手上，卓远扫一眼信封上“卓校长台鉴”几个字，便漫不经心地拆开封口展开了信笺。在信笺展开的瞬间，卓远的双眼陡然瞪大,脸上原有的笑容一下子僵住。

“怎么了?”妻子最先发现丈夫神态的变化,慌忙走上前。容容见状也急忙跑到父亲身边去看,母女俩的目光一触到那信笺,几乎同时吸了一口冷气:那信笺上没有一个字,只有用红笔画出的五个血淋淋的断手指!

屋里一瞬间静得只有三个人的呼吸。

“这是什么意思?”雅娴的声音有些发颤。

“是恐吓?!”容容的眼睛瞪圆。

“天呐,八成是你惹恼了官府,你以后再不要领着学生上街去招惹他们了!”雅娴慌慌地拍着丈夫的肩膀。

“害怕了?”卓远把目光移向妻子的脸。

“就你胆大!”雅娴火了。

“不,我也害怕。”卓远平静地说,“我不是只剩这一只左手了?要把这左手上的五个手指再砍掉,我连吃饭、睡觉都很难了。谁不想平平安安无灾无难地生活?我也常常在心里劝自己,你自家的日子也不是不能过,安生读你的书教你的学吃你的饭多好!可我的眼睛不让这样做,我的眼睛看到,正是由于许多中国人的胆小怕事和惟恐引祸上身,反倒使我们的国家灾祸连连,结果是人人无平安。于是我就想学学古人‘不为五斗米折腰’的那股劲,学学前人‘在狼虎中间读道经’的那个样,学学先辈们‘任尔东南西北风’的精神……”

卓远边说边把目光定在先父留下的那两个条幅上:易弯最数腰,能软当推膝。父亲,我不会忘记你的告诫!

容容双眼圆睁着看定父亲……

9

尽管每年要将差不多一半的收入白白交给栗温保，但尚吉利织丝厂在尚达志的精心经营下，还是发展起来了。不仅产量慢慢超出了被毁之前的水平，花色品种也比过去多了许多。到一九二七年秋天，尚达志手中又渐渐积下了一些钱，他利用这部分资金，添买了几台上海出的新式织丝机，扩建了几间厂房，使厂子的规模又大了不少。此时，尚吉利织丝厂的绸缎又开始在全国各大城市的绸缎庄里出现，名声再次大了起来。

面对这种转好的生产形势，尚达志并不满足。他又在琢磨新的发展点子。他计划招雇一些社会上的裁缝，筹办一个绸缎服装分厂，让裁缝们利用自己丝厂出的绸缎缝制成衣，然后卖出去。他盘算了一下，卖成衣比成匹卖绸缎的收入要多差不多三分之一。他想用服装分厂赚来的资金，再去为织丝厂添置更新织机、动力机和染印设备。不想就在他为组建服装分厂操心时，顺儿害了重病，而且竟渐渐发展到了病危。

顺儿一开始发病时的症状是腹部疼痛，因为她平日体弱常常小病不断，达志便也没有在意，只嘱她注意歇息，喝点姜汤什么的暖暖肚子。顺儿也没把自己的病放在心上，每日里照样强撑着身子忙家务，时常还去车间里帮助女工们照看织机。后来就见她的脸颊黄瘦得越来越厉害，她自己也感到身上的力气在一点一点消失，终至于连走路也开始发晕，她不得不卧了床。达志这才重视起来，停了手上的事儿去请郎中。郎中看罢说可能是内脏什么地方出血，然用了药效果并不显著，人依旧黄瘦下去，头晕得已抬不起来。顺儿大概预感到了什么，有回达志喂她喝药时，她攥住达志的手含了泪说："他爹，俺想见见两个人，一个是小绫，一个是云纬。"达志急忙点头说："行，这就去喊她们。"

女儿小绫是达志亲自去喊的。小绫这时也已是一个女儿的妈妈了，她在婆家虽然常遭婆婆和独眼的男人打骂，但这些年她从不回娘家哭诉了。长大了的她在恨婆家的同时，对自己的爹、娘也生了恨意：家里开着织丝厂，有吃有穿，为什么偏把我卖给人家做童养媳？让我受这般折磨？她的脾性虽和顺儿一样温顺，却又多了一份执拗，她暗暗下了决心，就是死也不再回娘家。这几年，随着织丝厂的发展，尚家的日子好过了，达志和顺儿又常让立世给妹妹送点吃的穿的来，但小绫一概不要，有时干脆躲到屋里连哥哥的面也不见。她想用这种办法，向爹娘表示自己对被卖做童养媳的气愤。

达志来到小绫婆家时，小绫正在灶屋里抱了女儿烧火做饭，因为灶屋小，没处躲开，小绫只得淡声招呼一句："你来了。"也并不给爹爹让座。达志因为晓得女儿为被卖做童养媳在生自己和妻子的气，而且自己心上也一直内疚，所以也就不计较女儿的冷淡态度，只开口说明来意："你娘想让你回去一趟，她想见见你。""我正在做饭。"小绫仍然淡了声说，但心里还是一颤：娘要见她，她何尝不想见娘？她夜夜做梦不都在家里？"你娘已经病重，怕是没有多少日子好活了，你就回去见她一面吧。"达志哽了声说。小绫听说娘病重，强自硬起来的心一下子软了，原来的至死也不回娘家的决心一下子像雪一样化掉。她三几下弄熄了灶膛里的火，起身抱着怀里的女儿对达志说："走吧。"说完，自己先急急走在了前面。

母女俩相见，免不了要流一场泪。哭一阵后，顺儿用微弱的声音让达志出去，说要和女儿单独说几句话。达志就抱过小外孙女走出了门。顺儿待门关上后，擦一把脸上的泪，攥住女儿的手说："我知道你在为被卖做童养媳生气，可你知道当初是谁出主意要把你卖出去的？""是谁？"小绫吃了一惊，她未料到娘会谈到这个事儿。"是我！"顺儿平静地望着女儿说。"是你？""对。那时家里穷，恰又遇上了买织机的机会，你爹一心想买织机却又没有钱，愁得没有办法时，我想出了这个主意。当时你爹不愿意，是我给他说：卖了小绫，以后想要女儿了我再给你生！""哦？"小绫的眉头扬了起来。"我给你把真情说出来，是为了让你明白，你要恨就恨你娘，不该恨你爹！他在这事上一直护着你，恨他有点太冤枉！我死后，你要常回来看看你爹，跟他说说话，帮他洗洗衣裤。他身边虽然有你哥你嫂，你哥心粗，不会心疼人；你嫂虽很孝顺，可她是儿媳，有些事不便做的，比如内裤脏了，你爹不会好意思拿出来让儿媳去洗。你做女儿的，就该去做这些事。娘是不久要入土的人了，你要原谅了娘就罢，不原谅了，我死后你可以不去坟上哭，也别去坟上烧纸——"

“娘——”小绫抱住娘哭了起来……

顺儿第二个要见的人是云纬。云纬是达志让儿子立世去喊来的。云纬听说顺儿重病中要见她，便买了二斤红糖急急提了来。云纬进屋时，顺儿说话已是上气不接下气了。顺儿照样示意让达志、让儿子、儿媳、女儿都出去。待屋里只剩云纬一人时，她喊了一声云纬姐，随即就挣扎着起身在床上朝云纬跪了下来。云纬见状吓了一跳，忙上前扶住并想让她重新躺下来，但顺儿用煞白的手抓住床帮坚持着跪的姿势。“你这是干啥子哟?!”云纬有些着急。

“我要你答应我一个将死的人的请求，你答应了我就起来，你不答应，我就一直跪到死！”顺儿有气无力地说道。

“啥子事？快说吧！你这样下跪是要折我寿限的。”云纬用两臂紧搂住顺儿那瘦小的身子。

“我死后，我求你和达志结婚吧！你们原本就是一对，只是阴差阳错，让我插进来了；这么些年，他心里其实一直还在爱着你，这一点我看得很清楚；还有，我死后，孩子们都还年轻，达志办织丝厂会很累很操心，他需要你来帮助，你也有帮助他的本领！再说，你和老黑在一起过日子，心里也苦，云纬姐，答应我吧！……”顺儿虽然这几年一直病病恹恹，足不出户，没有见过老黑，但她知道云纬还深爱着达志，云纬和老黑在一起心里不会不苦。

云纬怔在那里。她未料到顺儿叫她来是为了说这番话。她没有出声，只是用双臂把顺儿那瘦小的身体搂得更紧，一向冷峻的双眼里，也渐渐渗出了两滴泪水。

“你答应吗……纬姐?”顺儿的声音已断断续续，微弱得近乎耳语。

“我……答应。”云纬颤颤地说出了这几个字。她知道她此刻只能这样答了。

“噢……我的好姐姐……这么说……我可以……放心……去了……呃,还有……云纬姐……达志平日……容易上火……隔几日……记着给他……熬点芦根茶喝……”

云纬含泪点头,尔后轻轻地抱起顺儿的身子,小心地把她平放在床上。

“达志……叫达志来……”顺儿又朝门口拼力喊。云纬走过去开了门,示意达志进来。达志刚一走到床边,顺儿就抓住了他的手,煞白的脸上现出一阵激动:“云纬姐……应允了……你们在我死后……就举行婚礼吧……孩子们那儿……别担心……由我去给他们说……”说着,又抓住云纬的一只手,把达志的手慢慢交到云纬的手上。达志吃惊而尴尬,默默抬眼望了一下云纬,云纬没有看他,已经满脸是泪……

顺儿是第二天傍黑时分咽气的。咽气前那阵,因为她喘息急促且伴有咳嗽,达志把她抱在怀里轻拍着她的后背。她是在达志怀里和这个世界告别的。那一刻,达志望着顺儿那完全消失了血色的干枯蜡黄的脸,才第一次意识到,他很少认真地端详过这张小小的并不漂亮的面孔。在婚后的最初日子里,他每次见她,都要情不自禁地把她和美貌的云纬相比,比较之后,便总要对她生出一股厌恶;以后日子长了,厌恶淡了,却又换上了一股冷漠,从未去关心她的喜怒哀乐,对她说话,用的都是命令的口气,从未去看她脸上的表情。此刻他才发现,在这张并不漂亮的面孔上,罩着一层在别的女人脸上很少见到的类似宽恕近乎慈和的表情,那表情仿佛在说:拿吧,你要喜欢什么东西尽管从我这儿拿吧,我可以给你一切!达志的心针刺似的一缩,是的,我从这个瘦小的女人身上拿走了许多东西：一个高高大大的儿子，一个有模有样的女儿，一个和和睦睦的家庭，一份周周到到的照拂，一番尽心尽意的支持……可我给了她什么？冷眼！冷语！冷待！我甚至连一件绸缎衣服也没有给她做！噢，尚达志，你真是个混蛋！

整整一夜，达志都坐在顺儿的遗体旁边自责。

顺儿的葬礼，基本上是由云纬一个人来操办的。立世、小绫、容容是因为不懂，达志则是因为精神恍惚。从做棺材、做寿衣、给死者擦洗、换衣、入棺，到挖墓坑、请喇叭、买鞭炮火纸，以及扎纸人纸马，都是云纬来指挥人办的。棺材封口前，达志从仓库里抱来几匹上好的绸缎，执意让掖在顺儿身边，哭着说她生前没有穿绸着缎，就让她死后在阴间穿吧……

埋罢顺儿，达志病了一场。达志有病期间，云纬每日早饭后由城外百里奚村赶来，给达志洗衣、煎药、喂饭，晚饭前再赶回去。立世、容容和小绫都已知道父亲和云纬姑姑过去的关系，就没有感到意外，只平静地看着两人的接触。

达志安心地接受着云纬的照料。两人这样安静地不受打扰地相处在一屋，这还是第一次，但在两人的心里，却都以为这种生活已持续了许多年月。两人很少说话，但一方的一个眼神一个动作，另一方即刻便能理解。一次，达志想小便，没好意思开口，只在床上轻轻动了一下身子，云纬见了，立刻便拿起便壶朝被窝里塞去，达志为云纬准确地知道自己的心愿而感到一惊。

达志病好的那天黄昏，云纬又要走时，达志无言地抓住她的手，直直地看她的眼睛。云纬没挣也没动，半晌，方垂了眼帘微声说："待我同老黑离开后，就过来。"达志闻言，一时有些激动，举起云纬的手就往嘴边送。云纬这时却又脸一冷，猛抽回手厉了声道："张狂什么？顺妹刚入土，你就去亲另一个女人，不觉得脸红？”

达志被训呆在那儿，尴尬地张了眼，目送云纬走出门外……

云纬一连几夜睡不好觉。

她在苦苦琢磨怎样向老黑说分开的话才不至于伤他的心。

她知道老黑是多么看重自己、看重这个家，如果没有任何借口地突然说出和他分开的话，那对老黑将会是一个怎样沉重的打击！

但借口能是什么？

说他对你不好？不能！老黑几乎把你当神敬，好吃的，先尽你吃；地里活儿，尽量不让你干；家务杂事，争着去做；你有个头疼脑热，就执意让你躺下歇着；夏天，你睡下时他用蒲扇为你赶蚊子；冬天，临睡前他先用火笼把你的被窝烤热。作为一个男人，还能怎么着？

说他对孩子不爱？不能！老黑待承银、承达都视为亲生，从未对孩子训斥打骂；他偶尔进趟城，回来总要给两个孩子买把糖豆呀买根甘蔗呀带点吃的东西；村上正月十五看花灯，哪次都是他带着两个孩子去，让小承达就坐在他的肩膀上；小承达断奶之后，夜夜差不多都是他搂着小承达睡；有时去地里干活，他不还要把小承达背在背上？

说他邋遢、窝囊？也不能！你那次说他身上有股汗味，他后来不是天天晚上上床前都要用手巾把身子擦擦，寒冬腊月也要用手巾沾水把腋窝抹抹？你那回抱怨他脚上有股怪味，他此后不是天天临睡前都要洗脚？

说他懒惰？更不能！连每晚的尿罐都是他拎的，连你的裤头、胸衣平时都是他洗的,你还要他怎么勤快?他什么时候让你去井上挑过一担水?什么季节让你往地里送过一担粪?

说他脾气暴躁?你说得出口?他什么时候对你高声吆喝过一句?你有时发起火来把他骂得狗血喷头,他回过你一句?那次他把小米饭煮煳你气恼之下用锅铲敲了下他的额头,他不是连大气也没敢吭一声只管用袖头去揩额上的血?

说他长得丑?那是天生的,他有什么办法?当初不是你要跟人家?

云纬自己把自己问得没了借口。

她现在只有后悔自己当初的举动:为啥就不能想想其他的办法把小承达生下来,而偏偏找了老黑?倘是没有老黑,自己如今不是抱上承达、叫上承银就可以去尚家了?这么多年对达志的苦思苦想不就可以了结了?

和前几天一样,经过差不多一夜的失眠,云纬天亮时分才睡着了。待她醒来时,老黑已把早饭做好,已给小承达穿好衣服洗了脸,已把院子扫过、鸡笼打开,鸡们正欢喜地在院中鸣叫着迎接开始出山的冬阳,小承达正在院中稚声稚气地唱着她平日教给他的绸缎谣。

老黑蹑手蹑脚地进屋拿什么东西时见她睁开了眼睛,就轻了声说:"夜里我听见你不停地翻身,估摸你是为埋葬承达他舅妈和照料承达他舅的病累坏了身子,要不要去请个郎中到家来给你号号脉?"云纬摇了摇头,同时警觉地瞥了一眼老黑,想看出他是否怀疑到自己和达志的"兄妹"关系,怀疑到承达的这个舅舅的身份,后见老黑一脸平静,才又把心放了下来。这当儿,老黑已赶忙又说:"不看郎中,那就多歇歇养养。你就坐在床上吃饭,吃罢再接着睡吧。"说罢,就急步出去,片刻后拿一个拧干了水的热手巾进来,先把云纬轻轻扶起,替她披好衣,把热手巾递给她让她擦手擦脸。待云纬把手、脸擦罢时,老黑已端了一碗包谷糁稀饭,拿了一块新烙的油饼和一个咸鸡蛋进来,递到了云纬的手上:“吃吧,你这两天气色不好,得补补。”

云纬叹了口气说:“鸡蛋让承达吃吧。”

“有,煮了仨,承银和承达都有一个,你吃你的。”

“那你哩?”

“我有腌辣椒,那东西下饭,更有味道。”老黑说着,就在床帮上磕破鸡蛋,剥了壳放进云纬的碗里。

云纬心中一热,把原本要开口说出的分离的话又咽了下去。

待吃罢饭老黑来端空碗时,云纬又鼓足勇气开口说道:“老黑,这个家太让你劳累了,我想——”

“这有啥了?! 过去我老黑想找个家劳累还找不到哩!上大有眼,让俺碰上了你这个好心肠的女人,让俺有了个暖暖和和的家,让俺也当起了丈夫当起了爹。俺在这个家里快活得能多活二十岁。你对俺的恩情,俺就是当牛做马也报答不了! 你快甭说劳累的话,如今呐,倘没有这个家让俺劳累,我还真活不下去哩! 你快歇着,我已借好了驴,今日去磨坊磨面!”老黑说罢,就又急急拉上小承达的手,出门走了。

云纬怔怔地听着越响越远的脚步声,半晌,方抬手捂住了脸……

每每到了夜晚,有了夜色的遮掩,云纬心中对达志的那股思念就会膨胀开来,一股急迫就会从心中升起:人已经四十来岁,难道还要耽误下去?

今晚因为要等待迟迟未归家的承银回来——这些天承银

总是很晚才回来，云纬坐在外间灯下纳着鞋底。老黑已上床搂着承达先睡了，屋里好静，只偶尔有老鼠在顶棚上一动。这静夜使得压在云纬心底的对达志的思念又活动起来，慢慢地，她停下了针，一霎之后，她起身去小橱柜里拿出了一个布包，小心地把布包打开来。原来那里边放着她这段日子悄悄动手自剪自缝的一些预备去达志家时穿的东西：一件蓝底碎花新袄，一条黑裤，一双前头绣了暗花的布鞋，一套用白底碎花细布做的胸衣、内裤。她看着这些衣物，想象着达志拥她入怀的那个欢喜样儿，双颊禁不住像未婚姑娘似的艳红了。

她又像过去许多个夜晚一样，开始设计自己在喜日那天的举止：不要笑，但也不能冷着脸；不坐花轿，最好坐一辆马车；不用伴娘，自己一人坐进车里就行；车上不搭什么红绸，车子的装饰就如平日人们走亲戚的模样；车到尚家后，不再拜什么天地，可先到立世、容容和小绫面前说几句话，然后进屋坐上片刻，便去厨房和孩子们一块儿做饭；不送喜帖不请客，至多把邻院的卓远夫妇请过来，和全家人坐一桌吃顿饭；晚饭后，自己要不忙进卧房，免得惹孩子们笑话，要先到车间里看看，待孩子们都睡下之后，自己再进卧房……

咚咚咚。猛然响起的敲门声使她把想象中断。她知道是承银回来了，急忙去开门，门开时却吓得低叫了一声："呀?!"只见承银右手提着一把手枪，浑身是血地站在门口。

"你这是——?!"

承银这时已很快地闪进门，迅疾地把门关了，尔后低声叫："妈，给我拿块干净白布来！"

云纬扭身从针线篓里拿过一块白布，承银接过，弯腰撩起左腿上的裤子，把小腿肚上的一块擦伤三几下缠住，这才抬起头来说："妈别怕，我只是伤了一点皮，我身上的血都是别人的！”

“你究竟干啥去了？”云纬已从最初的震惊中挣出来，厉声问。她担心儿子去干什么抢劫的勾当了，厌恶地看着他插在腰里的枪。

“妈，你甭问，你不需要知道！你快去给我弄点儿吃的吧！”承银重重地坐到一把椅子上，粗粗地喘一口气。

“混说！”云纬猛捶了一下身边的桌子，桌上的油灯一晃。油溅了一下，灯亮骤然间变大，她的双眉已经凶凶地竖起：“你知不知道玩枪的早晚会在枪下亡吗？你究竟去干了啥坏事，不给我说清楚休想吃一口饭！”

面色一贯阴沉的承银看了看妈，眼珠缓缓一转，似乎在权衡着什么，片刻后，他压低了声说：“妈，既是你想知道，那我就告诉你，不过你可别怕！我已经参加了共产党。最近我们一直在栗温保的部队里策划兵变，原想今晚把兵变的部队拉出城的，不想有人泄密，栗温保提前动手抓人，两下打起来了。”

“共产党？共产党是干啥的？”云纬有些惊异。她平日从不问政事。

“这一下子很难说清楚。简单点说，它是想让全中国像我们这样的穷人都过上富日子！”

“他能有这么大本领？”

“有！我们现在先做的第一步是把权夺过来！而要夺权，就要有枪！”

“那人家如今有权有枪的人能容你们？”

“自然不会容，所以有危险，我今晚就不能住在家里。我待会儿吃点东西就走，而且，妈，也有可能给家里带来麻烦！”

“给家里？”

“是的。他们这些人心狠手辣!”

“那你逞什么能,偏要去惹他们?”

承银坚决地摇了摇头,目光中闪过一丝执拗:“妈,我已经认定了,我不想过现在这种憋闷人的穷困生活!我也不想再种地了!妈,快去给我弄点吃儿的,现在三言两语说不清楚!”

云纬想想眼下是不能说话耽搁时间,就急忙去给儿子拿吃的。承银大口吞吃了几个包谷面窝头,喝了一气水,就又掖了枪,迅疾地消失在门外的夜暗里。临出门前,他扭头嘱咐道:“妈,我去武侯祠后的破瓜庵里躲躲,你和爹和承达可要多当心!”云纬无语,只将一份不安隐在眼里,静听着儿子的脚步声被黑暗吞去……

云纬在不安中把后半夜熬走。天亮之后,她的心方有些放松,以为不会再有什么事情。不料刚把早饭做好,一阵马蹄声骤然在屋后响起,出门看时,只见房子四周已围满了骑马的兵。“喂,叫你儿子出来!”为首的一个人朝她挥着枪叫。

“他不在家,一夜都没回来。”老黑这时在云纬身后平静地应腔。老黑天亮时分听云纬说了承银的事。他毕竟在栗温保的队伍上干过,他不怕。

“搜!”那人挥了一下手,几个拿枪的下马朝屋里冲去。她和老黑站在门口,听着屋里的东西被踢开、捣翻、撞掉,那一刻,云纬心里忽然对大儿子生了恨:你为啥要去招惹这些人?我们才过了几天安生日子?她努力想回忆起儿子是从什么时候开始干上这个的,她后悔往日对他的行止过问太少,她一直以为这个整日不爱说话面孔阴郁的儿子不会在外边惹什么祸,不想惹出的祸竟会这样大!

"听着，三天之内，你必须让你的儿子去栗公馆自首！否则，我们抓住他就会把他毙了！"

云纬默然地看着那些兵走远，心里不免有些着慌。"别怕，"老黑轻声宽慰她，"待一会儿我就进城找栗老爷去！"

半后晌老黑慌慌地从城里回来，说栗温保看见他就大发脾气，并发誓要把承银抓住，说栗温保讲眼下只有一条路，就是把承银送到栗公馆自首。云纬听罢也没了主张，呆坐那儿不知如何是好。倒是老黑最先镇定下来，说："我看还是告诉承银，让他远走他乡，躲过这个风头再说！"云纬听罢，觉得也只有这样办了，就点了点头："那好吧，待天黑时咱们去武侯祠后的破瓜庵里见他，让他连夜走吧。"

天黑之后把承达哄睡，将门锁了，云纬和老黑都穿一件黑衣，老黑拿一根木棍，拉着云纬悄悄出了村，向卧龙岗上摸去。也就在这刻，今冬第一场雪的前锋到了，天上飘起了雪粒，打得人眼都睁不开。很少走夜路的云纬在风雪中早辨不出了东南西北，好在老黑过去在军队里当马伕，常夜间行军，有走夜路的经验，最后到底在武侯祠后找到了那个破瓜庵。云纬和承银一喊一应之后，承银走出瓜庵，在风雪中向妈妈身边迎来，到了妈妈身边承银刚要说话，云纬不由分说扬手就打了儿子一个耳光。那耳光打得又重又响，承银被打愣在那里，云纬这时才呜咽着说："你这个不成器的东西，你怎能惹出这样大的祸?!"承银急忙辩解着："这是为了以后我们穷人能过好日子！为了——""甭说了！"老黑急忙拦住娘俩的争论，"眼下不是说道理的时候，给，拿住！这是一点钱，这是干粮，你拿上今晚就赶紧往远处走，他们发誓要抓住你，藏在这儿太危险，要走远点，什么时候咱这儿太平了再回来！"

一团冷风裹着坚硬的雪粒朝三个人冲了过来。承银没再说话，返回瓜庵拿了自己的一点东西，过来朝老黑和妈妈鞠了一躬，说了句“你们多保重！”就转身疾步走了。雪粒开始变成雪花，风在变大，夜暗似乎被雪花挤走了不少，天地间变成了混茫一片……

儿子承银的离家出走使云纬心中难受非常，虽然因为对晋金存的厌恶使她对承银的爱中夹了一些别的成分，但承银毕竟是她的儿子，这种爱毕竟是母爱，因此免不了要牵肠挂肚。这么冷的冬天，承银一个人远走，白天能吃饱？夜里睡哪儿？会不会遇上歹人？能不能找到一个安全的藏身地方？……

近些日子，对儿子的牵挂暂时把她对达志的思念压了下去。

这天，老黑领着承达去村西的铁匠铺里买镰刀，云纬一个人坐在屋里，又开始猜想着儿子可能的行踪时，忽然听到一阵脚步声响到门口，抬头一看，竟是达志。

“你咋来了？”云纬有些意外。

达志笑了一下，见屋中没有别人，就进了屋说：“想你想得厉害，就来了。”

云纬听罢，便木木地叹一口气。

“怎么样？离开老黑的事办得咋样了？”达志因为织丝厂的生产这段日子进展顺利，心情好多了。心情一好，对云纬的思念就越发强烈。尤其是一想到尚吉利织丝厂的重建全仗了云纬的帮助，就更盼云纬早日过去，自己要好好让她享享福！加上当初云纬向他许诺过要离开老黑的事，所以他这段日子一直迫切地等待云纬送来消息，可一等二等总不见有信来，他就急了。今日，他是实在忍不住跑来的，他根本不知道云纬这里出了什么事。

“还没向老黑开口说呐。”云纬又叹了口气。

“哦?”达志很是意外。

“他已经那么大年纪了,一颗心又全都操在这个家上,我真怕一说出口,把这个家拆了,他会受不了的。”

“那——”达志也一时不知自己该开口说啥。

“我真后悔我当初……”云纬猛地抱住了自己的头。

“过去的事就甭想了。”达志轻抚着云纬的脖颈,“能不能这样,把承达留在他身边,他们父子一起生活,他也还有个家。我们在银钱上常接济他们,日后孩子长大了,他也有个依靠。”

云纬猛地抬眼看定达志。你这个傻瓜,你竟看不出承达是你的儿子!你知道当初我嫁给老黑是为了什么?就是为了有一天把你的儿子送到你面前!要不要这会儿给他说破?不,还是留到我进了尚家门的那一天吧!到那一天再让他高兴——

“妈——”小承达这时忽然欢喜地奔进了院门,手里举着一截甘蔗。

云纬慌张地站起身来,她估计老黑就跟在承达的身后,这下糟了,这两个男人站在一起,我该咋样说话?

“你爹呢?”云纬有些失措地迎到承达身边问,她没想到这一老一少回来得这样快。

“我爹说他累了,蹲在房后那棵老枣树下歇哩。”承达一边回答一边啃着甘蔗。

噢。云纬嘘一口气,转对达志急急地说:“你走吧,我不想让你们两个见面。”达志听云纬这样说,也怕见了老黑尴尬,就快步出门走了。待达志走远,云纬便也出门到了院外,绕过院墙。她看见老黑就蹲在院后的那棵老枣树下，脊背靠着树干，双手捧了脸，两眼闭着，身子一动不动，僵了似的。

“你咋着了，蹲在这儿？”云纬有些诧异地走过去问，老黑平日干什么还很少有累得蹲那儿不动的时候。

“呃，”听到云纬的声音，老黑睁开眼，慌乱地挣着站起身子，“刚才走到这儿时头忽地有些晕，就蹲在这儿歇歇。”

云纬仔细地看了一眼老黑的脸，想弄清他是否看见达志来过，可老黑的神情没显出什么异样，只是眼角好像有变干了的泪痕。

“还晕得很吗？”云纬上前要去扶他。

“好多了。”老黑笑笑，急忙迈步向院子走了，步子似乎有些趔趄不稳。

10

风，微得近乎没有，空中的几朵白云，如染印在天幕上的图案，久久不动。但在此刻内乡城至南阳的大路上，却有一团烟尘被风卷起，在路面上翻滚。这风不是源于自然界，而是来自栗温保和他的卫士们的马蹄，几十匹坐骑疾奔时挟带的风，起着呼呼的啸声，把地面上的灰尘抓起，像飘带一样向后撒去。

栗温保刚刚参观完宛西地方自卫团司令别廷芳在其家乡老虎寨创办的枪炮厂。不过几年时间，名不见经传的别廷芳，依靠手中掌握的内乡民团的力量，搞地方自治，已成了内乡的土霸王。栗温保今天参观的这个枪炮厂，已很成规模，拥有大型机器十几台，工人四百多，不仅造步枪，还能造手提机关枪、重机枪、八二迫击炮、一百五十毫米口径大炮和炮弹。我怎么办？也走他的路子？栗温保边纵马回奔边思忖。

自从冯玉祥部第五军军长石友三率部进入南阳后，栗温保为了防止自己的兵马被收编，已将部队缩编成一个团，宿在郊外，对外佯称南阳民团，自己任民团团长兼公安局长。但这并不是长久之计，这些天，他正苦苦琢磨下一步应走的路。

“大哥，看，据最近得到的消息，共匪晋承银就领人活动在这一带的山里！”肖四这时靠过来，手指着路北边不远处逶迤的山岭说。

“一定要想办法把那小子捉住！”栗温保一听这话顿时来了气。他一向把自己的部队视为宝贝，可没料到晋承银竟敢来他的部队里策划兵变，狗小子，你吃了豹子胆了！我只要捉住你，就要把你碎尸万段，我要让所有妄想向我的部队伸手的人都因此胆寒！我不管你是哪个党的，谁也休想夺走我手里的枪杆！

一想到党字，不禁又勾起了他另一桩心事：究竟加入哪一个党派？这段日子，在社会上有点名气的人好像都入了一个党派，大多数入的都是国民党，自己咋办，栗温保一直犹豫不定。此时想起这事，他提了下马缰，让坐骑放慢速度，低了声问肖四：“你以为咱们加入哪个党好？”

“这些天我按大哥的嘱咐，找了些人了解各党的情况。眼下政党很多，有国民党、共和党、民主党、共产党、进步党、公民党、自由党、中国社会党、公民激进党等等。在这些政党中，若从势力大小看，以国民党的势力最大，它不仅眼下执政，很可能要长远执下去，大部分军界要人都是它的党员，如果加入这个党，于我们日后的发展会有好处！若从民众的拥护程度看，以共产党得到的拥护者最多，因为这个党的口号是让穷人过上好日子，所以对老百姓有很大的吸引力，不过以后它能不能成气候还很难说！”

“我们自己能不能成立一个党？咱谁也不加入?!”

“那当然也行，党嘛，就是一帮人为了一个什么目标聚在一起罢了。只是我们若成立一个党，就得为这个党操心，发表宣言啦，发展党员啦，开会啦，与别的党竞争啦，弄得我们连和女人们相聚过安乐日子的时间也没有了，咱何必呢？再说，指望咱那点兵马，也抗衡不住其他党的挤压欺负！”

“这倒也是。”栗温保叹了口气，“那以你的看法，是加入国民党了?”

“最后的主意还是由大哥来拿！”

“加入这个党后，它会不会改编我们的队伍？我如今担心的就是这个！”

“这个不足怕。我以为我们倒不如看准一支部队后，直接要求他们收编，尔后我们在那部队里往上图发展，说不定能弄个军长、司令干干，如果总是这样窝在南阳，怕很难超过别廷芳，干不出大名堂！人生有时就得冒点险，不经大险，难得大福！想当初我们如果不冒险进葛条凹当民军，会有今日的富贵?”

“哦，你是这样看——”

“官人，请买玉石长命牌！地道独玉雕的，买回去戴到儿女脖子上，会给他们带来平安！”几个小贩的叫卖声打断了栗温保的话，他抬头一看，方知已进了镇平城，几个小贩把手中的玉雕长命牌举到他的马前。他这刻忽然想起草绒给他生的那个儿子秉正，那孩子长这么大还没有得到他送的一件礼物哩，也好，就来一个！

他来了兴致，笑着朝小贩伸过手去……

栗温保已经很久不进草绒母子住的后院了。晚饭后他手提着在镇平城买的那个玉石长命牌走进后院时，满眼都是陌生。那一刻夕阳还有几根光线在院墙上搭着，院子里还是一片暮色初至的朦胧，他看见一侧的院墙上挂着一个雕有耶稣受难像的十字架，草绒和秉正母子俩正跪在那十字架前无声地祈祷。院子里静得出奇，这寂静中生出一股庄严肃穆的气氛，使得栗温保不由得敛息屏声站在那儿，直到那母子俩祈祷完毕站起身来。

“看爹给你带了啥来！”栗温保扬着手中的长命牌说。

那母子俩闻声双眉都一蹙，一齐向他扭过脸来。草绒的目光只略微碰了一下他的身子就倏然闪开，小秉正则惶惑而失措地看着这个很少见面的父亲。

“来，戴上，这是我在镇平城给你买的！”栗温保一边把长命牌戴到秉正的脖子上，一边端详着秉正那圆圆的面庞。这个儿子比紫燕生的孩子显得结实健壮。这一霎，他那一向粗糙的心里忽然对草绒生了一丝感激。他扭头去看草绒，那时草绒已在院中的一把椅子上坐下，双手捧起了《圣经》。

“这书上的字你都认识吗？”他在另一把椅子上坐下，很有兴味地问。

“边学边读。”草绒冷了声答道，同时翻开了《圣经》。天色已暗，书上的字自然看不清楚。她不过是借此扭开眼睛，不往栗温保身上看，看见他她觉着心上别扭。

“真有一个上帝吗？”栗温保感到好奇。

“没有经受过苦难、挫折的人是感受不到他的存在的。像你这种要什么有什么，一切都顺利的人根本不会看见他！处在顺境中的人们双眼通常只看路的前边，急切地想看到前边更好的景致，想得到更好的东西。他们没工夫去看路的两边，其实他们只要看一下路的两边就会发现，有许多先前在顺境之路行走的人正倒在路边哭泣、伤心，那些人原本也不想倒在路两边的，但有一个人让他们倒了，这个人就是上帝！上帝在人间公平地分配快乐与悲伤、幸福和痛苦，他发现有的人在顺境之路走得已经不近，得到的幸福和快乐已经够多，就轻挥一下手指，让那些人从路上跌下去，让他们在那里痛苦、伤心，让他们来靠回忆过去的快乐度过艰难的日子。直到上帝发现这些人得到的痛苦和悲伤已和当初他得到的幸福和快乐相等，和他周围的人得到的幸福和痛苦、快乐与悲伤相平，才又挥一下手指，让他重回到顺境路上前行。"草绒的目光投向那渺远而浑茫的暮空，声调徐缓而平静。

"嗬，没想到你已经挺能说了。"栗温保对草绒的变化很有些吃惊，"那照你的话，我今后是继续在顺境上走呢还是要倒霉？"

"你过去吃过不少苦，你小时候因为家穷也流过不少泪，受过不少难，但你今天得到的已经够多，上帝会看到的，他会做出衡量，他的标准和我们凡人的不同，听凭他的旨意吧！……"

栗温保定睛看着平静说话的草绒，他的目光渐渐被她脸上浮现出的那种恬静神圣和庄严所吸引。他第一次注意到草绒的眉眼其实很周正很耐看。她的双颊不仅比过去变白且显出中年女性的丰满，双唇淡红柔润。他的心霍然一动，他不再去听她的声音，他开始观察她的身子，眼睛抓住她那饱挺的胸脯不动。一霎之后，他挥手让身后的女仆将秉正领走，跟着起身上前捏住草绒的肩，低了声说："我们去屋里说吧！"

草绒的身子一颤，但她没有回过脸来，她只是更加抱紧了《圣经》，声音略略有些发硬："我知道你是我的丈夫，你有权对我做一切，上帝也要我们女人爱丈夫，但我眼下却一时爱不起你。我正在向上帝祈祷,祈求他赐给我回到你身边的力量,我希望你能等待那一天。当然,如果你愿意,你是随时都可以把我的肉体拿去的,但那样你得到的就只是肉,而没有心!"

栗温保一愣,捏着草绒的手指不由自主地放松了。他有些惊愕地望着草绒,而且那惊愕里还掺了一点敬畏。他根本没料到草绒会说出这番话来。他记得过去的草绒说话爱高腔大嗓,总是三言两语就说出自己的想法。眼前的草绒不仅说话的神态语气变了,而且一套一套的,确实令他感到陌生。

他无声地后退了一步,依旧望着端坐在那里一动不动的草绒。夜色浓上来了,一股冷风从院墙上悄悄爬进,猛在院子里一旋,栗温保不由得打一个冷噤……

11

如今，达志每日一吃过早饭就钻进了机房。

云纬那边迟迟没有消息，达志便明白云纬还没有下定离开老黑的决心。他知道她心里也难也苦，不能再去催她，于是便把一堆思念和苦恼压在胸里。

孩子们都很懂事，都默默地给他以关心。小绫如今常回来走动，给父亲洗洗衣服，同他拉拉家常，尽量生些法子来让父亲高兴。她的婆家如今见尚家的织丝厂又越办越红火，也很愿同尚家来往，不仅不再阻止反倒催她常回娘家看看。

儿子、儿媳和女儿的关心，慢慢使达志把苦等云纬的烦恼暂时放到了一边。恰好这时，南京政府的农商部给国内各丝绸生产厂家发了通知，说中秋节要在北平城办一次丝绸产品展销会，让各厂家带产品到会参展，尚吉利织丝厂也收到了一份。立世、容容和小绫知道这消息后，为了让父亲散散心，都劝他去北平走一趟。达志也觉得这是一个扩大自家产品影响的机会,不应该失去,便同卓远商量了一次,定下去。

达志是提前八天在一个秋阳初升的早晨动身的。因不知道行情,他不敢多带产品,只带了二十几匹绸缎样品。他先搭乘来厂里进货的一个许昌绸缎商的马车,到许昌后,又转乘京汉铁路上的火车,向北走。火车在路上走走停停,有时一停就是一夜,直走了六天,才算到了北平。

达志这是第一次来到这个著名的京城,满目都是新奇。可因为路上耽误,展销会已经开幕。他无心游玩,一到客栈就打听展销会的地址。得知在大栅栏,第二天早上一起床,就背了样品雇了辆人力车向大栅栏赶。到了大栅栏一问才明白,展销会并没有专门的展销厅,来得早的、有钱的生产厂家,可以租临街的店铺摆放自己的产品;来得晚的、没钱的,就在大街两边用木板搭个柜台就行。达志在展销区来回走了两趟,见临街的店铺都早已被人租去,自己又没熟人,不知去哪里弄木板搭柜台,无奈之中,只好去一家布店里扯了几丈蓝洋布,在街边的地上铺开,把自己带来的二十几匹绸缎样品摆了上去。

因为达志的摊位在展销区里最偏僻,加上又是在地上摆放,所以很少引起人的注意。展销区里人群熙攘,红光满面西装革履的男人,浓妆艳抹穿红着绿的女人,金发碧眼高鼻凸腹的洋人,在展销区里来来去去,却都很少朝达志摊子上的绸缎投来目光。偶有顾客来到摊前,也只是匆匆看上一眼,连价钱也不问,便又踱开了。达志冷清地蹲在自己的摊位后边,一边把目光投向远处立在灰色天幕下的正阳门楼,一边在心上后悔不该花钱来北平跑这一趟。倘是在家,这些天又该能干多少事情!

一直到第三天的上午，才有一个身穿长衫神情儒雅的老者，缓步由临近的摊位踱了过来，先是很仔细地看了看达志用红纸写的厂牌："南阳尚吉利织丝厂"，然后蹲下逐一拿过那些绸缎验看了起来，片刻之后，那老者抬头问道："你带了多少货来？"

"就这么多。"达志心绪不佳地答。

"这些货我全要了！请不要卖与别人，我这就去取钱！"老者神色庄重地叮嘱。

"哦，那价钱？"达志知道是识货的人到了，顿时精神一振。

"价钱好说！"那老者点头，"你厂里这样的货还多吗？"

"多！你要多少都可以！不过需要你去我们南阳拉！"达志站起身子笑道，脸上的沮丧一扫而光。

"请你在这儿稍等，我片刻后就回来！"那老者朝达志说罢，似有些不放心，又向站在临近摊位前看货的两个年轻小伙叫道："喂，你们过来，就守在这里，待我回来！"那两个小伙应声过来后，老者才朝达志抱拳一揖，匆匆走了。

"请问二位，刚才那位大叔可是做绸缎生意的？"达志向那两位小伙打听。

"不是，"其中的一个小伙摇了摇头，"不过，他可比一般的绸缎商人识货，你知道他过去是干什么的出身？清宫里皇帝爷身边的服装总管！对各种各样的绸缎可是见得多了。今儿个他是受命替阎司令家和几个外国绸商挑货，他选中了你的货可是你的福气，你要发财了！"

"哦？"达志心中一惊一喜，"哪位阎司令？"

"阎司令都不知道？阎锡山，京津卫戍大司令！"

这番对话被一旁的几个人听见，便传了开去。不一时，展销会上便风传开尚家丝绸被阎司令派的挑选绸缎的行家看中的消息，于是一些厂商纷纷围拢过来观看尚家的绸缎，一时间把达志的摊子围得水泄不通。有些人就喊出高价要买摊上的货，要不是那两个年轻小伙替达志围护，会有人扔下钱拿了绸缎就走。众人正喧闹间，只见有两辆黑色的雪铁龙轿车鸣着喇叭开了过来。车在摊位前停下，前辆车上，先是下来那位穿长衫的老者，接着又有两个挎枪的卫兵护着一位年轻的太太下来；后辆车上下来的几个人全是高鼻子的洋商。先前围在摊前的人们见状，纷纷闪开。那老者领着这伙人来到达志的摊位前，先向达志揖了一礼，尔后对那些人指着达志的绸缎说道："这是我在这次展销会上看到的好绸缎！它的染色、亮度、质感、匹重，都是很不错的，而且这也是老字号的出品，我记得听家父说过，过去皇室里也用过尚吉利出的货！"

"尚吉利？"一个洋人听到这名字用汉语惊叫了一声，只见他先是急去看厂子的标牌，尔后睁大眼去端详达志，一霎，两掌猛地一击，快活地叫："尚先生，还认得我吗？"

达志望了那洋人一阵，茫然把头摇摇。

"还记得许多年前，你们南阳靳岗教堂的一个神甫，领着一个青年人去你们尚吉利大机房——"

"噢，你是——"达志忆起了久远的已经变得很淡的上次见面的场景，却一时记不起这个洋人的名字。

"威廉。"洋人笑着指了指自己。

"噢，威廉！"达志也笑了，他没想到会在这儿碰见一个曾经去过自己家的外国人。

"威廉，你打算签定购合同吗？"和威廉同来的另外两个洋商中的一位，这当儿扯了扯威廉的胳膊，商量地问道。

"签的！怎能不签？我的先辈人就从尚吉利买过绸缎！"

威廉说着蹲下身，仔细地托起达志带来的那些绸缎验看。

展销交易会的组织者见这儿这么热闹，早已走了过来，这会儿一见要签合同，立时让随行的部属拿出合同文本，并作为见证者参加合同的签订。不过一刻钟工夫，三份和洋商的供货、定货合同便已签好。威廉要了两千匹，那两个商人一是美国籍一是法国籍，那位美籍商人要的是一千五百匹，那位法籍商人要了三千匹。达志带来的这些绸缎样品，则都由那位大约是阎司令的姨太太的女人买走，给的价钱是展销会上的最高价。

几位国内绸缎商人，见洋商都抢着定购尚吉利的货，便也过来要求签定购合同，达志自然高兴，就又签了四份。一份是与石家庄恒太绸庄签的，一份是与前门瑞蚨祥绸缎庄签的，一份是与桂林隆兴丝绸行签的，一份是与长沙裕发绸店签的。桂林和长沙这两家还各付了一个金条的定金。展销交易会聘请的这些协签合同的人中，原本就有北平公证处的人，所以所有的合同上也同时盖有了公证处的红印，使合同具有了法律效力。

威廉他们那伙人在那位长衫老者的带领下，又在展销会上转悠了一圈。临上车要走时，威廉快步走过来，把达志拉到街边一个无人的屋角，用流利的汉语说："尚先生，请允许我向你表示祝贺！你们尚吉利的绸缎的质量，比我当年见到的要好多了！不过，我想坦白地给你一个忠告，你们的绸缎在织造上仍然显得粗糙；幅宽更是远远落后于西方，我想这是因为你们所使用的机器太老！眼下，你们占优势的仍然只是两个方面，一是你们的蚕丝和柞丝的天然质量，一是你们传统的染色印花本领。前者大约得益于你们南阳特殊的气候条件，后者是得力于你们祖先神奇的独创。但靠这两条是很难永久在这绸缎市场上站住脚的！西方也正在丝的精炼和染印技术两方面努力，小心我们在这两方面也跑到前面！我和我的家族一直是尚吉利的顾客和朋友，我衷心地希望你们能在丝绸的生产上一直走在前边，使你们的绸缎能在这世上仍称霸王！”

“谢谢，谢谢！”达志抓住威廉的手轻轻摇着。这个外国人的话让他听了很信服也很感动，是的，我用的还是二十来年前的织机，这织机西方人可能早不用了，我得想办法进行更换！“威廉先生，我欢迎你以后能再去南阳我的家里作客！上次你去我家连杯酒也没喝成，下次我会好好招待！”

“去的，我会去的，我不会忘掉我的祖先常去的地方！”威廉也紧紧地握住达志的手摇着……

西山顶上漫起的一团阴云缓缓把秋阳吞没，栖息在正阳门楼上的大群雀儿开始啾喳着归巢。暮色正贴着房墙屋檐一缕一缕地往街上飘，有几家饭铺的煤气灯已经点燃，卖冰糖葫芦的小贩已扛着插满了糖葫芦的草把沿街叫开，直到这时，达志才背着一包新买的绸缎向住宿的客店走去。

整个后晌，他都在交易会上转。在每个厂家的展品前，他都要仔细地看上一阵。凡在某一点上好于自家产品的绸缎，他都要买上一匹，准备带回去做点儿分析。在苏州、杭州的几个厂家的展品前，他都看得格外认真仔细。苏、杭的绸缎生产厂家历来是尚家在国内的竞争对手，他希望了解得更多一些，他把他们的展品几乎每种都买了一匹。

尽管威廉的那番话让他意识到离产“霸王绸”的目标还有一段不短的距离，心里沉甸甸的，但口袋里装的那几份定货合同还是使他高兴。有了这一大批定货，他就又可以积累起一笔可观的资金，为工厂机器的更新和工厂的扩大，为提高织造工艺和产品质量打下基础;而且"尚吉利"绸缎的受欢迎程度,也证明了他朝那个目标又大大前进了一步!

看来,这次北平之行还真值得!

几天来,他是第一次带着笑容走进小客栈的。他刚进客栈门,小个子的旅栈老板就一反往常那副冷漠面孔,笑迎上来问候:"尚先生回来了,快请进屋歇息,来人呀,给尚先生上茶!"

达志洗了手脸,刚端起茶杯,饭菜也破天荒地给端送进了房间。达志正诧异间,旅店老板拿着一张报纸走进来拱手笑道:"看不出,尚先生还是丝绸大王哩! 呶,报纸上都登了你的消息和照片了!"达志一愣,慌忙接过报纸,那是一张《燕京晚报》,只见二版的左下角,有一张甚是清晰的照片。照片上,阎家太太和威廉他们几个外国人正在观看尚家绸缎,达志含了笑半低着头站在那儿。照片的一旁是一则框了花边的消息,消息的题目是:"南阳尚吉利绸缎受到青睐,中外绸商纷纷要求签约购买。"达志正惊疑着什么时候让人拍了照片,那旅栈老板又笑着开口:"在我们这儿,凡是发了财的客人,都要乐一乐的,不知尚先生可愿乐一乐?"

"当然,当然。"达志一边随口应着,一边又把目光移到报上去细看那则消息。不料待他看完消息吃罢饭菜时,忽见旅栈老板领着一个怀抱琵琶的艳装姑娘走了进来,他吃了一惊,忙问:"这是——?"

"尚先生刚才不是说要乐一乐吗? 我专门去揽秀楼上叫来这位宋小姐。宋小姐琵琶弹得极好,在我们这一带远近闻名! 宋小姐,你请坐!"那旅栈老板说罢,拱手一笑,就退出门去,并顺手把门掩上了。

达志不由得暗暗叫苦,后悔刚才不该顺口乱应,原来这京城的旅栈还有这等规矩,想必这又是要花一笔钱的。本来刚才达志已为吃饭的事心疼不已——平日他不管是在旅栈还是在街上饭铺吃饭,都是一碗面条一个烧饼,可今晚送进房的却是四个热炒加上一碗蛋汤和一盘蒸包,账虽然还没结,但达志估计这顿饭的花费不会少了。眼下又来了这个抱琵琶的姑娘,唉,天呐!

“请问先生,你愿听什么曲子?”那姑娘这时躬身相问,声音倒是极温婉好听的。

达志平日里哪听过什么琵琶曲子?可既然叫人家来了,不听一支又说不过去,于是就叹口气说:“你随便弹吧,我什么都可以听。”

“那就弹一支《秦宫怨》吧。”那姑娘似乎从达志的叹气声中听出他的心绪不是很好,就伸出纤长白嫩的手指,轻拨慢弹,让一支低缓凄楚的曲子在房中响了起来。

达志自然听不懂那些从手指上流出来的乐句,再说,他也没心思听,他心中只为今晚的花钱多生自己的气。不过,渐渐的,那乐曲声还是钻进了耳里,而且随着那凄楚的曲调,他不由得想起了许多往事:厂子的几次被毁,顺儿的死,至今和云纬的分离……他的目光渐渐缩回眼眶,静静地坐在那里默想。

一曲终了,达志还没来得及开口,那姑娘就歉然一笑软声说:“这曲子太伤感,我给你弹支欢快的吧。”于是又弹,白嫩的手指在琴弦上跳得令人眼花缭乱,达志这次没去注意听曲子,只惊奇地看那姑娘手指的欢跃拨动。这支曲子一完,达志便急忙说:“不再弹了吧!”他担心这姑娘是按曲子收钱的,弹多了曲子收的钱会更多。

那姑娘听了他这话,也没再坚持,就缓缓起身,款款走到桌前,把琵琶放下,双眼微阖了望定他,双颊上带一缕柔柔的笑意。达志这当儿就急忙去衣袋中摸钱，摸出一叠钱后略略有些尴尬地问："你要多少？"

"这会儿不必，明早再给吧。"那姑娘缓缓摇了摇头，轻步朝他挨近过来，颇秀气的双唇微微张开。

达志吓了一跳，一瞬间明白了这姑娘的身份，于是急忙退了一步，一边把那叠钱朝她手上塞一边慌慌地说："快走吧，姑娘，你快走吧！"

那姑娘闻言一惊，张大惶然的双眼颤了声问："先生不喜欢我？"

"不，不，不是。"达志有点手足无措，心中也更恨起那旅栈老板来，"你快走吧，我给你钱就是！"

"先生不能赶我走呀！"那姑娘这时竟突然朝达志跪了下来，哽了声说："我们这种人，你给的钱多少倒还无所谓，可不能往回赶呀。倘若今晚我被你赶回去，明天这周围的街巷里就会传开我不会服侍客人的消息，那从此以后，这四周的客店就不会有人再来找我陪客了，我的生计就也断了呀……"说着，便幽幽地哭了起来。

达志被弄愣在那儿，一时不知如何是好，有心想出去找客栈老板发一顿脾气，又担心那老板说是自己点头应允的。姑娘幽噎的哭声令人心碎，他那种心肠经不起这哭声的煮熬，不一刻便如下了沸水的面条，软了下来。他弯腰搀起那姑娘，温声说："不必哭了，那依你说该咋着办？"

"先生若是可怜俺，就让俺在你这里留住一夜。我知道你看不上我，那不要紧，我夜里坐在这椅子上就行。"

"嗨！"达志无奈地拍拍额头，只有这么办了。好在这里没有一个熟人，倘使有熟人被他们看见，自己如何能说得清楚？日后这张脸还往哪儿搁？

姑娘见他话中有了允许的意思，便在椅子上坐了下来。达志见状，就又叹口气说：“长长一夜，天又很凉，你一个女子家坐椅子上如何受得了？还不如你到床上躺着，我在这儿坐着。”

“不。”姑娘摇摇头，“先生明日还有事要做，坐熬一夜如何受得了？若是先生可怜我，就让我在你的床边边上躺一躺。”

姑娘话中的凄凉味儿让达志听了心酸，他实在不好意思拒绝姑娘的请求，可又觉这样做有些太荒唐，犹豫着不知如何是好。那姑娘见他不吭，以为是默许了，就轻步走到床边，在一侧和衣躺下。达志见了不好再说什么，就在另一侧坐了没动。夜在慢慢地向深处沉，四周的市声渐被寂静替代，只偶尔传来一声两声火车的鸣叫。达志忙了一天，这会儿乏累得实在无了坐下去的精力，就也和衣在另一侧躺下，把被子横着抻开，自己盖一半那姑娘盖一半。他没有吹熄蜡烛。

达志很快便沉入了睡乡。在酣梦之中，他模糊觉出有一种触摸令他十分惬意舒服，他那不清醒的意识希望这种触摸进行下去。一股快意渐渐在身上腾起，这股腾起的快意终于使他的意识慢慢恢复过来，他立时感到有一只纤柔的小手正熟练地在他小腹上游动，他几乎是下意识地抓住了那只手并把它捏紧，他觉出了自己身子的激动和哆嗦，几乎没有犹豫，他把那只手急切地向自己的胸口拉，一个滑腻温软的身体立时贴紧了他。他睁开了眼，借着窗隙漏进来的天光，他看出了那雪白的肌体的轮廓，他的呼吸开始变粗，他一只手去扯自己的衣服，一只手去揽那温软的肉体，但就在这时，他耳边忽然响起了云纬的一声冷笑：嗬嗬，尚达志，你还是挺有胆量的嘛！而且床前，分明就站着云纬，她那两只他熟悉极了的眼睛正刀一样地剜着他:做嘛!让俺们见识见识!那声音像鱼钩一样扔进了他的心里。

这幻觉使他那激动的身体一下子僵住,他几乎是恐惧地霍然赤脚跳下了床,急急整理自己凌乱的衣服。

剩下的半夜,他便是坐在那冰冷的椅子上度过的……

第二天早上天刚亮,那姑娘就羞红了脸匆匆起来穿好衣服走了,临走前,达志默默朝她衣袋里塞了一卷钱。

那姑娘刚走,小个子的旅栈老板就进屋嘿嘿笑着说:"怎么样,北平城里的姑娘,味道儿还可以吧?"

达志厌恶地别转了脸,冷声问:"你做这样的事,一次要收多少钱?"

"尚先生看着给吧,我们这小店,自然是希望你这大厂主给点关照了!"

达志摸出一卷钱,没好气地递过去。

"俺们在这种事上一向不收纸钞!"

"哦,"达志吃了一惊,"那你要什么?"

"金条就行!"

"金条?"达志几乎跳了起来,"还能要金条?"

"对的,而且俺相信尚先生是会给的!要不然,报纸上若登出一条消息:南阳尚吉利织丝厂主尚达志昨晚在客栈狎妓。那尚先生的名誉不就完了?尚先生开工厂,整日在社会上混,自然知道名誉的重要!再说,谁要再把那报纸往你家里一寄,让你的太太、儿女看见,家里不又要起一场风波?"

"你?!"达志张嘴喘不上来气。

"我知道别的绸商签合同时,已经给过你金条,金条你手上有!"

"有也不给你!"达志几乎是吼了。

“不给当然可以，”那小个子老板拱手一礼，转身就往门口走，边走边自语：“我正想去报社看一个朋友！”

“等等！”待那老板走到门口时，达志忍不住慌慌喊了一声。天呐，万一报纸上真的登出这消息，那还了得？罢罢罢，就算倒霉失了盗，让他拿走一根金条！他咬了牙，心疼至极地从怀里摸出一根金条，恨恨塞到那小个子老板手里。这一根金条就差不多是一部织机呀！老天，我真真是住上了黑店！

达志立即结账，逃也似的离开了那客栈……

达志离开那客栈之后，气得真想立刻去坐车回家，但想想来了一趟北平，至今还没有看看皇宫；加上他还想到城中几家卖纺织机器的公司看看，倘碰上新式丝织机，他很想就势买一台，所以决定再停一天。

他又找了一家旅馆，把东西在房中放下，便上街去转。结果两件事都让他失望。他先是坐了人力车跑了全北平城的几家主要纺织机器公司，可惜里边的丝织机都和达志厂中用的是一个牌号，根本没有新式的。他带着沮丧去看皇宫，可皇宫根本就不开门，朱漆斑驳的故宫大门紧紧闭着，他只能从远处望望那金碧辉煌的宫殿殿顶。

太阳刚晃过南天，忽然起了大风，风把长安街上的纸屑先是聚成一堆一堆，尔后又把它们扬起，让它们像无了窝的鸟一样在半空乱飞。不大时辰，金水桥两边的水面上，便飘了一层乱七八糟的东西。达志沿着长安街向东，他想徒步绕皇城走上一圈，仔细看看皇城的模样，不想刚走没多远，忽见从东单那边的街上，涌过来一长溜人，那些人举着白纸的横幅，举手高呼着什么。风把他们的声音刮得七零八落、细细碎碎，达志听不清他们呼的什么。他觉着好奇，就停了脚步。那伙人慢慢走近,这时街两边都已涌出了人,而且人们也相继加入了那游动的队伍,队伍在很快地变宽变长。也许是近了也许是人多了的缘故,那呼声到底盖过了风声,清楚地传到了达志的耳里:“强烈抗议日军占领沈阳!……”

达志的心咯噔一响。

“……坚决反对日军的侵略暴行!……”

国家又出事了?

达志看见有几个戴眼镜穿长衫的人在散扔白色的纸片,跑上去抢了一张,只见上边印着两个黑色的大字:“国耻。”下边写着:“日军制造‘九·一八事变’,今晨已占我沈阳,侵略仍在进行中……”

出事了,果然又出事了!

一股冰凉的东西蠕动着爬进了达志的心里。天呐,这个国家为什么总出事呀?!

他的游兴顿时消失得无影无踪。他扭身最后看一眼笼罩在风尘和浑黄斜阳里不远处的故宫和天安门城楼,那一刻,这些建筑原先给他的那种威严之感已经没有,剩下的只是一种老的感觉了。

他绕开人群,急步奔回旅馆,取了行李,向火车站跑去。

晚饭时分,在越来越大、越来越冷的秋风里,他背着那包买来的绸缎样品挤上了一列南行的火车。在车轮的轰响声中,他第一次学着已故母亲遇事时的样子,双手合十放在胸前默声祷告:老天爷,看在中国人命苦的分上,别让这场战火扩大,我求你了……

12

卓远从印刷机旁拿起新一期的《宛南时报》的清样，快步走到隔壁的编辑室里，去做最后一遍认真的校读。尽管编辑部已安排有专人进行这付印前的最后一遍校对，可卓远还是要亲自审校一遍，以便把可能出现的错误消灭在付印之前。对于这份自己亲自创办的报纸，他怀着一种父亲对孩子那样的热爱。他不希望它出门时身上带有任何污点。

冬日的阳光瑟缩着从窗玻璃上探进身来，先是触了一下卓远手上清样的边儿，片刻后便又缩回到了窗台。屋里很静，只有卓远手上的笔偶尔在桌上一顿的响声。

卓远如今仍任着省立五中的校长，《宛南时报》主编的工作，他大多是在夜间做的。他最初生出创办报纸的愿望，是“九·一八事变”后，他觉得有好多话想对人们说却又无说话的阵地，加上看见南阳人渴望了解时局的现状，所以下了决心。他创办报纸的决心得到了几位朋友尤其是达志的支持，办报的款项除了卓远自己拿一部分，知识界的朋友们捐一部分之外，剩下的都是达志资助的。

他审校完了报上今日的社论：《日本何以敢欺吾国》之后，又逐条去校那些消息："杆首王太纠土匪三万大犯镇平，彭氏禹廷率四县民团前去迎击"；"河南省第六行政督察区专员公署成立，毛龙章任督察专员兼南阳县长"；"红胡子贺龙率部翻越桐柏山西进，与追兵鸿逵马部在苗店激战"；"镇平三小教员郭伯恭写成巨著，《四库全书考》《永乐大典考》由开明书店出版"；"内乡县首办中医学校，张仲景医术有人承继"；"新野王俊臣开办打包厂，新棉轧后即可成包出运"……

"卓校长，外边有人求见。"一位印刷工在门口喊。

"请他进来。"卓远最后用笔在清样上签了"付印"两字后，抬头看见一位戴茶色眼镜的青年人站在屋内，便蔼然问："找我有事？"

"我来想请卓先生帮助写篇文章！"那青年的声音低而庄重。

"噢？什么文章？"

"邓县县长耿子谦，嗜鸦片，暗中鼓励种鸦片烟苗，每亩征税十二元，且所征的四十余万鸦片烟苗税，全部入了私囊。邓县人敢怒不敢言，我们想请卓先生在贵报写篇文章予以揭露，好敦促当局对这个赃官做出处置！"

"哦，是这样，可你怎么想到了让我写文章？"

"我常读《宛南时报》，尤其爱读报上的社论，我听说报上的社论都是先生写的，所以十分佩服和喜欢先生手中的笔！"

"喜欢我这支笔？"卓远看着手中的那管狼毫笑了笑，"可当局并不喜欢！"

“当局不喜欢你的笔，可他们也喜欢笔！”那青年说得不紧不慢。

“怎么讲？”卓远对这个青年感到了兴趣。

“他们喜欢那种给他们写赞歌写喜歌写颂歌的笔！”

“说得对！”卓远差不多有点欣赏这个思想敏锐的年轻人了。“看见了吗？”卓远伸出自己的右手，让那青年看那四个断指，“这就是过去的政府当局对我握笔写字的奖赏！”卓远对自己手指被砍的真相，还是在云纬来急告栗温保要烧劫尚吉利织丝厂的那晚，听云纬说明白的。

“握笔的人，命运只有两个，要么被统治当局喜欢，要么被民众喜欢。被当局喜欢的握笔者，可以享当世的荣华；被民众喜欢的握笔者，会在后世留名！两下很难兼得。先生选择后者，我以为是对的。”

卓远敛了笑容，声音有些庄重：“我不过是一个普通识字人，哪敢求后世留名？我只是以为，在人类争取好世道的过程中，握笔的人作为人类中的智者，理应付出更多一些的力量！”

“先生所言极是，那我刚才所说的文章，先生是答应写了？”

“我答应，我会再做些调查，尔后动笔在报上披露。”

“我代表邓县的民众，先谢谢先生了！这样，我就告辞了。”那青年站起身来。

“等等，”卓远也起了身，“你还一直没有告诉我你的身份哩，我总觉得对你有点面熟！”

“我的身份还是不说为好，要不，可能会使你担惊！”

“嗬，有这么严重？”卓远恢复了笑容，“你倒是说说看我惊不惊。”

“我就是当局悬赏捉拿的共党分子晋承银!”

“这么说我没有猜错！你一进来，你的面孔就让我想起了你的父亲。”卓远笑道，“刚好，既然见到了你，我就顺便问问：贵党的奋斗目标是什么？请用一句通俗的话来说，好吗？”

“为民众谋求幸福!”

“你们为实现这个目标，眼下和今后将干些什么？”

“我们先要抗日救国，然后改造或者推翻现政权!”

“如果你们掌握了政权，你们将给民众哪些幸福？”

“我们会让民众吃好、穿好、住好、玩好！让他们在物质和精神两方面的享受要求都得到满足!”

“对我们这类人呢？就是像我这样的好用笔挑刺的人，会是怎样一个态度？会不会压呢？你可能知道，我们识字人的腰可是很容易压弯的!”

“我们将把你们都看作自己人，当做会使我们保持清醒状态的宝贝!”

“谢谢你使我增加了对贵党的了解，如果你告诉我的这些你们的党真能实行，那你们早晚会在中国站住脚的！顺便说一句，你以后若有什么事需要我做，可以化个名字给我来信，譬如只署名‘小晋’就行，不必贸然亲自跑来，街上到处都有悬赏捉你的画像，这对你是有危险的!”

“谢谢先生的提醒，告辞了。”晋承银深鞠一躬。

“从后门走，那儿是一个菜市场，人多，容易混进人群里!”卓远低声叮嘱……

13

尚达志这一年忙得几乎脚不点地。为了按合同规定的时间、质量把货交给那几个中外丝绸商人，他先是跑到柞丝、桑丝产区，把收购丝的网线进一步建起，以李青店为中心，建起了山南、山北两条收购网线，沿山南线有白土岗、板山坪、马市坪、乔端各点；沿山北线有四棵树、赵村、二郎坪、归北石、上汤、中汤、下汤各点。接下来开始抓丝准备、织造、印染几个环节上的质量，对招收来的工人逐个进行技术摸底，技术稍差的，要么配上老师傅传教限时提高，要么就干脆解雇。此外，他还专门通过卓远在江浙一带和省内的一些朋友，聘请来了四个世代制作丝织机的工匠，专门花钱给他们买了几间房屋，让他们参考现有的织机。研究制作新型的比现在的机动织机更好的丝织机。他记着威廉的叮嘱，一心想造出比外国先进的织机。他知道要想使自己的绸缎在世界上称霸，织机上不去是根本不行的，为此花些钱他认为值得。

眼下，达志的心里开始有些轻松，这一来是因为那几笔合同上定购的货都已按时按质交出，银钱也都已收了回来；二来是栗温保已领着他的兵马离开南阳投奔了别的部队，自己每年的收入再不用上缴栗家一半；三来是中日战事好像已趋于稳定，似乎没有了进一步扩大的可能。所以，如今的每日晚饭后，他也能稍微悠闲那么一阵，踱上街在韩记茶馆前听半个钟点的大鼓书。

这日晚上他放下饭碗，出了灶屋门刚要向街上踱，忽听灶屋山墙那儿，儿媳容容正弯腰扶墙在哇哇地呕吐，他一惊，喊了一声："立世哩？"立世闻唤跑过来，一见媳妇的样子，先是端了一碗清水来让容容漱口，接着转身就向外跑。

"你慌慌张张地要往哪里去？"达志喝问。

"我去药铺给容容买点药，她这八成又是冻着受凉了。"

"你甭自作主张地去买什么药，去，到安泰堂把老郎中请来！"达志凭经验估计，儿媳是有喜了。去年他从北平回来时，已隐约从女儿小绫口中听出容容流过了一回产，唉，这一对孩子，有过了那一次教训，还是什么都不明白！嗨，也难怪他们，年龄都不大，没有经验，再说，他们没有一个做娘的来指点。倘是容容有一个婆婆，这种事不就有人操心了？想到这儿，他眼前又忽然晃过云纬的面影，他摇了摇头，又叹出一口气来。

老郎中来给容容号了脉后，果然说是喜脉。达志听了心中一阵欢喜，这么说，自己也将要当爷爷了！尚吉利将要有新一代的承继人了！送走了老郎中，达志走到容容身边关切地缓声交待："从明天起，你啥活儿都不用干了，做饭的事，我找一个女佣来做；你想吃什么，给立世说一声让他去买就行；平日走路，要小心甭绊住了啥东西摔跤！”

容容羞红了脸朝公公点头，平日爱说爱笑爱闹的她，因为知道了自己将要做母亲，顿时变得有些害羞和庄重了。

“立世，你过来！”待容容进了卧房之后，达志喊住了儿子。他想，为了使容容孕期不出意外，他必须在那种事上对儿子做点交待，可父子之间说这种话的确难以出口。他默然了半晌想找一句合适而能让儿子听懂的话，但是没有找到。

“爹，有事？”儿子在催。

“嗯，是这样，容容怀了孩子之后，很怕碰撞，因此，你不能再动她！”达志只好困难地开了口。

“不能动她？”立世没有听懂，对这话颇惊疑，“不能动她？”

达志感到了狼狈，脸开始变红，话不能再说得更直白了，可这事不作交待是不行的，万一……现在只有靠眼神了，但愿立世能从我的眼神中看明白：“是的，记住不能动她！”

一定是达志的奇怪眼神震动了儿子的某根神经，使他蓦然领会了父亲那话中的含义，只见他的脸和脖子倏然间全部红透，他低而快速地说完了三个字：“我明白。”便逃也似的离开了父亲。

达志这时才长长舒了一口气，重重地在一张椅子上坐了。他抬手摸了一下额头，竟发现额上全是汗粒，呵，老天，说这几句话竟要累出一头汗来！这全是因为容容没有一个婆婆，倘是顺儿不死，或者云纬来了，这种话哪须我这做父亲的来交待？唉！云纬！

他的眼前又一次现出云纬的面孔。

14

草绒拉着儿子的手缓缓走出教堂，沿着街边慢步向家中走。从街边槐树枝叶间漏下的春阳，不时照在草绒那张平静安恬的面孔上。自从栗温保领兵离开南阳之后，这母子俩的生活变得更加有规律了：除了进教堂，便是在屋内读《圣经》，再不就是母子俩一起到院中的菜畦里不慌不忙地劳作种菜。如今，偌大的栗府大院里，除了几个仆人之外，就只剩这母子俩了。当初栗温保离开南阳时，曾因只带了紫燕走，心中略略有些愧疚，来向她辞行那天很是不安地说："我此番出去是过军旅生活，女眷不宜带多，让你留下看家，实在有些于心不忍。一旦我在外边有了大的发展，即回来把你接去！"草绒当时听罢，平平静静地说道："我很感谢你把我们母子俩留下，我喜欢过无人打扰的生活，你尽管放心走吧，愿上帝保佑你平安。不过我还想提醒你一句：人生在世，不可想望获得太多，获得太多的人,有时还会被迫交出去……”

“妈妈,我们为什么要常来听道?”儿子的问话突然打断了草绒的回想。

“孩子,听道也是敬拜的内容之一。我们是上帝的儿女,上帝的儿女要时刻接受他的教导。《圣经》是我们的课本,圣灵是我们的老师。听道是敬拜,是心存敬畏的心来领受神的话语,正像哥尼流一家聚集要听神的话一样。讲道的人也是敬拜,是替神传话作真见证的,而不是高举自己,自由发挥随心所欲,因此要照着神的圣言讲。听道的人要用信心与所听见的道调和,而不是故意挑剔找毛病。”草绒边走边轻声向儿子解释。

“妈,刚才那位讲道的牧师说到‘人生’,‘人生’是啥?”儿子又扭脸瞪了乌亮的眼问。

“那一次,教会里你那位姓齐的大姨不是来给我们讲过一回吗?人生,就是人生活在现世的过程。人生的真相有四:一曰业果之相续,二曰群体之共存,三曰智慧之创造,四曰苦恼之拔除。何谓业果之相续呢?业也就是事业,人之所造,即谓工作,亦即行为。所谓果,人之所受,亦即结果。凡人必工作勤劳,而后得暖衣饱食,亦必暖衣饱食而后得工作勤劳。不耕不耘,收获无望,不制不造,器用何来?如此由业而果,由果而业,业果果业,辗转无息,使生命赖以支持,人世赖以长久,这便是业果之相续。”

“啥叫群体之共存呢?”儿子蹙紧了眉头问。

“你齐大姨那次不是说过了嘛,湿生之虫,乃不需有父母。鳞介之属,有父母,但不赖父母之养育。走兽飞禽,有父母,且须养育,却不必有家庭有社会,无师父教诲,无友朋教助,亦仍可生存。独人类相异,必有父母才生,必由父母长养才长，又必有家庭社会之组织，师长朋友之教助。一人之身，百工之为备，由分工合作之关系得以相养而共存，这就叫群体之共存。至于智慧之创造，那日齐大姨也说得明白，看来，你那天是没有用心听了。你也知道，鸟有两翼以高飞，兽有四足以捷走，牛有角，虎有爪牙，以事攻取。它们的羽毛又足以蔽身体，本能又足以给生养。而这些人皆无之，何以生存于世？便只有依赖智慧之创造了，创造工具，创造生业，创造家国制度，创造学说艺术。创造出这些东西，或供人类之生养，或供灾祸之防御，或以团结人群，或以调治人心。说到苦恼之拔除，你更应该明白，人生在世的一切言行，目的皆为拔除苦恼，食以除饥苦，衣以除寒苦，宫室城垣以除风雨盗贼之苦，财富以除匮乏之苦，名势以除孤立倾危之苦。所谓人生快乐，不过是苦恼拔除时所暂得之安适。故人生不能一味追求快乐，贪求不已，否则快乐反成苦恼，荣誉反成贱辱。你齐大姨不是说过，财富过多，势位过隆，反为身家之累吗？苍蝇食蜜，蜜胶其身。犬贪粪，溺粪池。自古至今，贪权嗜利之徒，急功好名之辈，朋比为奸，祸国殃民，当其盛时，炎炎赫赫，炙手可热，一喝众诺，龙起云从，谓天下莫如我何？一旦机变时移，报应昭至，家室为墟，身首异地，燃腹为灯，饮头为器。楚霸王自刎乌江，拿破仑幽囚荒岛，王莽族诛于汉兵。早知今日，何必当初！故知足——”

“妈，你看！”儿子突然打断了母亲的话，指着前边的一条街，那街上驶过来几辆汽车，其中有一辆车上站着几个五花大绑的男女，每个人胸前都挂着一个写有“共党分子”的纸牌。

“呵，上帝呀！”草绒急忙在胸前划着十字。

“妈，他们把这些人绑了做啥？”

“游街示——”

草绒的话突然被一个女人的喊叫打断,母子两人凝目看时,只见一个女人被两个警察扯住胳膊,从那辆载有"共党分子"的汽车旁拉过摔到了街边。那女人边从地上爬起边叫喊道:"你们既是示众,凭什么不让我到车前看?"

这声音听来好耳熟,草绒在一霎的愣怔之后辨出是云纬,便急步跑过去拉住了云纬的胳膊。

"是你!快,帮我看看那车上有没有承银!"云纬一认出草绒,就急忙指了一下那辆汽车低声说,"我总觉得有一个人像是承银!"

草绒又定睛看了一霎,摇摇头说:"不是。"

"唉,"云纬长吁了一口气,脸上的紧张这才有些淡了,"我真怕他们抓住了他。"

"走吧,快跟我到家里洗洗,看你手上摔破的这血!"草绒拉上云纬就向自己家走。云纬没说别的,默然地跟在草绒身后。

"以后要小心,那些警察都拿着枪。"到了家,草绒一边擦洗着云纬手上的血,一边轻声嘱道。

"我现在一看见那些四处抓人的警察,真恨不得用刀砍了他们!"

"你应该信上帝,信了上帝之后,上帝会使你在一切灾难面前保持心平气和,会使你有平安的喜乐。在一切苦难面前,只有对上帝的信仰能够给人安慰。"草绒把一杯热茶递到云纬手上,软声劝道。

"上帝要让我信他,他就该显灵给我点好处。可我这辈子上帝没给过我任何好处,先让我得到那样一个该死的丈夫,又让我儿子离我而走,还让我这样每日生活在慌恐里,我凭什么信他?"云纬的声音冷得怕人。

“大姨，牧师说，”小秉正这时望着云纬怯怯地开了口，“当人的道路走到尽头，也就是身临绝境的时候，人会感到自己的软弱、无能和走投无路，在这种情况下，他应该选择上帝！”

“哦，好孩子，”云纬闻言一阵感动，轻轻把秉正揽入怀中，颤了声说：“大姨觉着路还没到尽头，前边还会有幸福，会有的……”

草绒执意留云纬在家吃了晚饭。吃罢饭天已昏黑了下来，草绒要云纬今晚就在这儿住下，云纬说家里没人照看坚决要走。其实她是不愿在这座熟悉的旧宅里多呆，这里的一草一木都勾起她对过去日子的回忆，而那些日子她是从来都不想回首去看一眼的。

出了栗府大门，云纬才忽然想起，今日进城的目的是称盐、买油、扯鞋面布，而这些事儿还一桩没办。她匆匆沿街寻找还没关门的铺子，不知不觉间走到了世景街上。她抬头看见尚吉利织丝厂门前挂着的风灯，双眉立时一动，跟着便身不由己地向前走去。快近大门时她迟疑地停了下步子，似乎在和内心陡起的那个要见见达志的念头斗争，片刻之后，她还是又向前迈了步。

织工们大概正下班吃饭，织机已经停了，尚家大院一片安静，临街的铺子里还亮着灯。云纬走到铺子门前，却没有敲门，只隔着门缝直直地向里边看。达志正迎面站在柜台前，仔细地卷着几匹绸缎。

呵，达志！

一看见达志，云纬心里就涌上了一股巨大的揪心扯肺的缺憾之感，这种感觉有点类乎面对一样众人称赞而你又十分喜爱吃的食物，却偏偏只能看不能吃，听凭别人又把它端走所引起的那种遗憾。云纬不知道该怎样表达这种难受，但她心里就是难受。她这段日子所以迟迟没有下决心离开老黑来和达志结合，除了可怜老黑感到对不起老黑这个原因之外，另一个顾忌就是害怕承银的事会连累到达志。如今，为了承银的被通缉，官府的警察三天两头到家里找麻烦，一会儿是搜查一会儿是盘问，一会儿又是在房屋四周暗暗埋伏下兵丁。云纬不止一次地想过，如果自己现在离开老黑去到达志家，官府的警察就会跟着把麻烦找到尚吉利织丝厂，那时达志就不得不分出神来应付警察，他还怎能去安心织绸？先不说会不会给尚吉利织丝厂带去大祸，单是那些警察经常借搜查共匪去厂里捣乱去勒索绸缎，达志能受得了？她心里不是不明白达志对织丝厂对绸缎的那份看重。

达志，原谅我，我现在还不能来！

可是达志，你的左鬓那儿怎么有了白发？是不是我眼看花了？但愿是因为灯光的缘故，你还不到有白发的时候！你的眼泡也有些浮肿，是不是熬夜太多？莫不是厂子里又有了烦心的事？你已经是近五十的人了，该明白绸缎是织不完的，要爱惜自己的身子……

“爹，容容说她肚子疼得厉害，莫不是到了产的时候？”通院内的那扇门这时忽然被推开，立世站在门口慌慌地说。

“是么？”达志闻声推开绸缎，扭身就向立世所站的门口走，但走了两步又停住脚，突然醒悟似的说：“我去也没法子帮忙。你先去东院喊容容她妈过来，再去杏柳街叫郝家产婆！”

立世咚咚地跑走了。达志这时开始在屋里不安地踱步，灯光映在他那刻了横纹的额上，云纬分明地看见那上边沁出一层汗来。

唉，难为你了，达志！这种事儿本该是由做婆婆的操心的，倒让你来安排了。也罢，你就先辛苦一段日子，只要一待官府不再找承银的麻烦，我就离开老黑，就搬过来。我那时就全心来尽一个妻子和婆婆的责任，家务方面的事再不用你来操心，你只管织你的丝绸就是！我那时要让你吃好、歇好，要让你整日精精神神，要把你脸上的那些皱纹都一一抹去！你不是说我俩要白头到老嘛，我和你从此再不分开……

远处的街面上有一盏灯笼在向这边移近，云纬估摸是产婆来了。不能让他们看见我在这儿。她最后看一眼仍在不安地踱步的达志，轻轻退回到街上，快步向就近的城门走去，称盐、买油、扯鞋面布的事早已忘到了脑后，她的眼前仍全是达志那清瘦的面孔……

15

容容生了个胖儿子。

当郝家产婆手摸着那初来人世的小子的鸡鸡快活地宣称“有一根旗杆”时，达志高兴地在外间屋连转了三圈。

我尚家的人丁还旺着哩！尚吉利织丝厂将又会有一个新厂长！看来，上天同意让我尚家把丝绸织下去！

达志想了两天，给孙子起名为昌盛。

小昌盛百日那天，尚家像做满月时一样，又办了庆贺酒宴。孩子的外公、外婆也被邀了过来。席间，容容骄傲地抱着白胖的儿子让人们观看，因坐月子被养得越加丰腴白嫩的容容，仍像过去做姑娘时一样，不时把清脆的笑声向四周抛撒。

“怎么样，三奶奶，这孩子像我么?”容容停在一个邻居老太太面前，抑住笑声故意问。

“像，像，眼像，口像，鼻子像，就是没你笑得响!”老太太伸手在容容嘴巴上点了一下。

格格格。容容笑得更响地把孩子抱到了另一桌。

爷爷辈是可以和孙子媳妇开玩笑的。容容从卢五爷身边过时,卢五爷神情严肃地抱过小昌盛仔细看看叫道:“好呀,原来这孩子是偷来的!仲景街上刘家的孩子丢了两天,到处找找不到,原来在这儿。你们众位看,刘家孩子的脖颈里有个小痣,这孩子的脖子里不是也有个痣吗?走,我这就抱了给人家送去!”说着便一本正经地站起身来。正高兴的容容一时没醒过劲来,以为五爷这是当真,忙慌慌地高叫:“你胡说什么,这是我的孩子!”“你的孩子?”五爷把眼瞪了起来,“你凭什么说是你的孩子?”“这孩子像我!”容容急得要上前夺儿子,但被五爷坚决地挡开:“小孩子很难说像谁不像谁,我看这孩子更像那刘家媳妇!”“立世,你快来!”容容边喊丈夫边急得流出了眼泪。

“哈哈哈,”五爷和满屋的人都大笑了起来。

容容这才知道上当,才羞得捂上了脸跑到自己妈妈身边,把头扎到了妈妈怀里。

“你呀你,”雅娴疼爱地笑拍着女儿的背,“你哪是一个孩子的妈妈,你自己也还是一个孩子哟!……”

酒喝完的时候,达志让立世去叫相面的五奶,让她把她的“测志班”带来。“测志”是相面五奶为了生意兴隆而想出的一个新主意,这个主意是找八个六七岁的男孩,给他们每人缝一套分别代表做官、从军、教书、行医、务工、经商、种地、唱戏的衣服让他们穿上,谁家有儿、孙过百日时,她受邀带着这八个名为“测志班”的男孩上门,为这家的儿孙预测其长大后的志向。预测的办法是,让这八个男孩站成一个松散的圆圈,尔后由百日婴儿的妈妈把婴儿交到这八个男孩中的一个手上,让他依次往下传递，婴儿传到哪个孩子手上，哪个孩子就要对婴儿笑一笑。婴儿什么时候不哭，这种传递就什么时候不停，最后婴儿在哪个孩子手上哭了，就表明婴儿长大后的志向是要选择那个孩子所代表的那种职业。婴儿在着官服的孩子手上哭了，表明婴儿长大后是要做官；在着军服的孩子手上哭了，表明婴儿长大后是要从军。五奶说所以用哭作为预测的标准，是因为人长大后不能没职业，而任何一种职业又都伴随着苦难，婴儿用他天生的还没有被破坏的灵敏感觉，在选定他喜欢的那项职业的同时，也感受到了那项职业背后的苦难，所以他要哭。

相面五奶说她的这项预测十分准确，还在十天前，就登门表示要为小昌盛预测志向。达志原本是想用抓器物的方法预测孙子的志向的，后被五奶说动，便改用了这种。

看见五奶领着她的测志班进院，亲友们都新奇而欢喜地围了过来。

五奶指挥她那穿着八种衣服的测志班围成一个圆圈，尔后示意容容把小昌盛抱过来交给那个“当官的”孩子，那孩子努力把小昌盛抱在怀里，对着他甜甜一笑。

小昌盛没哭，他只瞪了他那乌亮的双眼，看着那“官人”头上的乌纱帽。

“做官的”把小昌盛传给了“从军的”。

“从军的”笑得依旧甜蜜，可小昌盛仍然没哭。

传递在众人的屏息凝神中继续。在所有的观众中，只有达志怀着真正的紧张，尽管他心里也知道这件事近乎一个游戏，但他却不能抑制自己的紧张。他从小相信凡事都有预兆，万一这孩子选择了别的而不是他期望的务工，那会让他心里一直不安下去。重新织出“霸王绸”是尚家几代人的愿望，这个愿望的实现看来还要很长时间，他不能设想自己会有一个不爱务工的后代！

小昌盛仍在八个孩子手上传递，这已经是第二圈了，可他依旧没哭，依然瞪着晶亮的双眼看着每个抱他的孩子的脸，似乎在仔细地做着选择。终于，征候出现了，当第三圈传递开始的时候，小昌盛在“当官的”手上皱了一下眉，到“从军的”手上吸了一下鼻子，在“教书的”手上撇了一下嘴，在“行医的”手上蹬了一下腿，当“行医的”向“务工的”手上递时，小昌盛哇一声大哭了。

“既行医也务工！”五奶宣布着预测结果。

“噢——”众人笑了。

达志松了一口气，呵，到底是尚家的孙子，没有完全忘记务工。他急步走过去，忙不迭地从五奶手上接过昌盛，把自己那满是皱纹的脸朝孙子那粉嫩的颊上贴去。昌盛，记住，咱家祖传的不是行医，而是务工，是丝织。丝织是一项事业，它可以为我们的家族也为你赢来世人长久的尊敬。一个人在世上获得的尊敬越多，他才活得越值当！……

16

栗温保一身戎装，身骑一匹枣红色战马，在几十个护兵和随从的簇拥下，沿着南阳城墙外围，缓驰慢走，视察着拆城工地。

七年了！栗温保率兵离开南阳已经七年过去，他是前不久才又回到故城的。这七年间，一切都发生了变化，时局的巨变出人意料，日本于三七年七月七日在卢沟桥发动事变，开始了全面侵华战争，抗击日寇侵略成了全中国的大事。南阳城的变化也非常触眼，自从三八年二月九日日本飞机首袭南阳以来，已有上百架次的敌机飞临南阳上空投下无数枚炸弹，炸毁房屋几千间，炸死炸伤人员近千人，城内到处都是弹痕弹坑。最近，国民党第五战区司令长官部认为南阳和所属各县的城墙在客观上给日机指明了轰炸目标，为防日机空袭，令立即拆毁城墙，眼下，数千民工和兵士们正奉命拆挖着南阳城墙。

南阳城自战国时期修筑，距今已经两千余年。两千多年间，历经修茸。战国、秦、汉时南阳称宛，当时的宛城有两重，皆用土“版筑”而成。外城，即郡城，有“大城”、“廓城”之称，城周三十六里；内城，即小城，位于大城的西南隅。大城小城相连结，和当时的临淄、邯郸等名城布局相似。明洪武三年，南阳卫指挥使郭云重修南阳城时，始用砖加固，改建为砖石城，东西南北设四门，皆有通街大道。清同治二年，知府傅寿彤又环城修筑了寨垣一周，也叫廓城，周长十八里，并划廓为六段，俗称六关，即大东关、大南关、小东关、小西关、大西关、大北关。由于东、西、南、北四关寨垣相互隔绝，自成一堡，状若梅萼，故曰“梅花寨”。可怜这座雄伟壮丽之城，如今被民工和兵士们拆得面目全非了。

这七年间，栗温保自己的身份也发生了很大改变。他先是投奔到国民党河南省主席门下，当上了师长；抗战开始后，又到第五战区当了独立师师长；前不久南阳成立警备司令部，五战区司令长官李宗仁令第二集团军第六十八军军长刘汝明兼司令官，委栗温保为南阳警备司令部副司令，主管南阳全城的防御事宜。

栗温保今天便是到任之后第一次视察防务。

“告诉各部队和各防御单位，在把城墙拆平后，要速挖交通沟并修筑防御工事！”栗温保转对身边的一个参谋交待，“拆城这件事既有好处也有坏处，好处是让日机轰炸时不再很容易地辨出哪是城区，坏处是日后我们对日本步兵的作战失去了依托，所以要抓紧修工事！”

“是！”那参谋应了一声，扭转马头去传达命令。

栗温保依旧缓辔前行。

天阴了，一块乌云由独山那边飘来，慢慢地在城区上空伸展蔓延；风中的冷意开始增加，且渐渐大了起来。栗温保的坐骑喷了个响鼻，身子一战，栗温保自己也不由得打了个冷噤。

前边有一群人闹嚷嚷地迎面走来，几个护兵驰马上前拦住，片刻后一人回来报告："是《河南民国日报》《宛南时报》《建国日报》《民报》等报刊的一群记者，他们坚持要采访栗副司令，怎么办？"

栗温保皱了下眉头："娘的，我最讨厌和这些识字人说话！"不过还是扭头询问地望了一眼跟在身后的警备区参谋长肖四。

"不见怕也不好。"肖四轻声说出自己的看法，"见了面无非说说我们的抗敌决心。"

"好吧。"栗温保挥了一下手，那群记者顿时朝他的马前跑来。一个年轻的小伙朝栗温保晃了一下记者证，便先开始发问："栗副司令，南阳如今是河南的后方，省政府和省财政厅、民政厅、教育厅、建设厅、邮务管理局等重要机关眼下都迁来本城，南阳的安危关系甚大，一旦日寇来袭，你能否保证古城不步开封后尘而陷于敌手？"

"我栗温保拿脑袋担保，南阳城决不会沦于敌手！"栗温保挥一下戴了雪白手套的手，"日本人长几个蛋子？不也是两个？我就不信他比老子强！我倒要和这些狗日的比试比试本领！"

"城里有传闻说，栗副司令把自己的家眷、细软、甚至桌椅橱柜都已用军车送往了西峡山里，做好了撤退的准备，这消息可否当真？"一个戴了眼镜的记者语调冰冷地开口。

"放屁！这是谁造的谣言？"栗温保的脸骤然红透，血仿佛要破皮而出，手也禁不住挥了下马鞭。座下的枣红马身被鞭击,不由得扬起前蹄,险些把栗温保摔下马来。

“诸位不要听信这些涣散军心民心的传闻。”肖四这时接口道,“栗副司令和我等守城官兵,决心和古城共存亡!……”

记者们后来又提了不少问题,都由肖四回答,栗温保气哼哼站在一旁。当人群散去时,他才猛然回头向副官骂道:“送家眷拉家产走的事怎么立刻就让人知道了?笨蛋!马上给我想办法补救!要让全城军民知道,我和我的全家一直留在城中!”

“是!”……

17

灾难竟然又来了。

尚达志的双眉像受了惊的蚕，紧缩起身子，在那儿轻微搐动。他默站在织机车间，久久地望着那一架架无声呆立的织机，一动不动。

他几年前就担心的事到底已经出现：战争扩大了！而且扩大到如此令人吃惊的程度，连地处中原一隅的南阳城也落下了日军的炸弹！

战争已像疯狗一样逼到了眼前。

因了这逼到眼前的战争，尚吉利织丝厂一个很好的生产局面被毁掉了！那是多么红火的一个局面哟！中外绸缎商人的定货单源源不断飞来，大批的新丝由自己设置的收购网点上源源不断运到，一匹匹绸缎由一台台织机源源不断地吐出，一批批成品绸缎由一辆辆马车源源不断地拉出厂子。厂子里开始实行了三班轮换制生产，昼夜织机不停；染印车间新添了烘干设备；请来的那几名新织机研制人员已开始试装新的机型；资金在迅速地积累起来，达志已准备购买一辆拉送原料和产品的汽车。没想到就在这时，卢沟桥上的枪声突然响了！

而且不久，日军飞机就飞临了南阳上空。达志至今还记得九架日机首袭南阳那天的情景。那日他正在临街的店铺里检验新出绸缎的质量。那是一个天蓝日暖的初春的上午，谁也没料到在这样一个日子里会出事。尽管在这之前有过关于要躲空袭的警告，但警报并没有响。达志只听到一阵巨大的嗡嗡声由远及近，他有些惊奇，和几个工人一起奔到街上去看这声音的出处。他刚刚跑到街上，便见机群向下俯冲而来，随即附近就响起了猛烈的爆炸声。工厂对面的一家饭馆里落了一颗炸弹，老板和他的小女儿及几个吃客被炸得血肉乱飞当场死掉。老板娘抱着丈夫的断腿和女儿喷血的脖颈晕死过去。浓浓的血腥味一直弥漫了整个街区。那是达志第一次近距离地看到战争。

因为战争的逼近，原有的那种保证丝绸生产的环境全都发生了改变。没有人来定货了；来零买绸缎的人也日渐见少。在这兵荒马乱人命不保的时候，谁还会去考虑穿绸着缎？原料供应也发生了困难，生丝收购量越来越小，到处都在做跑反的准备，养桑蚕、柞蚕的人越来越少；动力机用的柴油也已没法买到，随着开封、武汉的沦陷，早先购买柴油的道路已被切断；厂里的工人们和请来造新丝织机的技术人员也都无心再干，都在操心自己家人的安危。到最后，所有保证生产的条件都已失去，织丝厂只好停机关门。

天爷爷，这么多机器全停下来，一天就丢掉了多少金钱呵！

“爷爷，爷爷，你站这儿看啥？”小昌盛这时从院子里跑进来，扯住爷爷的衣袖问。

“看看这些一声不响的机器，孩子！”达志缓缓弯腰把孙子抱起。

“爷爷，你的眼角怎么有水珠？”小昌盛用小小的手指抹着爷爷的眼角。

“昌盛，愿吃麻糖吗？爷爷带你去买。”达志岔开孙子的问话，抱着他出了机房，蹒跚着向大门口走去。

“爹，”容容这时从临街的铺子里走出来，“立世说让把铺子里的一切东西都集中到后院，你说行吧？”

“集中起来做啥？把门锁起来不就行了？！”

“可立世说，怕飞机炸住房子，还怕日本人攻进城来。”

达志的心咯噔一响：攻进城来？日本兵还会攻进城来？倘他们真的攻进城来，那我的厂房和机器不就完了？他的心脏因为骤缩而有些作痛，他还从来没想过这个问题，他现在只是为停工为空袭着急。

街上传来一阵马蹄响，他探头一看，见是栗温保被一帮人簇拥着由街西走过来。他知道栗温保如今是这南阳城的警备副司令，心中顿时一动：何不向他问问今后战事的发展？于是急忙放下孙子走到街边，向驰近了的栗温保躬身招呼：“栗司令好！”

“哦，是尚老板。”栗温保勒住马头，饶有兴味地望着这个过去常向自己送缴银子的丝织厂主，“我刚从拆城工地回来，顺便看看这条街遭受空袭的情况，咋样，你的厂子还好吧？”

“厂子倒还没被炸住，可是生产全停了！这几年厂子刚有个发展，绸缎质量刚可以和外地、外国的绸缎生产厂家比试比试，就又停了！”达志一时忘了对栗温保的仇恨和厌恶，动情地诉说起来。

“停就停了吧，你反正已经赚了不少钱！听说你非要让自己造出的绸缎在世界上称霸不可，逞这个能耐做啥？有好吃好喝不就中了？”

“栗司令，”达志见同栗温保说不到一处，忙问自己要问的问题：“将来日本兵总不会攻进城来吧？”

“当然不会！”栗温保厌烦地挥了一下马鞭，想把这个令人头疼的问题赶走。他实在讨厌人们一再地提问这个问题。“你把心放到肚里，该吃就吃，该喝就喝，该睡就睡！”

“谢谢栗司令，能保住城池是为百姓们造福呵！我和我的全家先向司令表示深深的谢意了！”

“尚老板不该空口说话，”肖四这时微笑着开口，“如今国难当头，俗话说当有人出人，有钱出钱，我等拼力守城，你作为一个家资万贯的厂主，也该有所表示才对！”

“尚家家产万贯说不上，可我会尽力支持守城的，所捐钱款，今晚就当送上！”达志听出了肖四的话意，当即表态。

“有像尚老板这样的爱国者的全力支援，我军士气定会更高！”栗温保淡声说罢，催马走了。

“爹，他咋说？城能保住吗？”容容这时跑过来问。

“他说能，我想也能！他们有那么多兵，有那么多枪，又是在熟地方打仗，倘是日本人要来，他们会打胜的！”达志低声答罢，放眼向远方的天地相接处望去。

但愿南阳城能得到上天的保佑……

夜，漆黑无边，偶有灯火亮起，也是转瞬即灭。由于实行战时灯火管制，一入夜南阳城就老实地钻入了黑暗，再无了往日晚饭后的人声喧嚷和灯光闪烁。不过，此刻在《宛南时报》

的编辑室里，在厚厚的窗帘后边，却仍是灯火通明，卓远和他的助手们正在编印新一期的报纸。

这期报纸比往日的付印时间所以有些拖迟，是因为在等前线的消息。今天，在新野、桐柏两县城，抗日军民同时和来犯的日军十六师团酒井支队、铃木支队展开激战，战斗的结果刚刚传来报社：我打死打伤敌人千余，俘战马数百匹。“日人并非不可战胜，新唐一战已是例证”，卓远此时正激动地手握毛笔审改着这条消息。

“咚咚咚……”门骤然被敲响，一个编辑刚一上前拉开门，一伙持枪的军人便呼啦闯进了屋里。

“你们有事？”卓远停笔站起。

“是卓先生吧？我想和你单独谈谈！”一个沙哑的声音从那伙军人中响起。卓远定睛一看，才认出那是警备区的参谋长肖四，便点了点头，示意报馆的其他人去隔壁屋里。

“卓先生的报纸办得不错！我听说在宛城各报馆中是订户最多印数最大影响也最广的一份报纸。”那肖四眯着眼挥退自己的随从，一个人走到桌前的椅上坐了。

“谢谢肖参谋长的夸奖，我们不过是做了一点自己该做的事。”

“我还听说你当初在报上发了一篇文章，就迫使当局枪毙了邓县县长耿子谦。厉害呀，卓先生，这小小的毛笔和我的手枪一样厉害呐！”

“那是因为耿子谦作恶太多，惹怒了民众。”卓远边答边猜测着对方的来意，“肖参谋长这么晚了来报馆，是——”

“是想请卓先生在报上发条消息。”

“哦？什么消息？”

“‘栗副司令的夫人、孩子仍留在城中，全家人决心与城池共存亡！’就是这个意思吧，词句上你再推敲。”

“可我们知道，栗副司令已将他的夫人们、儿女和家产甚至桌椅橱柜全都用运送弹药的车辆送到了西峡山里！在全城居民都还没有疏散的时候，他先这样做，是会造成人心浮动的！”卓远的声音开始变冷，“这会让人们觉出守城无望心先散掉！”

“既然卓先生已经知道真情，我也就不再隐瞒，不过这消息你一定要发，为的是稳定军心民心，使万众同力守城！”

卓远面露愤色地扔下手中的毛笔，在桌后踱步，片刻后站住，抑了心中的气愤低声说：“好吧，为了保证守住古城，我破例让我的报纸说一次假话。如果栗副司令和你果真全力守城，那这个秘密我就永远保守下去；倘是你们守城不力使城破遭劫，我将会在报上把这事的真相公布出来！”

“我们先不说以后，我们只说眼下！”肖四的指头在桌上轻敲了一下，话中露出了几分不耐。

卓远上牙紧咬下唇，久久无语。

“好，卓先生还算识时务！告辞了。”那肖四说罢，起身就走。

18

小昌盛被尿憋醒时，鸡刚叫二遍。他推了推身边的妈妈，叫："妈，我尿。"还沉在酣睡中的容容眼也没睁，就做着惯常的动作：伸出一只胳膊去窗台上摸住了洋火柴，啪的擦亮，朝着放油灯的地方伸去。灯亮后，小昌盛赤条条从妈的怀里钻出被窝，站在床帮上，捏着小鸡鸡朝放在床前不远处的尿罐撒去。哗啦啦。瓦质的尿罐立时发出一阵嘹亮的响声。

屋子里真冷，小昌盛不过是撒了一泡尿，身子已经冻得很凉。他哈着冷气重又钻进被窝时，把容容凉得身子一抖，紧忙把儿子抱在怀里暖，小昌盛趁机头一低，用嘴噙住了奶头。

"哟，丢脸不丢？六岁了还吃奶？"容容在儿子的屁股上轻拧了一下。小昌盛尽管已经长到六岁，还是要夜夜枕着妈妈的胳膊睡。

"不丢！不丢！"小昌盛在妈妈的怀里格格笑着拱动着身

子,同时报复似的伸手去妈妈腰上拧了一下。

容容的睡意已被儿子赶走,于是爱笑爱闹的她便和儿子在被窝里逗开了。她胳肢儿子一下,儿子胳肢一下她,母子俩在被窝里格格地笑成了一团。

"你们还睡不睡?"躺在床那头的立世被吵醒,生气地把脚朝他们母子俩伸过来。一双大脚竖在容容胸前,生生把母子俩隔开。

容容望着丈夫的大脚,朝儿子眨眨眼,示意儿子用手指去挠爹的脚掌。小昌盛有些胆怯地伸出手指,朝爹爹的两个脚掌挠去,刚挠两下,那两只脚就哧溜一下缩了回去,同时床那头也忍不住爆出了一阵笑声。

格格格。母子俩得意地又笑开了。

咚咚咚。正这当儿,门外响起了敲门声,跟着传来达志的一声喊:"小昌盛该起床背书了!"机灵的小昌盛听了爷爷这喊,先是探出身噗一口吹灭了窗台上的灯,继而像泥鳅一样向被窝的深处缩去。

容容望了一下窗纸,窗纸还没有发白,而且听得出有雪粒扑打院中树枝的声响。这样冷的天让儿子起这么早她着实有些心疼,于是抬了头对外叫:"爹,反正厂里的机器也停了,白日没啥事做,让小昌盛白日背书吧。这样冷的天,他又这么小,起这样早不是有些划不来?"

"啥划来划不来?要紧的是让他养成勤快早起学习的习惯!眼下机器没开,可日后会开的!他没有勤快的习惯没有像样的丝织本领,将来咋去发展这份祖业?"达志有些发瓮的声音从门缝里挤进屋来。

容容听出公公的声音里有了怒气,不敢再做分辩。她伸了下舌头,起身点灯披衣,尔后从被窝深处把想偷懒的儿子抱出来，开始给他穿衣服。

小昌盛不高兴地嘟囔着，可他知道爷爷就站在门外，不敢高声抗议，只能在妈妈给他穿衣时做出点不情愿的动作。这时，睡在床那头的立世也已经起身，不声不响地很快穿着衣裳。

父子俩把衣服穿好，立世拉着儿子去开门。门刚一拉开，一股寒气便像竹片一样朝两人脸上打了过来，父子俩同时退了一步。不过立世很快便迈出了门去，向着早先的动力机房如今成为自己学习室的房子走去。父亲最近给他找来了一本电工学教本，让他趁着眼下不开工的时间学会。小昌盛这时也迈出门外，自觉地向后院那棵老桑树下走去，那是爷爷给他规定的晨读地点。

"今早上天冷，咱们先跑几圈，暖和暖和身子。"跟在小昌盛身后的达志说罢，便先绕着几棵树跑了起来。小昌盛跟在爷爷身后，也吧嗒吧嗒地跑着。不很密集的雪粒，在一老一少两个人的肩头上蹦跳着滚下地去。

爷孙俩都跑得额上沁汗时，停下了脚步。小昌盛从衣袋里掏出爷爷给自己写的课本，对着越来越亮的晨光高声念了起来："蚕有两类，桑蚕、柞蚕；丝有两种，桑丝、柞丝……"

雪粒变大变稠了，天变得浑茫一片。地上原先蹦跳着的雪粒开始粘在一处，变成了薄薄的一层，有几只麻雀大约被起床挑水的人从什么地方惊起，尖叫着冲入空中，可能受不了密集的雪粒的击打，又哀嚎着钻入一家屋檐。

小昌盛把今天的这一课读完，雪粒已在他的肩上铺了一层。

"好了，现在背那三段话吧！"尚达志端立在雪地里，听任雪粒击打着自己的头、脸、颈。

"……列祖列宗在上,"小昌盛仰脸望着被雪粒挤满的天空,"昌盛生为男儿,当为振兴祖业尽力,有生之年,一定要力争使尚家丝绸再获'霸王'美誉!……"

雪粒已变成了雪花,大片的雪花纷纷扬扬飘着,南阳城转眼间变成了一个白色世界……

吃过午饭时,雪花已经在地上铺了厚厚一层。这样大的雪近年来还很少见,天性爱玩爱闹的容容想着反正厂里机器都已经停了,没有事干,收拾完厨房里的东西。就拿着铁锨铁铲拉着小昌盛来到了后院桑林里,在那儿冒雪堆起雪人玩。母子俩一个拿锨一个拿铲,格格格笑着往上堆,一个雪人的雏形就渐渐立了起来。

容容并没有把日军逼近的传言放在心上,她的心里一向不装沉重的东西。在她认为,尚吉利织丝厂要不了多久还会开机,一切都还会恢复如旧,眼下趁着这闲暇时间,可要好好和儿子在一起玩一玩乐一乐。

雪人堆好的时候,母子俩开始给雪人装饰头部。容容找来一把麦草,给雪人扎着头发;小昌盛找来两个瓦片,给雪人做着眼睛。容容因为高兴,手上忙着,嘴上就哼起了歌儿:

绸儿柔,缎儿软,
绸缎裹身光艳艳,
多少玉女只知俏,
不知它是来自蚕。

小昌盛早跟妈妈学过这支歌谣,这时就抢在妈妈的前面,高高地接唱:

蚕吃桑叶肚儿圆,

肚圆才能吐出茧，
煮茧方可抽成丝，
一丝一丝缠成团……

母子俩正玩唱到兴处，不远处忽然传来尚达志的一声喊：“小昌盛，过来，跟我去学算盘！”

“我不！”小昌盛正在兴头上，头也没回地顶了爷爷一句，照样玩自己的。

容容心里觉着，反正厂子已经停了机，天又下大雪，干吗还把一个孩子抓那样紧？让他玩玩有啥了不起？所以就也装作没听见。

“听见了没有？昌盛！到了干正事的时候，快跟我去学算盘！”达志的声音里添了严厉。

“爷爷，我要堆雪人！”小昌盛见妈妈没像往日那样要他服从爷爷，胆子大了些，就又这样回了一句，照样干自己的。

容容认为公公见孙子玩得这样开心，不会再坚持下去的，就也没有在意，照样轻哼着自己的歌儿。她刚又给雪人扎了两根发辫，就听到公公的脚步响到了身后，这下不能再装作没听见。她刚要扭脸去和公公搭话，不想忽见公公挥起手来，朝着小昌盛的屁股就打了过去。这一掌是太重了，小昌盛从雪人身旁滚下去，在雪地上又滚了两滚，随即便“哇”的一声哭开了。儿子是母亲心尖上的肉，小昌盛更是容容时时想捧到掌上呵护的宝贝，儿子的摔倒和哭叫令她心疼之极，这种心疼瞬间便变成了对公公的气恼和不满：“他下雪天玩玩有啥不对，你想要把他打死?!”这是她嫁进尚家以来第一次顶撞公公，她杏眼圆睁玉牙咬起瞪着公公。

但尚达志没有去看儿媳，只是冷厉地瞪着倒在雪地上的孙子低喝道：“起来！跟我学算盘学记账去！这个世界不是让人来玩的！我们尚家人更不能玩得忘了正事！”

小昌盛看看爷爷那眉毛耸起满是威严的面孔，不敢再哭，急忙爬起，用手背抹抹眼泪，慌慌地瞥了一眼妈妈，就乖乖地向前院走去了。

尚达志没再理会容容，默默跟在孙子身后。小昌盛听见爷爷的脚步声，怯怯地回头看了一眼爷爷，边走边辩解似的说：“加、减、乘我已经会了！”

“还有除法！我们还要讲怎样去核算一匹绸子的成本！”达志的声音依旧冷峻。

仍站在雪人旁的容容，这时气得狠跺一下脚，抹了一把眼中涌出的泪，转身就向娘家跑去。

卓远正伏在桌上读信。每隔一段日子，他总要收到一些他的学生们的来信。他督学训教当校长这么多年，培养出的有出息的学生实在不少。今天的这批来信中，有一个姓余的从事农学研究的同学说，他实验出了一个新的小麦高产品种，可惜眼下因战事临近人心惶惶，无法推广。一个在桐柏县公立小学教书的学生来信说，他编写了一本新的算学教材，学生用这本教材，可在四年内掌握过去要六年才能学完的内容，可惜目前因为跑荒躲日本兵，学校早已散掉，再好的教材也无用了。另外一封是从陕西寄来的，那是两个要去延安投奔共产党的学生写来的，信中说他们正在寻找时机向陕北走，早晚有一天会到达延安。卓远最后把目光停在一位留学日本东京的学生来信上，那位学生说：日本国内目前仍在大批征兵，到处都有支持圣战的标语，看来战争还要打下去！……

战争还要打下去！卓远久久地望着信纸上的这句话，沉入了默想。战争这个怪物，为什么每隔一些年月，就总要在人间复活猖狂一次？谁都知道战争会制造死亡、痛苦、眼泪，可人类为什么不群起而灭之，使它永远死掉？看来，战争是和想过好日子的愿望相连，日本人为了自己想过好日子而来打中国，德国人为了自己过好日子而去打苏联，难道一部分人想过好日子就必须靠用战争去掠夺另一部分人？一个国家的人为什么不可以就靠自己的劳动、自己的智慧去把日子过好？……

"嗵！"容容就在这时猛推开门，满脸泪水地扑进了爹的怀里。卓远吃了一惊，扔开信纸，忙扶起女儿急问："怎么了，出了什么事？"雅娴听见女儿的啜泣声，也早已脚不点地从另一间屋里跑了过来。

"他……他打昌盛！"容容委屈无比哽咽着说。

"谁？谁打了小昌盛？"雅娴以为女儿和外孙在街面上遇见了坏人，摇着女儿的肩膀急问。

"是他爷爷！"容容于是抽噎着把事情的原委说了一遍。

卓远和妻子听罢都舒了一口长气且相视一笑。"哦，傻丫头，你为这样的小事把我和你妈吓了一跳。"卓远一边用手指刮着女儿脸上的眼泪一边笑着说。

"小事？这是小事？"容容生气地跺了一下脚，"他那一巴掌肯定把昌盛的屁股蛋打红了！"

"哟，我的傻女儿，你以为小昌盛只是你的儿子？一个人一出生就具有多重身份，每一种身份都同时附带着义务和权利。小昌盛既是你的儿子也是他爷爷的孙子，他爷爷不仅有抚养他的义务，也有管教他的权利。他本人不仅有要求抚养的权利，也有准备为尚家丝织业出力的义务！他爷爷固然可以换一个督促孙子的方式，但爷爷打孙子也属天经地义！你哭什么？就连你今天的身份也已经不单单是我和你妈的女儿了，你还是尚立世的妻子，尚达志的儿媳，尚昌盛的妈妈，如果你做错了什么事，尚达志也有权利打你！”

“打我？”容容不觉间停了啜泣，瞪大了眼。

“当然，如果你做错了事！”

“他敢！”容容挥了一下手。手挥起时不小心碰了爹的脸，卓远立时佯装着疼痛叫了起来：“哟，快来看呀，卓家女儿敢打他爹了！”

容容被爹的神态逗乐了，格格格地笑弯了腰……

19

云纬后晌去村中的磨坊里磨了三升包谷，因为无驴无牛更无马来拽磨，石磨便只好由云纬自己来推。毕竟是五十多岁的年纪了，三升包谷推下来，真已经是筋疲力尽。回到家，她草草洗了一下，勉强扒了几口老黑做好的晚饭，就上床睡下了。

因为乏累，她很快就沉入了梦中。

她又看见了那台熟悉的织机，看见了织机上闪光的八丝绸，看见了满头青丝双颊鲜润的自己坐在织机上，梭子在自己的双手中飞动。门开了，达志满脸含笑地走了进来，她停了机，羞羞地将头垂了，他走到织机前，仔细地检查着她织的绸缎，尔后轻轻地攥住了她的手。她听到了唢呐响，两台响器班子就站在院里吹，长长的唢呐伸向天空不住地晃动，那么多看热闹的乡亲在院子外边挤。她看到女伴荆儿拿一块红绸子盖头向她跑过来，轻轻地盖在了她头上，于是周围的世界立刻红成了一片，在那片红蒙蒙的光线里，她看见穿得簇新的披着新郎饰带的达志站在街的那头。有鞭炮响了，鞭炮炸开的纸屑蝴蝶一样在天上飘飞。往前走，拉起手，入洞房！婚礼的司仪在向她和达志招手，示意他俩向一起走。她看见达志快步向这边走来，她也开始低头挪步，低头时她才发现，自己和达志站在一副巨大的方格棋盘上。她开始沿着达志走来的那条棋路迎上去，近了，近了，还剩一个方格，就要拉住他的手了，她已经闻到了达志身上那股特有的汗味，她的心开始狂跳起来，拉住了他的手，他就要带我向洞房里去了，呵，洞房！就在这当儿，一个穿黑衣看不清面目的人突然站在了她面前：请往左边拐！她听见那黑衣人断然的命令，而且不由分说，抓起她的衣袖就向左拉。干什么呢？她挣扎着。稍微绕一下，你看，从这儿不是也可以去到达志身边？她听到黑衣人说。她这时果然看见达志沿着又一条棋路向她走来，她急忙顺着同一条棋路迎上去，近了，近了，再有两个方格就可以到他身边了，但不想那个穿黑衣看不清面目的人又突然拦在她面前说：请向右绕一下，从这儿也可以去到达志身边！说着，便断然地拉起她的衣袖向右拐。不，不，她挣扎着，不过她果然看见，又有一条棋路通向达志跟前……

“妈，妈！”一个喊声从遥远的什么地方响起，隐约而持续地传进她的耳朵里，这声音使她停下步，侧了耳听。

“妈，妈！开门，是我！”那声音渐渐清晰，终至于把她从梦境中彻底拽出，她打了个激灵，从床上坐起。

“妈，妈！”

“是承银？等一等。”她急急地披了衣，下床趿上鞋，跑去开门。睡得懵懂的老黑这时也已被惊醒，急忙起身披衣。

伴着一股使人打颤的寒气，腰插双枪的承银闪进了门里。

"妈，快穿好衣服，和爹和弟弟带点吃的东西，向西北边的山里走，走得越远越好！"

"为啥？半夜三更的，让我们向西北走？"云纬和披衣出来的老黑都一惊。

"妈，爹，前天，日军第三师团从叶县的保安镇出发，经方城向南阳进犯，昨天，已经攻陷方城。日军侵占方城城南六里黄庄时，将全村焚为灰烬，烧房三百余间，烧毁粮食十万余斤；日军攻破包庄寨时，一次就杀死村民九十七人。估计今日天亮之后他们就会来攻南阳，为了减少损失，我们已动员立刻就要成为战场的城郊村子的村民，尽快向西边的山里疏散隐蔽，你们也必须立刻走！"

"他们能攻破南阳城吗？"云纬显然也吃了一惊，她虽然知道日本兵在向南阳逼近，但没料到来得这样快。

"我想他们会攻破的。"承银的眉头抽搐了一下，"我们这帮游击队想打，但武器太差；守城的栗温保他们，武器还可以，但战斗力不行。主要是他们的守城决心，我最担心的是他们的抗击决心！妈、爹，你们快走吧，找几个乡亲做伴，往西走！我不能再耽误，我还有任务！记住，要快，现在已是凌晨一点，离天亮的时间不多了！"承银匆匆说罢，向二老最后点了一下头，便迅疾地闪出了门。

云纬走到门口，看见有几个人影跟在儿子的身后，很快消失在了夜暗里。她便也急忙转身，一边去喊醒承达，一边吩咐老黑去收拾要带走的东西。云纬把睡得糊糊涂涂的小儿子喊醒穿好衣服时，老黑已把家里积攒的银钱和一些衣物捆成了一个包袱。三口人相继走出了门，云纬把门锁好之后，又有些不舍地在门前站了一霎。这房子、这院子、这房中的家具什物，这院中的柴垛，都是她和老黑这些年一点一点用双手挣来的，如今却都要扔下了，但愿日本人不会来到这儿！

她听到了村西边的人声，她明白该走了。她拉上承达带着老黑向村西没走多远，却又猛地停步，她忽然想起了达志。这些年，尽管由于不忍心丢下老黑，由于怕承银的事牵连尚家，云纬一直没有下定去尚家的决心，可达志一直装在她的心里。

达志知道这消息吗？他清楚这城会被攻破吗？他晓得要离开家先到西岗西山躲一躲吗？

得看看他去！

几乎没有任何犹豫，她立刻把承达往老黑面前一推，急声叮嘱道："你们爷俩先前头走，在十二里岗的大枣树下等我！我要进城去，承达他远房舅舅家大约还不知道这消息，我得告诉他让他家也快出城！"说毕，不待老黑回话，便立刻返身向东，向隐在漆黑夜色里的城区快步奔去……

尽管已近天亮，可达志也还没有睡下。

最近一些日子，他一直在忙着挖地洞藏东西。他把所有的织机、动力机，全都涂上防锈的黄油，藏在了一个近似大地下室的洞里。这洞是他悄悄找来的十来个亲戚朋友，利用了二十几天的时间挖成的，洞口就在他的卧室里。为了保证这阔大的洞子不塌，他还专门买来了砖头和石灰，在洞的四壁砌上了砖墙；在洞的顶部用砖垒了拱顶；在下边又铺了砖头；为了防潮，除了留些暗的通风口外，还在洞的四角倒上了大堆的干石灰。

这近似一个牢固的地下仓库，厂里的全部机器都被抬放在了这里。

除此洞之外，还在前院和后院各挖了一个小洞。前院的小洞放置当初请人试制但还未最后完工的新织机、尚未卖出的绸缎和尚未上机的丝。这些东西全用木箱盛了，四周又放了许多防潮的物品。后院的洞则预备住人，里边放了吃的和水。

达志所以下决心花钱挖这三个地洞，是因为前不久发生的那次空袭。在那次空袭里，南街的梁丰造纸厂的厂房全被炸塌，结果厂里的机器、设备和产品全被塌掉的房顶砸坏压在了下边，而且因为空袭时梁家没有地洞躲，人也被炸死了三口。就是因为看到了梁家的惨状，达志才采取了挖洞深藏东西的措施。

一直到昨日傍黑，所有该藏的东西方全部安放入洞。从晚饭后开始起，达志领着儿子立世，又进洞用油纸把每台机器的细部零件包住，父子俩一直干到了午夜过后。云纬来尚家叩响大门时，达志和立世刚刚出洞洗罢手。

因为是深夜敲门，父子俩多少有些疑心，两人各拎了一把镢头来到门口，大门一开见是云纬，达志才一愣。

“快，快收拾了东西走！”云纬一进院门就连声叫。

“去哪？”达志莫名其妙。

“去西岗、西山，越远越好，日本兵要来了，天亮差不多就要到，城是保不住的！”云纬一边大口喘息一边急急地说道。

“谁说的？”达志双眸一闪，前几天当局正式组织疏散时，还说近日不会有战事，还说城一定能保住，还说疏散只是为了减少空袭的损失，怎么会天亮敌人就要到了？而且城不能守住？

“我儿子。”云纬焦躁地望着达志，“他的话你应该相信，你知道他是干什么的！”

达志仍稳稳站在那儿，他自然知道云纬的儿子的身份，知道晋承银也在领着游击队和日本人打，从她儿子那儿来的消息不会没有根据，但达志还是有些将信将疑。“立世，你去东院把容容她爹叫来，他应该对局势知道得最清楚！”

立世应了一声，便向东院跑去。片刻后，立世领来的却是岳母。“容容她爹昨夜一直没回来，估计还在报馆里！”容容妈边扣着衣扣边说。

“看来不会有事，有事他会先回来的！”达志做出了判断。

“这么说你们是不走了？”云纬的话中夹了气。

“不走了吧。”达志做出了决定，“甭说日本人不一定会攻破城，就是城破了我们也不能走，工厂还在这儿，人走了谁照看？”

“那算怨我多事！”云纬愤愤地扔下一句，转身就走。

“云纬。”达志出门喊了一声，但云纬没应，云纬的走路姿势里还露着一股委屈、一股好心未得好报的怒气……

天仿佛知道今日有事，故意亮得很迟，在晨曦初露时又扯来大片阴云把半空遮住，使夜暗在城区里又延留了一些时间，不过，日头并不甘被厚云埋没，终于拼了力踏上云头，再一次俯视它看了不知多少回的南阳古城。

卓远是在太阳没出那刻揉着熬红的双眼匆匆由报馆回来的。他没进自家院门，而是先来到了达志家。达志那刻正和儿子、儿媳和孙子吃着早饭。卓远进院时小昌盛最先看见，他喊了一声“外爷”，便端着饭碗跑出去迎接。卓远没有像往常那样去抱起外孙亲吻，而是闪开扑过来的小昌盛走到门口急急对达志说：“准备一下吧，日军已接近东边的红泥湾，看来今天是一定要打了！”

“哦?”达志和立世、容容霍地立起。

“城能保——”达志的一句话还未问完,凄厉的空袭警报就突然响了。

“快,进地洞!”卓远说完这句,便扭头向自家院门跑去。

容容麻利地把锅里的饭舀进一只木桶,提上桶拉着小昌盛便向后院跑;立世端了昨晚蒸好的一筛窝头跟在后边;达志抱了两双棉被走在最后。一家人刚刚钻进后院的地洞,十来架飞机就呼啸着到了头顶。

轰、轰、轰。爆炸声在远近骤然响开。有一颗炸弹仿佛就落在临街的店铺屋顶,响声又尖又脆,爆炸引起的地动分明地传到了洞内,洞顶和洞壁上落下了不少土粒。

“别怕,孩子! 别怕。”容容把儿子紧紧搂到怀里。

达志背靠洞壁坐那儿,侧了耳倾听附近响起的每一声爆炸,默默地在心里判断着炸点的位置。但愿炸弹有眼,别朝我的厂房上落,万一厂房挨炸,日后恢复生产又该先修厂房,那又要耽误许多时间了……

第二批飞机扔下的炸弹响过之后,达志打开了洞口。根据以往的躲空袭经验,日机一般是分两批临空,两批炸弹爆响之后,人们就可以从躲藏地出来救火救人。达志因担心自己的厂房被炸,尽管没听到解除空袭的警报,也慌慌地从洞口爬出来去前院察看,还好,最近的一发炸弹落在当街,把尚家临街的店铺的前墙炸开了一个豁口。虽然只是一个豁口,达志还是心疼不已。他急忙跑到豁口处,去拾那些碎砖想把豁口先堵一堵,以防外人由豁口处跳进店铺,不料他刚拣了两块砖,天空中突然又响起了飞机的嗡嗡声,他闻声抬头看时,六七架飞机又已临空。他惊慌地顺着墙根儿想重新往后院的洞口跑,但是晚了,他分明地看到空中有几颗白色的东西向院子飞来，他只来得及又跑出几步，一阵他此生听到的最大轰响塞满了他的整个耳朵。那伴着闪光的响声就来自他的丝织车间屋顶，在听到那响声的同时，他踉跄了一下向前仆倒。在仆倒的最初一刻，他还没有意识到自己受了伤，他只是惊恐地扭头去看他的丝织车间。他看见他的阔大的丝织车间像一个散了架的鸟笼一样摇晃着向地上塌去，他心疼万分地想站起来去拯救他的车间，但刚站起便又仆倒了，一阵他从未体验过的剧疼从左腿上传进了心里。他垂眼一看才发现，一块弹片像刀一样划过他的左大腿，把一块肉生生削开，可那块肉还没有从腿上完全掉下来，它还带着一块裤子上的布片在那里晃荡，鲜红的血正在涌流，白色的腿骨在鲜红的血流中时隐时现。

他本能地用手把那块肉又向原处按去，与此同时他痛楚地喊了一声："立世——"

立世那时已经爬出洞口，反常的巨大响声已使他预感到不妙。他跑过来抱起浑身是血的爹时，第四批飞机又已呼啸着出现在东天。他们震惊地一齐向天看去：又来一批？日本人这是疯了？

不懂军事的尚家父子哪里知道，日军今天进行的不是寻常的空袭，而是攻城前的空中炮火准备，是要用飞机的轰炸来摧毁这个城市的抵抗能力……

20

肖四蹲在防空洞口,冷眼看着扔完炸弹拉起机身返航的日军飞机,手指在胸前的木挡板上下意识地敲着,敲出的声音却显得奇怪的轻松和轻快。

炸吧!

祸兮福所倚!

也许这轰炸之祸倒会给我肖四带来福气!轰炸毁了工事,毁了街道,毁了士兵们的士气,就会迫使栗温保撤出城去,而只要栗温保下令撤兵出城,使这座古城沦于敌手,那栗温保就会成为名载史册的罪人,成为民众仇恨的对象,成为上峰追究的败将,他的警备副司令就不可能再当下去,到那时,代替他的,只可能是我!

我也要尝尝当副司令的滋味,享享统率军队的乐趣了,我不能一辈子都给栗温保当助手!

温保大哥，这些年，我给你的已经够多！我为你付出的已经不少！你的每一步成功，都有我的心血！你想想吧，当初不是我劝你去抢盛家，会有尔后的上山造反？造反之后若不是我为你出谋划策，你最后会当好副镇守使？后来若不是我劝你投靠河南省主席，你会当上今天的警备副司令？如若没有我，你今天怕还在卧龙岗落霞村打兔子，穷愁潦倒一生！你该感激我，感谢我，报答我！可你给我的报答是什么？当你的副手，永远为你出力！这就是你给我的！我不能再傻下去，我不能让一切功劳都归于你，一切名誉都属于你，让你出人头地，让自己永远站在你身后！

我也该往前边站站了！人是要有点野心的，在仕途上混的人如果没有野心，还不如立刻退出去！

你甭怪我不客气、不仁义，谁都不想久居人下！

是从什么时候开始对自己的地位不满意的，肖四自己也说不清楚，反正好长时间以来，他心里就开始憋气。尤其是看到栗温保有时趾高气扬不再询问自己就处理事情，看到下级单单只给栗温保送礼时，胸中的那股气就越来越难忍下去！当然，他一直不让自己的怨气、怒气在神态上有丝毫显露。他知道栗温保也不是傻瓜，一旦让他看出自己的心思，就会招来祸患。他这些年读过不少史书，已经懂得，在官场里，身居第二位的人最为身居首位的人戒备防范，故平日处事一直十分小心，时时提醒自己牢记“帆只扬五分，船便安；水只注五分，器便稳”的道理，提醒自己记住历史上“韩信以勇略震主被擒，陆机以才名冠世被杀，霍光败于权势逼君，石崇死于财赋敌国”的教训，一切都让着栗温保。

但现在我可以不让了！

机会已经来到！

只要栗温保下令撤兵,使宛城沦于敌手,那他在仕途上的生命就完结了,那时就该我肖四来唱主角了!

仕途上的机会很多,就看你能不能看准并抓住!

我会抓住的! 连日本兵也不会想到,恰是他们的进攻,给我送来了权柄!

要紧的是促使栗温保去下撤兵出城的决心!

"参谋长,敌机已飞走,部队已进入阵地,我们是不是也去指挥部——"一个参谋过来低声问询。

"好!"肖四猛地起身应了一句,双眸中闪过一丝急迫和殷切……

地面战斗是从半后晌开始打响的。

栗温保部署的第一道防线在城东北的盆窑至独山一带。但天黑时分,一线阵地便已相继失守,部队被迫撤进了城边二道防线,并开始准备巷战。

栗温保的指挥部安在小西关的一家玉雕坊里。夜色严严地围定这座门窗都挂了棉被的屋子;枪声由外边传进来时,已轻得近乎燃放爆竹;墙上挂满了地图,烛光在间或响起的山炮声中跳动哆嗦。

栗温保默坐在一张桌前,双手把玩着一个用独玉雕成的"南阳古城"——这是玉雕坊主专门送给他的一件礼物——雕品上那方形的有堞口的城墙和城门上的"南阳"二字,在烛光下闪着莹洁的光亮。

"副司令,据各部队报告,敌人的攻势在加强,我们咋办?坚持打下去吗?"肖四这时从外间匆匆走进,低了声问。

"如果我们继续打下去,会有几种可能?"栗温保没有扭头看肖四,只是声色不动地反问。经过这么多年政界、军界生活的磨炼，栗温保也已经养成了一种从容不迫和心绪不露的本领。

“只有一种，那就是城破兵损。”肖四说得很干脆，“日本人不拿下这座城是不会罢休的！”

“这种情况下我们的得失会是什么？”栗温保依然平心静气。

“我们如果不想以自杀换取‘英雄’称号的话，我们只可以得到人们的称赞，记住，只是一点儿称赞。上边并不会授给我们‘抗日英雄’的称号，因为中国人自古以成败论英雄，我们虽然全力抵抗但最后还是城破失败，这时人们给我们的尊敬是有限度的。好的败将在中国成不了英雄！可我们因此失去的将会很多！我们要损失我们的大部分部队，我们将从此失去我们的实力地位。一旦我们手中无了兵，我们就失去了同别人讨价还价的资本。在今天的中国，你手中无了兵，自然也就当不了官；你当不了官，也就享不到福；我们忙活到今天还享不到福，那日子还有啥过头？”

“如果撤走不打，那我们的得失会是什么？”栗温保翻转了一下手中的玉雕，仍旧慢了声问。

“我们得到的将会很多，因为我们手中的兵没有失去，有了兵我们就可以东山再起，可以再谋另一个城市的警备司令。我们失去的只是人们对我们的一点尊敬，可‘尊敬’这东西值啥？有些教书匠可受人尊敬，不照样吃苦受穷？再说，‘尊敬’是什么？不就是见了你笑容满面、称颂不已、送酒送肉表示心意？而一个人只要做了官，这些都可以得到！依我看，受人尊敬和让人惧怕差不多是一回事，一个人尊敬你了，他会听你的话；一个人惧怕你了，他也会听你的话，从这一点上说，这两种人类的感情形式在效果上是一样的！所以我们不必为失去人们的一点尊敬而犹豫不决!”

“那依你之见,我们是该撤了?”栗温保的眼皮耷拉下来,盖住了双眸。

“当然还是副司令下决心!”

“好吧,我同意! 你去起草命令!”

片刻后,肖四拿了一纸命令过来说:“副司令,请你签个名!”

栗温保这时已起身披了呢子大衣,一边向门口走一边说:“你签就行,我去二团看看! 命令签后立即送往各团!”说罢,便闪出了门去。

门外一片漆黑。枪声无了墙的隔离,骤然变得密集而清脆。偶有一颗曳光弹飞起,将黑暗划成两半。栗温保翻身上马,在几个随从的护卫下,过小东关沿河街向位于医圣祠方向的二团驰去。快到二团团部时,他猛勒住马,转对身边的一个贴身随从低声叮嘱:“待一会儿你到各团,把他们收到的撤退命令全部收回到你手中保管!”听到那随从应一声后,他才又仰脸向天,喃声说了一句:“我既要保存实力,也要人们的尊敬! 肖四,得请你原谅我了……”

枪声更显尖利……

21

卓远贴着墙根，以一个五十多岁人能有的最快速度，向着魏公桥方向走。他是天黑之后离家出来的，他想到一线阵地看看，看看战斗的真实发展状况，看看士兵们的战斗士气。他想，自己既然办着报纸，既然要在报纸上反映这场守城战斗，就不应该少了这前沿阵地的亲自采访。

街上除了来往调动的守城士兵和前送弹药、后送伤员的人员之外，便是不时飞动着的枪弹。枪弹在街道上行走时，带着一股瘆人的嗖嗖声，听了让人脊背发麻。越接近前沿，人越稀少，枪声也越响。卓远在墙根蹲了一会儿，看见几个人挑了冒着热气的水桶和篮子向前走，他估计这是送饭送水的炊事员，随着他们便会找到正在作战的部队，便紧忙跟了上去。

炊事员们把他带到的是一个营部。一位方脸的营长在看了卓远的记者证件之后，一边大口吞咽着炊事员刚送来的包子，一边指着自己指挥所的后墙说："看看，那就是敝人的决心！"卓远借着烛光朝墙上看去，只见那墙上写着五个字："贾一柏之墓。""这是我们营长割破指头写的！"一个精瘦的士兵说，"我们已经干掉了至少一百零二个日本兵，日他娘，他们休想从我们营的阵地上打开缺口！""嘀铃铃。"这当儿电话铃响了。贾营长一边嚼着包子一边拿起了话筒。

卓远注意到营长脸上的咬肌骤然停止嚼动，并随之"啪"一下，把口中嚼了但还没咽下去的包子吐到了地上，跟着就见他对了话筒吼："我能顶住，凭什么叫我撤？凭什么？"

话筒里的声音听不清，但贾营长的脸是变得铁青了，又过了片刻，便见他把话筒"啪"地扔下，一屁股坐在一个弹药箱上。

"营长，咋着回事？"那个精瘦的士兵最先上前开口问。

"唉，"那营长抬头长长叹了一口气，"上头让我们交替掩护向城西撤退，南阳城完了，完了！"

"为什么要撤？"一旁的卓远闻言，惊骇地上前抓了那营长的胳膊。

"我也不知道！你问我，我问谁？"营长颓然地摊开双手，"我还没有弹尽粮绝，我还有力量抵抗，可为啥让我撤呀？"一霎之后，营长转向他的手下人说道："通知一、三连，用火力掩护二连悄悄后撤，全营立刻做好行动准备！"跟着，转向呆立在那儿的卓远道："你也快走吧，要不了多久，这儿就要被敌人占了！快走吧！"

卓远记不得自己是怎样被忙乱的士兵们推出指挥所的，也不记得自己是怎样往回走的。他只记得有一队队的士兵从自己眼前跑过，只记得当他返回到自己家门口时，看见自己刚才站立过的魏公桥方向燃起了大火，火光冲天而起，火头噼啪着在天空骄狂地摇晃着，半个南阳城被火光照亮，就在那火光中，他听到了男人、女人们的哭喊声。

是那冲天的火光和人们的哭喊声让卓远恢复了冷静。他对奔过来向他询问守城情况的女婿立世和女儿容容说："城已经破了！快回去把你爹抬进地洞，多往洞里拿点吃的、喝的，从现在起，我们只能在洞里生活了！"

待女儿、女婿去后，他才拉了妻子的手，一步一步向后院的那个地洞走——那是女婿立世专门为他俩挖的藏身之地。

过了有两顿饭工夫，默坐在地洞里的卓远，便隐隐听到了日语声。

黎明时分，南阳全城沦陷，满街都是日本战马的嘶叫。坐在洞中的卓远，缓缓拿起毛笔，借着从洞口漏进来的一点火光，在洞壁上重重写道："身为男儿当自羞，刻骨铭心记此仇……"

达志忍着剧疼，身靠洞壁紧张地听着洞外的动静。因这个地洞当初挖筑时，留的隐蔽的通风口较多，所以坐在洞中，对外边的声音听得颇清。

枪炮声是在天亮之后彻底停息的，代之而起的是砸门声、日军的哇哇吼叫声和本城人的哭喊声。这一切声音都表明：一场抢劫开始了！

儿子、儿媳甚至小昌盛都和他一样，双眼瞪大紧张地谛听着外边的响动，每个人眼里都弥漫着恐惧，一种等待不祥后果的恐惧。

但愿他们注意不到我的院子、我的工厂，但愿他们不来这个地方。达志在心里绝望地祷告，但他自己心里也明白，没有人会理会他的祷告，一切全依日本人的兴趣了。

第一个白天就在这种恐惧中一点一点挨过，天黑之后，一家人梢梢有些轻松，默默地啃了几口干粮，喝了点水。立世还轻轻地打开洞口，悄悄爬出去把尿罐倒了，且慢慢爬到院门口看了看，回来说，街上燃着一堆一堆的火，隔百十步远便有一个日军岗哨。

这一夜，全家人都多少合了一会儿眼。

第二天头晌，达志腿上伤口的疼痛加剧，当立世用盐水给他洗时，他几乎疼昏过去。不过，即使在疼得要昏的那一刻，他的耳朵也没有忘记捕捉外边的动静。还好，院子里仍很平静，这使达志心中的那个希望增加了：也许日本兵真的注意不到自家的织丝厂。

灾难是半后晌来到的，酷爱用丝绸做和服的大和民族，不会忘记寻找织丝厂的！一阵哇哇的人声和嗵嗵的脚步声响到院里时，达志正在打盹，他的睡意被惊走之后，听到的第一个声音是中国人的怯怯的话音："这就是织绸缎的尚吉利织丝厂！"

"哦，好的，好的，我这个人很喜欢绸缎，我夫人尤其喜欢用中国的绸缎做和服！"这个说着生硬汉语的显然是日本人。

达志和儿子、儿媳交换了一个惊慌的眼神。

"可是，这厂里已经没有人了。"还是那个中国人的声音。

"没有人不要紧，只要能找到绸缎就行！"那个日本人说到这里，忽地转用日语哇哇叫了一阵，随后，便听到十来个人的脚步声在各个屋子里跑，达志能猜出：那日语大约是给日本兵下的寻找命令。

"没有，房子都是空的。"依旧是那个中国人的声音。达志极力想辨别这声音自己是否熟悉，可惜辨不清。

"一个织丝厂不会没有绸缎，根据我在华北的经验，我知道中国人总爱把自己的东西埋到地下;他们通常并不把自己的东西带走,他们担心带了东西走在这兵荒马乱的日子里会遭人抢劫!好吧,让我们来挖挖试试,也许我的判断会被证实!你的,去找镐头!”日本人的声音里充满了自信。

达志抽了一口冷气,手紧紧抓住了洞壁上的砖缝。

大约几袋烟的工夫过后,响起了镐头挖地的声音,那声音鼓一样的擂到地上。所幸有好一阵那声音都只响在临街的店堂里。

“这儿,这儿,挖一下试试!”又过了不知多少时间,那个日本人又喊,声音里已带着明显的焦躁。

“嗵!”镐头再一次响了。

“糟,在爹的卧房外间!”容容最先做出判断。

达志的嘴猛一下张开,似乎想发一声喊,但理智使他把那声惊呼掐灭在了喉咙口。他只把一个无限的惊恐现在了脸上:老天,隐藏动力机和织机的那个大地洞的洞口就在那卧房里间的床下,倘使他们挖到了那个洞口,我尚家织丝厂的全部机器就完了!而没有了那些机器,尚吉利织丝厂也就再无了发展的希望!尚家什么时候才能再聚起那么多机器?那是多少年来的心血呵!不,决不能让他们发现那个洞子!得想办法!他的双手下意识地在身边摸索。

“爹,咋着办?”立世慌慌地抓住爹的手。

达志直直地看着儿子的脸,牙床哆嗦着说:“立世,现在只有一个办法兴许还能救出那些机器,那就是你赶快上去,告诉他们埋绸缎的地方,让他们把那些绸缎挖走,他们要的是绸缎!让他们拿走那些绸缎算了,只要有机器,我们日后还会织出来的!”

“好吧,爹,我上去!”立世迟疑了一下松开爹的手。

“不！不能去！”容容这时扑过来抓住了丈夫的胳膊：“日本人万一杀了他咋办？”

“现在已经顾不了那么多了，去吧，快去，从后边的洞口上去，由院后绕到前边，甭让他们发现这里的洞口！”

“不，不，让他们把机器炸毁算了，我们日后再买！”容容坚决地抓紧立世的胳膊。

“那么多机器拿啥买来？”尚达志的双眸因为又急又气暴突了出来。

“放心，容容，我告诉他们绸缎埋的地方，他们只会高兴，不会杀死我的！”立世说罢，默默看一眼爹，便挣开容容的手，向通向院墙外边的那个洞口走去。洞口一开一合，院墙外便响起了立世轻轻的脚步声，达志、容容和小昌盛都侧了耳听，就在这一刻，附近的什么地方突然响了一枪，跟着他们清晰地听到立世哎哟了一声，随后，一切就归于了沉寂。

“打死了！他们把他打死了！”容容呜咽着抱紧了小昌盛。

“嗵，嗵，嗵，”卧房外间镐头刨地的声音更响地传了过来。

尚达志抓紧洞壁咬牙站起了身子。疼痛立刻使他的额上窜出了冷汗。“昌盛他妈，”他大口喘息着说，“我上去后倘是也死了，我对你只有一个请求，就是把小昌盛养大，这是俺尚家惟一的后代了！你就是再嫁他家，也要让他姓尚，告诉他承继起尚吉利这份织丝业！我和立世会在阴间感谢你的大恩大德的！呶，家里的积蓄全在这下边的坛子里！”他指了指自己刚才坐着的那块地方，尔后开始向直通院内的那个洞口走去。但他只走了两步，便仆倒在地，他双手抓住铺地的砖缝爬到了竖在洞口的木梯旁，开始艰难地往上爬。

容容瞪大惊恐的双眼，一边紧搂着小昌盛，一边看着公公的举动。

尚达志毕竟已经五十多岁，腿伤得又那样厉害，他只把那陡立的梯子爬了五级，就又咕咚摔了下来。

原已经止住了血的那个伤口，因这一摔又涌出了血来。达志没有忍住叫了一声，但那呻唤只响一声便被他咬唇卡住，他重又开始向梯子上爬。他的喘息越来越重、越来越急，但这次他只爬了三级就又咕咚一声摔了下来。

“爹——”看到鲜血重又湿了公公的裤子，容容含泪喊了一声。

达志没有理会儿媳的喊声，他重又向梯子爬了过去，但这次他只爬了一级，便又咕咚栽倒了。

大颗的眼泪涌出了达志的眼眶。

镐头挖地的声音还在不停地响着。

“爷爷！爷爷！”小昌盛挣脱开妈妈的怀抱，向爷爷扑了过去。

容容这时缓缓站起了身，先是异常平静地抿了抿散开的鬓发，尔后迅速地向洞口的梯子走去。当那爷孙俩注意到容容的举动时，容容已很快地攀上了梯子的顶端，刷一下拉开了遮蔽洞口的木板，红色的已经变斜了的夕照一下子跌进洞来。

“妈——”小昌盛的嘴刚刚张开，最初的那个音节还没出来，达志便用自己沾了血的手捂了上去。容容在夕照中迅疾地回了一下头，达志看见的是一个平静的笑容，接着，容容的身子便跃出了洞口，而且夕照很快便被切断，洞口重又被盖死。

达志忍住那想使自己昏迷的疼痛，竭尽全力地谛听外边的动静。先是轻微的容容的脚步声，随即便是突然地一声高叫："嗬，花姑娘！"之后，是一阵男女的对话声，说的什么，达志听不清，但是不过片刻，一直响在卧房里的镐头刨地的声音一下子停止了。而且分明地，一群人的脚步声开始向前院响去。

达志的心倏然间感到了轻松，几乎在这同时，一直在他眼前徘徊的昏迷一下子攫住了他的头，他的脖颈软软地向孙子的怀里歪了过去……

达志是在一阵激烈的枪声和孙子小昌盛的持续哭喊中重又醒过来的。他不知道自己昏过去了多少时间，他只是急忙开口问孙子："你妈妈回来了没？"

"没有，爷爷，没有。"小昌盛把满是泪水的脸紧贴在爷爷胸口。

我得上去看看容容怎么样了！他努力坐起了身子，让小昌盛递给他一碗水喝了下去，尔后开始在油灯光中用目光寻找可以帮他上梯的东西，他知道自己要上去这个梯子并不容易。他最后看定了一截绳子，他把那绳子攥到手里，嘱咐了小昌盛在洞里等他之后，开始向梯子挪去。他抓住梯子咬牙站起了身，迅速地用绳子把自己的腰和窄木梯松松地绑在一起，他每向上走一步，把那绳套也同时向上挪一级，这样，每当他要向下倒时，绳子就拦住了他。他就这样停停爬爬，爬爬停停，终于到了洞口。他用力推开遮蔽洞口的木板，开始看到了明净的夜空，看到了无数晶亮的星星。他深吸了一口冰凉的夜气，咬牙爬了出去。来到了洞外，他听到的枪声更响更密，他有些惊疑：日本人不是已经占了全城吗，怎么城中又会有如此密集的枪声？莫不是我们的军队又打过来了？他无暇多想，只以最快的速度向前院爬去，边爬边低低地呼唤："容容！

昌盛他妈！”

没有应声。

一个不祥的预感从心中划过：被打死了？被抓走了？他打个哆嗦，他不让自己顺这个思路想下去，就像他一直不让自己去想儿子的生死一样。

从自己的卧房门口爬过时，他注意到外间的地面已被深深刨过，他趴在门槛上，就着蒙蒙的星光向里间看去。里间的地面只刨了一小部分，大地洞的洞口还未被触动，保住了！那所有的机器全保住了！容容，这是你的功劳，你的功劳呵！

刚刚爬进前院，他就看见了那块怪石前被翻起的一堆新土，他知道这个洞被挖开了，知道绸缎被拿走了。拿走吧，狗日的们，拿回去用那些绸缎做裹尸布吧！

他在那堆土前停止了爬动。容容看来是被抓走了，抓走了。他把脸紧紧贴在那些冰凉的土上，久久没动。当他重又抬起脸，用目光扫过地洞四周被拆毁的那些装绸缎的木箱和被砸毁的当初未试制成功的新织机部件时，他在一个破木箱后边看见了一个雪白的东西，那是什么？他眨了眨眼重又看去，一个人！多像一个仰躺着的人！他身子打了个激灵，急忙向前爬去，在离那雪白的人形还有几步的时候，像一个炸雷突然把他击昏，他的头一下子摔到了地上：哦！是容容！是赤身裸体的容容！她叉开两腿仰躺在那儿，达志连想也不用想就知道发生了什么事！噢！噢！达志疯了似的用拳头向地上捶去。

地面在达志的捶击下只传来了微弱的回音，达志咬着牙努力坐起身，脱下了自己的棉袄和一件褂子，抖颤着手挪过去给容容把身子盖住。孩子，爹来了！达志的手在触到容容的胳膊后才又一怔：她的身子还是热的，她还没死！他急忙扶起容容,就着远处燃烧着的房屋上的火光,他看见容容的脖子上满是掐痕和勒痕。他不敢再耽误,急忙抱起她向就近的灶屋挪去。当他抱起她时他才注意到,她的身下铺了一匹蓝色的缎子,她的双腿间流出的血已把那蓝缎染红且粘结在了腿上。达志闭了眼用蓝缎把儿媳裹了,拼了力一下一下地挪到了灶屋里。在把她轻放在灶前的柴草上后,先掐了她的人中穴呼喊了一阵,待她缓过气来微微地呻吟了一下,才又急忙去点火烧水。

喂了几口热水后,容容方叹息似的出了一口长气,随即慢慢睁开了眼,意识显然还没有完全回到她的脑里,她的双眸呆滞地看着公公。

大滴的眼泪从尚达志的脸上淌落,他只说了一声:"你先躺着,我去东院叫你妈来。"便又急忙向外爬去。他不知该和儿媳再说什么话,他猜想此刻可以安慰容容的也许只有她的妈妈。他爬得很快,他知道当初立世为岳父岳母挖的那个地洞的洞口,他只想到去叫容容的妈妈,根本不知道在他爬进卓家院子那会儿,这边躺在灶口前的容容已抖颤着手去灶口里抓了一些尚未燃尽的柴火,点着了自己身下的柴草。火苗呼一下蹿起裹住了她的身子并飞快地向房顶爬去。爹、妈、公公、小昌盛,我最好不要再见你们……立世……等等我……

当达志从地洞里喊出容容的爹妈时,尚家院中灶屋里的火已经蹿过了房脊。达志扭头看见这边灶屋上的火光,只愣了一霎便明白发生了什么,他扭头嘶喊了一声:"容容——"便像没受伤的人那样跳起往回跑,可他只跑了两步就仆倒了下去,但他紧接着再次跃起跑了几步,跟着又仆倒下去。他就用这种跑法,到底又跑回到了自家院中。但是晚了,一切都晚了,草顶木柱的灶屋早已成了熊熊的一团火。"容容——"他痛彻肺腑地叫了一声要向火团扑去，但被卓远抱住了。

“你还我女儿！还我的女儿！尚达志——”随后跑来的雅娴疯了似的向达志扑过来，张开两手没命地向达志脸上抓去。达志没躲也没闪，只是闭了眼，听任那双手在自己的脸上、脖子上、头上抓着撕着。卓远这当儿早已松开达志，他没哭也没喊，只是呆然地站在那儿，双眼瞪着火团。渐渐地，他的目光开始抬高越过火团，望定渺远的什么地方，而且头微微侧着，仿佛在倾听着从远处传来的女儿那惯常的笑声。

容容妈终于耗尽了力气，停止了对达志的抓撕仆倒在地放声大哭。浑身是血的达志默坐在地上，先是傻了似的瞪住那噼叭作响的大火，随后直盯住竖立在前院的那块石头，石头上的凼形图案在火光映照下变得十分清晰。我明白了，你是在告诉我，世上的任何东西都可能被撕成碎片，那一个一个的方格不是碎片的模样么？我们尚吉利的厂房被撕碎了，我们的家被撕碎了，我们发展祖业的希望被撕碎了，全成了碎片，全碎了……

宝蓝色的高远永恒的夜空，仍如往常那样无动于衷声色不变地俯视着下界，俯视着枪声盈耳的南阳城。它见得显然已经够多，对这一切丝毫也没有表示出惊异，只依旧让自己的星星们眨动眼睛，像过去一样向人间表示着自己的嘲弄……

周大新文集

第二十幕

DI ER SHI MU

中

人民文学出版社

第 一 部

1

公元一千九百四十一年的春末,像一个连产怪胎的女人一样,把一连串的怪事怪物生在了南阳。先是一个艳阳当头的正午,突然间天空变暗群星毕现,持续有两袋烟工夫,其间有一个蛙状火团由东向西一闪。后是一个姓黄的渔民在白河撒网时网上一个鸟头鱼身长八寸的怪鱼,惹得人们争相观看。东泰照相馆的照相师还赶去拍了照片,放在民众教育馆里展览。再是南阳四乡的豌豆这一年开花时反常的全开白花——通常总是粉红一片。

人们对这些怪事议论纷纷作着各种推测,有人去请教玄武街一百零二岁的夏水发老人。水发老人欲言又止欲止又言地说:这八成是一个凶兆,兆示着南阳城还有灾难;而且这灾难既从天上来也从水中来还从地上来,这灾难一旦到来就要流血,流很多很多的血……

刚刚经历过日军陷城之难的南阳人，被水发老人的这番话弄得心惊胆战。不过这番话不久应验的只有两个字：流血。流血的仅是一个人，而且很少有人会想到是他——肖参谋长——在白河滩里把血流干。

昼夜都有一班人马侍卫的南阳警备区参谋长肖四，也从来没有想到自己还会有流血的一天。他近来连做梦想的都是如何做官，如何能让自己的官阶再升一级，如何弄掉栗温保的副司令自己取而代之。他甚至都已经想好了如果他被委任为警备区副司令后该如何庆祝的事：要请来河南省豫剧名班到宛连演三天；要摆六六三十六桌喜宴；要在城中九九八十一处燃放烟花；要扎东西南北中五道彩门……

最初听说五战区长官部要派人来对南阳守城作战进行总结时，他高兴得几乎一夜无眠。他想时机总算到了，上边势必要追究城陷的责任，栗温保作为主管城防的副司令自然难辞其咎，撤掉他的职务会是当然的处罚，撤掉他后自己继任合乎情理顺理成章。长官部的三名要员抵达南阳城的当晚，他就暗中指使四个心腹军官找到他们汇报守城战斗的“经过”，强调了城破的责任主要是因为栗温保指挥不力和怯战撤兵。之后他又暗中指使部下组织了一伙商人的请愿，请愿的商人们要求长官部的要员严惩招致城破的主要责任者。这两桩活儿做完，他开始喜滋滋乐悠悠成竹在胸地等待收获。

收获是在七天后的那个东天洇血的早晨来到的。那天的太阳将出未出时，警备区的连以上军官被集合在马道街东侧的练兵场上。场四周戒备森严，肖四下马进场时注意到场四周的卫兵不是警备区警卫连的而是从驻防在附近的六十八军调来的，这使他略略一怔，不过很快又暗暗一笑：长官部的人如此布置挺好，要宣布撤销栗温保的副司令职务不能不作提防，毕竟他手下也有一些心腹。

这个名叫“对日作战总结会”的会议被预先告知有四项内容：首先是为战死的官兵致哀。三百一十五名在那场战斗中战死的官兵灵牌白花花在主席台前摆了一片，三声清脆的枪声鸣过之后，沉重的哀乐开始在空中飘荡，官兵们一齐垂首向战死者们致哀。默哀结束的时候，一百三十二顶日军的军帽被扔进焚烧纸钱的火堆里燃着了——它们是当初从日军留下的尸体堆里收集的。就在这种织物焚燃的焦煳味里，长官部的一名要员开始对那场守城战斗的过程作分析，指出哪些做法是可供坚持的经验，哪些是应该吸取的教训。接下来开始宣布嘉奖名单，四十多名团、营、连军官佩带上了勋章。在这几项内容进行的时候，肖四一直没有认真去听，他只是在仔细观察栗温保的面孔。他估计最后一项该是宣布免职令了，他在暗暗揣测当栗温保听到被免职的命令后会是一种什么神态。

肖四万万没有想到，长官部的那位要员接下来宣布的竟是对他肖四的逮捕令。那位要员声音低沉地宣布：“为严肃军法，惩处因怯战而擅令撤退者，保证对日作战之胜利，现奉战区李司令长官令，即对原警备区参谋长肖四实施逮捕，交军法处审判。”他惊呆了，竟忘了分辩，只是双眼无限地瞪大直盯着宣布者的嘴。整个会场那刻也被骇得鸦雀无声，直到有两个卫兵拿着手铐快步走来铐住了他的双手后，他才从呆愣中惊醒过来，惶恐至极地叫了一声：我冤枉呵——

军法处对肖四的审判就在栗公馆的办公大厅里进行。临时赶来的战区长官部的军法官们坐在一条长桌后边，屋里弥漫着一种平日里没有的威严气氛。肖四显然还不能习惯自己的新身份，从被告的座位上不时站起坐下坐下站起。他急切地想用目光找住栗温保，他想眼下能救他出此境况的只有栗温保了。

栗温保其实就坐在隔壁，正一口一口地吸着邓县烟厂新出的“喜登”牌卷烟。他正在等待最后的结果，事情正按照他的安排有条不紊地进行。他早就估计到上峰要追究宛城稍战即陷的责任，因此战后不久就密派人把从各团收来的由他点头应允有肖四签名的撤退命令送到了长官部。当肖四以为自己胜券在握的时候其实他已经败局早定。肖四兄弟，既然我们两个中有一个必须被治罪，那就只能是你了，原谅我吧，我们这是在仕途上混，不能论情说义了……

战时的军法审判极其简单，前后进行了不到一个小时。军法官们只是让肖四看了几张有他签名的撤退命令后就问他还有什么话说。他望着那些命令很有些意外：这是谁收集起来的？当时不是在命令下边写明阅后即毁吗？他意识到事情真正严重起来，急忙分辩道：“我这是奉栗副司令之命签署的，你们想这样的大事我一个参谋长怎敢擅自做主？不信你们去问栗副司令！……”

正向军法官辩解的肖四没有注意到，栗温保这时已掀开门帘从隔壁屋中走进了大厅，正面无表情地看着他。肖四的话音刚落，栗温保声调平稳地开口道：“我从未发过这样的命令，如果是我发的我岂有不签名之理？而且你也不会不让我签！你发布这道撤退令时我正在前沿二团，我从二团长手上看到撤退令时吃了一惊，但那时其他团队已开始后撤，事情已无法挽救，这件事二团长也可以作证！”

“是的，我可以作证！”另一侧屋里走出了膀大腰圆的二团长。

肖四惊骇地看定栗温保，在这一霎他明白了那些命令是谁收集起来的，明白了当初栗温保何以借故去前沿让自己在撤退令上签名，明白了眼下自己为何被铐住双手，天呵！我竟被这个打兔子的玩了！肖四，你这个傻蛋，你竟以为自己比他聪明……

“肖四兄弟，原谅我说出实情，以你我平时的情谊，我本该替你担当些责任，无奈这是关乎国家利益和军法的大事，实在——”

“栗温保，你这个杂种！”肖四恼怒至极地叫了起来，“你竟敢如此诬害我，你这个忘恩负义的东——”

几名卫兵上前强按下肖四的头，制止了他的叫骂。栗温保满是同情和理解地叹了口气说：“让他骂几句也好，这也怨我平时对他放纵太多，致使他敢于擅下撤退令，犯下如此之罪，是我的纵容害了他呵……”

“栗……温……保……你……这……个……狗……东……西……”肖四边挣脱着边断续地骂出这些字，军法官就在他的这种断续叫骂中开始了宣判：……为惩戒一切不战而降之怯懦行为，使我民族不灭，国家不亡，特判处肖四死刑，着即执行……

在听到“死刑”两个字时，肖四陡然停止了挣脱和叫骂，无限惊恐地瞪视着军法官；片刻后，他又拼尽全力蹦跳着喊：“栗……温……保……我……做……鬼……也要找……你……算……账！……”

枪毙肖四是在当日的太阳斜过头顶不久。当行刑队在白河滩寻找合适的刑场的时候，肖四正在囚室里双膝跪地涕泗交流哀求栗温保救他一命。促使肖四由怒骂转为哭求的原因是他看明白了，眼下能以其他借口救他不死的只有栗温保一人，所以他压下气恼吞下愤恨委屈自己的双膝朝栗温保下了跪。

“……栗大哥，看在我俩同甘共苦这么多年的分上，看在我有老有小一家人的情面上，想想办法让他们别杀我吧，兄弟只要活下来，以后一定当牛做马报答你……”肖四嘴上这么说着，心里却在咬牙切齿地叫：栗温保，只要我这次能活下来，老子早晚要把你的头割下当尿罐用。我真后悔当初为什么要撺掇你去抢劫、去当民军、去剿白郎，要不然，你今天不就是一个打兔子的吗？我真后悔过去没有找人朝你打黑枪干掉你，要是那样，我也不至于落到今天这个下场……

栗温保挥手让身边的两个侍卫出去，返身关上门，这才带了几分笑意说：“肖四兄弟，如果咱俩这会儿换换位置，我被抓了，你在位上，你会救我吗？你恐怕也不会。你保险也是盼我快死，好了却你的一桩心病。如今咱俩已结下如此深仇，我要再让你活下来，不是给我自己找麻烦吗？不是想找死吗？你过去不是给我说过多回‘无毒不丈夫’嘛，我今天只有照你说的话做，毒一回了！我记得你还给我说过‘搞政治不能心慈手软’，说过‘慈不掌兵’，这话都说得好呵！你如今心里应该明白：你必须死！你死了，咱们撤兵丢城的事才算完结，上峰和老百姓们才不会再追究；你死了，我心里才算踏实，我早看出你想取代我了。所以你也不必再恳求我了，怎么恳求也不会有用，这是需要。历史需要今天死个人，这个人就是你了！除了不死这条要求我不答应之外，你再提其他任何要求我都应允。你不必担心你的父母，我会每月都给他们送一些钱去，保证他们衣食无忧；你也不必担心你的儿女，我会照护他们长大成人；你不必担心你的后事处理，我会交待人给你造一座大大的墓塚安放你的遗骨。你看你还有啥要求，说出来就成——”

“栗温保——我日你亲姐——”肖四猛地站起来吼，但手铐和脚镣使他又跌倒在地，“我恨不得掐死你，咬死你——”

栗温保带着笑意退了一步：“消消气，我给你带了酒菜馒头来，你饱吃一顿再走！”说毕，转身拉开门朝走廊上一招手，一个士兵端了一托盘酒菜进了来。

“滚，爷们不吃！端回去给你爹、给你妈吃吧！栗温保，你这个狼心狗肺的杂种！我日你亲妈、日你亲闺女，日你们栗家满门女人！”肖四边骂边用手把托盘上的酒菜拨拉到了地上。

“也罢，既是你不愿吃也就算了，反正我的心意到了。”栗温保一边说一边又朝走廊上招了招手。这次进来的是三个体魄强健的卫兵，一个手里端了一碗中药，另外两个手里拿了钳子、细铁条、铁钉、锤子等物件。

正在怒骂的肖四见状不由一愣，住了口。

栗温保还是以不紧不慢的语调说道：“待一会儿拉你去刑场时，你肯定还要骂我。我既是还要当这个副司令在人世上混下去，总让你这样骂不好，所以我就想了两个法子，一个是在你舌头上砸一个小小的钉子，你看，就这样长！”他伸手在一个卫兵的手中拿过一个铁钉在肖四眼前晃了晃。“这个法子多少有点残忍，但比较容易奏效。你可能会说我不张嘴不伸舌头不让你们钉，可他们已经带了些工具来，我想钉上去的法子总是有的！”他边说边指了一下卫兵手上的铁条、钳子和锤子。

“栗温保——你的心可真毒——”

栗温保依旧微笑着摇摇头打断肖四的怒骂说：“先别发火，听我把话说完。说实在的，用这个法子我真有些于心不忍，毕竟那会使你太痛苦，会使你口中流不少血，因此我倾向于用第二个法子。这个法子嘛，就是让你喝一碗汤药。”他说着指了一下另一个卫兵手中捧着的药碗，“这汤药不会让你别处难受，只会使你嗓子失音。这两个法子任你选择一个，用前者不用后者，用后者不用前者，你看咋着办好？”

肖四原本就喷火的双眸里又浮上了无量的惊愕。

“我给你一分钟的时间思考，一分钟后如果你不开口或仍旧叫骂，我就视为你选择了第一个办法！”栗温保平心静气地说罢之后抬腕去看手表。

肖四直直地盯视着栗温保那张满是红光、油光的脸，似乎想把目光中全部的愤怒和气恨都变成钉子，一齐砸进那张脸上去。“把药端给我！”他极慢极慢地说。

栗温保闻言从手表上抬起了目光，不易察觉地笑了笑：“好，这样我们两个心里都好受些。”

“栗温保，老天爷会看见你怎样做人，你会不得好死的！”肖四一字一顿地说罢，捧起碗扬脖喝了下去。最后一口药他喝进嘴里之后，又噗一声全吐到了栗温保脸上。

栗温保没有生气，只是掏出手帕一下一下擦净，这才边转身往外走边平静地说一句：“咱们待一会儿见。”

肖四盯着栗温保的背影又猛地张口叫了起来，那肯定又是一串怒骂，可惜竟无一丝声音出来。他始而一怔，继而颓然地抱住了头……

一阵徐缓的脚步声打断了他绝望而纷乱的思绪，他抬起眼时，竟意外地看见两个和尚站在身边。

“俺们是水濂寺在此化斋的出家人，栗司令派人找到俺们，要俺们陪伴你度过去刑场前的这段时辰。俺们理当应允栗司令这种良善的请求，因为普度众生是吾等的责任。俺们当然理解你此刻心中的痛苦，留恋生命是人类的通病。俺们虽不能用话语解除你的苦痛，但我们可以赠给你一块木板，你看了以后可能会体悟到一些东西从而由痛苦中解脱出来。”一个瘦高的和尚边说边从破旧的袈裟里摸出一块四寸见方的木板放到肖四手上。肖四默然看定那块被和尚的双手触摸得光滑异常透着黑红的木板，木板的正反两面除了刻有一个图案▦之外，并无任何字迹和别的东西。

“这木板并不是我们佛家的用物，它是我们的师傅慧通法师当年云游桐柏山时在一个山凹凹里拣到的。慧通法师那次经过那个寂无人迹的山凹时，猛然见到有一道亮光一闪，亮光过后他便看见地上扔着这块木板，他拣起后觉得稀罕就带回了寺院。寺院里的僧众看了这木板上的图案都觉得奇怪，对它的含义做了各种各样的猜测，其中有一个猜测为大多数人认可，不知你愿不愿听听？”

肖四的双眼里浮出询问的神色。

“这个猜测认为，这图案的中间横竖线相交的部分，代表我们活着的这个实实在在的阳世人间，而图案四周的空白处，则是代表我们看不见摸不着不知道有些啥东西组成的阴间。我们通过图案可以看明白，不管一个人在阳间站在哪一个位置上，他其实离阴间都不远，四面八方都有路把阴间和他相连，不论他向哪一个方向行进，他最终都要抵达阴间。这图案极可能是奉劝世人，身在阳世要事事想开，不管是胜利还是失败，不管是失去还是获得，不管是高贵还是贫贱，不管你站在阳世的哪一个地方，大家最终都要进入另一个虚无世界，一切东西对于人都没有永久意义……”

肖四边听边凝眸望着那个木板，忽然间记起好像在哪里见过这个图案。让我想想！想想！我是见过，见过的！噢，对了，是在尚吉利织丝厂老板尚达志家的院子里。他们家院子里竖着一块石头，那石头上也刻着这样一个图案。那石头肯定是尚家的先辈人竖的，尚家的先辈人在石头上刻那个图案的目的，难道也如这和尚所说，是因为……

“也就是因为有这样一个猜测，所以逢了我等出寺云游化斋，慧通法师便把这木板交我们带上，好劝解那些——”

和尚的话语被由远而近的行刑队的整齐步伐一下一下切成了碎片……

行刑的过程很顺利。战区长官部的军法官们原以为肖四临刑前会再喊冤枉什么的，可他自始至终都紧闭双唇不吭一声。那天围观的人不少，人们似乎把宛城沦陷时受的苦难全算在了肖四身上，谁也没对他露出同情的目光。行刑队员们的枪法不错，三个人同时扣动扳机，三发子弹同时准确地击进肖四的脑袋，胆大的定睛看的人能注意到肖四的脑袋像被木棒捶击的西瓜一样粉碎了，碎片和着脑浆成抛物状向四下里飞溅。

枪响过后栗温保彻底地松了一口气。他正准备转身对军法官们说声“请回吧”时，忽然看见几条狗从围观的人群中冲出，蹦跳着直奔肖四的尸体。望着狗们争相撕咬肖四尸体的情状，他的轻松心情突然间没了，他不由得打了一个寒噤……

2

家养的黄猫扑向那只灰色的幼鼠时虽然响动不大，可还是把达志从睡梦中弄醒了。达志如今的睡眠，已经不起任何响声的折腾。他睁开眼隔着窗格向外看了看，估摸时辰已近五更，就轻轻披衣坐了起来，先看看睡在旁边的孙子小昌盛，给他掖掖被子，后去看睡在另一张床上的儿子立世。

立世还在酣睡中。立世身上的伤口才刚刚愈合不久。日军陷城那天，立世从地洞出去不久，就有枪响和他倒地的声音。达志当时以为儿子死了，事后才知道，日军的两颗子弹都偏离了他们想要瞄准的部位，一颗打在立世的左臂上一颗打在他的右腿上。他那刻忍痛向远处爬了一段路，为的是不暴露家里的地洞口，后来就昏了过去，是第一批反击进城的中国部队救护人员将他救起。

“妈……”小昌盛含混地嘟囔一声，翻了个身又沉沉睡去。达志听了孙子这声梦中的喊叫，心不由一抽搐，立时又想起了儿媳容容的惨死，胸中顷刻起了一股火烧火燎的疼痛。

自从容容死后，小昌盛每晚都跟爷爷睡。

日本兵，我和你们有不共戴天之仇！我一个织丝绸的不会拿枪杀你们，但我会诅咒！你们不会有好下场的，不会的！

咯崩崩。立世在对面的床上又咬起了牙。这些日子立世睡着了总是咯崩崩咬牙。达志一开始很为儿子的这种变化吃惊，曾去安泰堂请教那里的大夫。大夫说这是梦境中的一种下意识行为，人饥饿时和仇恨时往往会做一些导致咬牙的梦。达志这才放下了心。看来，立世是又做了什么可怕的梦。这孩子平时言语本来就不多，自从容容去世后，说话更是少得可怜。达志知道他是把所有的仇恨和伤痛都压在了心中。

远处传来了一声最早的鸡啼，已养成鸡鸣即起习惯的达志立刻动手穿衣。他穿衣的声响惊动了立世，立世停止了咬牙，一霎之后，也坐起了身。

“你的身子还需要养息，多睡一会儿吧。”达志对儿子说。立世唔了一声，却也在动手穿衣了。

这是晨读背书的时候，要是容容在世，达志早喊叫昌盛起床背书了，可此刻达志几次张嘴要喊，一见孙子那一副酣睡的模样，又有些不忍了。他拉开门出去看了一霎晨星闪烁的天空，咬了咬牙，又进屋拍醒了昌盛。

看着小孙子迷迷瞪瞪从被窝里坐起的样子，达志真有些心疼。自打这孩子没了娘后，他觉得自己的心有些变软了。“爷爷，鸡叫了么？”小昌盛边找自己的衣服边问。

“叫了，昌盛，还想睡么？”

“想。”小昌盛大约从爷爷话中听出了点可以应允的意思，立刻扔下手中的衣服又钻进了被窝。

达志摇了摇头，为了尚家丝织业日后的发达，不能让后代养成赖床的习惯。“起来吧，昌盛，该背书了。”达志让自己的心变硬，再次拍了拍孙子。

几分钟后，爷孙俩就站在了后院的那棵老桑树下。达志一边听着昌盛背书，一边看着儿子立世拎一个柳条筐向前院走去。他知道立世这是去清理被炸塌的机房，急忙叮嘱了一句：“悠着点干，你的身子还虚！”

“爷爷，我们还会把房子再盖起来，摆上织机织绸子么？”昌盛这当儿扭了头问。

“会的！”

“要是日本兵再来呢？”

达志脸上的笑意突然间僵住：他们还会再来？他还从没有去想这个，他徐徐吸了一口冷气又缓缓将它吐出，目光在满院的瓦砾上游弋，最后停在了前院里老辈人竖着的那块石头上。这一刻，他忽然觉得那石头上刻着的那个图案▦，极像是中国这片布满河流、道路和田畴的国土。先辈人竖这块石头的目的，是不是为了提醒后人：你们稍不留意，来自异域的人就会把这国土夺一片走?! ……

小昌盛在越来越亮的晨光里看见爷爷的脸阴沉下来，急忙又扭头去背：“自唐武德八年始，吾南阳尚家从丝绸织造，迄今已千三百一十六年，绩煌煌……”

吃早饭的时候，绫绫拉着她的女儿——三岁的月儿回来了。离门口还有几丈远，绫绫就喊着：“爹，我给你们烙了饼，还热着哩。”进屋就把手中的竹筛朝饭桌上一放，伸手揭开饼上盖着的毛巾，给爹、哥和侄儿昌盛一人掰了一块。

“昌盛，姑烙的饼香么？”绫绫笑望着大口咀嚼的侄儿问。

“香……”昌盛的回答被急切的吞咽打断。爷爷和爹做饭的手艺都不行,每次姑姑送来的吃食都令他食欲大增。

“表哥,别吃得太快,吃快了会噎住。”小小的月儿在旁边提醒着昌盛。

这话惹得绫绫爆发了一阵大笑。绫绫现在的笑声比过去多了。上次日军轰炸时她的丈夫、公公被当场炸死,婆母被炸成重伤,前不久也因伤重感染而去世了。婆家三口人的亡故自然让她伤心了一阵子,可当童养媳的那些年月里同这家人所结的怨愤,很快帮助她从伤心中解脱了出来。如今,她一个人带着女儿过活,日子虽然艰难点,倒也感到自由自在。

“绫绫,把剩下的饼给东院你卓伯伯和雅娴婶子送去,让他们尝尝。”达志这时对女儿交待。绫绫说:“我预先就给卓伯和婶子准备了一份。”说罢,把给爹、哥和昌盛的饼放到他们手上,就端着竹筛去了。这些日子,绫绫常去卓伯伯家坐坐。她知道父亲与卓伯伯的情谊,也知道嫂子容容的惨死对卓家两位老人的打击是何等沉重,她觉得她应该常去给他们点安慰。

绫绫从卓家回来时,低了声对达志说:“卓伯还没起床,我喊开门,婶子出来时眼红肿着,我问卓伯咋还没起来,婶说卓伯昨夜里又想起了容容,在床上呆坐了一夜,天亮时刚睡下。”

达志闻言叹口气,把饭碗也放下了。他知道卓远把独生女儿容容一直视为掌上明珠,真真是含到嘴里都怕化了。容容惨死后卓远虽从未对达志说什么,但达志明白卓远的心里会是多苦。达志如今心里的难受是双重的,既为失去儿媳难受,也为对不起卓远夫妇难受。“绫儿,爹有桩事想和你商量。”半晌后达志开口说。

“啥?”绫绫对爹的语气的郑重有些诧异。

“你卓伯和婶子总这样想容容,时间久了要伤身子,可他们就两个人过日子,又没有第三个人同他们说话散心,两人对坐那儿就免不了要说到想到容容。你卓伯和婶子都是好人,除了和咱们是亲戚之外,世代的交谊更深,咱不能看着不管,因此我想让你带着小月住过去,帮助照料他们的生活,岔开他们对容容的思念,做一个女儿该做的事,行吗?反正你和小月在那边过日子也太孤单。”

“爹,那你这边——”

“我有你哥和昌盛在身边,能过,你不用操心我。”

“那好吧,我听爹的。”

达志见女儿点了头,就抱过小月,先自在头前走了。三个人进了卓家,见卓远夫妇对坐在饭桌边,摆在桌上的饭一动没动。

“卓远哥、嫂子,绫儿带着孩子过日子,也孤单,我想让她来跟你们住一起,给你们做女儿,行吗?”达志先开口。

卓远和妻子闻言都一怔,一时不知该怎么说。

“绫儿,给你卓伯和婶子跪下,从今往后,他们就是你的爹和娘!你要为他们养老送终,做一个女儿该做的事,尽一个女儿应尽的心!”达志话还未说完,绫绫就噗嗵一声朝卓远夫妇跪下了双膝,颤了声说:“你们二老就把我看作容容……”

卓远直直地盯着绫绫看,半晌之后,才抖颤着伸出手,一把揽过绫绫的头,让两颗巨大的泪珠砸上了绫绫的头顶……

3

云纬在那个秋雨淅沥的下午回想老黑染病的经过,认定老黑得病是吃了过量的蝗虫油所致。用蝗虫榨油是今年才有的新事情。入秋以后,西峡、内乡境突起蝗灾,蝗虫飞则蔽日,落则盖地,所过之处,庄稼、树叶、草梗全被吃光。这场灾害不断东移,抵达南阳城西一带乡村时虽已是强弩之末,但蝗虫的数量仍多得惊人。被蝗虫吃掉庄稼的农人们无奈中愤而去吃蝗虫,人们把蝗虫用火一烤或放在锅中用盐水一焯,尔后咯吱咯吱地吃进肚里,既泄了一份愤恨也耐了饥。南阳县人于锦江由人们吃蝗虫想到母蝗虫肚里黄澄澄的油脂,顿时起了用蝗虫榨制食油的念头。他遂做试验,最后竟至成功,用四斤蝗虫可榨一斤油,油渣还可肥田。这消息传到百里奚村老黑耳朵里时很令他欢喜。蝗虫极需扑灭,芝麻油、花生油、豆油、棉油又都难买起,如今能榨出食用蝗虫油可真是一举两得。他于是和承达一起去自家的地里捕捉蝗虫，没有两天工夫，就捉了半麻袋，背到于锦江的蝗虫油坊里榨了六斤多油。老黑留下二斤给油坊主人以抵工费，剩余的用坛子提了回来。

那天晚饭时老黑亲自动手用蝗虫油炸野菜饼子，决心让全家人痛痛快快吃个饱。——因为灾害连连也因为打游击的承银不时要回来拿点钱用还因为上边催要的捐税太重，全家人许久没有吃过油炸的东西了。可饼子炸出之后，云纬只吃了一口就急忙摇头说我吃不了这个味，改吃了午饭时剩下的野菜窝头。承达一开始时还吃得挺香，到吃第二个饼时却忽然哇的一声呕开了，把吃进去的又吐了出来。老黑问咋着回事，承达说我猛然想起榨油时并没把蝗虫肚里的屎取出来，这油里肯定有不少蝗虫屎！老黑笑了，老黑说看来你娘俩没有享福的命，蝗虫是吃庄稼长大的，肚里的屎也脏不到哪里去，吃时不要乱想，只管香香地嚼了咽进去就是。

接下来老黑开始大吃。平日里吃饭，老黑总是先让云纬、承达吃饱，最后剩多少自己吃多少，很少放开肚子，今天晚上他破了例，心想反正这油来得也容易。

老黑吃得连打饱嗝心满意足。未料后半夜他先是开始拉稀后是开始呕吐，到天亮时竟已拉了十几次吐了七八回。云纬见状急忙去请郎中，郎中来看了后一边开药一边说：别人吃了蝗虫油并没这种反应，是不是你们逮的蝗虫有问题。有气无力的老黑摇着头说："都是一样的蝗虫。"

老黑的吐和泻是第二天傍晚时分止住的。但年龄已高平日身体并不好的他怎经得起如此一场折腾？从此他开始卧床，而且生出了一个不停打嗝的毛病，又过了一段日子，他说他觉着肚里有个疙瘩，云纬请来郎中一摸，也点头说是个疙瘩。从此老黑越发消瘦起来。

云纬对老黑虽然说不上有爱情,但这些年来相依为命过日子,依恋之情是有的。她宁肯借钱也坚持为老黑治病,在生活上尽心尽意照顾他,生着法子为他做点好吃的。老黑知道自己的家底,估摸着家里不多的一点积蓄早被自己抖搂光了。不能再这样拖累下去,不然,自己蹬腿之后,他们母子该要卖房卖地了。我老黑生时没给他们母子俩留下像样的家产,死时可不能再留一堆债务。老黑这样想罢,就对云纬说自己不想再吃药了,云纬哪能应允,只管又买了药,可把药煎好后,老黑执意不喝,只说这汤药喝够了,想停停。

村里人对老黑的病日渐见重有多种说法,有说他可能原本肚里就有病,蝗虫油只是这病发作的诱因;有说他捉的蝗虫是闷死之后才送去油坊的,榨出的油可能已经变质;还有的说,八成是老黑去榨油时恰好让蝗虫仙子撞见,一怒之下降了罪于他,给蝗虫仙子烧烧香兴许还有救。云纬听了后一种说法后,为了去去心病,还特意去当初老黑和承达捕捉蝗虫的地里,烧了香,焚了纸,叩了头。

可老黑的病丝毫未见减轻……

老黑是在一个阴云猖狂的早晨咽气的。当霞光万道的东天被阴云肆意涂抹成一片灰暗时,老黑平静地闭上了他那双单眼皮的不大而和善的眼睛。其时,他正赤身躺在云纬的怀里。

后半夜里,这两天一直沉入昏睡的老黑忽然睁眼对守坐在床头打盹的云纬说:“我刚刚在梦中看见一个穿黑衣的人向我招手,说你们看的这一场戏散了,出去吧。我估摸我这是要被拉走了,有两桩事想跟你说一说。”云纬摇摇头:“有啥事你只管交待,但梦里的事咋能去信?”老黑却只顺了自己的思路说:“第一桩事,我死后你见了尚达志,告诉他我从来没亏待过他的儿子。”“尚达志的儿子,谁?”云纬一听这话,滞留的睡意一下子被吓得飞走。老黑吃力地一笑,说:“我啥都知道。”云纬本能地掩饰:“啥,你知道啥? 你说的是昏话吧?”老黑缓缓抓起云纬的一只手捏了捏:“我脸黑,可心不傻,我算过承达出生的时间;你当初去达志家时,我曾悄悄跟在你的后边,我啥都看得明白,我也懂承达这名字的意思。”血涌到了云纬的脸上,她根本没想到她一直小心对老黑保存的秘密对方竟然早知道。她起初还想再作辩解,后来想到对一个离死期很近的人继续撒谎有些太残忍,也就掐死了这个念头。

“我说出这桩事并不是要责怪你,只是想让你转告达志知道,我对他的儿子问心无愧。”

云纬嘴张了张,却一时找不出该说的话。这一霎,她忽然想起多年前的那个下午,老黑领着承达去村里借东西,达志刚好来访,后来承达一个人跑进屋,她见状急忙催达志走,随后她在屋后看见老黑双手抱头蹲在一棵枣树下边,当时他说他是打个盹,其实他是在避开三人相见的场面,大呵,他心里也苦……

“我这辈子有和你在一块的这段日子,是真活得值了。”老黑的声音在逐渐弱下去,“你给我的好处,我只有下辈子再报答。”

云纬无话,只一手轻抚着老黑的头。她担心她一说话眼中的泪就会流下来。

“我死后,你就带着承达早点到达志那边吧。”老黑的声音越来越低,“第二桩事,我听人说,男人临死时光身子躺在老婆怀里咽气,下辈子托生成男人就不会单身过日子,你能不能让我光身子睡你怀里,你害怕我在你怀里咽气吗?”

“不，不害怕……”云纬急忙摇头，像是为了证明自己说的是真的，她急忙脱了裤子钻进老黑的被窝，横抱起老黑那瘦得像一段枯木样的赤裸的身子。随后又解开上衣，让老黑像孩子一样地把头靠在她的胸口。

老黑的脸上漾出一丝满足的笑意，这股笑意一直留在他的两个嘴角，直到天亮后阖上了眼睛。

老黑咽气后云纬并没有惊慌，仍如原样抱着他，直到他的身子渐渐变凉，她才把他放回被窝，自己开始穿衣服。自己穿完，她方喊过承达。承达哭了，就在承达的哭声里，云纬动手给老黑穿上了预先备好的老衣。

随后云纬开始借钱筹备葬礼，自然她最先想到了去找达志，可一想达志家也刚刚埋葬了容容，就作罢了。

第三天的黄昏时分，老黑的灵柩平安入土。送葬的人在渐起的晚风中相继离去，承达和母亲也点燃了最后一捆火纸。在焚后的纸钱灰烬四下飘飞的时候，一队挎枪的人向墓地走来。母子俩先是一怔，随后看清了是承银和他的游击队员。承银在坟前站定，先是说了一句：“爹，我回来晚了，鞭炮纸钱都没带。”随后扬起手中的驳壳枪，朝天打了三响，震耳的枪声惊得那些纸钱的灰烬像麻雀一样地向高空中乱飞……

4

草绒在离儿子的书桌儿步远的沙发上坐下，把《圣经》在膝头上摊开，却并没有俯首去读她原定要读的“诗篇”第五，而是把慈和的目光抚在正伏案写着什么的儿子秉正身上，让一种甜甜的自豪感糖块样的在心中化开。

我的儿子终于长大了！看看他那宽大的身架，那嘴唇上的一层茸毛毛，那两只大脚，真真是一个男子汉了！没想到他会长这么快，小秉正在怀里噙着奶头吸吮，牵着手在地上趔趄学步，跳在水盆里扑腾着洗澡的事都仿佛如在昨日，可今天竟是一个商校就要毕业的小伙子了！主呵，我知道你一直在保佑我们母子，我时时感受到你那双照拂我们的手的存在。我如今祈求你那双仁慈的手，能护佑秉正顺利走上经商之路，正正派派挣一份家产，堂堂正正做一个人……

“夫人，大门口有人找秉正少爷。”一声下人的招呼打断了草绒的思绪，这当儿秉正已应声走了出去。草绒望着儿子那颀长的背影，再一次感受到自豪的波纹在心中一圈一圈荡漾开来。

会不会是一个姑娘来找秉正？他是到了和姑娘们交往的时候了。可那姑娘漂亮吗？和我儿子来往的应该不会是长得丑的姑娘。可她的心肠好吗？我儿子愿意交往的姑娘，她的心肠一定不坏。可她信仰主吗？也许她信佛祖？她吃斋吗？——这就是我妈妈！——妈妈你好！她分明地看见儿子领着一个白衣白裙的姑娘来到了她的面前，那姑娘正含羞地向她鞠躬问候，她满足地陶醉地闭上了眼睛……

"妈，你看这个！"儿子这时进了屋，不过身后并没有跟一个白衣白裙的姑娘，儿子只是手里拿着一张纸。

"啥？"草绒眨了眨眼，把那个白衣白裙的姑娘的幻影赶走。

"表格。专员公署派人送来的，说是爹让送的。"秉正把表格递到妈的手上，"我刚才去见了爹，爹说我填了这张表后，就准备任命我当专员公署的书记官。爹说这事他费了好大气力才弄成，他说他想让我早点进入政界，日后好有个发展。"

"嗬？"草绒一向平和的脸上陡然露出了厉色。"你咋回答栗温保的？"她向来对栗温保都是直呼其名。

"我说……听爹的——"

"啪！"一个巴掌猛然落到了秉正脸上。

秉正愕然地抬头看定妈，这是他长这么大以来第一次挨母亲打。"……妈……凭啥……？"秉正委屈地问。

草绒在扬起巴掌向儿子秉正的左脸扇去的那一瞬完全忘记了主的教导。当巴掌在和儿子脸颊相撞爆出脆响之后，她才意识到她的举动与主的教导相违，才急忙在胸前划了个十字。这时儿子那白嫩的颊上已有五个鲜红的指印在飞快地显现并且越凸越高，与此同时有两串泪珠从儿子的眼中飘落而下，左颊上的那些泪珠被凸起的指印改变了流动的方向，径直流进了儿子的脖颈。

草绒感觉到心中腾窜的火苗已被儿子的泪水浇灭，原本硬起来的心正被那五个指印压得越来越软。但她咬紧了下唇不让对儿子的心疼主宰了自己，厉了声问："我平日是咋嘱咐你的？"

"好好读书。"秉正嗫嚅着答。

"还有！"

"不做官，可经商、做工，也可种田。"

"那为啥又答应了他要去当书记官？"

"爹说……荣耀……"

"肖四当年荣耀不荣耀？骑着高头大马，前呼后拥的不荣耀？可如今他在哪儿？不是让枪子把头都打烂了？"

"当了官……也可为民……造福……"

"经商就不能造福了？你把百姓们要用的物件做出来，这不就是造福了？你把百姓们急用的东西卖到他们手上，这不就是造福了？做工就不能造福了？还有种田，你把人们要吃的粮食种出来，不也是造福？干吗非要去当官不可？"

"那……依你说……咋办？"

"烧！"

"烧？"

"把它烧了！"草绒把那张表格扔到了儿子的脚下。

秉正抬脸看了妈妈一眼，怯怯地弯腰拣起，伸到了蜡烛的火苗里。顷刻间，那张纸化作了一片灰烬在屋里旋。

看见那片灰烬最终飘落到地上之后，草绒才舒了口气，换了往常柔和的声音说："去洗洗脚睡吧。"……

当秉正那轻微的鼾声飘进耳中时，草绒才又起身走进儿子的睡屋，听任自己对儿子的心疼之情在脸上显现出来。她轻轻地在床头坐下，万分痛惜地看着儿子脸颊上被自己打出的五个指印。我的孩子，原谅妈妈动手打你，你长这么大妈是第一回对你动手，妈不该这样，妈会在主面前忏悔。可你也要记住，这辈子就做平民，别进官场，妈盼着你一生不遇太大的风浪，盼着你正正派派做人，盼着你在主面前永远良心无愧……

栗温保，你害了我还嫌不够，还要来害我的儿子?！要让我的儿子进官场，你休想！……

每次理完发，栗温保都要在理发椅上仰躺下来，在理发师的例行按摩中假寐一阵。他觉得这是一种放松身体歇息养神的好法子。今儿个，脸刮完之后，他依旧是一边听任那双小手做例行的按摩，一边将双眼缓缓闭了。

栗温保早先理发并不讲究，而且一向把理发叫做剃头。每逢胡子头发长了之后，他总是叫护兵上街随便找个剃头匠——当然要手艺好的，来用温水把头脸洗过，用剃刀噌噌地刮个精光就成。而且他也很少照镜子，剃头匠剃完，他伸手摸一摸光光的脑袋和下巴，点点头说声"行"，就罢了。他把"剃头"改成"理发"真正讲究起来是在做了副司令之后。有一次他去开封开会，进了会场脱了军帽之后，他发现光头者就自己一个，其余的都是头发梳得有模有样；而且他注意到在会场上倒茶递毛巾的小姐们总把目光往那些头发梳得有模有样的家伙们身上瞅，绝少来看自己。这才使他意识到当了官对头发也该有所讲究。后来他就开始常去南阳城里有名的“雅舒发室”理发了。“雅舒发室”名气大但店不大，理发师只有父女两个，男客去了父亲动手，女客去了女儿剪头。栗温保的发型是老理发师精心设计的，栗温保很满意。有一次栗温保去理发时，恰逢老理发师有病，做女儿的就替父亲为栗温保理了发，这一理栗温保发现姑娘的手艺并不亚于她的父亲，心中很是高兴。一个妙龄姑娘的两只小手在自己头上、脸上触摸总比一双老年男子的手触摸起来舒服，遂就说定让姑娘每月来栗府两次，专为栗温保理发，付钱也比往日高出两倍。老理发师虽有些不愿女儿只身出门，但也终未敢言明，只嘱咐女儿理发时小心，别惹栗司令生气。

要在往日，要不了几分钟工夫，栗温保就能在姑娘的理后按摩中打起呼噜——姑娘的理后按摩手艺也得自父亲的真传，能很快让人筋松骨软神安气闲。而只要他打起了呼噜，姑娘就可以收起工具轻步走了。可今儿个有些反常，栗温保在理发椅上不停地变换躺姿，时不时还会莫名其妙抬手狠拍一下理发椅，使得那姑娘不明所以很有些心惊胆战。

栗温保是在生气，不过不是在生理发女的气，而是在生肖四余党的气。三天前，栗温保在队伍里清洗掉了肖四的最后一批亲信——斩草务必除根，这一点栗温保十分明白。在勒令肖四的那批亲信脱下军装离队回乡后，栗温保听说其中有人冷笑着叫：这笔账咱们十年以后再算！这句话让栗温保气了许久也惊了许久。十年之后再算账？怎么算？趁我年龄大时把我的权夺在他们手中？一个掌权者在年龄大了之后总要交出权力，权交错了人可会惹出祸患！我的权力将来会落在谁的手里？交给我的新副手？他如今跟我一心，将来会不会变？他内心里对我如此处置肖四和肖四的亲信有无反感？他一旦得了权之后对我变脸了咋办？

栗温保就是在这种思考下决定让儿子秉正进入政界。他打算先让儿子在公署机关干两年，了解一点政权机关行使权力的过程，尔后再让他来到自己身边，逐步委以职务，直到自己老了之后把权力全部交给他。这个世界上只有把权力交给儿子才算保险，过去的皇帝们不都是这样做的？

我的儿子只要接过了我的权，谁还敢对我栗温保说长道短？权力只有世袭才能保证旧案不反复，社会不动荡！“你说，是吗？”栗温保突然抓住了理发女正在按摩他额头的手。

那姑娘被这突然的问话和举动吓得浑身一颤，两只乌亮的眸子惶惶地瞪大了。“哈哈哈。”栗温保朝姑娘笑了，“你这副吃惊的模样倒是耐看，瞧这两只眼，瞪大了可真是让人喜欢，这儿也在发颤，它们也害怕吗？”他伸手隔着衣服拨拉了一下姑娘饱满颤抖的双乳。“栗司令——”姑娘吓得后退了一步。

“退啥子？我又不会吃了你。”栗温保笑得越发可亲，“我只是想看看它们害怕起来是啥子模样，来！”边说边一下子掀开了姑娘的衣襟，凑近眼去看雪白的胸脯上那两个依然在颤的美丽的奶子。

姑娘像待宰的羔羊一样闭上了眼，与此同时有泪珠在她羞红了的脸上晃荡。

“我们应该让一切敢于反对我们的人像它俩一样，不停地发颤！只有这样，我们才安全！”栗温保对着那两个仍然颤抖不止的雪白奶子狠狠自语。恰在这时，一阵急急的脚步声响到了门口，栗温保抬头一看，不由一怔：是草绒！

“看来我来得不是时候！”草绒冷冷地边说边在胸前画了一个十字。

“不，不，你误会了，我是在理发。”栗温保尴尬地笑了一声。

“理发还需要看人家姑娘的奶子？”草绒的话语像刚刚磨过的刀一样砍过来。那位姑娘此时已抹着眼泪出了门。

“哈哈，你来是有事？”栗温保躲过草绒话语的利刃笑问。

“当然有事！”草绒闭了闭眼，似乎在积聚说话的力气，“我来是要告诉你，别打我儿子的主意，别把他往官场上推，他不是一个当官的料！”

栗温保笑了：“干啥都是学了才会嘛，我当初会当官？如今不也学会了？我现在先让他到专员公署，就是为了锻炼他，我早晚会把他培养成一个合格的官！我所以让他出来做官，也是为了咱栗家考虑，人常说进山打猎最好是父子，有难时彼此可以拼力相救；这当官掌权也有点像打猎，父权传子才好让人放心。历朝历代，当官的儿子有几个不是做官的？再说，在咱中国，一个人也只有做了官才活得扬眉吐气，这你还不懂？”

“你可以让你的紫燕生的女儿当官，但我的儿子不行！你如果执意逼迫我们，我娘俩就走！”

“走？上哪儿？”栗温保一愣。

“去到主的身边！吶，你看见了吧？这是砒霜，你要是再逼俺娘俩，俺们就喝了这个！秉正是我从主那儿领来的，我有权把他再领回去！”

“你？！”栗温保骇得瞪大了眼。

草绒头也不回地走了出去……

5

“爷爷，爷爷，妈妈让你把这碗里的东西先吃了。”卓远起床刚洗漱完，月儿就两只小手捧了个碗，努着嘴小小心心地由厨房那边走来，边走边喊。卓远闻声急忙起身去院里接了月儿手中的碗。——这是一小碗米酒荷包蛋，是绫绫为了补养卓远虚弱的身子，每天早晨特意做的。

“月儿，来，咱爷孙俩一块吃。”卓远在椅子上坐了，用筷子敲了敲碗，示意月儿来到身边。

月儿一边用衣袖去抹鼻尖上细碎的汗珠一边摇头：“不，俺不吃，妈说你瘦，让你吃了好胖起来；妈说你要吃不完了让奶奶吃，奶奶身子也弱。”卓远心中一热。绫绫真是个好心肠的闺女，她带了月儿来住下之后，真是尽心尽意地照料着自己和雅娴，就是容容在世，也只能是这样了。这个原先枯寂的小院，因了这母女的到来，才算又有了生气。

卓远喝了两口米酒，故意皱了下眉头，用筷子挑了一块鸡蛋说："月儿，我觉着有些苦，你来尝尝是不是苦的。"

"苦么？妈说她放了糖的。"月儿不知是计，就上前张开小嘴吃了那筷鸡蛋，咽进肚里之后才又诧异着叫："爷爷，是甜的呀！"

"真甜么？你再吃一筷尝尝！"卓远又慈爱地挑起一块鸡蛋。月儿张嘴刚吃进口中，看见奶奶从里间出来，急忙红了小脸向雅娴解释："奶奶，是爷爷让我尝尝苦不苦的，不是我嘴馋要吃。我不是馋猫！"

卓远和雅娴一齐嗬嗬笑了，雅娴边笑边俯身亲了亲月儿的脸蛋说："俺月儿当然不是馋猫！俺月儿是最懂事的孩子。"

绫绫和月儿没来的那段日子，卓远两口子上午不是蒙头昏睡就是相对呆坐。可如今只要一吃过早饭，月儿就会按妈妈的嘱咐，先拉上爷爷让他到书房写字；再扯住奶奶的手说要看她画画。这样，老两口的生活又渐渐回复了旧日的模样。前天，卓远已开始找人商谈五中校舍的重建和《宛南时报》的复刊事宜，他那被痛苦压下的精神活力又开始勃发了出来。

今天刚吃过早饭，卓远就进了书房，同《宛南时报》社来的一个年轻小伙商量着什么事情。绫绫进去给他们倒茶时，卓远给绫绫介绍说这是范炯，是他过去的学生也是眼下报社的编辑。绫绫含笑朝那年轻人点点头就准备退出来，不想那年轻人忽然很直率地开口说："绫绫，我得麻烦你一桩事，帮我缝一个信插，就是找一块旧布料，在上边缝两排口袋，我好把下边寄来的稿件分门别类地放起来，好吗？"绫绫急忙点头应道："好。"绫绫应了之后就去找布料忙活，到晌午时分那范炯要走时，绫绫便把缝好的信插交到了他手上。范炯原是个心直口快喜怒形之于色的人，一看那信插缝得很合他的心意，顿时就抓住绫绫的手连连摇着说："谢谢你，谢谢你！"把绫绫羞得脸都红透了。站在一旁的卓远看见这情景，眼睛忽然一亮，脸上闪过了一个猛然生出什么好主意的笑纹。

那天晚上月儿睡下之后，绫绫过来给两个老人抻被铺床时，卓远蔼然说："绫绫，你和月儿来住下之后，我和你婶子心里得了很大安慰。可我和你婶子想，我们这两个老人加上月儿，让你一个人照料，日子久了你会受不了的，咱这家里还该再添一个人。"

"添一个人，谁？"绫绫诧异着问。

"一个小伙。"

绫绫有些听明白了话音，脸慢慢红了。

"你还年轻，应该再找个人过正常的生活。"

"伯……"绫绫的头垂低了。

雅娴轻轻拍了拍绫绫的肩头，充满爱意地说："我和你伯商量，想招一个上门女婿，当然，这人必须是由你看中的，我们只当参谋。"

"可我……有月儿……谁会……"

"孩子，要有获得幸福的信心。你觉得今日头晌你见过的那个范炯人咋样？"卓远笑问。

"我……"绫绫的头垂得更低了。

"范炯那小伙有才气，心地也不错，只是因为家穷，三十来岁一直没有成婚。我想给你们介绍一下，当然最后要由你拿主意。我和你婶子知道你过去的婚姻并不美满，你有理由慎重。你愿意让我去给范炯说说这事么？"

绫绫没有说话，只是低了头用手去搓自己的衣角。

"绫绫，你要是不好意思说出口，就把手放到你婶子手里，同意了，就捏一下她的大拇指；不同意了，就不捏。”

绫绫闻言，把手在雅娴婶子手中放了一下就跑了出去。

“捏了？”

“捏了！”

夫妇两个无声地笑了……

6

整整两个月之后，尚吉利织丝厂的废墟才算清理出来。以尚达志的想法，自然是要全面重建，把厂子再恢复到原来的模样。但常看报纸留意时局变化的立世以为，现在东边北边都有日本兵，说不定他们什么时候还会打来，万一厂房盖起后再来一次大轰炸不就糟了？达志觉着儿子的担忧有道理；再想想如今兵荒马乱，养蚕和缫丝的人少，真要大规模开工，原料也成困难。后就在原来厂房的地基上盖了四间简易工房，从地洞里搬出了两台机动织机，雇了两个织工，预备先小规模开工，若时局好转再扩大生产。

织机是在一个红霞初绽的清晨轰响起来的。那粗犷的响声顺着到处是断垣残壁的世景街向远处滚动，差不多惊醒了整条街上尚在沉睡的人们。这响声给这座遍体鳞伤的古城添了些许生气，也给尚达志那颗满是刀痕的心送去了一丝安慰。

总算又开工了，总算又出绸缎了，爹爹，爷爷，先祖先宗们，尚家的这份祖业不会断掉，我还会让它发达起来的，会的！容容，我的好孩子，你用性命保住了尚家的这份家业，尚家世代人会记住你！我要给你立一个牌位，我要让后代人都知道，没有你，我们的这份祖业就可能被日本兵全都毁掉！日本兵，我操你们八代祖宗！八代！我尚家全家人将天天诅咒你们！一个人作恶会得恶报，一个国家作恶也会得恶报的，会的！但愿你们也有被别国占领的一天，但愿……

由于战争的爆发和延续，商店里久已不摆绸缎了，所以尚吉利织丝厂新出的绸缎销路还行。每天，都有绸庄商人和上流社会的太太小姐们上门来购。出产和卖出的数量虽然都不大，但旧日尚家门前的热闹，总算又多少回来了一点。

开工半月后的一个后晌，达志去一家马车行商量雇车去南召买丝，走到世景街西头的一处不大的菜市场时，忽然听见两个女人正为买卖鸡蛋讨价还价，其中卖者的声音令他一愣：云纬？循声看去，果然是云纬。只见她蹲在地上，面前摊放着一方蓝布手巾，手巾上只放着六七个鸡蛋和几个箱子上钉的铜搭扣，正向一个买鸡蛋的中年妇女叹息着说："大妹子，你也看见了，我要是手上宽绰，也不会只拿着这六七个鸡蛋和木箱上的铜搭扣来卖了，实在是等着换点钱好买点红薯干填肚子，你就别再往下压价了，全当是帮我一个乡下人的忙——"云纬话到此处突然噤口。她看见了走到身边的尚达志，青黄的颊上顿时洇出了一片血色。

达志什么也没说，只是蹲下身子，轻轻伸手把摆放在蓝布手巾上的鸡蛋和铜搭扣重又包起，尔后默默伸臂搀起了云纬。

"咋，不卖了？"那个中年妇女问。

达志无言地摇了摇头，扶着云纬径往尚吉利织丝厂的方向走。两个人的脚步声在半街的阳光里踢踢踏踏地响。直到走出很远之后，达志才低低地开口：“原谅我因为忙开工，一直没去看你，可你有了难处该来找我的。”“你家里不是也有灾难？再说，你还要办厂。”云纬喘息起来，“你得让我走慢点。”

达志放慢了脚步，他看了一下云纬直冒虚汗的脸，估计她没吃晌午饭。“老黑和孩子在家？”

“老黑死了。”

“哦？”达志停了一霎，再走时一直没有开口。他一时不知该说点什么才好。

进了自家屋子，达志先去灶屋给云纬下了一碗鸡蛋面条。饭端过来，云纬也没有客气，捧碗就吃起来。

云纬也显老了。看她的鬓上，也有了白发；那两个眼角，皱纹也密起来了。老天，日子过得可是真快呀！

“总看着我，是我的吃相难看吧？”云纬放下碗时，精神好多了，带了笑问。

达志摇了摇头，轻轻伸手抚着她的左鬓：“我是在看你的头发，也开始白起来了。想当初，它们可是黑亮得耀人眼睛。”说着，手已滑到了云纬脸上，深情地触摸着她那虽依旧细腻却已没了多少弹性的双颊。

云纬没动，也无话，达志这深情的声音和举动让她恍然想起了久远的过去，想起了他们最初相恋的那些日子。多少年过去了，但那些日子依旧就在眼前。——天仙我也不要！倘是云纬变了心，我就用这个腰带吊死在百里奚村边！——这不是达志那次在荆儿家说的话吗？……

屋子里很静，立世和小昌盛都在织房里，打扰他们的只有空气中飘飞的织机响声。达志的手先是移到云纬的脖子上，后来停在了她的胸口。他的手指刚想再动，不防云纬突然抬掌压住了他的手，有些惊慌地恳求："别摸它们了，都已经瘪了，你摸住它们心里只会难受……"达志无言，手却执拗地想冲开云纬的阻拦，四只手在无声地冲推扭拉，最终还是云纬叹息了一声，停止了阻拦。达志攥住了那两个软软的乳房。是的，它们小了，瘪了，但它们给他的感觉却依旧和过去一样，让他的心感到了一阵由高空往下跳时的颤动。

"你难受了吧?"云纬的声音像风中的树叶一样抖着，"我告诉过你，你偏要——"

"云纬，"达志打断了她的话，"你这回可搬过来，我们结婚吧，我们该在一起过日子了……"

云纬什么也没说，只是猛地抱住自己的头，无声地哭了……

达志执意留云纬在家吃了晚饭，饭后，又装了一袋面和几十个鸡蛋，直送到百里奚村边才往回返。

虽然夜月还未升起且小路凸凹不平，可达志往回走的脚步却迈得轻松自在，和云纬几十年的分离终已快告结束，这使他不由得把压在心中的那么多苦痛暂时推开而让一丝喜悦浮出来。

回去找机会和立世说说，让他也有个心理准备。估摸他对这事不会反对。云纬要是过来，小昌盛有人照顾，家务事也有人安排，于家于厂都有好处。只是这街坊们，怕要说一些闲话出来。——嗬，没料到尚家老掌柜的心还花着哩！——嘿，这尚老头又当新郎官了，还有那个劲头？——哟，都是有儿有孙的人了，这想女人的心还没死呐！……我不在乎，你们说吧，反正我这回是下了决心了！云纬，待我简单地筹备一下，就找辆马车去接你们母子，自然，咱们也不张扬……

达志在心里做的计划被媒婆景四奶的到来冲得歪七扭八。景四奶是在达志与云纬相见的三天后晃着两只缠得像芥菜疙瘩一样的小脚踏进尚家院子的。景四奶一进院就高腔大嗓地叫："达志，你过来！四奶问你，你们这一家三口三个男人在一块过日子难不难？"达志有些发窘地点点头。四奶接下来就叫："难了为啥就不找四奶我去？你年纪大了，续不续弦不打紧了；可立世还年轻着哩，你这个当爹的为啥就不操心再给他说个媳妇？如今可是民国了，总不能让立世像你一样打光棍到老吧？"达志被景四奶的这番责怪弄得有些脸红了，他忽然为自己这几天只想云纬而觉着了羞愧。是的，是该想法子给立世再续房媳妇，这样也好让立世尽快从对容容的哀思中脱出身来，这对立世的身子健康对昌盛的成长都有好处。罢，先给立世续房媳妇，待把儿媳娶来再说去接云纬的事。"四奶，我也一直在思谋这事，你有没有见到适合咱立世的人？"

"我今儿个来就是要告诉你一个喜信！可你总不能就让我站在这院子里说吧？连个椅子也不给我搬？！"景四奶边抗议着边扭动小脚径直朝屋里走，达志急忙上前扶她坐下。

"流花街西头卖洋货的郭老大你知道吧？上回老日们飞机扔炸弹，把洋货铺子全炸了，把郭老大两口和儿子都炸死了，独独留下个刚过门不久的媳妇尤芽。那尤芽长得也是灵灵秀秀粉嘟噜噜，她娘家妈托我再给她找个人家，我想她配咱立世可不是正好？"

"只是人家愿咱立世么？咱可是有个昌盛，她愿做后娘吗？"

"这个我已经问过她了，那尤芽知道咱尚家也见过立世，她说她愿意跟立世过，说立世今后要想让她生儿女，她就再生；要不想让她再生，她就把昌盛当亲生儿子养活大。”

达志听罢心中有些高兴。立世要能续上这样一个女人倒是不错。于是就急忙去织房里喊来了立世，未料立世听四奶说完竟冷了脸一口回绝：“我不想再娶女人！”达志怕四奶生气，急忙训他：“你四奶也是关心你，你该——”

景四奶倒没生气，笑着对立世挥挥手说：“不愿就罢了，你还去忙活吧。”待立世出门后，四奶才又开口：“也难怪，立世没见过那尤芽，他心里又一直装着容容，现在一下子就让他应允是有点急了。我有个法子，你先以雇女工的名义让尤芽来家住一段日子，叫她帮助你们做饭、洗衣、擦机器，也给立世和尤芽一个接近建立情义的机会。尤芽来时我再给她做点交待，让她主动去接触立世，两个年轻男女总在一起，保准能水到渠成。那时候咱们再张罗定婚、成亲的事。这样办，也合乎眼下兴起来的新规矩，叫啥子自由去爱。”

“自由恋爱。”达志纠正道。他觉得这法子倒也值得一试，就便自己也可以看看她是不是个过日子的人。尚家可不能娶一个花钱如流水样的媳妇。遂点了头，和景四奶说好两天后让尤芽来尚吉利“做工”……

说话一向饱含水分的景四奶在介绍尤芽时破天荒地来了一次实在，尤芽的确是个不错的女人。尚达志头一眼看见尤芽就觉得了几分满意。这尤芽论长相虽不能和容容相比，但也属于那种让人看着顺眼的漂亮闺女。从外貌上几乎看不出她曾结过婚，要不是四奶预先介绍过她的身世，把她说成一个未出门的姑娘也完全可以相信。而且勤快，啥样活都愿去干。她来的当天，做饭、洗衣、扫地，包括擦拭织机和动力机，样样就抢着去做。达志感觉出的缺点是她话多，嘴闲不住。坐下吃一顿饭就能说好多话，一会问昌盛饭烫不烫嘴，一会问达志嫌不嫌菜里放的盐多，一会给立世说吃饭慢一点的好处，一会又给昌盛解释为啥要多吃萝卜……往日尚家三口人吃饭时的那种安静被她弄得无影无踪。达志在心里说服自己不要太看重这个缺点，人嘛，谁没有个短处呢？话多不是啥大毛病，最多不过是日后爱唠叨点罢了。

对尤芽的到来，立世一开始根本没多想什么，他一向只操心着机器的运转和绸缎的织造，其他的事都交由爹去管。他完全把尤芽看成是爹又雇的一个兼做家务的女工，他留意到的只是她的勤快，觉得爹挑女工的眼力还行。

尤芽一定是记住了景四奶在她来尚家之前所做的叮嘱，所以来后便异常主动地和立世接近。立世中午、晚上在织房检修机器时，尤芽总要端一杯温开水送去；立世的衣服上稍沾一点油污，尤芽总要催他脱下洗洗；立世要出门时，尤芽早把他要带的衣物包好递到了他的手上。一个小伙不可能对一个女人的细心照拂一直无动于衷，立世不知不觉间对尤芽产生了好感。当尤芽有时询问丝绸的织造知识时，不爱说话的立世也愿意开口详细地为她讲解一番。有一天，雅娴送来了一筐红枣，立世特意拿了一把让昌盛给正在厨房忙活的尤芽送去尝尝。达志不动声色地观察着儿子和尤芽在感情上的悄然靠近，让一丝高兴默默地滋润着自己的心：也许要不了多久，这个破碎了的家庭就要先是接纳尤芽尔后迎来云纬两个女人。

一个细雨轻敲屋瓦的晚饭后，达志见儿子坐在锅灶前的矮凳上和正在刷洗锅碗的尤芽语调轻松地说话，便拉了昌盛去东院的卓远家串门，想给儿子和尤芽留一个单独相处的机会。他举着纸伞拉着昌盛向院门走时，瞥见院门口挂着的风灯正把光亮在那个刻有𝄜形图案的石头上来回涂抹，遂不由停步注目去看。那一霎，石头上镌刻的那个图案再一次让他觉得它其实就是这南阳城里纵横相连的街道的缩影，而且他分明看到，流花街上的尤芽正在不紧不慢沿一条横道向近处走来……

那天晚上达志在卓远家聊到很晚才回家。回来时昌盛已经在达志的怀里睡熟了，雨也已完全停止，达志抱着昌盛边走边习惯性地轻声念叨着：盛盛不怕，爷爷抱盛盛回家睡觉。心中却在猜想，立世和尤芽今晚该把话都说明了吧？他敲门时是立世来开门的，那阵子尤芽平时睡的小屋已经没有了灯光，达志装作随意地问：尤芽已经睡了？他希望用此引儿子说一点关于尤芽的话，最好是关于续娶尤芽的请求，那样定婚的事情就可以很快进行了。他今晚在同卓远闲聊时已经说到了希望立世再娶的事，开通的卓远已经表示了赞同。障碍大都已经消除，剩下的只是立世的态度。但立世的话却大出他的意外，立世闷腾腾地说："尤芽走了。"

"走了？"达志猛地停步，怀中的昌盛也被这骤然一停弄得一动。

"走了。"

"有啥急事？"

"她不愿在这儿干了。"

"哦？"达志的眼直盯住立世的脸，他希望从儿子的脸上看出事情出现剧变的原因，但立世把脸扭开了。一定是在我离开院子期间发生了什么意外的事，不然尤芽绝不会在这雨夜和我不告而辞。晚饭后她和立世含笑而谈的样子证明她一点也没有要走的准备。

“究竟出了啥事?”达志再一次追问。

“没有出啥事,她说她不想在这儿干,就走了,咱再雇一个人就行。”立世的话音虽然平静,但分明是经过了掩饰。

达志没有再问,他知道这事不可能从儿子嘴里问清楚。他只是在抱昌盛往睡屋走时叹了口气。那天晚上剩下的时间他一直在猜:究竟发生了啥事促使尤芽走得这样快?……

几天后景四奶的到来才算帮助达志弄明白了尤芽不告而辞的原因。景四奶是在对尤芽的再三追问下才把事情弄清楚的。原来那天晚上达志拉昌盛去卓远家以后,尤芽和立世在灶屋谈得十分投机快活,后来因为尤芽把锅刷完把碗洗净没有再在厨房停下去的理由,两个人只好分开各回各自的屋子。尤芽回到自己的睡屋后因为心情激动什么事也干不成,她原本想把昌盛的一件旧褂子补好,可手中的针几次刺中了自己的手指,于是她扔下褂子决定想法再把立世叫到这屋里,干脆用一个大胆的举动把两个人的关系确定下来。尤芽是一个有心计的人,她从屋角悄悄找出一截旧麻绳,把它盘成蛇状放到了床上自己的枕头旁,尔后把自己的上衣和裤子脱了,身上只留下一条粉红裤衩,这才双手掩胸做出一个正要上床却被蛇惊吓的样子对着门外恐骇无比地喊:“天啊,救命呀——”

立世那阵正在自己的屋里设计一种新的印花图案,听到喊声扔下笔飞快地跑进了尤芽的屋子。“惊恐中”的尤芽一边用手指着枕旁的“蛇”一边准确地瘫软到了立世的怀里。立世一只手臂挟着几乎全裸的尤芽另一只手抓一截木棍向“蛇”砸去。接下来的发展和尤芽预先设想的几乎一样:“蛇”被哈哈大笑着的立世用木棍挑起扔了出去,立世扔下木棍后才发现怀中的尤芽几乎全裸着身子。他打一个哆嗦把尤芽松开了，尤芽则急忙“害羞”地用双手捂上了自己的脸。她没有去抓过衣服以遮住自己，而是依旧把美丽的胸脯横陈在立世的眼前。她感觉到自己饱满的双乳被立世的目光牢牢罩住，渐升渐高的热度在整个胸脯上弥漫开来。她听见一只手索索有声地向她的胸脯靠近，随即便像小鸟一样地落到了她的乳沟里。她轻哎了一声软了下去，一双有力的手便急忙把她抱起。她知道自己被平放在床上以后把双手从眼睛上移开，这时她看见立世正像小偷一样怯怯地伸手去脱她的短裤。当全身的肌肤都接触到了凉凉的夜气之后，尤芽知道自己今晚的计谋已告成功，不久之后她就会成为尚吉利的少夫人，一个微笑随之在她的脸上像涟漪一样一点一点绽开。正是这种高兴使她失去了应有的谨慎，从而让即将到手的成功接下来变成了泡影。那阵子立世的呼吸已变得十分急促，且已开始伸手去解自己的衣扣，如果尤芽这时继续闭上眼睛不吭不动或睁开眼睛但依旧无言，转瞬之后两人就会彻底结合在一起从而顺遂了尤芽嫁到尚家的心愿。但就在这个关键时刻，她爱说话的习惯毁了她，她竟会愚蠢地开口问一句：“我的身子不比容容差吧？”这句问话中的“容容”两字像一颗子弹一样准确地击中了立世的身子，使得他亢奋激动的身体骤然间一晃，跟着他的两眼就恐惧地死死盯住墙角。

“你咋了？”尤芽感觉到了立世的变化，忙问。可这时的立世已猛地双手捂脸转身踉跄着拉门向外跑去。

“立世——”尤芽惊慌至极地喊了一句，但这喊声并没拉住立世的身子。待她穿好衣服去找立世时，发现立世已跪在了堂屋容容的牌位下，正痛悔莫及地喃声说道：“容容，我差一点做了对不起你的事！”边说边用剪刀戳伤了自己的一只手掌，让鲜血成串地滴落到牌位前的香炉里。在血滴砸得香灰四飞时，尤芽听到了立世发誓似的声音：从今往后，倘若我的手再敢向别的女人伸去，这就是它的下场！

那一刻尤芽被惊呆在那里。她从来没想到平日言语不多的立世对死去的容容会有如此的深情和忠诚。她只是又站了一霎，就绝望地退回到自己的睡屋里，收拾一下东西悄步走了……

达志在弄清了缘由之后觉得无话可说。一方面他为儿子失去了这个续娶的机会感到遗憾，一方面又为儿子的这个举动感到了一丝骄傲。他那天只是把一卷钱塞到景四奶的手里，满怀歉意地把老人送出了门去。

此后又有两个晚上，达志发现儿子默无声息地跪在容容的牌位前，他知道立世是在继续自责，便放轻了脚步悄然走开。

儿子和尤芽的这段插曲过去之后，有几次达志想和儿子说说云纬来家的事，但每次都是话到嘴边又被他咽了回去。一个顾虑在他的心中胀得越来越大：立世听了我的话后会不会口头上赞成而在心里看不起我？他对自己的一点失态举动尚且如此自责，那对我和云纬的事能看得习惯？会不会在心底里认为我背叛了他的母亲顺儿而对我生出鄙夷？……

就是这个顾虑让他又生出了犹豫。

7

与达志半个下午和半个晚上的相处过去许多天之后，达志的一举一动还像墙上贴的年画一样颜色清晰地留在云纬的记忆里。她这些天一直在盼着达志的出现，她已经想好了当达志出现在屋门口时，她将高声地喊来承达，当即说明他们的父子关系，把她保存了多年的秘密公开出来。她想像着父子二人那时的惊愕之态，常常忍不住一个人轻笑起来。达志，我将带给你一件世上最好的礼物——一个壮壮实实的儿子。

达志却迟迟没有在门口出现。每一个夜晚来临之后，云纬都感觉到失望在咬啮自己的心脏。是不是他家又出了意外事情？会不会是他又变了心——觉得我变老变丑了？有没有可能是他担心我和承达去了给他添累赘？一连串的猜测弄得她烦躁无比。以她心底的愿望，她是真想立马跑到达志面前问清楚的。但她那一向强烈的自尊心并没允许。她觉得那样做或许会让达志觉得自己是为了摆脱眼下的贫困而急于嫁他。不,我决不会去求你!

如今,贫困和跟随在贫困之后的饥饿的确如狼一样地逼近了云纬和承达母子。达志那天赠送的那点东西因为其间承银回来拿走一部分而早已吃光。后来云纬没有办法只好把家里的地卖了一亩,近几天母子两人的生活,就是靠卖地得来的钱维持着。下一步怎么办?再卖地么?地卖完了以后靠啥过日子?

一个西风凛冽的傍晚,被失望和愁苦折磨的云纬正闷坐在屋里,门外忽然响起一个陌生的姑娘的问话:"请问,这是盛大妈的家吗?"云纬闻声抬头,看见一个穿戴讲究的女学生站在门前,忙点了点头:"你是——"

"我是你儿子承银的朋友。"那姑娘边答边走进屋来,不请自坐,"在南阳女师读书。"

"哦?"云纬有些意外地望着这个举止大方面目姣好的姑娘,她还从未听承银说起过她。

"大妈,请你把这个纸条交给承银。"姑娘说着递过一个折得很小的纸卷。

"他不在家。"云纬知道大儿子做的事时时都有性命危险,所以说到他时一向都很小心。

"他会回来的,回来后交给他就行。"姑娘说罢就站起身来,"我走了,大妈。"

"你还没给我说你叫啥名字哩。"云纬忽然间有点舍不得这姑娘走了,一个愿望像流萤一样的在心中一闪:这姑娘要能做了承银的媳妇那该多好!承银可是早到了结婚的年龄。

"承银会告诉你的!大妈,再见!"姑娘很快地走到院门外,骑上了一个有两只轮子的闪闪发光的东西,像来时一样突然地消失在了暮色里。

云纬小心地展开姑娘交给她的那个纸条,见那上边只有小小的两个字:“可行”。可行什么?什么可行?云纬盯着纸条久久地发愣。

云纬原以为要到许久以后才能把纸条交到承银手中,因为承银一向是十天半月才回来一次。未料当晚的半夜时分承银就敲响了屋门,而且进屋就问:“娘,后晌有没有人给你送来一个纸条?”云纬方明白了那姑娘和儿子是早有约定,遂把那个纸条交给了承银。见承银看后面露喜色,云纬忍不住开口问:“啥是可行?”

“噢,娘,是这样,”心情显然很好的承银破例地向母亲解释道:“我们有五六个人要去延安上抗日大学,但由南阳到西峡的路上关卡重重,必须找人送出西峡境,所幸现在栗丽已经想好了护送的法子,明日后晌可以上路。”

“栗丽?是送纸条的那个姑娘?”

承银点头:“知道她爹妈是谁吗?”

“谁?”

“她爹就是栗温保,妈叫紫燕。”

“哦?”云纬惊得退了一步,“栗温保可是一直想抓你们!你咋敢跟她——?”

“利用!娘,你懂吗?我要利用她的特殊身份为我们做事!百姓们不是常说:把东西藏到最显眼的地方才最不容易被人找到?!我是在化名进入女师教书做学运工作时主动接近她的,她和她爹有些不同,她多少接受了我们的治国理论,她很单纯!”

“和她来往可要小心,毕竟人心隔肚皮!”云纬满怀忧虑地叮嘱。让承银与那姑娘成为一对夫妻的愿望此刻已不翼而飞。

“这你放心，娘，我还有桩事想和你商量。”

“啥？”

“我想让承达和这几个人一块去延安，他已经长大了，该到外边去读读书见见世面，再说家里日子又是这样难，有一顿没一顿的——”

“胡说！”云纬的眼瞪起来了，又显出了年轻时的那份厉害。“承达就是饿死在我身边，我也不许他出门远走！”

“可我想去，娘！”一直站在旁边倾听哥哥和娘说话的承达这时走近娘，闷了声说。“在家里总吃不饱，出去兴许能混个肚子圆；再说，我走了，口粮也给你省下——”

“啪！”云纬的巴掌带着嗖嗖的风声落到了承达的脸上，五个红色的指印像印章一样盖上了承达的右颊。

“那就算了，承达，你留在娘的身边吧。”承银不敢再坚持，急忙把弟弟往睡屋里推。

“你一个人在外边，就叫我操碎了心！两个都出去，是催我去死吗？告诉你，承达，你要敢走，我就把你的腿打断！……”

承银是鸡叫二遍时走的。天亮后云纬做好早饭去喊承达起床，承达翻身面向墙壁粗声说：“我想睡觉！”云纬知道他这是赌气，便无声笑笑：“你娃子愿睡你就睡吧，只要你不出门瞎跑就行！”云纬自己吃了饭，把承达的饭留在锅里温着，便提了锄头上地锄草。

云纬由地里回来时已是中午，见房门和灶屋门都锁着，知道承达已经吃过饭，她估计他是去村里找伙伴们玩了，就没在意，开了锁进了屋预备做晌午饭。饭做好还没见承达回来，就到儿子平日常去的几个伙伴家找，未料几家人都说没见承达，这让云纬有些意外，只好仍回来坐在家里等。饭自然是没心吃了。一等二等，直等到太阳像兔子一样钻进西岗上的地里，仍没见承达的踪影，云纬才真有些慌了。莫非他一赌气进城去了？得去找找，这个倔脾气的东西！云纬慌慌进了自己的睡屋想拿件衣裳就进城去找，忽然发现枕头上放着一张白纸。谁放的？她拿起来只看了一眼，身子就软软地滑到了地上。

重新把那张纸上的字读完是在顿饭工夫之后，那会儿云纬已经挪坐到了椅子上，不过她的神态在这短时间内发生了翻天覆地的变化：头发凌乱，面孔惨白，目光虚散。

> 娘，我走了。原谅我偷偷跑去找哥哥他们那帮人，我实在是不想过眼下这种饥一顿饱一顿的苦日子了！我出去只要能混出个名堂，一定把你接出去享福！娘，我知道你为把我养大吃了多少苦，操了多少心……

憨货！狗东西！你竟敢偷偷地走了！你知道到外边就一定能吃饱？你明白不明白外面的世道有多乱？你就不怕碰上灾难？万一你有个三长两短，我该怎样给你爹交待？怨我呀，我该早把你交给尚达志，交到你爹手中，让他去管教你，那样也不会有今天，说不定你这会儿正在尚吉利织丝厂干活哩！盛云纬，这全怨你！你总想等你堂堂正正嫁去尚家时再把承达带过去，你可等呀?！不过尚达志，也怨你！你不是说你要早来接我吗？可你还拖什么？是嫌我的年龄还不够大么？你可拖得好，把你的儿子拖跑了！说不定他会就此死在外边，天呐，他是你的儿子……

云纬就这样一直胡乱想着呆坐到天黑，又从天黑呆坐到了半夜。门依旧敞着，屋里没有点灯，室内的黑暗和院里的夜暗如稀粥一样融为了一体；夜风肆无忌惮地钻进屋子，把桌上摊放的鞋袢胡乱地扔到了地上;谁家的猫以为屋中无人,大步迈进了屋里,及至猛看见静坐在那儿的云纬,才又吃了一惊,仓皇地退了出去。

不知过了多久,外边响起了脚步声。云纬辨出那是承银的脚步响,但她依旧没动,静静地看着承银走进屋里,冷冷地说了一句:“滚! 都滚! 滚得远远的!”

“娘,”承银似乎已预见到了娘的精神状态,所以没有吃惊,只是掩了门,蹲到娘的面前含了歉意说,“承达坚决想走,一再央求我,没有办法,我只好答应了。你不用担心他的安全,临走时我给了他一支手枪,他会用它——”

“枪? 你还敢给他枪?”云纬一把抓住承银的领口,“你是要赶他去快死呀! 你一个人玩枪还不行,还要把你弟弟也拉进去,万一他出了事,我可怎么去对尚——”

她话到此处突然噤口,紧接着哭出了声……

8

当抢盐的人群被枪声驱散后，栗温保缓步向盐车走去。那阵子夕阳刚好把一摊一摊血一样的红光透过街边的桐树树冠摊放在街上。他踩着那些黏稠的红光向前走时，瞥见两个半大的孩子正趴在地上寻找那些散滚在地上的盐粒，找到一粒便急忙塞进嘴里咯嘣咯嘣地嚼着吃了。一个卫兵刚要上前喝开那两个孩子，被他抬手制止了。他轻步向他俩走去，趴在地上的那两个孩子仍在聚精会神地俯地查找，直到瞥见一对雪亮的皮鞋站在了他们的头前，他俩才惊得抬起脸来，才想站起身来跑。但栗温保拉住了他们，示意随从由拉盐的马车上抓一把盐来，给他们每个人手上放了半把。两个孩子显然多日未吃过盐了，竟然又都一齐把盐往口里塞，栗温保止住了他们，温和地说：“回去交给你们的妈妈。”他知道他这个很富人情味的举动将被躲藏在附近街边、街角和窗后、门后的市民们看到并且传开。他刚刚动用过枪,现在想用另一种面孔出现,他期望在人们的心里树立一个良好的形象。他最近在副官的帮助下又明白了一个道理:治民和牧牛一样,不能只用鞭子,否则牛被打急了会牴人的! ……

栗温保虽然知道由于日本人的封锁,如今市面上食盐很缺,但他没想到市民们竟然已是两月未吃到盐了。刚才那两个孩子吃盐粒如吃糖块的样子真正让他吃了一惊。我该想办法弄点盐来,为百姓们真正谋点福利,做一点能让人记住的政绩。此事明天就办,派两辆汽车去襄樊跑一趟试试看!

栗温保那天晚上坐在家中的客厅里一直想的都是盐的问题,所以对紫燕的说话并未在意,直到紫燕拍了一下他的手气恼地问"你还要不要闺女了?"他才中断了思考,转而来听紫燕的话,才明白他的宝贝女儿栗丽昨天搭去西峡拉货的军车去西峡游玩,说好今天回来的,可天黑到这般时候还不见到家。

"没有问问那辆军车的司机回来了没?"栗温保立时着急起来。紫燕为他生的这个女儿是他的掌上明珠。这闺女不仅相貌长得漂亮,长出了他和紫燕的全部优点,而且懂事早,爱读书,深明事理。他每次由外边回来,都要给栗丽带点礼物,他甚至已为栗丽的将来做了设计:先送她去国外留学,尔后在政界为她找一个最有发展前途的丈夫,让她在上流社会永远占有一个席位。他已经做好了打算,在栗丽结婚的时候,他将在白河岸边盖一幢他曾在青岛开会时见过的那种西式临水别墅,作为送给她的结婚礼物。

"问了,说军车也还没有回来。这兵荒马乱的,就一辆汽车在路上走,该不是出事了吧?"紫燕有些焦急。

"我让人再派辆车去看看。"栗温保抓起电话刚说了几句,大门外响起了汽车的刹车声,随即栗丽那清脆悦耳的一声“再见”就蹦跳着进了屋里。栗温保扔下电话迎到门口抱怨道:“去西峡干啥了现在才回来?”

“噢,爹,我们去游览了西峡口外的奎文关。”栗丽边说边脱下外衣扔到了妈妈手上,把软沿遮阳帽扔到了栗温保怀里,尔后径直进屋,抓起栗温保刚才喝的茶杯咕咚咕咚喝了一气,这才又接着说:“那奎文关真是值得一看,北衔木寨岭,西南依观花寨,斩岭为关,扼豫陕孔道,极是壮观。”

“怎么忽然想起去看奎文关了?”栗温保笑问。

“书上不是说读万卷书行万里路方能成万世业嘛?!”栗丽随手抓起桌上的一本书扇着细汗点点的脸。

“同去的同学们都回来了?”紫燕把一个湿毛巾递到女儿手上,“我咋听说还有几个男的跟你们一块上了车?”

“都回来了,那几个男的是我几个同学的哥哥。”栗丽眼中闪过一丝慌乱,不过她很快借着恼掩饰了过去:“妈,还叫不叫我吃饭了?我饿着肚子回来,却只是一个劲地说、说、说!”

“好,好,上饭,上饭。”紫燕急忙喊叫下人。

饭端上来栗丽吃了几口,却又忍不住先说话了:“爹爹,你知道我这次西峡之行还看到了什么?”

“看到了啥?”栗温保在闲暇时常常愿意和女儿闲聊。

“我看到沿途的百姓们一个个面黄肌瘦,我看到一片片田地长满野草,我看到一间间草房东倒西歪,我还看到了饿死的人!”

“哦?”

“爹,我们这个国家再这样下去不行呵!得赶紧想想法子!”

"是么?"

"我们首要的任务应该是先打走日本人！为此,我们该与所有愿对日作战的人建立联盟,不管他们是什么党派、团体,自然也包括共产党。"

"共产党?"

"还有,我们应该改革我们现有的权力机构,学习西方,建立一个充满活力的治国机制,比如三权彻底分立,比如真正的两院制议会,比如废除一党专政实行多党共存,比如军人不参政,从而让我们的国家也强盛起来,让我们的普通百姓也过上好日子,让百姓们也像我们家的人一样,有吃有穿有住……"

栗温保默望着女儿,突然觉得女儿变得陌生了。他一直觉得还是个孩子的女儿能说出如此的话令他感到了吃惊。栗丽下边的话他没有再听,他只是在想:女儿一定是在学校里接触到了对政治十分感兴趣的人,而且那个人肯定是主动靠近栗丽的!

那晚栗丽去歇息之后,栗温保挥手让副官进来低声交待:"派一个人暗中保护栗丽,但不要让她感觉到,不能让她受到任何伤害。要注意悄悄调查常和她接触的人的政治背景……"

栗温保在那个蚊子猖獗的夏夜边摇着蒲扇边看着副官向他走来,那一刻他正在瞌睡与清醒的边缘上左右晃悠,他以为又是关于日军移防动态的报告,近来这种报告可是真多！他真想告诉对方明天再说他这会儿极想钻进蚊帐睡觉,但副官刚一开口他的睡意就像受惊的鸟一样扑棱一声飞走了。

原来栗丽是在和蔡承银他们来往!

狗日的,你竟敢朝我最珍贵的女儿下手。是的,她年轻、幼稚,容易接受你们那套胡说八道。可幸亏我发现得早!你不要以为现在是国共合作时期我不好治你了,其实我一直都在找你,我会让你知道厉害的,会的!

眼下要紧的是先彻底断绝栗丽与他们的往来。听说不久就又要给一批人授将军军衔了,战区长官部传来消息说我极有可能被授予少将衔。将军!一个家族多少代才能出一个将军?这是一个极为关键的时候,如果在这个时候我女儿和共党人物有联系的事被人密报上去,那梅花形的少将军衔就要在别人的肩上闪耀了!

对女儿的查问是在第二天上午。栗丽已临近毕业,那天上午学校的安排是让栗丽和另外两个女同学一起去五中实习,实习的方法是给中学生们讲课。吃过早饭栗丽拿上预先准备好的历史讲义正要出门,父亲和母亲出现在她的门口。她并不知道父母的来意,她像平日见到父母时常做的那样微微一笑,说:"我要去五中讲——"

"坐下,我有话给你讲!"栗温保神态威严。

"时间快到了,今天卓远校长和几位老先生都要听我的课——"

"坐下!"

"究竟有什么事?"父亲少有的严厉让她有些诧异。

"别问我,先回答我的问话!你和蔡承银什么时候认识的?"

栗丽的两只眸子像受惊的小兔一样在眼眶中一跳,不过转瞬之后就又恢复了刚才的平静,带一点傲然地说:"他曾化名在我们学校讲过一段时间的历史课,那时候认识的,咋了,有罪?"

"为什么到最近还有来往?"

"我有点佩服他。他说过他将毕生为国家的富裕和强大尽力;他对我们国家目前的状况忧心如焚;他说让历史上曾以到中国留学为荣的日本人骑在头上拉屎真是做人的耻辱——"

"那是宣传,是他们惯用的宣传伎俩!"

"可他亲手杀死过日本兵!他让我看过他保存的三顶日本军帽,那是三个侵略者的头颅!我不管他从属于哪个党,只要他抗日,我就尊敬!我恨日本人,他们一次轰炸就炸死了一千多个南阳人,他们破城时强奸了几百名妇女——"

"好了,我不同你长篇大论,我要你记住两条:第一,绝不准再主动与他和他们的人来往;第二,如果他和他们的人要约见你,必须预先告诉我!"

"如果我拒绝呢?"栗丽像平日那样笑望着父亲。

"我将从此不许你再出大门!"

"你该早对我这样交待!"栗丽笑得有点意味深长。

"现在也不晚!"紫燕插嘴。

"晚了!"栗丽笑拖着长腔。

"啥叫晚了?"栗温保瞪起了眼。

"因为我已经有点爱上他了!"

"你?!"栗温保惊得跌坐到了椅里。要不是恰好这时副官送来了一封电报,他也许会跳起来把巴掌抡到爱女脸上。天呀!我的女儿竟会爱上——纷乱的思绪使他看了几遍也没能看明白那份电文。直到副官又催问了一句如何复电时,他才又拼力去读电报,然后才哑了声对副官交待:"立刻通知尚吉利织丝厂老板尚达志,按电报上的要求准备,复电长官部,三日内启程……"

9

块状的阴云砌在天上，犹如穷人家用碎砖头、烂石块垒的墙一样凹凸不平。达志双手抓住卡车的箱板，两眼望着被阴云毁了面容的天，心中继续在焦虑地猜测：栗温保究竟要用汽车把我拉到什么地方？一种不明所以的恐惧始终像虫一样在他的心里拱着。

三天前的那个头晌，他和立世把从镇平县卢医庙买来的那个单绽纺机抬进屋里。正在琢磨如何把卢医庙两个丝织工匠发明的这个比较先进的人工单绽纺机改成机器带动的织丝机时，忽见栗温保的副官走进来。达志还没有来得及招呼，副官就说出了来意：“栗司令让你尽快准备八十匹绸缎，各种花色品种的都要有一点，三天后坐军用汽车去一个地方，有人想买！”

“谁要买？”达志自然想问清楚。但那副官摇头说一句

“到时候你自然会明白!”就走了。

达志犹豫了两天没有准备,他估计这八成又是栗温保要讹他。未料第三天上午那副官送来了一半定金,这才使达志稍稍放下心:也许真有他的什么朋友要买?! 这之后他才开始准备绸缎。他原以为要去的地方不远,未料坐汽车差不多走了三天还没有要停的样子,他心中不能不有些慌了。他几次追问车上的一个中校,得到的回答都是:别急,到了地方你自然知道。车上除了两个开车的和那个中校外,还有一个上尉和八个士兵。

达志如今特别留意车子经过的地方的地名,想据此对要去的地方做点判断。他注意到车过邓县、襄樊之后,一直是往西南方向行进。西南方究竟有栗温保的什么熟人?

此后的几天车一直在山里转悠,山路不好,车时走时停。有时遇到军营,中校会拿了什么证件进去要求住宿,临走时还会让人家给车上加点油。车上除了装有达志带的绸缎外,还有一批南阳特产:几麻袋长庆大米,十几桶小磨油,几包猴头、拳参、木耳、珍珠花等山珍,几麻袋晒干的广阳大枣和一些茶叶。此外还有汽车烧的几大桶油。

车子走走停停,无数的关卡,不尽的盘查。有几次因为天上有日本的飞机,只好夜行晓宿。车子所过的地方的地名也越来越陌生:竹山、竹溪、利平、安康、紫阳、毛坝关、达县……达志虽然没来过这个方向,地理知识很少,但因平日同各地的丝绸商人来往多,知道各省的口音。他从所经地方人们的口音中判断出:车出湖北之后先到了陕西,由陕西又进了四川。天呐,这究竟是要去什么地方?栗温保,我前辈子究竟是欠了你多少债,要你这样几次三番来折磨我和我的家庭?

最后两天行车时,因为连日的颠簸疲困,达志一直昏昏沉沉坐靠在车厢板上，他既无了向车外看的力气也没了向外看的精神，罢，拉到哪里是哪里吧！栗温保，你要是想用这个法子把我折磨死，我也就认了……

车子是在一个半后晌时抵达一座大城的。当时，昏沉中的达志听到车上的士兵们欢呼了一声：到了！遂慢慢睁开干涩的眼睛。他最先看到的是一大片建在山坡上的高低不同错落有致的房子，随后看到了洋灰铺就的大街，跟着看到了一条水浪翻涌的大江，后来才看到了一块木牌，木牌上写着两个大字：重庆。

呵，重庆！战时的首都！我竟然来到了首都?！一股意外的欢喜挤走了达志脸上的疲劳。他贪婪地撩起车篷布看着外边闪过的街景，哦，这里也有断墙残壁，难道也是日本飞机炸的？

当晚，他们一行人宿在一座兵营里。中校交待达志洗洗澡，换上干净衣裤，第二天好去卖绸缎。达志问卖给谁，中校依旧说：见了面就知道。达志那晚没有睡好，心里反复猜测着栗温保是要他把绸缎卖给重庆的什么人，盘算着要个什么价钱好。他心里此时已有些平静，不管卖给谁，卖什么价钱，让尚家的绸缎在这战时首都露露面毕竟也算是桩好事！

第二天上午，中校带车出去跑了半天，回来时，车上的土特产品已经不见。半下午时分，一辆黑色轿车开到了他们住的那座营房楼前，中校要他把装有绸缎的木箱放在轿车后边，随他一块儿出去。达志从这辆轿车的漂亮样子断定，他的顾客将不会是个小官。

轿车在这座陌生的山城里跑了一个时辰，最后停在一处幽静的山间别墅前。门开后迎出了一位少校，帮助达志把装绸缎的箱子搬进了大厅。达志正在打量这个豪华漂亮的大厅，大厅侧门那儿响起了几个女人的说笑声和衣裙窸窣声，少校闻声赶上前拉开了侧门，一群珠光宝气的夫人们在笑声中走了进来。为首的一位夫人步态雍容矜持，达志奇怪地觉得她有些面熟；紧跟在她身后的是一位外国女人，那外国女人脸露微笑地扫了一下大厅里的人；外国女人身后跟着的几位夫人个个也都衣着华贵。达志正打量着这群女人，只听为首的那位夫人高了声问："哪位是尚吉利丝织厂的老板？"那位中校闻声急忙上前为达志作了介绍。那夫人含笑向达志点头："谢谢你生产出了优质绸缎，赢得了美国朋友的喜欢。"说罢，扭头对那外国女人叽里咕噜地说了一阵，达志估计那是英语。外国女人听完立时眉开眼笑地朝达志伸过手来，达志还没有明白她要做什么，自己的手已被对方抓住热情地摇着，同时她快速地说了一连串的话。经那位领头的夫人翻译他才明白，当年在美国旧金山举办的万国商品赛会上，这位美国女人的母亲和哥哥看到了中国南阳尚吉利大机房参赛的绸缎，非常喜欢，很想同尚吉利大机房做生意，可惜一直没有联系上。这次她随丈夫来驻华使馆任职，她哥哥嘱她一定要想法同尚吉利联系上。今天，她为见到达志感到非常荣幸。达志听完自然高兴，连说谢谢！他没想到那次参赛的影响竟能持续到今天，在那一刻，他感到心里的一丝自豪像浸泡在水中的石灰块一样飞快胀开了。

接下来领头的那位夫人让达志把带来的绸缎拿出来看看。达志一打开箱子，那群夫人的眼便放出了光来。达志把绸缎一匹匹展开交到她们的手上，啧啧的赞叹声便立时响起并向大厅的每个角落奔去。那位美国女人不时把绸缎裹在身上对着厅里的壁镜左看右看，连叫OK！八十匹绸缎几乎全被展开，或铺或挂在大厅的沙发、桌几、靠椅等物件上，大厅转眼间变成了由图案和色彩组成的花园。那美国女人走到达志面前快活地边说着一串英语边拉开手袋,从里边拿出一叠厚厚的外国钱币——达志猜测那是美元,是表明她要全买的意思。他正不知如何开口时,领头的那位夫人走过来含了笑说:"这些绸缎是送给你的,夫人!这是这位尚先生也是我本人的一点心意,希望你能收下!"那美国女人听罢一把抱住那位领头的夫人亲吻起来。亲吻过后还边说着一段英语边做了一串手势动作,那手势极像是在比划天空中正在飞行的飞机。大厅里的许多人为她的话语和手势高声笑了。达志却听得不明所以,而且他心里已塞满了痛惜和对那个领头的夫人的不满:这么多绸缎就这样白白地送给了这个美国人?太叫人心疼了!起码应该收回成本费!临来时栗温宝虽派人送了一点定金,但那与全部价钱还相差很远。你这个女人也太多事,人家美国人愿给我钱你还不让,你是不割麦子不知道腰弯着疼,你晓得织这八十匹绸缎要耗费多少丝,花费多少工?他正这样想着时,只见先前领他进门的那个少校捧来一个精致的纸盒送到了他手上,并掀开盒盖让他看了看。噢,是钱!

"尚先生,这是我按重庆丝绸时价为你准备的货款,外加的一点是对你辛辛苦苦由豫来川的谢礼,请收下。希望你回去后努力扩大生产,为对日作战做贡献!"领头的那位夫人这时走过来说。达志心中的那股不满此时自然已经化掉,他望着眼前这位显然是这客厅主人的女人再一次觉出:她有些面熟。

直到达志手上捏着那美国女人和她哥哥的名片坐进轿车驶下山之后,陪他来的中校才开口问他:"知道刚才给你钱的那位夫人是谁?"

"谁?"

“国母。”

“哦?”达志猛然想起从报纸上看过的照片。像!

“晓得那位美国女人是谁吗?”

“谁?”

“大使夫人!”

“嗬?!”

“明白大使夫人最后高兴时说的那番话的意思是啥么?”

“啥?”

“她说单单为了拯救这些美丽的丝绸不被战火毁灭,她也要呼吁美国再支援中国一批战斗机!”

“真的?”

“你这一趟收获可是真不小呵!”中校意味深长地看了看他手中的钱盒。

“嗯。”达志笑笑。是的,收获不小。这一趟入川让我看到了外国人对尚吉利丝绸的兴趣,增强了我扩大生产的信心!

“可我们十几个弟兄陪你走这一趟,真是吃尽了苦头!”

达志此时方明白了他的话意,急忙由钱盒里拿出了厚厚一叠钱递到了他的手上:“你和弟兄们拿去花吧!”

中校笑笑,望着车窗外美丽的嘉陵江吹起了口哨。

达志的心在这一瞬间已飞离了山城,回到了南阳世景街家中。立世、昌盛,我们该从地洞里再抬出几台织机来,放开手脚干,满足大使妻兄的定货要求,在美国打出一片市场来……

由重庆返回的第二天,达志就开始找人搭工棚并从地洞里抬出了全部机器,准备把生产尽快恢复到日军陷城之前的水平。对于产品的销路他也充满信心,他想,除了和那位美国商人做生意之外，还应该把产品销往大后方云贵川几个省份。

经过差不多一个多月的准备，工厂就开工了。在北边、东边和东南边都有日军威胁的情况下恢复一个工厂的生产，困难比达志原来想象的大。收丝、买油料这两样难事达志都揽了过来；厂里的生产则全由立世操心。昌盛还小，全家人包括雇工们的生活确需有一个人来掌管，达志接连雇过两个女工，结果都不能胜任。立世这时提出让妹妹绫绫回来管这一摊子，达志摇摇头没有同意。当初已说过让绫绫给卓远夫妇当女儿，如今再让她回来于情理上说不过去。就是在这种情况下，达志在一个晚饭后仗恃着夜暗的掩护，红了老脸一鼓作气对立世说出了想让云纬来家的心愿。还好，立世没有说别的，很痛快地应了一个字：行。

达志那天去见云纬时太阳已消失在百里奚村边的一个茅厕后头。他推开云纬虚掩着院门后吃了一惊。院里的东西零乱到了吓人的程度，那样子不仅不像住着一个女人甚至都不像住着一个男人。云纬正呆坐在院中的一块石板上，双眼怔怔地望着远处正在暗下去的天边。

“云纬，出啥事了？”达志急步走到她面前。

云纬看见达志后没有起身，只是苦笑了一下说：“他走了。”

“谁？谁走了？”达志在云纬的身边蹲下去。

“你的儿子。”

“瞎说，立世在家正忙着织绸缎哩，他能往哪儿走？”

“不是立世，是另一个！”

“另一个？”达志笑了，“你是糊涂了吧。我除了立世，哪还有另一个儿子？”

“有。”

“有?”达志再一次笑了。

“记得你当初去杀栗温保之后的那几个夜晚吧?”

“当然记得,那几个晚上——等等,你是说——?”达志蓦然意识到了什么,在越来越浓的暮色里瞪大了眼。

“承达是你的儿子,懂吗?! 难道你一点都没有看出他长得像你?”

“天呐!”达志呆立在那里,只是瞪眼望着云纬,似乎要借这瞪视来作最后一次验证。许久之后他才呻吟似的说道:“可你,为啥不早——”

“我一直在等那一天,我想等到那一天了再把他送给你!”

“哦,你!”达志一把伸手把云纬揽过来抱在了怀里。他抱得是那样的紧,以致云纬开始了轻声呻吟。

“这么……些……年……天呐……不过这一天……总算……来了,这……一两……天……你……就搬……过去……”

“可他走了!”

“走了?”达志这才注意起这两个字来,“去哪儿了?”

“很远,几千里,延安。”

“噢——? 报纸上不是说那是共产党的地——”

“轻点——!”云纬抬手捂住了他的嘴,“我真担心——”

“不要紧,”达志尽力回忆着承达的面孔,但因平日很少留意那孩子,竟很模糊,“有去就有回,他以后会平安回来的。”我的儿子,但愿你能平安回来!

“你说他能够平安回来?”云纬仰起脸,声调中带了点可怜和急切,那模样仿佛达志的回答就能给她儿子的性命保险一样。

“会的。”这么多年来，云纬让达志看见的都是她强硬的一面，她这副可怜而柔弱的面容达志还是第一次见到。一股巨大的柔情从达志心中涌起，使得他一边去亲云纬的脸一边叫出了许多年前他曾对云纬叫过的那句“我的亲亲……”

达志那天晚上没有走，两个人第一次像夫妻一样地在灶屋里做饭、吃饭；尔后，又像新婚夫妇一样走进了睡屋。

当两个人在床前站定后，一时都有些手足无措。尽管这样的时刻是他们两个人多少年前就盼望的，可当它在延宕了这么久之后来临时，两人竟都有些惶然了。用何种方式让这个夜晚开头？两个开始走向老年的人显然预先都没有考虑过。还好，夜风分明是看出了他俩的窘态，从窗口探进头来噗一下将油灯吹灭。这下子算替两人解了围，两个人几乎同时舒一口气，又几乎同时朝对方伸出了手。黑暗中的达志有了勇气，他弯腰用力把云纬抱上了床，帮她脱了鞋袜。他听见她低微地说了一声：我自己来。但他没有让自己的手停止，又去帮她脱衣服，可他在解那些布扣子时遇到了麻烦——他此生还没有为女人解过衣扣，当初顺儿的衣扣都是她自己解的，他从未伸过手。他又一次听到她低微的声音：这样解。于是上衣脱下去了，在窗外微弱星光的帮助下，他发现她的身子依然很白。当手触到她的裤带时，他想起了当年他们作为信物彼此交换的那一对裤带，她当时给他的那条似乎是用红线做的。他听见自己的心跳声在快速变大，感到双耳开始响起一种丝织机启动时的那种轰轰声，手有点发抖。他明白自己不能性急，但他没能控制住自己，扯下她的内裤时他听到了一点布的撕裂声，不过那声音很短，他不让自己太在意。他扑了过去，他很慌，他想稳一稳神，却越发慌了。糟糕！天呐，别慌！真糟糕！你究竟是怎么了？我的天呐，天呐，天呐——！

“别着急！”他再一次听见她那低柔而含满宽慰的声音，同时感觉到她的手在鼓励他，帮助他。他现在寄希望于她的手了，他多么渴望出现奇迹，但是没有，没有！天呐，天爷爷呀，你这个狗东西！他捂了脸从她的身上翻滚下来，把头紧紧抵在被子上。巨大的屈辱和歉疚使他没能忍住冲上喉咙的抽噎。

“没有啥，以后会好的，会的！别着急，来日方长……”她低低的抚慰反而加剧了他的抽噎，他歉疚的夹了抽噎的声音闷闷地从被子里传出：“我……老了……老……了……”

那天晚上的经历使达志不得不改变了让云纬很快来家的决心。在这种情况下把云纬接来，只会使两人更加痛苦。而且这个家又这样忙碌，云纬一来就不能不做事，让她心中痛苦就够难受了，难道还要她也像自己一样早起晚睡地忙织绸，把她的身体也累坏吗？

只有抓紧治自己的病了，啥时候治好，就啥时候把她接过来。云纬，一切全怪我呵！

他又专门去了一趟百里奚村，给云纬送了些吃的和钱。临走，红了脸说：“我会常来看你，只要病一好，你就过去……”

如今，除了忙厂里的事，那个病就挂在了他的心上。他几次想去安泰堂找大夫看看，都是快走到安泰堂门口又无了勇气。他真不知道面对大夫时自己该怎样开口。老天爷，你怎么会叫我得了这个病？是什么时候让我得上的？让我得个别的什么病不行，偏要我得这个？你看我和云纬这辈子苦得还轻吗？……

一个飘着雪花的晚上，厂里和家里的事忙完之后，达志横了横心，向安泰堂走去。单单是为了云纬，我也该治治这个病！在安泰堂门外，当犹豫又一次扯住他的脚时，他挥掌朝裹着雪花的空气一砍，毅然拍响了门。

安泰堂的安老大夫见达志这个时候进来，以为是有急诊，忙问："病人这会儿在哪儿？"达志苦笑了一下，嗫嚅了一句："我是给自己看病。"

"噢，哪儿难受？"老大夫从灯下伸过戴了眼镜的脸，注意地看着达志。

"嗯……是……真是……我觉得……觉得……"

达志原先准备的话果然像受惊的老鼠一样溜走了，他的脸上急出了汗。

经验丰富见多识广的安老大夫从达志的窘态上猜到了什么，于是不再问，起身走到一个悬挂的黑色布帘前，在布帘两边各摆上一个椅子，自己先在布帘一边坐了，尔后叫达志过去，在布帘另一边的椅子上坐下。现在，安老大夫和达志虽然面对面坐着，却谁也看不见谁的脸。

"告诉我，是不是下边的那一处有了毛病？是烂、是疼、是小便时痒，还是不举？"

"是后一种。"因为隔着黑布帘，达志的回答顺畅多了。

"发现有多长时间？"

"我……妻子……已去世……多年……我一直没有……注意到……只是最近……"

"噢。通常有四种情况能导致这种现象发生，一是肌体的过度疲劳和衰老，二是性生活的过度频繁和缺乏技术，三是外伤，四是心理上的不正常。你看来不属于前三种情况。"

"哦？"

"因为心理问题导致这种现象发生，一般又分这么几个类型，一类是患者心中预先就怀疑并恐惧自己得了这种病；另一类是患者长期厌恶、反感过性生活；再一类是患者长期为某一件事谋划、操心、焦虑、不安，并把它作为唯一的生活目标，导致肌体能量投放的偏向。你自己觉得你属于哪一类型？”

达志的心一咯噔：“后一种吧。”

“这个世上，值得我们全心投入的事情很多，但也不要忘了老天赐给我们享受的人生乐趣。我现在除了给你开点药之外，还想教给你几种消除这种现象的法子。但重要的在于你个人的心理调节。”

“谢谢。”

“第一个法子，是每天早晨排便之后，闭紧双眼，先放尽双肩的力量；再放掉从头顶到脚尖的所有力量，同时嘴巴半闭，以放松面部肌肉；然后，重复短暂而缓慢的腹式呼吸，持续一袋烟时间。这法子是为了让掌管那个东西的那部分神经容易兴奋。

“第二个法子，是早晨起床时，以勾手的要领，将左右手的食指相互勾住，用力拉。食指上有所谓‘大动脉’经过，指尖处还有个‘商阳’穴道。食指相拉对锻炼下半身有特效。

“第三个法子，是清晨扭动脊椎，上半身前后左右地转动或蹲马步。脊椎周围集中了许多自律神经，刺激这里就能刺激勃起的神经。

“第四个法子，是在闲暇时来一点对女性的幻想，目的在于防止大脑的性冲动衰退。

“第五个法子，是常散步或在情况允许下在脚底下踩一个东西以锻炼脚部。人的老化从脚开始，脚部是神经聚集的重要部位，脚的功能迟钝化，当然就影响到性能力，因此要常练练脚力。

“但愿这些法子能够奏效，让你很快能从女人那里获得上天应许的快乐！”

达志嗫嚅地应着，脸上的皱纹全像抹了染绸的红颜料一样，红成了一片……

10

卓远在为《宛南时报》写的“搞好战时立法，确保抗战获胜”的社论上画上最后一个句号时，时辰已近三更。他放下毛笔，哈一股气搓搓双手，轻轻拉开书房的门，踱到了院里。

冰块似的半个月亮把光洒在院中尚未融化的那层积雪上，使空气更显了几分冷冽。雅娴和绫绫、月儿都已入睡，院子里静得只有卓远自己的呼吸。

由于要操心学校里的教学质量，平日《宛南时报》的社论一向都由他的几个学生完成。他今晚所以要亲自执笔写这篇社论，是因为他耳闻目睹的两类现象实在令他忧心。一类是政府对战时经济发展没有立法予以保障，致使工商业和农业的生产在严重的战争负担下日见凋敝。谁都知道战争最终是双方经济力的较量，如果经济发展停滞，抗战就会失去后劲。再一类是军政权力机构官员们的奢侈腐败，尽管国土沦陷的消息伴随着前线的枪炮声不断传来,可南阳城里的各家酒楼照样是日日满席,夜夜席满,猜拳行令声冲出酒楼的窗隙门缝,在大街上不停地滚动。在酒楼上举箸端杯的,自然是文武官员和他们的亲属们。这种奢侈腐败行为不仅消耗着南阳城中本来就不厚实的经济实力,更重要的是严重地涣散了民心、军心。这几日,报社不断收到人们寄来的书信,对这种现象进行挖苦讽刺,其中一封信上还附了一副对联,上联是:枪声炮声碰杯声声声入耳;下联是:血水汗水捞油水水水相融。这两类现象若不纠正,必然会使抗战丧失后劲……

“卓远哥,还没睡?”达志在院墙那边的一声招呼打断了卓远的沉思。他走近院墙问达志:“咋也没睡?”

“唉,”达志重重叹一口气,“光今天一天,就有四家上门要我资助和捐款,先是栗温保的部队,后是方城驻军,再是宛西警备司令部,最后是专员公署。资助抗日我责无旁贷,但如此竭泽而渔令我实在心慌,照这样子,也许要不了多久,我就无钱开工生产了。”

“我也正为这事着急呐!农村里征集军麦也是接二连三,桐柏等地的农民已是忍无可忍,几次缴了征集军麦人的枪。抗战局势如此严峻,再这样下去势必影响到战争大局,为此,我刚才在一篇文章中对政府建议:尽快立两项法律,一为战时经济发展法;二为战时惩治腐败法。明日这文章就可见报。”

“当官的会采纳?”

“如今不是说要开展新生活运动,提倡官员廉洁自律吗?不是说要保护工农生产以利抗战么?但愿当官的能想到我们民族的前途。”

“这种地方性法规如果立,哪个衙门来办?”

“自然是专员公署了。眼下,我们不像西方那样,有专门的立法机构;但总有一天,我们会建立一个多党并存,立法、司法、行政三权分立的政治体制,使我们的国家和民族兴旺发达获得坚实的政治保证。”

“啥时候,咱这些平头百姓要也能真正参与选举,来决定立啥法就好了。”

“会有那一天的,来得迟早而已。嗳,对了,上回给你说的绫绫成家的事,最近有了进展。绫绫和范炯接触了几次,两个人都还满意对方。我想既是这样,干脆就在近日张罗着把他们的婚事办了,也了却了你我的一桩心事,如何?”

“由你定吧,卓远哥,我说过她是你的女儿。”

“那就择个日子行个婚礼。”卓远扬脸向天望着同月亮嬉戏的云絮,“让上天看看,战争可以把人们的性命毁掉,但它毁不了人们对于幸福的希冀! ……”

邻居一只攀越房脊的猫不知受了啥子惊吓,突然惊叫一声滚下了地,惊得卓远和达志都晃了一下身子……

南阳的男子入赘当女婿,称为倒娶。倒娶与正娶在婚礼的程式上有很多不同。卓远虽是开明人,但为了让绫绫高兴也为了让达志满意,决定遵从这方面的一切程式。

举行婚礼的那天早晨,卓远雇了一辆马车,在车厢两边各贴了一个斗大的红字:“卓”,去将范炯拉到了自家门口。车在门口刚一停下,主持婚礼的男子就上前高声喝问:来人是谁?范炯依规定大声回答:卓家传人。婚礼主持者又问:尊姓大名?范炯再答:卓炯——从这刻以后,范炯就改姓为卓了。主持者再问:你今后若有儿女,将何以命名?卓炯依预先想好的话答:有儿名卓长武,有女名卓长文。

“请卓炯下车!”婚礼主持者这时喊道。待卓炯在伴郎的帮助下下了车后,又叫道:“卓炯拜见父母大人!”卓炯就急向端坐于大院门口的卓远夫妇鞠躬。

拜罢父母之后,卓炯被婚礼主持者引进正屋。主持者对一端坐于正屋桌前的老者叫:给卓炯授族谱!那卓族的老者便把一本厚厚的卓族族谱交到卓炯手上。至此,方让穿戴一新盖了红盖头的绫绫从里屋出来,与卓炯行夫妻大礼……

那天晚上,当宾客们走完,卓远看着卓炯和绫绫走进洞房之后,长长地舒了一口气,对抱着月儿的雅娴说:“绫绫这孩子,总也算苦到头了。”

一般的新婚夫妇,在度过了洞房花烛夜之后的第二天早晨,虽然脸上会有一点倦意,但眉眼间自会流露出喜气。可在卓炯和绫绫行罢婚礼的第二天早上,卓远和雅娴却相继发现,小两口的神色中都有一种很不自然的东西,一种类似不安和惊疑的东西。卓远夫妇觉到了奇怪,可也不好开口去问原因,只以为他们是还没有彼此适应。

一连几天下来,小两口的神态都是这样,而且两个人说话也日渐减少。这使卓远和雅娴真有些不安了,遂决定分头去问问原因。卓远问卓炯,卓炯只是笑笑低了头说:“没啥。”雅娴问绫绫,绫绫也只是垂了头说:“没事。”

一定是发生了什么不愉快的事!老两口在着急中想到了媒婆景四奶,于是就把景四奶叫了来,托她去弄清缘由。景四奶到底见多识广,她分别逼问,没用一个时辰,就把情况弄清了。

原来在新婚之夜,卓炯像一般新郎一样迫不及待,灯刚一吹灭,就朝绫绫扑了过去。白日里温文平和的卓炯只解了绫绫两个扣子就不耐烦了,哧啦一声撕开了绫绫的衣襟,就是这哧啦一声坏了事,让绫绫一下子想起当初和董家儿子圆房那夜的情景——董家先按童养媳圆房的规矩,吃罢夜饭天黑定后搬了一把饰有红布的圈椅放到院门外,让她坐下,尔后父子两人把她连圈椅一同抬进屋里,就让她上床歇息。她根本不知道这就是童养媳的圆房仪式,睡得懵懵懂懂时被那董家儿子弄醒了。当时董家儿子也是哧啦一声撕掉她内衣的,这一声哧啦之后就让她开始了那可怕的疼痛。所以这回一听卓炯哧啦一声撕了她的衣服,绫绫立时恐惧紧张起来,身子顿时充满了像是遇到危险一样的抵触之意。当卓炯去掰绫绫的双腿时,绫绫做了坚决的抵抗。卓炯显然没料到会出现这种情况,越发急了,就更用起了蛮力,绫绫也因此开始了更固执的抗拒。她显然也没想到平日温文尔雅的卓炯现在会变成这样。两个人都弄得满身大汗,最后是卓炯先松了手,叹了口气说:嗨,怎么会是这样?绫绫此时也觉着了歉疚,就柔声恳求:炯哥,除了不掰我的腿不上我身子之外,你让我干啥都行。我们以后每晚上都互相搂着睡觉,亲亲热热过日子不好么?两口子难道就非要做那事不可吗?卓炯哭笑不得地说:那咱们还结婚干啥?绫绫说:结婚是为了相帮着过日子呀!

卓远和雅娴听得目瞪口呆。

景四奶后来宽慰卓远夫妇说,你们不用担心,我只用今晚一个晚上,保准就让卓炯和绫绫过得恩恩爱爱乐乐融融,你们明天早上看吧!

景四奶说了这话的当天晚上临睡觉时,把卓炯叫到屋后低了声交待:你待一会儿进去,端一盆温水到新房里,给绫绫洗洗脚。她可能不好意思让你洗,但你一定要洗。洗的时候,要轻轻搓她的脚掌,搓的时间要长,要让她感到舒服。洗完擦净之后,要用嘴亲她的脚背和脚趾,你可不要不好意思亲,女人的脚是同全身相连着的,灵透得很,你亲一下她身上就会有一下的反应。接下来你就用舌头去舔她的脚掌心,像猫舔东西一样的舔,她一上来大约会咯咯轻笑着要缩回脚去,但你继续舔下去就会出现奇迹:她会停了笑声闭上眼睛;脸上出现红晕;两个小腿肚开始微微打抖;身子轻轻地左右扭动。你还要不断地舔下去,到后来她就会轻声哼哼;出气变急变粗,两个紧靠在一处的膝盖会慢慢分开;两只手抬起来胡乱地抓摸着什么东西;胸上的两个奶子也像吹了气的橡皮袋子一样涨开了。到这个时候,你就把她抱上床去,做你想做的任何事情,保准她不会再推开你……

至今还是童男子的卓炯听得将信将疑,当晚依言去试,果然一切如愿。第二天早上起床后,卓远和雅娴留心去看,真就看见卓炯和绫绫脸上都浮着一层掩饰不住的笑意,而且话也多起来,绫绫还不时发出了笑声。卓远不知景四奶用了什么法子,只在心里暗暗称奇……

11

栗温保的官运伴随着又一个春天的到来再度盛开。先是被授予了少将军衔,继而又兼任了专员公署副专员。但如今的栗温保对官场已有了解,并不让自己喜形于色,而是居安思危,为牢牢控制兵权采取三项新的措施:其一是严格调兵手续,防止有人搞军中哗变夺权。他规定任何人要调动一个班的兵力,必须经他知道;要调动一个排的兵力,必须拿上他的手令;没有他到场,任何人无权动用一个连的兵力。其二是在军中设立军情处。专门掌握军官和士兵的行为和思想动态,一有反常情况,立时上报,不管他是在开会还是在睡觉。其三是在营以下部队中清除识字人。他认为真正可靠的是不识字的人,这样的人老实好管易控制。识字的人容易想这想那出问题。历史上多少掌权者都是被识字人推翻的。

这三项举措的实行让栗温保把军权像缠绳子一样紧紧缠

在了自己的手上，到这时候他才让自己松一口气。说实话，自从杀了肖四之后，他内心里一直有一种压力，惟恐尚未清除净尽的肖四余党谋反朝他动手，现在，总算又可以放心地玩一段日子了。

玩什么？自然是女人。这世界上真正能让男人放松筋骨清除压力去除疲劳的最好东西，还是女人！当然，如今是不能像当初娶紫燕那样公开再养外室再娶姨太太了，那会影响到自己的形象影响到仕途上的升迁。女人要玩，庄重的官人形象要保护，仕途上的升迁机会更不能丢，这自然有些难了。但世上所有的难事其实都有解决的办法，关键看你动不动脑筋。栗温保如今的办法是在译电科配了一个漂亮的女译电员，在保密室配了一个妩媚的女保密员，在文印处配了一个文静的女打字员。三个姑娘都穿军装，外人根本不起疑。他想见哪位姑娘，一个电话打去，姑娘们便像执行军令一样准时来到他的身边。除了最贴身的侍卫知道之外，都以为她们是执行正常的军务。即使贴身侍卫，他也只是在门外站着，并不能说清屋里究竟发生了什么。

在这三个姑娘中，他最喜欢保密室的薛小亚。小亚是那种特会撒娇玩闹的姑娘，每次听到他打电话来说要看一下“第 101 号文件”，她明知他要看什么，却偏要在来到之后娇声娇气而又一本正经地说：报告司令，101 号文件丢失。栗温保这时就笑着一把扯过她来，一边说让我翻翻看是不是真丢了，一边就动手解她的衣服。待把她衣服脱完，栗温保总要手点着她两个乳头和下腹说：“101 号文件不是还在么？”之后，两个人就笑滚在一起了……

一个春风轻洒花香的晚上，栗温保和小亚玩罢，两人并倚在床头时，栗温保叹口气说：“唉，可惜我没有封三宫六院七十二妃的权力，要不然，我会封你做贵妃的！”小亚笑笑，说：“其实你已经是皇帝了，你说咱南阳的哪个人敢不服你管？你和过去的皇帝相比，不过是管的地方稍小一点而已。”栗温保听罢呵呵笑了：“说得也是，既是这样，我就封你做妃，叫薛贵妃了！”小亚立时披了衣裙，跳到地上学着从戏台上看来的妃子参见皇上的动作，参拜道：薛妃给皇上请安了！话刚说完，两个人就又笑成了一团……

这游戏起初只在他和小亚之间玩，没想到栗温保渐渐竟会玩上了瘾，在和另外两个姑娘幽会时，也命令她们和他玩这个游戏。到最后，不论是哪个姑娘夜晚陪他，都要在外间换上他预先为她们准备的旧时清代宫女长裙，尔后进内室跪地参拜：吾皇万岁万万岁！直到他说一句“爱卿平身”，姑娘才能走到床前卸衣。后来是小亚最先被这游戏弄烦了，向栗温保要求道：咱别像演戏似的总来这一套了，太烦人！栗温保摇摇头说：我觉着这样挺舒心，委屈你就这样照着做罢，也许有一天，我还会封我手下的男人们做大臣呢！……

一天晚上，他正和小亚玩这种游戏时，门突然被敲响了，他吃了一惊，以为是紫燕听到了风声来寻衅的，急忙令小亚藏进卫生间。门开后才知道，原来是新成立的南阳参议会送来一份急件，说明日早饭后参议员们要开会研究制定战时经济发展法和战时惩治腐败法，请栗温保也预作准备到会发表意见。文件的后边还附了一份剪报，是《宛南时报》上的一篇文章。栗温保没有细看也并没在意这事，往旁边一扔继续去和小亚玩闹。第二天早晨临去开会时，他才找来参谋长询问制定这两法的好处和坏处。参谋长说好处是有利于经济发展和政府清廉，坏处是以后我们在征集粮秣和办一些私事时，因为有法律管着，说话可能就不大作数了。栗温保一听这个立时把眼一瞪:“我们说话不作数了还当官干啥?妈的,通知参议会那帮舞文弄墨的家伙们,就说这会不要开了!”……

栗温保那天中午在向汉冶酒楼的高台阶上迈步时也多少有些犹豫,毕竟是战时,一个税务查验所长搞大规模的祝寿宴会是有些过分。但他又不能不来参加,因为这位所长乃是小亚的父亲,他经不住小亚昨晚在床上的软磨硬缠而只好点头应允。

他进屋先送上了寿礼:一篮寿桃外加一个金条。这礼是太重了,喜得小亚父亲的那张脸上的笑容都多得要掉下了地。但栗温保几乎没看他的笑脸,只是朝站在不远处的小亚飞了一眼,他送如此重礼完全是讨她的欢心,他看见小亚在人们不注意时朝他抛了一个媚笑。

寿宴宴席整整摆了二十五桌。酒菜十分丰盛,来宾们在酒桌前一个个斗志昂扬,猜拳行令声冲出酒楼像寻窝的群鸟一样在街巷上盘旋。酒过三巡之后小亚的父亲带着女儿给来宾们敬酒,敬到栗温保时小亚一本正经地说:“感谢司令接受家父的邀请,屈尊赴宴,我代表父亲敬你三杯!”栗温保笑笑:“我和令尊是多年的朋友,理当来庆祝他的华诞。”两人嘴上这么礼义周全,眼中交流的却是只有他们两个能懂的要求和应允:——今晚上你必须答应做那个动作;——那是自然……

栗温保那天由酒楼回府时在酒力的催动下快活非常,他根本没想到他赴的这个寿宴会很快在报纸上披露出来。他看到《宛南时报》上的那则消息时已是傍晚。当他打开报纸看见那大字标题:“前方吃紧,薛所长摆寿宴二十五桌;经费紧缺,栗司令送贺礼一个金条”时,真是大吃了一惊,这又是那个姓卓的杂种干的!这不是公开要拆我的台吗?人们看见这则消息势必要对我和薛所长的关系做种种猜测，很可能会因此把自己和小亚的关系暴露出来；更重要的是，重庆方面正强调戒除奢侈努力抗战，这消息要让上边看见，说不定会被做了典型抓住训诫。妈的，卓远，你竟真敢太岁头上动土了，我该让你知道知道我的厉害！你拿你的笔我拿我的枪，咱们就斗一斗吧！妈那个蛋，也怨我，没有早想法把你的报纸封了！从今往后，不经老子批准，谁也别想办报纸，这报纸真不是好东西！娘的，当初，是谁发明的这玩意？……

栗温保后来叫来副官，命他带人带钱到街里的报摊上，把所有尚未卖出的当日的《宛南时报》全部买来烧掉。

“这是一个办法，但不是根本的法子！”副官在接受了命令之后慢腾腾地开口，“日后要再出现这样的事怎么办？还是买吗？”

“那依你之见——”

“有四个法子！”

“哦？”

“第一个，封！”

“这我想过，万一因为查封报纸引起什么抗议游行，更麻烦，如今可是游行成风！”

“第二个，吓！”

“这法子当年已经用过，并没把姓卓的吓倒。”

“那就杀！”

“这步棋最后再走，他在南阳是一个有影响的人！”

“最后一个法子，诱！”

“诱？”

“诱以官和利。在中国，没有一个识字人没有当官的欲望，尤其是那些会写文章的家伙。他们当初寒窗苦读的最终目的，其实就是做官。他们中大多数人与官府作对的原因，是因为他们没有做官的机会。我们如果封他一个官，譬如封他个专员公署的书记长，再把他的薪俸定高一点——中国的秀才都穷，见钱不会不心动。到那时候，他主编的报纸自然就会为我们说话，我们就等于把《宛南时报》买了过来！”

“嗯，这法子倒是可以一试。”

“那我——”

“去办吧……”

12

在那个大群绿头苍蝇游荡街头的正午，省立五中教国文的鲁先生第一次走进尚家大院，来为女儿买做嫁衣的绸缎。就在绸缎买罢和达志告辞的当儿，他瞥见了立在尚家大院里的那块石头，瞥见了石头上刻的▦图案。他的眼珠在大幅度的一轮之后急步走到石头面前，差不多是惊叫了一声："咦，奇了，这石头上刻的图案和我爷爷当初读的那套《资治通鉴》封面上印的图案一模一样！"

"是吗?!"达志不能不再次吃了一惊。他知道鲁先生原籍山东曲阜，二十多岁后方随经商的父亲来南阳定居，难道在很远的山东那边也有人刻印这种图案？

"这我记得很清，小时候每逢爷爷读《资治通鉴》时，我总在一旁翻看。"鲁先生边说边用手摸了摸图案的刻痕，似乎在同记忆做着校对，随即再一次肯定："一模一样！"

“那先生知道这图案的含义么?”达志想起自己平日的猜测,心中涌起一股要印证的急迫。

“我曾经问过我的爷爷,爷爷说他那套《资治通鉴》是老辈人传下来的,封面上何以要印这图案以及图案的寓意已经失传,如今每个人都可以有自己的体悟。爷爷说他的体悟是:图案的中间部分是指国家的有规有矩稳定有序之态,四周则是指国家的无规无矩动荡混乱之状。爷爷说图案上的那些竖线可能表示的是国家的内部情况,比如国人是不是讲仁义礼智信和纲常伦理,国民是不是有衣有食有屋;图案上的横线可能表示的是国家的外部景况,有没有由天而降的大灾大祸,有没有他国的入侵异族的来犯。不论是横线还是竖线出了问题,也就是说不论是外部还是内部有了毛病,都可能使国家从稳定有序滑到动荡混乱之中。爷爷说这个图案当初很可能是一个‘资治警示图’或‘国势预告图’,发明它的人意在告诉治理邦国的人或普通国民:国家的有序和无序两种状态随时可以转换。人们据此可以对未来国家的前途做出判断。”

“哦,是这样。如果照这种理解,那下一步我们国家的前途应该可以看明白?!”

“当然,”鲁先生点点头,“眼下,外部有日军不断扩大的侵略;内部有官吏的日益腐败和民众的穷困潦倒,我们这个国家自然要滑向动荡和混乱。”

“还会动荡和混乱?”达志一听这话有些惊了。

“恐怕是的,做好思想准备吧,尚老板……”

我的天哟,再乱下去我这工厂还怎么办?眼下这种景况我已经是很艰难了,倘若真如鲁先生所说——,恐也未必,他和他爷爷的理解就那样准确?再说,尚家先辈人立这块刻有图案的石头的目的,恐怕不会是为了“资治警示”和“国势预告”，一个纺绸织缎的人家，考虑的当多是与绸缎有关的问题……

鲁先生那天走罢许久，达志还定定地站在院中那块石头前苦思苦想，直到昌盛来喊他说送丝的来了他才回过神来。他在向丝房迈步时听到了一阵嗡嗡声，抬头才见是一群身个巨大的绿头苍蝇从空中掠过。他的皮肤因厌恶而骤然起了一层鸡皮疙瘩。他忽然想起这种大个苍蝇也俗称尸蝇，尸蝇？尸蝇的大量出现是不是在预告将会有尸……

他为自己的思绪流向这个方向吃了一惊，一股寒气霍然间蹿上了他的脊梁……

福胜街的北头右侧，多少年来一直是一个牲畜市场。达志至今还记得这市场在兴隆年月里的情景，每天的上午，上千的牛、马、骡、驴、猪、羊在这里上市，牲畜的高叫和着经纪人、卖主、买主间的讨价还价声直上云霄。每逢有生意做成，旁边的酒馆里还总要传出一阵“喝，喝了这杯！”的欢笑声。这些年随着日军侵华战火的蔓延和天灾人祸的频发，这市场已日渐凋敝。达志已很久未到这牲畜市场了，在那个阴沉沉的上午他所以匆匆向市场走去，是为了买一只小羊杀了给织工们改善生活，——这些天，为了给那位美国大使夫人的哥哥赶货，织工们加班加点一个个都很疲累，应该弄一点荤腥让大家尝尝。

达志在向这牲畜市场走时已估计到不会见到很多牲畜，但他万万没想到他看到的竟是那样一幅情景：整个市场上没有一只牛、马、骡、驴、猪、羊，有的却是几十个脖子里插了草标要卖的娃娃。娃娃中男娃女娃都有，一个个面黄肌瘦，年龄都在三至七岁之间。每个娃娃的后面都蹲着一个大人，或是当爹的或是做娘的，大人们多是衣衫褴褛目光呆滞以手抱头。达志被惊呆在那儿，一口气久久地憋在喉咙里。他平日虽听说过四周乡下因为饥荒有卖儿卖女的，却从未想到这南阳城里竟然真有个娃娃市场。

买主很少，大人们一见达志走近，都抬起了盈满希望的眼睛。达志在一个四五岁的女娃面前停了步子，女娃那懵懂稚气的两只眼睛让他一下子想起了当年的绫绫，想起了自己当初把绫绫卖给董家的情景。他缓缓地蹲下身子，把原来预备买羊的那笔钱全掏出放到了女娃身后的父亲手里，一句"把孩子拉回去吧"的话还未出口，旁边几个娃娃的爹娘就都争着过来说："买我的娃吧，我的娃没病！""买我的娃吧，我的娃听话！""买我的娃吧，我的娃不哭着闹人。"达志摇摇头，把身上带的一点钱全掏出来分塞到几个大人手里说："我不买娃，你们领回家吧。"几个当爹娘的感动得要跪下磕头，达志拦住他们，示意他们拉了孩子走。不想这时又有三个妇女大约是看达志心肠不错，抱了孩子含了泪过来说：俺们不要先生一分钱，俺们养活不起孩子了，只求先生把孩子收养下，让他讨个活命就行。说罢，把孩子往达志脚下一放，扭身就走。达志慌了，急喊："嗳，我咋能收养孩子？"那几个女的听喊，越发捂了脸急走，转眼间就拐过街角不见了踪影。三个娃娃这时也一齐哭了，有喊娘有叫妈的。达志慌得急跑到街角想追上那几个女人，可哪里有影儿？听着那几个娃儿哭得揪心，达志只好到街边的一个小饭铺里赊了三个杂面馍，过来递给了两个男娃一个女娃，三个小人儿显然早饿坏了肚子，抱住馍就啃，再不哭一声。达志愁苦地看着三个娃娃，只好拉了他们往家走，边走边在思谋着如何安置他们。也是巧，达志拉着三个娃娃走到福胜街南头，恰好碰见从福音学校出来的草绒。草绒见达志这模样，怔了怔，忙问咋着回事，达志就苦了脸把经过说了一遍。草绒听罢，叹一口气说："你们三口人过日月就够难的了，再添这三个娃娃咋办？也罢，让他们跟我回去吧，我反正也没啥事，又不缺吃的，养他们几年算了，权当是替主帮帮忙了。"边说边在胸前划了一个十字。达志心上很感动，看着草绒拉了三个孩子缓缓往前走，他禁不住照草绒的样子也在胸前划了个十字。主呵，我不知道你究竟住在哪里，可你应该能够看见，这人世上咋就变成了这样，反倒不让人住了？……

那天的晌午时分，达志又去饭铺里买了一篓子杂面馍，让昌盛和他一块抬到了卖娃娃的地方，给每一个娃娃和大人都分了两个。小昌盛显然是第一次看见这种卖娃娃的场面，吓得瞪大了眼问："爷爷，他们明天咋办？"

"不知道，孩子。"达志摸着孙子的头，"我们现在还没有力量救他们，待将来我们的织丝厂发达之后，我们就会有力量办一个收养院了。现在你该明白，爷爷平日督促你勤学苦做，既是为了让咱的祖业发达为尚家争来荣耀，也是为了有力量帮助更多的穷苦人家。唉，啥时候这世上人人都有吃有穿有住就好了……"

晚饭后，达志正一边算账一边忧虑着那些娃娃的命运，忽听院门被人很响地敲起来，他以为是雇的那些买丝的人回来了，忙去开门。门拉开才发现进来的是一男一女，男的提了个大包。达志一愣，问："你们是——"

"尚叔叔，我是承银，后边有人追我们，我得在你家里躲一会儿，如果后边的人追来，由她出面去应付。"承银指了一下和他同来的姑娘。达志知道承银的身份，不免有些着慌，但单单冲着云纬,他也要尽力帮助,忙喊来立世,把拎着包的承银领进了后屋。

“你咋着办?”达志转身急问姑娘。未料那姑娘倒很平静,笑笑说:“我没事,我就站在这当院里,你去拿两匹缎子,颜色要一红一紫的,用布包成一个包,我要买。”达志很有些不快:这个时候你还有心买绸缎?!不过既是她这样说了,也只好依她的话做。待达志包了绸缎出来,门就被嗵地撞开,进来了一伙拿枪的人。达志慌得还没有开腔,那姑娘倒冲着那伙拎枪的人中的一个大方亲切地叫道:“刘叔,你们也来买绸缎?”

“哦,不……当然……栗丽,刚才是谁跟你在一起?”那个拎枪的瘦子有些吞吐地问。

“是这位尚老板呐,我买了两匹粉色缎子,尚老板要顺路送送我,半路上我又觉着粉色不好,拉他又回来换成了一红一紫。我正要回去,刚好你们来了,刘叔,那就麻烦你帮我把缎子提上。”说着,从达志手上拿过包就放到了那位“刘叔”手上。“走吧,刘叔,时候可是不早了,俺爹俺娘肯定在记挂着我哩!”说着先迈步出了门,在门口又回头交待道:“尚老板,明日上午你派人去栗府找我取钱,我叫栗丽!”

看着那几个持枪的迟迟疑疑地随姑娘出了院门,达志才松了一口气,才想起栗温保有一个名叫栗丽的闺女。他一边奇怪着承银怎么会同栗温保的闺女搅在了一起;一边又惊异着栗丽的沉着应对。这姑娘倒也是个人物!

承银从达志的后屋出来那阵已是三更时分。承银提着他手上的布包在和达志告辞时深深弯腰鞠了一躬,说了些感谢掩护的话。达志被心中的那个疑问拱得没法保持沉默,因此带了几分担心地说:“栗温保一直在想法抓你,你和他的女儿在一起可能会有麻烦!"承银在黑暗中笑笑,达志看不见他脸上笑纹的模样但能感觉到他笑了。承银说:"她和她父亲有些不同,她对我的信仰抱有好感,她还同情和支持一切反抗日本军队的人,而我们有一批人恰恰是在破坏日军电话线路时负了重伤,因此我就来找她弄药品了。我们必须利用一切可以利用的关系。呶,这包里就是她给我们的药品。当然,我对她也抱有警惕,请尚叔放心。"承银说罢抬脚就走,走出几步后又再次返回低了声说:"根据我们的情报,日军可能在不久的将来要发动河南战役,其战役的企图和投入的兵力目前尚不清楚,但估计规模不会小了,请尚叔在精神上有个准备……"

承银的双脚像猫一样落地,满街的寂静没有受到片刻的惊动。达志在看着承银的身影被夜色消融时,脑子里已被"河南战役"四个字塞得满满登登。日本兵会不会再次进攻南阳?我的尚吉利织丝厂难道又要停产?是不是又要来一场灾难?……

13

栗温保是在城防演习刚刚结束，三颗绿色的信号弹还在空中摇曳生姿的时候看见女儿走进自己的指挥所的。他很有些意外，问："丽丽，你咋来了？"栗丽没有回答父亲的问话，只是往父亲眼前铺满地图的桌上一坐说："爹，我想问你一句话，有一对兄弟正为家产的分配不公吵架，忽然来了一伙抢劫的强盗，你说这时候兄弟俩是该继续吵下去还是该暂停争吵合力去赶强盗？"

栗温保笑微微盯住女儿那双纯净清澈的眼睛。每当他看见女儿这双眼睛的时候，不知怎地他都要忽然忆起草绒和大女儿枝子以及当年在卧龙岗西落霞村打兔子的那些日子。"当然应该暂停争吵。"他依旧笑微微地说。从栗丽很小的时候起，他就喜欢回答她提出的一些千奇百怪的问题。

"你敢肯定你的回答没错？"

“当然。”今天演习的顺利结束使栗温保心情很好，他愿意和女儿逗下去。

“那么，在日本兵又要大举进攻中原的情况下，你为何还要派兵去南召山里围剿也在抗日的蔡承银的游击队?”栗丽紧盯着父亲问。

栗温保脸上的笑容倏然而失。他没料到女儿的话里还埋着这样一个陷阱。“小孩子家，别管这些政治上的事!”

“你和他都是南阳人，都是中国人，说到底是一家人，为什么不能一同去打日本兵?”

“你懂什么?!”栗温保瞪了一眼女儿。

“我懂，我当然懂！我知道你们彼此都有自己党派的利益要捍卫，也因此你想把他消灭，他想把你吃掉，可你们想过没有，国家的危亡，国民的平安，人类文明的发展是比你们党派利益重要得多的东西?!”

“住口!”栗温保抬手拍了一下桌子，“我和蔡承银根本就不是一家人!”

“什么叫一家人?”栗丽两眼一眨不眨地盯住父亲，目光中充满挑衅意味。

“好了，丽丽，”栗温保显然不愿和女儿再争下去，声音和缓了下来，“回家去吧，回去告诉你妈，就说我今晚回去吃饭。”

“爹，答应我吧，别再去攻打蔡承银他们。”栗丽的声音也柔软起来，“你们在日本兵面前是一家人，怎么可能不是一家人呢?”

“他要想和我成一家人，就等下辈子吧!”栗温保尖利的笑声像腊月间屋檐下挂着的冰条一样。

栗丽直直地盯住父亲的脸，两排玉牙慢慢咬了起来，随后，便听她压低了声音说："不用等下一辈子了，爹爹，就在这辈子，我已经让他成了你的女婿！"

"什么?!"栗温保像突然被戳了一刀似的跳开了一步。

"他已经是你的女婿了！"

"你——?!"

"我本来并不想在这种场合说这件事，我告诉你的目的只是为了让你知道，你和他是一家人，一家人！"

"你这个死女子——！我打死你——！打死你！"他狂怒地拔出了腰里的手枪挥舞着。

"打吧，爹爹，你打吧！你不仅可以一枪打死你的女儿，还可以同时打死你的外孙或外孙女——我已经怀了他的孩子！"

"噢——！你这个——"他手中的枪啪地响了，子弹朝上直钻进指挥所的屋顶，震下了一缕黄色的土尘。几个卫士闻声冲进屋来，看见屋中仍是父女两个相对而立，一时不知发生了什么事情。这当儿，栗温保边把枪往地上重重一扔边歇斯底里地吼："滚，都给我滚——"

栗温保从狂怒中恢复了镇静是回到了家中之后，他在从隔壁传来的栗丽的哭声中慢腾腾地踱步。他的两眼不时地在墙角看见蔡承银那模糊的面影，杂种，你竟敢来糟蹋我的女儿！尽管他不时地把眼闭上一霎，但那想象中的可怕的场景却总在他眼前展开：蔡承银的那双手正在麻利地解着栗丽的衣扣……他不得不时时摇头把那场景赶走，不得不一次又一次压灭心底里复燃的火苗。这件事必须赶紧了结，不仅仅是因为栗丽的身孕拖下去会很麻烦，重要的是我的女儿和共产党来往的消息传到重庆会引来祸患！紫燕，你这个狗女人整天都在干些什么,竟然连一个女儿都看护不住!栗丽,当初我真不该送你去上学,给了你接触那杂种的机会!蔡承银,你从我的手下逃脱了一次又一次,但这一次决不会让你再逃走!他朝门后的副官招了一下手,压低了声音交待:给南召方面再增派一个营,命令他们配合伏牛山工作团务必尽早抓住蔡承银并彻底消灭他的游击队!

当副官的脚步声响出门外之后,他走进里间走近一直呆坐在床沿的紫燕身边。

"丽丽还在哭。"紫燕似乎是在提醒丈夫注意倾听女儿的哭声。

"让她哭吧,她多流点眼泪有好处,现在你去把那种药拿来!"

"药?啥药?"紫燕站了起来。

"那种药!还用我来提醒?"

"你是说打胎?天呐——"

"还不快去?!"

"可是,丽丽的身体很弱——"

"还要啰嗦?!"

紫燕只得起身出去,不大工夫之后拿了一个纸包进来。

"用开水冲好,就说是镇静睡觉的药,哄她喝了!"

"我——"

"你要连这件事都办不好,那就——"

紫燕默默起身拿过杯子,把药粉放了进去……

第二天的头遍鸡叫时分,寂静的栗府里再次响起了栗丽的哭声。紫燕听到哭声,慌得连鞋也没穿就朝女儿的房中跑去。栗温保坐起身,倾听着隔壁屋子的动静:

妈妈,这是怎么了?怎么了?……

……别怕，丽丽……别怕……

妈妈……那是什么？是什么？……

……没什么，孩子……你躺好……

……妈……那是不是……

……丽丽……一定是你昨天过于伤心……

栗温保舒了一口气，重新躺下去。蔡承银，你别做梦了，你休想攀我栗家，你的后代已经完了，你是想要儿子还是想要女儿？……

“才刚刚成形。”紫燕奓煞着双手走近床沿说。灯光下，那手上还依稀沾有血迹。

“唔。把那东西包好，埋远点，最好埋到城外，坑要挖深！”

“丽丽要亲自去。”

“可以答应她，但她必须应允一个条件：不能哭！你陪她去，不能坐家里的轿车，坐人力车，把车停远点，不能让车夫看明白你们要干什么。她回来后，再不许出门；同时，你要抓紧与我原先给你说的那个人联系，一个半月之后，把她嫁出门！”

“一个半月？”

“我不想再有丑闻！”

紫燕没有说话，隔壁栗丽的抽泣飘进来撕碎了室内的静寂。曙色一点点地增加，白色的窗纸上映出了最初的一缕红霞，那霞光渐渐加深，慢慢变成血一般的殷红……

14

云彩像决堤的水一样漫过来，把正在爬升的春阳和蓝湛湛的天一齐淹没净尽；风带了一点甜丝丝的雨腥气随后赶到，同云纬刚栽好的那些桑苗嬉戏——桑苗上那不多的叶片，被风逗出哗啦哗啦的笑声出来。云纬抬脸看了一下天，轻舒了一口气。这真是一个栽桑的好天气。树刚栽下就来场雨，要不了几天，这些桑苗就会把根须扎下土去。

在自家院门前的空地上栽桑树，是云纬那天在听了达志叹息蚕丝越来越难买到之后萌生的。门前的这片空地，差不多可以栽四五十棵桑树。靠这几十棵桑树养蚕收茧，得到的丝自然不会很多，但把这点丝送给达志，对他多少也是一个帮助。云纬每每看到达志被原料弄得愁容满面时，都满是心疼，她太想给他一点帮助了。而且云纬还想得更远，倘若自己把桑树栽好把蚕养好，让村人们看到干这个也能卖钱，大家就都会在自家的宅前屋后种起桑树来。到那时候,百里奚村就会变成一个大桑园大蚕场,尚吉利织丝厂就可以把这里作为一个小型原料基地了。

她把又一棵桑苗放进刚刚挖好的土坑,预备拥土埋根时,背后忽然响起一个低低的声音:“请问大娘,这里是一位姓盛的大妈的院子吗?”云纬扭脸见是一位十几岁的小姑娘站在背后,忙点了头说:“我就姓盛,你有事?”

小姑娘双眼慌慌地瞅了一下左右,这才又伸手去裤兜里摸出一个信封飞快地放到了云纬手上,压低了声音说:“栗小姐让送给你的!”

“栗小姐?”

“就是栗丽,栗司令的女儿。”

“哦?”云纬恍然记起了许久之前那个漂亮姑娘的突然造访。

“我走了。”小姑娘说罢,便慌不择路地向村外走去。

一种出了什么事的预感陡然揪住了云纬的心,她慌忙撕开信封,信纸上是两行无头无脑潦潦草草的字:“告诉他,他的孩子埋在白河南岸柳林南沿从东数第四棵与第五棵柳树之间。让他别来找我,切切。”

告诉他?谁?承银?只能是他了!

他的孩子?谁的孩子?承银的?可他——难道是承银和她——天呐——

孩子怎么了?出了啥子事?埋在——噢,我的孙子还是孙女?苦命的孩子!

承银,你该早给我说的,说了我就会想法去照顾她,或许就不会出这样的事了,她毕竟没有经验。为啥不早给我说呢?你和她——她的父母同意了?……不像,刚才送信的小姑娘为啥那样慌张？……

那天剩下的时间云纬没有再栽成一棵桑苗，她的心被这封短信弄得纷乱如麻。她很想立刻就见到承银——这么多年来，她还是第一次急迫地想见到这个长子。但她明白她只能在家中等待，她根本不知道他现在哪里。他每次出门，从来没有告诉过他的去处。

快回来吧，孩子，家中出事了！我当初真不该放你出去，要是你安安生生地在家里，你肯定早就成家了，说不定我也早抱上了孙子、孙女……如今一切都还是空的、空的……

承银看到栗丽那封短信已是在十四天之后。其时，他刚刚从一场围剿中逃出，衣履上还沾满了伏牛山的黄土和酸枣刺。母子俩的见面照例是在夜晚，照例是在百里奚村西那个松柏环绕的方家坟园里。漆黑的夜色把远远近近的坟头变成似有若无的黑影，承银就在这黑暗中从母亲手里接过了那封信。信笺展开时他用手指在上边细细摸了一遍，那轻柔的动作就像是当初触摸栗丽那细腻光滑的肌肤。承银至今还记得第一次和栗丽见面的情景，那是在他化名进南阳女师教书的首堂课上。那堂课他讲的题目是：中国传统哲学的立旨原则。他刚刚讲了中国传统哲学是建立在两个原则之上："治人"为本，"治物"为末的政治原则；道德为本，智慧为末的伦理原则。一个短发齐耳的女学生就昂首站起来说道：还应该补充一个原则，就是前人为本，后人为末的尊祖原则。中国社会从殷代起就形成了祖宗崇拜的传统，殷人相信人死可以成神，因此重视祭祖，祈求祖宗在冥冥中降福保佑，殷代的帝王每每以祖为称号。到了周代，祖宗神仍是崇祀对象，《尚书·金縢》就有记载。殷周以后，中国社会祭祖的传统从未中断。也因此，中国古代的思想家无不敬祖尊祖，尊祖主义，也就成了中国哲学的一个根本原则……承银当时被女学生的这番滔滔长论惊住，他没想到女师竟有如此善于思索和敢于表达的学生。也就是因为这个，他把这个女生的姣俏面孔连同她的名字"栗丽"一起，印在了脑子中。半个月后，当他从上级那里得到指示："主动接近栗温保之女栗丽"时，他半是惊诧半是欢喜。自此，他便以老师的身份开始了和栗丽的交往。最初的交往目的很明确，就是为了从她那里获取关于栗温保的各种消息，但不知从什么时候起，一股隐秘情愫从他心里长出了。尽管他清醒地意识到了必须抑制心中滋长的这种东西，可他最终没能掩饰住……

母亲一直沉默在身边的黑暗里，他不知道母亲看没看信的内容，他带了一点急迫和激动看警卫员去坟头上捕捉萤火虫。片刻后，四个萤火虫被警卫员轻轻攥到了手中，一丝光亮从一道指缝间露了出来，承银就在这点光亮下读完了信的全文。警卫员见他折上了信纸，便也把四个萤火虫分两次很小心地放走了，于是黑暗便再次展开在承银眼前。

……银哥，我知道你对我爹满怀戒备，也知道你最初接触我的目的只是为了从我这里打探我爹那方面的消息，更知道他一直想抓住你。

知道了就好。

可你们却都愿抗日。

这倒也是。

你们为什么就不能携起手来？譬如说让他发给你们好枪——你们的枪多么少呀！而你们可以多给他出点练兵布防的主意——你是这样的聪明。

不可能。

啥叫不可能？我偏要让它可能！就是为了这个“可能”，我今晚要做一件事情！

一件事情？

一件把你和他紧紧联系起来的事情！

联系起来？

我要让你变成他的女婿，让他成为你的岳父！我要让你们再也不能彼此仇视、动手！

你？

懂了吗？懂了就过来，还要我自己解衣服？

但是——

你别装模作样了，我平日看到过你的眼睛，你喜欢我，你常在我扭开脸时瞅我的胸脯，现在我让你看个够！

栗丽……

……它们好看吗？大不大？你的手在抖。你过去摸没摸过别的女人的奶子？……

……没……

……那就尽情摸吧，只是轻点……轻点……你和我爹虽然信仰不同……党派不同……但你们都是人……都是中国人……为什么就非要打个你死我活不可？……裤带不是那样解的……别急……从明天起……你太慌了……我的腰……慢点……哟——

……丽……我喜欢死你了……喜欢死了……

……慢点……我疼……我疼……

……丽……给我……生个孩子……

……我……会的……会的……有了孩子……向你叫爹……向他叫姥爷……我看你们两下里……还怎忍心打下去……

“承银，走吧，你们走吧，天快该亮了！”一直沉默在黑暗中的云纬此时开了腔。这声音在延续的静寂中显得有些突兀，把呆站在那儿回忆往事的承银惊得身子一晃。

“走吧，孩子。”

“妈，你回村去，我想去看看！”

“看啥？去哪儿？”云纬的声音里满是惊慌。

“去……看看……孩子……”

“可是——”云纬没再说下去，她理解儿子的心情。她只是静听着儿子的脚步在坟头之间响动，并最终消失在接替夜色的晨雾中……

那天的黎明时分，白河南岸早起的农人们发现，在柳林的南沿跪着一个男人，头低垂着地，双手深深抠进土里。农人们并没有惊奇，这年头什么样的怪事都能出……

15

又一批新织的绸缎送进染房的那天上午,立世把儿子昌盛叫进了染房屋里。小昌盛以为爹要他帮忙,刚在染锅前站好,不想立世就已经嗵一声把门插死了。昌盛一愣,以为自己做错了什么惹爹生气,忙带了小心说:“爹,我这些天一直在照看动力机,机子没出毛病!”立世摇摇头,沉了声说:“爹今天叫你来,是为了把配染料的法子传给你!按咱尚家先辈的规矩,这法子只传长子,且要在长子十六岁时再传。你今年岁数虽还不够,可已经懂事,这兵荒马乱的年月,我想还是早传给你好!”昌盛忽闪着眼睛把头点点。

立世小心地从衣袋里掏出一片纸来,指着上边的字说:“这是染印各种花色时颜料的配方比例,你必须把这些数字记死在脑里。”昌盛闻言刚要伸手去接,不防爹又把手缩了回去:“这张纸在你手上只能停留五天,五天后我就要收回来烧毁,你要在五天之内把这些数字牢记在心里。我们尚家历代人都是这样做的,只有这样才能保证不使任何外人得知我们的配方！我们不在世上留任何关于配方的文字记录,这些是我为了传你才临时写在纸上的!”

“哦?”小昌盛的双眸里满是惊奇。

“这纸上还有一点我没有写出,这就是每一锅染料配完之后,要滴一滴血在锅里!”

“一滴血?”

“对。比如我们今天要染的是杏黄颜色,按二、一、三、五的配方配好颜料之后,就用小刀把手指——不论哪个手指都行——割破一个小口,挤出一滴血在染料锅里。就这样割,这样挤!”立世边说边做了个示范,把一滴殷红的血滴进了染料锅里。

“为啥要滴血?”

“这是老辈子传下来的规矩。听你爷爷说,当年咱家的绸缎无论怎样染,在鲜亮度上都赶不上苏杭的绸缎。有一天,一位祖爷正伏在浸满绸缎的染缸上发愁,忽闻一股异香飘进屋里而且听见屋顶啪的一响,那位祖爷抬头看时,只见一股白烟在屋顶弥漫。白烟中现出一个鲜衣亮带发髻高挽的仙女,那仙女取下头上的银簪径向那位祖爷扎来,祖爷躲闪不及被银簪扎伤了手指流一滴血出来,那滴血恰好滴进了染缸里。未料当天那缸绸缎染出后竟鲜亮异常,使所有看见的人都啧啧称奇。也就是从此开始,咱们家染绸时兴起了滴血的规矩。”

“噢?!”

“当然,在手指上割口滴血时,要先把手上沾的颜料洗净,别让颜料渗进刀口里去。也不必怕这样做会伤身子,一滴血对于人算不了啥!"

"我懂。"

"知道了这些配方和滴血法之后,要时时记住不能说漏了嘴让别人知道。多少人包括洋人都想弄明白咱们的配方比例。日后除了你儿子之外,不管是谁向你问起,即使这个人是你的妻子、女儿,是你的岳父、岳母,都不能说!明白?"

"俺明白!"

"还有一条,今后一旦我和你爷爷不在人世,你独自配染料时,每次一定要先插上门,要检查屋里有没有外人藏匿,要时时提防别人的眼睛!"

"俺知道!"

"只要把染料配好,具体染时可以让雇工们干,明白?"

"嗯。"

"现在你站在旁边,看我再给你做一次——"

咚咚!敲门声把立世的话音打断,他急忙示意昌盛把那张纸装进贴身衣袋,这才去拉闩开门,原来是父亲。

"咋了?让昌盛在这儿干啥?"达志有些意外地问。

立世示意儿子出去,待昌盛出门之后才答:"我把配方传给了他。"

"哦?为啥不先同我商量?他还不到十六岁!"

"爹,你听到街上流传的消息没?日本人要打'河南战役'了,万一他们再打到南阳,万一我有个三长两短,这尚家就靠他了!"

达志有些惊疑地望着儿子,半晌才说:"即使老天爷要尚家再死一个,也该是我,怎会是你?!"

"爹,你一定要活下去!我嘛——"

"你怎么——?"达志的眉毛惊得要飞。

立世笑了一下:“日本人一来啥事都可能发生,我只是心里想做个准备。”

“你甭给我说这种不吉利的话!”达志狠狠瞪了一眼儿子……

日军将发动“河南战役”的消息开始像暮色中的蝙蝠一样在南阳城的街巷间盘旋翻飞,市民们的心便如绑在秋千上一样忽高忽低起来。街市上有了逃难的最初迹象,不少人开始抢购吃的东西。这情况使尚达志想起承银当初的警告,不得不再次忍痛决定停止生产,以便把织机先埋藏起来。

最后一部织机停止运转是在一个半后晌。满院子的轰轰响声突然消失所带来的那种寂静竟然也会对人的耳膜产生压迫,达志双手捂耳抱头蹲在院里,许久许久一动不动。

这一停又该是多少时间？几个月？一年？尚吉利织丝厂为啥就脱不了这种折腾？啥时候俺才能安安心心织绸织缎？……

因为有了上次的教训,达志决定不把机器埋在自家院中而埋到城外去。但埋在城外的啥地方最安全？随便找一块僻静的野地？那挖出的土势必要引起人们的注意。达志最后想到了云纬的那所院子,那倒是一个好地方,既在城外又在村边,且有院墙遮挡,挖土时也好有个遮掩。

达志在一个傍晚去找云纬说了这个想法,云纬自然同意。于是说干就干,达志找来了几个亲戚朋友,连夜开始秘密地挖洞。

机器后来是用五个晚上悄悄拉出城放进洞的。一切安排妥当的那个晚上,达志坐在云纬床前默望着院中那个伪装好了的地洞,想着平日轰响着的织机如今死尸一般寂无声息地被埋在土里，两个眼角就溢出了两滴泪。云纬看见，走过来低声劝慰："想开点，也许要不了多少日子，就会把日本人赶走，那个时候再织吧……"边说边撩起衣襟替他擦泪。未料云纬越劝，达志越是伤心地想起这些年的遭遇，哽咽得越发厉害起来。经历了很多磨难的云纬，仍是听不得男人的哭声。达志几声抽噎一起，云纬的心竟像被揉碎了一样，遂把达志的头紧紧抱在怀里。

不知过了多久，村中忽有锣鼓声传来。已慢慢平静下来的达志哑了声问："这时谁还有闲心敲锣打鼓？""八成是卓先生领的演剧队又来演抗日戏，这些天，他们一直在周围的村子中演，有时演《血战大上海》，有时演《卢沟桥》，有时演——"

"卓先生？哪个卓先生？"

"就是你的邻居卓远校长，要不要去看看？"

"哦？"达志这才想起，因为忙厂里的事，已有好些日子不见卓远哥了。其间，只听说栗温保派人邀请他出来当南阳专员公署的书记长，他不干，没想到如今竟领起剧团演戏了！

戏场就设在村中的一片空场上。不大的舞台被几个松明火把照得雪亮，舞台上方的红联上写着：南阳五中、南阳女师、平津同学会抗日演剧队。台下站着黑鸦鸦一片村民。达志和云纬走进场时，舞台上正有一个姑娘在唱：

擀面杖，两头尖，
打成饼饼圆又圆。
有葱花，有油盐，
又是香来又是咸。
哥哥杀敌上前方，
把这饼儿带身边。
饿了请你吃个饱，

杀敌不怕胳膊酸。
何时打垮日本鬼，
回家咱们再团圆……

达志在舞台一侧，看到了正伏在一盏油灯下写着歌词的卓远，灯光把卓远头上的白发照得根根毕现。卓远写得聚精会神，脸上的皱纹正随着笔的移动时聚时散，并没注意到达志和云纬就站在身边，直到他大约写完了一首歌词抬起脸来，才惊喜地叫：“你们——”

“卓远哥，有啥事儿要我帮忙么？反正厂子已经关闭，我如今也是个闲人了——”

“嗨，”卓远叹口气，“偌大的中国，既放不下一张书桌也放不下一台织机了。你既是闲着，刚好几所中学近日发起了一个为前线将士募捐寒衣的运动，你就去这个募捐委员会吧。”

“那我就先捐买三千套棉衣的钱，三千套够不够一个师的军人穿？”达志的脸上陡然现出了亢奋的光。

“量力而行吧，你还要留点钱以便以后恢复生产哩。”卓远感动地拍了拍达志的肩。

“不，三千套！”达志几乎是发誓似的喊……

16

郑州、洛阳、许昌沦陷的消息抵达南阳是在一个没有晚霞的黄昏。载着沦陷消息的《宛南时报》在渐浓的暮色里被人们默默传递。市民们不约而同都拥到了街上，彼此没有话语，只有眼睛在交流着心中的惊惶和忧虑。往日乱叫的狗们也很知趣，都敛了声屏了息卧在墙角里。

栗温保得到消息自然要早。这几天，他一直站在地图前看参谋们把日军进攻的蓝色箭头画得越来越近。传说已久的河南战役到底开始了，而且日军的前进速度是如此惊人，他们的下一批目标是哪些？漯河、襄县、叶县、鲁山？再下一批呢？无疑是方城、南阳了。看来，又要打一仗了！一旦打起来，结果会是怎样？守住南阳？恐怕未必吧，那么多设防坚固的大城都丢了，南阳就会固若金汤？很可能是再次兵败而走了。若是不打呢？不打倒是很容易，日军秘密派来劝降的使者就住在一旁的偏院里，他们给的条件倒也优厚，城陷后自己做豫鄂边防司令和南阳复兴委员会的委员长。这倒不能说不是一条路，河北省主席庞炳勋和新五军军长孙殿英不都是走的这条路？可真敢答应吗？谁敢保证将来的战局不发生变化？万一中国军队再把日本人打败怎么办？那时候自己岂不要被当作汉奸惩治了？不要落一世的骂名？而且很可能会被人们像对待秦桧那样塑一尊跪像让人唾骂。中国人很少饶恕过卖国者，投降不就是卖国？！若干年以后，说不定人们会指着我的儿孙说：这就是卖国贼栗温保的后代！后人中也许会有人愤而大骂：我们的爷爷为什么是这样一个混蛋？！有的人尤其是女儿和孙女们，也许会因羞愤而自杀。不，不能投降！那就坚守下去？与南阳古城共存亡？那倒是会落一个英雄的名声。可把如此安逸舒服的生活扔了不也太可惜？！一个空空的英雄名声就换走了我千辛万苦得来的一切？不！这时局的发展会不会也有另一种可能：日本人彻底战胜中国？这种可能并不是就不存在，日本人从东北打到华北，从华北打到中原，从中原打到华南，也许他们真能打到四川打到西南，把全中国完全变成他们的。要真是这样，投降不就是棋高一着了？！罢罢罢，就和日本军派来的密使谈一谈，既不答应什么也不完全把这条路堵了，咱们骑驴看唱本，走着说着……

栗温保在那个没有晚霞的黄昏完全被黑夜代替之后，对副官说：“我可以去见见日方派来的那位涂先生，但要严密封锁消息。”副官于是领着他向偏院走去。

涂先生是一个谢了顶的五十来岁的中国男人，栗温保同他握手时看到他的嘴唇又大又薄，便明白此人能言善辩是一个经常充当说客的角色。栗温保心上猜测着日本人让他来劝降一定也给了他什么，是钱是屋是女人还是官职？世上男人们图的也不外乎这几样东西。他故意不主动同姓涂的谈论时局谈论守城谈论日军的进攻，只问他吃好睡好没有身体如何是不是第一次到南阳，只同他扯些南阳城的出产、历史和名人，想看看他怎样说到正题。那位姓涂的果然急于谈他此行的任务，待栗温保的话刚一停顿就单刀直入地问："我让你的副官向你转达的条件你觉得怎样？你让我在这小院里秘不见人地住了三天，看来是主意还没有拿定？是不是对皇军的最终胜利还有怀疑？"

栗温保笑了一笑，开始在心中琢磨用什么样的词句回答才不至于让对方完全失望，不至于得罪对方。正在这时，院子中突然响起了噔噔的脚步声，随即是哨兵的劝止："你不能进去！"栗温保闻声一阵紧张：什么人闯进了这个院子？他曾严令不许任何人走进这个小院，一旦他和日方密使会面的消息传出去可不是一桩小事！"我找我爹有急事！"一个女人的声音扑到屋里。

原来是栗丽。栗温保稍稍松了一口气。"栗丽，回你的屋去，我正有事！"他朝院中喊了一句，他也不希望女儿看到这个场面。但是晚了，栗丽已经哐啷一声推开了门。

栗丽在屋里站定之后并没有去看父亲，而是直盯着坐在黑漆靠椅上的涂先生，箭一样的目光如同要把姓涂的钉在那里。栗丽原本红润的脸这些天因为抗婚因为过半幽禁的生活而显得有些苍白——她因坚决不嫁父母应允的那个人而被父亲勒令不准出府门。

"你来这里干啥？快出去！"栗温保不高兴地朝女儿挥手。

"我听说家里来了一个客人，特来看看！再说你当初只是不准我出府门，并没有不准我进这个小院！"栗丽转身朝父亲冷冷扔了一句。

“看来这位就是令嫒了，我姓涂。”涂先生微笑着起身朝栗丽点头。

“是从日本人那里来的？”栗丽脸上在笑眼却在眯着。

“既然你已经知道了，我也就不再相瞒，我是酒井师团长的朋友。”

“如果你把我父亲劝降了，日本人答应给你什么官职？”

“这——”姓涂的脸上满是尴尬。

“栗丽，回你的屋去！”栗温保面露愠色。

“回去干啥？”栗丽回瞪了父亲一眼，“我还是第一次看见汉奸呢，让我好好看看汉奸的嘴脸！”

“你……敢骂……我？！”姓涂的脸涨红了。

“栗丽，给我滚出去！”栗温保鬓上的青筋开始跳了。

“我骂你？你他妈的当汉奸还不算，还想让姑奶奶也当汉奸的女儿，我当然要骂你！”

“栗温保——你应该知道你纵容女儿的后果！应该知道酒井师团长的厉害！”姓涂的冷然转对栗温保说。

“栗丽——”栗温保真有些慌了。

“后果？我倒要让你先知道后果！”栗丽咬牙说完这句，突然嗖一下从衣袋里摸出了一把勃朗宁手枪，猛地指住了姓涂的。

“不能胡来——！”栗温保见状惊骇之极地喊了一句。但是晚了，他的喊声还未落地，枪声响了，姓涂的应声倒地，不过并没死，他只是捂着腹部喊叫：“妈呀——”

栗温保被惊呆在那里。听见枪响冲进来的副官和哨兵们也吓愣在那儿。

“不要害怕，爹！”栗丽这时平静地转对父亲，“我只是因为不想当汉奸的女儿对他发了点怒气，并没有打算将他打死，切断你投降的路。你这会儿只需把我打死，把他送到医院救治，你们的投降谈判仍可以进行下去，来，枪给你！”栗丽边说边把枪放桌上朝父亲刷一下推过去。“朝这儿打！”她指了一下自己的胸口。

原本捂腹呻吟的姓涂的，这会儿看见栗温保拿起枪指向了女儿，塞了痛楚的眼中重又充满了希望，忍住痛说：“我会对酒井师团长说明真相，这并不是你的过错，我保证——”

“乓！”子弹又一次痛快地奔出了枪膛，不过应声倒下去的不是栗丽而是姓涂的，这一次他彻底阖上了嘴巴，只有双眼还含有惊诧。

“爹——”在短短的一瞬静默之后，栗丽张臂朝父亲扑去，“我知道你会这样做的，你会的！”她把脸深深地埋进父亲的怀里，“我坚信你不会去当一个汉奸而让国人唾骂，不会把耻辱留给你的子女！你不会的！……”

枪从栗温保的手中掉了下去，他轻轻叹了口气，任凭女儿摇晃他的身体。

“爹，你不知道我有多么高兴！从今往后，我会爱你的，我会听你的话的！我知道你其实是一个好父亲！我现在决定遵从你的安排，去和你选定的那个人结婚，尽管我并不爱他，可我要做一个听话的女儿……”

第二天的《宛南时报》头版上，刊载了一条大字消息：栗将军击毙前来劝降之汉奸，决心和日军血战到底……

消息是栗丽亲笔写好亲自送往报馆的……

17

疏散全城居民的命令是在日军占领城东北的赊旗镇之后发出的，那是一个在细雨里即将靠近黄昏的下午。有过一次陷城经历的市民们哪敢耽搁，立刻背上预先打点好的包袱开始在淅沥的雨声中出城向西逃去。

达志一家和雅娴、绫绫、月儿一起出城往西走，在十二里岗和一直等候在那里的云纬会在了一处。立世和绫绫背着三家人的衣被和吃食，其余的都空手或打纸伞或披蓑衣杂在逃难的人流里。这是一支看不见头尾不停蠕动的队伍，队伍里的哭喊声和催促声此伏彼起。达志透过伞沿的雨滴望着在泥泞中惊慌挪动脚步的人们，忽然想起过去在夏季的雨后看见蚁窝被淹后蚂蚁们奔逃的队伍，它们也是排成长队惊慌出逃的。天呵，这种逃难的情景什么时候才能不再发生？……

达志一行人是半夜时分逃进伏牛山的一个小山村的。他们决定先在这里停下脚歇歇，尔后根据情况再决定是否进深山沟里躲避。

达志毕竟上了岁数，长途的步行累得他在借宿的山民的草棚里睡得很熟。他第二天早上是被一种持续的磨刀声惊醒的。他走出草棚时看见立世正在一块磨刀石上磨一把镰刀，他认出镰刀是他们家平日砍削桑树枝叶的那一把，而且霍然记起这些日子立世总是得空就磨这把镰刀，有时还拿着镰刀在院子里乱抡，偶尔还会嗖地把镰刀朝后院的一棵树桩扔去，让镰刀利索地把树桩削去一段。也许立世这是为了防身，这年头有一个防身的东西也确实必需。达志在这个早上看见立世手中锋利的镰刀时并没想别的。

第三天后晌传来消息，南阳城已经全部陷落。尽管这已是意料中的事，可人们听说后还是被惊住。所有在这个小山村落脚的逃难的人们都沉在一片静默里，只有立世又拿起了他那把镰刀，走到房东的磨刀石前霍霍地磨了起来。西坠的没有了暖意的春阳，只看了一眼那被磨得锃亮的镰刀刃，就在磨石的啸叫声中吓得最后滚进了山里。

这天晚饭时，在山村里避难的人们突然听到一阵惨厉的狗叫，人们先是吃了一惊，以为日本兵真的已经来了；后来才弄清，原来是立世在杀一条狗。他用他磨得十分锋利的那把镰刀，硬把一条半人高的狗砍得七零八碎，弄得满身满脸都是血迹。狗的主人——一户山民见立世把狗砍得这般模样，不高兴地问他是咋着回事，立世当时一边喘息一边慢吞吞地说了一句：我想试试这把镰刀。那山民被弄得目瞪口呆：天底下竟有这样的人，为了试刀就把我的狗杀了？……

日本兵开始出南阳城西犯的消息，在第五天早上被外出打探情况的年轻人们带进了山村。逃难的人们立刻决定向深山里转移。立世就是在这天傍晚大伙转移到一条名叫酸枸沟之后突然失踪的。他的失踪引起了雅娴、云纬和绫绫的惊慌。达志在最初的那阵慌乱过后，想起了立世这几天对那把镰刀的打磨，想起了立世早些天对昌盛说的他可能会死的话，他觉得他猜到了儿子的行踪，一股深深的担忧也随之朝他的心底钻去。

立世是在五天后的一个霞光灿烂的清晨出现在酸枸沟的。最先看到他的一个逃难姑娘吓得尖叫了一声“妈呀”便往人群里钻。满身是血的立世那刻一手搀着一个年轻女人一手拎着一个柳条编的小篮，面孔阴郁地站在酸枸沟的沟口，那把带血的镰刀就插在他的腰里。人们惊异地认出，立世搀回的那个胸口洇血的女人，是早先在尚家帮过工的尤芽。其时，鲜艳的霞光把立世沾血的身子映得通红一片。

“你上哪儿去了，哥哥？”绫绫跑过来追问。立世没有回答，只是用目光示意妹妹把软在他身子一侧的尤芽搀走，他自己则手提着那柳条篮阴沉着面孔径向沟边的一棵杉树走去。那篮里沉甸甸分明盛着东西，但上边盖着的树叶遮断了人们探究的目光，人们只在篮底发现了一些晶莹的血珠。

立世把那个柳条篮挂在了杉树最高的树枝上。

达志一直默默地注视着儿子，他一开始就知道儿子是去找了日本人，但他猜不出那柳条篮里究竟装了什么，也不明白他怎么会把尤芽又带了来。他没有问，他想他能够慢慢看明白。

立世在山溪里洗净了身上的血迹之后，云纬和绫绫给他拿来了干粮。他显然饿极了，大口吞吃着，但吃完后他只望了一眼树杈上的那个柳条篮，就突然呕开了，哇哇地把吃下去的东西又都吐了出来。

那天的正午时分,有几只秃鹫开始围着那棵杉树盘旋。人们一开始并没理解秃鹫盘旋的目的,直到它们向挂在树杈上的那个柳条篮俯冲时才明白那篮里有它们喜欢的吃食。后来有三只秃鹫从那柳条篮里各叼出一坨东西飞走。好奇心特重的单身汉老七爬上邻近的一棵杉树观察,当第三只秃鹫叼起吃食飞走时,老七在树上惊叫了一声:天呐!老七从树上滑下之后开始压低声音宣布他的发现:原来是和睾丸连在一起的男人的那个东西!……

达志叹了一口气,扭脸去看立世时,立世正呼呼大睡……

容容,我报了仇了!

我当初在你的坟前发过誓,我兑现誓言的时候总算到了。

我是一个人潜回南阳城边的。我只拿了一把锋利的镰刀。过去,我用这把镰刀割过后院里墙根处的草,删削过桑树的枝叶;今天,我要用它削掉日本兵的那个东西!这些杂种不配拥有繁殖后代的器具!

我藏在城边的庄稼地里,我知道我只能对付单个的日本兵,我必须等待时机。

当第一个目标向我靠近时,你不知道我的心跳有多么急,我握镰刀的手抖得有多么厉害!那是一个白胖的日本兵,臂下挟着一个青年女子,我不知道那女子为何没有逃走而落在了日本人手里。女子边被拖拉着走边哭叫着。日本兵显然也想找一个僻静的地方再动手,挟着她径向我藏身的庄稼地里走来。那杂种在离我有一百来步的地方放下了女子,随后他从他的枪上卸下了刺刀,他拿着刺刀在那女子的脸上比划了一下,女子的哭叫便戛然而止。接下来他扔下刺刀去脱那女子和他自己的衣裤。我就在这当儿顺着垄沟悄悄地向他爬去。那杂种太专注了,直到我爬得离他三步远时他还毫无知觉。我是一下子跃起朝他的头上砍的,不知道是他的头不经砍还是我把镰刀磨得太锋利了,整个镰刀全部砍进了他的头里,他连哼叫一声也没来得及便倒了下去。我先把那女子的衣服扔给她,随后动手去割他的那个东西。耀武扬威的日本兵的那个东西原来并不经割,我用镰刀尖轻轻一旋它就像被剜出的红薯一样滚了下来。那真是一个令人恶心的和野兽们的那东西一样丑陋的物件,我差不多已经没有了带走它的心情,但后来我想这是它们作恶的证据,我应该收集起来让老天爷看看!……

我的第二个目标是在葛庄的村头。这个日本兵正把一位拼力反抗的妇女绑在树上,尔后用刺刀去割烂她的衣服。当他把那妇女的短裤挑开尔后去脱自己裤子时,我的镰刀划一个弧形朝他的头顶飞去,他也是没吭一声就倒在了地上。不过他并没有立刻闭眼,我是在他还睁着眼的情况下割下了他的那个东西,我想让他死前再尝一尝那个东西被割走的滋味,好让他记住下辈子再托生成男人时别做同样的事……

接下来我碰见的是一个戴眼镜挂战刀的军官。他刚在一个地洞里发现了一对夫妻,他把那对夫妻赶出洞口后一刀砍掉了那位丈夫的头,尔后去撕那女人的衣服。女人边死命地挣扎边哭喊:不!不——!不——!那军官把女人的衣服扒下后才发现她是一个肚子已隆起的孕妇,他显然不满意,竟一下子用战刀削去了那女人的两个乳头,就在他拣起那两个血红的乳头微笑着欣赏时,我的镰刀飞向了他的头顶。那是一个精明的杂种,他可能也在提防着身后,他一听到我挥动镰刀所带起的风声就飞快地闪跳了一步,这使得我的镰刀落了空。他随即举刀向我劈来,幸亏我闪得快,只让他砍伤了我的胳膊，我胳膊上的血开始往外涌，但我不敢停下，我依旧挥臂用镰刀同他搏斗，我胳膊上的血也随即四下里飞溅，谢天谢地，正是这些飞溅的血帮了我的大忙，——有几滴正好溅落到了他的眼镜片上，这使他在一瞬间失去了视力，我就在这一瞬间把镰刀砍到了他的头顶上，我听到了头骨被砍开的声响……在我把那杂种的器具利索地割下之后，那孕妇已捂着淌血的乳房晕倒在了那儿。我把她的衣服给她披上，用布带把她的胸部缠上，弯腰要去抱她走时我才认出，原来她是曾在咱家做过工的一个名叫尤芽的女人……

我把那三坨东西放进一个柳条小篮，挂在了一棵高高的树上。我想让上天看个明白，想让老天爷知道他造出了多少不该造出的坏种……

容容，你不是在流眼泪吧？你的肩膀在抖，你一定哭了。别哭了，你多少笑一下，这样我的心会好受些。要不了多久，你也会听到日本人的哭声，听到他们的妈妈和妻子、姐妹的哭声，我要让他们用眼泪抵偿你流出的泪水。过来，让我替你把眼泪擦去。对，就这样，不哭！只是侧了耳去听他们的哭声。听见了吧？是他们在哭，那是他们的哭声！不是？那是谁的？天上的？不，是的，是他们的！他们的……

立世醒来已是第二天的午后……

18

卓远是在阵地上分发完鼓励战斗士气的《宛南时报》特刊，预备和他的几个学生一起撤出城时听见那声炮响的。那声沉闷的震得大地一晃的爆炸响过之后，无数的纸片在火光中像鸟一样在空中飞舞。“是书库！”几个同学看到那情景后几乎同时惊呼。

卓远的心咯噔一下。“书库”就是如今省立五中的图书馆也是过去的宛南书院的藏书楼。那是南阳也是整个豫西南藏书最多的地方。作为南阳书院的督学和省立五中的校长，他知道那里边藏有多少珍本、孤本、善本书籍。尤其是那部一八六七年由同治皇帝批准颁赐南阳珍藏的《道藏经》，是已绝版的明代正统、万历年间的原版印刷典籍，全中国仅有三部，是稀世之宝。这部书是道教的一部大型丛书，全书共计五百一十二函，五千四百八十五卷，十二万五千五百面。其内容除道教的伦理道德、教义解说、代表人物、重要著述而外，还囊括了大量的文化科学知识，从哲学、宗教、文化、艺术、历史、地理到天文、体育、医药、生物、化工等。书中涉及到许多历史人物的社会实践、著作活动、言论观点、轶闻逸事。从道家的经、咒、符、录，到诸子的著述事迹等，都有收录，具有很高的资料价值和学术研究价值。这些书原本是想运走的，因为十几万册书籍的搬运不是一桩小事，也因为书库在上次城陷后躲过了灾难，加上大家认为日本人不会抢这些他们看不懂的中文书籍，所以这次就依然没有再动，只是加固了门窗加上了大锁。人们当时都没有料到炮弹会准确地炸着书库，没去想炮弹的爆炸会引起大火。卓远在短暂的惊愣之后扭身向书库跑去，他的几个学生紧紧跟在身后。

刚才那发威力巨大的炮弹是从书库的前坡钻进去炸的，库顶几乎全被炸飞，书本和书柜的碎片炸得满地都是，库顶和库内有几股火苗正像蝴蝶一样在书页上和房坡上飞动。“快灭火！”卓远喊了一句便去抓水桶。好在几股火苗还没有长壮，经几个人的拼命扑打和泼水后相继熄灭。

枪炮声这时越加激烈，卓远和他的学生们就在这尖利的枪炮声中望着已暴露在星光下的图书。怎么办？它们现在已失去了屋顶的保护，如果任其这样别说日本兵有意放火，就是有炮弹再落进来也会造成燃烧。重新把屋顶搭好？不可能！即使有材料有时间搭好，可谁能保证不会再飞来一颗炸弹？剩下的办法只能是搬走，可往哪里搬安全？哪有那么多人来搬？

“你们怎么还不出城？”几个骑马的军人此时走过他们身边，其中一位哑了声叫：“快走，部队马上就要撤退！”

卓远绝望地闭上了眼睛：一旦弃城撤退，这些书十有八九要化为灰烬,数百年的文化积累难道就眼睁睁看着它们消失净尽?能不能请军队帮帮忙?战事如此激烈,他们会来帮忙搬书?不是说要撤退吗?部队撤退时能不能捎一部分出城?把最重要的书比如《道藏经》捎带出去,保住图书中的精华不是也行?……

卓远带着他的几个学生来到附近的一个团指挥所时,麻脸的团长正对着电话向他的部队下达交替掩护撤退的命令。他刚一听罢卓远说明来意就冷笑了起来:我人都顾不过来了还顾得了你的书?!卓远知道这是他现在惟一可求的人了,他必须说动他伸手帮助。他几乎没有犹豫,便扑嗵一声朝那位团长跪了下去,颤了声说:"这是南阳人多少代先祖积存下来的文化典籍,保存住它们对哺育后世子孙有益,后人们会记住你保护文明的功德……"随来的几位学生也都照着卓远的样子跪了下去。麻脸团长显然没料到这个场面,怔了一霎,随后他一边扶卓远站起一边喑了声说:你们和我的警卫排的人快去把最重要的书本都抱到学校门前的五龙街口,然后我命令我的部队后撤路过街口时每个人顺手带上几本书;我连伤员在内只剩下了一千多人,至多能给你带一万来本……

那是一场紧急的对书的挑选,好在卓远平时对藏书楼的藏书情况了解得比较清楚。他在书架前边走边指点着哪些书该带走,一见他指着哪本书说"要",后边的人便急忙抱走。这种挑选一直进行到后卫部队也将要撤走的时候。卓远和他的几个学生最后是随着麻脸团长的指挥所一起撤出城的。

时辰已是接近黎明了,那支每个人都抱着几本书的队伍在星光下快速地蠕动在城西的岗坡上。白色的书本使这支西撤的队伍显出清晰的轮廓。卓远望着这支队伍的双眼渐渐被泪水蒙住。上帝,你该看见这个场面,你该看清这些人手里都抱着什么!你不是希望人类过文明的生活吗?那你就该行使你的力量,让这些爱护文明的人们取得胜利……

19

当日军将南阳城的第二道防线在城东关撕开一个口子，企图攻进内城时，栗温保随着增援的预备队之后也到达了这个战斗最激烈的地方，亲自指挥部队又把日军逼了出去，使防线重又恢复了完整。

尽管他已打了半辈子仗，见过了无数的死亡场面，但此刻呈现在他面前的暂时静寂的战场还是让他打了个哆嗦。敌我双方的尸体像夏季丰产的麦田里的麦捆子一样，横七竖八地摆了满地，使得人抬脚后必须寻找落脚的地方。原本干燥的地上，此刻脚踩上去有一种粘滑的感觉，栗温保知道那是血——血已经像雨一样把这块地方洇湿了一层。一个断了胳膊的营长看见他，踉跄着跑过来嘶声喊：司令，我的营只剩下了三个人，求你再给我一个营，我要和他们拼下去！我日他们日本兵的亲奶奶，我不信拼不过他们！栗温保没有说话，只是无言地握了握他的手，低声说：你先下去歇歇，这里有预备队顶着……

究竟还打不打？照此打法，我的部队还够打多长时间？把部队打光了咋办？日本人不占领这座城市能够罢手？他们倘是一直攻下去，我的部队能够顶住？可是不打行吗？你敢擅自撤退？真要擅令撤退，战后上峰势必要追究，到那时再走肖四的老路，让绑缚刑场枪决？如果那样，可真要遗臭万年了！那么就打下去？打，只有打了！打下去的最坏结果，无非是当个光棍司令，可光棍司令是英雄！只要当了英雄，上峰不可能不给我补充兵员，到那时，我还是个有实力的将军！那就打！日本兵，咱们今天就来个决一死战！酒井司令，你想当你的日本英雄，爷们也要当一回中国英雄！咱们就各为各的民族打吧！唉，大和民族，中华民族，都是人的一个团体吧？干吗非要这样你死我活地打下去？既然你们要打，咱们就打！……

战区长官部下达的撤退令是在敌人的又一次进攻发起时到达栗温保手里的。栗温保看罢电文："请即令部队西撤以保存有生力量，再相机歼敌"之后，长长地嘘了一口气。酒井司令，爷们把空城暂时让给你，咱们晚点再比高低！

栗温保部署完后撤方法和顺序之后，骑马随右路撤出部队出西关向城外走去。他的心稍稍有些轻松，毕竟是离开了制造死亡的最前线。不料出西关不久，道路一侧的沟里突然跳出两个人拦在了他的马前。侍卫们一惊，急忙出枪；栗温保却在惊骇中认出，那两个拦在马前的穿了男服的人是他的女儿栗丽和栗丽的使女。"丽丽，你怎么没有随你妈她们一起早走？"

"我想看看战斗的结果！爹，告诉我，你为什么要撤？"女扮男装的栗丽照样握着她那支勃朗宁手枪。

“军机大事,你问这做啥?快随在后边走!”栗温保挥了一下马鞭。他的坐骑刚抬前腿,栗丽已敏捷的跳上前抓住了缰绳。

“爹,你必须告诉我你为什么后撤!否则,我是不会放你走的!我们丢掉的城市已经太多了,如果你是因为害怕日本人的攻势擅自下令弃城的,那你就别想走!除非你让你的马蹄踏过我的胸脯!”

“放肆!把她给我拉开!”栗温保生气地挥了一下手。他的侍卫们刚跳下马,栗丽已把她的枪指向了自己的头:“你们都不用动,省一点力气去对付日本人吧,我自己死!我死了之后你们好拉开我的尸体赶紧逃走!”

“丽丽——”栗温保闻言慌得急忙翻身下马:“我是奉命撤退!奉战区长官部的命令撤退的!只有保存了有生力量,才能和日本人再打!明白?”

“真的还是编了理由来骗我?”栗丽的双眼又眯了起来。

“林参谋,给她看命令!”栗温保无可奈何地朝身旁的机要参谋叫。

栗丽就着城中腾起的火光看清了那则简短的电文。她随即松开了栗温保坐骑的缰绳,收起了枪说:“爹,我错怪你了,你们走吧。”

“你也跟我们一起走!”栗温保重新跨上了坐骑后说,“这里马上就是沦陷区了,你一个女孩子家还留在这儿干啥?”

“我想再看看!”

“看什么?”栗温保猛伸手抓起女儿把她放在了身后,同时用马鞭狠抽了一下坐骑,那匹栗色战马立时放开了四蹄。

“我们还会回来的!”夜色里传来栗温保对女儿的保证,那声音转瞬间便被一排炮弹的爆炸声压得无影无踪……

20

山间的月夜清幽而宁静。一缕缕夜雾，在蒙蒙的月光下散挂在树梢枝头，像极了刚刚漂染过晾晒在那里的白绸。平日喜欢在夜间出没的野兽，大约被山外一连几月的枪炮声所惊，早已躲往了更深的山里。四周除了夜鸟偶尔发一声鸣叫之外，就只有轻微的山风贴了树叶滑行的响动。

达志默坐在一块石头上，静静地望着在远山尖上移动的半个月亮，任凭思绪像夜雾一样飘摇。真没想到，眨眼间已是几个月过去了，日本人真的在南阳城久住了下来。这些天，日本兵不断地四下里扫荡，他们会不会发现我在百里奚云纬家院里埋藏的机器？上帝保佑那些机器吧，那是我们尚家人用性命用汗水换来的……

身后的茅棚里传来了一声轻微的响动，好像是小昌盛含混地说了一句呓语。自从日本人在南阳成立维持会、复兴会，设立宪兵司令部和豫鄂边防司令部的消息传来之后,避难的人们才明白,必须做长期避居山里的准备。于是都动手砍来树枝、竹子和山草,在隐蔽而向阳的地方搭起了草棚。立世一连搭了三个草棚,一个让雅娴、绫绫和月儿住,一个让云纬和尤芽住,另一个留给父亲、昌盛和自己。

“怎么不睡?”身后传来一声低柔的问候,与此同时一件女式的夹衣披上了他的肩头。他知道这是云纬,他没有回头,只是握了她的手拉她在身边坐下。

“离天亮还早,再去睡一会儿吧。”云纬轻抚着达志的手背,低低地催。

达志把头摇摇:“睡不着。你说这日本人还能把南阳占多久?”

“谁知道呢?”云纬叹了口气,“不过昨日承银从这儿过时说,到处都有人在和日本兵打,也许要不了多少日子,他们就会退走……”

“唉,大好的时光,人们本该安心种地办工厂,把日子过得美美满满,却想不到要在这山沟里——”

“不——!不——!不——!”几声女人的凄惨呼叫突然把达志的叹息截断。云纬闻声急忙起身向茅棚里奔去,她知道这是刚刚流了产的尤芽又沉在了可怕的幻觉中——这些天几乎每个夜晚尤芽都会在梦幻中哭喊。“尤芽,我的孩子,来,是大娘,醒醒,快醒醒!”云纬一边轻声说着一边向尤芽伸出手去,可只穿着内衣的尤芽还是圆睁了惊恐的双眼,一边抱紧胸脯向茅棚的角落里躲一边凄厉地叫:“不——!不——!不——!……”

避难的人们都被尤芽这恐惧的哭喊惊醒,相继爬出草棚默默地望着这边。人们都已经知道了尤芽的经历,听着这叫声只能再陪一声沉重的叹息。

“不——！不——！不——！”尤芽仍在一边叫着一边向茅棚的角落里缩，险些要把茅棚挤倒。云纬没法，只得喊了一声：“立世，你快过来！”因伤口感染正发着烧的立世这当儿摇摇晃晃地走进茅棚，打着火镰点燃火绒照了照自己的脸说：“尤芽，你看，是我！”尤芽这才停了一声连一声的呼叫，怔怔地看了一霎立世，尔后向地铺上一扑，发出了心碎的呜咽……

尤芽在低泣中又慢慢入睡，被惊醒的人们又都进了茅棚，山谷又渐渐恢复了先前的静谧。只有达志仍呆坐在原处，默望着把月亮引走的黑魆魆的山脊。唉，又一声深重的叹息被夜风裹走……

尤芽两个奶子上缠的绷带是一个月之后才最后取下来的。尤芽当时一看自己乳房的样子，哇的叫了一声就急忙捂上了眼睛，一任泪水挤满指缝。站在茅棚里的云纬、雅娴和绫绫只看了那对丰满却无了乳头的乳房一眼，也都慌忙把目光掉开。那种怪异的感觉令她们的身子不由得打了个激灵。云纬默默地把尤芽的衣襟拉好，尔后把她揽在怀里，轻拍着她的后背以平息她无声的抽噎。她一时也不知该用什么话语来给尤芽安慰。

那天中午到了吃干粮的时候——躲在山沟里的人们中午都不敢生火做饭，忽然不见了尤芽。云纬和雅娴担心地对视一眼，就急忙催人们到四周的山坡上去找。最后是立世在一处悬崖上找到她的，那刻她正双手抚胸呆呆地站在悬崖边沿，听任山风撕扯着她的头发和衣衫。立世先是悄悄走近，尔后猛然抓住了她的胳膊。

立世把尤芽扯离悬崖之后，才在她面前蹲下低了声说：

"尤芽,当初俺昌盛他妈容容被日本人糟践致死后,我也想一死了之。可后来我想开了,我要是自杀身死,日本人不知道不说,知道了他们肯定还会高兴,因为他们又少了一个敌人!妈的,我偏不死,我要活个样给他们看看!我要想办法把仇给报了!再说你,那天那个日本军官原本是想要杀了你,如果你今天跳崖自杀身死,其实也就是遂了那个日本军官的心愿。咱为啥要死?咱为啥要让他们如愿?咱为啥不好好活着?"

"可我咋活?我这个样儿还咋活?"尤芽目光呆望住近处的树丛,自语似的说。

"咋就不能活了?难道因为奶子受伤就不能活了?你是担心日后不能奶孩子了吧?你没听说用羊奶、牛奶也能把孩子养活?有了孩子不一定非要亲自喂奶——"

"我不会有孩子了,不会!"尤芽依然瞪着树丛。

"为啥?"

"将来谁还会愿意和我成家?谁?"尤芽把呆滞的目光移到立世脸上,一动不动。

立世的双唇慢慢张开,但许久没有声音出现,直到两唇就要合拢的时候,才有一个字走了出来:"我!"

尤芽的双眸像遭风刮了似的一动。

"只要你愿意,到日本人退走的时候,你就跟我回去!"

尤芽闻言身子先是一悸,随后就闭上了眼睛,只把两行泪水留在了颊上。

"别哭。"立世轻轻抬手去抹她脸上的泪,不料越抹越多。望着那两行愈涌愈急的泪水,他只好一把将她拉到怀里,抬起自己的衣袖去擦……容容,这是我第二次把一个女人揽在怀里,但我想你一定能看明白,你知道我这样做是为了啥,你会同意我这样做的。会吧?你放心,我不会做让你伤心的事,决不会!……

21

烛光好像害怕山洞里的黑暗,抖抖索索地不敢往远处走,只照在近处的几摞书上,照在不大的一块洞壁上,照在卓远手里拿着的那本插图本《地动初考》上。这本用黄色竹纸刊印的书中,收录了张衡和魏晋南北朝时期的学人研究地震的文章,书后注明为南阳清韵堂印,只印十本。卓远深知它对后人研究地震的珍贵价值,所以翻动时都是先在衣服上揩了手再伸指头。这《地动初考》便是当初麻脸团长让他的士兵们捎带出城的那批书中的一本。那晚,捎书的队伍走到这山口处,麻脸团长对卓远说:我刚刚接到命令要去堵截一股日军,书就给你放在山口,你自己想办法藏起来吧。卓远感谢罢麻脸团长,便和他的几个学生一趟一趟地把书搬进了这个挺大的山洞里。随后又开始整理,分类分目地一摞一摞放好。整日为时局忧虑的他,只有坐在这一摞一摞保存下来的书中,心里才觉出些快慰。

感谢你这个山洞，让我们的书暂时有了宿处，日后，我会让人在洞口刻上四个字：容文仙洞。以褒扬你保护人类文明的功绩。也许就在此刻，你所保护的这些书的作者，正在向你鞠躬致谢哩！

——容文仙子，老夫李聃拜见，谢谢护佑吾五千言《老子章句》……

——岑参拜见容文仙子，感谢护存拙著《边塞吟》不遭兵焚……

——容文仙子大德，鼎力护救《放翁词》，陆游没齿不忘……

——《敦煌写经》能得你护佑，实乃……

扑棱棱……一阵鸟翅扇动的响声将卓远的默想打断。又是蝙蝠在飞。我就担心这些可恶的蝙蝠污损了我的书。卓远起身端了蜡烛循声去看，果然在岩洞一角发现一堆湿漉漉的蝙蝠粪落在了一摞书上。他小心地伸手将书上的蝙蝠粪抖掉，尔后举了蜡烛想去洞壁上方看蝙蝠的藏处，蝙蝠没看到，却意外地看见洞壁上有一些不甚清晰的刻痕。他定睛细看，原来那些刻痕竟可组成一些简单的图案：蛇、牛、斧头……嗬，是岩画！一定是过去栖居在这山洞里的先民们刻的！如此宝贵的东西白天竟然没有发现？噢，原来这儿是个天光的死角，白昼的光线照不到它。感谢这些讨厌的蝙蝠，竟然让我无意中发现了一处有价值的先人遗迹！哦，那是什么符号？▦！我好像在哪儿见过？对，见过！想起来了，达志家院中的那块石头上也刻着这个图案。奇怪，两个图案竟然一模一样！这图案是什么意思？是先民们表达他们对一种什么东西的认识？倘是一种认识，该是对什么事物的认识？是对社会和自然界的认识还是对人自身的认识？是不是可以理解为是对人自身的认识，是对人的本性的认识？要真是这样，那图案上的横线该是代表人本性中的善，像孟轲说的“人性之善也，犹水之就下也；人无有不善，水无有不下”。图案中的竖线，则代表人本性的恶，像荀子说的“人之性恶，其善者伪也”。这个图案当是人的本性的形象表示。由于善与恶交叉相连，因此和平与战争便在历史上交替出现。这图案难道是在提醒后人：不要期望有永久的和平，也不要相信有永久的战争；人不会满眼看到的都是善行，也不会满眼看到的都是恶行；人不必对世事过于乐观，也不必对世事过于绝望？我这猜测是不是有些道理？也许先人们刻这图案的目的和我的猜测完全是风马牛不相及！待战争过去后得请考古学者来好好地研究一番，首先要断定这些岩画镌刻的年代，尔后再分析这个奇怪的图案的涵义。弄懂了这洞里这个石刻的涵义，也就明白了尚家先辈人在院中竖那块石头的目的……

卓远手上已燃尽的蜡烛，像是怕惊动他的遐思，只轻轻一晃便无声无息地熄去……

一些令人高兴的征兆是在一个闷热的午夜显示给卓远和他的学生的。其时，他正在烛光下审看最新一期的《宛南时报》。南阳沦陷之后，《宛南时报》在卓远的努力下，一直还在出报。报社就在藏书的洞里。不过报纸由铅印改成了油印；版面由对开四版，变成了八开单页；时间由原来的每日一张，变成了一旬一张。尽管做了这些改变，疏散在广袤的伏牛山里的民众和军队，仍然十分欢迎这张小报的出版，很多人就是由它了解时局消息，增强抗战信心的。

“苏联对日本正式宣战。”卓远盯住这则头条消息看了许久。尽管这条来自军队战报的消息是他亲自刻印的，但那刻他还是凝目其上不愿离开。他仿佛已经看见大批的苏联士兵翻越过兴安岭，正向盘踞东北的日本关东军的后路扑去。呜拉——冲呀——

日本人，你们高兴不了几天了，末日离你们不会太远！人类的进化发展历史已经表明，凡是以文明为敌向野蛮倒退的行为，都不可能持续太久，不管这种行为来自一个人还是来自一个民族！……

"卓老师，快出去看！"一个化装出去采访的学生就在这时跌跌撞撞跑进山洞喊。

"什么事？"卓远一惊。至今为止，日军还没有摸进这条山谷，是不是今夜来了？

"日、日本兵在烧毁他们自己的东西！"那学生急切地说完这句，向外指着："站在山顶上就可以看清，快去看！"

哦？

一行人跑到山顶，果然看见山下镇子里日军驻扎的地方大火熊熊。那火不像是起自民房，而是由一大堆物品上蹿起的，有一股浓烈的织物被烧、粮食被焚的焦煳味在随风飘来。一个隐蔽在邻近山谷的军医院的医生，这时拎一架望远镜也跑上了山顶，他边举镜观察边报告着他的发现——

他们烧的是成捆的军衣！

有两个军官在开枪射杀他们的军马！

三个日本兵在石头上摔断他们的枪支！

有两个人在向火堆上倾倒白色的面粉！

有一个挂战刀的军官跪地拔刀刺向自己的肚子！

两个日本兵在引爆成箱的炸药！……

轰隆隆。巨大的爆炸声像一群疯狗一样爬上了山顶，仿佛在为那军医的观察报告做着证明。

一抹稀有的笑意浮现在卓远的脸上。他们完了！只有绝望的人才会焚烧自己的东西！只有败局已定的军队才会毁坏自己的用品！只有失去获胜希望的军人才会拔刀自尽！这么说，胜利已经来了！来了！长长的八年抗战，总算有了一个结果了！卓远仰望着星斗渐稀的夜空，发出了一阵长长的笑声，那笑声盖过了远处飘来的爆炸声，久久地在山谷里滚动。

“小齐——”卓远转对一个学生喊，“立刻回到山洞里，准备出一期‘号外’！”

“号外？”

“我来亲自撰写稿子！”

题目怎样定？就叫“日军末日已到”？

轰隆隆，又一阵猛烈的爆炸声滚过山顶……

22

栗温保在那个万籁俱寂的午夜被机要参谋从睡梦中叫醒后多少有些恼火，他边嘟囔着：他妈的，觉也不让我睡！边睁开惺忪的睡眼去看参谋呈上的电文。当看清电报上写的："日本天皇已正式宣布无条件投降，着令你部迅即进城接受日军投降"之后，他才猛摇了一下头，把几缕缠着未走的睡意彻底赶走，朝门口的侍卫高叫：立即通知各部队集合……

栗温保率领他的骑兵大队由南阳城西关向内城走时，太阳刚刚爬上湛蓝的秋季的天空。仿佛日头也知道今天是一个不寻常的日子，笑得分外灿烂好看，满城里都是它那金晃晃的光线。

受降式在省立五中的大操场上进行。栗温保走上主席台与先已到达的其他抗日部队的军官们和战区长官见面之后，开始注目循序缴枪的日军队伍。看见过去耀武扬威穷凶极恶的日军官兵如今恭顺地缴枪、鞠躬尔后恭立一旁的模样，栗温保心里第一次为自己是个中国人而感到了一阵骄傲：我们到底打败了你们！能在中国这块土地上立住脚的还是我们！在这一刹那，他忽然想起了当初和日军酒井司令派来的那个姓涂的汉奸进行的那场谈判。那天晚上倘不是栗丽来进行意外的干预，说不定自己真会和日军达成了什么协议。若是真有协议达成，那今天自己会站在什么地方？像其他汉奸一样被关押审讯绑缚刑场么？他的身子不由得颤抖了一下。人在关键时刻的选择是如此重要，一念之差，就是台上宾和阶下囚的区别呵！……

受降式结束后，栗温保策马向场外走。在操场的进出口处，一个便装的中年人迎面走来高声招呼：栗司令，你好！栗温保觉得来人有些面熟却又一时记不清对方是谁，便含混地点了一下头。不过没走两步，记忆之库的深处突然有灯光一闪：蔡承银?! 他急速勒马回头，跳下了马。

"看来司令还记得我。"蔡承银朗笑着在栗温保面前站定，"我今天特地来看看这个受降式，和他们打了八年，一直盼着这一天，亲眼看看才觉得心里舒坦。"

栗温保的手下意识地去摸了一下腰里的枪。承银见状笑道："我想，在今天这个大喜的日子里，栗司令大概不会对我动武吧？"

栗温保有些尴尬，掩饰地笑道："呵，动什么武？笑谈，笑谈。"

"就是。"承银依旧朗笑，"我俩当了八年抗日的战友，我相信司令不会对战友动手的，对吗?!"

"当然，当然。已经在城里住下了吧？"在这一霎，栗温保也觉得自己应该大度一点，尤其是在今天这样的喜日子里。

“如果司令允许的话,我就住下。”

“自然允许了,要不要我找人去安排?”

“那倒不必,谢谢司令的美意,再见!”承银朝栗温保伸出了手。

栗温保稍稍犹豫了一下,也把手伸了出去。

“但愿我们的手能永远这样握住。”承银笑道,“毕竟我们做过对日战争中的战友,我们又是同一个民族的子孙!”

栗温保一时无话地笑笑,看着蔡承银转身,消失在欢庆抗战胜利的人流里。栗温保此时还没意识到,这个分别的场面将要永远地刻在他的记忆中。在今后的岁月里,他还将无数次地忆起这个场面,并为在此刻自己没有掏出枪来而后悔……

23

达志擦拭完最后一台织机上的铁锈抬头嘘气时，才注意到太阳已经没了踪影，暮色也已踱到了近处。他望着擦拭一新摆满了云纬这个小院的织机和动力机，快活地咳了一声。这些机器是前天才从地洞中抬出的，擦拭它们整整用了两天时间。还算幸运，云纬的这个小院没有引起日本人的重视，他们只在院门前留下了几个军靴的印痕，并没有走进这个院子，更没有发现院里埋藏的机器。看来，当初决定把机器埋在这里是对的！

“来，洗洗，该吃饭了。”云纬这当儿端一盆水过来，把皂荚和手巾递到达志手上。“锈得厉害吗？”

“锈得是不轻，不过，还都能擦掉。我想，今后这些机器是再不会闲得生锈了……”

两人吃罢晚饭，天已经黑透。云纬看着达志问：“天黑成这样,还回去?”达志把头点点:“也好,就不走了。”说罢,又朝云纬笑笑:“只是这些天住到山里,身上脏得厉害,我怕我身上这味——”

“我去烧水,咱都洗洗。”

云纬把水烧好后,先让达志洗了,这才又为自己舀了一大木盆,端进睡屋。

达志默坐外间吸着旱烟,静听着里间云纬的撩水声。那水声先是让他记起年轻时跳进护城河撩水洗身的情景:水波、绿柳、蛙跳,一种莫名的舒坦漫上全身;随后,那水声渐渐变成了一只猫的爪子,轻轻地抓挠着他心里的一个什么地方;抓得他心里又痒又热起来;接下来,他感觉到小腹那儿有一个沉睡的东西在缓慢地苏醒并开始蠕动着胀大,使得他先是站起身焦躁地踱步,后来竟不由自主地紧走两步撩开了悬挂在里间门口的布帘。正在擦身的云纬闻声扭过脸来,淡然一笑说:“看啥,又不是没见过。瞧,都老了,身上的皮都软塌了。”达志没有说话,只是快步走向云纬赤裸的身子,猛地伸手把她抱离了水盆。

“慌啥？我身上的水还没有擦干。”

云纬的话还没有说完,身子已被达志平放到了床上。她很有些吃惊:达志还很少有过这样粗鲁莽撞的举动。她正琢磨着怎样开口问他那病好了没有,达志已经猛扑了上来,不用问了,她几乎立即感觉到,他已经进入了她的身子。呵,老天,你行！你已经行了,行了,我的天呵……

不论是对于云纬还是对于达志,这都是多年来没有过的狂欢。当两个人后来终于从那座美丽的山巅往回返时,都对对方还有如此的活力感到了惊奇和欣喜。他们依旧紧紧地相拥在一起,他听到了她的喃喃细语:“你今夜还像一个小伙子，可你过去为啥……”

“大约那是因为心里不轻松，心情轻松可能是做成这种事情的保证……”

一阵欢快的唢呐和锣鼓声由窗隙钻了进来，两人都知道这声音来自今晚城里的游行队伍——在这个月朗星稀的晚上，南阳城要举行整夜的抗战胜利大游行。

胜利了！

再也不会听到枪声了！

苦难结束了！

我们终于等来了幸福！

“云纬，我啥时候来把你正式娶过去？”

“随你。不过你这可不是娶老婆，而是娶一个老太婆！”

“我就是要娶你这个老太婆！咱们说定了，只要厂里的生产一恢复，我就来接你！”

“来辆牛车？”

“想要花轿？”

“当年的花轿没坐成，我真想再坐一回，可惜老了，坐花轿要让别人笑掉牙的！”

“怕啥？让他们笑去，我要雇一个八抬大轿！”

“算了吧你，来辆独轮车就行。”

“哪能——”

“可我昨夜里又做了个梦。”

“嗬，梦见啥了？”

“梦见我走在一个很大的花园里，园子里开满了好多白的、紫的鲜花，花园里有许多横竖相交的黑土铺成的小路。别人告诉我你在花园里，我也听见你在园子里说话，就沿着小路去找你，可不管沿着哪条小路走，就是碰不到你。后来在一个岔路口碰见个身子好高的穿黑衣服的人，面孔看不清楚，好像是个花匠，我问他沿哪条路走能遇见你，他没说话，只抬起大手朝一个木牌指了指，我看了看那木牌，木牌上写着六个字：地府花园，无人。”

“哦？”

“这总不是啥不吉利的征兆吧？”

“这样大年纪了，还信这？”

“好，不瞎想了。我过去后，你就全力去操办厂里的事，家务事再不用你费心。”

“我早这样盼了。你这身子摸着还这样——”

“去！这边门前我种的那些桑树还要找人来侍弄好，日后最好再置买几个桑园，尚家也该有个固定的蚕茧供应基地。”

“还要有一个缫丝厂。”

“也该有一个丝绸成衣厂！说正事哩，你这手还乱动？”

“这地方还饱实着呐——我还想再买一批机器。”

“你捏得我有些疼了……生产出‘霸王绸’不会要很长时间吧？”

“不会！”

“轻一点揉……要是真生产出了‘霸王绸’你会怎样？”

“我会——”

“会咋？”

“会抱上你抡三圈！”

“吹牛！还有这力气？”

“不信就试试！”达志霍地从床上站起，弯腰要去抱云纬。云纬一边拉被子盖上赤裸的身子一边嗔道：“疯了？”

哈哈哈哈……

第 二 部

1

遣返最后一批投降日军的汽车驶走没有多久，晋升南阳警备副司令栗温保为中将的通知，便和一份署有“绝密”字样的文件一起被放到了栗温保那张巨大的水曲柳木办公桌上。副官先为他展开的，是那份通知。中将？这么说到底盼来了?! 全中国的中将能有多少个？至多几百人吧？偌大的中国，数万万人口，我成为这几百分之一，该当知足了！爹、娘，你们九泉之下，也该笑一笑了。儿子从一个靠打兔子种地为生的乡下小子，当上了今天堂堂的中将副司令——倘不是有驻防附近的正规军军长兼任警备司令的规矩，儿子也早是正司令了！我为我们落霞村的老栗家，挣来了一份真正的荣耀，对得起你们的养育之恩了！这些天，我翻了翻明朝嘉靖年间所修的南阳府志，看到凡七品知县以上的官吏，都在府志上留下了名字。照此例修方志，身为中将的我，理所当然地会进入今后的南阳志，青史留名了！我总算也活出了一个名堂，爹娘，你们看见了吧？……

一个满足的傲然的灿烂的笑容，在栗温保那张气色很好的脸上站住不走了。

当副官把那份绝密文件展放在他眼前时，他仍沉浸在自己的遐想里，虽然目光在那文件上放着，却并未读进脑中，直到副官催问“怎么办”之后，他才用心去读：“着令你部以最快之速度，用坚决手段围歼盘踞在桐柏与唐河之间之共军部队……”

栗温保有些吃惊地抬起了眼。真的还打？我的部队才刚刚吃了几天饱饭，因死伤而空缺的兵员还未来得及补充，许多官兵因家人被日军打死而渴望回家探亲，武器和弹药的补充也未进行，城里每天还有因埋葬被日军打死、烧死的亲人骨殖而起的哭声。难道这个时候就真的还打？

在此之前，上峰虽然已有过要剿除共匪的指示，而且也下发过“戡乱手册”，但栗温保总觉得那是久远以后的事。并没想到新的战争其实已经像看见了带肉骨头的狗一样，正在他的腿旁跳跃，只要他一声令下，它就会奔突向前了。

“依你之见，该怎么办？”栗温保把作战命令朝副官面前一丢，闭上了眼。每逢他对什么事还没有拿准主意的时候，他都让副官先发表看法，他养成了凡事再三权衡的习惯。

“那当然是照命令办了。”

“这世界上没有当然，你只给我说说你的想法！”在这一霎，他忽然有些怀念肖四。那人虽然有野心，但有他在，凡事都能给你分析得透彻明白。

副官有些尴尬地笑笑：“依我看，中国因为没有建立民主政体的传统，在日本人被驱逐之后，国共两党建立民主联合政府的可能性根本不会存在，两党所掌握的军队合并为一支只管国家安危不问政党利益的国家军队的可能性更是没有。在此种情况下，两党两军之间必有一场战争，尔后，由胜者建立政府。这场战争至多可以推迟时日或缩小规模，但打是肯定要打的，我们想躲也躲不开。”

“谁会是胜者？”栗温保把两眼更紧地闭了起来，似乎这样就能看清那个未定的结局。

“战争的胜负决定于实力强弱。实力主要有四个部分构成：兵员的数量，装备的优良程度，物质保障的时间长短，外部援助的有无。由这四个方面衡量，实力强的是国民党和国军，胜利自然属于此方。”

“我们真正参加进去打，会有哪些获得？”

“会获得大批的新式装备和扩编队伍的机会；会扩大我们所掌握的地域面积；会获得上边的信任；重要的是，你会获得进入高层权力圈的机会和资本。未来的权力分配必是论军功行赏。你一旦有了军功，被授上将军衔并兼任河南省政府主席或副主席的可能并不是没有！”

栗温保猛地睁开了眼睛，不过一霎，又慢慢阖上问：“会失去什么？”

“我们惟一失去的可能就是南阳民众的尊敬。因为眼下人们渴望的是休养生息，是安居乐业，他们突然看到抗日的英雄又开枪去打国人，会收走他们原先给予我们的敬意……”

敬意？敬意能带来什么？

再说，中国自古以来就是一个只认成功者的国度，谁成功了，人们就会说谁“行”。倘我真的做了上将做了省政府的主席，谁敢对我不尊敬？

如此说就干？！

栗温保彻底睁开了眼睛。“传我的命令，立即停止休假和各种欢庆抗战胜利的活动；各团在四十八小时内做好作战准备；各侦察单位务于今夜出发，查清共军布防情况……”

这大约是我最后一次下赌注了。年龄留给我下赌注的机会已经不多，倘若我真的又成了赢家，所有应该给我的东西就必须全部给我！上将军衔，省政府主席，万众的称颂，河南省史志的记载，中国的史书上是不是也该记下我的名字？……

副官出门传令时，栗温保唤出留在内室的小亚笑道：“宝贝，能不能再穿上那身衣服让我看看？”小亚媚笑着点头复又进了内室，片刻后，便穿一身早先仿做的清宫皇妃的衣裳走了出来，边向栗温保行跪拜大礼边一本正经地叫道：“吾皇万岁，万万岁！”栗温保先是笑说：“爱卿平身——”随后叹道：“可惜南阳不是京城，要不然，我真会封你——”“司令在这南阳不是已经像皇上了吗？”小亚打断栗温保的叹息，上前偎到了他的怀里。“唉，你哪懂呀？”栗温保捏着小亚的脸蛋重又叹道：“一个男人要做一回真皇帝，那才叫不枉一生呐！可惜我年纪大了，手下的军队不多，要不然，我谁也不靠，既不靠共产党，也不靠国民党，我要独自打一个天下，过一过天下大权全握一手的瘾……”

草绒把那一桌子酒菜做好已近正午，满院子都是热闹的阳光了。她匆匆解下身上的围裙，让儿子秉正去喊栗温保来吃这顿犒劳饭。

主动请丈夫来吃饭，多年来在草绒还是第一次。草绒是前天才和儿子从疏散的小山沟里回到南阳城的。她和儿子早在去年年底就被栗温保送到了深山沟里，她也愿意和儿子呆在那个差不多与世隔绝的安宁的小山村中。要不是栗温保派人去接,她还真想再住下去。

今天请丈夫来吃饭,不是因为感谢他派人去接他们母子,也不是为了重弥夫妻之情,实在是因为高兴——为丈夫在与日军作战中的表现高兴。丈夫如何怒杀日军派来的汉奸说客,如何带领部下在东关血战,如何威武接受日军投降,这些事已被几家报纸刊载广为传播。草绒回城听说后,第一次为丈夫感到了骄傲和高兴。这几年,草绒看到的和听到的日军暴行实在是太多,即使是信仰主的她,也对日军产生了强烈的仇恨和惩罚之心。丈夫的所作所为让她有一种惩罚得施仇恨得泄的高兴。也因此,她破例要亲手做一桌酒菜犒劳丈夫。

院门外传来了两个人的脚步声。草绒忽然有些慌乱起来:他会怎样看待我这顿饭?不会把这视为我企求弥合夫妻之情吧?不会把这视为我对他纳妾玩女人的屈服吧?栗温保,这是这,那是那,今儿个,我是把你作为抗日军人来敬的!

“妈,爹来了。”秉正的喊声使得正佯装找什么东西的草绒不得不抬起眼。现在她看清他了,多少年来,她还是第一次让自己温和的目光在他脸颊的正面停留下来。他也老了,眼角的皱纹已挤成一团,下巴上拥了些肉,走这点路就喘开了?“爹,你坐。”儿子的招呼使得草绒不必再开口,她松一口气。她正为怎样招呼他踌躇,儿子让她免去了这道礼数。她开始去厨房里端菜。菜摆好时,儿子也已把黄酒倒上了,滚热的黄酒氤氲着热气,草绒该坐下了,可她仍然没想起该怎么说第一句话,说什么?为你抗日有功——?那不好像是在办公事?

“爹,你这多日子和日本人打仗辛苦,妈说请你过来吃饭,保养保养身子。”

孩子,你到底已经长大懂事了,替妈免去了说这话的尴尬。她端起酒碗,朝丈夫举了举:“喝。”就说这一个字吧,这个字还算容易出口。

“你们母子住在山里也苦，原谅我没去看你们，我太忙。”

草绒的心被这温热的话浇得颤栗起来，他是含着感情讲的。是的，他只要含着感情说话他的声音就浑厚好听。她觉出眼底有一缕润泽的雾气飘上来，想掩住她的眸子。不能让他看见我的眼睛，不然他会以为我在哭。她把嘴凑近碗边，喝了一口甜甜的黄酒。

他也喝了一气，是一气，这一气大约会下去半碗。她没有抬头，但听得很清。刚结婚那阵他就是这样喝酒的。那时在落霞村，喝黄酒的机会不多，但只要喝，他就是这个喝法，一气下去半碗。什么时候能再过那时的生活，一家三口围在桌前，安静地吃饭，乐融融地交谈。最好把枝子和女婿和他们的孩子也叫回来，一家人在一起这样吃饭……

“报告!”一声高喊突然由院里飞滚到饭桌上，惊得草绒手中的酒碗一晃，一股黄黄的酒液溅落到菜盘里。

“啥事?”栗温保望着院中的两个参谋，淡了声问。

“报告司令，七团、八团电告，敌四百余人被我围在一条山沟里，拒不投降，为迅速解决战斗，以防其突围，他们请示是否可以干脆开枪，不必再抓活的。”

敌人？现在还有敌人？草绒惊异了，急忙站起来问：“日本人不是投降了吗，怎么还有人在跟你们打?”

“不，不是日本人，是共军。”两位参谋中的一个轻声解释。

“共军?”

“就是蔡承银他们那伙子人，共产党的军队。”栗温保的声音是解释性的，很平和，说完朝两个请示的人极利落地一挥手：“轰了吧。”

“蔡承银？我听说他们也在打日本人，干吗自己人又——”草绒把目光第二次正面放在了丈夫脸上。

“嗨，你不懂，如今是必须消灭他们——”

“他们也像日本兵那样杀老百姓？”

“这倒没有。”栗温保缓缓地摇头。

“他们像日本兵那样烧百姓们的房子？”

栗温保一边摇头一边用筷子夹起了一块炸鱼。两个请示的参谋已出了草绒的小院，脚步声正被不大的正午的风删除得近乎没有。

“他们强奸女人？”

栗温保一边认真地吃鱼一边摇头。他沉浸在这种浓浓的家庭气氛中，没有抬头，所以也就没有看见草绒脸上陡然集聚起来的阴云。

“人家既是不杀不烧不糟蹋女人，你干吗要炮轰人家？四百多人呐，你忍心——”草绒的声音高了起来。

“可他们要权，你懂吗？权！”栗温保依旧在小心地对付鱼肉里的刺。他剔得很仔细，很久没吃草绒炸的鱼了，吃这样的干炸鱼块令他想起过去。

“权？”

“嗯。”

“因为要护住权你就要轰了他们？”

“当然，在这事上——”

“滚！”

栗温保吃惊地抬起了脸，他根本没想到草绒在这种气氛里会吐出这个字，他呆在了那儿。

“妈！”秉正慌慌地朝她喊，手扯了扯她的衣襟。

“滚出去，我不招待因为权就杀中国人的人！”草绒在这一瞬间又显出了当年的模样，眼圆睁了起来。

"是你叫我来吃饭的。"栗温保笑着说。他想缓和气氛，他不想在已长大成人的儿子面前丢脸。但看得出恼怒正在他的眉心积聚，他的一只手握成了拳头，另一只手习惯性地去摸了一下腰间的枪，不过很快，摸枪的手又放下了。

"现在不想叫你吃了！"草绒边说边猛一下掀翻了饭桌，碗盘们顿时在地上发出了尖利瘆人的叫喊。

栗温保的脸冷了下来，双颊在一点一点地变青，咬肌在抖动。但他没有发作，他看见儿子不知所措的眼里含满了泪，忍住了涌到喉咙口的叱骂，转身走了出去。草绒，我这次饶了你！过去的皇帝也是可以杀正宫娘娘的，别以为我不敢动你，我不过是看在儿子的面上，饶了你……

草绒先是用目光直推着栗温保的身子，随后朝墙上的十字架跪了下去，她一边在胸前画着十字一边呜咽着喊："主呵……"

2

当两党两军激战的枪子和弹片已在桐柏和唐河之间的秋野里像成群的蝗虫一样飞上落下时，卓远则正在他刚刚清扫整理出来的书房里同南阳知识界的几位名流一起，讨论撰写一份建立南阳参议会和众议会以及民主联合政府，实施和平建设的方案以便呈报当局参考。他们一点也不知道战争其实已经在南阳这块土地上再次爆发了。

讨论的发起者卓远和所有的与会者都情绪激昂而热烈。一种复兴南阳振兴中国的热气在书房里烟一样飘绕翻滚。为了加剧这种热闹的气氛，破窗而入的阳光也变得格外绚丽和五彩缤纷。

有人妙语连珠地阐明中国和平建设的机会已经到来，中国就要重新崛起。有人一字一句地讲出他对建立民主政体的设想，第一步如何选出众议会和参议会议员；第二步如何选出南阳市市长、副市长；第三步如何设立行政、司法机关。有人热情地建议南阳的经济发展分五步走……正当这些满腹经纶的知识界名流们侃侃而谈的时候，战争再次爆发的消息袅娜着走到了南阳的街头。

把开战的消息带进卓家带进那间热气腾腾的书房的，是绫绫的丈夫卓炯。卓炯刚从已经恢复正常出报的《宛南时报》报社来，他急步进院后没有像往常那样去抱向他跑来的月儿没有去回答绫绫的问候，而是径直奔进书房高叫了一句："已经打起来了！"

原本流动在屋里的议论被这声高叫刀一样地切断。人们一齐把不解的目光对准卓炯，用眼睛追问他喊叫什么。"国共两党的军队已经在桐柏打起来了！"卓炯慢腾腾地说完这句，就抱头蹲在了地上。

这一次是更为长久的静寂，而且静得彻底，连呼吸声也没有。那消息如子弹一样击中了每个人的胸口，消除了他们发出任何声音的可能。邻院尚吉利织丝厂安装织机的响动趁机钻了过来，如入无人之境样的在书房里窜动。

"哈哈哈……"最终结束书房静寂的是卓远发出的一阵笑声，笑声苦涩而冰冷。当你们这些自认为有治国知识的人在这里热心设计国家的未来时，未来却已经由别人定了；而且谁也没有想着要来问问你们，你说你们算是什么？……你现在该明白历史上为什么那样多的饱学之士要销声匿迹于山林畎亩之中，郁郁终生地打发日子了吧？当权者并不需要知识人的这份聪明，他们需要的是权力……中国知识者所以会在设计国家未来的大事上没有发言权和决定权，恐怕是因为他们没有和资本结合，没有让自己站在雄厚的经济基础之上吧？倘若他们也如外邦的知识者那样，学得知识后不是去掌握一家公司,就是去掌握一个工厂和农场,或是去当银行的总裁,那会不会就可扭转这种局面?只当一介清贫的书生,你的话当权者怎能会去重视?……我真不明白,中国内部的事情为什么仍然要用枪来解决?枪是什么?枪是给生命制造威胁的东西,是制造死亡的器具!为什么不能换别一种办法:会晤、商谈、普选?在中国这块土地上,这些年打的仗还少吗?死的人还不多么?该停停了!该让人们过一段和平安宁的日子了,该让南阳这个地方有鸟语花香而不是尸臭狗吠了……

无力回天呐……

那原本是尚达志多年来最快活的一天。厂区清理出来了,被日军入城后烧毁的几间厂房已做了修补,织机、动力机已全部运回安装完毕,几天之内就可以开工生产了。达志在落日的余晖里坐在前院,和雇来帮忙的工人们边喝着柳叶茶边聊天打发着这天最后的时光。闲聊的话题是漫无边际的,一会是日本人的投降细节一会是哪个女人的改嫁过程,心情很好的达志对这些内容都乐于倾听,他愿意让自己的脑子和身子都来一阵彻底的放松。

卓远面色阴郁地走进院中时达志正为工人们的一句什么话朗声大笑,他在看到卓远的面孔时让正在升高的笑声戛然而停:卓远哥的脸色咋这样难看?莫不是出了什么事情?他一边给卓远让座一边用目光不安地询问。

“达志,战争爆发了!”

“什么?”达志没有听懂。

“国共间的战争爆发了!”

“哦?”达志的眼珠倏忽间像被砸上了钉子,一动不动了。震惊和愕然飓风一样掠过他的脸。他分明地看见,那个复兴尚吉利织丝厂的机会刚刚在院中卧下，便被战争这只巨鹰翩然飞来叼走了。“但是……我……怎……”舌头有点不听达志的使唤了。

“唉，我们都无力来改变局面了。”

“可……我……”

“机器不必埋藏，先看看再说。”卓远拍了拍达志的肩膀，摇摇头向门口走了。

达志先是直直地望着卓远那已显出佝偻的背影，后来便是呆看着院中的那块石头了。工人们什么时候走的他不知道，他就那样愣愣地站着，直到夜晚的第一股寒气走近他的身边，让他打了个冷战。

他慢腾腾地走近院中的那块石头，双手伸出扶住了它，似乎不这样他就很难让自己站住。他那涣散的目光在越来越浓的暮色里停在了那个卌形图案上。明白了，先祖们，你们在石头上刻这个图案的目的，是告诉俺们后人，这人世是一个洞眼很大的筛子，任何希望放上去都有可能从洞眼里漏下去，漏得无影无踪……

“尚大伯，饭好了。”腰里勒着围裙的尤芽这当儿走过来叫。从山里避难回城之后，尤芽就一直住在尚家。这一来是因为尤芽的娘家、婆家人都被日本兵进城时杀了，房子也全被烧光，她已无处可去；二来是立世当初有过应允；三则因为尚家也确实需要个女人来料理家务。

“我不想吃，你们吃吧。”

“你忙了一天，不吃饭咋行？”尤芽走近达志，“是身子不好受？”边问边就上前搀了他的胳膊。达志只得迈着发软的步子向厨房里走。

这些日子一直在山里跑着买丝的立世并不知道时局的变

化，在饭桌上兴冲冲地向父亲报告："拉丝的马车后天就可以到，明天可以试机，三天后所有的织机都可以响了！"

"丝到了也只开三部机吧。"

"咋？"立世的眼瞪大了，"和日本人打仗这些年，各地的丝织厂差不多都没开工，全国都缺绸缎，眼下正是开工大干的时候，我还想再买几台织机……"

"战争又开始了！"

吧嗒。尤芽手中的筷子掉下了地。

立世无限惊疑地瞪着父亲的嘴，那目光似乎在责备：你嘴里咋能说出这些字？……

抽壮丁的消息是几天后的一个正午，由景四奶扭着两只小脚带进尚家的。景四奶当时风风火火地跑进尚家院里报告：满城里都在统计十七岁至四十五岁的男人的名字，不论从事啥职业的人家，只要家里有两个十七到四十五岁的壮丁，必须有一个去当兵；虽是独丁可没有成婚的，也在被抽之列……

达志和立世再次被骇呆在那里。立世显然符合后一个标准。

"咋着办？"达志在短暂的呆怔过后慌慌地问四奶，"立世可不能去当兵呵，厂里这一摊子——"

"如今只有一个办法了！"景四奶叹道。

"啥？"

"让立世和尤芽立马成婚！"

达志没有说话，只是小心地看了儿子一眼。有了当年立世和尤芽的那场波折之后，达志知道儿子在这事上的倔犟。

"这可是关乎你们家织丝厂的大事。你立世要是被抽去当兵，剩下你爹和小昌盛，你们家这厂子还咋办？再说，容容已经死去了几年，她就是在九泉之下知道这事，也会——”

“行吧。”立世打断了景四奶的解劝。

达志和景四奶放心地对视了一眼。之后，四奶就又去问尤芽的意见，尤芽早存了和立世过一家人的心愿，自然点头应允。于是说办就办，四奶当下把两人叫到正屋，先让他们解下各自的裤带交到她手上，她把两根裤带互换后让他们重新系好；接着开始让两人给祖宗牌位磕头，给达志磕头；然后四奶又去街对面的陈家酒铺里买来一碗黄酒，一分两半让二人交臂喝了。最后，四奶就去把尤芽的被褥搬到了立世的床上。也亏着四奶办得快，当四奶后来把自己动手剪的一个红纸“囍”字在门上刚贴好，统计男丁年龄的几个人就进了尚家大院。四奶见状高喊：“立世、尤芽，有客人来了，你们两口子还不赶快出来给客人敬烟?!”立世、尤芽应声出来，立世前头递烟，尤芽后边点火。几个统计人员满脸都是惊讶：“没听说你俩结婚了呀?”“昨天刚办的婚礼。”景四奶急忙代答，“这年头成婚也无力张扬，所以街坊邻居们都不知道，也没给诸位发喜帖，请多原谅。”几个人显然还在怀疑，又走进新房看了一阵。景四奶忙又笑道：“结婚这事还能作假吗？人家两口子昨晚已经在床上练过蛋了！不信你们问立世。立世，昨夜里那滋味咋样?”

立世满脸像泼了血一样红。

几个统计人员都被景四奶这话逗乐了，边笑边退出了院子。待几个人走远，景四奶才捂了胸口叹：“老天，好悬!”……

那天的傍晚时分，立世一个人跑到城边的尚家坟园里，在容容的坟头跪了许久。他回来时尤芽已把被褥铺好了，正坐在床边等他。他没有说话，只坐在靠窗的椅子上抽烟。尤芽那低微发颤的声音就随着飘摇的烟缕传了过来:“俺知道你心里还想着容容。你也不要作难,俺还搬回原来的屋子睡。你只需对外人说咱俩是夫妻,别让抽去当兵就行。”立世闻言抬眼时,尤芽已抱了一床被子要向门口走,他叹了一口气,伸手扯了一下她的胳膊,尤芽显然没有料到有这一扯,身子一下失了重心,趔趄了几步向地上倒去,立世急忙伸手将她抱住……

他的手是哆嗦着伸向她那些衣扣的。她有些恐惧地紧闭了双眼。在解最后一层胸衣的纽扣时,她忽然抬起双手紧护住胸口不让解,而且眼中滴出了泪。立世明白她是害怕让他在灯光下再次看见那两个无了奶头的奶子,于是扭头噗一口气将灯吹熄。当尤芽那温软的身子终于偎到他的怀里时,他听见她在他耳边满怀歉疚地哽咽着:“……俺晓得男人们都爱嘴噙着奶头玩,可我已不能满足你了……”立世什么也没说,他只是轻轻地小心地抬手揉着那两个丰满的奶座……

3

由于风的摇晃，春阳像一个不安分的姑娘一样在桑叶上跳跳荡荡，晃得云纬的眼睛都有些花了。她眯着眼，小心地采摘着桑叶。这些树还都在幼年，摘叶时稍不小心就会伤了它们。云纬每每下手掐叶梗时，都惟恐摇折了它们的躯干。门前的这个小桑园今年是第一次供叶，云纬在每棵树上只采一至两个叶片。我只养了三箩蚕，这样采差不多就够它们吃了；明年，待你们长得再高些，我每天就要多采了。我要养更多的蚕，快些长吧，你们……

云纬想得很专心，专心到都没注意有两个商人打扮的人走进了她的院门。直到那两人中的一个又走到桑园边招呼了一句："老人家，你好！"她才扭过了脸："你找谁？"

"有一个茧商想见你。"那人指了指院内站着的另一个人。

“茧商？”云纬笑了，“我才刚刚养蚕，哪有茧卖？”

“先见见面吧，以后保不准会有生意做哩。”那人边说边去帮她提手中盛桑叶的竹篮。

“以后有茧也不会卖给你们。我这里的茧呐，尚吉利织丝厂已经定下买了。”云纬边向院里走边说。

“我要出高价呢？”院中站着的那个戴眼镜的商人接口，话音中带了一点笑意。

“再高的价也不卖。”

“我要用这房子换呢？”戴眼镜的商人指了一下云纬的房子。

“这房子？”云纬狐疑地瞪着对方。

“嗯，就这房子！”

“你拿我的房子来换我的蚕茧呀？！”云纬瞪起了眼睛。

“这也是我的房子呀！”

“你的？！”云纬的眉毛竖起来了。

“当然！”那人这时笑着摘下了眼镜，向云纬走近了一步，“难道不是吗？”

“是你，承达？”云纬惊喜地叫。

“妈妈，这房子难道没有我的一份嘛？！”长高长壮了的承达一下子伸臂抱住了妈妈。

“哦，你这个鬼小子，刚到家就跟妈开起了玩笑，为啥这时才回来？渴吧？饿么？瞧脖子里这汗，热吗？走多远的路，累不累？看这个子，有多高！比妈高半个头了！在外头想不想妈妈？你一个人在外边咋过日子的？”

承达边笑边抿着母亲已花白的鬓发说：“妈，你问的问题太多，我一时答不过来，现在让我先问你，只问三句，第一，你身子好吗？”

“好，妈的身子结实着哩！”云纬摸着儿子胳膊上凸起的肌肉，高兴地点头。

“你知道战争又开始了吗？”

“知道，知道，可是这是为啥？不都是中国人么？为啥事就不能坐下好言商量呢？”

“妈，先别问我，再听我问：你愿出来帮帮我吗？”

“帮你？妈当然愿意！你说让妈干啥吧！”望着几年不见的儿子，她快乐得只会点头了。

“活儿倒很轻，只是需要妈妈离开家，到另外一个地方住着，而且不能和熟人们见面！”

“哦？”云纬一怔。在这一瞬间，她想起了达志，想起了达志说过些天就要接她过去住的打算，咋着办？

“妈，如果你答应，明天头晌，你只需带一点穿的衣裳，顺着往邓县的大路走，在潦河镇街头，有人等你！”

“噢，承达，妈答应，妈今夜里再跟你细商量，有桩事妈也正想跟你说，尚吉利——”

“妈，我们以后见面再说话，现在我得走了。”

“走？”云纬吃惊了，“才回来就又要走？有啥要紧的事慌成这样？跟我进屋，妈还有话问你！”云纬不由分说扯了承达的手就往屋走。承达只好进屋，但他没坐，只笑了说：“妈，那你有话就快问，我真的不能久停。”

“你这些年都在哪里？”云纬一手抹着承达额上的汗粒一手去抻他的衣襟，她仿佛要把这些年积攒在心里的对儿子的爱全都拿出来。

“先在延安，后随队伍去了长城一线，一直在那儿和日本兵打。”

“哦，你如今在干啥？”

“他现在是我们的侦察连长!”和承达同来的那个年轻人这时接口。

云纬再一次把惊异的目光停在儿子额头。呵,这么些年他一直在玩枪!我的两个儿子为何都和枪结了不解之缘?“你可得小心呵,如今人家正在和你们打仗!”她紧紧攥住儿子的手,忽然意识到这是白天,这个地方离城又是如此近,万一让人发现……一种恐惧风一样钻进她的心里。“你快走吧,妈不留你,记住以后白天不要来这城边走,小心被人家看见!”

“别怕,妈,我们的大部队就要过来了,要不了多久,南阳就要变成我们的!”

“快走!”恐惧使得云纬催儿子走了。望着儿子拐上往北的大路,她才想起,她竟没让久别归家的儿子喝一口水。走吧,孩子,走得远远的,越远越安全。天爷爷,保佑我的两个儿子吧!达志,你的儿子回来啦,他长得比你还高还壮,我多想让你们父子见见面,但是这次不行,太危险,以后你会见到他的。总有一天,我要把他领到你的身边……

4

时辰离黄昏还有很长一段距离，响着的三台织机就相继敛了声音，不甘而无奈地静坐在那里，像一个满是力气渴望驰骋的儿马被拴在厩里一样，浑身都透着一股不愿意。但这没有办法，南阳城的东西南北四个方向上，差不多每天都有枪炮在响。织丝厂的原料买进和产品销售都成了问题，尤其是销售，这年头谁还有心穿绸着缎？因此，只有这样织织停停，停停织织了，就这，库房里还积压着成品哩！

达志蹲坐在车间的门槛上，默默地看着一张报纸，那是卓远刚才让月儿送来的一张半月前的《东方日报》。报纸上有一则卓远加了红框的消息：记者日前在美国洛杉矶举行的世界丝绸博览会上获悉，获得今年博览会金奖的是美国一家名叫安妮的丝绸织造厂织造的产品……

我们在最值得骄傲的工业领域也失去了奖章。这奖章本该属于中国，也许就属于我尚吉利。但是我们失去了！我们失去了安宁也就失去了一切，包括时间、金钱、荣誉、尊严……

“爹，我想了个销售积压绸缎的方法。”立世这当儿从后院走过来说。

“啥法子？”达志仍盯着报纸上的那条消息，没有抬头。

“你说社会上如今最有钱的是哪部分人？军官！大大小小的军官们。只有他们还有钱买绸买缎！眼下南阳和南阳四周驻防的军人这样多，咱何不想法送货上门，把绸缎摆到军营里，吸引军官太太们的眼睛，让她们催着她们的丈夫掏钱买？！”

“嗯，这倒是个主意。”达志抬头望着儿子，“你可以去试试！”

立世说干就干，第二天头晌，就和昌盛用独轮车推了满满一车绸缎去了校场路上的一处军营。事情还真如立世估计的那样，把五颜六色的绸缎在军营的操场边上往绳子上一搭，立刻引来了那些随军住在军营的女眷们。她们七嘴八舌地议论、比试并互相怂恿，果然不久后就都回家找丈夫要钱来买。一车子的绸缎仅在这一座军营里就销售一空。这可真喜坏了立世父子，第二天就又推车去了白河南岸的又一处军营。这一天又是全数卖出。如此几日下来，家里原来积存的绸缎竟推销一空。这个意外的结果使得达志也满怀喜悦。三代人是在最后一匹积存绸缎卖出的那个月朗风清的夜里开始清点钞票结账的。因为数天来，推销时都是按市价收的纸钞，所以清点钞票很费了三个人一阵工夫。一大堆钞票摆在桌上，要一张一张展平，一种面额一种面额的归拢，最后再数清。三个人心花怒放地干了差不多半夜，才算算出了数目。

这一笔数目不小的现金究竟怎样使用，达志和立世意见不一。立世说应该全用来到南召、内乡、镇平境内收购生丝。说我们是开工厂的，出去收丝时无论碰到国共哪一方的军队，只要说明情况，想他们也未必就会扣下咱买的丝。达志则主张先把钱存起来。说存钱总比存丝方便，现在就是把大宗的丝都顺利买回来也不敢开机织成绸缎，因为没有客商来大批进货，军营里的那点购买力已经用尽，根本不可能再买走这些绸缎。父子二人的分歧最后以儿子服从父亲宣告统一。

决定了保存现金之后，在现金的保存方法上父子二人又发生了分歧。达志主张存在钱庄里，立世则认为在这战争年月里，还是把钱放在自己身边放心。时局一旦好转，立刻就可以外出收丝和买其他原料；存在钱庄里到时一旦取不出大笔现款岂不麻烦？这次的分歧以父亲服从儿子结束：达志认为儿子的主意有些道理。

存钱的法子还是老法子，放在坛子里深埋地下。三个装满纸钞的坛子在一个月黑之夜被埋进睡屋的床下土里之后，父子二人都长长地舒了一口气。

父子二人那晚上都心身放松地走进了幽长的梦境，不同的只是梦的内容。立世走进的是一片粉红色的树林，林中的一块空地上站着一个浑身贴满白纸的女人，女人欢笑着去撕身上贴着的钞票大小的白纸，每撕下一张女人白嫩的身子就露出了一片。立世饶有兴味地看着并盼着她快点撕完身上贴的所有的白纸。女人的四周渐渐布满了撕碎的纸片，美丽的身体雪一样的露了出来……达志走进的则是一条涂满青色的地道，在地道的深处有一座巨大的坟墓，两个男人正在坟前散发白色的纸钱，和钞票一样大小的纸钱漫天飞旋如飘雪一样好看。达志正在观赏这少有的景致时听到一阵瘆人的笑声，就是这奇怪的笑声把他从最初的曙光中吓醒。

那天吃早饭时父子二人都是边喝稀粥边回忆昨晚稀奇的梦境,但谁也没有说出来。父子二人那时都还没有意识到,未来在利用梦境对他们进行昭示:一桩可怕的灾难距离他们已经很近……

5

栗温保在他的指挥部处理完当天的军情事宜已近子夜。他近日越来越感觉到和共军打仗不是一件轻松的事情。他如今必须倾尽全力来判断共军各种虚虚实实的举动以便做出相应的决策,以至于每天晚上上床时左半侧的头部就像针刺一样的疼。

他身穿睡袍平躺在指挥部隔壁的卧室床上,让随军护士的那双小手轻轻地按摩着他的头部。他始终坚信男人恢复体力和精力的最好办法是和年轻女人接触。有许多个夜晚,都是这位年轻女护士的一双小手把他送入不太安稳的睡乡的。只有当他睡熟之后,护士才能轻轻去外间的床上躺下。他近来常常在半夜被噩梦惊醒,一旦惊醒就很难再次入睡,那时就需要小护士上床对他进行另外一种按摩,他总是在那种按摩结束后的疲乏之中再次沉入梦境。

今天晚上他刚刚来了点睡意，床头柜上的电话铃却突然响了。小护士惊得跳起来抓住了话筒，但她并没有立刻对着话筒问是哪位，她要等对方先开口，如果是男的她可以搭话；如果是女的她必须交给栗温保应腔，以防止引起一些不必要的麻烦。

"喂，爸爸！"话筒里传出的是栗丽的声音。女护士以极轻的动作把话筒递到了栗温保手上。原本因电话响在此时而满脸愠色的栗温保听清是宝贝女儿的声音，脸上立时换成了笑容："是我，小丽，这个时候打电话有啥急事？"

"是有一件很急很急的事，你必须现在就来我家一趟！"栗丽用的是命令的口气。

"不能等到明天早上？"栗温保笑了，对女儿他绝少发脾气。

"不能！你要这会儿不来，明天早晨你可能就要后悔！"

"好，好，我这就去。"栗温保放下话筒赶忙起身让护士帮助穿衣。栗丽的脾性他知道，万一因为自己不去而出了什么事岂不糟糕？

栗丽如今的家在望乡台附近的一座青砖灰瓦的小院里。夫婿是栗温保手下最有作为的一个团长。当初栗温保决意把自己的女儿许配此人，是因为他觉得这团长将来可能会有造就。栗温保从轿车上下来走进女儿和女婿的院门后多少吃了一惊：院子里亮着十几盏灯笼，这些灯笼全部由男女仆人们提着环立在卧室门外；离门口十几步远的地上，扔着一堆被子和男人、女人的衣服；栗丽正柳眉倒竖双手叉腰立在灯笼围定的卧室门前；她的身边站着一个当初陪她来到婆家的年轻女佣，女佣的手上拎着一支手枪。"咋了，出了啥事？"栗温保紧走几步来到女儿身边。栗丽看见父亲顿时眼圈有些红了，她鼻翼吸动了几次才开口说出一句:“你进我们的卧室去看看!”

栗温保狐疑地抬脚向卧室走。他虽然已经断定屋子里出了事情,但他进门后看到的情景还是让他没有做好准备的头脑轰地响了一声。——他的女婿赤身裸体和另外两个裸体赤身的女人各自抱头蹲在床上。栗温保只看了一眼就顷刻间猜出了事情的全部经过:一定是女婿趁女儿外出玩起了女人,当三个人熟睡之后女儿回家发现了真情,于是悄悄抱走了三个人的衣服和屋里所有可以蔽体的东西,待把灯笼都点亮之后才最后抓走了盖在三个人身上的被子……

栗温保扭头出来铁青了脸说:“先把他们的衣服扔进去!其他人都各回各屋,谁也不许向外说出今晚的事情!”

栗丽极慢极慢地在门前的台阶上坐下,将两个女式坤包扔到父亲的手上说:“我还想让你看看这个!”

栗温保知道这是那两个女人的包,他估摸里边装了女婿给她俩的钱,但打开一看才知道,每个包里有一根金条。

“晓得那金条是从哪里来的吗?”栗丽抬眼瞪着父亲,“是没收的汉奸们的财产的一部分,这些财产本应上缴国家,可他一直留在家里说等方便时再交。没收的二十根金条中如今只剩下了八根,你要不要去看看家里盛金条的保险箱?”

栗温保边摇头边又重新走进卧室。他挥手让两个已穿好衣服的女人快走,随后转对红着脸低头坐那儿的女婿说:“你愧对了我对你的信任!你知道战争的发展对我们是多么不利,可你竟还有心在这儿玩……”他省略掉了“女人”两字,因为这一瞬间他想起了他的那个小护士和薛小亚,他决定避开这个问题:“你知道蒋总统的长子经国先生最近讲过什么话?惩治腐败!打击一切贪污受贿的腐败官吏!你挥霍没收来的汉奸财产算什么行为?一旦抓住你该怎么处置你恐怕心里也能明白！我今天告诉你的只有一句话：你好自为之，别让我再从栗丽那里听到对你的抱怨！我的脾气你也知道！"

栗温保出来时栗丽还在台阶上一动不动地坐着。"小丽，歇去吧，凡事想开些，他若再不改正我会为你出气！"他知道在这个时候，任何安慰都不可能止住女儿心上伤口的疼痛。只有让时间来帮助她习惯这种做了官的男人的生活。

"爹，你等一等，我有话给你说！"栗丽叫住父亲，"我当初答应过你，我做他的妻子，我现在仍然会去实践我的诺言，这一点你不必担心！我这会儿要给你谈的是另外的事，是关乎你所为之效力的那个政府前途的事！"

"别因为生气就说傻话，小丽！"

"爹，我这会儿已很平静。我现在要给你说的是我在最清醒时思考的问题。这个问题就是：你所效力的那个政权，前途可能要有些麻烦，极有可能是一种崩溃的结局！"

"小丽，别胡说！"

"我不是胡说，我这是经过分析得出的结果。一个政权，其上层出现腐败还并不可怕，因为要从上烂到下还有个时间；其下层出现腐败也不是十分可怕，一方面上边可以对其制止，另一方面从下烂到上也要一段时日。一个政权最怕的是中间腐败，中间一旦腐败，可以很快向上向下蔓延从而加速其死亡过程。这就像一根萝卜，中间一烂，上半部很快因为失去养料来源变干变枯；下半部因为中间的烂液下流而更快坏掉。眼下的国民政权，其中间部位已经烂了，它的中层官吏们没有烂掉的虽然还有，但已经不多。因此，女儿想提醒你，这个政权的未来已经笼罩着一股不祥之气。所有的政权在灭亡前都有一个共同的征兆，这就是腐败！你要早做打算！"

栗温保被女儿说得打了个寒噤，但他最后还是瞪了一眼女儿："不许瞎想，快去歇息吧！"……

6

达志是在抢购风潮抵达南阳的前一天离城前去唐河正华烟厂的。正华烟厂在上海托人购买了一台十二匹马力的单缸柴油发电机组,用于本厂的生产和照明。这在南阳还是第一家,达志因此想来看看其功能和操作情况,心里打算着一旦局势稳定厂里生产正常之后,就也买一台这种机器。

因为是步行,达志那天到达唐河时天已黑得彻底。在这种黑如墨染的天气里去看发电机,其制造光明制造力气的功能当然会使达志激动无比也高兴无比。他在笑声里根本不知道,通货膨胀这个恶魔,正趁着夜色站在南阳城的上空把苦难疯狂地撒向城区的每一条街道。

他第二天半上午时开始离开唐河往回返。那时辰抢购风潮那锐利的爪牙已经悄无声息地伸到了县城的边缘。最先得到物价就要飞涨消息的城边的人们,匆匆提着手上的钞票出门往街里走。达志虽然觉得了一点诧异却并没有在意,他当时只是在心里惊奇:市场上今天是要卖什么稀奇金贵的东西?

他返回到南阳城时太阳已经落下,在依稀的暮色里他看见了一种反常现象:南关的几家粮店早早地关上了铺门,而门口还依然围着些手中提了钱的顾客。咋着回事?有顾客为何还要关门?他有些讶异地看着暮色里的街景,这时候他方感到了有一股不祥之气在街道上飘荡。

走进家门,他第一眼看见的是院里放着的十几个胀鼓鼓的麻袋,小昌盛正攥着一根木棍坐在麻袋上。“咋着回事?麻袋里装的啥东西?谁送的?”他一连声地问。闻声从屋里走出的尤芽还没有来得及开口,昌盛已说开了:“全是我爹买的东西,有包谷有红薯干,还有一口缸和一些瓦罐。”

达志一听头上就起了火,娘的,真不是一个会管理的东西,多金贵的流动资金,怎么拿去买了这些?该留着以后去买丝、买染料、买柴油用呵!他正待骂出口,立世拎着一匹土布进了院子。达志立刻叫开了:“咋了,你是不是不想开织丝厂了?买这些破烂东西做啥?”

“爹,你不知道今天城里发生了什么事。从早晨开始流传武汉、襄阳物价已经飞涨的消息,上午人们就开始拿钱来抢购东西。人们什么东西都买,都是想买成实物放在家里保险,结果越抢物价涨得越快,你知道今后晌包谷的价格比昨天高出了多少?二十倍!我是怕咱一点东西不买会吃亏,今后晌才买了这一点。我正急等着你回来拿主意呢,咱还有那么多纸钞,要不要明儿个赶紧花出去?”

达志吃了一惊,这才明白为何南关的粮店门口此时还围了拿着钱的买主。天呵,事情怎么一天之间就起了这样大的变化?照这样下去人还活不活了?政府应该赶紧制止这种物价上涨的势头，赶紧呵！

达志和立世包括尤芽那晚上都没有睡好，黎明刚刚来临，立世就从床上爬起来问达志要不要把埋在地下坛子中的那些钞票拿出来去买成实物。达志摇摇头说："别急，在这个物价上涨的风头上买东西不是吃亏太大？我看看情况再说。"

尚达志没吃早饭就去了街上。街上到处都是拿钱买东西的人，人们买不着这东西就买那东西，一心想把手中的钞票用出去的模样好像已经没有了明天。这种末日气氛令达志感到恐惧也使他坚信，政府决不会不管不问。不要慌，沉住气，物价会有降下来的时候。

他也曾打算抢购点生丝，在街上找了半天才找到了一个卖丝的。一问价钱又吓了一跳，比几天前的生丝价格高出了二十来倍。不，不买，用这个价格买来的丝织成再好的绸缎也赚不了钱。

那天后晌达志去了一趟专员公署探问情况，公署里的人回答说正在想办法制止这种混乱状况。这个回答让达志安心了不少，他想也许一两天后物价就会开始回落，那些抢购东西的人早晚还会后悔。

但事情并没有按达志的希望向前发展，接下来的几天物价仍在可怕地上涨。达志这才彻底慌了，他不得不决定也加入抢购的队伍，让儿子赶紧把埋在地下的那些钞票拿出来。但是晚了，犹豫不决和心存侥幸使他丧失了宝贵的时间，他手中的钞票已经贬值到了可怕的程度。第一坛钞票立世和尤芽拿出去买回来两张铁锨、五十斤面粉、二斤铁钉、两口木箱、一个尿壶、一沓写春联的红纸；第二坛钞票只换回来一麻袋萝卜。当立世阴沉着脸扛回那一麻袋萝卜说"只能买到这点东西"时，达志像遭了雷击一样枯立在那里，他两手抖颤着想帮儿子把萝卜放下地,却到底也没能伸出手去。

第三坛纸钞只花出去了一半——为昌盛买了一个褂子和一个短裤,剩下的那一半再也花不出去了。所有的店主都只要硬通货而不要这种近似白纸一样的钞票了。立世把那半坛钞票抱回院中时,达志踉踉跄跄地奔过去,一边嘶叫了一声:"怨我呀——全怨我呀——!"一边大把地抓起钞票向半空撒去。浅色的钞票纸钱一样在空中散开,飘飘荡荡坠落在地。这情景在一瞬间让达志忆起了他当初做过的那个梦:纸钱飘旋在一个青色的地道里……他只来得及呻吟了一声:我的织丝厂呵——就仆倒了下去……

7

栗温保走近那个刚刚发生过搏斗的现场时，氤氲在空气里的那股血腥味还没有完全散去。他的鼻子抽搐了一下，打了一个不算太响的喷嚏。他看见士兵们正用水冲刷石板砌成的街道上的血迹。是的，应该冲刷干净。应该让人们尽快忘记这个事件。血这种东西容易让人们的神经激动，而眼下我需要的恰恰是安宁。

栗温保心里明白，在这种物价飞涨通货膨胀的情况下，人们心里的焦躁都已接近了燃点，任何一个火星都可能引起大火，必须把每一个溅飞的火星都看成火灾来灭。也正因为此，下午他一接到德华街重阳粮店发生抢粮事件的消息后，立即命令部队封锁德华街并快速地把抢粮的人群镇压了下去。决不能让蔓延在全国的抢米风潮再在南阳刮开！

“司令，据报，省立五中、南阳女中、南阳简易师范的学生们要在明天举行示威游行。"副官轻声地在栗温保耳边报告，"他们提出的口号是反通货膨胀、反饥饿、反内战。"

"哦？查清了谁是组织者？"

"还没有，不过煽动者可以肯定是卓远！"

"嗯？"

"他在今天的《宛南时报》上发表了一篇署名文章：《国何以存，民何以生？》公开批评政府的经济和金融政策。报纸今天出版后，学生和民众争相传阅，造成人们的情绪更加激愤，起到了点火的作用！"

"又是他！"

"我们该采取措施，防止因此而引发大的骚动！我们很难经起——"

"天亮之前，派部队进驻各校，严禁学生天亮后走出校门！"

"为防止《宛南时报》再发表点火性的文章，是不是把它——封了？"

"那势必引发卓远和知识界的抗议，造成新的麻烦。上次他们不是把二百支钢笔折断摆在报馆门口，抗议我们不让它发表过激性言论了？"

"那依司令之见——"

"不让一个人发表文章的办法好像很多。"

"当然。那干脆派人去当面警告他，不许——"

"他会把你警告他的事也写成文章！"

"那就找个借口把他抓起来！"

"那会引来更多的人写抗议文章！"

"那便差人去把他的那只手废了，他就剩下了一只手！"

"他还有嘴，他的控诉会变成更厉害的文章！"

“吓不行，抓不行，废不行，那我们只有——”

“这天好像要下雨了。”栗温保突然不再理会副官而仰面向天说道，随即便径直朝自己的汽车走去。车门拉开的时候，后座上传来了一声轻轻的狗吠。他叫了一声“宝贝”，一只毛茸茸的小狗便从座位上弹起跳到了他的怀里。这是一位下属前些日子送给他的一只叭儿狗，他很喜欢它那股亲热人的劲头。它容易让他忆起当年在落霞村打兔子的岁月，那时候他也有一只狗。他如今常常想回忆过去。汽车在石板路面上有些颠簸，叭儿狗在他的怀里叫了一声，尔后乖巧地扬起一只爪子让他看。这时他才发现它的那只爪子上有一个小小的伤口，不知是扒什么东西时剐伤的。他有些心疼，急忙转对一名侍卫交待：“这狗爪上有一个伤口，回去记住告诉军医给它治治，伤口不大，但我想它可能会疼……”

轿车呼一下拐了个弯，将侍卫的一声恭谨的回答摔出了车窗外……

8

审校完第二天报纸的清样,已近三更时分了,可睡意还在远处徘徊着未来,卓远就从书架上拿下一卷《资治通鉴》翻起来。只是没翻几页,就又烦躁地扔开了它。这是让当权者看的书,你看了有何用处?难道还会有人来听你的治国主张吗?

油灯的火苗在从窗缝里钻进来的越来越凉的夜风中抖索着,一副将灭未灭的模样。看来,眼下的政权有点像这油灯,已经不起多长时间的风吹了。一个政权眼看着通货膨胀而无力制止,眼见着大批的工商业者破产,大批的平民沦为赤贫而无力相救,那人们还要这个政权作甚?看待一个政权有没有存在的价值,归根结底是要看它能不能给社会上大多数人提供富裕幸福的生活。倘是它只能给大多数人带来惊慌不安和苦痛,人们对它的抛弃是早晚要发生的事!现在需要弄清的是,它还有多长时间的寿命?

“喵——”院子里突然响起一声猫的惊叫。卓远听出是家里养的那只黑猫。总不是被老鼠吓的吧？你这个胆小的家伙。他起身想去开门让黑猫进来，却不防刚一起身便爆发了一阵长长的咳嗽。他急忙去捂嘴，怕惊醒已经睡熟了的家人，但是迟了，隔壁响起擦火柴点灯的声音。把绫绫和卓炯他们惊醒了。

绫绫从卓炯的胳膊上抬起头，一边抿着散乱的鬓发一边诧异：“伯还没歇？”跟着坐起身去穿衣服。睡眼惺忪的卓炯揉着自己被绫绫枕疼的胳膊说：“去催他歇吧，快四更了！”

院子里好凉，绫绫一出门就打了个冷战，她急忙推开书房的门走了进去。她先去拍伯伯的后背——卓远还在咳嗽，身子因为咳嗽缩成了一团。卓远在绫绫的轻拍下终于渐渐把咳嗽停下，绫绫这才又转身去倒热水。抱怨声和水声一同飞进卓远的耳里：“伯，你咳嗽还没好，咋又熬夜？俺们都睡了一觉了！”

“人老了，没瞌睡。”卓远一边笑望着绫绫一边去喝热水。绫绫这当儿走到窗前的书桌上去收书本：“伯，不准读了！我给你把书收——”绫绫的话到这儿突然止住，两眼骇然地瞪着窗外，与此同时响起一声惊恐地尖叫：“人——”

卓远在绫绫的叫声中慌慌地站起身来，他那一刻还没想到要躲避什么，他只是不知道绫绫为什么惊恐，但就是这个起身的动作让他的心脏躲开了一发致命的子弹。几乎在他站起的同时，一声尖利的枪响将深夜的寂静和窗纸击碎，子弹打中了他的腿，他哎哟一声跪下了地。绫绫不知是看出了紧跟着的危险要去保护伯伯还是出于在灾难中向亲人靠拢的本能，迅疾地转过身向卓远扑去，但就在这一瞬间，第二、第三发子弹啸叫着飞了过来，梅花状的血渍顷刻间便在绫绫的后背上显了出来。

枪声惊醒了卓炯、雅娴、达志一家和附近的邻居，到处都有开门的响动，一个黑影就在那一霎跳过了卓家的院墙。卓远什么也没看见，他甚至忘了发一声喊。他只是无限恐慌地用双手去捂绫绫后背上的伤口，血已经把绫绫白色的内衣后襟全都染红，且还在争先恐后地冲开卓远的指缝向外喷涌。“绫绫，绫绫——”卓远用尽全身的力气哭喊着，仿佛要用哭喊去唤回绫绫那正向高空飘飞的生命……

当卓炯、立世和邻居们拎着木棍冲进屋里时，浑身是血的绫绫已经软软地躺在了卓远怀里，煞白的脸上还残留着惊恐。呆了似的卓远一动不动地抱着绫绫，发白的眼仁直瞪着拥进屋里的亲人和邻人，那模样像是在惊诧：你们来干啥？

人们用了好大工夫才把绫绫的遗体从卓远的怀里抱出来，才把还在淌血的卓远的左腿捆扎好。所有的人都被这突然而至的灾祸击蒙了，没有人想到去哭，直到把绫绫的遗体放好之后，哭声才升了起来。雅娴和月儿那凄惨的哭号被夜风送往城市的许多角落……

天还没有亮，星星不知何故都已隐走，只有冰冷的夜风在四处爬行……

9

我现在懂了，列祖列宗，你们刻在前院石头上的那个图案▦是一个蛛网，你们是在告诉我和我的儿孙，我们是被粘在这张由苦和难纵横交叉构成的蛛网上的苍蝇，尽管蛛网的四周是欢乐是畅快是幸福，但我们尚家人注定要在这张蛛网上挣扎，根本无可能抵达蛛网四周那些美好的地方。我这样理解对不对？对不对？告诉我呀你们……

被通货膨胀和绫绫惨死双重打击砸倒在床上的尚达志，双眼直盯着在屋角晃动的一张蛛网，发红的双眼里放出灼热而异常明亮的光。

一阵拐杖捣地的声响没能影响达志对蛛网的盯视，直到立世喊了他一声他才扭过脸来，才看见原来是卓远哥架着拐杖站在他的床头，脸上满是因挪动伤腿而疼出的汗水。

“达志……我没能护住你给我的女儿……”卓远的话里

夹着粗重的喘息，两滴巨大的泪珠和汗水交汇后落在了地上。

达志抖颤颤地伸出一只手，按在了紧抓住拐杖的卓远的手背上，许久之后才发出了微弱的声音："当初……我也没有护住你给我的女儿……"

立世和尤芽把卓远搀走后达志沉入了一阵短暂的昏睡，就在这阵昏睡中他又看见了那个蛛网。他看见他在那个蛛网上挣扎着想爬向蛛网的边缘，可每当他就要抵近蛛网边缘到达安全之境时，一个巨大的蜘蛛就快速地在他前边又布下了一片网格。他听见一当他抬起衣袖去擦拭额上的汗水，那个蜘蛛就在一旁发出冰冷的笑声……

一阵轻微的触摸把他从噩梦中拽出，醒来时他看见云纬蹲在他的床前，正用衣袖轻擦着他额上的汗水。"我刚刚看到报纸，报纸上说持枪盗贼闯进卓宅，巡逻队闻声追堵已将盗贼击毙，我担心出事，没想到果真……"云纬的声音在达志耳边絮絮地响着。

"他好吗？"达志突然高了声问，人挣扎着要坐起。

"他好。你快躺下！"云纬知道他是在问承达，当初她按小儿子的要求离开百里奚村去潦河镇时，她来给他悄悄说过她暂时离开的原因。

"他们啥时候能来？"达志的眼睛又闪出了灼热的光亮。

"来？"云纬一怔。

"来！"达志直盯住云纬，"告诉他，我盼着他和他的人来！"

"我不知道，他只让我在一个小店里卖香裱火纸，但我从他们的话语中听出，他们的大队伍就要来围南阳了。"

"这个社会已经没法让人活下去了。"

"我懂你心里的苦楚。"

“它总是从你手里拿走东西，不给，只拿！”

“你一定要想开，好日子兴许在后头。”

“会有好日子？”

“承达说会有！”

“告诉他，我想要的好日子就是让人安宁安心地办工厂，让人平平安安。”

“我会给他说的！”

那样一天会来？会真的有那么一天？达志又抬眼去看定墙角的那个蛛网。我会爬到蛛网的边缘？能走进那些没有格子网的地方？能脱离开苦难？……

10

白色絮云中的一个黑点在不断地向近处滚来并涨大，渐渐显出了它带有双翅的身形——一架军用运输机第一次飞抵南阳古城的上空。

栗温保默望着飞机在空中盘旋，这条空中通道的建成似乎没有让他多么高兴。几个月前，他相信机场的建成会使他的城防变得更加固若金汤，为此他下令强征几千民工和几百辆牛车日夜赶修。仅仅几个月后的今天，那种自信已消失得无影无踪，一股冰冷的寒气开始钻进他的心中，并像此刻的飞机一样在他的胸中盘旋。

战局的变化如此急剧令他有些目瞪口呆，拥有强大军队的政府如此快的瓦解真出人预料之外。如今，南阳城四周除了向南还有通道之外，宛东、宛西、宛北三个方向上的大多数城镇都已被共军占领，一种兵临城下的感觉令他常从夜晚的睡梦中惊醒。也许当初我不该听从副官的建议而把赌注押在国军一面，我该保持一种中立的姿态，既不亲共也不亲国，那样我今天就有了回旋余地，就有可能仍然保住我已经得到的一切……

飞机鸟一样地滑落在跑道上。栗温保在副官的提醒下向飞机走去。十几门小型的美式新火炮和成箱的轻武器正从飞机上卸下。看到这些崭新的武器，栗温保的心又为之一振，只要我有枪有炮有军队，我的未来就有保证。也许眼下的局面只是暂时现象，顺利和胜利就在不远处等着我……

“司令，随飞机来的陶处长说，鉴于目前的局势，为使指挥官们无后顾之忧，全力应敌，上峰让分批撤离团以上军官的眷属。”副官的报告再次打断栗温保的思索。

“嗯，那你去安排吧。”

“飞机后晌就要返回广州，你那里让草绒夫人还是让紫燕夫人先走？”副官又问。

“让草绒先走！”栗温保不假思索地说。自那次草绒当他的面掀掉饭桌之后，他心里就充满了对她的怨恨。女人老了真他娘的令人讨厌！这次送她去了广州，今后就是胜利了也决不再接她回来，就让她带着秉正在南方过活，让她尝尝不住在我身边的那种滋味！娘的，要不是我，你如今能吃穿住那样好？……

草绒最初听说要让她和儿子后晌就离开南阳飞往广州时吃了一惊，她的第一个反应是想说：不！但后来她又把这个字嚼碎咽进了肚里。她想到了近在咫尺的战争，想到了儿子秉正的安全。子弹是不长眼睛的，万一秉正在城中走动时让——她不敢让自己的想象顺这个方向延伸下去。离开一段日子也许不是一桩坏事！她就是在这种考虑下同意南飞并开始了紧张的离家准备。

草绒和儿子坐上去机场的汽车时栗温保走了过来。这毕竟是一场离别,栗温保觉得有必要来送一送。草绒和秉正见状也急忙走下车来。“爹,再见!”秉正恭恭敬敬地向父亲鞠了一躬。栗温保拍拍儿子的肩膀:“照顾好妈妈,有事随时给我写信。也许要不了多久就会再把你们接回来。”栗温保说完把目光转向了草绒。她的头发已经白了这么多?女人老起来可是真快!当年在落霞村时她是多么水灵的一个姑娘,从那时到现在已经过去了多少年?“一路平安!”他朝她说,可他听出了自己那话音里未带多少感情。“你要多保重!”他听见了草绒的声音,那声音有些发颤。这使他的心一动,他看见她的眼里有一层雾一样的东西在飘。他突然想起了她刚生枝子的那一天……

“还有,要尽量少杀人!少杀!”草绒忽然这样说,“你手里有枪,杀人很方便,可上帝在看着人间,谁杀了人他都在记着,他会有惩罚——”

“好了,上车吧,该去机场了!”栗温保打断了草绒的话。女人永远就是这样爱唠叨,走吧,把你送到广州我看你对谁唠叨!

汽车开走了,儿子在隔窗向后朝他挥手,他点了点头。他觉到了一阵轻松,这下我的后院安宁了,没有谁再总是来指责我……

他是在自己的府邸里看见飞机起飞升空的,他再次舒了一口气。像许多和家人分别的人一样,栗温保相信自己只要愿意,随时都可以再和他们见面,他根本不知道这就是和妻子、儿子的永别。许多年后,当他终于意识到这就是永别之后,他才极力去回想那天飞机腾空时的情景,才记起当时的天空中有一片瓦灰色的云团在慢慢地裂成两块,两块的中间露出湛蓝的天空,那线天空蓝得像海……

11

淅沥的秋雨使潦河镇比往日更早地进入了黄昏。街邻们晚炊的烟缕开始在雨滴的缝隙里升上迷蒙的暮空，稀疏的狗叫声在不长的街筒里飘来荡去。云纬就在这个时刻下定了要同小儿子承达讲清他的生父是谁的决心。

那一刻承达正在福寿香裱火纸店的后屋里同几个来买火纸的"顾客"密谈。云纬轻轻关上了店门，开始边做晚饭边注意后屋里的动静，她希望承达和那些人的密谈能够早点结束，以便她和他开始那场她酝酿很久的谈话。

天完全黑定之后她听到后屋里有了响动，随后她看见儿子拉开了后窗，几个"顾客"转眼间星散在了浓浓的夜暗里，淅沥的雨很快将他们的脚步声抹去。

承达来到妈妈身边时面带喜色，一边去锅里抓捏妈妈刚蒸熟的红薯，一边兴奋地附在云纬耳边说："妈，我们的大部队已经到达!”

望着儿子盈满喜气的脸,云纬最后平静了一下自己,便不紧不慢地开口:“承达,妈也有话要说给你。”

“啥?又是想哥了吧?”承达一边向嘴里填着红薯一边问,“要不了多久你就会见到他,他如今已经是我们的首长了!”

云纬摇了摇头:“妈想说的是,你爹——”

“噢,你说是去给爹的坟上烧纸的事?放心,南阳城一到我们手里,我就去他坟上——”

云纬果断地将儿子的话音打断:“蔡老黑不是你的亲爹!”她为自己终于说出这句最重要的话而舒了一口气。

“啥?”和云纬预料的一样,承达倏然瞪起了眼睛,有一块红薯皮粘到了他的嘴角上而他忘了去抹掉。

“蔡老黑只是你的养父,你的生父是尚达志,尚吉利织丝厂的主人。”

“妈!”承达低沉地叫了一声,目光是云纬从没有见过的慌张和严厉,“你在给我说什么?”

“我在告诉你,你是尚达志的儿子!”

“可是……为啥——?”承达像溺了水而头又伸出了水面的人一样困难地问。

“我和你爹尚达志本来就该是一家人,可是后来……”她没再讲下去,讲清这个问题需要太多的话语,她相信不用讲下去儿子就已经明白。

“噢——”承达猛一下用手抱住了自己的头。

屋子里很静,只有屋外的秋雨在轻击着近处的树叶,响声很轻。云纬默望着儿子,等待着他抬起头来。这情景也和她预料的一样:一开始他很难接受这个事实。但她相信很快就会看到儿子的笑脸——他会为他的父亲还活在世上而高兴。

可接下来发生的事却出乎云纬的意料之外，承达抱头沉默许久后呻吟着说的一句话是："我本该是贫农的儿子，可你——"

"贫农？什么贫农？"云纬一惊，她只是注意到了这个陌生的词而未去留意儿子的抱怨口气。

"贫农是革命的阶级，懂吗？"承达抬眼瞪着妈妈，"蔡老黑和你日后完全可以被划为贫农，可现在我竟是——"

"这和你爹有啥——？"云纬有些着慌，她开始感觉到有一股凉气从小腿上升起。

"关系大着哩！现在我成了尚达志的儿子，可他是资本家！他日后将被划为资本家！"

"资本家？"云纬自语着，对这个更加陌生的名词惶惑不已。

"你不懂，妈妈！这事很重要，我在革命，我过去对领导一直说我是贫农的儿子，可现在……"承达再次用双手抱住了头。

"现在你不会说你是尚达志的儿子？"

"妈，你不懂——！为什么你和——你真是——"

"我真是什么？你给我把话直着说出来！"云纬这会儿听出了儿子的抱怨口气，霎时来了气："我当初真是不该要了你这个东西！老子过去千辛万苦养大了你，你爹如今正躺在床上盼着你和你的人早进城去，可你竟在这儿——"

"妈……"承达又一次抬起头时已经满脸是泪，"妈，我的心里很乱，我没有想到你会告诉我这个，我不知道该如何……"

看见儿子的眼泪，云纬的心又软了下去，她一边伸手去擦儿子脸上的泪一边低了声说："怨妈没有早告诉你，别哭了，呵……你爹他是个好人，他想办一个丝织大厂，想让中国的绸缎在世界上扬名……"

那天晚上母子二人睡下之后都久久没有入眠，云纬一直倾听着隔壁儿子的动静：除了不停地翻身就是长长的叹息。她不知道究竟是哪里的问题使事情没有出现她预想的结局：儿子本该兴高采烈地期盼着去见父亲。秋雨仍是不紧不慢地在窗外淅沥，直把清醒无眠的云纬送进第二天的晨光里……

12

卓远瘸着左腿轻轻走到月儿的小床前时,月儿还在熟睡。月儿的一只小手握成拳头放在被子外边,两个小嘴角一动一动,仿佛正沉在一个需要表述意见的梦中。卓远想把月儿的手塞进被子里,又怕把她惊醒,为难中他拿过月儿的小袄,轻柔地盖住了她的胳膊。

每天早晨起床后,卓远都要先来看看月儿,尔后才能安心地去做他要做的事。如今,他把心中的爱几乎全部倾在了月儿身上,照顾一个女孩的所有的细小的事他都能想到,想得比妻子雅娴还仔细。他决心让这个失去母亲的孩子在一种没有烦恼和遗憾的生活里度过她的童年和少年,他觉得只有这样才能对得起为护他而死的绫绫——那个如同亲生的女儿。

他瘸着左腿向门口退去。他腿上的石膏已经拿掉,接骨的大夫没能把他那被子弹击碎的小腿骨挽救过来,他于是走路便成了这个姿势。

他的左腿在门槛上不听使唤地碰了一下，就是这一下响动惊醒了月儿，月儿眨巴着眼喊："爷爷，大亮了？"

"嗳。"卓远笑笑，笑容里带了一点歉疚。

"天冷吗爷爷？我要穿小袄么？"穿着红兜肚的月儿一骨碌坐起身，忙着去抓床边的衣服。卓远这当儿又急忙走到床边帮忙。

月儿穿着停当跳下床时，卓远已拿起了梳子笑问："今儿个头发梳成啥样？是燕子的翅膀还是独角的山羊？"

"就梳成妈妈的那个样子！妈妈不是快该回来了吗？我要让她看看，我的头发和她的一模一样！"

卓远的双颊轻微的一抽搐。月儿至今不知道妈妈的去处。因为怕伤及她那颗稚嫩的心，在给绫绫举行那次大规模的送葬活动时始终没让月儿知道。告诉她的只是：妈妈因事去了远处。绫绫死后，卓远和他的学生们当然猜得出击中绫绫的那两颗子弹来自何处，也自然能分析出这次打黑枪事件的真正原因，所以他们把给绫绫送葬变成了一次游行示威。也许是因为担心众怒难犯怕引起更大的骚动，官方的巡逻队才抓获了一个"持枪盗贼"并很快把他击毙……

卓远把月儿的头发梳好时雅娴已经把早饭做好，三口人正准备坐下吃饭，在报社值班的卓炯匆匆走进屋说："伯，政府突然下令，要各学校立刻动员师生做好远行准备，说要把各校迁往湖南零陵。"

"哦？"卓远一愣，不过片刻后就又复归平静，"这么说，那个变化就要来了！他们既是连学校也要迁走，那表明这座城市他们是要放弃掉了！"

"咱们怎么办？"

“不走！我们留下来看看另外一种制度。我们不是一直想寻找一种能给平民和国家带来富裕和富强的制度吗？不是想寻找一种公正的民主的安宁的社会么？我们来看看我们是不是找到了！你去告诉报社里的诸位，就说我不走了，报纸暂时停刊，由他们自己决定自己的去向。顺便去告诉你达志叔一声，让他们先进地洞躲一躲！”

卓炯出门之后，雅娴轻了声问：“就这样定了？”

“定了！我们生活的这个世纪已经过去了将近一半，可失望一直在跟随着我们，如今总算有了一个新的机会让我们生出希望，我们不该放弃它！”

“轰——”城中的什么地方发生了爆炸，吓得月儿“妈呀”一声扑到了卓远怀中。

“别怕，孩子，这是钟声！是一个制造经济停顿和吏治腐败的制度的丧钟响了。任何一种政权和制度，只要它不给人们制造平安和富裕，不给人们制造幸福，人们就要疏远它、抛弃它，就会为它敲响丧钟……”

月儿抬起惊恐的脸，不知所以地听着爷爷的自言自语。这时候她听到了又一声爆炸，随后看见有一股烟云腾上天去，把充满阳光的天空涂成了灰色。

“雅娴，月儿，我们也进地洞。”

“轰——”……

13

表盘上的时针才指向三点，离天亮还早。栗温保站在白河南岸的沙堆上，将目光再一次向笼在夜色里的南阳城由西向东扫了一遍。再见了，我的南阳！我不能不暂时放弃你……

近日战争的发展令栗温保彻底地慌了。辽沈战场上四十七万大军的覆没像一个冰坨填进了他的喉咙，令他感到了从未有过的寒冷。唐河、方城、镇平、邓县等周边县城的失去，让他更加清楚地意识到南阳已是一座孤城。打还是走，成了他必须立刻回答的问题；守还是弃，成了他必须立马要做的选择。

以我的这点兵力和逼到城下的共军中原部队主力相拼，即使打得好也不过是多维持几天南阳的现状而已。倘是万一失利，在这座没有多少回旋余地的城池里很可能就会全军覆没,到那时即使自己远走高飞也已无了意义。这年头,谁还会去理会一个无兵无将的光杆将军?重要的是,我将从此失去东山再起立足这个世界的资本!我的部队是我多少年来苦心发展起来的,我不能让它毁在这里!撤,暂时放弃南阳!留得青山在,不怕没柴烧。不过,我的放弃是有代价的,我要把南阳变成一座空城!我要让所有的公职人员、技术工人、店员、手工业者和中等学校的师生都随我走,我要把能带的东西都带走,我要让你们进城之后方知,这里已经人、物两空!也许要不了多久,我就又会回来,南阳最终还是我的!……

“司令,部队在中午前可以撤退完毕,学生和其他人员明日午后可以出城!”副官这当儿走过来报告。

栗温保嗯了一声,向另一个沙堆走去,那上边,站着他的女儿栗丽。自草绒、秉正走后,大女儿枝子和她的一家,紫燕和几个亲戚也都相继走了,如今留在他身边的只有栗丽。

“小丽,想好了吗?爹希望你跟爹一块走!”

“不,爹,原谅我这回违抗你的心愿,我不想走了!”

“为啥?”因为夜色,他看不清女儿脸上的神情。

“爹,我说句坦白的话,我对你为之效力的那个政权失去了信心和兴趣。爹应该能够看见,平民百姓的心如今并没有向着这个政权。原因是它的内部过于腐败,已无力给人们创造富裕、安宁的生活环境。”

“小丽,不要胡说!”

“爹,我也不想这样说,因为你也在这个政权中,我原本也对它充满了感情。可我现在不能不这样说了。这个政权如果不痛下决心,进行一次彻底的反省、改造和整顿,譬如说建立真正的民主体制,把立法、司法、行政三权区分开来,造成一种有监督的有自我更新能力的局面,那它的死期一定不会遥远了!”

“小丽!”

“爹,你走吧,让我留下来,让我看看另外一种政权究竟是什么样式。我决定不走,还有另外一个原因,那就是我想和我的丈夫分开一段日子。他已经又姘上了两个女人,让他快活一段时间吧,要不然他为了躲我整天费尽心思,何必?”

“唉,你晚点会后悔的!”

“也许,但因为这是我自己的决定,我后悔时也不会埋怨任何人!还有,爹,我求你一件事!”

“说吧!”

“在你的部队撤出时,不要让士兵们在城中搞爆炸!”

“为啥?”

“城中剩下的都是平民,他们刚刚从日本人的炮火下活过来,不应该再毁坏他们那一点可怜的家产,不该让他们再受惊吓。”

“好吧,我只让人炸掉我的几处枪械库,其余的不炸。不过我这样做不仅仅是因为你的请求,而是因为我还要回来,这里的一切都还是我的!明白?!”

“爹,恐怕你很难会再以今天的身份回来了。”

“你不相信?”

“爹,你应该懂得,人们一旦决定抛弃一个政权时,那是很干脆的!很干脆!”

“可我——”

“爹,在你之前,南阳已经有过许多统治者,可他们后来都被抛弃了。这是没有办法的事,人们总是根据能否为他们创造幸福这个标准,不断地选择政治制度,政权形式和掌权者,他们总是不断地扔开、迎来,迎来、扔开!”

"司令，该上车了！"副官走过来催。

"爹，你上车走吧！"

栗温保转过身，重又默望着笼在夜色里的南阳城区，一霎之后，钻进了车。

轿车的引擎骤然撕破了河畔的静谧，一长队闭灯的汽车向南迅疾地驶去。一刻之后，河岸又恢复了原来的模样，只有栗丽默立在那里，一阵夜风过来，在水面上掀起依稀的涟漪……

14

尚达志听到院门被敲响时黄昏已近结束，夜暗正从四面八方向城中汇聚，一大群乌鸦嘎嘎叫着从现出疏星的头顶掠过，仿佛在向尚未南走的人们分发着一份恐惧。

从听到第一声门响开始，达志的两个小腿肚就不由自主地开始哆嗦：我这次盼来和等来的会是什么？是福还是依旧为祸？

城中的喧哗和纷乱是半后晌开始停止的。达志判断那是南逃和南走的军队和市民已经走完的征兆。但他一直没敢开门去察看，这年头什么事情都可能发生，还是先躲在自家院里牢靠。他让立世、尤芽和昌盛藏进地洞，自己一个人留在院里倾听外边的动静。

外边的街道一开始静得有些怕人，没有任何一点人声和猫叫鸡啼狗吠，甚至连风也停止了游动，使人怀疑整条街都已经死去。后来,也就是黄昏来临的前夕,达志的耳朵捕捉到了一点脚步声,他猜想那肯定是些蹑脚而行的人;再后来,传来了整齐的有力的成队人的脚步响,达志猜测,这该是共产党的军队开进来了。又过了一阵,他便听到了敲门声。

敲门声像是颇有礼貌,敲敲停停。达志犹豫着没去开时,敲门者仿佛也没有生气,并没有砸门或是高声叫骂,依旧是停停敲敲。这种敲门的文雅样子多少消除了达志的疑虑,他便大着胆子上前抽掉门闩拉开了那两扇吱吱哑哑的木门。反正这门早晚要开,我倒要看看我盼来的是一些什么人!

他想面对他的应该是一些枪口,因为敲他院门的是军人,但门打开后听到的却是很客气的招呼:“尚叔,你好!”

他在一霎的愣怔之后分辨出这声音有些耳熟,但黑暗妨碍他看清来人的面孔,他只看到一群模糊的男人身影。

“我是承银,蔡承银!”

“哦,承银,是你?!”达志有些意外的高兴。

“这是我们的蔡副师长,也是新任的南阳副市长!”一个年轻的声音在对达志解释。

那股绑缚住身心的紧张之感被达志訇然一声挣断:呃,原来是承银,是承银当了市长!“快,快请进屋坐!立世,快出地洞来见你承银哥哥!”达志的声音里溢满了欢喜。一个我认识的人当了市长,这于我尚吉利今后的发展……

“尚叔叔,不进屋了,我们就站在这儿说几句话。我想请你帮我一个忙!”

“帮忙?啥,你说!”

“我想请你尽快地把你的工厂生产恢复起来,让织机响起来,让人们尤其是让我们的敌人看到,南阳城在我们手里已经活起来了!以便把人们的心稳定住!”

"当然……行!"达志因为惊喜声音都打颤了,天呵,我还没提开工的事,他倒提了!"只是,我的流动资金被上回的法币贬值糟蹋光了,我没钱去买原料,我只有想法先卖两台织机——"

"流动资金我们可以先借给你!老汪——"蔡承银立刻扭头朝身后喊,一个提皮包的中年男子应声来到了承银身边。"先借给尚老板五十万元,待他运转开以后再还我们!"那人应一声后,哧一声拉开皮包,在一把手电的照射下,当即把五厚沓崭新的钞票一沓一沓拿出放到了尚达志手上并开始交待:"这是我们刚刚发行的中州钞票,在河南全境流通!我是才被任命的南阳市的银行行长,这个提包就是银行的金库!这是我贷出的第一笔现款,你在这儿按一个手印!你只管放心用这笔钱,因为支持你开工带有示范性和政治性;我将不要你的利息,三个月后你如数还我就行!……"

直到蔡承银一行走了之后,达志还呆呆怔怔地站立在门口。天呵,天下会有这等好事,主动地不要利息把钱借给你让你去开工生产!这不是做梦?!列祖列宗,你们的后代到底等来了好世道,我们尚吉利的兴旺有指望了,我们祖业的发达有指望了!我们很可能要织出"霸王绸"了……

一种轻松和欢喜渗进了尚家这顿延迟了的晚饭里,虽然依旧喝的是包谷掺红薯疙瘩稀饭,可四口人都喝得眉开眼笑。一种重振祖业的希望再一次在尚家院里到处飘荡。

达志和立世在商量了一番原料采买、织工雇请、车间整理等诸项事宜之后,各自迈着轻快的步子回房睡觉,两个人的嘴角上都隐约地抹上了一点笑意。

立世走进自己的睡屋时尤芽正在弯腰铺床,丰满的臀部在灯光下极惹眼地一晃一晃。平日寡言少语绝少开玩笑的立世这刻忽然来了兴致,上前一把抱住尤芽的后腰转身将她抡了一圈,未听见立世进屋,毫无思想准备的尤芽被这个突然的动作吓得张嘴就要惊叫,是立世那紧跟着扑上来的嘴唇把尤芽的惊叫及时堵了回去。

“吓得我以为是来了坏人!”尤芽一边脱着衣服一边嗔怪。

“嘿嘿,”立世一边往被窝里钻一边笑着,“我心里实在是快活!你说,过去有谁会无偿地拿钱来给咱织绸织缎?这不是天上掉下来的好事吗?”

“他们不会是另有用心吧?”尤芽偎进立世的怀里时仰脸问道。

“不管他们的用心是啥,反正钱在咱们手里,发展的是咱们的织丝厂!”

“这倒也是——”尤芽的声音再次被立世的舌头堵住,她感觉到今晚是他们成婚以来他最兴奋的一次,那两只带了硬茧的大手在她身上忙得不可开交,而且他的整个身子也因为亢奋在颤栗。她先是有些惊奇地在黑暗中注视着他在这仅有的兴奋时刻的一举一动,随即便觉出自己的身子也正在慢慢升离地面,感受到他正在把她引向一个有数千只大鸟盘旋鸣叫的奇妙的地方,那个地方有一种令人心旷神怡叫人一闻即醉的花香……

尤芽在即将醉倒的最后一刻,忽然意识到今晚所做的事情中少了一道程序,她摇了摇头把越来越浓的醉意努力赶走,这才记起立世今晚忘记戴上那个东西——他们用羊膀胱自制成的避孕的物件。“停一停……”她在他耳边提醒,“把它戴上了再……”正沉入迷醉状态的立世被这提醒显然弄得有些不甚高兴，一边停了动作一边瓮声瓮气地说："一回不戴就不行了？"

"我害怕怀上……"尤芽的声音浸满胆怯。

"就是怀上了有啥不好？昌盛是独子，你再生一个他们弟兄俩将来也有个照应，咱这厂子以后还要大发展哩，没有人手能行？"

"可我怕……"

"怕啥？这世上哪个女人不生孩子？"

"我是怕日后真有了孩子，我没法喂他奶水；我还怕孩子会问我这地方为啥和别的妈妈不一样……"她把他的手轻轻拉到了她的奶子上。

他的心一颤，忙又把她搂紧在怀里。

"原谅我不想生孩子，除了你，我实在不想再让其他人看见我这地方……"

"好吧，我们不再要孩子。"立世轻拍着她的后背。

"我会把昌盛当亲生儿子看的，人们不是常说，养儿不在多少，好儿子一个顶仨，只要昌盛能干，就会——"

"好好，我懂。"

"你真的从心里同意我——"

"是的。"

"那你……就把这个戴上……"

"好吧……"

接下来两个人又重新开始，但欢乐已经藏匿得无影无踪。尽管尤芽努力想使立世高兴，立世也尽力想让尤芽快乐，可两人都没能如愿。事情最后结束的时候，两人都只是如释重负地嘘一口气……

15

云纬做梦也没有想到,她此生还会再以主人的身份走进那个先是晋府后是栗府的宅邸。当她和承达被承银派去的马车径直拉到那座府宅的朱漆门前时,她几乎是惊恐地诘问那个赶马车的战士:“咋会拉到这儿来了?”

“大娘,没错,蔡承银蔡市长就住在这儿。”那战士一边回答一边伸手要搀她下车,她慌忙闪躲了一下身子。天呵,怎么又住到了这个地方?

“妈,这就是咱家,快下来。”一个剪短发的女兵这当儿笑迎出门朝她亲热地叫。她愣了一下方明白,这就是承银的媳妇了!噢,这儿媳长得是顺眼。承银前些天已派人捎信到潦河镇她那个小店,说他已经结婚并刚有了一个女儿,原来儿媳也是一个当兵的。

云纬不得不下车了。她在儿媳的搀扶下双脚刚落地,早蹦下车跳进门的承达已在高叫:“妈,这院子不错!甸珍嫂子,我和娘住在哪儿?”

“放心吧,不会让你睡到院里!”儿媳边搀着云纬向台阶上走边高声笑道。

云纬的双脚像缠了绳索一样迈得艰难而又缓慢。我怎么会又回到了这个院里?那不是晋金存当年过生日的房子吗?那不是栗温保和草绒当初的卧室吗?那不是老黑当年喂马的马厩吗?呵,这个地方不能住,它让我想起太多的东西!

“妈,你就住这屋里,弟弟住你隔壁。前边的屋子让县中队的战士们住,反正咱一家也住不了这么多的房子。”媳妇甸珍给她做着说明,可云纬却并没有听,她只是吃惊盯着媳妇扶她走进的房子,这不是我当初做晋金存三夫人时住的那间屋子?

——晋爷给你三条路任你选:一条,寻死,看到了吧,那边墙角有绳子,你可以在这间屋梁上上吊;第二条路,要钱,你说个数,我待一会让人给你送来;三一条,把你卖到外地去,卖到……

“不,我不住这儿!”云纬逃也似的急步出了屋子。

“怎么了,妈妈?嫌不合适?”甸珍有些意外。

“妈,你要是不愿住这屋咱俩换换。”承达这时跳过来叫道,“你住隔壁,我住这儿,我觉着这间还比那间宽敞哩!”

云纬担心儿媳看出她的反常,没再说话,点点头走进了隔壁。这是当初草绒做女佣时住的屋子,草绒,你如今在哪里?真是屋在人非了!唉,反正这儿不能久住,一待家里人都安顿下来,我就住到达志那儿去。达志,我们可该住到一起了,我们该有个真正的家了!我们总算拥有了安排自己生活的条件,再也没有什么可以阻挡我们了!……

云纬那天的情绪完全转好是到了晚饭时分。晚饭前承银在警卫员的护送下从外边回来，一看见她就高兴地跑过来连声叫妈，扶住她的肩膀左看右看问这问那，让她心里觉着分外温暖。接下来是小孙女一觉睡醒，小保姆抱过来让她看。小丫头长得胖嘟嘟白生生的好喜人，旬珍和承银一个劲地催那小丫头叫奶奶，小丫头先是陌生而好奇地打量着她，随后才含混不清地叫了一声："来来——"这稚嫩的叫声抓得她的心又痒又酥。后来是承达领着一个穿军服的俊俏姑娘进来向她介绍："妈，这是我的对象文琳！原在我们师部机要科工作，如今是南阳警备司令部的机要员！"云纬虽不知道"对象"这词的含义是啥，但看两人的亲密劲，知道和南阳城里已经订亲的男女差不多了，遂高兴地拉了那姑娘在身边坐下。

饭桌上承银让摆了黄酒，一家人都端起酒碗向云纬敬过来时，云纬心里因住进这栋老宅所引起的不安暂时悄然遁走，面孔完全被笑意占据。老天爷总算开眼，让我和我的孩子们有了今天！我当初没有白吃那些苦，我有了两个值得骄傲的儿子，我已经有了孙女，我的家总算像个家了！……

一向不沾酒的云纬那晚破天荒地喝了一碗多黄酒，结果喝得头重脚轻双颊酡红，她后来是被旬珍和文琳搀到睡屋的。她上床倒头就睡并很快进入了梦中……

云纬以主人的身份住进宽大的栗府之后并没能让那种舒畅和自豪的感觉在胸中久驻，一缕莫名的不安总在她心上缠着。她于是决定和儿子们正式谈一次话，为这次谈话她还专门做了点准备。谈话是在几天之后的一个正午进行的。承银、承达被母亲叫进屋后，先还以为老人是有什么家事要商量，及至看到母亲把几张写满了字的白纸郑重其事地放到他们手上方觉到了诧异:"是啥?"

"看看吧,你俩!"

那是一份自周宣王以来,历代在南阳这块地方做官的人,其升迁和被杀、被贬、被废、被关的情况抄录。承银、承达看了一眼就茫然地抬起头问:"妈,你从哪里找来的这东西?让我们看这个有啥——"

"这是我特意去你们卓远伯伯那里求他帮我找的,你们不仅要看,还要记在——"

"记这干啥?妈妈,你看我们忙得还——"

"再忙也要记住这个!你们如今也是官了,既是做官,就要对过去官场的情况有一个了解。你们从那纸上可以看明白,那些做官的人中,被杀、被贬、被废、被关的人占了多大的数量。由这些人的命运你们也该懂得,你们所干的这种事儿,处处充满危险。官场里既有炫人眼目的荣耀,也有触礁沉船的悲伤;有万人之上一呼百应的显赫,也有中箭落马踩成肉浆的惨状。多少年前南阳人就传唱着一首歌谣:宦海茫茫吁可怕,风波陡起天来大,只听轿前唱喧哗,可知心内乱如麻,一时坠缺锦添花,一霎被参惊落马……"

"妈,"承达笑了,"说这些老皇历干啥?俺们如今不叫当官,叫当人民的勤务员。"

"不是官?不是官咋叫你们市长、科长?那不是官衔是啥?"

"就算是官,如今也不会再像过去的官场里那样,你整我我整你的!"承银慢声做着解释。

"既是做官,既是在官场上干,官场里那些事怕早晚会遇到。说实话,妈是不喜欢你们干这个的,如今既是已经干了,妈希望你们记住三句话:第一句,不贪财。凡是做官的,都有权支配一部分钱财,你们肯定也是这样,对经管的钱财,万不可据为己有,那是百姓的血汗,贪为己有是要落一世骂名的。第二句,要为百姓谋福。要尽心尽力地给百姓办点实事,让他们有吃有穿有住,一句话,叫百姓们活得自在称心,这样,百姓们才会拥戴你。第三句,别玩女人。当官的有权指派人,当然也有权胁迫女人来到身边。人要一喜欢上了这个,改是改不掉的,传出去就会遭人怨恨——"

"妈,你别说了,我们要连这些都做不到,还算无产阶级的——"

"妈是给你们提个醒,到底怎样做一个好官妈也说不清。妈没做过官,但妈过去见过几个做官的,妈怕你们像他们一样做官,妈心里总是不安——"

"你只管放心,妈,我们不会胡来,我们会——"

"给,"云纬边说边从床头拿过一本书递到承达手上,"这是我从你们卓远伯那里借来的一本写怎样当官的书,是清朝一个叫汪龙庄的人写的,你们看看,兴许对你们有点用——"

"嗬,妈,这是封建的东西,我们怎能去读这个?!"承达啪一下又扔到了老人的床上。

"好了,妈,"承银轻拍了一下母亲的手,"你要相信两点,一,如今的官场不再是历史上的官场,再不会你倾我轧,有贬有关有杀了;二,如今的官不再是过去的官,不会只谋私利,不管人民死活了!妈,你放心休息,我们要去开会了……"

云纬默望着两个儿子的背影,轻轻地嘘一口气:但愿你们能做好这个官,做个好官,让妈心里安稳……

16

栗丽雇来的向卧龙岗西落霞村搬家的牛车，那天正好与云纬向城中搬运百里奚村老屋家具的马车在梅溪河西岸的一条土路上相遇。栗丽和云纬都坐在各自的车前头，她们两人当年虽有过一面之识，但此刻都没能认出对方。不过，两辆反向而驶的车已经标明这两家的命运发生了根本性的转折。

栗丽是三天前接到公安局要她回父亲原籍居住的通知的。通知由公安局治安科长蔡承达亲自送到她的手上。她在看见承达的最初一霎心猛跳了几下，这个和当年的承银长得有些相像的小伙让她想起和承银在一起的那些岁月。不过，承达冷峻的话语立刻让她平静了下来。——你的特殊身份已经使你不宜再住在城里，经研究认为你应该回到你父亲的原籍！……

对于要她迁到乡下的通知她并未提出异议。也许一个新生的政权需要对来自敌对营垒的成员保持警惕。假若我是这个政权的创立者，我也会这样。栗丽想在去乡下前办的唯一一件事是见见承银，见见那个和她有过肌肤之亲她至今还不能忘怀的男人。

她知道承银如今搬到了她父母当初住的府邸，所以她便在那座熟悉的朱漆大门前等待。昨天傍晚她到底等到了他，他正从一辆马车上下来时她迎了上去。她叫了一声"蔡市长！"他起先一定是把她看成了要反映什么事的市民，所以很热情地迎过来问了一声"你好！"当认出她时他显然吃了一惊，一种惊恐的表情从他的额上一闪而过。这种一闪而过的惊恐没能逃开栗丽的眼睛，她立刻便明白自己企盼已久的这次见面对方并不欢迎，也在那一瞬间她懂得了两人之间的旧情已不可能复萌。"是你？"他说。"还能认出来？"她淡然一笑。"当然，我以为你也走了。"他向门里看了一眼，是怕别人发现我们的交谈？"我留下来是为了常去给那个孩子烧烧纸。""哪个孩——"他的问话突然中断表明他明白了她的话，尽管是在暮色里，她还是看出了他的脸有些发白。"有什么事需要我帮助解决吗？""没有，我是来向市长辞别的，我要到卧龙岗西落霞村落户。再见！"……

一切都已经过去。

落霞村的干部显然早得到了通知，她一到便被带进了两间草屋，带她的人告诉她这就是她的住处。她惊异地打量着这种她从未住过的房屋，随后开始从车上搬下东西。

整理好简单的用物后她走出了屋门。不大的落霞村正浴在正午的阳光里，村子的破败一览无遗。满村都是低矮的草屋；一些显然是被战火焚毁的房屋的断壁还呆立在那儿；村民们身上的衣裳很少有不打补钉的；围过来的孩子们的脸上满是菜色。她感到心上倏然一疼：爹爹，这儿是你的故乡，是你的先人栖居的地方，可你竟然把它治理成了这个模样！你应该走，应该让出这个地方，应该换成别人来治理！承银，你过去曾经给我讲过你的抱负，你说过你要给人们创造幸福，现在该你兑现了！你必须赶紧想法改善这里的状况！这里的人也都是人，他们应该享有吃饱、穿暖、住好的权利，你作为新的治理者应该明白这个道理！我在看着你的举动！我在看着！落霞村的村民，我的父老乡亲，我的父亲愧对你们，作为他的女儿我对你们也满怀愧意！我此刻回到你们身边，大约就是上帝的旨意……

“哟，这是谁家的漂亮媳妇？瞧这对奶子！”一声男人的嬉笑突然将栗丽的沉思打断。栗丽扭头看时，才发现一个嬉皮笑脸的乡下男人站在身边，两眼一眨不眨地盯着她的胸脯。

栗丽尽可能和婉地笑笑，她还从没遇见过如此露骨的纠缠。“我姓栗，是咱老栗家的女儿。”她知道在这个村子里，最能保护她的可能是自己的姓氏——乡民们从不准欺负自己同姓人的女儿。

“噢，你是栗温保的女儿，听说了，听说了。”那人闻言立刻在脸上现出一缕尴尬，慌慌地向远处走了。

呵，故乡，你原来还有保护你的孩子的力量，尽管这个孩子从来没有回来看过你……

17

卓远赶到汇文小学接月儿的时候，太阳早已躲得没了踪影，偌大的已开始有暮色飘动的小学校院里，只有月儿孤零零站在那儿。卓炯已参军随部队南下走了，卓家又只剩下了老两口和月儿三个人。

"爷爷怎么才来？"月儿的小嘴噘着，显然在生气。

卓远笑笑，卓远先把月儿的书包拿过挂在自己的肩上，尔后拉起月儿的手，一边拄了拐杖帮助那只残了的左腿挪动一边回答："爷爷在和蔡市长商谈。"

"啥叫商谈？"

"商谈就是为一件事商量交谈，是一种双方平等的谈话。"

"为啥事商谈？"

"为当官，蔡市长想叫爷爷当官。"

“当啥官？”

“就是管各种学校的官。那些学校中有像你们汇文这样的小学，也有初中、高中和师范。”

“你答应了？”

“没有。”

“当官不好吗？”

“当官有好处也有坏处。好处是有权办自己想办的事情，能谋到个人的名誉和利益；坏处是失去了自由思索的权利。再说，爷爷已经老了，爷爷这辈子从来没到哪届政府里当过官。”

“啥叫自由思索？”

“就是不受限制的思索，也就是思索时不受框框的限制，就像你晚上睡觉时做梦，怎么梦都行。”

“当了官为啥就不能自由思索？”

“因为官一般都有上级，而且有纪律，下边的官和上边的官在思索的问题和深度上通常要求一致。”

“人为啥要自由思索？”

“因为人只有自由思索才能认识自己，认识社会，认识自然，认识宇宙，才能有发现，有发明，有创造，有进步。”

“爷爷你为啥要自由思索？”

“爷爷是知识者，知识者在社会上就担负着自由思索的任务。这是一种分工，像你姥爷织丝厂里的工人，他们的主要任务是织丝绸，那是社会给他们的分工。爷爷要是不去自由思索问题，爷爷就是失职，就是偷懒。”

“你都思索了啥？”

“爷爷啥都思索，因为是自由思索，思索的问题可以很多。比如爷爷眼下正思考着怎样办好南阳的教育，办哪些学校好，每一种学校开设哪些课程，南阳急缺的人才是哪些……”

“那你思索了这些问题给谁说呢？”

“爷爷可以写成文章在报纸上发表；也可以直接给当官的说。”

“人家会听？”

“会的，因为爷爷是教育委员会的顾问。”

“啥叫顾问？”

“顾问就是人家有事情弄不明白了要问你，你去给人家解答，就像你做作业时遇到难题来问我和你奶奶，我们给你解答一样。”

“顾问到啥时候？”

“还不知道，这要看双方的意愿，假若我不想当了或是他们不愿聘我当了，这顾问就干到头了。”

“干到头了咋办？”

“就在家里住着啊，反正爷爷也老了。”

“那不是奶奶么？她站在门口干啥？”

“她在等我们，哎哟，总算到家了。”

“你哎哟什么？”

“我哎哟是因为你把爷爷问得太累了……”

第二天是个星期日，天刚开始酝酿着变黑的时辰，一些在空中飞动的鸟儿还可辨清，街边的一些人家才传出响亮的喝红薯稀饭的响声，卓远就一手拄着拐杖一手拉着月儿，开始了例行的傍晚散步。

气力是让岁月一点一点地拿走了，走不多远卓远的喘息就变得十分急促，他不得不时时停下步子，让急喘慢慢平息下去。“爷爷,你为啥总是站住?”月儿对这种走走停停不甚满意。

“爷爷老了,走不动了。”

“我还没有长大,你咋就老了呢?”

卓远笑了,“是呀,是呀,爷爷不该老。”

“等我长大了你再老,那时我好伺候你!”

“谁这样孝顺呀?”爷孙俩的谈话突然被人打断,卓远抬头看时,才见是蔡承银迎面走来,于是点头招呼:“忙哩?”

“我刚去看了几所已开学的学校,教学工作做得不错,这是你管的事儿,我该向你——”

“我爷爷不做官!”月儿大概以为承银是在说做官的事,大胆地截断了他的话。

“不做官做啥?”承银转而笑望着月儿问。

“做一个自由思索者!”月儿挺了挺身子答。

“哦,”承银抬脸看着卓远:“这么说,你爷爷最近一定又思索了什么重要问题。能告诉我吗,卓先生?”承银的脸上已是一副郑重之态。

“当……然。”卓远犹豫了一下,“我最近想的一件事是:你们掌权之后要长期坚持做下去的最重要的事是什么。这可能是多此一举,你们肯定早就明白!”

“我很想再听听你的思索结果!”

“摆在你们面前的事情肯定很多,但发展经济才是你们时时不能忘掉的最重要的事情。因为只有这件事做好了,百姓才能有吃有住有穿,国力才能强盛,才能不让日本入侵中国这类事情再次发生!我想提醒你的是两点:其一,中国历朝历代的掌权者在上台之初,差不多都明白要把发展经济当作要务,但实际上都是没过多久,就把这事忘了;其二,日本投降后，我们两国的经济可以说是在一个起点上，但现在他们已经低头不声不响地建设了三年——这三年间我们还在打仗。与他们相比，我们已经失去了三年的时间。我们不能再失去了，不然的话，他们就会在国力上再次占尽优势，那样，说不定就会有又一次入侵！”

承银的身子一震。

“日本人独特的民族认同感，日本民族社会的强大凝聚力，日本社会唤起共同目的、共同意识的特殊能力，这些都是不可小视的！你们作为执政者，必须有一种紧迫感！日本已经两次打进了中国，弄不好还会有第三次的！而且你要知道，穿军服的军队不是唯一的军队！”

“哦？”

“根据历史提供的事实，促使掌权者不再把自己关注的中心放在经济发展上的缘由通常有——”

“爷爷，我不想听，我要去麻糖店——！”月儿将爷爷的话音打断，扯着爷爷的手要走。

“对不起，就说到这儿。我这可能是杞人忧天，只是供你参考罢了。”

卓远拉着月儿走了，走出很远之后，他无意中回头看见，承银还定定地站在原地。莫非他真的把我的话听进去了？他是在想那些话么？我那些话多少有些逆耳，能听进逆耳之言的掌权者才有希望掌牢权力！但愿他能记住那些话，关注经济发展，关心百姓疾苦，从而使国力强盛，人民幸福……

18

丝织机的清脆响声再一次从尚家院里飘起来了，响声带着一股欢快沿世景街向两头漫开，把生气和活力注入了这个被战乱折磨得奄奄一息的冷清的古城。

尚达志站在织机前看着织女们的操作，脸上的笑纹多得仿佛就要滴落下来。承银做主借给的那批中州钞票真是帮了大忙，不仅使他买来了丝买来了油买来了染料雇来了织女，还使他把当初被日本兵炸毁烧毁的房屋大致修缮了一遍。他当初曾经对恢复生产的资金筹措做了多种设想，却从来没想到会有人主动借给他这么一大笔无息的钱款。看来我盼他们来是盼对了！云纬，你真养了两个好儿子！

达志已经很久没有这样高兴过了。因为心情好他觉得浑身都添了力气，那天晚饭后云纬来看他，一进门就被他拦腰抱起向上抛了一下，云纬慌得连忙低叫："你疯了，快把我放下，让孩子们看见了多不好!”达志听了嘀嘀一笑说:“立世和昌盛都在机房里忙活,尤芽出去买菜了,没人会看见。”说罢又在云纬的脸上狠狠亲了一下,并执意要让她坐在他腿上说话,而且边说边用腿颠着她。云纬被达志这异常热烈的动作逗引得红晕满面,后来忍不住也亲了达志一口。两个人正激动地互相对视,门外传来了昌盛的脚步声,脚步声吓得云纬急忙跳下地去抻衣襟抿头发,达志也赶紧站起来装着去桌上寻找东西。昌盛进门问候了一声“盛奶奶好”拿起一个织机零件出去之后,云纬余惊未息地说:“以后可得小心,咱俩都是当爷爷当奶奶的人,让儿孙们看见咱们这个张狂劲那还了得?!”

这之后两个人才坐下来平心静气地说话。云纬告诉达志,她本来是想这几天就领承达来认他的,无奈承达太忙,又要抓城里治安又是管四乡剿匪,很少在家住,只好等他忙过这一段再说。又说承达已有了一个对象叫文琳,姑娘如何的聪明好看。达志听罢感动地攥住云纬的一只手说:“这个儿子是你送给我的!我日后一定要报答你!”“咋样报答?”云纬笑瞪了达志一眼。“让你来当尚家的内掌柜,穿绸着缎享清福还不行吗?”“哼,让我来还不是为了给你干活当长工!”云纬笑着用指头捣了一下达志的眉心。接下来达志就问她啥时能来,问要不要找辆马车去正式接她,还说最近立世就要进山去买丝,家里人手太少忙不过来,她越早来越好!云纬说既然两个儿子都在身边,她得给他们先说一声,然后再决定来的时间,来时也不必用马车接,免得张扬……

因为说得太多,待云纬要走时才知道已快到三更天了。那阵子立世和昌盛都已睡下。立世和尤芽睡在前面店堂看守成品,昌盛睡在车间看守织机,院子里静得彻底。“就住在这儿吧,明早再回。”达志笑望着云纬提议。云纬迟迟疑疑地停下脚步："承银他们要等我了咋办？""嗨，等不着他们自会睡了。"达志上前一把拉过云纬关上了门，接下来就去铺床，床铺好回头见云纬还站在那里，就笑了："咋，还跟个姑娘一样？"云纬这才抬头说："你把灯吹了！"

达志把灯吹灭后云纬才走到床边。"为啥要先吹灯？"达志在黑暗中含了笑问。"我害怕你看见我的身子，越来越老了，浑身的东西都瘪缩了，没有看头了。""可我摸着它们还都挺好，真的，挺好，你看，还都是这么大……"

"可是不能看了，女人到一定时候就不能让男人看了……你轻一点……小心外边有人听见……该死的床……轻一点……轻一点……"

19

栗秉正在广州这个南方都市的一条小巷里再一次抬眼向天看去。天仍旧很低，云块仿佛就在屋顶飘移。租住在二层阁楼里的那些北方军政人员的眷属们，似乎一伸手就能抓住一把云缕。唉，这天，又不可能来飞机了！

这些天，秉正每天都在盼北来的飞机。只要天上一有飞机响，他总要从租住的那间小屋里奔出来看，他迫切地盼望父亲栗温保或家里的其他人能飞来广州。他盼望见到父亲和家人并不是对他们怀有深刻的思念——在栗家他尊敬和爱戴的只有母亲。他盼望见到他们是为了得到钱的接济。如今，他和母亲太需要钱了。当初离家时他和母亲带的那点钱早花光了。他们根本没想到在广州停留这么长时间会依然等不来家人。秉正一到广州就给家里写去了信，告诉了父亲他和母亲租住的地方，而家里至今没来一点音信。许多天来，秉正和母亲的生活全靠给附近一些富裕的人家洗衣来维持。总是秉正外出到富裕的人家收取要洗的衣物,回来后让母亲洗,他负责提水、晾晒和送回。每当看见母亲那双在水里泡得发白的手,他的心就刀割般难受。他曾试着去找别的能挣钱的事做,可谈何容易?到处都是由北方跑来避难的人们,谁不想做事挣钱糊口,哪有那么多的工作?爹呀,你莫不是忘了我们?总该给我们送点钱吧?……

"正儿。"母亲的喊声使得秉正急忙从阴霾的天空收回目光,走进屋去。这是底楼的一间不大的房屋,因为天阴屋里光线格外昏暗,满脸疲惫的草绒正倚在床上喘息。她手指着床上已经叠好的一沓衣服说:"去给吴家送去,顺便问问他们还有要洗的东西没有。""妈,今儿就不找衣洗了,天阴,你这身子又虚,昨夜咳嗽得那样厉害,说不定爹这一半天就会——"

"别提他!"草绒的脸上突然露出一丝厌恶,"没有他咱们也能活!"说罢,又抬手急忙在胸前划了个十字。

秉正没再吭声,用一块干净的蓝布把那沓衣服包好,手捧着向巷里的吴家走去。吴家的男主人像是在市府里做官,院子多少有一点派头。一个老仆人为秉正把门打开后,秉正看见四十多岁的女主人正在院里踱步。"夫人,衣服送来了。"那个额头很凸的女人没有应声,只是用双眼把秉正盯住,用目光在秉正的身上来来回回的触摸探究。秉正以为自己的举止有不得体的地方,忙把身子又躬了躬说:"洗好的衣服请夫人过目。"

"嗯,跟我来。"那女人这才应了一声,转身往屋里走。女人把秉正径领进卧室,指着一个衣柜说:"放这儿。"

秉正把衣服放下后看见女人掏出了钞票,他知道这是对方付的工钱,忙躬身伸手说了句:"谢谢夫人!"

“小伙子,你还愿不愿再多挣点钱?!”女人的问话几乎和那几张钞票一起落进了他的手里。

“当然愿。”秉正一边把那几张钞票往口袋里装一边喜出望外地说。

“愿意的话我就给你一个机会。”那女人破例地笑了笑说,“我丈夫去香港安排我们不久后去定居的事,得一周时间。这期间我需要有个人来陪我解解闷,如果你愿意的话,我可以给你这个数!”她说着又捏出了一沓钞票。

“是要我唱歌弹琴吗？哎呀,我不会。”秉正急忙歉疚而遗憾地摇头。

“不,不。”那女人这次笑出了声,灰黄色的板牙再次露出了全部面目。秉正在心里想,她笑起来其实比不笑还难看。“很简单,只要我让你干啥你干啥就行,咱们现在就可以开始!”女人边说边转身关上了卧室的门。

秉正有些茫然地看着女人,女人这时已轻步走近了他说:“来,先把你上边的外衣脱下来!”

“脱衣服干啥?”秉正有些着慌地后退了一步,不想女人已经麻利地伸手替他解开了上衣的衣扣。“脱嘛,脱下来我再给你说!”女人乜斜了眼示意。秉正迟迟疑疑地把上衣脱了下来,上身只剩下了妈妈为他缝的一个白汗褟。他已多少觉到了一点屈辱,但挣钱的强烈愿望把那点屈辱压下去了。

“嗯,不错!”女人凝视着他的胸脯说,“我猜,你不是华北人就是中原人,你们北方男人就是有点看头,瞧这胸脯子,一看就知道有劲道,肉墩墩的,是一块,而不是南方男人的一条。这胸脯摸到手上的感觉保险不一样!”女人边说边上前摸了一下秉正的胸口,秉正吓得又后退了一步,脸和脖子都红透了。“看来你还没让女人摸过,还害羞！这倒是我的福气,我没想到我还能得到一个童男子！来，把裤子也脱了！让我看看！”

秉正的眼泪流了下来，他现在明白女人要让他干什么了！他猛地抓起上衣，边往身上穿边往外跑，慌得女主人急忙叫道：“别走呀，你……”

草绒的高烧是第二天午后开始的。一上来她以为能扛过去，没给秉正说病了，只说我想躺下歇一会。谁知不久就烧得说开了胡话，把秉正吓得赶紧去找附近诊所的大夫。正是物价飞涨的时候，大夫的诊费也高得怕人。大夫开完药单，秉正身上不多的一点钱便全让大夫拿走了。大夫开的是三服中药，拿什么去买这三服药呢？同机飞来的那批眷属，身上的钱也都所剩无几了；加上又听说下一步要往香港、台湾撤，每个人更把手上的那点钱看得金贵了。秉正厚着脸求了几家，借到的钱才勉强够抓一服药。他把这服药熬好服侍妈妈喝过之后，见妈妈又沉入了昏睡，便一个人向巷口走去。他得赶紧想法去挣钱买那两服药。

街上到处都是为躲避战争而南迁的人。没钱租屋和有钱但租不到屋的人就露宿在街边，使得整个广州市就像一个闹闹嚷嚷的码头。秉正去了几处货运码头，看能不能找一个搬运的活儿做，结果工头一看他那副白净文雅没干过体力活的样子，就挥手叫他走开；他后来又去了几个做鞋、做肥皂的小工厂问有没有活可干，人家也都摇头很干脆地作了拒绝。天那时已经开始黑了，他沿着珠江边慢慢往回走。浑浊的江水打着漩涡往远处滚动，几只叫不上名字的鸟儿在水面上时高时低地飞。他在一处无人的岸边站住，先是慢慢将牙咬起，尔后在胸前划了一个十字，之后，挥拳猛向齐胸高的岸堤砸去。

他踉跄着走到了家，服侍妈喝了点水吃了几口东西，安顿她躺下，就出门径向巷里的吴家走去。

吴太太见到秉正后先是吃了一惊，随之就又笑得满脸是花了："想开了吧，小伙子，用这个办法赚钱有什么不好？如今这个年头，过了今天不知还有没有明天，应该想法子找快活才对！能享受到的，咱就该享受到！你没见过我那个狗男人，他在市府里当个管救济的官，他那个玩法才叫绝哩，一天换一个姑娘，全是黄花的！他说：要玩赶紧趁乱玩，不的话以后就没机会了！我不跟他生气，我说你玩你的，老子也要玩老子的！这不，今儿个我不也有了你这个童男子？！来，把衣服脱了，我好好教你几手！先不要闭上眼，先把这根绳子拴在手腕上，我拉着绳子的这一头，我说一声'滚'，你就在这地毯上打一个滚，你要滚得好了，我会赏你一块糖！你哭了，哭了可不好！玩这种游戏哭了可不好！把眼泪擦去，对，擦去，擦干净！我也把衣服脱了，你不敢看我，嘀嘀，你不敢看我！现在我让你滚，滚吧，就这样，对！滚得好！就这样滚……"

秉正是半夜时分趔趄着走进屋的。第二天早上他去药铺里把另外的两服药买回来了。这两服药吃完，秉正又让大夫开了三服药，草绒的烧才算退了。身子虚弱的草绒倚在床上，看见儿子的眼窝一下子陷进去了，眼圈发青，双眸有些发呆。她叹了口气，从床头摸过那本《圣经》，抬手在胸前划了个十字，尔后在床上慢慢跪下双膝低低地祷告道："上帝呵，保佑我的儿子吧！如果你是因为栗温保这些年享受了他不该享受的东西而来惩罚他的家人，就来惩罚我吧，把所有的惩罚都加在我的身上。请不要碰我的儿子，不要碰他！他是我活在这世上唯一的指望了，我求你，保佑他……"

天空响起了隐约的雷声，仿佛草绒的祷告真的惊动了上帝而使他老人家有了回音。这之后不久,在头顶上游荡了两天的阴云到底撕开脸皮撒起了泼,把猛烈的雨水倾了下来。白花花的密集而冰冷的岭南大雨像要冲刷掉这五羊城里的丑恶似的,长久不歇地倾注着……

20

栗温保率领他那损失了一半的部队且战且退到荆州城是在一个阳光血红的下午。这些日子他一直在向南败退的路上惊惊恐恐地走，先退樊城，后退襄阳，再退荆门，如今总算到了长江边上的荆州。只要过了长江，大约就安全了！真没想到，军队一旦败起来是如此可怕，到处有人倒戈，随时有人叛逃，人人无心恋战。民众的离心更是可怖，不再笑脸欢迎，不再犒劳慰问，不给吃食甚至不给带路。这个政权究竟是怎么了？得罪了这么多人？

荆州的局面让人看了还算能安下心来，尽管到处都是南撤过来等待过江的军人、民团成员和眷属。但安排得还算井井有条。栗温保带领侍卫拜会了荆州驻军长官，弄清了自己的部队明天傍晚可以过江之后，心情略略有些轻松，这才扭身去看那依然巍峨的古城墙。倘是人们没有发明这些机枪、大炮，凭借着这座古城，我和我的部队在这里坚持上半年没有问题。刘备、关羽、张飞他们当年所以能在荆州久居，可能和当时使用冷兵器有很大关系。刘、关、张三位前辈，你们不知道今天的战争有多么可怕，一个连也就是一个百夫的兵力眨眼间就可能被枪炮消灭净尽……

轿车驶过开元寺门前时他命令停车。这座在唐代香火盛极名播八方的寺院如今已满脸都是破败之色，挤住在寺院里的士兵使它连平日的肃静也完全消失，几位敞怀喂奶坐在寺内的女眷使佛祖眼里充满尴尬。栗温保平日并不信任何宗教，但此刻看见佛祖却不由双掌合十。喧闹的寺院因这位中将大人的到来而沉入了短时间的静寂。栗温保垂首默立在佛祖面前，想起这些天的接连失败，忽然禁不住低声开口祈求：“佛祖保佑我和我的部队平安渡过江去！”他的话音未落，面前突然啪嗒一声，惊得栗温保蓦然后退一步。众人定睛看时，才见是一小块从屋顶坠下的碎瓦，一只叫不出名字的小鸟正爬在椽头向下眨着含义莫明的眼睛。

栗温保重新上车向自己的营地驶去时有些心神不定，但愿那块碎瓦不是什么征兆才好。他那天晚上吃饭时喝了点酒，饭后他醉意蒙眬地向临时卧室走，刚进门就大叫了一声：“来人呐——”众侍卫听唤以为出了什么大事，急忙提枪奔了过去。

“干吗在我的卧室里放一只白兔?!”栗温保怒冲冲地朝侍卫们叫。

白兔？众人一愣，忙一齐用目光去寻，空荡荡的房子里哪有啥子白兔？“哪有兔子？”侍卫长笑问，“再说，这年头枪炮乱响，我们就是想找一只白兔也找不到呐。”

“怪了，我刚才一进来就看见有一只白兔在屋里乱跑。”

栗温保摇了摇头,朝侍卫们挥手:"也许是我喝了酒,眼看花了,你们去忙吧。"众人出去后,他刚在床沿坐下,就又看见一只白兔出现在了床前地上,正定定地望着他。幻影,他妈的全是幻影!他拍了拍额头,猛向床上躺下去。

就因了这只白兔,他上床后久久不能入睡,随军护士给他服了两倍于平时的安眠药他才渐渐阖上眼睛。睡着后他仍死死抓住护士的手,似乎惟恐对方在他睡着后悄悄走掉。

大约就在他入睡不久,解放军的一支部队快速地包围了荆州。当栗温保被护士推醒的时候,枪弹已蝗虫样地扑向了他的临时指挥部。他想组织抵抗的愿望转眼间就被他的士兵们搅得七零八落,不少连、排成建制地举枪走向了对方。太阳又一次升起之后,守军将领们发现他们已经丢了荆州。

当栗温保发现连逃跑也变得不可能后,彻底的绝望与慌张使得他举枪指向了自己的头颅。事情突然间变得如此简单,只要他按在扳机上的手指稍稍一动,这个纷乱喧闹盈满枪声的世界就会离他而走。但他的手指却迟迟未动,渴望命运出现奇迹的幻想和对那个黑暗世界的恐惧阻止了那个手指对枪机的按动。到了那里我将再也没有我现在拥有的一切,没有宽敞的住屋,没有娇嫩的女人,没有精美的饭食,没有中将军服,没有侍从们的恭敬侍候……一股巨大的遗憾在他的心底旋转。随军护士不知是看出了他的犹豫还是出于真诚的关心,扑上前轻易地夺过了他的手枪。也就在这个时辰,一批解放军战士冲到了他们的跟前……

栗温保是半月后又回到南阳的。自然这次不是坐的轿车而是囚车。当他在颠簸的囚车上看见浴在阳光里的南阳城时,他心里开始生出真正的后悔:当初应该自杀!自杀了我就不会有今天的回归。你这个手软的东西!车子在摇晃着前进，他的两胁能感觉到枪口的撞击。他看见了白河，水依旧流得不急不徐；他看见了卧龙岗，岗脊仍然原状卧在那里；他看见了北郊的独山，山体还是那副孤孤单单的模样。可是人事已非，人事已非了！这些河边的渔民，往日见了我会躬身肃立；这些街边的摊贩，过去看见我总是赶紧施礼；这些市民，当初见我总是恭敬闪避，可他们今天不同了，他们就那样直直地盯着你……

他不知道在前边等待他的将是什么，但他明白等待他的不会是他希望的东西。

我应该自杀，应该死在荆州，不该再回这里，不该呵！不过也没什么了不起，大不了是个死，让他们用枪崩了作罢。老子这辈子活到这个份上也已经值了，老子住过了南阳城最好的房子！老子吃过了南阳城所有好吃的东西！老子穿过了南阳城最有名的绫罗绸缎！老子玩过了许多南阳地面的漂亮女人！老子喝过了南阳地面上出产的所有美酒！老子穿过了中将军服！老子曾经让所有的南阳人敬畏过，老子作为一个男人如今死也值了！值了！开枪吧，你们！……

蔡承银是坐在客厅的那把黑漆靠椅上看着栗温保被押解着一步步走近的。一股终于战胜敌手的快感抑制不住地在全身弥漫。栗温保，你终于成了我的俘虏！多少年来，你一直想抓住我，杀掉我，没想到被抓住的倒是你自己！我们的搏斗终于有了结局！你现在作何感想？……

我看见你了蔡承银！这一次让你占了上风！我知道你这会儿满怀得意，不过也不要笑得太早！世事难料，也许有朝一日局面还会改变！你这会儿坐在我过去的客厅里，坐在我当初常坐的黑漆靠椅里，甚至连我当初喜欢的那个坐垫也没换，如果一日局势有变，就不用费事了，我们两个只需换换位置！……

栗温保，我真想杀了你！我真想尝尝杀你的滋味！我要杀你就连打四枪：第一枪，是为了你当初对我和我母亲的欺压！我和母亲在你家当佣人的那些日子我还模糊地记得，你从来没把我们娘俩当人待！第二枪，是为了这些年你对我的追捕，你和你的士兵的子弹几次差一点就要追上我。第三枪，是为了你对百姓们的鱼肉，这些年，你欺负过多少平民?！第四枪，是为了你生生拆散栗丽和我的婚事，让我们那个孩子没能睁开眼睛看一眼这个世界！……

开枪吧！我看见你的手动了一下，想去摸枪了！我没想到会死到你的手里！我真后悔这么多年竟没抓住你，其实是完全应该抓住的！让你溜走的一个原因是我太大意，我一直认为你和你的人成不了大气候，没料到你还真成了气候！我特别后悔在接受日军受降的那天见到你时没有朝你开枪，那时候杀你真是易如反掌！还有在你小的时候，我该动手，我为什么那时没有看出你是个祸根！……

想想吧栗温保，想想你是为什么失败的！一个拥有那么多军队的政权如此快速地崩溃，一定有许多深刻的原因！你只要想通了原因，你就会对眼下的失败心平气和了。我知道你眼下还不甘心，但终有一天你会服气的！……

蔡承银，我至今想不通你们为什么会这么快地获得人们的支持，是因为你们要平分土地？是因为你们要限制少数人富裕？是因为你们宣布将实行民主？你们是在哪一点上打动了人们的心？会不会是你们宣布要建立的那个社会？是共产主义迷住了人们？人们想住啥房屋就有啥房屋，想吃啥饭菜就有啥饭菜，想穿啥衣裳就有啥衣裳，想玩什么都可以，多么美的社会,可能建成吗?……

“我们又见面了。”承银缓缓地站起身来。

栗温保没有应声,只是盯着承银的手,看他什么时候去掏枪。此刻,他再一次对自己当初没能自杀而生了后悔。

“我有一个建议,”承银慢腾腾地开口,“我俩此刻不以胜利者和失败者的身份说话,我们只以两个‘人’的身份交谈,我想问你一个问题:你当初掌权时想得最多的问题是什么?”

栗温保双唇紧闭,仍旧盯着承银的两只手。我知道你是想戏耍我之后再掏枪,掏吧,杂种,我等着!

“你不愿说?那我就替你说了。你掌权时想得最多的是如何掌稳手中的权力不使其失去并享受权力带来的一切利益!”

栗温保茫然地看定承银,不知他现在还谈论这些话有什么意义?

“我现在告诉你我掌权时想得最多的问题是什么,——我要让南阳的百姓们富裕!让他们活得舒服!”

栗温保依然盯住承银的手。现在他该掏出枪了。

“好了,我想对你说的就这些,现在我受权宣布对你的处置!”

栗温保的双腿轻微地一抖。

“明天,先送你去河南监狱,稍待些日子,再转去战犯管理所,你将在那里从容地回忆过去!”

栗温保的双眼震惊地瞪大:不杀?

“带走吧。”

栗温保有些机械地转身往外走,步出门槛时他抬了一下头,他这才发现,今天的头顶没有云彩,天,蓝得出奇……

21

快活从来没有像今年春天这样如此热情地与达志相伴：顺利地还上了政府当初借给的那批中州票；由开封新买了一台用于车间照明的发电机；厂子的绸缎月产量超过了以往任何一个时期；前几天，由北平来的两个顾客买了二百匹红绸，他们说尚吉利的红绸是他们见过的质地最好的绸子，并告诉达志，这批红绸将被用于一个喜庆大典的装饰，大典过后，他们将给尚吉利寄来一张纪念性的喜卡……这一连串的事情，哪个不让人快活？

更让达志高兴的是今天晚上。云纬上午来告诉说，今晚她将领着承达来认他这个父亲。呵，承达，我们父子终于要相认了！我从此有了两个儿子一个孙子，我们尚家祖业的承继绝不会有问题了。

达志等着太阳西沉之后，慌慌地烧了一壶茶水，又反复地擦了桌椅，这才在院子里激动地踱着步等待。

立世和昌盛还在车间里忙活。他决定暂时不把这个喜讯告诉他们两人。他打算过两天找个停机检修的空闲日子，请云纬过来，让尤芽做一桌酒菜，叫立世、承达、昌盛坐在一起，把卓远哥、雅娴嫂和月儿也喊过来，那时再宣布这个消息，让他们都来一场惊喜。

脚步声响过来了，是他们母子。他赶紧迎出门去。

他倒茶水的时候手有点抖，滚热的水洒到了桌上并飞快地流进了桌下他的鞋帮，他觉到了有一点灼热的疼。

"达志，我把孩子给你带来了！"云纬的声音也像这茶盅里的水，在轻微地晃。

"嗳，嗳。"达志一时不知该说什么，只把目光慌慌地停在儿子脸上。他的额头多宽、鼻子多挺呵，他的脸型有点像他妈，可下巴是我的！下巴的那个形状和立世的一样，是我的！还有那双眼睛，和我的有点像，像！孩子，我见过你多少次，可我竟然没有认出你是我的儿子！……

"承达，叫吧，叫一声！"云纬在催，眼窝里已有两颗泪要滴了。

达志的鼻子顷刻间也变酸了。孩子，原谅我过去没有照顾你们母子，让你们吃苦了！……

"爹。"叫声突然由承达的口中发出，出奇地短促，短促得达志都怀疑它是否响过；而且没有达志预料中的那种激动和充满感情，有点冷。

达志愣了好一阵才记起应该回答："嗳，孩子！"

"你爹一直在惦着你！"云纬这才有了笑容，是笑容最终催促悬挂在她双眼角上的泪珠落下了地。

承达的眼睛一直盯着脚前的地面，即使在他喊那声"爹"

的时候也未抬起，但这时却猛把目光罩住达志说："作为儿子，我无权过问你和妈妈的过去，但我有权决定今后的事情！我承认你是我爹，可我也要告诉你，我还同时承认你是我们革命的对象，因为用阶级分析的眼光看，你今天的经济地位决定了你并不从属于革命的阶级——"

"承达！"云纬吃惊地喊。

"妈，不要拦我，许多政治上的事你不懂，让我把话说完！"承达再次转向达志，"你今后的生活中如果有困难，我会资助和帮助；但你必须做到：一，不公开我们的父子关系，这件事只限于你、妈妈和我三个人知道；我仍姓蔡，不再变动姓氏。二，不能要求我站在你的立场上看问题办事情，我们虽是父子，却不属于同一个阶级，我们的世界观不可能一样！"

惊骇充满了达志的两只眼睛。他对与儿子相认的场面做了许多种设想，但没有一种设想与眼下的情景相似。儿子的冷峻和冷淡把他心中的那份热切浇得无影无踪，他感到了一种彻骨的冷。他不知接下去该怎么说，他求救地望着云纬。云纬的脸早已变得煞白，嘴唇哆嗦了半天也没说出话来。倒是承达开口说道："妈，咱们走吧。"

"滚，你给我滚！"云纬终于朝承达嘶声喊出了一句……

没有人注意到云纬在那天的午饭桌上神态有异。承达虽然发现母亲吃饭时很少夹菜，但也只是以为母亲不喜欢嫂嫂炒菜的手艺，根本没想到他就要听到一个将令他一惊的消息。

大约是在全家人都盛了第二碗面条之后，云纬突然把碗一放将筷子在碗上一搁说："承银、甸珍、承达——妈有一桩事给你们说！"

"啥？"承银最先停了咀嚼。

“你们弟兄两个都已经能立住事了，承银已经有了家，承达也快有了自己的家，都不需要妈再替你们操心，因此妈想——”

“妈以后该享清福了！”甸珍急忙接口。

云纬摇了摇头说：“妈想去尚吉利织丝厂——”

“买绸缎？”承银笑了，“买吧，让甸珍陪你去。妈是该穿点好衣服了，过去都是破衣烂衫，以后该穿得好点了。”

“不是。”云纬再次摇了摇头，“妈去尚吉利是想和尚达志……”

“要和尚老板谈什么事吗？”甸珍有些诧异。

“不，结婚！”云纬毅然地吐出这两个字后，舒了一口气。承达那天对达志的态度，促使她做出了这个艰难的宣布。

饭桌上的所有响动包括空气，都在这一瞬间像骤停的机器一样，静止了。

承银、甸珍和承达都被这个消息击得有些发呆，直直地看着妈妈。云纬先还能挺住儿子、儿媳们的注视，但随后她的目光一下一下缩短，终至于把眼睛抬高，目光发飘地望向了屋顶的一个角落。

没有声音，屋内仍是彻底地静寂。云纬感觉到一丝慌乱开始钻进了心里。当初她估计到孩子们听到这个消息后会惊异甚至会反对，她已经准备好了所有的解释和辩说，但她就是没估计会遇到这种静寂，她一时失去了主意。随着静寂时间的延长，云纬发现久违了的那种羞怯的东西又回到了心里并开始随着血一点一点向脸上涌去。孩子们这会儿怎么看我？他们会不会把我想象成一个思念男人的老太婆而对我充满了鄙夷？她很想去看看他们的目光，但又没有迎视的勇气。

谢天谢地，孙女肖肖这时在隔壁她的小床上哭了。哭声使屋里那种充满压力的空气开始一股一股流走。她听见了凳子搬开和脚步的响声，但她仍然一直没有低下眼睛，直到小保姆过来喊了一声："奶奶，你还要再添点汤吗？"她才低下头，才发现饭桌前已经空无一人。

她两腿发软地走回到了自己的睡屋。天呵，他们这是什么意思？为什么会是这样？可你刚才应该再向他们解释几句，应该说明你和达志的过去，你为啥怕成那样？不，这件事不能就此作罢，既然已经提出了，就要有一个结果！你可以把这种无言视为一种默许，就是，也许孩子们就是在用这种办法表示他们的同意！难道儿子儿媳们会说：妈呀，我们同意你再嫁出去?！是的，他们这是同意！既然这样你就可以准备一下东西。其实也没什么好准备的，就是把一些衣服带过去，其他的都不用拿……

"妈妈。"甸珍的一声轻唤使云纬一愣，她立刻明白了儿媳的来意，看来他们有话！她示意儿媳坐下，有些紧张地盯住她的嘴。

"妈妈，承银、承达我们都理解……只是……"

云纬一下子屏了呼吸，只是什么？

"……只是承银、承达如今刚刚开始工作，他们需要妈妈的支持——"

"我当然支持，我还会常回来，孙女肖肖我也可以带——"

"不是这个意思，妈妈，你知道，这种事总是会弄得沸沸扬扬，让人们议论，影响到他们的威信和工作，妈妈总不至于不想想他们……"

云纬双眼里的神采在一点一点地消失。这事会影响到孩子们的威信和工作？

“或者再等些日子?”甸珍注意到婆婆脸上神色的变化，急忙又补充说，“眼下工作千头万绪，万一他们……”

“那就等等再说吧。”云纬叹一口气，要是再坚持下去，孩子们会不会认为我急于和男人……也罢，达志，咱就再等等吧，这么多年都过来了……

达志有很长一段时间都被承达说的“革命对象”四个字弄得心神不宁。他为此还专门去请教了卓远哥。卓远因为没读过这方面的书，一时也说不清楚，只宽慰达志放心，说“对象”明明是栗温保他们，并嘱他抓紧这个大好时机去扩大生产。达志在卓远的宽慰下也觉得承达说的兴许是气话，毕竟这些年我从未关心过他，两个人生分是正常的，也许过些日子就好了。达志的这种心神不宁先是让厂里的繁杂事务渐渐挤到一边，随后便被那件震动世界的喜庆大事完全遮盖。

那天达志随同街邻们走进广场时还以为是参加一次寻常的群众大会，繁忙的生产事务使他连报纸也很少去读。当他看见会场上悬挂的大字标语后他才知道一个新的国家——中华人民共和国已经成立。他惊喜地看着满眼的红旗和欢呼的人群，兴奋地倾听着锣鼓的喧响和承银拿着铁皮扩音筒喊出的声音。一个巨大的说不清内容的希望在他眼前飘荡，他忽然有一种想跳想蹦的冲动。后来是正在走向衰老的不灵便的双腿限止了他。他只是反复地喊着同一句话:“好呵——”这种没有具体内容的口号令周围的人们十分诧异。

达志下意识地喊出的那两个字似乎是一种预兆，没多久果然有两桩好事接连降临到尚家院里。头一桩是北京开国大典筹委会寄来的一张纪念卡，上边写着:贵厂生产的真丝红绸被开国大典作为饰物使用，特致谢意。达志、立世、尤芽和昌盛都欣喜地看着那张纪念卡:这应该也是一种肯定,是对我尚家产品质量的嘉许!虽然离织出“霸王绸”还有很远的路,但这表明我们有走至目标的力气!第二桩是新成立的行政公署下达的一则通知:迅速织出八百匹最好的绸缎,预备和一个代表团一起去苏联展销。达志看到这则通知时胡子都笑得翘上去了:我的产品又可以出国销售了,又可以去和外国的绸缎比试了!这是一个扩大影响的机会,必须使出全部力量织出最好的绸缎,我要让苏联人看看中国的绸缎,看看我尚吉利的出货,总有一天,我要占领你们苏联的绸缎市场……

那些天达志和立世严格检查每道工序,从生丝的整理到最后染印结束时的漂洗,每一个环节都小心翼翼,真正做到了精心、细致、尽力。八百匹绸缎全部出齐之后的那天晚上,达志把立世和昌盛叫到屋里说:“这回去苏联展销,在咱们尚吉利还是第一次,弄好了,会为日后咱们的产品销往欧罗巴洲打下基础,有利于我们晚点拿到更多的订单,使咱们尚吉利厂更快地发达起来,早日织出在世界上称王称霸的绸缎。弄不好,我们就失去了一个重要的发展机会。也因此,我真想亲自去,可腿脚不灵啦。想来想去,我打算让你们父子同去!你们去后务必尽心尽力,不出纰漏。出去后除了办好咱们产品的展销之外,还要留心看看他们那儿的绸缎产品和丝织机,学点东西回来!”

立世听罢点了点头;从没出过远门的昌盛早已按捺不住心头的高兴和急迫,笑着问:“苏联在哪个方向?离咱们南阳城多远?”

达志没有去理会孙子的询问,仍肃穆了脸说:“你们父子出门,我有一个要求,就是每到一个住处,你们父子二人各给我写一封信,报告这之前干过什么事,见过什么值得记住的东西，听过什么有用的消息！”

“两人都写干啥？让爹写就是。”

“都写！”达志瞪了一眼孙子，“而且谁也不许看谁的信，两封信分别封好，一同投到邮局寄我。到一个住处无论再忙，这桩事一定要办，记住了？”

立世和昌盛急忙点头……

绸缎装车出发是在一个阳光明媚的上午。看着两辆装满绸缎的马车驶上往北的官道时达志朝坐在车辕上的儿子、孙子挥手作别。官道上铺着一层厚厚的阳光，马车仿佛在那层阳光上船一样快速滑行。尚家的绸缎终于又盼到了走出国门的一天！但愿这只是一个开始，但愿明天的太阳还是这样灿烂……

22

父亲大人：

儿带昌盛于八日后晌抵郑州，当即持南阳行政公署之介绍书往见省府一负责对外交易之官员黎先生，黎先生告知明日头晌派人协助将货物转装一中型汽车厢内，后晌可启程去天津。当晚歇乐达旅栈。

儿叩上

爷爷：

我们到了郑州。这里街上人多，而且也有卖烤红薯的。爹去找人时我留下和赶马车的赵伯伯李叔叔看守货物。一个头上戴布帽的男人（不知道是不是秃子），来到车旁问拉的啥货，我告诉他是绸缎，南阳尚吉利厂的。他点点头说他知道尚吉利，老字号。夜饭吃的面条，爹吃两碗我吃三碗，卖饭的老板娘说我“半桩，饭仓”。饭有点辣。我瞌睡了，不写了。

孙子叩上

父亲大人：

我等已抵天津卫，一路顺利。按河南省府黎先生之交待，经至海河饭庄见到政务院一位负责对苏交易之官员谢先生。谢先生说他将带我们去苏。并告诉今晚要将绸缎装上火车。还说此次去苏展销是一次友好行动，要我和昌盛注意礼仪。夜宿海河饭庄，房费挺贵，谢先生说由他出，我没推让，省一个是一个。

立世叩上

爷爷：

天津卫是个好地方。这边有的女人已开始穿裙子，小腿上裹着丝光袜。穿绸缎衣裙的女人挺多，我留心看了看，有些还是咱尚吉利的出货。这边卖麻花的人不少，而且卖的麻花特大，有我胳膊那么长。我很想尝尝，爹说不行，说麻花虽大，味道怕和南阳的一个样。天黑后街边有人唱戏，听人说他们唱的是河北梆子。俺们晚上住的房子挺大，有两张床。我和爹正要睡时有个女人敲门，问爹要不要喇叭花，要的话可以随她去拿。爹把她赶走了。爹说她是妓女，我不知道妓女是干啥的。我们窗外就是海河，睡在床上能听到水声。

昌盛叩首

父亲大人：

我们已抵苏联的伊尔库茨克城。火车出了点毛病，我们要在这儿住一夜。谢先生领我们在城里走走。这儿的天还很冷，穿绸缎衣裳的人基本没有。我给你和昌盛各买了一顶皮帽，这儿的皮帽又好又便宜。

立世匆匆

爷爷：

我们已经到了苏联，这个城市的名字很怪，我记不清。人说的话我也不懂，全靠谢叔叔给我们解释。这里的男人又高又壮；女人们胖的也多，胸脯子挺得好高。有一个姑娘看见我后笑着叫了一句，谢叔叔解释说她在叫：哦，中国男孩！她见我没生气，竟过来抱住我亲了我一下，把我吓一跳，亲的是左脸。我们明天就离开这里继续走。

孙子叩上

父亲大人：

我等已抵莫斯科。这儿是苏联的首都，城市很大。今日头晌，在几个苏联人和谢先生相帮之下，我和昌盛把咱家的绸缎在一个展销厅里布置摆放好。谢先生说，明天正式展销。展销厅的门口用汉字写了：东方瑰宝——中国南阳尚吉利织丝厂绸缎。还有一行俄文，谢先生说意思一样。苏联人吃的东西有点古怪，我和昌盛一时有些吃不惯。

儿立世叩上

爷爷：

我们已到了莫斯科。我和爹还有谢叔叔已经把咱家的绸缎在一间大房子里摆好，有的搭在铁丝上，有的摊在柜台上，有的放到货架上，五颜六色很好看。从门前经过的不少苏联女人隔着玻璃门窗看见咱的绸缎，就凑近门缝向我们说好长的苏联话，谢叔叔就也对她们说些苏联话。过后谢叔叔说，她们是在问卖不卖，谢叔叔告诉她们明天卖！我估摸我们在这儿能赚钱！晚饭后谢叔叔出去办事，我和爹去了一个大广场看热闹，爹说那个广场叫红场。广场旁边是宫殿，叫克里姆林宫。那宫殿很威风，院墙有一枣树高。这里有一种油，叫黄油，抹到面包上吃，很甜。你的身体好吗？

孙子昌盛叩上

父亲大人：

这几天我们一直在卖绸缎。绸缎销得很快，平均一天能销一百七十来匹。来买、来看绸缎的人很多，大多数是女人。价钱上每匹比在南阳的卖价贵一倍，这是谢先生定的。苏联的钱叫卢布，我兜里已装有不少卢布。头一天开始卖时，谢先生在扩音机前用苏联话对顾客作了介绍，主要是介绍咱尚吉利从事绸缎织造之历史和所产绸缎之优点，顾客们很响地拍了巴掌。谢先生说，今天的《消息报》上还刊登了中国绸缎在莫斯科展销顺利的情况。昨天后晌，来了一伙军官，我看不明白他们的军衔，谢先生说其中有一个元帅、三个少将、两个上校。他们都带着夫人，那些军官夫人们全都非常喜欢咱们的绸缎，不停地把绸缎披在身上到镜子前去照。他们每个人后来差不多都买了七八匹。我和昌盛一切都好,勿念。

儿立世叩上

爷爷:

绸缎卖得很快。昨天还来了几个不是苏联人的外国人,一个女的是瑞士人,一个大胡子中年男子是美国人,一个老头是英国人。这都是谢叔叔告诉我的。这三个外国人都只是看看咱们的产品,一匹也没买。那个美国人看罢咱们的绸缎后还摇了摇头。那个英国人摸着咱们的绸缎对爹说了好长一段话,谢叔叔没有翻译给我们听。事后我问谢叔叔那个英国老头说了啥,谢叔叔说:那个英国老头自称威廉,说曾经与你们南阳尚吉利织丝厂打过交道,是老朋友,但其实他很不友好,他说你们绸缎的质量与有些国家相比已算不上优等,他劝你们赶紧向外国学习。我把这话给爹说了,爹也很不高兴,爹说他并没听说过咱家有一个英国朋友,爹说这人兴许是专门来败坏咱们尚家绸缎声誉的。谢叔叔要我提高警惕,小心敌人的破坏。他们这儿的孩子们常吃一种叫奶油冰淇淋的东西,我很想尝尝。

孙子叩上

父亲大人:

绸缎销得已所剩不多。昨天傍晚我们就要关门的时候,来了一辆轿车,车上下来两个军人,他们和谢先生说了一阵话后,谢先生很高兴地要我和昌盛把每种花色的绸缎都包上两匹,随他坐上军人的轿车。轿车一直开出城外,最后开进一个隐没在半山坡上的树林里的大院子。

院子里很静，但到处有人站岗，我们被领进一个宽大漂亮的客厅，客厅里坐着一家人：一个五六十岁的男人，一个四五十岁的女人和两个姑娘。谢先生上前向那个男人施了礼，随后让我们把带来的绸缎在客厅里摊开，那位夫人和两个女儿一见咱们的绸缎，高兴得欢叫起来，一会把这一匹披到肩上一会把那一匹围到腿上欣赏。那个男人一直坐在旁边含笑看着他的女儿。后来那位夫人把每种花色的绸缎都留下一匹，问我要多少钱。我从这家的住房和室内摆设看出他们很有钱，就想着该多要一点，能多赚就该多赚一点。我正想说个数字让谢先生翻译过去，没想到谢先生先开口说不要钱了，说这些绸缎送给你们，算是俺们中国人的一点心意。我当时很不高兴，心想这是很大一笔钱呵，怎么能够白扔？绸缎是俺家的，你谢先生不能做这个主！后来回到旅馆时我把不该白送的话给谢先生说了，谢先生说，这批绸缎的成本费回国后由国家给你们补上；并说，这点绸缎虽然白送了，是个损失，但它能让那位领导人批准给我们国家进口一大批急需的工业生产机器。我想，要是这样，就也行。

儿子立世叩上

爷爷：

你不知道我昨晚见到了多么漂亮的房屋。那座房屋在莫斯科城外的山上，样子古怪，像塔，又像大雄宝殿。四周都是树林。屋子里铺着厚厚的地毯，人走上去没有一点点声音。房子四周好多花玻璃窗户，窗户上都装着红丝绒窗帘。屋子里摆的家具都模样奇特漂亮，茶杯是银的。房子的主人是一个大官，他有一个夫人，两个女儿,小女儿长得更好看些。他们看见咱们的绸缎都眉开眼笑,很喜欢。那个小女儿还当着我们的面把上衣脱了,露出两个光膀子,把一匹翠绿的绸子披上去让我看美不美,我羞得没敢看。他们要了不少绸缎,但谢叔叔不让他们交钱,这把那个小女儿感动得要掉眼泪。她会几句汉话,她对我说:谢谢,你们中国人聪明、慷慨,我喜欢!我没别的话说,就对她笑笑,她看见后又上来抓住我的胳膊问:我跟你去中国学织绸缎行吗?我急忙摇头,我想她肯定吃不了咱们织绸的那份苦。临走时,她把一支钢笔(不是咱们用的羊毫毛笔)放到我手里,非让我拿走不可!我看看谢叔叔,谢叔叔说:小姐送你的礼物,你就收下吧。我只好向她鞠一躬,把钢笔装进了口袋。他们全家把我们送出门,临上车前,那位小女儿又一下子抓住我的双手放到她胸口说:再见,我的织绸缎的中国朋友!我的手碰着了她的胸脯,但不是我有意碰的。

孙子昌盛叩上

父亲大人:

绸缎已经销得只剩八十来匹。谢先生说这八十来匹不用销了,他将把它们分送给苏联负责经济贸易部门的官员,谢先生说这是表达中国人民友谊的需要;并说成本费回国后由国家付给我们。昨天,有三家苏联的贸易公司送来了订单,总共是八千匹。我算了一下账,若把卢布兑换成人民币,我们已赚了一大笔钱,这一趟来得值!谢先生也很满意,说此行达到了目的。我们已在准备回国。

儿子叩上

爷爷：

我今天吃到了奶油冰淇淋，是爹买给我的，爹让我放开吃，我一连吃了三个，真过瘾！我和爹还为亲友们买了礼物，给你买的是一双皮靴，很好看的！我们就要回国了，爷爷，我想你！

孙子叩上

当达志戴上老花镜展读儿子和孙子辗转寄来的最后一封信时，立世和昌盛乘坐的马车已经响着悦耳的铃铛驶进了南阳城中。达志在那个阳光当顶的正午，看着儿子和孙子带着骄傲和满足的笑容走进院子，并没有迎上前去。他当然看见了儿子手里提着的鼓鼓囊囊的钱袋，他也看见了孙子手里拿着的专为他买的俄罗斯皮靴和皮帽，但他脸上没有笑容，也没有快活地招呼。直到立世和昌盛向他鞠了躬之后他才慢腾腾地开口："我有两点不满意。第一，你们不该不和那个威廉谈谈，不该不和那个美国人谈谈，你们该了解一下英美织造绸缎的状况，你们错过了一个了解他人的机会！第二，你们只记住了买皮靴、皮帽子和冰淇淋，而忘了买苏联市场上出售的其他国家的绸缎，那些绸缎是我们尚吉利的竞争对手，是我们应该研究的对象，不然我们怎能超过他们？"

满心欢喜的立世和昌盛被弄得呆在了那里，要不是卓远这时拉着月儿过来，要不是月儿笑着高喊："舅舅，表哥，给我带了啥东西？"立世和昌盛简直都不知道该怎样打发满脸尴尬的笑容了……

23

草绒由台湾高雄上岸再辗转到内埔住下几月之后，在广州黄埔上船的那一幕还常在她眼前晃动。那真是一场可怕的记忆：那么多人推拥着向那艘装了军用物资的货船上挤，船上的军人们鸣枪也不能禁止逃亡人潮的汹涌。眼见得不少人已被从船舷上挤下大海，轮船只好在没有撤掉登船踏板的情况下启动离港。许多人就在那一刻哭喊着掉进大海并很快被海浪吞没。其时草绒在儿子秉正的搀扶下才刚刚挤上甲板，只差两步他们母子就也要葬身海里。当她在儿子的扶持下回望在码头上顿足哭喊的人群时她心里不由得生出了一丝庆幸：上帝保佑我们母子终于登上了这最后一艘撤往台湾的轮船！她抬手在胸前划了一个十字。也就在那一霎，她在落水的人们中看见了一个极像女儿枝子的女人，她刚朝儿子叫了一声：快看，那是不是你姐！那女人却已经被浪头打进了水里。轮船那阵也已经掉头完毕，正加速驶向烟波浩渺的深海，草绒于是只好把怀疑、不安和惊惧永远压在心里……

轮船在高雄靠岸只算是把草绒、秉正送到一个没有枪炮轰鸣的地方，在广州就已缠上他们的穷困却依旧紧跟在他们的身后。

大批大陆人的抵达使这个岛上的一切供应都显紧张，差不多分文没有的草绒和秉正的日子自然难熬。他们一开始借钱在报纸上登了一个寻找栗家人的启事，期望找到亲友得到接济，失败后才走进了拾破烂者的队伍。

第一次拾破烂是在一个早上。那个空气中充满海藻腥味的早上草绒本想去一家糖厂问问是否可以找份工作，在去糖厂的路上她看见路边的垃圾堆上扔有几个罐头瓶子，就顺手把它们拣了起来。在经过罐头厂的门口时她看见一张纸上写着收购罐头瓶的说明，便把那几个罐头瓶交给了厂门口负责收购的老头，老头立刻给了她一张钞票。这张数额不大的钞票使她意识到她和儿子有了谋生的办法。在糖厂没有找到工作之后，草绒便毅然带着儿子走向街道和郊区去拣拾破烂了。

农家出身做惯了活路的草绒虽然年龄已大，但仍干得很投入。秉正见母亲这样就也很卖力地去干。母子俩通常是白天拣拾，晚上把拣到的东西分类，隔几天去卖一次。每次卖得的钱虽然不多，但总是有了收入，母子两人的吃穿也算凑凑合合地保住了。

母子俩那时谁也没有料到，就是他们选择的这一拣破烂的行当，将使他们结识一个名叫阿倩的贤惠姑娘，并从而令他们娘俩的命运开始了又一个转折。

那是城郊一家很小的造纸厂，厂子小得只有五六个工人。厂主是早些年由广东移居岛内的一对夫妇。草绒和秉正因为经常拣拾到一些破布和废纸要来卖给这家纸厂，所以就慢慢和厂主熟了。这厂主有一个十八九岁的姑娘叫阿倩，中学毕业后就在家里帮助父母照料厂子里的事务。草绒和秉正来卖宜于造纸的破烂时，常是阿倩过来过秤付钱，一来二去，这阿倩就和草绒、秉正母子熟识了。

这阿倩姑娘心眼儿挺好，看见他们母子二人生活艰难，在给他们拣拾的破烂过秤时就常常多说几斤，多付他们几个钱。草绒和秉正自然看出了这姑娘的有意照顾，每次离去前总是连连道谢，并一心想对这姑娘的关照有所报答。一天，秉正听见姑娘向她爹说想买一本《山地探秘》的故事书，秉正就记在了心里，第二天用卖破烂的钱去街上书店买了一本，当日去送破烂时就递到了阿倩手上。阿倩接过书后又意外又高兴，她显然没料到这个拣破烂的年轻男人还有这么一份细心。这之后，她对这母子俩的关心就又进了一层，常常找话题问他们母子的身世。草绒也是不愿遮遮掩掩的人，就一一说了，姑娘听后越加同情。便在征得她父母同意后提议让他们母子干脆住到她家一间闲置的旧房子里，这样每月也好省去一笔租住房子的钱。草绒和秉正自然高兴，就从原来租住的地方搬了过来。这样，每天拣拾的破烂可直接拉到了厂里，倒是省去了许多气力。

又过了些日子，厂里雇的一个工人回北部老家奔丧后没有再来，阿倩就问秉正愿不愿到厂里做工，秉正当然高兴地应允。自此后，秉正算有了正式的工薪收入，母子俩的生活更加有了保障。不过，草绒一个人仍坚持每日出去拣拾破烂，以补贴家用。

秉正在厂里做工没有多久，就显出了与众不同。他勤快，不论厂主吩咐下什么活儿，总是尽心尽力尽早地干完，从不拖拉偷懒；他掌握技术快，秉正因从小读书，头脑聪慧，学这种并不复杂的造纸技术很容易，故没有多久就可以独立操作；他待人温文尔雅，从不脏话满口，而且也从不像别的工人那样在晚上去找花柳巷的女人。他的这些与众不同之处很得厂主夫妇的赏识自然也让阿倩高兴。尤其是每当草绒因为腰疼半躺在床上时，秉正总要端了饭碗一筷一筷地给妈妈喂饭，那份尽心尽意的样子让阿倩看见真是感动。一来二去不知不觉间，阿倩姑娘的心里对秉正生出了一种微妙的感情。

秉正对阿倩的心事有所察觉是在秋天的一个依然闷热的傍晚。那个有许多蟋蟀欢叫的傍晚他奉厂主之命加了一会儿班——光着上身一个人在厂房里用木杈挑着造纸用的稻草。他所以光着上身是因为他舍不得在干活时穿他那件打了补钉的衬衫。可当他干完活要去穿他那件破衬衫时怎么也找不见了，正当他焦急地在他挂衬衫的地方来回查看时他听见身后响起一个细柔的含满关切的声音："别找了。"他扭头才发现是阿倩手捧一件雪白的新衬衣站在他的身后。他因为自己光赤着上身而害羞地垂下了眼睛，随后他便感觉到那件新衬衣披到了他的肩上。当他在阿倩的指挥下把两只胳膊伸进衬衣袖子之后，他看见有两只灵巧白皙的手在他胸前扣那些扣子，最后一个扣子扣完时他感觉到阿倩的指甲在他腹上轻轻地划了一下，那轻轻的一划使他感到又痒又酥。

这个傍晚过去没有半月，阿倩的父母就找到草绒谈话，希望她不再外出拣拾破烂而来造纸厂看守堆放稻草的院子。草绒虽没猜出这安排里已带有另一番情意，却也欢喜，第二天就去了那个轻快干净的岗位。

接下来就到了那个上午，在那个阳光明丽原本看不出要下雨的上午，秉正受阿倩父亲指派和阿倩一块去屏东的一家印刷厂送纸。一九五〇年的屏东地区汽车还属稀有，阿倩家的运输工具是一辆漆得很漂亮的牛车。纸装上车之后，阿倩便和秉正坐到车厢前部挥鞭赶牛上路。两个人在牛铃的丁当声里漫无边际地说话，话题虽不断漂移，两人却都从这种谈话里体验到一种令人心醉的甜蜜。渐渐地，阿倩就把身子靠了过来，秉正见状先是一惊随即也渐渐把胆子放大，小心地试探着伸手把阿倩揽到了怀里。牛车在吱扭的轮声里缓缓驶近屏东，秉正和阿倩在身体的接触中也慢慢走近爱的巅峰。大约是老天爷想要成全这桩好事，忽然间在天上布下一片雨云，让雨点不紧不慢地落了起来。两人见状急忙将牛喝住，用帆布车篷把车厢罩了起来，尔后两个人一同钻进车厢的纸堆上躲避这场不大的阵雨。有了车篷和雨幕的遮掩，阿倩变得分外胆大，在和秉正一阵长久的亲吻之后，先伸过手去解秉正的衣扣。秉正是壮健的男子，自然禁不住这种主动的召唤，立刻就也动了手，转眼间就把阿倩那白嫩的身子平放在了那白色的纸堆上。阿倩那快乐而痛楚的呻唤因雨声的遮掩没能飘出很远。当那场不大的阵雨结束之后，一团沾了鲜红血迹的白纸也被扔到了路边。牛车重又在略显泥泞的道路上移动时，牛鞭握在秉正的手上，阿倩则软软地横躺在秉正的怀里，只用两只满足而幸福的眼睛望着阴云逐渐撤走的天空……

阿倩和秉正的婚礼正式举行是在民国四十年的八月十四。那是一个十分俭朴的婚礼，小纸厂的厂主没有举行奢华婚礼的财力，两个新人也都不愿因婚礼而给并不富裕的家庭增加负担。婚宴只有两桌，请的客人只有阿倩唯一的姑姑和姑父，再就是厂里的几个工人。婚礼过后，当秉正和阿倩相拥着走向他们的洞房时，草绒面朝着挂在睡屋土墙上的十字架跪了下去。主呵，我知道这是你对我们的眷顾，你用你那双慈悲的手给我送来了一个可心的儿媳给秉正送来一个贤良的妻子,我们从此更有了在这个远离故土的岛上活下去的勇气,我们会永远记住你的恩惠……

24

仲秋的南阳的天空，也和台湾屏东地区的天空一样，澄清高远，瓦蓝明亮。差不多就在秉正和阿倩的喜宴开始的时候，一辆由三匹白马拉着的马车驶出南阳城西关径向伏牛山里驰去。白发苍然的卓远坐在车的前头，车上的几个中年男子全是他特意从省城邀来的考古学者。

卓远至今没有忘记抗战期间避难山洞时所见的那些洞壁岩画。他凭直觉知道那些岩画的考古价值很高，尤其是那个和达志家院里石头上所刻图案一模一样的符号：▦，让他特别着迷奇怪，他太想弄清它的含义了。因此，前些天听说省考古队正式成立，他特意致函邀请他们前来。

到洞口去的最后一截路他们弃车步行。拄杖在前边带路的卓远此刻才发现这条山谷的美丽，当年因为心中整日塞满惊恐，根本没有听见众鸟的歌喉如此柔婉动听；根本没有看到一线清溪流得如此悠闲诱人；根本没有留意到由千百种树木组成的山林如此苍茫雄浑。看来，风景的容颜可随人的心情作着改变，美和枪炮声是两个对立的东西。

一进洞口，手电光一打到那些岩画上，考古队长就抓着卓远的手欢呼：嗬，重要发现！谢谢你，卓先生！接下来考古队员们展开了紧张的工作。原来这洞中的岩画并不止卓远当初发现的那一处，十几个地方都有，只是因为一层青苔遮蔽了它们没让卓远当年看到。午后一点十分时，阳光突然奇怪地灌满了山洞，洞壁上的岩画被这耀眼的阳光照得极其清楚。仅仅十分钟后，阳光就又开始极快地撤走，众人都有些惊奇地注意到这种情况。“角度！”考古队长又欢叫了一声，“先人们在选择刻画的山洞时已经懂得了阳光和洞口要达成一定的角度……”

那天的傍黑时分，考古队长向卓远讲述了他们初步考察的结果：这些岩画是“南召猿人”的后裔留下的，对研究原始人的头脑发育和生活状况有极珍贵的价值；岩画的内容主要是展示原始人如何猎牛的过程，从工具准备到狩猎过程到烧食经过；从岩画上看，这时期的人似已开始进行抽象思维，▦形图案，像是他们抽象思维的结果。

“哦？”卓远两眼放光，“请讲细一点！”

“这个图案表现的不是具体的东西！既不是一种狩猎工具，也不是一种狩猎图景，更不是一种狩猎结果。它可能是先人们对他们狩猎活动所做的一种抽象总结。”

“总结的什么？”

“先人们每天清晨出发时猎牛的目的很明确，但傍晚归家时却常常并没有得到预想的结果——空手而归牛没猎到，这在岩画上都已有反映。因此，久而久之，先人们就慢慢意识到，人最初的目的和最后的结果之间，表面上看像是一条直线，实际上这条直线要和许多其他的也由目的——结果构成的直线相交，也就是说，在这条直路上有许多岔路口，任何一个路口都可能使事情改变运行的方向，从而得出与人的最初目的完全不同的东西。最初是想猎牛，但最后猎到的竟是一只兔子。这很可能就是先人想要通过这个图案说明的东西。当然，这只是一种猜测，我们还要进一步研究……"

卓远怔怔地看着考古队长。这种猜测仿佛有点道理，倘原始人真能思索到这里也真是了不起。如今的社会上，人人既有自己长远的人生目的也有短期的随时间变化的生活目的，这些目的和它们的结果之间构成一条直线，无数个人的无数条目的——结果直线相交，就构成了一个极其复杂的局面，就会出现无数个谁也没有料到的结果……这么说，尚家的先人把这个图案刻在石头上竖在院中，是在提醒后人：小心前边的岔路，岔路还不是一条?! ……有意思，达志，很可能就是这个含义！……

卓远快活地顿了一下手杖……

当伏牛山里的这场考古活动暂告结束，卓远回城想去找达志细说考古队长对那个图案卌的猜测时，南阳历史上第一次仲秋物资交易大会在城西梅溪河东岸的空地上拉开了大幕。来自南阳城和邓县、镇平、内乡、南召、方城、唐河、桐柏、新野、淅川、西峡、社旗等城镇的大批工厂主、手工业者、商人、农民，都把自己的东西摆在了这个巨大的场地里，自由而公平地进行交易。——这是新成立的南阳行政公署为活跃发展南阳的经济而采取的一个措施。尚吉利织丝厂自然不会放过这个大好的销售机会。达志整天都在会上忙活。他亲自雇人在梅溪河岸上用苇席、高粱秆箔和桌子搭了个很大的摊位，把五彩缤纷的绸缎在摊位上摆得满满的。自立世和昌盛由苏联返回后，由于有赚得的那笔钱和几张订单，尚吉利织丝厂的生产规模又扩大了不少。达志托人又从上海买来了五台机动织机；立世到南召、内乡预订了大批生丝；又新招了一批工人新建了几间厂房。尚吉利每天的出产量超过了以往最兴盛的时候。

物资交易会引来了包括襄樊、信阳、许昌、商洛、达县客商在内的大批参观购物的人。各家卖主为了吸引人们对自家东西的注意，都想了不少办法。有的人家雇了说竹板书的艺人，在自家的摊位前边打竹板边述说自家产品的好处；有的人家在自家摊位前挂了会说"欢迎"的八哥鸟笼；有的卖主干脆用报纸糊成个喇叭筒拿到手里呼喊："货真价实、不坑不骗——"尚吉利也想了个吸引顾客的办法：雇了二十个姑娘，每个姑娘身披一匹绸缎，在摊位前坐成一个巨大的圆圈。上午每个姑娘都披一匹红绸，使那圆圈看上去像一个太阳；下午，每个姑娘都披一匹月白色的缎子，使那圆圈看上去像一轮月亮。而且姑娘们的坐姿还每隔一段时间就做一次改变。立世想出的这个法子还真惹人眼睛，这新奇的招揽顾客的法子使得尚吉利的摊位前从早到晚都是人流不断，站在摊位后的达志看着络绎不绝的买绸缎的人群，喜得双唇没有时间阖上……

——"达志，这主意想得好，让美丽的姑娘们披上美丽的绸缎，很好的广告！"

——"噢，卓远哥，你来了。孩子们想的这法子是不是有点太招摇——"

——"推销商品就是要招摇，这是一门叫广告学的学问!”

——“卓远哥,我有一个想法。”

——“哦?”

——“我的厂子就照目前的生产规模生产,再有两年,我就要捐款办一所‘南阳大学’! 南阳如今不是还没有一所大学吗?”

——“嗬?”

——“这所大学办成后先设一个丝织专业和一个商学专业,以后再逐渐扩大!”

——“好呀!”

——“到时候请你出任大学校长!”

——“行呀,只要你任命,我敢不干?”

——“你说我这样做可以?”

——“当然,大实业家就该有这份眼光! 国家为你创造了发展的条件,你应该为国家的长远发展尽力!”

——“卓远哥,我还有一个野心!”

——“说出来!”

——“我要在十年之内织出‘霸王绸’,让尚吉利织丝厂的绸缎在世界上称王称霸! 我要让世界上的女人和男人都以穿上尚吉利的绸缎为光荣!”

——“十年?”

——“十年! 我用了不到两年就干到了今天的规模,我再用十年完全可以做到! 到那时,我要让世界上所有的丝绸商人都再来中国抢购尚吉利的绸缎! 我要用尚吉利的绸缎把世界上愿穿绸缎的女人和男人都打扮得漂漂亮亮……”

月亮升起来了,车轮一样地停在东天。银辉耀在披着白缎的姑娘们身上,使她们坐成的圆圈也发出了亮光。在两个月亮的映照下,达志脸上的皱纹变得清晰可辨。卓远在月光下看定达志那张亢奋的棱角分明的脸,突然觉得眼下给他说考古队长对那个图案▦的分析有些不合时宜。

——“十年！你信吗?”

卓远没有应声,只是在心上最后决定:不说,今晚不说考古队长对那个图案含义的猜测。

——“十年!”达志以为卓远在怀疑他的能力,几乎是发誓似的喊……

第 三 部

1

难道真有盗贼钻进了这店堂之中？

达志在那个阳光绚丽的早晨发现前一天卖剩下的七尺蓝缎不翼而飞之后真是大吃一惊。临街店堂的钥匙只有三把，儿子立世、孙子昌盛和自己各持一把，除了三人之外谁也进不了这个批发兼零售的店内。立世、昌盛都说他们没拿这七尺蓝缎，那剩下的解释便只有一个：遭贼偷了！

可这解释连达志自己也不相信。店堂的门窗无任何破损，贼是咋样进来的？店堂内那么多成匹的绸缎贼为何不偷，反只拿这七尺蓝缎？会不会是立世、昌盛……达志打了个寒噤，你怎能去怀疑你的儿孙？

这件事必须弄清！七尺蓝缎对如今兴旺发达的尚吉利织丝厂是算不了什么，但今日丢了七尺不管，明天就可能再丢七匹。这个漏洞应该立即堵住。

达志决定自己亲自观察。他假装对那七尺蓝缎丢失的事已经忘记,每天照例地把当日零售裁下的绸缎衣料随意扔在柜内,看会不会再有丢失的事情发生。

真相后来大白于一个有风无雨的阴沉的夜晚。那天晚上达志睡下后忽然想起一桩有关生丝购进的事要对儿子交待,于是又穿衣起来。他走出睡屋时猛然发现前院店堂里有影影绰绰的亮光,他一愣之后紧忙轻步走过去。店堂内站着的是孙子昌盛,昌盛正不时划亮火柴,在微弱的光亮映照下挑选着柜内那些单件的绸缎衣料。他隔门缝看见昌盛把两件衣料卷好塞进衣兜后惊得双唇无限地张开:天呵,这小子咋会变成了这样?他闪在一个柱子后,看着昌盛轻手锁闭店堂后又溜出院门向街上走去。杂种!自己偷自己。这可是尚家历史上的奇耻大辱!败家子!八成是去换钱赌博,尚家出了败家子了!

尚达志悄悄跟在孙子身后,想看看他究竟要把绸缎送到什么地方。无奈天太黑,加上年龄大腿脚也不灵便,没有跟踪多远他便丧失了目标,眼睛里看到的只是被夜风肆意搅动着的黑暗。

他气冲冲地回家叫醒了儿子立世。睡眼惺忪的立世听父亲说罢事情经过后也大吃一惊:“这个狗东西,啥时候染上的这个恶习?!我去找他!”

“去哪里找?黑更半夜的,惊动了外人就好?”

“那你说咋办?”

“他会回来的,你只需把麻绳给我往梁上搭好!”

立世没再说话,只是从门后拿出一盘麻绳,把绳子的一头向父亲睡屋的梁上搭去,搭下来的绳头像蛇头一样轻轻摆动。父子俩就在那绳头的摆动中默然对坐,谁也没有心思说话,只侧了耳静听着屋外的脚步声。后来一股夜风趟进来,索性帮他们把灯也吹熄了。

昌盛回来时已近四更。他显然怕惊动了爹爹和爷爷,双脚如树叶一样地向地上落着。他刚要闪进自己的睡屋时突然听到爷爷说了一声:“你过来!”这话音在这寂静的夜里显得是那样的突兀和怕人,他被惊得头发都竖了起来。“爷爷还没睡?”昌盛不得不向爷爷的睡屋走来,这时他看见油灯被点亮了,看见爹也坐在屋里,他的双脚移动得越发慢了。

“说,刚才去了哪里?”

“没去哪里,因为睡不着,就随便到街上走走。”

“出去时带了啥东西?”

“啥也没带呀!”

“到祖宗的牌位前跪下说!”尚达志指了一下祖宗牌位,站起了身子。

昌盛迟疑了一霎,向那些牌位跪下了双膝。

“说,对祖宗说你出去时带了啥东西!”

“没……我真的没带啥出去。”

“列祖列宗,尚家出了败家子了,达志愧对你们呵!”达志这时一边喃声说着一边也朝牌位跪了下去。片刻之后,他转脸对一直默坐在那儿的立世说:“执行家法吧!”

昌盛惊骇地去看父亲,直到这时他才注意到那个在半空中晃动的绳头。他看见父亲抓住那个绳头向他走来,阴沉着脸三两下就绑起了他的手腕。“爹,你干什么——”他的惊问声还没有落地,他的双脚便已离地了。“哟——”他发出一声痛楚的尖叫。这是他长这么大第一次尝受这种可怕的家法。尤芽被他的叫声惊得披衣起床跑过来,见状刚要进屋阻拦,达志威严的眼神把她挡在了门外。

“说,刚才出去究竟带了啥东西!”

“我……我……真没……”汗珠开始从昌盛的毛孔里向体外涌着，而针刺一样的疼痛则开始由腕、肘、肩等处向体内汇聚。

“我们尚家多少代没出败家子了——”

“我……我说……我带了绸缎衣料出去——”他看着爷爷和父亲那两张冷峻的脸，绝望地闭了眼睛说。

“出去干啥？”

“去灯市街47号宋家。”

“宋家是干啥的？”

“卖葵花籽的。”

“去宋家干啥？”

“把衣料给宋小瑾。”

“宋小瑾是干啥的？”

“是宋家的小女儿，也卖葵花籽。”

“把衣料给她干啥？”

“想让她高兴！”

“高兴？”

“我爱她，懂吗？我爱她！”

审问的尚达志和默立在那儿的立世、尤芽一齐瞪大了眼睛。

天呐，我的孙子也已经懂得爱女人了！这么说你是已经长大了？可我还一直把你当孩子看呢！达志急忙抬手示意儿子放下吊孙子的麻绳。当昌盛的双脚刚一落地，他便急忙上前把孙子揽在了怀里。直到这时，他才感觉到孙子已长成了一条汉子，瞧这个头和身架！“你为啥不早说？为啥要悄悄地拿绸缎而不明给我和你爹说？”

“我说了你们能舍得吗？你们把绸缎看得那样金

贵——”昌盛的眼泪流出来了。

“看得金贵不一定就舍不得，这要看是为啥事。我们尚家的丝织祖业要延续下去，自然需要有后人，不娶妻生子哪来的后人？这是大事！爷爷错待了你。你明天去把宋家的那个姑娘叫来，只要人合适，爷爷要亲自送她一匹绸缎！来，立世，扶昌盛去睡。”

立世无言地走过来，小心地搀扶住儿子，一边用手揉摩着儿子那被吊疼的肩头，一边慢慢地向门口走去……

那个名叫宋小瑾的姑娘是第二天正午时分被昌盛领进尚家大院的。她在迈过院门上那道高高的枣木门槛时并没有停止嗑葵花子——她一手拿着一包葵花子，另一只小手准确地把葵花子送进那两片薄薄的嘴唇；两片红润小巧的嘴唇很快便从葵花子壳里嗑出了那长条形的仁；尔后噗的一声，葵花子壳便被她极利索地吐到了地上。“嗬，你们家院子好大！这石头上刻的是啥东西？”她在院中那块刻有▦形图案的石头前停下脚步，乌亮的双眸好奇地停在那图案上。

“老辈子人刻的，说不清是啥意思。快走，我爷爷和爹爹等着见你。”

“急啥子急？让我看看这图案！它有点像——”

“像啥？”

“像我爱吃的向日葵。你记得么，把向日葵盘上的籽粒搓下来后，葵盘就有点像这个图案！”小瑾说着把口中的一个葵花子壳准确地吐在了图案上。

“胡说吧你，老辈人刻个葵花盘有啥用意？”昌盛笑了，扯了小瑾的胳膊催：“快走！”

“这是你家老辈人在告诉你们这些后人，办啥事都要顺其自然哩！不要强求——”

“爷爷，这就是小瑾；小瑾，这是爷爷，这是爹，这是尤婶。”——昌盛一向对尤芽不叫妈而叫婶。

小瑾这才把目光从那块石头上收回来，望定走近来的达志和立世夫妇，先是说了句“你们好”，接下来就又嗑起了葵花子，只把新奇的目光在院子里活活泼泼地轮。

达志像平日审查绸缎质量那样仔细地审视着孙子看上的姑娘。这姑娘貌相上是不错，脸蛋、身个、体形都属于很撩人的那一类，只是身上有一种东西让达志不喜欢，那是一种很难说清的类似散漫、懒散、不忧不虑的东西。尤其是在这种场合还嗑着葵花子，让达志觉到了不痛快。这样的媳妇日后怎能撑持起尚家的祖业？达志的脸色阴沉了下来。一旁的昌盛看见爷爷的神色有变，急忙使眼色让小瑾不要再嗑葵花子，可小瑾根本没看明白，仍是边嗑着葵花子边问：“尚爷爷，学丝织难吗？”

“难倒不难，只是你愿意学吗？”

“说实话，我不太愿意学，我这个人不喜欢老坐在那儿——”

“那你喜欢干啥？”

“我呀，喜欢自由自在！”小瑾说完自己先笑了，笑罢，葵花子便又在小巧的双唇间翻动了。

达志的脸阴得越来越重。不长眼的东西，怎会看上这样一个不成气的姑娘？他瞥了一眼孙子说：“厂里有事，我得去忙，你们聊吧。”说完，扭身就走了。一直默站在一旁的立世看出了父亲的不快，也说了一句：“昌盛记住留宋姑娘晌午在这儿吃饭，我得去印染车间了。”言毕，扯了尤芽的胳膊也走了。

“看得出，你爷爷和你爹对我不满意。”小瑾仍然笑嘻嘻地嗑着葵花子，“我当初已经对你说过，我这个样儿不大适宜于你们这个家庭，可你总是缠我！如今你看明白了吧？你现在该放我走了！”

“上哪里走？”昌盛闻言急忙抓住小瑾的衣袖，硬把她拉进了自己的住屋，“爷爷和爹爹并没有正式表态，你咋就知道他们不满意？你刚才见他们时也不该总嗑葵花子，我给你说过，他们喜欢一本正经！”

“他们喜欢什么我不管，我可是喜欢自由自在。让开路，我要回家了！”

“别走，咱们再商量商量咋样才能让他们满——”

“我不想商量，你让不让开？”

“不让！”

“那我可要采取措施了！”噗！一个葵花子壳准确地从小瑾口中飞出，粘到了昌盛脸上。小瑾见状，先自咯咯咯笑弯了腰。

“给我擦掉！”昌盛假装生气地把脸伸过去，“嘴唇吐的还用嘴唇来擦！”

“不擦！”

昌盛猛地伸手掐住了小瑾的腰并把她高高举起：“不擦我就把你扔到墙角去！”

“好，好，我擦。”小瑾嬉笑着只好把嘴唇凑近昌盛的脸，昌盛趁这机会，一下子把自己的嘴朝小瑾的双唇压了上去。

“哎哟，你慢点……我嘴里还有一截葵花仁哩……你这个家伙……你吸得我……好……疼……呀……”

昌盛的晚饭吃得有些心不在焉，目光一直在爷爷的嘴上晃，他知道关于他和小瑾的事爷爷很快就要做出判决。当他听见爷爷用咳嗽来清嗓子的时候他真想赶紧钻进爷爷的口中把那个决定看个明白。

“这个姓宋的姑娘模样倒是不错，只是她那副脾性怕不适宜咱这样的人家。见了生人还嗑着葵花子，一身的不稳重相，日后很难立住家；再说，她又不爱丝织这个行当，咱尚家是干啥的？她将来就是内当家了，内当家不喜欢丝织，那咱的‘霸王绸’啥时能织出来？所以我看这桩事就作罢吧！昌盛今黑里再拿一件缎子衣料过去，给人家说明白算了！我和你爹过后再瞅着给你说个合适的姑娘。娶媳妇可不能只看面相，立世你说是吗？”达志把眼睛望向儿子。

“我听爹的。”立世看了一眼昌盛，很轻很轻地叹了口气。

昌盛不知道自己是怎样迈过院门的。他向灯市街小瑾家走时自然没带什么缎子衣料，他身上带的只是对爷爷的一腔怨气：你只见了一面就知道人家不会过日子？你就这样轻易地把我们拆了？你知道我当初为了和小瑾好上费了多少力气？你晓得小瑾身上还有多少长处吗？拆了，你就这样把我们拆了？再说一个姑娘？那样容易？……

小瑾依旧是嗑着葵花子来开门的。她一看见昌盛的脸就明白了：“是你爷爷不同意吧？”她把一个葵花子壳使劲吐到远处的地上，“那你就走呗，还来俺家干啥？”

“我……实在……”

“回去吧，让你爷爷再给你找一个！再说，俺们这个卖葵花子的人家也配不上你们织绸缎的！”

“不是……求你……”

“少啰嗦！”小瑾嗵一下关上了门。

昌盛双手抱头慢腾腾地往回走。脚下的石板路突然间变得如烂泥一样稀软,他深一脚浅一脚地迈着步子。完了,一切都完了！爷爷,你做的好事呀！“等等!”背后蓦地传来小瑾的一声喊。昌盛转身时看见,小瑾又打开了门,正急步向他的身边走。

“你是真愿和我在一起么?”星光下可见小瑾的眼睛瞪得很大。

“当然……”

“既然这样你就跟我走!”小瑾猛地抓住了昌盛的手,他立时感觉到她的手在抖。

“去哪儿?”

“妇联会。如今的婚姻是不准外人干涉的！妇联一定支持我们!”

“可我爷爷不是外人呐。”

“他对于我们两个就是外人,这件事只应该由我们两个来定,我问过别人的!”

“可——”

“你愿不愿跟我走?”

昌盛的眼前晃过爷爷威严的面孔,去找妇联会不等于告爷爷的状吗？爷爷和爹知道了会怎么想？

“不走拉倒,你对我根本就不是真心!”小瑾摔开他的手又气冲冲往回走。

“小瑾,我去!”昌盛抬起头喊。

“你想好了,可别后悔!”

“如果妇联会支持咱们,你日后到了俺家,一定要学会织绸!”

“为啥?”

“丝织是俺尚家的祖业,织出‘霸王绸’是俺尚家人的目标,你作为长孙媳妇,不会织绸咋着能行?”

“噗”——小瑾又一次把一个葵花籽壳准确地吐到了昌盛的脸上:“八字还没一撇哩,谁是你的媳妇?”……

尚达志是在指挥工人把新买的六台织机往车间抬时看见甸珍走进自家院门的。他在一愣之后立刻猜测专员夫人来尚家的目的:是来要绸缎的吧?自古以来当官的夫人就爱穿免费绸缎,看来她也如此。也罢,就送她两匹,看在承银扶持我尚吉利发展的份上,我白送给你!

他把甸珍迎进屋里,刚要开口问她愿要哪种花色的绸缎,不防对方先已说道:“尚老板,我今儿来是想以妇联主任的身份和你谈一个问题!”

“哦?”达志一愣:谈问题?

“我们听说你的孙子尚昌盛在和灯市街的宋小瑾谈恋爱,并有结婚的打算,而你不太同意,想要拆散他们?”

阴云从达志的眉梢涌起并渐渐向整个面孔蔓延:你男人的官再大,也不能来管我的家务事呀!我要找什么样的孙媳妇用得着你来插嘴?“是有这么回事,那姑娘不太适宜做我们尚家的媳妇!”

“适不适宜不应该由你来决定,该由昌盛和小瑾决定,只要他俩相爱,别人就无权拆散他们!”

“我是尚昌盛的爷爷!”他加重了语气,同时把目光直盯住甸珍那一身中山服,“历朝历代,当爷爷的都可以——”

“但是今天不行!即使你是昌盛的爹爹你也不能干预!”甸珍盯视着自己的婆婆想要再嫁的这个老人,她想看出他身上的什么东西吸引了自己的婆婆。

“如果我要坚持呢?”达志来了气。

“我们会依法对你处置!”甸珍的眼睛里出现了一层冷厉,“也会依法保护他们!”

一股凉气在喉头那儿盘旋不去。甸珍的强硬令达志再一次意识到了她的身份:专员夫人兼妇联会主任。忍,这是父亲的遗嘱。不能顶撞她,弄不好会把事情办糟,也许她会支持昌盛从家里搬出去,万不可把事情弄大!

“想要我同意这门亲事,宋小瑾姑娘必须答应我三个条件!”

“你说说看!”甸珍看明白了,这个人的身上有一种办什么事不达目的不罢休的执拗。

“第一,要喜欢丝织这个行当,日后进门就要用心学习织绸织缎并当一名好织工;第二,要守尚家的俭朴之规,不要整日穿得花花绿绿只知买零嘴吃;第三,要稳重,不能整日嗑着葵花子嘻嘻哈哈,不像过日子的人!”

“这三条嘛,也都还在理,我想宋小瑾是会答应的。”甸珍缓和了语气。

“口头答应了不行,得让她给我写个字据!”达志又提出了要求。倘若那姑娘真能答应这三条并立下了字据,就让她来吧!那姑娘的模样不错,只要下劲让她改掉身上的毛病,也许会是一个好孙媳妇的!昌盛,你个小东西,你竟敢让她跑到妇联会去找专员夫人,把我们家的事捅到官府里去?!……

三天后的傍晚时分,昌盛迟迟疑疑犹犹豫豫地走到达志面前,把一个纸片塞到了爷爷手里。达志就着暮色看见,纸片上是两行单薄的小字:爷爷,我会当一个好织工,会守俭朴家规,也不再嗑葵花籽了。小瑾。

“唉,就这样吧。”达志叹口气,“过几天先摆一桌定亲酒,过门的事晚点再同她父母商议。”

“谢谢爷爷。”昌盛高兴地鞠了一躬，转身就往车间里跑了。

你娃子高兴吧！倘若这小瑾改不掉身上的毛病，只是因为看上了咱尚家这份家业才屈从这三个条件，日后有你流的眼泪哩！……

2

必须尽快嫁个男人!

当栗丽第一次挑上粪担向留给她种的那一亩坡地摇晃着走去时,她便意识到了这个问题。农活的繁重和苦累使她这个从未接触过农活的人是那样吃惊;她一下子就明白了她过去对农民辛苦的理解是多么肤浅和笼统;也几乎立刻就懂得了为什么历史上历次对官府的反抗都起自农民——他们是活得最苦最累的一部分人。

但嫁给谁?

栗丽在划成分时被定为地主——其父当年在落霞村的确买有七十来亩土地。一个年轻的女地主可以嫁给一个什么样的男人?

他必须是一个有力气的人;也必须是一个贫农;还必须是一个会干庄稼活的农民。只有找这样一个男人我才能在落霞村生活下去！栗丽自己定下了这三条标准，根本没有去想英俊、文雅、富裕、有知识这些通常的条件。这当然不能不让她觉到了痛苦。常常在半夜梦醒之后，她会把一长串的问号拉到自己的床前：假若你当初随父亲的部队南撤去了台湾，你如今的生活会是什么样？会和那个当团长的男人离了婚？会在一个师范院校里谋得一个教书的职位？会找到一个中年教授做丈夫？会住上一套有客厅、餐厅和洗澡间的房屋？会继续用上一老一少两个女仆？会在星期天去愉快地度假？……但几乎每当这些问号在她床前推挤时，她都会摇摇头再把它们一一赶走。不必再去想象了，你既然自己选择了现在这种生活，就应该有勇气面对它！你曾经在和父亲分别时说过，你不会后悔！

你不该后悔！

你不能后悔！

人不论在什么条件下都应该有能力活下去！

就按照这三条标准找一个丈夫吧。别把找丈夫这件事想得多么神圣，你不是已经有过一个丈夫了吗？丈夫说到底只是一个过日子的伴侣！……

划定了选择范围之后栗丽开始用自己的眼睛去找。这是一场不带任何感情成分的挑拣，没有激动自然也没有高兴，只有一种尽早寻到目标的迫切。种地是一桩我太难胜任的工作，我必须找到一个帮手！

她最后把目光停在了一个叫曹冬至的三十多岁的孤身男人腿上——那是一双真正的农民的腿，沾满了泥土且又粗又壮又长满了长长的汗毛。他符合那三条标准，但她却不敢让自己的眼睛在冬至的脸上停留，那是一张太让女人尤其是栗丽这样的女人失望的脸，不过栗丽早已过了以貌取人的年纪，她在心里说服自己压下对那张脸的厌恶。冬至,我就要你了!我想让你来帮助我自食其力!

决定要找冬至之后栗丽便开始对他施放表示亲昵的信号:冬至哥,麻烦你帮我挑担水来!冬至听见立刻上前拿过了水桶。三十三岁的冬至像村中所有非栗姓的男人一样,早把色迷迷的目光盯在了年轻漂亮的栗丽身上。只是碍于她是栗姓的姑娘,怕栗姓人着恼而未敢动手。他平日能做的只是晚饭后装作闲逛和另外几个男人一起磨蹭到栗丽门前,找点借口同栗丽说上一句两句话。如今见栗丽主动开口要他帮忙,高兴得那两只不大的眼睛里溢满了光彩。

事情最后决定在一个飘着细雨的晚上。那天晚饭后冬至不辞辛劳地披着蓑衣来问栗丽要不要挑水,栗丽点头说好。冬至挑一担水进屋之后,栗丽说:麻烦你再帮我烧一锅开水!冬至急忙答应着蹲在锅灶前点火。开水烧好之后,栗丽指着门后的一个木盆说:把开水舀进去,再兑点凉水!冬至以为栗丽要洗衣服,忙又快活地一一照办。水兑好之后,栗丽上前插死了屋门,转身对冬至说:把你身上的衣服脱了!冬至先是一愣,随即脸就在油灯下涨成了一片血红:“我……我……”

“不愿脱了你就出去!”栗丽断然地朝门一指。冬至慌得急忙低头讷讷着:“我……脱……”冬至不知所以慌乱无比地扯下自己的衣服,尔后羞得捂住裆部垂首立在那里打着哆嗦。“坐在水盆里洗净你的身子!”栗丽边说边朝冬至扔过一块手巾外加一个砸碎了的皂荚。冬至这时已感觉到事情正在向美妙处发展,急忙坐进木盆洗了起来。待他洗好擦净身子抬头看时,栗丽已脱得一丝不挂地仰躺在了床上。他高兴得疯了一样地往床前跑,离床还有一步时却又吓得赫然站住——栗丽手里竟拿着一把明晃晃的菜刀!

"看见了吧,不要慌!"栗丽侧身用一个手指平静地拭着那个雪亮的刀刃,"要想上我的床得答应我三条,不的话这会儿就赶紧再穿上衣服出门!"

"啥?"冬至听见自己的声音有些发颤。

"第一条,从今以后不赌博、不喝酒、不嫖不缠别的女人;第二条,凡是我不愿做的事,不能强求我;第三条,每天晚上睡前洗脸洗脚,用盐水漱口!"

"行,都行!"冬至一听是这些并不可怕的条件,急忙连连点头。

"如果过后有一条你没有照着做,我可决不会客气!"栗丽最后抹了一下那锋利的刀刃,当啷一声把菜刀放到了床头桌上,这才对冬至招手:"上来吧。"

冬至小心翼翼地向床边挪步,战战兢兢地爬上了床,但面对着栗丽那雪白的身子,却犹豫着没敢做任何动作,只拿眼睛怯怯地盯着栗丽的脸。

"愣着干啥?想咋做你就咋做吧!"栗丽闭上了眼睛。

冬至先是害怕地看了一眼床头桌上的那把菜刀,之后才像去逮一只正在打盹但随时可能惊跳开来的羊一样,屏住呼吸极慢极慢小小心心地伸出手,猛地抓住了那两条丰腴暄白的大腿……

办了结婚手续之后,冬至就正式搬过来住下。至此,栗丽感觉到自己又有个家了。自从一个南逃湖南又返回南阳的人带回母亲紫燕途中得病死去,那个团长丈夫已不知去向之后,再建一个新家的愿望就在栗丽心中生出了。如今,这个愿望总算得以实现。尽管这个家并不是希望中的那个家,但总是一个家了。

栗丽看人挺准。冬至是一个勤快的农人，地里的庄稼让他收拾得有模有样；家里的大部分活路也都让他包揽了过去。栗丽尽力帮助冬至做活，努力让自己适应这种新的日子。在地里，冬至下种时，她总要上前相帮着牵牛；冬至锄草时，她总是把锄掉的草拣拾到一起；冬至割麦时，她便学着捆麦。在家里，她用自己的一双巧手，把冬至的衣服改缝得有模有样，让他穿起来精精神神；她在土墙上细心地糊上了能搜罗到的白纸和报纸，每天打扫房间，把屋子收拾得清清爽爽；她变着法儿把那些粗粮做成可口的饭食，让冬至吃得十分满意。她有时候当然会把今天的生活和过去在栗府过的舒服日子相对照，会忆起旧日的种种奢华。不过每次她都能很快终止那种对照掐断那种回忆。她知道生活既然已经转了弯，就得按转变以后的道路走，对照和回忆除了增加不快和烦恼之外没有任何好处。她决心让自己在落霞村心境平静地活下去，人怎样活还不就是几十年时间？再说，在过去那种衣食充足房屋宽敞的日子里自己就没有痛苦？和那个团长结婚后不是照样每天都有气恼？

和冬至生活得时间久了，她感觉到自己心里也对他生出了一点满意。这点满意除了来自他干活勤快庄稼作务得好和知道心疼体贴人之外，还来自他夜里在床上的表现。每天夜里上床之后，只要栗丽没有什么明显的表示，他是根本不敢碰一碰栗丽的。而一旦哪天栗丽表示了允许，他便像下地干活一样，用尽全身的力气全心全意地去做那事。他虽然不识字，但做起那事来也很有些办法，重要的是有力气，有时也能把原本漠然对之的栗丽送往一个极乐的境地，让她忍不住快活地呻唤几声。栗丽有时也不满意自己的这种表现：你怎么会在一个不识字的男人面前也显出了一份贱相？不过她还是常常没法控制自己,肉体真是一个粗俗的东西!

正因为有过这些还算欢乐的夜晚,所以后来当栗丽发现自己的月信没有照常来时也就没有觉着意外。她平静而淡漠地注意着自己身体的变化。要来的你就来吧!既然要过这种生活就该接受这种生活赋予的一切。孩子在她肚里逐渐长大时她心里没有一般孕妇所有的那种欣喜——为一个不识字的长相也说不上像样的农民生个孩子有什么值得夸耀的?这个孩子要是蔡承银的那该多好?!不过,当那个胖胖的男孩被接生婆放进她的怀里、当那个小嘴噙住她的奶头之后,她还是感觉到有一股欣喜像泉水一样从心底不停地涌了上来。呵,我的孩子!我有了你,尽管你本来应该是另外一个模样,你的爹不该是今天这个爹,可我还是喜欢你!……

对儿子的爱和哺育使栗丽变得更加忙碌,与此同时,她也开始了由一个城市知识妇女向农村妇女的快速转变。渐渐地,她也学会了一边抱着孩子一边拿着勺子搅动锅里的稀饭;也学会了敢于当众掀开衣服把奶头塞进儿子嘴里;学会了左手抱着孩子右手拉着羊进圈……

让给在战犯管理所的父亲写信的通知是在一个晚霞升起的时辰送到栗丽手上的。其时,栗丽正在自家门前的菜园里一手抱着儿子一手拔着萝卜,每拔一个萝卜她都要扭脸亲一下儿子的脸蛋:又一个!我的小乖乖!又一个,我的小宝宝!又一个,我的小星星!……儿子被她的亲吻和叫声弄得咯咯咯直笑,就在这咯咯的笑声中栗丽听见篱笆外村长在喊:"冬至家的,有你的信!"

给父亲的信是在夜里冬至和儿子睡熟之后开始写的。已经很长时间没有摸笔了,栗丽攥着笔在灯下坐了许久还没有写出一句话。写什么呢?爹,你好吗?承认吧,你没有把南阳治好！不要因为把权丢了而长久后悔，要看开些！你已经七十多岁了，来日无多，何必再计较胜败得失？一个人死了之后，什么东西属于他?!……父亲愿听这些话吗？爹，我已经成了家，并且有了一个男孩叫曹宁安，我的日子过得还好……就写这些吧！……

3

太阳在北京战犯管理所的高墙外缓缓西沉。远处德胜门楼顶脊上的阳光依旧鲜亮无比，不过在这院内，已有一股凉爽之气在四散游动，让人感到了一些舒畅。又一个白天就要过去！

栗温保的目光在这所名叫功德林的监狱内无目的地游动着。这座清末改建的日本模样的新式监狱，并未全然脱去它当初的庙宇原状，一些监房还能让人猜出它当初在庙宇内的身份和用处。一切都在变化，不变的只是这永恒的天空。

来到这里已经多少天了？栗温保摇摇头，不想让自己沿着这个思路想下去。管他多少天哩，如今计算时间还有什么用处？平生没有进过北京，没想到竟在北京的监狱里住了下来。北京的夕阳曾让多少个帝王看过，现在轮到我来看了！

读报纸的声音在耳畔越来越小，砖砌的高墙渐渐被栗温保的目光穿破。他又看见了南阳城，看见了卧龙岗，看见了落霞村。他看见年轻的栗温保拿着祖传的那杆猎枪，走上了铺着一层白雪的岗坡。猎枪托上的那绺红缨在白色的雪地里火一样地飘动。他瞪大两眼机警地顺着地垄搜索，看到了，那两只毛色浅灰的兔子正在地垄里嬉戏。他慢慢地托起猎枪瞄准过去，一定是轻风把“此地危险”的信息带给了兔子，只见它们先是停止嬉戏猛然伏地，尔后倏地腾起，箭一般离开了嬉戏地。但也就在这一瞬间，啪——！枪声响了！他看得非常清楚，两只灰兔都是先向空中一跃，跟着便向地上栽去。“打住了——”他呼一下快活地站起身来。

“打住什么了？”正在身后听读报纸的狱友们一齐惊诧地问。

“没、没什么。”栗温保慌乱非常地又坐了下去。要是一直在落霞村打兔子那该多好，那样子打到今天，会打得多少兔子？都是因为肖四，要是没有肖四鼓动抢劫盛家，我今天还会手握猎枪自由自在地走在卧龙岗西那广袤的田野里……

“栗温保——你的信！”

噢，我的信？！谁写的？栗丽！呵，我的女儿，你还惦记着你的父亲！你已经又结了婚，已经有了孩子！这么说，我也有了外孙了？！栗丽，父亲为你高兴！是的，为你高兴！你的妈妈如今在哪里？你的哥哥秉正和你大妈草绒如今又在哪里？你信上为什么不说明？我想你们，我真想你们！我多想抱一抱外孙，我多想教给他打兔子，教给他怎样平端起猎枪，教给他瞄准兔子的什么部位，教给他怎样屏住呼吸扣扳机，就这样扣，啪！……

太阳落下去了，现在看见的只有西天的晚霞。德胜门楼顶脊上这会儿已经涂满了血红的颜色，几只宿鸟在红色里像飞机一样盘旋，那些宿鸟是不是当年光绪皇帝看见的那些鸟的玄孙？……

参观紫禁城是给战犯们特意安排的一项活动。栗温保在那个天空湛蓝的头晌随狱友们走进威严的太和门时，心里满是激动。我做了多少年的皇帝梦，今日才得走进真正的皇宫。这就是金銮殿了，多么威武的地方。身为男人要真能在这个殿上坐几年那才叫真正的没有白活！可惜我当年兵马太少了，要不然我也会横扫八方统一中国，我才不管你国民党、共产党，我要在这个殿上坐下来。那时候会是什么样子？大臣们分列两边朝我跪下三呼万岁？嫔妃们华衣美服环围身边？我发一道圣旨普天下都会照办？唉，假若我起事再早几年，身边再有几个好军师，也许真有那么一天！薛小亚，你现在到了哪里？我如今虽然上了金銮殿，却依然无权封你做贵妃，遗憾呐……

"老栗，跟上队伍！"负责带队的狱友打断了他的遐想。

"请问，我可不可以在御座上稍坐一霎？"他带了笑意问在殿内照管的工作人员。

"一般是不允许的，因为怕损坏文物。"

"我就坐一霎，半分钟！"

"好吧，既然你坚持。只是小心不要碰了其他东西。"

栗温保在狱友们的笑声中走到了御座前轻轻坐下。呵，我总算坐上了皇位。在那一霎，他恍然看见了南阳城，看见了落霞村。从一个农民到一个皇帝，中间隔了太多的台阶呀，我仅仅爬了一半台阶就老了！天下有多少男人都想望着这个位子，这个位子的好处究竟有哪些？大权握于一手号令天下？全中国的所有东西都是我的？吃喝玩乐随心所欲再不用操心有人制约？倘若真的允许我在这个位子上坐下来我将发布什么圣旨？第一个圣旨是把天下所有好吃好玩的东西都送一些来？第二道圣旨是在全国选三十名美女？三十名？比薛小亚还要漂亮的……

狱友们都在笑呵呵地看着他，大家都以为他是在寻乐子。没有一个人看透我的内心，没有一个人知道我对这个位子曾经怎么迫切地想望过。完了，我再没有真坐上这个位子的可能了，一切都是玩笑，都是玩笑了……

不过也不必太遗憾，就是真登上皇位做了皇帝，一百年之后你还不是依旧要变成灰？这紫禁城建成五百六十多年中历经二十四个皇帝，如今他们在哪里？不都变成土了？那么多貌如天仙的嫔妃如今又在哪里？不都已成了枯骨一堆？看开吧，一切都是过眼烟云，一切都是人的，一切又都不是人的……

那天参观结束后开始讨论时，狱友们都在感叹故宫建筑的豪华壮丽，感叹当年和平解放北平使故宫得以完整保存下来是一件功德无量的事情。唯有栗温保还在回忆坐上那金漆雕龙的御座时的感觉。那座位是一种权力的象征，权呐，人间最宝贵的东西说到底是一个权字。有了权就有了一切，无了权也就没有一切。我如今无了权，所以什么也就没有了，只能在这监狱里坐着……

4

大团的喜气在五月里那个温暖的上午涌进早先的栗府如今的专员宿舍院里。刚刚改任工业局长的蔡承达，和转业后担任文教卫生委员会科长的文琳今天举行婚礼。婚礼是新式的，先由承达和另外两位年轻小伙各骑一辆挂了红花的自行车去把文琳和她的黄军被驮来；之后在早先是栗温保如今是承银的客厅里举行了一个很短的仪式；接下来年轻人们便在院中的草坪上跳起了手拉手的转圈舞。跳舞的音乐是从一个破旧的留声机里发出来的，云纬认出它是当年栗温保摆在客厅里的那个唱歌的东西。

当舞曲掺着喜气在大院里飘动之后，云纬急步走到了大门外，开始用期盼的目光去望通向世景街的十字路口。

达志，你怎么还不来？这可是你儿子的婚礼！有了这个婚礼，你们尚家就会有新的后代。眼下承达虽然还姓蔡，可他早晚是会改过来的。要不了几年，你就会又添孙子孙女了……

——盛大娘好！——

——恭喜呀，盛大嫂——

——盛大姐闲时去俺家坐呀——

街上人们的招呼声此伏彼起，云纬只得不停地点头应酬。云纬如今最明显的感觉是，不论到哪条街上都有人亲热地问候你。她知道这是因为两个儿子当了官的缘故，一旦儿子们不当官了，那些亲热都会离你而去。对我永远亲热的只有达志，达志，你怎么还不来？别是没有接到请柬吧？一想到请柬，她的心又一沉。昨天，为要不要给达志发请柬，云纬差点和承达吵了一场。——爹那里就算了吧，明天婚礼上来的都是我们的战友，他一个开工厂的来干啥？弄不好会让别人起疑心的！——起疑心了怕啥？他是你的爹呀！你的婚礼难道连你爹也不让参加吗？你是从树杈上蹦下来的？——妈，你不懂，我们很快就要对他所从事的资本主义工商业进行改造了，婚礼上邀请他来，过后说不定会让别人议论我阶级阵线不清立场不稳——说那放屁，我不管你什么改造不改造，我只知道他是你爹，你的婚礼必须叫他来参加——好吧，但在婚礼上不能暴露出他和我的父子关系，今后啥时候公开由我来决定——

来了，你到底来了。达志，你走路真是一副老态了。慢一点，你走慢一点，我看见你被那个小伙撞了个趔趄。人老了走路也要小心呐。

她站在那儿朝他笑了一下，她知道这种地方不用说话，有这一笑就可以了，就什么都有了。

“我来晚了，陕西来了几个绸缎商人，一耽误就到了这时辰。”他在她身后喘吁吁地说着。她没有应声，只是在引他走进婚宴厅里的时候在暗中攥了一下他的手。和他已经很久没有肌肤之亲了。平日她不敢随意去尚吉利走动了，如今她是专员的母亲，走到哪里都招人眼光。

婚宴摆了五桌。云纬把达志安排到了最上首的那张桌上。但她没敢让他和自己一起坐在最上首的位置上。她知道那样就等于把事情公开。她在最上首的位置上落座之后，对达志充满歉意地笑笑。达志，委屈你了！……

喜宴开始之后，承达和文琳一对新人过来敬酒。自然是先敬妈妈，云纬从儿媳手中接过黄酒杯时目光又在达志脸上飞掠了一下：达志，本该先敬你的，我占先了……

承达和文琳敬罢妈妈后开始敬几位领导干部和哥哥、嫂子，轮到达志时承达不动声色地向文琳介绍：“这是尚吉利丝织厂的尚老板，今日来谈工作时碰上我们的喜宴，来，我们敬尚老板三杯！”达志有些尴尬地接过酒杯，说了一句：“恭喜你们！”就把三杯酒喝了。酒喝完放杯时，达志从兜里掏出了一个红纸包，哑了声说：“今天是你们大喜的日子，按咱南阳人的老习惯，我既然来了，总要表示点心意，这点贺礼请收下。”说着就把红纸包塞到了文琳手上。文琳刚要推还，云纬发话了：“文琳，收下吧，这是你尚叔的一片心意。这种场合不作兴推的！”承达和文琳去另一桌敬酒时，云纬不满地盯着儿子的后背：好小子！竟然向你父亲叫尚老板，叫个尚叔就不行了？尚老板是你叫的？……

达志那天中午破天荒地喝了许多酒，以致最后腿软得都站不起来了。同桌的人都以为达志这是因为高兴，只有云纬知道他这是在以酒浇闷。酒席结束时达志被搀扶到一间客房歇息，云纬趁人不注意走了进去。她抚着他那被酒烧得发烫的额头，轻轻地叹了口气。她看见有两滴清泪从他的两个眼角溢出来，忙伸手抹去……别伤心，达志，他们早晚会叫你爹的，你是他们的父亲，这一点没人能够改变，一切都要慢慢来。这也怨我，我该早给你俩说明你们的关系，以让你们中间建立感情。我真后悔，我失去了许多原本可以说明的机会。不过不要紧，我早晚会去你的身边，我也早晚会把他们带到你的身边……

5

老天仿佛理解达志的心意,把所有的黑色都集中到了这个夜里,天黑得完全而彻底。就这达志还不放心,又绕着睡屋走了一圈,亲自检查了一遍窗帘是否已拉严实,在确信屋中的灯光和屋中人的举动不会泄露给外人眼睛之后,他才转对儿子点了点头。立世见状立刻从地下挖出那个祖传的钱箱来,把原先放在明处那个钱柜里的二十根金条和一大捆钞票小心地放进了小箱里,之后,又轻轻把钱箱放进土里埋好。待立世把这一切做完之后,达志才舒了一口气,低声叮咛道:“这笔钱暂时先不给昌盛说,你我两个知道就行了。如果我因为得病有要死的迹象,你就要及时给昌盛说明。什么时候都要保证咱家有两个人知道钱的埋处。”“明白了。”立世点点头,看见父亲朝他挥了挥手,便轻轻拉门去自己的屋子睡了。

达志吹熄了灯,默默地坐在黑暗中吧嗒着旱烟袋。刚才埋下去的这笔钱差不多是尚吉利织丝厂的全部流动资金。达志所以决定把这笔钱埋藏起来不再让它们参加生产过程,是因为最近“资本家”的称号和“公私合营”的政策相继抵达了尚家大院,达志被这个陌生的称号和这项陌生的政策弄得有些慌了。为什么要和我合营?我不是经营得好好的吗?我不是每月都给国家缴税吗?既然已经决定要合营,那我尚家就没必要再出流动资金了。我要把这些钱存起来以备万一。流动资金该你们拿了,因为全部的固定资产都是我的……

达志深深地吸了一口,把满嘴辛辣的烟雾朝黑暗中徐徐吐去。我想不通,为什么要想出公私合营这个政策呢?前天,他曾为这事专门去卓远处询问。未料卓远哥也说不清楚。卓远只说:这可能是国家实现工业化的一个步骤,能够预见到的好处大概是,因为国家参与经营,会有力量更快地扩大生产规模。可是不搞公私合营我尚达志也在不断地扩大生产规模呀!

眼下唯一使达志感到安慰的是,和他谈判公私合营以及具体安排公私合营的国家代表是承达,而承达是他的儿子。你尽管代表的是国家,可你毕竟还是我的儿子。尚吉利毕竟还没有落到外人手里……

咕咕咕。一阵宿鸟的含混叫声飘进屋里。三更天了吧?达志起身,去床头摸出了手电筒向门外走去。——每天夜里,只要半夜睡醒过来,他总要再起床去厂子里巡视一遍。

这两天因为生丝没有跟上,厂里的夜班生产已经停止,厂区很静。达志在黑暗中沿着熟悉的道路往前巡视,经过织造车间时,忽然听见前边的墙角处传来一阵响动,达志一惊:莫不是有贼?他慌忙按亮了电筒。看清了,是昌盛和那个叫小瑾的姑娘,两个人正抱在一起。一瞥见昌盛的手还塞在那姑娘的衣服里，达志就紧忙熄灭了电筒。唉，这个不知道操心的孙子，一点也看不出尚家目前遇到了多么令人焦心的问题，还在和女人幽会取乐哩！也罢，年轻人嘛，随他去吧，反正他们已经订了婚……

尚吉利织丝厂的招牌被换上了一块红漆的“国营尚吉利织丝厂”的厂牌。换牌的那天，达志盯着新挂的木牌久久没有离去。完了，尚家多年经营的丝织业没有了，尚家自己的厂子消失了，尚家人长久的奋斗也要结束了……

对把尚吉利收归国有的事，尚达志自然很难想通。为此，他曾去找了专员蔡承银恳求，拉上云纬去找承达要求，让卓远哥出面代他向政府请求，期望能把尚吉利做个例外。不料，得到的回答却是：这是快速发展工业的必经之路和必需步骤，你应该拥护。于是他便只好按照要求把经营权交出，看着新任命的厂长上任，看着这个崭新的厂牌挂出。

如今达志可是一身轻了。再不用去操心厂里的织工招聘，再不用去筹划原料的采购；再不用去琢磨织造水平的提高；再不用去设想产品的销售方案；再不用去安排财务收支的平衡……如今要做的，只是每月去结清一次国家付给尚家的利息……

“达志，还在难受？”

达志扭头，看见是卓远哥拄一根拐杖过来，忙迎了过去：“我真担心他们把厂子经营砸了。”

“看看再说吧，也许，这样办能够快点把工业搞上去。一个国家的国力强弱，主要体现在工业发展水平上。只要是为民族为国家强盛着想的事，即便是一种摸索和实验，我们也该接受。当然，我也有点担心，这样做切断了创造力和自我利益之间密切结合的渠道，长远下去会不会始终保持发展的活力。我们都没有经见过这种事情，就仔细地观察一段时间吧。我理解你的心情，达志……"

"好吧……"

于是接下来，达志便开始默默观察厂子的变化。应该承认，厂子的变化是快速的。到底国家比个人财力雄厚，一次就从上海运进了五十台电动织机；到底国家说话比个人有力，一道命令就迁走了厂子附近的许多住户，使厂区扩展了几倍，新厂房也很快建了起来；到底国家说话比个人算数，一个指示就把生丝生产基地建立了起来。达志看见这种变化自然高兴。毕竟，这个家底是他创立起来的，这个厂子还叫尚吉利，他从内心里希望厂子能够尽快地发达。如今，这个厂子的所有绸缎产品，织上的厂记仍是：尚吉利。假若这个厂子织出的绸缎在世界上称王称霸，那也就算遂了俺尚家的心愿。列祖列宗，你们说是吗？……

深冬的一个无风的傍晚，达志漫步到印染车间，忽然看见两个印染工人因为打闹把小半桶染料撞翻到了地上，心疼使得达志一时忘记了自己不再是尚吉利的主人，立时怒声对两个工人斥责："怎么如此不负责任？染料不是钱买来的？咋能在车间打闹？"那两个工人先是被训得一愣，随即就又讪讽地笑了："哟，听这口气，我们以为是厂长哩，原来是资本家呀！怎么，你还想像过去那样训我们工人？告诉你，如今我们可是国家的主人，你他妈的给我老实点，少在我们面前要威风！……"

这阵顶撞把尚达志顶呆在了那里，他只觉得一股怒气从小腹那儿快速升起向喉咙冲来，他刚想张口喊出一句什么，不防眼前一黑便向地上栽去……

达志从昏迷中醒过来已近黎明。一直守在床前的立世、尤芽和昌盛看见他睁开眼后才把憋在胸中的紧张呼了出来。“爹,以后厂里的事你就不要管了,免得找气生。”“为啥不管?”达志的眼睛又倏然瞪大,“厂子搞不好,国家受损失,我们过去创立的那点家底不也就完了?你们两个给我记住,一定要协助厂长他们把厂子管好!立世你不是在生产科吗?生产上的事你就要比厂长还要多操心!昌盛你不是在动力车间吗?你还要像过去一样给我用心经管!如今,我们尚家先辈人的心愿只有依靠这个厂去完成了!一旦这个厂子搞好,有朝一日织出了‘霸王绸’,那既是国家的荣耀,也是咱尚家的荣耀,列祖列宗都会知道!明白么?……”

预先择定的昌盛和小瑾的喜日在日历的翻动中越来越近。临近喜日前七天的那个早晨,达志叫住立世说:你去多写一些喜帖,把昌盛要结婚的事告诉所有的亲戚朋友;再多买一点肉、菜、烟、酒,咱们这回把婚礼办得热闹一些,让亲友们都来聚聚,也快活快活。立世点头应声“行”,就去办了。

昌盛一边在厂里上班,一边抓紧休息时间收拾洞房。他用爷爷给的钱给自己和小瑾各买了一身衣服,买了镜子、梳子、尿罐等日常生活用品;又在尤婶的帮助下弄好了被子、褥子、枕头、单子等床上用物;还去请东院雅娴奶奶给画了一幅并蒂荷花挂在了洞房墙上。

婚礼到来的前一天各项准备就已就绪。请来的厨师甚至已经开始濯菜剁肉,谁也没想到事情就在这时生了变化——小瑾家突然差人抱来了过去尚家送去的全部礼物,包括昌盛悄悄送给小瑾的绸缎衣料,并转达说宋家已不愿把女儿嫁过来了。达志惊问缘由,那人吭哧半天才说道:他们是害怕资本家这个成分日后会带来麻烦……

达志被惊坐在椅子上许久不能动弹。这一下我尚家可要大丢人了,所有的亲戚朋友都知道我尚家连孙子媳妇也娶不来了!为什么要叫我“资本家”呢?资本家的成分就那样怕人?……

昌盛是正在往洞房窗户上贴“囍”字时听说这个变故的,他立时手攥着半个“囍”字往宋家跑去。一个小时之后他红着眼回来对爷爷说:“小瑾的爹娘坚决不同意这门婚事,也不让我见小瑾。罢了,通知发过喜帖的亲友们,明日的婚礼不办了……”

尚家的三个男人和尤芽那天三更过后还都没有上床睡觉,四口人都在自己的睡屋里对灯枯坐。最后是达志最先站起,先去立世和尤芽的房里把灯吹了,又去昌盛的房里把灯扇灭。“睡吧,昌盛,爷爷以后再给你娶一个女人。不要抱怨宋家,要怨你就怨你爷爷是个资本家吧。水往低处流,人往高处站,咱们既然如今落到了低处,就该允许人家挑拣挑拣……”

第二天早上,仿佛是为了要证明尚家人能挺住这场婚变,尚家的三个男人都早早地起了床。昌盛仍按惯例一起床就拿了丝织的书去桑园晨读,立世则照常规去挑水帮助尤芽做饭,达志还照习惯去厂区里转悠。

尤芽把早饭在饭桌上摆好,三个男人都像往常那样围桌而坐吃起来。但这顿饭吃得是如此艰难,许久许久每个人面前的饭碗还是满的。没有一个人说话,厂区里上班工人的说笑声更衬出了尚家屋里这种静寂的沉重。后来他们听到院门被人推开,听见了一个人的脚步声向门口响来,三个男人都无心抬头去看,直到尤芽低叫了一声:“呵!”三个人才抬起了头,才一齐把眼睛瞪大了——

是小瑾站在门口。她的双眼红肿,眼角上的泪痕清晰可辨,头发蓬乱,左颊上还印着一个鲜红的巴掌印。

昌盛最先从饭桌前站起,但他忘记把筷子从口中拿掉了。

“昌盛,在哪个屋里拜堂?”小瑾的声音类乎平静,但谁都能听出那其中的每个字都在打颤。

“小瑾!”昌盛扔下筷子扑了过去。

“我答应过今天过门,我按时来了!”小瑾面孔肃穆地对昌盛说,之后转对达志、立世和尤芽:“爷爷、爹、尤婶,我和昌盛就在这里拜你们了。”说罢,便朝三个人各各鞠躬,昌盛见状,就也急忙照样做了。

“孩子……”达志声音哆嗦着喊了一句。他这声喊还没落地,小瑾就扑到昌盛怀里哭起来了。

昌盛是在小瑾的哭声中把她抱进只贴了半个“囍”字的洞房里的……

6

云纬静静地坐在温煦的阳光里。两个儿子和两个儿媳都出门开会了，保姆抱着孙女上街去玩，公务员去买菜了。偌大的院子里只有几只蝴蝶和几只鸡在那里晃来晃去。云纬先是坐在那儿打了一会盹，随后便把目光盯住了那些蝴蝶和鸡。一种莫名的烦躁突然涌来，使得她猛地起身挥动手边的小竹竿，把面前的蝴蝶和鸡都赶跑了。

滚吧，你们这些让我烦心的东西！

如今，一种无需操持什么的悠闲生活又来到了云纬身边。家里家外的事，都由儿子、儿媳们去安排；做饭、洗碗、抱孩子有保姆；挑水、扫地、买菜有公务员。她只需吃饭、睡觉、闲坐。按说她该感到满足和快活，可她却不知怎么回事动不动就想发火。

她走出大门，并无目的地向街上走去。她散漫地看着两边的街景，走走停停停停走走。直到她看见那个“国营尚吉利织丝厂”的木牌时她才意识到，她的内心深处是想要来看看达志。听说你为厂子收归国有哭了几次，可别哭坏了身子！人们传着你的孙子已娶了媳妇，孙子媳妇待你可好？如今不必为尚吉利操劳之后，你每日都干些什么？……

她在不知不觉中走进了尚家院子。如今的尚家院子和尚吉利织丝厂已用砖墙隔开，只有织机的响声还在朝院里涌来。

“你找谁，老奶奶？”一声招呼猛地在耳畔响起，云纬扭脸时才看见一个年轻的媳妇站在灶屋门口。

“噢，我不找谁，我是想来织丝厂看看，没想到这院子和厂子已经隔开了。”她应着，目光却在飞快地打量这个少妇。你大概就是达志的孙子媳妇了。嗯，模样儿长得不错；两眼挺有神的；屁股也大，日后养几个孩子不会费事儿。——“老奶奶，进屋坐会儿吧！”——“不了，你爷爷干啥了？”——“去厂子里了，如今他每天都还在厂子里转。”——

唉，你还到厂子里去干啥？人家已有了新厂长。当然，我理解你的心情，只有我才理解你的心情。不过你还是要看开些想开些，如今不是承达在管着工业局管着这厂子嘛，你应该放心，这不等于和你在管着一样吗？……

云纬走出尚家大院时太阳已经移至头顶，她想她该回家了，要不然媳妇们又该在院子里四处喊她吃饭，她根本没想到会在这儿碰见儿子承达。当她看见儿子时儿子已走到了她的身边。“妈，你怎么在这儿？”——“我……出来随便走走——”她觉出自己的脸忽然有些红了。——“在咱家的大院里怎么走不行，干吗要来这儿？”——她听出儿子的语音里有了抱怨，于是吃惊地盯住承达的眼睛：“我愿到哪里走就到哪里，这还要你管?!”她来了气，她为儿子这种说话的声调生气。——“妈，我是说影响，你到尚家院里一走，不定会造成什么影响哩！”——“啥影响？你给我说清啥影响？……”

母子俩的争论一直持续到回了家。儿子的抱怨点燃了云纬心中那股无名之火：“老子去看看你爹会造成什么影响？你说会造成什么影响？告诉你，老子决定了，最近就搬过去，和你爹结婚！”话出口之后，她自己也吃了一惊：我怎么一下子说出了这话？

“那根本不行！”承达涨红了脸断然地说完这句，扭头就走。这句话彻底激怒了云纬，只见她霍一下站起来叫：“啥叫根本不行？你敢在老子面前说这话了？老子还用不着你来教训！明给你说，我明儿个就搬过去！”……

当天晚上，整日在外忙工作的承银带着甸珍走进了母亲的睡屋。云纬知道他俩的来意，冷着脸未加理会，只低着头往包袱里放自己的用物。——“妈，你该安心在这儿度过幸福的晚年。”承银先开口。——“再说，你已经这样大年纪了，要是——”甸珍的话未说完，云纬扔下了手中的东西，怒冲冲地扭了脸问：“要是什么？年纪大了怎么着？就不兴找个伴过日子了？这是哪一家的王法？你们当初怎么给我说的？是不是嫌你们的妈这样做给你们丢人了？嫌丢人了就给我滚远点，老子不沾你们！”……承银和甸珍被骂走之后，云纬一直收拾着自己的东西。她那晚上差不多没有阖眼。天一亮老子就走，从此再不回这个院子！达志，这一次我可是什么也不管了！

那是个鸡鸣热烈的早晨，当横下心的云纬挎好包袱在鸡叫声里拉开门时吃了一惊：承达跪在门槛外边，门槛上放着他的手枪。——“妈，你要是一定要去，你就先把我打死！”——“你个狗东西，你敢来吓我！”——“不是吓你，妈妈，你知道他已经被划为了资本家，我虽然承认他是我父亲，但我和他并不从属于一个阶级。我们已经在经济上剥夺了他，那他在政治态度上势必和我们势不两立。我们当然要对他保持阶级的警惕。如果你在这个时候去和他生活在一起，人们很有理由把我和文琳，把哥哥和甸珍嫂子划到他那个阶级一边。我们将因和资本家有牵连而被免去现在的职务。受此连累的将不仅是你的儿子和儿媳，还有你的孙辈们，他们将因有一个资本家爷爷而永远抬不起头。文琳昨晚已经表态，如果你真的去和他生活在一起，她就不得不和我离婚。妈妈，你想想吧，你忍心看着我们分开吗？……”

包袱从云纬的肩膀上一点一点往下滑，终至于扑嗒一声落到了地上。生性倔犟的她不怕儿子们来硬的，却怕这种哭求。承达脸上的泪水一点一点地泡软了云纬原先的决心。我没想到还会有这样的后果，要是因此给儿孙们带来灾难那可是不该。你已经老了，说不定哪一天就会死去，不能在死前再给儿孙们去惹麻烦！达志，那就罢了，咱们此生就这样子算了！也许咱们是真的前世无缘。我不知道“资本家”这个称呼原来还这样厉害，它把我和你隔成了不同的阶级……她极慢极慢地转向儿子，呻吟似的说：“妈依你们，起来吧你……”

7

太阳走进高屏溪洗浴的时候，小纸厂的几个工人便相继回家了。秉正就趁这会儿开始检修那台旧式造纸机，机器检修完，忙又去稻草堆上挑来稻草往池子里放，为第二天的生产做着准备。自从阿倩的父亲去年在检修机器时砸伤了腿，不久因染破伤风去世之后，撑持这个小纸厂的担子自然就落在了他那并不壮实的肩上。每天傍晚，他都是这样一个人做着各种准备工作，以便使工人们第二天早上一上班就可以启动机器。

稻草挑完后，他把被汗水浸湿沾满了稻草叶的衬衣脱下，光着膀子到水管上去洗。滚热的身子乍一溅上凉水，激得他“噢”地叫了一声。“慢着！”他听到低低的一声喝止，随即便感到阿倩那带了硬茧的手抚到了他的肩上：“凉水伤身子，回屋里用温水洗。”

他老实地回到屋里，听任阿倩用浸了温水的手巾擦洗他的身子，疲累的身上立时充满了一种温适的快意。每当他和阿倩在一起时，他都有一种宁静安谧的感觉，他对这个皮肤泛黑的姑娘充满了感激。没有阿倩，我和妈妈说不定还会在台湾岛上流浪，也许要到台南或嘉义讨饭了。谢谢你，阿倩，是你给了我一个温暖的家。谢谢你，上帝，我知道是你把这么好的一个女人送给我了……

刚一吃过晚饭，阿倩就把床铺好催秉正去睡："忙了一天，快去歇着。"秉正躺在床上却无睡意，睁了眼去看阿倩在灯下缝补他的衣服。灯光静静地映在阿倩的脸上，那几块孕斑在灯光里渐渐地显现出了它们那不规则的轮廓。一种激动就在这种凝视里渐渐从秉正的心底涌起：我就要做父亲了！三个月还是四个月了？会是男是女？生男孩叫什么名字？生女呢？栗家的老祖宗们决不会想到，他们还将在台湾岛上养育后代！上帝，看在我一直虔信你的份上，请保佑阿倩能顺利生产！想到这儿，他禁不住抬起手在胸前划了一个十字。这微小的响动使阿倩停针把目光放了过来。秉正急忙闭了眼睛，他听见她轻步走近床，拿起他的胳膊要往被子里放，便趁势攥紧了她的手。她略略一怔，轻声嗔怪地："还没睡着？"秉正不吭，只笑着使了劲把阿倩往被窝里拉。阿倩红了脸："三四个月了，能行？"——"我轻轻地……"阿倩没办法，伸出手指在秉正的额上羞笑着一戳："你呀，馋！"说罢，就也去脱衣服，不妨这时隔壁突然传来草绒的喊声："阿倩呀，你过来一下！"阿倩闻声，朝秉正伸了一下舌头，急忙又穿好衣服向外走。

静寂的院子里顿时响起了阿倩的脚步声。秉正躺在床上，一边望着那挤在窗口的月光，一边倾听着阿倩的脚步声响进隔壁妈妈的屋里。妈妈有什么要紧事,需要这个时候喊阿倩过去?他侧了耳去听,听到的只是妈妈那压得很低的话音,听不清。是为阿倩她娘的病情?

阿倩重回到这边的屋子时脸和脖子都涨得通红。“妈叫你去说啥事?”秉正欠了身急问。阿倩先吹熄了灯,这才摸到床边凑到秉正耳边说:“妈交待我,怀孕三四个月时最忌再做那事,说弄不好就会把孩子流了。妈还特别叮嘱我,说要是秉正耐不住要做那事时,你就打他的嘴巴!”

“你胡说!”秉正轻笑着把阿倩抱在了怀里,“不老实交待我就胳肢你!”

“前一句是真的,后一句是我加的!”阿倩急忙笑着说明,“妈肯定能听见咱们这边的动静,你小心些,要不她会在这会儿把我叫去交待这事?”

秉正在破窗而入的月光里伸了伸舌头,放轻了动作去帮阿倩脱下衣服……

草绒把阿倩妈搀扶到走廊上,喂她吃了汤药之后,便在她身边坐下,轻轻地为她打起了扇子。草绒对这个年纪比自己还小一些的女人充满了敬意——是她生下了阿倩这个心地良善的女儿,又是她最先支持女儿把秉正选为丈夫。自从阿倩爹不幸病逝阿倩娘伤心过度患病之后,草绒把对亲家的照顾全都承揽了下来,她愿意为她多做点事情。

太阳虽然从北大武山顶爬起不久,但热力却已经发散了出来。草绒一边打扇,一边用毛巾去擦阿倩妈脸上那细碎的汗珠。几个月的卧床使阿倩妈的脸显得那样苍白。一个男人的去世值得他的妻子如此伤心,那男人一定有许多优秀的品质。倘是栗温保死了,我也会这样伤心吗?我恐怕很难做到这一点。栗温保,你现在在哪里？我一直在暗中留意台湾报纸上有没有你的消息,可一点也没有。你是留在了大陆？还是死在了来台的海上？你知道女儿枝子的下落吗？她是不是真死在了黄埔港？你还像过去那样生活？身边还是有好多女人？我现在可以告诉你的是,我的儿子成家了！而且不久,我可能就有了孙子或孙女。我们在台湾生活得还行。媳妇是一个很好的姑娘。我喜欢我们这个家,也喜欢内埔这个地方。当然,有时候我也想南阳,想落霞村,想落霞村里那个被我们放弃的家……

——刘师傅,快点——

阿倩的喊声把草绒的遐想打断了。她转而望着正在机器前忙活的儿子。不论什么时候,她只要一看见儿子心里就感到一种有依靠的踏实,一种有奔头的欣喜。感谢上帝赐给了我这个儿子,没有儿子,我不可能从过去的日子里活过来;也不可能有兴趣去打发未来的日子。上帝,我会记住你的恩德,记住你对一个苦命女人的垂怜。她抬起没有拿扇子的那只手,缓缓地在胸前划着十字。

——来,我俩抬上——

顺着阿倩的声音,草绒瞧见阿倩正要和一个工人把一捆白纸抬起来,她惊得霍然立起高喊:“不行!”与此同时拿了扇子便向阿倩身边奔。“你咋敢抬这样重的东西?”她喘吁吁慈爱地瞪了一眼阿倩,“忘记你的身子了——?”阿倩害羞地笑笑,手不由得去摸了摸那尚未过分隆起的腹部。“往哪里抬?我来!”草绒扔下扇子拿起了扁担。“妈,你这样大的年岁,不能抬!”阿倩攥住了扁担。——“放手！妈从小干活,身子骨结实着哩！来!”她说着已和那个工人把白纸捆抬起,摇晃着抬到了仓库里。

唉，老了，干这点活就喘得接不上气了。想当年我背着枝子去南阳城北的红薯地里刨溜红薯，一干就是半天，哪知道啥叫累？

——“妈，行吗？”

——“没事，你可要给我时时记住肚里的孩子！走路，不能快！干活，不能重！连上茅房，也要小心点，明白？”

——“俺懂！”

——“还有，昨晚我交待你那话，给秉正说了？”

“妈——！”阿倩的脸红了个透……

当草绒重又拿起扇子坐在阿倩妈身边时，太阳已把一棵椰子树的树荫移近了走廊。又一个正午快要到了。要不了多少正午，我就可以当奶奶了……

——奶奶——

——奶奶——

草绒的两只老眼笑得眯了起来……

8

达志在一个雪粒扑打枯叶的清晨，像往常一样走到织丝厂门口时，贪睡的门卫还没有起床，厂子的大门仍在关着。他习惯性地敲了敲门卫的门，门卫惺忪着睡眼探出头来——这是一个新来的门卫，他不认识达志，达志也没见过他。“干什么？离上班时间还早哩，你敲门干啥？充他娘的什么假积极？滚！”

达志被骂愣在了那里，这是又一次当面遭人辱骂。他屈辱地转过身，踉跄着往回走。走到自家门口时，脚下一绊，差点跌倒在了那里。哦，他竟叫我滚！叫我滚！

“达志，早哇！”卓远的一声招呼把达志的气恼打断了。

“早，卓远哥。”他扭头望着拄着手杖站在晨光里的卓远，“下雪还坚持散步？”

“活动活动筋骨，”卓远笑道，“又去厂里了？”

达志忍了忍没有说出刚才所受的侮辱,只是叹了口气:“养成习惯了,不去急得慌。”

“有两个情况不知你注意到没有,”卓远走近了两步说,“一个是国家统计局公布,全国人口总数为六亿零一百九十三万八千多人。这个数字等于宣布,国内是一个巨大的消费市场,有能力的实业家都可以在这个市场上有所作为。尚吉利织丝厂对此要有清醒的认识。另一个情况是,我们目前虽然无法直接同西方国家发展贸易,但香港这个进出通道并没有封闭,尚吉利织丝厂完全可以经由香港把产品打向国际市场。”

“嗯,有道理!”达志被卓远的话激起了兴致,“不过眼下厂子已成国营,我个人已无权——”

“你还是这厂子的顾问嘛!”卓远截断达志的话,“你应该就扩大生产和销售向厂长他们及时提出自己的建议。重要的不是由你还是由国家任命的厂长来管理,重要的是把工业搞上去,壮大我们的国力,为我们的民族和国家在世界上赢来威望和尊敬,而不是再受欺侮!”

达志点头:“我会的,只要他们听,我会把我的想法全告诉他们!”

“你们家族一直希望织出‘霸王绸’,眼下厂子既然被收归国有,你们就该把这个希望的实现寄托在国营厂子身上,要全力协助!假若有朝一日国营尚吉利织丝厂的产品真在世界上当起了霸王,那既是中国的光荣,也是你们尚吉利的光荣!”

“我懂,卓远哥。眼下厂子的生产运行情况总的看不错,工人的生产积极性挺高,原料购进也比较容易,毛病是流动资金太紧,下一步的生产可能要遇些麻烦!”

"应该帮他们想想办法。哦,对了,说到资金,我想起一个刚听到的消息,可能人民币最近要更换新票,现币收回,新币上市,一元新币等于旧币一万元。"

"真的?"达志让即将在眼中露出的惊意在眼角处隐掉,他几乎立刻看见了他埋在睡屋地下的那批金条和钞票。糟糕,金条可以继续保存,那些钞票势必要换新钞,把如此数量的钞票拿出去更换,岂不等于把家底暴露了?政府里的人会怎么想?

"爷爷,吃饭。"小瑾这时走出院门喊。

达志匆匆同卓远告别。对那批金钱的担心使他的情绪在这个雪粒飘坠的早晨再次波动起来。咋办?采取什么办法可以顺利更换钞票而不被别人发现?倘若有人发现你家有大笔钞票,那会不会引来祸患?政府知道你有这批现金会不会有其他的想法?怎样才是万全之策?……

尚达志那些天一直在为那批钞票的命运思虑。最后将钞票从地下扒出是在一个北风猛烈抓挠墙根的子夜。达志拿一根蜡烛照亮,让儿子立世小心翼翼从地下捧出那个装钱的箱子。当那捆钞票被立世掏出,金条重被埋好后,达志低了声说:"你想想这捆钞票怎样处理才好?"

立世沉思了一刻,说:"让一个人拿这么多钞票去兑换新币,势必引起外人和政府的注意,那这些钱也就会失去安全。最好的办法是把钞票分发给咱的亲友们,让他们各自出面兑换,尔后再收集起来。"

"亲友们难道就不会说出去了?两口子吵嘴还会把家里的事抖搂出去哩,谁敢保证他们能守口如瓶?"

"那——"

“再想想！”

“趁这几天市面上还流通这钞票时咱赶紧买一批东西。”

“买啥东西能花去这么多钱？生活上的物品买得太多于昌盛、小瑾他们未必就是一件好事。”

“那依你之见——”

“交出去！”

“交给谁？”立世惊得霍地站起来。

“交给国营尚吉利织丝厂！”达志眼睛盯住儿子，“这样做的好处是：一，人们会以为我们把积蓄全部上交了，这就能最终保住咱们埋下的这些金条！这些金条是我们尚家最后一点家底，保住了金条，今后一旦有了再办丝织厂的机会，我们就有了启动资金。这叫失小得大！明白？”

“嗯。”

“二，会换取政府对我们的信任。政府里不是有人总称咱们资产阶级吗？我们把资产全部上交了，兴许就会脱离那个阶级，使我们头上的压力消去。”

“噢。”

“三，使国营厂子的生产不致停顿。眼下，厂里正缺流动资金，倘若因此而使生产停顿，那自然会延长织出‘霸王绸’的时间。我们眼下只有把织出‘霸王绸’的希望寄托在国营厂子身上了。倘若这笔钱推动他们向那个目标接近了一步，那我们尚家人也算尽了力，尚家的列祖列宗会看明白的！”

“那，就听爹的。”立世不舍地把目光在钞票上缠了几道……

正式捐献是在第二天后晌。达志叫来昌盛，让他把那些钞票放在一个托盘里端上随他和立世走。昌盛和小瑾乍一看见那堆钱差不多同时惊叫了一声：嗬，这么多钱！两个人都是第一次看见这些钞票。小瑾听说要把这些钱交给厂里,愣了一霎喊:"犯什么傻?"见爷爷和公爹没有理会她,就上前猛伸手抓了一沓说:"既然你们要上交,那我就不客气了!"达志威严地瞪了她一眼,可惜小瑾没有看见,她已捏着钱扭身跑回了自己的房间,心满意足地在那里笑。

捐献仪式就在厂门口。承银闻讯特意赶了来。尚达志从昌盛手里接过托盘,庄重地递到承银手里说:"这是我们尚家这些年的全部积蓄!"——他在"全部"二字上加了重音——"我们尚家三代人愿意把它捐献给国营尚吉利织丝厂,盼望厂里早日织出在世界上可以称王称霸的绸缎!"

"谢谢,谢谢!……"

达志默默地听着承银说那些代表政府表示感谢的话,目光却一直还在那些钱上。他小心地剔除掉自己目光中的心疼与不舍,尽力让神态保持着平静。别了,你们!但愿你们能为接近那个目标起些作用。当初,为获得你们尚家人吃了多少苦;盼望你们都能被用到正当的地方。列祖列宗,你们该理解达志的一片苦心……

他目送着那批钱被人端走,不远处的一个墙角截断了他跟随的目光。他突然感觉到心里一阵空落,还夹杂着一丝疼痛。他很想弯腰蹲下去歇歇,但他知道人们此刻都在看着他,不能蹲下,要撑住!你的钱交给的仍是尚吉利,用处依旧是织绸缎,要想开!……

9

方城的城区房舍刚在路的尽头露出灰色的剪影，专员蔡承银便在翻飞的马蹄声里辨出了那种奇怪的声响：啾啾啾——他抬手在马背上猛拍了一下，战争年代就跟随着他的那匹坐骑便抖鬃一声长啸，迎着那种奇怪的声响飞了过去。秘书和警卫班的马群风一样尾随在后边。

刚才，就在他在尚吉利织丝厂门口接受罢尚达志捐献的时候，行署办公室送来了一份急报：方城县城关、独树、治平、陌坡、赵河、拐河六个区内突然发现大群大群的蟋蟀，人畜皆惊，已成灾害。他看罢急报便翻身上马朝方城奔来。真他妈的奇怪：蟋蟀也会多到成灾？

这些日子，蔡承银一直在骑马奔忙。先是因为麻疹、天花、疟疾、黑热病、猩红热、水痘、伤寒、白喉等病在全区流行，他亲自带领专署防疫、医务人员到重疫区进行抢救。后是因为开展农业选种运动，他带领科技人员在全区巡回指导农民选出了六千多万斤适合当地种植的各种优良品种。接下来是到各县为生活困难的人家送去救济粮和组织农业合作化。

现在又来指挥消灭蟋蟀。

城关在马蹄声里越来越近，先前在耳边隐隐作响的那种啾啾声也越来越大。终于，这种响声大得压倒了周围的一切响动，啾啾声像狂风一样在田野里轰鸣，大群大群的蟋蟀就在这可怕的声响中迎面蹦来，黑压压的，不知道有多少万只。承银尽管预先有思想准备，可还是被这从未见过的情景惊得呀了一声。身下的坐骑也被这场面吓得猛然停住脚步，原地转了两圈。

承银驱马再往前走，眼前的情景真是令人心颤：地上几乎全是蟋蟀在蹦，啾啾声震耳欲聋。承银他们的坐骑刚刚站下，蟋蟀便顺着马腿蹦了上来。天呐，怎会出现这种情况？总不是老天爷故意要用此法对我等做一次考验？

前来迎接承银的方城县长，因为没有骑马，肩上、头上都蹦有蟋蟀。——“蔡专员，蟋蟀过处，庄稼被弄得枝叶零乱，水被污染，家畜惊惧不安，人心惶惶！”

承银在马上看见，不远处的路边，十几个农民正跪在地上向蟋蟀作揖、焚香。各种各样的天灾人祸，你休想把我吓倒，也休想让我跪下求你！既然你来到了南阳地面，那我就同你干！“立即通知各区，凡能拿动工具的男女老少，一齐出门砸蟋蟀！”承银对县长说罢，又转对一个警卫员交待：“即刻返回南阳城，请军分区派出部队来支援！”待那警卫员拨马飞走之后，承银翻身下马，便用双脚猛踩地上的蟋蟀。其他人见状，也纷纷又踩又打起来。

这是一场奇特的经历，许多年后承银回忆起和蟋蟀搏斗的场面还心有余悸。双脚一踩下去，伴随着一阵噼啪作响和一种粘腻的感觉，一片蟋蟀的尸体便留在了地上。同伴们的死亡大约激怒了其他的蟋蟀，成群成群的蟋蟀便前赴后继向他扑来，有的蹦进了他的脖子，用长腿猛踢一下他的颈项再蹦走；有的径来撞他的额头，把又疼又酸的感觉刺入他的心里；有的钻进他的裤腿，在他的脚腕上狠狠一蹬。从此之后，承银再不愿去听蟋蟀的叫声，即使是在皓月如水的夜晚，仅有一只蟋蟀在低吟浅唱也不行，只要一听到那种啾啾的叫声，他就头皮发麻身上骤起鸡皮疙瘩。

经过了差不多十二天的搏斗，终于把蟋蟀击败了。有人做了个大致的统计，有四亿多蟋蟀的尸体留在了方城地面。望着那成堆成堆的尸体，闻着弥漫在空气中的那股难闻的味道，一串问号像活过来的蟋蟀一样向他的心里蹦来：它们是从哪儿来的？为什么突然出现在这里？这是一种什么行为的结果还是一件即将出现的事情的预兆？……承银带着这一连串的问号和极度的疲劳，在县招待所的一间简陋的客房里沉入了昏睡。这一觉直睡了一天一夜，醒来时他发现秘书和专署办公室的几个人站在他的床头。“我们战胜了蟋蟀！”他边快活地说着边坐起身来，他感觉到体力已经恢复，原先酸软的双腿上又灌满了力气。他精神抖擞地下床之后，秘书低声开口：“肃反运动开始，专署办公室请你速回去研究工作！”

“哦？”……

扑门而入的月光差不多把昏黄的烛光完全压住，将承银那双缓慢移动的脚极清晰地在地上显现出来。承银这种徐缓的踱步已经持续了很长时间，以至于坐在暗处的承达不得不再一次催：“你赶紧批准吧，天亮前行动就要开始！”

承银没有理会新近被抽到肃反办公室的弟弟的催促，他只是再一次扭头望了一眼静躺在办公桌上的那张纸——那是一份拟肃清的反革命分子的名单。他迟迟没有在名单上批示同意而在这里踱步的原因，是因为那名单中写有一个名字：栗丽。她怎么能成为被肃清的对象？她在抗日战争中所做的那些鲜为人知的事倒是应该褒扬！但这份名单已经不少领导人审过，勾掉栗丽的名字定会引起一些人的不满，说不定还会引来不少猜测。

“你究竟批不批？”坐在那里连打哈欠的承达再一次催。

那就勾去她的名字，如果有什么灾祸因此而要来就让它来吧！承银扔掉手中的烟蒂，几步走到办公桌前拿起墨笔勾去了栗丽的名字。那急切的模样似乎是再稍一拖就会出现新的结局。之后他便在那文件上签了：同意，速办，并署上名字。

——“为什么勾掉她？”预料中的诘问从承达口中出来，穿过被树枝摇碎的月光抵达了他的耳膜。

——“有原因——”

——“什么原因？他是战犯的女儿，是国民党团长的老婆，她对我们必然充满了仇恨——”

——“世界上偶然的事情更多一些——”

——“她当初没有南逃而主动留下这本身就值得怀疑——”

——“这世界上应该怀疑的事情很多，但也有值得信任的东西——”

——“信任她什么？她这样有知识有风度的女人甘愿嫁给一个普通农民这里边肯定也有名堂——”

——“不要轻易评价别人的生活——”

——“我很想评价一下你，哥哥！我觉得你近来有点温情主义——”

——“人难道只有冷漠了才好？——”

——“哥哥，你这样很可能会铸成大错——”

——“也许，但请你现在去按名单执行——”

承达那透着气愤的脚步声在门外消失之后，承银又开始了在室内的踱步。月光早已撤走，蜡烛也已渐渐燃尽，幽暗的室内只有他那滞重的脚步声在来回晃荡。栗丽，我了解你，我决不会允许他们对你动手！你这会儿在干啥？酣睡？听说你已经有了孩子，搂住你的孩子安睡吧，没人去惊你的好梦，睡吧……

第二天的上午，承银独自出门向卧龙岗西走去，秘书不知他要干什么，追上来问他要不要骑马，他摇摇头。他最后在落霞村边停住脚步，秘书以为他要了解村里的合作化情况，忙去喊来了村长。承银心不在焉地听着村长的汇报，目光一直在四下里逡巡。看到了！——在村边的那片桑园边上，他的目光触到了那个熟悉的身影。是你，栗丽！他提出去看看桑园，村长立刻在前边引路并兴致勃勃地介绍：我们打算好好把这片桑园利用起来，养蚕收茧，缫丝，卖给尚吉利挣钱……承银没去听村长的介绍，只是用眼睛去打量那个越来越近的女人。栗丽，你变了，衣饰变了，也比过去胖了，腰身粗了，发型改了，像个劳动妇女了，只是你那张脸，还依旧那样耐看！哦，这就是你的儿子了，长得像你，瞧这两只大眼，多像你！——冬至家的，蔡专员来看看咱们——

她的反应真快——蔡专员好——

——你好，今年的茧收成如何——不能让别人看出你认识她。她的胸脯可比当年高多了，那一定是奶孩子的结果。她的臀部还是那样丰满圆润。得赶紧离开这里，不然你的眼睛一定会露出东西。你现在可是专员,还有许多事情需要你去做,决不能沉在这种感情里去,那很可能会把你毁掉!

——还行,谢谢专员来看我们——

——好了,再见,你们忙吧——

承银急忙转过身,不给栗丽以目光对接的机会。转身之后他多想再扭头看她一眼,但他扼制了自己的这种欲望。别看了,看看只会在心里引来更大的遗憾,走吧,你,一切都过去了!一切都会过去的……

10

栗丽原本平静的农人心境被蔡承银的意外来访搅得波涌浪翻。他来干什么？是来看桑园还是来看我？看桑园为何不问问桑园里的情况？难道是他重又想起了旧情？你这个时候这样做还有何益？……

村里那时正在扫盲，村长让栗丽每天晚饭后到村办公室里教农民识字。栗丽对待这个任务极其认真，平日里总是抱着孩子早早到场，一手拉着孩子一手拿粉笔在黑板上写下当晚要教的生字，尔后教大家一个字一个字地念。在承银来访走后的当天晚上，栗丽走进夜校的时辰比往日晚了许多，而且眼里没有了平日的全神贯注而只有一层恍惚。她照惯例拉着孩子到黑板前写字，那晚上按计划应学的是："七寸步犁"和"小麦良种"八个字，她把这八个字写了三次还没有完全写对，不是这个字写错就是那个字写白。她最后猛摇了摇头才算收住飘忽的思绪把八个字写了下来。她一边教着大家念一边想已经逝去的从前,她想起了她和承银的第一次相见,想起了她对他的主动委身,想起了对那个夭折的孩子的掩埋。她读读停停,不时让双眸凝在一个字上不动。好在农民们不善于观察,并无人去注意她反常的神情。

夜校散罢她抱了孩子回家,冬至已经把床铺好把洗脚水烧热。她洗脚那阵冬至把孩子放进了被窝,尔后躺那里静静地等她。她上床时冬至照惯例把手伸了过来,她没有像过去的那些夜晚默许他,而是坚决地把他的手推了开去。冬至显然一惊,低了声问:咋?

——不咋,睡吧——

——我想——

——睡吧——

但两个人都没有睡着,黑暗中两人都能感到对方清醒的呼吸。

——村长说,让我们好好照料桑园,争取明年的春茧丰收。村长说前晌蔡专员特意来桑园巡视,看来他挺看重养蚕——

他为什么提到蔡专员?难道他看出了什么?

——村长说,不论咱们养多少蚕、缫出的丝也不够尚吉利织丝厂用,说咱们根本不必愁销路,只管养——

——嗯——

她感觉到他的手在被窝的深处慢慢向她的身子爬来。她没有再去推开,身子也没再移动。罢了,即使蔡承银是专门来看你又能怎么着?你和他的生活已经分开,他会抛开他现在的家庭和获得的一切再来找你?做梦吧!即使他心底里有那个愿望他也不敢,你的家庭背景会把他的前程毁得一干二净。

还是安心做你的农村妇女吧，安心做农民的妻子吧！冬至是一个不错的男人，你已经教他识了些字，教他养成了洗脚刷牙漱口的卫生习惯，教他懂了些床上技巧。你生活上需要的主要东西他都可以给你，你应该知足了！人不能对生活要求太多，要求得太多生活就可能对你生气。

她现在感觉到他的手爬上了她的胳膊，由小臂到大臂再到肩头；尔后滑到了胸口，开始小心地拨弄她的乳头；接下来抵达了小腹，在那里往返游弋并向肚脐里灌气；至后开始转向了大腿，长久的不少于两袋烟的对大腿内侧的轻触……还行，一切都是按照她要求的她教给他的程序来做的，她觉得自己的身子在一点一点地放松，刚才那种不安的思虑慢慢离她而去。——好啦，你去嚼点茶叶，再漱一下口就上来吧——

她听到他急切地下床，片刻后又急切地上了床，她为他掀开了被子，她屏住脑子中向外施放苦恼、苦痛、不甘、遗憾的孔道，只让对快乐的渴望在体内滋长。当他开始了对她的猛烈冲撞之后，她在脑子中最后驱逐出了承银的影像……

当秋阳透过那些正在泛黄变干的桑叶由东天照进桑园的时候，栗丽已开始用铁锨把冬至由村中挑来的土粪围向那些桑树的根部。秋末冬初时节桑园里的活路不多，不过是给桑树松松土、施点肥，再就是照看好放在桑园中间蚕房里的那些蚕种。围肥这活儿很轻，栗丽干得很是顺手自在，而且有时间扭头去和坐在蚕房门口玩耍的儿子高声交谈。

——小小，你这会儿在玩啥？——

——妈妈，我在挖坑——

——用什么东西挖？——

——用手——

——小心伤了指甲,挖坑干啥?——

——盛水——

——哪有水让你去盛?——

——我尿,我有尿水——

——哎哟,你这个淘气鬼,不准玩尿!——

栗丽便扔下手中的铁锨向儿子跑去,跑过去时却已经晚了,小小已经把尿水注满了一个小土坑,而且双手已经伸进了坑里。栗丽于是一边笑骂一边抓了儿子的双手去擦,母子两个的笑声顷刻间便在这几亩地的桑园里四散开,随着风一直飘到园子边边的那些桑叶上。

说实话,对于农业社里分派他们一家来这桑园里干活,栗丽非常满意。她满意的不仅仅是这里的活路不很重却照样给记十个工分,而是在园子里干活时的这种自由劲儿。再不用顾虑别人的眼睛,再不用去听女人们在身后的指戳议论:瞧,那就是栗温保的女儿——她干活能受得了吗——她那个娇样儿,跟着冬至会甘心么?——当年她可是享够了福了——

风进了这园子也显得特别快乐,一会儿在这棵桑树上扯下一片叶,一会儿在那棵树上摇动一下枝。栗丽就在这风的嬉戏中又干起了活。人就在这种环境下活着该多好,不接触外人,不去听枪声炮声,不去看你争我夺;不去听吵声骂声,不去看你仇我恨;只听这种细细的风声和儿女的笑声,只看这种绿色树叶和黑色的土地,那大概是会长寿的吧?……

"妈妈,我饿!"儿子这当儿又跑到了她的身边。

"又饿了?你早上可是吃了一个黑面饼子外加一个鸡蛋!"

"我饿嘛,妈妈!"儿子不由分说地过来掀开她的衣襟,把头拱了进去,两个嘴唇准确地找着了奶头。

栗丽甜蜜地闭上了眼睛，任由儿子去响亮地吸吮。其实儿子早到了断奶的时间，她所以没有下决心给他断掉，就是为了体验这种说不出的哺育儿子的甜蜜。每当儿子来吃奶时，她的两眼都要快乐地闭起来。什么是幸福？我觉得这就是。幸福只是一种个人在献出时的感觉？我当年过那种衣来伸手饭来张口的生活时为何没有觉出幸福？是因为那时我没有献出什么吗？不全对吧？幸福该是一种人在献出与获得相平衡时的感觉……

一阵呼哧呼哧的喘息声伴着树叶的撞动声由远而近。是冬至挑着粪担来了。栗丽睁开眼睛，看见了冬至那张被重重的粪担压得满是汗水的脸。这一霎栗丽意识到，桑园里的活对于冬至来说并不轻松。

“小小，看爹给你带了啥来！”冬至放下粪担，一边喘吁吁地说着一边去怀里掏出个毛巾裹着的包包。

“啥？”小小噙着妈妈的奶头斜过脸来含混地问，奶头被他的小嘴叼出好长。栗丽疼得轻皱了一下眉头。

“你看！”冬至弯腰伸手强从儿子口中把奶头拔下，亮出了毛巾包里的两个烤熟了的热红薯。

“给我！”儿子从他手里拿走了一个红薯，熟练地剥掉皮就朝口中送去。冬至把剩下的那个剥好，掰了一块填进栗丽的嘴里：“吃吧，小东西把你的肚子吸空了吧？”

“你也吃。”栗丽边嚼边说。

“我不饿。”冬至又掰了一块填进栗丽的口中。栗丽慢慢地咀嚼着那甜甜的红薯，双眼一点一点闭了起来。在这一瞬间，她又一次体验到了类似小小吸吮奶头时的那种舒畅和欢乐的感觉。这是不是就叫幸福？幸福会由一个我并不由衷欣赏的农民带给我吗？……

11

约摸着到了四更天，立世就赶紧起床穿衣服。今天，他将和厂长一起启程，带上八万米绸缎去广州参加中国第一届商品交易会。尚吉利织丝厂的产品有幸被选中参加中国首届对外交易会，这本身也是一种荣誉。

窗外的天还是墨黑一片，看来是起得早了，早就早一点吧。他边扣衣扣边拉开了门，门开后他吃了一惊：爹站在门口！“爹，你起来这样早干啥？”

“睡不着。绸缎都装好车了？”

“昨后晌都装好了，全是质量最上等的绸缎，爹你放心！”

“我听你卓远伯说，这回的交易会允许香港、澳门和西方国家的商人进来谈交易，这是一个扩大我们尚吉利绸缎销路的好机会！你要明白！”

“我懂！”

“这七八年来，我们除了和苏联做点生意之外，和其他国家基本没有生意上的联系，世界上的绸缎生产究竟已经达到了什么水平，外国顾客究竟对我们的绸缎满意到什么程度，这是一个了解清楚的好时机！”

“我晓得。”

“他爹，我给你下了碗面条，你去喝了吧。”尤芽这时走过来说。

立世走进厨房，接过尤芽递过来的面条碗，就坐在灶前呼噜呼噜地喝起来。

——“记住探探香港这个销售绸缎的路子——”

在呼噜呼噜吞喝面条的声音中夹进了父亲的嘱咐。

——“嗯——”

——“听你卓远伯说，咱们国家和苏联也有了不和的迹象，今后向外做生意，怕要靠香港这个通道了——”

——“嗯——”

闻声也起来给父亲送行的昌盛和小瑾这当儿来到了灶屋门口，小瑾听见爷爷的话立刻接口：“爷爷，咱一不是厂长二不是书记，操这些心干啥？该怎么着让他们厂长去考虑！”

“放屁！”达志扭头气呼呼叫了一句，“只要事关绸缎的生产，既是厂长的事，也是我们尚家的事！”

“你——”小瑾显然被爷爷这句粗话惹恼了，刚要开口反击，嘴已经被昌盛麻利地捂住。

“尤芽和小瑾要在广州捎什么东西吗？”立世看出了儿媳对父亲的不满，急忙用这话来岔开。

尤芽摇了摇头，小瑾则气哼哼地扭身走了。立世见状，忙把昌盛拉到一边低了声叮嘱：“我走后，家里诸事你要多操心。你爷爷年纪大了，即使他有些事做得不周全，你和小瑾也要让着他。”……

装绸缎的汽车开动时，立世看见父亲还定定地站在门口，晨风正揪扯着他那几乎全白了的稀疏的头发。父亲是完全老了！立世望着父亲那明显开始佝偻了的身子，第一次清醒地意识到这一点。这么说，生产“霸王绸”的事是真要落到我和昌盛身上了。爹，你就放心去度晚年吧，剩下的事由我和昌盛去做，我们会尽力的，会的！总有一天，尚吉利的绸缎会在世界上称王称霸，让各国的人刮目相看争相购买……

广州的春天已夹带了不少夏天的味儿。立世在那个暖热的上午看见一群外国人由交易大厅门口径向自家的展销台走来时，并未留意到那张留了圈胡的面孔。他把全副注意力都停在走在最前边的那位中年女性身上——经验告诉他，只有这位女性才是顾客，其他人都是她的随从。

“欢迎你们的到来，本台展销的是中国南阳尚吉利织丝厂出产的绸缎……”立世按惯例说罢欢迎的话后，便照那位中年女性手指的位置，把各种花色的绸缎拿过来让她细细审看。这是一位有经验的购买者，她最后挑准的那几种花色的绸缎，也全是立世认准的质量最好的出货。她并不签合同，只是每样要了五百米。立世一边为她包装一边猜测着：她是哪国人？法国、德国，还是英国？她是为公司采购还是为个人置买？倘是为个人，她当有一个很富有的家庭……他很有兴味地注视着那女人带领她的随从向另外的展销台走去，不防耳边忽然响起了一句生硬的中国话：“祝贺你呀！”立世闻声回头，这才发现还有一个留了大圈胡的外国男子站在他的柜前。“你是——？”

“我叫哈姆·威廉，英国人。喏，认识这个吗？”那英国男子掏出一个东西朝立世递来。

原来这是一个小巧的黄杨木刻成的蚕,蚕的下边是一行小巧的汉字:尚吉利机房;万历十二年。立世惊奇地审视着这个东西。

“我们威廉家族是你们南阳尚吉利的老主顾,这个蚕就是我家先祖从你们尚吉利得到的纪念物。我的父亲前几年在莫斯科还见过你们家族的人——”

“噢,”立世急忙伸出手,“见到你真是太高兴了!怎么,你来也是想买绸缎?”

“也算是吧,我如今在我们家设在香港的一个分公司里任职,听说你们办交易会,就过来看看。”

“看吧,想要哪一种,我们都可以满足!如今我们用的可是国内最先进的丝织机!”见到这个世代有交往的外国主顾,立世真是满心欢喜。

“你们的绸缎确有特色,要不然,刚才那位女士也不会采买。知道她是谁吗?”

“谁?”

“英国皇室的衣料置办人,前几天才来的香港。”

“嗬!”

“皇室人员过去穿过你们尚吉利的绸缎,那是我们家族转卖给他们的,所以这次她来,就先奔你们这儿。嗨,怎么样,我们两个家族交往多年,今晚我请你吃饭,我俩聊聊?”

“要请我来请。”

“今晚我先请。下午六点半,我开车来大厅门口接你,不见不散……”

立世当即把哈姆·威廉要请他吃饭的事报告了厂长,厂长又报告了河南代表团团长。得到“可以”的允准之后,立世才在下午六点半钟准时坐进了哈姆·威廉的轿车。

父亲大约不会想到，我此刻正和尚家的外国老主顾的后人坐在一辆车里。父亲，我会利用这个机会，争取把通往香港和其他国家的商路打开……车外的广州街景在立世眼里一闪而过，他双眼看到的已是大批尚吉利出产的绸缎正源源不断运出厂门、国门……

哈姆·威廉在宾馆里住的是一套带有餐厅的大套间。服务生摆好酒菜之后，忽然从一扇门里走出了一位身穿短衫短裙的中国小姐。那小姐微笑着朝立世鞠躬问好。哈姆·威廉急忙介绍："这是我由香港带来的翻译方小姐，我虽然努力学习贵国的汉语，但说到一些专业性强的问题时仍常常辞不达意，这就需要方小姐的帮助。"立世向方小姐点头致意之后开始入座。

威廉说了几句"今晚相聚很高兴"之类的话后方小姐开始斟酒。酒是英国酒，立世不知道它的度数，喝得分外小心。尚家人历来禁止喝酒，所以立世也就没有锻炼酒量的机会。但今晚的这种场合，一点不喝似也说不过去。他每喝一小口之后就赶紧把话题转到香港的绸缎市场上，转到西方国家目前的绸缎销售行情上，期望了解更多的外部信息。可威廉显然无意谈这些，每次都是稍稍一碰立世的话题就又跳到喝酒上。——"喝，喝！我知道你们中国人酒量大——"

立世只得笑着又喝一小口。刚放下杯，方小姐就又伸臂过来斟满了。——"我按咱们中国人的习惯，敬尚先生三杯——"方小姐一双纤纤小手把酒杯捧到了立世嘴前，透着馨香的手指碰到了立世的嘴唇。立世很为难地看着酒杯，别说三杯，这一杯下去也不是他的酒力所能胜任的。他抬头去看威廉，希望他能为自己解围，不想威廉正起身歉意地说他有个紧急电话要打需要离开一阵。威廉走后,那方小姐竟嗔笑着一手揽了他的脖子一手把杯子径往他的嘴里倒。——“尚先生不能不喝我敬的酒呀,总不是看不起我这个翻译吧?——”

立世只得把酒喝进了嘴,但他没敢咽,趁方小姐又去斟酒的当儿他借用餐巾擦嘴的机会把酒吐到了餐巾上。

“这是第二杯!”方小姐又把杯子举了过来,而且身子也挨他更紧,一只手还不经意地放到了他的大腿上。他的身子一个激灵,不知该如何应付这个场面,他慌急地望了一眼餐厅的门,盼望威廉赶紧进来。——“喝呀,尚先生,我到过内地,我知道内地的先生们都能喝酒——”

“我确实不能——”

杯子再一次被方小姐举到了立世的嘴边,那两条雪白的小臂上的香气越过酒杯钻进他的鼻孔,而且他分明感到她的腿也贴近了他的腿。——“喝呀,今天认识尚先生真是太高兴了——”

他只得再次重演刚才那一幕:先喝进去,再借揩嘴的机会把酒吐到餐巾上。还好,方小姐没有发现他作弊,又满脸含笑地去斟酒。

“今晚的天真热。”方小姐端起第三杯酒时不经意地解开了短袖衫最上边的一个纽扣,那短衫开领本来就低,这个纽扣一开,两个雪白的乳房就几乎全露了出来。她把酒杯再敬至立世嘴边时,两个乳房也抵住了他的肩头,他的左肩清晰地感觉到了她那乳头的碰触,而且她的一条腿也干脆搭在了他的腿上。他突然觉得嗓子发干呼吸困难,两只手有了想要抬起揽住对方的强烈冲动。父亲那张威严的脸也就在这时闪了出来。——“立世,你想干什么?——”他的身子猛一战。

"喝呀——尚先生,要不这杯酒我们两个一起喝,我先喝一口,你再喝。"方小姐说着,张开红润的双唇喝了一口,尔后又把酒杯递过来,——"该你了,这酒还真香,不信你闻闻——"方小姐的两片红唇在立世的鼻子上轻轻蹭了一下。

立世感觉到自己的身子在轻轻抖动,他明白,如果再任方小姐这样敬下去,他最终会控制不住自己而抱住对方。那要让威廉发现该有多糟糕!真不明白,香港的小姐怎么会是这样一个敬酒法。必须立刻终止喝酒,而现在终止这种局面的唯一办法可能就是装醉了。他想到这儿当即接过酒杯把酒喝进了嘴里,趁方小姐又去斟酒的当儿,他再次把酒吐到了餐巾上而且立刻趴在桌沿装作已经烂醉。

"尚先生,尚先生——"方小姐喊了两声又摸了摸他的脸,见他仍一动不动方叹息一声:"嗨,你真没用——"

立世听见方小姐拍了一下巴掌,随后就听见门响听见威廉走了进来。立世刚想抬头嘀嘀一笑把这局面结束,不防威廉先已开口:"方,成功了?!"

"当然!"是方小姐得意的声音。

立世一怔:什么成功?他感觉到威廉向他走来并拍了拍他的脸,他没动。他的心突然绷紧了起来:他们要干啥?——"尚先生——"他依旧没吭声。

"记住,我要弄清的问题是:他们染印绸缎的浆料成分及其比例。你要问得巧妙,要在他上了你的身子后最迫不及待的时候问。明白?"——是威廉的声音。

"这个不用交待,我需要知道的是我的报酬!"——方小姐的声音。

"五千!"

"是不是少了一点?假若他在床上是个虐待狂,或者一晚上来几次,我不是亏得太多?”

“再加一千!”

“好吧,劳驾把他弄到我的床上,我很难弄得动他。”

立世感觉到威廉抓起了他的一只胳膊。他立时霍地一下抬头站起,冷冷地说一句:“不用了!”

——你?——

——哦?——

他看到了两张惊愕而慌张的面孔。“我真心地把你看成朋友,没想到——”他看定威廉,咽下了后边的话,转身大步向门口走。

“等等。”威廉急步拦住立世,“我为我刚才所做的一切向你表示深深的歉意!我这样做是不得已的。尚先生可能不知道,这些年,我们家族生产的绸缎也正在向世界市场进军。可我今天在看了你们的绸缎之后,发现虽然我们的出品在丝的整理技术和织造的密度上要胜过你们,但在染印方面却仍落后于你们,我不知道你们用了什么神奇的浆料,染印出来的绸缎在亮度、艳度、洁度上无与伦比。所以我非常想弄清楚,就采用了刚才的办法。我想请你理解,这种法子在商业战争和工业竞争中是允许采用的。”

“可我们是世代有交的朋友——”

“正因为是朋友,我还想向你提个建议:你们尚吉利如今不是已经变成国营了么?你如今赚的钱再多,也不是你们尚家的。干脆,你来和我们合作,我们共同生产出世界上第一流的绸缎!合作的办法有两个:一个是你出国到我们的工厂里任染印部门主管,我们将给你丰厚的待遇,你出国的手续也由我们来想办法办理;二是你把你们染印浆料的配方告诉我,我当即付给你一大笔钱,要黄金或美元都行!”

“哈姆·威廉，你恐怕不如你的先辈了解我们尚家——”

“我当然了解，你们生产绸缎不就是为了赚钱？”

“是为了赚钱，但同时还为了多得一份荣誉，获得一份证明！这个不是你们家族能够给我的！好了，再见！”

“请再听我一句话：我希望今晚发生的一切不要影响到我们今后继续做生意；希望你不要把今晚的事报告你的领导，以免你们的官方以后不许我再入境。而且说实话，你今晚并没有失去什么。”

“这个我应允。”……

第二天的上午，威廉来买走了五万米的绸缎，并留下了一个十万米的订单。威廉指着订单说明：“其中八万是我订的，两万是台湾一个姓栗的商人定的，他点名要你们南阳尚吉利的绸缎。”立世点点头：“不管是你订的还是台商定的，我们都会按订单要求按时供货！”威廉临走时微笑着对立世低了声说：“倘你依了我的建议，我也不必又买又订的这样麻烦了。不过我仍然要谢谢你……”

立世那刻望着窗外南国五月的阳光，淡了声问：“你家的祖先当年都不怕麻烦，由敦煌那边入境来买，如今你倒嫌麻烦了？”……

12

两万米尚吉利绸缎由香港坐上轮船经过三百四十二海里的航程，于一个艳阳当顶的正午抵达了高雄港。屏东雅安绸缎布匹店的老板栗秉正和夫人阿倩亲往码头上迎接轮船的到来。当秉正指挥着人们把写有“香港——高雄”字样的包装箱往汽车上装时，心里洋溢着一种即将见到故人的欢乐。

纸厂老板栗秉正改开雅安绸缎布匹店开始于两年前。那时候他的岳母刚因忧伤阿倩的父亲死去而患病去世，周围的居民们忽然间抗议起纸厂污水对周围土地的污染来。要安装一套排污装置不是这个连死两位创建者的小纸厂的经济能力所能承担得了的。秉正、阿倩夫妇俩在经过几个不眠之夜的商量之后决定：卖掉纸厂，到屏东去买几间店房经商。每天负责照看孙子的草绒自然说不出反对意见。于是不久纸厂便卖给了别人，秉正和阿倩在屏东街上用卖纸厂的钱买了一所带有临街店房的院子，开了一个取名“雅安”的绸缎布匹店，正式做起了商人。

经商是草绒当初对儿子的希望也是秉正曾经学习过的行当，加上秉正做的又是人人生活中都离不了的衣料生意，所以雅安的局面没用多久就打开了，每月的盈利渐渐可观起来。近几个月，秉正已有力量直接到台北进货。也就在一次去台北进货时秉正结识了正在台北的英国绸缎商人哈姆·威廉。是威廉告诉他中国不久将在广州举办首届商品交易会而且他将前去谈点生意。秉正听到这个消息后不由得想起了家乡，想起了名播四方的尚吉利绸缎。他当时就告诉威廉，如果在交易会上真的见到了南阳尚吉利的绸缎，请务必代他进货两万米。哈姆·威廉说他此次去也是想看看尚吉利的出货究竟已经达到什么水平，并说了他们家族和尚家的交往历史。秉正当时听得高兴过后却并不认为这件事就能办成。南阳离广州远达几千里，尚吉利会刚好也去参加交易会？未料事情还真的办成了！

尚吉利绸缎拉到屏东雅安店内的当晚，秉正特意开包裁了一件褂子衣料递到妈妈手里，告诉她这是经香港辗转进来的尚吉利的绸缎。草绒接过后长久地抚摸着，眼前渐渐就出现了挂有尚吉利织丝厂牌子的尚家门楼，出现了达志和云纬的脸。你们两个如今好吗？终于在一起过日子了吧？南阳城现在变成了什么模样？我啥时候才能回去看看？也罢，看见了这绸缎也就等于看见了你们，只要这绸缎还在出，就证明你们都还好……

秉正进来的这批尚吉利绸缎，最先引起了在台湾的南阳籍人士的注意，人们纷纷赶来购买。同乡们购买绸缎的那份热情和迫切里，掺有对故乡的深深思念。后来吸引来的是河南籍的和陕南商洛地区、湖北襄樊地区在台的人们，这些人大都知道尚吉利绸缎的质量历来优秀，怀了一份对名牌的喜爱而来。两万米绸缎没用多久就批发、零售完毕。这是一笔赚头挺大的生意，最后结算完盈利的那个晚上，望着那个不小的数字，感情一向不爱外露的秉正因为抑制不住心中的高兴，抱起阿倩在卧室里转了起来，直转得阿倩连声笑叫：晕了，我晕了，晕了！……秉正后来把阿倩放到床上，一改往日不声不响上她的身子的习惯，粗鲁而猛烈地扑了上去，弄出了惊天动地的效果，快活得一向羞于出声的阿倩也呻唤了起来。要不是阿倩紧忙把枕巾塞到自己嘴里，说不定她的叫声会把睡在隔壁的婆婆和儿子都惊醒……

翌日上午，草绒把当初儿子给她的那段绸子衣料交给阿倩，让阿倩去做件褂子穿。阿倩说："这是秉正特意给妈的，咋能又给我？"草绒笑了："尚吉利的绸子我过去穿过，你做了咱南阳人的媳妇，还没有正经穿过咱南阳产的绸缎，妈给你了！"

阿倩做好褂子穿上身的那天，草绒上前抻抻看看说："嗯，你总算也穿上了你婆家地方的绸缎，日后对南阳也有个念想，不会把老家给忘了……"

13

电灯泡因为电压不稳，像被风摇着的蜡烛一样忽明忽暗；一两声狗吠从门缝里挤进来，把屋里那个老牌座钟报告十一点的声音也压了下去。卓远一动不动地坐在灯下，怔怔地望着面前摊放的那些报纸，目光如被冻住了一般。

这几年间，卓远虽因年龄高腿脚不好，却仍当着专署文教委的顾问，平日里除了开会和到学校巡查之外，还协助扫盲办公室做点力所能及的事情。他很为这几年全专区教育事业的长足发展高兴，平常总是带着笑脸拄杖进出。可最近一些日子，他脸上的笑纹在渐渐见少，神色日甚一日地忧郁起来。起因，则是报纸上公布的那些消息——

南阳专区要在一月内实现水利化，两年内实现水稻化，三年实现电气化和农业机械化……

南阳要在一月内实现无老鼠、无麻雀、无苍蝇、无蛹的四无专区,要在两月内普及中小学教育……

南阳市皮革化工厂一工人,经一夜突击,试制成功了空气电池灯……

唐河县新店乡联盟农业社,一亩红薯实验田,计划单产八万斤……

桐柏安棚乡迎春社,大麦亩产已达五千零八十斤……

西峡县丹水乡红旗七社第五生产队,小麦单产三万六千二百六十四斤……

新野县樊集乡后河青年试验场的玉米,单株产籽十六斤……

邓县白牛公社的成人,八天学完四年的数学课……

为什么要登载这些一看就知是吹牛是浮夸的消息呢?它带来的后果会是什么?上级若是依据这些数字制定政策那可怎么得了?老百姓从这种宣传中得到的除了灾难之外还会有别的?怎么办?听任其这样浮夸下去?那国家统计局就要用这些数字去累积我们的国力了,那会是一个什么状况?一个腿细肚大的虚胖子在他眼前摇晃着一闪而过。去骗谁呢?单说这粮食产量,倘是照吹出来的这些数字计算,我们根本不用再操心种粮了。倘若到了某一天我们手上只有数字而没有粮食,岂不又要出现大饥馑了?不,必须制止!明天就去找专员蔡承银,请他立即把这种欺上骗下的浮夸风刹住!可他会听吗?不管他听不听,我都要说!……

"你怎么还不睡?"雅娴这时咳嗽着披衣从隔壁过来,"你当你还是小伙子哩,熬,熬,再熬夜就把你身上的油都熬干了!"

"你再看看这个!"

"不就是那些吹牛说假话的消息嘛,有啥看头?!"

“得想法制止！”

“又来你那个拗脾气了？这事用得着你个七老八十的老头去操心？你以为就你看出来了？那么多识字人都是傻瓜？人家为啥就不吭声，只你能？你忘记那么多人是怎么被打成右派的了？”

“我明天去找蔡专员——”

“你敢？！你是想找罪受呀？”

“大家要是都怕找罪受，都不想法制止，恐怕将来就真要受罪了。”他慢腾腾地说罢，扭身看了一眼墙上挂着的先父的那副遗墨：易弯最数腰，能软当推膝。尔后起身：“睡吧，明晨再说。”我不信我好心好意地去进谏，承银就会说我是右派？要真是那样，我就去郑州，找省长！……

岁月终于把卓远走路时的灵敏和轻捷彻底拿走了。尽管有手杖的帮助，他走起路来还是异常吃力和迟缓。由卓家到专员宿舍院不过只隔几条街，卓远竟走了半个上午才迈进那个朱漆驳落的大门。

承银外出不在家。这使满头汗水不停喘息的卓远很是失望。看来还得跑一次，跑就跑吧，权算锻炼身体了。他刚想转身出门，承达挟着皮包进来了。“卓顾问，有事？”承达招呼道。——“呵，是有点事，想找专员反映——”“有啥事也可以给我说说，我保证转达——”

就是，给承达说说也成。让他给他哥哥转达一下，自己也不必再跑了。“嗳，是这样，近一段日子报纸上发的一些消息很令人担忧，不知你注意到没有？”

“消息？哪些消息让人担忧？”承达似乎有些惊奇。

卓远于是便从衣兜里掏出那些剪报，一条一条的说了起来。说完，他抬头去看承达的脸，他自然是想从对方脸上看出一点他曾感觉到的那种激愤，但是没有，承达脸上只有一层惊异和意外。

“这些消息怎么就值得你忧虑了？”承达的声音与刚才相比，分明地变得冷了。

“我怎么能不忧虑？”卓远也吃惊了，“如此虚报浮夸，是要酿成灾祸的呵！一亩地用什么种法可以产几万斤麦子？”

“看来是我们的立场不同！”承达霍然起身高了声说，“我从这些消息中感觉到只是高兴！我为我们南阳人的敢想敢干的跃进精神而快慰，我为我们南阳连放‘卫星’的大好形势而欢欣！我们的国家很快就会赶超过英国和美国，我们的人民不久就会过上按需分配的幸福生活。在这种大好的局面下，我不明白你——一个文教委员会的顾问，一个政协委员为什么要充满忧虑？！”

卓远被这番话弄得目瞪口呆。

“这只有一种解释：就是你的资产阶级知识分子的立场并没有转变过来！你是抱着敌视态度来看待我们所从事的建设事业的，你希望我们永远在我们的敌人后面爬，你盼望我们的祖国永远受人欺负——”

“啪！”卓远一掌拍到了桌子上，两眼直瞪住承达。

“怎么？你不服气？你想向我示威？你能吓倒谁？告诉你，你们资产阶级知识分子休想再要威风了！你们充其量只是我们手里的一种工具！”

你真是个傻瓜，你怎么会想起来和这号人谈论问题！他已经失去了判断是非的能力，他脑子里除了狂热没有别的，不应该再和他争下去。应该走，等承银回来了再说！他猛地转身向门口移步。

“怎么,你想走?”承达三步并作两步地拦在门口,“在你说出了刚才这些之后,你就别想轻易离开这个地方了!告诉你,我们一直在寻找反面教员,现在终于找到了!你这种右倾的言论必须加以批判和肃清,否则会给我们的建设事业造成毁灭性的影响。我决定,从现在起,你要在这里边反省边写出一份检查材料。这份材料包括三个内容:一、你对目前形势的错误看法究竟有哪些?二、产生这些错误看法的原因是什么?三、今后怎样纠正这些错误看法?”

“你是说不让我走了?”

“检查写完再走!吃饭时会有人给你送饭来!这个门进去就是厕所。我们正在寻找反面教员,刚好你送上了门!你这份检查,将会教育许多人!”

“你凭什么限制我的自由?”

“凭我是工业局长,凭我对祖国的忠诚!”

“哈哈哈……”卓远突然发出一声长得没有尽头的笑声。

“你笑什么?”承达的目光冰冷而强硬。

卓远没有应声,他只是缓缓地在身后的一把椅子上坐下,紧紧闭上了眼睛。

两滴泪珠急急地在他的下巴上汇聚,尔后向地上落去,在接近地面的那一霎,倏地又碎成了好多瓣……

“外爷——”月儿那声惊慌的喊叫飞进尚家并绕着饭桌缠了一圈时,达志正在对付一根长长的咸萝卜条。达志前几天刚刚掉了一颗牙,所以吃起东西就分明地慢起来。萝卜条被那喊声惊落到了面条碗里。他停筷抬眼时,已长成个大姑娘的月儿正揉着红肿的眼睛站在他的面前。——“咋了?”——“爷爷被留在了蔡专员那儿反省,不让回来了——”

“哦？——”达志猛地站起身，从他碗中溅起的面条汤便顺着他的衣襟趁机向下爬去。

“啥时候的事？”

“就是头晌。”

达志没容外孙女的话音落地双脚已迈出了门槛。被留在专员那儿反省？为了啥子大事？这得找云纬帮忙了！云纬，这回我可得求你了！你必须让你的儿子把我的卓远哥放回来。他年纪大了，经不起折腾！卓远哥呀，你惹住了什么？你是说了什么不该说的话还是写了不该写的文章？你出事至多出在舌头和笔上。但愿不是什么大事才好……

达志已经很久没见云纬了。自从被划成资本家且云纬不再提两人结婚的事后，达志就放弃了许多可以和云纬见面的机会。他知道以自己目前的情况，和云纬见面只会给她带来痛苦和压力——因为只要一见面就免不了使她想起当初她做出的要到尚家跟他一起生活的承诺。而现在这种承诺显然无法兑现。一个革命干部的母亲怎可能去和一个资本家结婚？何况又都到了这个年纪？可我今天必须来见你，必须！

云纬正在给最小的孙子喂饭。自从由于儿子的反对死了和达志结婚的念头之后，她便把自己的活动范围限制在自己的门前和屋里，经常和孙女、孙子在一起——甸珍和文琳又各生了一个孩子。——“快点吃，我的小祖宗！——”她在喂孙子吃饭的间隙扭头瞥见达志站在门口时，不由一喜又一愣：“你——？”

“我是来求你——”

“达志！”云纬那多皱的脸上洇出了一点隐约的红晕，她立刻把达志这话理解成了要求结婚，她又喜又慌地喊了一句，她担心他的话让隔壁的保姆听见。

“我是来求你——”

“不会进屋来说?!”云纬的话音里露出了许多年前的那种娇嗔,可当她意识到自己在娇嗔时又禁不住双颊一热。我该怎么向他解释清楚?怎样解释才能不刺激他?就说我们老了,我们今年都已经七十多岁了。“达志,我们老了——”

“我是来求你释放卓远的!”达志意识到了对方的误会,在跨进门时最终把事情说明了。

“卓远?卓远怎么了?”云纬一怔之后才又惊问。

“被留在你们家里反省,晌午饭也没让回家吃!”

“噢,有这事?”云纬是真的吃惊了,她确实不知道这事,她平日从不去儿子们办公的地方。她放下饭碗:“我去看看!”边说边往大儿子的办公处跑。达志不安地跟在后面。

卓远果然坐在儿子的办公室里,面前的桌上摊着一摞稿纸,稿纸上被卓远写了很大的一行字:“我无查可检!”——“卓先生——”云纬颤了声喊。她知道卓远在这座城市里的为人和威望,更了解他和达志间的交往和友谊,她一向敬重这个比自己大不了几岁的文化人。

“哦,是你呀,谢谢你的儿子留我吃了一顿不掏钱的饭!”

“是——谁?承银还是承达?”云纬因为歉疚也因为对儿子无礼的气愤,脸有些发白了。

“是蔡承达局长要我在这儿反省,这倒给了我欣赏这座古建筑的机会,我一直在猜,这房子的历史究竟有——”

“承达——”云纬突然扭头嘶喊了一句。那喊声又高又大,且带了一股骇人的味儿在午后的大院里回荡,把门外的达志也吓了一跳。这喊声几乎惊来了宿舍大院里所有的人:保姆、司机、公务员、警卫战士……正在午睡的承达也急步跑了过来。

“是你让卓先生——”

“妈，这是政治问题，你不用插嘴！”

“滚你的狗屁政治，快去给你卓伯伯跪下！”

“妈，你胡扯什么？”承达显然也生气了，“我怎么能给他跪下？该跪下的是他，他攻击人民建设祖国的热情——”

“跪下！”云纬朝承达指了指卓远的面前，口气冷厉。

“妈妈，我不会朝他跪下，而且也不会在他写完检查之前放他走！这是有关政治的大事，不是家务，妈妈，我希望你不要管！”

“好，你不跪我替你跪！”云纬说罢扑嗵一声朝卓远跪了下去，“原谅我养下了一个不懂长幼大小的逆子。”一直微闭双眼坐在那儿的卓远，这时急忙起身来扶云纬：“大妹子，我看你就真的不要管这事了，我在这儿也没什么大不了的，不是还管我饭吃嘛！”

也是巧，承银恰在这时回来了，他显然在门外已听达志和其他人说明了缘由，进屋先挥手让其他人走开，尔后朝弟弟瞪了一眼：“谁给你的限制别人自由的权力？！”说毕走到卓远面前软了声说：“对不起，卓先生，委屈了你！你反映的浮夸现象我们也已经意识到，谢谢你的提醒，我们正准备纠正并向上级汇报。”

“纠正要快，不然就会造成灾难！灾难，知道吗？”卓远抓住了承银的手说。承银点点头：“明白。现在我送你回家吧。”“这倒不用，我和达志一块走。”卓远向云纬点头致意之后就向门外走了。没走多远，承达的怒吼又追了上来：“哥哥，我提醒你，你正在向右倾的路上滑！你应该记得，你上次在肃反中的温情主义已经受到过批评！你当初保护栗丽，今天又护着卓远，你，危险呐……”——“是吗？那我就当个右倾分子吧……”

达志和卓远听见，默默地对视一眼，又怕像做了什么同谋似的急忙把目光分开，去看前边的街路……

14

达志把卓远送回家，心事重重地刚进自家院门，忽听织丝厂院里响起了锣鼓声，还夹杂着人们的欢呼和掌声。出了啥子喜事？对织丝厂里任何事情都关心的达志不由得又急忙走过去。进了厂门就看见一幅大字标语：向放丝织卫星的青年女工宋小瑾学习。小瑾放卫星？啥子卫星？他匆匆向厂里走，在丝织车间门口，他看见一群人正围着孙子媳妇小瑾鼓掌，两个女工正向她的胸前别着一朵脸盆一样大的红纸花。——"咋着回事？"——"你还不知道呀？你孙子媳妇一天织绸五百米，放了跃进卫星了！——"

一天织了五百米？怎么织的？再熟练的机织工人，一天织一百米已属不易，织五百米怎么可能？达志匆匆走进丝织车间。——"哪是宋小瑾织的绸子？"——"这儿，呶，产量不低吧，五百米！——"

成团的阴云呼一声涌到了达志的脸上:天呵,这也叫绸子?断头、疵点无数,纬线稀疏,是和纱布一样的东西呀!把这些绸子拿出去卖,不是要砸尚吉利的牌子吗?他抬脸看了一眼正在门口向人们眉飞色舞讲着什么的孙子媳妇,哧一声将绸子撕了一尺,装进自己的衣袋,出车间后门走了。

尚吉利织丝厂傍晚下班的铃声响过之后,小瑾是带着满脸的笑容走进自家院门的。进院之后她略微感觉到了一点异样:各个房间都没有亮灯,要在往常,起码厨房里的灯会在亮着。尤婶干啥去了?这疑问只在她的眼中一闪而过,她有太多的快乐要品尝,她没有心思去细想别的。自从结婚第三天去厂里做织工以来,今天是她最高兴的一天:那么多的人为自己鼓掌!我终于也光彩了一回!她轻步走进自己的睡屋,一边哼着欢快的小调儿一边去拉开了电灯。就在电灯轰然亮开的那一霎,她惊得呀了一声——爷爷、公公、尤婶和昌盛都默默地坐在屋中。

"干啥子哟,你们吓了我一跳!"小瑾不高兴地嘟囔了一句,便要进里间换衣服。

"等等!"达志沉沉地喊了一声,"看看桌上那两块绸子!"

小瑾闻言一愣,扭脸才注意到屋子中间的那个小书桌上,摊放着两块雪白的绸子。"看绸子做啥?我织了一天的绸子,还要看——"

"看看!!"

小瑾感觉到了爷爷话中的压力和威严,她只得小心地走到方桌前。

"左边是你织的'卫星'绸,右边是厂里原来织的绸子,你看看哪个好!"

“那看你是怎么比了!”小瑾至此方明白了全家人何以都坐在这里。她心上自然有些虚,可嘴上依旧厉害。

“那依你说该怎么比?”达志的目光有点带火了。

“从质量上比,我那卫星绸是要差些,可从数量上比——”

“胡扯!外人来买绸缎是看你的绸缎质量好还是看你的绸缎数量多?我告诉你,你这是在坏尚吉利的名声!”达志站起来了。

“我就是坏了尚吉利的名声你能咋着?!”小瑾也火了。

“给我打!昌盛,你给我打这个敢坏尚吉利名声的东西!”达志吼起来了,孙媳妇的公然顶撞使他怒不可遏了。

“这——”昌盛有些为难地站起来看着爷爷。

“打!给我打!”

“他敢?!”小瑾凛然地看了昌盛一眼。

“昌盛,你今天要不打你的媳妇,我就一头撞死在祖宗牌位前!”达志的整个身子都因为恼怒哆嗦起来了。

“啪——”昌盛只得抬手给了媳妇一掌。小瑾显然没有料到昌盛真会打自己,立时捂着脸吼骂开了:“尚昌盛——你个狗杂种!你敢打我,我日你个亲妈!我日你们尚家的八辈祖宗!日你——”

“打,给我打!”一直抱头坐在那儿的立世这时也仰脸朝儿子吼。

从小在街面上逞强的小瑾骂起人来一向无遮无拦厉害非常,但她没料到她的骂语激怒了尚家的三代人。昌盛这次是真的打了,啪啪啪!要不是尤婶扑上去抱住小瑾,她真要被打昏了。

小瑾显然意识到不能再骂,只把带了气恨的哭声满院子抛洒……

小瑾第二天一天没有起床。尤婶把三顿饭都端送到她的床头，但她连看也不看一眼。第三天早上，全家人刚起床，昌盛正在院里洗涮，小瑾穿好衣服站在睡屋门口喊："尚昌盛，你准备准备，咱们一会儿就去办离婚手续！"尚家的三个男人都被这话弄得双眼一定。最着慌的还是达志。他先把尤芽叫到一边说："你先把饭送去，只说些劝慰的话，缠住她不让她出门。"接着把昌盛拉到自己睡屋里交待："你马上去找小瑾认错，就说不该打她，把责任都推到爷爷我身上。就说你是在爷爷的逼迫下动手的，其实内心里并不想打她。骂爷爷我几句都行，只要能让她消气。千万不能让她去离婚！"昌盛听罢有些不愿意："她愿离就离，也没啥了不起的！"达志听了越加着急："说这硬话干啥？快去照我说的做吧！……"

看着昌盛进屋去和小瑾说话，达志还不放心：万一小瑾赌气坚持咋办？这年头正是宣传妇女自由的时候，小瑾提出离婚政府说不定就真能批准。好好的一对夫妻，这样子散了岂不是太可惜？听见昌盛和小瑾的话音又渐渐高了起来，达志又慌慌地跑到东院，让月儿速去把云纬叫来。他相信云纬能把这种事处理得妥妥帖帖。云纬，我不得不又叫你来帮忙了。

不知道出了什么急事的云纬快步走进尚家，听达志说了一遍事情的经过后笑了："你只管把心放到肚里，这事包给我了！"

云纬走进昌盛和小瑾的睡屋时小两口都还是横眉立目。小瑾正在收拾着自己的衣物，边收拾边在发狠地叫："老子死也不跟你过了！"云纬见状立刻高声附和："就是，不跟他过了！你尚昌盛竟敢打人，反了你了！如今可不是男人随意就打老婆的时代。我这会儿来就是要告诉你昌盛,政府一会就来抓你,你犯了法了！抓你去很可能要杀一儆百,枪毙!”

“枪毙?”原本噘着嘴的小瑾听到这话吃惊了,抬起眼看定云纬慌问:“盛奶奶,咋能枪毙呢?他不过是打了我两巴掌。”

“这就叫杀一儆百嘛！要依你的想法呢?咋个收拾他最好?”云纬一本正经地问小瑾。

“打一顿就行。”小瑾低了头答。

“咋个打法?用木棍照他头上打,把他的头先打烂?还是用拳头打屁股,用巴掌打脸?”

“用巴掌。”小瑾的声音越发低了。

“你也知道,你承银伯伯在当着专员,我待一会儿把你这想法给他说说。不过你得给我讲清楚,你想让打他几下?”

“两三下吧。”

“两三下就能解你的气?”

“嗯。”

“好!”云纬叫了这声好后,转身朝站在那儿的昌盛边了一步,啪啪啪在他脸前连拍了三下巴掌,尔后把他朝门外一推:“滚!”待小瑾抬起脸时,昌盛已经出门了。

“都照你说的办了,你的气也该消了,这包袱还收拾它干啥?”云纬走回到小瑾身边,替她把刚才收拾好的包袱解开,把小瑾预备带走的衣物又放回到敞开盖的箱子里。

小瑾这时才意识到,云纬刚才说枪毙的事是故意吓唬她的,但事已至此,也没法再赌气了,只得老老实实地坐下。

“尚昌盛,给我们端饭来！我和小瑾要吃饭了!”云纬这时又朝外喊。早就做好早饭等在那儿的尤婶,闻唤忙把两碗饭递到昌盛手上,推他端过来。昌盛进屋,云纬接了饭碗,递一碗到小瑾手上:“来,奶奶陪你吃!”小瑾没法再推,只好吃了。

一场风波就这样平息下来。云纬怕小瑾再找碴儿翻脸,当日白天一直和小瑾坐那儿有一搭没一搭的闲聊,直聊到吃罢晚饭要睡觉时分才告辞出来。临走前,她把达志和昌盛叫到一边,悄了声说:“要想不让小瑾出去胡乱跃进,最好的法子是让她快点怀孕。你们想想,女人怀孕后又是吐又是晕浑身没劲,她还能一天去织五百米劣质绸子?”达志听了立时说“对!”昌盛却苦了脸道:“小瑾说她要响应专署卫生科的号召,到二十四岁了再生孩子,每次总是到我快放东西时就推开——”“你就那样笨?不会——”达志说到这儿突然意识到下边的话当爷爷的不能讲出口。云纬这当儿噗哧一笑,扭身走了。

街上不多的几盏路灯已经熄掉,街两边的人家也大都睡了觉。偶有一线灯光从临街的窗户里出来,刀一样把满街的黑暗切断成两截。

“回去吧。”云纬对送她出来的达志说。达志没吭,也没停步子,只把一只手伸过来,攥住了她的手腕。“我能看见路,不用你拉。”云纬摔了一下手,但摔得不坚决,于是达志便攥了她的手腕走。到了世景街头拐弯时,云纬突然发现达志拉她拐的方向不对,不是拐向自己的家,而是拐向城外。——“错了,你!”——“没错!”达志拉着她边走边说。——“你这是要去哪里?”——“到城外边找个地方坐下说说话。”——“你疯了?天到啥时候了?”——“反正已经晚了。”——“叫人撞见可咋办?——”

云纬虽然话音里露着不高兴,双脚却并没有停下来。是呵,有几年时间都没有和达志好好坐一起说话了！——“你别走那样快,你还当我是姑娘呀!”——“在我眼里你永远还是个姑娘!”——“说这话不怕人笑?”——“谁笑？谁知道？——”

好一阵之后他们才坐在了梅溪河的大堤上。两个人都在喘息,喘息声惊动了身边树丛里的一只夜鸟,那鸟嘎的一声向夜空中飞去,这又惊得两个人呼一下靠在一起。——“不会让人看见吧？要是让人知道两个七十多岁的老东西在这里偷偷相会,可要笑掉牙了!”——“谁都有老的时候,让他们笑吧！我如今是不敢指望和你住一起了,只是想和你坐一起说说话。”——“唉,我跟两个孩子说了想跟你过的事,他们都不愿意,他们主要是怕——”“这个我懂,要是因为我影响了孩子们的前程,我这心里会更不好受！……”

一阵风吹过来,将夜凉披在了他们身上。云纬禁不住往达志身上更紧地靠了靠。达志就趁这机会把手伸进了她的衣襟里。“没啥摸头了,都成一张皮了。”云纬叹息着说。

“还行。”达志聚精会神地在感觉着。

“说鬼话吧,我对着灯看过的,都像倒空了粮食的袋子,难看死了。想当初它们多么饱挺,可那时你却没机会摸。晚了,一切都晚了。咱俩的命不好,时间都耽搁掉了。”

“这会儿也不晚,真的！摸着它们,我心里——快活、高兴、舒坦。”

“骗我吧,你肯定是恶心,可你嘴里不说罢了。”

“真的,我真的快活!”达志边说边在她脸上亲了一下。他立刻觉得自己亲得很笨,多长时间没亲过了？

“要真还能使你快活,你就摸吧。我多希望能有一个充气的东西,就像给自行车打气的气筒,把那两个奶子再充得饱饱胀胀的，充得像我们当初刚认识那阵子一样，让你摸个够。”

“可那时我不敢摸，每次总是轻轻碰一碰它们，怕摸了你生气。”

“其实我哪能生气？我心里也在盼着你动手哩，可你就是胆小。”

“如今胆子可不小了，我不仅敢摸它们，我还想噙它们！”

“噙？噢，真是老变小了。我不管，只要你愿意，随你。衣服扣在这儿……你吸溜得轻点，我的天呐，你真是……”

“我没有老，你说是吧？”

“你真的把我也弄得心里动起来了，你摸摸，看它们跳得多急，我以为我这份心早就死了，没想到它们还活着，老天！”

“我想我还能做那个，真的！”

“你瞎说吧，你！七十几了？”

“真的，不信咱们试试！”

“去，去！咱们该回去了，天太晚了。”

“咱们试试！我把衣裳铺到地上。”

“你疯了？让老天爷看见，会拿咱们当妖精的！七十多了还做那事？老天爷也会笑话的。”

“那有啥？”

“那是人年轻时才能做的事，如今我们都是当爷、做奶的时候了，再做那事，心里头害怕、羞。你想想，咱今夜里真要做了那事，明儿个咋见孩子们？”

“那真的没啥。不过今夜里天也凉，我怕冻病了你。咱们哪天再遇着，就真做一回！”

“瞎说吧，你！帮我把这个扣子扣上。好了，咱们走。”

“走……”

15

卓远预言的灾难果然在第二年春天大摇大摆地走进了南阳地界。灾难是先以饥馑开头的，接下来是浮肿和肝炎等疾病的流行。饥馑这恶魔先在四乡里肆意游荡，在轻易地取走了一部分人和耕牛的生命之后开始向南阳城进逼。城里的物价暴涨，小麦卖到四块钱一斤，一斤红薯叶竟卖到一元左右。

当饥馑的利爪伸进尚家大院的时候，小瑾生下儿子尚旺才刚刚满月。粮店供应的粮食越来越少，能让小瑾吃的东西也越来越可怜。最先感到饥饿折磨滋味的是小瑾，她吃下去的那点不多的食物，不仅要供应自己那年轻身体的消耗，还得转换成奶水供七斤重的尚旺大口吸吮。渐渐地，一当解开怀去喂尚旺时，她都要先吸一口气并咬紧牙关，以忍住那就要到来的被吸空了内脏似的疼痛。

达志、立世、尤婶和昌盛当然看到了小瑾的痛苦样子，看到了那母子俩正在飞快地消瘦。全家人先是四处到街上去给小瑾买可吃的东西,但街上可吃的东西不仅贵得吓人而且越来越少。后来全家人都尽量少吃以便让小瑾吃饱。那阵子能做的饭也就是放了红薯叶的红薯面稀饭。每回稀饭做好,达志总是只吃大半碗就说饱了,立世、尤芽和昌盛当然看出了老人的心意,总是强迫着再给他盛上一碗逼他吃了。全家人最先得了浮肿病的是昌盛,因为他既要照顾妻子、儿子,又要照顾爷爷、爹爹和尤婶。

看着儿子那肿得眯起来的双眼,听着小孙子因吃不饱奶水而起的有气无力的哭声,立世在一个雨声淅沥的晚上走进了父亲的睡屋。——"坐吧。"达志朝儿子微弱地说道。"爹,能不能把那个拿一点出来?"立世指了一下埋藏金条的地方。

达志没有吭声,屋里出现了长久的静寂。半晌后达志抬起头微声说:"那东西拿去换吃的有点太可惜了,该留到正经地方用。换来吃的,一进肚里就什么也没有了。再忍一忍吧,眼下总还有填嘴的东西……"立世没再争辩,他知道父亲不愿办的事情,你再怎样争辩也没有用。

眼看着孙子媳妇和重孙子越来越瘦,达志心里的着急也越来越甚。那天,他揣上了一点余钱去街上,决心为小瑾买点吃的东西。可在街上转来转去,那点钱能买到的只是一包葵花籽。他拿着那包葵花籽回来交给小瑾,带了愧意说:"爷爷当初不让你嗑葵花籽,眼下却只能给你买葵花籽了。"小瑾当时笑笑说:"爷爷,你买的正是我喜欢吃的东西。"言毕,立刻贪婪地嗑了起来,只是她没有力气像过去那样把壳远远地吐出去,只把床前的地上吐了一层壳子。

一个薄雾轻飘的早晨,达志、立世和尤芽刚刚起床,忽听昌盛的屋里传出小瑾一声尖叫:"妈呀——"他们闻声都一惊，几乎同时高了声问："昌盛，出啥事了？"昌盛这时已慌慌地跑出来叫："爷爷，爹，不好了，小瑾出事了！"达志、立世听了脸都白了，尤芽这当儿已跑进去，片刻后奔出来语无伦次地说道："小瑾刚才小解时，突然从裆里掉出了一团血红的东西，现在还在那里吊着！这是什么怪病呀？"达志听了，也顾不得三七二十一了，忘了诸多规矩，三步并两步地走进孙媳睡屋向孙媳看去，只见呜呜哭着的小瑾下身赤裸着，两腿叉开，腿间吊着一团血红的东西。达志到底年岁大了，只看了一眼就赶紧转对尤芽高喊："他婶，别怕，这是子宫脱出，是小瑾太瘦，子宫下边的部位托不住子宫了。你赶紧找一个干净毛巾，用热水浸过，再稍晾成温的，托住子宫慢慢再塞进去！昌盛，你来帮你尤婶，要慢点！"

达志叮嘱罢，走到门外，背对着门口询问和指挥："用毛巾托住了吧？"

"托住了。"尤芽大声答。

——"小瑾不要哭，也别怕，过去遭饥荒时这种病也多，这病只要吃一段时间的饱饭就会好。你仍把两腿叉开，明白么？"

——"我明白，爷爷——"

——"昌盛慢慢伸出手，一只手托住小瑾的脖子，一只手托住小瑾的屁股，把她平抱起来！他尤婶你仍用手托着那东西！"

——"俺明白！"——尤芽答。

——"现在把小瑾慢慢地平放到床上，他尤婶你跟着小瑾的身子移动手，不能再往外扯！"

——"俺明白——"

——"小瑾躺好后，昌盛你托住小瑾的屁股和一条腿，让她下体抬高些，他尤婶你抬高小瑾的另一条腿——”

——“已经抬高了——”

——“他尤婶你这会儿把那团东西慢慢往里边送，最好让它往里边滑，不要硬塞，要慢，不要碰了它，明白？”

——“俺明白——”

——“送进去了？”

——“送进去了——”

——“好，这会儿他尤婶你再把毛巾在温水里浸浸，拧干，轻轻地盖上去。小瑾就平躺在那里，不要动，明白？”

——“明白，爷爷——”

好了，总算过去了。达志抹了一下额头上的汗，这才转对一直站在身边的立世说：“你去办两件事：一件，是到诊所里买一大块干净纱布，回来替换他尤婶手上的那条毛巾，而且要兜住那地方，防止它再掉出。另一件，是去找你云纬婶子，就说我要向她借二十斤面，让她无论如何想办法弄到，白面、豆面、红薯面都行。记住，面一借到，就赶紧回来给小瑾做面条吃！……”待立世走出院门之后，达志才软软地滑坐在了门槛上……

那些天让达志感到安慰的是，尚吉利织丝厂的生产还在坚持进行。厂里为了让一线工人能够上机操作，也想了不少主意。比如由厂食堂出面买点高价包谷面，回来掺些野菜做成窝头，中午额外给每个工人发一个。达志在这一点上对厂长很满意——一个厂子只要不停产，就总有发展的希望。他只要是身子有劲，总还要到厂子里去走走看看，帮助厂长对工人们说点鼓劲的话。

一个有云无月的傍晚，达志喝了碗稀饭后习惯性地向厂里走，在一个院墙豁口处，忽然瞥见一个工人扛一个很重的东西由那豁口向外递给另一个工人。他当时一愣：运什么东西不走厂门，偏要由这个地方别别扭扭地出来？他紧走几步才看清，原来那两人往外捣腾的是一部织机上的传动装置。他一怔之后高了声问："你们这是往哪里拿？"那两个气喘吁吁的工人一见达志走过来，显然都吃了一惊。内中一个达志认识的工人走近达志说："尚大伯，既是让你撞见了，俺也就不瞒你了。如今俺们两个家里都缺吃的，可又没钱去买，没办法就想了这个主意，从厂里拿点东西去换。也刚好有个铁匠铺愿意要这些……"达志听着听着气得脸都有些白了。小子们，把机器拆卸下来换吃的，这不是要毁这个厂子吗？尚吉利织丝厂这个家底创出来容易么？——"俺们知道尚大伯对这厂子的感情，俺们也是没有办法，靠山吃山靠海吃海，俺们靠着厂子，只有吃厂子了——"

"晓得我当初为买织机卖过什么吗？"

两个工人对视了一眼，不知达志要说什么。

"卖过女儿。我用卖女儿的钱买来织机，你们再把它拆了去换吃的，这多少有点说不过去吧？我不说大道理，不说你们这样做对不起国家对不起工厂，我只说你们对不起我！对不起我这个老头子！"

"大伯——"

"这厂子好歹是一份家业，家业都是置着难，毁着快。厂里不就是几百台机器？倘是工人们都学你俩去拆着卖，够卖几天？卖完了咋办？到那时咱不说织绸织缎，只说谁还给你发工资吧，厂子都没有了，谁还给你们发钱？"

"大伯，你别说了，俺们把这东西送回去，原样装上。"两个工人说罢，又扛起那东西沿豁口进了厂里。

达志没走，仍蹲在那豁口处，直到两个工人又回转了来。——“安好了——”

“跟我走！”达志说。

“咋？俺们已经安好了，又没真偷——”

“是到我家！”达志解释。两个工人忐忑不安地跟达志走进尚家大院。只见达志进屋，片刻后捧出两个升子，升子里装的是杂面，他朝两个工人每人手中放一个说：“这点杂面也是我朝别人借的，你们拿回去救救急。估摸政府发的救灾粮很快就要到了。千万不要再去厂里打机器的主意，只要有机器，咱日后就会挣来更多的钱。”两个工人感动得连声称谢，都满怀愧意地捧着升子走了。

这件事处理完，达志又专门跑到厂长家里，叫他注意防护败家子们对厂子的作践。而且也对立世、昌盛作了交待，让他们夜里起床撒尿时，顺便披上衣服绕厂子走一圈，防备有人偷拿厂里的东西。这规矩直坚持到市民的粮食恢复正常供应。直到那天街道办事处的人通知说，自本月起，城里人口每人每月供应猪肉二两，纸烟三盒，盐一斤，糖半两，火柴一盒，蛋二两……达志才对立世和昌盛交待：“今后夜里起来撒尿时不必出去转了……”

16

当早春的晨曦磨蹭着向窗棂靠近时，栗丽醒了。她醒后的第一个感觉是肚里很饿，她知道该起床熬野菜稀饭了。丈夫和孩子待会儿醒来后也一定有饿的感觉，得让他们起床就能喝上稀饭。她轻轻地坐起身去穿衣服，在把胳膊往那件蓝底带白花的夹袄袖子里伸时，她忽然闻见贴身穿的无领衬衣里有一股很浓的汗味。这内衣穿了有二十来天了吧？该换下来洗洗，真是越来越邋遢了。她边想边伸手从枕头下抽出了叠得整整齐齐的衬衣、裤头，尔后去脱身上充当睡衣的衬衣短裤。尽管她小心着不弄出响动，可脱去衬衣时带起的微风还是拂醒了冬至。冬至两只惺忪的睡眼睁开后第一下看到的便是妻子那赤裸雪白的上身，他的双眸定了一霎接着便有微弱的火花在其中一闪，只见他猛地抬手攥住了栗丽的一只下垂的乳房。正预备去穿上干净内衣的栗丽被冬至这个突然的动作弄得一怔，不过随即就扭脸向他无声一笑，目光中发出了一个习惯性的问候：你也醒了？冬至没去看栗丽的眼睛，仍在全神贯注地审视捏摸着那个垂吊的乳房，那副新奇的模样好像第一次看见它。“好了，快放下，我该去做饭了。”栗丽低声说了一句。可冬至不但没松手反而手上又使了劲，而且另一只手也抬起来按她的肩膀。栗丽明白了他的意思，只得叹口气说：你呀，天都亮了！说着又缩回了被窝，任冬至把她抱进了怀里。

村里不知谁家的鸡叫了起来，就在这鸡啼声里两个人开始活动。动作虽然都是过去做过的动作，可两个人却都有些陌生。栗丽在冬至忙乱时想起，因为饥荒，两个人差不多有好些天没做这事了。

冬至做得很用劲，不过事情到最后也没做成。只听他唉了一声从栗丽身上滚下去，懊恼地说：“这会儿要是让我吃上一个白馍，我保证——”栗丽知道他这是在表示歉疚，就拍了拍他的背说：“我知道这是因为你肚里没有东西，其实不光是你不行，你看看咱们村里这一年多有哪家的女人生了孩子？没有孩子出生不就证明其他的男人们也没做成那事么？别担心，以后日子好了，有了吃的，你保准还行！罢了，我该起床去做饭了。”栗丽说着再次坐起身去穿衣服。冬至仰躺着去看栗丽那雪白的身子被衣服遮住，无可奈何地叹口气，闭上了眼睛……

拨给落霞村的救济粮是三天后的傍晚运到的。救济粮是黑豆和红薯干，每个人二十斤。运粮的牛车在村中停下时引来了一阵真正的欢呼，人们奔走相告，村里洋溢着一种近似过春节的气氛。冬至把分给自己一家的救济粮扛回屋里后对栗丽说：“往锅里多下一点，今晚咱们可吃一顿饱饭！”那时天已黑透，要把黑豆磨碎把红薯干碾碎都已来不及，栗丽只好把两样粮食各淘洗一些放进锅里合着煮了。这种奇特的黑豆红薯干稠粥煮好以后，冬至一连吃了四大碗。他盛第四碗时，栗丽有些担心地劝他："明日再吃吧，饿久的人，一下子吃得过饱，把肚子胀坏了咋办？"冬至听罢笑笑，低了声说："放心，我的肚子还空着哩，我今晚多吃一点，待会儿睡觉时我可要把那事做成——"栗丽怕孩子听见，急忙在他脚上踩了一下，制止他再说下去。

吃罢饭，栗丽安顿好孩子睡下之后，才拿起针线活儿要做，冬至就赔着笑脸要让她上床。栗丽不想拂他的兴致，没说什么便丢下针线去铺床。不想床还没铺好，坐在椅子上吸旱烟的冬至突然捂着肚子呻吟起来，而且呻唤得越来越厉害。栗丽走过来问是咋回事，冬至指着肚子说胀疼得很。栗丽又好笑又好气地敲了一下他的头：让你多吃！便叫他起身在屋里走动着以帮助消化。可怜冬至那晚基本上没有上床，差不多在屋里来来回回地走了一夜，天亮前才算把一肚子的黑豆和红薯干消化完毕，这时他也早累得没了做那事的力气，眼睁睁看着栗丽静躺在那里……

栗丽根本没想到会在那个阳光黯淡的午后与蔡承银相遇，其时，她正在桑园边的沟埂上全神贯注地寻觅野菜。她听见几个男人边说话边向近处走时还以为是来地里干活的本村社员，待抬起脸才发现那几个男人中除了本队里的队长之外，其余都是城里干部的打扮。

"这块麦地里的麦苗又稀又黄，得尽快施点肥了！……"一个中年干部在对本队里的队长交待。原本重又弯腰去寻找野菜的栗丽被这个熟悉的声音扯直了腰：会是他吗？蔡承银？

她用目光去探视那个正在说话的男人的后背，像，有点像！她觉出心脏忽然向上蹿了一下，手有点凉。——又是桑园相见！

“冬至家的，你过来，蔡专员来咱村看看，你给专员说说你们养蚕的想法……”

你也不胖，而且满脸皱纹了，看来你的日子过得也不好。可你不会想到，乡下人的日子过得有多么糟糕！你更不知道饥馑曾经是怎样的可怕，已经有多少人的性命被它夺走了！你早该来看看农村的，为什么现在才来？……

承银看栗丽的表情是复杂的，轻了声问：“救济粮发到了吗？”

栗丽极慢极慢地点了点头，尔后开口说：“专员，我想单独和你说几句话，可以吗？”

吃惊和意外几乎同时掠过承银身边那些陪同者们的眉梢：一个农妇竟会这样大胆地要求和专员单独谈话？承银此时则是感到了一丝惊慌：她要说什么？骂我薄情吗？不过他很快平静了下来，一边挥手让陪同者们走开一边高声笑道：“当然可以和我单独说话，不论什么样的情况都可以反映！”他用领导者这个大度的动作掩饰他内心的惊慌。

现在只有他们两个面对面地站着，承银看了一眼旁边的桑园，他注意到有风在摇晃那些刚长出不久的嫩黄的桑叶，他忽然希望那风能再大些，最好能呼呼作响，以压下即将开始的这场谈话。

“许多年前，”栗丽终于低沉地开了口，“一个男人告诉我，如果他在南阳掌了权，他会让这块土地上的人们吃饱穿暖过上舒心的日子，可他后来没有兑现这个诺言！”

承银一愣，他没想到谈话会从这里开始，他感觉到有一丝羞红爬上了他的面孔。“是的，那个男人没有兑现诺言。他心里很愧,不过他没有忘记他的诺言,他将尽一切力量去兑现!”承银的目光在栗丽那少有血色的脸上一掠而过,落在了她放在一旁的野菜篮里。

“还要等多长时间?”

“不太久,相信我,我不会让你总提着这个剜野菜的篮子!”

“我要看结果而不是只听信你的话!”

“当然!”承银伸手提起她的野菜篮,慢腾腾地扒拉着放在里边的各种野菜,“我要是再食言了你可以用你手中剜野菜的镰刀砍了我!”

栗丽没再说话,只是定定地看着他向他的随同人员走去。她也就在那一刻发现,他的两腿走路时竟也有些不灵便了。

那天傍晚栗丽在把竹篮里的野菜往水盆里放着预备洗时,无意中发现有一卷钱杂在野菜里,那是两张拾元的人民币。哪来的?俺家从来就没有这么多钱呀?!她在最初的惊愕之后蓦然间有些明白,她小心地把纸币展开,对着它们看了许久许久,直到暮色一点一点地凑近来……

17

尚达志在迎来八十二岁的这年春天时，不得不和拐杖正式结缘。过去，拄不拄拐全看当时的兴趣；如今，却是不得不这样做了——每次去尚吉利织丝厂转悠，都必须先拿上拐杖，要不，再迈过厂门的门槛时就很有些麻烦。他现在有些相信那句俗语了：人老先从腿上老。不过就整个身体状况来说，达志觉得自己依然可以称得上健康，饭量不错，睡觉可以，身上、手上还都有力气。行呵，八十多岁的人了，还能怎么样？

这是一个让人心情舒畅的春天。饥馑是早已被赶得无影无踪了，粮店里的粮食和商店里各样货物又像过去一样正常供应。吃了饱饭脸上显出了红润的女人们，又开始穿上五颜六色的衣服在城里的街头上播撒笑声了。精力渐次充沛的男人们又开始和女人们做些繁衍后代的工作，于是新生婴儿们的哭声，又开始在南阳盆地里此起彼伏。一个生气勃勃的局面像这个怡人的春天一样莅临了。

达志在这个春天里心绪很好。这一是因为尚吉利织丝厂的生产已经完全恢复到饥馑前的水平；而且通过香港这个出口通道，尚吉利织丝厂的绸缎外销也在与日俱增。二是重孙子尚旺已经可以满院子跑了，边跑还会边咿咿哑哑地叫：太爷爷——太爷爷——达志如今每天除了早上、下午去织丝厂各看一次外，剩下的便是逗弄小重孙子旺旺玩。达志常常坐在院中的一把矮木椅上，让旺旺在怀里翻上倒下地玩闹。每当小旺旺扯住他的胡子把小嘴凑到他耳畔说："太爷爷，长大了我要给你买糖吃"时，他都觉得像浸泡在澡堂中的热水池里那样，全身的毛孔都极舒服地张开了。

但愿日子就这样过下去……

春末的一个格外和暖的后晌，达志正坐在院中的木椅上打盹，在一旁玩耍的小旺旺忽然跑过来揪住他的胡子叫："太爷爷，太爷爷，你快来看！"达志被小旺旺叫醒后又被牵了手径扯到院中竖着的那块石头前，旺旺指着石头上刻着的那个▦形图案叫："太爷爷，你看，你看！"达志抬眼朝那图案看去，立时一惊：原来那图案在那刻正闪着炫人眼睛的白光。嗬，出了奇事，这么多年我还没见过这种情景哩！达志慌慌地站起向石头走去想看个究竟，不想他走近石头时那光却已经消失，图案仍恢复了原来的模样。怪了，怪了！达志绕着石头走了一圈。又对着正在缓缓下坠的太阳看了一霎，莫不是太阳和这石头构成了一个什么角度就能映出光来？或者是这图案要借闪光来向我预告什么？抑或是根本就没有什么闪光，不过是旺旺和我看花了眼睛？……

奇怪的是当天晚上他没有睡好，睡眠反常的时断时续，而且一入梦他就感到有一种光向他射来。那光先是很小，渐渐地变得很强很热,有点像火。有几次他在梦中都有一种被大火包围了的感觉,好热。天亮前最后一次从梦中惊醒是因为他看见了一股火苗向床上扑来,立世张着两手正向他惊慌地呼喊……

真是怪了!那天早晨达志坐在床上揉着没有睡好的眼睛想。

那幅写在白纸上的巨幅黑字标语出现在南阳街头是在一个阳光耀眼的正午。标语上写的是:要把地、富、反、坏、右和资本家彻底斗倒斗臭!署名是红卫兵筹委会。这标语以它字的巨大立刻吸引了街上过往行人的注意,但人们看它时也只是觉到了一点新奇:竟可以用整张的白纸来写一个字?!很少有人意识到这是一个信号,更没有人意识到这是一场运动的开始。许多人笑着站在标语前指点说那一个字笔划不直,这一个字写得不见功力。

尚达志看到这张标语已是当日的傍晚时分。他按惯例到织丝厂问完当天的生产进度,带着几分轻松拄杖走出厂门时,看见远处街上围了一群人指指点点,便顺脚走了过去。他在那标语前站定脚步时立刻觉到了一股冷意由双脚升起,他最后把双眸定在了"资本家"三个字上,他听见自己的上下牙齿因为发冷而磕碰了几下。

达志从标语前离开后没有回家,而是径直走进了卓远的书房。卓远那一刻正坐在书桌前听月儿给他读报,看见了达志进来忙让月儿给他搬椅端茶。达志没有落座也没有去接茶杯,只是喘吁吁拄了拐问:"卓远哥,你知道街上贴的那个标语么?"

卓远点了点头:"我所以听月儿读报,就是想弄清这个标语出现的缘由,看来又要有一场政治运动了。”

“政治运动?”达志瞪大了眼。

“姥爷,你快坐下,不要慌。”月儿扶达志坐下后轻声宽慰,“国家要开展一场文化大革命,街上的标语可能是这场革命的一个内容。不过你不要担心,专署里领导都知道你的为人。”

“文化大革命? 革命不是已经搞过了吗?”达志茫然地问。他这才记起自己已有好多日子不曾读报纸了。

“这场革命与以往的革命不同,这是一场以防止修正主义上台为目的的继续革命!”角落里忽然有一个小伙子站起来接口。

达志闻声扭头,这才注意到这屋里还有生人,忙用目光询问月儿这小伙是谁。月儿在姥爷的目光注视下羞羞地垂下了头。卓远这当儿急忙介绍:“他叫左涛,是师专人事处的干部,月儿的朋友。”达志知道如今男女恋爱时都叫处朋友,想来这就是自己外孙女的未婚夫了,就又仔细地看了那小伙几眼,问道:“左涛,这继续革命的对象有哪些?”那左涛想了一霎,答:“我也说不清楚,不过,不会少了,凡是可以导致修正主义、资本主义上台的人,都可能是对象!”

“那像我们这种人——”

“达志,别太担心!”卓远打断了达志的话,“执政的人想必懂得,组织经济生产才是最紧要的任务,没有谁总去组织人与人之间相斗。你安心度你的晚年,不会有啥大事发生的。当然,也要有遇见小麻烦的心理准备,那标语看来也多少透露了一种信息。”

“会遇见什么样的小麻烦?”达志追问。

“我只是这样猜测……”

那天晚上达志在向自家院中走时心绪烦乱，一种就要遭遇到什么不测的惶恐使他移动双脚时都有些艰难。但愿不会发生什么事情，但愿别发生什么事情，我们尚家可经不起折腾了，经不起了……

达志所担心的不测和卓远所预言的麻烦是在夏末秋初一个闷热的中午降落在尚家大院的。那阵子达志正一边摇着蒲扇一边在木板床上躺下预备午睡。他最初听到院外的街上响起口号声和人群的脚步声时还没有在意，以为又是红卫兵们在街上举行惯常的示威，那阵子红卫兵们的游行已为人们所习见。及至听到纷乱的脚步声响进自家院里，并且有响亮的口号："打倒丝织资本家"在院子中窜动时，才真正地慌了。他急急地起身去穿衬衣，可因为太慌却怎么也不能把胳膊伸进衣袖里去，直到红卫兵们拥进了他的房间，他的一只胳膊还在徒然地忙碌着。

"尚达志，我代表红卫兵司令部宣布，将对你和你的儿子、孙子实行无产阶级专政，你们必须老老实实交出你们的变天账，如实交待你们复辟资本主义的阴谋！如要负隅顽抗，只有死路一条！"一个年轻的红卫兵高声叫道。

达志有些愕然地喃喃道："俺们没有变天账和阴谋，没有。"

"不许抵赖！"一声怒吼冲上屋顶又反回来砸到了达志的头上。他在哆嗦中看见立世、昌盛、小瑾和尤芽、旺旺都已被拉到了当院炫目的阳光里。他明白他一直担心的那件事到底来了。

"抄！"红卫兵们在这声命令里分头扑进尚家的每间屋里，扔、砸、撬家具什物的声音转瞬间便响彻了整个院子。达志在这种尖利混乱的声响里渐渐平静下来，他知道红卫兵们不会抄出什么，他根本就没有变天账，他埋藏的那些金条也不是这些红卫兵们能找到的。他仰头望望头顶缓慢移动的灼热的太阳，他想云纬若知道这里发生了这样的事必定会来制止。

红卫兵们果然从各个房间里空手而出，但事情到此并没有结束，被这种一无所获的结果激怒了的红卫兵头头先是朝尚达志吼了一声："你骗不了我们！"尔后朝他的下属们叫道："把尚达志、尚立世、尚昌盛拉出去！"

达志还没有弄清这"拉出去"三个字的含义，一个巨大的纸牌便已挂在了他的脖子上。他垂眼看见那纸牌上写着五个字：反动资本家。

——"我爹年纪大了，你们不能让他——"达志听见立世在喊。

——"你们不能折腾我爷爷——"这是昌盛在吼。

——"太爷爷——"小旺旺在叫。

达志听见了这些声音但不想再开口说什么了，他已被两个红卫兵挟着向院门走去。他那阵也迫切地希望走出院门，院里的闷热让他觉到了头晕。街上果然有风在流动，尽管那风触摸他的身子时也带着明显的热力，但那股闷劲总算消失了。这时他才发现街边站满了人，人们都默然而惊异地注视着他，他拿不准自己这一刻该不该在脸上浮出一个笑容。这时锣鼓声突然响了，这声响让他意识到：下边要他经历的将是游街示众。他看见立世和昌盛这时也已被推出院门，立世脖子上挂的纸牌上写着：资本家的孝子；昌盛胸前的纸牌上写着：资本家的贤孙。

他被两个红卫兵挟持着往前走时听见了响亮而悠长的口号声：打倒反动资本家尚达志——将无产阶级文化大革命进

行到底——把一切阶级敌人消灭光——

口号声里的那个“光”字径直钻进了他的耳朵，这使他忽然想起了前些日子在院中石头上看见的那种奇怪的闪光，当时▦图案上的闪光难道就是在向我预告眼下的灾难？……

当游街示众的队伍从尚吉利织丝厂门前经过时，他扭头向厂区看去，他看见一辆装满生丝的汽车正停在丝库门口，一定是又进了新丝。但愿这批新丝的质量符合标准。幸亏我们尚家和尚吉利织丝厂的经营权分开了，要不然，他们把我们三个人一抓，厂子不要停产了？……

18

卓远蹒跚着走出专员宿舍院时已是繁星满天。一直等在大门外的月儿看见爷爷出来慌忙上前搀住老人，于是空旷的大街上便有轻重不同的脚步声徐缓漫开。街边的墙根处不时有秋虫的鸣叫传出，仿佛在提醒行人这是一个凉爽美丽的秋夜，你不该视若无睹地随便走开。

“见到蔡专员了？”月儿轻声地问爷爷。

“见到了，唉。”卓远长长地叹了口气。他今晚去见蔡承银是为了达志一家，他期望专员出面能尽快把尚家三口人放出来。达志、立世、昌盛三人自那天被游斗后一直关在既不是监狱也不是拘留所的红卫兵司令部里。

“专员怎么说？”

“唉……”卓远再一次叹了口气，叹气声被从身后的来风向前吹出很远，以致几只秋虫的鸣叫声被这一长叹惊断。蔡承银看来不是不想管，卓远看出蔡承银对尚家人被关押怀着真诚的关心，但要立刻制止这件事他显然也有困难。他一再说：我会再一次同红卫兵们商量，请求他们将尚家三口人放出来。商量？请求？在中国这个尚未实行法制的国家里，如果一个地方的最高行政长官也不能下令放出关押的人，那说明事情真的变得严重了，说明那些关押人的人有了更大的仗恃。他刚才说批斗尚家人只是运动的第一个浪头，那么说还有第二、第三个浪头？下边的浪头将指向哪些人？将冲往什么方向？他最后送我出门时说的那句话让人挺费解：你还有多少古书？书架上放不下就该送送人嘛！他为何突然谈到古书？为什么说要让我把书送给别人？这是不是一种警告？难道下一个浪头是针对古书的吗？会有这样的事？古书作为一种文化遗产，作为人类文明发展的记录，它会惹着谁呢？不过如今人们常用的一个词是"封资修"，会不会有人把古书扣上"封资修"的帽子而作为攻击的对象？可能！完全有可能！要不然蔡承银不会在分别时突然提到古书……

那晚到家时卓远已断定自己的判断是对的，他把雅娴和月儿叫到身边说："明儿你们把咱们家当初躲日本兵的那个地洞收拾干净，铺一层干石灰，我预备把家里的珍贵书籍放进去藏些日子。"

书是第二天下午开始往洞里藏的。卓家数代人积存下来的两万余册书籍中珍贵的书实在不少，要把这些书挑出装箱或捆绑好再装进洞里远非月儿和两个年过八十的老人所能胜任的。月儿于是从师专人事处叫来了男朋友左涛相帮，两个老人负责挑选，月儿和左涛负责装箱、捆绑、提进洞里。四个人直干到当晚快半夜时才算忙完。

忙完后卓远很有些高兴，加上见天色已晚，就拍着左涛的肩膀说:“今晚别回去了,就住在客房里吧,反正床和被褥都有的是。”左涛扭脸去看月儿,见月儿也没有反对的表示,就点点头说:“中。”

两个老人大约因为疲累很快就沉入了睡眠,月儿和左涛却都久久没有阖眼。卓家如今的客房其实就是早先月儿父母的睡屋,和月儿的卧室有一扇门在通着。尽管眼下那扇门有一根结实的枣木闩在插着,但隔着门缝彼此都可以听见对方的动静。平日里左涛和月儿虽有些亲吻和抚摸的举动,但两个人这样隔门脱衣而睡的情况还从来没有过。这种环境里要不让彼此去想象对方在床上的睡态和模样有点不大可能。而这种想象只会把彼此刺激得毫无睡意激动无比。最后是左涛先耐不住这种激动了,月儿听见他轻轻地起床敲了敲门,月儿的心一下子提到了嗓子眼里,月儿是那种特别害羞的姑娘,一时不知该怎么办了。以她内心深处的愿望,她是真想去抽掉那根门闩的,但她知道一旦抽开了门闩就意味着什么。在她的意识里,她是认为那件事必须到结婚后才能做的。她于是咬牙忍住了心中想去开门的冲动,把两个手指塞进耳朵里不去听那敲门声。

可敲门声并没有停息,咚咚的声音固执地钻进她的耳朵,而且有越来越高的趋势。月儿担心左涛这样持久的敲门最后终会把爷爷、奶奶惊醒,于是起身穿着短裤和胸衣轻跑到门后小声说道:“别敲了,让老人们听见?”——“求求你,把门开一个缝!”左涛的声音是那样可怜。这句充满感情的低低的恳求像一股强大的水流,一下子把月儿那正在变软的忍耐长堤冲得七零八落。她是哆嗦着手去拉动门闩的,枣木的门闩不知出于何故,在滑动时突然呻吟似的响了一声,把月儿吓得打了一个冷战。门闩刚一抽开,左涛就闪进来准确地抱住了月儿那索索乱抖的身子。

接下来是一长串没有什么章法的慌乱动作。月儿事后能记起的细节只是一个——当左涛快活地刺进她的身体时，她在痛楚中听见他高兴地说了一句：是爷爷的那些破书成全了咱们……

最早的一声鸡啼传来后月儿推醒酣睡在身旁的左涛，让他回他的床上去睡，自己紧忙收拾床上各种零乱的东西。这之后便开始穿衣起床预备去做早饭——她一向是边做早饭边读英语，她对自己的学习一直抓得很紧，当然这种好习惯是卓远平日给她培养成的。

开始熬稀饭时她坐在灶前打开了英文版的《欧洲简史》，开始按计划去读完三页的内容。但那天早晨书本上的英文单词全变成了光滑无比的泥鳅，她的目光稍稍一碰它们便倏然溜走，她很难把它们组合成句子并弄懂其内容。在那些英文单词滑走的同时，昨夜和左涛在床上的那些场面却像摄成的照片一样一张又一张不停地摊放在她面前的书上。她被那些照片弄得脸热心跳血流加快，她望着灶膛里那红黄色的火苗忽然意识到，待一会吃早饭时如果让左涛也坐在饭桌前，她很难保持着镇静从而不让爷爷、奶奶看出他俩的关系已发生了实质性的变化。得让他先走！想到这里她急忙起身离开灶屋向左涛的睡房走去。你赶紧穿衣回学校！她这样边想边要抬手去敲门，但借着晨光隔了门缝一看左涛沉酣的睡态，她忽然又有些于心不忍，就让他再睡一会吧！待会儿吃饭时小心不让爷爷、奶奶看出什么就行了。

接下来月儿开始全心做饭，尔后服侍两位老人起床洗漱，待到了吃饭时间才去敲响左涛睡的客房的门。月儿这时还不知道自己已犯了一个无法挽回的错误。

四个人在饭桌前坐下端起饭碗时,月儿一直在小心地观察着左涛的举动和两位老人的神情。还好,左涛掩饰得不错,仍和他往常以朋友身份来吃饭时一样。两位老人显然也没看出月儿和左涛的异样,神态如往。看来并没有泄密的危险。但月儿根本不知道,另一桩危险其实正在一点一点地向她和她的家庭逼近。

几乎就在卓家四口人端起饭碗的同时,红卫兵司令部里一支以破四旧立四新为任务的队伍也正在集合。他们今天的第一个目标就是卓远的书房,因为他们不用打听也知道,这全城里保存旧书、旧画最多的就是世代做学监、督学的卓家。

这支以一面红旗为前导的队伍到达卓家门前时卓家四口人的饭碗刚刚放下,左涛还正在用雪白的手绢揩抹自己的嘴唇。月儿是最先听到门前纷乱的脚步声的,她自然不知道这就是危险,她匆匆地向门口走去想看个明白。她还没有走到院门口就有响亮的口号声涌进来:破四旧、立四新,彻底砸毁封资修的旧东西!她只是怔了极短的一霎,便明白是怎么回事了,她转身往回刚走到书房门口,一群红卫兵已冲进院中并迅速围在了书房门前。

接下来是红卫兵的一位年轻司令对月儿和闻声出来的卓远、雅娴、左涛宣读"关于查抄封、资、修反动图书的通告"。卓远听罢挥挥手说:"你们进书房自己去看看哪些是封资修的东西,发现了就拿走吧。"他因为已把最重要的书籍藏了起来而显得十分平静。红卫兵们于是朝书房一拥而进。卓远和月儿都以为,红卫兵至多是在书架上尚存的书中挑一些拿走作罢,爷孙俩都低估了年轻的红卫兵司令的查抄经验。片刻后只见那年轻司令走出来说:"卓远,你别同我们要滑头,你的书架好多层都是空的，这表明你一定是把有些书籍转移到了别的地方，你必须立刻交待明白把那些书藏到了哪里！！否则，后果你该明白！”卓远、月儿此时才意识到自己过于大意，没有对搬空了的书架做点遮掩。但事已至此，月儿急中生智地说：“有些书我们发现有封资修的内容，已自己动手把它们烧了。”“在哪里烧的？灰烬在哪里？”红卫兵并不轻易上当。“就在这院子里，灰烬已用水冲掉了。”月儿咬牙把谎说下去。那红卫兵司令听到这里哼了一声，并不说别的，只把他们举来的一面红旗竖在当院，指了左涛叫道：“我知道你父母都是工人，你是无产阶级的儿子，你虽然将要做卓家的女婿，但我相信你不敢在红旗下说谎。你过来，面对红旗说说你所了解的情况。一旦我们发现你在红旗下说了谎，你就成了真正的叛徒和无产阶级的败类，到那时，你就会像地、富、反、坏、右和资本家一样，成为我们专政的对象！你应该知道，专政对象的滋味并不好受！”左涛面色有些发白地走过来站在红旗下，惶惶不安地看了那司令一眼，哆嗦着嘴唇只说了一个字：“我……”“你该知道说了假话意味着什么！”那司令慢腾腾地提醒。左涛先是绝望地看了一眼月儿和卓远夫妇，随后便开始不停地吞咽唾沫。月儿和卓远夫妇都紧张地看着他。坚持住，涛！月儿在心里喊。她这时方意识到早晨起床时该喊醒左涛让他走的，倘是那样就绝不会有此刻这一幕。左涛在吞咽了差不多两分钟的唾沫之后突然开口吃力地叫道：“月儿、爷爷、奶奶，我们犯不着为那些破书——”“左涛！”月儿惊慌地想要打断左涛的话。但是晚了，左涛已经抖着手指了藏书的地洞呻吟道：“书都藏在那下边……”

底下的事情就很简单了：红卫兵们立刻扑向了那个地洞，他们迅速揭开了月儿精心遮饰的洞口，欢呼着进洞把卓远视为珍宝的书一摞一摞抱出来扔在了卓家门前的大街上。火迅速地点着了。那些因保存年代过久而发黄变脆的书页在火焰中像蝴蝶一样飞舞，连缀书脊的麻线被烧着后发出的煳味飞快地沿街向远处飘荡，一些硬壳封面被烧裂时发出的啾啾爆响像鸟叫一样动听。

明版的《资治通鉴》，妈的，还有这玩意！封建的，扔进去——

宋版的《四书》、《农桑辑要》，老封建的货色，扔进去——

康熙年间的《南阳府志》，什么东西，扔进去——

民国版的《盐铁专营史考》，资本主义的黑货，扔进去——

翻译丛刊《日本战后复兴详说》，崇洋媚外的，扔进去——

俄文的，修正主义的东西，扔进去——

法文的，这书还会有好货？扔进去——

一本本书像木柴一样被扔进了火堆里，在近似啜泣的燃烧声中，转眼间便变成了轻烟向空中飞走。月儿所能做的，只是站在那里心疼至极一连串地说：不，不，不，……她仰头看着那些被风吹远了的白烟，绝望地举起双手，那模样极像是想把那些书的远走了的魂灵拉住。她听到了一声长长的叹息，是爷爷。她扭头看见爷爷在奶奶的搀扶下目光发直地盯着那些飘摇的火苗。老人没有说话，却忽然推开奶奶的手，径直向火堆走去，老人的脚已被火舌舔住，衣襟也已开始着火，却仍然在向火里走。爷爷——月儿浑身一悸，没命地向老人扑去……

月儿在医院照护着爷爷输完液，听着爷爷的呼吸转为正常之后,又叮嘱了一番相熟的护士好生照顾,这才拖着疲惫的双腿向家走。

城市已在几颗睡眼迷蒙的星星注视下沉入安静。整个大街上只响着月儿那沉重的脚步声。一拐进世景街口,一股残留的焚书的煳味就又钻进了月儿的鼻孔。于是白天的情景又鲜明地出现在了她的眼前,她慌忙抬手捂住又开始揪疼的胸口。

那堆灰烬还在,她围着那堆灰烬走了一圈。这就是那上万册书籍的骨灰。听到了吧,你们,我知道你们是含冤而死,我听见了你们的抱怨,我明白你们其实并不对谁构成危险。我明天会把你们埋入土里,你们安息吧,剩下的事该由我来做了……

月儿慢慢地打开院门,她已让小瑾表嫂把雅娴奶奶接过去住了,今晚她将一人住在这个空阔的扔满书页的大院里。她返身要去关门时突然听到门外响起一声低哑而熟悉的喊:"月儿……"这时她才注意到原来左涛一直站在院门一侧。她的身子猛一颤,呼吸立刻变粗了,她的两手一会儿攥成拳头一会儿又松开,她在黑暗中向他盯了许久。可惜左涛看不清她的神情,他只是感觉到她的呼吸又慢慢变缓。"月儿,我……""是想进来?"月儿的声音出奇地平静。"我……"左涛在吞吞吐吐中迈过了门槛。

月儿在前左涛在后,两人慢腾腾地向月儿的睡屋走。"月儿,那些书……"

"就是那些破书?烧了就烧了呗。"月儿推开睡屋的门,拉亮了灯。

"这么说你想开了?我还怕你想不开生我的气呢!其实要那些破书有啥用?能当饭吃?封资修的东西,烧了只能少惹祸，你说是吧？”

“我累了，咱们明天再说。”月儿用长长的睫毛盖住自己的双眸，两只手抖颤着解开衣扣和裤带，脱下了衬衣和长裤，只穿着三角裤和背心向床边走。左涛的双眼立刻被月儿那雪白的身子吸住，他显然没想到月儿会在他面前如此随便。一定是因为有了昨夜，女人原来只需要经过一夜就彻底抛弃了羞怯。

“你要愿在这儿睡就赶紧上床，不愿在这儿睡就去隔壁，我可是要拉灯了。”月儿躺在了床上说。

“我……当然……愿……在这儿睡。”左涛因为意外的惊喜和激动，话说得不太顺畅，不过他脱衣服倒挺麻利，三下五去二便只剩下了一个裤衩。他刚一走近床，月儿就啪一下拉灭了灯。

“月儿……你真好……我原来真担心你……现在我可以告诉你那个……消息了……他们明天要开‘破四旧’表彰大会……让我上台发言……”他边说边把手放在月儿的腹部，他感觉到月儿的身子与昨晚相比，失去了柔软和灼热，不过这种感觉很快就被他体内迅速涌来的冲动遮盖了。他慌慌地替月儿脱下了三角裤，搬开了她的双腿，尔后便急不可耐地去扯自己的裤衩，忙乱中的他根本没有注意到，这当儿原本一动不动的月儿已轻轻抬起右手去床头桌上摸了一把锥子。当他快活地在月儿腿间跪下就要俯身时，只见月儿突然跃起上身，右手持锥狠狠地向他裆间那个挺起的东西戳去。“呀——”左涛发出一声尖利得瘆人的惨叫。

就在左涛捂着裆部在床上打滚的时候，月儿拉亮了电灯。她边穿着衣服边平静地说：“我想来想去，还是请你这辈子别做男人了吧！”但她假装出来的平静转瞬间便被左涛那怕人的滚动和满身的血迹吓没了。她先是面孔变得煞白,随后双腿一点一点变软,她最后也扑在地上哭开了……

没有多久,月儿的睡屋里就围满了邻居。这个奇特的场面让邻居们做了许多猜想,但没有一种猜想符合真实情况。当满裆是血的左涛被人们抬往医院之后,月儿还在久久地呜咽……

19

云纬那些天一直在为达志、立世和昌盛的获释四处奔走。她原以为凭着她专员母亲的身份,能很快把这件事办妥,未料红卫兵司令部的人对她的恳求竟不理不睬,而且还不时把一丝讪笑和嘲弄在脸上放出来。这使云纬在吃惊的同时意识到,这次的运动与往日的确有些异样。

十月里那个清风拂面的傍晚,云纬打听到看守尚家三个男人的人换成了工业局里的造反派,忙把担任着工业局长的小儿子承达叫到身边,希望他出面疏通一下。——“你爹八十多岁的人了,老关在屋子里能行?他一家三个男人全关在里边,我们不出面救谁救?他一辈子只知道织绸织缎,哪会记什么变天账?——”

“妈,如今是什么年月,你还在管这事?社会上天天都在讲阶级斗争,我们怎能再公开站在资本家资产阶级一边,为他们说话？那于我们无产阶级于国家、民族会有什么好处？尚达志和我虽然有血缘关系，但在这样的大是大非面前，我必须与他划清界限！”

“呸！”云纬怒不可遏地朝儿子吐了一口，“我真后悔当初为啥不把你塞到尿罐里淹死，倒让你长成这样一个六亲不认的东西！一个连他的亲爹都不救的人还会知道救他的国家？”云纬再一次呸了一口之后才向门外走去。她走起路来双脚依然咚咚有力，依然不用拐杖——这大概得益于她这些年不停地劳作：照料几个孙子、孙女。她是猛力推开大儿子的门的，门哐当一声碰到墙上，又差一点反弹回来撞着了她的胳膊。“妈，咋了？有急事？”承银走过来扶住了她。“你当的什么专员，眼睁睁看着人平白无故地被抓走却不能让他出来？”“妈，你怎么抱怨都不过分，我如今不仅不能保护尚达志、卓远他们，恐怕连我自己也不一定能保护得住。”

“你说啥？”承银悲伤的语气令云纬一愣，她这才注意到承银的屋子里满地放的都是文件什物，一副正在清理准备拿走的样子。“你这是——”

“妈，关押尚达志、查抄卓远的家只是这个运动的前两个浪头，最大的浪头还没有到来，不过就快要来了。斗争他们远不是这场运动的目的！”

“哦？”云纬急急地从衣袋里摸出老花镜戴上，她想看清承银说这番话时的神情。

“妈，如果一旦真有什么祸事临到了我们家人的头上，你一定要撑住！你已经经过了那么多的风风雨雨，应该能够把什么事情都看开……”

云纬的双腿打了一个轻微的哆嗦。承银平日从没有用这种语气同她说过话，她知道儿子的脾性，如果他没有感受到巨大的危险，他决不会对我做这番叮嘱。她轻轻地抬手去抚了一下承银的额发，她原本想用这个动作去抚慰一下满怀忧虑的儿子，却猛然发现儿子的两鬓竟已全白了。噢，他也是快六十的人了。

“妈，如今回想自己当官以来所做的事情，我心里满是羞愧。我把很多时间浪费在了人斗人、人整人的事上，而没有把主要精力放到组织人们去获取富裕、幸福的生活上去。我为此——”

“好了，孩子，天不早了，你收拾收拾赶紧去睡吧。”云纬打断儿子沉痛的忏悔，轻柔地拍了一下承银的面颊。当她的手触到儿子粗糙的面部皮肤时，她方恍然记起，类似的对儿子的亲昵动作已经几十年没有做了。她看出承银的精神和身体都很疲倦，她希望他去早点歇息。她起身要走时不小心碰倒了儿子办公桌上的一瓶红墨水，红色的墨水立刻在桌上流淌并把几份文件染成了艳红的颜色。承银见状忙用废纸团去擦，结果弄得手上和胳膊上都是。“嗬，真像是受伤出了血。”承银开了一句玩笑。云纬听罢刚让一个笑纹在脸上荡开，却又倏然间将其冻住。血？这话说得多么不祥，应该说红得像桃花，桃花不也是艳红艳红的吗？……

那淌满桌子的鲜红的墨水当晚就进入了云纬的梦中。——她看见一大片殷红的墨水向她涌来，就在那红色的墨水之上，是五六岁的承银在跳跃着嬉戏，突然间承银一下子仆倒，重新站起时便浑身都是鲜红的墨水。——快去洗洗——她向他叫。他竟不理不睬，蹦跳着向远方奔去……

她一直沉浸在这种带有红色墨水的梦的片断里，最终将她从鲜红的梦境里拽出来的，是院子里一种持续的哔哔剥剥的响声。她睁眼后向窗外只看了一下，就以老年人少有的敏捷坐起了身，她这时断定院中是失了火，要不然怎会有满院子的火光和哔哔剥剥的响动？她披衣拉开门后才看清，院子里站满了举着火把、戴着红袖章的红卫兵。红卫兵们都无声地看着承银和承达的睡屋，两家睡屋的门都敞开着，显然已经进去了人。云纬刚想叫一句什么，承银和承达已被五花大绑相继推到了睡屋门外。——“谁给你们这种随便抓人的权力？你们有没有逮捕证？——”承达的吼声飞上夜空，打破了一直持续着的寂静。

“你们过去下令抓人时都经历过法律程序？不也是愿斗谁就斗谁？今日该我们来斗你们这些当权派了，倒记起要逮捕证了？”一个冷冷的声音从人群中响起。

“你们究竟要干什么？”承达仍在吼。

“我们的任务是抓住你们，防止你们趁夜逃跑，这次文化革命的重点，是整你们这些走资本主义道路的当权派！……”

云纬呆呆地站在门口，默望着承达和红卫兵们争论。看来是又一个浪头来了，承银的预感是对的，灾难到底也到我家了。达志，我暂时顾不上你了。

“走！”

“打倒走资本主义道路的当权派——”

承银和承达在喝令和口号声中被向门外推去。云纬看见了两个儿子在火把的光亮中向她告别的眼神。她把花白的头点点，她什么也没说，她知道此时说什么也都已无用。她只是上前拦住要跟随而去的两个头发散披的儿媳，拦住哭叫着“爸爸”的几个孙子孙女，对他们说：“回去收拾东西吧，我们也得准备走了！”“走？去哪里？”两个儿媳和孙子孙女们几乎一齐惊问。“历代官场里的规矩,多是做官的人一旦被抓,其家必被查抄,其家人必被驱赶,如今这官场和过去差不了多少,我们这回恐怕也不能幸免,还是早做个准备吧。”云纬沉了声说罢,先进了屋去收拾东西。

云纬的估计没错,旧日官场里的程式果然重演了一遍:天刚亮时,一群红卫兵来抄了她家,没收、查封了许多他们认为是走资本主义道路证据的东西,并带走了两个媳妇。早饭后,几个红卫兵头头来宣布了一条勒令:限蔡承银、蔡承达的所有亲属,于上午十点钟之前全部滚出专员宿舍大院;所空房屋悉归红卫兵造反总部使用……

云纬是在九点多时挎着一个小包袱离开自己的睡屋,领着几个孙子、孙女迈出专员宿舍院那高高的涂了朱漆的门槛的。在门外,她回首这座她熟悉极了的官家住宅,恍然想起了她第一次走进这座官宅时的情景,呵,从那时到现在,日头升起、落下多少次了。其间,这宅院已经换了几任主人?——哈哈,你们这茬走了,我又要看见新人了——她分明地听见年代久远的宅门在讪笑。——走吧,走吧,人们走进这座宅院居住的时候都是笑容满面,搬出的时候又全是满面忧戚,其实这宅院原本就不是人久住的地方,走吧,你们……

“孩子们,”云纬缓缓地转向她的四个孙子、孙女,“给奶奶跪下,发个誓!”

“发誓?”最大的孙女——承银的长女肖肖惊问。

“嗯,跪下!说:此生永不做官!”

“为什么?”——承达的次子穹穹瞪大了眼睛。

“说:永不做官!”

几个孩子在奶奶的逼迫下,终于跪下说了一句:“此生永不做官!”

现在我放心了。这所官宅，从今天起，我的后人将与你永远断掉关系，你决不会再看到他们搬进来，决不会！……

20

——“哟，小瑾，又来送饭了？”

——“是，常科长吃过了？”

——“别叫科长，这年头政府都没有了，哪还有科长？叫哥好听，还是叫常哥好听。”

——“那好，常哥，我把饭给他们送进去？”

——“不，还照老法子，你把饭菜分成三份，我让人分别给他们端去。哟，小瑾，你这件绿褂子穿上可是漂亮！”

——“我爷爷咋样？他还咳嗽么？”

——“嗯，好像还有点。小瑾，你的脸蛋可真是红中透白，白里透红呐！”

——“我爹的烧退了？”

——“嗯，好像退了一点。小瑾，你好像又胖了一点，看这胸脯子，儿子还吃奶么？”

——“俺娃他爸呢？痢疾止住了？”

——“嗯，好像是止住了一点。你左手背上有一点点灰，我用手绢帮你擦擦？”

——“不，谢谢！能不能让俺进去看看他们？”

——“嗯，恐怕不行。他们至今还没有作任何实质性的交待。怎么，想娃他爸了？”

——“已经关进去这么多天了，家里要真有变天账，他们能不交吗？”

——“告诉我，这三个人中，你最想哪一个？是不是昌盛？”

——“都想，爷爷年纪那样大了；爹又总发烧。”

——“你没说实话，小瑾，你其实最想的是昌盛，这个我能理解。过去每到夜里小两口搂在一块块睡，你的腿压住我的腿，我的嘴蹭住你的嘴，如今人分两地，你单人独睡那张床，有时夜里——”

——“常哥，饭菜分好了。”

——“噢，小梁，你过来，把这饭菜给尚达志、尚立世和尚昌盛送去。小瑾，告诉常哥一句实话，夜里有没有想过别的男——”

——“常哥，俺们家这事啥时候能了结？”

——“难呀，拖个三年五载也不是不可能！”

——“噢？”

——“当然，也不是不可以早日了结，事在人为嘛！如今运动的重点已转为整那些走资本主义道路的当权派，像你们家这事，只要有人说句话，是可以立即了结的。哟，你的胸脯上怎么有个地方湿了？总不是让奶水洇的——”

——“常哥，告诉我，谁说了话就可以让俺家的事了结？”

——“远在天边，近在眼前！”

——“你？”

——“咋，看不起你常哥？以为你常哥个子矮一点，脸黑一点，头发稀一点，说话就不管用了？告诉你，你常哥如今也是造反总部的决策人之一！哎，小瑾，我忽然发现你的眉毛特别耐看——”

——“常哥，那你就说句话吧！我求你了！我爷爷，我爹和娃他爸，不过是喜欢织绸织缎，哪有啥子变天的野心？哪记有啥子变天帐？”

——“你就这样让我去说放他们的话？这也未免太简单了吧？我再清正，也不至于一点回报都不要呀！”

——“你要啥，说吧，只要俺家有的！”

——“我要的也不是什么贵重的东西，你不仅有，而且拿出来也很方便！”

——“啥？粮票？我们家是还有一点。”

——“不，不，那类吃喝穿用的东西我都不需要，你想嘛，如今抄家抄出来的啥东西没有？我想要，随便去拿就是了！我要的是一种柔软的东西。”

——“柔软的？绸子？缎子？”

——“不，不，看来我不得不把许多年前一位朋友给我说的一个比喻告诉你！他说：世界上能让男人领会‘柔软’二字全部涵义的东西，莫过于女人身子的某些部位——”

——“常哥，碗筷送出来了，我该走了。”

——“我想你已经明白我的话了。什么时候想通了，来告诉我一声就行！你慢走，别往那边拐，怎么连来路也忘了？……”

姓常的，你个杂种！小瑾当天回到家后气得连朝当院而立的那块刻有卌形符号的石头踹了三脚。把男人关起来再来欺负他家的女人算你娘的什么本领！老天爷有眼，会让你不得好死的！要不是有资本家这顶帽子压着，我早把巴掌扇到你的脸上了！柔软，你姐和你妹子的那地方也柔软！你去呀！……

小瑾面对着石头痛快地骂了一通，回到空荡的屋子里坐下后却又有些发呆：咋着办？就任他们这样把人关下去？三个人都有病，病人长久被关的下场会是什么？不外乎病情加重！爷爷那样的高龄能经得起这种折腾？万一老人家有个三长两短咋办？拿人命和姓常的要的东西相比，哪个重要？……

“妈妈，太爷爷、爷爷和爸爸啥时能回来？”旺旺扑到妈妈的怀里问。

“不知道，孩子。”小瑾轻抚着儿子的头。

“妈妈，你不是说爸爸在拉肚子吗？他好了没有？”

“不知道，孩子，跟尤奶奶出去玩吧，妈妈头痛。让妈坐这儿歇歇……”

一连两天，小瑾没有去送饭，她实在不愿去看姓常的那张脸。送饭的事由尤婶去办。尤婶送完第二天的晚饭时回来给小瑾说：“旺旺他太爷爷也开始发低烧，昌盛让人传话说最好给他送点蒜瓣去，他还在拉血痢。”

当天晚上小瑾睡屋里的灯几乎亮了一夜。

第二天早上尤婶把饭做好后小瑾说由她去送。在关押黑七类的房子门口，小瑾平静地对着姓常的那张长条形的脸说：“我想通了，你定个时间吧。”

“是吗？”姓常的两眼因喜出望外而眯成了一条细缝，他把打了一半的一个哈欠拦腰截断，迫不及待地压低了声音交待："我做这事喜欢白天，最好是今日头晌就办，地点嘛，最好在你们那里！"

小瑾没有摇头表示反对，她只是极慢极慢地转过了身子。

吃罢早饭时，小瑾交待尤婶领旺旺出去玩，不到十二点不要回来！尤婶对这后半句叮嘱有些意外，狐疑地看了看小瑾那双异常平静却含了一点陌生东西的双眼。

姓常的几乎在尤婶刚领了旺旺出去就来了。当小瑾插了院门插了屋门尔后去拉窗帘时，他笑着开口："窗帘不用拉上了，让阳光照进来最好，我喜欢在有阳光的屋子里做这种事情！来，我给你脱，我做事喜欢从头做起！"

"等一下，你最好先写一份要在今天后晌就放他们回来的保证，笔和纸在那张桌子上！"

"怎么？怕我说话不算数？我他妈堂堂一个男子汉，能办那种事情？再说，看押他们实在是我的一个累赘，这次运动的重点并不是他们，而是蔡承银、蔡承达这些人，明白？你们尚家的男人对我们构不成真正的威胁，懂得么？也罢，就按你说的，我先写一份保证！"

"还有，你必须在中午十二点之前离开这里，我不想让我的儿子看见你！"

"你的条件说完了？现在该我说了！"他边解她的衣扣边笑着说，"一，这事我要连做三次，因为你要我放的是三个人，我这样提要求并不过分吧？二，我做这事时有一些稍稍不同于他人，可能也不同于你丈夫的嗜好，希望你能够理解并配合。具体地说，就是在头一次做时，我们站着，而且要有一种流水声伴奏，我刚才看见你们院里有一个水管，待一会你去把它打开，让它不停地哗哗地淌水；第二次，我们坐着，而且你要反抗,反抗时你可以轻微地抓伤我,但不要喊叫,也不要真抓;末一次,我们躺着,这次是我反抗,你进攻,你进攻时可以用绳子把我的手捆上,当然是象征性的,不要捆得太紧。现在你明白了吧?说真的,你的乳房的形状和饱满程度,是我见过的最优秀的一种,我不知我以后还会不会再碰上和你一样的女人,我这样向上提你不觉得难受吧?”……

小瑾在那个屈辱的上午自始至终半闭着眼睛,为的是不让对方看见自己那闪着火舌的目光。她根本没想到这个狗男人竟有如此强的精力,竟直直把她折腾了半晌。直到院门外响起了尤婶的敲门声和旺旺的喊声,小瑾咬牙恳求了他三次,他才兴犹未尽地去穿衣裳。

姓常的打开院门后显得心满意足,尤婶和旺旺有些意外地看着他往外得意地迈步。旺旺平日跟妈妈去过几次关押爸爸、爷爷和太爷爷的地方,还记得姓常的面孔,因此一进院就问:“妈,那不是关我爸爸的坏蛋吗,他来干啥?!”小瑾被儿子一下子问得红透了耳根,幸亏尤婶紧忙问旺旺晌午吃啥饭并把他拉了开去,要不小瑾真不知该怎样面对儿子那双询问的眼睛……

尚家三个男人是半后晌时分被放出来的。正由淡红转为血红的夕阳,把尚家三个男人的身影在监禁室门口拉得很长。小瑾没有出现,只有尤婶从邻居家借了一辆平板车和旺旺一起来接。面色苍白不停咳嗽仍在发烧的达志,是和拉着血痢的昌盛一起躺在平板车里被拉回家的。

到了家,三个男人便都躺倒了。直到半月之后,才在尤芽和小瑾的看护下相继下了床。三个人身体都恢复过来的那天晚上,小瑾买来了半斤羊肉,做了满满一锅羊肉糊汤面条,说:

“没酒，就用吃肉面来庆祝全家团圆吧。”

这是许久以来全家人第一次在一起吃饭，旺旺显得特别高兴，端个木碗一会跑到太爷爷碗里挑一点，一会到爷爷碗里扒一筷，把咯咯咯的笑声拌进了每个人的饭里。

饭后，打着饱嗝的昌盛顺口说到了被关时那些看押者不让吃饱的凶样子。旺旺听罢立时接口，“那个关你们的坏蛋也来过咱家里！”

“哦？他来干啥？”昌盛扭头问小瑾，声音里浸满了意外。

“他那天是来说放你们的事！”在一旁忙着的尤婶这当儿急忙接口。

“他来了还把院门插住，我和尤奶奶回来时推门都推不开！”旺旺还在报告自己当初的发现。

达志和立世也朝小瑾扭过了眼睛。

“别听旺旺瞎说，旺旺，走，你该睡了！”尤婶把旺旺急急地往外拉。

“我没瞎说，我看见他把门打开后妈在擦眼泪——”尤婶使劲把多嘴的旺旺抱了出去，屋子里随即陷入了沉寂。

“他来时家里就你一个人？”昌盛再一次开口问，声音中带了点莫名的紧张。

“对。”小瑾答得很干脆。

“他来干啥？”

小瑾没答，只是一下一下地解着腰上的围裙，围裙带子的纽扣像是生了锈，她许久都没有解开。

“他来干啥？”昌盛提高了音调，声音里加进了一点恐慌。

“你真想知道？”小瑾的声音中含了怒气。

昌盛双眼一眨不眨地瞪着小瑾，那模样分明是非要一个答案不可。

“他来跟我睡觉，”小瑾的声音突然平淡下来，“三次，一次放你们一个。”在她话音落地的同时，她也终于解开了那围裙，她一边把围裙扔到饭桌上一边平静地走了出去。

三个男人都像突然看见了什么可怕的怪物，一齐惊骇地瞪住门口，院里的风声趁此静寂之机踱进了屋里。

啪！昌盛摸起地上的半截砖，猛向右腿的膝盖上砸去，砖碎成了两半，一股血透过黑裤子上的布丝，缓慢地向下滴。

立世看了一眼儿子的膝盖，没动也没吭，只是慢慢抬起双手抱住了自己的头。

达志的目光像阳光下的冰挂一样，一点一点地缩短，当完全缩进了眼眶之后，只听他用极低的声音说：“烧一锅水，待会昌盛用大木盆端进你们的睡屋，你给小瑾洗洗身子。从今天起，永远不许再提这件事，尤其是昌盛，要一如过去那样对待小瑾，我要看见你另眼待她，决不会饶你！”

昌盛没吭，只是双眸极轻微地一动。

“烧水！”达志转对立世说了一句……

达志是从小瑾频繁的干呕中看出孙媳妇又已怀孕的动态的。他的两只老眼于是便常在小瑾的肚子上审视，自然，那每次的审视都是一闪而过转瞬即没。他不敢让小瑾注意到他的目光——作为长辈，那是一件太让人尴尬的事情。但他又不能忍住不看，一个带着尖齿的问号始终在他的脑袋里旋转：小瑾怀的孩子是不是我尚家的骨血？万一是那个姓常的杂种的咋办？那并不是不可能，女人受孕的机会常常极其偶然，何况那个姓常的和小瑾睡的是三次，三次！让一个女人怀孕，有时只需要一次就够了！咋办？劝小瑾去流产？可万一这真是昌盛的骨血岂不太可惜？先祖们也会怪罪的……

春天的一个温暖的晚上，达志把昌盛叫进自己的睡屋，眼睛望着墙角哑了声问:“你媳妇是哪个月停经的?”昌盛在短暂的诧异过后,不太乐意地想了一阵告诉了爷爷小瑾停经的月数,达志用心地算了一阵,发现小瑾受孕的日期刚好是他担心的那段日期,心里不由得越发紧张起来,倘若真是姓常的留下的种,那这个孩子活一天就为我尚家增加一天的耻辱！干脆让她去流掉？可万一仍是昌盛的孩子呢？……

就在达志的犹豫踌躇中,小瑾的肚子日益高隆起来,流产便已变得不可能,生,是必然要来的事情了。这时的尚吉利织丝厂已处于半停产状态,小瑾就也不再上班,开始在家全心全意地为即将出世的孩子准备衣裳、兜肚、裹毯、尿布一类的东西,心中怀着像迎接旺旺当初降生时一样的喜乐,常让一种满足的笑意长久地留在脸上。

达志望着孙媳的目光如同六月的天气一样,一会儿天高云淡,阳光灿烂;一会儿乌云翻滚,阴沉昏暗。就要面临一个结局的惶惑和喜悦、焦灼与不安,开始不停地折磨他,不过最终的决定还是在他心里做出了。

小瑾产前阵痛的呻唤开始于一个夕阳尚未着地的傍晚。达志没有让把小瑾送进医院,也没有请来任何产科医生或产婆,只让昌盛去把云纬叫来。云纬那时带着几个孙子孙女住在造反总部指定的尚吉利织丝厂的两间旧仓库里,每天的任务除了给孩子们做饭之外,就是打听儿子儿媳的消息。那天见昌盛慌慌地跑进门说小瑾要生产了,一边抱怨他为啥不送医院一边就急步跟了过来。进屋一见小瑾呻唤的模样,知道宫颈口已经开了,就吩咐尤婶赶紧准备一应用具。当云纬在尤婶的帮助下掰开小瑾的两腿吩咐她使劲时,尚达志也让立世把昌盛叫到了自己的睡屋里。达志望定昌盛那急满汗水的面孔冷然说:“听着,这个孩子不管是男是女,我们都不要了!”“你说啥?”昌盛震惊地向爷爷跟前走了一步,他以为他听错了爷爷的话意。“你知道当初姓常的做了什么,我们得小心这孩子的来历!”“可孩子也可能是我……”昌盛没说完便把头低了下去,他无法驳斥爷爷的怀疑。“你和小瑾都还年轻,以后还能生出自己的孩子!去,娃娃一落地就把他抱过来,就说我要看一眼!……”

钻出那个血的通道的果然是个男婴,昌盛在把他抱过来时男婴似乎预感到了什么,哭声飘满了整个屋子。达志看也没看那婴儿一眼,就用拐杖朝旁边的一个盛满清水的水桶一指:“放进去!”

昌盛的双手哆嗦了一下,他在爷爷的目光逼迫下不得不走向水桶。婴儿是头朝下放进去的,大约是因为水凉,他的两条小腿很厉害地悸动了一下,昌盛见状急忙伸手似乎想把孩子再从桶中抱出,但他的手刚一接近桶沿,就被爷爷的拐杖打了回去。

水面上只漂了一串小小的水泡,就沉寂了;整个屋子的空气也像那静止的水面一样停止了流动。最早打破这沉寂的是两只很小的蠓虫,它们的叫声响彻了整个屋子。随后,立世伸手抱住了昌盛的身子,用手轻拍着儿子的后背;他感觉出有抽噎正从儿子的胸膛里翻滚着升起。

云纬大约是收拾完了小瑾那边的事情,兴冲冲地向这边屋里走来,边迈过门槛边含了笑问:“咋样,又添了一个有旗杆的!”及至看见那个水桶时才戛然住口,惊骇地叫:“你们——”达志猛然抬手捂住了她的嘴:“他可能不是我们尚家的人!”“可他是一个活生生的娃娃,你这个——”云纬倏地挥手打了达志一个耳光。

达志一边去抹嘴边的血丝一边低了声说:“不管你怎样

生气，还得由你编个理由去告诉小瑾，就说孩子死了，羊水灌进了肚里还是别的借口都行，只要别让她太伤心就中……”

“你个……东西!”云纬再一次望定达志咬了牙说。

达志闭上了眼睛。列祖列宗，你们看见了吧，我做了我能够做的，我只能这样做了……

21

栗丽一家的日子在这个混乱的年代里倒还例外的平静。两口子平日除了带上孩子去桑园里干点松土、浇水、施肥的活儿，剩下的就是吃饭、睡觉了。其间，破坏这种平静的危险曾发生过一次——一群城里的红卫兵不知从哪里知道了栗丽曾做过国民党军队团长的太太，于是便想进村把一双破鞋挂在栗丽的脖子里尔后拉去游街。冬至知道后忙找到了也姓栗的生产队长申明：在姓栗的族人面前给栗丽挂上破鞋，丢脸的可不只是我一个，你们老栗家祖宗脸上也不会有多少光彩！队长面孔阴沉了一霎之后，敲钟让全村姓栗的男人们都拿着钉耙、铁锨站到了村口。那群红卫兵在村口碰见了这支面孔阴沉的栗姓队伍，农人们手上的武器让他们意识到事情的棘手，大约是权衡了一番之后认为犯不着为一个女人弄得头破血流，遂悻悻地收兵回城。

又一个春天在这种平静中姗姗走进了栗丽的家里。栗丽在这个阳光充足的春天里不得不废弃了自己从小就养成的最后一个好习惯:晚饭后读书的习惯。如今这样的年头,除了读语录,还有别的什么书敢读?于是,在一天的忙碌之后,栗丽也像大多数农妇一样,吃过晚饭就早早地上床歇息。但睡眠并不立刻就来阖上她的眼皮,在这种睁眼仰躺的令人心烦的时辰里,只有一件事可以做了:那就是和冬至亲热。

好在冬至的身子还算壮实,做这事也特有兴致,于是在许多个夜晚,栗丽也能沉浸在一种短暂的欢愉中去,尔后就听任疲惫把自己拉进梦里。

不过,再好的事也有烦的时候,何况两个熟悉极了的身子的接触。随着时日的延长,栗丽渐渐就觉得这事无聊透顶了。也就在这种日甚一日的厌倦中,栗丽无意中摸到了一个刺激自己兴致的法子:把身上的冬至想象成当年她深爱的蔡承银——那个谈吐儒雅威威武武的男人。这法子的奏效程度令她吃惊,每当她一想到触摸她的男人是蔡承银时,她就觉得自己激动得难以自制,就迫不及待地去紧抱对方,就感到自己乘船到了一个波涛汹涌的海上,就体验到了那种起伏不定美妙无穷的欢乐。

她就用这个法子让自己度过了许多个乏味而漫长的夜晚。

那种奇怪的幻觉也就在这其中的某一个夜晚出现了——她和想象中的承银正一起奔向快乐的高峰时,承银的头部突然变扁喷出大股的血来,她分明地听到他发出一声痛楚的惨叫,她被这个幻觉骇得陡然停止了动作且浑身变得僵硬,以至于身上的冬至茫然地惊问:你咋着了?事情自然不能再做下去。她那晚是在一种奇怪的不安中沉入睡乡的。

类似的幻觉又发生过几次，都是当冬至上了她的身了她把他想象成承银之后出现的。幻觉中的画面差不多一样：全是承银的头部突然变扁喷出血来，同时听到他发出一声惨烈的号叫，接下来是承银影像的消失。也许承银的心灵已感知到了我在利用他的身体，于是他的灵魂便用这个法子来对我提出警告？栗丽这时并没想别的，她只是强迫自己别再把冬至和承银作换位想象。

大概是在幻觉消失的半月之后，栗丽有一个头晌进城去买日用品，她的目光在街角无意中发现了一条大字标语：蔡承银自绝于人民将遗臭万年！她无比惊恐地瞪住"自绝"两个字，他死了？他怎么会死了？他怎么能死了？这不会是真的！不会！但那一刻她回想起曾反复出现在她眼前的那个幻觉，她的身子还是来了一阵剧烈的哆嗦……

栗丽是费了几天的工夫打听，才于一个阴霾的正午在云纬和云纬的孙女肖肖引领下，来到百里奚村南一座小得不能再小的坟墓前的。坟头上只有一条写有"蔡承银遗臭万年"的破碎的白纸标语，表明了这确是她要找的那个坟堆。

我到底找到你了，承银！我这几年已没有了关注外界生活的兴致，我很少打听你的消息，我只听说你挨了批斗，却根本没想到你会死！这结局来得太突然了，死原本离你还太远太远。如今唯一令我感到安慰的是，你用幻觉告诉了我你的死讯，这多少表明你心里还有我，因为一个人要感应到另一个人的死，他们之间没有血缘或感情相连是不行的。多少年了，你的身影还一直存在我的心的深处，要不然，我怎会接受到你给我的讯息？……

我虽然没有看到你死时的面容，但我猜得出你那时定会双目圆睁——因为我知道你改造社会的理想并未完成,你肯定不会瞑目。我至今还记得你说过的要让南阳变得富裕、安宁和美丽的话,可如今的南阳离你要达到的目标还有太远的距离,也许后人会来接着你的脚步走的,你可以闭上眼睛。我们每个人一生中能做的事情都很有限,你已经尽到了你的力量。我后悔我曾经责备过你,你在你的位置上其实活得并不容易……

“走吧,闺女。”把栗丽领到这座坟前的云纬打破了坟前的静寂,她在孙女的搀扶下一直站在坟的一侧,任凭午后的西风揪扯着她枯白的头发和灰色的衣襟。“我当初就告诉过承银,不让他住进那座房子,他不听,结局这不就来了?!”老人既像是对栗丽说明又像是在自言自语,风把她的话肆意向四周扔着。

“房子?”蹲在坟前正用手向坟头上撒土的栗丽回过脸来。

“对,就是那座你家早先也住过的官宅,那不是一个好住处,那所宅子的所有主人都没有好的下场,我没能阻止承银不住那所宅子,我真后悔!”

“大娘,”栗丽轻叫了一声,“承银究竟是咋死的?”

“不晓得,告诉我时人已埋到了这里,他们只说是自杀。”

“是不是伤着头了?”栗丽想起了自己的那种幻觉。

“不知道。”

“你信‘自杀’这种说法?”

“不信又有啥办法?”

…………

22

——别擦腿上的血，我喜欢看你这种样子！一个人身上带点血给人的印象要深刻些。而且，这点血也容易提醒你记住：我们的政权是用血换来的！

——可不可以给我点水喝？

——水？水有的是，只是喝了水不是还要撒尿？挺麻烦的，我看就不喝了吧！

——能不能让我坐下来歇歇？

——歇歇当然可以，只是人一歇下来就会体验到一种舒服，而舒服是不利于反省的！让我们还是接着谈问题吧，你为什么主张多给农民自留地？主张分田到户？

——因为只有这样，才能调动人们种庄稼的积极性。如果一个人种出的庄稼收成多少与他个人所得并不发生联系，那他当然就有理由偷懒，出工不出力了。

——嗯，理由倒充足，只是你想过没有，这是一种倒退，一种复辟，是鼓励人们去重当地主？

——没有。

——嗯，我再问你，你为什么主张在尚吉利织丝厂这样的厂里实行计件工资制？

——道理和分田到户一样，只有让工人的劳动付出与工资收入挂起钩来，其积极性才能发挥出来。

——可你想过没有，你这样做是对工人的蔑视，是对资本家经营制度的召唤，是对私有制的怀恋！

——没有。

——好，为了你这两个没有，我建议再给你一点点报答，来，把他再往上吊一次，离地七十公分就可以了！

——我的胳膊要……断了……

——断不了，人的骨头是很结实的！七州，该你来审了，我得去吃点东西，肚子在叫了。

——好的！姓蔡的，还认识我么？

——我……

——这会儿就你我两个，我提醒一下你也许就能记起来，五八年大炼钢铁时，城东六里庄一个农民因反对砸锅炼铁被你们以反对大跃进抓起来，在体育场连续批斗三天，他死在批斗台上的那个正午，一个男孩哭着跑上去抱着尸体叫爹，那个男孩就是我！

……哦？……

——我特别想问问你，你掌权之后为啥总是强调斗争？为什么不给我们安宁？反右派、反右倾、反四不清分子，为什么人变成了一种随时可以被批斗的东西？

……我有……责任……

——现在承认责任有什么用？我的父亲已被批斗死了！好在老天有眼，让我们今天也有批斗你们当权派的时候，你没有料到吧？

……我想喝……点水……

——喝尿吧！你们当初批斗我父亲时为什么不记住给他喝点水？来，我要把你放下地，我父亲当初是站在地上挨斗的，是脖子上挂八块砖头压倒在批斗台上的。今儿个我也让你尝尝这滋味！我只给你挂六块……怎么样？脖子里有啥感觉？有点勒？有点疼？

……我……晕得……厉害……

——坚持一会就会好的，什么事都有个适应过程，尤其是面对痛苦！

……我……想……喝点……水……

——老严，你他妈的进来审吧，我该出去放放风了！这屋里的味道真他妈的难闻！

——行呐，来了！蔡承银，该爷们坐堂审案了，你可要老实回答本官的问话！

……我想……喝……点水……

——不要先提要求，本官不喜欢被审的人先提要求，回我的话：你当初为什么要参加革命？

——为民……造福……

——怎么叫造福？

……就是……让人们……吃饱……穿暖……

——你掌权之后是咋让人吃饱的？宣布一亩地产三万斤麦子十万斤红薯，然后每天给每人分两碗稀面汤外加几块红薯干？然后干脆宣布无粮供应各家自挖野菜充饥？然后让他们去剥榆树皮去吃树叶？

……我……

——你晓得么，我爹就是六〇年活活被饿死的！而那时你们这些当官的在吃什么？也吃树皮树叶么？你知道我父亲临死前说的最后一句话是什么？——“我想吃口黑馍！”知道么？有一口黑馍他也许就不会饿死了！

……我想……喝……点水……

——喝你娘的狗蛋！渴死你，死吧，你！东风，该你审了，我他妈的累了！

——好呐，升堂！待我把这个鸡腿啃完再开审吧，蔡承银，你想啃一口么？

……我想……喝……点……水……

——喝水不行，人一喝水就来精神了，而历来的断案经验中都有一条：不能让人犯太精神！这鸡腿真他奶奶的肥，好久没有吃到这样的鸡腿了，说实话，要不是赶上这大革命的好时辰，要不是成立这造反总司令部，我他奶奶的哪能吃上这鸡腿？好了，肉啃完了，咱们开审！蔡承银，你他奶奶的回答我，你过去为啥要建立公安局、拘留所这些狗单位？

……社会……总得……有组织……

——组织个屁！爷们那次就偷了一件大衣，竟将我拘留了三天！那次看电影，一个丫头的屁股蛋子实在翘得太高，让人看见心痒痒得没有办法，我没能忍住，就伸手捏了捏，其实就捏了两下，嗬，你们他奶奶的就把我抓进公安局，又是训又是骂的，我日你们个八辈祖宗，捏捏一个女人的屁股有啥不得了的?！对我就这样凶？依我之见，这社会根本就不应该有组织，应该放开！像如今这样放开，谁也别管谁，谁愿干啥就干啥，多好！我可以告诉你，就在昨天晚上，老子就在这个院里的女厕所前抱住一个女人，老子公开摸了摸她的屁股和她的那个地方,咋样?谁敢来管老子?……

……我……想……喝……点……水……

承达在被关押的房子里接到承银的那封信时,早晨的太阳正在缓慢地升上东天,摊放在窗台上的那片鲜红的最初的阳光,给他一种粘腻的血似的感觉。他当时并不知道信的内容,他只是向那个给他传信的好心的红卫兵说了一句谢谢,便急忙去展开那张折叠成一个很小的方块的烟盒里层白纸,纸还没有完全展开,他就倏然间打了个寒噤,他为自己身体的反常反应感到有些奇怪——

承达:

我受不了这种折磨了,我决定走。我已经找到了一种走的方法,当这封信送到你手里的时候,我可能就已经走了。

承达霍地抬起头,他这才注意到,这个关押走资派的院子今天早晨有点反常,一些红卫兵走路匆匆忙忙。莫不是哥哥真出了事?哥哥,你现在在哪里?你要想开,想开呀!

承达,我当然没有料到我的一生会如此结束,不过人生是早晚都要结束的,晚结束未必就比早结束好。我现在结束人生起码可以绕开许多痛苦——也许因为年龄大了的关系,我忍受痛苦的能力已经降低。

哥哥,要忍下去,一定要忍下去,这样的日子不会很长久的,不会的!

如果你日后能够出去并且还能掌握权力,记住一定要做三件事:一,要倡导人们彼此施以爱心,而不要诱使人们互相斗争、猜忌、仇视。我们这些年差不多在不断地组织人斗人，而没有用心去劝导人爱人。我们终于把人性中那部分最丑恶的东西全部诱发了出来，我们只是其中的一部分受害者。二，一定要建立一种科学的政治体制，这种体制将保证社会正常平安的运行，任何单个人都不能说了算，任何人都得接受这个体制的制约和监督。这个体制运行起来应该如我们常用的那则酒令一样：杠子打老虎，老虎吃鸡，鸡吃虫，虫蚀杠子，从而完成一个良性循环。三，一定要把主要精力用在组织社会的物质生产上，要让人们吃饱、穿暖、住宽敞。人活着总是要追求物质享受，吃、穿、住是物质享受的基本内容。想想我们当初为啥要起来革命，不就是为了改变自己的生存境况么？我们为什么不给人们实实在在的享受呢？

哥哥，这些天我也一直在想，这场运动为什么会得到人们如此广泛的响应和参与？对一个人的盲目崇拜和各种各样的煽动固然起了作用，但我们没有给人们谋得实实在在的福利，我们让人们心里积聚了太多的不满和愤怒，譬如大跃进的荒谬和饥荒的发生，应该都是原因。

承达，我走之后，切记别告诉妈妈详情。妈妈这一生活得很不容易，在她的晚年再让她尝受一次丧子的悲痛实是不该，不过没有别的办法了，最好把我说成是正常的病死，这样对她的打击也许会稍小一些。

哥哥，单单为了妈妈你也不该这样去想，也许事情不久就会起变化，再坚持一下，哥哥！

承达，你嫂嫂已经宣布和我脱离了关系，这于她于孩子们今后的生活都有好处，我完全理解。如果他们的生活日后有了什么困难，你尽可能给一些照顾……

“看见了吧，你们这些走资派！”一句气恼的吼叫突然响彻了这个院子的每个角落。承达抬眼望着那个吼叫者。——“蔡承银在被拉去批斗的路上钻进汽车轮下自杀了！他顽固不化自绝于人民将遗臭万年，看看，这就是他的下场！”

就在那人的吼叫声中，承达看到四个红卫兵抬着一个人走进了院子，他从衣服上认出了那就是哥哥承银。哥哥的头没有了，汽车轮子一定正好辗压住了头部，在原本是头的地方承达只看见了一个扁扁的鲜血淋淋的饼。“哥哥——”他只来得及叫了一声就向地上倒去……

23

尚吉利织丝厂一片安静，在偌大的厂区回荡着的，只有麻雀的叫声。

厂子完全停产了，所有的机器都像死了一样躺在那里；车间的门窗大都敞着，仿佛在欢迎着所有想走进车间的鸟和风；一群老鼠大摇大摆地在厂区踱步，对这个早先被人和机器统治的地方进行惯常的巡视。

达志走进厂区没有多远就捂住了胸口：天呵，活生生的一座工厂，就这样扔了？这一天糟蹋的是多少钱呀？织绸织缎也会妨碍革命？“立世，从今天起，你就住在传达室里，咱先看住这些机器设备吧。”达志指着厂门口空荡荡的传达室对跟在身后的儿子交待，“这份家业置起来不易，咱先看守住，国家不会总这样下去吧？”

立世于是便把自己的铺盖搬进了厂里。厂里的头头们大都挨斗挨批或被关了起来，工人们又都忙于造反，没有人注意到尚家人又暂时恢复了对这座织丝厂的管理。白天，达志逐车间察看，用拐杖点着该关、该擦、该养护、该归置、该清扫的门窗、机器、设备、用物和地方，立世和昌盛便一样一样一件一件地去干去落实。晚上，立世就住在传达室关上铁门守护；半夜里还要出去巡查一次。机织车间清扫擦护完毕的那天晚上，达志让昌盛合上电闸试了一下织机，被擦拭一新闲散许久的织机们立时欢快地运转了起来。唉，倘是丝库的钥匙在我手里且又允许，光我尚家人就会让这个厂子再热闹起来！

一个大雾笼罩的冬日的清晨，达志又照习惯早早地起床拄了拐杖向厂门口踱去，预备换了儿子立世回家洗漱。他在那条他熟悉的街边迈步时，一只裤腿突然被扯住，他以为是被街边的树枝子挂住了，刚要用力去拽，不防脚下响起了一个微弱的声音："救救我……"达志吃了一惊，弯腰定睛细看，才发现是一个血肉模糊的人躺在街边，那人的一只手正扯着他的一条裤腿。我的天！达志叹了一声说："我老了，也抱不动你，你放手让我去叫我的儿子来！"

达志喊来立世把受伤的人抱进自家屋里，擦了擦伤者脸上的血才看清原来竟是承达。达志和立世惊异地对望一眼，不知道这个当了走资派的工业局长怎么会弄成这样。承达这当儿缓过来一些力气，断断续续地说："我……刚刚……从造反总部……的关押室里……跑出来……救救我……别让再……抓回去……"

尽管承达平日见了达志从没有亲热的表示，但此刻达志看见承达遍体的伤痕还是心疼不已，毕竟这也是自己的儿子。他一面让立世用温水给承达擦洗身上的伤处，让尤芽做点面汤让承达喝，一面让昌盛去通知住在近处的云纬。不想昌盛片刻后就跑回来说:造反派们正围了云纬奶奶的屋子,逼问她见没见走资派蔡承达回去。达志至此知道不能送承达回到云纬身边,那样就等于害了他们娘俩。这时天已大亮,满街上贴出了造反总部的通缉令:……顽固的走资本主义道路的当权派蔡承达今日凌晨畏罪潜逃,凡有发现并报告者,将授予坚强的无产阶级革命战士称号;凡有发现不报或帮助其藏匿者,将一律按现行反革命分子论处……达志在老花镜的帮助下读完通缉令后,是哆嗦着双腿又返回院里的。他知道现行反革命分子这顶帽子比资本家这帽子还要沉重百倍,弄不好就可能被游斗致死。

他让立世和昌盛把承达抬进早年躲日本人的地窖里,放一些吃的和水进去,这才心惊胆战地看着太阳挣脱雾气的缠绕爬上天空。

太阳升至一竿高时,一群造反派循着承达逃跑时留下的血迹找到了他清晨躺卧着去扯达志裤腿的地方。血迹至此结束,证明他本人就藏在附近的什么地方,于是附近的几家住户就成了怀疑对象。尚家当然也未能例外,造反派冲进院子对各个房间进行了彻底的搜查,并对站在院中的尚家人反复询问。——我们这号人家还敢再窝藏走资派?那不是自找苦吃么?——达志的回答多少解除了搜查者的怀疑。——我谅你们也不敢,否则将让你们断子绝孙!一个年轻的红卫兵边骂边在尚达志那多皱的脸上打了一个响亮的耳光,尔后才大摇大摆地走出门去。

达志掀开把窗户遮得严严实实的被单一角,见半个月亮已瑟缩着躲进了云层,这才对坐在对面的立世和昌盛点了点头。

片刻后，承达伏在昌盛的背上被背进了屋里。“窖里冷，你进屋里睡，天亮前再把你背下去。”达志摸了摸承达的头，转对昌盛交待：“喂你叔喝点热汤暖暖身子吧。”承达默默抓住了达志的手，许久之后才哽咽着低喊了一声“爹。”立世和昌盛听了这称呼虽都一愣却也没有在意，以为这是承达过于激动叫误了口，只有达志长久地沉浸在感动中：哦，他到底自愿地认我这个爹了。

承达天亮前临被背入地窖时提出，他想见见两个人，一个是卓远，一个是妈妈。达志说那就先见你妈吧，她肯定在挂虑着你。承达摇头说他想先见卓远。达志有些意外，点头应允明晚安排。

第二天晚上夜深人静之后，承达又被昌盛背进了达志的睡屋，那时卓远也已在屋里坐着了。承达看见卓远，先叫了一声：“卓老伯，承达当年不知天高地厚，对你老人家的不恭之处，请多宽谅。”卓远摇头笑道：“过去的事休要提了，如今你只管静心养伤才对。国家正逢多事之秋，说不定什么时候又会用上你们。”承达听罢，一边听任昌盛给他的伤口换药，一边低了声说：“卓老伯，你平日饱读史书，静观世事，想必对社会发展变化有自己的见解，承达今天迫切希望见你的目的，是想听听你对国家未来的看法，有没有使中国尽快摆脱目前这种混乱状态的可能和办法?”卓远听罢淡淡一笑：“我这人说出来的话未必中听，你还是不听为好!”“再不中听我也愿听。”“卓远哥，给孩子说说吧!”达志这时也开口劝道。

卓远沉默了半晌，捋了捋飘垂的长须才又缓缓说道：“如今的这场‘文革’灾难，其实是你们自己呼唤来的，这叫自作自受、自讨苦吃、咎由自取!”

“哦?”

“当你们同意‘阶级斗争一抓就灵’的口号时，当你们把大批持不同看法的知识分子打成右派时，当你们把彭德怀等一批干部当右倾分子打倒时，当你们赞同树立一个人的绝对权威时，其实已等于点燃了引发这场灾难的导火索。灾难之火已烧到了你们的脚边，你们还在兴高采烈，并没有想到一齐去拿水桶，于是那火舌便只能把你们当作猎物舔进去了！”

“嗯，有点道理。”承达沉思着点头。

“如今，火已腾空，靠几个人去挑几桶水是扑不灭的，我们现在所能做的，只能去依赖时间！”

“时间？”

“是的，时间可以让一切灾难成为过去，当然也可以令这场‘文革’之火最终熄灭。时间的延续会让玩火者耗光力气，会使玩火者觉得无柴可加以使大火持续，会使玩火者发现大火过后原来只剩灰烬实在乏味，会使原先的望火喝彩、冷眼旁观、加柴助燃的人一齐觉得势头不对而同时拿起水桶来。”

“还需要多长时间等待？”

“说不准，但时间不会短了，火现时仍在旺处！”

“我眼下能做点什么？”

“第一是躲！”

“躲？”

“对，躲起来，不要让火烧死，留得青山在！”

“第二呐？”

“思索！”

“思索？”

“现在就要思索以后怎样去避免类似的灾难再发生；要思索大火过后如何去挽救这块土地；要向四周的其他民族看看，思索他们是怎样防止灾难治理他们的家园的；还要思索我们人活下去的最终目的!”

“最终目的?”

“人活下去的最终目的,该是建立一个更适宜人生活的安宁、富裕、和谐的环境,这是所有的不论从事什么职业的人都该记住的目标,尤其是你,一个从事政治活动执掌权力的人!”

“我?”

“一待火势见小熄灭之状露出时,你就要走出去!”

“走出去?!”

…………

24

纽约唐人街中段的“梦宛绸缎店”,在进入中国农历腊月这个销货最好的月份,生意却反常的萧条起来。每天上门的顾客变得寥寥无几屈指可数,在柜前收银的女主人阿倩不得不将那依然耐看的双眉拧成了一条细线。自从七年前秉正带着全家由台湾屏东迁来美国纽约,生意还没有遇到过眼下的局面。

平日从不过问生意情况的老太太草绒,尽管每天只是坐在轮椅上在后院里活动,这时也还是感觉到了前边店里的冷清,于是便在那天傍晚让刚从哈佛大学放假回家的孙子振中把他的爸爸秉正叫来,她想问问是咋着回事。

头上也已露出白发的秉正听儿子说母亲喊他,忙丢下手上的计算器急步走到了后院。栗家人虽然居住在美国的繁华都市,家中的一切规矩礼节都还是中国式的。秉正在母亲的轮椅前行了鞠躬礼后才问:“妈,找我有事?”

草绒一边抿着全白了的头发一边把助听器塞进了耳朵——三年前的一次中风,使她的双腿失去了走路的能力也使她部分地丧失了听力。“生意上是不是有了难处?”她透过老花镜片直直地盯着儿子。

“妈,生意上的事你不用操心,你只管安度日子就是。振中放假回来,明儿个让他开车带你去兜兜风吧?”

“回我的话,生意上是咋着回事?”草绒的声音里带了点威严。

“是这样,”秉正见母亲执意要问,只好苦笑了一下解释说,“咱们的店是靠卖中国大陆的绸缎起家的,纽约的华人和外国人因为知道中国大陆是绸缎的故乡,相信中国大陆绸缎的质量好而常来我们的店。但最近一些日子,因为中国大陆在搞文化革命,许多织造绸缎的厂家都停了产,我们已不能从香港转进大陆的绸缎,我们过去常卖的南阳尚吉利绸缎和杭州绸缎现在都已经无货。所以店里的生意就冷清了许多。纽约卖其他国家产的绸缎的商店有的是,人家不一定非要到我们店里来买不可,我们失去了和别人竞争的优势。”

“你说大陆搞啥子革命就让织造绸缎的工厂停产?这俺不信!”

“妈,你咋能不信,真是这样。”

“把大陆人都说得憨成那样?不让工厂开工人们吃啥、穿啥?光要革命?不要糟践大陆人,咱们不是大陆的?”

“奶奶,你听!”孙子振中这当儿拿过来一个袖珍短波收音机,“我给你调到大陆的河南台,你听听电台里在说什么!”——郑州国棉六厂二七造反团的全体战士今日上街示威游行,在火车站一带与——

“我不要听！电台上说的都是真的？总说大陆人傻，不懂得生产和流通，咱们就不是大陆人？你这个哈佛大学的学生不还是大陆人的儿子？！”

“奶奶，这是两回事呀！”振中笑了。

“啥子两回事？”草绒生气地瞪着孙子。

“振中——听奶奶的！”秉正怕惹母亲生气，忙喝住儿子。

“依我看，八成是香港的商人从中搞鬼，致使咱进不来大陆绸缎。秉正你该亲自去香港一趟，把进货的路打通，咱不能总让生意这样冷清下去！”

“这倒也是，妈，我刚好有些账目要同香港那边的转口商结清，我最近就飞一趟香港。”

“要去就早去，如今交了腊月，正是生意的旺季，要能进来一批大陆绸缎，不也——”

“妈放心，我这就订票，振中，你推奶奶去餐厅。”

“吃饭不着急，振中，你去把《圣经》给我拿来！”

“咋，奶奶，这会儿要读？”

“我要祈祷，让上帝保佑你爸一路顺利……”

腊月的风即使在香港这个中国的南部城市，也还是显出了几分厉害，拧得人脸生疼。秉正扣好西服的扣子，用手把颊上的疼痛抹去，瞪大了眼向对面的小镇深圳望去——那就是中国大陆，是母亲和自己日思夜想的地方。

他一下飞机就到原先供货的丝绸公司，弄清确因大陆丝织厂停产无大陆绸缎供应之后，他才来到这个能遥看深圳小镇的地方。看一看那片国土对自己也是一个宽慰——我总算又用目光触到了你呵！

暮色在渐渐加浓，背后的港城已华灯齐放，成了一片光的海洋。对面的深圳镇虽也已亮起了灯，但灯的数量是那样可怜，能看见的也就二十几盏吧？光线是那样昏暗。两下一比，令秉正的心里起了一阵莫名的惆怅。

“先生，看什么哩？”一个警察踱过来问。秉正摇摇头，走开了。

晚饭后，他来到了沙头角中英街上。他像一个孩子一样，故意在街的中心线以外中方一侧走，边走边在心中叫：中国大陆，我回来了；妈妈，我踏上大陆的土地了，踏上了……

他最后落座在港英一侧街边的一个咖啡店里，一边呷着咖啡一边望着对面顾客稀少的店铺。他长久的注视和幽幽的目光引起了咖啡店胖老板娘的注意，老板娘走过来用国语问：“先生的家是不是在大陆？”秉正没有搭话的兴致，只把头点点。

“愿不愿了解有关大陆的消息？”

秉正的双眼倏然一亮：“愿，当然愿！”

“我刚收集到一些大陆红卫兵造反组织办的报纸，上边刊载不少新消息，你愿不愿看？”

“当然，”秉正站起了身，“哪些地方的报纸？”

“有北平、天津、上海的，也有两广、湖北、河南、河北的。”

“报纸在哪儿？”

“请随我来。”

在咖啡店的后屋里，胖老板娘拿出了一摞花花绿绿各种版式的红卫兵小报。秉正高兴得急忙伸手去接，但老板娘又一下子缩了回去：“拿钱来！”

“多少？”

“一千美元！”

“这样多？”

“你拿回去当情报卖,会卖得更多!”

“我不是搞情报的!我只买河南的红卫兵小报看看家乡的消息,可以么?”

“不行,要买一起买,一千美元!你不要作罢!”

“好吧,我要!”……

秉正拿着那一摞报纸回到宾馆之后,迫不及待地从中查找河南的红卫兵小报,不错,真有四张:一张是郑州“二七造反总部”办的《二七快讯》;一张是开封“红色造反团”办的《风雷激》;一张是洛阳“东风战斗团”办的《反修》;一张是南阳“摧毁资产阶级反动路线总司令部”办的《千秋业》。他急切地打开《千秋业》,上边全是关于揪斗走资派和与另两派红卫兵组织战斗的报道,其中有则通讯一下子吸住了他的眼睛——激战尚吉利——

> ……摧资战士与保皇派宛城造反团之残兵败将,昨晚在尚吉利织丝厂发生激战。宛造团以尚吉利织丝厂厂房为依托,企图顽抗以达固守待援之目的。我摧资战士个个奋不顾身,在用枪、用铁棒为武器实行冲锋失利后,采用火攻将该厂厂房焚毁,迫使对方在大火中举手投降……

将该厂厂房焚毁?这么说尚吉利织丝厂完了?彻底毁了?天呐!这是什么时候的报道?他翻看了一下报纸出版日期。是最近的!看样子不会是假的!一座生产绸缎的工厂呵,焚烧时难道不心疼?看来我是再难进到尚吉利出的绸缎了!我故乡的亲人们呀,为什么要打、要斗、要烧?他哆嗦着手拨通了纽约家里的电话,让阿倩把听筒交给妈妈,他对着话筒痛惜至极地说:“妈,我得到了消息,南阳尚吉利织丝厂已经被焚毁,一座工厂被毁了!”“再说一遍!”他听见了妈妈的话音,也听到妈妈摆弄耳朵里助听器的声音,她老人家一定不信这消息,可这不会是假的!他对着话筒又说了一遍。电话那端出现了长久的静默,后来妈妈的声音响了,依然是那种不相信的坚定语气:“你不要信别人的瞎说!我知道尚吉利是尚家人心尖尖上的肉,只要尚家有人在活着,他们就决不会让人去烧这个工厂,不会的!……”

秉正慢慢地放下了话筒。但愿妈妈的话对,但愿《千秋业》上的消息是谣传,但愿那座工厂能保住!上帝呵,保佑我故乡的尚吉利织丝厂平安,保佑我故乡的亲人们平安吧!看在我这么多年虔诚信仰你的份上,你应该伸出你的大手,施展你佑护的神力了……

25

由尚家人代为守护的尚吉利织丝厂，在度过了一段短暂的平静之后，于一个雪花飘摇的后晌突然被“宛城红色造反团”据为了大本营。

此时的南阳红卫兵造反总部，因为打击的目标发生分歧而迅速地分裂成了数派。各派之间的攻讦、谩骂和武斗也随之展开。各组织为了能长期坚持便于发展，除了迅速地搜集枪支弹药和招募膀大腰圆的武斗队员之外，便是占领并修建自己的据点和大本营。尚吉利织丝厂宽敞的车间、办公房和被尚家人整理得干干净净的厂区以及四周的高围墙，很自然地被红色造反团头头一眼看中，于是便有了那个雪花飘摇的后晌的占领。

占领是迅速而顺利的。百多名经过挑选的手握短棍的造反团成员排成四路纵队，一边齐呼着“造反有理，革命无罪”

的口号一边跑步冲进了厂区。他们所遇到的唯一抵抗是立世和昌盛在大门口的阻拦:“这里是国家的织丝厂,请不要随便进入!”他们的徒手拦阻在钢铁般的队伍面前显得是那样无力,造反团队员们的短棍只需轻轻一捣便把尚家父子捣坐在了雪花相叠的地上。——滚出去!不过片刻之后,立世摊放在传达室床上的被褥也被扔进了雪里。昌盛最先明白反抗的无益,于是搀着父亲抱着被褥开始了撤退。待达志闻讯拄着拐杖赶来时,占领已经结束。占领者正迅速地用砖头、用拆卸下来的织机和发电机堆堵大门——为了防止敌对组织的进攻,他们把大门堵得只剩下仅容一人侧身而过的通道。达志看见雪花肆意地扑落栖息在那拆卸下来的织机上,心疼得闭上了眼睛。

红色造反团是在占领尚吉利织丝厂的翌日开始与它的敌人——“摧毁资产阶级司令部”开战的。

战斗的第一阶段是口头论战。红色造反团把十个大喇叭架在了尚吉利织丝厂临街的厂房屋脊上,让一男一女两个播音员在喇叭上轮番历数对方背离革命路线的罪状。对方自然也不示弱,立刻在街对面的屋脊上架起了十五个大喇叭,播音员用更大的声音揭露红色造反团的反动和堕落。二十五个大喇叭的声响吓得满街的麻雀不敢栖落,惊得近在咫尺的尚家人不得不在耳朵里塞了棉花。

战斗的第二阶段是互抓俘虏。先是红色造反团在夜间派出精干的突袭分队,潜入对方的占领区抓来了一个俘虏,尔后让这个俘虏在喇叭上供认种种罪行,并被宣布反戈一击有功。对方见状怒极,也在一个漆黑的夜里派人摸进尚吉利厂区,抓走了红色造反团的两名女兵。当两名女造反团员在敌方的喇叭里哭着供认自己所在组织的罪行时,这边又早已派出了奇袭队。如此一来一往捕捉俘虏、人质，双方的仇恨愈积愈炽，当红色造反团使用巧计又诱捕了对方一名主要头头之后，这种仇恨像大桶汽油遇见了火星一样，轰然引燃了。

对方在喇叭里勒令：限四个小时之内交出捕去的头头，否则将血洗红色造反团的大本营。

红色造反团没有理睬这道勒令。

于是从城区从四周县城抽调的大批"摧资派"成员开始云集，尚吉利织丝厂四周的街道上竖满了"摧资派"的战旗，一种对红色造反团的包围态势已经形成。

进攻的枪声是傍晚时分响的。那一刻尚家人正坐桌前吃他们的由稀粥和红薯面饼构成的晚饭。那天云纬因来看儿子承达也留在这儿吃饭。伤还未好的承达也坐在了桌前——造反派因内部派仗连连，早把抓他的任务忘在了九霄云外。枪声响得尖利而突然。许多年没有听见过枪声的尚家人都被这枪声惊得身子一震，端碗正仰头专心喝粥的旺旺大约从来没听过这种猝然而至的可怕响声，骇得手中的碗"啪"一下落地摔得粉碎。

人们在昏暗的烛光下惊慌地对视。

乒乒乒……枪声爆豆似的响了起来……

那是尚家人第一次近距离地观察进攻战斗。

进攻一方的"摧毁资产阶级司令部"的上千名成员，臂缠红卫兵袖章，手拿步枪、铁棍、用酒瓶制作的手榴弹以及砖头、瓦片，高呼着"革命不怕死，怕死不革命"的口号，轮番向尚吉利织丝厂的院子里冲。

防守一方的红色造反团成员，拿着和对手几乎一样的武器，守护在厂房的屋脊和院墙、大门内，一次又一次地把对手的冲击打了下去。

月亮似乎决意要看清这场战斗的全过程，一动不动地悬在钢蓝色的夜空。

尚家人和云纬、承达母子齐集在达志的卧室窗内和门后，吹熄了灯，透过窗隙门缝惊惶地向外看去。

有伤员从对面的房坡上滚下来，“扑嗵”一声落进尚家院中，于是一阵痛楚的惨叫便塞满了每个人的耳朵。还好，有人撞开尚家的院门，进院把那伤员抬走了，伤员的哭叫被拖拉了一地。

达志默坐在床上，把目光从窗外一点一点缩回眼眶里。别打了，有什么值得打的？要打你们到城外的空地上打，别在厂子里打呀，厂里有机器有设备，这样打下去不是要把这个厂子毁了？你们知道当初为建这个厂子，多少人下了多少力呵！你们晓得这厂子每月要给你们赚回来多少钱吗？你们明白这厂子每年要给咱们从外国换回多少尊敬么？……

仿佛是有人攻进了厂区，一种清晰的肉搏声散播在空气里。不过时间不长，那声音就被一阵胜利的欢呼所代替，大约摧资派的又一次进攻失利了。

不知过了多久，一股火光突然晃进院中，将满院的月光一下子赶走。尚家人定睛看时，才见是十来个持了火把的人跑了进来，而且立刻把火把凑向了尚吉利织丝厂朝向尚家院子的厂房后屋檐。“不好，他们要放火烧厂房！”立世最先叫出了声来。

“快，拦住他们！”达志惊得慌忙跳下床踉跄着向门口冲去，“火一烧开厂子就完了！”立世见状一把扯住父亲的胳膊转对昌盛叫道：“抱住你爷爷，不许他出这个屋门！”尔后又扭头喊道：“小瑾，看护好旺旺！云纬婶，照看好承达！你们谁都不准出门,外边还在打枪,要小心流弹!”言毕,猛拉开门冲了出去。

几个持火把的人正在点燃尚吉利厂房的后房檐,幸亏前些天下了那场雪,使得他们的引燃没有立刻奏效。立世冲到他们跟前慌急地连连作揖道:“求诸位千万别点房子,里边的人是你们的敌人,可房子是国家的!求求你们别点!”

“你他妈的是哪路来的?来管爷们的事?!滚开!”一个高个子一拳将立世打坐在了地上。在这同时,有一支火把已将一处屋檐点燃,椽子和屋笆燃着火时的哔唰声开始爆豆似的响起来。

“不,不能点呀——”立世一边喊叫着一边从地上爬起,疯了似的抓住一个椽子头纵身上了厂房后坡,他站在后房坡上一边对下边的点火者摆手一边声嘶力竭地叫道:“不,不能点厂房呀——”他以为自己站在后房坡上那些人就不会点火了。

但火苗,还是由屋檐向上蹿了起来。

“天呐,不能点厂房啊——”绝望和心疼使得立世哭了起来,他边哭边在房坡上来回奔跑摆手:“不,不能点呀——”

火苗迅速变高并开始向房坡上蔓延,木椽和竹笆燃烧后的浓烟开始翻滚着往夜空上蹿。立世不得不退向房脊,他依旧边在房脊上来回奔跑边摆手:“不能,不能烧厂房啊——”他的凄厉而含满痛心的叫声响彻了整个夜空,突然,啪的一声,不知是何方的子弹击中了立世的身子,只见他在火光中一个踉跄扑倒在了屋脊上。

“爹——”屋里的昌盛见状猛拉开门冲了出去,但一见爷爷随后也踉跄地奔了出来,又急忙返身抱住了也要向火海扑去的老人。这当儿,一个女人的身影猛然出现在火苗蔓延的房坡上，昌盛惊异地认出那是尤婶，她从哪儿上去的？

房脊上的尤婶在火光中飞快地向立世奔去。

“尤婶——，搀住爹由房前坡下——”昌盛声嘶力竭地喊。

火光中的尤婶终于奔到了立世身边，她吃力地搀起了立世，立世在越来越大的火光中站起时，仍在无力地摇动带血的手：“不能烧呀——”

起风了，老天爷仿佛也想看看这场火如果烧成会是一个什么模样，让陡起的夜风裹着原本已经很高的火苗，向房子前坡、向相邻的厂房更快地滚去。

漫天都是火了。

尚家人清清楚楚地看见，尤婶搀起立世只在房脊上走了一步，那巨大的厂房屋脊就轰然坍塌了。

尚家人没有看见成群的红色造反团员举手跑出厂区投降的情景，没有听到“摧毁资产阶级司令部”的战士们为取得战斗胜利而起的欢呼声；他们看到的只是那席卷整个尚吉利织丝厂的大火，听到的只是尚达志那惨厉的嘶喊：“全毁了呀……”

26

特赦战犯的消息是在春天的一个早上抵达西安战犯管理所的。那阵子栗温保正拄着拐杖在管理所操场边的草坪上进行例行的散步。他因为年龄在所有战犯中最高而享有一种特殊待遇:早上不参加集体晨操而独自散步。草坪边是长长一行绽出嫩叶的垂柳,轻微的晨风像顽皮的孩子一样把那些柔韧纤长的柳枝摇来摆去。他知道这一行柳树一共有二十一棵,知道这片草坪宽十四米长三十一米零十五公分,知道不远处碧波荡漾的那处水面叫莲湖,知道远处耸立的那座砖塔叫大雁塔。从北京功德林监狱转到这儿已经十几个年头过去,他对这里的一切都已非常熟悉。

他是看见几个工作人员抱着红纸、红布欢笑着向礼堂走去时才意识到:今儿个可能有什么事情。恰在这时他听到了喊他吃饭的声音。提前开饭?真有啥大事不成?

在饭桌上他才第一次听到特赦的消息。此前，管理所里也有人被赦放出，但栗温保从来没敢想这样的事还会落到自己头上。当"特赦"两个字由耳朵向心里缓步踱去时，他停下了扒饭的筷子：真可以回家了？可以回到南阳了？可以见到我的女儿丽丽了？这么说我可以活着见到故土了？他觉出自己那日显懒惰的心脏又开始快跳起来。回家了，可以回家了！

在早饭后的特赦典礼上，栗温保虽身在会场听着主持人宣读特赦令，心却早已飞到了南阳城。那是白河，那是独山，那是卧龙岗，我又看见你们了，看见了……

典礼过后给每个人发了生活费。栗温保接过钱后的第一个念头是想给女儿、女婿买点东西；还有外孙们，他记得女儿有次来信说她有一儿一女，也该给外孙和外孙女各买一点礼物。他最后在管理处的商店里买了两丈蓝底黄花的花布和两条"金丝猴"牌香烟。女售货员听说他要给外孙买礼物，没有问他的外孙多大年龄就自作主张地从货架上拿过来几把玩具手枪，说："男孩子们喜欢这个，你买一把送他他保准高兴！"栗温保一见那逼真的玩具手枪，面孔立时有些发白，像看见怪物似的急忙推开说："不，不要这个！"……

栗温保是在一个炊烟缭绕的傍晚回到南阳城西落霞村的。和女儿一家的见面并不像他原来预料的那样生分。陌生的女婿忙着为他端茶送水，长成小伙的外孙子宁安和长成少女的外孙女宁贞将他扶进扶出，女儿一会儿忙着为他收拾床铺一会儿忙着炒菜做饭。当全家人在晚饭桌前坐下女儿把一碗滚热的黄酒递到他手上时，他感到一向干涩的眼眶有些湿润起来。这种久违了的家居生活令他感到分外温馨。他用目光抚摸着桌前的每一个人：我的晚年有这样一个晚上就心满意足了。在他慢慢地呷着香甜的黄酒时,女儿告诉他,如今已实行抓革命促生产的政策了,农村的粮食产量开始回升,家里分的粮食差不多够吃了……他默默地听着,不时把头点点。女儿的许多用语他听不太明白,但他愿意听女儿这样絮絮地说话。女儿的话语如温暖的水流在他苍老而枯皱的心田缓缓淌过……

他睡觉的时候觉得胸口那儿有些发闷且有些微的疼痛,他以为是旅途劳累的结果并没有在意。

第二天吃过早饭,栗温保执意要和女儿一家人去地里干活。栗丽一听笑了,说:"爹,你这样大年纪了,能去干啥活?是怕俺们挣的工分少,不够养活你?放心吧!"栗温保缓缓摇摇须发全白了的头说:"我知道你们能养活得起我,可爹本来是个农民,多少年都没下地干活了,今儿去干一点,心里也好受。"栗丽见父亲执意要下地,也就没有再拦,叮嘱儿子宁安慢慢扶了姥爷往地里走。

那天生产队里的社员们都在锄麦地里的草。栗温保到了麦地,拿过外孙的锄头只锄了两锄就大口喘息开了——他这样高龄的人,如何干得了这种活儿?宁安见状要扶他去田埂上坐了歇息,他不肯,说:"锄不动我就用手拔吧。"说完便蹲下身去,但没拔一袋烟工夫,又咳喘得不行了,只好一屁股坐在麦垄里。宁安去搀他时见他脸上竟有了泪,便诧异道:"姥爷,你这是何必?又没有人逼你来干活呀!"栗温保哑了声说:"孩子,姥爷伤心不是因为累,是觉得这人生怎么说完就完了呢?……"

第三天清晨起床时,栗温保觉得胸口的闷感还没有消除。但他仍坚持这些年已养成的习惯:外出拄杖散步。落霞村还沉浸在清晨的宁静里,只有几声鸡鸣搅在盘旋而升的晨雾之中。他沿着村边的小路向田野走去，这弯弯曲曲的田间小路让他一下子忆起了久远的过去。那时，我挥着羊鞭在这儿放羊；那时，我和草绒在路边上嬉戏；那时，我挥着镰刀在这儿割草……

东天的红霞浓起来了，太阳转瞬之后就腾入了空中，于是远岗近坡的面目越发分明起来。我曾在那个岗坡上打过兔子，我曾在这个岗凹里和伙伴们比赛过翻跟头，我曾在旁边那块地里拣过麦穗，我——

叭！一声短促的响声将他的思绪截断。老土桩猎枪！几乎在那响声刚灭的瞬间他就做出了判断。他对这种装铁砂的猎枪的响声是太熟悉了。谁这么早就出来打兔子了？“嗨，娘的！”一个年轻小伙提着支猎枪骂骂咧咧地从近处的岗凹里走出来。“扑空了？”“你是——噢，是温保爷爷吧？昨儿个听说你已经回来——”“这么早就出来打兔子？”“我昨儿个傍黑撵一只兔子到这儿来，估计它没走远，所以就——”“让我替你看看，来，把枪给我！”栗温保兴致勃勃地扔掉拐杖朝小伙伸出了手，这一霎，他又体会到了许多年前当猎人时心里的那份急切。“你行？”小伙有些迟疑地把枪递给了他。“放心——”他提起枪有些踉跄地向前走。眼有些花了，但不要紧，只要它没走开……

看见了，你原来藏在这儿！狡猾的家伙，尽管你筑了一个假窟作掩护，但你躲不开我的眼睛。你感觉到我看见你了？你抬起头了，哦，是一只白色的小兔，像刚从雪里出来，白得耀人眼睛。

他站在一个土埂上把枪举了起来：你跑不掉了！准星看不清，不过我保证能打住你！是打你的脑袋还是腰身？但几乎在这同时，他扣扳机的手指开始哆嗦：这是一个活生生的生命,你该放掉它!放掉它!他把举起的枪又放了下来。你快跑吧,跑吧!他向前迈了一步,似乎想去赶走那只白兔,但他忘记了他是站在一个土埂上的,他的一只脚刚一伸出,整个身子便失去重心向前栽去,他在身子落地的那一瞬间,感到胸腔里有一个像钟摆一样的东西发出了咔的一声,随后便没有响动了。在意识尚留的最后一刻,他命令指头扣动了枪机:"叭!"走吧,你!跑远点!他仿佛看见有一只白色的兔子箭一般地向远处奔去。

那是一只白兔。白兔在这响在近处的枪声里一下子从藏身处惊起,它在慌乱中显然没辨出枪响在哪儿,它竟然迎着倒地的栗温保撒腿奔来,直到它又闻到一股气味,才陡然停步,这时它发现它正站在一个倒地的一动不动的人身边,它用鼻子蹭了蹭他的手,才又撒腿箭一样地向远处的山岗飞跑……

27

远在纽约的秉正在栗温保心脏停跳的那个时辰刚刚从梦中醒来。他有些惊奇自己怎么会突然间梦见了父亲。自从和母亲离开南阳后,父亲一次也没进入过他的梦境,他知道这是因为他们父子感情上的疏离所致。不晓得今晚何以这样稀奇:父亲竟然极亲切地亲了亲他的左腮。

早晨起床后他照例亲自去母亲房间帮助她穿袜穿鞋,尔后把她抱入轮椅内。在女仆侍候老人梳洗的时候,他笑着开口:“妈,你猜我昨晚梦见了谁?梦见我爹了,他还亲了亲我的脸。”草绒的身子微微一颤,但她什么话也没说,她只是朝床头柜上一指道:“把《圣经》给我。”

草绒在胸前划了十字后翻开了《圣经》。栗温保,你现在想你的儿子了?当初我们受苦时你在哪里?不过上帝教导我们要学会宽恕,我和秉正会宽恕你过去对我们所做的一切。

你既然可以托梦给秉正，你应该也知道我们住在哪里，你可以来，可以来和我们住在一起。我虽然不会给你尊敬，但我会尽我的力量照顾你！你的年岁也不小了，该保重身体！……

“妈，早饭后振中的未婚妻艾丽雅要来，可能是商定他们结婚日期的事，你愿意见见她吗?”

“还是那个黄头发的美国姑娘?”草绒从《圣经》上抬起了头。

“是的。”

“不能换成咱们唐人街上哪个华人的女儿?”

“妈，你知道感情这个东西——，再说，他俩在大学同窗了几年。”

“唉，我就担心你将来的孙子，会忘了我们从哪里来的。也罢，让她来吧，我愿意见她。”她又把目光移向了《圣经》。……主啊，我弟兄得罪我，我当饶恕他几次呢？到七次可以么。耶稣说，我对你说，不是到七次，乃是到七十个七次……栗温保，你就要有一个孙子媳妇了，这姑娘我先前见过，脸好白，头发是金黄色，鼻子稍有些高，但耐看。这姑娘爱说爱笑，是个让人喜欢的丫头。只是她一说快了就讲英语，我听不懂。她父亲也做生意，做的是电器生意，家里的境况和咱们差不了多少，也算是门当户对吧。我想，她和你孙子振中结婚后，我第一年就让她要孩子！最好是生个小重孙子！我想看看这第四代人！你也想吧？我听说了，这种不同国家的人成婚后，生的儿女会格外聪明，但愿我们的小重孙子是个聪明绝顶的孩子。栗温保，我嫁到你们栗家，给你们栗家养了几代人，可你给了我什么？伤心！全是伤心！主是看着的，他知道我得到了什么。他当然也看见你得到了什么！你这一生得到的很多，是吧？权力！金钱！荣誉！房子！女人！你实话说你这一生睡过多少女人？十个？二十个！足有！你从她们身上得到了很多快乐，是吧？那快乐如今在哪里？都还存在你的心里？摸着那些女人的奶子，心里会美成什么样？酥，是吧？是你当初给我说过的酥吗？畜生！你这个畜生！不，不，我不该骂你，主，饶恕我，我忘了你的话，我该宽恕他，宽恕你，栗温保！宽恕，宽恕七十个七次，主……

艾丽雅是带着一阵清脆的笑声走进草绒屋里的——"奶奶，你好！"——"你好，我的好姑娘——"草绒的问候还未说定，艾丽雅已扑过来抱着她吻起来。这异国的礼节虽让草绒有些不习惯，但心中却有一股温暖在漫开。

"奶奶，我要送你一件礼物！"艾丽雅的中文说得颇为流利，边说边从提袋里掏出一个精致的丝绒首饰盒子。

"奶奶老了，奶奶不戴首饰了！"草绒忙含笑推辞。

"这不是首饰，奶奶！"艾丽雅从盒子中掏出一个用金属链子拴着的长方形骨雕，骨雕的大小与中国的麻将牌相似，"这个骨片上刻着我们家族的族徽，我们家的每个女孩出嫁时，父母都要给一个这样的骨片让送给男方家里的长辈留作纪念。"

"噢，是这样。"草绒接过骨片掏出花镜戴上细看，只见上面刻着一把很像斧头的器物砍在一根树枝上的图案。这大概就是他们的族徽了！她翻过骨片，见背面只刻着一个符号：卌。

她一怔，忽然觉得这符号在哪儿见过 。

"这符号是什么意思？艾丽雅？"

"噢，可能只是一个表示吉祥的符号，我父亲说他的父亲也就是我的爷爷没有给他说明这件事就去世了。不过我对这符号倒有我自己的理解，我认为这是先辈在告诉我们后辈，我们生活着的空间是无限的，而我们家族只处在空间的一个点上。一个家族和无限的空间相比，简直是微不足道的。”

“哦?”草绒努力翻索着往事的记忆，希望弄清自己曾在哪里见过这符号，但终于也没想起。

“谢谢你的礼物，艾丽雅！奶奶也送你一件礼物。”草绒说着从衣兜里摸出一个叠成方方正正的东西。待她打开后大家才看清这是一张台北出的中国地图。地图上的“南阳”两字，被用红笔重重地圈着。“艾丽雅，这就是振中我们一家祖辈居住的地方，它叫南阳！奶奶送给你这张地图的意思，就是要你记住南阳这两个字，如果以后有机会，你和振中一定要回去看看。假若你和振中有了后代，也要告诉他们，中国河南南阳是他们的祖籍！我们的南阳是个好地方，那里有诸葛亮庵，有独山玉石，有烙画，有尚吉利的绸缎，尚吉利的绸缎可是有名……”

“奶奶，我已经听振中说了，我一定争取去看看这个地方！尼克松总统已经去过中国了，我相信我们会有去的机会！……”

中午吃饭时，艾丽雅执意要把一向不坐饭桌前吃饭的草绒推到饭桌前，而且亲自把老人坐的轮椅升高，亲自给老人布菜。

饭后吃水果时，振中顺手扭开了收音机，“美国之音”的中文节目正在播送国际新闻：

……有迹象表明，中国大陆政界高层昨天发生了一个重要事件，现在还不清楚事件的详细内容，但有一点可以肯定，会有重要的人事变动……

正在说笑着的全家人立时静了下来。“快扭英国 BBC 台!”秉正对儿子叫。

……现在可以断定的是,江青、张春桥、王洪文、姚文元等四人已经失去了自由,军方和政界的务实派已经控制了权力……

“好!”振中跳起来拍了手叫。

“好啥子?”草绒茫然地看定孙子。

“奶奶,你不知道,中国大陆上的这四个领导人一直主张革命重于生产,所以才造成了许多工厂停工停产,他们的下台,一定会使整个政策发生转变,大陆的政策一向是随领导人的变化而变化的!”

“这就是说,大陆的织丝厂以后还会正常开工?”

“非常可能!”

“我们的店里还会进来南阳尚吉利和杭州的绸缎?”

“是的,奶奶!”

“噢,但愿你说的能够实现。秉正,给我拿来《圣经》! 我要祷告,我要祈求主保佑中国的工厂都能开工,都能,主呵……”

28

火纸点燃后冒出的轻烟，陆续地在各家的祖坟头上升起来了。达志拄拐站在自家的祖坟上，默默地向田野望去。

四周竟有这么多的坟头，已经有这么多的人死了！我也快了吧？阎王爷给我的阳寿还有多长？我还能熬过几个清明节呢？说不定下一个清明节，我就也在这土堆里了吧？……

昌盛、小瑾正在他们的几位祖爷爷、父亲、妈妈和尤婶的坟头上焚燃纸钱。孙子、孙媳原是不让达志也来的，可达志担心下一个清明节自己就走不动了，执意要来坟上看看。

按清明节添坟的规矩，各个坟头昌盛都用铁锹新培了土，新鲜的黑土使每个坟包都有了丝生气。达志在父亲尚安业的坟前鞠了个躬，他是很想下跪的，可又担心一跪下就站不起了。爹，原谅我吧，我也老了……我晓得你还牵挂着织绸织缎的事，听说尚吉利织丝厂就要恢复生产了……

“爷爷，咱们回吧。”昌盛和小瑾过来搀住了他的胳膊。三个人缓缓地向地头走去。地头上停着一辆平板车，月儿陪着卓远先已经坐在板车上了——早饭后，昌盛就是用这辆板车把两位老人和小瑾、月儿拉到这田野里的。雅娴奶奶几个月前病逝，卓远今儿个执意要亲来坟上给雅娴烧纸。好在两家的坟地相离不远，昌盛可以一车拉了来。

“月儿，要好生照料你爷爷。”昌盛拉动板车往回返时，达志对外孙女作着交待。

“放心吧，达志，月儿照顾我周到着哩，有时看她那个忙劲，我就真想也随你雅娴嫂子去了作罢。”卓远叹了口气说。

“瞎说罢你，你不是说你还要写一本书吗？”

“是呵，只不知道能不能写出来。”

“书名是啥？”

“暂时保密吧，等我写出来了，自然让你先……”

“呜——”一辆吉普车突然在他们的板车旁停了下来，车门在众人的惊疑中打开后，承达从车上跳下。“卓大伯，爹——”

“你这是——？”

“我刚刚被从五七干校接回来，上级已任命我来当南阳生产指挥部的指挥长了，我现在是回城上任。”

“生产指挥部——？”

“就是专门指挥经济生产的部门。前两年虽然成立了，但形同虚设，这次要真正负起指挥生产的责任！”

“这么说你们终于明白该抓什么了？！”卓远看定承达。

“我们浪费了太多的时间！”

“会是真的？”达志瞪大了眼。

“当然！”承达点头，“尚吉利织丝厂的生产也要立刻恢复。昌盛,你是厂里的老工人了,回去后就马上到厂里,我随后也去,要先领人把厂子清理出来!”

“不会再——?”达志抓住了承达的手腕。

“放心,爹,灾难已让我们每个人都聪明了许多!”承达说罢转身上了车,车子立刻挟着烟尘向城里驰去。

“乱极而治,衰极而兴,达志,也许我们还会看到一个新局面。”

“会吗?”

“一个国家的人不会长久忍耐一种吃不好、穿不好、住不好且没有安全感的生活,他们必然会努力寻找出能把他们带入富裕、安宁、幸福日子的人和制度。这是人类社会发展的规律。我们没有理由不相信局面会发生变化!”卓远在板车的缓慢移动中拍着达志的手。

“依你之见,尚吉利织丝厂也还有兴盛的一天?”

“当然!”

“我老死之前能看见这一天?”

“怎么你也说到死?你看你还是满口好牙哩,沽过一百不成问题;你爷爷当初不是活到了一百零三,你们可是长寿家族!……”

老天保佑卓远哥说得准确,保佑我能活到尚吉利织丝厂重新兴盛的日子。爹,但愿我晚点去见你的时候,真能带给你一个好消息:尚吉利绸缎又获了“霸王”美誉……

星星们还赖在天上没走,最早的一声鸡啼还未翻过尚家的院墙落进院里,达志已经拄着拐杖走出了睡屋,在门口伸了一个长长的懒腰。他走到前院那块竖着的石头前,把拐杖往石头上一靠,先是张嘴呼了几口浊气,然后开始扭腰、甩手、搓头。这是他自己的健身术。几个项目做完，见星星已稀了不少，四周邻居家的鸡叫已开始热闹，就走到了昌盛、小瑾他们的睡屋门口，用拐杖把门捣捣。

“谁？”昌盛仿佛在忙着什么，声音有些喘。

“我。叫旺旺起来！”

“爷爷，天不是还没亮？”小瑾的声音，身子似乎被什么压着。

“快亮了，让他起来！”听你们的声音就知道你们在干什么。傻东西们，一大早就做这种事会伤身子的！

“干啥子么？”是旺旺含混的嘟囔，不过，已经有穿衣系带的窸窣声了。片刻之后，旺旺拉门站在了门口：“太爷爷，有事？”

“跟我走！”达志扭身拄杖向后院里移步，拐杖捣在地上很重，声音响亮地撞在院墙上。他最后在后院的那棵老桑树下站定，在衣兜里摸索了一阵，把一卷纸朝旺旺递去。

“啥？”

“书！”

“书？俺们学校已经发了新书。”

“这和你们老师发的书不同，这是咱们家的书！”

“咱们家的书，写的啥？”旺旺翻了翻，可天还黑，看不清。

“有关织绸织缎的事。”

“织绸缎？我不喜欢读这书，我长大了要当科学家，造在天上飞的卫星！太爷爷，给你！”

“拿住！”

“拿住我也不想读！”

“要读！”

“我不——”

“啪!”旺旺屁股上挨了重重一拐杖,一阵火烧火燎的疼感在向腿上蔓延。

“太爷爷,你凭啥打人?”

“要读这书!”

“我不——”

“啪!”又一拐杖落到了旺旺的屁股上。在越来越亮的晨光里,有两颗晶亮的泪珠委委屈屈地爬出了旺旺的眼眶。

“要读!”

“咋读?”旺旺哽咽着问。

“每天早晨读一页,还要会背!不识的字和不懂的句可以问我和你爹。头一天读的东西,第二日早上要先背一遍!”

天已经彻底亮了。旺旺不甚情愿地翻开那本用麻线装订起来的书,将目光迟迟疑疑地放上去。

“最好读出声,我和你爷爷、你爹当初都是读出声的,这样也便于记住!”

“自唐武德八年始,吾南阳尚家从丝绸织造,迄今已千三百五十一年……”

几缕鲜红的霞光翻过院墙,静静地映在那一老一少身上……

周大新文集

第二十幕

DI ER SHI MU

下

人民文学出版社

第 一 部

1

南阳这块平常的土地，常常悄无声息地把一些珍贵的东西藏进她的土层里，尔后，在她认为恰当的时候，再一件一件地亮给后人。本世纪初，她把南召猿人的生活遗址和秦时的官营铸铁作坊袒露给人们；三十年代，又捧出一大批瑰丽的汉画像石刻让世人目睹；九十年代，她再把上万枚的恐龙蛋化石和恐龙骨架化石呈现出来，使世界很是吃了一惊。

一九八〇年春天的那个上午，当南阳城西落霞村的栗丽十五岁的女儿曹宁贞，扛着镢头去安留岗挖掘种植桑树、柞树的树坑时，并不知道她也将从土里挖出一桩新闻，挖出一处让世人一愣的历史遗迹。

自从村里允许村民在四周荒芜的土岗子上种桑树、柞树养蚕之后，承包村里小桑园的栗丽和丈夫曹冬至便决定再挖一些树坑，再栽一些桑树和柞树苗，以便日后能养更多的蚕。

宁贞便是因此在那个阳光和暖的上午拿上镢头爬上安留岗的岗脊的。

安留岗是一个呈东南——西北走向、长约五六里的土岗子。岗上多细碎的料礓石,不长庄稼;眼下岗上除了刚拱出地面的青草之外,便是才绽出叶子枝条蓬乱的矮树棵子。宁贞爬上岗脊中部之后,脱下上身的翠色褂子,便挥镢挖了起来。

十五岁的宁贞因为劳动更因为母亲的先天遗传,已出落成了一个腰身柔韧纤长十分惹人注意的漂亮姑娘。她一登上岗脊,先她而来在岗上砍杂树棵子作柴的小伙,便都把热热的目光射了过来。宁贞对那些目光浑然不觉,她只是不停地挥镢挖着。

大约是挖第三个树坑的第四镢时,她感觉到镢头碰上了一种东西,这种东西既不是土块也不是岗脊上常见的料礓石,而是一种原来没有碰到过的易碎的物件,因为她听到了"咔哧"的断裂声。她有些小心地把镢头拉上来,这时候她看到随着镢头出来的是一些变朽的骨头。

骨头?她有些惊异。

像是牛身上的骨头?她又扬起了镢头。

随镢出来的是一个破了的陶罐。

这地方怎会有这样的东西?

她来了兴趣,又一镢挖下去。

镢头碰上了一个木制的东西,发出"咚"的一声闷响。箱子?她凭响声做出了判断。这儿怎么会埋有箱子?惊奇使她更快地用镢头刨起了土,随着土块的被逐渐刨开,一口棺材露了出来。

"妈呀!"宁贞吓得叫了一声,扔下了镢头。

在近处打草的两个小伙闻声跑过来,其中一个拿起宁贞的镢头刚想去撬棺板，只见一条镢把粗的五花长蛇从棺材一头的土里倏然爬过。

两个小伙显然有些害怕，吐口唾沫扔下镢头走了。

宁贞也慌忙拎起镢头，惊惊惧惧地离开了岗脊。她想，这大概不是种桑树、柞树的地方，不吉利！

宁贞挖到棺材的消息是后晌传进城里的，市文物科的两个人于傍晚时分来到了现场。他们赶到现场时，一个闻讯跑来的干过掘墓差事的农民正用他雪亮而笨重的镐头把那具棺材揭开。棺材的质量一般，内中盛的是一具女尸，女尸的头和身子是断开的。这具保存尚好的女尸正在血红的夕阳下迅速地变形。两个文物官员见状叫苦不迭，说："你怎敢乱挖？为什么不等等我们？"那农民抹了一下鼻涕笑笑，答："我以为能找到几个铜钱，不想除了骨头啥都没有。"两个文物官员在现场反复察看了一番之后，留下一人看管，另一人匆匆向城里奔去。

天黑定之前，几名公安局的人来到了安留岗脊，他们在岗脊上围上了一圈绳子，并在旁边竖了一块木牌，上写："文物重地，严禁入内"。

第二天，城里的报纸上出现了一则消息：

> 昨日，市郊落霞村一位姑娘在安留岗中段的岗脊上挖坑种树时，无意中发现该岗脊埋有一具女尸和不少羊骨、牛骨和陶器，据文物部门初步判定，这些均为东汉时期的东西，极具研究价值。文物部门已决定即日开始对该处进行详细发掘。另据民间传说，当年刘秀初起兵时，曾于此岗摆脱过王莽的追兵而脱险，故此岗起名为安留（刘）岗……

宁贞从安留岗回到家后仍心神不定，那口棺材总在她眼前晃动。她给妈妈栗丽说了事情的经过和她的感觉，妈妈用手点着她的额头笑道："小胆子货，挖出个破棺材也值当吓成这样？"

晚饭后宁贞没像往日那样去找女伴们玩，而是早早地上床睡了。她想早点沉入睡眠以把安留岗上的事情忘掉。不料刚入睡乡，便见一个身穿黑色长裙的姑娘在向她招手，问她愿不愿去看一处风景，她觉得惊奇，就点了头。那黑裙姑娘便扭身在前引路，上坡、过桥，路曲曲折折，那黑裙姑娘最后在一处四四方方的平台上站定，说：就在这儿！宁贞便举目四望，只见四周白茫茫一片，只有烟云在翻，就回了头问：风景在哪儿？那黑裙姑娘笑笑：在这儿！说着抬手从自己头顶抽出一缕一缕细如蚕丝的东西，宁贞惊问：这是啥？感情！那黑裙姑娘笑着答。宁贞越觉惊异：感情原来是这样的？她刚想上前看个仔细，却见那女子猛将自己的头从脖颈上取下朝她递来，说：你看看清楚！宁贞定睛一看，竟是一个骷髅，吓得她"妈呀"一声从梦中惊醒，"呼"地一下从床上坐了起来。

还没有上床的栗丽闻声跑过来，搂住女儿惊问："咋了？"

"做了个噩梦。"宁贞气喘吁吁地说。"我梦见了——"

"好了，夜晚不能说梦，夜里说梦，一夜不宁，睡吧。"栗丽重又扶女儿躺下，"妈今夜就睡在你身边，你放宽心，再不会有噩梦找你了。"

宁贞这才算睡到天明，天亮起床后她对妈说："我不去挖树坑了，我到桑园里看护蚕，让我哥去找种树的地方吧。"栗丽点头说："中。"

宁贞赶到村南自家承包的桑园时，哥哥宁安正挎着竹篮站在一棵桑树枝杈上采摘桑叶，两只手如摘棉花的女人一样，快速翻飞。看见她，问：“跑来干啥？”

“换你，我来照护蚕！”

“你行？！”宁安瞪了一眼妹妹。

“当然。”宁贞也想麻利地爬上另一棵桑树摘叶，但爬了几次都未能如愿。

“好了，叶子已经摘足了，”宁安跳下树，“跟我去蚕房，我告诉你要注意的事儿。”

兄妹俩于是一前一后向早先的看园小屋如今的蚕房走去。一推开房门，“沙沙沙”的蚕嚼桑叶声就如风一样飘了过来。宁贞看见，十几个笸箩里都有白白胖胖的蚕在桑叶间蠕动。

“再过顿饭工夫，你往各个笸箩里放一次叶；顶重要的是小心别让老鼠进了笸箩，老鼠这东西吃起蚕来，像喝面叶，又贪又快。你把这个小棍拿在手里，发现老鼠，就把它吓走！”

“老鼠咬人吗？”宁贞有些怯意。

“吃人！它们专吃十五岁的胆小姑娘！”

“去！”宁贞把哥哥推出了蚕房门，开始小心地查看各个笸箩里蚕的发育情况。它们的身个比前几天又见大了。快长吧，蚕宝宝们，等你们长大结了茧卖了钱，我才能上高中一年级哩！求你们早点长大结茧吧……

门前的土路上响起一串自行车铃声，宁贞扭头隔了桑树的枝叶缝隙向路上看去，是四五个邻村的去卧龙高中上学的男女学生，内中有一个姑娘宁贞还认得。看着他们飞旋的车轮和背上的书包，听着他们摇响的车铃和笑声，一股明显的羡慕之色浮在了她的脸上。唉，我啥时候才能像他们一样去上高中读书，尔后考上一所大学，再后分回到南阳城，像城里姑娘一样到一个机关上班？

她直直地望着他们的背影……

2

安留岗有古尸出土的消息抵达尚家时正逢中午来临。达志那阵子正眯缝着两只老眼在院里晒着太阳。孙子昌盛说：爷爷，城郊的农民挖坑种树挖到了一座古墓，其中有两口棺材。达志听后既没接口也没往心里去。挖到十座墓与我有啥子相干？我马上也就要进坟墓了，还会对一座前人的坟墓感兴趣？人早晚都要躺到坟墓里，还是手下留情别动别人的墓吧。但后来听昌盛的媳妇小瑾说文物管理部门的人断言那是一座汉墓，而且新挖出的一口棺材里可能还是一具女尸，那女尸身上的衣服也可能保存完好时，他的心一动：汉代人穿的衣料不会是今天的化学纤维，可能是家织土棉布，更可能是丝绸。如果真是丝绸，在开棺后见识一下汉代的绸缎岂不是很有意思？至今为止，我还没见过古时的绸缎哩。

达志于是让昌盛去问，如果尸体上的衣裳保存完好，能不能借一片给他看看。市文物科的人一听都笑了，说：所谓保存完好，就是在开棺的那一瞬间，你能看到尸体上的衣服完好如初，但实际上一与空气相触，它顷刻间便焚毁成灰，手一动它就飞了，哪还能拿到手里？达志一听是这样，问清了开棺时间定在第二天，便不顾昌盛夫妇的阻拦，决心在打开女棺时亲自到现场看看。

第二天头晌是一个风止树静的和暖天气。达志让孙子昌盛用地板车把他拉到了岗上。文物部门为了在棺材打开的那一瞬间把棺内的情景弄个清楚，请来了四名摄影记者，他们将在四个角度上同时对尸体拍照——这是在没有能力保存棺内东西的情况下所采取的一项补救措施。

开棺的准备工作全部做好之后，达志被允许站在棺材附近。在文物科长一声号令下，依然结实的棺盖被“轰隆”一声打开。达志急忙在老花眼镜的帮助下向棺内看去：那俨然是一个刚刚去世的年轻女人，双目微阖静躺在那里；黄绸上衣黑缎裤子鲜艳如初，脚上还搭了一匹白绸子，似乎是怕她脚冷；胸脯分明还有些高隆。果然是一名穿绸着缎的女人！达志惊奇地看着女尸和女尸身上的绸缎，这是他第一次看见一个真正古装的女人。但几乎是眨眼之间，就在记者们相机的“咔嚓”声中，那尸体忽然塌陷变形，眼和嘴和肚子和阴部一下子塌成了深坑，身上的衣裳也像受惊的苍蝇一样四下里乱飞，一股难闻的气味钻进达志的鼻孔。是尸体那副吓人的样子和这股呛人的味道迫使达志移开了目光。

那些记者拍出的照片是在后晌冲洗出来的。昌盛拿着其中的四张照片连蹦带跳惊惊咋咋地跑到爷爷身边叫：“爷爷你快看，你快看这照片上的字迹！”

达志不知孙子何以这样激动，慢条斯理地戴上老花镜去看孙子递过来的照片。那是女尸腿部的几张照片，女尸脚上搭着的那匹白绸很清晰，那匹白绸上竟然有几个字也隐隐约约照了出来，达志仔细看去，可以辨出是四个隶书汉字："南阳绸缎"。

达志惊奇的目光与昌盛惊喜的目光迅即相撞。嗬，南阳绸缎！谢谢老天爷也谢谢你这个不知名的女人，你让我尚达志开了眼界，见识了汉代的"南阳绸缎"……

达志那天剩下的时间一直激动不已，晚饭也吃得心不在焉。晚饭后，他把昌盛叫进自己的房间，慢了声问："昌盛，我死的时候，你能不能在我的腿上也搭一匹绸子，而且在绸子上也织几个字：'尚吉利霸王绸'？"

昌盛怔怔地望着爷爷，半晌之后方开口："我眼下只是'国营尚吉利织丝厂'的一个供销科长，啥时能造出'霸王绸'我确实不敢——"

"行了，你走吧！"老人朝孙子挥了挥拐杖。

尚达志在过了九十六岁生日迈进九十六岁的门槛之后，没想到还有三个考验在等待着要检验他的生命强度。

头一次考验发生于一个阳光很淡的午后。在那个午后他忽然很想吃几颗山楂，可那阵孙子昌盛和孙子媳妇小瑾都已上班，重孙子旺旺也已去了学校，没人为他把山楂拿来。他知道应该把这个陡起的愿望压下去，可他压抑不住，满嘴里都是因想咀嚼山楂而涌出的唾液。他最后决定自己动手去拿。盛山楂的坛子放在立柜的上边，他拄杖走过去才发现自己的手够不着坛子，没有办法，他只好借助一个矮凳，他想他只要站到这个矮凳上他就一定可以拿到山楂。在这一刻他有点像个孩子，他用拐杖把矮凳拨拉到立柜下，尔后颤颤地抬起一只脚踏到上边，就在他准备把另一只脚也抬起的时候，矮凳很不听话地翻了，他理所当然地倒了下去。他摔得不轻，胳膊和腿都出了血，他躺在地上好长时间没有站起。还好，骨头没有受伤，他后来是自己爬起来的，爬起来时他很想扇自己一个嘴巴：你个馋嘴的老东西！那天傍晚孙子媳妇小瑾回来见他那副受了伤的样子，惊问原因，他只能淡了声答：不小心绊着了一个凳子，摔了一跤，没啥大不了的事……

第二次考验是在一个晚上到的。那天晚上他睡下之后，正要拉灭电灯时忽然看见床前的地上有一只蚕——一只身形巨大体长半尺的蚕，通体发光，爬动时“沙沙”作响。那只蚕在他的床前地上爬了三圈之后向门外爬去。他第一次见到这种蚕，他惊奇地起床，只穿衬衣短裤拄上拐杖想看它要爬到哪里去。那蚕出了门径向前院爬，而且爬一阵回过头来看看他。他越发惊异，就随了那蚕走，他看见那蚕爬到前院那块刻有𠁩形图案的石头上，最后卧在了那个𠁩形图案的中央。他呆呆地看着那蚕，那蚕也昂头看他。所幸这时刚好昌盛起来小解，见爷爷直直站在院中，忙跑过来扶住他问是咋着回事，他指了指石头说：“别管我，你看那只蚕！”昌盛用手中的手电朝石头上一照，诧异道：“哪有什么蚕？”达志眨眨眼睛，也是一愣，发现石头上果然空空的。那天的后半夜达志开始发烧，昌盛估摸爷爷如此高龄经这一冻，恐要大病一场，未料三天后爷爷竟退了烧，神清气爽地下了床。

第三次考验差不多是小瑾一手制造的。那几天达志小腹不适，昌盛请一名中医给他开了三服中药，药是小瑾到药铺买的。抓药的人在把三大包药递到小瑾手上时又交给她三个小包，告诉她每大包药煎二十分钟后再放一小包药进去，继续煎十分钟后再倒出药汤交病人服用。并再三告诫小瑾，一定不要忘了放小包药,因为大包药煎出后是带毒的,没有小包药的搀配,人服食后就会中毒。小瑾回家后依嘱煎药,但煎第三大包药那天,她因为旺旺吃饭打碎了碗烫了手忙着给儿子包扎,而忘了把小包药放进去,她伺候爷爷把药喝进去后,返回厨房去刷药锅时才发现出了大错。她吓得面孔发白手足无措,她想爷爷这次必死无疑,一边叫儿子去隔壁的厂里喊昌盛回来一边双腿发软地向爷爷的睡屋走去。她想爷爷或是正躺在床上呻吟或是已经死了,未料推门一看发现爷爷正坐在床帮上听收音机。她又惊又怕地问:"爷爷,你身子有啥不适没有?"达志摇头说:"没有,喝了这服药我左嘴角哆嗦的病好像也好了,你看,一点也不哆嗦了是吧?"小瑾听完这才嘘一口气把悬吊起来的心慢慢放到原位。

昌盛回家后听妻子说了事情经过,仍不放心,又去把安泰堂的安老大夫请了来,让他看看爷爷身子咋样。安老大夫把脉良久之后对达志说:"我给不少过了九十岁的人把过脉,只有你的脉最正常,这说明你的内部脏器都还完好运转正常,你很有可能活到一百多岁!"

达志听罢笑了:"你不必宽慰我,我是今晚脱鞋上床,不知明早能不能下床穿鞋的人了,小鬼们怕都做好了拿我魂灵进地府的准备啦。"

安老大夫摇摇头说:"我一向只宽慰年轻的病人,过了九十的人对人生都已看得透透的,还用得着我来宽慰?我接触过几个过了百岁的老人,发现他们除了注意饮食适度、经常运动、能很快从不好的精神状态中解脱出来之外,大都有一个特点,这就是终生只选一个目标。"

"哦?"达志来了兴趣。

"一生没有选择目标的人,很容易陷入懒散和放纵,让自己的生命活力渐渐降下来；一生选择多个目标的人，很容易陷入紧张、苦恼和疲累之中，这当然会加快生命活力的消耗。”

“噢？”

“我知道你这一生想的只是织出好绸缎，因为有了这个目标，你自我约束，洁身自好，没有不良生活习惯，这使得生命活力日渐蓄积；又因为目标惟一，你虽然也思虑很多事情，也为很多事情奔忙，但和那些生活目标一个连一个的人相比，你消耗掉的东西就相对要少一些。所以我说，你会活一个别人很难想望的岁数。”

“但愿你的话能够应验。”达志摸住安老大夫的手摇着，“我还真想再活几年，再做一点我想做的事。”

“是织绸缎的事？”安老大夫笑问。

达志没有点头也没有摇头，只是轻轻叹了口气。

3

一吃过晚饭，南阳师专历史系年轻的副教授卓月就坐到了书桌前，开始如往常的那些夜晚一样，聚精会神地校对外爷卓远生前写完的那部专著——《时间的痕迹》的清样。自从一年前外爷卓远去世之后，她一直在为外爷这本书的出版奔走，现在总算有了结果，清样校对完就要付印了。

院子里很静，偌大的卓家院子只有她这一盏灯在亮着，也只响着她笔尖舔纸的沙沙声。远处街上夜市的喧闹仿佛被这院里浓浓的书卷气息所吓，根本不敢踏进院门。

外爷，你写的东西就要与世人见面了！我不会忘记那些你口述我速记的夜晚，你完全凭记忆去翻查历史的册页，你坐在那把朱漆剥落的圈椅里，背向着灯，用一只手撑着额头，一句一句地说着，你那全白了的头发随着你的口述在纷然摇动。外爷，我根本没想到那个满月之夜会是你离开我的时刻。我像往常一样把稿纸摊开在桌上，我听见你很低地说了一句："咱们开始吧。我担心……"我等待着下文，我望着拥挤到窗前的月光在猜，今晚你会口述多少文字。随即我便听到了你拐杖落地的声音，你的拐杖经常靠在你的腿旁，我以为你不小心碰倒了它，我转身弯腰替你拣起，在我把拐杖往你腿上靠时我发现你的头耷拉下来，这时我仍然没想别的，我以为你累了，想歇息一会儿，你过去口述前也有过歇息的先例。我静静地坐在那儿，等待着你把头重新抬起。时间过去了许久，这时我想起该给你披件衣服，免得你在这种假寐中着凉。当我把你那件灰夹袄披到你的肩上触到你的手时我才吃了一惊，我才去喊你摇你，但你再没有答应我一声，你永远地离开了这个你无比关注的世界。你最后说出的一句话是："我担心……"你没有说完这句话，我不知道你担心什么，是担心这本专著不能出版？是担心你走后我的生活？还是担心人们对时间的挥霍？担心人们漠视了时间的痕迹？……

月儿摇摇头，止住自己漂移的思绪，把目光和精力重新注向清样上的字迹。

这个无月的夜晚在月儿对清样的校对中一点一点向深处走。又一页清样翻过之后，月儿听到了一阵敲门声。

"谁？"

"是我们，文物科的老解和小唐。"

月儿闻答急忙起身去开门，她在教授历史的同时兼搞点文物研究，和文物科的每个人都熟。

"我们是来求助的。"老解进院就说明来意，"安留岗挖出的陶器和牛、羊的骨殖越来越多，骨殖摆放的位置也有些奇异，而且两具有棺女尸的头骨是被砍断的，这既不像一个私人墓地也不像一个刑场，我们很想请你和我们一起工作，以便早日得出发掘结论。”

“我们所以来得晚是因为先去找了你们学校校长,已经代为你请了假。”小唐笑着补充。

“好嘛,这不是逼着我去给你们干活？我可是正在校对外爷留下的一部关于时间的书稿。”

“搞文物发掘也是研究时间,不过是研究已经过去了的时间,研究物体上凝结的时间。”

“好吧,我去。”月儿点头,“据传,安留岗在刘秀的政治生涯中起过作用,王莽地皇三年,也就是公元二十二年冬,刘秀与刘缜起兵反王莽以复汉室,欲攻进宛城。不想进攻当日天有大雾,汉军大败,刘秀只身徒步逃至安留岗,后边追兵迫近,正惶急间,忽见一匹黑马在岗上疾步朝他奔来,他遂飞身跨上跑走,免遭了追兵杀戮。今既在岗上发现了文物和尸骨,其间一定藏有故事!”

“那么我们明天岗上见?”小唐笑问。

“岗上见!”

连续十来天的发掘让卓月每天都处在一种惊奇之中,在这个长宽不过三十米的地方,出土的东西竟是如此丰富:一大一小两口棺材;陶罐、陶钵、陶缸、陶烛台、陶鸡、陶鸭等陶器三十来件;牛骨十六具;羊骨十六具;环首刀一把。

令卓月意外的是,一大一小两口棺材里的两具女尸的头都是断的,骨头都是从脖子那里断开,断茬很齐。

令卓月惊讶的是,现场的文物全部清理完毕后,发现棺材下的土层是经过夯实的,夯土层厚达两米。经丈量之后,发现夯土的地方成方形,边长为三十米——九丈。这就是说,棺材和文物是放在这个方形的土坛上的。这种埋葬方法在南阳地域出土的古墓葬中还是首次发现。

更令卓月惊愕的是，当棺材和文物全部拿开、对夯土坛进行清扫之后，发现土坛上用一种奇怪的颜料画着一个巨人的卌形图案。

这图案和卓月外爷家院中那块石头上刻的图案一模一样。

随着发掘工作的结束，一连串的问号出现在卓月的脑子里：在埋葬死者的地方出现随葬的陶器可以理解，可为什么会出现牛、羊等动物的骨头？在埋葬女人的墓里为何会出现环首刀？那两位死去的女人是谁？她们的头为何会被砍断？为何要把棺材下的土层夯成土坛？而且夯成方形？为什么在土坛上画出卌形图案？这个图案在这里的含义是什么？

全部出土文物运回南阳城里是在一个后晌，当运文物的车驶走之后，月儿一个人站在发掘现场，目光直直地盯着那个土坛。你保存了不少秘密，你把自己变成一个待猜的谜，你什么时候向我公开谜底？看来那句话说得有些道理：历史越是久远的民族，历史的奥秘也就越多……

直到西天的霞光完全消失，冰凉的夜风爬上岗脊的时候，她才慢慢抬脚向岗下走。倘是外爷卓远在世，他大概不会被这问题难住吧？土层下埋住的秘密太多了。这一切都是因为时间，是时间给我们造成了麻烦。外爷，你在你的专著里说过，时间会把一些原本明白的东西变成不解之谜，我有点懂得这话的含意了。

卓月是那种一旦接触一个问题就想把它弄清楚、不弄清楚不愿罢手的人。她当晚到家之后，为了思索方便，把发掘出的东西按位置画出了一幅图：

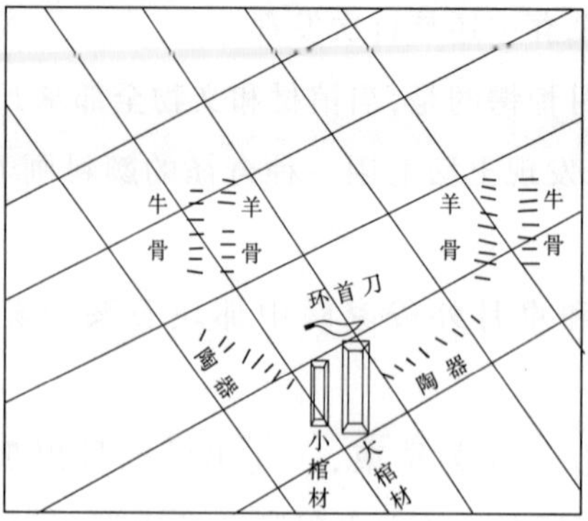

几乎在这幅图画出的最初一瞬，她的心就一动，她觉得在正对着大棺材的地方，应该还有东西，牌位或者石碑——反正是说明土坛用意或死者是谁的东西。目前的发掘还未发现，但应该找，也许能够找到！

她急忙走出书房和院门，在大街上找到了一个公用电话。拨通了文物科老解的电话之后，她对着话筒急急地说："明天还应该发掘，在正对着那口大棺材的前方，应该还有物品出土！我相信我的判断，也希望你能相信。如果那个物品被找到，我们差不多就可以写发掘结论了！……"

4

天才刚刚有点亮的模样，昌盛就听见爷爷喊他。他以为爷爷有啥急事，慌慌张张地提上裤子向爷爷的睡屋里跑，进去看见爷爷正把耳朵贴到一个小收音机上听，就问：“有事，爷爷？”

“你听！”达志把耳边的小收音机的音量旋钮拧大，把喇叭正对着孙子，收音机里的声音便传了过来：“……中国今年蚕茧生产形势喜人，预计总产量可达五百余万担，从而可能使全国的生丝产量创历史最高水平，成为世界上产丝最多的国家……”

昌盛有些疑惑地看着爷爷：一大早喊我来就是为了让我听这个？

“听了这个你有啥子想法？”达志望着孙子。

“想法？”

“对。”

“想法嘛,”昌盛抓着头皮,努力想着应该答的话语,“要马上动手买丝,趁丝多价低大批购进。”

“没有了?”

“得珍惜丝,提高生丝整理的技术,丝多不一定能织成好绸。”

“嗯,这还像个尚吉利织丝厂的供销科长。”达志点点头,“这两天还有两个消息不知你留意到没有?”

“啥?”

“一个是北京有人开会讨论允许私人雇几名工人合适;一个是广州表扬了一位私养三千只鸡的人。”

“这与咱有啥子相干?”

“再想想!”达志顿了顿手上的拐杖。

“这有啥想的?咱又不去养鸡——”

“可只要让私下里养鸡,就有可能也让私人养牛私人织绸!”

“真的?”昌盛瞪起了眼睛。

“只要允许私人雇三个工人,就有可能允许雇三百个工人!”

“爷爷,你是说——?”

“我啥也没说!”尚达志一下子闭上了眼睛,“我只是提醒你注意琢磨,你眼下的任务就是当好国营尚吉利织丝厂的供销科长,明白?”

昌盛默默地看着爷爷。

“去吧,你!”达志挥手让孙子走开,自己拄起拐杖到院子里散步。天这时才算真亮开了,鸡笼里小瑾养的几只鸡开始不歇气地叫了起来。

吃早饭的时候，承达的次子，前年考上北京大学的尚穹来了。尚穹长得清清秀秀，文文雅雅地提着一袋北京果脯站在达志面前说："爷爷，我送一个因病休学的同学回湖北，返校时顺便回家看看，这是给你的！"

昌盛、小瑾听见尚穹的声音，都出来亲热地问候。尚穹是尚家出的惟一一个大学生，而且考上的又是北京大学，尚家的每个人都觉得高兴、荣光。

达志眯缝了眼看着面前长得高挑俊美的孙子尚穹，一种奇异的满足感在心里弥漫开来。这也是我的亲孙子，是我们尚家的一个成员，他身上也有我的血在流哩。云纬，为此我要永远感谢你！是你，让我真正地成为了一个儿孙成群的人。"学习紧不紧？"他蔼然问。

"还行。"尚穹多少显得有点局促。他是文革后才知道尚达志是自己的亲爷爷的。他在奶奶面前可以无拘无束，可在这位爷爷面前总不能放松。也许是没有在一起住的缘故，他在心里对自己解释。

"好好读吧，我们尚家日后还真需要大学生哩！"

"就是，"昌盛接过去说，"咱尚家还从来没人去北京上过大学，今后这个家说不定就要指望你哩！你在北京，听没听说上头有让人办厂的意思？"

"办厂？"尚穹茫然地反问。

"就是——"昌盛说到这儿看见爷爷正拿眼瞪自己，急忙改口喊自己刚刚起床跑到门口撒尿的儿子旺旺："旺旺，快来看看你在北京上大学的叔叔！"

爷爷的话像石头一样砸进了昌盛原本平静的心中。办一个自家的丝织厂，这是父亲和爷爷早就在他心里种下的希望，但这希望很久以来他从未敢给它浇水，只让它埋在心底深处；每当它自己摇摇晃晃地从心中露出细芽时，他便紧忙把它掐掉。办一个自家的丝织厂？你想要干什么？你想把全家再拖入一个深渊吗？

但是现在似乎有了这种可能，爷爷说得有几分道理，既然允许私人办养鸡厂，那么私人办一个丝织厂也应该可以，它们的性质不是一样？难道这个国家真要发生一次根本性的变化？

倘若真有这种可能，死去的父亲该会怎样的高兴？尚家的先祖们也许会在那一边来一次庆祝。断了若干年的祖业得以重新接续，这是不是神灵的保佑？

要真是办一个自家的丝织厂，这副担子当然是自己来挑了。爷爷老了，旺旺还小，承达叔叔和堂弟尚天、尚穹他们，兴趣都不会在这上边，你不挑谁挑？可你自己有办一个丝织厂的本领么？

试试？就是，既然爷爷、太爷爷他们当初能办，我也就应该能办。我自小就在自家的丝织厂里干活，这些年又一直在国营厂里干，技术总是懂一点，经历总是有一些，只要肯钻，干成应该不成问题。

剩下的就是等待时机了，会不会真有这样一个时机到来？

昌盛那些天一直被这个问题弄得坐卧不安，有天下班回家时忽然想起，应该去问问卓月，月儿在学校教书，整天读书看报，对世事的发展应该比爷爷和自己更明白、更清楚一些。

昌盛去时卓月正一边翻书一边看着从安留岗方形土坛上出土的一块木片。月儿听完表哥的问题后笑了，月儿说："你和外爷的感觉很敏锐，你们一下子就闻到了你们需要的气味。全盘公有制的控制经济，使我们的国家和人民付出了惨重的代价，使富裕离我们越来越远，现在国家已经认识到了这一点，并真的开始允许私营企业出现，只是这股风目前还只刮在沿海，你们要想在南阳办一个私家丝织厂还需要再等一段时间，这段时间不会很长。”

“真的?”昌盛高兴地站起来，一拳捶到月儿的书桌上，把月儿的书和那块木片震得跳了一寸来高。

“轻一点!”月儿急忙抓住那块木片，“这是刚出土的文物，弄坏了你可是包赔不起。嗳，对了，我回答了你的问题，你现在帮我想想，这木片上的‘鄗’字是啥子含意?”

昌盛接过木片看了一阵后摇头：“说不清楚，不过我那年到河北给厂里卖绸缎，记得经过的一个地方叫鄗镇，这会不会是一个地名?”

“地名?”月儿眼睛慢慢瞪大，片刻后双手猛拍在一起叫：“对呀，我为何就没往地名上想呢! 鄗，是一个古县名，公元二十五年六月二十二日，刘秀就是在鄗县南郊即皇帝位，改年号为建武元年的。谢谢你提醒了我，这真是局外者清，我一直在琢磨鄗字在汉代的含义和用法，从未往地名上想，谢谢你的提醒。不过现在我得催你快走，我要忙我的工作了!”

“对你哥哥下逐客令可不是礼貌的态度。”昌盛笑着说罢，转身出门。他的心情很好，月儿的分析将他心中对能否开办丝织厂的怀疑差不多全都消去。剩下的只是等待，等待并不可怕，我们尚家已经等待了这么久，再等一些日子当然可以。重要的是要等的东西差不多已经可以看见，我正在向你走近。爷爷，你的感觉很准，尽管你不能出门，可你对世事还保持着高度的警觉，看来我还真得跟着你学……

晚霞在昌盛轻快的脚步声里飘落在地，暮色和昌盛一起走到自家院里。

昌盛那些天开始对时事产生兴趣，得空就看报纸听广播，十分留意各地关于私人办企业的消息。昌盛的这种举动自然引起了小瑾的注意，有天晚上，小瑾问起原因，昌盛就说了。小瑾当时正在铺床准备睡觉，听罢昌盛的话惊得手中的被子都落了地："天呵，要是自家办丝织厂，日后你不就成了资本家了？"

"资本家其实就是指有资本的家庭，这个词本身并没有贬义，有钱有资本的家庭总比没钱没资本的家庭好，人不是都愿富裕一些？"

"你甭给我胡乱解释，"小瑾惶惶地摇头，"咱才过了几天安生日子，你又想惹祸？忘记当初把你和爷爷和爹关起来的事了？资本家可不是一个好听的称呼，你趁早把这份心死了，咱一家平平安安就成。"

"你看你，八字还没一撇就把你吓成这样？咱即使真办了厂，也是老老实实给国家交税，国家办厂不也是为了挣钱？咱给国家交税不也算给国家挣了钱？"

"你甭说得那样好听，一旦日后又斗起了资本家咋办？我可是没有胆量再经那样的场面。"

昌盛笑笑。昌盛也被小瑾说得心里有些发毛。过去经历的那些还真会一幕一幕再来一遍？

春末的一个早晨，昌盛刚起床，爷爷就把他喊了过去，爷爷递给他一小片纸，昌盛看见纸上有爷爷写的两个歪扭的大字：深圳。

"干啥？"昌盛茫然地问。

"去看看这个地方！"

"看它干啥？"

“那儿有我们要看的东西。”

“是——?”

“刚刚广播的,它被设为特区,允许私人开办企业。”

哦?这么说中国有了允许私人资本出现的肚量?深圳,你可真是幸运!

“好吧,爷爷,我去一趟。”

“要找合理的借口!”

“找借口?”

“不能让别人看出你是对私人办厂感兴趣!”

“为啥?”

“有些事只有在别人未加注意的时候才能办成!”

昌盛点头,心里对爷爷又生了一点钦佩:你万事都思虑得很细。

从这天开始,昌盛开始寻找去南方出差的借口,可惜因为厂里生产状况一般,产品外销不多,厂子与外界的联系也少,出差的借口竟久久没有寻到。

昌盛找来一张地图,在广州的南部很费了一番心思才发现那个标注有“深圳”二字的地方。哦,你是这样小,可就是你,牵动了爷爷和我的心,但愿我到达你身边时你不会让我失望!

机会在昌盛焦急而耐心的等待下终于姗姗来了。

那天昌盛去给厂长汇报生产进度,无意中发现厂长办公桌下的废纸篓里扔有一张铅印的纸,纸上盖着一个鲜红的印章:深圳远东丝绸有限公司,便急忙拣起来去看。原来那是一张关于在深圳召开丝绸生产信息交流会的通知,会是远东丝绸有限公司组织的民间会议。与会人员食宿一切自理。“厂长,这样的会我们应该去个人看看。”昌盛急忙建议。

“全是务虚的东西,浪费时间。”

“万一得点有用的信息,不是也好?”

“好吧,你要愿去就去。”厂长挥手。

昌盛抑住心里的欢喜,不动声色地叹口气:“也罢,既然这苦差是我自己揽的,我就去。”

5

从装束、形体到精神都完成了向一个农村老妇转变的栗丽，在全家承包了村里的桑园养蚕之后，经过数次的犹豫，最终还是决定请算命先生来算算她家未来几年的收成。

一个名叫天通的卦师于是摇头晃脑地来到了栗丽的家中。在吃完两碗荷包蛋卜了三卦之后天通断言：一年空，二年平，三年金子装满瓮……

卦师的话似乎真有些应了：今年的雨水充足，桑叶长得又密又嫩；今年的气温不高不低，蚕们做茧特别勤奋；今年的蚕病几乎绝迹，蚕宝宝们一个个身强体壮。茧收下来一秤，果然比去年的产量高出一些，也算是一个好年景了。

一大早，栗丽就来到了桑园忙活。她把今天要卖的蚕茧在桑园中间的空场上摆出来时，太阳已攀上了桑树的顶端。阳光似也惊喜于栗丽家今年的收成，一齐扑到那一个个盛茧的箩子前观看，把白色的蚕茧映照得越发耀人眼睛。

听到桑园外边的土路上响起地板车车轮转动的响声，栗丽知道那是丈夫冬至和女儿宁贞拉着空车来了，该去喊儿子宁安起来装车进城了。她快步走到桑园中间的蚕房门口，推开门刚要张嘴喊叫，一见儿子还仰在窄木床上熟睡，又紧忙把嘴闭了。这些天，儿子每日夜里在这充当蚕房的看园小屋里看守，为了防止老鼠对蚕们的袭击，一夜要起来好多回查看防鼠的铁网是否被毁坏。孩子累了，让他多睡一会。屋内层层摞放的蚕箩里传出了蚕们吞吃桑叶的沙沙声，这声响与儿子时断时续的轻微鼾声相混着飘进耳里，让她感到了一种舒心的满足。

“妈，车来了。”女儿宁贞从父亲拉的地板车上跳下，欢快地朝妈妈身边跑来。栗丽急忙竖一根手指在嘴边警告女儿不要高声，尔后指着空地上的茧篓示意冬至往车上装。冬至抱起一篓茧时喘气明显变粗。他老了，繁重的劳动使他和自己一样很快地走向老境。她抿了一下鬓边的白发，刚要弯腰去抱面前的茧篓，宁贞说了声：“妈，我来！”伸手就把茧篓抱放到了车上。她知道女儿这是怕她累着。她望着女儿差不多已经长成的颀长的腰身，感到有一股温暖的东西向周身漫去。

车快要装好时儿子宁安打着哈欠从蚕房里出来，瓮了声说：“咋不喊我？”——“想让你当一回懒鬼！”宁贞朝哥哥笑道，随即从地板车车把上的一个蓝布兜里掏出三个杂面包子往哥哥手里一放：“快尝尝，还是热的，这是俺的手艺！”

宁安大口地吞吃着杂面包子，大约是太饿了，下咽时像鸭子一样伸长了脖子。“咋样，好吃吧？”宁贞期待着一句夸奖。“不咋样。”宁安边香甜地咀嚼边评价，原本阴沉的脸上浮了一丝捉弄的笑容。由于社会关系不清白而失去了上学机会的他，脸上经常阴云满布，只有在逗妹妹时才露一点笑意。"既然不好吃就把包子给我！"宁贞有些着恼地朝哥哥扑来，要夺他手上剩下的那个包子，宁安却已麻利地把那个包子全塞进了嘴里。——"小心噎着！"栗丽这当儿在一旁急忙提醒。每当看见儿子、女儿在一块斗嘴时她就觉得快乐，就觉得有一种惊奇在心里升起：这两个高高大大的孩子会是自己生的？就觉到了很想把一股感激向谁表示：谢谢你给了我这两个可爱的孩子，是这两个孩子最终消除了我的不平衡心理，让我觉得生活并没欠我多少东西，我在别处失去的欢乐，我在孩子们身上都得到了……

"妈，今儿个让我跟哥哥进城卖茧吧，反正这蚕房里的活也不多了！"宁贞见哥哥把地板车的背带往肩上放时提出了要求。

"好吧。"栗丽慈爱地点头，"进城之后凡事要听哥哥的。"

"我不想带个累赘！"宁安立刻含了笑反对。

"谁是累赘？这车就你能拉？我一样拉得动！"宁贞边叫边逞强地去按车把，不想载重的车把立刻向地下栽去，要不是宁安急忙抓住，车上的茧篓就会訇然滚下。宁贞吓得脸有些白了。

"咋样？"宁安瞪了一眼妹妹，"你要去就赶紧坐到车上给我扶住茧篓，别再给我添乱。"

宁贞不敢再多嘴，老老实实地爬上车坐在了茧篓上。待哥哥把车拉动时她才又迟迟疑疑吞吞吐吐地开口朝车下说："妈，你上回说，卖了茧给我钱让我读完高中，你可要——"

"好吧，好吧。卖了茧留下油盐钱，剩下的给你去上学！"

车子在栗丽的叮嘱和注视下向桑园外移动。升高了的太阳跳到车上，在女儿亮丽的头发上耀出金色的斑点；两只鸟儿在前边的空中盘旋，翅膀划出一个又一个大小不一的圆圈；一阵微风从园外的什么地方飘来，带着一股淡淡的苜蓿草香。这是一个美好的上午，是一个让栗丽心情畅快的头晌。但愿我家的生活从此有一个转变，我已经进了老境，我现在祈求的只是保佑我儿女们的日子能过得比我好一点……

宁安在蚕茧收购站的告示板上一见到公布的收购价钱，正在蒸腾着热气的身子便“扑嗵”一声浸到了凉水里：老天，这样低的价钱？比去年差不多低了一半！他找人打听了一下方知缘由，今年蚕茧大面积丰收，而国营丝织厂的用茧量有限，蚕茧价自然就压低了。

这可咋办？不卖？家里正等着卖了茧之后好买柴米油盐，妹妹也正等着拿钱上学哩！卖？吃亏太大，辛苦一年，就落了这么点钱？因为丰收就把价压得这样低呵?!

只有忍痛卖了，不卖把茧留在家里好干啥子？

宁安原有的好心情被一股愤怒和气恼取代，他双眉蹙紧了把茧车排进卖茧的队伍里。宁贞当然也看到了那张告示板，看到了茧的收购价钱，看到了哥哥浓云翻滚的脸，她不敢再提学费的事，只小心而不安地站在茧车旁，等待着卖茧队伍缓慢地向前移动。

太阳一步一步地爬到了天顶，队伍一点一点地向前挪着。一个消息此时又在卖茧的队伍里流传：每一个卖茧的人在过磅时该主动给收茧者扔几包香烟，否则不会卖得顺利。这消息让原本就怨气满腹的宁安更加焦躁生气：有点权就想拿捏俺们农民，一盒烟要几毛钱哩，抽你奶奶的蛋！

轮到宁安过磅时日已西斜。管过磅和验茧的是一个鼻子有点太扁的小伙，他见宁安没有照惯例朝桌上扔两盒香烟，脸上就露了点愠色，就紧三紧四地催促着宁安、宁贞兄妹俩快点往磅秤上放茧篓。宁安因这催促在搬茧篓时不小心碰了一下他的胳膊，他立刻恶狠狠地骂道："妈的，咋着回事？"宁安因为茧价太低和长久的等待而在心中蓄满了火气，所以听到那声骂语后立刻把眼一瞪："把你那张嘴用水漱漱干净！"

"嗬，妈的，教训起老子来了！"那年轻人把嘴一撇将磅秤一拍："还没有哪个乡下小子敢这样跟爷们说话，滚开！把你的茧抬下去！"

"为啥？"宁安不觉间攥起了拳头。宁贞见状急忙上前拉住了哥哥的手腕。

"就为了你对老子的不恭！下一个。"他一把拉开磅上的茧篓，茧篓跟着滚翻下去，白色的蚕茧顷刻间撒了一地。"轰"的一声，两团火焰从宁安的眼眶中喷出，他一把抓住对方的胳膊："你把茧给我捡到篓子里！"

"自己捡！"那年轻人猛地打开宁安的手，"别用你那摸过牛粪的手碰我的胳膊！"他的话音未落，宁安的拳头已经闪电般地砸到了他的脸上。他显然没料到宁安竟敢打他，在趔趄着向地上倒去的时候还将一缕惊诧留在眼中。收茧的另外几个男人见状，一齐奔过来扭打宁安，红了眼的宁安在暴怒中与这几个人奋力厮打，终因寡不敌众被打倒在了地上。宁贞一边用手拢着被众人踩在地上的茧一边哭喊着："放开我哥哥！"可那些人怎会善罢甘休，拳打脚踢着把宁安架进了院子里边。卖茧的其他蚕农一个个敢怒而不敢言。宁贞只听见拳脚击打在肉体上的闷重响声而看不见哥哥，吓得她扑在通往院里的铁门上哭开了……

兄妹俩那天回家时天已经完全黑定，因为煤油灯的光亮太弱也因为栗丽和冬至的眼睛不好，夫妻两个都没有注意到儿子的脸上和脖子里满是血痕。栗丽问咋回来得这样晚，宁安、宁贞都没说别的，只说卖茧的人太多。接下来宁安把卖茧的钱交给了妈妈，栗丽数了钱后当然也是一惊，当知道了收购价太低之后她只有叹口气："唉，贞儿上学的事怕是不行了。"

"妈，你不必操心我，上学的钱我自己去挣！"宁贞宽慰着妈妈。

"爹，妈，养蚕的事我不干了，我要想别的法子赚钱！"宁安的话音里充满了委屈。

"能有啥别的法子？"栗丽有些意外地看定儿子。

"让我想想！"宁安双手抱头蹲在墙角，入定了似的一动不动……

6

云纬努力打起精神在桌边的椅子上坐了。九十多岁的人是不愿再到酒宴桌上凑热闹的，今天要不是在北京上学的孙子尚穹回来她心里高兴，她才不会受这份罪哩。我们家出了一个名牌大学生了！达志，我为你生的儿子传下来的后代咋样？为你们尚家争光了吧？你们尚家啥时候有过在北京城上学的人？

她抹抹老花镜上的水雾慈爱地看着坐在身边的穹穹。我的孙子一表人才。达志，穹穹的眉眼里还留着你的痕迹，那眉毛的形状活脱脱就是你的，你把你的刷子眉传给了承达，承达又把这种眉毛传给了穹穹。这真是一桩奇妙的事情，一个人身上的东西竟可以通过子孙一代一代传下去。

“奶奶，你吃！”穹穹把一个鸡腿夹到了云纬面前的盘里。云纬笑了：“奶奶要是还能啃动鸡腿就好了！奶奶的牙已经被收走了不少，剩下的也已被磨得没有了力气，老天爷已经不准我吃肉了。”还是孙女滟滟知道奶奶爱吃什么，把西红柿炒鸡蛋往她碗里拨了一些。但就是这种好嚼的菜，云纬吃起来也很费力气，一下一下地靠牙床把它们挤碎。每当吃东西的时候，她的心绪就会变坏。人为什么要老？阎王爷你为什么不把我早带走了事？她知道自己咀嚼食物的样子很不雅观，所以她平日极少出来吃饭。她这些年一直跟着孙女滟滟住在另外一处两室外加一个小厨房的屋子里，平时很少出门。当初承达一家要搬回这座旧日的官邸如今的市长宿舍时，她是坚决反对的。她认为这所宅院不吉利，她说她让几个孙子、孙女们发过誓别再进这所院子的。但她最终没能劝阻得住承达夫妇，天天和穹穹也认为这所房子宽敞好看，让住不住岂不是傻蛋？眼见拦不住，云纬只好表示自己和孙女滟滟仍住原来的房子。今儿个，要不是穹穹回来，要不是云纬的住处太窄容不下很多人吃饭，要不是承达的秘书反复劝说并派车去接，她是不会再走进这所宅邸的。

“穹穹，眼下可不要翘尾巴，要记住在这世上无论干啥都不容易。”云纬慢腾腾地叮嘱孙子。这世道马上就要由孙子这一辈人去掌握了，人世变化多快！晋金存、栗温保，那些当年不可一世的人物如今都已差不多被人们忘记。再过一些年头，人们也会把我们这一代人忘掉，我们活没活过对于今后的人都会变得不重要。到了穹穹的孙子那一辈，大概就不知道我盛云纬的名字了，你说这是不是有点让人心寒？

“奶奶放心，我会认真完成学业，争取今后能做成一点事业。”

“你这次回来，记住去看看你爷爷，你爷爷也老了，他这一辈子——”

“奶奶,这是你吗?”边吃饭边翻着叔叔家相册的滟滟这时指着相册上的一张发黄的照片问。

云纬睁大昏花的双眼看过去,那个衣着华贵的漂亮少妇是自己吗?是的,那是当年南阳首家照相馆开办时晋金存让照相师给自己照的。那时我才多大年纪?二十几岁?一转眼多少年头过去了,那个生气勃勃的少妇和今天的自己已判若两人,连自己的孙女都怀疑那个少妇不是自己,可见变化是多么巨大。达志,你还记得当初的我吗?还能认得这张照片么?岁月是多么的怕人,它可以把一个人变得面目全非。时间,都是时间这个东西在作弄人呵……

饭还没有完全吃完的时候,云纬就靠在圈椅里睡着了,手里的两根筷子顺着腿骨骨碌碌地滚到了地上,轻微的鼾声也随之响起。众人都停了吃喝去看老人,承达用手势示意大家不要做声快点吃完离席,自己进屋拿来一件衣服盖在了妈妈身上。

尚穹放下碗后,承达示意儿子跟自己走进客厅,父子俩在客厅坐下,承达开口说:“我下午要去乡下蹲点,明天不能送你了,你还有要给我说的事没有?”尚穹搔搔头发,说:“别的也没啥,就是我日后分配的事,想问问你有啥考虑。听说从第三学年开始,学生们就要对自己的分配去向拿定主意,开始做点准备。”“依我看你当然还是回咱南阳,咱南阳急需人才,这边的人也都熟,你回来也能施展开,再说——”

“回南阳干啥?”妻子文琳这时进来打断丈夫的话,“最好是留在北京,进到哪个部委里去,这样对孩子今后的发展有好处。中国政界的升迁有一条规律,就是从上级机关往下级机关调动时,通常都要升一级。如果咱穹穹能在国家部委机关里当上个处长；那过几年要是在部里提升无望，就要求往省里机关调动，调动时起码让当个厅长、副厅长；要再从省里往地、市里调动，起码会给个一把手当当。一个人要是一直在南阳干，啥时候能当上一把手？你干了这么多年，还不只当个副市长？”

“为啥总想着当官？”承达白了一眼妻子，“搞个专业做个技术方面的事，比如当个工程师，有啥不好？”

“你说得倒轻巧！和你一块转业到地方上工作的人，凡是当工程师、教师的，有谁现在出门坐轿车？有谁住的房子比你宽？有谁能配上一个秘书？有谁能整天在宾馆里参加宴会？只有你这个当副市长的，才有轿车坐，有大房子住，有秘书用，有宴会吃。我是看明白了，在咱这个国家，干啥都不如当官！”

承达看了看表，不想再和妻子争下去，就问穹穹：“你的意见呐？这事到最后得由你拿主意。”

“我——”尚穹笑笑。

“说吧，什么想法都可以说。”承达催着。

“我想留在北京。”尚穹看了一眼父亲，“那里接触的面宽，可以见多识广；再者，我也的确喜欢做点组织工作，我现在在学生会就担着职务。”

“子继父业嘛！”文琳笑道。

“也好。”承达淡淡地说了一句。儿子的选择多少有点出乎他的意料。他过去对进大机关、做大官也不是没有羡慕过，只是在经历了文化大革命，看尽了仕途上的凶险之后，那份羡慕被稀释流走了。没想到儿子又迷上了这个。看来官场的繁华的确能吸引人。以他自己的想法，他是想让儿子做一份技术工作干一项专业的。他现在有点理解了为什么历史上不少当官的不愿让自己的孩子再去做官,人们都希望自己的孩子能过一种清白平安的生活,可官场很难有这种保障。“不过眼下的任务是完成学业。”

“你只管拿到文凭,”文琳对儿子笑道,“到分配前我和你爸去一趟北京,北京有你爸的几个老战友和老上级,其中有几个还当了大官,找找他们会把你安到部委机关里去的!”

承达再一次白了一眼妻子,不知怎的,他最近听妻子的话总觉得有点不顺耳。他向门口走去,他看见妈妈在餐厅的那把圈椅上直起身来,高龄的妈妈睡了一小觉之后已经醒了,便急忙趋前扶住……

7

尚昌盛是在爷爷尚达志掉了两颗牙的那个早上动身南下深圳的。当南行的列车“哐啷”一声启动之后，昌盛才想起应该叮嘱妻子小瑾，过两天送爷爷去医院镶两颗牙，掉了牙会影响进食消化，爷爷毕竟是九十多岁的人了。但列车此时已驶离站台，载着他飞快地向南国驰去。

深圳的绸缎织造信息交流会结束于一个还算凉爽的傍晚。昌盛走出会议大厅时街灯已把柔和的光线投向了新建的大街，几丝若有若无的细雨把四周的灯光变得扑朔迷离。这个新兴的城市的确让昌盛感到惊喜，到处都在盖楼，到处都是公司和工厂的招牌，到处都是关于挣钱的议论。他这几天利用会议的间隙时间，已走访了七八家私营企业，对私营企业从报批到买地，从基建到投产，从销售到纳税的各个环节都做了详细了解。可惜我们尚家不在深圳，要是在这里，我保准也可以把工厂建起来！但愿这种试验性的特区日后能扩大到内地，但愿这里的政策也能在内地实行，要是那样，我们尚家会有一座丝织厂的！

他在街边一个吃食摊上要了一碗馄饨一个烧饼，边吃边想着在会上的所见所闻。他现在有些明白南阳国营尚吉利织丝厂织出的绸缎为何出口很少，为何外商愿买生丝却不要绸缎，原来我们在丝的整理、织造和印染技术上已落后外国许多个年头……

“嗬，尚先生就在这街边吃饭？”

昌盛闻声抬起头来，认出是刚在会上结识的一个朋友，和自己在宾馆同住一室，姓胡，也是一个丝织厂的厂长，便笑道：“尝尝这街边小吃的风味，你要不要也来一点？”

胡厂长摇摇头，尔后俯下身放低了声音说：“老弟，快吃，吃完了咱俩一块去洗头。”

“洗头？”昌盛的眼中露出了意外，“咱自己不会洗头，还需要找人——？”

“这你就不懂了！”胡厂长快活地眨着眼睛，只催他快吃。昌盛见对方一片盛情相邀，拒绝了不礼貌，想自己这两天刚好没有洗头，让人洗洗也没有什么不好，就几口扒完碗里的馄饨，随他走了。

那是一个名叫“幽梦”的发屋。店堂里摆了四张理发的转椅，每个转椅后站一位姑娘。昌盛进屋后打量了一下店堂，觉得这和内地的理发店差不多一样，不同的只是理发员都是女性且都是漂亮的姑娘，个个服饰时髦讲究，每个人还都化了妆，身上有一股让人爽心的香味。那位胡厂长似乎过去来过，抢先在一个身个窈窕的姑娘面前的转椅上坐了，其余几个姑娘见昌盛还站在那里，便一齐开口招呼：请这边坐。昌盛在这齐声相请面前稍稍犹豫了一霎，有点慌乱地在就近的一张转椅上坐了。

坐下之后借着面前的墙镜，昌盛注意到站在椅后开始给他脖子里围罩布的姑娘脸蛋圆润，双眸灵动生辉，长得很是秀美。那姑娘似乎也在打量他，边把洗发水往他的头上倒边让目光在他的身上晃，昌盛被这种打量弄得有些不好意思，急忙把眼睛闭了。姑娘的双手轻柔地在他的头上搓动，那动作显然是经过训练的，给人一种舒服安逸的感觉，加上弥漫在四周的洗发水的那种催人欲眠的香味，昌盛慢慢沉入了一种迷迷蒙蒙的浅睡里。他后来是被一声轻柔的贴耳呼唤弄醒的："先生，该去冲洗了。"他"哦"了一声急忙睁眼。"待一会儿再睡吧，我们这儿有休息的地方。"那姑娘又微笑着贴了他的右耳说。他感觉到她温热的双唇已经触到了他的耳轮，她口中呼出的热气正向他的耳道里滚。他的脸一红，急忙站起身问："去哪儿冲洗？"

姑娘领着他向里屋走去，进了里屋他才注意到，这儿被用木板隔成了几个封闭的单间，单间里有一张可升降调适让人仰躺着冲洗头发的床，床头有一套冲洗设备。他对这种讲究的洗头路数有些意外：洗洗头还要弄得如此繁琐和复杂？他在那姑娘的帮助下在那张床上仰躺好，尔后听任姑娘拿起温水管仔细地冲洗着他的头发。水的温度调得十分可人，这种温水对头皮和头发的冲刷再一次让昌盛有了一种惬意的感觉，一种蒙眬的睡意再一次袅娜着由意识的深处走来。在这儿睡一阵倒是不错。他微微闭上眼睛，他感觉到姑娘在擦拭他的头发，感觉到姑娘在按摩他的头顶，姑娘的手指在慢慢下移：耳、颈、肩、胸。他开始不自在起来，希望这种按摩赶紧结束。但姑娘并没有住手，按摩的部位在继续下移，蓦然间，他感觉到姑娘的双手一下子落到了他的两个大腿根，而且耳畔同时响起姑娘的一声笑问：好受吗？

他身子一个激灵，"呼"一下坐起了身，红着脸干咳了一声，说："我有点急事，该走了。"那姑娘倒没怎么害羞，只淡了声说："我以为你了解我们这儿的服务项目，你如果不想做，看看也行。"说着，就起身去解自己的上衣纽扣。昌盛见状，惊得面孔有些发白，紧忙拉门往外跑去。至此，他方明白这儿的洗头是什么含义。他在外间照墙上贴的洗头价格表扔下两张票子，逃也似的沿街跑去。跑进自己住宿的宾馆房间他还惊魂未定，一边喘息着一边回想着刚才的情景。天呐，幸亏自己跑得早，要不然会惹来怎样的麻烦？真没想到深圳还有这样的地方……

那位领他去"幽梦"发屋的胡厂长一直到十一点钟才回来。两人同住一室，胡厂长进屋就向他笑叫："放着享受你不要，假装他妈的什么止经？这些嫩妞的滋味不尝尝，你就不遗憾？离开了深圳，去哪里找这样的机会？……"昌盛倒被他笑骂得低下头来，上床之后，怎么也睡不着，"幽梦"发屋的那些经历又都像幻灯片似的一张一张地在眼前闪过。那个姑娘倒是长得漂亮，眉眼、腰身让人看着都舒服，她要真脱下衣服会是什么模样？奶子肯定好看，皮肤准很细腻，其实自己在她要脱衣服那会儿不跑，看一眼倒也没有什么大不了的。她会要很多钱么？会是多大一个数目？只看几眼她就会收一大笔钱吗？这一点胡厂长肯定知道，悄悄问一下他么？想到这儿他身子一震，在黑暗中抬手砸了一下自己的额头：你怎么敢去想这些？但脑子深处的那种欲望渐渐把这种清醒意识的阻拦一下一下推开，"幽梦"发屋的那个姑娘慢慢又站在了他的眼前。脱吧，你脱吧！不过你先得告诉我看一眼要收多少钱！

嗬嗬！他听到了一声冷笑，扭头一看忽然发现爷爷蹒跚着拄杖朝他走来。爷爷，爷爷，你的牙镶了吗？我这是在开会间隙出来看看，无意中碰见了这个姑娘……

昌盛天亮醒来时一身冷汗，他起身穿衣服时觉到了有些头重脚轻。邻床的胡厂长还沉在酣畅的睡眠里，呼噜声平稳悠长。这个家伙倒是心宽，做了那样的事还睡得这样香甜。倒也是，这儿离他家几千里，他做了谁能知道？就说自己，真要做了小瑾怎能晓得？罢，罢，罢，怎么会想到这儿了？他急忙下床跑进卫生间里用洗漱止住思绪的蔓延……

那天上午会议的组织者安排了最后一个项目——游览市容。大客棚车载着他们这些到会人员在建设中的深圳市区走走停停，在几个游览点上下车时，他都认为他又看到了昨晚在“幽梦”发屋认识的那个姑娘。他知道那是幻觉，他有点想笑自己而终于没有笑出来。

那天后晌会上已不再安排任何事情，剩下的就是各自返家了。在睡了一个长长的午觉之后胡厂长笑着问他：“伙计，马上就要走了，机会难得，愿不愿再跟我去一趟‘幽梦’发屋？”昌盛闻言脸霎地红了，他没想到对方还会再提这样的要求。“不……只是……当然……”昌盛竟然语无伦次起来。那胡厂长就又笑叫：“我知道你心里也想去，哪有男人见了漂亮姑娘不喜欢的？走吧，你就别再忸怩了！”边说边扯了昌盛出门。昌盛先是挣了几下胳膊，但挣得既不用力也不持久。“我可只是陪你，我什么也不会做的。”昌盛边走边郑重声明……

“幽梦”发屋仍如上次一样幽静，四个姑娘端立在转椅后边，一股稍嫌浓烈的香味在屋里飘荡回旋。胡厂长走进发屋后径直到老位置上坐下，跟在身后的昌盛停顿了片刻。这时上次接待过他的那个姑娘认出了他，立时露出了灿烂的笑容，轻步过来鞠了一躬说：“先生，看到你非常高兴！”昌盛略有些尴尬地搓了搓手。这当儿那姑娘已上前牵住他的衣袖说：“请这边坐。”

昌盛在转椅上坐下后浑身不自在，连目光也不知道放在哪里妥当。那姑娘似乎看出了他的窘态，麻利地把洗发水倒在他头上搓了几下，便贴了他的耳说：“请随我去里间冲洗。”

到了冲洗的单间之后昌盛才敢把眼睛抬起把目光放到姑娘身上。那姑娘边擦干他的头发边甜甜一笑说：“你能够再来我真感到高兴，说实话，你上次走了之后我非常伤心，我认为我没有挽留住你的魅力。”“不，不，上次不是……我今天也只是来随便看看。”昌盛急忙分辩。“放心，我会让你看个够。”姑娘边说边“哧啦”一声扯开了衬衫上的按扣，她里边竟什么也没穿，两只雪白的乳房如离笼的鸽子一样一下子扑啦啦落到了他的眼前。昌盛先是一惊，目光像看见枪口的兔子似的蓦然逃窜，不过转眼间那目光又扫射过来，加满热度地罩住了目标，直到把它们烤得滚烫滚烫。昌盛分明听见有一个冷然的声音在耳畔响起：该走了！你该走了！他也的确改变了仰躺的姿势挺身坐起，但他却无法收回自己的目光，好像那目光已经脱离了他的控制不再受他的指挥。他看见那姑娘在继续脱着剩下的衣服，他知道他正站在一个深井的边沿并正在向井沿滑动，他明白他必须离开，他也真的起身做出了要走的样子，但他的双脚像被人用绳索绑住了，他动弹不得。两只脚只是在原地徒劳地踏动了一下。当姑娘那白色的胴体完全呈现在他面前之后，他听见原先响在耳畔的那个“你该走了”的声音越来越小终至于消失，同时感到一股灼热的类似厨房蒸馍的笼屉揭开的那种气体罩住了他。他开始觉得憋闷和眩晕。他向那个白色的身体踉跄了一步,不过又极快地退了回来。没人看到的,没人知道的!有一个柔和的声音在宽慰着他。小瑾不可能知道,爷爷肯定不会知道!又是一个劝慰的声音。一次,就这一次!谁没有放纵的时候?做一次这种事又有什么了不起?又有一个声音在替他辩解。“我很喜欢你这种胆怯的样儿!”那姑娘款款地向他走来。他像被围猎的动物一样向后跳了一下,但这时姑娘已张开了手臂,昌盛只觉得一张大网向他兜头撒来,他只来得及呻吟了一声,便朝那个白色的身体扑了过去……

当天晚上,昌盛找到尚未撤走的会务组负责订票的人,说他还有点事要在深圳办理故不能按原来的车次北返,请把给他买的返程车票退了,票将来由他自己买。

第二天上午,在西丽商场的北门口,眼戴墨镜的昌盛等来了“幽梦”发屋的那个姑娘。姑娘熟练地挽住了他的胳膊,二人亲亲热热地走进了商场。那天后晌接近傍晚的时分,昌盛和那姑娘一前一后地又走进了“幽梦”发屋那个单间。欢歌!他朝那姑娘亲昵地叫了一声,姑娘便立刻扑到了他的怀中。欢歌,多么好听的名字!人生是该有欢歌的时候!他一边亲吻着她那嫩白的双颊一边喃喃自语……

昌盛是四天后离开深圳的。在内心里,他是真不愿离开才二十一岁浑身青春活力的欢歌的,但钱包里的钱已经不允许了,再住一天他就要交不起房费了。他依依不舍地在“幽梦”发屋那个单间里同欢歌告别。再见了,小欢歌,如果我还有来深圳的机会,我还会来找你的!……

直到坐上北返的火车昌盛才记起,他忘了去会务组领一本“外国绸缎样品”,那是供回厂做花色、花纹研究用的,会上说好是在取返程车票的同时领那本资料的，钱已经先交过，昌盛因为与欢歌相会早把这事忘到了九霄云外。糟糕！他在飞驰的火车上反复拍打着自己的头。不过也没有什么大不了的，我们自己来研究。

随着火车向家乡的驶近，一股慌乱风一样一点一点潜进他的心里。小瑾和爷爷总不会看出什么来吧？小瑾那脾气，要是看出来那还得了？他们不可能晓得的，两地相距那么远，谁会知道我在那边做的事情？再说，小瑾，按照深圳这边好多人的说法，这不叫堕落，这叫偶尔的风流，我想你即使知道了也不该生气……

8

尚达志是在嚼一口生调萝卜丝时听到口中“咯崩”响了一声的，随即便感到右腮那儿有些空陷，他知道是牙出了毛病，便停了咀嚼，伸出两根手指慢慢去口中摸出两颗掉了的老牙。

“咋了?”坐在老人身旁的旺旺见太爷爷忽然从口中摸出了两个东西审视，很是惊奇，忙凑过去盯着叫:“哟，是骨头！妈你在菜里还拌有骨头？我咋没有吃出?”

旺旺的喊叫把边吃边想着要南下深圳开会的昌盛惊得抬起脸来，正在灶屋盛饭的小瑾闻声也紧忙跑了过来:“咋了，掉牙了?”两口子一齐惊问。

“该掉了，再不掉倒是一桩怪事。”达志边说边把那两颗牙放到饭桌一角，“九十多的人了，一颗牙不掉不成了神仙?”

老人镶牙的事是孙媳妇小瑾张罗的，那已是昌盛南下深圳开会的七天之后。小瑾专门骑上自行车去校场路把一个姓仲的老牙医请到了家里。老牙医进了尚家躬身和达志打了招呼之后，开始慢条斯理地在桌上摆放他那套镶牙工具，随之接过达志手中的那两颗掉牙反复端详比量着大小尺寸，这之后才让达志把嘴张开说要看看牙床。达志刚刚把嘴张开老牙医只看了一眼，一把镊子就“当啷”一声从老牙医的手中滚落在地，跟着便见老牙医躬身朝达志作了一揖道：“恭喜，恭喜，尚老先生！”达志被老牙医的举动弄得有些莫名其妙，愣了神盯住对方问：“我有何喜要恭？”

“你大概还不知道，你又长出了两颗新牙，这两颗老牙是被新牙顶掉的。你不信可用舌尖在掉了牙的地方舔舔试试！”

达志惊得双眉一跳，忙用舌尖去探，可不，果有两个不高的东西在牙床上的那个空间里立着。老天，九十多的人了还会长出新牙？这不成了妖怪？

“爷爷张嘴我看！”一直站在一旁的小瑾这时好奇地叫道。达志只好又张开了嘴，小瑾仔细地看了一阵之后惊叹道：“果然是两颗新牙，不高，但白生生的，和旺旺三岁时长的那些牙齿一样！嗬，真是奇了！”

“这究竟是咋着回事？人到这个年纪了还会长牙？”达志语带不安地问着牙医。

“这说明尚老先生体内活力很旺，要活高寿的！我做了一辈子牙医，这样的事连你算上只见识过两回。”

“那一回是在哪里见过的？”达志急问。

“那是民国十九年，在叶县县城南关见过一个姓廖的，也是长出了两颗新牙。那姓廖的后来活到一百零四岁，家里买有三顷地。”

"哦?"达志的两只老眼瞪大了。

"记住把这两颗掉下的老牙用白布包了,用麻绳绑好系到正屋梁上。"老牙医转对小瑾交待,"这是两个宝物,是它们引发了两颗新牙,千万不要丢掉,丢掉了就可能使那两颗新牙断掉,会破你们家的财气！把它们往梁上系时,最好焚两根香,烧几刀纸,算是对赐福给你爷爷和你们家的神灵表示一点谢意!"

"我记住了。"小瑾爽快地答应。

"我还有一句话不知你愿不愿听?"老牙医在把包好的镶牙工具往挎包里塞时有些吞吐地朝达志问。

"快请讲。"

"这老人长牙和女人一产三胎一样,在民间都称怪事,往往在让人欢喜的同时,也会让人落泪。"

"你是说——"

"有一乐就有一哀,当小心别让家里出事。"老牙医说罢,捋了捋飘垂的白须,迈着老年人特有的颤步向门外走去。

达志被老牙医最后那句话惊得有些发呆,出事？我家能出什么事？旺旺的身体健壮,小瑾勤俭持家,昌盛忙着丝织厂里的工作,能出啥子事？老天保佑我们尚家人个个平安;保佑旺旺学业有成;保佑小瑾身子结实;保佑昌盛诸事顺遂,能早日把自家的织丝厂办起来,织出俺尚家世代人都期盼着的"霸王绸"……

尚达志如今的活动范围主要是在院里和室内。院子门口的那道高门槛已是他很害怕的东西,有几次他想迈过门槛再走到街上再走到隔壁的尚吉利织丝厂里去,可那道院门槛固执地挡住了他的脚,他抬了几次腿都没能迈过去。他现在才知道“人老怕门槛”这句话是对的。

吃过早饭他照老习惯拄了拐杖在院子里散步，每走十来步就停下来歇息一阵。年龄像一个榨取力气的机器，每过一年就要把人身上的力气榨走一批，使得人活动的范围日益见小。老天爷似乎在玩一个游戏：人生下来后先让他在床上躺在室内爬在院子里牙牙学步，尔后放他到院子外边到大街上到田野里到大山上去跑，让他活动的范围越来越大。就在人觉得自己无所不能忘乎所以之后，再一点一点限制他的活动范围，先是不准他爬山，不准他越野，后是不准他上街不准他出院，最后完全把他限制在室内直到他重又躺在床上等着死去。出发点和终点都不过是一张床，你们人还有什么了不起？！达志仿佛听到了老天爷讪笑的声音。

他在停步歇息的时候仄了耳去听隔壁尚吉利织丝厂里的动静——他如今常靠这个方法去了解厂里的情况。只要听到织机在响他的心情就好。尚吉利织丝厂自承达重新主政恢复生产以来，虽然产量时高时低很不稳定，但织机总算没停。承达当了常务副市长在工厂推行新的管理制度之后，尚吉利织丝厂的绸缎产量又有些增加，只是出口外销的情况仍未见好转。外国人为什么不像过去那样争着买我们的绸缎？是我们的质量不行么？

“哐当”一声，院门被猛地推开，小瑾走了进来。门咋能推这样响？她像是脸含怒色。咋着了？是为了厂里的什么事情生气？还是和昌盛闹了别扭？昌盛从南方开会回来后没见他们红脸争吵过呀？“乒！”是花瓶摔到地上碎裂的声音。干啥要摔花瓶？真是生气了？达志急忙拄杖向屋里走。

花瓶的碎片躺了一地，小瑾那压抑的抽泣声从卧室里传出来。“咋着了，小瑾？”达志关心地问。他对这个勤俭持家的孙子媳妇很满意,他不愿看着她伤心。

小瑾的哭声更大了,哭声里的委屈和气恨成分流露得更加清晰。

“究竟出了啥事,快给爷爷说说!”

“离婚!我要同尚昌盛离婚!”小瑾呜咽着叫了一句。

达志一愣:啥子事闹得这样严重?这些年多少苦难临头时小瑾都没有产生过离开这个家庭的念头,现在日子过得好好的怎么忽然提出了离婚?“昌盛做错啥事了?”

“你问他!”

“好,好,我找人去叫他回来。”达志说着颤巍巍地转身。小瑾一见爷爷走路那副艰难样子,又忍不住叫道:“爷爷,你不必去找他,你看看这个就会明白!”说着把一张白纸递到了达志手上。

“这是啥?”达志越发莫名其妙。

“诊断结论!”

“诊断结论?谁得病了?”

“我。”

“哦?啥病?”达志急忙摸着衣兜里的老花眼镜。“淋病?淋病是什么病?是不是——”达志话到这儿突然噤口,无限吃惊地抬眼望着小瑾。

“昌盛从南方回来的第三天,我就觉着不舒服,当时我没有在意,”小瑾双眼望着墙角,慢腾腾地开口,“今儿个实在难受,我就去了医院。医院一查就把我留下了,说我是全市发现的第一例性病!反复追问我是怎么得的。他们说女人得这种病无非是两个途径:要么是自己卖淫染上的;要么是丈夫嫖妓传上的!我是不是卖淫的女人爷爷你应该知道,我白天在织丝厂里上班织绸缎,晚上回来忙家务,我就是想卖淫,也没有时间——”

“不用说了。”达志摆了摆手，腿开始打起了哆嗦。

“我从医院里回来时才想起，昌盛他这些天一直在吃药、打针，他骗我说他嗓子疼有炎症，原来——”

“不用说了，旺旺他妈。”达志再一次摆了摆手，身子一点一点地佝偻下去并最终跌坐到一张椅子里。好，尚家终于出了能人了！出了会嫖娼的男人了！列祖列宗，达志没有培育好子孙，尚门不幸呵！达志没有让你们看到霸王绸，倒让你们看到了淋病，达志是不孝之后呵……

那天后晌剩下的时间，达志没有再在室内和院内踱步，差不多一直坐在椅子里。旺旺放学回来的时候，达志说：“旺旺你去你承达爷家，今晚就住在他们那里，书包也带上，作业就在他那里做。”旺旺刚要说不想去，一看太爷爷脸上堆积的大团阴云，急忙遵嘱低头走了。这之后达志去了一趟厨房，把一个什么东西掖到了衣襟里，接下来便又坐到椅子里静等着昌盛回来。

小瑾原本是想回娘家的，可一看爷爷那副样子，担心他一气之下身子出什么事，就没有走，坐在卧室里生闷气。

昌盛的脚步在院门口响起的时候，垂首坐在那里的达志霍一下抬起了头。“爷爷好！”昌盛进屋打了一声招呼便挟着公文包往卧室里走。

“昌盛，你过来！”达志平静地喊。

“有事？”昌盛转身来到爷爷面前，“我刚刚陪着厂长会见了一对美国夫妇，你猜他们是谁？原来是栗温保的孙子，也就是城西落霞村栗丽的侄子栗振中和他的老婆，他老婆是一个美国女人——”

“你坐下，我有话问你！”达志打断了昌盛的话音，指了一下面前的椅子。

昌盛有些意外，不过没问什么就坐下了，对爷爷的话他一向不敢违抗。

"把你的两只手放到桌子上！"

"干啥？"昌盛惊诧了。

"放上我看看。"达志的话音依旧平静。

昌盛不明所以地笑着把两只手摊放到了桌子上，"爷爷你是不是要给我看手相？"

"你平日摸东西时常用哪只手？"

"摸东西？左手，用左手最多。"昌盛笑答。

"最近这只手都摸过些啥？"

"啥东西都摸过呀？！"昌盛越发糊涂了。

"摸没摸过犯禁的东西？"

"犯禁的东西？"昌盛呆望着爷爷。

"譬如说妓女的身子！"达志的声音突然变得低沉严厉，而且在这话音响起的同时，只见他呼一下从衣襟下摸出一把菜刀来，猛然提起向昌盛的左手指肚砍去。昌盛在最初的惊愕过后急忙缩手，但是晚了，那把刀斜着砍上了他左手的五个指肚。五片鲜红的肉伴着鲜血和"梆"的一响落到了那张黑漆剥落泛白的桌面上。昌盛跟着发出了一声凄厉的喊叫："呀——"随即就见他右手抓住左手疼得在地上滚起来。

达志慢腾腾地把菜刀扔到桌子上，颤颤地拄杖站起来说："我这是故意伤人，你可以去公安局告我，让他们把我抓起来！"

原本闷坐在卧室里的小瑾听到昌盛的惨叫，吃惊地跑出来，待看见昌盛满手是血的在地上滚动，骇得腿都软了。

"拿一块白布给他包包，然后领他去医院让人家大夫消毒!”达志转对小瑾沉声交待。原本吓呆在那里不知所措的小瑾,紧忙进屋找了一件白衬衣出来,三两下撕成布条,捏住昌盛的手包扎起来。

“削去点皮肉,在指肚上留个疤好,你以后再玩妓女时,手指头摸上去会感觉更受用!”达志瞪住还在呻吟的昌盛恨了声说,“我叫你去深圳看看学学人家咋样办厂子,你倒好,先学会了玩妓女,你个狗东西,这东西你学得倒挺快!我们尚家世代男人都在为织出好绸缎操心费力,只有你敢把精力用到玩妓女上,行呀,尚家终于出了聪明能干的后人!你可真是为咱们老尚家争了光了!你个杂种!”

“我是一时鬼迷心窍……”昌盛忍了疼吸溜着嘴嗫嚅道。

“鬼迷心窍?你为啥就没有让织绸织缎的事迷住心窍?你个不成器的东西!你是没有约束自己的能力!你看看这个世界上,有哪个干成一番事业的人是放纵自己的?约束,约束自己,懂吗?”达志又朝昌盛挥起了拐杖,吓得小瑾急忙用自己的身子遮挡住丈夫。

小瑾扶昌盛去医院包扎回来,达志还坐在堂屋里等着,昌盛一进屋,达志就抬手指了一下他刚摆好的祖宗牌位,说:“你给你爹、你妈和祖宗们说说,以后玩妓女想咋着个玩法,是跑到南方去找呢,还是把她们请到家里来?!”昌盛见状急忙“扑嗵”一声在那些牌位前跪下,羞愧至极地说道:“昌盛此后敢再向妓女们伸一回指头,就立马撞墙而死!……”

当晚临睡前,达志又隔了门对昌盛、小瑾厉了声交待:“你们两个下身上的病,要悄悄地吃药,打针,找大夫开药,不能用真名!明天要把你们的衣被统统蒸煮一遍,从明儿个起直到你们病好,不许再接触旺旺!”言毕,才拄了杖一步一步向卧室里挪去……

9

卓月再次走上安留岗是在一个太阳初升的早上。她决定今天再对土坛四周来一次复掘,这样的复掘此前已进行过一次,那是在大规模发掘结束的第二天进行的,但那次的复掘只找到一块刻有“鄗”字的木片,那木片仿佛是从一根木简上断裂下来的。木简不可能只有一根,她估计土坛四周的土里还应该埋有木简,于是就在星期天的早晨带着师专历史系的几个学生又来到了安留岗上。

她对学生们讲了挖掘的位置和方法之后,便和学生们一起干了起来。这是一场没有任何报酬的劳动,卓月是用自己的工资给学生们买的干粮,她只是想弄清近两千年前发生在安留岗上的事情。

夏季的太阳正在迅速地变成火球,卓月后悔没有让同学们都戴个草帽来,她担心待会儿升高的太阳会把同学们晒晕。

但奇怪的是,太阳升高之后,在发掘现场忙碌的同学们都没感觉到太阳的热度,相反,每个人都觉得有股凉气从脚下升起。卓月有些惊奇,就到岗下去走了一趟,想比较一下岗上和岗下的感觉是否一致,结果发现站在岗下反而很热,这使她忽然间明白:正是因为岗上的那种奇怪的凉意,才使得那两具女尸和动物的骨头得以保存到今天。

“大姐,当初挖出来的那些棺材都拿到哪儿了?”一个手提竹篮和镰刀的姑娘这时走到卓月身边问。

“拿到市里的博物馆保存了。”卓月仔细地打量了一眼这个姑娘,发现这个农村少女长得可真是漂亮。

“大姐,你说棺材里的鬼魂不会缠住最初挖到她的人吧?”

“哪有什么鬼魂?”卓月笑了,笑罢忽然抓住姑娘的手:“你叫曹宁贞吧? 当初是你先发现的这个地方?!”

宁贞轻轻点头。“我这些天总做噩梦,总梦见一个女的捧着头向我走来。”

“这是精神作用。”卓月笑着拍拍宁贞的肩膀,“人的梦境常和自己的想象有关。”她觉得她有点喜欢上了这个纯真的乡下姑娘。“你这是在挖野菜?”

“挖野菜卖钱,如今城里人也喜欢吃野菜了,我想用这个法子攒点学费,看能不能把高中读完。”

“噢。”卓月有些意外地看着宁贞,“高中读了多长时间?”

“只读了两周,因为家里没钱,停了。”宁贞答罢,朝卓月挥挥手:“我得去挖野菜了。”

卓月望着宁贞的背影,心里涌上了一阵难受。多好的女孩,她发现了这个汉代的土坛和那么多的文物,而她自己竟然无钱读书。

那天的发掘一直持续到后晌，一无所获使卓月和同学们都有些泄气。眼见太阳就要坠地，卓月只得宣布发掘结束。待同学们做好了返回的准备之后，卓月打开自己的书包，掏出了一摞新书——那是外爷卓远的那本刚印出的专著《时间的痕迹》，她给每个学生发了一本。“你们今天辛苦了，为了表示我的谢意，我送每人一本书。这本书是讲时间的痕迹的，我们今天所进行的发掘，其实也就是在寻找时间的痕迹。时间是一种无形无状轻盈无比的东西，但它走过时还是留下了这样那样的痕迹……”

学生们走后，卓月又在土坛上站了很久。看来我得凭已有的东西来作结论了。现在重要的是弄清这个土坛建立的时间，碳 14 测定的误差有几十年，这不行，我必须有准确的年、月，有了年、月，一些事情就好判断了。

时间！人干什么都绕不开你呵！

根据方形土坛上出土的陶器和两口棺材的形制，可以大致判断出土坛建成于东汉初期；依据碳 14 的测定，也只能明白土坛建成于公元一世纪末至二世纪初，但要具体弄清建成于哪一年确是一件难事。卓月那些天除了给学生上课之外，剩余的时间全泡在了保存在博物馆里的那些由土坛上出土的文物中间进行琢磨、研究。

绝望是一点一点向卓月心中积聚的，当成堆的绝望使得卓月就要决定退却罢手的时候，那把环首刀帮了她的大忙。那把刀保存完好，刀身与刀柄同等宽窄；刀身上沿着刀背开有血槽；刀尖由刀背向后成半圆形斜收；环首包缠金片；外带鞘。这是一种优质钢刀，是经过反复叠压锻打而成的，硬而有韧度，很适宜于猛力劈砍而不致折断。这在铁铠大量使用，骑兵日益发展的时期,是优良的近距离格斗兵器。卓月过去也曾反复看过这把刀,可除了发现刀身上刻有“百练(炼)清(精)刚(钢)、苙湅(卅炼)大刀”字迹之外,并没发现可给她的研究以帮助的东西,那天她因绝望决定罢手回家,在收拾放大镜、毛刷和其他用物时,不小心把横放在桌子上的那把环首刀碰掉到了地上。她吓了一跳,担心把这件文物摔坏了,待弯腰拣起以后,发现除了把朽木柄摔脱外,其他一切包括刀鞘都未损坏,她松了一口气,急忙把摔脱的朽木柄往柄舌上安,就在安柄舌时她忽然发现,那柄舌上刻有“延光四年阎耀”六个字。这使卓月十分惊喜:延光是汉安帝刘祜的年号,延光四年是乙丑年,是公元125年,这就是说,这个方形土坛最早是延光四年建的。阎耀显然是这把刀的主人,有了名字就好办,就可以查史料找了。

卓月当天晚上没有吃饭,就赶往学校的图书馆里查找东汉延光四年的史料。阎耀的名字最后是在一本南阳县志上查到的,那上边只有一句:“阎耀,南阳县人,官至城门校尉,死于延光四年。”

这就是说,阎耀是在得到这把环首刀的当年死的。这把环首刀是当年造出当年进了坟墓。这也就同时证明,这个方形土坛是延光四年建的,那两位女尸是延光四年死的和埋的。嗨,我又向谜底前进了一大步!

卓月兴奋得一晚上都没有睡好觉。

接下来的任务就是查找阎耀的死因,弄清他的环首刀何以放在了这个方形土坛上,放在了两个女人的棺材前边。

她想,既然阎耀是一个城门校尉,有关东汉安帝年间的史料就有可能提到他。果然,有一本关于刘秀宗室研究的书中提到:阎耀,安帝皇后之三弟,官至城门校尉,卷入延光四年的宫廷政变后被杀。

卓月面对着这条记载吸了一口冷气。教历史的她知道，延光四年发生的那场宫廷政变极其血腥，死人无数。阎耀既是卷入这场宫廷政变中，被杀是很正常的，只是他的环首刀怎么会进了两位女子的坟墓？

两位年轻女子与他一起卷入了那场宫廷政变？

是他的一妻一妾？

这对妻、妾是为了表示对丈夫的挚爱而嘱人把他的环首刀放进自己的坟墓？

卓月再一次面对着一连串的问号……

10

昌盛在确信自己的淋病已经治愈的那天黄昏，独自走进一家酒馆接连喝了三杯啤酒。这也算一个庆祝吧，庆祝自己总算从一场劫难中逃了出来。老天，这是一场什么样的劫难呵！昌盛一想到这些天治病的经过就觉得无地自容：去买药时惟恐别人认出自己，总是戴了墨镜垂眼低眉轻声细语；去打针时胆战心惊，惟恐别人问起病情；在家擦洗涂药时紧闭屋门，只怕有谁此时上门撞见。有时厂里有急事需要去处理，得忍着那份可怕的疼和痒同人们说笑；在家里，小瑾虽不再吵闹，但那份冷眼相向一句话不说的样子也非常让人难受；尤其是到了夜里，分床而睡的两个人都对着灯用药涂擦患部，小瑾常常涂着涂着就把棉球恨恨地扔到了他的身上，真真是令他尴尬无比。

这一切总算过去了。

这是我应得的一次惩罚，深圳之行将因此而永远留在我的记忆里。

深圳的确是一个好地方，但它让我带回的第一件东西竟是如此可怕。

昌盛往家走时觉到了有点头重脚轻，他想到家就倒头躺下，好好地在一种没有精神压力的情况下睡个好觉。可刚进屋门就听爷爷喊他："昌盛，过来。"

昌盛向爷爷的睡屋走时，立刻感到了左手指肚上的伤疤在隐隐作疼，他进屋没敢抬头去碰爷爷的目光，只问："爷爷，有事？"

"好了？"

"好了。"他感觉到脸和脖子都红了，好在天已黑透，爷爷看不清他的神色。

"我估摸也该好了，既是好了，就去拿把镢头来。"

"镢头？"昌盛一愣。

"对，去把这里边的东西挖出来。"爷爷指了一下一处墙角。

昌盛呆了一霎，恍然记起父亲生前曾告诉过他这墙角埋有贵重东西，什么时候挖要看时机，这个时机爷爷在世时由爷爷决定，爷爷不在时由他决定。这么多年过去，他差不多已经忘了。

"挖吧。"

他没用多久就从墙角挖出了一个坛子，并从坛子里抽出了一个木箱，打开木箱时他的双眼一下子瞪大：金条？

"数一数，看是不是二十根。"

昌盛数后点了点头。

"知道让你把它们挖出来干啥吗？"

"办厂,爷爷。"

"藏了这么多年,总算到用的时候了。"爷爷示意昌盛把盛金条的木箱抱放到他身边的桌子上,边说边用手摩挲着那些金光灿灿的"砖头"。"昨天的广播上说,咱南阳出现了首家个体水泥预制件厂,由此我估摸着,咱们也可以着手了。"

昌盛静静地听着,预料之中的事总算就要来了。他知道这是尚家的大事,这件事爷爷做了决定之后,剩余的事就全要由自己去做了——你行吗?你能保证会把这件事办成?开办一座工厂可不是一件小事情,万一——

"眼下有这样几桩事你要去办!一个,去给你承达叔说说我的心愿,让他能够同意咱办厂,他是副市长,他同意了,具体的手续就容易办些。再一个,找到银行里的熟人同人家说说,把这些金条换成现钱,一克能换多少钱,先弄清楚;这事要办得隐秘些,不能让多的人知道,不的话说不定会惹出祸来。三一个,同南方的或杭州那边的丝织厂家联系联系,问问丝织机的行情,计划一下买几台织机。四一个,要去咱世景街东头的三星帆布厂打听打听,我听说他们这个街道小厂已经垮了,看咱们租用他们的厂房行不行。这几桩事办完,咱们再说下一步。"

爷爷沉稳地有板有眼地吩咐着,昌盛一边点头一边在心里惊叹:九十多的人了,想事还这么细!有爷爷这个参谋在背后指点,我会把这件事办出个模样来的。

昌盛没有想到,叔叔承达会坚决反对另办丝织厂。昌盛刚在他面前说明来意,承达就决绝地摇头:"怎能想出这个主意?"

昌盛在叔叔面前没敢坚持,昌盛说:"你不让办你得去给我爷爷做点解释，不然他还会让我来找你。”

于是当天后晌承达就来到了父亲的睡房。他是文革后改姓尚的，这些年他早已从感情上接受了这位父亲，常常怀着一份歉疚来到父亲身边嘘寒问暖。

父子两个一番例行的问候过后，承达说了自己不同意另办丝织厂的原因。“你想，我在当副市长，带头支持侄子去办私营企业，别人会咋说？昌盛有技术有本领完全可以在国营丝织厂里发挥，为何非要另起炉灶不可？眼下国家是支持私营企业的发展，但从长远看，它毕竟属于资本主义的东西，为什么非要往这条路上走不可？……”文革那些年的经历让承达认识到了发展生产的重要，但从小所受的那种教育使他对发展生产的途径有自己的看法。他认为决不能依靠“私人”和“私营”的办法，在他的脑子深处，对“私”字保持着很高的警惕，总认为“私”是一切罪恶的渊薮。

达志不动声色地听儿子说着，没有进行任何争辩和反驳，只是在儿子说完之后问道：“私人办厂犯不犯国法？”

“国法倒不犯。”

“不犯国法就说明国家是允许的，国家都允许了，你作为一个地方官为何反对？”

“我——”

“就是为你考虑，你也该同意这桩事。你为官一任，该不该造福一方？造福凭啥，不是凭钱么？可你手中的钱从哪里来？不是要靠各个村子各家厂子交吗？国营厂子交的利润是钱，私营厂子交的税就不是钱了？”

“当然，只是——”

“只是啥？只是你只考虑自己，你没考虑考虑你爹，你爹我这一辈子都想办个丝织大厂，如今社会总算又给个机会，你为啥就不许呢？你要不是我的儿子，我也不敢同你这样说话，过去你爹我见了当官的都是低眉顺眼大气不敢喘。”

“我理解你的心思，但——”

“还有一桩事不知道你晓不晓得，昌盛告诉我，前些天有两个美国人，到国营尚吉利织丝厂里参观，原来是说好要订购一批绸缎的，可看了工厂看了绸缎样品后嫌质量不好，一匹没订就走了。这桩事你听后心里咋想？”

“尚吉利厂子的绸缎质量有问题，你和昌盛都可以提意见出主意。”

“我出了主意你敢照办？我说把现有的厂级干部全部免去，只留一个懂行的人当厂长；厂长下边只设原料、生产、销售三个人管事，其余的人全由这三个人决定去留，你敢采用这主意？”

“这会引起社会大震动，当然不能——”

“就是，所以你该批准我另建一个新厂，就是只从多让街上的闲人就业这点考虑，也该批准……”

父子俩说了许久，但直到最后承达也没有表态应允。承达走后，达志哑了声喊：“昌盛，去找个地板车来，拉我去见你云纬奶奶！”昌盛见爷爷情绪激动，担心于他身体不好，就劝道：“凡事可从容商量，用不着这样急。”达志一听火了，用拐杖敲着桌子叫道：“我还有多少时间让你从容？”昌盛不敢再说别的，急忙出门去找车子。

11

盛云纬要为自己做一口棺材的决心下定于一个没有阳光的早晨。那些天的许多个夜晚，她都梦见了死去多年的娘。梦中的娘每回见了她总要把一个拖把递到她的手上，而且随后便扯了她的手说：走吧，孩子，跟我去梨园里看看……

她梦醒后总要猜娘要拉她去的是哪个梨园。娘在世时百里奚村周围有两个梨园，两个梨园中间都有一块梨园主人家的坟地，年轻时的云纬最不愿去梨园里玩。她记得娘在世时是知道她害怕去梨园的，可娘为啥偏要拉我去梨园里？而且还要朝我手里塞一个拖把？

她把这视作一个不祥的征兆。也许我真的已活到了阳寿的尽头，该去和爹娘团聚了。也是，九十多岁的人了，还能活到哪里去？该做点走的准备了。阎王爷倘是动了要你走的念头，你能躲到哪里去？她于是把儿子承达叫到身边，说出了想做一口棺材的愿望。

承达一听就笑了。承达说:“妈,你瞎想什么?你的身子结实着哩!退一万步说,就真是有个三长两短,也用不着棺材,如今都兴火葬,买个高级骨灰盒——”承达一见妈的面孔阴沉下来,急忙住了口。

“我不愿火葬,把我一下子烧成灰我还咋能看见你们?让我睡到棺材里,密封严实一点,我就躺在那儿看你们过日子。”

“可我是副市长,这做棺材的事——”

“副市长有啥不得了的?你还能当几辈子副市长?副市长的妈就不能做口棺材了——”

“好,好。”承达不想跟妈妈争辩惹她生气,便悄悄买来木头请来木匠在家里做。

木匠做棺材的那些天,云纬每天拄了拐杖站到一旁观看,时不时地叮嘱几句:经心点做,这可是积阴德的事。偶尔,还会把孙女、孙子们买的糖块拿一把塞到木匠手里说:吃,这算我贿赂你的,你要是做不好可小心我在地下骂你!

棺材做好漆好是在一个正午。云纬戴上老花镜绕着棺材走了三圈反复检查之后说:“行,这老屋让人住着放心。”随后她便让孙女滟滟把一双新被子铺在里边,把自己喜欢的几件衣服和娘当初给她的玉镯、达志送她的岫玉项链全放到了棺材里,俨然一副立马就要走的样子。滟滟被那口新做的棺材和奶奶的举动弄得很是紧张,又惊又怕地问:“奶奶,你这是要干啥?”

“别怕,孩子,奶奶这只是做个准备,免得到时候忙乱。”云纬拍着孙女的肩膀让她去忙别的,自己站在棺材前轻轻用手触摸着棺材。呵,忙活了一辈子,原来这就是自己的归处。

在这一刹那,她想起了自己年轻时对生活的想望,想起了和达志相恋以至订婚时的那种欢快模样。那时以为人生会长得没有尽头,会有成堆成堆的时间,以为前边会有许多好景致等待着自己去看,以为自己这一生会获得许多东西,没想到最后不过是落了一口棺材而已。唉——她长长地叹了口气。

正当她在棺材前抚着棺板叹息的时候,昌盛用地板车把爷爷拉到了院里。滟滟最先看见,滟滟一边上前搀着达志下车一边朝屋里高喊:"奶奶,尚爷爷来了!"

云纬听见,隔了窗户问:"是听说我做了'老屋',特意来看的吧?"达志不明云纬的话意,进屋看见棺材,才吃了一惊道:"我比你大一岁,我还没想老屋的事,你倒做好了。同龄的男女,都是男的先死,你慌啥子?"

云纬挥手让昌盛和滟滟出去,这才又开口:"阎王爷八成已生了要我走的念头,我这满身的病,活着也确实受罪,早死早安生。我死后会给你留一封信,该给你说的话我会写在上边。"

达志闻言,手哆嗦着在云纬瘦骨嶙峋的肩上摩挲,心里涌起一阵钻心的痛惜。多少个结婚的机会都失去了呵!文化革命结束后这几年,两人还都动过这心思,后终因年龄太大怕世人笑话而没敢向儿孙们提起。一辈子就要过去了,没有机会了。现在才懂得,人生中有些事办起来是不能犹豫的,一犹豫就可能永远错过去。"我很可能要死在你的前头,"达志笑笑,"不过眼下,我还得求你替我办件事。"

"啥?"

"我想自家办一个丝织厂。"

"还在想织霸王绸的事?人老成了这样?"

"这念头是放不下了。"

“他是你的儿子,你不会自己去同他讲?”

“讲了,不行。我和他讲话终不像当年和立世讲话那样随便,我心里没有啥仗恃,我没有养活过他一天,这心里总虚。”

“好吧,我来说,这可能是我最后一次帮你了……”

承达进屋时见妈妈正在打盹。只要是不开会外出,他能做到每天晚饭后来看妈妈一回。他见吃饭的筷子还攥在妈的手里,就轻步上前把筷子抽掉。——“这种现象越来越多,吃着吃着就打起了盹。”滟滟伏在叔叔的耳边说,“还有,昨天后晌她站在院里,硬是找不到住的屋门了,在院子里来回转圈。”

承达默坐在那里看着妈妈,他第一次发现妈妈坐在椅子里的身子显得十分瘦小。他记得妈妈过去的身个高高大大,他那时很为妈妈的身个自豪。

一阵含混的自言自语从妈妈的唇间涌出,他先是以为妈妈醒了,仔细一听才知道老人是在说梦话:……走……走……白……树……草……他起身拿过一件衣服想给妈妈披上,没想到衣服刚一触到她的身子她就睁开了眼睛。

“你来了。”

“妈,要不要扶你去床上躺下?”

“不,我得先给你说说你爹办厂的事,省得我一会儿又忘记了。现在好像有一个人拿着黑板擦子站在我的脑子里,我只要一想起个事情,他就紧忙把那个事情用黑板擦子从我脑子里擦去,好让我忘得干干净净。”

“他来找你了?我已经——”

“为啥不让他办?”

“主要是怕影响——”

“最大的影响是啥子?”

“别人会说——”

“无非是你丢官吧?”

“妈,这种事你别管。”

“我原本就没指望过你当官,官丢了就算。再说你的年纪也不小了,还能干几年?”

“妈,你知道咱们的政策是因人而变的,万一将来说私营经济是——”

“可你要是不让他办厂,他说不定会丢命的,他的脾性我知道。你可是就这一个亲爹!”

“他人老了,在家享享福多好,为啥非要——”

“这桩事我替你做主了,既是不犯法,就让他办吧。滟滟,你跑一趟,去告诉你尚爷爷,就说你叔叔同意他办厂了。”

滟滟在外间应声出去了。

承达叹一口气,无可奈何地抓着头皮。他不敢再坚持,他知道母亲的脾气,万一她因此事过于激动引发了什么毛病那可就后悔莫及。罢,罢,就让他们办吧,日后无非人们说我支持发展私营经济,可南阳是蚕丝和柞丝的产地,多一个丝织厂也是应该的。

“还有一件事我也想给你说说,我在昨夜里做了个梦。”

“哦,梦见啥了?”承达装作很认真地问。这几年母亲常向他说起她的一些梦,她在说梦的时候,你稍一表示不愿听她就不高兴。

“我梦见穹穹他妈在你们住的那个大院门前流眼泪,好像很伤心,为啥流泪我倒不知道,远处很像是有一辆汽车,穹穹好像是还搀扶着一个人。”

“也许是风把沙子刮进了她的眼睛。”承达笑着宽慰母亲。每次母亲向他说了梦的内容以后，他都要想法把那梦解释成一件轻描淡写的事，以减轻母亲的心理压力。人老了，担心的事情可真是多。

“我觉着那可能是因为一件大事。”云纬忧虑地摇着头，“你们现如今住的那个院子不是个好地方，这些年凡是住进去的人，没有一个有好下场，所以我总担着一份心。你们啥时候要能搬出来住才好。”

“在外边另修一处宿舍要花许多钱，搬出来住不太可能，我们住在那宅院里一切小心就是，不会出啥事的。”

“但愿你们……平安……”云纬说着又阖眼打起了盹。承达没敢动，静听着母亲时轻时重的呼吸声和偶尔一句含混的呓语。衰老原来可以把人变成这样。再过些年，我可能也要变成这个样子？……

12

中国人主动地轰隆隆拉开自己久闭的国门的举动,令全世界吃了一惊。人们一时都把目光朝中国扭过来,想看看这个一直关门过日子的家庭的内部究竟是一个什么境况。于是申请到中国旅游的人一下子多了起来。

秋天的一个晚霞斑斓的黄昏,美国纽约唐人街中段的梦宛绸缎店里,满头白发的栗秉正把儿子振中叫到身边低了声说:"隔壁卖瓷器的景家儿子,今天飞去中国大陆了;我在想,咱们也应该回去看看,听说以后国内也欢迎外边的人进去做生意,咱们卖绸缎的,过去依靠的就是大陆,不回去摸清情况怕是不行。顺便,也好把你奶奶的心愿了却了。"

"我跟振中一块回去。"振中听罢父亲的话还没来得及开口,站在一旁的艾丽雅已经先表了态。振中于是笑笑:"好吧,我明天先去中国驻美使馆问问。"

三天后,振中和艾丽雅便来到了中国使馆办签证。

一切顺利。

拿到签证后振中高兴地把艾丽雅抱起,一直抱到汽车里。

“我现在只剩下了一个担心!”艾丽雅那刻坐在车里望着飞速而过的街景说。

“担心什么?”

“担心我们在中国期间他们不让我们做爱。”

“你胡说什么?”振中猛拍了一下方向盘。

“你不知道,我读过孔子的书,可以说孔子是中国人的代表吧?他给我的感觉是一本正经而且永远板着面孔。他认为女人难养,他主张男女授受不亲;我还听说,中国人反对男女接吻,他们认为那有失庄重。在一个接吻都不允许的国家里你能想象他们会允许——”

“好了,好了,把这些乱七八糟的一知半解先扔开,你下去买一束鲜花!”

“买鲜花干什么?”

“我们先去公墓,把咱们要回中国大陆的消息告诉奶奶!”

振中和艾丽雅到达公墓时天已正午,公墓里一片安详肃穆。所有的灵魂都正在午睡,只有树叶在微风里摇出催人欲眠的响动。振中和艾丽雅轻步走到奶奶草绒的墓前,深深地鞠躬。奶奶去世前曾一再说她很想把遗骨运回故土,但那时中国的国门尚未敞开,这样的事谈何容易?

振中在墓前鞠了躬献了花之后,又轻步走到不大的墓碑后边,从墓碑的底座下摸出了一个很小的防潮防锈盒子。

“这是什么?”艾丽雅满眼惊奇,“我怎么不知道墓碑座下还藏有东西?”

“中国人办有些事时，是不让家中的女人知道的。喏，你看，这里边只装了一枚铜钱，这是奶奶从少女时就穿了红绳戴在胸前的东西。奶奶去世前叮嘱过我，如果今后有回大陆的机会，就把这枚铜钱带回去，埋在栗家祖坟里，奶奶说这枚铜钱会带着她的灵魂一道回去。”

“哦？”

“奶奶，我们走吧。”

艾丽雅觉得她真的听到了一声叹息。她急忙扭身四顾，四周除了安静没有别的。

“你听到了吗，奶奶的叹息？”她紧张地向振中身边靠了靠。

振中微微一笑，什么也没说，只是一手拉了艾丽雅一手拿着那个盒子，快步向公墓大门走去。

那天晚上，纽约唐人街中段的梦宛绸缎店没有再像往日那样店敞灯开迎接晚间的顾客，受雇的几个店员早早奉命关了店门下工，下工前都有些意外地看着店主一家四口静坐在桌前。

“你们明天就要走了，”栗秉正抿了抿鬓上的白发望着儿子、儿媳慢腾腾地开口，“我很想让你们再听一遍你们的奶奶临终前的那番话，那其中有不少是对你们回国后的叮嘱。”双鬓也有了白发的阿倩，在丈夫的话音里起身拿过一盘音带插进了录音机里——

……我的胸口难受……主八成是要带我走了……走吧……我愿意跟你走……主……我知道你不想让我再受罪……我这一辈子接受了你的不少回照应……你给了我很多……儿子……儿媳阿倩……孙子……孙媳艾丽雅……我现

在就是缺一个重孙子……但我知道人不能对主要求太多……我应该知足……秉正……要相信主无所不在……无论多忙都不能忘了进教堂……只有主会保佑你和全家……这一点你要记住……咳、咳……

振中在奶奶的咳嗽声里仿佛又看到了奶奶坐在轮椅里的模样,看见奶奶摇着轮椅向他走来,看见奶奶摸着他的下巴叫着:这小东西也长胡子了!看见奶奶俯在艾丽雅的耳朵上说:早点怀个孩子吧……

……我这把骨头……看来要埋在美国了……我多想回南阳看看……看看落霞村……看看福音堂……看看卧龙岗……看看白河滩……看看我和秉正住的那个栗府后院……看看织绸缎的尚吉利大机房……看不见了……这一切都看不见了……我死后……你们有谁要是能回到南阳……记住把我身上的这个铜钱……带回去……这是我的娘从我生下来就戴在我身上的……带回了它也就等于带回了我的魂灵……它是我的保命符……我的骨殖就不要动了……让它留在美国吧……只要我的魂灵回去了就成……记住把它埋到栗家祖坟上……但不要埋在你们的爷爷栗温保身边……我估摸他已经死了……离他远点……我可以宽恕他……可我不愿接近他……不愿……我的胸口又难受了……我憋得难受……还有……你们要是回到南阳……一定要去看看一个叫尚达志的人……要是他还活着他也该老得像我一样了……你们的爷爷愧对过他……你们要做绸缎生意……免不了要和他打交道……我憋得难受……咳咳咳……

振中再一次看见奶奶在病床上翻滚,看见奶奶在艰难地喘息,看见奶奶抓着父亲的手咽了气,看见父亲俯在奶奶的身边哭,看见奶奶的两只眼还在大睁着瞪着房顶……奶奶,我明天就带你回国,回到你日思夜想的家乡去……

振中和艾丽雅是第二天上午登机的。纽约机场的上空那一天云淡风微,振中在登机口朝送行的父母挥手时忽然听到一声熟悉的奶奶的咳嗽,他吃了一惊,他急忙观察前后的乘客。一定是我听错了,把别的乘客的咳嗽声当成了奶奶的。

但当他在座位上坐下飞机开始滑行时他又听到了一声叹息,这叹息分明是奶奶发出的。他再一次吃惊地环顾左右,左右都是面露喜色的乘客,没有谁会发出叹息。他默然地从包里掏出奶奶生前让带回去的那个保命符,他惊奇地看见那符上有一个很小很小的水珠。奶奶,不是你在显灵吧?你不要吓着我们,我和艾丽雅都没有见过灵魂的模样。你只需安心地不声不响地跟着我们就成,我们一定会把你带回南阳……

"振中,到了中国他们允许我和你睡在一起吗?要是分开睡我可是有点害怕,奶奶是不是一直在跟着我们?"

"放心吧,你看看窗外。"

飞机正在云海上滑动,蔚蓝的海水不时从机翼下露一下面孔。

我正在接近中国。中国,我就要见到你了,我是一个你还不认识的后代……

13

栗丽在卖完最后一担秋茧的那天晚上，听说有两个美国人第二天要来访问她的家庭，原本因秋茧丰收而沉浸在喜悦中的栗丽被这消息吓了一跳：美国人来我家干什么？通知她的村里干部一时说不清缘由，她只好忐忑不安地上床躺下，并在各种各样的猜测中等待天明。

天亮后她喊醒儿子、女儿起床打扫屋子和院子，她平时就注意把屋子收拾得干干净净，何况今天要迎接外国人的访问。你们要来我家问什么？我们只是一家普通的蚕农。

儿子宁安面孔阴沉地执行着她的命令在院里挥动着扫帚。自从春天那次卖茧打架过后，宁安原本就少笑容的脸上越加阴云重重。我不知道这孩子为啥心事这样重？是不是因为家里穷？他要是遇上我当年经历的那些变故又该怎么着？

女儿宁贞在用抹布擦拭着屋内的桌椅条凳，一边忙着一边笑着提醒母亲:“人家要说英语你怎么听得懂呢?”女儿的话勾起了她对当年读书生活的回忆,那时我也学过英语,口语也达到了可以和靳岗教堂那些外国神父对话的水平,可这些年再没用过,一个单词也记不起了。

载着美国人的小轿车是早饭后抵达落霞村栗丽家门前的。栗丽把全副注意力都用在了对从车上走下来的那位美国少妇的观察上,直到听到一声“姑妈,您好”时,她才一怔,才呆呆地看着站在面前的一位年轻中国男子。——“我叫栗振中,栗秉正的儿子,就是……”

栗丽没有再听振中下边的解释,秉正哥哥的身影几乎立刻出现在了她的眼前。当年因为两位母亲之间的不睦,她和这位异母哥哥接触不多,但印象并未磨灭。这小伙和秉正哥确实有些相像。呵,秉正哥,这么说你没有死?你竟然还去了美国?你还有了儿子?你一定是得了神的保佑……

接下来振中介绍了艾丽雅,栗丽拉着这个洋侄媳的手反复端详。艾丽雅热情地拥抱着这个中国姑妈,在栗丽的颊上吻出响亮的声音。栗丽唤过儿子和女儿过来和振中夫妇相见,爽朗的艾丽雅把宁安和宁贞一齐拥到怀里,弄得兄妹俩面红耳赤浑身不自在。

在一顿丰盛的午餐之后,栗丽领着振中夫妇向栗家祖坟走去。振中从小在家庭接受的仍是东方式教育,所以上坟前知道买些火纸、鞭炮、棒香和祭品。在给各位先祖的坟上焚燃火纸时,振中特意给爷爷栗温保的坟头上多放了几张,尔后双膝跪下,喃喃说道:“爷爷,你没见过的孙子振中携媳妇前来祭拜,并带来家父对你的问候……”

上坟祭祖的最后一件事,是埋掉奶奶生前嘱咐让葬在栗家祖坟的那个铜片儿护身符。振中用预先带来的铁锨在爷爷的坟后几尺远的地方挖了个坑，把那个装有铜片儿的盒子埋了下去。奶奶，一切都是照你的嘱咐办的，在离爷爷棺材五尺远的地方埋的，你已经回到了家乡，你现在可以瞑目安息了……

三个人正准备离开祖坟时，忽见一股旋风不知从什么地方生出，在栗温保的坟头和振中刚才埋铜片的土堆上反复旋转，直卷得土砾成柱状向空中升起，且发出一种呜呜的响声。几个人见状都有些惊住。栗丽知道当年父亲和大妈草绒之间有过不快和争吵，总不会是你们两个见面又争执了起来？大妈，我知道你是主的信徒，我听说主是主张宽恕的，倘若父亲当初做了对不起你的事，那么请你宽恕他吧！一切都已成过去，一切都已无可挽救，我们只有接受生活给予我们的。我还明白你一直为父亲又娶了我的母亲而生气，可是你想想，倘若没有父亲的错误，不也就没有了我吗？而没有了我，振中他们回来会有一个姑姑来接待他们？心平气和吧，大妈，我们面对过去只能心平气和了……

三个人直到那股旋风慢慢平息之后才离开坟地。往回走的时候，艾丽雅紧紧地抓着振中的胳膊，嘴贴了振中的耳朵说："我这是第一次见识中国的墓地，在极讲集体、团体精神的中国，墓地是以家族为单位的；而在个人第一的美国，人死后却是集中葬在一起。这是不是有点奇怪？……"

在那天后晌剩下的时间里，振中和艾丽雅提出让宁安、宁贞领着去看看他们家承包的桑园。到了园中，宁贞领着艾丽雅去看蚕种，振中则由宁安陪着在园中看桑叶。振中看得兴致盎然。就是这种桑叶养活的蚕吐出的丝，织出了名扬天下的绸缎，我今天要好好看看你们！他仔细地观察着那些桑叶的叶面，触摸着桑叶的厚度，对着阳光去看叶片上的筋脉，甚至撕下一小片填到口中去尝它的味道。

“味道行么？”宁安淡了声问，话音里带了一点点嘲讽。装他妈的什么洋派，桑叶的好坏难道还要靠咀嚼来鉴定？他对这个由美国来的表哥不怀好感。表哥那身华贵的服装，那手指上的金戒指和浑身的香水气味都让他强烈地意识到了自己的贫穷和地位的卑微，这让他的心里充满了别扭。

“这儿的桑叶的确和我在别国见到的不同，它的厚度、味道和表层沁出物都和一般的桑叶异样，这可能和这儿的土质与四面环山的盆地形气候有关，这大概也就是这儿的蚕丝质量优良的原因。”

“哦？”这番一本正经的回答令宁安一愣。

“表弟，我为你们家有这样一个桑园高兴，可也有一点遗憾。”

“遗憾？”

“我为这个园子太小而遗憾。”

“那没有办法，桑园原本就这么大。”宁安耸耸肩膀。

“你从来没想过让它变大的事？”

“让它变大？”宁安惊奇了。

“对呀，譬如说让这四周的不宜种庄稼的岗坡地都变成桑园，你成为一个几万亩桑园的主人！”

“那怎么可能？”宁安笑了，这是许多天来他第一次露出笑容。

“怎么不可能？美国一个拥有三亿美元财产的名叫亨利的农场主，他起家时只有半亩土地。而你，已经拥有了一个几亩地的桑园。”

“这个桑园只是承包给我们家，并不是——”

“我知道,我刚刚研究过你们的承包制度。承包就是拥有使用权,使用权是很重要的一项权力,人们购买土地的目的其实也是为了使用。你应该珍惜你对这个桑园的使用权利,让它尽快地为你创造财富!”

宁安的眼睛渐渐瞪大,夕阳在他的眸子里燃起一个晶亮的光斑。

“追求富裕是人的本性,任何外力包括你自己,都不应该压抑它。在这个世界上,不富裕的人将在许多问题上丧失说话的权利,这就是表哥想要提醒你的……”

振中和艾丽雅坐车回城已是夕阳坠地的时辰。两个人临走时把五千元放到了宁安的手上,宁安一愣之后原已准备收下的,可不想振中跟着又说了一句:“记住,不要把希望寄托在别人的援助上!”旁边的宁贞一听这话,脸上有些挂不住,赌一口气坚决地从哥哥手上拿过那钱又塞进了振中的提包。

宁安送他们上车走后又返回到了桑园里,他围着桑园缓步走了许久,最后在园边一棵桑树下坐下,目光直直地盯着远处正在变暗的天空。他隐约地听到了妈妈在村边喊他吃饭的声音,但他没动,直到妹妹宁贞跑来,把他从月光辉映下的园边扯起。

“小贞,刚才那五千块钱——”

“咋,想收下?”

“既是人家已经给了,咱凭啥要撑那股劲不要?”

“需要钱咱自己去想法子挣,干啥去拿人家的钱?让人家看不起?!”

“毕竟都是亲戚,他们给咱钱也算是——”

“你没听他们接着说的那些话?你不脸红我还脸红哩!”

“好,好,不要了对。”

“就对!”宁贞朝哥哥嘟起了嘴。

“哎,小贞,你说到挣钱我忽然想起了,你过去上学经过的永泽路口,不是有两间临街的房子一直在空着?”

“你是说范家那两间空屋? 咋了?”

“你明儿个去告诉范家你那个女同学,就说房子我租了。”

“你租?”宁贞在月光下惊得跳开了一步,“你租房子干啥?”

“开个酒铺。”

“嗬?”

“指望养蚕和种田看来不会富到哪里去,再说眼下已是冬天,地里和桑园里也没活可干,咱们是该生个法子赚钱!”

宁贞瞪着晶亮的双眸看着哥哥,不认识了一般。

“要不,等两天再说也行,让我再想想。”宁安忽然又有些犹豫,“我不知道我是不是干这个的材料。”

14

栗振中和艾丽雅在那个上午走进尚家大门时,昌盛已去医院给被爷爷砍伤的手指头换药了。小瑾开门见是一个中国小伙和一个外国女人,就诧异地问:“你们找谁?”

振中便做了一番自我介绍,说是来看看尚吉利大机房的主人尚达志。小瑾听了便急忙把客人让进自家住屋的外间,给他们倒上开水,这才跑到爷爷屋里去告诉他来了美国客人。

达志一听说是栗温保的孙子来了,腿就哆嗦了一下,过去和栗温保打交道的那些场景又倏然来到了眼前。栗温保那个东西还有个孙子在美国?他的孙子来我家干啥?素无往来为啥会想起来看我?是不是来看我们尚家的笑话:你们不是一个丝织世家吗?你们现在织的尚吉利绸缎在哪儿?你们几辈子不是都想织出霸王绸吗?如今织出来了么?

“告诉他们,就说我不在家。”达志朝小瑾挥了下手。

“可我已经给他们说你在家了。”

“那就给他们说我有病，不能见他们。”

“他们要是听说你有病，会不会更执意坚持来探望你？”

“唉，也罢，就让他们来，不过你要先告诉他们我喉咙有毛病，不能说话，我也确实无话同他们说。一想起他爷爷栗温保当初把我织绸缎的房子、机器毁得那样干净，我这肚里就是气。”

小瑾应了一声，急忙过去把栗振中和艾丽雅领了过来。两个人见了达志，都是急忙鞠躬问候，可达志一声没吭，只是眯缝了眼睛打量着他们。还行，栗温保的这个孙子还算有模有样，看来善有善报恶有恶报这话有时也不一定准，栗温保当年做了那样多的恶，如今不是照样留下了这个长得周周正正的孙子？而且还娶了个美国老婆。男人娶个外国老婆，这后代日后还认不认他的祖宗？草绒，他们说到了他们的草绒奶奶，草绒那女人的心肠不错，上天也许是看了草绒的面子，才让栗温保有了这样一个孙子。栗温保，要是凭你的所作所为，你是该断子绝孙的……

达志在那天上午与栗振中、艾丽雅的会见中，自始至终没说一句话，只是眯缝了眼睛听。我现在能给你们说啥？说我们尚家的经历？说我的希望和渴盼？那至多是引起你们的一点同情罢了。我没有可以向你们炫耀的，而你们可以向我炫耀的东西很多：你们穿的好衣服、你们住在美国、你们出门可以随便坐飞机、你们的钱财、你们的绸缎店、你们随时可以到别国旅游。不，现在不说，再等几年，五年或者十年，那时候你再来看看我们尚家，那时候我会让你们吃惊的！你们今天进到我家的神色是意外和惊讶，我注意到了，脸上没有敬佩，但几年之后你们要是再来也许就会带一点敬佩的；你们今天说话的口气是平平常常的，不带啥感情的，但几年以后你们再同我们尚家人说话时，可能就要换另一种口气了，就会带一点小心翼翼，就会带一点点敬畏，也许还会带一点讨好的意味，会的！重要的是眼下我们手上没有令你惊喜的想要的东西！你是绸缎商人，但你在我这里没有看到令你惊喜无比的绸缎，所以你们现在是这副神色和口气。一切都会变的，会变的……

栗振中和艾丽雅告辞向门外走时，达志只是点了一下头。小瑾送的他们，小瑾送他们到前院时，艾丽雅发现了竖在前院的那块石头，发现了刻在石头上的那个▦形图案，她吃惊地停步朝振中叫道："哈啰，你看这个图案，和我们家的族徽好像一样。"说着，从脖子里把挂在项链上的那个方形骨坠取出来对照，振中也是一愣：果然一样！

"请问夫人，你们在这个石头上刻这个图案是什么用意？"

"不知道。"小瑾摇着头，"我嫁进这个家时就有这块石头了。"

"那你是怎么理解这个图案的？"

"我——"小瑾笑了，"我觉着这可能是说，两个人不论站在任何不同的地方，他们只要在走动，就有相遇的可能。"

"这种理解倒有意思。"艾丽雅也笑了，"就像你和我，我们过去谁也没想会能见面，可我们今天见了。"

"那你是怎么理解你项坠上的那个图案的？"小瑾对这个懂汉语的美国女人有了好感。

"它可能只是一种徽记，有表示吉祥和保佑的意味……"

小瑾那天送走栗振中和艾丽雅之后，站在院中的那块石头前惊奇地自语：外国也有看重这个图案的人，真是稀奇！……

昌盛那些天一直在为办厂的事奔波，跑手续、跑厂房、跑织机、跑雇员、跑原料，直把人累得瘦了一圈。因为淋病的事一直生气的小瑾，虽然照样对他采取不理不睬的态度，但暗中却努力把饭菜搞好，顿顿把几个盘子端到饭桌上，希望他的身体能支撑住。

一切跑好之后，达志让昌盛去请卦师天通给择了个开业的日子。

日子定在正月十八。

这日子似乎没有选错，星星刚一隐走蓝湛湛的天就露了出来，东天抹了一层又一层象征吉祥的红色，几只鸟不顾天冷在新厂房上空叫得很是热烈。

开业仪式达志让卦师天通主持。

为了不张扬也为了省钱，仪式除了尚家一家人和雇员参加外，没请任何外人。

达志让昌盛把他背放到厂门口守门小屋的一把椅子里，他要亲自看着仪式进行。

太阳刚一露头，天通就在大门正中面朝着日出方向"扑嗵"跪下，先叩头三个；尔后用鸡血将写有"南阳尚吉利丝织厂"的厂牌慢慢擦拭一遍；接着鸣响鞭炮，在鞭炮声里，昌盛把厂牌挂在了厂门口的墙上。这之后，雇员们排队依次进厂，在门口，每人从天通手里接过一块糖，填进口中边嚼边向各人的工作岗位走去。

二十分钟之后，五台丝织机便轰轰响了。

开始了，总算又开始了！坐在门口小屋的达志长长舒一口气。列祖列宗，尚家自己的丝织厂又开业了，你们等着听好消息，会织出"霸王绸"的，会的……

写有“南阳尚吉利丝织厂”几个字的厂牌在初升的阳光里昂首挺立。这厂名是达志执意坚持用的，“尚吉利”这三个字不能丢，这是尚家多少辈人都知道的牌号，有了它，尚家人的心才好凝聚。也恰好，在这之前一个月，原来国营的南阳尚吉利织丝厂因为经营效益不好，被省里的中原丝织总厂兼并，改为了中原丝织厂南阳分厂，“尚吉利丝织厂”这个名字，也算是物归了原主。

达志坐在那儿凝望着厂院。这是一个很小的院子，只有十几间房屋。小不要紧，重要的是已经开始，它会在昌盛手里发展的。昌盛，尚家几代人的希望就在你身上了，但愿你能争气，让厂子尽快发展起来……

半上午的时候，第一匹绸子织了出来，已辞了原来工作到自家厂里看守织机的小瑾，捧着那匹白绸走出来让爷爷看。达志哆嗦着手摸着那匹绸子，先是激动地贴在脸上摩挲，可随后却是一愣，停下触摸和摩挲说：“小瑾，你快去叫昌盛来，这绸子有毛病！”小瑾闻言急忙低头去看，只见爷爷手摸住的那块地方果然有一些小小的疵点。“嗬，你的手感觉真灵，我刚才检查时还没发现。”

昌盛跑来看了那疵点，立刻断定是织机的毛病，急忙又跑回机房调试，一霎之后才又跑出来说：“行了，疵点消失了。”

“那已经织出来的这些咋办？”达志看定孙子。

“留下，就放在家里，既不卖出也不送人。”

“嗯。”达志满意地颔首，“决不能让一匹质量不行的绸子流到外面去，不的话，就等于自己毁自己。行，你已经真正懂事了，爷爷放心了。厂里的事你以后一样也不许问我，一切由你自己处理，明白？”

昌盛点头。

“还有，今儿个后晌，小瑾记着拿一匹绸子给你云纬奶奶送去，就说是我给她的。”

小瑾听后身子一颤，却没应声。

“咋，心疼绸子？”达志不满地瞪着小瑾。

“云纬奶奶已经用不着了。”小瑾嗫嚅着。

“啥？啥叫用不着？这白绸子做衬衣——”

“爷爷，”昌盛沉了声说，“云纬奶奶半月前已经去世，因为怕你受不了，没有——”

“啥？”达志的两只老眼倏然瞪大，白色的寿眉呼啦一声向天竖起……

滟滟事后想起，奶奶对她要走的事有清楚的预感。那天午后，奶奶破天荒地催她烧热水说要洗头洗脚。而在过去，奶奶因为不想让滟滟看见她瘦骨嶙峋的双脚和头发稀薄的头皮，总是尽量拖延洗头洗脚的日期，每一回都是滟滟催上几回她才让步去洗。而在这天中午，她不仅主动地要求洗而且希望洗得仔细。还再三地说明：滟滟，这八成是奶奶最后一次麻烦你。

那天后晌她说她想出门看看。滟滟于是向单位请了假，用一辆轮椅推上奶奶上了街。在世景街的西头，奶奶指着远处也已变成街区的百里奚村的位置说：奶奶是从那里走出来的，我这一生原来并没走多远的距离。

那天的晚饭奶奶吃得兴致勃勃，食欲少有的好。吃过饭后奶奶把枕头下压着的一个信封交到滟滟手里。那个信封上写着达志的名字。并再三叮嘱：一旦我走了，记住把它交到你尚爷爷手里。滟滟当时笑着说：奶奶，你要再这样吓我我可要提出抗议了！

奶奶按往常的就寝时间上床躺下，片刻之后就传来了轻微的鼾声。滟滟在这鼾声中也拉灯睡了，她在迷糊中刚要登上一条停在路边的汽车，一个坚硬的东西捣在了她的身上，她重又返回到清醒状态，意识到是奶奶在用拐杖捣她。她睁开眼睛，就着月光看见奶奶拥被坐在床上，就问：奶奶，咋不睡了？

我听到了一阵吱吱嘎嘎的声音。

声音？

你听！

滟滟侧了耳听，四周万籁俱寂，哪有什么声音？

是织绸缎的声音。

没有，奶奶，什么声音也没有，快半夜了，睡吧。

我听得清清楚楚，声音就在放棺材的那个屋里。

真的没有，奶奶。滟滟被奶奶说得有些害怕，起身过去扶奶奶重又躺下。

经过这番折腾，滟滟再躺下时就很快进入了酣睡。事后她忆起，就在这阵酣睡中她看到了一片大水，在那片大水之上有一片木板。她发现奶奶就站在那片木板上，那木板在水浪的冲击下摇摇欲翻，她被吓得惊呼起来：奶奶，奶奶！就是这阵惊呼令她再一次醒来。她醒来后一边抹着额头上的汗，一边去看对面床上的奶奶，月光已移到奶奶的床上，明亮的月光下只见被子翻开不见奶奶。滟滟以为自己睡眼蒙眬没看明白，忙去揉眼，揉罢眼看去床上仍无奶奶。她惊得一下子坐了起来。平时奶奶即使夜里小解也要唤醒滟滟搀扶。奶奶！她慌慌地喊了一声。没有回答。“噗嗵”她猛地听到放棺材的那间屋里有什么响声。奶奶一定是去了那里。她忘了害怕，急忙跳下床开门向那间屋跑去。那间屋门果然开着，月光铺满屋子，她扑到门框上时看见奶奶倒在棺材前，脚下绊着一个拖把。

“奶奶——”她扑到奶奶身上摇着，可奶奶再也没有睁开眼睛……

奶奶的葬礼是三天后举行的。葬礼不事声张却很隆重，昌盛夫妇和旺旺都参加了。为了防止刺激高龄的尚爷爷，滟滟听见昌盛哥哥和叔叔承达商定，暂不告诉尚爷爷这个消息。滟滟于是把奶奶留给尚爷爷的信一直存在抽屉里。直到那个阴云飘飞的上午，尚爷爷在她和昌盛哥的搀扶下又来到奶奶的坟上时，她才把那封信掏出来递到了尚爷爷的手上。

信是封着的，她看见尚爷爷哆嗦着手撕了半天才把信封撕开，信纸展开时她看见尚爷爷的身子一抖，两只浑黄的眼珠在老花镜后突然间凝住不动，随后，那张信纸便翩翩飘落到了地上。滟滟看得很清，那纸上只有一行字：

尚达志，我这辈子做的最大一件错事，是爱上了你！你从来没有全心地爱过我，你爱的是物，不是人！

那是奶奶的笔迹。

奶奶已经有多年不拿笔了，这封信一定是多年前就写下的。

她看见尚爷爷痛楚地闭上了眼睛，而且他的身子在开始下坠……

……云纬，我没想到你会给我留这样一封信，这么说你是真后悔了?！你信上的口气好冷呵，这信是啥时候写的？写的时候心里肯定满是对我的气恨，开头直呼我的名字，连姓也不省去，读来真叫我伤心！你说我爱物不爱人，真真是冤枉了我，在我的内心深处，我从来都是爱你的，我从来都是把你放在顺儿之上的。我这一生，只与两个女人有过肌肤之亲，这两个女人就是你和顺儿，在你和顺儿之间，我当然更爱更看重的是你，这一点你难道没有看明白?！当然，回头想想，这些年我在处理一些事情时，是伤了你的心的，每当遇到要你还是要丝织祖业时，我选的都是祖业，大概就是因此你觉得我爱物不爱人吧？可这是没有办法的事，尚家祖祖辈辈喜欢的就是这个丝织，一代一代地传下来，我总不能因为你把老几辈的心愿都忘了吧？那别人会不会说我为了一个女人把尚家最珍视的东西都扔掉了?！人活着不就是讲一个名声？要是我为了你扔掉祖业，尚家的后人不要骂我败家子、没出息？不要说我宁要美人，不要美誉？……其实这些年我也一直在想，一个男人活着究竟该要什么？要钱？有了钱可以买好吃的好穿的好玩的东西，可以买好房屋好家具，可以让别人巴结奉承，可一个人钱再多，他最后是要死的，他一死，钱就不归他了，随钱而来的东西也就不归他了，他除了落个死前舒服之外，并没有落下别的。要权？有了权可以指使、指挥别人，可以享受人们的敬畏，可以享受权所带来的诸种利益好处，可一个人权再大，他一死，这权也就没有了，就要交给别人了，随权而来的那些东西也就没有了意义，他除了落个生前舒服之外，并没落下别的。要美女？有了美女可以快乐，可以尝那种飘飘欲仙的感觉，可以让别人羡慕，可以心里舒畅，可一个男人得到的女人再多再漂亮，他也是要死的，他一死，那些女人就不属于他了，他至多是活着时比别的男人多点快乐罢了。只有名声、名气、名誉对男人最重要，这些东西看上去都是虚的，可一个男人只要有了好名声好名誉大名气，他即使死了，还会被人们记起、谈论、回忆，还会继续活在后人心里，也才会给时间打上个印记，使后人在多年之后依然知道，这个男人过去曾经活过。既然名声、名誉、名气对男人这样重要，我作为尚家的一个男人，就只有照当初做的那样做了。云纬，你不能理解我么？你再想想吧，想想你就会明白了，就不会再责怪抱怨气恨我了，就会后悔不该给我留下这样一封信了，云纬，你说我说的这些占没占点理？……

15

检修了一夜织机的昌盛，走出车间时腿都有些打晃。——为了保证白天织机不停转，检修便只好都放在晚上，而干一晚上的活可是真累。他揉着酸涩的双眼向厂门口的看门小屋走去，他想利用上班前的这段时间再小睡一会。在厂门口，他看见有一个姑娘向他走来，因为迎着初升的太阳也因为他的双眼没有完全睁开，他在没有看清来人面孔的时候就开口问："你找谁？"

"我想找尚昌盛厂长。"

昌盛听到了一句带着犹豫和怯意的回答。

"找他干啥？"

"听说他这厂里招收织工，俺想来试试。"

"织工已经招够了。"

"噢——"

他听到了一声叹息，也许就是这叹息让他对这个姑娘产生了注视的兴趣。他努力把疲倦的眼睛睁大迎着还不太强的阳光去看了对方一眼，这一眼令他的身子一振，流散在全身各处的精神一下子聚拢起来：原来站在面前的是一个衣着简单朴素但却异常妩媚漂亮的姑娘。

姑娘已经转过身去预备要走了。

“等一等。”昌盛忽然开口说。话出口后他也吃了一惊：你的确已不需要女工，五部织机已有连小瑾在内的三个熟练女织工了，你喊住人家干啥？许多年后他再忆起这个早晨时，他为自己那刻贸然喊出了“等一等”而庆幸。

那姑娘回过身来有些发怔地望着他。

“你织过绸缎？”

姑娘摇头：“没有，不过我可以学，我会很快学会，我学绣花只用了三个中午。”

“你叫什么名字？今年多大？”

“我叫曹宁贞，今年十七。”她多报了一岁，她估计工厂主会喜欢年岁大一点的工人。

“家住哪里？”

“城西落霞村，卧龙岗过去就是，很近。”

“除了当织工之外，其他的活愿意做吗？”

“干什么都行，只要是能挣到工钱。”

“你家里很需要钱？”

宁贞低下头：“我在读函授中专，我得挣自己的学费。”

“哦？既是这样，那你就来厂里干吧。”

“你能做主？”宁贞惊喜地抬起乌亮的眼睛。

“我就是尚昌盛。”

“你是尚厂长？！谢谢你。”宁贞深深地鞠了一躬。

“你先到印染工序上干，这活有些脏，你怕吗？”

宁贞摇摇头问：“我今天能来上班么？”

“今天？”昌盛愣了一霎，随后转身朝看门小屋里喊：“家福，你领这位姑娘去见宋师傅。”

一个身材消瘦的小伙子应声从看门小屋里出来，领上宁贞走了。我需要一些文化水平高的工人，听说外国的丝织机已经用电脑来控制运转了，目前正在织机上工作的工人包括小瑾，都不太可能适应将来的变化，我必须预作准备。这是我招收的第一个，以后碰到了还要再——

“这姑娘长得不错！”一个冷冷的声音突然把他的思绪打断，他扭头才发现是妻子小瑾冷脸站在身后。

“我是想——”

“你挑选姑娘的眼力令人佩服！”小瑾没看昌盛，只让目光跟着宁贞的背影。

“你别误会，我是为厂子——”

“我没有误会！”小瑾眼里的光刀一样砍过来，“只是别叫我撞见你和她亲热，不的话我可能会拿刀！”

“嗨，我真的不是——”

小瑾没有再听昌盛的解释，转身昂首走了。

昌盛气恼地朝腿上砸了一拳。他明白小瑾所以这样对他不信任是因为自己在深圳的那桩作为。这一回我的确没存别的心思，老天作证！

——可你在没看到曹宁贞时并没有要再招女工的打算！有一个声音在他心底提醒。

——我是临时想到了工厂的今后才下决心招的。他急忙进行辩解。

——不，你是因为她的漂亮才动恻隐之心决定收下的！

你敢否认这点?

——动了恻隐之心是真的,但漂亮的确没有成为我考虑时的因素……他感到有汗珠从脊背上滚了下来。

昌盛那晚进家时依往日的惯例,先去爷爷的房间里简要说了说当日厂里的情况;尔后去儿子旺旺的房间里看他是不是在做作业;这之后才去灶屋里吃饭。饭还热在锅里,他三下五去二地吃完了妻子给他留的饭,一边擦嘴一边向卧室走去。

小瑾已经在房角的折叠床上躺下。自从上次夫妻双方得了淋病之后,两个人就一直在分床睡觉。两人相继治愈这么长时间而仍然没有合床的原因,是小瑾一直没有原谅他那次的荒唐行为。昌盛多次向小瑾提议要她回到双人床上睡,小瑾都冷着脸未予理会。有几个晚上,他主动走到小瑾的床边轻声请求,小瑾都假装睡着不吭一声。就这样,两个人白天在家里在厂里是一对关系正常的夫妻,一到了晚上进了卧室,便是没有言语交流更无肌肤之亲的路人。

"睡着了?"昌盛拉亮电灯走到小瑾的床前轻声问。他知道她没有睡着,这从她那依然在颤动的睫毛可以看明白。他估计她是在听到了他进院的脚步声后上床躺下的,为的是不同他说话。

没有回答。

有一刹那,一股火气从他的胸间迅速传导到他的手上,使他产生了很想把小瑾抓起来猛摇一阵的冲动,但他很快把这股冲动掐灭了。他明白小瑾这样对待他并不是毫无道理的胡闹。他把她的心伤得太深了。有哪一个妻子会容忍丈夫嫖妓之后再把脏病传染给她?她不把这事张扬出去不坚持离婚就算很不错了。一想到那次的失足他就后悔得心疼。你怎么就那样地经不住诱惑？你的意志力和自尊心在那一刻都跑到了哪里？你这个状态还能干成什么大事？你总说你是糊里糊涂地跳进了祸坑，真是糊里糊涂？当那个姑娘脱掉衣服时你分明知道她要干什么，你不仅没有约束自己的欲望反而为它百般辩解。作为妻子，小瑾她用这个方式表示愤怒和抗议难道不应该？反过来想一想，假如是小瑾做了这样的事，你心里会是什么味道？你会做出啥样的反应？……

昌盛缓缓地在小瑾床边蹲下身子，一边给小瑾掖着被角一边哑了声说："旺旺他妈，我实在是对不起你，我为我上次的错误永远后悔。但那件事已经无可挽回了，我现在能向你说的是今后，倘若我今后再向别的女人伸手，你可以像爷爷那样，用刀砍断我的十个指头！我还要给你说说今早招的那个女工，那个姑娘是漂亮，而且她的漂亮确是我当时下决心招她进厂时考虑的一个因素，但我决不是为了别的目的，如果你不相信，我可以向你发誓：老天在上，假若我今后和她真有了什么见不得人的事，就让我出门上街时让汽车撞——"

闭眼躺在那儿的小瑾突然从被窝里伸出一只手，准确地捂到了昌盛的嘴上，把那个"死"字捂了回去。

被小瑾这举动惊得一愣的昌盛，立刻抓住那只手，轻轻地抚摸着，一霎之后，昌盛的两只手沿着那只丰腴的手臂向下摸去，一直摸到小瑾的肩头。在双手探进被窝的那一瞬，昌盛迟疑了一下，他害怕小瑾把他的手推开，但是没有，小瑾的身子一动没动。这一下他放开了胆子，把手向被子的深处探去，准确地摸到了他已经有些陌生的部位。他听到了小瑾的喘息开始变粗，他不再迟疑，一下子把那个滚烫的肉体连同被子一起抱了起来，尔后转身向大床走去。他感到她的身子扭动了一下，但很轻微且不坚决，他急忙加快了脚步。当他把她平放在床上向她扑下去时他在心里叹道：这场家庭灾难总算过去了……

16

卓月那些天一直在消失已久的东汉延光四年的日子里进出盘桓，她现在差不多可以断定，阎耀参与的那场宫廷政变开始于三月初三。

汉安帝是二月十七日去南方巡视的，三月初一发生在南天的日食令他觉得不安，遂决定北返宛城歇息。初三的早晨，安帝的车队抵达南阳城，他和他宠爱的阎皇后一起住在郡衙后堂特为他们准备的屋子里。这天晚上，阎皇后在为安帝宽衣时，发现他浑身滚烫，惊问何故，安帝说不知道是咋着回事，浑身难受得厉害。皇后遂唤随行的御医来诊脉，御医诊罢急忙配药，随后把皇后叫到外边廊上说道：皇上这回的病起得又急又凶，当尽快回宫诊治才成。皇后慌慌点头。待安帝服过药沉入昏睡之后，皇后悄步来到屋外，叫来随行护驾的她的兄弟阎显和阎耀，把皇帝的病情告诉了他们。三个人密议火速还都。这是阎耀第一次出现在卓月面前，卓月仿佛看见他腰上挎着的那把环首刀在这个星夜里闪着寒光。

三月初十的上午，安帝北返的车队抵达叶县县城，阎皇后正望着车窗外的县城大街，忽听身旁的安帝“哦”了一声，扭身看时，只见皇帝仰倒在坐车后座，头歪在了肩上。她扑过去一摸脉息，惊得一双秀眉飞上双鬓：皇帝已经驾崩。她知道天大的事已经发生，她没敢让哭声从口中飞出，只隔窗朝护驾的阎耀招手。这是阎耀第二次出现在卓月面前，卓月仿佛看见他凑近安帝坐车的窗口，一只手攥紧了那把环首刀的刀柄。

接下来是阎皇后和阎显、阎耀兄弟以及宦官江京、樊丰的密谋，他们认为：如今皇帝死在道上，他的亲生儿子济阴王却留在京都洛阳，消息一旦传出，如果公卿大臣集会，拥立济阴王继承帝位，必将给我们带来大祸。于是决定谎称皇帝病重，火速北行，所过之处，贡献饮食，问候起居，和往常一样。车队急行四天，于十三日返抵皇宫。十四日派人前往郊庙、社稷，祷告天地，当晚，发丧，尊皇后为皇太后。太后临朝主政，任命其兄阎显为车骑将军，阎耀为城门校尉。这是阎耀第三次出现在卓月面前，她看见他率领着卫队横刀立马在城门、宫门布防，一副威武模样。

阎太后为了长期把持朝廷大权，想选立一个年幼的皇帝，于是和阎显、阎耀定策，废黜安帝的亲儿子济阴王，改迎济北王的儿子北乡侯继位。此事引起宫廷内外文武百官不满，中常侍孙程在北乡侯病重后决定除掉阎氏兄妹，使安帝的亲儿子得以继皇帝位。

但阎耀带人守护着城门、宫门。

只有先除掉阎耀方能进入内宫捉拿阎太后等人。

卓月清楚地看见，死神在一步一步向阎耀逼近。但最后杀掉阎耀的是谁？他的环首刀怎会埋进了两个女人的坟墓？……

那是一个后晌，被一个个问号折磨得头昏脑涨的卓月走出她的书房，沿街边散步，不知不觉间走到了尚吉利织丝厂门口。表哥昌盛办的这个丝织厂她只是在开业时来过一次，此刻由厂门向里看去，只见厂区整洁清爽，厂院里没有一个闲人；织房里机声平稳，染印房里人们忙忙碌碌，一切都显得有条不紊。行呵，昌盛哥！她微笑着踱进了厂门。

她在厂院里看见一个穿工装的姑娘推一小车染料从身边经过，她觉得有些眼熟，细一看才认出是那天在安留岗见过的宁贞姑娘，就有些惊奇地叫住对方：“嗬，你怎么到了这里？”那宁贞眨了眨好看的眼睛，想起了卓月是谁，便高兴地回答：“我来打工了，大姐，我想边打工挣钱边读函授中专，你来也是想打工吗？……”两个人笑着说了一阵，待宁贞知道卓月是师专的老师之后，便很敬重地要求：“俺以后函授学习遇到难题时去找你请教行吗？”“当然欢迎。”卓月拍着宁贞的肩膀，她觉得她有点喜欢上了这个爱读书的姑娘。

这时昌盛看见了院中的卓月，就迎过来笑问：“要不要我领你看看车间？”卓月摇头道：“我对丝织一窍不通，看了也白看。”昌盛这时脸上浮了一点愁云，低了声又问：“听说上头现在有人认为，私营经济会造成中产阶级，而中产阶级的出现则可能会左右政府的政策，从而改变国家的性质，你觉得这种理论会不会使上头取消私营经济，关闭我这样的厂子？”

“你怎么知道这消息的？”卓月一愣，她因为一直忙着教书和解方形土坛之谜，还不知道有这种传闻。

“几乎所有的私营业主都有我这样的担心，所以一有风吹草动，大家都是互通音信，你别问来源，你只说说你的看法。”

“中国人这些年的全部努力，其实都是想寻找一种富裕、强大起来的法子，现在这种法子总算有点寻到了，聪明的领导人大概不会因为一种什么理论，轻易地就把这个法子扔掉，所以我觉得你不必担心。”

“但愿如此。嗳，我到车间还有点事，不陪你了。”昌盛说着转身要走。

“等一等。”卓月叫住昌盛，“我回答了你的问题，你现在也回答我一个问题，你说，几个文官要想把一个手握兵权的武将杀死，通常会用什么方法？”

“杀人？”昌盛吃了一惊，“怎么问起了这个？”

“你也别问缘由，只管回答我的问题。”

“那当然是趁武将除下身上的武器，和他所指挥的兵们隔开的时候。”

“说具体一点，这种时候究竟是指哪些时间？”

昌盛笑了：“比如他和女人相会的时间。”

“女人？”卓月心中一动。是的，是应该从这个方面去想想去查查，因为阎耀的环首刀最后是放在两个女人的坟墓里的。

女人！卓月笑了……

17

在又经过了很长时间的犹豫和琢磨之后，曹宁安终于决定租下别人两间临街的旧屋，开一个酒馆赚钱。他东借西凑，总算把开一个小酒馆所需要的桌椅碗盘等什物买齐，在酒馆门前挂了一个木牌：田园酒家。之后，就开张了。

宁安原以为只要把田园酒家开起来钱就会源源而来，家里的穷困状况很快就会改变，根本没想到新开张的酒家还会没有顾客。

开张的那天，他在门口放完那挂用借来的钱买来的鞭炮之后，就赶紧进屋站在土坯砌就的柜台后边，满怀希望地等待着上门的顾客。从门前过往的行人倒是不少，可很少有人走进店来；偶有一个两个人走进店门，不知是被屋里简陋的陈设还是被穿着破旧的宁安的模样吓住，都是进屋看了几眼之后就很快返身出去，去了临近的另外一家酒馆。

眼看就过了中午，怕失去赚钱机会的宁安，在慌急中决定出门去“拉”客，看见像是要找吃喝地方的人就上前动手拉人家进店，他这个膀大腰圆面孔阴沉的汉子去拉人喝酒，当然就让人感到害怕，结果把原本想进店看看的人也吓跑了。

操你奶奶的！宁安气得踹倒了一个酒桌子，但随后，又急忙小心地扶起来。

连续三天都是这样，宁安被这种局面弄得十分绝望。看来我不是一个可开酒铺的人，我再等一天，明天要还是这样我就只好关门倒闭。

一片冷清的田园酒家是在第四天正午盼来它的第一个顾客的。

顾客进店时酒家的主人宁安已经因绝望而伏在那张没有涂漆的木方桌上打盹了，嘴角吊着一丝长长的涎水。是顾客的脚步声惊得他睁开惺忪的眼睛问：“有事？”

“你这儿不是卖酒吗？”

“对，对。”宁安尚存的睡意被这个酒字惊得唿啦一下飞走了，这才记起自己在开着酒家，忙跳起来叫：“我这儿是卖酒的。”

“给我来二两白干！有啥菜？”

“花生米、咸鸭蛋、凉拌藕、黄豆芽。”

“一个咸鸭蛋、一盘黄豆芽！”

宁安在倒酒和拿菜时高兴得手都有些抖了。天爷爷，这是第一个顾客。这么说上天还不想绝我曹宁安活人的路，总算给我送来了一个顾客。

“你这豆芽可是有点馊了。”那个身宽体胖的中年男人皱了眉抱怨。

宁安抱歉地笑笑，他刚才端菜时也闻见了那股馊味。它们不会不馊，豆芽是三天前开张时煮的，到今儿个它要是还不馊倒成了怪事。

“老弟，要不要我给你几句忠告？”那顾客一边响亮地咂着酒一边笑望着他。

“当然。”宁安点头，他对这个明知他菜馊而仍然没有发火的人生了一点真正的感激。

“找一个好看的姑娘帮你端菜。知不知道那句古语：没酒不成礼仪，没色路断人稀？”

“我还没钱再雇一个人。”宁安摊了摊手。

“你可以在你熟悉的姑娘中找一个来帮忙，只是帮帮你的忙，暂不付钱给她。”

“这倒是行。”宁安搔了搔头皮，想起了同村里和他要好的姑娘晶子。

“再就是别卖白酒卖黄酒。”

“黄酒？”

“这满城都是卖白酒的饭店、酒家，你能比得了人家？可你要是卖黄酒就占了独一份，想喝黄酒的人就全要到你这里。而据我知道，喜欢喝黄酒的大有人在。”

“这主意不错。”宁安想起村里就有好多人家酿有黄酒，把他们的黄酒先赊来一部分卖应该不成问题。

“要是能再找一个会唱乡下小曲的人那就更好。”

“乡下小曲？”

“这黄酒喝起来要是再听个小曲，那可是一桩享受；再就是把你穿的衣服弄干净一点。”

“谢谢大哥指点，大哥能不能给我留个姓名？”

“别管我姓啥名谁，快想办法把生意做好。”那汉子说罢，喝下最后一口酒，放下钱出门走了。

宁安捏起这开张后的第一笔收入，站在那儿久久没动。看来我遇见了一个好人，也许我该照他说的去办……

那陌生人的忠告还真是有效。

宁安先把晶子姑娘叫来帮忙。和宁安一样识字不多的晶子在心里早对宁安存一份挚爱，一听说他需要她帮忙立刻就不顾父母的反对来到了酒家。晶子虽然没上几天学但天生一个好看的脸蛋，加上又处在一个姑娘最灿烂的年龄段，所以走到哪里都很招惹人的眼睛。她一到田园酒家，田园酒家的局面立刻有所改观，一些小青年开始对这个门面破旧招牌不起眼的小店有了兴趣，头一天就先后有七八个年轻男人进了店门坐下喝酒，边喝边把眼光在端酒端盘子的晶子身上前后左右地晃。宁安当然注意到了这些目光，他有点不快，他内心里当然也对晶子怀有一种爱，但这种不快很快被收入的增加压下了。看吧，你们再看她也是我的，你们至多是饱饱眼福而已。

接着宁安开始卖黄酒。他在田园酒家的招牌旁边又挂了一个木牌，上写：专营黄酒。黄酒富含营养是满城人都知道的，但因为其酿造、保存、运输难度大而少有酒店经营，如今田园酒家专卖黄酒当然就引起了注意，进店看和喝的人立刻多了起来。

再后来宁安找到了董瞎子。董瞎子五十来岁，是这一带有名的唱坠子书的。中午和晚上酒客多时，他让董瞎子和他的徒弟在酒家屋里唱。董瞎子到田园酒家头一天中午唱的是“刘秀称帝”：

酒碗端起滚烫烫，
说说刘秀当帝王，

原本一个寻常人，
曾住城南小镇上。

刘秀十二离南阳，
东西南北来闯荡，
羽翼渐丰能领兵，
敢拿刀剑对王莽。

鄗城刘秀登皇位，
随后建都在洛阳，
在位三十二年整，
从此没再回家乡。

黄酒入口甜又香，
刘秀娶了皇后娘，
皇后姓阴名丽华，
千娇百媚善心肠。

吃罢美酒喝鲜汤，
皇后妃子睡身旁，
皇帝日子赛神仙，
可惜阳寿不久长。

转眼驾崩把命丧，
方知人生戏一场，
临死留下话一句：
人无贵贱都一样。

没人把这话记心上，
照样你争我夺在官场，
因此世上不太平，
留下叹息长又长……

董瞎子的唱声又吸引了一些酒客，这使得田园酒家一时热闹起来，常常到了中午，顾客就有点络绎不绝的味道，营业额开始直线上升。这局面自然使宁安心花怒放。为了保证黄酒的供应，他用赚得的钱买了做黄酒的谷子、酒麹和酒缸，又雇了村里一个会酿酒的老汉，开始自家做黄酒。

又过了些天，宁安核算了一下账目，见除了各项开支之外，已赚有三百多块钱，就欢喜地从中抽出一百块钱送回家里。那是个落霞满天的傍晚，他到家时见妹妹宁贞也满脸是汗地进了屋门。他刚把一百元钱放到妈妈的手上，妹妹宁贞也从衣袋里掏出一百元递到了妈妈手里。"这是我挣的工资！"宁贞骄傲地宣布。栗丽这些年已很少一下子见到这么多钱，如今见儿女同时朝她手里放钞票，就感叹道："好，好，我的儿子、女儿都已经会挣钱，看来我享福的时候到了……"

田园酒家迎来那个特殊顾客是在一个夜晚，那晚大约因为天上密布阴云的缘故，来喝黄酒的人不多，这使宁安有时间在炒菜温酒的间隙和晶子在灶前聊天。宁安说："晶子，这些天让你受累了。"晶子笑笑，晶子说："宁安哥我帮你干活再累也情愿。"宁安听了这话很有些感动，就拍了拍晶子的肩说："我一定不会亏待你！"大约就在这个时辰，酒家门口响起一个男子响亮的叫声："嗬，这就是田园酒家？谁是老板？鄙人来尝尝你的黄酒，给我上三碗！"宁安闻声急忙出了灶间去看，来者原来是一个和自己年岁相当的年轻人，只是衣着讲究，一看而知是那种干部子弟。“请稍等，酒立马就温好，”宁安趋前伺候他在一张空桌前坐下，“大哥要用啥下酒的菜？”

“把你的菜谱拿来，我来看看！”那年轻人习惯性地朝宁安伸过了手。

“对不起，店小，没有预备菜谱，能做的菜都写在那上边！”宁安尴尬地指指挂在土墙上的一块小木板，那上边用粉笔写着宁安能做出的几样家常菜。

“哟，这样简单?!”那年轻人不屑地笑笑，“那就每样来一盘！”

宁安已看出这是一个有些来历的顾客，不敢怠慢，慌慌地跑进灶间忙乎。片刻之后，晶子就用木托盘相继把酒和菜端了来。

因为天上阴云密布空气发闷加上来回上酒端盘地忙碌，晶子这时已脱掉外衣，只穿了一件薄衬衣和一条单裤，她丰腴秀美的身子的轮廓便极清晰地凸现了出来。尤其是她那对发育极好的奶子，当她弯腰向桌上放菜时，那奶子也重重地垂下几乎要掉进酒碗里。那年轻酒客的眼睛自然注意到了这一切，目光立时就舔到了晶子的身上。晶子当然感受到了那目光对她身子的触摸，但她并没在意，这一方面是因为农村生活并没有灌输给她对男人戒备和自我保护的意识，一方面也是因为每天都有酒客的目光黏在她身上，她有些习以为常。

当她把最后一盘素炒油菜端上来弯腰往桌上放时，那酒客突然伸出手攥住了她的一只奶子。“你这个东西真让人喜欢！”他嘻嘻笑着低声说。晶子被酒客这个突然的动作惊得呆住了，她从来没有经历过这种场面，被惊得既没喊叫也没有挣脱，甚至忘了直起腰来，直到对方的手又隔着布衫捻了捻她的乳头,她才从呆愣中脱出身来,才抬手啪一下打开了酒客的手,转身急步跑进了灶间。

宁安那阵子正在背对灶屋门口用湿煤封火——时辰已经不早,不会再有酒客上门了。他听见晶子的脚步声时问了一句:“还有几个人在喝?”没有回答。他有些诧异,扭头去看晶子时才发现她在抹眼泪。“咋了?”他丢下煤铲带了意外走过来问。“他坏!”晶子抽噎着朝外间一指。“谁?”宁安有点莫名其妙。“就是刚才进来的那个小伙。”“哦?他咋坏?”宁安瞪大了眼睛,“说我们的黄酒不好?”“不是,他——”晶子又抹了一下眼睛。“他究竟咋着坏了?”“他……捏我这儿……”晶子指了指自己的奶子低下了头去。

宁安在最初那一瞬没有说出话来,双眼只是直盯住晶子那因为抽噎而在抖颤的胸部,但随后便有血红的颜色在他颊部迅速集聚。他心里对晶子一直存有一份爱,虽然两人都还没有把彼此的关系挑明,但心里都是明白的。晶子来店里帮忙以后,宁安更是时时感觉到自己对她的爱和一份欲念。所以这会儿听说那个酒客竟然用手捏了晶子的奶子之后,他立刻觉出一股气恼在心中盘旋膨大:你竟敢欺负晶子,你这个杂种!你欺负她就等于欺负了我,看我今天咋收拾你!

宁安阴沉着脸向外间走去,双拳不觉间已攥了起来。店里除了那个小伙只剩下了两个老头,两个老人正坐在另一张桌上边说边喝,根本没注意到宁安阴沉着脸握拳走向那个年轻酒客。

“我估计你就是这田园酒店的老板了。”那小伙没看宁安的拳头而只看了他的脸说,边说边擦着嘴边的酒渍。“我没想到你这硬件很差的酒家还有一个漂亮可人的女招待,她身上的田园味道让我感到了快乐。喏,因为今晚我喝得快活,这一百元给你做酒钱,这二百元你转给那位女招待,就说是我给她的小费!”说着把一叠钞票推到了宁安站立的桌边。

原本因为愤怒而准备挥拳打人的宁安,被酒客那副派头和推过来的三百元钱惊住。他还从来没有一次收过这么多钱,他的酒家的顾客大都是下层人,一次消费十多元已是了不得了,今天的场面还是第一次在店里出现。奶奶的这小子还真是有钱,不过是十几块的酒钱竟给了一百,这差不多顶了我两三天的净收入;而且还给了晶子二百元钱,二百元,一亩小麦的价钱呵!我一个月给她的工资也只有八十块。他在望着那叠钱的时候,分明觉出原有的那股怒气在迅速地分解,握紧的拳头也在慢慢松开。“这黄酒喝着还行吗?”他听见自己张开嘴说,他被自己话音里的那种讨好意味吓了一跳:你咋能用这种口气同他说话?你应该仇恨满腔!他侮辱了晶子,侮辱了晶子其实就是侮辱了你,你起码应该带着怒气同他说话!

“你的黄酒味道不错,但你这酒家的店堂和装潢、摆设实在太差!我要是你,就赶快赚钱,好早日拥有一个像样的店!”那小伙揿着漂亮的打火机,很熟练地点燃了香烟并吐出一串壮观的烟圈。

“我也想快点赚钱,可钱能那么好赚?”宁安叹了口气,叹完之后又在心里骂自己,你怎能在他面前露底?

“要不要我告诉你一个很快赚钱的法子?”那小伙狠吸一口烟后望着他。

“嘿嘿,啥法子?”他听见自己的笑声后用手掐了一下自己的大腿:孬种,你还要对他笑?

“女人!”

“女人?”宁安惊愕了。

“喝酒的主要是什么人?男人!什么东西对男人最有吸

引力？女人！明白？”那酒客说罢笑着起身向门口走。

“希望大哥能再来喝酒，我能不能知道大哥的姓名？”

“我的姓名又不保密，鄙人姓尚名天，你这地方我会再来的，因为你有一个令我心动的女招待！”

“女人?!”宁安一边惊奇地自语一边去桌上准确地捏起了那三百块钱。

18

尚天那天晚上回到家时发现家里的气氛有点反常，身为副市长的父亲正在客厅里来回疾走，脚步声里透出一股明显的怒气；母亲面前放着一个黑色提包，提包里鼓鼓囊囊装着东西，母亲手扶着提包一脸尴尬。尚天立刻判明，那个提包是父亲发怒和母亲尴尬的原因。他于是走到母亲身边，呼一下拿过提包并拉开了拉链：茅台酒、云烟？！

“正好，我身上的烟抽完了，这可是雪中送炭！”尚天喜出望外刚要从提包里往外拿烟，不防提包又被母亲一下子扯走：“你没看你爸正在跟我生气？”

——“我给你说过多少回，不能收别人送来的东西，你怎么就不能记住？”承达这时扭脸瞪住妻子文琳。

——“他放下提包就走，我能有什么办法，再说人家这也是一番心意——”

——“啥子心意？这是行贿！”

——“别说得那样难听——”

“好了，好了。”尚天急忙摆手止住母亲的辩解，尔后转对父亲：“不就是一点烟酒嘛，如今哪个当官的不收点礼品，这点礼品不妨碍你当清官——”

——“少废话！”父亲瞪了尚天一眼，尔后转对妻子文琳：“明儿个一定退回到他的家里，这桩事你要亲自去办！”说罢扭身朝卧室走去。

尚天朝着父亲的背影不屑地撇了撇嘴角。我们家的最大问题是父亲想当清官。因为他要当清官，家里的很多事办起来就很别扭。就这么几瓶酒几条烟，吸了喝了谁知道？偏要那么认真，结果还要把送礼的彻底得罪了。“妈，我把这烟酒拿走得了，明儿个爸再问起你就说已经退给了人家。”

“那还得了？”母亲吃惊道，“那你爸还不要把我吵死？好了，好了，你就别打这烟酒的主意了，我得给人家送回去。”

“也罢，这些烟酒我可以不再染指，可我调工商局的事你可是答应了的，至今没有办妥，原因在谁？”尚天笑望着母亲。

“办个调动那样容易？”

“我后晌碰见了工商局的方局长，我说方叔叔你究竟要不要我？他说要呵，我这儿接受一点问题没有，你只让你妈给人事局的部局长打个电话，让他把手续开过来就行。”

“你说你在林科所干得好好的，为啥偏要去工商局？”文琳看着大儿子无奈地把头摇摇。

“这你还不明白？在世上做人要么有钱要么有权，这两样有了一样就能换来舒坦。可我在林科所做事，最大的权力是研究怎样种树，你说那有什么意思？如果进了工商局，再管个发营业执照的事，谁办个执照不来求咱？做人只要有人求你,你心里就是另一番滋味!”

“这件事我得和你爸爸商量商量。”

“你可不能和他商量,”尚天急忙朝妈妈摆手,“他一心想当清官,一商量他准定不让我调动。”

“说起工作的事我倒想起来了,昨天你昌盛哥哥来家找你,说他办的尚吉利织丝厂还缺男工,他想请你去,还说这也是你爷爷的意思。”

“让我去织绸缎?在隆隆作响的织机前来回走动?开什么玩笑?要让我干那个还不如杀了我!”

“你就是不愿吃苦!”

“好了,好了,妈,我看你最好现在就给人事局部局长打个电话,把我调工商局的事说说!”

“都半夜三更了——”

“是部局长吗?我是尚市长家的天天,我妈妈想和你说件事——”尚天已把话筒塞到了妈妈手里……

尚天是三天后去工商局上班的。尚天穿上工商干部制服后显得面貌一新,原先的那股吊儿郎当被那顶大檐帽压得有些踪影全无。他端了茶杯在办公桌前坐下之后很有点威风凛凛。

他果然如愿以偿地分管发放个体工商户的营业执照。很多想办营业执照的人开始在他面前点头哈腰。大约在他上班半月后的一个晚上,第一个送礼的人开始登门找他。

那位送礼的进了家门后首先碰到的是尚天的妈妈文琳,文琳一见是位拎了提包的人立刻提高了警惕,以为又是一个给丈夫送礼的人,便急忙声明:“尚市长不在家,待他回来后你再来见他!”来人笑笑,来人说我不找市长我找尚天同志。

尚天那阵正在家里洗脚，便对着门外高叫：“我在这里！”

那人进屋后尚天立刻明白了他的来意。来人想开一个杂货店，白天已去办公室找过尚天。这事按道理当然可以立刻批准，但尚天觉得立时就批准有点便宜了他，这小子也有点太不懂事，进了办公室连根烟也不让。尚天于是找了多种借口说这事比较难办，但又不把口完全封死。他估计对方会明白他的意思，果然如此，这会儿他不是老老实实提着包来了？

“你这是干啥子？”当来人把礼物拿出来时尚天假装不高兴地叫，“大家生活都不宽裕，何必乱花钱？”来人便急忙堆上笑说：“一点心意，你要再推辞我就不好出你这门了。”接下来尚天开始讲述如今批准办店的艰难，不过末了拍了胸脯：“你的事我一定努力促成，三天后等我的消息！……”

那人走后尚天打开了礼包，原来是两瓶茅台酒，两条云烟外加五百块钱。这可不是送给我爸而是送给我的，从今往后我可以不再沾爸爸的光了，我凭我自己的力量完全可以过日子。看来人一生重要的是要占一个有权的位置。尚天撕开云烟开始过瘾，正吸得快活时妈妈走了进来，妈妈问：“刚才那个人是不是来给你送礼的？”“是又怎么样，不是又怎么样？”尚天笑望着妈妈反问。“不是最好；是的话你可要小心些，让你爸知道了他可不会饶你！你刚上任不久就收别人的东西，将来要掌握了更大的权力那还得了？”“甭给我上课，知道江青吧？她可是政治局委员，不是照样收别人送给她的荔枝和珍珠项链？我这样一个小官，即使收礼物能收到多么贵重的东西？不过是稍微补贴一下生活而已。好了，我不跟你说更多的，我要出去蹓蹓腿散散心了。”

尚天拿着那五百块钱走出院门，在下门口的台阶时开始思考今晚要去玩乐的地方：玫瑰园歌厅？安聚台球室？还是田园酒家？对，还是去田园酒家，那酒家的店房虽说破旧，可那里边的酒和那个姑娘倒的确好喝耐看，那个姑娘好像叫晶子，对，就叫晶子。晶子姑娘不是那种娇柔的美，也不是泼辣的美，更不是狐媚的美，而是一种健壮的健康的美，她那双坚坚挺挺的奶子和那个圆滚滚丰腴的屁股，实在让人喜欢。今晚就去田园酒家喝碗黄酒，但愿晶子她——

“天天，我忽然想起了，今晚文化宫有个演讲会，你爸特意叮嘱要你去听听！”背后又追过来妈妈的声音。

“演讲会？讲啥子？”

“记不清了，你最好去听听，要不你爸爸明天问起了咋办？”

咚，尚天恨恨地把路边的一颗石子踢飞到十米之外：管，管，你们什么都管！

19

尚吉利织丝厂的第一批产品——4000 匹绸缎在南阳、郑州、洛阳、开封四个城市同时上市以后，昌盛坐卧不宁、茶饭不思地等待着来自市场的消息。一切都心中无底，万一市场不认账货卖不出去可如何是好？那就不仅没有了再开机生产的流动资金，也没有了再干下去的信心。到那时可怎么向爷爷交待？这可是你尚昌盛主持办的事呀，怎么对得起这份千辛万苦恢复起来的祖业？

一连几天昌盛没敢回家睡觉，晚上就睡在办公室的那张破沙发上，守着电话等待消息。每顿饭都是小瑾做好让旺旺送来，他常常是吃了一点就再无胃口，脸也无心洗胡子也无心刮，心里七上八下。夜里电话一响，便惊得疯一般跳起，待听清不是讲销售的事，又呆了一般坐在那里。这几天他真切地体验到了当一个厂长的不易。

好消息是第四天傍晚开始相继来的，先是南阳再是洛阳，后是开封和郑州相继报告：货已销完。昌盛听罢放下电话，什么也没说，只听任两行眼泪流了下来。老天爷总算保佑我过了这道难关。列祖列宗，我昌盛总算把事情开了头了。

也就在那当儿，门外响起一个甜润的声音："厂长，有件事我想给你说说。"昌盛抬头，才见是在印染房里干活的那个姑娘曹宁贞，于是急忙抬手去抹脸上的泪珠子。

"咋了，厂长你在哭？"宁贞注意到了昌盛脸上尚未擦净的泪水，有些惊异。

"呃，不是，我是欢喜，厂里送出去的货都卖完了，我原来担心这货要是出不了手，以后就没法再干了。"昌盛笑笑，"你有啥事？"

"俺觉着咱们最近印染的那批绸缎的花色过于简单和单调，因此俺自己试着画了两样图案，你看看有没有点意思。"宁贞说着已把两张画了图案的白纸放到了昌盛面前的茶几上。

昌盛"哦"了一声，目光立刻被那两种图案吸住，这两种图案都是变形了的蝴蝶，搭配的色彩也与一种彩蝶翅膀上的颜色近似，昌盛几乎立刻可以想象出这两种图案印到绸缎上的效果：华美而高贵。"好，很好！"昌盛高兴地称赞。宁贞被这称赞羞红了脸孔。"我要马上采用它们！"昌盛再一次审视着那两种图案，"我还没来得及想到这个问题，我用的还是过去爷爷和父亲他们常用的图案，谢谢你帮我想到了这件事。你什么时候学过绘画的？"

"小时候跟妈妈学一点。"宁贞不好意思地低了头，"学得半途而废，心里想到的东西有时笔就是画不出来。好了，我要走了，我们的函授学校今天寄来了一批作业，我得回家做作业了。”

“等一等。”昌盛站起身去摸钱包，“按照厂里的管理规定，谁对厂子贡献了好主意就该获物质奖励，我要奖给你一百元钱！”

“不，不，俺不要。”宁贞红了脸转身飞跑开去。“你已经给了我工资！”门外又飞过来一句。

昌盛望着在晚霞中向厂门外飘走的宁贞的背影，心里涌上了一阵感动：多好的姑娘，该庆幸当初作了收下她的决定！

那天晚上昌盛仍然没有回家，也没把货已销出这个好消息告诉任何人，只是躺在沙发上睡了一个美美实实安安稳稳的好觉。

第二天，市里的报纸上也出现了一则消息：

> ……由南阳世代从事丝织的尚氏家族创办的尚吉利织丝厂，几天前首次将其生产的4000匹绸缎投放南阳、郑州、洛阳、开封四个城市的市场，人们怀着对这家老字号绸缎生产厂家的信任和怀念，纷纷购买。到昨天傍晚，这批绸缎已销售一空，购买者对这批绸缎的质量赞不绝口……

昌盛是第二天后晌回家给爷爷报告好消息的。临回家前，他先去邮局交了几千块钱的电话安装费，后到百货商场买了一部电话机——他一直想为爷爷在床头装一部电话，好让爷爷与外界保持联系，今天总算有能力办了。那几千匹绸缎的货款回来，昌盛的手头就再也不像过去那样紧张，再不用一个钱掰成两半花了。

爷爷正坐在圈椅里听收音机，看见他进屋，脸上现出少有的笑纹说：“我听广播里说了，货都已出手，你头一脚踢得不赖,我这会儿想知道你下一步的打算!"

"待这一批货款回来,我想再到银行贷一点款,用这两笔钱办三桩事:一桩,购买两台电脑控制的世界上最先进的丝织机,听说这种机器在香港就可以买到;另一桩,再买点地皮把厂区扩大一点,新盖几间厂房;再一桩,把销售宣传搞好,学会做点广告。"

达志闭眼想了一阵,点点头说:"中,这几条想得都在板上,用心去做就成。记住,眼下只是站稳省内市场,要一步一个印子,甭急于求成;不过也要琢磨往北京、上海、天津、广州这些地方销货的事情,要深谋远虑。"

"我记住了,爷爷。喏,今儿个也算是一个喜日子,送你一件礼物。"

"啥?"

"电话机,我想为你在床头安一部电话,这样你随时可以和外界联系,也好随时指点厂里的事情。"

达志默默看了那个乳白色的电话机一眼,随后点头说:"放这里吧。"

昌盛前脚才走,达志就让旺旺去邻院把卓月叫了来。卓月刚一进屋,达志就指了那电话机说:"去,把这东西拿到百货商场里退了,顺便给邮局说一声,就说我不装电话。"卓月诧异了:"装了电话多方便,如今咱南阳刚兴了程控电话,这种电话一拿起来就可以拨通全国。"达志摇摇头说:"我听广播里讲了,装一部电话要花几千块钱,我一个干不了啥事的老头子,为何再去花这冤枉钱?再说装了电话,昌盛就会动不动打电话问我咋处理一些事情,我不能再扶他走路,我活不了几年了,他必须学会自己走道。"

卓月见外爷这样说,只好点头:"好吧。"

“你还在忙着安留岗上那事？”达志最看重这个外孙女，所以也很关心她做的事情。“听说学校里让你当了副教授，你总忙着安留岗上那事，人家学校里愿意？”

“我研究安留岗方形土坛的事都是在业余时间做；再说，这种研究对我给学生讲解秦汉历史也有帮助。”

“安留岗上的事眼下查究到啥地步了？”

“眼下由史料已基本可以断定，墓中的那口大棺材里的女尸，是汉安帝延光四年任城门校尉的阎耀的未婚妻王文蕊。王文蕊是时任中常侍的南阳人王康的女儿。她很可能是和阎耀一块被杀的，因为阎耀参与了一场宫廷政变，那场政变最后被另一派粉碎了。”

“嗬，这样复杂？”

“是的，历史上的事和咱们今天的事一样，都很难一句话说得清楚。”

“那事情到此也就算弄明白了？”

“还有三个疑点：第一，据史料记载，王文蕊的父亲王康，在那场宫廷政变中是站在阎耀的对立派别中的，他怎么会让自己未婚的女儿和阎耀搅到一起从而丢了性命？第二，同时出土的另一口小棺材的女尸显然是王文蕊的侍女，那位侍女为什么也被砍了头？汉代中原可是已没有了陪葬的习俗。第三，王文蕊死后为何会筑坛葬之？这不合当时的丧葬习俗——”

“好了，月儿。”达志打断了外孙女的话，“我看你别再关心这个死去一千多年的王文蕊了，还是关心关心你自己，你总不能老这样一个人过日子吧？几十岁的人，也该成个家了！”

卓月一听外爷这话，脸一红，眼前顷刻间闪过文革初期被她刺伤下体的左涛来。这些年间，左涛的影子还不时在她的脑子里晃着，左涛在她心里引起的是一种失望、气恨、愧疚、疼惜相掺的复杂感情。这次失败的爱情让她不想再去谈婚论嫁了。“外爷，这件事不说了，我觉着现在这样过日子挺好。”说完，她怕外爷再说出不便反驳的话，便急忙起身走了。

20

田园酒家的老板曹宁安很快就尝到了利用女人的甜头。那天晚上，当他捏着尚天给他的那三百元钱向灶间走去时，他心里多少是带了不安的：我本该为晶子雪耻，现在却拿了尚天的钱，晶子会咋样看我？出乎他意料的是，晶子见他把二百元钱递给她，只是愣了一阵，随即便低了头把钱接了。“他给的，也算是补偿。”宁安解释。晶子“嗯”了一声，没有生气也没说别的。他对晶子的这种态度没有感到意外，他觉得自己和晶子接了这三百元钱无可指责。我们两个的家里都急需要钱，别人愿给钱我们为何不要？再说晶子在这件事上其实也没损失什么，不过是奶子让别人隔着衣服摸了一下，摸一下又不会沾上印痕，有啥不得了的？“晶子，我觉得你应该想开点，这件事真算不了什么，你其实一点也没吃亏！”那天晚上晶子临走时宁安对她说道，但晶子没有开口，晶子只是咳了一声走出门去。

晶子那晚走后，宁安心里还是难受了一阵，尚天到底是摸了晶子的奶子，我容忍这个举动实在是有点说不过去。他担心晶子第二天不会再来，但第二天临近晌午酒家开门时，晶子还是按时踏进了门槛，而且脸上没有特别难看的神色。这让宁安松了一口气，心上的重负一下子轻了许多。

这件事过去大约几天之后，有天晚上尚天又进了酒家，进屋就喊："快端黄酒！"宁安当时看了一眼晶子，他想如果晶子不愿去就只好自己去送酒了。可晶子去了，晶子不声不响垂了眼端了酒碗过去。晶子那晚因为天热依然穿得很单，下身一件单裤上身一件短褂，晶子把酒碗往桌上放时，感觉到有一只手摸到了她的臀上。晶子好像有思想准备，晶子没有惊叫，晶子只是不声不响地把那只手推了开去。

晶子走进灶屋时宁安问："他说没说啥？"晶子摇头，晶子只说了一句："记住向他要钱！"宁安一愣，不过转瞬就明白了，宁安于是向尚天走去……

尚天这天晚上又留下了二百元钱。

当宁安把一百元钱交给晶子时，晶子比上一次显得平静多了，晶子没有低头，晶子接过钱就向衣袋里装去。

"晶子，你想不想快点发财好让你们家盖上瓦屋？"宁安那当儿压低了声音问，他想起了尚天告诉过他的那句话：利用女人。

晶子没有回答，晶子只是抬头不解地望着宁安。

"要是想的话，我明天上街也给你买一件城里女人穿的那种开口很低的衬衣，再买一条大腿露得很高的那种裙子，穿这种衣服，给我们钱的就保准不只是一个尚天了！"

晶子低了头捏弄着自己的衣角，既没有说行也没有说不。

宁安把晶子的这种沉默视作了默允,第二天上街就买了一身那种衣裙。晶子接过宁安递来的衣裙时没有吃惊,只是默默地看了一阵,随后就换上了。

换上了时髦衣裙的晶子显得光彩照人,尤其是她那高隆的胸部和丰硕的臀部,被这身衣裙凸现得格外诱人。晶子穿了这身新衣裙当晚出现在酒桌前时,几乎所有的酒客都把目光扭向了她。宁安判断得没错,几碗酒喝过后,果然有个酒客大着胆子把手伸向了晶子那丰满的大腿。晶子感觉到那只手在抚触自己的大腿之后,没吭也没动,只是直直地看了那酒客一眼,扭身走了。她走进灶屋对宁安指了指那个酒客,宁安于是走出去,一声不响地站到了那酒客面前,那酒客心里发慌,急忙掏出一张五十元的钞票放到了桌上。宁安什么也没说,只是把钱捏进了手里。

这之后类似的事情便不断发生。随着时间的延长,宁安和晶子做起这事来也日益习惯,有时为了简化手续,当哪一个酒客摸了晶子之后,晶子不再去灶屋叫宁安出来收钱,而是自己用手指蘸了酒液,在桌上写下“50”的数字,让酒客在酒钱之外再加五十元。

有的晚上,当来的酒客无人朝晶子动手时,晶子竟有些着急起来,惟恐失去赚钱的机会,于是便故意借端酒送菜的机会,用胸、臀碰触对方,极力诱惑对方动手。至此为止,宁安和晶子还都没有想到事情会向更深的方向发展开去。

使事情继续得以发展的还是尚天的出现。

那天晚上尚天来得比较晚,他来的时候宁安已准备关门,晶子已做好了回家的准备。“慌什么,再给我热两碗酒,菜可以简单点!”宁安、晶子只好重新捅开炉子忙活。酒端上来时尚天对晶子说:“我希望你能陪我喝。”晶子摇头说:“我从来没喝过酒。”“那你来坐我腿上，把酒碗端起来喂我喝！”这要求使晶子红了脸孔，她还从来没有坐到过男人的怀里。“咋？我又不是白让你服务！”尚天说着从兜里掏出了三百元扔到桌上。“晶子！”宁安看到钱后叫了一句。晶子望望那钱，一步一步慢腾腾走过去坐到了尚天的腿上。

“宝贝，我非常喜欢你！”尚天拍拍晶子的肩膀，嘴凑到晶子端着的酒碗沿喝了起来。当尚天把手伸进晶子的上衣时宁安转身进了灶屋，他不敢看下去，他觉得心里有些难受，不过他在灶屋站定想到今天的收入后，心里又渐渐快活起来。再有几个月，我挣的钱就差不多可以凑一个整数了！

宁安的估计没错，仅仅四个月之后，他赚得的钱便接近了一万。一想到自己很快就会成为万元户，宁安心里的那份高兴就多得没处放了，弄得脸上和眼里到处都是。往日面孔上的那层阴沉，早已不知飞到了哪里。

在宁安攒钱将近一万的同时，晶子也用自己攒的钱翻修了家里那间歪得要倒塌的灶屋。宁安去看晶子家的新灶屋时低了声笑对晶子说：“咋样，跟着我干没错吧？你没有花任何本钱就翻修了房子！”晶子笑笑，晶子说我庆幸当初去跟你干了。

这之后田园酒家的生意仍照往日那样进行。

有天晚上，宁贞有事来找哥哥，进了店门看见晶子坐在一个酒客的腿上，大吃一惊，忙把哥哥宁安拉到僻静处慌慌问道：“你看见晶子在干啥了吗？你这样营业咋能行？”宁安笑道：“看你大惊小怪的，这有啥了？只要能招来客人挣来钱就行，我的目的可是挣钱！”“你这样办早晚要出事的！”宁贞临走时跺了脚说。“你快回去读你的书吧，我这里的事不用你管！”宁安挥手赶走了妹妹。

尚天这期间不断出入田园酒家，每次来都让晶子陪他喝酒，晶子陪着陪着酒量也练了出来，到最后每回也能喝一碗黄酒了。一个雨点击打屋瓦的晚上，尚天又来了。来了就喝，一直喝到所有的酒客都走了还要晶子添酒。趁晶子去端热酒的当儿，尚天抓住宁安的手说：“我对你有个请求，不知你答不答应？”宁安就笑道：“你是老主顾，有事只管说。”“那你先把这个信封收住。”尚天说着递过一个信封，宁安接过一看是厚厚一叠钱，足有几百块，忙又放到桌子上说：“酒钱不过十几元，我咋能收你这么多钱？”“收下吧，你收下了，我才敢带晶子去看晚场电影。”

“晚场电影？”宁安一下子没听明白，不过一瞬之后就懂了，他感觉到脸一下子热起来。

“晶子，”尚天朝端酒过来的晶子叫道，“我想请你去看晚场电影，你去吗？要是愿去的话，就把这电影票拿住！”说着，又把一个信封放到了晶子手上。

晶子初一听说看晚场电影很是一怔，后一看信封里装的那一摞钱，便立刻明白了这事的含义，身子定在那儿许久没动。

“看吗？”尚天问。

晶子没吭，只是抬头极快地看了宁安一眼。

宁安的嘴唇动了动，他很想替晶子说出两个字：“不看！”但他的目光一触到桌上的那个信封，那两个字就又缩进了喉咙。

“愿去看吗？”尚天再一次追问。

晶子这次没看宁安，只是一边摆弄着手上的那个信封一边轻轻地点了一下头。

当尚天拉着晶子的手向门外走时，宁安的双唇猛然张开，那样子分明要响起一声高喊，但最终并没有喊声出来。他慢慢坐到了酒桌前的凳子上，双手抱头伏在了桌上，许久许久一动没动。半晌过后，他先是一点一点抬起头，随后伸手拿过那个信封，从里边抽出那一叠钱，吐了一口唾沫把手指弄湿，便一张一张地极仔细地数了起来……

21

上班一向很早的宁贞那天早上走进厂门时隐约听到了一声叫喊，但她没有在意。她一心在想着她的函授课程考试——最近的一次考试是三天前举行的，成绩还没公布。我想我不会考得很差的。她满有把握地给自己下着结论。这时她走进了印染房门，一边哼着轻快的歌儿一边解着外衣的衣扣以便换上工作服，这当儿她又听到了一声呻唤，这声呻唤虽低却是那样的清晰。这让她吃了一惊，谁？声音明显就在屋里。她两眼机警地在室内搜索，在放颜料桶的墙角，她先看到了一只脚，随后看到了一个人仆倒在地，头撞在颜料桶沿上，鲜红的血正沿着颜料桶壁向下滴着。厂长?! 宁贞惊呼了一声，急步跑过去。

宁贞把倒地的昌盛扶坐在地上时吓得双腿都软了：天呵，昌盛厂长满脸满脖子都是血。“来人呀——”她惊慌至极地喊,但没有人来,这会儿还早,工人们都还没有上班;厂门口的年轻门卫刘家福去了厕所——她刚才进厂门时看到的。

“是……宁……贞……别……怕……我……刚……才……搬颜料……头……一晕……就……”昌盛倚在宁贞的怀里,断断续续地说。宁贞一听这话,立刻明白了事情的缘由:这些天昌盛既忙厂子的扩建又忙厂子的运转,还像过去一样为各道工序做工前准备,宁贞几次看见他一边吃着烧饼一边往织造间背丝,一边啃着生萝卜一边给砌新厂房的瓦工递砖。一定是身子超负荷运转,在搬颜料做工前准备的时候支持不住晕倒了。

宁贞掏出手绢“哧啦”一声撕成布条,三几下把昌盛头上的伤口包扎住,尔后猛用力把他扶起,让他伏在自己背上向外摇摇晃晃地背去。还好,从厕所出来的门卫家福看见了这一幕,急忙跑过来把昌盛接了过去。

宁贞和家富把昌盛送到医院,医生检查完伤口后说:好悬,他碰撞的位置再稍靠后点就会造成颅内出血,那可就危险了!宁贞听罢心一颤,后怕地用手摸了摸昌盛那缠满绷带的脸。这之后小瑾闻讯赶了来,看到昌盛由小瑾照顾,宁贞才回厂上班干活。

昌盛在医院住了七天。

这七天里,宁贞做活时总觉得有些心神不安,有点丢东忘西。她仔细琢磨了一下自己心神不定的原因,才发现是在挂虑厂长的康复情况。明白了这个之后她笑了:你倒真是一个称职的工人,为雇佣你的厂长操起了心!

七天后的那个傍晚,宁贞换好下班穿的衣服要出印染房门时,忽然看见头上还缠着绷带的昌盛出现在门口,她刚叫了一声“厂长”,昌盛先开了口:“宁贞,我不知该怎样向你表达我心中的谢意,那天不是你,我还会流更多的血。”宁贞一听这话脸红了,忙说:"我当时吓得手忙脚乱的,只恨自己不是个男子汉。你的伤口快长好了吧?"昌盛点了头后说:"我想送你点礼物表示心意,又不知买啥好,这几本书不知对你读函授有没有用。"说着,已把手上提的一个塑料袋递了过来。宁贞见状有些慌张,她长这么大还未接受过外人的礼物,她见昌盛把提袋子的手一直那么伸着,只好打消犹豫接了过来。

那是几本工具书,一本新版的《中华大字典》、一本《英汉辞典》、一本《中外历史辞典》、一本《文秘手册》。当宁贞晚饭后坐在自己床头翻着那些散发油墨香味的书页时,心中满溢着欢喜。这些书全是我学习上用得着的,过去多少次想买,却因为没钱而把购买的欲望掐灭了,没想到厂长倒知道我的需要和喜好,谢谢你,尚厂长!

宁贞正高兴地翻着书时,哥哥宁安进了她的屋子。"嗬,这么多书!哪里买的?"

"新华书店。"宁贞流利地答。答完之后又有些吃惊:对哥哥说谎竟这样利索?

"还要不要钱买书?哥哥手上有钱了!"

"不要,我有。"宁贞摇头,之后又低了声说:"哥哥,说句话你别生气,我总觉得你挣的那些钱有点不干净!"

"胡说!"宁安攥起了拳头,在妹妹的面前晃晃。

宁贞的嘴角撇了撇:"吓谁?"

尚吉利丝织厂贷款买来的两台电脑控制的丝织机到货安装的那些天,昌盛一天到晚与从广州请来的一位工程师在车间忙碌。他把厂子发展的很大一部分希望寄托在这两台新机器的运转上。他从香港一位商人手里转口买这两台织机时,对方告诉他:很好操作,一切按说明书来就行!他以为操作这机器与操作普通织机没有太大的不同,只要按说明书揿动几个开关就成。谁知织机安装好以后才明白,没有一定的电脑知识根本不能操作。他的几个女织工包括小瑾在内,听了工程师的两天讲解与示范之后仍是糊里糊涂地不能让机器顺利转动。他虽然也用心听讲,无奈他过去那些关于织机的知识这会儿都用不上,连用语都是全新的,到最后总算懂了个大概,但一到上机工作就手忙脚乱,有两次差点弄坏了机器。请来的工程师按合同规定第二天就要走,可全厂还没有一个人能开动机器,你说这急不急人?为买这两台织机花了近百万元贷款,这笔贷款每天的利息是多少钱?安好了不动那咋能行?

昌盛在那个黄昏急得几乎要掉泪。

“我来试试,行吗?”宁贞那当儿走到了闷头蹲在织房门口的昌盛身边说。

“你?!”昌盛头抬了一瞬,又即刻垂下去:“需要有电脑知识,怨我预先没有培训工人,我真蠢呵!”

“我在读函授时学过一点。”宁贞边说边走进了空无一人的新机房,拿起说明书看起来。

昌盛没有理会宁贞,他的全部精力都集中到了那个让他焦心的问题上:去哪里找两个懂电脑的人来操纵这两台丝织机?明天就贴招聘启事?或在报纸上发个广告?会不会有人来应聘?去师专找教电脑课的教授来培训现有的女工?……

轰隆隆。一阵织机的响声将他从苦想中惊醒,他扭头看时,见一台织机已经启动,宁贞正缓慢而大胆地敲击着电脑键盘。

昌盛意外地站起来,疑疑惑惑地走进织房看着织机。他凭着对工程师操作这些织机时的声音记忆,他听出这会儿织机运行正常。

“你懂这个?”昌盛仍然有些不相信。

“学过一点,我根据说明书来做。”宁贞边说边启动了另一台织机,两台织机在昌盛面前愉快地空转着,声音清脆。

“我现在选定了一种花纹,你看行吗?”宁贞指着电脑屏幕对昌盛说。

昌盛显然仍在怀疑宁贞的能力,迟疑了许久才点点头。

“那我就让织机工作了?!”宁贞紧跟着问。

让她试试也好,浪费的丝全当是交学费了。昌盛再次把头点点。

宁贞相继敲动了操纵两台织机的电脑键盘。

织机刷刷地工作起来。昌盛瞪大两眼盯着出绸的地方。哦,绸子出来了,就是选定的那种花纹,表面光洁而无疵点,和请来的那位工程师操纵织机时织出的绸缎质量一样,不同的只是花纹,哦,老天,宁贞真的会使用这种机器!那个香港商人果然没有骗我:可以根据说明书来。原来问题是我们没有看懂充满外文和新名词的说明书的本领。

噢,难题解决了!

焦虑突然消失带来的兴奋让昌盛激动得忘乎所以,他一下子伸出两手抱住宁贞的双肩猛摇了起来:“嗬,你还真行!”

昌盛这突然的举动把正在关注织机运转的宁贞弄愣了,她慌慌喊道:“你把我摇晕了!”

是宁贞这慌张的叫声才让昌盛那极度兴奋的神经倏然清醒,才使他意识到自己有点失态,他才慌忙收回手连声地解释:“对不起,请原谅,我是喜昏了头,真抱歉……”

宁贞什么也没说,只是羞羞一笑,上前关了两台织机。

“从明天起,你离开染印房到这儿工作,你的工资每月增加一倍！我对你只有一条要求:带会一个女工,行吗?”

宁贞依旧是羞羞一笑,低声吐出了一个字:“行!”

22

尚天对钱的需求日见急迫。没有钱既进不了酒楼也进不了舞厅,更别说去找田园酒家的晶子玩了。指望发的那点工资够干什么?够在舞厅玩三个晚上外加做一次头发?尚天如今对做头发十分讲究,中低档的理发店是决不进的,每次都是到滨白路上的万方美发厅做,指名让技术最高的美发师动手,且要用最好的洗发香波,最高档的发油,最有名的摩丝,要做最时髦最好看的发型。这样做一次头发的费用当然不低,可尚天愿意。

尚天缺钱之后首先想到的当然是妈妈。于是隔三差五地,他下班到家后对妈妈或是说他要招待几个朋友,或是说他要买些业余学习的用品,或是说要买件衣服,从妈妈的手中要出些钱来。这样每月里两次、三次可以,四次、五次母亲就要不满意,就要提醒他:全家还要吃饭!就要警告他:

你这样花钱让你爸知道了他肯定要训你！就要劝他：学会节约些！

尚天于是不得不想另外的弄钱办法。

这法子就是让那些有求于他的工商户进点贡。但这种收入或是由于有的工商户不理会他的暗示，或是因为找他办事的人有时很少而呈时断时续之状，这就使他仍要常常为缺钱心慌。

有天中午，他正为晚上想见晶子而口袋里只剩五元钱发愁，忽听妈妈在客厅里给爸爸说昌盛办的尚吉利丝织厂最近赚钱不少，原因是他用了最新式的电脑织机。尚天听了这话心里一动：何不找昌盛哥要点钱花？尚吉利丝织厂是尚家办的厂子，当然也就有我的一份，我去要点钱花也属应该。先去找爷爷可能更好，爷爷对我和穹穹很喜欢，只要我开了口想必不会空手而返。

尚天进了爷爷尚达志的睡屋时老人刚从午睡中醒来，爷爷看见他进来后果然很欢喜，忍住一个就要到来的哈欠让尚天在椅子上落座。爷孙俩一番简短的寒暄过后尚天立刻切入了正题：“爷爷，我最近想在业余参加一项函授大学的学习，需要买不少学习用品，可手上钱有点紧张，听说昌盛哥这儿的效益还行，不知能不能先借我一点用用。”

“借啥子借？这厂子虽说是你昌盛哥在管着，其实还不是你们弟兄几个的？！”达志笑道。他因为当初没能对承达尽一份为父的义务，一直对儿子怀着一份歉疚，如今这份歉疚全转到了孙子们身上，所以对尚天和尚穹就格外多了一份喜欢。“去找你昌盛哥，就说是我说的，让他给你五百块钱！”

“五百块钱？”尚天在一愣之后差点笑出声来，五百块钱够干什么？够我进几回舞厅？爷爷是不是因为常不出门不知道今天的消费行情？要不就是脑子出了毛病对数目的大小已分不清楚？五百块，哈哈，用五百块钱来打发你在工商局工作的孙子？你可真是大方呀爷爷！我这可是第一次朝你开口！

“咋，嫌多？多了你先存起来，以后慢慢花，年轻人嘛，身上应该有个零花钱。”

尚天哭笑不得地坐在那里，他现在有点后悔先来找爷爷了，应该先去找昌盛哥，昌盛哥整天在市面上跑，肯定熟知今天的消费行情，让他随便给他也不会只给五百。罢，罢，是我失算，还是直接去找昌盛哥要吧。

尚天和爷爷又说了几句敷衍的话就告辞出来，径去了尚吉利丝织厂。刚保养完动力机弄得满脸油污的昌盛看见堂弟尚天进了厂门，高兴地叫：“嗬，你可是稀客！”忙把尚天让进既是会议室又是会计室还是接待室的厂长办公室里。

尚天说话不愿转弯，几句问候过后便说明了来意，只是没说已去找了爷爷的事。他想昌盛哥如今已经赚了钱，甩手给他个几千块花花不是很容易？昌盛听罢果然没有犹豫，一边笑着一边就去兜里摸钱说：“你学习上的事我保证支持，喏，这三百块钱你先拿去花吧！”尚天看着昌盛手中的钱呆在了那里，一股惊诧和恼怒飞快地爬上了脸孔：你这是在打发讨饭的吧?！他什么也没说，只是“啪”一下将昌盛伸过来的那只手打开，当那叠钱雪花一样旋转着向地上飘去时，他转身大步向门外走去。

“天天，天天！”

尚天当然听见了昌盛的喊声，但他没有再回一下头。

尚天那天晚上没有去成田园酒家。他也没有按时下班，他就坐在办公室里生气。好你个尚昌盛，你就像打发叫花子那样来打发我？给三百块钱？你以为我尚天没见过钱么？我现在才知道你和爷爷一样抠门。三百块,我尚天一张脸就值这么点钱?我是第一次朝你张口,你又不是没钱,你起码得给我个五千吧!……

尚天后来是到街边一家小店喝了两瓶啤酒之后才向家走的。到家后他感觉到家里的气氛又有些异样——父亲一直在他的饭桌前踱步;母亲给他端出留下的饭菜之后有些心神不安地坐在不远处。他心里有点犯嘀咕:出了啥事?

“你又缺钱了?”尚天刚把饭碗推开承达就开了口,声音里的火药味很快飘到了尚天的鼻子里。尚天一听这话立刻明白了原委,“反正我这点工资,想富也富不到哪里去。”尚天笑道。

“缺钱应该找你妈和我要,怎能找到你昌盛哥那里?”

“昌盛哥?”尚天故作惊奇地瞪大了眼睛,“我啥时候找他要过钱了?”

“还在嘴硬?喏,这是你昌盛哥刚才送来的五百元钱。他的工厂开张时间不长,你怎好意思张嘴向他要钱花?你就不嫌脸——”

“哈哈哈。”尚天用一阵笑声把父亲的谴责截成两段,“我是同昌盛哥开个玩笑,没想到他竟当真了。我后晌在他们厂门口碰见他,他问我最近忙啥,我说准备摆个书摊赚钱,他又问我还缺什么,我说缺个几百块钱你能不能支援我?我是同他开心,没想到他倒当真送来了钱。退回去,立马退回去!妈,明儿个麻烦你辛苦一趟,把钱亲自交还昌盛厂长!”

“是这样?”承达的眉毛一点一点舒展开来,“这就罢了,我也估计你还不至于荒唐到这种地步,直接找你昌盛哥要钱。好了,这钱也不必送回去,送回去反倒有些见外了。”

“爸,你也有点太小看你儿子了,我不会为几百块钱向人张嘴的!”尚天傲然地说罢,起身向自己的卧室走去。走进自己的卧室之后才吁一口气:昌盛厂长,为了五百块钱,你差点让我挨一顿狗血喷头的骂……

23

昌盛这些天一直在忙于应付来要钱的人。

自从那两台电脑控制的织机织出的绸缎在市面上热销之后，外界开始纷传尚家赚了大钱，于是，各种各样要钱的人开始络绎不绝地登门。

最先来的是城建部门的一个单位。那个单位的年轻头儿进了昌盛的办公室就抱拳高喊恭喜发财，尔后说他们想在城市建设方面做点事情，可如今做事情没有钱怎么能行？没办法，只好来尚吉利化点缘，给个两万三万都行。昌盛一听吸了口冷气。绸缎从售出到货款回来都有一段时间，最近几批买主来拉绸缎时只是交了很少一点定金，眼下厂里的周转资金都很紧张，哪来成万的钱捐献？昌盛也不敢一口回绝对方，日后的厂子扩建少不了要找城建部门，得罪了他们咋样能行？昌盛于是带了小心说明厂子的困难，答应先给一万，日后有钱了一定再送上门去。那头儿自然有些不悦,命随行人员收下钱后悻悻然地出门。

接下来的是一家影视中心,来人还持了一位市里领导人的亲笔信。说他们最近想拍一部场面宏大的电视剧,务请尚吉利丝织厂赞助几万块钱,日后电视台播出时一定会打上贵厂的厂名。昌盛听罢暗暗叫苦,老天,我扩建厂房的钱都还没有凑齐,哪有几万元给你们去拍电视剧?可一点不给显然不行,万一惹火了他们,他们在电视上给你的厂子或产品造个谣那可就麻烦大了,而且也驳了那位领导人的面子。虽经再三解释,对方还是坚持至少要给两万,没办法,昌盛咬咬牙给了。数钱的时候,昌盛真是心疼得想掉眼泪。

紧接着来的是一位记者。那记者说他们想搞一次新闻评奖活动,而活动的经费还一点没有落实,因此想请尚吉利丝织厂给点赞助。他们的回报办法是为厂里写篇新闻,宣传宣传厂里的产品。昌盛再傻也知道新闻界不敢得罪,忙担了心问他们需要多少。五万。六万也成。昌盛听了差一点背过气去。后经再三恳求,对方才把数字降到两万,昌盛忍着疼把钱数给了对方。

这之后是供电、工商、治安部门的相继登门。谈的都是收费、赞助的事,到尚天登门要钱的那个后晌,昌盛手里的流动资金已经所剩无几了。

这境况使昌盛想到了要请承达叔帮忙。他那天找到承达叔诉了一番苦,不想承达叔听了叹口气说:“你要是国营厂子,我立马可以让人发一个通知,制止这种乱摊派收费和索要赞助的行为;可你是私人厂子,我要出面制止,就等于向各政府机关宣告我要着意保护你的厂子,给人一种徇私的嫌疑。眼下上级反复强调要官商分开,我一出面,就给别的市领导一种印象,好像我也参与了你的厂子的经营……”

昌盛知道承达叔不愿做的事,你很难强迫他去做,便苦笑笑说:“那我再另想办法吧。”

昌盛那晚回到家后愁眉苦脸地向爷爷讲了这些天的支出情况和找承达叔的经过,问爷爷咋着办好。爷爷听罢许久都没有作声,只两眼闭了在那里呆坐。昌盛以为爷爷耳朵有了毛病,没听清他的话,正待重复时,爷爷慢腾腾地开了口:“请客吧。”

“请客?”昌盛一怔,“请谁的客?”

“所有可能向咱要钱的卡咱的部门和单位,把他们的头头都请来。”

“他们向咱们无偿地要了钱,咱还得请他们吃饭?”

“对!记得我给你说过的那个忍字吗?咱现在就要忍,咱得罪不起他们,就要低下头来求,求他们高抬贵手!人在酒桌上容易应许事情,明白?”

“这又要花一笔钱呐!”

“以小换大都不懂?”

昌盛只好点头。

三桌酒宴设在西苑饭庄。可能来要钱的和与工厂经常发生关系的单位头头都请了来。

大家都说是来喝尚家的发财酒的,彼此兴致很高地打着招呼。昌盛强装笑颜地与来客们握手。

酒宴快开始的时候,有两个年轻的来客叫道:今晚的喝酒队伍可是单色调,一律的男子汉,是不是需要点杂色呀?!昌盛一开始没听明白话意,后来明白了又有些着慌:厂里哪有会喝酒的姑娘来陪?无奈中想起了宁贞,以宁贞的漂亮,来给他们倒杯酒大概也可以让他们高兴吧?! 于是急忙向厂里打电话,还好,宁贞没有下班回家,他叮嘱接电话的人叫宁贞速来西苑饭庄。

不明缘由的宁贞匆匆骑车赶到西苑饭庄,一进宴会厅看见那么多人吓得又赶忙退了出来。昌盛见状便出门给她说了今晚请客和让她来的缘由,要她今天晚上务必帮帮这个忙。宁贞这些天也听说了到处有人来厂里要赞助的事,知道昌盛心里着急,便痛快地点点头说:“行,我来给他们倒酒。”

宁贞由昌盛引领着走进宴会厅时,众来客眼睛都是一亮,有人还出了声地叫道:“嗬,尚吉利还有这么漂亮的姑娘!”

酒宴开始三杯喝罢,宁贞开始代表厂里职工给来客们挨桌倒酒。宁贞从小没经见过这场面,倒酒时慌得手都有点抖,还好,她很快稳定了自己的情绪,在心里叮嘱自己把今晚的任务完成好,也算帮厂长一个忙。她现在对尚吉利丝织厂已经有了感情,这个厂是她走进社会的第一个场所,她是在这个厂里第一次被人看重,又是这个厂给了她完成函授学业的条件,也是这个厂让她挣了一笔令同村女伴们羡慕的工钱。我应该对得起这个工厂! 昌盛厂长,我理解你的苦衷,我会尽我的力量帮你。

宁贞给来客们倒酒的时候昌盛开始站起来说话,先说对诸位平日的关照表示感谢,然后就开始介绍厂里目前的经济状况,说到最后把账本掏了出来,说我眼下只剩下维持这个月生产的钱,一时很难再给诸位帮助,请诸位多多宽谅等等。说着说着就有点要哽咽的感觉,聪明的宁贞为掩饰昌盛的失态,急忙大着胆子对众人说:“这杯酒是俺们工厂全体工人敬的,请诸位喝干!”在一阵碰杯声里,大厅里的气氛得以重新扭转。

酒继续喝下去，人们原先的那股文雅之状就开始改变，先是有人提出要和宁贞碰杯，宁贞听了急忙摇头说："我不会喝酒，也从来没有喝过酒。"昌盛闻声也赶忙过来解释说宁贞不会喝酒。那人就笑道："酒场上有三种人不可小看，一个是喝一口就红脸的，一个是自称有病拿药片的，再一个就是扎小辫的，你宁贞扎着小辫，这可骗不了我们！你今天要喝了这一杯，表明你们尚吉利丝织厂的工人确实看得起我们，倘若不喝，证明你们今晚的宴请心不诚，是怕酒喝多了多花钱！"宁贞被这番话说得不知如何是好，只得端起一杯酒与对方当啷一碰喝下去。酒液往喉咙里爬时，辣得她流出了眼泪。一杯酒落肚，宁贞的双颊立刻绯红一片，这种绯红使她看上去更加妩媚可人，于是又有个人站起来要与她碰杯，宁贞刚一摆手说不敢喝了，那人就叫："是看起他看不起我吗？"宁贞没法，只得又喝了。接下来又有人要碰杯，昌盛就过来要代宁贞喝，座中便有人起哄说："看看，昌盛心疼了！"弄得昌盛也红了脸，不敢再坚持要代替宁贞碰杯。如此轮番碰下来，宁贞哪受得了？渐渐就变得头重脚轻起来。勉强坚持到酒宴结束，刚把最后一个客人送走，宁贞便身子一软倒在了饭庄门口。这可把昌盛吓坏了，急忙搀她站起，可她腿软得已站立不住，昌盛没法，只得把她半搀半抱到怀里……

24

最后一个顾客走出酒铺之后，宁安开始在灯下数点一天的收入。把各种面额的票子抻展开身子在桌上摆开，尔后一沓一沓的清点。每天的这个时候，是他觉着心里最熨帖最舒坦的时候。每数完一沓，他便解开裤带，把钱塞进缝在裤头上的一个暗兜里，这样他睡觉时那些钱就还贴在他的身上。他常在第二天上午去银行存钱，在柜台外边解开裤带把钱掏出来，经过一个晚上在被窝里的捂和搓，那些钱在掏出来时便总带一点难闻的味道，弄得银行里那些收钱的小姐常常要眉头紧皱十分难受。

钱差不多要数完的时候，宁安忽然听见门外传来妈妈的声音，他一愣，本能地预感到家里出了什么事情——妈妈平日很少来他的田园酒家。他三两下把钱装好，急忙赶到门口喊："妈，快进屋坐。"

“宁安,你快去尚吉利丝织厂去看看你妹妹,她到这会儿还没回家,也没给家里个口信,别是出了啥事吧?”

宁安心里咯噔一响,他几乎立刻把妹妹的不归与晶子的行为连在了一起,他的身子打了个哆嗦,他没有再问母亲什么,骑上自行车便向尚吉利丝织厂奔去。

丝织厂各厂房里的灯都灭了,这使宁安越加惊慌,上前就猛烈地摇晃大门。看守厂门的家福闻声出来,问清是来找宁贞的,便告诉他可能还在西苑饭庄,今晚厂里在那儿请客,厂长让她去帮忙……

宁安便急忙又往西苑饭庄赶。饭庄总服务台前这时已经无人,他进了大厅就喊:“宁贞——”惊得在大厅一角沙发上打盹的昌盛和饭庄的警卫一齐跑了过来。宁安因为见过昌盛,知道他是厂长,就上前一把抓住他的领口喝问:“我妹妹在哪?”

昌盛被这突然而至的揪扯惊住,回答得便有些吞吐:“在……房间里……睡……”

“在这儿睡?”昌盛的吞吐使宁安的心更高地悬了起来,眼也瞪得更吓人。

“今晚……她喝酒……多了点。”面对宁贞的家人,昌盛心里也确实有点慌。让一个姑娘醉成那样,的确有点太出格。

“喝酒?她咋会喝酒?你竟敢逼她喝酒?”

“不是我逼的!”昌盛总算说话流畅了。

“领我去见她!”宁安抓住了昌盛的手。

昌盛只好带着宁安去敲房门。门是那个女服务员来开的,宁安一看妹妹是和一个姑娘在一间房里,心才算放下。宁贞那刻还昏睡在床上,听见哥哥喊她,眼勉强睁了一下又很快阖上了,脸和脖子依然被酒烧得通红。

“你是想让她喝死?”宁安扭头瞪住昌盛,妹妹的醉状使他心里的火又旺了起来。

“我也是没想到,那些人总——”

“嗵!”宁安一拳砸到了昌盛的小腹上,毫无提防的昌盛“哎哟”一声捂腹蹲到了地上。

“我要让你记住,从今往后不许这样欺负我的妹妹!”

昌盛的哎哟声惊动了昏睡中的宁贞,宁贞睁开眼有气无力地说:“哥,喝酒是我愿意的,你凭啥打人?我的事不要你管,你走吧!”

宁安气哼哼地一把抓住昌盛把他扯到了门外……

曹宁安在一个细雨霏霏的上午,再一次到银行解开裤带掏出暗兜里的钱向收款员递过去时,低了声说:“你给我算算,我是不是已经存到了这个数!”他伸出一个手指晃晃,然后掏出自己记了账目的白纸等着。那姑娘飞快地数完他给的钱拨拉了一阵算盘之后点头:“够了,一万零二百一十三元。”

宁安一边卷起自己手上的白纸一边长舒了一口气:我总算真成了万元户!万元户!他极力忍住没让自己高兴得跳起来。

他一出银行就去了商场,立马给自己买了四十块钱一双的皮鞋和一身九十块钱一套的西服。老子们也该讲究讲究了。这之后,又去买了三挂鞭炮外加一个猪头。

当宁安穿戴一新地拎着鞭炮和猪头回到家时,全家人都吃了一惊。栗丽说:“咋,不年不节的,买猪头干啥?”

“妈,不用问,你只管做了吃!”宁安说罢,就出门去点燃鞭炮。三挂鞭炮响了一个不短的时辰,引来了一群看热闹的人。

冬至不明所以地望着儿子："你这是要庆贺啥子？"

宁安掏出钢笔，拉过爹的手，在上边刷刷刷地写了一行字：10000。

"这是啥？"冬至依然不明白。

栗丽和宁贞也围了过去，母女俩只看了一眼便明白了，宁贞就叫："烧包！"

"谁烧包？"宁安眼瞪了起来。

"存这点钱就放鞭炮弄得惊天动地？要是——"

"好了，好了，"当父亲的一听说这是钱数，就很高兴，急忙拦住女儿的话说："既是有了钱，咱明年春天就再买点桑树苗、柞树苗，把养蚕的园子再扩大一点，再盖一间蚕房，好把——"

"那不行！"宁安坚决地把头一摇，"这钱就存在银行里，一个是有利息，一个是保险。只要银行里有了这笔钱，咱就不是穷人！"

"不投到养蚕上也行，就用这钱赶紧给你把媳妇定下，你也不小了。"栗丽说。

"那事也先不慌着办，等我再赚了钱再说。"

"好吧，就依你。你也可以用这笔钱把你的酒店收拾收拾，添点东西。"

"酒店眼下还能赚钱，添东西做啥？我说了，这笔钱不能动，就存在银行里，有了它，我睡觉心里也踏实。"

栗丽笑了，说："中，钱是你挣的，你说咋办就咋办吧。"

那天晚上，宁安让妈妈在他的裤头上再缝一个暗兜，栗丽先想摇头，后看儿子那副执拗模样，怕不缝会伤儿子的心，就只好拿起了针线。她一边缝一边偷抹着眼泪：唉，儿子也是因为穷怕了。

裤头上的第二个暗兜缝好之后，宁安拿过去，很仔细地把用塑料纸裹起来的存折放进去，这才拎着要回自己的睡屋。临走前，他郑重地说："妈，这存折可要对外人保密，除了你和爹知道外，对谁也不要说放在哪里，对宁贞也不要说！"

"宁贞不会要你的钱，她自己每月都有工资。"

"我不是怕她要，我是怕她嘴松，姑娘家，一高兴，啥都会往外讲。"

"好了，妈不跟她说，你去睡吧。"

"你还小量我？"宁安没想到宁贞会忽然出现在自己身后，"不就是一万块钱嘛，好稀奇！"

宁安红了脸，不好意思地忙跑进了自己的房子。

他那晚是穿了装有存折的裤头睡的。他很快就沉入了睡乡，在香甜的睡梦中他看见自己走进了一个广场，广场上人山人海，每个人都正在弯腰从地上拣拾着什么，他低头一看，妈吔，满地都是拾元一张的钱票，他急忙蹲下了身子……

是妈妈的喊声把他从那个广场上拽回来的，他恋恋不舍地睁开眼睛，才发现阳光已经扑到了他的枕旁。

25

栗振中面孔阴沉地把车驶进院子,下车时"嗵"一下摔上车门,没有理会女仆的招呼,径直向卧室里走去。

艾丽雅正在卫生间里洗浴,听见他开门的声音后探出头来叫了一声:晚上好,亲爱的!他依旧没有理会,只把身子重重地摔在了床上。

今天的两场商务谈判都让他生气。上午,是和韩国的一位丝绸织造商谈;下午,是和荷兰的一位丝绸织造商谈。他想进口他们的绸缎,但两家的要价都高得有点吓人,他再三陈述自己经销时的困难,恳求对方把价压低一点,但他们看准了他急需绸缎的处境,毫不退让,弄得他真是火冒三丈。他心里非常清楚,这两家织造的绸缎所用的丝,其实都是从中国大陆进口的,他甚至能够辨出其中有些丝就是自己的祖籍所在地南阳产的,只是由于他们在丝的整理技术上高明加上丝织机的先进，才使他们织出的绸缎在国际市场上看好，反倒比中国大陆的绸缎受欢迎了。奶奶的，用中国的丝织成绸缎来压我这个华裔经销商人，太让我咽不下这口气了！唉，什么时候南阳的绸缎能在质量上压过这些外国厂家，让我的梦宛绸缎店重新变成南阳绸缎的专卖店，使我再不同这些外国织造商打交道，那该多好！

“哈啰！”艾丽雅胸前缠着一条浴巾从卫生间里出来，甜笑着向床边走着。

“晚上好，宝贝。”振中淡淡地应了一句。

“我今天在42街的一家店里买了一种三角裤，店主说是用一种保证皮肤细腻柔滑的高科技材料做的，你看怎么样？”艾丽雅边说边松开胸前的浴巾，把只穿了三角裤的身子展示在丈夫眼前。

“还行吧。”心绪不好的栗振中此刻没有心情去讨论三角裤的好坏，依旧是淡然地应了一声。

艾丽雅没再说话，转身就上床钻进了被子，“啪”一声按灭了自己一侧的床灯，用被子蒙上了头。片刻后，一阵压抑的低泣声就从被子里传了出来。

正仰躺着闭目沉思的振中听到这抽泣声一愣，急忙转身掀开被子望着艾丽雅满是泪痕的脸问：“怎么了，宝贝？”

“我明白你不爱我了……”艾丽雅哽咽着。

“你瞎说什么？”

“你不必隐瞒，我的感觉清清楚楚地告诉了我，过去，每当我临睡前洗浴完毕向你走来时，你总是迫不及待地扯掉我围在身上的浴巾，把我抱上床去，但是近一些日子，你很少这样做了。今天晚上，我主动松开浴巾向你展露身子，让你看我的三角裤，你也毫不动心了，你只冷漠地说了一句：还行吧。

这不是一个充满爱情的丈夫应该对妻子说的话……”

“嗨!”振中苦笑了一下,“我真不明白你们美利坚的女人,何以对这种小事看得这样认真。”

“这不是小事,这是征兆!我咨询过专门研究婚姻进程与感情变化曲线的专家,那位专家告诉我,一对男女在结婚三到四年之后,彼此间的新鲜感和神秘感开始消失,相互间的吸引力和刺激多数开始下降,原先弥漫在双方之间的甜蜜感和亲密感开始减退,男女两方尤其是男方的感情浓度开始稀释,婚姻开始出现第一次危机。这次危机来临会有许多征兆,其中之一是:男方对女方身体的兴趣迅速下跌,而你现在就已经到了这一步!”

“你这个小傻瓜!”振中被艾丽雅这番忧心忡忡的含泪诉说逗乐了,“你们这些干什么都要有理论指导的女人,我今天非让你这些理论见鬼去不可!”边说边猛地掀开被子,“哧啦”一声扯下艾丽雅的那件用新材料做成的三角裤,虎一样地扑了过去。艾丽雅先是被振中这些粗暴的举动所吓住,瞪大了惊惶的双眼,但随即便又笑了,她感觉到了他舌头的柔软和贪婪,她看见了他眼睛中又腾起了她过去所熟悉的那种火焰,她在“格格”的笑声里开始怀疑自己刚才的判断……

当第二天早上的阳光探过窗帘爬到床头把沉入深度睡眠的振中唤醒时,如何进货的烦恼再一次钻进了他那被爱意冲洗过的心里:怎么办?进还是不进?进,零售价和进价相差太小,辛辛苦苦地忙碌却赚不了多少钱;不进,店里已无多少存货,难道这有名的“梦宛绸缎店”还要关门不成?

已了解真相的艾丽雅理解地看着丈夫,一边为他更换新的内衣一边试探地说:“我有个主意,不知是否可以?”“说吧。"振中催道。

"荷兰和韩国的这两个织造商既然是用中国的蚕丝织成的绸缎,那我们是不是也可以投资办一个小型丝织厂,也从中国购进蚕丝,用一流的整理技术和丝织机把这些丝织成绸缎,咱一边织一边卖,既当织造商也当经销商?!"

"这个主意我不是没有想过,可一方面我们对织绸毫无经验,更重要的是,我们还没有能办一个小型丝织厂的钱。将来也许有一天,我们会实现这个想法的……"

接下来几天,振中仍在四处联系,但最终没能拗过绸缎制造商们,后来还是按他们提出的价格进了货。也罢,就少赚点钱,先把生意维持下来再说。振中只好这样安慰自己。

这次的挫折使振中对经营货种的单一有了看法,他开始生出把梦宛绸缎店改成梦宛纺织品店的想法。倘若我的店里既经营绸缎也经营棉布、呢绒和其他化纤织品,是不是我就可以少受制于这些绸缎织造商人,使效益更好些?有天晚上,他把这种想法给父亲说了——这种事关经营方向的大事他不能不先征得父亲的同意。父亲听后沉思了一阵,说:"这想法不是没有道理,在千变万化的商界,一家商店根据市场情况改换一下经营货种完全可以,可具体到咱们梦宛绸缎店,我以为还是慎重些更好。咱这家绸缎店由于开业年代久也因为信誉好,不仅在唐人街有名,在纽约甚至整个美国东部都有一定名气,许多华人和美国的中上流社会的夫人、小姐们,都是我们的顾客,他们只要来到纽约,就总要来我们店里看一看,这也是我们这个不大的店在这些年的商界风雨里一直得以平安维持下来的原因。如果我们眼下因一时盈利不大而做了改变,那我们可能会失去很多固定的客户。全纽约经营纺织品的商店很多,要在那么多的竞争对手里站住脚并不容易。孩子,这些还只是事情的一个方面,还有一个方面就是对中国大陆绸缎生产前景的估计,是对中国大陆绸缎生产质量抱不抱信心的问题。”

“信心?”父亲的分析令振中有些意外。

“对,信心!我以为,既然中国大陆向世界敞开了国门,中国的企业界包括绸缎织造厂主们,早晚会从世界市场对质量的要求上明白他们自己也必须重视产品质量,否则,他们的产品就无法在世界市场上竞争,他们就会亏本。而只要中国的绸缎织造厂主们一重视质量,中国的绸缎很快就会令世人重新刮目相看,因为他们的织造经验和蚕丝质量是没有哪一个国家可与之相比的,他们现在缺乏的只是重视质量的意识。有了这个意识,他们就会改进管理方法,就会购买先进织机,就会引进先进技术。所以,我觉得我们可以耐下心来等一等。”

“等?”

“对。领兵打仗的军人们有一招叫按兵不动,咱经商的人也可以学学他们,现在就也先按兵不动,先少赚点钱,待大陆的绸缎质量一上来,咱们就抓紧进抓紧卖,钱会赚进来的!做生意的不能心浮气躁,咱又不是没有吃饭的钱了,慌啥?”

振中点点头,不得不佩服父亲的分析有道理。

大约是半月之后的一个黄昏,艾丽雅开车去费城探望一个日本裔女同学回来,高兴地对振中说:“亲爱的,我的同学真竹秀子告诉我,说下个月东京有一个国际性的大型绸缎展销会,她说她想回去看看;我们是不是也可以去逛逛?日本国我可是只在上大学时去过一次,而且只到过广岛!”

“好吧,”振中用指头轻弹了一下艾丽雅的额头,笑道:“到时候就陪我的宝贝去逛逛日本!”

26

那场客请罢,尚吉利丝织厂的门前总算安静了下来。

随着外边所欠货款一笔一笔地回来,尚吉利丝织厂的生产开始了良性循环。进丝、织造、销售,各个环节都走上了正轨,昌盛一直悬着的心才算慢慢安定下来。

有天中午,昌盛正坐在他那间小办公室里琢磨进丝的事,忽见表妹卓月拿着一张报纸走了进来。他没来得及开口问卓月有什么事,卓月已把一张报纸扔到了他面前的桌子上:“看看头版头条消息。”

昌盛不知所以地展开报纸,只见头条消息的题目是:“日本国南阳市和我们南阳市结成友好城市,日本国南阳市访问团今日抵达我市。”“莫名其妙,这种政治上的事与我们丝织厂有什么关系?!”昌盛望着卓月不高兴地叫道。

“再想想!”卓月淡了声说。

“再想想也没关系，这种政治上的友好并不——”昌盛话到这儿猛地噤口：“你是说让他们看看我们的绸缎?!”

“他们住在和平饭店!”卓月说罢转身就走。

“好!”昌盛高兴地起身对着卓月的背影喊道：“谢谢你的提醒!”

昌盛当即让小瑾把每种花色的绸缎各准备几匹，尔后装上一辆三轮车便向和平饭店蹬去。卓月的提醒真有道理，昌盛刚把带去的绸缎在饭店大厅里摆开，那些日本客人便都围了过来。两个穿和服的日本妇女把昌盛带去的绸缎和她们身上和服的绸料一比，立刻看出了尚家绸缎质量的不寻常，一边伸出指头夸赞一边掏钱要买。不大的功夫，昌盛用三轮车推去的绸缎便卖了个精光。昌盛看出其中几个客人还有要买的意思，就告诉了他们厂址，说好第二天上午可直接到厂里来买。

第二天，几个日本客人果然又到了厂里，昌盛一边领他们到成品仓库里参观一边把尚吉利绸缎的织造历史和优点作了介绍，那几个人听得很有些入迷，又都是满载而归。

这件事过去之后昌盛很快便把它忘记了，厂里每天都要卖出不少成品，像这样数额不大的交易不可能一直存在他的心里。他那时根本没想到它的意义。

意义是三个月之后向他显现的。那是一个阳光很淡的上午，邮递员忽然给他送来了一封来自日本国的写满日文的信。他很有些意外：我在日本并无熟人，谁会给我来信？及至请卓月翻译之后他才知道，那是日本东京一家名叫三友绸缎经销株式会社发来的一份邀请信——

尊敬的中国南阳尚吉利丝织厂厂长先生：

我们是从我国南阳市赴贵市访问团的朋友那里看到

贵厂的绸缎产品的,我们非常喜欢你们的绸缎,因此很想邀请你们携产品来参加我们这里举办的一个展销会。展销如果成功,我们将长期在日本经销贵厂的绸缎,不知是否可以允准。如蒙同意,请即用电话告知我们……

一阵巨大的欢喜涌进昌盛心里:哦,我正在为怎样继续扩大销路发愁,没想到机会送到了门口。谢谢你,月儿,这个机会最初是你引来的,我根本没想到那一三轮车绸缎的售出会给我打开通往日本市场的大门。看来,我的脑子还是有些迟钝……

昌盛拿着这封信去见爷爷,爷爷听罢默然良久,然后缓声说:"你妈当年就死在日本人手里,你爹和我挨过日本兵的子弹和炮弹,咱们和他们有着血仇,照我的心思,当然是不与他们有任何往来。可再一想,既然如今可以赚他们的钱咱为啥不赚?赚,赚得越多越好!让他们也看看咱中国人的能耐!这次去展销,一定要想办法成功,没有成功的把握就不动身!立马开始准备参展的东西吧,绫、罗、绸、缎、绢、纺、纱、绉各个类别都要准备一些。"

昌盛见爷爷如此决定,一边电话告知日本东京三友绸缎经销株式会社说同意去展销,一边着手准备参展产品。

全部准备工作和出国手续办好已接近日本方面规定的日期。昌盛对厂里的生产作了安排,又对小瑾作了一番叮嘱,这才于一个絮云轻飘的上午,在北京登上了飞去东京的飞机。当飞机在洁白的云层上平稳飞行时,昌盛在心里默默祷告:老天保佑我们尚家这回能够成功……

这是昌盛第一次单独和外国的商人打交道,第一次单独在外国搞产品展销。他原以为应邀展销的就他一家,展销不过是把产品在柜台上摆出来让大家看看就行。到了以后才知道,应邀展销的还有韩国和日本国内的几个丝织厂家。展销大厅里别的厂家都备有放像机、电视机和介绍自己产品的录像带,那些配了音乐和日语解说词的丝绸产品画面让他大吃一惊又大开眼界。更让他意外的是韩国的两个厂家还带有自己的模特表演队,那些漂亮的姑娘披上自己厂里生产的绸缎或穿上绸缎成衣在展台前表演。昌盛连一份自家产品的彩色照片和说明也没有准备,顾客们来看他的产品时他只能用汉语介绍,他的汉语有几个日本人能听懂?

他的展台前理所当然的十分冷清。

昌盛急得浑身是汗。

三友绸缎株式会社的一位公关部长见他这儿的冷清情况,建议为他雇一队普通模特帮忙,昌盛先有些动心,后一问每天要交钱两千美元时吓得急忙摇头。两千美元,差不多就是两万人民币呀,我一个小厂怎能花得起?

时间在一天一天过去,昌盛展台前的冷清状况也在一天一天持续。除了少量的顾客来买走十几米绸缎之外,还没有一桩大宗交易,更不用说订货了。昌盛注意到,伴随着这种冷清状况的持续,三友绸缎经销株式会社的职员对他的态度也在一天一天变冷。有天晚上关店门时昌盛清清楚楚听见有两个职员在用汉语议论:我们当初真不该做出邀请中国南阳尚吉利丝织厂来的决定……他知道他们这是专门说给他听的。

昌盛听罢真似利箭穿心。

难道就这样惨败而归?我回去该怎么向爷爷交待?不,必须想想办法!我没有卖出并不是因为我的绸缎不好,而是人们没有注意到我的绸缎,现在的关键是要引起日本人注意。怎样引起他们的注意?也拍个录像片在电视机上放?不行,哪有拍的时间？花钱请模特，哪有钱？有没有别的方法？要是有人穿上用尚吉利绸缎做的衣服在街上走——

昌盛猛地拍了一下自己的头：对，就这样办！他当即拿了一卷粉色带花和蓝色带花的绸子，到对面的一家裁缝店里，要他们尽快做出二百件日本当下市面上最流行的休闲衫，男女衫各半，每件休闲衫的背面都印上"中国南阳尚吉利绸缎"日本文字。

日本的裁缝店对顾客十分负责，二百件休闲衫于第二天早上准时送到了昌盛的手中。昌盛把自己的展台锁上，尔后把预先用日文写好的一则广告在展销大厅门口挂上：中国尚吉利丝织厂免费赠送休闲衫，谁愿要请当即来穿上！来参观展销的顾客和从大街上走过的行人见不花钱就可得一件休闲衫，自然高兴，纷纷过来索要了穿上，一时间展销厅内和大街上都是穿了休闲衫的人。休闲衫上的"中国南阳尚吉利绸缎"一行字立刻引起了人们的注意。休闲衫发得只剩二十来件的时候，昌盛忽然听到身边一个男人用中文惊叫了一句："尚吉利?!"昌盛有些惊奇地扭头，看见一个青年男子也正望着自己。他以为这是一个会说中文的日本人，刚要回头继续手中的工作，不防那人叫了一句："尚先生，没想到在东京碰到了你！"

"你是？——"昌盛记不起自己曾见过这个人。

"还记得有两个美国人前些年回南阳探亲，在国营南阳尚吉利丝织厂生产科拜会你的事吗？"

"噢，你是……栗振中?!"昌盛终于从记忆的深处翻出来了这个名字，"你那年想从我们厂里买绸缎但后来没买对吧？"

"对，对，我和我夫人也是来参加这个展销会的，没想到在这儿碰上了你,你这是?——"

昌盛于是简要说了事情的原委。

"这好办!"振中笑了,"请你给我两件休闲衫,美国的一个篮球队眼下正在东京参加比赛,队中叫杰克和丹尼的两个主力队员是我的好朋友,当初他们刚打球时我赞助过他俩。刚好今天下午他俩要逛东京的街市,我让他俩穿上这两件休闲衫上街,他们是篮球明星,身后肯定跟有电视台的转播车,这样一来,也算让他俩为你做了一回广告,如何?"

"谢谢你。"昌盛将信将疑地把两件大号的休闲衫给了他。

昌盛告别了栗振中回到展厅内自己的展台前时,由于休闲衫的广告作用,已有一些顾客围到了展台前要看他的绸缎,局面因此有了改观。先是零买的人开始增多,继而有两个绸缎商人来谈订货的事情。他抑郁的心情开始好转。他没有把栗振中的话放在心上,所以当晚也没有看电视。他第二天站在自己的展台前时,想着只要把带来的这些绸缎卖完,再带回去一两张订单就行,根本没想到会出现那样的局面。

那个局面的征兆是早饭后展销大厅开门不久出现的:三三两两的年轻小伙走进展销大厅,目光在四处张望,昌盛先上来没有注意,后来注意到了但以为他们是寻找韩国哪个厂家的绸缎,并没想到他们是在找自己。直到十几个小伙子走到他的展台前欢呼一声,他才明白这些年轻人是在寻找尚吉利绸缎。他有些高兴,开始招呼这伙年轻的顾客。这些顾客的购买数量不大,一般都是两到三米,够做一件休闲衫就行。昌盛耐心地卖给他们。渐渐地人越来越多,展台前排的队伍越来越长。三友绸缎经销株式会社的人见状高兴地跑过来对他说:祝贺你,你的绸缎引起了球迷们的喜欢!他这时才明白为什么来买绸缎的大都是小伙子，才明白栗振中昨天对他说的那番话没有假。

球迷们越聚越多，队伍已经由大厅排到了街上。球迷们的购买引发了普通市民的兴趣，市民们开始围拢到买了绸缎的球迷身边看绸缎，这一看才知道中国的尚吉利绸缎质量的确好，于是不少市民也加入到了购买队伍，使队伍更加长了。

排队争购的情况一直持续到当天傍晚，眼见带来的绸缎就要卖完，昌盛才想起展销会还未结束，每样绸缎要留下一些做样品以便绸缎商人订货，这才把货已售完的牌子放到了展台上。尚未买到绸缎的人一边打听何日再卖一边恋恋不舍地离去。这种情况三友绸缎经销株式会社的人们当然看到了，他们的经理当即便带着谦慕的笑容把二十万米的订单和订金支票递到了昌盛手上。其他的绸缎商人自然也看出了尚吉利绸缎在日本的销售前景，纷纷把订单和订金支票递到了昌盛手里。昌盛哪见过这场面？一时紧张得竟不知怎样在人家的订单上签名了。好在那些商人并没看出昌盛的失态，都把昌盛的举动视作矜持了。

昌盛后来算了一下，绸缎订货已达一百多万米，订金也已有四十万美元。哦，老天，这够我生产多长时间？一股狂喜变成大朵的笑容开在了他的脸上。

“怎么样？效果不错吧？”一声含笑的问话让昌盛抬起头来，他这才发现栗振中站在展台外边。“谢谢你！”昌盛跑过去抓住对方的手摇了起来。

“记住利用一切机会宣传你的产品，这是一个好酒也怕巷子深的时代！”振中轻拍着昌盛的肩膀，“还有，我看出你还没有在异国处理大笔金钱的经验，请你现在立刻出门坐到我的车里，马上去贵国设在东京的中国银行把钱汇往你国内的账户,不然可能会出意外!”

“兄弟,我不知该咋感激你,我没想到会在东京得到你的帮助!”

“我可能也需要你的帮助,我想让我在纽约的绸缎店长期经销你的尚吉利绸缎,不知你是否允许?”

“那还用说?!”昌盛拍了一下振中的肩膀算作决定。

“我还有一个问题想问一下:我知道你们出口到美国的纺织品是有配额的,你能保证你会获得这些配额从而不让自己的丝绸出口受到限制吗?”

“那倒不必担心,我这次来日本前,我们省上管丝绸出口的领导特意告诉我,只要能拿到订单,其他的问题都由他们去解决。他说,不论尚吉利绸缎的出口量多大,他都会保证让它们顺利出去!”

“太好了!……”

昌盛由银行回到宾馆时,看到当天的《读卖新闻》上发了一条加框的消息,服务小姐是一位华裔姑娘,她细心地把那条消息译成中文写在了旁边,消息的题目是:中国南阳尚吉利绸缎东京走红,国人争相购买盛况空前……

第 二 部

1

南阳因为是盆地，气候温润，故是中原的长寿地区之一，历史上曾出过不少高寿老人。但高寿的纪录也就是一百零三岁，是玄武街夏水发老人创下的。尚达志在进入一百零三岁之后一直在心里琢磨，怕是就在今年要走了，如今走也算无了牵挂，尚吉利丝织厂建了起来，祖传的丝织业又得了接续。遗憾的只是没能见到"霸王绸"，不过，人生不可能事事如意，这就行了。

他于是把卓月叫来，自己口述让卓月记下了遗嘱，把要交待的事做了一番交待，做好了随时走的准备。

但这只是他的一厢情愿，阎王爷因为太忙并没打算就在这一年把他领走，人间再次向他伸出挽留之手，于是他的一百零四岁生日便姗姗来临。

昌盛决定好好庆贺一番爷爷的生日，提前几天就嘱小瑾上街买做寿宴的各种东西。他想到时多摆几桌,除了把承达叔们一家请来之外,再把平日在经营厂子时交往的朋友也请到,反正如今也有了钱了。不想爷爷提前一天交待:生日那天,不见任何人,只需给我煮一个鸡蛋,下一碗寿面,剥两瓣大蒜就中。昌盛刚想争辩,爷爷说:“我知道你的心意,可人活到这个时候,已经是有些怪了,别人来祝寿,也只是想看个稀罕奇怪而已。咱一个朽糟老头子,让人当怪物看着作甚?”

昌盛知道爷爷的脾气,不敢坚持,便把买下的那些东西退的退,送人的送人。

生日过罢的第二天,达志把昌盛叫到跟前说:“你去把天通卦师请来,我有事找他。”昌盛一向不信求签算卦这类事情,但为了让爷爷高兴,还是提着礼物去把天通请了来。

那瘦瘦削削的天通进屋就问:“尚爷爷是要卦问你的寿限吧?你如今家有丝织厂,金钱成堆,大富大贵,寿限还长着哩!”

达志摇摇头说:“寿限多长我不在意,活到今日早超出了我的希冀。我想问的是我这个家今后会不会有祸患。”

天通一边说“明白”,一边就开始起卦,几卦下来,天通的脸色有些不大好看。达志问他卦象如何,他只好吞吞吐吐地答:“尚爷爷,你既是这样诚心求卦,我也不能再只说好话,从这卦象上看,你家今后祸虽没有,但倒有乱!”

“乱?”达志吃了一惊,“啥叫乱?”

“我也说不清,再说这卦也不可全信,尚爷爷不必放到心上。”

送走天通之后,达志还有些心惊地想,乱?我这个家还能乱到哪里去?全家加上承达那边,也不到十口人,能有啥乱?会出何乱?

昌盛下班回来，听了爷爷转述的天通的话后笑了："别听他瞎扯，我们这个家还能出啥乱子？"

达志摇摇头："也不可大意，我算了算，从七六年到如今，咱家虽有小灾小难，但从大处看，还算平安。十一年平安，时间够长了。上天不可能把平安总给咱一家人，他总是平等分配的，说不定啥样乱子就在不远处等着咱哩，凡事要小心呐。"

"我记住爷爷的话就行了。"昌盛笑笑，心里却在骂：天通，你个东西是不是嫌我给你提的礼物少了，故意吓我爷爷？

昌盛如今才知道"人越有钱才越能赚钱"这句话有道理，你有了钱之后才敢去做更大的筹划，大筹划方能带来大利润。

昌盛从日本回来之后，因为有了合人民币几百万元的订金，所以敢把厂子扩大，敢扩建厂房，敢增加织机，敢新设一个小缫丝厂以保证用丝的方便。因为有了这番新的筹划，尚吉利厂的绸缎出品质量更好数量更多，赢利也更大。

尚吉利丝织厂的绸缎在日本展销的成功，也很快在国内市场掀起了对尚吉利绸缎的欢迎之浪，来厂里订货的人和单位越来越多，到最后出现了这样一种局面：不管全厂怎样加紧生产，绸缎总是供不应求。

随着对那些日本商人订货的完成和产品在国内市场的热销，外汇和人民币开始源源不断地向昌盛汇来，他手中的钱在迅速增加。昌盛有时看着账本上那些很快变大了的数字，自己竟也发生了怀疑：这些钱是我挣的吗？

财富使昌盛和小瑾沉浸在从未有过的欢乐中。两个人连吃饭时也总是抑制不住地发出笑声，这些笑声把两人间曾经有过的嫌隙一一填平。

昌盛如今才尝到了真正有钱的滋味.再不用到处求人,再不用谨小慎微,再不用一分钱一毛钱地算计。可以挺直腰板同人说话,可以随便买自己想要的东西。

昌盛决定改变一下办公条件,先是买了一辆桑塔纳轿车当自己的坐车;接着买了高级老板台、皮转椅、大哥大、空调器、皮沙发,把装修后的厂长办公室布置得气派华丽;跟着买来了劳力士手表、皮尔卡丹西装、法国皮鞋,把自己全身的装束换了一遍。

小瑾自然也买了各样自己喜欢的服装,买了金项链、金戒指、金手镯,买了高级手袋和化妆品。小瑾还特意买了一瓶八百元的法国香水往身上喷了喷。“我想看看它究竟是个啥香味!”她笑着对昌盛说。

夫妻俩自然也没忘了给爷爷和儿子买东西。给儿子旺旺买了一个高级的电吉他和一组音响——他喜欢唱歌听音乐。给爷爷买东西时他们很费了一番思量:买什么样的东西才能使老人高兴?他们最后给老人买了一件四千三百元的皮袄和一个四百八十八元的保健枕头。

夫妻俩是在一个晚饭后兴高采烈地把两样东西送到爷爷屋里的。“爷爷,知道这件皮袄多少钱吗?四千三,穿上既轻便又暖和,这毛领是从苏联进口的!”小瑾一边把皮袄抖开让爷爷看一边作着说明。爷爷“唔”了一声,慢腾腾地把目光停在皮袄上边。“这个枕头是高科技新产品,能使人很快地进入睡眠,四百八十八元,是高级干部才能用的保健枕!”爷爷照旧又“唔”了一声。“爷爷,你辛苦了一辈子,该享享福了!”昌盛最后笑着补充。

爷爷什么也没有说,爷爷只是把手挥挥让他们出去。爷爷慢腾腾地起身向他的木床走去。“我想睡了。”爷爷坐到他的床帮上说了一句。

昌盛和小瑾对视了一眼，尔后出门向自己的屋走。他们知道爷爷一向很少喜怒形之于色，爷爷即使是因为这两件礼物高兴也不会当面说什么。夫妻两个上床后还在猜测爷爷的心境。“爷爷这辈子还没穿过这么贵重的衣服，他一定在心里感叹咱家境的巨变。”小瑾的话音后来被昌盛的亲吻打断，昌盛说我们也该高兴高兴了，法国的香水到底厉害，我一闻见你身上的这股香味就忍受不住——小瑾伸手捂住了昌盛的嘴，同时制住了他的剧烈动作，小瑾在昌盛耳畔低声警告：儿子就睡在隔壁！

随着厂子的扩大也随着经济上的富裕，昌盛决定在手下设立原料、生产、销售三个科室，改变过去自己一人时时上阵处处抵挡的局面。

这三个科室一设，一般事情都由科长去处理，他一下子觉得十分轻松。每天上班以后，把想到的有关问题给科长们一说，自己去车间里再转上一圈，就可以回到自己的办公室喝茶休息。厂子的外部环境这时也开始改变，由于尚吉利丝织厂成了资金雄厚的大厂和纳税大户，市里的领导也明令加以保护。四周的人们在昌盛小富的时候心里嫉妒常给点麻烦，真当他成了巨富之后反而对他有些敬畏转而巴结起来。这种内外压力的减轻立刻在昌盛的身体上表现出来，他一个月体重就增加了四斤。

那是一个阳光明丽的春日，昌盛坐在办公室处理完几件事情之后，端了茶杯正在悠闲地品茶，忽见宁贞抱着送检的几匹绸缎从窗前经过。由于天气转暖宁贞只穿着单衣单裤，也因为阳光的透视作用，宁贞那丰盈身材的美妙之处一下子全跳进了昌盛的眼里,昌盛的心轰然一动。宁贞在窗外消失以后,那个美妙的身子还在他心里极清楚地站着,而且他吃惊地发现,一个隐秘的欲望正像蛇一样地在他心里昂起头来。他打了一个冷噤,急忙站起身在办公室踱起步来。

为了压下心里的那股欲望他急忙给自己找了几件事做,但无论做啥事宁贞的身影都一直站在他的脑子里挥之不去。当天晚上,他先是因为宁贞的身影总在眼前晃动而无法入睡;后来睡着之后又发现宁贞已走进了他的梦里,在梦中他看见自己一件一件脱着她的衣服。

小瑾喊他吃饭的声音使他从梦中惊醒过来。他动手穿衣服时在心里对自己承认:他渴望得到那个貌相和心灵让他一想起来就激动的姑娘。一旦把这种心思挑明,他立刻又感到了不安:那个姑娘曾给过你许多帮助,那次在西苑饭庄为你喝得酩酊大醉,你当时还发过誓要报答人家,难道就用这个报答?你是不是有点太卑鄙?

经过了几天的思想斗争,那种日益膨胀的欲望最终占了上风。他这样安慰自己:在今天这个情人成风的时代,这种事算不得对她的伤害,我会在金钱上给她很大补偿,她也许对我的举动会表示欢迎和高兴……

他知道这种事必须极秘密地进行,决不能让爷爷和小瑾有一点察觉,不能危及自己的家庭。

早饭吃罢的时候,他已经想好了主意:在厂里设个公关部,让宁贞来当部主任。这样就可以名正言顺地把她调到身边来。如今厂子扩大了,和外界的接触越来越广,也需要像其他工厂、公司那样设立一个公关部,专门负责各项联络和接待事宜。

主意已定,他便先和小瑾商议,商议时用的是一种随便想起的口气,问小瑾愿不愿在厂里成立一个公关部。小瑾不知这是昌盛深思熟虑的计谋,加上平时有人来厂里联系事情,都是她出面接待,亲自倒茶、拿烟的,也挺麻烦,听了昌盛这话便立刻表示同意,并说:"先有一个人就行!"

接下来便开始说由谁来公关部的事。昌盛不开口说让谁来,只定了挑人的原则:最好是年轻、漂亮一点的姑娘,这样出门联系事情在厂接待来宾都会方便一些;而且这个人最好是咱厂里的职工,对厂子的情况有了一个了解。

小瑾对这个原则并不持异议,可照这个原则一选,连小瑾自己也说:"那只有让那个曹宁贞来了,她倒是适合干这个。"

昌盛抑制住心里的高兴,神情淡漠地问:"她能干得了这个?"

"啥事有学不会的?何况这又不是做啥学问。"小瑾倒替宁贞说起了话。这几年昌盛一直规规矩矩地过日子,使得小瑾对他的那种毛病已经放松了警惕。

"好吧,既然你认为她行,就让她来试试。"昌盛大度地挥一下手,算是同意了小瑾的意见。

于是第二天上午,宁贞便来到了厂长室隔壁的公关部上班。宁贞惶然不安地来到新岗位以后,先由小瑾给她讲了工作任务和性质,之后昌盛才从他那装饰得豪华气派的厂长室踱了过来。多么漂亮的姑娘,那身个、那眉眼、那胸脯、那臀尖,那长长的黑发,那柔韧的腰肢,那纯真的笑容,让人一看就心里忍不住发颤。她的身个比刚进厂时似乎又高了一点,双乳更见丰盈,臀部的圆弧更加奇妙入眼。上天造就这个姑娘就是为了让她来诱惑人的吧?我此生有了小瑾,倘再得到这个姑娘,也算没有白活一场了!

"厂长,我怕我干不了这个,还是让我去车间织绸吧。"宁贞羞怯地说。

“会干好的,你一定能干好!”昌盛很想伸出手拍拍宁贞那圆润的肩头,拍上去一定有一种美妙的感觉,但手伸到空中之后又急忙停住作了一个挥赶蠓虫的动作。不能操之过急,这会惊吓了宁贞也会让小瑾看见提高警惕。要慢慢来,一切都有个过程,最好是水到渠成……

2

取悦女人最古老最有效的方法是送礼。尚昌盛对宁贞采用的也是这个法子。那些天,昌盛一直在琢磨送什么礼物给宁贞合适,太贵重的东西,会把她吓住;太廉价的东西,不可能引起她的惊喜。昌盛想来想去,决定送她一个微型录放机——如今宁贞又在读函授本科,这是她学习时用得着的东西。

昌盛把礼物买好之后,趁那天宁贞来给他送开水的时候,拿出来递到她手上说:“这是纺织公司一个朋友送我的,我用不着,你学函授能用上,拿去用吧。”

宁贞从未收到过这么贵重的礼物,始是一愣,继是一喜,再是脸涨红了说:“谢谢厂长。”

昌盛送的第二件礼物是一匹素花绸子。那天,一家客户来订货,昌盛让宁贞从仓库里拿来了八种花色的绸子让客户挑选。客户挑选订货走了之后，昌盛把一匹素花的绸子样品装进一个塑料袋递到宁贞手里说："你在公关部工作，应该做两件像样的衣服，喏，把这匹绸子带回去，算是厂里对你的补助。"宁贞不好意思地推让了一阵，见昌盛坚持要放到她手里，只好收下。

这之后，昌盛利用工作上接触的机会，又巧妙地给宁贞送过几回礼，吃的、用的、穿的东西都有。虽然宁贞每次都做了推辞，但最终都收下了。昌盛猜不透这些礼物把宁贞对自己的感情拉近了多少，能看出的是，宁贞对工作更加卖力，真正把厂里的事当作自己的事去做了。

几个月之后的一天，省里一家大型服装厂来函，说他们要在省城开一个绸缎供货洽谈会，特邀请昌盛参加。昌盛拿到信后，觉得这是一个可以单独带宁贞出门的机会，就一本正经地找到小瑾商议让谁跟他一块去开会。小瑾说："这种事当然该叫宁贞去。"昌盛巴不得听到这句话，于是立即点头说："好，就让她准备绸缎样品去吧。"

昌盛和宁贞是坐火车抵达省城的。一路上昌盛看着宁贞一脸温顺地坐在身旁，真是心花怒放：这么漂亮的姑娘很快就属于我了，把这样娇美的身躯抱到怀里会是一种何等美妙的享受？我该采取怎样的步骤一步一步的把她引领到我的床上？一想到床，一想到宁贞胸前的纽扣就要被他一个一个解开，一想到他将要看到的万千景象，他的一颗心仿佛就要从胸腔里蹿出来，十个手指像大风拂动的树枝一样开始簌簌抖动。

住宿就在那家服装厂的招待所里。安排房间时昌盛吃惊地发现，厂方就把他和宁贞安排在一个套间里。那套间里边是一个双人床，外边是一个单人床。这种安排虽然很合他的心意却毕竟出乎他的意料。他于是急忙声明："我带的是一位女公关部长，请为我们再安排一间房。”不想厂方负责安排住宿的那个男人闻言竟然笑了，说：“尚厂长，咱们这次聚会没有官方的人，大家不必拘谨，谁都知道厂长们大都有个小蜜，所以咱们这次安排就一律是这种套间，外间住女的，里间住男的，也算为你们提供一个方便。”昌盛虽然心上暗暗高兴，嘴上却说：“这怎么能行？”同时拿眼睛去看身后的宁贞，他注意到宁贞脸有些苍白，她显然也听懂了那男人的那番话。既然她没有公开提出反对，大概就是默许吧。她只要默许了，这事就好办。昌盛为自己的这种猜测感到了高兴。

吃晚饭的时候，昌盛注意到宁贞神不守舍心不在焉吃得很少，昌盛估计她是在为今晚要面临的局面而紧张。不要紧张，宁贞，每个姑娘都要经历这样的晚上，过了今晚你就会明白，人生还有另外一种诱人的享受……

晚饭后他嘱宁贞回房休息，自己一个人在厂门口的大街上散步。他不想在睡觉前的这段时间里去面对宁贞那充满紧张的眼睛，他害怕自己会被那双眼睛里的紧张弄得没有了去捕获她的勇气；也害怕宁贞再提出调整房间的要求。他打算在厂门口散步一直散到天黑就寝时间，尔后进屋径直把宁贞搂到怀里。

他把一切都计划好之后，胜券在握地在厂门前的大街上缓缓踱步，静等着夜色把这个想望已久的美好机会老老实实送来。

就在他踱步踱到第三趟的时候，忽然听到一声喊叫：“尚厂长——”他扭头一看才见是自己厂里的门卫兼打字员刘家福，他惊奇道：“你咋来了？”神情也同时阴沉下来：混蛋，这个美好的夜晚要被你搅黄了！——“你家嫂子让来的，说有一封急信要我赶来交给你！”说着从兜里摸出一个信封递过来。

昌盛接过一看，原来是栗振中从美国纽约来的信，信上说他可能在夏天利用到香港的机会回南阳看看，顺便就在美国销售尚吉利丝织厂出的绸缎之事同昌盛商量。昌盛看罢很生气：这明明不是急信，为何要让家福这么老远的追来？难道小瑾连事情的轻重缓急也分不清楚了？难道——理智突然把昌盛的怒气闸住：这很可能是因为小瑾怀疑他让宁贞同来的用心而采取的侦察行动！对，极有可能是！想到这里他出了一身冷汗：老天，要不是自己在这里散步恰好碰到家福，倘让家福径直找到招待所里看见自己和宁贞住一个套间，那可不糟糕透顶？想到这儿他急忙先把家福领到食堂吃饭，趁家福吃饭的当儿他找到服装厂负责安排会议来宾住房的那个男人，让他立刻再为他安排一个套间。那男子见昌盛态度坚决，只笑笑说："你胆量还是小些。"就又为他安排了一个套间。他拿到房间钥匙之后，快步到原先的房间里去拿自己的东西。为了向呆坐在房间里的宁贞解释自己另找住房的原因，他说了一句："他们怎么好把我俩安排在一起？！"

昌盛在新房间里安排好自己的东西之后才去食堂把家福领回来。那晚上他就和家福住在那个套间里。第二天早上，家福说他要回厂里，昌盛也没有挽留，领他到街上的早点铺里吃点东西就让他走了。送走了家福，昌盛才迫不及待地来敲宁贞的门。宁贞刚起床，正在梳妆，看见宁贞经过一夜歇息变得更加红润娇美的脸庞，昌盛真在心里后悔把昨晚这个宝贵的机会丢失了。还好，今晚还有时间来弥补，他正在琢磨今晚走进宁贞房间的借口时，宁贞红了脸走过来轻声说："厂长，我要向你道歉！"

昌盛一怔："向我道啥子歉？"

"我过去一直认为你是我遇见的心地最好最有事业心的

正派男子，我心里对你充满了敬意，可我妈妈和哥哥却总是劝我要对你存一份戒心，认为有了钱的男人都会想办法玩女人。特别是你送了我几次礼物之后，妈妈和哥哥都认为你对我存有不良之心，劝我离开厂子离开你，可我不相信，我反驳了他们，我坚信在你身边是最安全最舒心的。但昨天进了招待所之后，我开始对你误解，我以为你真要像安排我们住宿的那个男人说的那样，存心和我住在一个屋里，那一刻，我把你看成了一个肮脏的男人，一个依仗钱财欺负女人的恶棍，我后悔当初没有听妈妈和哥哥的话对你存有戒心并离开你。我甚至已把一个水果刀放到了衣兜里，以防你对我不轨时反抗你。但后来你用行动消除了我的误解，你正正派派住进了别的房间，我这才知道我对你的误解是多么不应该！你是一个心地高尚的人，而我却把你想象成一个那么委琐卑鄙的男人，我恨死了我自己，我用自己的猜测来玷污你的形象，我真是太对不起你，我就是因此要向你道歉……”

宁贞下边的话昌盛没有再听，他只是呆若木鸡地站在那里。他看见一个巨大的巴掌带着呼呼的风声向他掴来："啪!"响声清脆。他伸手扶住了桌子，他知道他要不扶桌子很可能就会被那个巴掌掴倒在地……

会议开了两天半。在这两天半时间里，昌盛再也没有去过宁贞的房间，两个人因为工作在一起的时候，他也几乎不敢去看宁贞的眼睛。宁贞那天早上的道歉是那样地令他无地自容。宁贞的纯洁像一面巨大的镜子，让他一下子窥见了自己灵魂的形状。你原来竟是这样一个丑陋的东西！你一心想满足的只是你对女人的欲望，你从来没有站在他人的立场上去想你行为的后果。倘若真像你计划的那样，占有了宁贞的身体，那你就把一个姑娘的平静生活彻底打碎了，你破坏的不仅是一个姑娘的童贞，你还毁坏了她对他人、对社会的信任，毁坏了她对生活的希望。用一个姑娘的终身幸福来换你肉体上一时的快感，你不觉得你太残忍了？现在，你所以敢对宁贞动邪念，无非是你手里有了几个钱，而这些钱来自于尚吉利丝织厂，这个厂是爷爷督促你办起来的，办它的目的是为了让世界知道尚家人的存在和才智，而你，却把它作为你玩弄一个姑娘的武器，你不觉得离爷爷和尚家先祖们的愿望太远了点？……

那两天多的时间里昌盛一直陷入深深的自责。在这种自责中他带着宁贞坐车回返。回程中他再没有坐立不宁，他平静地看着宁贞坐在身边，原先折磨他的那股欲望已被自责吓得了无踪影。他知道这番经历将使他从此变成另外一个男人——一个决不会做欲望俘虏的男人。

到家以后小瑾告诉他，这几天爷爷每天都把卓月叫来，低声地给卓月说着什么，而一逢小瑾过去，爷爷就不再开口，莫非爷爷有什么心事在瞒着我们？昌盛听罢笑笑："月儿是他的外孙女，他跟她说话还不是很正常？别疑神疑鬼！"

昌盛到家的第二天早上，爷爷像往日那样按时起床，起床后就走到灶屋对小瑾说："给我找一把剪子来！""要剪啥东西么？"小瑾望着爷爷问。达志挥挥手说："你把剪子给我拿来就行，记住中午你和昌盛和旺旺都回来，我有样东西要给你们看！"小瑾当时没想别的，只把头点点。

那天中午昌盛和小瑾回家推门时依然笑容满面，——司机用桑塔纳轿车直把他俩送到门口，坐轿车上下班的确能使人的心情变好。但把门推开后两人脸上的笑容却一齐倏然飞走，原来迎着大门刻有卌形符号的石头上摊放着一件全被剪成了条条的皮衣，那些皮条条在正午不大的风里正上下翻飞。在烂皮衣的旁边摆着一个被剪碎的枕头。不用辨认，昌盛和小瑾立刻看出那是他俩前些天为爷爷买的两样礼物。“咋着回事？”小瑾惊问。

“这不是我这样的人穿用的东西！”坐在院门后一张椅子上的达志这时缓缓开口，“我这穿布衣长大变老的身子用不着穿四千多块钱一件的皮衣，四千块够买不少的蚕茧够织出不少的绸缎。月儿，给他们念念！”

昌盛和小瑾这才注意到卓月也站在院中，手中正拿着一叠发黄的纸。

“宋常轮，汴京人，自幼从父学做纸，手艺渐精，所经营之纸作坊生意兴隆，家产日增。后染奢风，吃必飞禽，穿必锦裘，行必车马，家中仆从无数，遂不思进取，致生意每况愈下，终至于倒闭……”卓月慢腾腾地念着。

“梁生燕，洛南人，幼时家贫，靠上山采药为生，后开药铺，成中州有名药商。中年后渐生奢习，食不厌精，一顿饭上菜二十四道，家产渐被挥霍一空——”

“月儿，别念了！”昌盛垂了头说。

“我要想穿四千多块钱一件的皮衣还要你们现在来买？”达志顿了顿手中的拐杖，“我早可以把那些金条拿一根去换成纸钞把皮衣买了来。我要的是霸王绸！是尚家能织出霸王绸的名声！可现在倒好，离织出霸王绸还有十万八千里，生意刚刚有了个转机，你们可就抖开了，就穿起上千元一件的衣裳，下一步是不是还要买上万元一件的家具，吃上万元一桌的酒席？就你们这个样子能把咱尚吉利办成一个世上闻名的工厂，能织出举世皆知的绸缎？”

“爷爷，我也是想让别人看得起咱们——”

“靠穿好衣裳去让人看得起？历朝历代的皇亲国戚，衣裳穿得都是最好，可百姓们哪个从心眼里看得起了他们？人靠的是本领，你有本领织出了称霸世界的绸缎，你就是破衣烂衫别人也照样看得起！”

“那也没必要把已经买来的好衣裳剪烂，这不是把几千块钱浪费了吗？”不知啥时候放学回来的旺旺接口叫道。

“我愿意浪费这几千块钱？”达志转向重孙子，“我正想找你说话哩，你每天从师专里放学回来，不是弹吉他，就是哼歌子，这像什么样子？为啥就不能到厂里帮你爹你妈做点事情？”

“我愿意弹吉他唱歌，这是我的兴趣和爱好，懂——”

“旺旺！”昌盛朝儿子瞪了一眼，制止他说下去。

“月儿，去拿截绳子来，把这件烂皮衣就挂在这院中的树上，好让它随时给全家提个醒。”达志朝外孙女挥了挥拐杖。卓月只好去外爷屋里找了截绳子，把那件被剪成条条的新皮衣绑在了院中的一棵桑树枝上。顿时，那烂皮衣在正午的阳光下像旗帜一样开始飘扬……

3

卓月看到表哥、表嫂把厂子办得那样红火，当然高兴；后见他们染了奢侈之风，心里也不免有些担忧。外爷采取的那些举动，从道理上讲自然都对，但分明地显得有些过火了，她又有点害怕这会刺伤了表哥、表嫂的积极性。不过这些想法一当她在书桌前坐下，便呼啦啦一齐飞走，她脑子里剩下的惟一一件事，仍是关于方形土坛的发掘结论。

虽然仍有不少疑点存在，可因为找不到更多的史料，卓月便和市文物科的人商定，由她来动笔写出关于安留岗方形土坛的发掘结论。对其中不好解释的地方，只能让想象去填充了——几乎每一个考古工作者，在工作时都离不开想象的帮助。

台灯把柔和的光线投到稿纸上，卓月的目光渐渐穿透稿纸，看见了汉安帝延光四年，看见了阎耀正在和他所爱的女人王文蕊约会——那应该是一个晚上，也许没有月亮，只有星光在照着洛阳都城那巍峨的城墙和城门校尉那不大的府邸。他们的门外,守着文蕊带来的一位侍女,那侍女正侧耳倾听着院外的动静。

马蹄声是突然响起的,马蹄声接近阎耀的府门时那侍女急忙转身隔了门缝朝里喊:小姐,有骑马的人来!随后她听到了有衣服的窸窣声。但这警告发得有些晚了,一队手执刀剑的兵丁此时已轰然冲进了院中并迅速向侍女守护的房子扑来。侍女只来得及"哎哟"了一声,头便被兵丁砍断。接下来兵丁们冲进屋去,阎耀还没来得及拿起自己的环首刀便被砍倒在地;几乎在这同时,王文蕊也做了刀下鬼……

这一场维护刘氏正宗皇权的镇压结束之后,王文蕊的父亲王康收敛了自己女儿和侍女的尸体,也许作为阎耀兄弟的反对派成员,他早就反对女儿和阎耀来往,他此刻看见女儿的遗体更是满腹后悔,后悔当初没有坚决地拦阻女儿与阎耀交往。他只有满怀哀痛地来埋葬女儿。他在安留岗上选择了一块墓地,把女儿和侍女葬在一起,以便女儿在阴间仍有人服侍。他知道女儿深爱着阎耀,就偷偷地将阎耀的那把环首刀也埋进了墓中,算是对女儿的一个安慰。文蕊一定是王康的掌上明珠,王康为了表达对女儿的深切爱意,为了不让女儿的遗体遭受潮气侵袭,他专门让人夯出了一个土坛,把女儿的棺材放置在土坛之上。女儿是在美好的年华里冤死在刀下的,她的心里一定满是悲愤,为了宽慰女儿,王康让匠人们在土坛上用颜料画出了卌形的图案。他想用这个图案告诉女儿:我们都活在上天的掌握之中——那个图案就是老天爷的那张巨掌的掌纹,我们的生死都由上天决定,早死几年不必抱怨……

也许应该这样来描述延光四年王文蕊被害被葬的过程?

也许应该这样来解释安留岗上方形土坛的由来?

只是倘若这样来理解那个▦形图案，把它看作是上天的掌纹，那么达志外爷院中石头上刻的那个▦形图案就也应这样理解——它是尚家先辈人对后辈人的提醒：我们都活在上天的掌握之中，一切皆由天定。这岂不是告诉尚家后人凡事不必争取不必奋斗了？不争取不奋斗怎会有“霸王绸”？“霸王绸”会是等来的？

这有点说不通！

卓月面对稿纸再次有些发愣。

她隔窗仰望繁星密布的夜空，忽然记起一本科幻书上关于“时间隧道”的幻想，说是人只要进了时间隧道，随时可以倒退到过去的某一个年代某一个时刻。唉，要真有那种隧道多好，我坐进去回到延光四年也就是公元 125 年不就一切都清楚了？……

对▦形图案含义的怀疑使卓月决定再听听其他人的意见。她第二天到校上班时，把那个图案画到一张白纸上带到了教研室里，在说明这图案的发现经过之后，让几位历史教师发表自己的看法。

几位老师的看法各异。有三位老师认为这图案只是一种装饰性的几何图形，东汉人对几何图形已开始关注并已学会用其来作雕刻物的装饰，一些织物上也印有类似的图形。有两位老师认为这是卜卦时用的一种卦图，和《易经》上的“乾”“坤”卦图的性质相似。另有一位姓孙的老师认为，这图形可能是在表达那个时代的人对世界的一种看法。卓月对这种认识很感兴趣，急忙追问：“何以见得？”

“古代人把世界看作一个有机联系的整体，所以很重视‘一’，‘一’这个字，在东汉之前已有很多论述，比如《老子》

中说：‘道生一，一生二，二生三，三生万物’；‘昔之得一者：天得一以清，地得一以宁，神得一以灵，谷得一以盈，万物得一以生，侯王得一以为天下贞’；‘是以圣抱一为天下式’；‘视之不见，名曰夷，听之不闻，名曰希，搏之不得，名曰微。此三者，不可致诘，故混而为一’；又如《庄子》中说：‘泰初有无，无有无名，一之所起，有一而未形’；‘凡物无成与毁，变通为一’；‘天地与我并生，而万物与我为一’；‘通天下一气耳’；再如《易传》中说：‘天下之动，贞夫一者也’。这个卌形图案，拆开来看，无非都是些‘一’，横‘一’和竖‘1’。它的绘制者很可能是想形象地告诉人们，世界无论横看还是竖看，都是个‘一’，也就是一个有机联系的整体。我个人认为，这个图案把古代哲学中本体论的涵义表达了出来……”

卓月当时满脸新奇地望着那位姓孙的老师。这倒是一种崭新的看法，而且听上去也确有几分道理，那个卌形图案中的线条拆开来，的确都是些“一”。如果这样来理解，外爷家院中石碑上刻这个图案，便可以理解为：世界是一个有机联系的整体，家庭也是一个有机联系的整体，尚家的后世子孙在办任何事时，都要想到整个家庭，想到他人。可要依此来解释安留岗那个土坛上的事情，确又有些牵强，难道王康在女儿冤死的情况下，还要用此图案来告诉女儿：世界是一个有机联系的整体？他还有这份闲心？

怀疑依然梗在卓月的心里。

当天晚饭后，她一边沿着街边散步，一边仍在苦思着这个问题，也就在那当儿，她听到了一阵啜泣，抬眼看时，见是宁贞正抹着眼泪从街上走过。她一怔，喊了一声：“宁贞！”不想宁贞听了这呼唤反而快步跑开了。

这姑娘出了什么事情？

4

曹宁安在每天捏摸几遍藏在短裤里的万元存折的同时，立下了再挣一万元的宏愿。可由于他舍不得增加投资，店里的一切都还是老样子；加上晶子有病不能上班，他又为了节省开支赶走了唱河南坠子的董瞎子，到店里的吃客就有些减少，每天的营业额便开始见小。

宁安开始着急。

有天晚上，宁安看着店里稀稀落落的几个顾客，正站在收款台那儿发愁，尚天进来了。宁安以为尚天是来找晶子的，就说："晶子去医院了，没来。"尚天笑了，尚天说我今晚不找晶子，找的是你！说着就把宁安拉到了没有别人的储藏屋里。

宁安因为正发着愁，就说："有事你就快讲，我还要卖酒哩。"尚天笑了，低了声问："你想不想赚一笔钱？"宁安的眼睛立时亮了："钱？"尚天声音压得很低，说："我们局里昨天查禁了一卡车假黄酒，说是假黄酒，就是用水、酒精和一点黄酒兑出来的，有点黄酒味，但和正宗酿制的黄酒不同。局里让我负责把这一卡车黄酒销毁，我有点心疼，就想起了你。”

“我？”宁安有点不明所以。

“我想把这车黄酒悄悄给你，你出手一卖，至少是这个数！”尚天伸出了两个指头。

“两千？”

“不，两万！”

宁安的眼瞪大了：“真的？”

“你干不干？不干，我另外找人；干，咱们预先说明，赚的钱咱俩对半分！”

宁安的呼吸粗了起来，他的手下意识地隔着裤子去摸了摸那个存折，难道说我又可以增加一个万元折子了？两万元，我如果有了两万元的存折那心里会是什么滋味？“干！”他咬了牙说。

“好，我也是愿意让你干的！”尚天拍了拍宁安的肩膀，“这样，你准备一辆地板车，后半夜到白河桥东的槐树底下拉酒，估计要往返几趟……”

那天的后半夜，宁安一个人用地板车把五吨用大塑料桶装的假黄酒全拉到了自家店里。

第二天上午，田园酒店的门前出现了一个纸牌，上边写着：黄酒大减价，每斤减价五毛。

这个广告引起了喜喝黄酒的人们的注意，一些人开始端了盆来买。头一天过去，就卖了八百多块。

宁安兴高采烈：这真是一笔天降的钱财。

店里也开始改卖这种黄酒，一些顾客喝了这种酒后只说：“这黄酒味道一般，太上头。”并没有别的反应，这让宁安宽下心来。

八天过去,宁安就卖得了五千多块钱。尚天有天晚上过来,宁安给了他两千。

宁安估算了一下,照这种零售带批发的速度卖下去,再有二十来天,差不多就可以卖完。他根本没想到,事情还会朝另一个方向发展。

大约在他把假酒卖出三分之二的时候,有些顾客开始来向他抱怨,说喝了他的黄酒后总要拉肚子。他听了心里当然明白原因,用水兑的酒时间长了还会不变质?但他不能承认这是酒的原因,承认了剩下的那些酒怎能卖出去?

灾难就在这种情况下发生了。

那是秋天的最后一个正午,那个已有冷风在飘的正午从此刻进了宁安的脑子里。

那天正午,十五个在他店里喝黄酒的人全都又吐又泻呈食物中毒症状被送进了医院抢救。

他就在这个正午被公安局带走了。

宁贞在哥哥被公安局带走的那天傍晚,因为厂里发了三百元奖金而满面笑容地蹬车回家,在经过镇平烧鸡店时还破例地买了一只烧鸡。今晚上全家人好好地吃一顿,让爹和妈也高兴高兴。她刚骑进村时就觉到了有点异样,村里的人们都把目光投向了她却无人同她打招呼;待看见家门前站着不少大人孩子时才有些发慌:出了啥事引来了这些围观的人?她紧蹬几下赶到了门前,这时候她听见了妈妈的哭声。她虽然还不知道出了啥事,但双腿已经发软,她估计是可怕的事情,因为长这样大她这是第一次听见妈妈放声大哭。

二十分钟后她又骑车匆匆进城。她要去看看哥哥并问问工商局和公安局的人他们将怎样处理这桩事情。她一边骑一边在纷乱的心里抱怨哥哥:你真是鬼迷了心窍,咋能卖假酒?酒是入口的东西,人喝了假东西进肚里那还得了?幸亏那十五个顾客还只是拉稀呕吐,要是死了人可咋办?你就没有想想后果?……

宁贞是在公安局的一间临时拘留室里找到哥哥的。宁安那阵子抱头坐在拘留室的一角,听见宁贞喊他,起身走过来时身子都在抖。他显然被这件从未经过的事吓坏了。宁贞见哥哥的样子,不忍心再抱怨,只交待了一句:“人家要问啥子,你都实实在在地给人家说。”宁贞要走时想起自行车前边筐里还放着那只烧鸡,于是就把烧鸡隔窗朝哥递过去。宁安见是烧鸡,有些心疼地说:“买这东西得多花多少钱?给我买俩蒸馍就行了。”宁贞哭笑不得地说:“快吃吧你,这会儿还在琢磨着钱哩?!”

宁贞后来找到了一个工商局和一个公安局的人,问哥哥这事会咋样处理?两个人异口同声地说:“罚,要重罚十万,交了罚金才能放人!罚得他倾家荡产!”宁贞当时被吓呆在那里。十万?老天,倾家荡产也不够呀!把家里的所有东西全卖光也凑不够十万呐!她当时软软地靠在了背后的墙上,眼泪刷一下就跑出来了。十万,天爷爷呀!她平日看报纸知道,人们早就主张,对那些造假、售假的人要重罚,要罚他个倾家荡产,没想到这惩罚竟落在了自己家里。

她不知道自己是怎样回到家里的。到家也没敢给爹、妈说罚款十万的事,她知道那会把一毛钱也反复掂量的爹、妈吓坏。只有自己来想办法了,来想法子借了。

她第二天是红肿着双眼上班的。她一边看守着织机一边在心里想着我找谁能借到钱。这些年,她自己除了开支学费和给家里支援,身边只积有三四千块钱;哥哥卖假酒所得的钱已被没收,他自己攒的也才一万,去找谁借剩下的那部分钱呢?

一连七八天,宁贞都在利用下班后的时间到处找亲戚朋友借钱,可要借的数字太庞大,亲戚朋友们一听原委都有些吓住,怕这钱借出去是肉包子打狗,再也要不回来了,原本可以借给的人家,这时也找借口不给了。宁贞一向害羞,接连碰钉子使得她常常以泪洗面。卓月那天晚上看见她在街边一边走一边抹着眼泪,也是因为她又遭了一家亲戚的拒绝。

有天将近中午的时候,昌盛厂长来车间察看。宁贞一瞥见昌盛进了车间门,就赶紧低了头在织机上忙碌。她知道自己的双眼通红,她不想让厂长看出她的异样,更不想让厂长知道她家里出的这桩丑事情。没想到昌盛恰恰在她的织机前停住步子,说:“宁贞,后晌北京瑞蚨祥绸缎公司来进货,你去成品仓库帮帮忙!”宁贞听了这话,只得抬头答:“行。”她刚答完,昌盛就注意到了她的眼睛,便问:“宁贞,你哭过?”“没。”宁贞急忙摇头,可眼泪却止不住地又流了出来。昌盛还没见过宁贞这样,这姑娘一直给他个内心刚强的印象,便猜她一定是遇见了什么大事,就说:“前几天我听卓月告诉我,说你在街上边哭边走,当时我没有在意,现在看你一定是遇见了啥难事,你要是信任我,就给我说明白,我兴许也能帮点忙哩。”宁贞听了这话越发哭得厉害,半晌之后,才算哽哽咽咽地把事情说个明白。

昌盛听完,自然有些意外,沉吟了一阵后问:“你手上现在已经筹了多少钱?”“连我哥和我平日的积蓄加上借来的钱,总共才有两万四。”昌盛心里一沉:还需要七万六,这可不是个小数字。他这样想的时候,很久之前宁贞为他的厂子在西苑饭庄喝醉的情景又在他眼前一闪。人家当初敢豁上命帮你,你就舍不得帮人家一把?罢!全当是做生意赔了一笔。“宁贞,你别急,我来想想办法,你明天等我的消息……”

从爷爷剪碎皮衣的第二天起,昌盛又穿上了他原来的衣服,上下班又骑起了自行车,轿车只在去远处办事时才坐一次。小瑾上班也不再佩戴那些金光耀眼的饰物,更不敢再抹那种昂贵的法国香水。

昌盛穿上原来的衣服后才重又恢复了进车间亲自检修织机、动力机的习惯。这一检修才发现,有几台织机因为保养马虎,机件磨损、松动得几乎要酿成事故。他一边修着一边冒着冷汗:幸亏爷爷发了警告,自己从忘乎所以的状态中醒了过来,要不然厂里肯定要出大问题。你已经是一个成年男人,应该成熟了!可你竟被这一点点顺利和钱财弄得昏头昏脑,把全副精力用到了女人身上!要是像美国的洛克菲勒家族,像泰国的正大集团,像香港的李嘉诚他们那样有钱,你不是要腾云驾雾飞到了天上?如此的心胸和眼光,能干成什么?这次所幸有爷爷提醒,倘是爷爷下世没人再来给你警告,你岂不要就此止步?你对得起爷爷的一片苦心?对得起为尚吉利丝织业把命都献出去的父母和尤芽婶子?……

昌盛陷入了深深的自责。

他在自责中开始对厂子的管理做了一次全面检查,撤换了一些车间的负责人,健全了车间管理制度,制定了新的奖惩办法,他还根据在日本展销时得出的经验,计划筹建一个丝绸时装厂。

对于宁贞,当那种占有的欲望消失之后,他才意识到把她这样一个技术熟练头脑灵活有知识有见解的织工调到身边接待来客是一种人才浪费，于是又让她回了车间，任命她为车间副主任。他在内心里对她仍怀了深深的歉疚，总觉得在人家为你的厂子出了那么多的力之后，你竟然卑鄙地想要加辱于人，实在是有悖良心。所以那天他一听宁贞说了她哥哥出的事情，当即就在心上决定：尽力帮助她。

昌盛当晚把钱准备好，第二天上午宁贞来上班时，他把装在一个布兜里的钱交给她说：这是七万六千块，你拿上，我和你一起去公安局。宁贞当时心里的那份感动无可形容，她原以为昌盛会借一些钱给她，未料他竟这样慷慨，她哽咽着说："厂长，我会永远记住你的帮助，这钱算俺借你的，我和我哥以后即使当牛做马也要报答……"昌盛笑笑说："当年你为救我的厂子，喝酒差点喝死过去，我当时就说要回报你，这次就算是践诺了。……"

两个人来到公安局，宁贞去交上罚款，就有人把宁安从拘留室里放了出来。头发胡子好长又黑又瘦的宁安出了拘留室，在一张悔过保证书上签了字后，低着头向妹妹走来。宁贞说："赎你的钱是俺们尚厂长借给咱的。"被吓破了胆的宁安"扑嗵"一声就朝昌盛跪下去，昌盛急忙拉住他说："你甭这样，你要真心感激我你就答应我一个条件！"宁安低了声问："啥？"昌盛说："出来后别再去开酒家了，看来你不是干这个的料。你过去不是种过桑养过蚕吗？你今后还去种桑树柞树养蚕吧，地和树苗我来准备，你只需栽、管、养就成。我想成立个蚕茧基地，你就替我把这个基地干起来，我日后给你开工资，行吧？"宁安还没来得及开口，宁贞早在一边替哥哥应下了："行呀，厂长，他一定能干好，他过去在家里养蚕就是一把好手；哥，这个事你要干不好你可对不起尚厂长！"

一直垂首站在那儿的宁安这时先点了一下头，随后低声喃喃说:“是尚天坑了我……”

“你说什么?”昌盛没听清。

“没说啥,”宁安急忙摇头,“我一定干好。”

5

尚天一听说田园酒家卖假酒出事宁安被抓，就吓得赶紧跑了。三十六计，走为上。他知道他在这件事上的责任是如何重大，只要宁安一说到他的名字，他就也可能被拘留起来，他估计最轻的也会是撤销职务开除公职。栽了，他妈的！别的人都能想个办法捞钱，只有我背时，干一次就栽下马了……

他跑到桐柏县城边一个同学家里住了下来，惶惶然地过日子，一直住到昨天看见报纸上公布曹宁安因卖假黄酒被罚款十万的消息之后，才敢给家里拨了个电话。电话是妈妈接的。妈妈一听是他的口音，话声立即低了："你个东西还不赶紧回来上班?!"他有些紧张地说："我害怕回去让他们……""没事了，回来吧。"妈妈说罢挂了电话。他有点将信将疑：怎么可能没事了？不过还是决定回家看一看。决定走的那天上午他去了一趟水濂寺，在寺院门口，他第一次虔诚地买了香和纸，到大雄宝殿前的香炉里焚烧了。他焚香时两手一直在抖，站在旁边的一个中年男子见状走过来说：“看施主的样子好像心里有事？”尚天一听他的口气，知他是出家人，他那刻忽然有了想请对方为他猜猜前途的心思，就说：“是有点心思，你能猜出是啥么？”那男子笑笑：“俗世上的事无非是四个字，名、权、利、色，以眼下世上人人说钱的局面，你的心事可能与利沾边。”尚天吃了一惊，说：“与利沾边又能怎样？”“利，既指金钱，也指利刃，迷上了这东西有时也会惹来麻烦。何况人做的好事、坏事佛祖都在看着，一旦他觉着该施惩罚，那惩罚立马就到了……”

尚天听得打了个哆嗦。

他当天后晌坐汽车返回南阳，于天黑之后惊惊怯怯地进了家门。

父亲不在家，妈妈给他做了饭菜，一边看着他吃一边告诉他：“曹宁安说出你的名字后，那些办案的叔叔们压下来没有再追究……”

尚天有点意外地瞪住母亲。

“不过你也得小心，那个曹宁安被关了这么些天又被罚得这样惨，他早晚会找你算账！”

尚天的心一下子又悬了起来。

他第二天开始上班，还好，同事们都以为他是请假外出有事，没有人对他态度异样，只有他的直接领导，在他上班时意味深长地朝他扔过来一个笑容。

他开始如往常那样上班，但心却再也无法平静下来，夜里常常做噩梦。在那些梦中，宁安要么是挥动着一把菜刀向他砍来，要么是抡着一把铁锹在田野里紧追着他。被噩梦折磨的他最后决定去见一见宁安，向他表示歉意。

他是在初春时节的一个正午见到宁安的，其时，宁安正在安留岗的岗尾上栽种柞树和桑树树苗。他走近时宁安回过头来看了他一眼，随即又把头扭了过去，继续向树苗的根部培土。他以为宁安没有认出他，轻叫了一声："宁安，是我。"宁安没有回头，宁安说："走吧，这里没啥看头。"尚天说："宁安，我有点对不起你。"宁安依旧没有扭头，只说："都过去了，照我被关被罚后最初那些日子的想法，我是想用刀或者这铁锹劈了你的，但如今不想了，是那个人劝我宽恕你的。"他说着指了一下十几米外也在给树苗培土的一个中年男人。那男人闻声向这边看了一眼，这使得尚天一怔：这不是我在水濂寺大雄宝殿前见到过的那位出家人？

"他怎么会在这里？"尚天有些惊奇。

"他叫左居士，是尚吉利丝织厂的尚厂长雇来和我一起干活的，这活谁愿来干都行。就是他告诉我，人做了坏事他人不必去惩罚，佛祖在看着，佛祖会在恰当的时候把惩罚放到他的头上，他跑不了，只是时间早晚而已……"

尚天在宁安平静的声音里打了个寒噤。

像大多数做父亲的人一样，尚承达也把管教孩子的事全交给了妻子文琳，平日很少过问儿子的事，所以他对尚天的所作所为了解不多。尚天参与卖假酒的事，文琳由于担心丈夫知道后发火而着意隐瞒了起来。文琳心里明白这样的隐瞒会带来后果，但她没想到后果会是那样严重。

承达最后是在一个小型会议上知道这件事的。那天他召集一些局长汇报工作，轮到工商局长汇报时，那局长因为头一晚上喝酒太多宿醉尚未全醒而汇报得驴唇不对马嘴，承达早就对这个到处吃请极度贪杯的局长不甚满意，这时就勃然变色道."你瞧瞧你像什么样子? 打个嗝来酒气熏天,说起工作来颠三倒四,还像不像一个局长?!"那局长也是台面上人物,从未当面受过这种训斥,而且想到自己当初为让尚天进局里工作出了大力,反遭尚承达的批评,心里就更下不去,便有些着恼地回口道:"我虽然多喝了几杯自己的酒不像样子,可总比那些卖假酒的强吧?"

"你这话什么意思?"承达因为不知这话的含意而暴怒地站了起来,"你难道还要与卖假酒的去比个高低? 那你为何不也去卖假酒?"

"我哪敢呐? 我又不是副市长的儿子!"

"什么副市长的儿子? 你给我说清楚!"承达听出了这话带着双刃,就吼了一声。

"我恐怕说不清楚,你回去问问你的大儿子,他兴许能说清楚! ……"

那天的会后来没有再开下去,一向极看重自己清正名声的尚承达容不得这种不明不白的嘲讽,当即坐车回家要把事情搞清楚,进屋就叫已退休在家的妻子文琳给尚天打电话,要他立刻回来。文琳不知出了什么事,就慌慌地拨电话。尚天接了电话就往家跑,进了家门一看父亲的脸铁青着心里先就虚起来,讷讷地问:"有事?"

"你老老实实告诉我,你最近有没有与卖假酒的事牵扯上?"

尚天一听这声喝问,以为母亲已对父亲说了经过,父亲已知悉详情,就白了两颊坦白:"我只想到弄两个钱,没想到——"

"你——个混蛋!"事情被证实的痛心和气怒使承达感到满身的血都在向头上涌。已不需要再听过程了,耻辱已经落到了身上，他边骂边挥拳向面前的桌上砸去，他想用这个动作表达他对长子的全部失望和愤怒。但他的力量用得太大了，桌面在发出轰然一响的同时，把桌上的水杯和其他物什都弹到了空中。站在一旁的文琳心疼地望着那些落地摔碎的杯子，同时弯腰去拣从桌上掉下去的其他东西，待她直起腰时她才发现，丈夫此时已软软地歪倒在了地上。她急忙伸手去扶，她原以为扶一下丈夫就会站起，可待她一摸丈夫那软软的胳膊时她才真正慌了，她这时看见了丈夫的双眼紧闭且嘴角有血溢出，她骇然地叫了一声："他爸！"但丈夫的眼睛仍然没有睁开。三个鲜红的字在她脑海一闪而过：脑溢血！她抱住丈夫转向儿子流着眼泪喊："天天，快打电话叫救护车！"……

文琳的判断没错，承达果然是脑部溢血。他那早已变硬变脆的脑部血管没能经受住那一拳砸下后引起的强烈震动，鲜血从禁闭已久的血管里畅奔出来，企图占领他脑颅的每一个角落。

南阳最好的医院里最棒的医生做了最大的努力，保住了承达的性命，但没能让他回复到原来的状态。结论是二十多天之后做出的：他的右侧手和腿将不会再有知觉，左侧手和腿有知觉但不能活动，他此后将永远躺在床上，而且说话会含混不清！

文琳和尚天被这结论惊得目瞪口呆。

尚天那些天一直守护在父亲的病床旁，人累得整整瘦了一圈。给父亲擦身、洗脸、喂饭、端屎端尿，医院里几乎所有的医护人员都说他们很少见过这样孝顺的儿子，同科的病人们都羡慕尚承达副市长有这样一个孝子。只有文琳知道，长子尚天这是在向父亲表示他的歉疚。

逢到父亲在病床上睡着的时候，尚天就抱头坐在墙角，双眼发呆地看着地面。除了和医护人员进行必要的交涉之外，他几乎不再说任何话，往日那种吊儿郎当爱说爱闹的做派和脾性，像被什么人一下子没收走了一样，再也不见任何迹象。

有一天文琳回家拿东西，返回医院走到丈夫的病房门口时听见屋里响着“啪啪”的手掌击肉的响声，她吃了一惊，隔了门上透视窗一看才明白，原来儿子尚天正站在父亲的床前，在父亲的惊讶注视下自己用手打自己的耳光，“啪”“啪”“啪”，一下连一下。她看见丈夫的双眼闭上且流出了眼泪。她慌忙推开门上前抱住了尚天的胳膊。尚天用衣袖抹去嘴角的血丝之后退回到墙角抱头坐下，什么话也没有再说。

自责和歉疚使尚天第一次开始回头凝视自己做过的事，他这才发现他几乎从未给极要面子极爱名声的父亲带来过自豪。爸爸，我一天一天长大，也一步一步走近了毁灭你的日子。你养育儿子原本是想让他为你挣来什么的吧？可他带给你的竟是毁灭，他把你的荣誉、名声、工作，连同说话和走路的能力全部毁灭了！你心里一定充满了后悔，后悔不该生了我，爸爸，你应该后悔！现在我有点明白那位左居士的话了，他说惩罚会来的，是的，惩罚已经来了！他只是不该把惩罚这样给我，应该直接点，应该不经过你，直接给我！……

尚天如今一见到那些年轻父亲拉着自己的孩子在街边散步，就回想起了自己的童年。他还依稀记得，在夏季的一些傍晚，父亲有时会牵了他的手到白河边的草地上玩，父亲常常把他举到肩上说：我的宝贝儿子，快点长成一个男子汉吧！爸爸，我现在长成了一个男子汉，却不是你想望的那种男子汉，他成了一个只知吃喝玩乐的浪荡汉。他从来没有想到家庭、想到别人、想到你，他每天想的都是怎样让自己的身体需要得到满足。他变成了你希望的对立物，成了另外一种于世无益于人无益甚至于你有害的东西！这是怎么回事？为什么我在童年时那样让你喜爱而成年时却让你那样气愤厌恶？一个人由让人喜欢的孩子长成一个于人有害的大人，肯定有原因！这其中有文革的耽误、有母亲的溺爱这些缘由，也有我个人的原因。这些年，我在内心里不知不觉把你这个副市长看成了坚固的靠山，人们对权力的敬畏让我懂得了利用你的庇护，是权力所带来的那些利益让我一点一点放弃了进取的意识和努力，而这种放弃把我童年时身上有的那点好东西一片一片磨掉了，让我最终现出了一个动物的原形……

承达出院不久，有人来家给尚天介绍对象。文琳一见介绍人领来的那个姑娘的模样，就估计尚天不会同意，因为她知道尚天在这事上极挑剔，过去别人为他介绍的几个对象，都比这个姑娘漂亮，可他全拒绝了，她估计这次也不会成。未料尚天这回一见，就立刻说："我没意见，但我有一个条件，就是和我结婚的人，必须同意我与爸妈永不分家，并愿意照顾我有病的爸爸。"那姑娘回家后托介绍人来回话：她愿意。尚天便立刻同对方开始来往，并做起了结婚的准备。

文琳自然看懂了尚天的心思，便在一个晚上把尚天叫到身边说："天天，婚姻是一辈子的事，不能因为你爸有病你心里不好受就在这事上勉强自己，那你日后又会后悔。"尚天低了声说："妈，我过的荒唐日子太多了，我想早点开始实实在在的生活，这姑娘像个过日子的实在人，我努力和她过吧。"文琳见他执意如此，就也开始为他们的结婚做准备。

大学毕业后分到北京国家经济部工作的尚穹，前段日子在国外，回国后也赶回来看望爸爸。他在知道了父亲的得病经过后很生气，当面批评哥哥说："你怎么能想起来去卖假酒？你是在仕途上走的人，在仕途上的人没有了名声还能往上走得动？你要实在想钱了就该去经商，在仕途上就该全心去想职务和权力！……”

尚天面对弟弟的批评未回一句口，那模样好像他才是弟弟。

6

承达患病期间，昌盛多次来探望过，每次来都带了不少礼物，期间也送过几次钱。他不知道叔叔患病的真正原因，他只是在心里为叔叔惋惜。对这个叔叔，昌盛内心是充满感激的，尽管他没有直接出面支持自己办厂，但昌盛明白，由于他是副市长，外人知道他们的叔侄关系，自己还是获得了许多别人没有获得的方便。

那天，他又要去看望承达叔时，爷爷知道了，爷爷说："你去弄个地板车来，把我也拉上，我也该去看看你叔叔。"昌盛先想劝爷爷别去，后见老人态度坚决，就只好去找了辆地板车，拉上爷爷向叔叔家走去。

躺在床上的承达见高龄的父亲被昌盛搀着来到床前，急得直想有所表示，无奈身手都不能动，只能在口中含混地说着一些话。文琳见状，就急忙对达志翻译说："他这是说你这样大年纪,不该来看他,要保重自己的身体。”如今,能听懂承达说话的,就只有文琳了。

尚达志极慢极慢地在床边坐下,先握了儿子的没了知觉的手摇了摇;后把长满老人斑的手抚到儿子脸上,哆哆嗦嗦地摩挲。一双昏花的老眼长久地停在儿子脸上。这是云纬留给我的儿子,这是我的骨血,他的眉眼上还带着一点云纬的模样,这双耳朵和这张嘴有点像我。云纬,你先走了,我也快要走了,我们的儿子也躺倒了,我们的时代快要结束了,也许再过些年,除了咱们的孙子知道咱们活过,外人就不知道咱们来过世上,活过些日子了……半晌之后,达志才慢腾腾地开口:“承达,既是老天爷让咱得了这个病,咱就要安心受住,慢慢熬着等,有些事就得等……”

一层水雾从承达的双眼里飘了起来,并慢慢地凝聚成两个水珠,从一对有扇形纹路的眼角爬了出来。他嚅动着嘴唇,分明是哽噎着说了很长一阵的话。文琳知道老人听不懂,就又急忙翻译道:“他说,他知道你这辈子想把丝织厂办好,想织出霸王绸,可他没有帮你的忙。这是因为他对世事有他的一套看法,他总觉着鼓励私人办厂于社会发展不好。他说这可能是他的局限,但已没法改变了。他说他今后是帮不上你和昌盛的忙了,但尚穹这孩子倒是挺有出息,又在经济部工作,日后兴许能给你们帮助……”达志听罢点点头,一边缓缓伸手抹掉儿子眼角上的水珠一边说:“织绸缎的事咱俩都不用操心了,让昌盛和尚天、尚穹他们这一代去办吧,一代人只能办一代人的事……”

达志那天走时,是尚穹把他背到地板车上放好并将他推送回家的。昌盛见堂弟执意要送爷爷,就跟在车子后边走。达志坐在车上,望着长得虎虎实实有模有样的两个孙子,刚才因看儿子而在心里引起的那阵伤感才慢慢褪去，他朗了声说："时光已经要把我们这一代抛开了，该你们显身手了。尚穹在京城里做事，以后记住要多帮帮你昌盛哥，我估摸着，咱尚家的丝织业能不能在世上挂个头牌，能不能织出霸王绸，要看尚穹的帮助有多大了！"尚穹听罢笑了，说："我刚进经济部不久，还没站稳脚跟，待脚跟站稳了，昌盛哥有啥事要我帮忙，打个电话就行！"

昌盛听了这话也笑了，说："冲你这句话，哥我今晚请你的客！"

昌盛那晚把尚穹留下吃饭，嘱咐小瑾和雇来的保姆做了一桌子的菜。为了热闹也为了以后的工作，昌盛把丝织厂和缫丝厂里车间的主任、副主任都叫了来作陪。昌盛经过这些年的历练，早知道结交各种关系的重要，堂弟尚穹在北京的经济部工作，自己早晚有用得着他的地方，应该把关系弄得亲密些。他所以把两个厂里的车间主任、副主任都叫来，用心是两个：其一，是让这些车间主任、副主任知道，我在北京有人、有靠山，你们跟着我干有前途；其二，是为了让尚穹认识这些人，对这些人留下个印象，日后万一有事派他们中的哪个人去找尚穹时，尚穹好接待。

宁贞自然也在被邀之列。

宁贞和另外一个女车间副主任一同走进屋时，正在同先来的男车间主任说话的尚穹，双眸立时一定，嗓子也像拧上开关一样的不再出声。他显然是惊讶堂哥昌盛的手下还有这样漂亮标致的姑娘，双眸里全是意外。昌盛这时急忙为他们彼此做着介绍。听到曹宁贞这个名字，尚穹才恍然记起，当初上大学那阵，有次回南阳来堂哥的厂里闲逛时见过这个姑娘一眼,不过那时她各处都还没有长开,完全是个黄毛丫头而已,没想到就这么几年,她已经变得这样美艳惊人了。那眉眼、那脸蛋、那红唇、那乌发、那胸、那臂、那腿,已是无处不诱人了。以尚穹心里的那股愿望,他是真想把目光就停在宁贞身上的,但当着这么多人的面,他有点不敢。

酒宴开始以后,借着敬酒热闹的当儿,他不时把目光放过去,在宁贞的脸上、胸上碰一下,又急忙移开。昌盛和车间主任们轮着给他敬酒,轮到宁贞给他敬时,他端酒杯的手竟有点哆嗦了,而且痛痛快快地连喝了三杯。他的这种失态当然没能逃过昌盛的眼睛,昌盛知道宁贞对男人的吸引力,所以当即在心上断定:尚穹喜欢宁贞。做了这个判断之后他借拿酒的机会进厨房对正在炒菜的小瑾说:“我看你可以牵一回红线,把尚穹和宁贞往一起捏捏。”小瑾有点不相信:“尚穹是大学毕业,又在京城工作,会看上宁贞?”“试试吧。”昌盛笑着说。

那晚上的酒宴持续到十一点,待把车间主任们都送走之后,小瑾叫住尚穹说:“嫂子有句话问你,你觉着宁贞那姑娘咋样?”尚穹一愣,原本因为喝酒就红的脸变得更红了:“不错呀!”“不错给你说说咋样?”小瑾笑着。“说啥?”“当然是说媒了,你要真是和宁贞结了婚,日后回南阳的次数会更多,帮你昌盛哥的机会也会更多了。”

“不行,不行!”尚穹急忙摆手,堂嫂说的“结婚”两个字让他吓了一跳。大学毕业不久正踌躇满志地在仕途上奋斗的尚穹,现在可不想谈论结婚让一个女人拴住自己的身子。他在北京接受的可是一种全新的两性交往观念:两个人彼此喜欢之后可以来往交际快快活活玩玩,结婚的圈套可不能立刻就钻,钻进去就不是自由身了。他这才意识到这是在故乡南阳,这里男人与女人交往的观念还是:要么订婚、结婚使女人成为未婚妻、妻子;要么彼此不相往来。罢,罢,还是不惹这个叫宁贞的姑娘好些,免得带来麻烦。

尚穹那晚往回走时宁贞那秀美的身影还在他眼前晃动。他的心里涌上了一阵遗憾,可惜你不在北京,要不然我们之间一定还会有故事产生出来……

7

这个夏天初来时并没显出与往年太大的异样，但没过多久就把一副吓人的暴烈面孔露了出来，每日都把大股的热气倾倒在南阳的街上，致使沥青路面开始变软溶化，行道树叶发烫变蔫，蝉也被热得叫声连连。白天，人们被酷热全逼在屋里；只有到了傍晚，才放风似的全涌向了白河堤。

昌盛怕爷爷热坏，让儿子旺旺用一个三轮车把老人推到了白河堤上。只穿着裤头背心的尚达志，在这些乘凉的傍晚，总是半闭了眼，一边摇着手中的蒲扇一边倾听着四周人们的交谈。

他那双倾听过一百多年世上动静的耳朵，就从人们闲散的交谈中听出了一种信息。

有天晚上，旺旺把他推回家之后，他告诉旺旺："你去把你爹和你月儿表姑叫来。"昌盛和卓月相继来后，他开口就问:“你们有没有要出点啥事的感觉?”

出事?两个人相互看了一眼,都茫然地把头摇摇。“哪方面出事?”昌盛问。

“市场!”

“市场?”承达惊奇了,“市场能出啥事?”

“如今的市场还太嫩,容易得病。而现在得病的症候已经有了!”

“外爷,你是说人们对市场物价升高的担心?”卓月开了口。

“这种担心到一定程度,就会发生事情!”

“爷爷,你放心吧,市场在政府手里掌握着,不会发生什么事情。”昌盛笑了。

“我叫你们来就是为了说这几句话,你们可以走了。”达志阖上了眼睛。

昌盛是最后一个离开爷爷的,临出门前他凝眸想了一霎,俯在爷爷的耳边说:“爷爷,你是不是说市场上会出现抢购?”

达志叹了口气,说:“行,你还能听明白,记住,在这种事没有出现之前不能说明,你现在可以去做准备了。”

尚达志的感觉没错,仅仅一个半月之后,当酷热刚刚有些褪去时,中国自实行独特的市场经济后的第一场市场动荡来到了:一场抢购风潮几乎刮遍了整个国家。南阳街头到处是抢购东西的人,从电器到衣物,从食品到家具,什么都迫不及待地买到手里,连商场里几台不合格的洗衣机也被争着抬走了。

卓月面对这场风暴惊得目瞪口呆。

昌盛却因为爷爷的提醒而发了一场大财:他那些天令织造厂日夜开工并及时把织出的成品运往各个城市,当抢购风来临时，尚吉利丝织厂出的绸缎满足了人们的抢购要求，而且价格比往日高出许多。

当大批的金钱开始向昌盛的保险柜拥来时，昌盛高兴地对爷爷说："你看得真准！"

"这个市场还远没有长成一个小伙，以后还有胡闹的时候。你下一步打算咋办？"

"我想利用这次销售高峰和过去积下的钱，投资把时装厂和蚕茧基地建起来。建时装厂是为了扩大销售，让尚吉利丝织厂的绸缎更广泛地占领市场；建蚕茧基地则是为了保证原料的供应，使我们什么时候都有米下锅。这一个厂一个基地建起来后，我想连同咱的缫丝厂和织造厂一起称作尚吉利丝织集团，从现有的雇员中找几个能干的分别担任这几个厂的厂长，我可以仿照深圳那边的做法，任集团总裁或叫总经理，你看咋样？"

爷爷直盯住昌盛没有做声，昌盛以为自己说的不合爷爷的心意，不料爷爷忽然扬起手中的拐杖，在他肩头上敲敲说："行，你娃子真正行了！……"

在那个温暖的冬天到来之前，尚昌盛把时装厂和蚕茧基地建了起来。时装厂在丝织厂附近，买了十几间别人的旧屋，粉刷修整后安上了缝纫机、熨衣台。设计师是从南方请来的，工人则是新招的。蚕茧基地就建在安留岗的岗尾，昌盛在这儿买了地，建了二十来间平房做蚕房，又承租了整条安留岗和其余几条荒岗预备全栽上桑树和柞树。工人除了宁安和他父亲以及一个姓左的男人之外，又雇了一些人。

这些事办完之后，昌盛就开始物色几个厂和蚕茧基地的负责人，决定把尚吉利丝织集团的牌子打出来。在琢磨丝织厂的人选时,他想到了宁贞。

宁贞在丝整理、织造、印染三个生产环节上都干过,而且在每个环节上都干得很好;何况她还聪明好学,由她来指挥生产应该不成问题。再说,女的控制起来也较容易。惟一担心的是她的管理经验,不过这个可以在实践中积累。那么就是她了?

他把几个厂长和基地经理人选的想法给爷爷说了一遍,爷爷听后只说了一句:一切由你自己决定。

他于是在一个阳光和暖的上午把宁贞叫到办公室谈话。宁贞自哥哥的事后,对昌盛怀了深深的感激,整天闷着头在车间里干活,恨不得把身上所有的劲都用出来,以回报昌盛所给予的同情和帮助。宁贞对这场谈话的内容毫无思想准备,以为是昌盛关于车间的事有什么话要交待,进了屋站在那儿静等着昌盛开口。

"宁贞,你想没想过去指挥一批人干一桩事情?"

"指挥一批人?"宁贞惶惑地把头摇摇,"我能指挥得了谁? 爹和妈还有哥哥,他们都想指挥我,我指挥不了他们!"

昌盛忍不住笑了,他想,自己当初所以被宁贞吸引,除了她的秀美之外,大概就是因为她身上有这股让人爽心的单纯。

"如果我现在让你去指挥一批人做事,你敢吗?"

宁贞好看的眉梢扬了起来:"去做啥事?"

"先说你敢不敢?"

"只要不是打架,我就敢!"

"好。我想让你去指挥丝织厂的工人生产!"

"咋了,你要出门?"

"不,我是要你当丝织厂的厂长!"

"啥?"宁贞惊得后退了一步,"厂长,你不该同我开玩笑,你知道我一向也不喜欢开——”

“我不是开玩笑,我是在说我的决定。我需要一个人来当丝织厂的厂长,我觉得你在厂里各个生产环节上都干过,有指导工人们生产的技术,所以我想到了你!”

“可这厂是你们家的工厂,怎么可能让我——”

“你当厂长只是替我管理这个厂子,厂子的所有权仍是我的,但我可以给你酬金,我将把厂子盈利的一部分作为奖金,拿来作为给你的报酬,你把厂子管理得越好赢利越多,你得到的奖金也就越多!”

宁贞许久没有说话,她只是把两只秀眸直直地瞪住昌盛,既像是在分辨这番话的真假,又像是被这番话惊住。

“这消息对你可能有点过于突然,你不必马上回答,我给你三天的——”

“我干!”宁贞突然截断了昌盛的话。她觉得既是昌盛希望她干,自己就该应下,不能让他失望!

昌盛在一怔之后笑道:“那我们就算说定了,我过几天就向厂里的工人们宣布!”

8

一吃过早饭，宁安就背上背笼提上竹筐向安留岗上走去。今天，他要开始为尚吉利丝织集团的蚕茧基地，从春天栽下的那些小柞树上收第一批秋茧。

他收得很仔细，摘茧的动作也很灵巧，这些柞树是他亲手栽的，这些蚕种是他亲手放的，如今收起茧来，就好像在收割自家的麦子，心里透着一股实在的欢喜。

自从卖假酒遭重罚从拘留所里出来之后，他就怀着对尚昌盛的感激在安留岗安心地为尚家植树养蚕了。自家原先承包的那个桑园已交回村上由别人承包，他把全部精力和心思都用在了尚吉利蚕茧基地上。看来我不是经商开酒店的料，咱就还干咱的老本行吧。他的手无意中碰到了自己的裤子口袋，忽然想起早先这口袋是装过一万元的存折的，可后来这存折没有了，被罚走了。他现在还记得那次把存折掏给工商局的人时的情景,他是多么不愿掏呵,这一万块钱是我多长时间辛苦积攒起来的,上边沾了我多少汗水呀。可谁叫你卖假酒害人呢?!他在这句斥责中掏了整整五分钟才把那张存折掏出来,那算是他交上的第一笔罚款……

村子里传来了一阵嘹亮的唢呐声,他闻声猛地停住手向村里望去,这才记起今天是晶子出嫁的日子。尽管他早就从心里抛弃了晶子,但此刻听到这唢呐声心中还是感到像被枣刺刺破了样的疼痛。几个月前,晶子红着双眼在一个傍晚约他到村边告诉他,村东头的陈家儿子给她家送来了聘礼要娶她。他知道她说这话的意思,也知道她在等他一句话,但他自始至终没说那句话,那天临别时他只说了六个字:"好好跟他过吧。"

他现在想回忆清楚自己是从什么时候决定抛弃晶子的。可能就在那天晚上,就在尚天第一次摸了晶子的奶子而他收了尚天钱的那天晚上。决定是在一瞬间做出的,当他看见尚天掏出的钱时那个决定做出了:不要人,要钱!那个时候我太穷了,我实在不想再过穷困的生活!他听见有一个声音在心底为自己辩解,但他却并没有感到轻松起来,仍然好像有一块挺大的石头坠在他的心上,而且那石头在左右摇摆。

唢呐声响出村外了,他知道按照迎娶的惯例,迎亲的队伍出了晶子的家门后要沿村南边的大路往村东头的陈家走。他扭了一下头,看见有人群拥到了村南的大路上,是的,他们是走的那条路。要不了多久,晶子就可以抵达陈家,就成了陈家媳妇。以后我再见了晶子该怎么称呼,叫:"陈家的?"或者叫"陈弟妹?"他摇了摇头,再一次感到有一股疼痛漫过胸口。

一声汽车喇叭传过来,他又一次扭头向村子看去,这才发现是一辆蒙有红布的北京吉普开上了村南的大路。这么说陈家是用北京吉普迎娶的。行呵,晶子,坐上北京吉普真不错了,要是跟我,我这会儿还无钱雇吉普迎娶你哩。他的目光只在远处那辆吉普上停了一下就急忙缩了回来,他好像看见坐在车内的晶子在瞪着自己。你瞪我干啥?其实你也有责任,那天尚天把钱给我,我拿进厨间递给你时你为啥不声不响地收下了?你当时应该抗议,应该哭闹,你要是一抗议一哭闹我不就把钱给他退了?!你不是也怕穷?……

他发现他把尚未结好的茧也摘下了,他叹了口气,住下手,坐到了地上。他慢慢地摸出一根纸烟,点上,深深地吸了一口。事情已经这样了,晶子,就跟陈家儿子过吧,人咋过不是过完一辈子?……

尽管白天摘了一天茧,身子乏得厉害,可宁安当晚却反常地失眠了,在床上翻来覆去地睡不着。他总觉得耳边有唢呐声在响,那唢呐声时隐时现隐隐约约若有若无,弄得他哈欠连天却睡意全无。他先以为是附近哪个村里的响器班子在练习吹奏,后来用被子把头蒙住那唢呐声还在耳边响着,他才知道那响声来自心里,来自心中对白天晶子出嫁时那唢呐声的记忆。

接近头遍鸡叫时他才勉强睡着,刚入梦中却又被一阵哭声缠住。那断断续续抽抽噎噎的哭声最终又把他从梦中扯出,他这才听出那哭声是一个女人,那女人好像就在村中的什么地方哭,哭声不时被哽咽打断,但很快又恢复如常。他侧耳倾听了一阵,可距离太远,也许还有夜风,使他辨别不清那哭声是村中哪个女人的。这时他听见隔壁的妈妈在叹息,听见睡在厢屋里的妹妹宁贞在开厢屋的门,她们显然也被那哭声惊醒了。

“宁贞,谁在哭?”他隔了窗户朝外问。

“我出去看看。”宁贞应了一声。随后院门响了,宁贞走了出去。

谁家的女人会在这时哭呢?是得了什么难受的病吗?是两口子半夜吵起了架?是发现贵重东西被人偷了?

宁安正躺在那里胡乱猜着,宁贞的脚步声又响进了院里。

“谁在哭?”他问。

“晶子姐。”宁贞的声音。

“哦?”宁安呼一声坐了起来,晶子在哭?“她为啥?”

“不晓得。她婆婆在她身边劝。”宁贞答罢走进了她的厢屋里。

“新婚头一晚就哭可不吉利。”妈妈在隔壁叹了一声。

宁安再无了睡意,他穿衣轻步下床走了出去。天还很黑,后半夜的风带着很浓的凉气,他一边打着哆嗦一边侧耳去听晶子的哭声。但哭声此时却已熄了,四周除了黑暗和夜风,再无别的。晶子,你在新婚之夜哭啥子?即使有啥不顺心的事也不能在这个夜晚哭呵!他高一脚低一脚地向村东头陈家走去。陈家的院子也笼在一片黑暗中,他听见院门上有纸片在夜风的吹拂下索索作响,他估计那是昨天贴的喜联被风吹起了边角。四周很静,院子里并无什么声息传出。他默然站了一阵,才又慢慢转身向回走。会不会是宁贞刚才听错了,晶子根本就没有哭,她为啥要哭呢?这是她的喜日子呀?!……

他的这些疑问天亮后在井台上得到了解答。天亮后他挑着一对水桶去井上挑水,村里的两个小伙正站在井沿上嬉皮笑脸地对话:

——听见了吗,夜里那哭声?

——那还能听不见?

——这第一夜她原本该笑哩,哭啥呢?

——我没听全,只是一点点。

——啥?一点点啥?

——男的嫌她那个东西被人用过,动了拳头。

——哪个东西?

——日你个祖宗,你装啥迷糊?

——你说他咋能看明白那个——

咚!宁安的水桶重重地放到了地上。两个小伙的话音和嬉笑也被这响声整整齐齐切断了。

他阴沉着脸走上井台,用钩担上的铁钩挂住桶梁向井里伸去晃动提水。他吊桶打水的技术一向很高,但这天早上他失手了,吊在钩担铁钩上的水桶第一次脱钩下沉,他慌忙探身想用钩担去挂住水桶,但木桶已经飞快地向井底沉去。

他那天早上是一手拿钩担一手拎一桶水向家中走去的……

9

小瑾觉得日子从来没有像如今这样过得轻松有味。繁杂沉重的家务再不用自己去插手——家里雇了一个保姆，一切由保姆来操持；具体、琐碎的财务账目也不用自己去动手记录、计算——尚吉利丝织集团成立后，昌盛专门招聘了一个省财经学院毕业的学生和一个退休的会计师，把他们配到了她的手下，她只需掌握着现金进出和与银行的来往就行。上班时的任务不多，下班后无事要做。在晚饭过后这段漫长的时间里，她除了看看电视和找邻居聊天之外，就是根据买来的一本美容指南来美化自己的脸孔。

小瑾现在惟一操心的就是自己的容貌。每当她面对镜子的时候，她都痛心地感到，往昔的岁月已把她身上的美夺走了不少，她正在成为一个不折不扣的中年妇女。唉，过去那些穷困的日子，有时候连照镜子的工夫和心绪也没有，根本不知道时光在怎样作践自己。

她晚饭后开始去滨河酒店跳舞是在丝织集团成立一段日子之后。当跳舞的热潮由省城南下初到南阳时，小瑾还是一个标准的舞盲。看到别人在公园露天舞场跳三步、四步舞时，她只能满眼新奇地看着。由于好奇心的驱使也由于几个邻居妇女的撺掇，她开始在夏、秋两季的晚饭后去街心公园的露天舞场上学跳舞。她学得认真也学得很快，慢三步、快三步、慢四步、快四步不久就都能跳得有模有样。可惜后来因为家里办起了尚吉利丝织厂，事情太多，她没有再去公园跳舞的时间，渐渐也就淡了兴趣。重新想起了跳舞后，这时由于谁都知道她是尚吉利丝织集团的女主人，再到街心公园的露天舞场去跳舞显然有些不宜，她于是隔三差五地去一些正规室内舞场买票跳。昌盛因为整天忙于集团里的事务没法陪妻子，心里早对她生了一点歉意，因此听说她出去跳舞便很支持，总是说：出去跳跳吧，权当是锻炼身体！一个极其偶然的机会，她听人说全市开办的舞场中只有滨河酒店的舞厅里有乐队。小瑾跳舞从来一直是跟着录音机放的舞曲跳，真正在乐队演奏的乐曲声里跳还没有过，她很想去尝尝那滋味，于是就在一个月明风清的晚饭后，骑车去了滨河酒店。

滨河酒店的舞厅给人的感觉果然不错，四个人的乐队外加一个歌手让小瑾很开眼界。她是一个人去的，买了票走进舞厅之后，才发现这里女多男少，有七八个姑娘是酒店里的专职舞伴，坐在那里静候着男人们的邀请。买票进来的女的，大都有自己固定的舞伴。小瑾坐在那里许久也没有人来请她上场，她有点后悔不该贸然只身前来。她又喝了几口饮料之后决定回家，就在她有些尴尬地站起身时有一个中年男人向她走来，那男人微笑着对她说：“可以请你跳一曲吗？”

小瑾颔首，随对方走进舞池。那男人跳得很好，使得小瑾很快地去掉了拘谨，两个人配合默契地跳着。一曲跳完的时候，那男人夸奖小瑾："你跳得真好！"小瑾高兴地笑笑。两个人坐在一张桌前休息，男的点了两份饮料，并把饮料杯双手递到小瑾的手上，小瑾心里对对方生了点感激。

舞曲重又响了的时候，那男人又起身邀小瑾下场。如此几曲跳下来，小瑾对那男人好感加强。舞会结束临分别时，那男人笑着说道："明晚，还在这里，我请你跳，我会买好了票在门口等你。"小瑾迟疑了一下，点点头说："谢谢。"

第二天吃过晚饭，小瑾在昌盛拿着几张绸缎印染花样向厂区走去、儿子旺旺回到自己的屋里之后，急忙对镜换上了一身新衣服，还把那瓶锁在化妆柜里的法国香水拿出来朝身上喷了几下，这才慌慌骑上自行车向滨河酒店奔去。

那男子果然拿着两张舞票站在舞厅门口等她。她上前刚要开口招呼，方想起昨晚还没问对方的姓名，于是只好省略了称呼，只说："让你等了。"那男人笑笑，很自然地拉着她的胳膊进了舞厅。

接连几个晚上跳下来，小瑾对那男人的好感就更见增加。这时她已经知道他姓霍，是铁路上的一个干部，她开始亲切地称呼他"老霍"。事情发展到此，小瑾和他还都是正常的舞伴关系。小瑾内心里并没想别的什么，她只是想有一个舞伴跳舞以快乐地度过这些空闲的夜晚。要不是接下来滨河酒店的舞厅里兴起了"自由五分钟"的规矩，她和他后来的那些剧目很可能就不会上演。

还在前一天晚上舞会结束的时候，就有人宣布说：从明天晚上起，舞会将引进南方自由五分钟的规矩，欢迎各位来尽兴。小瑾当时听了并没往心里去。自由？我现在就够自由了，因为有了钱，我想买啥就买啥，想穿啥就穿啥，想干啥就干啥，用得着别人再给我五分钟的自由？第二天晚上，她和老霍正在舞场上跳着慢步，舞厅的灯突然间全灭了，她吃了一惊，以为是电路出了毛病，一时不知该怎么办好。但其他人似乎都未在意灯灭，并没有慌乱的声音响起，乐队也仍在奏着舒缓的舞曲。就在她停下舞步的那一瞬，她听见耳畔响起了老霍的低音："别紧张，这是自由五分钟。"她这才恍然大悟，急忙又跟上老霍缓缓的舞步。这期间，她借着乐队那边的一点烛光看到，身边有几对跳舞的已紧紧地抱在了一起，而且有接吻的声音响着。她的心咚咚地跳了起来，她从来没想到还有这样的事情发生。就在她心跳的当儿，她明显地感到老霍抚在她背上的那只手在慢慢下滑，并最终落到了她的臀上，跟着感到了他的一捏。她听见自己的心脏咔的一响，身子骤然一僵，双脚随之停了下来。她知道她此时应该做的动作是生气地推开对方，尔后走出舞厅，但这个冲动刚刚升起便被她很快掐灭了：那不是让对方太尴尬了？她的脚又不由自主地开始了按舞曲的移动。她的这种反应显然鼓励了对方，对方忽然双臂用力，一下子把她抱到了怀里。她本能地进行了挣脱，就在她挣脱的时候，她的耳边响起了对方急切的低音：你丰满得真是诱人！这句话带着一股魔力，一下子夺走了她大部分的挣脱力气，她虽然依旧在挣脱，但力度已经变小。就在这时，灯一下子亮了，对方急忙松开了她。她红了脸向座位上走去，走到座位上以后她才又意识到，她该走出舞厅。于是又向舞厅门口走。她在拉开舞厅大门的那一刻，听见背后传来老霍的一声叮嘱："我明晚等你！"

那天晚上回家之后，她的心噗噗噗跳了好久。睡下后，她第一次胆怯地看了看昌盛，她担心昌盛看出了什么。她当晚下定决心:明天坚决不去跳舞。

第二天上午,她一边在保险柜前给买丝的业务员数一笔钱一边还在心里坚定决心:今晚决不再去滨河酒店跳舞。但过了中午之后,她感觉到自己原来的决心在动摇,一种想再进滨河酒店舞厅的愿望用它的尖喙一点一点把原先下定的决心啄了个破洞。到了晚饭前,那决心已经被完全啄光。去,就再去一次,看他能怎么样?我只跳我的舞,他还敢怎么着?咱堂堂正正的跳舞,怕什么?

她匆匆地吃着晚饭,晚饭后一待昌盛出门旺旺回了自己的房间,她便急忙开始收拾自己:化上淡妆,穿上新衣,梳好头发,喷上香水。喷香水的时候,她一反惯例地向双乳上各喷了一下。

她临出门时慌慌地看了爷爷的住屋一眼:还好,爷爷没有站在门口。

小瑾那晚在向滨河酒店走时就意识到这个晚上对于她将不是一个平静的夜晚,但她却不让自己去想可能会发生什么事。她一再在心里对自己宽慰说:只是跳舞,别的什么事情都不会发生。

那个姓霍的男人仍如往常那样站在舞厅门口,看见小瑾来一点也没有显出意外,仿佛早就断定她一定会来似的。他拉上她的胳膊就往舞厅里走。这使小瑾有点不高兴:在你昨晚对我有了那样的非礼举动之后,你怎敢断定我一定会来?我今晚上真该不来让你失望才好!直到她和他跳了两曲之后,这种不高兴才又慢慢消失。她注意到他今晚也刻意做了打扮,一身西装很板正;有些稀疏的头发梳得很光;脸上似乎也抹了什么护肤用品,有股很浓的香味;皮鞋擦得很亮。

大约跳到第四曲的时候,老霍忽然笑望着她说:"快开始了。”

小瑾一愣，问：“啥快开始了？”

“自由五分钟。”老霍笑得很有深意。

小瑾的脸一下子红了个透。她没说什么，也不能再说什么。你明明知道有个自由五分钟，你要是对它不满你就不应该来，你来了你还能说什么？她更没有用行动表示什么，你要是反感你为什么还来？

她于是只有一如原来那样地跳。

自由五分钟果然来了。老霍分明是早有准备，在灯灭的一刹那就一下子把她整个人搂到了怀里，她当然要挣扎，不过她刚挣了一下老霍就在她耳边低叫了一句：“别浪费时间！”这句话仿佛一下子把她吓住，她一动不动了。她听任那两只手在她的身上忙着，感到有一只手从她的上衣下摆伸进去各捏了一下两个乳房。她听到他在她耳边低语了一句：“还很饱满！”随之感觉到他的舌头舔到了她的脸上。

她觉得腿有些软，差不多要瘫在了他的怀里，当他的舌头找到她的嘴唇时，她犹豫了一下张开了双唇。直到这一刻，她才在内心里对自己承认，她今晚所以坚持要来跳舞，其实就是为了盼来这一刻。

她紧紧地吸住了他的舌头，直到灯亮的时候。

当他们重新在座位上坐下之后，她听见他说：“这真是一个令人愉快的夜晚！”

她低下了头。

“你的身上真香！”他探过头来说，“我摸过后手指头上到现在还有香味。”他边说边把指头凑到鼻子前闻。

她抬头瞪了他一眼，但目光中不是恼，而是嗔。

他满足地笑笑。

散场的时候,他笑望着她问:“明晚等你?”

她点了点头。

接下来的几个晚上,情景大同小异,两个人充分地利用那五分钟来达到欢娱的目的。当然,每天晚上舞会散场小瑾往家走时,心里也在谴责自己,也觉得自己这样荒唐对不起昌盛对不住家庭,可一到第二天吃罢晚饭,却又总要不由自主地向滨河酒店走去。

五分钟的时间是太短了。

在十来个这样的晚上过去之后,两个人都开始感到了不满足。终于,在一个晚上的自由五分钟结束时,老霍说:“我在二楼订了个房间。”

“订房间干啥?”小瑾心如明镜却又假装了不懂。

“我们去歇歇,喝点茶水。”老霍一本正经地说。

小瑾于是就随他走。进了房间后哪还需要茶水?两个人立刻抱到了一起。小瑾没想到对方在这方面还极有本领,没多久便把她送到了快乐的巅峰。她在将要到达峰巅时抓过一条毛巾盖住了自己的脸孔,她想只要有了这一次她将再无脸去见昌盛。

那晚回家后她用温水把身子洗了许久,她内心里认为自己的身子很脏。上床后她小心不让自己碰着昌盛,惟恐昌盛会感觉出什么。前半夜她一直没有睡着,只在心里反复祈求:昌盛,原谅我,我也不知我这是咋了……

第二天晚上,她决心不再去滨河酒家。一吃过晚饭就把自己关在屋里看电视,可电视机屏幕上总出现那个姓霍的脸孔,她只好关掉电视出门去沿街散步,可走着走着又走到了滨河酒家门口。你真是没救了,你这个犯贱的女人!她一边骂着自己一边快步向站在门口的老霍走去……

10

宁贞这几个月来把全部身心都扑到了丝织厂里。她从来没想到自己能当厂长。从小到大,她一直是在爹、妈和哥哥的呵护下长大的,不论干什么都要接受他们的指挥,可现在忽然要由她来指挥人了,而且是指挥一个赫赫有名的工厂里的工人,她当然感到自豪、感到高兴,感到必须要把这件事做好,以对得起尚昌盛的信任。

她原本在内心里就对昌盛充满了感激,如今因了这份信任和看重又多了一层感动。厂里有那么多男工、女工,可他竟选择了我,一个农民的女儿来当厂长,这份知遇之恩我当永记。

她虽然没有管理厂子的经验,但她知道厂子管理的终极目的,就是让出的产品又多又好,所以她就一个车间一个车间地摸底、观察、分析、琢磨,看怎样能使每个车间的产品数量和质量都能升上去。心里有底之后，她把每个车间的产品数量定额和质量标准都略微向高提了一些，并把它分解到每个岗位，达到的，就奖；达不到的，就罚。上班时间，她几乎不停地在各个车间各个工作岗位上巡视——她因为几个车间都干过，对各个车间的操作技术都熟悉，所以能随时发现问题及时给予纠正。加上她平日脾性温和，对任何人说话都慢声细语不发脾气，所以她纠正什么的时候，工人们也都服气并乐意改正。机织车间是她注意的重点，为了保证绸缎质量在这个关口上不出问题，她还利用休班时间，开了机上技术讲习课，让技术一般的女工参加听讲，一共三课，谁听一次，就奖给她拾元钱。为了在全厂形成一个在操作技术上精益求精的风气，她还在各个车间搞了技术比赛。由于采取了这些措施，厂里的生产呈稳步上升趋势。昌盛那段时间一直默默注视着宁贞的治厂举动，宁贞接任后第三个月的生产统计表送到昌盛手里后，昌盛松一口气，高兴地找到宁贞说："干得不错，看来我没有选错人！"这句夸奖让宁贞高兴了许久：我总算没有辜负他的信任。

半年过去，几个厂的效益作了一番核算，昌盛在一个下午快下班时把宁贞叫到了办公室里。宁贞以为昌盛要问他厂里的管理和生产情况，不想昌盛拉开抽屉把一个厚厚的红纸包朝她递了过来。

"啥？"

"你打开看看！"

"钱？这——"

"按照我当初的许诺，根据你为集团创下的利润情况，这是给你的奖金！"

"哦？"

“你接任后为我创造了二百五十万元的纯利润，我只给你了八千块钱的奖金，说实话，这有点小气了，我以后会——”

“俺不要。”

“咋，嫌少？”

“不，不是的，你这样信任我，我应该把厂子里的事做好；再说，你当初为赎我哥哥，给了我那么多钱，你实在要给，这钱就算我还你的。”说着，把红纸包又放到了昌盛的桌上。

昌盛笑笑说：“那笔钱是过去的事，咱以后再说，这点奖金是我的一点谢意，谢谢你的辛勤工作。你在厂里的辛苦我都看到了，我庆幸我当初选择了你当厂长。你不是还没成家么？你就是单单为自己准备嫁妆，也该收下，快走吧。”昌盛笑着把她推出了门……

宁贞那晚回家时是推着自行车走的。她所以坚持步行是因为心里的那份激动让她不能专心骑车。她知道这份激动起因于那笔奖金却并不是因为那些钱。我碰上了一个好人，是的，好人！是他，当初收留我当了工人，让我学会了丝织技术并使我有钱去完成函授学业；是他，让我当了厂里的公关部长，从而使我和外界有了接触，了解了商品销售的一些经验；是他，让我当了车间副主任和厂长，懂了些企业管理知识从而也享有了一种成就感。倘若我当初遇不上他，我的人生恐怕要以另一种面目展开了。也许，仍是落霞村里一个愚钝的乡下姑娘？也许，已经成了哪个农民的妻子正在田里忙活？也许，像那些早婚的女伴一样，怀里已抱着一个吃奶的孩子？想到这里，她的双颊倏然间红了……

宁贞向滨河酒店走去是三天之后的一个满月之夜。她一向没有晚上外出的习惯,平日总是在傍晚下班后就直接回家,吃罢晚饭或是帮妈妈做点家务或是倚在床头看书。她今晚所以向滨河酒店走是因为后晌接到了初中三年级时同班一个女同学的电话,那位女同学上了大学在外地工作,今天回到老家说要请几位老同学到滨河酒店坐坐。在学校时她因为家里贫穷与别人来往不多,同这位女同学并无多少交谊,不过既是人家相邀就说明人家看得起自己,所以一下班她就骑车往滨河酒店赶去。

月亮早早地升了起来,在街灯黯淡的地方,月光还能在街面铺上稀薄的一层,自行车在月光上碾过,轮胎上仿佛也沾了一层银白的月色。宁贞盯着转动的车子前轮,心情越加地好起来。

宁贞这是第一次进滨河酒店,酒店大堂里那种富丽堂皇的装饰让她有一种莫名的慌张。还好,她顺利找到了聚会的房间,久别的女同学们相见时那种欢快的叫声和笑声很快消除了她在这种豪华地方的拘束之感。她愉快地和同学们交谈着,吃饭时还在同学们的劝说下喝了一杯酒。这是她自那次在西苑饭庄酒醉之后第一次喝酒,酒一入口她立刻想起了那个醉酒之夜。那一年我多大?十七岁还是十八岁?那一次完全是为尚吉利丝织厂喝酒,我不想让厂子垮下去,我那时根本没想到几年后我会当了这个厂子的厂长……

这天晚上的聚会持续时间很长,中间宁贞由一个女服务员领着去盥洗室时,突然发现尚昌盛的夫人宋小瑾由一个陌生的男人搂着腰在前边走廊上匆匆走着,那亲密的样儿就像夫妻,而且随后推开一个房间门走了进去。宁贞吃了一惊,眼瞪着他们走进去的那个房间停下了脚步。她、她在这里干啥?宁贞忽然觉得心里有些着慌。身旁的那个女服务显然看出了她的诧异,低了声说:“你认识尚吉利丝织集团总经理的夫人?”“不,不认识。”宁贞急忙摇头。“她和那男人在我们这里开房间可是不止一天了,不过他们通常都是不到半夜就走。”

宁贞再回到聚会房间时变得心神不定,心里一阵阵发慌。你慌什么?她对自己的心理反应也觉惊奇。聚会刚一结束,她便快步向楼下跑去。

她一口气跑出酒店,跑到月光如水的街边,双手抱住了一棵树。噢,尚总经理,尚昌盛,你的夫人背叛了你,背叛了你!你一定还什么都不知道,这种事还是不知道了好!但愿你永远不知道。可是老天,她为啥要背叛你?为啥?小瑾夫人,你为何要把事情做到这一步?你想没想到这对你的丈夫将是一个多么可怕的打击?!将给他带来无尽的痛苦?他整天都在忙着尚吉利丝织集团发展的事,你就是仅仅从心疼他的角度考虑也不该这样做,不该呵,夫人!……

她摇摇晃晃地骑着自行车向家走,那满脸的苦痛和难受仿佛她就是那个受欺骗、遭背叛的丈夫。她那晚睡得很不好,噩梦一个连着一个,黎明时分醒来时她才意识到,她是在心疼昌盛!她把昌盛的事当成了自己的事,她早在感情上同昌盛站在了一起。

我这是因为对他怀了感激。她在心里对自己解释。

决不能让昌盛知道小瑾背叛的事!

11

昌盛那些天一直沉浸在兴奋中，起先是因为时装厂的建立和建立后的时装销量不断上升；后来是振中从美国来电话说尚吉利集团的绸缎在纽约销量很好，他准备在美国的一些大城市再设新的经销点，希望昌盛每月保证给他一万匹的货。产品的销量是企业活力的标志，有了销售途径有了销量你说昌盛能不高兴？

也许正是因为高兴再加上忙碌，他才没有发现小瑾变心的蛛丝马迹。人高兴时目光落到物体上是颤动不定的，所以它这时就很难做精细的辨别。小瑾有天晚上回来时当着昌盛的面掏出衣兜中的手绢擦汗，擦完才发现那手绢是那个姓霍的男人的，一定是刚才在床上穿衣服收拾东西那阵忙乱中弄错的。小瑾吓出了一身冷汗，因为她擦汗时昌盛正面对着她，而她平日用的两块手绢都是淡绿色的，和姓霍的这块灰颜色手绢差别太大，昌盛一定看出了问题。但谢天谢地，她只是虚惊了一场，昌盛一点也没有发生什么怀疑。他当然看见了那个手绢，但他目光的颤动根本没让他看出那手绢的颜色。

一个人因为高兴还很少去细想问题。有天晚上小瑾从滨河酒店回来时有点晚了，见昌盛已经睡下就没有再去擦洗自己的身子，怕弄出声响把昌盛惊醒，脱掉衣服就径直钻进了被窝。谁知昌盛根本没睡，她一进被窝便被昌盛搂到了怀里。小瑾的体味昌盛是太熟悉了，但这晚他亲吻时却忽然发现了异味，那味道很像是男人的汗味、烟味和唾液味，他于是惊讶地说道："你身上怎么会有了怪味？"小瑾一听这话吓得身子都僵了。老天，那姓霍的男人刚才在床上搂抱她时出了一身大汗，而且还不时用舌头去舔她的胸脯，肯定弄得她浑身都是他的气味。小瑾慌急中忙编着理由："我昨天洗澡时用了一种新买的浴皂，那浴皂的味道的确不怎么好闻，下次再不用它了。"昌盛听罢根本没去细想别的，只嗯了一声说："以后再买浴皂时要先闻味道……"

昌盛就这样在高兴和忙碌的帮助下没有发现事情的真相，直到那个星光灿烂的晚上。

那天后晌，河南省丝绸总公司一行六人来尚吉利丝织集团视察，想了解这个私营丝织企业生机勃勃的原因，以便对一些亏损企业的扭亏为盈给以指导。因为是省上来的客人，晚饭时昌盛破例地在饭店设宴招待了他们，并让宁贞和缫丝、时装厂的两个厂长一起作陪。饭后，几个客人提出想去舞厅跳舞，心情很好的昌盛立刻应允说："好，咱们去滨河酒店跳！"

昌盛其实不会跳舞，平时也从没有去过滨河酒店的舞厅，他所以提出要去滨河酒店，实在是因为平日常听小瑾说滨河酒店舞厅好的缘故。他一提去滨河酒店，一旁宁贞的心先呼隆一下提了起来。

宁贞这些天一直在暗暗为昌盛难受。她知道昌盛一旦知道小瑾的不忠后必会痛苦,她希望看见昌盛那副高高兴兴的样子,不愿看到他遭受痛苦的折磨,所以就期望昌盛永远蒙在鼓里。在这个星光灿烂的晚上,她一听到昌盛说去滨河酒店舞厅,就立刻想到了他会不会窥破了小瑾的秘密。但事情已经不可挽回,她没有拦阻的充足理由,一行人已经散着步向滨河酒店走去了。她只有在心中暗暗祷告:但愿小瑾今晚没去滨河酒店,或者去了却并未和那男人约会。

可是小瑾今晚偏偏也就在酒店,而且和那男人在一起。

所幸的是,当昌盛领着这一行人走进滨河酒店的舞厅时,小瑾已和那个姓霍的男人上了楼上的房间。

看着郑州来的客人都已经下了舞池之后,昌盛开始用目光在舞厅里寻找小瑾。站在他身后的宁贞其实早已用目光把舞厅搜查了一遍,谢天谢地,小瑾今晚刚好没来。她松了一口气。

"先生,你是找人吗?"门口负责收门票的小姐见昌盛站在那里左顾右盼,走过来问。

"噢,对,我找一个姓宋的中年妇女,不知她今晚来没来?"

"你是说尚吉利集团的宋小瑾夫人?"

"噢,对,怎么,你认识?"昌盛有些意外。

"她是我们这儿的常客。她这会儿可能在三楼上的房间里。"

"房间里?她在这儿还有房间?"昌盛惊异了。

那多嘴的姑娘见昌盛的惊异样儿,意识到自己失口了,急忙回到门口,不再说话。

现在是昌盛主动走过去问那收门票的小姐:“她在哪个房间?”

“不知道。”姑娘摇头,她的双眸里为自己的失口洇出了一点慌乱。

昌盛一定是意识到了什么,转身就向舞厅外走。

“总经理,我们两个也学着跳一支吧!”一直站在近处暗暗观察昌盛的宁贞这时走过来说。她想缠住昌盛不让他上楼。她从刚才那个收票小姐的话音里已经听明白,小瑾就在楼上。

“我不会跳。”昌盛说罢就匆匆向外走。他的步子迈得很快。一个巨大的问号在他面前跳来跳去:来跳舞怎么还要在楼上有一个房间?

三楼的楼道里也有一个服务小姐,他估计她也一定认识常来的客人,就上前简捷地问:“知道宋小瑾夫人在哪个房间里?”

那姑娘抬手一指。

他立刻过去敲门。

像所有的情人们一样,小瑾和那姓霍的男人因为久未暴露而警惕性开始降低,他们以为敲门的是给他们送开水的小姐,姓霍的就穿着内衣来拉开了门。

昌盛和那男人面对面站立。震惊、愤怒和尴尬、惊慌几乎同时涌上了两个男人的脸孔。不过接下来昌盛的脸是纸一样的白,那男人的脸则是血一样的红。

“你怎么不关门呐?”床上的小瑾还在抱怨。

昌盛一步一步地走了进去,只走到小瑾能看到他的位置,直到小瑾一边掩着胸口一边呀地叫了一声,这才猛地转身,踉踉跄跄跌跌撞撞地向外奔……

昌盛沿着楼梯向下走时几次险些蹬空阶梯摔下去，他紧紧地抓住扶手，完全依靠脚的探触向下移动。他觉出双眼和双耳都已停止了工作，既看不见什么也听不见什么了。他走出酒店门口后在那里站了许久，似乎不知道自己该向哪里去，不过随后他开始向不远处的一片小树林里挪步。

没有月亮，星光经树叶遮挡后，投到地上的光线极其稀少，这使得小树林里显得很暗。昌盛就在这黑暗里定定站着。他现在才看见了过去家庭生活中的那些微小的变化，才看清了那些变化的含义。当你辛辛苦苦地弯腰为这个家庭忙碌时，小瑾却拿着勺子把耻辱一点一点浇到你的身上。噢，你这个蠢货，你这个笨蛋，你竟然从来就没有一点察觉，就没有发生一点怀疑！他噗嗵一声跪到了地上，双手抱住一棵不粗的树干，拿头猛撞起那个树干来。尚细的杨树被他撞得左右摇晃，一些晶亮的血珠顺着光滑的树干急速滑到了根部的土里。

“总经理！”随着这声低颤的呼唤，一双温热的手抱住了他的头，随即他便感到自己的前额撞上的不再是树干，而是一个女人柔软的胸脯。

他听出这是宁贞，他不知道宁贞怎么会找到了这里，但当对方抱住自己的头后，他开始哽噎，干涸了许多年的泪水一下子涌了出来。

宁贞什么也没说，只是用双手轻抚着他的头发。她刚才一看见昌盛脸色煞白地向楼下走，她就知道他看见了什么，她急忙跟在他的身后。她不想看见这个她所敬重的男人受苦，她心里对他充满了疼怜，却不知道该怎么安慰他。这一刻，她心里对小瑾生起了真正的气恼：你怎么可以这样？尚昌盛哪一点对你不好？尚吉利集团既是他的，也是你的，在他如此辛苦地为集团操劳时，你却做出这样的事，这不等于从背后给他一刀？……

她感觉到他的泪水已把她的胸衣弄湿，而哽咽使他的身子仍在剧烈地颤动。这是她第一次看见男人伤心后的模样，她能感觉出他在抑制自己的哽噎，原本很低的哽咽声渐渐没有，而他的后背却可怕地一鼓一鼓。她急忙用手去抚他的脊背，她希望他干脆哭出声来，她真担心这样一鼓一鼓的会把他的背部鼓破。“总经理，你想开点，想开点，你不能弄坏了身子，昌盛，不能！”巨大的同情和心疼使她在不知不觉间改变了称呼，她尽可能地抱紧他的身子，她像妈妈当年在她伤心时宽慰她那样轻拍着昌盛的后背。“昌盛，昌盛。”她把脸俯下去，轻轻地在他的头上摩挲，心中涌上来的大团柔情使她眼中也含了泪水。她突然间意识到，她内心里对这个中年男人充满了疼爱。

昌盛的哽噎终于完全停止。

他从宁贞的怀抱中先是抬起头，随后站起了身。

“谢谢你，宁贞。”昌盛以尽量平静的声音开口说。

“我送你回去。”宁贞的声音倒在发颤。

“不用，我很好。”昌盛摇着头，“只是麻烦你去照顾省上来的那些客人。”

“我会的，我想你该冷静——”

“谢谢！”昌盛没给她说下去的时间，转身就向树林外走。

宁贞没动，直到看见他走上灯光明亮的大街，她才长长地吁一口气，抬脚向酒店的方向走去。

12

卓月按照自己的理解写完了安留岗方形土坛的发掘结论之后，迟迟没有将结论送交文化局更没有交《考古新发现》杂志发表。她心里总觉得有点拿不准，总感到其中填充的想象多了点。

那天上午她给学生们讲完历史课后，又不由自主地出了校门向安留岗走去。这是一次没有事先计划的行动，她只是想再去看看那个方形土坛，再看看历史留下的那个难猜的令她苦恼的谜。

用石棉瓦搭起的棚子遮盖着的方形土坛，在这些年间未受风雨的剥蚀，用奇怪颜料划出的卌形图案依然清晰可辨。卓月站在坛前默然凝视着这个前朝遗迹，忽然想到，史书上说到祭祀的坛时说："土基三尺，阶三等曰坛"，这会不会是一座用于祭祀的祭坛？不太可能！她很快又摇头否定了这个想法。——倘是祭坛，坛上怎可摆棺材和死人的尸骨？东汉时可是早就废止了杀人祭祀的习俗！

也许还是自己当初的判断正确，这只是一座坟墓，是王康为爱女王文蕊设计的一座有些奇特的坟墓。土坛上的▦形图案也许什么用心也没有，而是像汉代出土的砖上有绳纹一样，只起一种装饰作用。王康想让工匠们把这个安放爱女棺木的土坛弄得好看漂亮些，匠人们就弄成了这个模样，结果害得我们这些后人百思不得其解……

“嗨，你是来打工摘茧的吗？”一声问话把卓月的沉思打断，她扭头才发现身后站着一个手提盛茧竹筐的小伙。

“你要是来摘茧挣钱的，请到岗尾的蚕茧基地去登记一下，领一个竹筐，然后就可以满岗上找柞树枝子摘了，基地按你摘茧的重量付钱！”

“不，”卓月摇摇头，“我不打工，我是来看这个的！”她指了一下那个土坛。

“这个土场子有啥看头？它最早还是我妹妹发现的！”

“你妹妹？”卓月惊异了，“你是宁贞的哥哥？”

“对呀，我是她哥哥曹宁安，你认识她？”

卓月点点头，一边打量着宁安一边想起宁贞当初为哥哥卖假酒事急得抹泪的样子。

“你说这土场子上用颜料画出的方格子是啥意思？”

“你说呢？”卓月笑了。

“左大哥说它是在暗示一种东西。”

“左大哥？你左大哥是干什么的？叫什么名字？”卓月惊奇了。

“他叫左居士。他懂的事情可多了。”

“他在哪儿？”卓月来了兴趣。一个人能指出这土坛上的图案是在暗示一种东西，表明他起码是一个有思想的人。

“他就在这蚕茧基地打工，你等一下，我喊一声看他能不能听见。”宁安说罢，放开嗓子朝岗上喊了一腔：“左大哥——”

没有回音。

“不晓得他今儿个到哪条岗上摘茧了。”宁安摊摊手。

“你那位左大哥没有说这土场子上的方格子是在暗示什么吗？”

“说了，我不大懂，也记不清。”

卓月那天下岗时想到，以后应该找机会来见见这位姓左的，民间也常常隐藏着一些能人和智者，说不定他对这卌形图案有另一番解释，可以帮助自己打开思路。暗示？我过去一直在琢磨它是什么含义，它代表一种什么东西，还很少想到它在暗示，暗示是一种带有动感的东西。这种解释倒有点意思。

它在暗示什么？它在暗暗地给后人提示什么东西？

左大哥？左居士，倒是和左涛同姓。世上还有名字就叫居士的？居士不是佛家对一种信徒的称谓吗？……

经过几天的琢磨，卓月意识到，如果把方形土坛只看做一座有些奇特的坟墓，那土坛上用颜料画出的卌形图案，就可以说成是起一种对死者宽慰、安慰的作用；但如果把卌形图案说成是一种暗示的手段，则土坛上的棺材和尸骨就会具有另外的意义。意识到这个问题之后，她决定对蚕茧基地的左居士作一次拜访，听听民间对方形土坛和土坛上那个图案的看法。她那天下午专门去了一趟尚吉利丝织厂，让宁贞转告她哥哥宁安，要宁安告诉那位左居士，说她第二天上午要去拜会左居士，让他第二天上午在蚕茧基地的茧库门口等她一会儿，她九点钟准时到。宁贞当时脆脆地应了一声:“没问题。”第二天早上来上班时,她还专门骑车过来告诉卓月,说她已经给她哥哥说了。

卓月骑自行车于上午九点准时赶到蚕茧基地的茧库门口,但门口却只有宁安一个人站在那里。宁安看见卓月急忙过来解释:“我给左居士说了你要来见他,并要他等在这儿,这会儿却不知他跑到了哪里,他这人脾气古怪,平日不愿见人绝少说话,兴许听说你是师大的副教授,更有些害怕了。你先在这儿等,我去找他!”

卓月点头笑笑说:“麻烦你了。”

但宁安找了半天也没找到。卓月直等到中午,还不见对方的影子,只好对宁安说:“算了,我以后再来吧。”

她悻悻地骑上自行车往回走。她的涵养一向很好,可此时也忍不住在心上抱怨:左居士,我既是提前约了你,你不该让我扑空的!……

第二天早上,卓月正做早饭,宁贞来了。宁贞进屋就说:“我听说左居士昨天没见你,昨晚我专门找到他抱怨他了一顿,他说他一个打工的百姓,不想和外人打交道,所以昨儿个就躲开了。”

卓月笑笑:“我一个教书的见他,还能把他吃了?”

“也是,”宁贞也笑道,“他这人脾气有些古怪,昨晚我临离开他时,他让我转告你,说请你不要去找他了,说关于方形土坛上那个用颜料画出的图案,他可以把他的理解告诉你。他说他认为那个图案是在暗示:人不仅仅要看到在场的东西,还要看到不在场的东西,不在场的东西并不等于‘无’。他说的话非常难懂,我不知道我转述得是否正确。”

“哦?”卓月的眼瞪大了,宁贞转述的这几句话让她一愣,这些话带有一种明显的哲学思考的意味，莫非那个姓左的真是个民间智者？

“他说，那个图案中的线条，是在提醒观察者注意在场的东西；那个图案中的空白格子，是在提醒观察者注意不在场的东西。”

“他还说了什么？”卓月的语气有些迫不及待了。

“他说，那个图案是古人精心设计的，不是一种随意行为，不能看成一种装饰图案。”宁贞皱了眉努力回忆着。

“还说了什么？”

“没有了，好像就这些。”宁贞摇摇头，吁一口气。

“好，谢谢你！”卓月高兴地拍着宁贞的肩膀。送走宁贞之后，卓月坐在书桌前，长久地望着自己当初在纸上画成的那个方形土坛和土坛上的卌形图案，在心里叫道：有意思！这个姓左的说得有意思！那些线条是在提醒后人注意在场的东西，也就是棺材、尸体、陶器、环首刀、牛和羊的尸骨？那些空白的格子是在提醒后人注意不在场的东西，也就是导致这些尸体存在的人物、事件、缘由？如果照这样理解，那整个卌形图案就是在进行一种暗示。

这倒是一种新见解！

在场的东西和不在场的东西以及“无”，构成了这个世界？

13

尚达志起床后做的第一个动作就是倾听，倾听孙子、孙媳卧房那儿的动静。没有，看来昌盛昨晚又没有回来。昌盛一连六七天没有露面令他十分意外，过去差不多每天早上起床后昌盛都要过来问问他的饮食起居情况，可这几天一次也没来。他昨天问了小瑾，小瑾说没事，小瑾说集团办公室里这一段事情多，他一直住在办公室里忙。什么事还能忙成这样，忙得连回来给我说一声的时间也没有？再者小瑾的神色也令他怀疑，双眼一直红肿着，目光有些呆滞，走路脚步很轻，晚上也不再外出，吃过晚饭就早早拉灯睡觉。往日她可不是这个样子！

一定是出了什么事，是的，出了事！

这使他想起了昨晚上做的那个梦，梦中的他坐在一只小船上，正在一大片陌生的水面上划行，突然间，船头不远处

“哗”地一响，一个黑色的似人似鱼的巨大怪物跃出水面径直朝小船上一撞，小船立刻滴溜溜在水上转起了圈，就在船要倾翻的一刹那他醒了。

这不是一个好兆头。

早饭后，他让保姆去把卓月喊了来，他原想从月儿这里了解发生了什么事情，可月儿摇头说她什么也不知道——“我去了一趟伏牛山，我昨天后晌刚刚从伏牛山里回来，我这些天一直没有和表哥、表嫂见面。”

“去伏牛山干啥？”达志随口问。

“我听说伏牛山里有一个叫谭家坳的小村子，至今还保留着一种奇怪的风俗，就是每过十年，村民在村头的一个小山包上用石灰画出一个卌形图案，尔后在上边焚香烧纸。”

“那是干啥？”

“村民们也说不清楚，只说这是老辈子传下的规矩，啥子用意已经不明白了。”

“还有这样的事？”老人来了兴趣。

“这种风俗让我感兴趣的是两个地方：一个，是他们在小山包上画的那种图案，与在安留岗方形土坛上发现的图案和咱们家前院石头上刻的那种图案一样，这种图案表示的可能是同一种意思。另一个，这种焚香烧纸举动的间隔是十年，为何会在时间上有这样一个要求，这也是令人费解的。我在想，谭家坳这种风俗，是不是先民们对时间崇拜习俗的一种延续？先民们曾对无形无状的时间表示过很大的惊奇，也许他们这种焚香烧纸的举动是在感激时间又让他们过了十年？”

“好了，先别想这些了，你去把你昌盛表哥找来，不管他在干啥，都让他给我回来！”

“咋，表哥他——？”

“他有一星期没有回家了,我不晓得出了啥事,但肯定是出了事!”

“不会吧?”月儿急忙安慰外爷。

“会的,咱们家从你曾祖外爷起,一直没有像昌盛这样一气过了这么多年的平安顺利日子,咱们这个家经历过各种不顺和穷困,可还没经过这样长时间的顺利和富裕,我总觉得,这个家该出点事了,该出事了。我那年叫天通卜过一卦,他也说会出点‘乱子’,我害怕是不是这‘乱子’来了?”

“你甭急,我这就去找表哥,我表嫂她在没在家——”卓月说到这里突然噤了口。面色苍白得没有一点血色的小瑾那刻已经站在了他们身边。

“表嫂!”

小瑾没有理会卓月的呼唤,只是用双眼直直地看着爷爷。

达志显然意识到了什么,挥手让卓月出去,卓月的脚步声刚在门外消失,小瑾就扑嗵一声朝爷爷跪了下去……

夜风不知什么缘由忽然着恼,一改轻移慢走的样儿,开始大声吼叫,先是狠狠地揪扯后院那棵老桑树的枝条,后来开始来摇尚家的窗户,把尚达志睡屋里的那只灯泡的吊绳也弄得前后左右地晃。

晃动的灯光映在达志和昌盛爷孙两个的脸上。

昌盛是天黑之后才由卓月从办公室硬拉回来的。不过几天时间,他的容貌发生了极大的变化:两颊塌陷,胡子很长,头发干枯而纷乱,眼神恍惚。他这些天显然既没好好吃饭也没好好睡觉。

“我都知道了。”达志极慢极慢地说,眼睛没看孙子,只望着墙角。

昌盛的身子轻微一抖，飘忽的目光仍望向被黑暗包裹的窗外。

“怨我！”达志咳了一阵，接着说，“忘了提醒你们过饱暖日子该小心啥子……”

昌盛扭头看了爷爷一眼。

“我对不起列祖列宗，枉活过了百岁！”

“爷爷。”昌盛低低地叫了一句。

“你先看看这个。”达志说罢，把一个白色的手绢递到了昌盛手上。

昌盛认出那是小瑾的手绢，慢慢地展开，看见上边有三个暗红色的字：我错了。

“是她咬破指头用血写的。”达志一字一句地说。

昌盛的手颤了一下，不过很快抬起了头，把手绢扔到了爷爷的床头桌上。

“你想咋办？”

“我想……离了。”昌盛的头低了下去。

“你想没想过离婚的后果？”达志过了半晌才慢慢开口，“一离婚，小瑾的事势必张扬出去，弄得满城风雨，你和她的名誉都会受到伤害。一个名誉不好的总经理与人打交道时，人家无形中就会低看了你。再者，一离婚，家中的财产按法律上说就该分开，尚吉利集团刚有一个好势头，这一折腾很可能就要走下坡路，干啥子事都讲一鼓作气，气一断，事就完了。还有，一离婚，旺旺的精神当然会受打击，学业不会不受影响，让他跟着他妈过，你不会放心；让他跟着咱们过，你也不会有时间照应他。”

“可——”

“你们离婚的事我不是没想过，可我想来想去，还是：过！

她既是认了错，下了决心改，你就把这事咽下去，照旧在一起过日子。”

“我咽不下——”

“啥叫咽不下？男人活到世上，要咬牙咽下去的事多了！再说，你当初在南方嫖了妓女染了病，人家小瑾不就咽下了？要说错，是你先犯下了！”

昌盛的脸红了，嘴张了张，但没有声音。

达志这当儿蹒跚着拄杖走到靠墙的条案前，伸手揭过蒙在祖先牌位上的黑布，转对昌盛说：“你心里咋着想的，可以给祖宗们说说，你要是一定离婚，也行，就给祖宗们讲：我想把这个家拆了，想把尚家的声誉毁了，想把尚吉利集团——”

“爷爷！”

“说吧。”

昌盛直直地望着祖先的牌位，许久许久之后才叹了口气说：“不离了。”

达志顿了顿拐杖，爆发了一阵长长的咳嗽。

昌盛慢慢地挪步到条案前，将那块黑布又盖到了祖先们的牌位上。

“那今晚就在家住。从明天起，不管你心里咋不乐意，在外边同小瑾说话时，都要和过去一样，要让人们相信：尚家什么事也没有发生！”

昌盛木然地站在那里，许久无声。

“我们的祖业发展到今天不容易，一切全在你了。”达志抬起几乎全是青筋和骨节的手，在昌盛的肩上拍了拍。

“爷爷，你睡吧。”

“你听清了？”

“听清了。”

“那就回你们屋吧。”

昌盛慢慢走到门口。藏在门外偷听这场谈话的夜风,待昌盛刚一拉开门,便呼一下跑得无影无踪……

14

小瑾不知道这些天自己是怎么过来的。

自从昌盛在滨河酒店那间房里朝床上裸身躺着的她看上一眼尔后什么也没说便扭身出门之后,巨大的羞耻感就像铁杵一样每隔一霎就向她的心上捣一下。她从来没有想到这件事还有被昌盛撞见的一天。她一直以为最多是有风言风语渐渐飘到昌盛的耳里,她甚至已经早为自己准备好了辩护词;她根本未料到事情会以这样的结果出现,这个结果让她惊恐万状目瞪口呆。

直到这时她才意识到,她内心里仍然爱着昌盛,她从来没有想到自己有朝一日会离开昌盛,她和姓霍的男人幽会只是逢场作戏,只是为了满足自己追求新鲜刺激的心理和肉体的那种欲望。自己要的只是他的身体。而意识到了这点使她越加觉得羞耻:你已经是一个四十多岁的主妇,是一个上了大专的孩子的母亲,是一个在社会上受人尊重的尚吉利集团总经理的夫人,可你竟然和一个至今连姓名都还不甚清楚的男人混在一起,甘愿把耻辱带给丈夫、儿子和家庭,你和街上那些妓女还差多大距离?

这种羞耻感使她生了深深的愧疚和后悔。也正是因此,她才向爷爷坦白了一切,才用血写下了那三个字:我错了。她永远不会忘记她向爷爷坦白后所看到的那幕情景:爷爷上牙紧咬下唇,直咬得鲜血顺着雪白的胡须不停地下滴。那天她坦白后爷爷什么话也没说,就一直用上牙咬着下唇,到最后也只是挥挥手让她出门。

她已经做好了准备:一旦昌盛提出离婚或爷爷让她离婚回娘家,自己立刻就死。她已经准备好了足够的安眠药,她不想把羞辱再带回娘家。

她这些天除了去财会室上班再不去任何地方,除了工作上必须说的话以外再不说话,到了晚上躺到床上时,她常常是哭着哭着就用手去掐自己的大腿来惩罚自己。她默默地等待着爷爷和昌盛的决定。她像一只惊恐万状的被猎人追逐的小兔,随时准备倾听就要响起的枪声。

她没想到昌盛在这个风吼树摇的晚上还会走进卧室。

昌盛推门走进来时她正坐在床沿发呆,手中正转动着那瓶安眠药片。她慌慌地站起身望着昌盛,这是自出事以来他们第一次相对而立,她估计他会怒骂几句,也许还会动手。骂吧,打吧,这是我该受的。但是没有,昌盛既没有开口更没有动手,甚至目光也没有正对向她。昌盛只是慢腾腾地走向了床。

她有些紧张地注视着他的举动:他要干什么?像往日那样躺下睡觉吗?她看着他伸手拉过被子,她以为他要抻开,但是没有，他把被子卷起，又拿一个枕头，转身走到墙角那张单人床前。

她明白了他要干什么，便快步走过去说："你去睡大床，我睡这里。"说罢，一下子在单人床上坐了。

昌盛在她面前默立了一霎，随后转身走向大床，拉熄了电灯。伴随着骤然扑入的黑暗，风声也撞了进来，就在这呜呜咽咽的风声里，小瑾听到他脱衣上床的响动。她没有动，她就坐在单人床的床沿，默默地注视着窗外的黑暗，在那团浓稠的黑暗里，有两个白色的人形慢慢显露出来并越来越大，她看清了那是那个姓霍的男人和自己，两个赤裸的男女紧紧抱在一起。她厌恶地看着两个人的举动，慢慢抬手捂住了眼睛并干呕了一声……

昌盛的归家睡觉让小瑾心里多少觉到了一点宽慰。她告诫自己要振作起来，争取使这个家庭的一切都回复到过去的状态。当她把心彻底收回家庭之后她才发现，这个家已经不像有主妇存在，一切都显得零乱肮脏，尤其是儿子旺旺的房间，书本、衣物和玩的东西扔得满地都是，乱得几乎都没法下脚。她不敢抱怨小保姆偷懒，急忙开始动手收拾。一边收拾一边在心里责骂自己：你看你把这个家弄成了什么样子？！

有天晚上她去给儿子送洗净的衣服时，忽然发现旺旺在吸烟，她吃了一惊，叫道："你咋能吸烟？""我怎么不能吸烟？"儿子白了她一眼。她怔怔地看着已经和自己一般高的儿子，忽然觉得儿子有些陌生起来。"吸烟对身体不好，尤其是你这样的年纪。"她低低地劝道。"我看没有什么不好。"旺旺的声音依旧坚硬。"你怎么这样跟妈妈说话？""你要我怎么说？"小瑾被顶愣在那里，一时不知该怎么开口。"我要准备毕业论文了,你走吧。"

一股怒气从心里涌出,她很想骂儿子几句,不过后来还是忍住了。旺旺咋会变成了这样?他脾性有些倔,可过去同我说话从来没有这样,像扔砖头,这是咋着了?

那天晚上昌盛回来时,她冲动地说道:"旺旺在吸烟!"

昌盛没有理会她的这个报告,依旧默默地上床,拉了灯躺下。她这才记起丈夫这些天一回到家就再不说话,两人之间还没有把对话恢复起来。

她便又坐在床沿,默默去想儿子的过去。该和儿子好好谈谈。一想到和儿子谈话,她才想到,自从和那个姓霍的男人有了来往之后,她基本上没有再去过问儿子的饮食起居和学习,她把一切都交给了保姆。

第二天晚上,她做好了和儿子长谈的准备,估摸儿子快该上床睡觉时她推开了儿子的房间门,她原来准备好的一席话被看到的那副情景惊飞到了九霄云外。

旺旺正在对着一个酒瓶喝着白酒。

"你、你敢喝酒?"

"睡前喝口酒解乏。"旺旺淡了声说,同时把嘴响亮地咂咂。

"胡说!你一个学生怎敢喝酒?"小瑾的眼瞪圆了。

"那就只许你喝?"旺旺的眸子斜了过来。

"我啥时候喝酒了?"小瑾惊住。

"你以为我没有看见?在滨河酒店,你和一个头顶有点秃的男人坐在一起喝,我那天和我的同学在酒店门口玩……"

小瑾双颊上的血色刷一下褪得干干净净,一股冷气呼一下涌进心里。这么说儿子看见了自己和那个男人在一起?老天呵！旺旺下边的话她没有听清，她只是有气无力地说一句："不许再喝。"便返身向自己的睡屋走去。她觉得双腿在抖，抖得她只有手扶住屋墙才能移动脚步。她现在才知道儿子对她说话时为啥会是那个样子。也许孩子的吸烟和喝酒与自己也有关系？孩子毕竟长大了，他已经能够看懂。噢——她抬手猛捶着自己的脑袋。

她那天晚上一直睁眼躺在床上，她现在才感觉到了后果的重量。原来任何行为都有后果，你没看见它时并不是它不存在，它有时暂时隐起身子只是为了给你一点宽慰，以鼓励你把事情做下去，但它早晚会让你看到它的，会让你知道它的重量，会的！……

15

当夜色像蝙蝠一样由纽约摩天大楼的顶部盘旋着向唐人街栖落时,先前的梦宛绸缎店如今的梦宛绸缎公司零售厅里,仍是人声喧嚷热闹非凡——几十个金发碧眼的顾客还在柜台前挑选着自己喜欢的绸缎,几个售货小姐忙得满头是汗。

公司总裁栗振中站在零售厅的店门口,默望着这个场面,一个舒心的笑纹便在脸上一圈一圈荡漾开来。梦宛绸缎公司自从代理销售中国南阳尚吉利绸缎后,零售厅里每天都是这番繁忙景象。看来尚吉利绸缎是真有魅力,当初奶奶和父亲生活过的那块土地能出产如此惹人喜欢的绸缎的确神奇。尚昌盛,我真该谢谢你让我做了尚吉利绸缎的在美代销商,是你,让我成了众人注目的绸缎商人……

"亲爱的,父亲让你去见他。"艾丽雅这时过来拍了拍振中的肩膀。

振中向父亲的卧室走去。父亲近些日子一直卧病在床，他以为父亲叫他是因为身体又有不适，不料刚进屋就见父亲指着电视机说："看见了吗？"

"什么？"

"中国北京的天安门广场。"

振中定睛向屏幕看去，他看到了那个举世闻名的广场，看到了成群的学生，看到了一些红旗。他有些惊异："出了什么事？"

"不清楚。但有一点可以肯定，那儿发生的事和政治有关系。"

"哦？"

"我有一点担心，担心我们的绸缎生意——"

"那倒不会，"振中急忙宽慰父亲，"我们是在和河南南阳的尚吉利集团做生意，那儿与北京远隔千里！"

"你呀！"父亲扫他一眼，"凡事要想得复杂一点，做生意和打仗一样，有时要从最坏处着想……"

振中那天从父亲卧室出来时零售厅已经关上了大门，唐人街夜间的热闹被隔在了门外，栗家的整个院子显得十分静谧。他一边在院子里踱步一边默想着父亲的提醒。难道北京天安门广场上发生的事情真会影响到我和尚吉利丝织集团的商业往来？中国大陆会因而改变她的外贸政策从而限制绸缎出口？不太可能，这不仅和他们的开放政策相抵触而且会减少外汇收入，这是傻瓜才会办的事情。那么说父亲的担心是多余？可他又是那样忧心忡忡，他经商多年，他的担忧不会毫无道理。也许应该做点准备。怎么准备？我如今是代理销售尚吉利的绸缎，我只要有尚吉利绸缎销售就行。我所做的准备应该是多进尚吉利绸缎，以保证我的各个销售点上不脱销尚吉利绸缎。对，应该给尚昌盛打个电话，请他立刻再给我发来三十万匹绸缎！

振中快步走进自己的办公室，拨通了中国南阳尚吉利丝织集团总经理尚昌盛的电话，遗憾的是没有人接。一个总裁的电话即使在夜间也应该有人值班负责守听的，要不就装个全球漫游的移动电话——否则是会误事的，尚昌盛！

电话是第二天接通的，接电话的是一个女性，对方不报自己的姓名，他也不便问。那女的只在电话上告诉他：尚总经理近日身体不太好，没有上班。

也许我该亲自去一趟，当面找尚昌盛谈谈。昌盛先生，我们的合作不应该因意外事件的发生而中断，我相信你也希望拿到这份新的订单，我们的生意应该做下去！

“艾丽雅，亲爱的，准备一下，我们后天飞中国大陆！”

到车站接栗振中和艾丽雅的是宁贞。宁贞握住振中和艾丽雅的手笑问：“还认得我吗？”振中和艾丽雅想了许久，最后是艾丽雅最先想起，她高兴地拍了一下手说：“你是曹表妹？”

“她如今是我们尚吉利集团下属的丝织厂的厂长！”同去迎接客人的一位司机急忙介绍宁贞的身份。

“嗬，行呀，当厂长了！”振中打量着已长成美女的表妹笑道，“在美国，你这算是白领阶级了！”

三个人说笑着来到宾馆，刚一坐下，振中就提出要见尚昌盛总经理。宁贞听了脸色有些不自然，说尚总经理今天有事，明天再说罢。到了第二天，栗振中和艾丽雅一直在宾馆等，可直到下午尚昌盛也没出现。最后还是宁贞来表示歉意说：总经理今天还有事，请再等等。

栗振中心里充满了疑惑：商务谈判怎能够一拖再拖，何况这是送上门的生意？但他不便多问，心里揣摸昌盛是不是因为政治上的原因——北京天安门广场上的事件——而拖延着不愿见他。

第三天上午，还没有尚昌盛要来的消息，振中就提出先去看看姑姑。宁贞说：也行。就领他们去了自己的家。振中夫妇见过姑姑栗丽和姑夫冬至，送过了礼物闲话了家常之后，宁贞又领他们到安留岗上的蚕茧基地去见哥哥。宁贞有几分骄傲地告诉振中，哥哥现在已当上了尚吉利集团的蚕茧基地主任。

宁安那刻正在基地门前的蚕簸箕前给蚕撒着新鲜桑叶。上千个蚕簸箕连成一片，十几个男女工人挎着盛满新鲜桑叶的篮子来来回回地给各个蚕簸箕里投放着新叶，那场面很有些气势。艾丽雅看见这新奇的劳动场面，急忙拿出相机拍起了照。振中望着走近来的表弟，在心中惊讶表弟的变化，当年那个神情萎靡目光游移的小伙竟变成了这样一个充满自信生气勃勃的领导者？

“欢迎你，表哥！”宁安大方地伸出手来与振中的手相握，“你上次来告诉我要多种树养蚕，如今我们的基地已经有几十万棵桑树和柞树了。”

“好。”振中望着安留岗满岗郁郁葱葱的桑树和柞树，望着近处上千个连绵相接的蚕簸箕，听着小雨落地一样的蚕吃桑叶声，脸上溢满了欢喜，“这才像一个大农业的气势，这才像要干一番事业的样子。”

“你往远处的那几条岗上看，”宁安指着附近的几条土岗，“那上边的桑树和柞树也全是我们栽的，我已经给我们的尚总经理说了，我要争取让我们基地拥有一百万棵桑树和柞树，让我们基地出的蚕茧不仅满足本集团的需要，还要向其他省份销售！”

“就该有这样的大企业家的气派，哎，顺便问一句，”振中转向宁贞，“你们的尚总经理为何迟迟不见我？”

“我已经给你说了，他有事。”宁贞一听表哥又问起了这个，神色立刻不自然起来。

“我们是亲戚，我希望能得到一点真实情况，是不是因为北京天安门广场上发生的事情，他对见我有顾虑？”

“不是。”宁贞急忙摇头。

“那么是他对我的商业信誉有怀疑，对继续同我做生意兴趣不大了？”

“更不是。”

“是为了故意冷落我以便在价格谈判上好占上风？”

“你想到哪里去了？！”宁贞摇着头，“尚总确实有点急事不能立刻见你，他让我向你转达歉意，我一定尽快催促他与你见面。”

“你应该知道，商人的时间有时和军人的时间一样，极其珍贵！”

“我知道。”

振中注意到宁贞的脸上满是忧郁。

栗振中是在第四天那个阳光温煦的正午，同尚昌盛签了三十万匹绸缎的供货合同的。时间虽然拖延了，但事情最终得以办成，这使振中和艾丽雅在郑州登上飞往香港的飞机时仍然满怀喜悦和轻松。飞机在云层上平稳地飞行，振中畅舒了一口气，一边呷着空姐送来的咖啡一边抚弄着艾丽雅伸过来的那只小手。现在可以放心了，我有了这三十万匹绸缎的储备，即使因为北京天安门广场的事件尚吉利丝织集团的生产出现一点小的意外，也不会影响到我的公司运转了。

“亲爱的，你在同尚昌盛谈判时发现没发现一点异样？”艾丽雅这时碰了碰他的肩膀。

“异样？”

“你注意到没有，谈判时同你说话最多讨价还价最执拗的是你那个表妹和另外一个名叫刘家福的男子，而尚昌盛则说话很少。”

“这倒是。”振中回想着供货合同签字前的谈判情景，“也许是尚昌盛授意宁贞和刘家福说话的。”

“我看不像，”艾丽雅摇着头，“我注意到在整个谈判过程中尚昌盛一直显得有些神情恍惚心不在焉。”

“是吗？”振中皱紧了眉头努力把已经流走的那些场面又拉回到眼前审视：是有一点奇怪，谈判时尚昌盛仿佛一直在反复审视手上的那只钢笔，他真像有点精神恍惚的样子。但如果真是这样，那原因是什么？是身体不适还是因为正在北京天安门广场发生的事情？

“你的表妹曹宁贞对尚吉利丝织集团倒是忠心耿耿。”

“好的助手应该是这样。”振中点头，“我们的公司里就缺少这样的职员。”

“我可不喜欢我们的公司里有这样的女职员。”艾丽雅摇着头。

“为什么，亲爱的？”

“因为她望向老板的眼睛里有一种东西！”

“东西？”振中吃惊了，“什么东西？”

“爱意，她的眼神里有一种爱意。”

“别胡乱猜疑，亲爱的，见了一对男女就怀疑他们之间的关系，这不是美利坚合众国人的传统。”

“我不是胡乱猜疑，”艾丽雅有些急了，“我是女人，我看得懂女人的眼神，我敢肯定那姑娘在内心里爱着尚昌盛！你敢同我打赌吗？”

“怎么赌？如果我输了，”振中凑近艾丽雅的耳朵，“你今晚在床上就必须为我再做几个——”

“你？！”艾丽雅伸手捏住了振中的耳朵。

“好了，宝贝，飞机开始降落了……”

夫妻俩走出机场后满脸欢笑地搭上了一辆的士去维多利亚饭店，他们预备晚餐后去跑马场看看，但的士司机扭开的收音机将他们的快乐心情和美好计划轰然炸飞了——香港的华语电台正在一遍又一遍地播着：

> ……鉴于中国北京发生的事情，美利坚合众国政府决定，暂停进口中国的产品。已发往和即将发往美国的中国产品，美国海关将奉命停止入关……

振中和艾丽雅震惊地对视了一眼。

“糟糕！”振中重重捶了一下自己的膝盖。我的三十万匹绸缎眼睁睁不能进到美国了，我可是已经交了定金呐！这笔损失不是个小数，看来父亲的担忧还真有道理，我什么变故都想到了，就是没想到美国不让绸缎入关，老天，你栗振中还是太嫩还是眼光有限还是谋事不全呐！

“怎么办？”艾丽雅焦急地问。

“香港，眼下只能看从香港转口行不行，这当然会使绸缎的价格升高，但只要能成功转口就是万幸。艾丽雅，亲爱的，待会儿到饭店你一个人先下去，我马上去皇冠绸缎公司同他们商议转口的事，如果他们同意，再同尚昌盛他们联系。”

“但愿这个方案能够顺利实现。”艾丽雅拍了拍振中的手。

“但愿!”振中双手合十,做了一个祷告之状……

16

艾丽雅的观察没错，尚昌盛那些天的精神的确处于恍惚状态。他几乎每天傍晚都到小酒馆里喝酒，直喝得酩酊大醉再往家走，目的是看见小瑾时不再能去想她给自己带来的耻辱。他常常是晚上喝醉回家睡觉，天亮时怕爷爷看见他宿醉未醒的样子生气，早早就摇摇晃晃地跑到自己办公室里插上门接着睡。他不接电话不见来人——他总觉着满城的人都已知道小瑾给他戴了绿帽子。

栗振中夫妇来了几天他还不见他们，不是因为别的，只是因为那几天晚上他都喝得太过量，白天躺在办公室的沙发上还迷迷糊糊不能见客。后来那一天他勉强坚持见了，可昏沉的脑子使他几乎不能说话，谈判都是陪同的宁贞和已作了集团办公室秘书的刘家福代他进行的。

他现在最怕听见别人的笑声，他以为那些笑声是针对他的:哈哈,尚昌盛,你虽然家财万贯,可你的老婆却叫人睡了!

他也怕看见别人三五成群聚在一起说话,他总以为人家是在议论:甭看尚昌盛有个尚吉利集团,可他的老婆却让人睡了!

他甚至看报看书碰到偷、情、通奸这些字眼时也慌忙把眼睛挪开,那些字词像一个精明的向导一样,能很快把他带到滨河酒店的那间房里,带进他当初看见的小瑾和那男人幽会的那个场面。

有一天他在一家商店买刮胡子刀的电池,忽然看见那个姓霍的男人也站在身边挑电池,他吓了一跳,急忙扔下电池要走,不想那男人这时刚好扭过头来看见了他。两个人尴尬无比,他清楚地看见他朝自己笑了一下。这个笑容在对方可能是打招呼的意思,却让昌盛难受了许久,他把那笑容理解为占了便宜后的一种得意:我可是睡了你的老婆,使用了你家最贵重的东西!……

他有时候下定决心想找那个男人算账,好好地给他一回惩罚,他甚至想好了将那个男人打倒后怎样朝他的裆部狠踢一脚,把他那个东西踢得再也不能作坏。可一想到那会弄得满城风雨,把自己的名声也彻底毁掉,又只得把那决定取消。

有时候他又想反抗爷爷的安排,坚决和小瑾离婚,从此井水不犯河水。可一想到爷爷那衰老的身体可能经不起这场家庭变故的折腾,就又急忙压下了这个冲动。

他于是只有喝酒,他觉得只有喝酒才会让自己暂时忘却这桩不快和耻辱。每天下午下班之后,他都迫不及待地向酒馆里走。

这天晚上,他又在一家酒馆坐下喝得半醉时,忽然看见宁贞朝他走来,想躲有点来不及,他只好尴尬地望着宁贞说:

“你也来一杯?!”

宁贞摇摇头,说:“我来是告诉你一件事。”

“说吧。”

“栗振中从香港来电话,说美国因为北京天安门广场上发生的事情,已开始限制从中国进口产品,原来谈好的那三十万匹绸缎,需要从香港转口,他说他想尽快同你在电话上商谈此事。他给你打电话打不通,才给我打电话的。”

“呃,这件事麻烦你帮我办办吧。”昌盛摆了摆手,显然不想再听下去。

“我帮你办当然可以,可这样重要的事,你应该——”

“我这些天总是头疼。”

宁贞叹了口气,她当然知道他为什么头疼,可她不知道该怎样劝解。

“你要喝的话,就请坐下;不想喝的话,就请回吧。”

宁贞忧虑地看了一眼昌盛面前的酒杯,转身慢慢地向外走去。

宁贞往家走了一段,又折身往回返了。她有点不放心尚昌盛,他会不会醉得糊里糊涂回不了家了?

初放的街灯把夜暗挤出了街面,临街的铺子都还没有关门,街上的行人依然是熙来攘往笑语喧哗。宁贞无心去看这夜晚的热闹,只忧心忡忡地又走回到了那个酒馆。

宁贞的担心看来有道理,她在酒馆门口隔窗往里看时,只见昌盛已喝得醉眼蒙眬了,一只手去摸酒瓶自己给自己斟酒时,酒瓶都没能握稳,只听“砰”的一声,酒瓶落地摔得粉碎。他显然想站起来去把地上的玻璃碎片用脚踢开,但刚一站起,身子就摇摇晃晃地向地上倒去。

宁贞急忙推门跑进去由地上扶他,她没想到扶一个醉汉是这样艰难,扶起他时她已累得满身大汗。她为他结了账,扶他向门外走,可走到门口又站住了。送他去哪里?回他的家吗?小瑾要看见自己这样扶着他会不会生出怀疑?送他去办公室吗?他醉得这样厉害,一人睡在办公室怎能自己照顾自己?得找一个安顿他的地方,忽然间她想到了卓月,对,找卓老师,让她来送他回家,她是他的表妹。

宁贞用附近的一个公用电话给卓月说了情况,卓月听后说:我马上就来!

宁贞守在尚昌盛的身边,一边听着他含混的莫名其妙的自语一边去观察他的面孔。她透过酒精在他脸上燃起的红晕,注意到他颊上已有了一种病态的苍白,两只眼上都套着一个黑圈。昌盛,你该从那件事中挣出身来了,小瑾做得是不对,可你也不能就因此毁了自己和你千辛万苦创建成的尚吉利集团呀!尚吉利集团眼下是凭惯性运转,这种运转是经不起风浪冲击的呀!……

卓月来后昌盛正在哇哇地呕吐。卓月见状皱起了眉头,她已听人说昌盛表哥这些日子常常喝得酩酊大醉,现在亲眼见他醉得这样,心里不免生气。她挥手叫来一辆机动三轮车,和宁贞一起把浑身酒气的昌盛抬到了车上。上了车后对宁贞说:“你也上来吧,我还需要你的帮助。”宁贞以为卓月是怕到家后扶不动昌盛,就听话地上了车。却不料卓月对那蹬三轮车的人说:“去东郊!”宁贞一愣:昌盛的家和尚吉利集团的办公处都不在东郊呀!她见卓月面色不好,也就没有再问。

三轮车到了东郊,前边已是旷野,一片漆黑,蹬三轮车的人心里也有些发毛,说:“不能再往前走了。”说着就停下了车。卓月下车付了车钱,就让宁贞和她一起扶住昌盛往一块庄稼地里走去。宁贞也有些怕起来，低了声问："卓老师，咱们这是去哪？"

"尚家墓地！"卓月的声音沉沉的。宁贞听罢先是一惊，随即心里就有些明白了，便不再吱声，壮了胆子扶住昌盛往前走。

卓月后来指挥着宁贞，把昌盛放到了几个坟包面前。昌盛还沉在浓重的醉意里，在坟前伸开手脚打起了呼噜说起了醉话。卓月也不理他，只伸手把宁贞搂到怀里说："别怕，我们得让他清醒清醒！"

又过了一阵，野外的寒冷终于使昌盛渐渐从醉乡里返了回来，他慢慢坐起，一边惊望着四周的黑暗一边自语："我这是在哪里？"及至看清是在一片坟地中，才惊叫了一声站起了身子。卓月这时方开腔说："怕啥？那是我舅舅、舅妈还有尤芽婶子的坟墓，你好好让他们看看你的醉态！让他们看看他们的儿子已经多有出息！"

"月儿，我——"

"甭跟我说话，跟你的爹妈说，就说你因为心里烦就整天喝酒，对尚吉利集团里的事不管不问，想把自己一手创办的企业再毁掉！"

"月儿，你不知道——"

"我不需要知道你有什么烦恼！我只知道一个大企业比一个人心里的烦恼重要！"卓月的声音在漆黑的夜里显得异常冷厉。

昌盛没再说话，四周只有夜风拂动坟草的响动，远处的什么地方有宿鸟的惊叫。又过了一阵，宁贞拉了一下卓月的衣角，卓月才开口对昌盛说："走吧，回家。"昌盛叹了口气，慢慢在坟前蹲下了身子……

17

尚昌盛坐在自己的办公桌前时天已近黎明，即将消逝的这个夜晚使他受到了强烈的刺激和震动。卓月和宁贞对尚家的丝织事业尚如此看重，而你，作为这个集团的创始者，作为尚氏家族祖业的继承人，却让自己沉在一种浑浑噩噩的生活中，沉在一种情感的泥淖里，你对得起谁？该醒醒了，你！

他用双拳捶了一下自己的头。

他扭亮桌上的台灯，开始聚精会神地去处理这些日子积压的各类函电。当拆开法国一家绸缎公司的一封来信后他才知道：该公司原来预定的八万匹绸缎，因为政治上的原因已决定不要了。他倒吸了一口冷气：如此重要的商业信函，我竟然让它已在我的办公桌上躺了七天没有拆封，这是怎样的失误呵！

他接下来开始审查集团所属各个单位近日的生产报表，

仔细审查后他才发现，除了织造厂和蚕茧基地的生产保持原有水平外，缫丝厂和时装厂的生产都在下滑。哦，老天，再这样下去，离亏损已经不远了。

他出了一身冷汗。

卓月，宁贞，谢谢你们给我敲了警钟，要不然，尚吉利丝织集团真要被我毁掉了！

一连几天，昌盛都沉在几个厂的车间里了解情况，检查机器，帮助解决技术难点。每天，都是带着一身的油污和满脸的疲惫走出厂门。

和宁贞再次见面是第四天的黄昏，当时两个人都下班走到了大门口。昌盛先开了口说："宁贞，我会永远感激你和卓月那晚的提醒！"宁贞垂下头，低了声说："看见你又像过去那样，我很高兴。"

"美国你那个表哥栗振中在同我通电话时，直夸你是一个谈判的好手。"昌盛又笑道。

"那天谈判时我见你心不在焉，只好同他和他夫人瞎说呗。嗳，他提出的绸缎转口的事说好了？"

"好了。考虑到眼下一些外国公司不同我们大陆做生意的情况，我有了一个新的设想。"

"啥？"

"我想在香港设立一个尚吉利绸缎分公司，我正在同有关部门协商。"

"嗬？！"

"这样，喜爱我们产品的外国公司，可以从我们的香港分公司购买尚吉利绸缎。"

"这倒是。"宁贞看着昌盛脸上又浮起往日那副踌躇满志的神色，自己的笑容也渐渐变得灿烂了。

“你猜猜我想把这个香港分公司交给谁去主持?”

“谁?”

“曹宁贞!”

“我咋能干了这个?”宁贞惊得后退了一步。

“咱这里只有你还懂点英语,你当然能够干得了,只是我想了想又觉着不该让你走。一个是织造厂需要你,另一个是你本人的婚姻大事还没有解决,到一个人生地不熟的地方更不好办。哎,我顺便问一句,你觉得家福这个小伙咋样?”

宁贞听了这话,脸红了,低了头没有吭声。

“宁贞,你想想这件事,我觉着家福这个人不错,日后也能担大事,你要是不反对的话,我很想做一回月老。”

宁贞只说了一句:“我得赶紧回家了。”便羞红着脸快步出了大门……

18

夏季是蚕茧基地比较空闲的时候，除了为秋季柞蚕的放养做点准备之外，剩下就是修缮库房，修补茧篓、簸箕一类的小活了。不过宁安仍在一天到晚地忙着：忙着办理承租另外两条土岗的手续；忙着安排来年春初要用的桑树苗和柞树苗的养育；忙着去农校找老师请教提高蚕茧产量的办法。如今，宁安是真把心全放在了蚕茧基地里，一心想干出点名堂。

宁安因为从小跟父母在桑园里忙活，对植树、养蚕、收茧各项活路十分熟悉，所以到基地没干多久，就受到了工人们的敬重，有事常常找他商量。加上当初尚昌盛为他出赎金让他出了拘留所，他心里对尚昌盛怀着一份感激，平时干活也就格外卖力。一来二去，他在基地的工人中便成了一个很重要的人物。后来，老主任被调到缫丝厂当厂长之后，尚昌盛就委任宁安当了基地主任。

像宁贞一样,宁安过去也从未管过别人,母亲复杂的社会关系使他在村里连村民小组长也未当过。如今忽然成了大名鼎鼎的尚吉利丝织集团蚕茧基地的主任,他当然惊喜,当然自豪,也更对尚昌盛充满了感激。也就是因此,他想拼出全身力气把蚕茧基地办得更像模样。

一天下午,他骑自行车到十里之外刚承租的一条岗上去设计植桑的方案,返回时已是傍晚了。走到村口时,忽然听见一个女人在村头的小树林里哭,侧耳细听,觉得那声音很像晶子的,就急忙赶过去。果然是晶子!只见晶子正边用布条缠着自己额上一道流血的伤口边伤心地抽泣,他急忙问:“咋着了?”晶子扭头一见是他,哭得越发伤心了。“是不小心碰破的?”他走过去帮她缠包着伤口。晶子这才哽咽着说:“是打的。”“谁打的?”宁安吃惊了。“俺男人。”“为啥?”“他说俺婚前跟男人睡过,结婚的头一晚上他就开始打了,不知道谁在闹房时说我在田园酒家时和男人有过……让他听见了,闹房的人们一走他就查我的下身……”宁安的身子一震,嘴唇张了张没有声音,封存在他心里的陈年旧事顷刻间涌到了他的眼前:晶子进田园酒店后第一次告诉他尚天对她的无礼……他收下尚天的那三百元钱……过了半晌,他才又低了声问:“那你想咋办?”“我还能咋办?不能离婚,离了婚更没人要我了;也不能回娘家,娘家不会让我回去。只有让他打了,哪一天打死了拉倒。”宁安在暮色中望着晶子满脸的泪水和额头上那依然在渗血的伤口,觉得心中隐隐有些疼了。

“你走吧,我现在谁也不恨,就恨我自己,我当初真不该去田园酒店……”晶子放声哭了。

宁安那天是一步一步挪回家的,到家就躺在了床上,晚饭也没吃。妈喊他吃饭时,他说肚子不舒服,不想吃了。他那一晚上时醒时睡,耳边总响着晶子的哭声。

第三天傍晚,他由基地下班回家吃饭时,刚进村,忽又看见晶子的男人拎着一只鞋在村里追打晶子。晶子一边哭一边抹着脖子里的血一边跑着,可她到底没能跑过男人,最后又被男人按倒在了地上,只听见鞋底在晶子的脸上"啪啪"地响着。宁安几步赶上前劈手夺过那男人手中的鞋叫道:"你想把她打死?"

"嗬,我打卖×的女人,你心疼了?"那男人恶狠狠地瞪住宁安,"咋着,你要真心疼了你就把她领回家去,我立马便跟她离婚!我可是愿意成全你们!"

"你?!"宁安被他的话噎在了那里。

"你要是不想把她领走的话,你就别他娘的多管闲事!我还要打,我要打得她自动开口要求离婚!"那男人边说边又朝晶子抡起了鞋底。

闷重的鞋底砸在晶子的身上也砸在宁安的心上,宁安后来上牙把下唇一咬,猛抓住那男人的手腕说:"好,我依你说的,我把她领走!"

"你说的可是当真?"那男人喘着粗气。

宁安点头。

"好!"那男人竟有些兴高采烈,尔后猛转向围观的人群喊:"曹宁安可是说他要这个贱货了!从今往后,这女人与我家没有了任何关系!曹宁安,明天一大早你要领上她和我一起去乡上办理离婚手续!"

宁安什么也没说,只是弯腰把被打得昏昏沉沉的晶子抱起来,一步一步向家里走去。

这对曹家来说是一个不平常的夜晚，晶子的出现使家里的气氛为之一变。宁贞和父母看见宁安抱着晶子进来后都有些惊愕，差不多同时放下手中的活路望着宁安。宁安把晶子放到宁贞的床上后过来，在母亲对面的一张椅子上重重坐下，哆嗦着手摸出了一根纸烟点燃。

晶子的抽泣和哽噎还在继续，全家人就在这抽泣和哽噎声里默然呆坐。宁贞对晶子在田园酒店的行为早就知道，冬至和栗丽老两口对晶子的坏名声也有耳闻，三个人的目光渐渐都停在了宁安身上，分明是在等待他说出什么话来。

"他们明天去离婚。"宁安在这种沉默里终于开口说了一句。

宁贞和父母都没有说话，被打破的沉默又迅速弥合成一个整块。

宁安自然知道全家人还在等待，等待他说出事情的全部。他把烟头在地上拧熄，用脚搓了一阵，这才又说出一句："他们离婚后我要和晶子结婚！"

父亲的旱烟袋掉在了地上，宁贞看了那烟袋一眼，随后把目光扭向了母亲。沉默重又开始，一种等待的意味在这沉默里又一点一点朝四周弥漫，不过，这回等待的已不是宁安的说明，而是母亲的表态了。

"唉。"母亲发出了一声深长的叹息。

宁安在这声叹息里抬起头，有些紧张地盯住母亲。

"贞儿，端盆水去给你晶子姐擦洗擦洗；他爹，点把柴把锅里的饭热热，咱们吃饭吧。"

"妈……"宁安垂下头叫了一声，音调里带了点哽咽的味儿。

“去吧,先给晶子盛碗饭端过去。”栗丽朝儿子说罢,颤颤地站起身向灶屋里走去……

晶子和她男人是第二天办完离婚手续的。这种双方都同意的离婚办得比较顺利,只是在签字时晶子有些慌了,手中的钢笔两次掉到了桌上,两次都是陪在她身边的宁安把笔拣起递给了她,她是在宁安的目光鼓励下才最终拿稳笔在离婚证上签了名的。

离了婚的晶子就仍然住在宁安家里。她的娘家因为嫌女儿刚结婚就离婚丢人,传话来说不准她再进家门。

三天后的那个早晨,宁安爹上街买菜、灌酒、割肉;中午,妈妈栗丽做了一桌酒席,为宁安和晶子举办婚礼。晶子的娘家人拒绝出席,婚礼是无声无息举行的。请来的宁安家的几个亲戚知道这场婚事非比寻常,不敢多说话,惟恐犯了什么忌讳。酒宴上说话最多的是宁贞,她当初在给晶子擦洗时看过她身上的伤痕,那些重重叠叠的伤痕彻底消除了她内心里早先对晶子的那点反感,她那颗原本就善良的心从此对晶子充满了同情,她真心地希望晶子和哥哥在一起能生活得幸福。她用她的欢声笑语给这个简单的婚礼带来了一点喜庆的气氛。

酒席散罢客人走完该进新房前,晶子又“扑嗵”一声朝婆婆跪下了双膝,额头着地哽咽着说:“妈妈,从今往后,我既是你的儿媳也是你的女儿,你该咋使唤就咋使唤……”栗丽带了笑说:“快起来,妈信你们会好好过日子。这个家早晚还要靠你来操持。贞儿,快扶你嫂子进新房去!”

那是一个无月的夜晚,阴云带来了一丝爽人的凉气,宁安和晶子静静地并躺在床上,谁也没有阖上眼睛,但谁也没朝谁伸手。直到半夜过后,晶子的身子才一点一点向宁安靠去,但她最终没敢挨住宁安的身子，只是细了声说："我已经用肥皂水把身子洗了三遍，你要还嫌脏我明儿个就再洗一——"宁安的一只手就在那当儿伸了过来，准确地捏拢了晶子的双唇……

19

从第二天起，晶子就把几乎所有的家务活都揽了过去，扫地、做饭、刷碗、洗衣、挑水、濯菜，把家里的一切都料理得妥妥帖帖。她的勤快很快赢得了全家人的喜欢。

栗丽有时看着忙碌的晶子，就忽然想起自己的女儿宁贞也该出嫁做媳妇了，于是就在一个晚饭后来到女儿的房间，含了笑问："贞儿，你的事你是咋想的？"

"啥事？"正在读《企业管理学》的宁贞一下子没能听明白妈的话，瞪了眼反问。

"成家呀，你总不能一直跟着我和你爹过日子吧？"

宁贞的长睫毛一下子垂挂了下来，目光也从书页里滑到了地上。

这些年到宁贞家来求娶宁贞的人家可是不少，宁贞的那份美貌令四周村里的多少小伙为之倾倒。栗丽由于自己当年在爱情上的惨痛经历，决心不包办女儿的婚姻，一切交由女儿自己做主。宁贞前几年一心想把学业完成，所以拒绝了所有媒人的说合；这几年在尚吉利干出了名堂，四周村里的一般人家又觉得无法高攀也就不敢再登门求婚。宁贞这两年当然也想过自己的婚姻问题，其间厂里也有两个小伙给她写过求爱信，但她无形中总要拿他们来和尚昌盛比，一比就觉得他们太不成熟太没本领太无上进心，加上昌盛的身影总在她脑子里朦朦胧胧地晃，所以事情就拖了下来。

“妈，这事不急，等等吧。”

“还等呀？要等到啥时候？你的年龄——”

“妈！”宁贞瞪了一眼妈妈。

“好，好，我不多嘴。”栗丽退了出去。

宁贞却再也看不进书去。妈妈的话像飓风一样在她的心里掀起了波涛。是的，是到了成家的时候。其实早在很久以前，她就在许多个令她激动不已的梦里和一个面孔模糊的男子热烈相拥了，只是在清醒之后，她找不到那个令她激动不已的男人。

此刻，她想起了昌盛向她提起过的刘家福——那个也是从农村来到尚吉利集团做事的健壮的小伙。难道我等了这么久等的就是他？

她开始仔细回忆自己对家福这个人的印象。她对家福的看法不好也不坏。她知道他会写公文、会画广告、会使用电脑，如今实际上已成了尚昌盛的专职秘书；人长得也周正；身个也在中上等。但人平时少话，显得木讷；而且脾气好像有些倔；衣服穿着上也显得不甚利索；做事也不像尚昌盛那样有魄力有韧性……想到这里，宁贞意识到这又是在和昌盛比，就暗中笑了，两个人的经历不同，年龄悬殊，怎好放在一起比？

她知道昌盛向她介绍家福是对她的关心，这种关心当然令她感动，不过也有一点隐隐的遗憾在心里旋转。也罢，就和这位家福交往一段试试，不合意，就罢；合意了，也算了结了人生的一件大事。

试试吧！……

她于是在昌盛又一次提起这事时答应和家福在昌盛的办公室里见一面。那是一个平常的上午，两人在昌盛的安排下都拿着一份生产报表来到了昌盛的办公室。其实两人平时也经常见面，不过这次见面带有一种承诺交往的意思。

两个人交往一段时间后宁贞觉得还算满意，家福虽然没有给她一种激动、幸福的感觉，但也没有让她感到特别失望。一种淡淡的愉快弥散在他们的交往之间。两人在一起虽没有书上那种忘情的大笑和透不过气来的热烈，可也有真诚的微笑和有度的亲昵。这样，在一个休班的上午，宁贞就决定把他领家来给父母和哥哥看了。

家福这些年因为一直在尚吉利工作，举手投足和宁贞一样，已完全是城里青年人的模样了，所以到了宁贞家，冬至和栗丽这对做父母的还有宁安对他还都算满意。吃过午饭，栗丽把宁贞拉进里屋说："中，我和你爹都同意，你啥时候想要过门，我和你爹给你准备。"宁贞听罢嗔怪地瞪了妈妈一眼："现在可就说到了过门？还差十万八千里哩！"

午饭后宁安提着篮子要去岗上收茧，勤快的家福见状说："我也去帮帮忙吧。"拎了一个竹篮就跟宁安走，宁贞见状，便也跟了去。

尚吉利丝织集团的蚕茧基地，如今采取的也是承包制，几个工人承包一道岗上的桑树和柞树的栽种、养育和蚕的放养，尔后按上交的茧的数量来给报酬。宁安和那位水濂寺的左居士承包的是安留岗的中段,宁安带着宁贞和家福登上岗时,那位左居士已在岗上干着了。

微风在满岗的桑树和柞树的枝叶间悠然闲荡,撞得细枝和叶片飒然作响;白色的蚕茧像葡萄似的挂在柞树枝叶间,随着风的舞弄左右摇摆。宁贞呼吸着岗上那股浓浓的青鲜之气,高兴地说:“其实在这儿干活比在工厂里要舒服得多!”

“那个棚子遮盖的,就是你当初发现的那个方形土坛吧?”家福这时指了指岗脊上那个用石棉瓦搭成的棚子问。

“嗯。”宁贞点了点头,多年前那个上午挥镢挖到棺材的情景又倏然出现在眼前,她不由得打了个冷颤。

“听俺家老辈人说,过去这安留岗上也曾住过人家,不知道他们住在这荒岗上做啥,总不会是在看护那两个女尸和那些坛坛罐罐吧?”家福又开口道,“听卓月教授告诉我,说其中两个女尸的头都是被砍掉的,真有点可怕!”

宁贞斜瞪了一眼一边摘茧一边说话的家福,她有点讨厌他在这个话题上的纠缠。

“那女的说不定就是被他男人杀的。”宁安接了一句。

“不会,男人咋能杀自己的女人?”

“人世上啥事都可能发生!”一直默然干活的那位左居士这时突然开口。

家福和宁贞闻言有些意外地向他看去。那左居士不再言语,只是聚精会神地摘着蚕茧,好像刚才那话也不是他说的。

一股风狗一样吠叫着窜过午后的岗脊……

20

最初的一线曙色刚踱进卧室，远处的洒水车才响起铃声，尚天就醒了。他轻轻地穿衣下床，急步向父亲的卧室走去。每天的这个时候，他要抱着父亲到卫生间里小解。

父亲已经醒了，两只眼在渐亮的晨光里睁着，看见儿子准时来到自己床边，不知是高兴还是感动地“唔”了一声。

侍候父亲小解出来，尚天又给父亲按摩失去知觉和活动能力的肢体，尔后帮他洗漱。在这一切做完之后，他已是浑身大汗了。这时，妻子和母亲已相继起床，妻子开始做早饭，母亲出去锻炼身体，尚天则打扫院子整理屋子，新的一天就算正式开始了。

平日，他喂父亲吃过早饭，再匆匆吞咽下自己的那份饭菜，便需要踏上自行车飞快地向单位里赶，这样才能保证按时上班。但今天，他吃自己那份饭菜时显得从容多了——他今日要在家里等市医院的医生来给父亲进行一次检查，昨天已预先请过假了。

饭后，他坐在沙发上等医生来。妻子已去上班，母亲去菜市场上买菜，父亲仰躺在那里歇息，院子里一片静谧。他在这种静谧的等待中拿过一本书慢慢地翻着。

九点半钟的时候，医生还没来，他有些诧异——他前天专门去同医院领导定好了时间，说是一上班就来的呀？他有心想给市医院打个电话问问，又怕人家已经动身，自己这样催着不好，于是重又坐下身来等。

眼见十点半了医生还没来，他才拿起电话，对方的回话令他一愣："对不起，我们忘了这件事，今天上午看来来不及了，改成明天吧。"

他握住话筒呆了一阵：忘了？过去父亲在位的时候，即使没病，他们也要经常打电话来问问身体要不要进行检查，现在，在父亲真正需要检查的时候，他们倒忘了？他放下电话便紧忙去找三轮车，用三轮车把父亲拉去检查，时间还来得及。父亲的病情这两天似乎有点变化，不能耽搁了。他抱着父亲往铺了被子的三轮车上放时，忽然想起那次在水濂寺听那位居士讲"利"字的事，既然"利"可以看作"利益"的利也可以看作"利刃"的利，那么权也可以看作"权力"的权或"权且"的权，父亲过去有权，但这种权只是权且交给你，并不归你终身所有，一旦权被收走，伴随在权后边的东西也就没有了。爸爸，心平气和吧，咱们就坐三轮车去医院里检查，平民百姓有病不是都得去医院里看？

他蹬车去了医院，还好，赶在医生下班之前给父亲做完了检查。父亲的病果然有些变化，需要加服一种药。他把父亲在三轮车上放好，赶到药房窗口排队取药时，忽然觉得排在前边的一个年轻女人背影很眼熟，细一审视，竟是晶子，他不由得低叫了一声："晶子，是你?!"那晶子闻声回过头来，一见是他，脸霎地变白了，她显然想起了过去的事，药也不再取了，扭身就向旁边的走廊上跑去。

尚天有些尴尬，正后悔刚才不该喊那一声时，忽然又看见宁安向药房走来，他急忙把头一低，想佯装没有看见。糟糕，今天怎么净撞见旧日的熟人？不想宁安偏径直向他的身边走来，他没法，只好抬头招呼道："宁安，你好！"

宁安在他身边站住，点了点头。

"拿药?"尚天又问，心里忽然有些慌起来。

宁安没有回答，而是沉了声说："有件事我想告诉你！"

尚天惶惑地看了一眼宁安。

"晶子已是我的妻子！"

尚天的脸刷地红了，他这才明白为什么在这里会同时看到晶子和宁安，他急忙说："祝贺你们，我刚才喊她不是想——"话到这里他又急忙噤声，他意识到越解释会越糟糕。他低下了头，他估计他会听到宁安的一声因误解而起的责骂，但是没有，除了买药的人们嘈杂的对话，没有宁安的声音。他再抬起头时，发现宁安已经走了。

他呆呆地望着药房的窗口，他在那白色的窗口上慢慢看见了一道刀划的痕迹。痕迹，人的行为是会留下痕迹的！我的过去并没有消失，那些时光已经留下了痕迹。

时光是有痕迹的！……

晚饭后尚天虽然仍像往日那样拿一本书在沙发上坐下，但他却并没有读下去。和晶子、宁安在医院里的相遇，尤其是晶子看见他后吓得慌慌跑走的场景，是那样深地刺激了他。

我在晶子眼里是一个什么样的形象？仍然是一个流氓吧？这城里对我有这样看法的有多少人？……

“天天，外边有人找你。”母亲站在院里喊。尚天闻唤走到院里，母亲朝院门口指了指，果然，那里站着一个男人。

“进来吧，有事到屋里说。”尚天让道。

那人没动，只咳了一声，这使尚天有些意外，就抬脚走过去，走近了才身子一颤：“宁安?！你来了？”

“唔。”宁安应了一声，双脚移动了一下，身子退进了大门的阴影里。

“有事？”

“嗯。”

“那进屋说吧。”

“不用。”

“啥事？”

“我想求你——”

“宁安，别说求，只要我能办的。”

“你以后别与晶子见——”

尚天身子一震，急忙解释：“我今天在医院见她确很偶然，我喊她只是想打个招呼，绝无别——”

“这我知道。”宁安截断了尚天的话，“我是说以后你能不能别与她见——”

“好，我答应！”尚天慌忙应道。

“也别与我见面！”

“与你?！”尚天的眼瞪大了。

“是的。”

“为啥？”

“我一看见你就忍不住要想起过去，想起你和晶子那些事……这心里就揪扯得……”宁安说着蹲下身子，双手抱住了头。

尚天的嘴倏然张开，又慢慢阖上，分明是把一团惊愕吞咽了下去。

“我和晶子结婚后一直在让自己忘记过去，我也以为我差不多忘记了，可今天一与你见面，过去的那些事就又一下子全记起了，我这心里——”

“宁安！”尚天拦住了对方的话，“我按你说的做！”

“我知道我这要求有点过分，可我实在是没有别的办法，一想起自己曾把老婆推到你的怀里我就——”

“宁安！”

“其实你也好办，就是你看见俺们在什么地方时，先别过去，待俺们走后你再过去。俺们要是看见你在啥地方，也不会过去，这样，咱们就会避免见面了。”

“我会尽全力做到的！”尚天宣誓似的说。

“那我走了。”宁安说着起身，逃也似的快步走开了。

直到宁安的身影消失很久之后，尚天还站在原地。宁安抱头蹲在那儿的情景使他的心受到了那样强烈的震撼，他第一次意识到，自己的行为原来还在给宁安今天的生活造成伤害。我过去从没去想自己的行为会给别人带来什么，我只想到我的行为会给自己带来什么样的享受和利益！

21

曹宁安对自己的生活真正生了满意之感是在自己担任尚吉利蚕茧基地主任并在妻子晶子也进了基地工作之后。这个时候，夫妻双方骑着自行车上下班，都穿着崭新板正的衣服，每个月都能定期领到数额相当可观的工资，一种安全稳定的感觉自然就生出了；加上晶子有了钱后也很会打扮自己，她的不错的容貌加上衣妆的效果，使她不仅在乡村的少妇中，就是与城里的那些少妇相比也成了很惹人注目的女人。这不能不使宁安在心里有了一点自豪。还有一条，晶子这女人心细手勤，把一个家料理得井井有条，把宁安侍候得无微不至；尤其是在夜晚的床上，对宁安真真是百依百顺，任其百般尽兴。如此这样，宁安对自己的生活焉有不满意之理？

那天早上起床时，晶子附到他的耳朵上悄声说道："我这个月的月经推迟了半个月还没来。"他先是心不在焉地应了一句:“那就再等等。”可话刚说完他的心就又倏然一亮,急忙抓住晶子的手压低了声音笑问:“会不会是怀上了——?”晶子脸红红地说:“我也在怀疑——”“那咱们就去市医院做个检查!”宁安当即做了决定。

检查的结果虽然证明不是怀孕,但给晶子检查的医生的话仍然令宁安十分高兴。医生说:“我给你夫人开点药一吃,保准要不了多久你们就会如愿!”

他于是满心欢喜地让晶子拿了医生开的药方向药房走去,晶子也就在那刻在排队买药的队伍里看见了尚天。

在看见尚天的第一霎晶子就感觉到恐惧轰然压来,她害怕他会像过去对她做的那样,来破坏现在她十分珍惜的家庭生活,她几乎连想也没想,便慌慌地向站在走廊另一头的丈夫跑去。

接下来便有了宁安与尚天相见的场面。

宁安最初看见晶子慌慌向她跑来时以为药方上有什么问题,还朝晶子抱怨了一句:“看把你慌的!”及至听晶子说看见了尚天,神色也为之一变。他愣怔了一瞬,随即才向药房那边走去。他知道他不能也像晶子那样慌慌跑开,那成什么话?难道我们今天还怕他不成?!可一看见尚天,他以为他已经忘记了的过去的那段生活,又倏然展现在了他的眼前:他重又看见晶子的奶子被尚天攥着,看见晶子坐在尚天的腿上,看见晶子喂尚天喝酒,看见晶子让尚天搂着去看“晚场电影”……也重又看见了自己捏着尚天递给的三百块钱,看见自己小心翼翼地把钱递到晶子手上……

他对晶子和自己都产生了恶心之感。一股难以言说的烦躁塞满了胸间。他当晚去见了尚天之后,尚天的态度虽然令他心安,但对晶子和自己所起的那股恶心与厌恶却并没有消去。他的心绪一下子坏了下去。又变得不爱说不爱笑满脸阴郁，使得基地的工人们和父亲、母亲以及宁贞都觉得惊疑。

到了夜里，他也失去了再动晶子的兴趣，许多天里，他甚至连用手碰都没碰晶子的身体。细心的晶子当然感觉到了丈夫的变化，但她对丈夫心情变化的原因却作了另外的理解：以为他怀疑自己在医院与尚天相见时说过什么他不知道的话。于是在一个晚上熄灯之后，她鼓足勇气小心翼翼地说："我那天和尚天见面时没说一句话。"

宁安无语，默然躺在那里。

"我一看见他就吓得赶紧跑了。"

宁安仍旧没有吭声。

"我连第二眼都没看他——"

"还要啰唆?!"宁安猛地捶了一下床板。

宁安在这种恶劣的心境中过着日子，弄得晶子也提心吊胆，惟恐在哪一点上惹恼了宁安。有天晚上晶子拿过一套干净的内衣让宁安换，宁安没好气地说："我身上这套才穿几天，又换？衣服没穿烂都叫你洗烂了！"晶子没生气，晶子笑着说："你当初开田园酒店时，大约是内衣不常换的缘故，有时身上的汗味直冲人的鼻子——"

"啪！"晶子的话音尚未落地，宁安竟"啪"地一声朝晶子抡了一巴掌，边打边气恨恨地叫："我叫你提田园酒店!?"

这是晶子与宁安结婚后第一次挨打，她惊怔了一瞬，随即便扑到床上哭了。晶子那伤心至极的哭声把宁安的恼怒慢慢浇灭了。平静下来的他看着晶子哀哀低泣的样子，忽然想起，当初，我就是因为不想让晶子挨打才娶她的，怎么现在我又打起了她?！当初她和尚天那样，还不是你帮助促成的？你现在倒也有理了？歉疚就在这自责中渐渐生了出来，他后来将手慢慢伸过去，把晶子揽到了怀里。“别哭，”他在她的耳边叹口气说，“对不住，我也不知道我怎么就动起了手……”

晶子伤心地抽噎着从他胸前抬起脸问：“你心里是不是也嫌弃俺——”

宁安没让她说下去，让自己的双唇堵住了她的嘴……

这个晚上过去之后，宁安的心境才算稳定下来。这样过了有两三个月，有天早上晶子起床后，忽然干呕起来，宁安以为她病了，要领她去看医生。晶子摇摇头说：“不用。”“为啥？有病就得治嘛！”“这不是病！”“是啥？”“这回是真的怀上了。”“你咋知道？”宁安惊奇道。“我已经去做了检查。”“为啥不让我陪你去？”“我怕这回又害你空喜欢一场。”“嗨！”宁安笑着把晶子抱到了怀里。

晶子的怀孕改变了宁安思考的方向，他现在开始想晶子怀的是男孩还是女孩，想胎儿的发育是不是正常，想晶子日后的分娩会不会顺利。对这些问题的思考使他又渐渐淡忘了过去的那段日子，他的心情不觉间好了起来。

晶子后来是在一个午夜开始产前阵痛的。那是一次可怕的难产，晶子因为骨盆狭窄遭受了长时间的折磨。当晶子那凄厉的喊叫在妇产科的走廊上来回飘荡时，宁安的心高高地悬了起来。他在那一刻才意识到，晶子为他做的远比他为她做的多，她所承受的苦痛的重量远比他承受的大。

那是一个八斤重的男孩。

当护士抱起孩子向他走来时他没有先看孩子，而是踉跄着扑到晶子的床前，一边替昏沉中的晶子擦拭脸上的汗水一边连声心疼地呼唤：“晶子，晶子……”

晶子在月子里得到了宁安最精心的照顾，饭常常是宁安喂晶子吃的。在孩子睡着的那些晚上,他会像抱孩子一样地把晶子抱起来在屋里转圈。我不会再让过去的那些日子来干扰我们今后的生活。我们吃的苦头已经够多,为什么还要自己给自己找苦头吃?……

22

尚昌盛从小瑾失贞的痛苦中挣出身子,看清了面临的险恶局面之后,又开始像过去那样全身心地扑到集团的经营上。面对一些国家因北京天安门事件而拒绝进口大陆尚吉利绸缎的局面,他连续跑了两次香港,在那里很快租房办起了一个尚吉利集团香港分公司,把生产出的绸缎迅速运往这里向世界市场销售。世界各国的绸缎商们内心里并不是不愿同尚吉利集团做生意,所以一见香港有了卖尚吉利绸缎的公司,便纷纷前来买货订货。把生产出的绸缎运到香港出售,钱自然要少赚一些,但渠道总算又已畅通。伴随着销售额的增大,利润仍然像水一样地流向尚吉利集团的南阳本部。

有天晚上,昌盛很高兴地去向爷爷报告这些日子集团的经营情况,爷爷听罢,停了一霎,说:“该办点事了。”

“办点事?”昌盛眨着眼睛,不明白爷爷这话的含意。

"是呀。"

"办啥事?"

"想想吧,你现在手上不是有了钱吗?"

"你是说再扩大工厂?我们现在重要的是提高绸缎质量——"

"我不是说的那个。"爷爷摇着头。

"那是——"

"人赚钱赚到一定程度,就要做点于周围人有益的事,不然的话就要遭人嫉妒。"

"哦?"

"人聚财聚到一定数量,就要散些财,要不,便很难再聚下去。聚散,聚散,有聚无散,会惹祸端!"

"嗬?!"

"你翻翻书就能看见,过去的那些富人家,很少不散财做慈善事的。前几天的收音机里还说,香港的一个富豪,给内地他的老家捐几百万元盖个博物馆。"

"那你的意思是想——?"昌盛看定爷爷。

"办个学校!"

"办学校?"

"咱南阳一千多万人口,每年考大学的高中生很多,可大学录取的人数有限,要是能办一所大学——"

"大学?"昌盛吃惊了。

"对,咱南阳咱尚吉利集团眼下缺的不是中学生,而是大学生。要是能办一所大学,既能让那些希望上学的高中生有学上,让他们和他们的家长高兴;又能满足咱尚吉利集团对人才的需要,不是挺好?"

昌盛默默地望着爷爷,目光里露出了一点惊讶。爷爷那已经衰老的头脑里，居然还在琢磨问题，还能想出如此重要的新点子。尚吉利集团下一步要继续发展，要使产品质量成为世界第一，最需要的就是人才。过去想到这个问题时，总在琢磨怎样花钱去四下里寻找，从没想到自己来办学培养。倘若真办起一所大学，我需要什么人才，就设置什么专业来培养，那该多么方便。同时有了大学，可以使本市一些高考落榜的学生有学上，这也会改善自己在本城的人际关系，消除一些人对自己的妒忌心理。前些天的几个晚上，都有人隔了丝织厂的院墙往院里扔西瓜皮，那会不会就是妒忌心的表现？还有，办学是政府提倡的事情，自己这样一干，也会引起政府的好感，今后集团里若有事求政府解决，也会方便些。承达叔卧病在床，我在市政府里已没有什么靠山，如今办企业，尤其是办尚吉利集团这样的大企业，政府若对你没好感不给你支持，恐怕会有麻烦。还是爷爷想得远呵，昌盛，你和爷爷相比，还是差着一截……

“咋样？想通了没？”爷爷慢了声问，“是不是有点心疼钱？”

“通了，爷爷。现在的问题是咋样才能办起一所大学——”

“这我就管不了了，你自己去想办法，我要上床睡了……”

办一所民间大学对昌盛来说可是一桩十分陌生的事情。我连大学的门都没有进过，怎么会懂办大学？我可以去上边跑来办学的批文，可以拿出钱来盖校舍，可要让一所大学的教学正常运转起来，我哪有那份本事？

他想起了表妹卓月。

卓月上过大学且如今又在大学里教学，这件事应该让她来做。

他第二天下午来到卓月的房里，进门就叫："卓月，你愿不愿当一所大学的校长？"

"嗬，啥时候当了官，敢随便委任大学校长了？"

"这可不是随便委任，你只说你愿不愿当吧？"

"不愿，我不是当官的材料，我喜欢的是干这个！"她推了推面前桌上的一摞清样，"这就是我写的关于安留岗方形土坛的研究文章，《考古新发现》杂志已决定发表，我正在校对清样。"

"不愿当也得当！"昌盛在椅子上坐了，详细说了事情的经过。末了反问："这件事你要不出面，我找谁帮忙？"

卓月一听是这样，沉默了一阵说："这事既然是外爷要办的，我们当然该全力办好。南阳眼下的确大学太少，多一所大学就会多培养出一些有用人才。当年卓远外爷办中学，也是这份心意。这样，你负责筹建学校，我负责筹组教学上的事情，我先考虑一下，几天后我给你说说我的设想。"

昌盛高兴地说："好！"

接下来昌盛开始一边组织尚吉利集团的生产、销售，一边到上边跑关于办学的批文。上边果然支持这样的事情，不久就把批文拿到了手。接下来开始买适宜建校的地皮。校址最后选在白河岸边，约有三十亩地，地皮钱市里虽然有优惠，但还需要九十万块。临掏钱的时候，昌盛有点心疼了，九十万呵，都是自己一点一点积攒起来的，不过最后还是痛快地在支票上签了字，该花的就得花嘛！这些钱将来我会通过人才收回来的。

卓月是在半个月之后来找他谈关于教学方面的设想的。

卓月说，根据眼下尚吉利集团生产发展的需要和南阳目前各种专业人才的现状，我想咱们办的大学可先设四个专业：蚕丝加工、计算机应用、现代企业管理和英语。每个专业先只收一个班，每个班四十名学生。试办一年之后再决定是否增设专业和扩大招生名额。至于师资的解决办法，一是招聘退休的优秀大学教师，二是外聘其他大学的知名教授为客座教授，三是请尚吉利集团有实践经验的管理人员和技术人员来兼职讲课。将来再逐渐想法让上边分给我们几个新从大学毕业的本科生、硕士生来从事教学。

昌盛听罢连连点头说："行，这个设想很对我的心思，咱不能一口吃个胖子，设的专业和招的学生太多，我的流动资金就很难支持。照这个设想，我先盖两座楼就行，一座五层楼用于教学和办公，一座四层楼用于师生住宿和吃饭，外加一个院墙和一个操场。其他的设施咱以后逐年再建。"

之后昌盛和卓月便分头开始忙碌。紧赶慢赶，一切都赶到了来年秋天到来之前准备完毕。省、市教委派人来视察后，正式批准这所小型民办大学开始在秋季招生。学校的名字定为："尚吉利综合大学"。

那是一个秋阳高照的上午，第一批来校报到的新生挟带着欢声笑语拥进簇新的校园。站在教学楼前的昌盛对身边的卓月笑着说："卓校长，快去迎接你的学生！"

"我可告诉你，我只干三年，这期间你必须尽快物色新校长！我喜欢的是历史和考古研究而不是学校管理！"她说完开始含笑迎向她的第一批学生。

爷爷，学校开学了，任务完成了，南阳竟然有了一座以尚吉利命名的大学，这是尚家历代前辈们没有想到的吧？这是我在你的指导下办成的又一件事，爷爷，我们以后还会办成更多的事！总有一天，我们会让全中国和全世界的人都记住“尚吉利”这三个字！

昌盛长长地舒了一口气。

23

宁贞走进尚吉利综合大学蚕丝加工专业的教室时，来自韩国的金泰中教授的讲授已经开始了。宁贞在教室后排角落里找到一个座位，临坐下前打量了一下听众席上的人，她发现在学生们后边坐着旁听的人很多，尚吉利集团所属各厂的中层以上的管理和技术人员差不多全都到了，内中有哥哥宁安，也有家福，她还看到了嫂嫂晶子的背影。

……蚕丝加工研究的目的不仅在于改进蚕业的最终产物——丝织物的纺织技术，还在于从学术上阐明其基本原理……

金教授的汉语说得很流利。宁贞这是第一次听外国教授讲课，她好奇地打量着那个头发斑白的韩国教授。她听说他一生都从事蚕丝加工学的研究。一个人一生只做一件事，这大概需要很强的耐力;他那颗脑袋里装的可能都是蚕丝加工方面的学问,那些知识要都给我多好,那我就成了南阳地面上蚕丝加工学的权威。

> ……即使在当今人造纤维的时代,从时髦、安全、舒适和卫生的观点看,蚕丝仍然是衣物的最理想的材料。由于蚕丝优良的质地和具有所有其他天然和人造纤维的基本原型而被赞誉为“纺织纤维皇后”……

应该感谢尚吉利综合大学,如果没有这所大学,我此生可能就听不到这位亚洲有名的蚕丝加工学权威的课了。宁贞听说,金教授在来郑州开国际学术讨论会期间,几家丝织工厂和公司都想请他去讲课,但他全谢绝了,他说他只习惯于在大学讲坛讲课,不习惯在工厂和公司的会议室里讲。卓月听到这个消息后,急忙拿上南阳尚吉利综合大学的介绍信,以校长的身份去邀请。对方一看她胸前的校徽,一听说该校专设有蚕丝加工专业,便欣然应允了。

> ……早在五千年蚕业史的初期,就已有把精美生丝织成有价值的织物的大量研究。然而,即使在当今时代,要把蚕丝加工到完美的程度仍然是很难的。我们这些蚕丝加工领域里的学生、工程师、研究者和教授,应该把蚕丝科学和技术提高、升华到一个新的水平,以造福于人类……

我现在是坐在一所大学的教室里听课,要是早有这样一所大学多好!我过去读函授学校时哪有亲耳听教授讲课的机会?每天面对的都是函授讲义和函授作业,那样的学习效果根本不能和这样亲耳听讲相比。这当然应该感谢尚昌盛,没有他,就没有尚吉利丝织集团,自然也就没有尚吉利综合大学。昌盛,你知道你为南阳、为南阳的年轻人做了多么大的一件好事!宁贞用目光在听众席上寻找,终于在前几排的一个座位上找到了也来旁听的尚昌盛,她把目光固定在昌盛的后颈上,那是一个多么坚强而好看的脖颈!

……生丝所含的丝胶应该通过精练和漂白加工全部或者部分地除去。丝胶中的氨基酸由共价键连接而组成多肽单位。这种相互连接的多肽成为具有高度结构的和高分子量的分子。由于这种高分子具有大量的聚合能,因此它具有如像膨化这类特性……

正听得聚精会神的宁贞忽然感到左肋部被碰了一下,她扭头一看,是家福半弯腰站在她的身边。"下课后到白河边等我一下,我给你带了件礼物。"他几乎是俯着她的耳朵说。

宁贞的面孔露了点愠色。她不高兴他当着这么多人的面和她来这种亲密的耳语;更不高兴他在这宝贵的听课时间里用这种事来分她的心。你也应该好好听讲,这样的学习机会平日能遇到几回?啥样的事不能等到课后去说?她只略微点了一下头表示她已经听明白,便又扭脸去听讲了。唉,啥时候家福要也能像尚昌盛那样,干出一番惊天动地的事业来那该多好!

宁贞还未走出校门,就看见家福站在白河边的一棵柳树下等她。她有意放慢脚步,让身边其他来旁听的人先出校门,自己这才向家福身边走去。

"你快看我给你带来了什么!"宁贞离家福身边还有十几步远时,家福已经迫不及待地从衣袋里掏出了一个物件向宁贞递过来。宁贞上前接过时,注意到那个用绿绒做成的方形盒子很轻。她打开后发现,那是一条珍珠项链。

“这是前些天广西北海一个来进尚吉利绸缎的商人带来的,他说这是他们北海出的天然珍珠,质量在中国是第一流的;他还说这种珍珠项链戴到女人身上,除了美观好看之外,还能起到平静心境、降低血压和滋润皮肤的作用。”

宁贞小心地摸着项链上的珠子,一个笑意和一丝满足从她那纤长的眉梢升起。家福这种爱的表示抹掉了她在教室里对他的那点不快。“这东西很贵吧?”她抬了头问。

“再贵我也买得起!”

“不该乱花钱的。”宁贞话虽这么说,心里还是暖烘烘的。她知道自己此刻也应该说点什么表示爱意的话,可一时又想不起,于是就开口问道:“你今天听了韩国这位教授的课有啥感受?”

“讲得挺好,有些知识我还是第一次听说。”

“我也是,听了今天的课我才明白,蚕丝加工这门学问好深好深,我们尚吉利集团要织出世界上质量最好的绸缎,也就是尚总平日说的‘霸王绸’,并不是轻易就能做到的,我们还要花很大的功夫,使出很大的劲才有可能。”

“我俩见面,咋尽说些尚吉利集团的事?”家福笑问,他显然想转移话题。

宁贞不好意思地笑了:“我是觉着,尚吉利集团是咱俩的立脚之地,正是有了尚吉利集团,我们两个乡下人,才能在这城里站住脚,才能掌握指挥他人生产的权力,才能成为受社会尊敬的人,才能有时间在大学课堂上听课,才能有钱买珍珠项链。我想,这大概就是书上说的大工业的作用,是大工业改变了我俩的命运。所以平日说话,总是不知不觉就要说到尚吉利集团上来。”

“那我们现在就有意识地不说它了,说说我们自己。”

“说啥呢?”红晕开始驻足在宁贞的颊上,并且在一点一点地变深。

“我天天夜里都想你,你想我吗?”家福的声音压得很低。

宁贞心里知道该说:我也想你。但她终于没说出口,她觉得说出了就带有一点欺骗的味道。自己的确没有天天夜里想他,她此刻回忆起来,她平日想到他的时候实在不多。作为自己的未婚夫,我应该经常想到他的,可我为什么没有想到他呢?

“来,让我把项链帮你戴上。”家福伸手把项链盒拿过去,小心地取出、展开,“戴上这个项链,你夜里说不定就会想到我了。”

宁贞笑笑,顺从地把脖颈向他伸过去。这是她长这么大以来第一次戴项链。这几年手上有钱之后,她也曾有过想买金项链的念头,但因怕村里的女伴们说她显摆,终于没买。项链戴到脖子上的感觉原来是这样,凉凉的,有点沉,颈后像是有个东西在爬动。她听见家福在颈后把卡口旋好的时候,想挺起前倾的上身,不防这时家福忽然把她搂到了胸前,而且搂得很紧,接着又把嘴唇压到了她的脸上。她没有挣动,顺从地让他亲。她听见了他急促的喘息,却惊奇自己心里怎么如此平静。她感觉到他的双唇由她的双颊移向了她的嘴,她仍然没动。

“把舌头给我!”她听到了他急切地要求。可她假装没有听见,直到他又说了一遍后,她才伸出了一点舌尖。

当宁贞终于被家福松开之后,她望了一眼已经漫到身边的暮色说:“咱们回吧。”

“我还有一句话想给你说。”家福这时又开口道,胸脯还在因为刚才的激动而急剧起伏。

宁贞重新扭身望定他。

“以后你别再穿这种领口开得低的上衣!”他指了一下她的颈下,那儿,开着的领口里露着一小片雪白的胸脯。

宁贞的双眸旋了一下,茫然地望着他,显然在等待解释。

“你没发现好多男人的眼睛总往你露着的那个地方看?!”

“看呗,那有啥要紧?”

“我不愿意!”家福的声音带了气。

“哦?”

“我不想让任何别人看见你的身子,哪怕只是一小片肌肤!”

宁贞先是一愣,随即又有些感动地笑了,呵,你这个小心眼的动了爱心的男人!……

24

同所有的老人一样，尚达志虽然知道自己的日子像重孙子即将用光的作业本一样，已经没剩几页，并且做好了随时走的准备，但一当有些事情真的到来时，还是觉到了意外。那天，《宛城生活报》的一个女记者摸到尚家大院，缠着在院中晒暖的达志，要他讲述他的长寿秘诀，说要为他写一篇报道。达志说：我哪有啥子秘诀？我是该吃就吃该睡就睡该愁就愁该忧就忧，我从来也没有想望能活这样大的岁数，我估摸阎王爷是把别人的阳寿胡乱地加到了我的身上。达志说着说着猛停住问那女记者："这天咋就忽然阴了？"女记者抬头看看头顶，很诧异地说："没有哇，阳光很好。"达志就笑道："你骗我做啥？明明是黑云彩遮住了日头，天已经暗成了这样，还说阳光很好？"那女记者听了越加惊异，又抬头看了看湛蓝的天空和明晃晃的日头，正不知该怎样开口，却又听达志说："要下暴雨了,天黑成了这样。”达志说着,就起身拄杖向屋里走去。女记者一时怔在那里,不知达志何故忽然如此颠倒黑白,几分钟之后,她才倏然意识到是老人的眼睛出了问题。她紧走几步到倚在门上的老人面前,拿手在他眼前晃了晃,见他眼球未动,才道:“尚老先生,你的眼睛——”她听见他叹了口气,说:“我也刚刚想到是我的眼睛不中了。”接下来她看见他用拐杖捣着地,慢慢摸索到了床沿,在床上坐下后颤了声自语:“说瞎就瞎了?”

昌盛知道这变故赶回家时达志已经平静了下来,昌盛刚要开口安慰爷爷,没想老人倒先说道:“瞎就瞎了呗,我已经想开了,一百多岁的人,眼还不瞎倒是日怪了,就要看到有些不该看的东西了。”昌盛见爷爷这样说,便紧紧抓住爷爷的手道:“我下午就领你到眼科医院看看。”达志听了喑哑一笑:“还到医院干啥?明摆着这是眼睛老了,到了该坏的时候,还修它干么?又不疼不痒的,这不是病!”

那天后晌昌盛没再去办公室,留在家里陪伴爷爷。老人一下子不能适应视力的丧失,大小便都要靠昌盛搀扶。昌盛利用这时间把尚吉利综合大学的运转情况给爷爷说了,老人听罢点头:“这件事办得不赖,我如今不放心的就剩一件事了。”

昌盛闻言忙问:“啥事?”

“继承人。”

“继承人?”

“对呀,我八成是真的要走了,你也已经五十多了,该想想继承人的事了。旺旺师专毕业这么长时间了,为啥还不让他进丝织厂里干活?他到如今对织丝绸的事还一窍不通,日后咋能接住你管理这一份祖业?你是五岁开始读丝织方面的书,你爹是四岁开始读的,旺旺拖到今日还没好好读过一本有关织绸织缎的书,这咋能行?你能保证你的身子就不出毛病?出了毛病谁来顶替你去做事?”

昌盛笑了一下:“这桩事我倒是想过,只是旺旺这孩子压根儿就不喜欢丝织,他一心想去唱歌,眼下天天想着要上音乐学院进修,想着要当歌唱家,我几次要他到尚吉利综合大学学习蚕丝加工专业,他都不干,真是拿他没办法。”

“他说不干丝织就不干了?当初你也没说你想干呐,我不是把你训练出来了?哪能啥事都依了孩子?”

昌盛见爷爷生了气,急忙说:“爷爷你放心,这件事我立马着手去办,我和旺旺再谈谈,一定争取让他尽快到丝织厂去干。”

达志不再说话,只慢慢摸起床头柜上的马蹄表在手里摩挲,半晌之后才又开口:“给我换个能一个钟头响一次的钟表来,我已经看不见表盘,得凭耳朵听了。人活的就是个时间,我得知道它走到哪儿了。”

昌盛心里一酸,一边接过那只表一边说:“行。”

昌盛走进儿子旺旺的睡屋时旺旺正面墙而立看着一张歌星的照片。他默默地打量着儿子的房间,房间的墙壁上到处挂着各种各样男女歌星们的照片;地上散扔着大小不一的歌谱;床头上堆满了各种版本的歌曲总集和歌曲录音带;一个小收录机像螃蟹一样地趴在床上,几条长长的耳机线像是虾的触须。他轻轻摇了摇头,预感到和儿子的这场谈话将不会轻松。

“旺旺。”他喊了一声。旺旺从凝神状态中醒过来,“噢,爸爸,我正想找你,你能不能为我买一套音响?这样我练唱时就方便了。”

“这个我们以后再谈，旺旺，你坐下，爸爸今晚找你有事。”

“说呗。”

“你知道你太爷爷眼睛的事吗？”

“知道，咋了？我觉得可能是太爷爷太老的缘故。”

“知道爸爸已经五十多岁了吗？”

旺旺的眼有点瞪大：“爸爸，你有什么话就直说！”

“我是想提醒你，在咱们尚家，我和你太爷爷很快就不中用了，咱们家需要有一个主事人，有一个能继承咱家祖业的人。”

“是想让我去学丝织？”旺旺的眼斜了起来，“我过去就说过我不想干那个，凭啥子非要逼我不可？我的兴趣在唱歌，不在丝织，懂么？”

“爸爸知道你的爱好，可你想过没有，如果你不干丝织，咱们家辛辛苦苦干起来的这份丝织业日后交给谁去管呢？爸爸这一辈子看来很难织出在世上称王称霸的绸缎了，你要不干，咱尚家世代人盼着的‘霸王绸’谁去织出来呢？”

“为啥非要抱住那份幻想不丢？织不织出霸王绸对咱们这家人究竟有啥不同？”

“胡说！”昌盛到底没压住心底涌上来的那股火气，朝儿子吼了一句。妈的，多少代人的希望被你说成了幻想，你个小东西知道啥叫幻想？！

“听着，从明天上午开始，你到缫丝厂上班，你先弄懂丝是咋着从茧上抽出来的，我会派人跟着你给你随时讲解。在缫丝厂干上三个月，再到丝织厂干；丝织厂干完三个月，再到时装厂干；到春天时，再到蚕茧基地学学养蚕。总之，每道工序都要熟悉上几个月，这之后，再到我身边，我给你讲管理方面的诀窍！有了这些感性知识，再到咱们的综合大学里学些日子！”

“我要不去呢？”

“你敢！”

“敢啥子呢？”达志这时由保姆搀扶着走进了重孙子的房间。

“爷爷，你该歇着。”昌盛急忙上前扶爷爷坐下。

“旺旺，你爹给你说了么？”

“让我学织绸缎的事？说了，可我不愿学这个，我讨厌干这个行当，我愿唱歌！”

“唱歌主要靠嗓子，你嗓子咋样？”达志问得平心静气。

“我嗓子很好！”太爷爷的态度让旺旺高兴，“听过我唱歌的人都说我是金嗓子！喏，这是我前不久自唱自录的一首歌，你听听！”旺旺说着上前“啪”地一声打开了床上的小录音机，一个稍显稚嫩但异常纯美的声音便立刻在屋里回响了起来：

还是春天的花最艳，
还是夏天的叶最鲜，
还是秋天的月最圆，
冬天的雪片旋呀旋，
青春少年的梦最甜……

“好，是不赖！”达志慢腾腾地说罢，站起身来，“那你就去唱歌吧。”

“太爷爷同意我去唱歌了？”旺旺满脸兴奋地问，同时得意地瞥了一眼爸爸。

“同意了。”达志叹了口气，用拐杖探着路向门口走去。

昌盛惊诧地望着爷爷,不知爷爷怎么又突然改变了态度。

“太爷爷,后天晚上,我和我的一帮朋友将在白河剧院举行演唱会,欢迎你去参加!”旺旺快活地朝太爷爷的背影喊道。

昌盛那晚当即追到爷爷的屋里抱怨:“我已经命令他明天就去缫丝厂干活,你咋能又——”

“命令?!”达志扬起他那没有视力的眼睛,“你以为你的命令他就老老实实听了?你没听广播上总讲个性自由?他要是一恼之下离家追求自由了你咋办?唱歌可不是只有在南阳才能唱!”

“是么?”昌盛被爷爷的话吓得后退了一步。

“得另想办法。”

“有啥办法?这孩子脾气倔得厉害。”昌盛愁得双眉聚拢在了一起。

“你想过没有,人唱歌需要些啥条件?”

“得会识歌谱!”

“还需要啥?”

“得有一副好嗓子。”昌盛答,“实话说,旺旺这孩子的嗓子不错!”

“要是旺旺的嗓子坏了,他不是就不能唱歌了?”

昌盛的双眼一下子瞪大:“他的嗓子咋能坏了?他年轻轻的——”

“可我知道一个能让嗓子变坏的办法!”达志的声音突然低了。

“啥?”昌盛惊得呼一下站起来。

“这是老辈子人传下来的一个秘方,在过去的戏班子里,一些嗓音好的人，常被他们的嫉妒者偷偷在开水碗里放上人耳朵里的耳屎，这种泡有耳屎的开水一喝，人的嗓子就变哑了。”

昌盛骇然地瞪住爷爷：“这咋能行？”

“咋叫不行？你要想让咱尚吉利丝织祖业无人承继了，这法子就不行；你要想让这份祖业有人承继，这法子就行！”

昌盛像不认识似的直望着爷爷，半晌没有出声。

“旺旺刚才不是说他后天晚上有一个演唱会吗？就在那天晚上办吧，这也是没有办法的事。”

“可是爷爷——”

“心疼了？”

“我是说这有点——”

“你的儿子你心疼，我的重孙子我就不心疼了？可你想想事情的哪头重吧，想想，想不通就罢了……”

昌盛当晚就失眠了。旺旺，我的孩子！你喜欢唱歌是不是起因于我和你妈妈当初教你的那些儿歌？真后悔那时培养了你唱歌的兴趣，要不然也不会有今天这个难题……

一连两天昌盛一直在试图劝说旺旺改学丝织，企望不用爷爷的主意而使难题得到解决；但旺旺一点也不妥协，坚决表示要当歌唱家。没有办法，昌盛只得在第三天傍晚走进爷爷的房间，忍痛说道：“爷爷，就照你说的法子办吧，只是别让孩子的嗓音哑得太厉害。”达志听了，说：“你这会儿先催旺旺练唱几遍，尔后去倒一杯水来，听说这水在嗓子唱过之后喝下去最见效果。”其实哪用昌盛去催旺旺练唱，旺旺那刻为迎接晚上的演唱会已在自己的房间唱了起来。

昌盛把一杯开水端到爷爷面前，问：“咋着放那东西？”达志就从衣袋里掏出一个小纸包来，说：“全放进去。”昌盛接过，抖着手倒进杯里，用一根筷子搅了搅："就这样行了？""行了，端去让他喝吧。"

昌盛端着水杯走了几步，又转回身来说："爷爷，我下不去手。"达志听罢，默然半晌说："去叫小瑾来，我让她端去。"

小瑾听说让送一杯水给旺旺喝，甚觉诧异，不过自和姓霍的事发后，她在家里只默默干活，从不过问别的，这时也不问什么，端到儿子屋里说："旺旺，渴了吧？喝杯水。"旺旺哪知这水异常，正有些渴，接过水杯就"咕咚咕咚"喝了。

喝罢水不久，就吃晚饭。晚饭桌上，昌盛不敢看儿子的眼睛，一双拿筷子的手哆嗦个不住。旺旺吃得狼吞虎咽，显然是急着要往剧场赶。吃过饭放碗时，旺旺开口说："爸、妈，我走了。"说这话声音已有些哑了，旺旺以为是自己嗓子有痰，用力咳了几下就拿上吉他出门走了。昌盛的心一下子悬得很高。他无心再吃饭，放下碗也向白河剧院走去。

昌盛买了票坐在观众席上，目不转睛地看着舞台，心里七上八下。终于轮到儿子出场了，他瞪大眼去看儿子的笑脸，侧了耳朵去听儿子的声音，儿子一开口全场人包括儿子自己也吃了一惊：沙哑得可怕。儿子只勉强唱了两句，就双手捂脸跑回了后台。剧场里起了一片骚动，昌盛就在这片骚动声里来到了后台，他看见儿子双手抱头正蹲在后台一角啜泣。他的心一下子被一只手抓住，狠狠地被抛向远处。

那天晚上旺旺是被昌盛扶着走回家的。旺旺边走还边在哽咽着说："爸……我的嗓子不知咋就忽然坏了……我今晚太丢人了……"望着儿子因痛苦哽咽而搐动的单薄身子，昌盛胸中涌上了一股巨大的悲凉，他真想一把将儿子抱到怀中也痛哭几声。

旺旺那夜是在不停的抽泣中慢慢入睡的，昌盛一直坐在儿子的床边轻声宽慰他说以后会慢慢好的。旺旺入睡以后，昌盛又在儿子的床前坐了许久，一边望着儿子满是泪痕的脸一边在心中叹道：孩子，原谅我吧，爸爸这也是没有办法……

昌盛回到卧室时已近半夜，小瑾还没睡，小瑾直直地盯着他问："旺旺的嗓子是不是那杯水——？"昌盛叹了口气，微弱地说："为了让他学丝织……"小瑾的眼泪刷一下流了出来："这么说是我废了儿子的嗓子，水是我递给他的，老天爷会惩罚我的……"

"怨我，不怨你。"昌盛慢慢伸手揽过妻子那索索抖动的身体——这是自小瑾出事以来他们第一次相拥在一起……

旺旺是一个月之后去缫丝厂上班的。这一个月间，他去了几家医院，希望能把嗓子的沙哑治好，但在医生们接连的摇头之后，他不得不死心了。他是在一个晚上最后绝了当歌星的念头的，他把吉他砸碎，把歌谱和音带扔得满院都是，嘶声哭了一阵。第二天早上，他红肿了眼走到昌盛的跟前说："爸，我不能唱歌了，我同意跟你学丝织。"昌盛那刻什么也没说，只把头点点。

旺旺到缫丝厂上班的最初几天，昌盛陪了去。他担心孩子精神波动太大，不能理智地处理事情，想跟着随时给点解劝。还好，旺旺一旦死了当歌星的心，学习缫丝倒也认真。只是一旦听到有人哼唱歌曲，他便立刻停下手中的活侧耳倾听，尔后便双手抱了头发一阵呆。每当这时，昌盛的心就像碰上了鲜红的火钳，"哧"一声冒股淡蓝色的烟。孩子，是爸不好，可你既是生在尚家，就只能这样了，这是命……

昌盛把旺旺在缫丝厂跟班学习的情况给爷爷说了一遍，爷爷听罢，吁口气说："好了，现在给我准备棺材吧。"昌盛听了，苦苦一笑："爷爷，你又来了，咋总是想着这事？"达志说："我的事我知道，你给我准备吧，要两口一模一样的，棺板薄一点，甭太厚！"

"两口？"昌盛诧异了，"棺材咋能要两口？"

"去准备吧，照我说的做。只是别让外人知道，如今不是提倡买骨灰盒不许弄棺材了嘛，做的时候隐秘点。"

昌盛只得说："好吧。"

两口一样尺寸的棺材抬到尚家大院抬进达志睡屋的隔壁是在一个晚上。达志摸着那两口棺材对昌盛交待："我死了之后，照时下城里人的做法，烧掉；烧完之后把骨灰分成两半，两口棺材里各装一半；一口棺材埋到你顺儿奶奶墓旁，一口棺材埋到你云纬奶奶墓旁。"昌盛这才明白做两口棺材的用意，点点头说："行。"

第二天，达志又让昌盛把卦师天通叫了来。天通一进门，达志就问他："人死后魂灵能不能分成两个？"天通一愣，摇头说："不行，魂灵还是一个，不过可以到处跑，啥东西也阻挡不了。"达志默然一阵，说："你能不能想个办法，让我死后的魂灵在两个地方轮流住，一个地方住半月？"天通笑了，爽快地应道："行。"说着从兜里掏出两枚旧时的铜钱，用手指在两个铜钱上各暗写了个"半月"，递到达志手上说："尚爷爷，你只要叮嘱你的儿孙，在你死后将这两个铜钱分别放在你想让魂灵住的地方就行。"达志接过，用瞎眼对视良久，尔后说："多谢你了。"

接下来几天，一逢卓月从学校讲课回家，达志便让保姆去把她叫了来。昌盛估计爷爷是要对表妹交待什么，便笑笑，没再过问。

有天晚上，旺旺从缫丝厂下班回来，太爷爷达志喊他过去,先问了几句他在缫丝厂的情况,随后指指自己胸前的衬衣口袋说:“旺旺,我要是死了,你只记住一件事,提醒你爸掏掏我这个口袋。”旺旺听了这话有些害怕,问:“太爷爷,掏口袋干啥?”“我这口袋里装着几张纸,你来摸摸!”旺旺就走上前摸摸,手指在触着几张纸的同时,也触到了太爷爷那凸现的骨头,慌得他急忙缩回手来。“太爷爷,你为何不现在就把这几张纸让我爸拿去?”达志笑了,说:“傻孩子,别多嘴,你只记住提醒你爸掏就行。我是担心你爸到那时肯定忙乱,忘了这件事!”

旺旺那晚临离开太爷爷的睡屋时注意地看了太爷爷一眼,他发现太爷爷瘦得更厉害了,不知是灯光晃动的缘故还是别的,他总觉得太爷爷的身后好像有个黑影在动。

25

第二天早晨，昌盛去给爷爷倒尿罐，刚进屋，忽听爷爷说："要想办法开个菜园，菜园里要种三亩韭菜、三亩菠菜、三畦茄子、外加一畦葱、一畦姜、一畦芫荽。菜园要门朝东开，用竹子扎成篱笆，在每根篱笆上要绑一个红布条。菜园门前再修个鸡笼，里边养五十只红公鸡，五十只黑母鸡……"

昌盛听得丈二和尚摸不着头脑：咱一个养蚕织丝的人家咋会忽然想起要开菜园要养鸡了？不过他看爷爷说得一本正经，也不敢反驳，怕惹爷爷不高兴，只诺诺应道："行，行。"

答应罢爷爷，他上午到办公室坐下后却又为落实爷爷那话发起了愁：咋办？真要按爷爷的要求去办，就要至少买七亩地，如今在市郊买七亩地可不是个容易事，而且自己对开菜园、养鸡都一窍不通，还要雇专门懂这两个行当的人来办。再说，种三亩韭菜，一茬韭菜下来就是好多斤哩，市里的市场上能销完这么多的韭菜？爷爷咋会突然想到了这个？他这话里是不是另有深意？是要借开菜园达到别的目的？是担心时局变化丝织业衰退为尚家人另留一条生路？是想借此讨得市民欢心从而减轻尚吉利的外部压力？……

昌盛正这样左思右想时,家里的保姆匆匆推开了他的办公室门,说:"老爷爷叫你回去见他。"昌盛以为老人是要问对开菜园一事的安排,就急忙骑了自行车往家赶。

"爷爷,开菜园的事我正在考虑,我想第一步先把地买来——"

"开菜园?"尚达志的两只老眼瞪大了,"开菜园干啥？咱们织绸缎的人家去开菜园干啥子?"

"可这事是你亲口给我说的呀?!"昌盛惊呆了。

"我亲口给你说的？啥时候?"老人显然也吃惊了。

"早上,就是今早上。"

"老天爷!"老人用手中的拐杖捣了一下地,"我模模糊糊记得我早上跟你说过话,可说的什么这会儿却一点也记不清了,我让保姆去叫你回来,就是想弄清我早上给你说了些啥话,原来是开菜园,你说稀奇不稀奇,我咋会忽然想到了开菜园？这是从哪里想起的事?"

昌盛怔怔地看着爷爷。

"昌盛,我这脑子是不行了,我只觉得里边装的东西太杂了,乱糟糟地理不出个头绪——有时刚能理出个头绪,转眼间就又乱了。就像一堆绿豆里混了一粒黄豆,我手指头刚把那粒黄豆捏住,可眨眼间它就又掉在了绿豆堆里了。"

"爷爷——"

"趁我这会儿脑子清楚,我给你说明白,从今往后再不要照我的话去办事了,我的有些话很可能是胡话,再要照办就要出乱子了。开菜园的事再不要去想,咱尚家开哪门子菜园?咱们开菜园干啥?”

“那养鸡的事——?”

“养鸡?养啥子鸡?”

“你早上告诉我,要养五十只红公鸡,五十只黑母鸡。”

“嗨,天爷爷呐,养鸡干啥?咱尚家养鸡干啥?那纯是糊涂话,再别去想了,赶快忘掉它!”

原来是这样!昌盛看着爷爷那秃得几乎不剩一根头发的脑袋,在心里叹了一声。原来人的脑子也有因为衰老而停止正常工作的时候。衰老是要把上天原先给人的东西,一样一样地再全都索回……

半月后的那个上午,昌盛骑自行车向安留岗蚕茧基地走时,略略有些心神不定,为何心神不定却又说不清楚。不过一等他登上安留岗脊,心绪就又有些好起来。远近几条岗上的柞树和桑树尽收眼底,近午的风摇动着万千枝叶,响声如海涛一样在耳边轰鸣。嗬,我的蚕茧基地真的已有些规模了!这几月他总忙其他的事情,蚕茧基地还一直没有来过,所以今天跑来看看。

宁安正和几个工人一起向幼树的根部围肥,看见昌盛,一边拍着手上的粪土一边迎过来招呼:“尚总来了。”

“来看看你们,咋样,忙么?”

“还行。刚好有一桩事向你报告,我们前些天在商议着,待下季蚕茧收下来,基地经费多了,准备在岗脊上挖一个大蓄水池,用来抬高水位,好给满岗的树浇水。这几天,我们正做些设计。”

“行,这主意不错,其他活路呢?忙得过来吗?”

"眼下蚕种都已经收好,剩下的就是为小树施肥、浇水和为明年栽种树苗挖坑了。我给工人们说了,咱们既是为尚吉利集团干也是为自己干,树栽多长好了,蚕就能养多养好,蚕养多养好了,茧就能产量高质量棒了,这样尚吉利集团得的是茧,咱们得的是钱。眼下大伙也都已尝到了甜头,在基地干一年,得的钱顶住在家种三年庄稼……"

昌盛边向蚕房那边走边听宁安说着,他几次注意地看了看宁安那张被阳光晒得黝黑的脸,他感觉到自己当初让宁安干这个基地主任是对的,他会把这个主任干好的,他和宁贞一样,身上都有一种要干什么就把那件事干好的责任心。一阵风的呼啸和羊叫突然把宁安的话音和昌盛的思绪一齐截断,昌盛定睛看时,只见一股旋风抓起正在蚕房门前玩耍的一只小山羊向空中飞去,小羊在空中像一个玩具一样飞速旋转。昌盛、宁安和附近的工人们都被这情景惊得有些发呆。那小羊在空中旋了一阵后,突然箭也似的向地上扑来,仿佛是抓它的那只手一下子松了。昌盛听到一声小羊的惨叫后和宁安一齐向小羊的落地点跑去。现场令跑近的人都吸了一口冷气,小羊躯体已经碎了一地。众人扭头看那旋风时,却已不见踪影。"这不是一个好兆头,旋风抓羊,小心阎王,八成是有人要没命了。"身后响起一个声音,昌盛扭头看时,见是一个身材瘦削的中年工人。"他是左居士,信佛。"宁安这时向昌盛介绍。昌盛觉得这人有些面熟,却又一时想不起在哪里见过。"左大哥,不要瞎说死呀活的。"宁安又开口道。"我这不是瞎说,不信你今天去四乡里打听打听,说不定就有一个属羊的人完了。"昌盛听到这话心里一悸:爷爷不是属羊吗?他的心被这话弄得乱起来,草草地看了一遍蚕房里的蚕种就往回走。刚下得岗骑上自行车走上进城的路,忽见旺旺骑着自行车飞奔而来，他有些惊奇：旺旺骑车来这儿干啥？他还没来得及开口招呼，旺旺已看见了他，旺旺一边骑过来一边叫："爸，快回家，太爷爷他不行了——"

昌盛的腿一软，连人带车歪倒在了路边……

同尚达志自己估计的一样，死神是不事声张悄无声息地来到他身边的。吃过午饭，他像往日那样躺到床上进入习惯性的小睡，刚刚进入迷迷糊糊的状态，一阵很深的凉意漫过周身，他倏然醒来，以为是盖的被子薄了，就探起身想把放在床边的一件棉袄也盖在身上。就在他探身去摸棉衣的时候，他听见体内啪的轻响了一声，他立刻觉得不好，他刚想张口喊一声什么，不料那阵可怕的凉意又像水一样涌了过来，他仅仅来得及哼了一声，就看见云纬和顺儿站在一只船头上朝他招手……

他所做的最后一个动作，是把一只手抬起捂住了胸前的内衣口袋。

昌盛和旺旺赶到家时，婶子文琳和尚天已站到了爷爷的床前；中风了的承达无法走路，仰躺在一张竹躺椅上倚在父亲床边。他无法说话，只能让泪水顺脸而下。小瑾和卓月都在伏床低泣。尚家人除了在京的尚穹外，都来齐了。

旺旺是第一次见识死亡，他虽然早就听太爷爷说他要死，心上也做好了太爷爷死的准备，但当死亡真的来临，看见往日拄了拐杖在院中踱步的太爷爷脸色蜡白地躺在那里一动不动，他还是感到了惊恐。他两眼怯怯地望着太爷爷，想他说不定待一会儿还会再动，直到听到父亲、母亲和文琳奶奶商议着要给太爷爷换衣裳时，他才记起当初太爷爷叮嘱他的话：提醒你爸爸掏我胸口的口袋。在记起这句话的同时他方留意到，太爷爷的一只手捂在胸口上的内衣口袋外。

“爸爸，你掏一掏太爷爷手捂住的那个口袋！”他扯了扯爸爸的胳膊说。昌盛有些意外地看了一眼儿子。“太爷爷当初叮嘱我提醒你的。”昌盛这才上前去挪爷爷的手，爷爷僵硬了的手捂得很紧，昌盛费了很大的劲才从爷爷手下的口袋里掏出了一沓折叠着的纸。

“那是前些日子外爷口述让我改写的他的遗嘱。”卓月这时看着那沓纸说。

昌盛默默地展开，果然看见上边写着：

承达、昌盛、天天、穹穹、旺旺：

我死了以后有这样几件事你们要记住：

第一件，只要你们中间有一个人在，就不能使尚吉利丝织祖业中断；一旦遇到打仗或灾荒，要先保护机器，可把机器涂上油埋入地下。

第二件，靠祖业积攒的钱财，要用到扩大祖业上；尚家人的生活以吃饱、穿暖为限；每年要留出一部分钱用于应付意外，这部分钱不存银行，可兑换成金子或悄悄买成金货，埋入地下。

第三件，我的老衣不必再买新的，就用我身上穿的这套；葬仪上不准动用一匹绸缎；送葬时只请一班唢呐；酒席只摆三桌，四个冷盘八个热碗行了。

第四件，早为旺旺说一房媳妇，媳妇要是贤淑女子；若不能生育，要想法离掉再娶。旺旺日后一旦得子，当及早培养他对丝织的兴趣。

第五件，凡是和做官的人打交道时，要记住“忍”；对一些眼下官职不高的人，待之也绝不可轻慢，以防他日后握了大权报复。官场沉浮不定，今天是小官，明天说不定就握了生杀大权，就可能决定咱厂子的兴衰。

第六件，日后摆在我坟上的最好祭品，是“霸王绸”，除这之外我不要别的东西，我会一直等着你们给我送来。

第七件，我再也不会为尚吉利集团出力了，这个集团留给了你们，你们只能让它兴旺发达，不能让它破产毁掉。我和尚家的历代先祖会在地下看着你们……

昌盛看罢，把它默默地递到文琳婶子手上。

一阵风飘落到院里，在屋檐下弄出很大的响动，从后院老桑树上落下的第一批黄叶，在风声中滚落到了尚达志的卧室门前。

“通知穹穹了吗，婶子？”昌盛问。

“通知了，”尚天接口，“他明早由北京坐车回来……”

第 三 部

1

北京城最能使一个外省人感到惊讶的是两个地方：一是它的官人之多。在这个都城的任何一个聚会场所，你都可以碰到当官的，而且动不动就是司级、局级和师级官衔。尚穹如今完全相信那个在市民们嘴上流传的笑话不是假的：一根由窗台上掉下来的竹竿打在楼下五个人的头上，这五个人中两个司级、两个处级外加一个相当于司级的经理，全是当官的。不过如今那竹竿要是打在我的头上，统计起来我也是处级了。自从半年前尚穹被提升为副处长后，他常常望着京城大街上的人流想，我也是这都城里庞大干部队伍中的一员了。再就是京城所能提供的奢华生活。这里的五星级饭店和精品购物中心以及高级娱乐场所到处都是，你手上有多少钱都可以在这里花费出去。只要你有钱，你想要什么东西差不多在这里都可以得到。一夜消费掉一万元毫不费力。也因此，生活在北京的尚穹便在心理上感受到了两重压迫:官位的低微和金钱的缺乏。

他下决心改变这种境况。经过几年的努力,地位问题如今总算有了改变:副处。官虽不大,但总算可以管几个人了。若在下边,就是一个副县长了。年纪轻轻的,就有了这样一个位置,已经是够可以了。父亲解放前出生入死地打仗,解放后又干了这么多年,不也才混个副地级?现在让他最焦心的,是钱。一个月就那点工资,太不经花了,如果放开胆子,一晚上就花出去了,五六百块钱,也就够请女孩子出去吃顿饭嘛!他痛切地感到,中国的官俸太低。他有时真想给上边写封意见书,提醒他们注意:低薪容易造成腐败。

经济来源就这么一个,可要支出的地方实在太多。个人的生活费用倒是所需不多,重要的是女人那边,如今尚穹和两个姑娘保持来往,两个姑娘那边都需要打发。尚穹有时回想起来,他到京城读书、工作这么多年,最大的收获是在男女关系问题上获得了彻底的观念解放,以往爷爷、奶奶、父亲、母亲在这个问题上灌输给他的所有东西,包括珍视爱情、建立家庭、生儿育女、夫妻互敬、履行责任、慎交女友等等,统统被游荡在京城青年人中的那股风吹得粉碎变得无影无踪。如今只有一个原则他在奉行,这就是“快乐”,只要能给他带来快乐,他任何事情都可以做。也就是因此,他同时和两个姑娘保持着关系,一个叫烯,是个身子异常丰满性格异常开朗出身于高干家庭的姑娘,和她在一起,他常常能感受到一种征服的快乐。每次见面,他总是使足了劲把她丰满的裸体抱起来抡上几圈,尔后把她扔到床上,在她格格格的笑声里扑上去。另一个叫韫韫,是个身材异常苗条性格十分文静出身于教授家庭的女孩,和她在一起,他常常能获得一种交流的快乐,他们总是一边相拥在一起一边海阔天空的交谈，他有时在机关里受了气有了不顺心的事，就总是把她招到身边，向她倾诉，听她静静地解劝，在她那里同时获得心灵的宁静和身体的满足。

和这两个姑娘的交往令他绝大部分时间都沉浸在快乐里。他从来没想到要和她们中的哪一个结婚，他从来不想建立家庭，更不愿生儿育女去吃那番辛苦。他想一辈子就这样快快乐乐过去，不向任何人负责任。人为什么一定要为妻子、儿女忙活？那样苦熬一辈子有何意义？他现在坚信社会上流传的那几句话有道理："结婚是失误，离婚是醒悟，再婚是错误，单身是两不耽误。"

但和两个姑娘交往是需要钱的。不说给她们送高档礼品，不说请她们进高级饭店，不说陪她们进高级舞厅，可总要送点小礼品，吃点普通饭，进到中低档舞厅里玩玩吧？这样一个消费水平也不是他的工资所能维持住的。好在烯能看出他的窘境，有时会给他带点生活用品来。他自己也想过另外的挣钱的办法，不过一个机关干部正当挣钱的路子实在不多。有一段时间他想靠写论文挣稿费，可稿费不高不说，写一篇论文耗费的那份精力实在让他吃不消，他明显地感到，和女人们的频繁交往已使他的体力大不如前了。后来，他又想搞点翻译，把有用的外文资料翻译过来挣稿费，他的英文水平曾经是很不错的，无奈搞翻译也需要精力、时间和耐性，而这些他大都已经用在了女人身上，况且译文的稿费也不高，他最后也就罢了。有一段日子，一些企业家朝他暗示过，如果他利用手上的权力给他们一些方便，他们会给他一些报酬。他毫不犹豫地拒绝了。如果说他从父亲身上继承了什么的话，那就是继承了父亲不受贿赂的传统。他到机关工作之初，就为自己立下了决不受贿的规矩，他知道历朝历代的人都痛恨贪官，何必去做千夫所指的人？而且那样做也很危险，弄不好就会被开除、撤职甚至坐牢。有点犯不着，我辛辛苦苦地读书考进北京又辛辛苦苦地干到了这么一个职位，为一点钱丢了这一切有点太不划算。我如果平平安安地干下去，将来也许会有更好地发展，当官的虽然工资不高，但只要到达一定职位，它带来的东西还是很可观的，比如房子、专车、出国考察和荣耀、尊敬，还会给你配上司机、秘书，这的确值得人为之奋斗。

他于是决定仍过清苦的生活。他对工资的使用做着精细的安排，给女友送礼物尽量买那种花钱不多但很新奇能惹她们开心的东西。他常托到外地或出国的同事捎回一些小纪念品送给两个姑娘。他这样做心里当然有些难受，但也没有别的办法，总不能再向父母要钱花吧？

哥哥尚天拍发的“爷爷因病去世”的电报抵达北京时，尚穹正在一家名叫“燕尔”的中档饭店里和烯一起吃饭。饭吃得十分愉快，烯边吃边给他讲上流社会里的一些趣闻轶事和秘闻。从烯那丰满的双唇里出来的那些话语令他十分感兴趣，他渴望了解上流社会里的一切，好为自己日后的发展作准备。烯的父亲是尚穹父亲的老上级的上级，如今是国家一个部的头头，当初尚穹由父母领着在京城找工作时，七拐八拐找到了烯的父亲，烯的父亲说了话，尚穹才得以在京城留下。也是因此，尚穹和烯得以相识，并最后发展成了现在的关系。两个人那晚喝的是贝克啤酒，大半杯酒下肚后两人开始兴奋，都用些只有两人才懂的情话撩拨对方，到后来两人的腿在饭桌下紧紧夹在了一起，是尚穹最先忍耐不住，一口气喝干了杯中的酒说：“咱们回宿舍快乐吧！”

两个人刚到宿舍院大门口，老传达就摇晃着电报朝尚穹走了过来。尚穹多少有些意外：这个时候来电报有什么急事？

待拆开一看才一愣。爷爷去世了！他没有感到多少悲伤，那样高龄的人死是正常的；何况自小没和爷爷住在一起，他和爷爷也没多少感情。回不回去一趟？不回好像有点说不过去，毕竟是自己的亲爷爷。那么就回吧。他拿着电报走到烯身边，迎着她疑问的目光把电报递给了她。“噢，真不幸。”烯看完后说。两个人沉默着向宿舍里走去。进了屋，烯偎到他的怀里问：“你回去吗？”他点点头，手忍不住在她身上忙了起来，有一刻，他很想把她抱放到床上尽尽兴，但一想到这个时候做这事有点太不应该，就抑下了那股冲动，推开烯说：“我出去给家里拨个电话，告诉他们我回去的车次。”

尚穹坐上南下的火车时，从报贩们卖的一张小报上发现了一则消息：“中原古城南阳一百零八岁的老人尚达志昨天去世。据说，他是该城活得年龄最高的一个人。该老人平日生活简朴，喜食红、白萝卜，常在饭前、饭后踱步，除丝织之外并不关心别的……”

尚穹当时无声地笑笑，爷爷因为年龄大也成了名人。但愿他的长寿基因也能传给哥哥和我，让我们也能活成一个百岁老人，嗬，那可就要活到二十一世纪末二十二世纪初了……

尚穹到家时爷爷已经火化完毕，昌盛和尚天正把黑灰色的骨灰分装在两口棺材里。他注意到那两口棺材的棺内都放有一枚旧时的铜钱，他有些诧异，一问方知是爷爷生前就放好的。

接下来开始把两口棺材分别向顺儿奶奶和云纬奶奶的墓地抬。这样的举动有点不合时俗，不过因为尚达志是一个活到一百零八岁的特别的老人，所以别人也就没有再说什么。

因为昌盛的有意限制，来参加葬礼的人并不多，大都是熟悉的街邻。尚穹在其中发现了宁贞，宁贞的美艳令他吃了一惊，这姑娘似乎吃了什么变美的药品，和上次见面相比又有惊人的变化，身上的一切好像都更趋匀称和标准，尤其是身上的那份庄重和自信，给人一种成熟美的感觉。尚穹突然间觉得，和宁贞相比，他在京城结识的那两个姑娘简直不算什么。他在心里第一次对故乡有些惊奇，这样一个四面环山的小盆地，竟还能造化出如此美丽的女人？

他的眼睛不愿再离开她，只是出于礼貌和防止别人注意，他才不时地把目光从她身上移开。他知道她如今当了尚吉利丝织厂的厂长，今天是以昌盛的同事的身份参加这个葬礼的，但他心上断定，这姑娘一定是做了昌盛的情人，要不然昌盛哥决不会给她一个厂长的位置。再说，这样一个漂亮的姑娘在身边，昌盛哥也不可能不对她动手的。如今的私人企业主，有几个不玩女人？昌盛哥，你的艳福不浅呐！他感觉到他内心里对昌盛生了一丝嫉妒。

他几次过去同她搭话，她都报以淡淡的一笑和得体的回答。她的那种笑容让人看了心里实在舒服；还有那高高隆起的胸和丰盈的臀，让人看了双手直想抬起来伸过去。他想，凭他在京城练就的那份同女人打交道的经验，用不了几天就可以让她成为自己的怀中之物。只是因为你是昌盛哥的情人，我才饶了你……

葬礼结束后尚穹没有立刻回京，他想既是回来了就干脆在家住几天。这几年他因为一心想把工作做好以便在京城站稳脚，也因为恋着京城里的那两位姑娘，一直没有回来，他也很想借此机会在这个生养自己的小城里走走看看。开头几天，他多是在朋友们为他举行的酒宴上度过，后来才想起应该到堂哥昌盛的尚吉利集团看看。

昌盛见尚穹来看自己的企业很高兴，领着他看了一遍。尚吉利集团的发展速度和已达到的规模令尚穹大吃一惊。在他的心里，尚吉利集团仍是那个有十几台织机的小厂，小打小闹的没啥意思。其间他也听母亲和哥哥说过尚吉利集团发展的事，他都没有放在心上，没想到如今已真正发展成了一个实力雄厚的企业集团。“看来我还真成了一个官僚，对我们家族里发生的变化也不清楚。”弟兄俩看完一遍企业回到昌盛的办公室里后，尚穹笑道：“我有点低估了你的能力，昌盛哥，你是一个大企业家的材料！”

“我哪有啥本领，这都是在爷爷的指点下干的。”昌盛叹口气，他还没有从失去爷爷的伤感里走出来。“爷爷这一走，我好像一下子失去了靠山，心里有些慌起来。”

“如今你的固定资产早过五千万了吧？”尚穹笑问。

“也没有去计算。”昌盛答道，他一向不想向人夸耀也不想暴露企业的实底。两个人正说着，宁贞拿一个材料进来让昌盛签字，望着宁贞含笑让昌盛签字的模样，尚穹突然间感觉到原来心里对堂哥的那份妒忌变强变大了：昌盛哥，没想到你这个没有上过大学的人竟然是金钱、美女都有了！而且是这样多的金钱，是这样一个从身高到体形，从五官到肤色，从举止到神态都无可挑剔的美女呵！……

2

尚达志的去世在宁贞的心上并没造成什么影响，她只是见过那老人几次，除了对他活到一百多岁有些惊奇之外，其他并无什么印象。她那天所以参加他的葬礼，只是因为他是尚昌盛的爷爷。昌盛给过她那样大的帮助和信任，他的亲人去世她当然应该前去表示哀悼之意。她在葬礼上注意到昌盛十分伤心，于是便在心上决定，这段日子自己一定要精心把丝织厂的事情做好，不留下任何纰漏，以免给昌盛再添负担。

丝织厂这些天正在织造一批彩锦缎，是应美国纽约梦宛绸缎公司的要求而织的。梦宛绸缎公司的栗振中新近通过尚吉利集团在香港的分公司订下了这批货，而且要得很急。宁贞于是组织织工们马不停蹄地赶织着。

这天正要下班的时候，在厂部负责文秘事务的一个姑娘喊她去接电话。她跑过去拿起话筒，电话里的男子声音很陌生，开口便称她曹女士，而且要她猜一猜他是谁。话音里带一点开玩笑的味道。宁贞略有些意外，因为她一向庄重娴静，从不同人开玩笑，所以周围的男人包括女人们同她说话，都是要么叫宁贞要么叫小曹要么叫厂长，语气都是一本正经，还没有人这样嘻嘻哈哈的给她打过电话。她猜想了一阵，确实辨不出这个带有点普通话口音的人是谁，对方于是笑着说明："我是尚穹。"

"噢，你好！"宁贞在短暂的惊愕之后急忙礼貌地开口。她想不起这个尚穹给自己打电话的理由，她和他只是见过几次面，除了那次在昌盛家的酒桌上和他说过应酬话之外，另几次见面也只是点点头而已。给她留下点印象的见面也就是这次在昌盛爷爷的葬礼上，她看到他黑色的西装十分笔挺，黑皮鞋擦得锃亮，给抬棺材的人们散烟时散的是555烟，她当时只是在心里觉得尚达志的这个在北京工作的孙子还真是有点派头。仅此而已，并没有更进一步的交谈，他这会儿打电话干什么呢？

"我想今晚上请你吃饭，顺便同你商量点事情，不知你肯不肯赏光？"

宁贞嘴张了张，但没有声音。她一时不知该怎样回答。她还从来没遇见过这样的情况：一个男人主动请吃饭。咋着办？去？有点不成体统，一个未婚的姑娘单独和一个男人在一起吃饭，让别人看见会怎样想？而且也确实不习惯，和一个陌生的一点也不了解的男人相对而坐吃饭，怎能吃得下去？那么回绝？他是昌盛的亲堂弟，伤了他的脸面似也不好，再说他讲有事商量，万一有重要的事商量自己这样回绝岂不是要耽误事情？自己毕竟是个厂长，负有责任呐！"请问尚穹先生，有什么样的事要商量？"

“呃,是关于绸缎方面的一点事。”

宁贞一听这话立刻回答:“我去。”既是关于绸缎方面的事,自己当然责无旁贷,即使别人看见了有些误解和议论,也必须去。这是工作,是对尚吉利丝织厂负责,也是为昌盛分挑担子。她问清了饭店的名称和位置之后,便放下了电话。

她临离厂前去找了一趟昌盛和家福,想把今晚吃饭的事情给他们说一声,不料两个人都不在办公室,她只好作罢。

她到达“伉俪饭店”的门口时,心里又生了一层别扭:为何要挑这样一个饭店?这店名明明标着是为夫妇们开的,进出的都是成双成对的人,自己这样来和尚穹吃饭,让熟人看见可真要糟糕。不过这时已经没有别的办法,她只好硬着头皮走了进去。

尚穹坐在角落里的一个桌子前等着她。

这是宁贞第一次单独坐在一个陌生的男子对面吃饭,她努力不让自己显出慌乱。尚穹要的菜挺丰盛,话语更加丰盛,一个劲地夸宁贞年轻能干,是南阳出类拔萃的姑娘,是昌盛的得力助手,为尚吉利集团立下了汗马功劳。宁贞不习惯这种当面奉承,脸颊通红神情越发不自然。她只是应付性地吃几口东西,一心静等着他提出要商量的事情;可尚穹似乎忘了,迟迟不说,只管劝宁贞吃东西,并向宁贞介绍自己在北京的见闻。随着时间的延续,宁贞渐渐感到尚穹望向自己的目光里添了一种东西,一种侵犯性的很不礼貌的东西,那目光分明是要钻进自己胸衣缝隙的样子,她下意识地摸摸胸前的衣扣,有点不高兴了。而且她也有点看不惯对方那副自视高人一等夸夸其谈的样子。她出身农家,自小对城里那些富家子弟就有一种不服气,尤其不愿看他们做作炫耀的那个姿态。于是脸上有了点隐约的冷色,就干脆提醒他:“尚先生说要找我商量事情，是什么事情？”

“商量事情？”尚穹明显一愣，不过随后“嘀嘀”笑了，“噢，是有点小事情，我只是想问问你愿不愿到北京去玩玩，如果愿的话，我可以建议我昌盛哥让你带一批绸缎到京城里去销售。”

宁贞立刻明白了对方今晚请自己吃饭的用意，她有一种上当的气恼，不过她尽量没让自己的气恼显露出来。她只是平淡地说：“谢谢你的好意，眼下厂里太忙，没有去北京玩的闲心，以后得空，再麻烦你。”说罢，她就以家里还有急事为由起身告辞了。

宁贞第二天上班时没有再对昌盛、家福和任何人提起昨晚上和尚穹的见面，她想把这场无聊的约会尽快忘记。她一上班就把全部心思投到了彩锦缎的织造上去。几个繁忙的日子过去之后，她差不多已经把同尚穹的见面忘了个干净。

星期六的后晌，宁贞按惯例去给昌盛汇报这一周的生产进度和存在的问题，汇报结束后，昌盛说：“宁贞，我有一个想法，想同你和其他几个厂长商议。”正要走的宁贞停住步，静等他说下去。

“我们的产品如今在北京还没有完全站稳市场，而北京是首都，那里不仅是有钱人聚集的地方，而且有大量的有购买力的流动人口，还有各个国家的驻华使馆的工作人员，倘是咱们在北京打开了局面，一方面会使我们的产品在国内的销售额大大增加，另一方面也会使咱们的产品在国际上知名度更高，各国的使馆工作人员会替我们做义务宣传。”

“那你的意思是——？”宁贞瞪大了好看的眼睛。

“想在北京搞一个大型的展销活动。”

“哦?”

“你觉着咋样?”

“倒是值得,这几个月由于日本、法国、美国几个公司退货,我们绸缎的外销量有所下降,如果有这样一个活动,兴许会打开通往其他国家的销售渠道。”宁贞答道。由于在厂长位置上的锻炼,她分析起问题来也总是头头是道。

“好,既然你也这样看,我这心里就又多了一分把握,如果最后定下来干,我想派你和家福先去京筹备。”

“那咋能行?”宁贞急了,“我和家福都没去过北京哩,连北京是个啥样子都还不知道,哪能去筹办这样大的事?!”

“看把你吓的。”昌盛笑了,“你懂绸缎,家福懂广告宣传,北京还有我堂弟尚穹在那儿工作,他大学毕业,聪明能干,如今年轻轻已在经济部当了副处长,有他的帮助,我相信你们会把事情办好!”

一提到尚穹,宁贞突然想起那晚和尚穹在伉俪饭店的见面,心里立时升上了一股别扭:还要和他打交道?不过转念一想,人家那晚也没有什么太失礼的行为,不过是想和你在一起坐坐,也许那是在大城市生活过的人的正常举动,你不要太小家子气。

“你先做点思想准备,事情定下之后我再给你说。”

宁贞这下子脑子里再不能平静。去北京,这是她自小就有的愿望,可是一个农村穷人家的女儿,哪有去北京的可能?她进尚吉利丝织厂之前,对这事连想也不敢想;当了厂长后,有了点钱,可惯于节省的她也从没有动过去北京旅游的念头,那要花多少钱呐?!没想到忽然间机会要来了,要来了!北京,我真的能见到你吗?

她那天傍晚下班回家时,高兴地抱住妈妈的脖子转了几圈,妈妈嗔怪地用手指捏住她的耳朵叫:“傻丫头,看把妈转晕了!”

晚上吃饭时,在蚕茧基地当主任的哥哥和在蚕茧基地当工人的嫂嫂晶子也回来了。望着一家人围坐在饭桌前吃着比前些年丰盛得多的晚餐,宁贞又一次在心里感叹,幸亏有了尚昌盛办的尚吉利集团,要不然,我家还要多少年才能过上今天的日子?

尚吉利集团,愿你还有更快更大的发展。尚昌盛,愿你的丝织业更加昌盛,我愿意为你去干一切!……

3

爷爷下葬几天后，昌盛下班回来，还总要习惯性地先去推开爷爷睡屋的门，直到看到那张空床，才记起爷爷是永远地走了，再不会拄着拐杖一边咳嗽一边向他询问尚吉利集团的事情。从今往后，尚家的丝织祖业真要靠你一人来操持了。

他感到心里有些空，觉着原先依靠的那根柱子没有了。过去，虽然集团里的事都是他拿主意，但他内心里总有一种仗恃，背后有爷爷在看着，倘是出了什么事爷爷会为他补救的，可现在这种仗恃没有了。

也就是因此，去北京搞展销活动的决策，他犹豫着不敢很快作出，如今做每件事必须更加慎重，一旦失误没有人来帮你收拾败局。经过再三的考虑和同下属们商量，他最后决定了搞。作了决定之后的那个晚上，他提了一包营养品向承达叔家走去，一来是看看承达叔叔，二来是想把这个决定告诉就要返京的堂弟尚穹，请他在京帮助预作一些准备。

承达还躺在床上，昌盛走到他床边的时候，他只能咿咿呀呀地发一些谁也听不懂的声音。昌盛握住叔叔的手，望着他那因无法表达而充满痛苦的眼神，看着他那因长久卧床而显虚肿苍白的面容，心里涌上了一阵难受，人生为何总要与磨难苦痛做伴？上帝为何不允许人痛痛快快地过完他其实不长的一生？

他说了些安慰叔叔的话后，就出来到客厅与文琳婶子和尚天、尚穹聊家常。然后才转入正题，同尚穹说起想在北京搞展销活动的事。尚穹听罢沉思了一阵，说："可以，这件事值得做，弄好了会扩大尚吉利绸缎的影响和销路；那儿是国家的中心，什么事在中心造成了影响，才能引起全国和世界的注目。只是如今在京城办事，样样需要钱，租场地、搞布置、请记者、做广告，什么事都离不了钱，你要想把这事办成，得舍得花钱才行。"

"花钱就花钱，这我有准备。"昌盛说着，就从衣袋里摸出了一个纸包放到了尚穹面前的茶几上，"这是两万块，你这次回京带上，到那里先替我做点准备，主要是把展销会的场地商定下来，把租金谈妥，然后我派人把展销的产品和场地的租金带去，等一切都布置好了，我再去。这期间啥时候需要钱，你可随时来电话，我会立马寄上。"

尚穹望着那两万块钱，心上倏然一动。说实话，他虽然出生在副市长家，如今又在京城里当副处长，可由于父亲从不接受他人礼物也由于尚穹给自己定下了不受贿赂的原则，还很少有两万块钱一下子放到他面前的情景，而且接受这钱不带任何危险性，既不会影响到他在仕途上的发展更不会犯罪。在这一刻，他猛然意识到他其实有一条解决自己经济拮据的道路，这就是从昌盛哥这儿取。他是私人企业家，和自己又是亲属，花他的钱不会遭任何人议论，可算是天经地义。两万块钱，他一次拿出两万块钱轻轻松松，可这却够我花好长时间了。像他这种已成气候的私人企业家，每年拿出十万二十万也只等于从身上拔下一根汗毛。嗨，我过去怎么就没想到这一条路？直到昨天，我还在为回京给烯和韫韫买什么礼物发愁：太贵的东西，买不起；太贱的东西，拿不出手。现在不是已经解决了问题？两万块钱就摆在面前，是堂哥自动自愿送来的，仅仅是替他把展销会的场地商定下来，定个场地还不容易？眼下只要你能出租金，在北京啥样的场地都能定下。嗬，这次回来的收获还是有的！“行，昌盛哥，你放心，我回去就跑这事，保准管你满意！”

昌盛见尚穹痛快地应允下来，轻吁一口气。好，这件事算是开了一个好头了。这是爷爷不在后自己办的第一件大事，看来会办好的。爷爷，你可安心在九泉下歇息，昌盛不会负了你的嘱咐……

昌盛在接下来的一段日子里，就是忙着组织去北京展销的产品的生产。在面料上，他要求宁贞负责的丝织厂要把“绫、罗、绸、缎、绢、纺、纱、绉”八大类都生产出一部分来；在服装上，他要求时装厂要保证衬衫、夹克衫、连衣裙、休闲衫等品种都有；此外，他还在时装厂新设了一个车间，制作真丝领带、丝巾、真丝被面、真丝空调被、真丝工艺品坐垫、真丝台毯、真丝床罩等日用品。他计划展销一千个品种，把尚吉利集团的实力向世人作一次全面展示。

整个尚吉利集团的职工那些天都在忙碌之中。昌盛就在这忙碌之中接到了尚穹由北京打来的第一个电话。尚穹在电话上说，展销场地已基本商定，就在北京西城的一个大型会议厅里；里边可以容纳两千人；每天的租金还没有最后谈妥，但会往最低处努力；他已同时和新闻界接触，为届时的新闻宣传做准备。昌盛听了很高兴，连说“老哥谢谢你！”不过接下来的交谈有点令他意外，尚穹在电话上说：请他再寄两万元活动经费去。他当时惊得双唇张开许久没有阖上，老天，仅仅找到一家会议厅同人家谈谈愿意租用的意向就把两万元花完了？依昌盛的想法，他当初拿给尚穹的那两万元作为展前的活动费用差不多已经够了，没想到转眼间可就光了。也许北京如今办起事来花销太大，也罢，就再寄两万去。他沉吟了一霎之后说：“行，立马汇两万过去，你注意查收。”

自从爷爷去世之后，昌盛意识到从此再不会有人来监督他的财务支出，他必须自我约束，把每一笔钱都用到该用的地方，这样才能保证集团的积累和发展。那天旺旺在缫丝厂擅自从厂会计那里拿钱请几个同学到餐馆吃饭，回来遭了他一顿痛骂。也因此，在给尚穹寄走两万元之后，他暗自心疼了两天。不过后来又自我解劝：这也是为了发展需要，展销会办好了，赚得的钱不是更多？

他实在没有想到，仅仅过了一个月，尚穹在电话报告展销场地的租金已经谈妥之后，会开口再要两万元活动经费。昌盛对着话筒瞪大了眼睛，似乎在审视电话那头的尚穹是不是在同他开玩笑。事情八字还没一撇，只是有了一个可租的场地，四万元可就没有了？这钱是怎么花的？可尚穹在电话里的声音一本正经：“我正在同中国丝绸总公司的有关人员联系，希望届时他们会有人出席开幕式，这会提高展销会的规格。不过如今要想请人参加这类展销会并不容易，需要疏通……”

昌盛咬了咬牙，朝肚里咽了口唾沫之后开口说："好吧，两万元马上寄去，你注意查收。"事情已经到了这种地步，只有寄了，倘是不寄，尚穹一气之下不管这事了，花的钱就会更多，事情总不能半途而废吧？说完寄钱的话后，昌盛真想再叮嘱几句：老弟，节约点花，我手头上的流动资金也很紧张，我刚刚进了一大批原料，又动手建造工人宿舍和几栋厂房，手上的钱有限呐！但他最后还是忍住了，怕这话出口后会伤尚穹的心，人家毕竟是为你办事，干吗那样小量人家？再说，北京的情况你又一点不了解，也许那边办事花钱原本就厉害。

昌盛现在就盼望计划中的展销产品早点生产出来，这样就可以早点进京展销，以免再次加大活动经费。

他的心有些焦躁起来。

4

卓月给学生讲完第二节课赶到外爷尚达志的坟上时，田野里其他清明节上坟的人都已经开始往家返了。她匆匆点上火纸摆好祭品后，用随身带来的铁锨给外爷的坟上培了几锨土。她知道自己的行动若让学生们看见，会令他们目瞪口呆，她这个综合大学的校长在课堂上讲的可是不信人死后会有一个阴界的。不过讲是一回事，做起来又是另一回事，这是外爷去世后的第一个清明节，我怎能不来？我是真愿人死后魂灵还在，还能感受到人间的一切，还知道子孙们对他们的思念与挚爱的。

尚达志的去世，使卓月觉得自己再也没有可诉说心里话的亲人了。卓月有时想想，自己这大半生真正可以倾心交谈真诚挚爱过的人也就五个：妈妈、卓远外爷、雅娴外婆、达志外爷，再就是彼此伤害过的那个左涛了。前四个人都已去世，最后一个也不知到了哪里，人世上的来来去去真是快呀。

她拎起竹篮，拿了铁锹，又向不远处的卓远外爷、雅娴外婆和妈妈的坟上走。但愿真有一个阴间而且那里允许彼此接触，那样，达志外爷就可以再见到我的妈妈，也可以和卓远外爷再次成为朋友……

她那天上完坟回到家时，见穿戴一新的宁贞站在门口等她，很有些诧异，一边让着进屋一边就笑着问："你这年轻的大厂长怎么有空闲到我这儿？"宁贞羞羞地一笑说："尚总经理要我和另外几个人明天启程去北京筹备展销会，我来问问你在北京有没有要买的东西要办的事情。"卓月一听这个急忙摆手："谢谢，谢谢，我在北京没有啥事要办，我听昌盛表哥说过你们要在京办展销的事，祝愿你们一切顺利。""还有一件事，左居士想让我问问，你是不是还在研究安留岗上那个出土文物现场的事情？""当然，"卓月一听这话来了兴趣，"我的研究文章在《考古新发现》杂志发表后，引来了一批读者来信，有人同意我的看法，也有人反对我的结论，我眼下很想再就一些问题写篇文章，同一些读者商榷，只是这段时间里学校里事情太多，没有得空去做。那个左居士问这事是什么意思？"

"左居士最近在蚕茧基地给树苗浇水时，发现了一个石片。"

"石片？"卓月的眼睛里涌满了急迫，"啥样的石片？"

宁贞把手上一个报纸包着的东西递给了卓月，卓月急急地打开，见是一块近乎三棱形的石片，石片上有阴刻的三个隶书汉字："此岗乃。"

卓月直直地盯着这三个字。

"左居士说，从这石片的质地和上边的字以及它不规则的两个斜面上判断，它是从一座石碑上碎裂下来的，曾经是一座石碑的组成部分。从字的刻法和写法上看，它出现的年代是在东汉。从发现它的位置上看，石片上边残留的三个字中的‘此岗’两字，指的应该是安留岗。因此，左居士认为这石片可能与岗上的方形土坛有些联系，所以特让我捎来给你看看。”

“有道理，”卓月一边翻转着那块石片审视一边说道，“看来那位左居士还真有头脑，而且对汉字和篆刻有些研究，请代我向他转达谢意……”

送走宁贞后卓月仍长久地盯着那块石片出神，但愿那个左居士的分析与历史事实有些接近，倘若这石片真是一座石碑的残片，而这座石碑又和那个出土的方形土坛有联系，则碑上就应该记载了那个方形土坛上当年发生的事情。这样一来，只要找到了那通石碑，安留岗上留下的历史之谜就可以解开了。

应该去看看那个不愿见人的左居士？说不定他能给你更多的帮助！……

卓月再次登上安留岗是在一个春风暖人的上午，满岗的桑树、柞树刚刚绽出新芽，让人心神为之一振的勃勃生机充满着这个十分年轻的树林。卓月在树林里穿行时脚步轻快，她今天是特意来见那个叫左居士的工人的，他对那个石片的分析更令她觉得他肚里很有点东西。

她在林中的蚕房门口被一个工人告知：左居士正在岗的东南坡上给小树浇水。她于是向东南坡走去，透过林隙，她看见有一个白发满头的老头正在一片刚栽下的小树中扯着黑色的胶皮水管忙碌，根据他的背影她猜着他的年龄：也就六十多岁。

离他十来步时她喊了一句:“左大叔。”那老头慢腾腾地转过身子,那是一张皱纹满布的面孔,她的双唇在她目光审视那张面容的同时已经张开:“左大叔,你好,谢谢你让宁贞——”话到这儿她突然噤声,一个寒战猛然摇撼了一下她的身子,使得她急忙扶住了近处的一根小树。天爷呵,这不是左涛?左涛!是他!尽管他的头发已经全白,面容老相得厉害,腰也显出了伛偻,但他面孔的轮廓还在,还有那双眼睛,那双眼睛虽有些混浊,可看人的样子一如当年。哦,原来你在这儿?!在这儿!

“我只让宁贞把石头交给你,没有让她告诉谁捡到的石头。”左涛极慢极慢地开口。

“她没有说你是谁,她也不知道你是谁,我是自己找来的。”她望定他喃喃说,他的外貌变化之大让她惊惧:他这样的年纪怎会变成了这个样子?她感觉到了一直压在她心底的那股愧疚像一个冬眠初醒的虫儿一样向上拱动。许多年前她用锥子向他下体刺去的那个场景也倏然回到了她的眼前。

“走吧,你!我只是干活时拣到了一块石头,又从报纸上看到了你在研究这个,就托宁贞捎去了,我没有别的事,快忙去吧。”左涛挥了挥手,弯腰重又抓起了浇树的黑色水管。

“你这些年都在哪里?我一直在打听你。”卓月没动,哑了声问。

“走吧,我得干活了。我今儿个得把这二百多棵树都浇一遍,你看这些小树长得多精神,要不了二年,就都可以养蚕了。”

“告诉我,”卓月向前跨了一步,声音颤抖而饱含委屈,“我一直在找你,我当初——”

“眼下正是给树浇水的时候,”左涛打断了她的话,“它们只要喝饱了,一天都能长高一寸。”

卓月没有再说话,只是定定地站在原地,直直地盯住他。

左涛也不再言语,只是低了头,不时拉动黑色橡皮水管,把水注入一棵又一棵小树的根部。四周很静,只有水流注树坑发出的响动。一只黑色的长尾鸟在空中盘旋一圈,似乎怕惊动这幼林中的两个人,又不动声色地向远处飞走。

两个人的沉默在继续,这种沉默因为卓月目光的搅动而带有了一种挤压人的力,左涛最终没能忍受住这种挤压,扔下水管叹口气说:“你都想知道些啥?”

卓月依旧没吭也没动,只是盯着他。

“文革一结束我就因为文革中的焚书行为被开除了公职,我无脸回老家,跑到桐柏山里一家大理石厂给人家采打石头,我在那里结了一次婚,是上门女婿,可后来因为我那方面……女的提出离婚了……我被赶出女方家门后,去了水濂寺……我想就在寺里剃度了……可主持听说我家里还有老母要养活,就劝我当居士。后来,为了挣钱养老母,我来到了尚家办的这个蚕茧基地,我已是信佛的人了……你还想知道什么?”他的目光忽然冷冷地放了过来。

卓月仍然什么也没说,只是让两行泪水,顺着双颊滚了下来,那些泪水经由她的下巴落向地面时,被灿烂的春阳耀成了五彩的颜色……

5

宁贞和家福是带着一卡车展销绸缎进京的。这两年尚吉利集团为着原料运入和产品运出的方便,自己买了八台东风牌卡车组成了一个车队。这次进京展销,昌盛决定所有的展销品都由自己的车队拉去,不再经过火车托运以免延误时间。

宁贞和家福带的这辆车是首车,按昌盛的计划,一待他们和尚穹接上头整理好了展销场地开始布置时,后边的车队便即刻启程。

车是早上五点钟离开南阳的,他们计划第二天中午赶到。年轻的司机技术很好,除了路上吃饭和偶尔停车打盹以驱赶疲劳之外,车几乎一直在跑。宁贞坐在驾驶室里默望着路边那些一闪而过的里程碑,知道京城正在被车轮一点一点向她身边拉近。我就要见到你了吗,古老的北京?!但愿你给尚吉利集团带来好运,让我们的展销成功!

车到石家庄已是晚上十点，经过十五个小时的奔驰司机已经疲劳到极点，司机说我们得停下睡它几个小时。宁贞担心司机太累出事立刻答应。不巧的是他们在郊区停下的那个带有停车场的旅馆只剩了一个床位。眼见着下了车的司机眼都不想再睁，宁贞决定不再启动车去找别的旅馆，让司机去旅馆里睡，她和家福就在驾驶室里对付着睡几个小时，顺便也好看护那些展销的绸缎。

这是宁贞和家福第一次在夜晚同睡一处，尽管两人都不脱衣服，宁贞还是觉到了一点别扭。但也没有别的法子，两个人轮流去了一趟厕所，回来又把车上的篷布捆紧，之后就一前一后地进了驾驶室，"嘭"一声把两个车门关紧隔绝了远处的市声。

"贞。"

"嗯？"她听出他的喘息有些变急。

"就睡？"

"睡吧，明天还要赶路。"她听出了他的话意，但她假装没有听懂。

一只手在黑暗中伸了过来，怯怯地放到了她的一只肩膀上。她没动。两个人的来往持续到今天，她心里是早已把他看成自己的丈夫了，只是因为她对这件终身大事的看重，她才想再仔细观察了解一下自己要与其相守一生的男人；也是因此，她在平日两人的相处中没有允许他做太出格的举动。

旅馆里的灯相继熄灭了，躲在车场近处的黑暗见状立即拥了过来，将车场上那盏不大的灯泡也撞得一摇一动。就在这突然浓起来的黑暗中，她感觉到他放在她肩上的那只手在用劲拉她，有一刻，她想伸手把他的那只手拿开，但又觉得那样会令他难堪，就在这犹豫的一瞬间，身子被他拉到了他的怀里。她没再挣动，她估计他是想亲亲她，他过去曾在她耳边说过，亲她的脸蛋会让他感到整个身子在飞起来。他果然是要亲吻，灼热的双唇和舌头几乎亲遍和舔遍了她脸上的每一个部位，但他并没有满足于亲吻，他的手已经在她不注意时伸进了她的胸衣，她再一次想要制止他，但他的手指对一双乳头的按压是那样令她舒服，是这股舒服令她压下了要制止他的心愿。时间在安宁的夜暗里延续，宁贞渐渐感到心里原有的那股抗拒被他的亲吻和抚摸抽走了，一种想要抱紧对方让对方挤压的渴望生了出来。不知不觉中，她将舌尖伸进了对方的口中，一双手开始在对方的脊梁上急切地抓挠。她知道他的双手开始在解她的裤带，但在体内汹涌奔流的欲望一点也没让她感到害怕，相反她还为他久解不开感到了着急。终于解开了，她的下体猛然感到凉凉的夜气，她被平放在了驾驶室的长座位上，她已经做好了献出一切的准备，没想到就在这时他说了一句："这鬼地方真小！"这句话在一直持续的沉寂中显得那样突兀，像石块一样给宁贞那滚烫的脑子和身体以訇然一击，让她一下子意识到了她是在一个多么可笑的地方做这件郑重的事情。当家福脱完衣服压过来时，她的身体已完全冷却下来，她一下子推开了家福，三几下穿好衣服，"嘭"一下打开车门跳了下去。聚集在四周的夜气围拢过来，让她打了个寒噤，她望着远处石家庄市区里那些粲然的灯光，缓慢地把头摇摇。

"你咋了？快上来！"家福在驾驶室里焦急地轻唤。

"你睡驾驶室，我到大厢里睡！"她向驾驶室扔进这句话后，便毅然向后车厢板走去……

——你心里现在在后悔！

——是的,我刚才不该在他面前显得那样顺从,竟然没有一点抗拒。

——你让他看出了你心中的欲望,你心中原来也有这种欲望。你在为自己的举动羞愧!

——我没想到这种欲望会被他引发出来,而且一旦引发出来就会失去理智,我差一点失去理智,在这样可笑的地方去做那样的事!

——你仔细想一下你刚才拒绝他的原因,那不全是因为这个地方可笑,人们其实可以在更可笑的地方做这种事。

——也许,我可能是意识到我不能和他在这种可笑的地方——

——和他?归根结底,是因为你在内心里对他不很满意,所以你才不愿随随便便地在一个地方向他交出自己。你希望他郑重地把你迎娶过去,希望他履行所有该履行的仪式,你想要用那些繁复的仪式来对付心里的那份委屈,你想让他有一种得到你不易的感觉,来对付你心中的那份不满意!

——我只是想这种事不能草率,不能这样轻易地就开始,就过去。

——这恰恰证明你不是百分之百地全心全意地毫无保留地爱他,一个女人真要爱一个男人,是愿意为他去做任何事情的,甚至去死。

——我承认我和他没有达到这一步。

——也就是因此,你可以挑拣做这种事的地方,你可以很干脆地拒绝他,而不在乎他是否痛苦。试想,你要真爱他,他要提出这种要求你敢你会你愿拒绝?你恐怕早就酥倒在了他的怀里,你会听任他在任何地方做任何事情。

——可我已经从心里接受了他、我已经真的做好了和他结婚的心理准备。

——你接受了他、你做好了和他结婚的心理准备，这都是在理智层面上完成的事情，你并没有在感情上完全接受他，只有感情上的接受才能消除男女之间的一切隔膜和障碍。

——自从和他交往以后，我从来没有去想再和他分开，再和别的男人……

——但你今晚的举动就证明：你心里依然有不甘，遗憾之感还存在于你的心中，你其实还在企待！

——我没有！

——先别否认，这种企待是一种隐藏很深的东西，只有对自己的内心进行反复翻查才能发现。其实每个女人，包括已有了如意郎君的女人，只要潜入她的内心，也还会发现那其中藏有一种企待，企待更有魅力的男人出现。人的欲望从来没有尽头。

——我该怎么办？

——什么也不要做，把一切交给时间，时间会根除你心中的不甘和遗憾的。

——我会最终变成一个妻子、母亲和奶奶？……

宁贞在汽车大厢里似睡非睡地躺着。她看见有两个人在她面前激烈地争辩，她饶有兴味地听着，评判着，努力不让自己偏袒任何一方，直到司机用力敲着车厢板叫：厂长，咱们上路吧！她才一下子睁开眼睛。

石家庄市已在晨曦里显露出了它阔大的身躯……

6

尚穹这段日子过得可真是爽心快活,再也没有感受到金钱的压力。昌盛先后给的那六万块钱,他只用其中的几千块钱就把展销场地联系好了,剩下的钱他做了三件事:一是给烯和韫韫分别买了点首饰。这是他过去一直想送而送不起的。看到两位心爱的姑娘戴上珍珠项链和金手链时的那股欢喜,他感到很舒服。他愿意看到她们的笑容,他认为她们的笑容是除去他在官场拼搏所带来的疲累的最好药物。第二件事是给司长送了点礼物。司长平日很赏识他的能力,在提他当副处长时起了决定性作用,对此他一直心存感激。他很早就想送点贵重礼品以表示心意,可苦于没钱,这次总算把这件事办了。下一步的提升还要靠他,在他身上花点钱是应该的。第三件事是到银行存了点钱。这是他第一次见存折,尽管他是副市长的儿子且又在京城工作,由于工资低也由于和两个女人来往支出的地方太多,他还从来没有存过钱。这一下好了,有了这个存折,心里头就踏实多了。他现在有点理解为什么外国那些政治家都和企业家有联系,你背后有了企业家的支持,你才能在政界站稳脚跟。不错,我刚好有一个堂哥昌盛,这是我得天独厚的地方,我过去怎么就没想到这一点呢?这段爽心快活的日子已经使尚穹有了一个更大的计划——争取在京郊买一套房子,一劳永逸地解决“藏娇”的“金屋”问题。如今让烯和韫韫都来宿舍里与他幽会,有两个问题令他担心:一是两个姑娘频繁地轮流来找他,难免不引起同楼的住户的注意,而这栋楼上住的基本都是经济部的人,时间长了,难保不会有风声传到领导的耳朵里;二是两个姑娘通常是按他规定的日子来的,到目前为止两人还从没有碰到一起过,彼此谁也不知道对方的存在,但万一有一天哪位姑娘心血来潮临时决定来找他,与另一位他召唤来的姑娘见了面那多尴尬?即使两人没有碰见,一位姑娘离开他的宿舍后,他都必须对房间做一次严格的检查,在确信没有留下任何痕迹之后他才能迎接另一位的到来。这也让他十分烦恼。一个女人一旦来和你肌肤亲热,通常总有许多痕迹留下,包括她的拖鞋、内衣、发卡、牙刷、手帕,甚至头发和香水味道,有一点没有收拾干净都会引起另一位的怀疑,所以每一次检查都让他烦躁无比,都让他想到什么时候自己能再有一套房子才好。现在这个想法有实现的可能了,我手上已存有几万元,下一步再从昌盛哥那儿弄一点,在京郊买一套房子的可能是真的有了。他这些天已开始留意报纸上的售房广告,他注意到亚运村北边一些乡村盖的公寓楼售价较低,两室一厅带双气的单元房售价只要十三万元,这使他很兴奋,应该找时间去看看。

尚穹在那个星期天的正午听到敲门声拉开门后,看到站在门前的是宁贞时，多少有些意外。昌盛在给他打电话说首辆车将在今天到京那刻，匆忙中并没说来人的名字，尚穹没想到会是这个漂亮的宁贞来了。“这是刘家福，尚吉利集团的秘书。”宁贞含笑向他介绍。他点点头，忙把他们让进屋，他手上沏着茶，目光已经忙着欣赏宁贞的身段了。

他再一次在心上承认，故乡来的这个姑娘是一个天生的尤物，上天把该给一个女人的东西都给她了，倘是把京城姑娘们的那身行头再给她配上，烯和韫韫是没法和她比的。他再次感受到了她发散出的那种吸引力，他摇摇头，强使自己对她这种美丽保持一种淡漠和平静，——上次请吃饭的失败让他知道她不是那种轻易可以俘获的女人。

简短的寒暄过后便开始谈到了展销场地的问题，他介绍了一下情况，尔后领他们去了展销的地方。

那是一个多用展览厅，面积的大小和所处的位置都很合他的心意也很合昌盛当初给他说的标准，他从内心里也期望这次展销能够办好。

他看见宁贞和家福也很满意，两个人在大厅里边看边比划着怎样摆放产品。他点燃一支烟悠然吸着，目光一直跟随着宁贞的背影移动，有一霎，他的目光就停在她那丰盈颤动的两瓣臀上，他想象着手抚上去会是一种何等美妙的感觉，心脏便随着那想象渐渐跳得激烈起来。他担心自己固定的注视会被他人发现，急忙强制自己扭过了头。

那天的事情办得都很顺利。顺利地和展览厅的管理人员接上了头；商定好了第二天开始整理展厅布置展销产品；给宁贞、家福和司机就近安排好了住处；给昌盛哥打去电话让其余运送展销产品的车辆明晨出发。该做的都做了，他离开展览厅时心情很好，但到家后却又变得心神不定做不成什么事情，到吃晚饭时他不得不承认，是宁贞的身影扰乱了他的心绪和心境。她的身影总在他眼前和脑子里晃动，这让人怎样安宁？糟糕，你竟被一个乡下来的姑娘弄成这样，多少有点不成体统！

他那天晚上是在对自己的谴责中上床躺下的。临闭上眼睛还看见了宁贞那清纯明丽的笑容……

尚穹第二天第三天都在机关里忙一份公文。他对起草公文有一股浓厚的兴趣，写起来总是全神贯注。他知道在国家部委这一级机关，公文撰写能力的高低成为衡量一个人水平的重要方面，是一个人晋升、提拔的重要依据，所以他对交他撰写的每一份公文，都是极其认真地对待，力争做到尽善尽美让上司满意。

第三天半下午的时候，正在给公文结尾的他听到了电话铃声，坐在对面的另一位副处长拿起话筒后递给了他。他听出话筒里传出一个女声后多少一怔：他平时不准烯和韫韫向他办公室打电话。他在机关里一向是以不喜和女人拉扯来往的正派小伙面目出现的，他知道在政界男女来往仍是一个敏感的问题，弄不好就会给自己的前途带来影响。他不高兴地嗯了一声，待对方说出第二句话后他才辨出是宁贞，她的南阳口音把他从公文里完全拉了出来。

“对不起，打扰了你的工作，我有一件急事想找你帮忙。”

“我再有一会儿就下班，你可以到我的宿舍楼下等我。”他不带任何感情地说罢就挂了电话，挂了后又对坐在对面的那位副处长解释了一句：“老家来的人。”

但放下电话后他的心却忽然有些乱起来：既是让她在宿舍楼下等自己下班，那今晚要不要两个人在一起吃饭？饭后要不要邀请她上楼？怎样留住她在宿舍聊天？聊天时应该聊点什么她才感兴趣？……

他发现他无法再把心思全都集中在公文上，他草草地完成了公文的结尾，尔后有些心神不安地等待下班铃响。他一向坚持不早退一分钟，每天都是踩着下班铃声走向门口。

宁贞果然等在楼下，她显然有急事，看见他如同看见救星似的跑了过来，她这副着急的模样反而更添了一种妩媚，让他看了以后心中忽然感到了一股燥热。

“五辆拉展销品的汽车都到了，但其中有一辆被警察拦到了公主坟的一个路口，警察说司机严重违章，车这会儿还扣在那里，麻烦你快想个办法。”宁贞一连声地说。

尚穹笑了，一边笑一边递过一个手帕去，柔了声说：“先把脸上的汗擦擦。”

宁贞也害羞地笑了。她没接尚穹的手帕，从衣兜里掏出自己的手绢擦了擦。

尚穹向附近的一个公用电话亭走去，他打了几个电话，二十多分钟后，他对站在一旁的宁贞说：“问题解决了，司机这会儿已开车向展览厅驶去。”

“谢谢你！”宁贞高兴地握住了尚穹的手。尚穹立刻意识到这是一个机会，没有马上松开那只绵软的小手，而是含了笑问：“就这样谢我？”

“那你说咋样谢？”高兴中的宁贞也少有的露出了一点调皮。

“一起吃饭。”

“好，请你吃饭！”宁贞爽快地答应了。

那是一顿气氛很好的晚餐。宁贞向尚穹说着他们这两天的整理、布置情况；尚穹则向宁贞介绍着北京市的一些见闻。两个人说着吃着，不时还伴一阵有节制的笑声。最后账当然是尚穹抢着结的，这使得宁贞有些不好意思："说好是我请的。"

两个人出了小饭馆后，尚穹好像忽然想起似的说道："哦，对了，昌盛哥在电话上交待，说在展销会开幕前想先搞一个新闻发布会，我在电脑上准备了一份新闻单位名单，你是不是去看看？"

宁贞迟疑了一下，显然是在担心时间是不是晚了，但转念一想这个名单自己应该心中有数，而尚穹就住在近处，便点了点头说："行。"

"这是我自己组装的一台电脑，花钱不多质量还行。"进了屋里，尚穹在电脑前坐下时说。

宁贞满眼钦佩，她对电脑只是会用，而尚穹已经可以组装了。她又一次痛感到自己要学的东西太多了。

尚穹敲了几下键盘，屏幕上出现了一长串报社的名单、地址和记者的名字，宁贞一个一个地看着，想要把它们记到心里，就在她用心读着的时候，屏幕上字迹突然一晃，随之消失，代之而出的是一幅两个赤裸的男女紧抱在一起的画面。

宁贞惊呆在了那里。

"这是怎么搞的？谁往我的电脑里送了这样的东西？"身旁响起了尚穹有些吃惊的低语，他急忙敲击键盘，但随之出现的画面更是宁贞连想也没想过的东西。

血嗡一声涌上宁贞的脸颊。在短暂的惊愕之后，她慌忙扭身向门口走去，但这时手已被尚穹抓住："小贞，真是抱歉，我也没想到……"说着，手已在用力把宁贞往怀里拉，宁贞一感受到这种拉力，便猛地把尚穹推开，飞跑过去拉开了门。

她在沿着楼梯向下飞奔时才明白：这一切都是预先设计好的……

7

原本立在宁贞心中的尚穹形象，像突遭了狂风袭击一样，一下子倾斜欲倒了。宁贞那晚回到展览厅没再对任何人包括家福说什么，只是问了一下新来的几个司机的住宿安排情况，就早早地上床睡了。但她预先就知道，今晚的睡眠不可能安稳，果然，由意外、震惊、气愤、伤心所造成的思绪翻滚，使她在床上辗转反侧直到黎明还没有阖上眼睛。这么说，我第一次赴他的吃饭之约时对他的感觉是对的？但电脑上的图像会不会真是出了什么故障而导致的？他当时要拉住我会不会不是另有存心而只是想表示歉意？

她的这些疑问被第二天上午的那桩发现最后澄清了。

第二天上午在布置展销品时，她去找展览厅的工作人员想再借一张展台。那工作人员初时不想借，说摆在厅里的展台已经够用了，宁贞就笑了说："我们一天给你们四万元的租金，你们应该满足我们的要求。”不想那工作人员听了很不高兴地回道：“我们何时收你们四万的日租金了？我们不论对谁收的日租金都是三万五千！”宁贞听了不由一怔：她来时昌盛让她带了一张支票，上边写的是六十万元，昌盛亲口告诉她，说尚穹已同人家谈好，日租金四万，共租十五天。她一来就把支票交给了尚穹，难道这中间——？

她打了个冷颤。

展台后来借到了，但宁贞的心却像塞了石头一样坠得难受。为了证实自己的猜测，她下午去了展览厅的财务室，找到会计说：“我们总经理来电话催问租金给你们交了没有，刚好我们承办这事的尚穹同志这阵子不在，只好来问你了，麻烦查一下。”那女会计一边回忆说：“好像是交了。”一边去翻账本，宁贞看得清清楚楚，账本上边写着尚吉利集团每天交的租金是三万五千元，展览厅收款总额是五十二万五千整。

宁贞霎时感到浑身的汗毛都竖了起来。

她从财务室出来，站在阳光下久久没动，只是目无所视地望着大街上往来穿梭的车流。呵，尚穹，你和尚昌盛可是亲亲的堂兄弟呀！

也就是在这一刻，原本存在宁贞心中的疑问呼啦飞走，尚穹立在宁贞心中那尊摇摇欲倒的形象，轰然倒塌了。

噢，你原来是这样一个人！

宁贞立时决定，再不与他打交道。自此，凡要与尚穹联系的事情，宁贞都让家福去。展销厅全部布置好的前一天上午，宁贞让家福去找尚穹商量第二天新闻发布会的开法，家福回来后说：“尚穹要我们先交给他两万元的公务活动费！”宁贞一听钱便提高了警惕，她临来时昌盛让她带有现金，但她没有立刻答应给尚穹，只让家福告诉他：昌盛傍晚就到京，钱由昌盛当面交他，他可以按两万元的计划准备。

昌盛终于到了。

他先看了一遍展销大厅，对宁贞、家福他们的布置表示满意；尔后询问第二天的新闻发布会的准备情况，宁贞告诉他此事由尚穹帮忙安排，并说了尚穹要两万元的事情。昌盛一听眼就瞪大了："怎么又要钱？为新闻宣传的事我当初不是已经给过他钱了？"

宁贞犹豫了一阵，觉得还是应该把展厅租金的事给昌盛说一声，以让他心中有数。作为尚吉利集团的一个厂长和这次展销会的具体组织者，她实在不愿看到尚吉利集团利益受损。她挥手让家福出去，轻声把展厅租金的事说了一遍。她根本没想到昌盛的反应是那样激烈，听罢"啪"一声捶了桌子一拳就向门外走去："我去找尚穹！"她急忙让家福去拦，但家福哪里拦得住总经理？只见昌盛钻进一辆出租车便向尚穹住的方向驶去。

宁贞本能地知道事情坏了，急得在展厅门口团团转。她本想赶去劝阻昌盛别说开这事，又怕碰见尚穹，她实在不愿再看见他。她有心让家福跟去劝阻，可又不愿把尚穹借租金捞钱的事说给他，担心扩散出去影响所有参加展销人员的情绪，况且尚穹是昌盛的亲堂弟，事情传出去等于在挑拨人家家族内部的关系。

宁贞只能站在展销大厅门口着急。

她那时只是预感到事情坏了，根本没料到会坏到那样可怕的程度——

宁贞在展销会开幕的第四天晚上流下了悔恨的眼泪。

新闻发布会没有开成。

一定是因为尚穹遭了昌盛的斥责，一怒之下给各家报社打了什么招呼，第二天上午，昌盛、宁贞在大厅里准备好了桌椅和水果、饮料静候记者们的到来，但直等到中午，也未见一名记者来到。原计划是新闻发布会和开幕式一起开的，昌盛见是这样，就铁青着脸让宁贞和家福他们把桌椅、水果、饮料收起，宣布展销会开始。

但这个无声的开始能引起谁的注意？

全国到北京展销产品的企业太多了，而北京又是那样的大，没有新闻媒介的宣传介绍，谁知道西城区的这个展览厅里在展出尚吉利集团的产品？谁知道这种产品就值得买？只靠展销厅门前家福写的横幅和几个临时广告牌，能招来多少观众和顾客？

整整一天，只有不到二百个从展厅门前经过的人走进来看看，零售出的绸缎不到十米，时装没有卖出五件。

宁贞被这种没有料到的局面砸懵了。在她的想象中，展销会开幕以后，应该是人声鼎沸人如潮涌，人们争相购买，要求批发、订货的络绎不绝。她怎么也没想到会是这样一个开始。她现在才意识到她不该对昌盛说出租金的事，尚穹捞的不就是七万五千块钱嘛，可现在一天下来损失的是多少？你呀，咋这样不会办事？你这是在怎样帮助昌盛?!

当夹着几丝寒意的晚风开始摇动展厅门前的花篮时，宁贞走到一直冷着脸站在一个展柜前的昌盛身边说："我们明天是不是到各大报社去一趟，请他们来人看看给做点宣传？"

"可以，我们离了他也能办事！"昌盛用指头恨恨地敲了敲展柜。

宁贞哪里想得到，在这个巨大的京城，记者并不是好请的。没有关系没有交情没有背景没有巧妙的礼物馈赠，很少有记者愿来采访这种每天都有的展销会。第二天她和家福跑了一天，每到一家报社都是先在大门口登记，后找主管这类新闻的部门恳求，可人家不是说人手太紧就是说版面太紧，根本不应允。后来到了一家报社，着急中的宁贞干脆先上来就把一千元钱掏出来往桌上一放说："请去帮帮我们尚吉利集团的忙吧。"记者见状吓了一跳，说："你是不是想把我们送到纪委会去？我们这里可从来不搞有偿新闻！"宁贞从来没跟新闻界打过交道，哪知道给新闻记者送钱的秘诀？她这样瞎闯瞎找了一天，最后总算找来了一位小报记者，那位记者来展销厅看了一阵，对尚吉利集团的产品赞叹不已，遂于展销的第三天发了一条挺长的消息。可惜那张报纸小发行量少读者不多，并未造成多大的影响，也没有给展销厅里带来多少观众和顾客。

展销会的第四天也在冷清中过去。就在这天的晚饭后，宁贞流下了悔恨的泪水：你个多嘴的东西，事情毁到你的手里了！

尚吉利集团租用这个展览厅的总时间是十五天，扣除掉整理和布置展厅的四天，只剩下七天正式展销时间了。

看着尚昌盛因为焦躁上火嘴唇上起满了燎泡，宁贞真是心急如焚。还好，家福想出了一个主意：花钱到晚报社做整版广告。晚报是京城绝大多数人都看的报纸，整版广告能够引起人们的注意。昌盛和宁贞听了都觉得可以一试，昌盛遂决定第二天带宁贞和家福一起去晚报社商谈做广告的事。

广告谈判也不轻松。对方不仅坚持一版二十万元钱，而且要在四天以后见报。展销再有七天就要结束，四天后广告出来还有什么意义？那一刻，焦急中的宁贞一把抓住那个面色冷峻的男子的手，含了眼泪恳求："权当是帮助我们，请把广告安排在明天行吗?”那个男子可能从来没遇见过这样的谈判场面和对手,内心显然受了震动,默然片刻之后点头说:“小姐,请擦去眼泪,我答应了。”

第二天也就是展销会开幕的第六天,晚报上出现了一个整版的由家福拟定的广告:

买“软黄金”——真丝绸缎去!

千年丝绸老厂——南阳尚吉利进京展销。

公元五世纪,横跨中西亚大陆的“丝绸之路”,其东端的起点在中原西南部的南阳尚吉利大机房。

自北宋以来的历代皇帝,都穿过用尚吉利的绸缎做成的服装。

展销品种:真丝面料,丝绸时装,被面,领带,丝巾等1000多个品种。

展销方式:零售、批发、订货、贸易洽谈。

展销期间价格优惠……

8

尚穹，我将永不原谅你！

爷爷曾对你怀过怎样的期望呵，爷爷直到临死还在嘱咐我，要依靠尚穹，他在京城做事，见多识广，是咱们尚家最有能耐的人，他会给你帮助。可你就这样帮助你的亲堂哥?!

我对你怀着多大的信任呀，我把这次展销会的全部筹备事宜都委托给了你，你啥时候要钱我啥时候寄，可你咋能变着法子来坑我？你需要钱为啥不明着向我要？要要这种骗人的手腕？你知道你伤我的心伤得有多深？

也罢，从此我们各走各的路，你在京城当你的官，我在小地方织我的绸，咱们井水不犯河水，堂哥这回算是花钱认识了一个人……

昌盛这些天一直在气恼中度过。当初尚穹一而再，再而三地向他要钱时，他的心里就犯了一点嘀咕，但他从不许自己往别的地方想。尚穹是你的亲堂弟,又是上过大学知书识礼的人,你怎么可以对他也生怀疑?正是这种真诚的信任才使他获知真相后格外气恼和伤心。那天晚上宁贞说出展厅租金的事后,他心里起了怎样的震惊和气愤?!他在气愤和伤心中奔向了尚穹的宿舍敲响了他的房门,他在开口责问的最初一刻,其实是希望尚穹辩驳的,希望他为隐匿的那七万五千元说一个可以信得过的花销处,但是没有。尚穹显然没有料到他会知道真实情况,会来当面责问,所以也就没有准备用来辩驳的理由,尚穹只是满脸尴尬张口结舌地面对着他,到最后也只能嗫嚅着说:"……我分这两室一厅的房子太小,想积点钱再买间房子……"

房子?为了房子你就来骗你的亲堂哥?!你对得起谁?这可是在办尚家祖传的丝织业呀,你对得起列祖列宗?你不怕爷爷在阴间怪罪?!

我永远不再登你的门!就是这次展销全砸锅,我也决不会再去求你!

在晚报上发的那版广告总算起了作用,到展销会开幕的第八天,展览厅的冷清局面开始改变,来参观和购货的人多了起来。到第九天,顾客开始川流不息摩肩接踵了,所有的工作人员都忙得不可开交,一直愁眉紧锁的宁贞第一次笑了。到第十天,有路过的记者主动报道了展销会的盛况,称赞了尚吉利集团的产品,这下子吸引了更多的顾客,到第十天下午,展销厅几乎挤得水泄不通了。但这时离展销结束只有一天,不可能完成计划中的交易额了。

昌盛决定延长展销的时间,但同展览厅交涉时对方拒绝了,说另有一个音像制品展销会紧接着在这里举行,你们必须于明天晚上结束展销,后天腾出展厅。

“咱们再换个地方?”宁贞着急了。

昌盛缓缓地把头摇摇:“再找一个合适的展销地点需要时间;布置起来也需要几天;也需要再做广告;再说,这么多人和车留在这里,家里的生产也受影响。罢了,我们按原定时间结束吧。”

最后一天的展销开始了,宁贞给尚吉利集团来的每个人都发了一袋面包几罐饮料,要求大家一刻也不离开展销台,力争接待更多的顾客。这是繁忙的、紧张的、交易额最多的一天,尚吉利集团来的每个人都知道时间宝贵,人人都拼了命干,但黄昏按时来临了。

根本用不着统计,昌盛凭估计就知道,展销以来的全部交易额不会超过七十万元,而对这次交易会的所有投入加起来已近百万,还不算人员的忙碌和心力的耗费。

失败了。

那一刻,他望着在黄昏里亮起来的街灯,望着在街灯里往来穿梭的车流,深深地叹了口气。爷爷,这是你去世后我办的第一件大事,没有成功,孙子愧对你,你不会生气吧?……

车是天黑前装好的。尚未卖出的绸缎和时装差不多装满了四辆卡车,这些都将再运回南阳。这是一场多么无意义的长途搬运呵。

昌盛让宁贞和家福领着所有的工作人员去一家小饭店里吃饭,自己留下来看车。他已经宣布,饭一吃过就启程南返。他想连夜离京,不想让京城里更多的人看见他兵败撤退。

这是一个阴沉的傍晚,几大团乌云悬在头顶的天空,一副要掉下来的样子;裹有沙粒和尘土的风撞到蒙了帆布的卡车上,发出沙沙的响声。昌盛这会儿忽然想到,如果自己那晚没有跑去斥责尚穹一顿，而是把气先咽到肚里，让他帮忙请来记者请来名人开好新闻发布会和开幕式，那会是一个什么结果？带来的展销产品会全部卖完？订货的人会来很多？尚吉利集团的产品会在京城造成很大影响？他感到有一丝后悔在心里慢慢膨大。哪样做对尚吉利集团有利？昌盛，你办起事来还是没有三思而行，你处世分明是操之过急，你没有吞咽气恼的肚量，你没有学会忍！爷爷的遗嘱上是咋给你说的？和当官的打交道时要学会忍。可你是怎么忍的？尚穹骗占的不就是七万五千块钱嘛，你就忍不住了？你忘记了他是京城里一个当官的，他对你一个外地人翻脸还能有你的好果子吃？……

“尚总，你去吃一点吧，我来看车。”宁贞这时走了过来。

昌盛摇摇头：“我不饿，你吃好了？”

“尚总，这次全怨我！”宁贞低下头说。

“什么怨你？”昌盛没听明白。

“要是我当初没有给你说租金——”

“我们不谈这个。”昌盛截住宁贞的话，他知道宁贞全心想把展销会办好，他看见了她这些天的辛劳，他内心里充满了对她的感激。他再一次庆幸自己选准了这么一个厂长和助手。“这次忙得你连天安门也没去看吧？天安门其实离这儿不远！”

“我是说——”

“将来会有机会的，”昌盛努力让自己笑着，“日后你和家福就来北京旅行结婚！也许要不了多久，我们尚吉利集团会在北京设立一个分公司，分公司里吃住都方便。分公司的任务除了做生意之外，就是疏通同新闻界、中国丝绸进出口公司和轻工业部等部门的关系，我们再不能受制于人，我们想啥时候开展销会就啥时候开……”

车队启程时已近八点。

昌盛坐在最后一辆车上，车行至岳各庄转盘要驶入京石高速公路时，他让司机停车，他下车向一个电话亭走去。应该给尚穹打一个电话，告诉他我们走了。毕竟是堂兄弟，他无义，我不能无情。再说，他做官，虽然不大，但是一个京官，京官无大小，他一个电话朝下边的机关打下去，下边的人就可能要当成事来办。爷爷历来主张不能和当官的硬顶、斗气，何况这还是一个京官？罢，就低下头，忍下气，给他打个电话告个别，把关系缓和下来。

他知道尚穹宿舍里没电话，就呼了他 BP 机的号码。昌盛怕他不好意思回电话，对传呼台没报自己的真名字，还好，没过多久，电话来了。昌盛拿起话筒，以尽释前嫌的语气说："尚穹，是我，你昌盛哥——"

线路那头的电话"啪"的一声挂了。

昌盛提着话筒呆了一阵，眼神倏地阴沉下来。嘀，给你脸你还不要脸了！明明是你有负于我，骗了我的钱，现在倒还在我面前摆起了架子。罢，罢，既是如此，我倒不低头了。你在北京城不就是个副处长嘛，你还能把我吃了?！从此以后我们彻底断绝来往，我不忍这口气了，爷爷，我不忍了！不忍了！他猛朝电话亭上踹了一脚，电话亭发出"嘭"的一声闷响，惊得路边几个骑自行车的人都向他扔过来惊诧的目光。

他跑向自己的卡车，一边拉开车门一边对司机大声说："开车，回家！"……

9

尚穹一直以为，只要把与展览厅签定的租用合同放到自己身上不让昌盛他们看，他们就不可能知道真相。谁会想到要再去查验合同？谁能够对他表示不信任呢？也就是因此，他一点也没做事情败露的准备，那天晚上当昌盛进屋气冲冲地责问为何把日租金由三万五说成四万时，他一下子呆了，以至于竟没想出辩解的词来。他当时的第一个感觉是太丢脸了，这件事要是传回到南阳，他将如何有脸再回南阳去？那可真真是无颜见江东父老了。一个在北京工作的副处长，竟然坑到了他亲堂哥的头上。他仿佛已经看见南阳的市民在交头接耳传送这个惊人的消息。他被这个想象中的场面吓得真想钻到墙缝里去。真是财迷心窍，傻到了这样的程度，做出了这样的事?！那一刻，后悔像一颗豆子一样，是从他心里滚过一回的。紧接着，他开始害怕。尚昌盛要是把这件事捅到我的机关里去，那后果将是什么？单位里的人将投给我什么样的目光？将会把我当成什么样的人？骗子？无情无义的小人？谁还会再看重我提升我？那我的前途不算完了？我辛辛苦苦干了这几年，竟让此事把我毁了？不，不能！几乎在昌盛责斥罢刚走出房门，尚穹就想出了挽救办法：明天一上班先把那七万五千元从银行取出来，尚昌盛一旦对我的单位和在南阳公布此事，我即刻把这些钱拿出来示之众人：我从未想多占他一分钱，只是为展销会的其他花钱项目预作准备；完全由于尚昌盛以小人之心度君子之腹，才造成了这个误解，弄得兄弟反目。之后，再扔还给他！在想出了这个处理危机的办法之后，他心里的慌张才算过去，才开始对尚昌盛生气：好哇，我辛辛苦苦地在北京为你奔波，你一来就查我的账目。七万五千块钱对于你算得了什么？我给别人办事，他也总得给我劳务费吧？我倒要看看你在北京离了我能不能把事情办成！

他当晚就给各报社的朋友打了电话，告诉他们新闻发布会不开了。同时通知预先约好为展销会开幕式剪彩的名人和领导：开幕式取消了。

第二天，他去银行取出了钱后径去上班。

我要看看你尚昌盛有多大能耐！

那天下班后他给南阳家里拨了个电话，电话是妈妈文琳接的。他在电话上要妈妈留意尚昌盛回南阳后对外界说的话。妈妈问为什么，他答是因为一桩误会，他想把昌盛给的一笔钱放在手中以用于展销会的其他开支项目，不料昌盛以为他是想悄悄贪占。妈妈听了冷笑一声说："啥叫贪占？你也是尚达志的孙子，尚家的钱也应该有你一份！你帮了他反倒落下不是了？……"妈妈的话像一道闪电，一下子照亮了尚穹脑子里一个昏暗的角落：对呀，我也是尚达志的孙子，尚吉利集团的财产按照法律规定应该也有我的一份,我拿这七万五千元不仅不应该害怕,而且要理直气壮!我过去怎么没想到这一层?爷爷当初在遗嘱里怎么说的?——这个集团留给你们了。这“你们”中当然也包括我尚穹!还有,我过去听妈妈说,尚吉利集团所以能办起来,得力于爷爷埋藏在地下的几十根金条,这些金条是祖产,祖产当然也应该有我一份;在祖产基础上滚动发展起来的资产,还应该有我一份。哈哈,我现在还怕什么?我这是在花爷爷给我留下的遗产,任何外人无权干涉!遗产?爷爷留下的遗产总数是多少?尚吉利集团的整个财产都应该算是爷爷留下的遗产,应该算!呵,那总有几千万吧?这笔遗产按照法律规定,应该有尚昌盛、旺旺、父亲、哥哥尚天和我共享,如果把这笔财产分成五等份,每一份都是几百万元吧?嗬,我会拥有几百万元吗?要是那样,我在仕途上干可是有坚强后盾了!得先向律师请教,不要盲目高兴,要从律师处弄清三个问题:第一,我有没有继承尚达志遗产的权利;第二,尚吉利集团的财产算不算尚达志的遗产;第三,如果尚吉利集团的财产属于尚达志的遗产而我又有继承的权利,现在可不可以就讨要这笔遗产。

第三天的傍晚,也就是当尚昌盛为展销会第三天的冷清局面急得团团转时,尚穹走进了前门附近的一家律师事务所。

我要弄个清楚!

律师的回复是在一个下午抵达尚穹的办公桌上的,他有些迫不及待地撕开那个信封——

尊敬的尚穹先生:

我们对你提供的情况做了仔细研究,现就你的咨询答复如下:

1、尚吉利集团既是在你爷爷生前建立起来的，是用你爷爷存下的金条为基础发展起来的，而他又是实际上的一家之主，他去世前留下的遗嘱中又明确表示尚吉利集团是他留给你们诸位儿孙的，那么尚吉利集团的全部财产可视为他的遗产。

2、你作为他的嫡孙之一，虽未具体从事尚吉利集团的建设，但同样具有继承这份遗产的权利。

3、你可以把这笔遗产交目前尚吉利集团的经营者继续经营以获取利润，也可以一次性地收回到自己手上。

4、如果你索要遗产的事情遇到了什么麻烦，我们愿意随时为你提供法律服务……

倘不是在办公室里，尚穹真要高兴得跳起来：我就要有很多很多钱了！

看来，前人说的“坏事可以变成好事”是至理名言！我原来为拿七万五千块钱遭人斥责心中惶惶不安，没想到它倒促使我去追回了几百万元财产。从今往后，我可以安心工作，再不会为钱发愁了。

他跑到楼下，用公共电话要通了韫韫，告诉她今晚见面。他要和她共享这份欢乐。他原来计划要买的那套房子，是准备交韫韫来管理的。就在昌盛来京的前一天，他领韫韫去亚运村北边的一栋公寓楼上看了一套两室一厅的房子。韫韫，现在我不买两室一厅的房子了，我要买四室两厅的！我知道你是个勤快而又有艺术眼光的姑娘，一旦那四室两厅的房子到了手，我相信你会把它收拾得十分雅致舒适，到那时我每星期去住两三个晚上，那将是我的又一个宿舍，我会在那里得到彻底的放松和休息，尔后再精神饱满地去官场奋斗……

那是一个欢乐的黄昏，韫韫一进屋尚穹就把她抱放到了床上，韫韫像往常那样害羞地把胳膊放到脸上遮住眼睛，任凭尚穹在身上忙碌尽兴。当事情告一段落之后，兴犹未尽的尚穹又要接着玩游戏：他拿来一根长长的黄瓜，让韫韫和他分别从两头吃起，直吃到两双嘴唇挨到一处。就在尚穹吞咽最后一口带着韫韫唾液香味的黄瓜时，放在床头柜上的 BP 机响了，他伸手拿过一看，见上边显示着一句：有急事速回电话。号码和人名都很陌生。他担心是机关里的什么人找他有事，那个庞大的机关里有许多人他还叫不上名字，便急忙穿衣下楼去回电话。他给自己制定了一项原则：什么时候都不能误了工作。

电话拨通后他听到了昌盛的声音，他先上来非常恼火，你竟敢化名把我从床上叫到楼下?! 但随后他浮了一个冰冷的笑容——他下午下班时专门坐了一辆出租车，他让司机把车开到展览厅附近把车停下，他隔着车窗玻璃看着昌盛他们向车上装尚未销出的产品，他清楚地知道展销会没有办成功。他此刻很想对着话筒挖苦他几句，同时告诉他已做出了索要遗产的决定。但随后他又改变了念头，犯不着打草惊蛇，待一切计划好了再说。他只是“啪”一声挂了电话。再见，尚昌盛，这次展销会的失败让你知道离了我不行吧？我以后还会让你知道新的东西，让你知道我不是一个平凡平常的可以受你斥责的人，我是北京大学的本科优秀生，我是中华人民共和国经济部里的一个副处长！我会让你为对我的斥责而后悔终生！你会后悔的，会的！……

10

与左涛的相见使卓月的心境失去了原有的宁静。过去，她平平静静地备课教书，平平静静地搞文物研究，平平静静地处理尚吉利综合大学的各项教务；而现在，不论干什么，左涛那张苍老憔悴的脸总在她眼前晃动，那瘦削伛偻的身影总是跟着她走进她去到的每一个地方。而且她分明觉着耳边总响着他的声音：你把我毁了，毁了，毁了！……

我是把他毁了。他结过一次婚，但女人把他赶走了，赶走的原因还用问吗？那么这场婚姻其实也是我毁的，是我毁的！

他毁坏的，是卓远外爷的书，那些书当然宝贵；可我毁坏的，却是一个人！人不宝贵?！我们都毁坏了东西，但我的罪似乎更大，更重，更不可饶恕?！

一天晚上，无法安心在家里备课的她，缓步走到了白河岸上。前些年干涸无水的白河，因为新近在下游建了橡胶坝而重新变得水面宽阔波光粼粼,几艘小游船在水面上划动,夜风送过来船上年轻男女们的清脆笑声。又是一代人了。他们不会知道我们当年经历的那些事情,那时候为什么不让人们这样泛舟笑闹,而偏要让我们去互相仇视争斗?假若当年没有焚书,没有我对左涛的伤害,那如今的生活会是一个什么样子?我们会有一个家庭?一个孩子?那孩子是男是女?……

一阵从河面上漫过来的饱含水气的风,令她打了个寒噤。别瞎想了,没有假若了。对于过去,上帝只给了我们回忆的权利,没有给我们改变的权力,回家睡觉吧。

她转过身时,看见一对熟悉的身影踏着月光迎面走来。是昌盛哥和小瑾嫂子。"月儿,是你!"小瑾最先招呼。

"昌盛哥,听说你回来了,正想去找你。"卓月朝表嫂笑笑,向昌盛转过头。

"是学校里有事?"

"三件事,一件是计算机系想再买十台微机,以保证每个学生上课时都有机器操作;另一件是想再盖四间平房,给刚请来的两位老师住;再一件是,我想聘请一位老师。"

"前两桩事先缓缓。"昌盛叹口气。

"为啥?"

"我手上的流动资金没了,因为前一段几个国家暂停了进口咱们的绸缎,产品积压;加上这一回在北京的展销会办砸了,钱扔了不少。"

"哦?北京的展销会不是有尚穹帮助吗?"

"唉。"昌盛又长叹一口气,"他也尽了力,可事情很复杂。"他摇了摇头,接着说:"聘老师的事你可以办,这是你当校长的就可以决定的事,只是不知你想从哪里聘?"

"蚕茧基地。"

“嗬,蚕茧基地还有可当大学老师的人?”昌盛惊奇了。

“他姓左,人们喊他居士。”卓月的声音低了下去,她不想让昌盛知道真实情况。

“噢,左居士,我想起来了,是有这么一个人,腰有些驼,只是他教学行吗? 他懂哪一门?”

“蚕。”

“蚕? 这倒也是,他在基地干了这么些年,对蚕应该是懂得的,行,你下聘书吧,我没意见。”

卓月望着又重新沿河岸向远处踱步的昌盛哥和小瑾嫂子,忽然发现他们的步态中已有些老人的样子了。唉,岁月真是要把我们这一代也推入老境了! 左涛,我们也真的要老了……

卓月重新走上安留岗是在一个正午。这又是蚕茧基地忙碌的时候,几千个荆条筐箩摆放在桑树下和空地上,工人们按照各自的分工,不停地摘下桑叶放进筐箩。无数条蚕欢快地扭动着白胖的身子,放开肚子吞吃着鲜嫩的叶片。岗尾和远处另外几条岗上的柞树林里,健壮的柞蚕们根本不用筐箩,直接爬在树上,在树叶上翻上翻下地吃着。

因为忙碌,卓月的到来没有引起人们的注意,她也没有向谁询问,一个人在树林里寻找,最后终于在岗尾的一丛柞树棵子前找到了左涛。左涛那会儿正踮着脚尖,把掉落在地的一条蚕放到树叶上去。“忙呐?”她说。

他扭过脸来,看清了是谁之后,浑黄的眸子惊跳了一下。

“我找你有事!”她凝望着他。

“是为那块石头片子?”

“不,”她摇了摇头,“我想请你去尚吉利综合大学。”

“干啥?”他害怕似的后退了一步。

“教学,当老师。”

“耍笑我?”

“不,是真的。学校里需要老师。”

“但不需要我,你只是觉得我可怜——”

“我希望你去!”

“我已经是无意世事了,咋个会再——”

“那也可以带徒弟,你去可以给丝绸专业的学生们讲讲‘蚕’。”

“我不会讲蚕,我也不去!”

“要我跪下求你?!”卓月的眼瞪了起来。

左涛的目光倏然间惊起,栖落到了头顶的一个柞树枝上。

“你有功劳了是吧?要让我像三请诸葛亮那样来请你?!”

左涛无语,四周只有蚕在树叶上的爬动声。

“那你就死在这里吧!”卓月恨恨说罢这句,猛然转身走了。直到下了岗走进城区,她再没有把头扭回去一次。左涛,你个东西,你还要在我面前摆谱?还想让我再三求你?!卓月,你根本就不该再去理他!

整个下午,一股莫名的气恨一直在她心里盘旋,气左涛?气自己?晚饭她不想吃,刚要插门上床歇息,门口忽然出现了一个挑担子的人。

“谁?”

“我。”

卓月没有说话,双眼直望着那个黑暗里的身影,慢慢舒一口气:左涛,你到底来了!

左涛放下担子,取下担子一头的铺盖卷,哑了声问:“我去学校找谁能寻到住处?”

“传达室的老黄,就说是我说的,让他先给你开一间学生宿舍。”

左涛转身向院门外走去。卓月咳了一声,问:“你这些东西——?”她指着他放下的担子的另一头。那是一个挺大的纸箱子。

“那是给你的。”左涛说罢,拉开院门出去了。

卓月狐疑地看着那个纸箱:什么东西给我了?她上前提了提,没提动,好重。她用力把它顺地拉到屋里,用剪子剪断纸箱上的麻绳,打开——书?!

满满一纸箱书。

有线装的《资治通鉴》,有纸页发黄的《史记》,有新版的《西域史》,有簇新的《四书集注》……

在最上边的一本书里夹着一张纸:

> 这是这些年我尽我所能搜购得的,它们远不能抵偿我毁掉的卓远老人的那些珍贵藏书,可我会继续努力。

一股热热的东西忽然在胸腹间流散开来,卓月颤声朝夜色弥漫的院子喊了一句:“左涛……”

11

端午节再一次姗姗来到了南阳城区。节日一大早，昌盛就让旺旺端了满满一竹筛小瑾包的粽子、炸的油饼、煮的鸡蛋，还有大蒜，父子俩一前一后地向承达家走去。小城的规矩，逢了节日，晚辈人总要端上点好吃的东西送给长辈以示敬意，如今尚家的长辈就是承达了，昌盛自然要照规矩行事。再说，叔叔一直卧病在床，这段日子因为忙去京展销的事，一直没有去探望，他也想借这个机会去看看。

叔叔承达仍躺在床上，身不能动弹，话不能说清，只有眼睛尚好，看见昌盛、旺旺父子进来，眼中现出一丝深深的感动，右手在哆嗦着左右摆晃。文琳婶子在昌盛身旁解释："他这是在表示高兴，他脑子清醒，对什么事都能看明白，就是无法表达。"昌盛俯下身握住叔叔的那只右手，希望通过自己的手，把心里的那份问候和祝福送给叔叔。叔叔年纪不是很高就遭受这种折磨，让人心里确实难受。昌盛对这位叔叔因为从小不在一起生活，谈不上有多深的感情，但那份血缘相连的亲密关系，还是让他此刻在心中充满了对叔叔的同情和心疼。

“婶子，承达叔在治疗上和生活上遇到了啥困难，你只管找我说，啥样的好药品，啥样的好吃食，咱都可以买。”昌盛扭头对文琳婶子交待，“有啥需要跑腿的事儿，天天弟弟要是忙的话，就叫旺旺去！”

文琳笑笑，说：“有啥事办不了的，自会找你们；你们爷俩经办那个集团，也忙得够呛了；这回去北京办展销，办得咋样？”问话出口后，一双眼里就露了些审视的意味。

昌盛的眉头像受了蚊子叮咬似的轻微一搐，不过这只是一瞬间的事，随后他就笑了，说：“办得挺好，有穹穹弟弟帮忙，一切都还顺利。”他不想把和尚穹的冲突暴露出来，尤其不想让承达叔和婶子知道，那只会加重他们的思想负担。兄弟之间的争执，还是慢慢把它忘了吧。

承达叔的右手再次抬起哆嗦着摇动，双眼里带着一股询问的神色，口中发出一些含混不清的声音。昌盛有些茫然地望着叔叔，不知他这是什么意思。文琳婶子见状急忙解释：“他这是在嘱咐你把企业办好，说企业办好了可以扩大就业维护社会稳定。”昌盛听罢心里一阵感动，当初承达叔是反对办这个丝织企业的，现在他总算理解了自己，看出了办企业的好处。如今，单我吸纳的劳动力已有几千了，少了这几千个就业岗位，社会当然就多了一份动荡力量。叔叔，你这会儿总算明白了，可惜你已没有了支持我的力量。你不可能知道如今办企业的难处，到处都有掣肘的力量，稍不留心就会招致损失……

昌盛那天往家走时心情有些沉重，叔叔被疾病折磨的景况让他再一次意识到病魔的可怕。这使他不由得想到了自己，自己也已是快六十的人了，疾病随时可能找到自己的身上，万一有一天自己也像承达叔这样躺到了床上，那个庞大的尚吉利集团能不能正常运转？

“旺旺，如果我现在突然像你承达爷爷那样，一下子躺到了床上不能动，你怎么办？”他转身去问身边的儿子。

“那咋会可能？你身体这样好！”旺旺沙哑的声音里带着惊奇的笑意。

“我是问假若我真的像你承达爷了你咋办？”

“那我就每天到你的床前问一遍需要干啥。”

昌盛的心咯噔一响：我的祖奶奶！随即便觉得，有一层细细的虚汗从背上渗了出来。

昌盛抓紧了对儿子旺旺的训练进度，他现在对培养儿子的紧迫性有了新的认识。过去爷爷达志提醒他要抓紧培养旺旺时，他只是觉得有道理，却并不认为就是逼到眼前的事，总感到来日方长。在端午节又一次看了承达叔的那副模样之后，他才真正有些慌了：你敢保证自己就不得那样的病？！一旦你突然间得了那种病而旺旺又没有指挥整个集团运转的本领，那你和爷爷多年辛苦努力建设起来的一切岂不要很快毁了？

端午节过后的第三天，他把儿子叫到办公室里，神色肃穆地说：“你已经在蚕茧基地、缫丝厂、丝织厂、时装厂都干了些日子，熟悉了基本的生产过程和技艺，今天你给我讲讲你对咱们家从事的丝绸业的看法，讲讲对蚕茧基地和几个分厂的认识和感觉。”

旺旺想了一下，说：“咱们家干的这个行当，说到底是为人们提供一种美丽的用品，是用一种五彩缤纷的天然的东西去装饰人们的生活。随着人类文明程度的提高，人们对美的用品的追求会越来越迫切，而且要求这种美的用品和天然的东西相连，这就为我们家所从事的丝织业提供了发展的大环境，它前景广阔，值得努力去做。”

“嗯。”昌盛点一下头，“说下去。”

“我说说咱们的蚕茧基地，这个基地的功能是两个：一个是提供最好的茧；一个是提供足量的茧。从眼下来看，第一个目标实现了，第二个目标还远没有达到，现在茧的产量只能满足我们生产能力的百分之三十。我们下一步应该继续扩大桑林和柞林的种植面积，要向山区发展，工人要有上万人的规模。”

“说下去。”

“缫丝厂的任务就是要提供高质量的丝，要保证好茧出好丝。可现在我们缫丝厂的A级丝只占全厂产量的百分之八十二，要争取达到百分之百。要向日本和韩国学习他们的缫丝技术，应该派些工人出去学学。”

“嗯。”

“丝织厂是我们办得最早也是办得最好的厂，眼下织出的绸缎的确不错，但染印工序有待加强，花样的设计和颜色的品种有待改进，不能总是传统的那几种，要有新的创造，要借助计算机来设计和分色。”

“说下去。”

“我们的时装厂办得比较差，生产出来的服装积压太多，原因是式样不时髦、品种不是太多。丝绸服装的主要销售对象是中、上流社会的人，这些人追逐时髦，因此设计师必须有预见性，而现在聘用的设计师年龄有些偏大。”

"还行。"昌盛点点头,"说得还都能照板,但会说这些并不等于你会管理,从今天起,你去咱办的尚吉利综合大学找企业管理系的阎教授,我已经给他说好,让他单独给你一个人讲课,就讲企业的制度建立、财务管理、人才录用等实用知识,你必须好好听讲!"

"我明白。"

整整半个月,那位阎教授一天到晚和学生旺旺坐在一起,把别人要学一年多的东西,不停顿地灌进了旺旺的脑子里。

接下来昌盛又让旺旺到集团本部的劳资人事部、生产调度部和财务部各干几天,具体了解这几个主要部门的工作程序。

这是一种强化训练。

在进行了这样的强化训练之后,昌盛在一个早上召集所有的高级管理人员宣布:从今天起,他要休息一段日子,集团的所有事务均由旺旺全权处理。旺旺当时满目慌张地看定父亲,昌盛没有理会儿子的目光,只是挥手让人们散去。

接下来昌盛让人在他的办公室中间挂了一道厚厚的布帘,并在布帘后摆了一张桌子。每天上了班昌盛都坐在布帘后的桌子前读书,而让旺旺坐到他原先的那张办公桌前处理集团的全部事务。这样,他可以清清楚楚地听到人们的各种请示,也可以清清楚楚地听到儿子对各种请示所作的答复。常常在一天结束之后,他会把旺旺叫到身边,对他一天的处置表现进行一番讲评,指出哪些处置正确,哪些处置失误,并告诉他怎样进行纠正。旺旺一开始以总经理的身份处事自然慌张,但一想到身后有父亲坐镇,便也渐渐胆大起来,按自己的思考根据自己学到的知识做出各种决断。

这种独特的实习告一段落之后,昌盛才稍稍松一口气,转而去应付另一个紧迫的问题：如何扩大出口和国内销售量，把积压的东西销出去，从而打开眼下的被动局面。

也就在这期间的一个晚上，他做了一个奇怪的梦：他和儿子旺旺一起坐一辆马车正向前行驶，一阵狂风突然把他吹翻到了车下，马惊得飞奔起来，他看见旺旺惊恐地扭头喊他，看见惊马拉着马车沿着一个悬崖的边沿奔跑，一边的车轮眼看就要掉下悬崖，他吓得高呼而醒，小瑾急忙拉开了电灯。

什么也没有，没有车没有马没有悬崖没有风，只有一屋子的宁静。

他抹了一把脸上的汗水，嘟囔了一句：奇怪的梦！

12

一听到婴儿的哭声,振中就推开键盘向卧室跑去。如今,新出生的儿子的哭笑,成了他每天最关心的事情。因为艾丽雅坚持要享够人生的幸福之后再生孩子,所以他只得一直拖到现在才做父亲。中年得子,那份因企盼太久而起的欣喜来得更多,那份累积起来的亲子之爱也更为浓烈。他是真想把儿子就捧在手掌上,目不转睛地看着他成长。

妻子艾丽雅刚刚把奶头塞到孩子的口中,小家伙已经迫不及待地吮吸开来。当初艾丽雅因怕喂奶会影响她乳房的形状,想让孩子去喝牛奶,振中在这个问题上始终没有让步,他找来了好多讲述母乳喂养对孩子有好处的书刊来读给艾丽雅听,还贴着她的耳朵笑问:你并不打算让别的男人来看你的乳房吧?艾丽雅笑着回答:当然。振中于是说:既是这样,你的乳房形状美不美就主要是由我评价,我说你的乳房美,它就美;我说它不美,它就不美,而我恰恰认为你喂了孩子后的乳房美,因为孩子会用他的双唇把你的乳房吸得更大更饱满更结实。在振中的坚持下,艾丽雅最终同意用自己的乳汁来喂养孩子。而一旦喂上之后她才知道,孩子的小嘴噙上奶头于她其实是一种享受,有一种献出的快乐总在胸中回荡翻涌。

“这个小狗蛋,又饿了?”振中抚着儿子的红脸蛋笑道。

“我抗议你称他‘小狗蛋’,这是一个不雅的名字。”拥被而坐的艾丽雅嗔道,“我的儿子应该有一个很好听的名字!”

振中笑了:“在我们中国那块土地上,孩子们降生后通常都有一个乳名,这个乳名一般都是又粗又俗又和一种动物相联系,这样才能为他消去一些灾祸;待他上学读书时,再为他起一个好听的终生使用的名字。”

“好吧,既是能消去灾祸,我就同意你叫他小狗蛋,你们中国人真是有一些奇怪的逻辑。”艾丽雅给儿子换了一个奶了,振中立刻抚着那只刚腾出来的奶子说:“说实话,要不是怕占了儿子的口粮,我是真想也吃几口。”“吃呗,儿子吃了奶向我叫妈妈,你吃了该向我叫什么?”艾丽雅歪了头笑问。振中于是笑着去揪妻子的耳朵:“我让你想沾光!”……夫妻两个正在笑闹时,振中的妈妈在门外喊:“振中,前店费经理叫你去!”

振中闻声出门向前店走去。栗家虽然现在是唐人街上有名的富户,后院里住的房屋一修再修已十分现代,但前边的店堂一直没动,仍保持原来那副古老的模样。振中的父亲秉正说:这店堂给咱家带来了福气,是咱们的福脉所在,轻易不能乱动,以免惊了福脉,坏了福源。

振中走进前店时看见费经理正在和一个阿拉伯男人说话,费经理见振中进来急忙对那男人介绍:“这位是我们梦宛绸缎公司的总裁栗振中先生。”随后又对振中说明:“这位易卜拉欣·艾德先生看中了咱店里的尚吉利绸缎,坚持要亲自和你谈谈。”

“你想谈什么?”振中饶有兴味地问,他辨不出他是哪个阿拉伯国家的人,但能看出他来自阿拉伯社会的上层,遂改用英语同他交谈。

“你销售的这种中国绸缎很漂亮,我很想知道它是中国的什么地方出产的?”他果然懂英语且发音不错。

振中立刻明白面前站着的是一位大买主,随即笑着回答:“它产自中国一个很偏僻的地方。”他知道只要他说出产地,对方就有可能直接去中国南阳,那他就会失去一大笔经销的收入。他看了年轻的费经理一眼,对他没有随便说出尚吉利绸缎的产地感到高兴。

“我很想在你的店里买,只是我买的数量太多,怕你这经销商没有进那么多的货。”易卜拉欣·艾德看出了振中的担心,急忙说明。

“你要买多少?”振中笑问。

“二十万米。”

振中双唇吃惊地张开,但他没有让自己发出惊呼,那就太有点少见多怪了。他只是尽力平静地嗯了一声,而让惊奇从眼中隐走了。一下子买二十万米,少有的买主!我手上可真是没有那么多,怎么办?

“你要有的话,请明天就给我办空运手续,目的地是科威特,货款跟着就会送来!说实话,我找了许久,才终于找到了这种可心的绸缎。这二十万米,每种花色的都要有一点。”

“我的货都分散在全美国的许多经销点上,如果你能给我十天或一周的时间,我保证给你把货送到你的国家。”振中这是在争取时间，他想只要有一周或十天时间，他完全可以到中国南阳把货发走，从而满足这个科威特人的要求。

那男人抬腕看了下金表上的日历，似乎在计算日子，随后点点头说："可以。"……

收下那人的定金支票，送他走了以后，振中又回到了妻子房中。他一边亲着眼珠有些发蓝的儿子一边对妻子说了刚才的事，说了他要立刻去中国南阳的决定。艾丽雅听了马上无了笑容，说："我还没有满月，现在是我最需要你的时候，为什么不能派个别的人去?"振中歉疚地笑笑："说真的，单为这二十万米绸缎，我是完全可以派个人去办理的，可我还有另外一个打算——"

"什么打算?"

"我过去只想到了在美国经销南阳尚吉利绸缎，没有想到它其实在西欧、在阿拉伯世界也会有广阔的销路，今天来的这位易卜拉欣·艾德让我意识到了这一点。"

"你是说要在阿拉伯国家建立经销点?"

振中摇了摇头："阿拉伯人一旦知道我们经销的这种中国绸缎的产地在南阳，他们就会直接去找尚吉利集团而不找我们的经销点。"

"你的意思是——?"艾丽雅瞪大了眼。

"你过去不是说过我们也办丝织厂的事么? 我看现在这样做的时机已经到了，我们确实不应该只满足于当经销商，也应该当制造商，只是我们不必在美国另建新厂，我们可以把资金投到中国南阳有着广阔前途的尚吉利丝织集团里去，在其中占有至少一半的股份。这样，我们就可以获得它日后可能有的巨大利润的一半!"

"哦? 这种投资可能实现吗?"

“中国政府目前正欢迎外国人去和他们的人合资办厂，他们急需资金；美国政府目前因北京天安门事件而采取的一些经济制裁措施也正在逐步取消，而且对去中国投资的事并无什么明确限制，因此，我觉得成功的把握很大。我这次去就是想和他们谈谈这个。”

“亲爱的，既是这样，你就去吧。”艾丽雅笑了……

振中是当晚飞往中国的，他踏进机舱时，纽约的天已经黑定，许多颗星星已开始亮在天边。

栗振中没想到南阳已经有了可起降737客机的新机场。他原是准备由北京坐火车赴南阳的，当北京旅行社的小姐告诉他已为他买好了去南阳的机票时，他很有些惊喜：这又为我节约了不少时间。此刻，走下舷梯的他望着这个崭新的机场，在心里感叹着故乡小城的变化之快。

在坐车去市区的路上他看到了田野，看到了田野中正在麦茬地里摇耧种秋的农人。这幅田园景色和美国的不同，美国的播种通常都用机器，田野里人很少。但这幅景色让他觉得亲切，人和土地应该关系密切。当然，照眼下的发展速度，要不了多久这种耕作方式就会变的，现代的生产方式离这块土地不会远了。

他在宾馆大厅见到了迎候他的昌盛。简短的寒暄过后他就迫不及待地问：“我要的二十万米货准备好了吗？”

“你现在就可以去过目。”昌盛答道，没让心中的欢喜露出。他正为产品积压发愁，没想到栗振中来了，二十万米固然没有根本解决他的问题，但这是一个好兆头。

“我希望能尽快装机启运。”

“没问题，这批货下午就可以运抵广州，两天后就可抵达购货人所在的科威特。”

振中松了一口气，再一次向昌盛表示了谢意，这才随着昌盛向餐厅走去。

接下来几天，他以参观的名义，按蚕茧基地、缫丝厂、丝织厂、时装厂和尚吉利综合大学的顺序，很仔细地把尚吉利集团看了一遍，边看边用国际上目前的地产、房产价格和他对各种机器价格的了解，在心里算出了尚吉利集团的固定资产总数大约有一亿元左右的人民币。有了这个底以后，他立刻明白，自己要想获得尚吉利集团的一半股权，充当这个集团的半个老板，获取这个集团日后盈利的一半，也得投资一千多万元美金。

这在自己是一笔庞大的投资，几乎占去了整个家产的三分之二，干还是不干？

他犹豫了五天。

五天中，他同父亲打了三次电话商量；向欧洲商界的几位经营纺织品的朋友作了再三咨询；让在美国的秘书向在白宫任职的一位政界朋友询问了对华政策的发展趋势，了解了华盛顿一家专门研究世界各国政局的机构对大陆政局的中、远期分析。

决定是五天后的那个晚上做出的：干！

一做出决定他便立刻约见昌盛，昌盛并不知他此行的真正目的，以为他是要离开南阳了，到了宾馆他的房间后便笑着问：“你这次不去看看你的姑姑就走？”

振中没有回答昌盛的问话，而是满脸肃穆地问：“尚先生，你有没有把你的集团建成中国和世界第一流的大企业的雄心？”

昌盛一怔：“当然。”

“你想没想过，单靠你自己的力量滚动发展，要达到那个目标还需要很长的时间？”

昌盛微微点头，不知他想说什么。

“不知你愿不愿让别人来帮助你干，比如说，给你提供资金，与你一同经营——”

“资金？”昌盛的眼亮了，他眼下缺的就是资金，“谁？你说的是谁？”

“你还没说你同意不同意！”

“同意，当然同意！只要他仍叫这个企业集团为尚吉利，只要他仍叫我们尚家人来经营，只要他承认我们尚家是第一主人且承认按投入的资金比例来分利润，我当然同意。”

“好，既然是这样，我就告诉你这个愿意帮助你干的人是谁。”

“谁？”

“我！”

“你？”昌盛直看住振中，“真的？”

“当然真的！”

“你愿投多少？”

“你现在的固定资产是多少，我就再投多少，这样，日后的利润我们就平半分。”

昌盛立刻摇头：“不，如果我的固定资产是十，你只能投九，这样才能保证我的第一主人地位。自然，你可以按九的比例来拿利润。”

振中默然了一阵，说：“行吧。只是我要求在估算你的固定财产时，要有我的人来参加。”

“行！”昌盛痛快地答应……

这场令两个人都有些高兴的交谈结束时，振中打开了房间里的电视机，电视机里正在播送一条消息：

> 科威特的民众今天自发举行了庆祝解放三周年的活动，三年前，伊拉克曾一度占领了科威特全境。在今天的庆祝活动中，一位王室成员让下属给参加庆祝活动的每个人都分发了一段绚丽的中国金银丝织锦缎，这种织锦缎在阳光的照射下放射出炫目的金光，似乎是象征这个不大的国家，将永远在海湾地区闪耀着自己的光芒……

哦，那二十万米绸缎原来用在了这里！

13

宁贞从北京回来后一直闷闷不乐,她心里总以为那场展销会的失败自己应该负责。倘若自己那晚没有和尚穹一起吃饭,没有去他的房间看他在电脑上打出那样的画面,自己就不会对他的人格发生怀疑;而没有对他人格的怀疑她就不会留心去查展销厅租金的底细,就不会有向昌盛报告尚穹作弊的一幕;没有这一幕就不会有昌盛去跟尚穹闹翻的事情;自然也没有尚穹作梗使展销会失败的事情。都怨我,我把一个众人都抱很大期望的展销会弄得大败而归,使昌盛损失了近百万元钱……

她的这种思维逻辑使她心情总也好不起来。白天在工厂里忙碌,这种郁闷的心境还显露不出来;一进家门,那种郁闷就在脸上写得清清楚楚。妈妈自然注意到了她的情绪反常,但老人却找错了原因,以为是当嫁的姑娘没有结婚而引起的苦闷，于是就试探地说："贞儿，你和家福这孩子也来往有些日子了，年龄也都大了，是不是把事情办了？"

宁贞无语，没有像过去妈妈提起这事时明确反对。说真的，她最近也在考虑这事。如果我在去北京办展销会前同家福结了婚，到北京我就向尚穹介绍家福是我的丈夫，他敢对我图谋不轨么？罢了，为了以后少招惹是非，结婚吧……

是在一个休息日，她告诉家福第二天去她家。家福听了自然高兴，这是她第一次主动约他。他买了不少礼物，吃过早饭不久就站到了落霞村宁贞家的门口。因为离吃午饭还早，也因为在家说话不方便，宁贞领着家福又一次向安留岗走去。

葱茏一片的安留岗因为眼下不是忙碌的时节，显得很静，间或响起的几声鸟叫，很快便被浓密的树叶掩盖了起来。如今，这里倒真成了谈情说爱的好地方，逢了周末，城里不少年轻男女会骑了自行车来这里幽会。

宁贞和家福找了一个桑树特别浓密的地方坐了下来。家福因为不知道宁贞今天约他出来干啥，不敢贸然开口；又因为是白天，也不好意思把手朝宁贞伸过去。两个人都沉默着，静静地感受着太阳升高，看着跌碎在地面上的阳光在慢慢挪动位置。

"我前几天回俺们刘家庄，听人说了一个有关安留岗的故事。"家福为了打破这有点让他紧张的沉默，随便地找了一个话题。

"啥故事？"仿佛凝神思考着什么的宁贞朝他抬起头来。

"邻居的一个姓齐的老奶奶说，过去的安留岗一到黄昏，过岗的人都能听到一个女人的哭声。"

"真的？"宁贞好看的双眸完全凝定在家福的身上，这让家福高兴起来，觉得这个话题选得不错。

“当然。齐老奶奶说她最初听人讲了这个也不信，就在黄昏时从岗上过了一回，可不，她听得清清楚楚的，是有一个女人在哭。可就是只能听到哭声，找不到那女人在啥子地方。”

“哦？会是啥样的女人在哭？”宁贞的心完全投入到了这个故事中去。

“齐老奶奶说，她听出来是一个年轻的女人在哭，她说老年女人的哭声不会那样细悠。”

“一个年轻女人为啥在这岗上哭？”

“不知道。”家福摇摇头，“齐老奶奶说她也弄不清楚。不过我作了一个猜测。”

“猜测？”

“我猜，八成是前些年从岗脊上挖出来的那口大棺材里的那个女人在哭，她也许有伤心的事情。”

“你瞎说什么？”宁贞听到这儿吓得勃然变色，急忙站起往家福身边坐了坐。家福趁这机会把宁贞拥到了怀里。

“好，好，不瞎说了。”家福感受到宁贞的身子在哆嗦，急忙抱紧了她开始抚慰。他此刻再一次意识到了女人的脆弱，这是白天呐，一个故事就把你吓成了这样？！他忍住没让自己笑出来，只是用双手触摸着宁贞，希望把恐惧从她身上尽快拂去。

随着太阳缓慢地在向中天运动，岗上的温度开始增加。家福看见有一些细小而晶莹的汗珠在宁贞那光润的颈项上出现，便低下头，用双唇把它们一下一下地吸到了口中。

“告诉我，要是咱们成了一家人，你会一辈子不打我骂我不同我吵架吗？”平静下来的宁贞忽然开口问。

家福一愣：“你咋问起了这个？我怎么可能打你骂你同

你吵架？我喜欢还喜欢不过来哩！”

“我问的话现在看起来有点可笑，可有本书上说那其实是婚姻的最高标准。”

“我会一辈子爱你！”家福满脸诚恳。

“没有一辈子的爱，妈妈告诉我，谁也不可能爱谁一辈子。”

“可是我会！”

“那我就说服自己相信你，你挑选日子吧。”

“挑选日子？”家福一时没明白这句话的含意。

“你不是很早就想——”

“嗷——”家福一下子高兴地把宁贞抱起，让自己的脸深深地埋进了宁贞那柔软而深幽的乳沟里。

宁贞和家福那天从安留岗下来，回家时见到门前停了一辆轿车，正诧异间，妈妈满脸笑容地出来说：“快，你振中表哥来了。”宁贞、家福这几天都已与振中见过，就高兴地进屋打着招呼。

“我今天来，一来是看看姑母、姑父，二来是想告诉你们——”他指了一下宁安、宁贞、晶子和家福，“一件事情。”

“啥？”宁安开口问。

“我决定和你们一起干了。”

“和我们一起干？”宁贞双眉弯起，“干什么？”

“丝织呀！”振中笑道，“我已经决定给尚吉利集团投资，与尚昌盛合作。”

“嗬？能行？”家福有些不相信。

“这件事当然要有一个过程，不过意向书我和尚昌盛先生已经签了。”

宁贞定定地看着这个美籍表哥,半晌之后才说:“表哥,我对经商的事虽然懂得不多,但我凭感觉知道,你日后不会为这个决定后悔!”

“但愿是这样,我是商人,赚钱第一,我希望我投入的钱能为我带来更大的利益。但说实话,在中国大陆投资赚钱,心里总不是很安稳,总怕会出什么意外。”

“不会的。”宁贞知道昌盛资金紧张,很需要钱,所以这一刻特别害怕振中改变主意。“尚吉利这些年不是一直在发展?”

“这倒是,我也正是看到了这一点才下了决心的。那天我去蚕茧基地,看到远近十几条岗上的桑树、柞树林带,心里真高兴。我第一次来时不就是一个小桑园?宁安表弟干得是不错,看来你记住了我们第一次见面时我对你说过的话。”

宁安搔了搔头皮笑了:“我将来还要向山区发展,争取干到二百万亩,除了满足尚吉利集团的使用之外,还要向外卖茧!”

“如果我与尚昌盛的合作最后落到实处,我期望你们四位鼎力相助。”他看了一眼坐在一旁的晶子笑道,“你们都是尚吉利集团的老职员,你们是否敬业,将决定我和尚昌盛的收入。宁安、宁贞是我的表弟、表妹,晶子是我的表弟媳,家福眼下虽还不是我的亲戚,但我看得出来,要不了多久可能就是我的表妹夫,我们应该同心做事。只要尚昌盛和我赚了大钱,你们当然也会富起来!我已经看见你们的住房有了改善,换成了瓦屋,比过去的草房强多了,但你们今后还要争取住上楼房,住上带花园的别墅……”

那天的午饭吃得十分快活,大家都喝了酒。宁贞因为心里为尚昌盛就要解除资金困难高兴,把这些天一直缠着她的那股郁闷彻底赶走了，不时发出清脆的笑声。

午饭后振中又坐了许久才走。本来宁贞的情绪一直很好，不想振中临上车时说的几句话又一下子抹掉了她脸上的笑容。——“我明天就回美国，回去就准备资金，在我离开这里之后，如果尚吉利集团在经营上或其他方面出了什么问题，我希望你们能随时告诉我，这是我对你们这些亲戚提出的一个小小的请求。”

“不会出任何问题的！”宁贞急忙保证。

“可不能这样说话，我虽然不是制造商，但我是商人，我知道商海里从来就没有平静过，任何人任何企业都不敢说他不会出事，危险是随时可能发生的。”

“好吧。”宁贞点头，“真要出了什么事我们会告诉你的。”她看着振中坐的车渐渐开远，心中升起了一丝不快：这个人，怎么总是说些不吉利的话，尚吉利能出什么事？

也许是这种不快的心境作怪，她当晚睡着后做起了噩梦：一个身着黑裙的姑娘说要领她去看一处风景，两个人曲曲折折地走到一个四四方方的平台上站定，她问风景在哪，那黑衣姑娘笑笑：在这儿！说着抬手，从自己头顶抽出一缕一缕细如蚕丝的东西。宁贞惊问：这是啥？感情！那黑衣姑娘笑答。她刚想上前看个仔细，却见那姑娘猛将自己的头从脖颈上取下朝她递过来，说：你看看清楚！宁贞一看，竟是一个骷髅，吓得她一身大汗猛然惊醒。

惊醒后她恍然记起，过去好像做过类似的梦……

14

昌盛收到北京寄来的那封快件信函的那天，正在忙着做一个计划——栗振中从美国打来一个电话，要他在双方没有正式签订合资合同之前，先做出一个使用一千万美元投资的计划。昌盛知道振中这是怕他把钱用到不该用的地方，所以就很认真地做一个扩大尚吉利集团生产能力的计划。计划中，他把现有的蚕茧基地、缫丝厂各扩大一倍；从时装厂里分出一个做真丝工艺品、针织品和丝绵太空绸被的丝绸用品厂；从丝织厂里分出一个印染厂；在尚吉利综合大学里设立一个丝绸织造、染印研究所。同时对机器的更新、员工的培训等都做了安排。他估计，一旦这个计划实现，尚吉利集团就会不仅成为南阳而且会成为中原乃至全国一流的企业集团。到那时，我们生产出的绸缎大概就会称霸丝绸织造界，实现爷爷、父亲和尚家多少代人织出“霸王绸”的心愿。

他仔细地看了看那个快件信封，信是尚穹寄来的，上边有他的名字。他来信干啥？为展销会的事向我道歉？其实当时我也不该当面给你难堪，不就是几万块钱嘛。

他抽出了信纸，带了一点歉疚去看，但他没有看到臆想中的道歉的话，看到的只是几行冰冷的文字：

昌盛哥：

我和我父亲、哥哥认为，尚吉利集团作为爷爷遗留下来的财产，应该有我们三个的一份，故决定于近日收回这部分财产，请做好准备，我的律师将很快与你具体协商有关问题……

昌盛像看见怪物似的瞪住信纸，骇然地站起身子。

一阵哆嗦，渐渐从他的腿部升起，最终像大风一样摇动着他的身子。

“尚穹，你——你……你这个混蛋！”他猛地把拳头砸到了桌子上。尚吉利集团怎么会有你的一份？怎么可能有你的一份？你吞了我七万五千块钱还嫌少吗？你竟敢来要什么遗产？！笑话，真是笑话！天下竟有这样不要脸的人？！你从来没到尚吉利集团干过一天的活，你从来没有为尚吉利集团出过一个主意，集团的财产怎么该有你的一份？

他哆嗦着手抓过信纸，嚓嚓嚓地撕了个粉碎。旺旺这时刚好从外边回到办公室，看见父亲铁青着脸在撕信纸，就惊讶地问：“谁的信？”

昌盛不想让儿子知道这件无聊而气人的事，没有说话，只气哼哼地在屋里来回踱步。尚穹，我把你的信撕了，我等着你来找我要钱，你看看我会给你什么？！当初爷爷和我对你寄了多大的希望，希望你在北京上完大学能帮尚吉利一把，没想到你竟是这样帮的?!你这个被钱迷住了心眼的东西,你写这封信时心里就不愧得慌?你愧不愧?……

昌盛那一天既没干成什么,也没吃下什么,胸口和肚里完全被气、怒塞满。这种气和怒直到傍晚才慢慢从身上撤走,他在下班往家走时脸上只剩了冷笑:尚穹,你可以写信来,但你的信等于废纸等于放屁,我连理都不会理你,你的信最多是给我的废纸篓里添一点东西!

他到家时,正在做饭的小瑾过来说:"刚才文琳婶子过来,说想把爷爷留下的那份遗嘱拿去复印一份,他们那边也好留作纪念。"

"哦,给她了?"

"给她了,她拿到街上复印完又把原件送给了我。"

这件事和尚穹的来信有没有联系?怎么这个时候想起复印遗嘱留作纪念了?婶子难道也和尚穹站到一起了?尚家难道真要为钱的事闹出一场事来?但愿这两件事没有联系,但愿没有别人参与,这只是尚穹一个鬼迷心窍的人在做美梦!

做吧,你!看我会给你一分钱!

大约是这封快信被昌盛撕掉的第三天早上,尚吉利集团的办公区出现了一个西装笔挺的中年人。因为平日来这里作商务联系的人太多,所以谁也没有给这个中年人以特别的注意。那中年人径直走到昌盛的办公室门前,抬手敲门。

应声来开门的昌盛以为是来联系买绸缎进时装的商人,便指着旁边旺旺的办公室说:"请去找尚旺联系。"但那个人淡淡一笑说:"如果我没猜错的话,你就是尚吉利集团的尚昌盛总经理,我就找你!"

昌盛只好带了笑把那人让进房里,问:"是想买点什么?"

“不,我只是来要点东西。”那人笑道。

昌盛不由一愣:“要点东西? 啥东西?”

“钱。”那人掏出一张名片,双手拿着递过来。

昌盛接过一看:“北京前门律师事务所　黎明奎律师”,他有些愣:“我们集团好像和贵事务所没有什么金钱方面的往来。”

“那当然,我只是受一名当事人的委托来替他要钱。”

“谁?”昌盛警觉起来。

“尚总的堂弟,中国经济部的尚穹处长。”

昌盛霍地站起,头上那已黑白驳杂的头发分明竖了起来。

“他说尚吉利集团的财产是他爷爷尚达志去世时留下的遗产,他和他父亲、哥哥各有应得的一份,他现在想把这笔财产要回来。”黎律师不慌不忙平平静静地说着。

“他自己为什么不来?!”昌盛努力压住胸中上涌的火气,但声音还是很高。

“也许他认为委托我们来要可能不会伤你们兄弟之间的和气。”

“让他来朝我要!”昌盛几乎是吼了,“让他看看我会给他什么!”

“好吧,既是你坚持要他来,我只好转告他,不过,作为被委托的律师,我很想现在就开始工作。”

“开始什么工作?”昌盛眼瞪得有些吓人。

“我很想看看贵集团的账目,尤其是尚达志先生去世时的账目,当然,我只是看看,而且会保密! 请相信我会在法律许可的范围内行事,我不会胡来。”

“你凭什么要看我的账目?”昌盛到底没能忍住心底翻涌上来的怒气,把双拳攥了起来,“凭什么?”边问边向律师身边逼过去,目光像火焰一样地喷到了律师身上。黎律师现在才意识到对方正在把自己当成尚穹,原先一直带点幽默笑容的脸上露出了慌乱,他大概没想到面对的是这样一个容易冲动的人,于是急忙摆手:“好,好,既是尚总不愿让我看,我就不看。”

“走吧,你!让尚穹来见我!”昌盛大概意识到了自己的失态,放缓了语调说。

“好,好。”黎律师慌忙退了出去。

以昌盛那一刻的暴怒心情,他是真想立马跑到承达叔家去,朝承达叔和文琳婶子发一通火气,把尚穹在北京做的那些事都抖搂出来,让他们评一评谁有理。可转念一想,承达叔有病卧床,那样一弄只会让叔的病情加重。何况这件事全是尚穹搅起来的,他远在北京,和他的家里人说这些有什么用处?

等,就平心静气地等,等到尚穹来见,那时再面对面地同他说个明白,我非要看看你尚穹的脸皮有多厚不可!天下哪有这样的尿痞,明明没流一滴汗反而派了律师来要钱?

“爹,刚才那个人来干啥子?”尚旺这时推门进来。

“他干屎不了啥子,你去忙你的事!”昌盛仍然不想让儿子知道,不想让更多的人晓得这场纠纷,这是尚家的家丑!

天塌不下来!

15

差不多就在昌盛朝黎明奎律师发火的时候，尚穹正站在父亲床前做最后的说服工作。

他一周前就回到了南阳。他给昌盛的那封快信是写好交给烯，让她在他离京后才发出的。他到家没见任何人，只是通过家中的电话，依靠父亲在银行里的熟人，查清了爷爷去世时尚吉利集团在银行账户上的钱数。固定资产反正在那里放着，昌盛无法隐匿，关键是这些流动资金，弄清了流动资金数额，下一步就好办了。

他这次以家中父亲病重为借口，专门请假回来讨要遗产。他是那种一旦下了决心要办哪件事就决心办成的人。再说，这件事也的确值得一办，真要把一大笔钱要过来，一方面可以改变生活上的拮据状况，另一方面可以使自己在政治上的进取有了坚实的经济基础。搞政治是需要钱的，外国的一些政治家为什么总常出些金钱上的丑闻,原因也在这里。没有钱,拿什么和上级沟通感情?连顿饭也请不起,如何与同事结成同盟?只要有了这笔钱,我就可以当清官,中国人一向喜欢清官,只要清廉的形象树立住,还怕不能提升,不能获得更大的权力?一个人一生是否活得辉煌,不就是要看他所掌握的权力有多大么?

我应该利用这个机会。

他这几天还不停地做母亲和哥哥的思想工作,希望他俩和自己站在一起。他想待三个人思想统一之后,再和父亲谈明白。父亲虽已是一个废人,但这是一件大事,应该让他知道。还好,母亲是坚定地站在他这一边的,认为这笔钱该要。麻烦的是哥哥尚天,平日做事一向不顾忌什么的尚天在这件事上却很犹豫,再三说:全城人谁都知道尚吉利集团是昌盛哥自己办起来的,我们并没出什么力,现在去张口要钱,怕要遭人笑话。这是我们尚家自己的家事,怕别人的态度干吗?经尚穹的再三劝说,尚天总算不再说什么。眼下,妈妈已到昌盛家复印了爷爷的遗嘱,为下一步的行动作了准备。

接下来就是和爸爸谈了。尚穹虽然知道爸爸已不能表达什么,但心里还是有些发虚。

他是在一个早饭后,迟迟疑疑地和母亲、哥哥一块走进父亲的房间的。父亲看见他,无神的双眼倏地一亮,他这次回来父亲显然非常高兴,每回他走进父亲房里父亲总是用这种眼神看他。

“爸爸,有件事要给你说说,”他有点费力地开口,“你退休有病以后,咱们家的生活水平下降得厉害,你和妈的退休金不高,我和哥哥的工资也低,在物价不断上涨的今天,家里的生活遇到了一些难处。尤其是我,还面临着结婚成家的事,因此，应该想办法弄点钱。但我们明白，我们一不能贪污，二不能索贿，三不能经商。前两条不仅你过去一向反对，而且也为法律不容；后一条是国家的规定，国家干部不能经商。”

承达静静地看着小儿子，眼中分明有一点歉疚。

“因此，我们就想出了一个主意，能不能把爷爷当初去世时留下的尚吉利集团的钱财，让昌盛给大家分分，把属于你、哥哥和我的那一份给我们——”

承达的眼神一下子换成了愕然，他直直地瞪住小儿子，片刻之后，口中就呵呵呵含混地叫了起来。

尽管听不懂他说的什么，但尚穹和尚天都明白，他这是在表示反对。

尚穹停住没再说下去，父亲的这种态度和他预料中的一样，他早就估计父亲不会同意，他把目光移向了母亲。

文琳见状急忙开口：“他爸，孩子们这样做也是没有办法，你躺在床上，不知道如今的社会上，人人都在想法子弄钱。尚穹他们这样考虑，也是对的。咱俩的退休金不高，没给孩子们留下什么，他爷爷留下的遗产，他们应该分得一份。再说，尚吉利集团如今是一个大企业，分一点钱出来也伤不了昌盛什么，他们要不了多久就又会赚出来……”

承达眼瞪住妻子，呵呵呵叫得更响，身子也尽力扭动，尚天见状急忙上前扶住爸爸说：“爸爸，爸爸，你别激动，别激动，这事你不同意我们可以再商量，再商量……”

直到承达终于平静下来睡着之后，母子三人才又在客厅坐在了一起。尚穹说：“妈，从今往后，这件事的处理不要再告诉爸爸，以免他再激动伤了身体。”妈妈点头。尚天什么也没说，只是无限忧虑地看了弟弟一眼……

尚穹在尚吉利集团的大门口镇定了一下自己，这才迈步进门。

黎律师向他报告了与尚昌盛的见面情况后，他决定来见昌盛一面。看来这一面不见不行，见完之后我才好使用法律手段，我这也叫先礼后兵吧！

他身后跟着黎律师。

他环视了一下尚吉利集团的办公院子和紧挨着的尚吉利丝织厂，心里不得不佩服昌盛的治理有方。院子里的一切井井有条，给人一种兴旺向上的感觉。不过要不了多久这里就可能变成另外一种样子，一副纷乱的分家模样。

他敲门时心跳多少有些加快，你是在着慌吗？你作为中国经济部的一个处长——尚穹前不久刚刚被晋升为处长——有必要在一个小城里的织绸的人面前发慌吗？

门开了。

尚昌盛一脸冷厉地出现在他面前。

他一时不知该怎么开口，糟糕，什么问题都想到了，就是忘了想见面后第一句话该怎么说。

幸好，对方先开了口："哟，这是谁呀？"昌盛的声音冷得吓人。

"你弟弟。"话一出口，尚穹就平静了下来。

"我有你这样威风的弟弟？"

"应该有吧。"尚穹临来之前就给自己立了规矩：不发火。

"来干啥子？"昌盛两眼逼视着对方。

"看看你，顺便办点事情。"尚穹努力让自己笑了一下。

"啥事情？"

"我想黎律师已经给你说过了。"

"我忘了，你说说！"看得出昌盛在拼力压着心中的火气。

“想把爷爷留下的遗产中该给我爸、我哥和我的那一份取回去。”

“好，能把这话说出来就算有胆量！告诉我，你知道不知道什么财产都是用血汗换来的？”

“当然，爷爷为创下这份家产付出了许多心血。”

“你为这份家产的建立付没付过心血？”

“没有。”尚穹平静地说。

“既然没有凭啥死皮赖脸地来要钱？”

“我没付出心血并不就说明我没有继承遗产的权力，有一些孩子，他们甚至连走路也不会，更不会为家产的扩大付出心血，但一当他们的爷爷奶奶父亲母亲去世，他们同样可以继承遗产，有的甚至一下子成了富翁。”

“你也想成为富翁？”昌盛的身子因为气怒开始哆嗦了。

“差不多，我想你只要把该给我的钱给我，我就会成为富翁。”

“你做梦去吧！你个没脸没皮的东西，你从我这儿一分钱都别想拿走！”聚集在昌盛胸腹里的怒气终于爆发了，他吼了起来，他的吼声引来了旺旺、家福和另外几个工作人员，他们闯开门，惊慌失措地看着屋里的三个人：满脸紫胀的昌盛，一脸平静的尚穹，略显紧张的黎律师。

“提高嗓门并不能解决问题，你应该理智地把钱给我们！”尚穹依旧不紧不慢地说。

“我给你！给你！！”暴怒中的昌盛两步冲到尚穹面前，抡起拳头就朝尚穹脸上砸去，等家福、旺旺他们冲上去拉住昌盛时，尚穹已经满嘴流血了。黎律师此刻气愤地说：“有话说话，怎么可以打人？打人可是犯——”

尚穹挥手止住黎律师说下去，一边从衣袋里掏出雪白的手绢去擦嘴上的血一边慢腾腾地说:“既然你不想让这事协商解决,那我就只好通过法律途径了!”

“你通过法律吧,我不信法律就会向着你这种不讲良心的东西,你去找法院吧! 去吧!”

“你恐怕会后悔的!”尚穹慢慢地站起身子。

“我是后悔,我后悔当初咋就没看出你是这样一个狼心狗肺的混蛋,后悔刚才没有一拳把你砸死!”昌盛的身子被旺旺和家福几个人拉着,只能咬着牙吼。

“那就再见。”尚穹说罢,像来时一样,步态平稳地走出门去……

16

卓月对尚家发生的新变故一点也不知道。她这些天除了组织好学校的教学之外,把其余的注意力都给了左涛。

左涛送的那一纸箱书是那样深地感动了她。卓远外爷要是知道左涛这样做,也会原谅他吧?看来焚书的事这些年仍一直在左涛心上压着。扔开吧,左涛,把过去的事总背在身上太沉重,你该轻松地生活了。

左涛第一次给学生们上课时,卓月去听了。没有人对卓月的这一举动在意,作为校长,去听一个新聘任的老师的课,是很正常的。

课讲得还算顺利。左涛根据这些年在蚕茧基地积累起来的实践经验,把蚕的喂养这一课讲得挺有趣,学生们对这个新来的老师没有表示出任何反感。这让卓月松了一口气。

下课之后,卓月走过去笑望着左涛说:“祝贺你,课讲得不错。”

“你在安慰我，我离开学校太久了，上讲台时腿都在打哆嗦。”

“为了你今天的成功，我想请你到我那里吃晚饭！”

“不，不！”左涛急忙摆手。

“说定了！学生们都在看你，不要再摆手，我做好晚饭等你！”卓月低声说罢，转身就走了。

天黑之后，做了一桌子菜的卓月听见了迟迟疑疑的敲门声。

“喝点酒吧。”卓月给左涛斟了满满一杯。

“我信佛，酒是不敢沾的。”

“有部电影上的僧人不是说过：酒肉穿肠过，佛祖心上留吗？何况，这里就我们两个，谁会知道你喝酒了？”

“佛祖的目光无处不在。”

“佛祖看见也会原谅的，我们两个这么多年没有见面，喝吧！”卓月把杯高高举起。

左涛犹豫了一下，端起了杯。

两只碰杯的手都有些哆嗦，两个杯里的酒都洒了不少。酒下肚之后，仿佛是因为酒辣，两个人都吞咽着唾沫，没有说话。

“你还在研究安留岗上出土的那个方形土坛吗？”左涛显然不愿这沉默继续，找了个话题。

“是的。我的一篇文章发表后，引发了不少不同意见，其中南京大学的一个教授来信说，他根据我画出的方形土坛的样子判定，它是祭祀生命用的，它上边用颜料画出的卌形图案，是祭坛设计者在表达他们对人与自然关系的看法。横的线条，代表的是人；竖的线条，代表的是自然，二者相交组成一种美丽的图案，是为了说明人与自然是同一关系，二者是和谐并存的。设计者设计这个图案，是为了安慰放在坛上的两个因故死去的女性：你们的生命来自于自然，现在死亡又让你们回归于自然，这不是什么遗憾的事情。”

“这种看法倒有意思。”左涛沉吟着说。

“你觉着他的看法有无道理？”

“这也是一种判断，对于一千多年前建起的这个土坛，每个人都可以根据自己的认识和理解来做出判断。”

“但这个方形土坛的真实用处肯定只是一个。”

“这一点我同意。”

“好了，咱先不说古人的事，说说今天的事。”卓月把话题扭了过来，“我给你找了一个大夫。”

“大夫？找大夫干啥？”

“他说他有个法子能治。”卓月直视着左涛的眼睛。

“治啥？我——”左涛的头低了下去，他明白了卓月的话意。

“治治吧。”

“没用……我过去……找过好多大夫。”

“他说用的是一个秘方。”

“没用。”

“去吧，明晚，安泰堂，从世景路向右拐。大夫等你！”……

左涛几乎是一步一挪地向安泰堂诊所走着。他实在不愿为了这种病再去任何诊疗场所，过去所经历的那些失败早已让他对治疗绝望。没有可能治好，不过是再经历一次难堪罢了。可是要坚持不来就会伤了月儿的心。她是那样真诚地催我来看病，我要不来肯定会让她觉得我仍在生她的气，我当初已经伤过她的心了，我不能再让她伤心！月儿，你其实不必再为此事操心，一切都是命，我现在这样也许是上天早就决定了的，你不过是上天旨意的一个执行者罢了，责任不在你……

离安泰堂还有十几步远的时候，左涛停了脚。这里的大夫见我会不会像别处的大夫那样，再问一遍我得病的经过？也罢，问就问吧。

一个头上有了白发正在向老年靠近的大夫见左涛进门，面带蔼然的笑意迎过来。左涛见过过去的安老大夫，估计这大夫该是安老大夫的长子。

“是左先生吧，我听了卓月校长对你病情的介绍。请不必为此病感到难堪，在我们大夫眼里，这只是一种需要医治的疾病。我们今天采用一种在民间流传的秘方来给你治病，为此，我还专门请来了一位医生。”安大夫边说边领着他向里间走去。

“请在这里坐下。”安大夫领左涛到一个用木板隔成的两米见方的地方，指着惟一的一张椅子说。“待会儿我站在外边向你提一些要求，希望你要照我的话去做，现在你身心放松，坐在这儿歇息。”言毕，安大夫走出去，关上了小门。四周很静，只有一种中药的气味在四周晃动，一盏不大的电灯泡悬在屋顶，原本昏黄的光线在照进这个木板隔成的小空间时显得更加微弱朦胧。会请来一位啥样的医生？他的医术比安大夫还要高吗？他会用啥样的法子来治我这病？

半袋烟功夫之后，他先是听见一轻一重两个人的脚步声响进里间，随后便有安大夫的话音响起：“左先生，给你治病的云医生来了，云医生就在和你相邻的另外一个木板间里，为了避免你看见医生不好意思，云医生将隔着板壁给你治病，现在请你站起，把你的裤子脱掉，连内裤一起脱。”

左涛闻言有些惊异，不过因为是在这个四周封闭的空间，不必顾忌什么，便依安大夫的要求裸出了下体。

“请你面向北侧的板壁站好。”

左涛刚依安大夫的话面朝北边的板壁站下，和他大腿根等高的一小块木板忽然被抽开，这样，他的私部就刚好暴露在了那个洞口里。喃，原来是这样。

“甭紧张，身子就面朝洞口站着，云医生待会儿就通过这个洞口给你治病。由于你无法看见给你治病的云医生，我给你介绍一下云医生的情况。云医生是个年轻姑娘，今年才——”

“姑娘？”左涛惊得后退了一步。

“甭害羞，病不忌医，这是人人都知道的道理，男病人找女医生看病和女病人找男医生看病一样，都是正常的。云医生家祖传是医，对治这种病尤为擅长，她是他们这个家族的最后一位也是惟一的一位传人。她将给你进行神奇的按摩并涂一种自制的奇效药水，她会很快给你治好的，现在请你下体贴着洞口站好。我要焚香祈请神灵，让他保佑云医生能早日为你解除痛苦。”

左涛立刻闻到了一股幽幽的香味。

“左先生，云医生就要给你治病了，我还有别的病人，就不再奉陪，我出去后把里间的门关上，不会有人来打搅你们。”

左涛听见通往外间的门关上了。与此同时，从板壁上的洞口里，伸过来一双皮肤细腻的女人的手。他的身子哆嗦了一下，随即感到那双小手捧住了他的私部。

那是一种极为轻柔的按摩，似乎在检查、察看它的伤处，又似乎在对它进行鼓励和安抚。那双手是那样的小心和谨慎,每挪动一下位置都要长久地进行试探,仿佛惟恐惊吓住它。左涛很难说清自己心里的感受,只是觉得心中原有的那股紧张感被那双手一点一点赶走,一种温暖的类似清水一样纯净的液体向心里流去。一种被人呵护的舒畅感开始在胸中回旋,他突然有一种想哭、想诉说委屈的愿望,跟着就觉出有泪水冲出了眼帘……

接连治了五次。明显的效果虽然没有出现,但这种治疗带给左涛的那种感动,使他愿意把治疗进行下去。他只是有点怕卓月询问治疗的过程,复述那个过程将令他尴尬无比,还好,卓月一直没问。

第六次治疗时,在体验了以往治疗中的诸种感受之后,微闭了双眼的他仿佛看见了一个百花争艳的花园,在花园的小径上有一个雄赳赳的小伙在姹紫嫣红的花朵中寻觅着什么,他刚想看清那小伙的面孔,忽然感到下腹和大腿根部发热,这种热感在逐渐增强,并最终使他那个久已软塌的器官在云医生的手里一下子挺直了身躯。

哦,我又成了一个男子汉了!

尽管只是一瞬,但带给左涛的是多么巨大的兴奋。这么说我还真有治好的可能?"谢谢你,云医生!"他高兴地说。但隔壁的云医生没有说话,只是把一种温水一样的药物涂到了他的下体上,随后便收回了手。跟着,他听见她打开通往后院的门走了出去……

左涛的心情异常激动。

他在这种激动中继续去安泰堂接受治疗。此后的效果一天天明显,到第十六次治疗结束时,他感到他已完全恢复了正常。他想他今天一定要当面向云医生致谢，要把他预先准备好的一千元谢礼送上。所以治疗刚一结束，他就快步出门向安大夫的后院门口跑去。还好，一个女子在夜色里刚走出后门，他急忙上前拦住，刚叫了一声“云医生”，便倏然愣住：星光下，站在他面前的是卓月。

“不要吃惊，”卓月在夜色里笑眯眯地开口，“这一切都是安大夫安排的。他说，你的病是受伤加受惊，但伤在次，惊是主要的，要治惊只有用这个秘方。这个秘方其实是一种心理安抚，就是通过近似于按摩的轻柔触摸，把当初你受惊了的那部分神经再恢复过来，那种奇效药水其实就是温水罢了。这个秘方用起来的最大难处是要有一个甘愿做这种事的女性，所以只有我来了。谢天谢地，秘方还真的有效。我本以为我参与其中的秘密会永远保持下去，没想到你违背安大夫的要求追了过来……”

左涛什么也没说，他先是怔怔地盯住卓月，随后猛地伸出双手，一下子把她搂在了怀中。卓月渐渐感到自己的脸上滴了些温热的泪水，她也什么都不说，只用手拍了拍他的后背，拉着他往回走去。

也就是在这个夜晚，当卓月和左涛告别之后回到自家院门口时，等候在门前的宁贞沉声告诉她：“尚吉利集团的银行存款下午已被冻结，账册也同时被查封。”卓月这是第一次知道尚家出了事情，她当时惊望住宁贞，能说出的惟一一句话是：“这怎么可能？”……

17

宁贞知道尚穹亲自找到昌盛要遗产的消息时,正在忙着准备结婚用品——家福已经把婚期定在了阴历腊月二十八。她对这消息的第一个反应是惊愕:明明是昌盛干起来的事业挣来的钱财,尚穹你凭什么要求分给你?第二个反应就是气愤:人怎么可以这样厚着脸皮?在北京展销时你已经吞了那么多钱,还不满足呀?亏你还是尚昌盛的堂弟,还讲不讲良心?气愤之后,又忽然想起,这件事也许就是北京展销会期间昌盛训斥尚穹之事的继续,是尚穹对昌盛的报复。这样一想,她便觉得出现这种局面自己也有责任。当初在北京时要是自己想事周密一些,不立刻告诉昌盛有关尚穹在展厅租金上玩的手段,不使他去当面训斥尚穹,也许就不会有今天这事?! ……

宁贞顿时无了准备结婚用品的兴致,转而去关注这件事情的进展。她提醒昌盛也去找一个律师,为自己准备不分给对方钱财的理由。于是,一位姓巩的高级律师随后便应聘到了尚吉利集团。巩律师在听了昌盛的讲述和了解了有关情况之后断言:尚穹无权要求分得尚吉利集团的财产,因为尚吉利集团主要是尚昌盛办起来的,是尚昌盛的财产而不是尚达志的遗产。尚达志早就失去了劳动能力,他早就没有了创办企业的力气,他的遗产就是他死时留下的一点零钱和尚家的老宅老房子,除此之外没有别的。尚穹能够参与分的,也就是这些。巩律师的一番话使昌盛放了心也使宁贞得到了宽慰,宁贞这才又有了准备结婚用品的兴趣,才重又记起了腊月二十八这个吉利的日子。

在看不见尽头的时间之路上,腊月二十八这个日子像一个红色的标志杆竖在了宁贞的眼前。她知道,只要过了这个标志杆,她人生中的另一段途程就要开始了。她一边怀着喜悦和忐忑的心情注视着那个标志杆的移近,一边和家福一起做着各项结婚的准备。

他们首先在城边买了三间平房外加一个院子,作为他们未来的新房。家福的老家里既然已经没有了亲人,就没必要再去他老家结婚。房子买好的那天,宁贞站在那个宽敞的院里,心里已经在设想院子的哪一处放置花盆哪一处栽种树木,脑子里也同时闪出一个白胖的娃娃在院子里牙牙学步的情景了。

接下来开始打制家具。两个人找来了几本家具图纸挑选比较,最后是宁贞决定了家具式样:一律的中式椅、柜、台、几。宁贞见过妈妈保存的一张过去外爷家的照片,她喜欢那种古色古香的韵味。

随后开始买衣饰、用品。在买饰物时,家福给宁贞买了个金戒指,宁贞自己买了条金手链。买回来的当天,家福就要宁贞把两样饰物戴上,说放在屋里反而容易丢失,不如戴上了牢靠。宁贞戴上金戒指和金手链的那刻不由得在心里感叹:要不是到尚吉利集团做事,自己如今还是个愁吃愁穿的乡下姑娘,哪里会有今日这个样子?戴上了饰物的宁贞又添了几分妩媚,站在一边看着的家福就有些忍不住,上前抱住宁贞就亲,宁贞没有拒绝,让他亲了个尽兴。不想这家福得寸进尺,亲着亲着就想把宁贞往新打制好的床上推,宁贞便敏捷地挣开了身子,羞笑着说:“二十八日!”家福有点不高兴,说:“反正离二十八日也不远了!”宁贞就又笑着低声道:“既是不远了,还慌啥哟?”家福苦笑笑,只得作罢。

大约就在宁贞和家福的新房快要收拾好的时候,一则惊人的消息于一个下午传到了她的耳畔:法院查封了尚吉利集团的账目,冻结了尚吉利集团的银行存款。

听了巩律师的宽慰以为不会有事的宁贞,这时彻底慌了。她身为厂长心里知道,查封了一个企业的账目就意味着断绝了它与客户的往来,它的生产就会陷入实际上的停顿。这个庞大的企业集团一旦停产,每天的损失将是多么怕人?

慌了的宁贞不知该找谁为尚吉利集团求助,她想了想只好去找卓月校长,她知道卓月是昌盛的表妹且一向支持昌盛的事业。她于是在那个晚上去到了卓月门前。

宁贞从卓月校长那里没有得到救助尚吉利集团出险境的法子,只懂得教书和文物研究的卓月面对这种情况也确实想不出办法。卓月能做到的只是和宁贞一起慌慌地去看昌盛。

昌盛、小瑾和旺旺都坐在集团的财务室里,昌盛、旺旺的面孔铁青,小瑾的脸上除了慌乱还有迷惑。屋里所有的保险柜和写字台抽屉都贴上了白色的盖有法院印章的封条。巩律师正伏在桌上飞快地写着什么,空气中掺和着一种让人呼吸急促的东西。

"诸位不必慌张。"巩律师在把他写的材料交给昌盛看的时候望着小瑾、旺旺、卓月和宁贞说,"法院在只接到尚穹的诉状没有详细调查的情况下,就断定理在尚穹一边,就决定查封尚吉利集团的账册、存款,是错误的,是违反司法程序的。我已向上级法院提出了申诉,我相信这个决定很快就会被撤销。你们只管放心,该做什么就做什么,天塌不下来,根据我对法律的了解,尚吉利集团不会因此而被肢解!"

律师的话让宁贞悬着的心又一点一点放了下来。她注意地看着昌盛,看到他在律师交他写的材料上签字后右手去按了按胸部,怎么,胸部疼吗?你可要小心身体,不能因为生气而把身体搞垮!她转而去看小瑾,她希望小瑾也能留意到昌盛的举动,还好,小瑾把一杯水递到了丈夫手中,这让宁贞松了一口气。

"大家都回去休息吧。"昌盛嗓音沙哑得厉害,"没有什么大不了的事,谁贴的封条谁还得把它撕下来。我的财产不会因为尚穹的起诉就变成了他的!"昌盛这几句充满自信的话让宁贞的心彻底放回了原位。就是,尚穹这种变相的抢劫行为要是得逞了那还了得?……

宁贞那晚回到家时已经快到半夜,妈妈在灯下焦急地等着她。"不是出了啥子事吧?"妈妈担心地问。"没有。"她朝妈妈笑笑,心情很好地钻进了被窝。她很快便进了梦乡,曲曲折折高高低低的梦中小径最后把她带到了一个地方——一个四四方方的平台,平台上有一个黑衣黑裙的姑娘,那姑娘正从自己头顶抽出一缕一缕细如蚕丝的东西。宁贞惊问:这是啥?

感情！那黑衣姑娘笑着答。宁贞越觉惊异：感情原来是这样的？她刚想上前看个仔细，却见那女子猛将自己的头从脖颈上取下朝她递来，说：你看看清楚！宁贞定睛一看，竟是一个骷髅。吓得她"妈呀"一声从梦中惊醒，呼一下坐起身来。

她满头大汗地坐在那里喘息，妈妈闻声穿着内衣跑到她的床前，一边拍着她的后背一边问道："是又做噩梦了？"

"嗯，我梦见——"

"甭讲。"妈妈拦住她，"夜里不许说梦，到明天后晌再说就没事了。"

宁贞重新躺下后恍惚记起，类似的梦过去已经做过几次。这个黑衣黑裙的姑娘为什么总缠住我？她为何要让我看她的头？要让我看感情的形状？感情是那种细丝一样的东西？梦是心中所想，我啥时候想过这种事情？……

她在这种纷乱的思索里再次走进梦中。这次的梦让她充满了欢喜：她和妈妈一起走在一块豌豆地里，碧绿的豌豆苗上有蜜蜂和蝴蝶在飞，她快活地追着一只蝴蝶，等她终于捉住了那只蝴蝶时她才发现，她已经不知不觉间站在了一个四四方方的平台上，一个黑衣黑裙的姑娘正笑望着她从自己头顶抽出一缕一缕细如蚕丝的东西。感情?！她骇然地大叫一声再次醒来。

奇怪！她望着已经亮起来的窗玻璃不安地自语，我这是怎么了，总梦见那个讨厌的穿黑衣黑裙的女人？……

18

左涛在水濂寺大门前徘徊了顿饭工夫，也没敢走进寺院。他真不知道进去后见到寺院住持印恭大师后该怎么说出那句话：我想还俗。

寺院里钟磬鸣响，佛经声声；寺旁的水帘洞上的瀑布哗哗地注入潭中；身旁走过的香客们的低语和对“阿弥陀佛”的念诵，让他突然怀疑起自己的决定来：我这样做对么？

月儿的身影重又来到了眼前，耳畔同时响起了她凄切的低语：我们都快进入老境，该过一段正常人的生活了……

“咃，这不是左居士？”一声响亮的招呼打断了左涛的思虑，他抬头见是寺院里的慧通师父，忙双手合十行着佛礼。

“是来进香？”

“呃，呃，”左涛急忙点头，脸却有些红了，“印恭大师可在？”

“在大雄宝殿，走，我领你去。”慧通热情在前引路，左涛这下只得挪步进了寺门。

印恭大师正在诵经，左涛不敢惊扰，只先把自己带来的香、表点上，向佛祖叩完头后，静立一旁等候。印恭大师诵完经后，扭身看见他，微微笑道：“昨夜梦有客来，想必就是你了。”左涛急忙施礼问候。

“我看你虽面带犹豫，然眉藏一丝喜色，想必今日不全是为进香、表而来，说吧，有何事？”

“我……我……”左涛低头嗫嚅着。

“佛祖面前，说话不能吞吐的，有啥说啥。我看你这副样子，很像是想还俗的，对吗？”

左涛急忙点头，印恭大师替他说出心中的话让他松了一口气，同时也为大师的猜测如此准确而惊异。

“其实居士还俗，无须来寺内禀报的。佛门一向强调来去由己，你只须不再以出家人的戒律约束自己就成。”

“当初承蒙大师引进佛门，让我忘却苦痛，将一段艰难日子挨过，今日还归俗世，该当来请求宽恕的。”

印恭大师急忙摇头：“不能讲宽恕不宽恕，一个人走进佛界需要勇气，还归俗世同样需要勇气，俗世给人的考验更多，愿你能善处声色名利，平安度过一生。慧通，去叫各位弟子，来诵《善生经》和《无量寿经》，我们用经声把左涛先生往俗世送上一程。”

左涛慌忙朝大师跪下：“弟子不敢当。”

“起来吧，我这是头一次为还俗的人诵经，我是要以此向世人昭告：佛门洞开，佛祖宽宏，佛界、俗世相通，来去全由己定……”

……父子兄弟夫妇，家室内外亲属，当相敬爱，无相憎嫉；有无相通，无得贪惜；言色常和，莫相违戾……

就在木鱼的“当当”声中和这经文的诵念声里，左涛含泪步出了水濂寺大门，一步一回头地向前走去。

他坐上返回南阳的长途客车时，太阳已经偏西。

月儿，我回来了，我依从你的心意，从那个世界彻底返回来了。在佛祖和你的召唤都响起时，我选择了你。但愿等待我们的是幸福，是欢乐，是满足。我如今已经没有退路，不可能再回到佛界净土了，我只有走进俗世，和你一起去迎接命运要给我们的东西。可它还会给我们什么呢？至少不该再是苦痛了吧？……

长途客车在左涛的猜测中向着南阳飞快驰去。

左涛和卓月的结婚喜宴没有来宾。除了给他们办理结婚登记的人外，没有谁知道他们结婚的事。他们原本就不想张扬，加上尚穹和昌盛又在打着官司，整个尚家的人都没有好心绪，所以他们谁也没有告诉。

两个人相对而坐，桌上放着卓月做的饭菜，燃着左涛带来的红烛。

两个人边吃边微笑着望着对方，屋里弥漫着一股柔情蜜意。

四周很静，只有烛芯在燃烧时发出的一点哔剥响动。

——月儿，我过去从没想到我的余生中还会有这样一个夜晚，我不知该怎样感谢你！

——左涛，这一晚我盼了多少年了，它到底让我盼了来。我们还是该感谢命运。

两个人都不说话，只用目光交谈。窗外的风仿佛嫌这种交谈过于隐秘，便挤进来吹熄了两支红烛，迫使他们在黑暗中走到了一起。

在彼此拥住对方的那一刻，两个人都打了个哆嗦而且显得手足无措。多少年过去了，青春时期拥抱时所做的那些动作，于两人都有些陌生了。

是卓月最先抬起手，去抚摸左涛那满是皱纹的脸颊，去触摸那些坚硬而密集的胡茬。仿佛是在卓月的启发下，左涛才也抬起手，去抚摸卓月的身子，但他的手是那样迟疑和胆怯，在卓月的胸上放了许久都不知该怎么办，最后，还是卓月拿起他的手放进了自己的衣襟下。

关闭太久的闸门终于一点一点打开了，两个人渐渐开始激动起来。左涛忽然一弯腰把月儿抱起，大步向那张浴在月光下的床走去。急切和慌乱慢慢攫住了他，但当卓月那依然润白的身体呈现在他眼前时，隐匿在他记忆深处多年的一个镜头突然闪了出来：月儿手持一个锥子一下子挺身朝他刺来。

一阵尖锐的刺疼一下子由他的下腹向全身漫去。

“哦——”他呻吟似的叫了一声，一下子扑倒在卓月身边的被子上。

“怎么了你？”卓月急忙起身问。

左涛无语，脸贴在被子上没动，他清楚地感觉到，整个下腹又恢复到过去那种僵硬麻木的境况里。完了，所有的治疗功劳都白费了，我又一次成了个废人，废人……

在那个本该充满欢乐的夜晚的剩下时间里，卓月一直在努力想使他恢复到治疗后的那种状态里，尽管卓月用了各种办法，可最终还是没用。

他估计他会听到卓月一声失望的叹息，但是没有，卓月只是紧偎在他的怀里，柔声说道：“这样也挺好，我愿意这样……”

他感觉到泪水爬出了眼眶,成串地注入到干燥蓬松的棉絮里,他对着卓月那滚热的身子只能反复说着一句话:“对不起……对不起……对不起……”

天快亮的时候,他悄悄起身穿好了衣服,刚要下床,被惊醒的卓月一把抓住他的手问:“你要干啥?”

“我想回到安留岗蚕茧基地去。”

“你疯了?我们是夫妻,为什么要分开?”

“我们在一起,我只会使你痛苦!”

“我不痛苦!我早就知道这个结果,我愿意!”

“你早就知道这个结果?”左涛惊异了。

“当初安大夫告诉过我,用这种秘方治好的男子,不可能完全治愈,只要他还保存着对往事的记忆,只要有了相似的能勾起他回忆的场景,他的病就还会回复到过去的状态。他劝过我不要白费力气,但是我愿意!我没想到的只是它来得这样快。”

“你——为什么?——”

“我不想让你一个人生活在佛界里,你是被我从身边推到那边的,我应该把你拉回来。两个人在一起总可以相互温暖,能做那事当然好,不能做那事也没什么了不起,重要的是温暖,是活下去!”

“月儿……”

“别走,给我一个赎罪的机会吧,是我毁了你……”月儿扑倒在左涛怀里。

左涛什么也没说,只是紧紧地紧紧地抱住卓月的身子……

19

昌盛一直坚信自己在这场官司中会胜利，所以尽管心情不好，他这些天仍在忙着修改完善尚吉利集团的扩展计划，把打官司的事全权委托给巩律师去办。他想他一定要好好利用栗振中即将投过来的一千万元美金，把尚吉利集团彻底变个样子，为他下一步向更大的目标迈进打下基础。——他内心里早就有一个欲望在蠕动：把尚吉利集团建成不仅在中国而且在亚洲和整个世界都属一流的大型跨国丝绸企业。到那时我生产出的绸缎，当然就是“霸王绸”了！

但出乎他意外的是，由巩律师送上去的申诉被驳回，驳回的理由是：暂时查封是为了防止资金在案件审理前秘密转移。对存款的冻结和账册的查封不但没有被撤销，相反，法院还来人开始查阅他的账目。

他心中的自信第一次开始像阳光下的冰块一样一点一

点融化，一丝丝惊慌从心底生了出来。他找到巩律师询问缘由，巩律师叹口气说："看来，我们低估了尚穹的能力，他一定是通过北京的权力管道，给执法部门施加了压力，否则，不会是这种局面。尚穹虽然职位不高，只是个处长，但权力是个网络，他不可能不和那个网络上的其他人物有联系，他完全可以通过政界其他有更大权力的人来给下边施加压力。"

"那咋办？"昌盛的声音里透出了慌乱。

"我再做努力，但愿事情还有转机。……"

昌盛开始焦急地等待巩律师的消息。其间，法院的人来和他谈了一次，询问了爷爷留下的遗嘱的事。他想探询法官对这件事的真实态度，不料法官说："我们的态度不重要，重要的是你和尚穹的态度，如果你同意分给他遗产，这官司就不必打下去；如果他同意放弃对遗产的要求，这桩官司就也结束，我们实在不愿介入这种关于遗产的争执。"昌盛见问不出什么，只好依旧去等巩律师的消息。

可怕的消息是在一个傍晚来到昌盛面前的。当时昌盛正和旺旺、宁贞以及另外几个厂长研究下月的生产安排，巩律师没有敲门就走了进来，昌盛抬头一见巩律师沮丧的脸色，心里就"咯噔"响了一声。

"尚总经理，很抱歉我无力回天，法院的倾向性的意见已经有了：你爷爷去世时的尚吉利集团的财产，包括动产和不动产，都将分成五份，你和旺旺各留一份，尚承达、尚天和尚穹各得一份。"

"混蛋——！"昌盛猛地怒吼一声，吼声如炸雷一样滚出窗外。

"法院在开庭前要以这个意见进行调解，调解不成就开庭判决。法院所以有这种结论,除了权力的影响因素之外,还有两个问题让他们钻了空子:第一,尚吉利集团在开办之初,大约是为了提高企业的知名度和产品销路,你在办理手续时用了你爷爷的名字;第二,你爷爷在遗嘱上说有一句话:'我把尚吉利集团留给了你们',这两点被他们抓住,认为尚吉利集团确系你爷爷的遗产,尚承达、尚天和尚穹应该也被视为继承人。"

"这是胡扯!企业明明是我办的!我不怕,我要和他们把官司打到北京去!"昌盛暴怒地吼罢,慌忙伸手捂住了左胸,他觉出那里边开始疼起来。一旁的宁贞见状,急忙递给他一杯水。

"顺便告诉你,由于你的尚吉利集团是市里的纳税大户,是为市里争光的企业,市里领导是真心想保这个企业的,无奈——"

"我不怕!我一定要上诉,我坚决和他们把官司打下去!"昌盛吼道。

"你当然可以一级一级上诉,但你忘了,尚穹既然可以在这里胜你,他在别处就仍有可能胜你!你对政界和法律界的关系了解多少?你认识几个当官的?再说,你能赔得起这个精力和时间?几年官司打下来,你的尚吉利集团不就耽误完了?"

像一盆凉水浇过来,昌盛打了个寒噤。他那被暴怒煮热的脑子开始冷却下来。是的,你既拼不起时间,也拼不起精力!尚吉利集团需要的是抓住眼下的机会发展。可怎么办?认输吗?眼睁睁看着辛苦创下的家业被他们拆散拿走吗?

"现在只有一个办法了。"瘦削的巩律师发一声长长的叹息。

“啥?”昌盛眼望住墙角,身子没动。

“求。”

“求谁?”

“尚穹一家。”

“我去求他们?!”昌盛猛扭过头瞪住巩律师。

“你退让一步,答应平分遗产,但求他们暂不要一次性地索回这笔遗产,改成由你每年付给他们一笔钱,这样,你的集团保住了,你损失的只是每年获得的一部分利润。”

“不!”

“想想吧,这也是没有办法的办法。”

昌盛无语,只定定地站在那里,半晌之后,才对屋里的其他人挥挥手示意大家出去。

巩律师也抬脚向门口走去,就要出门时又停步回过头来低声道:“我刚刚听说,尚穹为了打赢这场官司,让国家的一个部长为他说了话;而且承办这个案子的法官中,有他一个同学。”

昌盛把头抵住了身边的墙壁……

整整一个晚上,昌盛都坐在办公室里,小瑾、旺旺几次来劝他去睡一会,他都挥手让他们走了。

在最初的气恼和愤怒过去之后,一阵从未有过的伤心压倒了他。为什么给自己最沉重一击的竟是自己的亲堂弟?想当初自己曾在尚穹身上寄着多大的希望呵!没想到就是他挥拳把你打倒了。一旦尚吉利集团的财产分成五份而尚穹拿走三份的话,这个集团就实际上垮了。还要经过多长时间的努力才能达到今天的水平?!爷爷,你看见了吗?就是你最疼爱最看重的那个孙子朝尚吉利下手了！

咋着办？继续同尚穹把官司打下去，向更高的法院上诉直至告到北京？但能不能保证最后胜他？需要多长时间？如果花了许多时光最后又败给了他，那尚家的这份家业不就折腾光了？倘是美国的栗振中知道我整天忙于和堂弟打官司，他还会把一千万元美金投过来吗？那么就依巩律师的主意，去求尚穹不要一次性地索回这笔遗产，改成每年付他一部分从而保住尚吉利集团？可这不是明明自己有理反而要去求他这个无赖高抬贵手了吗？这算什么道理？尚家的列祖列宗，你们睁眼看看你们的后世子孙中出了多么稀奇的事情：有理的哥哥要去求无理的弟弟了！

尚穹，为了尚家的祖业，我尚昌盛就咽下心里的这股气去求你、求你、求你……

大颗屈辱的泪珠砸向了脚下的水泥地。

第二天早上，他到家洗了洗脸之后对小瑾和旺旺说："走，咱们去见尚穹，去求他开恩！"小瑾、旺旺母子惊愕而意外地看了他一阵，随后无言地跟他走了。

昌盛领着小瑾、旺旺先进了叔叔承达的房间，承达依旧躺在床上，一个保姆正在给他喂饭。昌盛什么也没说，只是用手绢把溢在叔叔嘴角上的一点饭粒擦掉。无法交谈，也没必要再向叔叔说什么，昌盛知道这整个事情与叔叔无干。只有眼珠可以移动的承达直直地看着昌盛。"叔叔，你多保重！"昌盛只在临出门时说了一句。

文琳、尚天夫妇和尚穹都在餐厅吃饭。昌盛一家在门口的突然出现显然令他们觉得意外，饭桌上的人都停下筷子望着门口而忘了说话。

"昌盛哥、嫂子，快进来。"尚天最先站起开口。

“旺旺，给你尚穹叔跪下！”昌盛没理会尚天的招呼，低沉地对身旁的旺旺说。

旺旺愕然地看了父亲一眼，见父亲没有改变这话的意思，只好噗嗵一声面朝尚穹跪到了水泥地上。

“你，你这是——？”尚天有些慌了。

“旺旺这是想向他尚穹叔和你说明白，尚吉利集团的财产可以按五份分开，但他想求他尚穹叔和你开恩，不要一次把那三份拿走，而让他一年一年地分批还给你们。”

“那不行！”一直冷然坐在饭桌旁的尚穹这时开口，“我们只尊重法律，只按法院的判决办事，不接受任何人的建议！”

昌盛的拳头倏一下攥紧了，以他心中的那股恨劲，他是真想扑过去将对面这个一身西服的白面小伙乱拳砸扁的，但他知道，那样一来，尚吉利集团就真有可能散掉了。不，不能发火，不能把事情办糟，吞下去，把这股气吞下去。爷爷不是经常告诫你在和当官的打交道时要学会忍么？你现在就要忍！忍！忍！

他缓缓地缓缓地弯下了双膝朝尚穹跪去，同时发一声嘶喊：“尚穹处长，尚昌盛也求你了！”

一屋子的死寂。

“这是干什么，快起来！”一直站在小儿子一边的文琳这时脸上也有些挂不住，开口说道。

“让他跪吧，他现在晓得跪了？当初他可是以为我这个当处长的小官的就该受他这个大经理欺负了，他敢当众打我的耳光。现在你怎么要下跪了？你以为你有几个钱就可以和我这个当官的作对了?!”尚穹一边悠闲地折叠着一块擦嘴的手绢一边慢腾腾地说，“告诉你，你就是让你的全家都跪下来，我也决不会答应你的请求！我就是要看看你尚吉利集团有多厉害！看看你——”

“轰隆”一声，尚昌盛猛地从地上跃起掀翻了尚穹面前的饭桌，他刚要扬拳朝尚穹扑去，身子却突然一歪向地上倒了下去……

20

整个尚吉利集团仍在运转，但谁都能感到，它的运转速度已明显慢了下来。集团要解体的消息已传进了每个职工的耳朵，一股不安情绪已钻进了人们的心里。早晨上班后，宁贞怕产品质量在这个时候出现问题，专门到各车间走了一趟，对关键岗位作了一次检查。她检查完刚回到办公室，电话里就传来了昌盛心脏病发作住院的消息。

她呆呆地握住话筒，许久没有放下去。

尚昌盛，这个时候，你可不能垮呀！看来，他的心脏是真的有病！这些天，每当她看见昌盛总用手去捂去拍左胸部时，她就有点怀疑他有心脏病。现在证实了。昌盛，你得小心自己的身体！

她赶到医院时，看到卓月校长正在走廊上劝慰低声抽泣的小瑾，便走到旺旺身边询问昌盛发病的经过，旺旺简单地说了一遍，她听罢默然无语。又是尚穹，亏你还是尚昌盛的亲堂弟，你难道一定要把他置于死地才甘心？人为了钱财家产，就可以变得这样狠心？……

一个医生从昌盛的病房里出来，宁贞急忙迎过去询问。“心肌梗塞，很严重，随时都有危险。”那医生简短的话语像石头一样砸进了宁贞的心里。呵，老天，保佑昌盛度过这场危险吧。

她隔着病房门上的透视玻璃向里边看去，昌盛正浑身插满管子仰躺在那里，身子一动不动。这一霎，她想起了她进厂应聘的那个上午，那时的尚昌盛，身子是多么的强壮；想起了当初昌盛从日本办展销会回来的模样，那时，他是多么的精神；想起了尚吉利集团成立的那天，他笑得多么自豪多么自信！她知道他的这次倒霉，是从北京展销会开始的。一想到北京展销会，她就又想起了那天晚上她告诉昌盛关于尚穹在展销厅租金上捣鬼的事。也许，那才是昌盛这次倒霉的起点！如果那是起点，那自己就也有责任。她又一次地在心里自责：假若自己当时不那么鲁莽的贸然说出那事，他就不会去当面训斥尚穹得罪尚穹，从而引发了后面的事情……

她再一次觉得大股的歉疚升上了心头。

因为不允许进病房探视，她只得先回到厂里忙碌。下午快下班时，旺旺忽然慌慌地跑进厂里找到她说：“快，我爸爸要见你和月儿姑姑。”宁贞的心莫明地一抖，急忙骑上自行车向医院奔去。

她和卓月几乎同时走进昌盛的病房。昌盛脸色蜡白地躺在床上接受输液，小瑾神情紧张地一边看着床头柜上的心电仪一边摸着他的脉搏。昌盛看见她俩进来，用有些迟钝的目光示意她们靠近床头，尔后低哑地开口说：“医生说我的心肌梗塞很严重，趁我这会儿还清醒，有几句话我想给你们说说！我已经想了，在同尚穹分割财产时，不动产方面，我大概只能留下丝织厂和尚吉利综合大学，其他的都要归尚穹了。这两个部门，是你俩负责，月儿是我的表妹，宁贞我也一直当妹妹看待，一旦我有什么意外真的死了，盼着你俩能辅佐着旺旺，把这份家业保住，能争取慢慢有个发展更好。旺旺还小，缺乏管理经验，他妈妈过去实际接触管理也少，一切全仰仗你俩了，昌盛在九泉之下也会记住你们的恩德……"

成串的泪珠滚下了昌盛那毫无血色的双颊。卓月上前紧攥住昌盛的手，急切地劝慰道："你别瞎想，你会好起来的……"宁贞什么也没说，她知道只要她一开口，眼泪便再也不会闸住。不能让昌盛再看见自己流泪，那也许会引得他更加伤心，而他是不能再激动的……

宁贞想了差不多一夜，才想出了一个帮助尚昌盛的办法：给在美国的表哥栗振中打电话，请他尽快把预备投资的钱汇来，让昌盛用这笔钱支付尚穹他们索要的那份家产，从而使尚吉利集团所属的企业都能得以保全，都继续得以运转。

电话很顺利地拨通了，电话那头传过来的栗振中的声音，饱含着早晨的气息，清新而有朝气。宁贞猜他可能睡了一个好觉刚刚起床。她以尽量平静的口气，简捷地说了一遍尚家发生的情况和她的希望，尔后静等着表哥开口，这是她第一次求他，她估计表哥会痛快地应一声：可以。但电话那头却一直沉默不语，直到她以为电话中断又催叫了一句："表哥！"对方才缓缓地开口："贞妹，很感谢你告诉了我这个信息，这有点出乎我的意外。鉴于原来看好的条件发生了变化，我已决定不再向尚吉利丝织集团投资，请向尚昌盛先生转达我的歉意……"

宁贞怔怔地握着听筒。她没有再说别的,她忽然意识到,自己的行为有点可笑,商人是要追逐利润的,想凭几句恳求就把一大笔资金要过来有点不太可能,我还是想得幼稚了。她在挂断电话时,失望地叹了口气。

那天晚上宁贞回到家时,见家福正和哥、嫂、爹、妈一起愁眉紧锁地坐在屋里,宁贞知道他们也是在为尚吉利集团的前途忧虑。如今,尚吉利集团的命运和自己一家的生活连在了一起,一旦尚吉利集团垮台,有四口人在这个集团工作的她的一家,生活境况当然也会发生重大的变化。

“尚昌盛的身体今儿个咋样?”宁安开口问。

“还在危险之中。”宁贞重重地坐在椅子上。

“唉,但愿他能抗过去。”

“我下午听说,法院就要为尚穹他们继承遗产的事做出判决了。”家福郁郁地接口。

“这么大的一个企业,就眼看着让尚穹这人给拆散了?”宁安捶了一下自己的膝盖,“让人心疼呀!”

“该生法子拦一拦他才好。”晶子插嘴说道。

“咋拦?”家福问。

“劝劝他。”妈妈接口,“万一尚吉利集团散了,咱这能种庄稼的地又不多,得有多少在集团打工的人没有了事做,咱这一带有多少村里的人又要闲下来了。”

“尚昌盛给尚穹下跪恳求都不成,谁能劝得了?”宁安摊了摊手。

“那就吓!”正给孩子喂奶的晶子忽然张口出主意。

“吓?咋着吓?北京城里的当官的,啥场面没见过,还怕你吓?”宁安瞪了一眼妻子。

“那也不一定!这世上谁都有害怕的东西,拿他最害怕的东西吓他就能吓住!”晶子坚持说。

“嗬,嫂子懂的还不少。”家福苦笑了一下。

“女人之见。”宁安道。

“眼下要紧的得知道他害怕啥。”晶子仍然坚持自己的主张。

一直没有说话的宁贞这时注意地看了一眼嫂嫂晶子,开口道:“你说得有些道理,谁都有害怕的东西!”

“就是!”晶子见妹妹支持自己,眉头舒展了开来。

“尚穹也有害怕的东西。”宁贞目光飘向窗外,声音低得像是自语……

第二天早上宁贞起得有些晚,她起床时哥哥和嫂嫂都已上班。她匆匆吃过饭推上自行车就向市里赶,骑出村没有多远,忽然瞥见尚吉利蚕茧基地的蚕房那儿,有几百个人围聚在一起,且不时有阵阵的喧哗声传过来。出了啥事?因为哥哥是基地的主任,她不能不担心,便车把一扭骑了过去。

哥哥在人群中看见宁贞,快步走过来说:“基地有人得到消息,说尚穹准备把这个基地卖给山东一个靠做蚕蛹生意发了财的商人,那商人买去的目的,一个是卖活蚕蛹,一个是要用蚕蛹做罐头。茧割破取出蚕蛹后再缫丝,丝的质量就不知道要下降多少倍。这消息真要确实,那这个基地离垮台散掉的日子肯定不会远了。基地的工人们听说后都有些焦心,便都聚在了这儿议论,大伙都不想丢掉这个饭碗。”

宁贞吁一口气,把目光在那些或立或蹲的工人们身上扫了一遍,她认出那其中的许多人来自四周的村子。这些早先收入微薄的农民如今有了一个挣钱多的工作,当然不愿再失去,他们的命运已多少和尚吉利蚕茧基地的命运联系在了一起。

“宁贞,”一个认识宁贞的邻村男子这当儿走了过来,“你和你哥能不能去劝劝尚穹,让他别把咱这蚕茧基地折腾散架了。他和尚昌盛是亲堂兄弟,哪怕分了家把这基地还叫尚昌盛经营也行,可千万不能卖给做蚕蛹罐头的人,咱这四乡八村的多少老少爷们还靠在这基地做工挣钱吃饭呐!”

宁贞苦笑了一下:“指望俺俩去劝怕是不行了。”

“能不能想个别的法子?”那人满怀希望地看定宁贞。

宁贞再次摇了摇头。我能想个啥法子呢?她的目光在那些满脸忧虑的蚕工们身上缓缓移动。不过也真得想个法子,仅仅为了这些蚕工们的饭碗,也应该想个法子……

21

差不多就在昌盛那天被送进医院确诊为心脏病的时辰，尚承达也到了吃第二顿饭的时候，他实行的是少吃多餐的办法，一天五顿饭。

保姆把饭做好，妻子文琳替他把手脸擦洗一遍，艰难地扶起他的上半身让他靠在自己身上，这才让保姆过来喂饭。

但承达闭了嘴不吃。

“怎么，是嫌饭做得不合口味?”文琳诧异地问。

承达的眼珠没动，文琳明白不是饭的原因。

“是肚里不饿?”

承达的眼珠依旧没动。

“那你说为了什么?”文琳猜不明白。

承达的眼珠看了看保姆，尔后停住不动。

“噢，是不愿让保姆喂饭?!”

承达的眼珠动了动。这使文琳很高兴，总算明白了丈夫的意思。

“我来喂你！”她说着示意保姆过去换她抗住承达的身子，自己端起了饭碗。

可承达依旧不张嘴。这使文琳有些惊住：“你今天是怎么了？你想让谁来喂？”

承达的眼珠向门口的方向动了动。

“天天？让天天来喂你饭吃？”

承达的眼珠没动。

“是让穹穹来喂？”文琳无望地猜着，心里不由得又升上来一股悲哀，一个好好的人怎会得了这样的病？

承达的眼睛一下子睁大且发出了一种奇怪的闪动。

“噢，你原来是想让穹穹给你喂饭！”文琳摇摇头笑了，“你一定是太想念你的小儿子了。穹穹，快进来，你爸让你喂他吃饭！”

尚穹从妈妈手里接过饭碗时多少有些意外地看了父亲一眼。他和父亲的感情很好，但父亲病后要他亲手给喂饭这还是第一次。他平日对父亲的关怀主要体现在信上和见面后的问候以及给他捎来一些他喜欢的礼物。看来我有点太粗心了，我早该亲手给爸爸喂饭的，人病了常需要一些细微的关怀，而我把这些忘掉了。尚穹接过饭碗时眼前闪过了父亲在他小时候帮他穿衣服、在他上学时为他买作业本、在他大学毕业后为他在北京跑分配的情景，鼻子在这瞬间竟有些酸了。他小心地用筷子把碗里的面条挑起吹了吹，尔后送到父亲的口中。

承达缓慢地嚼着。

大约喂到第四筷的时候，承达停住不吃，而张开了嘴。尚穹立刻看见,父亲的左臼齿上卡了一个细细的肉丝。

“我来!”一直站在一旁的文琳这时也看清了,忙拿过一根牙签弯腰要为丈夫剔出来。

可承达阖上了嘴。文琳让他重新张开嘴,他的眼珠一动不动,好像根本没听见。

“我来!”尚穹这时说,他话刚落地,承达的嘴便张开了。

尚穹笑了:“爸今天是一定要让我来侍候的。”他接过妈妈手中的牙签,刚要伸向爸爸的口中,不想承达的嘴又闭了。

“是怕用牙签伤住牙龈?”尚穹笑问。

承达的眼珠动了动。

“我用手指就行。”尚穹扔开牙签后,承达的嘴立刻张开了。谁也没想到,尚穹的右手食指刚伸进父亲口中,承达一下子紧紧咬住了,尚穹立刻疼得惨叫了一声:“呀——”

血顷刻涌了出来。

“怎么了,怎么了?”文琳惊骇地看住丈夫。尚天和妻子也闻声急忙跑了过来,一家人看到这情景都惊呆了。

血从尚穹的指头上涌出来,流进了承达的口中和脸上。

“松开!快张嘴松开呀!”文琳望着疼得满头大汗的小儿子,急得慌得跳动双脚高叫,“为了什么?你病糊涂了吗?!”

承达死死咬住不放,一双眼睛直直地盯住尚穹。

“你是因为尚穹平日回来的少而生他的气?”文琳恨不得去掰开丈夫的嘴,但她知道丈夫的脾气,那只会把事情办得更糟。

承达依旧没任何表示,只是用两眼死死地盯住尚穹。

“妈,”尚穹吸着冷气,“我知道爸为啥咬我,是因为我向尚昌盛要爷爷留下的那份遗产!”

承达的眼珠冷冷地一转。

“天呀,你怎么胳膊肘向外拐?!”文琳叫了起来,“就算你不让要,也不能咬伤你的儿子呀!松开,快松开!”

“妈,让爸咬吧!爸就是把我的这个指头咬断,这笔遗产我也要讨回来,这是我们应得的!”

承达依旧没松口,一双眼仍直直盯着尚穹。

尚穹咬紧牙关,不挣不动不吭。

血连续不断地涌出来,顺着承达的下巴,直滴到了他的脖子里。

“你把孩子咬死吧!”文琳哭了,“我没见过这样狠心的父亲……”

“爸,松开小穹吧……”尚天也流出了泪。

但父子俩仍在僵持着,承达眼望着尚穹,尚穹眼瞪着墙角。

结局终于来了:由于尚穹的血注满了承达的嘴巴,承达呛了一下,松开了儿子的手指。

尚穹抽出了已露出骨茬的食指。

“天爷呀!”文琳一时不知该先去擦丈夫嘴上的血还是先去包儿子的手指,她扎煞着手来回转了一圈,最终把同情给了儿子,捏着儿子的手指包了起来。

承达绝望地闭上了眼睛。

尚穹看了一眼父亲,头也没回地走了出去……

尽管尚穹表面上仍很平静,内心却已被父亲的举动搅得纷乱一片浪花飞溅。他现在意识到了他的讨要遗产的举动在人们心里引起的反感有多大了——自己的父亲尚且如此,外人的议论必会更激烈。这件事必须尽快结束,要不然一旦有消息传进北京传进自己工作的经济部,那自己的声誉尤其是职务的晋升就有可能受影响。

他忍住手指上的剧痛正坐在自己的卧室里默想时，哥哥尚天推门进来了。他以为哥哥是来询问他的指头还疼不疼的，不料尚天开口说的却是："小穹，遗产的事我看就算了吧。"

尚穹的身子一抖，眼瞪住哥哥。

"昌盛哥他们当初把企业办起来不易，这样一分拆，企业的元气就伤了。"

"你替尚昌盛考虑得倒挺周全！"

"说实话，我也不是一个不爱钱的人，我过去为钱，差不多到了啥都不顾的地步，可后来和我合伙干事的人说的一句话让我记到了心里——他说，人做的一切，佛祖都看在眼里！"

"你什么意思？"尚穹冷冷地瞪住哥哥，"爸刚把我咬成这个样子，你还要再往我的伤口上撒盐吗？我要遗产全是为了我自己？爸妈年岁更大之后的全部花销你出得起吗？你和嫂子还有你们今后的孩子就靠你和嫂子那点工资生活？爷爷留下的遗产凭什么让尚昌盛独吞？告诉你，你要是这个时候打退堂鼓，我就彻底和你断绝兄弟关系！我们此生再不往来！"他知道他必须把哥哥要退缩的心思打掉，要不然就会引起真正的麻烦。"妈，你来！"他猛朝外面喊。

文琳当然站在小儿子一边，她一听尚穹说了尚天的态度后就朝尚天叫了起来："你是想和你爸一起把你弟弟逼死吗？事情到了这一步你们都想落个好名誉不是？我给你说明白，你要这个时候打退堂鼓我就再不认你这个儿子，你立马给我搬出这个屋，你最好把你爸也背走，你们好高高尚尚地活下去！……"

尚天看妈妈盛怒的样子，没敢再争辩，只是摇摇头退了出去……

哥哥的态度更令尚穹觉得事情必须尽快解决。他立刻打了两个电话：一个是给北京的情人烯；另一个是给法院的那个同学。他这次所以有把握稳操胜券，除了律师的努力外，主要是靠烯的爸爸和法院那位同学的帮助。烯那边，他知道她一直想有一辆自己的轿车，所以他应允事成之后，一定送她一部捷达轿车，两人平素就有的感情加上这部轿车，使得烯软磨硬缠着她的爸爸，通过权力管道给南阳的有关方面施加了影响和压力。那位同学那边，他主要是用钱，他只用了当初巧占的那七万五千元的一半，就让那个同学动了帮忙的心。在给烯的电话里，他先是用想呀爱的那类话把她的心打动，之后便请她再催她爸爸给南阳的有关领导打个电话，让他们尽快督促了结此案。在给那位同学的电话里，他先问对方他送去的那台电脑用着是否合意，随后便说他很快要回京参加一个重要会议，希望能在回京前看到结果。那个同学在电话上应允：我尽力想办法争取快点结案。

第二天一吃过早饭，他又把黎律师叫来，告诉他去催法院尽快开庭，并做好不动产分到手后的转卖准备——除了不卖给尚昌盛之外，谁买都可以，对方买去后怎么处理都行。

送走黎律师后电话响了，妈妈过去先接的，说是一个女的找他。他估计是北京的烯或韫韫来的，也许是烯要报告她父亲给南阳方面打招呼的情况。他快步走过去拿起了听筒：“喂，你好！”

回话的女声十分悦耳却很陌生：“你好，尚处长。”

他一愣，他没分辨出这是谁的声音：“你是——”他的眉头略略有些舒展，有这样一种美妙嗓音的女性应该长得很顺眼。

“贵人忘性好大哟，”电话里响起了让人心动的笑声：“我姓曹，叫宁贞。”

“是你?!”一副姣美的面孔几乎立刻在尚穹的眼前浮现，他的双腿轻微地颤了一下。是尚昌盛手下那个让人神魂颠倒的厂长。

“是我。接到我的电话有点意外吧?”电话里的宁贞在笑着。

“哦，不，不。”尚穹一边回答一边在脑子里飞快地猜测着宁贞此时打电话干什么？受尚昌盛指派来当说客？不大可能，他本人来跪求都不行，会再让一个黄毛丫头来说情?！派她来探听什么消息？没必要，我关于遗产一事的全部态度和要求都已让律师公开，还有什么消息值得探听？是听说我胜局已定想来套近乎以便改换门庭还继续当她的厂长？有可能！这个聪明的姑娘很可能是在为她的今后做打算。“听到你的声音很高兴。”他也笑着说，“有什么事要我帮助你做吗?”

“没什么事，我只是想，你已经请我吃过两次饭了，我也该回请你一次，要不，我是不是就有点太不懂礼节了?”

“太谢谢了。”尚穹原本一直蹙紧的眉头一点一点舒展开来——一个早就让你心动的漂亮姑娘主动向你发出友好的信号，你的心情不能不轻松！

“你今天下午有空吗?”

“有。”他没有任何迟疑地答。这些天来他差不多一直在紧张的心境中度过，他太需要放松一下了，何况是和那样一个美妙的人儿在一起。

“五点四十分，我在银溪饭店大厅等你！”

“我准时到！”

22

宁贞的决心是在那个阴云低垂的上午下定的。

那天上午她安排好厂里的工作之后去医院看望昌盛，面孔惨白的昌盛身上仍绑缚着各种监测仪器，一动不动地躺在床上。听见她进去，双眼吃力地睁开木然看她，显然没认出她是谁。直到小瑾附耳给他说了一句："这是宁贞。"他的眸子才转动了一下，喘息着问："开庭宣判了吗？"

宁贞摇了摇头。

他吁了一口气，又疲倦地阖上了眼睛。

宁贞的鼻子一阵发酸，不久前还是一个活蹦乱跳的人，转眼间便成了这个样子！如果法庭真的如巩律师说的那样作了判决，这种状态的昌盛如何能承受住那个打击？……

小瑾含着眼泪送她出来时，她问医生关于昌盛病情的说法，小瑾抽泣着说，医生讲昌盛心肌梗塞的面积很大，眼下不能再受任何刺激,而且即使将来出院之后,也要避免在精神上起大的波动……

可刺激很快就要来了,判决下来后,就说眼下可以不告诉他,他出院之后也终有知道的时候,那时咋办?他的心脏能经受住再一次的折腾?他会不会因此而送命?

她打了个寒噤。

应该阻止尚穹把这场官司打下去,拦住了尚穹,差不多就等于救了尚昌盛的命!可怎么拦?去求他开恩?昌盛亲自去求都不行,你与他一不沾亲,二不带故,去求就行了?用强制手段去阻止?你一无权力去制约他二无力气去恐吓他,怎能阻止得住?你一个姑娘家能有什么制服他的本领?你——?想到这儿她的心突然一动,她倏然想起了嫂嫂晶子那天晚上说的话,想起了尚穹在南阳和在北京对她的两次约请吃饭,两次吃饭时他那种讨她欢心的面容在她眼前一闪而过。也许可以用用女人的法子?刚一想到这儿她就嫌恶地把头摇摇。不!你怎能想到这上边去?她抬手捶了一下自己的额头。但这个念头却并没有因为她的嫌恶立刻消失,而是像苍蝇一样地在她的脑子里飞来飞去,她几次想用理智把它拍死都没能成功。

她走回到尚吉利集团办公区时,忽然看见旺旺站在办公室门口抹眼泪,就走过去询问缘由。旺旺边抽泣边回身指了一下办公室说:“他们要我今天就做好搬出这办公室的准备。”宁贞这才注意到尚穹聘的那个黎律师坐在旺旺的办公室里,一股火气立刻升上了宁贞的心头:这也有点欺人太甚,判决还没下来,可就催人搬房子了?!她走过去冷了声说:“黎律师,你有什么权力催尚旺搬出办公室?”“哦,我并不是催他立刻就搬,而是催他做好搬的准备!因为法院已经决定几天内就开庭,开庭后财产按五等份划分,尚穹说他想要这栋办公的房子。”黎律师笑着说道。

“你能断定法院就会按你和尚穹的意见去判?”宁贞瞪着对方,感觉到胸中的那团气恼在向喉咙口爬动。

“我作为律师,对自己承办的案子一向是充满必胜信心的!”

“别高兴得太早了!”

“那我们到时候看吧!”

也许就是这最后一句话彻底激怒了宁贞,使她在瞬间下了那个至关重要的决心。好吧,就让我来试一试能不能阻止你们!

她几乎立刻扭身向自己的厂部走去。一进办公室就“啪”地一声关上了门,随后走到办公桌前抓起了电话,拨起了尚穹家的电话号码。

话筒里传来了尚穹的声音。她咽了一口唾沫,努力平静一下自己,让笑容把脸上的厌恶全都压下,尔后用悦耳的声音说道:“你好,尚处长!”……

凭着一股被激出的决心打完电话之后,她又一下子陷入了不安和害怕之中:我这是在做什么?我不是在亲手毁坏自己的名誉和人格?在毁坏自己平静的生活?不,不能意气用事去做这样的傻事!可这样想时昌盛那惨白的面容又在她眼前浮现了出来,难道眼睁睁看着他在尚穹的折腾下把命送掉?与一条人命和一个庞大企业集团的被毁掉相比,也许其余的算不了什么?……

她那天下午什么事也没干成,就一直把自己关在办公室里左思右想前瞻后顾苦恼犹豫,直到离约定的时间还有四十分钟，她才最后下定了决心：去！既然自己有胆量约了，就去！不成，作罢；成了，救一条命救一个企业集团，也算做了一桩善事！但愿在我们的头顶真有一个佛祖，他能看见我所做的一切！

一旦下了决心去实行自己的计划，她即刻便开始准备。她先给卓月校长打了个电话，告诉她今晚九点半钟务必和左涛老师一起准时到银溪饭店308房间，她有要事要同他们商量。“你们不论遇到什么意外也必须准时赶到敲门！”她最后交待。卓月在电话那头显然对她这种苛刻要求有些吃惊，半晌之后方开口问：“究竟出了啥事，宁贞？”“到时候再说。”宁贞说罢就扣上了电话。她估计卓月校长还在电话那头发怔。

接下来她开始梳妆打扮。她在办公室里放有换洗衣服和简单的梳妆用具，几分钟后她便焕然一新地出现在了镜子前。她望着镜中的自己，确认无可挑剔之后，用手指把眉心间残留的一丝犹豫和害怕抹去，便迈步出门了。

在厂门口，她恰巧碰见了家福，家福问她到哪里去，她强压住心里的慌张，淡了声说：“去见一个买丝绸的客户。”“我原想请你今晚和我一块去咱们的新房看看我刚买的电视机。”家福说。“以后吧。”宁贞不敢久停，怕家福看出什么，说了一句就匆匆骑上了自行车。

尚穹已等候在银溪饭店大厅里。

宁贞在大厅门口平静了一下自己，把心里涌上来的那股对尚穹的反感和恨意往下压了压，这才含了笑迎上前去：“尚处长，见到你真高兴！”

尚穹握住宁贞的小手，嘴角上现出一个矜持和自得的笑意：“很感谢曹小姐的一番盛情。”

“我这也算是回请，尚处长请了我两次客，我照理也该做一次东了。”宁贞笑着引尚穹向餐厅走去。

“知道我们尚家打官司的事了吧?”两个人刚在餐厅一角坐下来,尚穹开口就问,他想弄清宁贞今天请他吃饭的真正目的,也想观察一下宁贞在这件事上的态度——他内心里一直把宁贞看作昌盛的情妇。

“早听说了,不过俺们这些打工的人,不关心别的,只关心赚钱。”宁贞笑道,把菜谱朝他递过来:“拣你最爱吃的,我不太熟悉你的口味。”

“你估计我和尚昌盛谁会赢得这场官司?”尚穹点了菜后又紧接着问。

“谁胜我给谁打工。”宁贞把长长的睫毛垂了下去,她担心自己的眸子里会露出愤恨。

“你还没有回答我的问题!”尚穹点燃一支烟,目不转睛地盯住宁贞。

“我估计当然是你胜了,你爷爷留下的遗产,自然应该有你一份;再说,你在北京工作,法律界也肯定有不少熟人。”

尚穹傲然地笑了:你还算一个聪明人!

“来,为了你即将到手的胜利——”宁贞举起了酒杯。

“如果我真的胜了这场官司,你这个丝织厂的厂长有什么打算?”尚穹喝下杯中的酒后跟着问。

“当然是愿意这丝织厂属于你,而你还让我当这个厂长了。”宁贞努力让自己笑得柔和些。

尚穹舒了一口气。他觉得自己的判断得到了验证:宁贞今天主动请客的目的是为她今后的出路着想。他这才放下了戒心,开始允许因宁贞的美貌而起的那种快感向全身弥漫。

他再次在心中为宁贞的漂亮和妩媚而惊叹。

这样娇美的女人真是少有,不管别人过去动没动过,但她今后得归我了！我会把她养在一座小楼里，让她只供我欣赏！宁贞，我今后有的是钱，你跟我在一起保准比你跟昌盛在一起时要快活，那是个只知劳作不知享受的家伙！

他变得热情起来，不停地为宁贞夹菜，而且举止也开始逐渐放肆，不时地借斟酒用手去碰触宁贞的手，借晃动双腿去碰宁贞的腿。

宁贞压下心中的厌恶，装出浑然不觉的样子，依旧笑得柔媚；而且假装着嫌热，把外衣脱了下来，让自己饱满的胸部在薄薄的内衣下更惹眼地凸现出来。

她感觉到尚穹的目光在自己的胸部像探照灯一样扫来扫去。但为了使计划万无一失地进行下去，她还是有些不放心，借为尚穹倒酒的机会，故意倾起上半身，让自己的双乳在内衣的开口处呈现出一大部分，而且正对着尚穹的眼睛。

她看到尚穹的目光中闪出一种痴迷。

她心如擂鼓一样地期待着预想的结果。

结果很快来了——当她又一次伸筷为尚穹夹菜时，尚穹一下子抓住了她的手，而且双脚也在桌下夹住了她的脚。

她没吭也没动，只是假装害羞地垂下了眼睛。

"宁贞，我喜欢你！"尚穹压低了声音说。

宁贞没有抬头，只是轻轻地回道："这儿不是说话的地方，我们厂在这家酒店租有一间房做销售接待处，咱们去那里坐。"

尚穹闻言一喜，立刻松开了宁贞的手对服务小姐叫道："结账！"

宁贞急忙去掏钱包："我来。"

尚穹早把几张百元大钞递到了服务小姐手上。

有一个全国性的会议前些天在银溪饭店召开，到会代表有两千来人。为了利用这个机会扩大尚吉利绸缎的影响和销售，宁贞让人租下了饭店的308房间，在房内摆上了各种花色的绸缎，欢迎与会人员随时进去参观和选购。这个点子还真让厂里赚了一笔。因为听说很快又有一个豫鄂川陕四省经济协作会议要在这个酒店召开，宁贞还想再赚一回，便没让手下人退房，剩余的绸缎也都还摆在屋里。

尚穹随宁贞走进308房间看见那些绸缎时多少有些意外："嗬，美丽的尚吉利绸缎无处不在。"

"看见这些美丽的绸缎时你有什么感想？"宁贞一边把外衣扔到床上一边问，她真想把这句问话变成："你为什么要毁掉生产这些美丽绸缎的尚吉利集团？"

"我觉得它们若变成衣服穿在你身上会变得更美丽，你会为它们增加色彩！"尚穹目光灼灼地盯住宁贞，手伸出去抓住了宁贞的手腕。宁贞没有挣脱，低下头由着他去抚摸她的小臂、大臂。她咬紧牙关制止自己体内那股想要反抗的冲动，在心里告诫自己：顺从，顺从！

那是一双老练的手，只在她的两臂上停了很短的时间，便经由她的脖颈滑向了她的后背，并从后边掀开了她的内衣，利索地解开了她乳罩的搭扣。

这个狗东西！

"你的皮肤比尚吉利最好的缎子还要光滑细腻！"他边说边把嘴凑到了宁贞的颊上，宁贞因为厌恶身子不由自主地颤了一下。

他的手很快绕到了宁贞的胸前，一下子攥住了两个乳房。"我终于如愿了，你知道我为此想了多长时间？"

宁贞痛苦地闭上了眼睛，她此刻忽然对自己的计划发生了怀疑:让这个杂种这样放肆是不是太蠢?但事情既然已经开始,现在后悔已经晚了。

“我会给你报答的!”尚穹喃喃着把嘴凑上了宁贞的双唇,宁贞巧妙地避开了之后,飞快地瞥了一眼腕上的手表:离计划中的时间还早!

她看见他的双眼开始变红,呼吸已十分急促,估计他已不可能让事情就此作罢,便猛地推开了他。“我们坐下喝点水说说话吧。”

“不,宁贞,小贞,求求你!”他果然有些控制不住自己,又朝宁贞走来。宁贞轻笑着敏捷地在屋里兜着圈子,边躲边不时故意地撞碰屋里的东西,把茶几上的茶杯、床头柜上的台灯罩子、沙发上的白纱罩布撞落到地上,把堆放着的绸缎撞倒,把屋角的痰盂撞翻,把挂衣服的衣架撞歪。“看你能不能抓住我!”宁贞俏皮地笑道。

处在亢奋中的尚穹一心想把宁贞抱在怀里,根本没去想屋里呈现出的这副景象意味着什么,他以为宁贞这是在同他做游戏。

狭小的空间不允许宁贞做长时间的周旋,终于,她被尚穹抓到了手里。

他把她一下子抱起平放到了床上。

宁贞知道自己不能硬抗,那样一来就可能真使他罢手从而让自己的计划落空。她只有在床上装着害羞左右躲闪不让他脱下自己的衣裤,从而来拖延时间。

她在这种躲闪中急切地瞥了一眼腕上的手表,还好,快到九点半了。

她听到了哧啦的声响,定睛看时才注意到尚穹已脱光了他自己的衣服。她这是第一次看见男人的裸体,大概是内心里对他的厌恶和排斥，她觉得他的裸体非常丑陋。

他整个地扑到了她的身上，她再也无法闪避。她趁他脱她衣裤的时候，悄悄把他的三角裤头抓到手里并塞到了床单下边——这是她计划中的重要一环。

她这时候全副身心都在倾听，倾听敲门的声音。她相信卓月校长会和左涛准时来的，该敲门了，敲呀，敲呀，只要一敲我就行动！

门并没有被敲响。

她再次飞快地瞥了一眼腕上的手表，九点半钟。怎么了，卓校长？糟糕！她慌了，开始了真正的反抗。这使得尚穹有些惊住："你怎么了？"

就在这时，门上响起了敲击声。

"来人哪——"宁贞猛地坐起喊道。

尚穹先是被骇呆在那里，随后一边急急抓起自己的衣服胡乱穿着一边压低声音叫："你怎能这样？怎能这样？"

门外的人显然听到了宁贞的喊声，敲得更急，宁贞三两下穿好衣服，赤脚跑过去拉开了门。

卓月和左涛出现在门口，两人定定地望着乱七八糟的房间和慌慌张张穿着裤子的尚穹。"滚！"宁贞朝尚穹厉声叫道。

尚未穿好衣服的尚穹狼狈不堪地向门外跑去。

"在我决定控告的时候，你们要为我做个证明！"宁贞一字一句地对卓月和左涛说道，"记住，是我决定控告的时候！"她直盯着两人的眼睛……

23

尚穹跑回家在沙发上坐了很长时间,喘息还没有平稳下来,心脏也还没有放回原位。事情太出乎他的意料,在他和女人交往的历史上,还从未出过这样的事情。真他妈的倒霉,表姐卓月和那个男人恰恰在那个时候敲门,事情没做成还弄得这样狼狈——

“丁零零。”身旁的电话突然响了,他刚刚沉落下去的心被这骤然而起的响声震得又猛摇了一下,他拿起话筒“喂”了一声。

“尚穹,你听着——!”电话里的女声十分冷厉。

他一怔,一下子没能辨出这是谁的声音:“你是——”

“你想强奸的曹宁贞!”

“什么?”尚穹呼一下站起来了,“宁贞,你怎能——”

“我告诉你,明天一上班,我就到市法院告你强奸未遂!

你约我出来吃饭;吃完饭后说要参观我们308房间的绸缎;没想到一进房间你就撒起了野,幸亏我拼力反抗,幸亏有卓月他们敲门,要不然你这个色狼就要得逞了!”

“曹宁贞,你想干啥?”尚穹这时才豁然明白自己当初的判断有错,曹宁贞不是一个简单的投怀送抱的女人。“你想诬陷我?!你好大的胆子!”

“怎么叫诬陷?你的裤头攥在我的手中!308房间被我们的搏斗弄得一片狼藉!卓月和左涛两个人当面看见你在穿裤子!人证、物证俱在,现场保存完好,谁会相信这是诬陷?!”

“你——?!”尚穹觉得有一股凉意从脚底升起。是的,我将有口难辩。他摸了一下腰间,感觉到裤头确实忘了穿上。

“我知道你在司法界有熟人,我也知道这场官司难打,但我不怕!我反正豁出去了,我市里打不赢就去省里,省里打不赢就去北京,就到你们经济部门口喊冤,说你要强奸我。我非要把你在你们部里搞臭不可!”

这最后一句话让尚穹打了个冷颤。这是他最怕的事情,倘若曹宁贞真到北京经济部门口喊冤说我要强暴她,那消息转眼间就会传遍全经济部,那我的脸还往哪里搁?今后还怎么在部里做人?谁还敢提升我?那不等于在仕途上把我判了死刑?“宁贞,你说你究竟想干什么?”他的声音软了下来,但心上的气恨却在迅速集聚:你这个贱货,我怎么就没有看透你?!

“我不想干什么!”

“说吧,你是不是想要钱?你想要钱了可以说个数字,我会尽量如数给你,你知道我很快就会有钱了!”他的声音中带了点恳求的味道。

"你想让我不告也可以,但拿钱来交换不行!"

"那你要啥?"尚穹见宁贞的话里有了转机,忙急切地问。

"我要两张纸!"

"纸?"

"第一张纸上必须写有下述内容:我们经过反复调查和考虑,认为尚吉利集团的财产主要是尚昌盛创下的,不是尚达志留下的,我们决定不再要求平分尚吉利集团的财产。纸上要有你、尚天和尚承达的签名和盖章。"

"哦?"尚穹惊得后退了一步。

"第二张纸是法院的撤案通知,上边不能少了这样的话:鉴于尚承达、尚天、尚穹声明尚吉利集团的财产为尚昌盛所创,表示不再要求平分集团的财产,本院决定撤销这一民事诉讼案件。"

尚穹的脸上现出一个怕人的冷笑:"是尚昌盛让你这样做的?"

"现在该我来问你!"宁贞的声音十分强硬,"你愿不愿这样交换?!"

尚穹的咬肌在急剧哆动。婊子,没想到爷们会栽到你的手里!尚昌盛,我没想到你会跟我玩这一手!

"我等你到明天下午三点!如果三点钟尚昌盛还见不到你的承诺和法院的通知,那我就立刻到法院对你提出控告!这样,办案的人也可以在天黑之前来勘察现场!再见!"

电话咔一声扣下了。

尚穹暴怒地在卧室里来回踱步。妈的,我真是瞎了眼了,竟然没看清这个女人的面目!这一定是尚昌盛精心设计的一个圈套,而你这个蠢货,竟然真的钻进去了!那一刻,他后悔得真想打自己的耳光。你什么样的女人不能玩,偏来玩她?再有几天你就会成为一个富翁,那时啥样的女人弄不到手?!现在可好,竟然栽倒在一个乡下丫头手上,怎么办?——用钱买通几个流氓,去把宁贞手上的裤头夺回并把银溪饭店那个现场毁了?不行。万一宁贞有了防备咋办?再说那样一来也就等于把自己的把柄交给了流氓,那也会后患无穷!寻找不是强奸未遂的证据,日后在法庭上为自己辩护?不行,这件事只要一上了法庭,就会闹得满城风雨就会毁了自己的名声和仕途前程。找与曹宁贞有至亲关系的人去向她求情?不行,她在电话中的态度那样强硬,不可能求得动。

尚穹急得在屋里来回踱步,汗珠成串地滚下额头。

"怎么还不睡?"门外传来了妈妈的询问。

"睡。"他没好气地应一声,啪一下拉灭了灯。

黑暗呼一下涌了进来将他围住,他颓然地抱头坐在了床沿。眼见得大功就要告成,没想到会出了这样的事!贪色,贪色真是能坏大事呀!那么就依那个婊子说的,向法院提出撤诉请他们别再开庭?多长时间的心血就这样白费了?那我丢掉的将是多大一笔钱呐?!可不这样又能怎么办?曹宁贞一旦上告,先不说警察会不会扣押住我,单是北京自己所在单位的反应就够我受了。他仿佛已经看见北京经济部自己所在司里的人们在交头接耳,听见司长在发怒:这样的人还怎能再用?……

他双手抱头一直在床沿坐到了天明。

他听见了哥嫂起床的声音,听见了妈妈在给爸爸洗漱的响动,听见了保姆往饭桌上摆放碗碟的动静,他慢慢地起身,上牙咬住下唇,绝望地叹了一口气,随后,拉开门向爸爸的屋里走去。

“哥哥，你过来一下。”他朝正在清扫院子的尚天喊了一句。

“有事？”尚天扔下扫帚，朝弟弟走过来。

尚穹没再吭声，转身进了爸爸的房间。

正在让文琳梳头的承达，一看见尚穹，立刻闭上了眼睛。

“爸、妈、哥哥，”尚穹慢腾腾地开口，“我经过反复考虑，觉得我们还是不要爷爷留下的那份遗产好！”

承达猛地睁开了眼睛。

文琳和尚天意外地看着他。

“尚吉利集团发展到今天不容易，要是一分一拆，恐怕难再有今天的局面，丝织是咱尚家的祖业，应该成全。”

尚天高兴地拍了一下弟弟的肩膀：“对，真要把尚吉利集团弄得五零四散，咱心里有愧，外人也会议论。”

“那官司——”文琳满脸困惑地看定小儿子。

“哥哥去把黎律师叫来，我让他去撤诉吧。”

尚天应了一声，转身向门外跑去。

尚穹看了父亲一眼，他注意到父亲的眼里有泪光在闪。爸爸，这件事顺了你的心吧？可你想没想过，我忙了这些天得到的是什么？也好，得到了教训，教训呐！一个想做大事的男人，万不可贪恋女色，这话看来不是凭空说的。

不可贪色呀！

尚昌盛，你赢了！……

24

昌盛还在昏昏沉沉地躺着。他觉得心脏的跳动更加不规律起来,一种绝望的情绪在他的心中弥漫。死吧,早点死吧,死了免得我再为尚吉利集团心烦。活着看见自己辛苦创下的家业被人拆散毁掉会更难受,早入土早心安。爷爷,爹,我就要去见你们了……

门外传来了一阵急促的脚步声,他听出是旺旺来了,走这么快?是不是法院的判决下来了?下就下来吧,我认输了,尚穹,我承认我斗不过你,你赢了,你愿拿什么就拿吧……

"爸!"旺旺站在他的床头叫,声音中仿佛带了点欢喜。傻东西,你这会儿还在高兴哩,你啥时候才能真正长大变得懂事起来?

"法院来了通知,并送来了尚穹叔叔他们致法院的一封信的抄件——"

“旺旺，晚点再说吧。”一直坐在昌盛床头的小瑾这时轻声制止儿子，她显然是怕丈夫的心脏再受刺激。

“让他念给我听，我要在死前弄明白他们是怎样强占我的财产的！”昌盛闭着眼说。

南阳尚吉利丝织工业集团总经理尚昌盛先生：

鉴于尚承达、尚天和尚穹三人声明自愿放弃对尚达志所留遗产的继承权利，不再讨要尚吉利集团的动产和不动产中应属他们的部分，主动撤回原来的诉讼请求，本院决定，立即撤销该案。此前本院所发去的开庭通知即行作废——

“嗯？”昌盛睁大眼睛，“你个傻东西，想拿这来宽慰我？”他瞪住儿子。

旺旺摇头：“你看上边的公章！”他把那张盖有鲜红法院印章的纸展开在父亲面前。

昌盛注视良久，尔后哆嗦着手拿了过去。

“这是承达爷爷和尚天、尚穹叔叔给法院的信。”

旺旺从衣袋里掏出了另一张纸。

“念吧。”

南阳市法院民事庭：

我们经过再三考虑，为保证尚家的丝织祖业得以发展，决定放弃对前辈尚达志所留遗产的继承权利，不再讨要尚吉利集团的动产和不动产中应属我们的部分，撤回原来的诉讼请求，请准予撤诉，并请把我们的决定转告尚吉利集团总经理尚昌盛……

昌盛呼一下坐了起来：“这么说他们还算讲良心？”

“他爸，快躺下。”小瑾急忙去扶丈夫。

“这么说尚吉利集团能够活下去了?”昌盛盯住旺旺自语,“能够活下去了!这是哪方神灵的保佑?爷爷,你看见了没有,尚吉利又度过了一场灾难,又见识过了一回灾星……”

“爸爸,你快躺下。”

“还躺啥?我得赶紧回去,”昌盛边说边抬腿下床,“得先同美国的栗振中——”

他的双脚刚一落地,突然间觉得天旋地转起来,眼一黑向地上栽去。

旺旺急忙扶住……

昌盛是三天后出院的。消瘦了不少的他出院时显得精神十足。他从医院直接去了尚吉利集团办公室,在办公大院门口,他碰见了右颊上捂着一大块纱布的宁贞,立刻高兴地叫:“知道了吧,尚穹自动撤诉,良心发现了一回。”

宁贞点点头。

“你的脸咋着回事?”

“不小心碰了一下,不碍事。”

“宁贞,你知道我现在心里是什么感觉?死里逃生!尚吉利集团是死里逃生,我也是死里逃生。你不会知道,我三天前是多么绝望!”

宁贞无语,目光越过昌盛的肩头,投向远处的天空。

“我想过些天去水濂寺一趟,为了这次灾难的过去,我得敬敬佛祖了。”昌盛边说边向办公室挪步……

昌盛是在出院的第三天去到叔叔承达家的。尽管他内心里认定尚穹讨要所谓爷爷的遗产毫无道理,但对他在最后关头撤诉还是很有些感动。他折腾了尚吉利集团一回,可总算没下绝手。昌盛觉得有必要借来看叔叔的名义对尚穹说几句表示和解的话，让事情彻底结束。不与当官的结仇结怨，这是爷爷过去反复告诫过他的。

进了叔叔家门才知道尚穹早已返回北京，这让昌盛轻舒了一口气：谢天谢地，我们不用再面对面说话了。说实在的，昌盛一直担心自己见了尚穹的面会重新变得不冷静起来，毕竟是尚穹引发了这场风波。昌盛内心里还贮藏着不少对尚穹的气恨，他害怕与尚穹面对时这些气恨会自动喷发出来。幸好，他走了。

是尚天把他领到叔叔床前的。他和叔叔只能用目光交谈，他从叔叔的目光里看出了高兴、宽慰和鼓励。他握住叔叔那无力抬起的手说："叔，我对尚穹自动中止这场官司很感动，我会尽我的力把尚吉利集团办好，为咱们尚家争光。"说完，从衣兜里掏出一张五万元的支票递到尚天手上说："这点钱留下家里花销，以后啥时候用钱啥时候去找我。"

尚天红着脸坚持把支票又塞回到了昌盛兜里。昌盛临走时把支票放到了婶子文琳的手上，默站在一旁的文琳脸上一直浮着尴尬，这时更有些不好意思，连说："不用，不用，家里有钱。""有钱也得收下，这是侄子的一点心意。"昌盛没容婶子再推让，就急忙出门走了。

这天的晚饭后，昌盛给美国的栗振中打去了电话，他现在最迫切的愿望就是尽早同栗振中把合资合同签订下来。眼下，他太需要资金支持了。如果栗振中能很快把那一千万美元注入进来，那尚吉利集团的扩建和设备更新计划就能落实，建立中国和世界第一流丝绸企业的目标就有望实现。

电话接通后，栗振中的声音十分热情，昌盛估计对方会先说到合资的事，因为栗振中回美国前对同尚吉利合资显得很急迫，但是奇怪，栗振中说来说去净是些家常话，就是不提合资的事，昌盛只得先开口说了。 说到这事，对方在电话那头突然沉默了，两秒钟之后，栗振中才问："你和你堂弟尚穹的官司进行得如何？"这倒使昌盛吃了一惊："你远在美国，怎会知道我和尚穹打官司的事？""先别问我的消息来源，只说官司进行得怎样了？""尚穹已经撤诉，官司不打了。""我为你高兴。但我想，你和他在感情上出现的裂痕已无法弥合了吧？"昌盛无语，他承认这话说得对，从今往后，他心里已无法再把尚穹看成弟弟，他想尚穹对他也是这样，他们的兄弟之情完了。"这对你的尚吉利集团极其不利，你知道，他在中国经济部工作，他随时可以生办法卡你！""那倒不必害怕，他就是想卡也卡不住我，我们这儿有法律。""别给我说宽心话，我知道在那个部门有一个熟知你情况的对你有敌意的官员意味着什么，也正是由于此，我想暂缓考虑合资的事。""振中，你不能这样！"昌盛急了，"我保证尚穹不会也不敢对我们的合作造成什么威胁！""很抱歉，我有点不敢相信这个保证，我对中国的情况多少有一点了解，一个当官的要想整你一个织丝绸的，实在是太容易了。祝你好运，再见！"……

昌盛好半天没有放下话筒。一股气憋在喉咙那儿：好你一个栗振中，说变就变了?! 你知道我为编制扩建计划花费了多少时间？你给了我一个希望却又很快把它捏碎，就不想想这会给我带来什么？谁他妈的这样多嘴，我和尚穹打官司的事也用得着你往美国打电话通报？这下可好，你一个电话把我的一大笔资金搅黄了，把尚吉利集团一个大发展的机会弄没了。妈的，也许栗振中在我的内部买通有眼线，我得查查！

南阳这个小城往美国打电话的人实在不多，查起来很容易。昌盛第二天就从邮局一个熟人那里知道，这些天往美国纽约栗振中家那个号码上打电话的只有一个人：宁贞。

是你?!昌盛先是一愣,随后把牙慢慢咬起来了:你是他的表妹,所以你就站在了他那边,他会给你很多钱吗?贱女人!

就在他放下电话不久,尚天送来了一个密封着的档案袋说:“这是尚穹临走时让交给你的,你昨天去时我忘了给你。尚穹说里边都是他当初打官司时准备的材料,给你的目的是为了让你销毁,也表示他永不再要求遗产的决心。”昌盛听了很有些感动,把尚天送走后就急忙拆开了档案袋,内中装有爷爷的遗嘱复印件,有尚吉利集团在银行的存款数额和固定资产核算数字,有关于遗产分配的法律条文的复印件,有上交法院的起诉书的副本,其中还夹有一个很小的纸条,就是这个纸条让昌盛大吃一惊,纸条上只写着简单的几句话——

穹:

如果你胜了官司,我希望你要下丝织厂,我可以继续为你工作。

贞

贞?丝织厂里还有谁叫贞?不就是宁贞吗?!这也有点像是她的笔迹。嗬,她竟然在暗地里和尚穹搞在了一起!行呵,你这个吃里爬外的女人!

你大概不会想到这个纸条还会交到我的手上吧?

天呐,我还敢相信谁?

25

栗振中把自己那辆福特车在车库里停好打开车门出来时，隔窗看见女仆正把饭菜往餐桌上摆，他心里一阵高兴：我赶上和家人一起用晚餐了。自从他接替父亲管理梦宛绸缎公司以来，只要没离开纽约，他都尽力坚持和全家人一起吃晚餐。每当他坐在那张宽大的饭桌前，望着围坐在桌前的父亲、母亲、妻子、儿子时，他的心里都充满了一股浓浓的暖意，都让他觉得，整个白天的忙碌是值得的。你有父、母、妻、儿，你有这个美好的家庭，你当然应该操劳，你作为一家最有力气的人，你不忙碌谁忙碌？

全家人在饭桌前坐好时，振中照惯例把他认为最好吃的那道菜给父、母、妻、儿每人夹了一筷。之后，才开始端起自己的饭碗。他这个举动是跟父亲学的，当年奶奶在世那阵，每顿饭开始吃前，父亲总是先给奶奶、妈妈、艾丽雅和他各夹一筷菜。父亲当年的夹菜动作让他体会到了一种深深的爱意，所以长大后他就把这个动作学了来。

“中儿，我今天一直在想你那个决定。”大病初愈的栗秉正吃了几口饭后，停下筷子说。

“哪个决定?”振中一愣，停了咀嚼。

“不去大陆尚吉利丝织集团投资的事。”

“怎么，你觉着——”

“我觉着，尚吉利集团内部的财产纠纷既是已经结束，而他们眼下又急需资金，如果我们此时帮上一把，会不会——”

“爸爸，那太危险!”

“你奶奶当年告诉过我，尚家的丝织业一向有起死回生的本领，万一日后他们渡过了难关，没有了危险，他们会不会因为我们现在出尔反尔，拒绝投资帮助，而中断与我们的往来?”

“这倒不必挂虑，他们是织绸缎的，即使他们今后渡过难关又发展了，也不会拒绝买他绸缎的客户上门。再说，据我判断，尚吉利集团今后一段时间的麻烦不会少了。”

“怎么见得?”

“我刚刚通过有关渠道了解到，与尚昌盛结怨的他的堂弟尚穹，因其女友的社会关系而受大陆一位高层官员的保举，在不久的将来可能作为跨世纪的年轻干部升任司局级官职，而且有可能负责纺织品的贸易，如果真是这样，对堂哥昌盛满怀怨气的尚穹不可能不找尚吉利集团的麻烦。”

“一个官员还真能制约了一个企业的发展?”

“我在大学学习时研究过大陆的官吏任免制度和官员行使权力情况，大陆的企业家对官员的任免基本上没有权力过问，行政官员却可以利用手中的权力制约企业家的经营活动。

譬如尚穹,如果他管纺织品出口配额的分配,他只要一句暗示,就可以把原本可给尚吉利集团的配额分给别的丝织厂家。在大陆,民众当然也包括企业经营者,对官员制约的手段很少,而官员对民众制约的手段却很多。"

"那你的意思是——"

"我们还按原来的决定办,不投资,先静观其变。若尚吉利集团一直效益不好,我们可以在杭州寻找合作的伙伴;若尚吉利集团最后挺过了难关又发展了起来,我们再用其他方法与其联络感情,把生意继续做起来。"

"可我这心里总觉着……"

"爸爸,我理解,因为这件事牵扯到了你的故乡,你在想问题时不知不觉中让感情参与了进来,可你经了一辈子商应该比我还明白,在作商业决策时,是必须摒弃感情的。"

"好吧,那就依你说的……"老人低下了头。

"宝宝,给爷爷夹菜!"振中为了调节饭桌上的气氛,急忙朝刚刚学会用筷子的儿子喊……

晚饭后,振中进书房处理完几件商业上的信函出来,艾丽雅也刚刚洗完澡走出卫生间的门,妻子新浴后的娇媚模样令振中身子一阵亢奋,上前就把艾丽雅抱了起来。他原想把妻子平放到床上,不想艾丽雅双手圈住他的脖子很郑重地说:"我有话要给你讲。"

"什么重要的话非要在这会儿讲不可?"

"我觉得爸爸的话有道理!"

"爸爸的什么话?"

"关于投资支持尚吉利集团的事。"

"嗬,你怎么也关心起了这个?"振中一边吻着艾丽雅的脸一边问。

“我觉着在你表妹宁贞和尚昌盛的两次请求之下，我们仍然拒绝帮助，在道义上有点说不过去。我用‘道义’这个词恰当吗？你过去向人家请求当代理销售商时，人家可是满口答应。”

“他答应让我当代销商是受利益驱动的。亲爱的，你在说这段汉语时用‘道义’这个词很恰当，但我想提醒你的是，商界的人一般不用‘道义’这个词，因为它有时会让人上当或破产！”

“我有点担心，你以后再回南阳时，怎好意思去见尚昌盛和你的宁贞表妹?!”

“你放心，只要你身上有可以投资的美元，你就好意思去见任何人；一旦你身上没有了美元，那才真不好意思去见人了！行了，我们不谈这些投资、道义的事情，我们谈谈这个美丽的夜晚，谈谈你这个柔软的腹部，我发现你的腹部又回复到了产前的模样，看来，坚持锻炼还真是有效——”

“对不起，我想先睡了。”艾丽雅把被振中撩起的睡裙放下去，拉开了被子。

“亲爱的，你是不是有点生我的气?”

“不，没有，我只是觉得有点累。顺便问一句，是不是所有形容美好情感的词，比如支持、帮助、理解、信任等，都不适宜商界和商人使用?”

“呃……当然……不……”

26

宁贞对着镜子小心地揭开右颊上的纱布，还好，颊上那个红色的掌印总算已经消去。她手抚着右颊上那柔嫩的皮肤，一个钝重的耳光又啪一声在耳畔炸响——

那个上午她焦躁而紧张地在丝织厂自己的办公室里等待消息，她对自己的计划能不能成功充满担心，一想到尚穹有可能不害怕自己的威吓，她的身子就打起了哆嗦，要是那样，我就真要丢掉名誉去打一场前途莫测的官司了！电话是午饭后响起的，她平静了一下自己，待电话铃响了三声后才拿起话筒。话筒里传出的尚穹的声音阴沉而瘆人："我已拿到法院的撤案通知，我把它和我致法院的要求撤诉的信的复印件当面交你，我想换回我的东西！"她感觉到有一个笑容升上了自己的面孔，哦，成功了！昌盛，你的尚吉利集团不会毁了！看来嫂嫂晶子说得对，每个人都有他害怕的东西，尚穹害怕的是丢失官职和名誉,这是在官场奋斗的人都怕的东西。我的判断没错,没错呀!她怕声音会泄露自己内心的东西,对着话筒只简短地说了一个字:“行。”之后,为了防止发生意外也为了更快地把法院撤案的消息通知给昌盛,她打电话给旺旺,请他立刻来自己的办公室一趟。

她是和旺旺一起坐在办公室迎接尚穹的到来的。尚穹进门时看见旺旺,怔了一下,随即便径直走到宁贞面前,把两张纸交到了宁贞手上。宁贞平静地看完两张纸上的字迹,反复审视了法院的公章,在确信一切无伪之后,才忍住心里的高兴,把两张纸交到旺旺手上,淡了声说:“马上去医院交给你的爸爸!”

旺旺接过那两张纸就出门走了——他讨厌尚穹这个堂叔,一点也不愿和他多呆。他是在厂院里读完那两张纸上的字的,读完后的他惊怔了一霎,随即便撒腿向医院跑去。

当室内只剩下宁贞和尚穹之后,尚穹冷了声说:“你要的东西我已经给你了,现在该你把东西还我了!”

宁贞无语,只慢慢转身打开桌子抽屉上的锁,从里边拿出了一个塑料袋——那里边装着尚穹的裤头——把它递了过去。

“我还想请你随我去银溪饭店308房间一趟,把里边的东西摆整齐!”尚穹直盯住宁贞的眼睛,“那个现场没必要再保存下去了吧?!”

宁贞点头,低了声说:“你先走,我随后就到。”

二十分钟之后,尚穹和宁贞站在了银溪饭店的308房间里。尚穹一声不吭地整理地上、沙发上、床头柜上和床上弄乱的东西,仔细地拣去床单上的一些毛发,待一切弄整齐之后,他舒了一口气,站在了宁贞面前。

“告诉我，你这样替尚昌盛卖力，他答应给你多少钱？”

宁贞无语，只把目光虚虚地放到窗外去。

“尚昌盛让你用这个法子治了几个男人？”

宁贞还是没吭，只是目无所视地站在那里。

“你以为你就胜利了？告诉你，你也必须付出代价！”

宁贞仍旧未说一句话，只是平静地看了尚穹一眼。

“婊子！”他在低吼的同时，猛扬手朝宁贞的右颊上打去。

“啪！”那是一声钝重而响亮的耳光，宁贞在原地转了一圈后才“扑嗵”一下向地上倒去。

宁贞醒来时已近黄昏，她觉得右颊火烧火燎地疼，对镜一看才知道有一个鲜红的掌印贴在了颊上。她依然无语，只用手绢捂了脸向门外走去……

她用纱布在脸上捂了三天，三天里，面对工人们好奇探询的目光，她几次想揭掉纱布，都因为那个掌印死赖着不走而罢手，现在，总算消去了，总算可以揭掉了。

她看了一下床头柜上的台历，今天是阴历二十一，离选定的结婚日子只剩七天了。该去新房一趟，看看家福把东西准备得怎么样了。她记起家福那天要她去看电视机的事，咳，家福，原谅我那天冷待了你。我今天就去看你买的电视机，我会补偿你，你不是总说你见了我就忍不住么，好吧，今晚你不必忍了，你可以尽你的兴致，想做什么就做什么吧，不是只剩七天了？……

她起身向门外走去：“妈，我去俺们的新房那儿。”

新房里的灯在亮着。这么说家福刚好在这里。

宁贞没有敲门，宁贞手中有门上的钥匙，她轻轻地把钥匙插进锁孔，她想给家福一个惊喜。她想象着家福看见她来会怎样高兴地跳过来把她抱到怀里。

门开了。

家福躺在沙发上一动不动。

这有点令宁贞意外,他应该听见我推门的声音,应该知道是我来了,能够开门进到这屋里的人只有我们两个。

“家福,是我!”她轻声说道。

家福仍然没动。

是睡着了?宁贞轻步走过去,低头一看,家福的双眼在大大地睁着。

“病了?”她吃惊地探手去摸他的额头,但手刚伸出去,便被家福一下子抬手打开了。

“怎么了,你?”宁贞有些生气,他还从未敢在她面前这样。

“你来干啥?”家福这时呼一下从沙发上坐起,双眼瞪着宁贞。

家福眼中的凶气和口中的酒气让宁贞后退了两步。她这才想起,这几天她在厂区一直没有看见过家福。

“你喝酒了?”她冷下脸来。

“我喝没喝酒与你他娘的有啥子关系?”

“你敢这样跟我说话?”宁贞惊骇而且着恼了。

“要我咋样跟你说话?是不是嫌我不文雅?可你他娘的就文雅了?一方面答应和我结婚,一方面又和别的男人上床乱搞——”

“你胡说什么?!”宁贞的脸青了,她一下子明白问题出在哪里了。

“我胡说?你以为我是个几句话就能骗过去的憨蛋?!那天傍晚我去约你来看电视机的时候,我就发现你的神色不对，你对我说去会见客户，却急急忙忙地跑向银溪饭店和尚穹坐在一起喝酒。告诉你，那天晚上我一直跟在你的后边，我清清楚楚地看见你在尚穹面前的那个浪劲，看见你和他眉来眼去地进了308房间，听见你和他在床上的浪笑，要不是后来听见楼梯上有人来我真想破门冲进去——"

"家福，你听我说——"宁贞的声音软了下来，她现在知道她面临着一场艰难的解释，她突然觉得，尽管自己在尚穹那里没有失贞，可还是有点对不起家福。

"听你说什么？听你说你叫他日过后的感受？"家福恶狠狠地瞪住宁贞，"是不是特别好受？"

"刘家福，你是畜生！"宁贞被这恶毒下流的话一下子激怒了。长这么大，还从来没人把这话送进她的耳朵。

"我是畜生我还知道只找你一个女人结婚，你不是畜生但你却在答应和一个男人结婚的同时，让另一个人爬到你的身上日你！"

"刘、家、福！你——"宁贞的脸已经煞白，双唇哆嗦得厉害，这些话语所造成的可怕伤害让她一下子失去了解释的愿望。

"我现在有些怀疑，当初在北京办展销会时你就让他日过！"

宁贞的身子摇晃了一下，踉跄着向门口走去。

"等一等！"刘家福猛地拦到宁贞面前，"有些事我还想弄清楚，告诉我，你们在北京那阵是不是就搞上了？"

"是的！"宁贞咬着牙答。

刘家福被愤怒扭歪的脸也一下子无了血色，他被这个回答冲撞得向后退了一步。

"他是不是答应给你很多钱？"

“是的！”宁贞答得毫不犹豫。

“多少？他答应给你多少？”刘家福的双眼都被愤怒烧红了。

“十万！”

“婊子！”刘家福用尽全身的力气挥掌向宁贞的脸上打去。这一巴掌的巨大力量使得打者和被打者都一下子扑倒在地。

宁贞最先站起，她站起后一边抹着嘴角的血丝一边露出一个冷极了的笑意。

她什么也没再说，只是踉跄着向门口走去，在门口，她扶住门框喘息了一阵，随后便决绝地向门外的黑暗里扑去。

“婊子！破鞋！烂货！”刘家福爬起身把一连串怒骂朝宁贞的后背上砸去，“去吧，去吧，去让尚穹日吧！让别的男人日吧！哈哈，刚才还有个匿名的男人来电话，要给我谈谈和你睡觉时的滋味，你这个谁都可以日的烂东西，滚吧！滚得越远越好！……”

整整一夜，宁贞都没有脱衣上床，她就那样默然呆坐在床边，在黑暗中倾听着刘家福的骂声。婊子！破鞋！烂货！这些骂声在她耳边的每一次回放，都令她的身子悚然一悸。她从来没想到这些可怕的骂语会落到自己身上，更没想到它们是经由刘家福的嘴落到自己身上的，这种双重的意外使她格外痛心。天亮前，她把脸埋到被子里伤心至极地哭了一场，这才早早地起床洗脸去坚持上班。

她知道自己一夜没睡脸色肯定难看，所以上班后就先坐在办公室里填一张生产进度表格，直到半晌午时才到各车间去进行例行的巡查。

她走进丝整理车间时,注意到工人们看她的目光里带有一点审视意味,她一开始以为这是她脸色不好所致,所以没有放在心上。待巡查到印染车间,她听见在她走过时有窃笑声在身后响起,而等她一回头去寻找那笑声的出处,工人们又一个个都装得一脸正经地在那里忙活,好像从来就没有笑声发出。往日巡查时可从没有这种现象发生,莫不是他们已经知道了自己和刘家福发生的冲突?为了弄清缘由,她从那几个工人中喊出一个平日相熟的女工来到车间外边,问刚才她们几个在笑什么。那女工一开始支吾说没笑什么,后在宁贞的反复追问下才吞吞吐吐地说:"今天上班后,有一个纸条在大伙手上传着。"

"纸条?什么纸条?"宁贞一愣。

"纸条上写着——"那女工脸涨红了。

"纸条上写着什么?"宁贞的心一下子揪紧,她本能地觉着那纸条和自己有关系。

"写着你……"女工垂下了头。

"写着我什么?"宁贞催促的声音已开始打颤了,她已在心里作出了判断:纸条上写的肯定不是好话。

"上边只写着一句话:宁贞的左奶子上长的一个暗红胎记很漂亮。"

宁贞原本就苍白的脸刷地没有了任何血色。不用猜测,宁贞立刻就明白那纸条出自尚穹的手。哦,你的报复来了,是用的这个法子!只是那个纸条是怎么由北京送到厂里的?

"那句话的下边署着:一个抚摸过那胎记的人。"

宁贞的身子打了个哆嗦:"那个纸条……在哪?"

"撕了,传到小刘手上后他把它撕了。纸条上的字是打印的。"

“好了，你去忙吧！”她挥挥手让那个女工回车间。一待那女工进了车间门，她的身子便软软地靠在了身后的墙上。尚穹，你这个流氓！你毁坏我的名誉，我要去告你！可怎么告？你要告他，他会不会对法庭承认他曾看见过那个胎记，他会不会把发生的一切都说出来，如果那样，你就将彻底的名誉扫地！到时候他会怎样替自己辩解？说他根本就没写过那个纸条——纸条已经撕了；说他只是说出了一件实事——你的左奶子上的确长了一个暗红胎记；说他只是为了赞美——他用的不是侮辱之词?！你敢去法庭上打这样的官司？你想让全城的人都知道你的左奶子上长了一个暗红胎记？你还在这个城市活不活了？那么不告？就吃这一次哑巴亏？可厂里已有那么多工人知道了这件事，他们以后将怎样看待打量你?！他们会做怎样可怕肮脏的猜想？你将怎样向人们解释清楚？……

宁贞先是捂着脸跑进自己的办公室，片刻后，又低头推了自行车匆匆向家里骑去……

27

卓月和左涛那天晚上在银溪饭店308房间门口目睹了屋里的那个场面之后,自然十分震惊:尚穹竟敢做出这样的事?不过紧跟在这震惊而来的,是疑问:宁贞为何预先要我们必须在九点半赶到?她已经准确预见到此时会发生这样的事吗?她最后为什么强调只在她要控告时为她作证?……

这一连串的问号在当晚和第二天上午一直坠在他们的心上,同时坠在他们心上的,还有昌盛与尚穹的遗产官司。后者更令他们焦心,在这场财产纠纷中,他们当然站在昌盛一边。这两件事使他们对尚穹生了深深的厌恶。令他们意外的是,第二天下午尚穹突然宣布放弃分配遗产的要求,使那场万人瞩目的官司一下子结束了。他们听到这个消息时几乎同时吁了一口气,又几乎同时把询问的目光投向了对方:尚穹为什么会突然改变了主意?

“我觉着,尚穹一定是受到了某种强大的压力,要不然他不可能突然改变他原来固执坚持的要求。”迟疑到当天的晚饭后,卓月先说出了自己的看法。

“那压力来自什么?”

“不会来自家庭,也不会来自上级权力机构。”

“你是说——?”

“我猜,很可能来自一个人——”

“宁贞?!”

卓月点头。

“我也是这样想,”左涛接口,“也许我们该去给昌盛说说。”

“说什么?”

“就说宁贞——”

“说宁贞做了什么?”

“就说在银溪饭店 308 房间发生的那个场面——”

“那个场面与这场官司并没什么直接联系,有联系的可能是之前和之后发生的事情,而之前和之后发生的事情我们并不知道,我们现在只是在猜测和判断。”

“那依你说——”

“我们现在对昌盛还说不清楚,与其说不清楚,还不如暂时不说,让昌盛自己去分析去判断,或许宁贞也会让他明白的!”

“要是宁贞一直不说明呢?”

“那就让它成为一个谜吧,历史上不是已经有了很多谜吗? 多一个又有什么关系?”

“那你为什么还要千方百计去解安留岗上的方形土坛之谜? 让它留下去不是也好?”

“那个谜离我们已经太久了，太久了的谜解开以后，已不会对活着的人造成伤害了。我个人认为，对于历史之谜，愈久愈不好解愈可以解，愈近愈好解愈不可以解。”

“那好吧……”

卓月那天吃过早饭到学校处理了几件急办的事后，就带上拓印工具，向城西的盛丰村走去。昨天，有学生告诉她，说盛丰村有一家人拆旧房时从墙脚上拆出了一块旧石碑，碑上还有字。卓月这些年兼搞文物研究，已收集到不少古碑刻，她计划在适当时候，把这些古碑刻的拓片汇集成书出版，也算为文化积累做一件事。所以一听盛丰村有旧石碑，便匆匆来了。

那学生的话果然没错，盛丰村头一户姓盛的人家是从旧房墙脚上拆出了一块残损的石碑，卓月赶到这家的宅前时，看见那块残损的石碑就随便扔在碎砖烂瓦之中。她急忙上前察看，碑上有极标准的汉隶字迹，可惜不少字已磨蚀得不清了。她小心地拂去碑上的尘土，仔细地辨认着：

……延光四年朝中倖臣阎显阎耀等作乱中黄门宛城人王康以其女文蕊诱耀耀觉后杀蕊及侍女玉被擒阎氏之乱遂破此恰值先帝秀创帝业百年为颂文蕊之忠德为谢日月之神赐百年长时于吾家特于吉祥地南阳城西安留岗立坛相祭……

卓月吃惊地望定这通古碑。

不用怀疑了，这块石碑就是原本竖在安留岗那个方形土坛前的碑。左涛当初由那块石片判断方形土坛前有碑是正确的！

踏破铁鞋无觅处，得来全不费功夫，原来你流落到了这里!

这么说,我当初对文蕊之死的过程的猜测有误。她不是在与阎耀幽会时被误杀的,她是在忠于刘氏皇权的父亲的劝说下,为刘家皇位的正统传承自愿去赴死的。那应该是一个有月的夜晚,为了诱杀城门校尉阎耀,王文蕊向对自己怀有爱慕之情的阎耀送去了幽会的信号,阎耀应约而来。但当他腰挂环首刀步入文蕊的绣房,正要去拥吻自己钟情的女人时,政变的兵丁出现了。他在惊慌中抱住了文蕊,他很快就明白自己中了圈套,他在气愤中抽刀削去了文蕊和她的侍女玉的头,但他也随之做了刀下鬼。卓月看见,三个人的鲜血转眼间溅满了那个原本可用于幽会的房间……

接下来是安留岗上的一场大祭。这场大祭应该是刚刚顺利即位的济阴王提议举行的。延光四年是公元 125 年,当初刘秀登基开创东汉王朝是建武元年,也就是公元 25 年,从公元 25 年到 125 年,刚好一百年,整整一个世纪,掌管时间的日月之神已给了刘家一百年的皇权,他们有理由举行一场大祭。大祭的地点选在南阳安留岗,是因为对于刘家来说,那是一块吉祥之地,先王刘秀就是在此岗前转危为安的。

卓月的目光透过石碑,看见了一千八百多年前在安留岗举行的那场大祭——那可能是一个充满阳光的上午,预先筑好的方形祭坛上摆满了祭品:整牛、整羊、各种陶器,和在这场平乱中做出了贡献的王文蕊及其侍女玉的棺材。阎耀的那把环首刀为什么也放在了祭坛上?是为了告诉文蕊,杀你的阎耀也是被这把刀杀死的?还是文蕊的父亲王康知道女儿内心里对阎耀的感情,为了安慰女儿,把它放了上去?大祭开始了,祭坛下跪满了文武官员,济阴王跪在最前头,肃穆的祭乐徐徐响起……大祭结束后,为了让祭坛永存下去,也为了让死者安息，济阴王又下令用土将祭坛掩埋了起来？……

既然祭坛是为此目的而设，那坛上用颜料画上的𠕁形图案，表示的就应该是对时间的占有欲望，无边无际的时间都属于我刘家所有，我们刘家的江山将像占有这些格子一样，一个百年又一个百年永无止境地延续下去……

“卓月。”身后突然传来一声低喊。卓月扭头见是左涛，一愣之后欢喜地叫：“你怎么来了？快看这石碑！”

“月儿，宁贞她——”

“宁贞怎么了？”卓月这才注意到左涛脸上的阴郁神色。

“她死了。”

“什么？”卓月猛地抓住左涛的手：“你胡说什么？”

“她……在安留岗上……”

卓月无限惊诧地瞪住左涛，渐渐地，痛楚从眼角漫起，一点一点地包住了她的双眸：“为什么……为了什么呀？!”

“不知道，”左涛轻轻地摇着头，“我只是在怀疑，我们两个是不是犯了一个错误：我们不该让发生过的事成为一个谜……”

28

太阳在寒风里抖抖颤颤地向高处爬着，大约因为它也怕冷，竟一点热力也不发送出来，使得落霞村通往安留岗的小路上仍是一个冰冷的世界。

度过了又一个不眠之夜的宁贞高一脚浅一脚地在小路上走着。早饭她只应付性地吃了几口便向岗上走来。自打安留岗上有了桑树和柞树林之后，她一有心事就向岗上走，那密密匝匝的树林，成了她排遣心中烦恼的最好去处。

“宁贞，你今天不上班了？”哥哥宁安从后边跟上来问，这里也是宁安去蚕茧基地上班的必经之路。

宁贞像刚才没有理会妈妈的询问一样没理睬哥哥，只是闷了头向前走。她现在不想和任何人说话。

“宁贞，你脸色不好，不是出了啥事吧？”宁安看了一眼妹妹，“我得赶快去基地，尚总今天要来检查，你早点回去，岗上这样冷。”

宁贞继续向岗脊上走，她听见哥哥拐向了通往蚕茧基地的路。她没有回头，径直走进已落光了叶子的桑树林里。

风在穿越桑林时仿佛迷了路径，在林中四下里冲撞，撞得那些光秃的枝条发出呜呜的喧叫。宁贞在林中不辨路径和方向地走着，她只是想通过不停地走动，把一直晃在她眼前的那个纸条和轰响在她耳边的家福的那些骂语抛到身后。但是，她没有成功，她在林中走了有两个小时，那个纸条依然横在她的眼前，“婊子！”“破鞋！”“烂货！”的叫骂仍然紧跟在她的身边，充盈着她的耳朵。她最后双手扶住一棵桑树闭了眼在那里喘息。尚穹，你这个流氓！刘家福，你原来是这样一个东西，你把最恶毒的咒骂都给了我了！可你过去竟然不停地说爱我?！……她慢慢地睁开眼睛，她这才发现她已经站在岗脊上那个出土的方形土坛旁边，土坛上那些横竖相交的线条还依稀可见。她恍然记起许多年前的那个春天的上午，她用镢头第一次挖出土坛上那口棺材的情景。那口棺材里躺着一具断头的女尸，那个女人是为什么死的？不管为什么死，人只要死了就好，死了就可以再无苦痛、烦恼，再也看不到别人的侮辱，再也听不到别人的骂声了……

“宁贞，你怎么不去上班？”身后突然传来一声问话。宁贞扭头，才发现是尚昌盛站在近处。

“我来基地找你哥商量事情，他告诉我你在这儿。”昌盛的话里分明露着冷淡和不快，“年前正是生产紧而人心容易散的时候，你身为厂长，怎能在这里闲逛不去上班？你昨天后晌是不是也没在岗位上？”

在看见昌盛的最初一瞬，她的鼻子一酸，一种想哭诉一番的强烈愿望使她差一点朝他扑过去：我就是为了你和你的尚吉利集团,才让尚穹侮辱才让刘家福骂婊子的！但昌盛那种冷淡和不快的语气使她的这种愿望一下子熄灭了。她那连续受伤的心已变得异常敏感。

“我有点事。”她也冷淡地答。

“什么事也不能耽误了上班,要知道,我可是给了你们高工资的!”自从和栗振中通了电话,尤其是看到了尚穹退回的那些材料中所夹的那个纸条后,昌盛对宁贞就有了不满和戒心。

“是吗?”宁贞感到自己的心又被狠狠地刺了一下。工资？你是付了工资的？可你知道我为你付出了什么?!

“我知道你快要结婚,到时候我会给你婚假的,但在这之前,你应该好好上班!”

“谢谢提醒!”她的声音冷得像从身边滑走的北风。

“还有一件事,我想问问你!”原本要转身下岗的昌盛这时又扭过身来。

“讲吧。”

“在我住院期间,你是不是打电话给栗振中,告诉了他我和尚穹打官司的事?”

“是的。”宁贞倏然记起了自己当初一心想挽救尚吉利集团的那份急迫样子。

“出于什么目的?”

“目的?”这两个字是那样尖利地扎进了宁贞的心,使得她的眉毛都疼得弯了起来,她直瞪住昌盛,“你说是什么目的?”

“我不管你的目的是什么,我想告诉你的是,他因此而决定不再跟我合资,我失去了一个重要的发展机会！一千万美元的投资被你捣没了,懂吗?”

“是么?”宁贞的脸上现出了一丝冷冷的嘲讽。

“你这样为你的表哥卖力,他给你什么回报?”昌盛显然也被宁贞的态度激恼,话音中带了挖苦意味。

“你说呢?”

“钱?”

“对!”

“多少?他给你多少?”他的脸上现出果然不出所料的神情,钱,果然是为了钱!从今往后,再也不能相信别人,不能!

“十万美元!”

昌盛咽了口唾沫,他显然想压下心中的怒气。

“怎么样,不少吧?”被气恨攫住的宁贞存心要把昌盛激怒。

“我过去没看出你这样贱!”

“是吗?但我得到了十万美金!”

“婊子!”昌盛咬牙骂出这两个字后,转身就走。

宁贞双眼死死地盯住昌盛的背影,随后,一个笑容慢慢升上她的面孔:“婊子,哈哈,婊子!多好听的评语!”她的目光先是掠过长长的安留岗上那万千的树梢,随后停在了身边那棵桑树的一根粗枝上。“哈哈,婊子!”她一边笑一边解下脖子里围着的那条粉色带着紫色碎花的真丝围巾,把它在那根桑树枝上绑成了一个圆环。这个世界还有什么值得你留恋?爹、妈,哥哥会照顾你们……

她仔细地看了一眼围巾一角商标上的那行字:“尚吉利集团”,随后用双手猛力压弯树枝,让自己的脖颈套进了那个真丝圆环,在双脚离地的那一瞬间,她看见有一个黑衣黑裙的姑娘向她袅娜着走来……

尾声

公元一九九九年的最后一个黄昏就要被夜暗吞没的时候,在南阳世景街上的尚家大院里,旺旺那新婚的妻子——一个名叫青动的少妇,正忙着在灶台上做饭。她刚把蒸馍的笼屉揭开,从微波炉里拿出菜盘,白色的蒸汽正向四下里弥漫,一双手突然从背后把她抱离了地面,她吃惊地回头,看清是旺旺后才娇嗔道:“让咱妈看见?快放下!”“知道我为啥这样高兴吗?”旺旺放下妻子,转到灶前问道。“为啥?”“世界纺织品协会今天发来电传,邀我们尚吉利丝织集团参加明年春天在美国洛杉矶举办的世界纺织品展销评比大会!”“嗨,真的?”“在这个展销评比大会上,要在丝绸、棉布、化纤三个门类中都评出一个第一名,每个第一名都会获得一顶镶有‘世界霸主’字样的金冠!”“嗬?!”“但愿我们尚吉利能够夺得丝绸项目的金冠！”旺旺边说边在妻子脸上响亮地亲了一口。

“旺旺在吗？”门外传来卓月的喊声。

“是表姑？姑，快请进来！”旺旺急忙松开妻子。

风尘仆仆的卓月应声走进屋来。青䶮急忙拉开餐桌前的椅子说：“姑，先坐，饭立马就好。”

“知道我来干什么吗？”卓月坐下后笑问。

旺旺拍拍自己的额头：“是来和我们一块送走这个世纪的最后一个夜晚？”

卓月摇头：“我来是为了告诉你们一个发现！”

“发现？”

“我刚从西峡县的恐龙蛋发掘现场回来，国家已经批准大规模发掘这块恐龙生息的地方，并要在这里建一个白垩纪公园。你们晓得我在三号发掘现场看到了什么？”

“什么？”

“三号现场的土层掘开清理之后，只见四百余枚恐龙蛋成▦形排列，其图案和我们尚家院里那块石头上刻的那个图案一样，和当初在安留岗那个方形土坛上见的图案也一样。”

“是吗？”

“恐龙时代人类还没有出现，恐龙们何以让自己下的蛋排列成这个图案，太让人惊奇！”

“你咋认为？”旺旺急问。

“我说不清楚，我现在能说的只是：我们过去关于这个图案的所有解释，都应该受到怀疑！”

旺旺和妻子惊疑地对望一眼，屋里出现了长长的静寂。

夜色就在这静寂中像松开控制绳的帷幕，刷地落到了院里……

1988 年冬动笔

1991 年冬写完上卷

1994 年春写完中卷

1997 年夏写完下卷

1998 年春改完全书